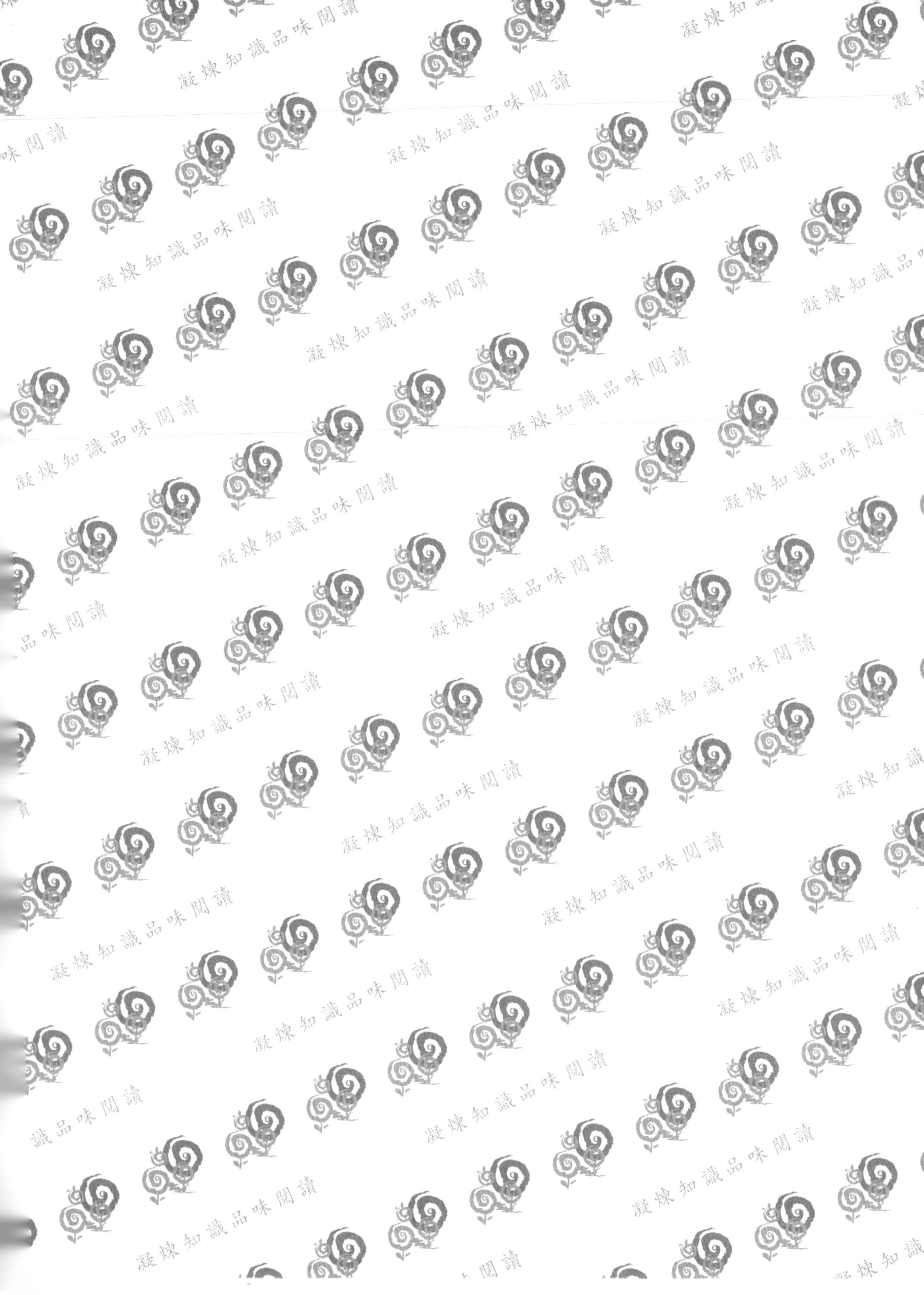
凝煉知識品味閱讀

第三版

中國文學史(下冊)

袁行霈 ◎主編

五南圖書出版公司 印行

目錄

第三卷

第五編　宋代文學

第六編　元代文學

第四卷

第七編　明代文學

第三卷

第五編　宋代文學

緒　論

宋代文學在中國文學發展史上屬於中古期第二段。宋代文學基本上是沿著中唐以來的方向發展起來的。韓愈等人發動的古文運動在唐末五代一度衰頹之後，得到宋代作家的熱烈響應，他們更加緊密地把道統與文統結合起來，使宋代的古文成爲具有很強的政治功能而又切於實用的文體。詩歌方面，注重反映社會現實，題材、風格傾向於通俗化，這兩種趨勢也得到繼續發展，最終形成了與唐詩大異其趣的宋詩。詞這種新詩體，到宋代達到了巔峰狀態。戲弄、說話等通俗文藝在宋代也有迅速的發展，逐漸形成了以話本和諸宮調、雜劇、南戲等戲劇樣式爲代表的通俗敘事文學，從而改變了中國古代文學長於抒情而短於敘事、重視正統文學而輕視通俗文學的局面，並爲後來元明清小說、戲曲的發展奠定了基礎。從整個文學史的大視角來看，宋代文學與中晚唐文學屬於同一發展階段，它是中古文學第二段的一個重要組成部分。

第一節　高度繁榮的文化及其對詩文的影響

・崇文抑武的國策　・理學思想對文學的影響　・文以載道說的盛行

・印刷業和教育的發達與作家學術修養的提高　・詩文政治功能與議論成分的加強

西元九六〇年，後周世宗柴榮病死，恭帝年幼，殿前都點檢趙匡胤利用手中的兵權，趁機發動陳橋兵變❶，建立了宋王朝。此後二十年間，宋王朝先後平定了南方的後蜀、南唐和北方的北漢等割據政權，結束了唐末以來的分裂局面，基本實現了中國的統一。鑑於中唐以來藩鎮強盛、尾大不掉的歷史教訓，宋王朝決定採用崇文抑武的基本國策。宋太祖即位的次年，以「杯酒釋兵權」的手段，解除了禁兵統帥石守信等人的兵權❷，封他們爲僅有虛銜的節度使，從而根除了將領擁兵自重乃至割據叛亂的可能性。與此同時，宋王朝重用文臣，不但宰相須用讀書人，而且主兵的樞密使等職也多由文人擔任。文臣由科舉考試而進入仕途，他們成爲宋代官僚階層的主要成分。即使像狄青那樣戰功卓著的名將也難以久在樞密，且曾接受范仲淹的勸導而努力讀書，以示向士大夫身分的靠攏。這些措施有力地加強了中央集權，同時也使士大夫的社會責任感和參政熱情空前高漲。他們以國家的棟梁自居，意氣風發地發表政見。「開口攬時事，議論爭煌煌」（歐陽修〈鎮陽讀書〉，《歐陽文忠公集》卷二），是宋代士大夫特有的精神風貌❸。

理學在元明清時期成爲官方的意識型態。但在宋代，除了南宋的最後半個世紀以外，理學並未得到朝廷的正式承認。理學思想主要是士大夫階層主體意識的理論表現，如程頤、朱熹等理學家即自矜掌握了古聖相傳的安身立命之道，而歐陽修、王安石、蘇軾、楊萬里等文士也熱衷於講道論學❹。宋代的士大夫往往懷有比較自覺的衛道意識，並積極著書以弘揚己說，摒斥異端。在北宋後期，即有王安石與司馬光、二程等人的新學、舊學之爭，而舊學內部又有以蘇軾爲首的蜀學與以二程爲首的洛學之爭。到了南宋，則有朱熹與二陸之爭，以及朱熹與葉適、陳亮之爭。翻開宋人的文集，幾乎總能找到論道、論政的文章，有時這種議論還旁溢到詩歌中去。

宋代的士大夫在政治上和學術上都具有強烈的使命感，十分重視詩文的政治教化功能。儒家一向重視「文」與「道」的關係，劉勰《文心雕龍．原道》把這種關係表述爲「道沿聖以垂文，聖因文而明道」。到了唐代，韓愈在倡導古文時提出「文以貫道」的思想❺，表明了對文學的社會政治功能的重視。然而，「文以貫道」的思想，在晚唐五代依然應者寥寥，直到宋代才眞正得到高度的重視。從宋初的柳開、穆修開始，宋人對文道關係反覆地進行論述。他們的具體看法雖然不盡一致，例如柳開、石介等人的觀點矯激偏頗，而歐陽修的觀點則平正通達，但在總體傾向上，都對「文以貫道」的思想表示認同。理學家則表現出更濃厚的理論興趣，周敦頤率先提出了「文所以載道」（《周子通書．文辭》）的新命題，更加強調「道」的第一性，而「文」僅僅被視爲一種負載工具。朱熹痛駁「文以貫道」之說，並對「文以載道」說做了更深入的理論闡述❻。「文以載道」的思想在宋代文壇上占據著統治地位，例如蘇軾的蜀學被程、朱視爲異端❼，但蘇軾的文道觀實質上與「文以載道」說相當接近，只是他所認可的「道」的內容比較寬泛而已。「文以載道」說其實是一種價值觀，它把文學的社會政治功能置於審美功能之上。這種觀點如果推向極端，就成爲程頤所說的「作文害道」❽，即從根本上否定文學。雖然對於多數宋代文學家來說，在強調「道」的同時，並未放鬆對「文」的追求，但宋代詩文的說教意味顯然比唐代濃厚，這不能不歸咎於「文以載道」說的流行和影響。

宋王朝十分重視文治教化，印刷業和教育事業都有空前的發展。印刷術雖然在唐代已經發明，但印刷業的繁盛卻始於宋代。宋代公私刻書業的興盛使書籍得以大量流通，不但皇家祕閣和州縣學校藏書豐富，就是私人的藏書也動輒上萬卷。《郡齋讀書志》、《直齋書錄解題》等以私人藏書爲對象的目錄學專書到宋代才首次出現，就是明顯的標誌。與此同時，學校的數量和種類也大量增加。除了從國子學到縣學的各級官辦學校外，私立書院也日益興盛。像著名的白鹿洞書院等四大書院，其規模和學術水準都堪與官辦學校媲美[9]。這樣，宋代士人的總體學術水準達到了空前的高度。杜甫自稱「讀書破萬卷」（〈奉贈韋左丞丈二十二韻〉，《杜詩詳注》卷一），言下不無自矜之意，因爲那在唐代是比較罕見的現象。然而到了宋代，讀破萬卷書的作家爲數甚多。像歐陽修、王安石、蘇軾、陸游等人在文學作品之外，還寫了不少經學（包括小學）和史學的著作，都堪稱學者型的作家。學術修養的提高，無疑會使作家更善於深刻地思考社會和人生，也更善於細密周詳地進行議論。

宋代的文學家普遍關注國家和社會。宋代的文學作品，尤其是被視爲正統文學樣式的詩文，反映社會、干預政治始終是最重要的主題。唐代杜甫、白居易的詩以摹寫民生疾苦而聞名，韓愈、柳宗元的古文則以反映時事政治而著稱。宋代的文學家繼承了這種傳統，描寫民瘼或抨擊時弊成爲整個文壇的創作傾向。雖然宋詩中缺少像杜甫「三吏」、「三別」和白居易「新樂府」那樣的名篇，但此類主題在宋代詩壇的普遍程度卻是超過唐代的。即使是以「浪子詞人」而聞名的柳永也寫過刻畫鹽工悲慘生活的〈煮海歌〉，而一向被看作專重藝術的詞人周邦彥也作有諷刺宋將喪師辱國的〈天賜白〉。社會政治功能的加強，使宋代詩文具有鮮明的時代氣息和剛健的骨力。其負面影響是嚴肅有餘、靈動不足，有時還因過於注重社會性而削弱了個體抒情的意味。

上述歷史背景對宋代文學的另一個影響，是詩文中議論成分的加強。表達政見也好，商討學術也好，最直接的手段當然是議論。而「文以載道」的價值觀，也必然導致把議論視爲寫作的目的。宋人之喜愛議論堪稱前無古人。以表達政見的奏議文爲例，宋人的作品總數遠遠超過唐人[10]，而且單篇奏議的篇幅也大大地擴展了。唐人奏議中以劉蕡的〈對賢良方正直言極諫策〉最稱宏博，也只有五千餘字，而宋代洋洋萬言的奏議層出不窮[11]。即使是那些在傳統上不宜說理的題材，宋人也照樣能大發宏論。例如亭臺記一類古文，唐人皆以寫景、敘事爲主，而蘇軾的亭臺記文卻幾乎篇篇都有議論。議論不但充溢於各體散文，而且大量出現在詩歌之中。過多的議論會削弱詩歌的抒情功能，例如理學家的詩歌往往變成押韻的語錄；但適度的議論則爲詩歌開闢了新的題材範圍和美學境界，像王安石的詠史詩和蘇軾的哲理詩便得益於議論的成功。宋詩所以會形成與唐詩不同的重意傾向，議論成分的增強是一個重要因素。

第二節　憂患意識與愛國主題的弘揚

・憂患意識對文學家的影響　・民族矛盾激化的歷史背景　・愛國主題的弘揚

儒家強調個體對社會應有責任感，士人應有社會憂患意識。孟子說：「禹思天下有溺者，由己溺之也。稷思天下有飢者，由己飢之也。」（《孟子・離婁下》）宋代的士大夫發揚了這種傳統。首先，宋代士大夫的國家主人公意識十分強烈，他們以國家天下為己任，密切關注國家的隱患。范仲淹的名言「先天下之憂而憂」（〈岳陽樓記〉，《范文正集》卷七），正是宋代士大夫所追求的風範。其次，宋代的國勢不如漢、唐那麼強盛。北宋開國之初，北方被石晉割讓出去的燕雲十六州仍然歸遼人統治，而南方曾為唐代流放罪人之地的驩州一帶已屬於越李朝的版圖。到南宋，更是偏安於淮河、秦嶺以南的半壁江山。宋帝國的軍力比較孱弱。宋代兵制把軍隊分成禁軍、廂軍等類，而具有實戰能力的只有禁軍。朝廷為了防範叛亂，把禁軍的大部分駐紮在京城，而且常常調防，使得兵不知將，將不知兵。這樣，宋軍與外敵交戰，總是敗多勝少⑫。從北宋開國到南宋滅亡，宋王朝始終處於強敵的威脅之下。宋代雖然經濟相當發達，但由於對內的冗官冗費和對外的巨額歲幣，農民負擔沉重，財政時有困難。面對嚴重的內憂外患，有識之士憂心忡忡。

深沉的憂患意識，使宋代文學在整體上顯得比較冷靜、沉穩。早在宋初，已出現了路振的〈伐棘篇〉、王禹偁的〈對雪〉那樣憂念國計民生的詩作。宋代作家在表達個人抱負時，也相當拘謹、收斂。像李白、杜甫那樣自詡能「使寰區大定，海縣清一」（〈代壽山答孟少府移文書〉，《李太白全集》卷二六）或「致君堯舜上，再使風俗淳」（〈奉贈韋左丞丈二十二韻〉，《杜詩詳注》卷一）的豪情壯志，在宋人詩文中是非常罕見的。王安石是宋代政治自信心最強烈的人，自述其志時也只是說「材疏命賤不自揣，欲與稷契遐相希」（〈憶昨詩示諸外弟〉，《王荊文公詩箋注》卷二〇），口氣遠不如李、杜之狂傲。此外，宋代的思想控制比唐代嚴密得多，又不斷發生激烈的黨爭，士大夫因作詩而得罪的情況屢有發生，他們作詩諷世或述懷時就顧慮較多。後人讀宋人的詩文時，很容易感受到嚴謹、平實、細密、深沉等特徵，卻難以發現唐人那種天馬行空、氣沖斗牛的昂揚氣概。宋代詩文的現實意義很強，但缺乏唐代詩文那樣的瀟灑浪漫氣息。這都與宋人深沉的憂患意識不無關係。

深沉的憂患意識，又造成宋代文學中愛國主題的高揚。愛國主題是我國源遠流長的文學傳統。每逢國家危急存亡之秋，這類主題便會放射出異彩，從屈原到杜甫的先唐文學史實已經昭示了這種規律。宋代的民族矛盾空前激烈，三百年間外患不斷。漢、唐都亡於國內的農民起義和軍閥混戰，而北宋和南宋卻亡於外族入侵。這樣，宋代的作家就勢必對愛國主題給予格外的重視。

北宋時期，遼和西夏經常侵擾邊境，宋王朝無力制止，就以每年供給巨額財物的條件求得妥協。這種屈辱的處境成為士大夫心頭的重負，也成為詩文中經常出現的題材。從王禹偁的〈唐河店嫗傳〉、蘇舜欽的〈慶州敗〉到王安石的〈陰山畫虎圖〉、黃庭堅的〈送范德孺知慶州〉，以愛國為主題的佳作層出不窮。即使在婉約風格尚占統治地位的詞壇上，也出現了蘇軾的「會挽雕弓如滿月，西北望，射天狼」（〈江城子・密州出獵〉，《東坡詞編年箋證》卷一）和賀鑄的「不請長纓，繫取天驕種。劍吼西風」（〈六州歌頭〉，《東山詞》卷四）那樣的雄豪之音。

從北宋末年開始，更強大的金、元相繼崛起，鐵馬胡笳不但騷擾邊境，而且長驅南下，直至傾覆了宋室江山，在中國建立了非漢族統治的新朝。在長達一個半世紀的抗金、抗元鬥爭中，愛國主題成為整個文壇的主導傾向。山河破碎的形勢、和戰之爭的政局，是任何作家都無法迴避的現實。即使是以婉約為主要詞風的姜夔、吳文英，也在詞中訴說了對中原淪亡的哀愁。而習於吟風弄月乃至獻詩行謁的江湖詩人，也寫過不少憂國的篇章。這些作品雖然情調不免低沉，但同樣屬於愛國之作。當然，最能體現時代精神的是陸游、辛棄疾等英雄志士的激昂呼聲。正是他們的作品，把愛國主題弘揚到前所未有的高度，從而為宋代文學注入了英雄主義和陽剛之氣。以陸詩、辛詞為代表的南宋文學，不僅反映了當時的社會現實和人民心聲，而且維護了中華民族的自信和尊嚴。從那以後，每當中華民族處在生死存亡的關頭，人們總是會從岳飛的〈滿江紅〉、文天祥的〈過零丁洋〉等作品中汲取精神力量。這是宋代文學最值得稱揚的歷史性貢獻。

第三節　宋代作家的性格特徵和審美情趣

・儒釋道三家思想的有機融合　・社會責任感與個性自由的整合　・新型的文人生活態度　・審美情趣的轉變

北宋建立以後，一反五代後周的滅佛政策，對佛教採取了保護、鼓勵的措施。僧尼人數迅速增加，中斷已久的譯經重又開始，並先後五次大規模地刻印佛經。在晚唐五代曾受到打擊的各種佛教宗派重新興盛起來，尤其是禪宗與淨土宗在宋代非常流行。禪宗又主動吸收儒、道兩家的思想，並力求適應中國的傳統倫理觀念⑬。因此宋代的士大夫在接受禪學時，沒有太多的心理障礙。由於宋代的儒、道、釋三種思想都從注重外部事功向注重內心修養轉變，因而更容易在思想的層面上有機地融合起來。到北宋中葉，三教合一已成爲一種時代思潮。理學家雖然以純儒自命，但他們的性命義理之學其實都以釋、老爲津梁。程頤就說其兄程顥的學術是「氾濫於諸家，出入於老、釋者幾十年，返求諸六經而後得之」（〈明道先生行狀〉，《伊川文集》卷七）。朱熹也自稱「理念得個昭昭靈靈底禪」（《朱子語類》卷一〇四，中華書局一九九四年版，第二六二〇頁）。那些非理學家的文人更是對自己浸染釋、老毫不諱言，比如王安石就曾與宋神宗當面討論佛書⑭。

三教合一的思潮使宋代士大夫的文化性格迥異於前代文人。首先，士大夫對傳統的處世方式進行了整合，承擔社會責任與追求個性自由不再是互相排斥的兩極。前代文人的人生態度大致上可分成仕、隱二途，仕是爲了兼濟天下，隱是爲了獨善其身。這兩者是不可兼容的。宋人則不然。宋代士人都有參政的熱情，經科舉考試而入仕是多數人的人生道路。入仕之後也大都能勤於政務，勇於言事。然而他們在積極參政的同時，仍能保持比較寧靜的心態，即使功業彪炳者也不例外。因爲宋人已把自我人格修養的完善看作是人生的最高目標，一切事功僅是人格修養的外部表現而已。所以宋代的士大夫雖然比唐人承擔了更多更重的社會責任，也受到朝廷更嚴密的控制，但並不缺乏個性自由。他們可以向內心去尋求個體生命的意義，去追求經過道德自律的自由。其次，宋代文人採取了新型的生活態度。宋人有很強的傳統觀念和集體意識，結盟結黨的做法得到普遍的認同。宋人認爲個人的努力和貢獻是整個傳統或整個階層中的一部分，個人意志應當受到理性和道德的制約。宋人的個體意識不像唐人那樣張揚、發舒，他們的人生態度傾向於理智、平和、穩健和淡泊，事業順利時並不「仰天大笑出門去」（李白〈南陵別兒童入京〉，《李太白全集》卷一五），命運坎坷時也很少悲歎「出門即有礙，誰謂天地寬」（孟郊〈贈崔純亮〉，《孟郊詩集校注》卷六）。王安石拜相之日即惦念著「霜筠雪竹鍾山寺」（見魏泰《臨漢隱居詩話》），相業正隆時又寫詩追憶「江湖秋夢櫓聲中」（〈壬子偶題〉，《王荊文公詩箋注》卷四四）。蘇軾暮年貶往荒遠的海南，卻並不戚戚於個人憂患，食芋飲水，吟詩作文，創造出了他文學業績中最後的輝煌。正像范仲淹所說的，他們「不以物喜，不以己悲」（〈岳陽樓記〉，《范文正集》卷七）。與唐人相比，宋代文人的生命範式更加冷靜、理性和腳踏實地，超越了青春的躁動，而臻於成熟之境。宋代的詩文，情感強度不如唐代，但思想的深度則有所超越；不追求高華絢麗，而以平淡美爲藝術極境。這些特徵都植根於宋代文人的文化性格和生活態度。

宋代文人的審美情趣也發生了很大的轉變。禪宗原是充分中國化、世俗化的佛教宗派，尤其是慧能開創的南宗禪，經過南嶽、青原一二傳以後，越發將禪的意味滲透在人們的日常生活中，形成了隨緣任運的人生哲學。晚唐的臨濟宗認爲：「道流佛法無用功處，只是平常之事。」（《臨濟慧照禪師語錄》）宋代的禪宗更以內心的頓悟和超越爲宗旨，輕視甚至否定行善、誦經等外部功德。與此同時，宋代的儒學也發生了類似的轉變。宋儒弘揚了韓愈把儒家思想與日用人倫相結合的傳統，更加重視內心道德的修養。所以，宋代的士大夫多採取和光同塵、與俗俯仰的生活態度。在他們看來，生活中的雅俗之辨應該注重大節而不是小節，應該體現在內心而不是外表，因而信佛不必禁斷酒肉，隱居也無須遠離紅塵。隨之而來的是，宋人的審美態度也世俗化了。他們認爲，審美活動中的雅俗之辨，關鍵在於主體是否具有高雅的品質和情趣，而不在於審美客體是高雅還是凡俗之物。蘇軾說：「凡物皆有可觀，苟有可觀，皆有可樂，非必怪奇瑋麗者也。」（〈超然臺記〉，《蘇軾文集》卷一一）黃庭堅說：「若以法眼觀，無俗不眞。」（〈題意可詩後〉，《豫章黃先生文集》卷二六）便是這種新的審美情趣的體現。

審美情趣的轉變，促成了宋代文學從嚴於雅俗之辨轉向以俗爲雅。這在宋詩中尤爲明顯。梅堯臣、蘇軾、黃庭堅都曾提出「以俗爲雅」的命題[15]。「以俗爲雅」，才能具有更爲廣闊的審美視野，才能實現由「俗」向「雅」的昇華，或者說完成「雅」對「俗」的超越。宋代詩人採取「以俗爲雅」的態度，擴大了詩歌的題材範圍，增強了詩歌的表現手段，也使詩歌更加貼近日常生活。只要把蘇、黃的送別贈答詩與李、杜的同類作品相對照，或者把范成大、楊萬里寫農村生活和風光的詩與王、孟的田園詩相對照，就可清楚地看出宋詩對於唐詩的新變。而實現這種新變的關鍵正是宋人「以俗爲雅」的審美觀念。

第四節　城市的繁榮與詞的興盛

・手工業和商業的發展與城市的繁榮　・士大夫的優裕生活與詞的興盛
・社會的廣泛需求對詞人創作熱情的刺激

宋初百餘年間，國內比較安定，生產持續發展，經濟高度繁榮[16]。冶金、造船、紡織、印刷、製瓷、製鹽、醫藥等行業取得了前所未有的技術進步[17]；農業生產發展迅速，手工業和商業也非常繁盛，紙幣的流通，商行組織的形成[18]，城市、城鎮乃至草市的興盛，以及海外貿易的增加，都是明顯的標誌。

宋代的城市經濟繁榮。北宋的都城汴京（今河南開封）、南宋的都城臨安（今浙江杭州）以及建康（今南京）、成都等都是人口達十萬以上的大城市。宋代還逐漸取消了都市中坊（居住區）和市（商業區）的界限，不禁夜市，爲商業和娛樂業的迅速發展提供了更有利的環境。孟元老《東京夢華錄》、周密《武林舊事》等書，對汴京、臨安城中商賈輻輳、百業興盛，以及朝歌暮舞、弦管塡溢的繁華情景有生動的記錄。此外，宋王朝優待士大夫，官員的俸祿及貼補收入比較優厚，宮廷和官僚階層的生活奢華，一般市民也崇尚奢靡的風氣。

繁華的都市生活，滋生了各類以娛樂爲目的的文藝形式，說話、雜劇、影劇、傀儡戲、諸宮調等藝術迅速興起和發展[19]，而詞則成爲宋代最引人注目的文學樣式。

從晚唐五代以來，詞的主要功用是在宴樂場所供給伶工歌女歌唱。五代詞的兩個創作中心分別在西蜀和南唐的宮廷，就是由於這種文體最適合於醉生夢死的小朝廷君臣的緣故[20]。入宋以後，新的社會環境更加有利於詞的發展。

首先，宋王朝的財政措施是「恩逮於百官者唯恐其不足，財取於萬民者不留其有餘」（趙翼《廿二史劄記》卷二五）。大量的財富被集中起來供皇室和官僚階層享用。宋太祖曾鼓勵石守信「多積金，市田宅以遺子孫，歌兒舞女以終天年」（《宋史·石守信傳》）。這種用物質享受籠絡官員的做法在整個宋代都沒有改變。官員們既有豐厚的俸祿，以滿足奢華生活的需求，這種生活方式又可以避免朝廷的疑忌，於是縱情享樂之風盛行一時。宋代的官員大都是有高度文化修養的士大夫，他們的享樂方式通常是輕歌曼舞，淺斟低唱。比如寇準生活豪侈，女伶唱歌，一曲賜綾一束。又如晏殊喜招賓客宴飲，以歌樂相佐，然後親自賦詩「呈藝」[21]。地位高的士大夫大都蓄家妓，像南宋張鎡，宴客時出以侑酒的歌者、樂者竟多達百人。又如姜夔在范成大家作客，范因激賞其詞而贈與歌女一名[22]。地位低的官員也有官妓提供歌舞娛樂。歐陽修、張先、蘇軾等詞人爲官妓作詞的事，詞話中屢有記載，不盡是出於虛構[23]。歌臺舞榭和歌兒舞女既然成爲士大夫生活中的重要內容，滋生於這種土壤的詞自然會異常興盛。

其次，宋代文人的人生態度也有利於詞的興盛。宋代文人大都實現了社會責任感和個性自由的整合。他們用詩文來表現有關政治、社會的嚴肅內容，詞則用來抒寫純屬個人私生活的幽約情愫。這樣，詩文和詞就有了明確的分工：詩文主要用來述志，詞則用來娛情。這種分工在北宋尤爲明顯。一代儒宗歐陽修的豔詞寫得纏綿綺麗，與他的詩文如出二手，以致有人認爲是他人嫁名的僞作。宋代的士大夫本有豐富的聲色享受，又有趨於輕柔、細密的審美心態，自然能夠領略男女風情。詞便是他們最合適的訴說內心衷腸的渠道。詩詞分工的觀念對宋詞的發展大有好處。由於詞被看作是用於抒寫個人情愫的文體，很少受到「文以載道」思想的約束，因而文人可以比較自由地抒寫旖旎風情，詞體也因此能夠保持自身的特性，取得獨立的地位。

此外，詞是宋代尤其是北宋社會文化消費的熱點。由於都市的繁榮，「新聲巧笑於柳陌花衢，按管調弦於茶坊酒肆」（孟元老《東京夢華錄‧序》），民間的娛樂場所也需要大量的歌詞，士大夫的詞作便通過各種途徑流傳於民間。更有一些詞人直接爲歌女寫詞，如柳永常常出入於秦樓楚館，「多遊狎邪，善爲歌辭。教坊樂工，每得新腔，必求永爲辭，始行於世。於是聲傳一時」（葉夢得《避暑錄話》卷下）。北宋中後期的秦觀、周邦彥，也爲歌妓寫了不少詞作。社會對詞作的廣泛需求，刺激了詞人的創作熱情，也促進了詞的繁榮和發展。

當然，隨著詞體的發展和創作環境的變化，宋詞並不是一味滿足尊前筵下、舞榭歌臺的需要。如蘇軾的詞作，自抒逸懷浩氣；辛棄疾的篇章，傾吐英雄豪情，便不再與歌兒舞女有關。但就整體而言，宋詞的興盛是與宋代都市的繁榮和文化娛樂業的發展密切相關的。

第五節　宋代文學的獨特成就與歷史地位

・宋代古文對唐代古文的繼承與發展：文體的多樣化　・古文的實用價值與審美價值的整合
・風格的變化　・古文的普及　・宋詩對唐詩的因革：題材向日常生活傾斜
・以平淡爲美的美學追求　・唐詩之外又一美學範式的創建　・宋詞在詞史上的巔峰地位
・遼金詩文的成就

宋代文學取得了輝煌的成就，在中國文學史上占有重要的地位。

宋代古文沿著唐代古文的道路而發展，最終的成就卻超過了唐文。後人有「唐宋八大家」之說，而八位古文作家中有六人出於宋代㉔。而且北宋的王禹偁、范仲淹、晁補之、李格非、李廌，南宋的胡銓、陸游、呂祖謙、朱熹、葉適、陳亮等人，也都堪稱古文名家。宋代古文作家的陣容比唐代更爲壯大。

宋代作家吸取了唐代古文的經驗和教訓，使古文更加健康地發展。唐代的韓愈、柳宗元等人，在古文的章法、句法等技巧和敘事、議論等功能方面，都爲宋代作家提供了有益的啓示。然而唐代古文本是作爲駢文的對立面而出現的，韓、柳對駢文頗爲排斥，這使習慣於駢文的作家和讀者都感到不滿，所以古文並沒有取代駢文的地位。而且韓愈的古文已有艱澀古奧的傾向，韓愈以後的古文作家因襲且加重了這個缺點。到了晚唐、五代，駢文又重新占據了優勢。宋代作家清醒地看到了唐代古文的得失，於是歐陽修等人既採取古文作爲主要的文體，又反對追求古奧而造成的險怪艱澀，從而爲宋代古文的發展開闢了正確的道路。

宋代散文的文體出現了多樣化的趨勢。歐、蘇等人並不絕對摒棄駢文，他們的古文注意吸收駢文在辭采、聲調等方面的長處，以構築古文的節奏韻律之美。同時，他們又借鑑古文手法，對駢文進行改造，創造出參用散體單行的四六和文賦。這樣，古文和駢文經過取長補短而各自獲得了新的活力。此外，宋代散文中還出現了獨具一格的筆記文。這種文體長短不拘，輕鬆活潑，是古文文體解放的重要標誌。

散文在傳統上具有議論、敘事、抒情三種主要功能。在宋代散文中，這些功能更加完善，而且融爲一體，使散文的實用價值和審美價值更好地結合起來。宋代的政論文和學術論文特別發達，從王安石、曾鞏到胡銓、呂祖謙，散文的議論功能臻於完善。以歐、蘇爲代表的作家則更加注意三種功能的融合，加強了散文的抒情性質和文學意味。比如歐陽修的史論在議論中滲入強烈的感情色彩，蘇軾的亭臺記把敘事與議論結合得天衣無縫。〈秋聲賦〉、〈赤壁賦〉等散文名篇更堪稱典範。在這些作品中，散文的各種功能已水乳交融，且具有詩的意境，成爲名副其實的美文。

宋代散文的風格豐富多彩，幾位大家各具鮮明的藝術個性。就整體傾向而言，宋文的風格是趨於平易暢達、簡潔明快，從而在韓文之雄肆、柳文之峻切之外開闢出新的藝術境界。就美學價值而言，宋文與唐文並無高下之分。宋文的風格變化，主要是朝著更加自然、更加貼近生活的方向發展。這種文從字順、如行雲流水的散文，顯然更切於實用，也更易爲作者和讀者所接受。從宋代開始，古文成爲用途最廣的散文文體，以古文爲主、駢文爲輔的文體格局得以確立，歷元、明、清諸代而沒有變化。明末艾南英說：「文至宋而體備，至宋而法嚴。」（〈再答夏彝仲論文書〉，《天傭子集》卷五）這是後人對宋代散文歷史地位的公正評價。

對於唐宋兩代的散文，後人沒有太多的軒輊之見。可是唐詩和宋詩之優劣，卻引起了後代曠日持久的爭論。宗唐還是宗宋，甚至成爲後代詩壇宗派門戶的標誌。這就給人一種錯覺，彷彿宋詩與唐詩毫無共同之處。事實上，從中唐開始，唐詩就有向日後的宋詩演變的趨勢。而宋詩的許多特徵，都可在杜甫、韓愈的詩中找到濫觴。從整個詩歌史來看，宋詩正是唐詩發展的必然結果。唐詩與宋詩，本是一脈相承的。例如，詩歌在題材和語言上趨於通俗化，描寫平凡、瑣細的日常生活，並採用俗字俚語，這種趨勢是從杜甫開始的，中唐韓愈、白居易、孟郊、賈島及晚唐皮日休、羅隱等人又有所發展，而宋代詩人則沿其流而揚其波。又如在詩歌中發議論，也是從杜甫、韓愈開始，在晚唐杜牧、李商隱的詩中已屢見不鮮，入宋以後則發展成爲詩壇的普遍風氣。宋代詩人正是充分吸取了唐詩的營養，才創造出自具面目的一代詩風。杜甫、韓愈對宋詩的啓迪作用尤其重要。宋人曾說：「工於詩者，必取杜甫。」（黃裳《陳商老詩集・序》，《演山集》卷二一）清人則認爲：「韓愈爲唐詩之一大變，其力大，其思雄，崛起特爲鼻祖。宋之蘇、梅、歐、蘇、王、黃，皆愈爲之發其端，可謂極盛。」（葉燮《原詩》卷一）這些論述都是符合實際的。宋人的可貴之處，在於他們對唐詩並非亦步亦趨，而是有因有革，所以能創造出自成一代詩風的宋詩。

仰望唐詩，猶如一座巨大的山峰，宋代詩人可以從中發現無窮的寶藏，獲得豐富的啓迪。但這座高峰也給宋人造成了沉重的心理壓力，他們必須另闢蹊徑，才能走出唐詩的陰影。宋人對唐詩的最初態度，是學習和模仿。從宋初到北宋中葉，人們先後選擇白居易、賈島、李商隱、韓愈、李白、杜甫作爲典範，反映出對唐詩的崇拜心理。待到宋人樹立起開創一代新詩風的信心之後，他們就試圖擺脫唐詩的藩籬。然而極盛之後，難以爲繼。宋詩的創新具有很大的難度。以題材爲例，唐詩表現社會生活幾乎達到了鉅細無遺的程度，這樣宋人就很難發現未經開發的新領域。他們所能做的，是在唐人開採過的礦井裡繼續向深處挖掘。宋詩在題材方面較成功的開拓，便是向日常生活傾斜。瑣事細物，都成了宋人筆下的詩料。比如蘇軾曾詠水車、秧馬等農具，黃庭堅多詠茶之詩。有些生活內容唐人也已寫過，但宋詩的選材角度趨向世俗化，比如宋人的送別詩多寫私人的交情和自身的感受，宋人的山水詩則多詠遊人熙攘的金山、西湖。所以，宋詩所展示的抒情主人公形象，更多的是普通人，而不再是蓋世英雄或絕俗高士。這種特徵使宋詩具有平易近人的優點，但缺乏唐詩那種源於浪漫精神的奇情壯采。

宋詩的任何創新都是以唐詩爲參照對象的。宋人慘澹經營的目的，便是在唐詩美學境界之外另闢新境。宋代許多詩人的風格特徵，相對於唐詩而言，都是生新的。比如梅堯臣的平淡，王安石的精緻，蘇軾的暢達，黃庭堅的瘦硬，陳師道的樸拙，楊萬里的活潑，都可視爲對唐詩風格的陌生化的結果。然而宋代詩壇有一個整體性的風格追求，那就是以平淡爲美。蘇軾和黃庭堅一向被看作宋詩特徵的典型代表，蘇軾論詩最重陶淵明，黃庭堅則更推崇杜甫晚期的詩，蘇、黃的詩學理想貌似有異，其實是殊途同歸的。蘇軾崇陶，著眼於陶詩「質而實綺，臞而實腴」（見蘇轍〈子瞻和陶淵明詩集引〉，《欒城後集》卷二一）；黃庭堅尊杜，著眼於晚期杜詩的「平淡而山高水深」（〈與王觀復書〉之二，《豫章黃先生文集》卷一九）。可見他們追求的都是「平淡」，那是一種超越了雕潤絢爛的老成風格，一種爐火純青的美學境界。唐詩的美學風範，是以豐潤華美爲特徵，而宋詩以平淡爲美學追求，顯然是對唐詩的深刻變革。這也是宋代詩人求新求變的終極目標。

唐詩和宋詩，是五七言詩歌史上雙峰並峙的兩大典範。宋以後的詩歌，雖然仍有發展，但大體上沒能超出唐宋詩的風格範圍。元、明、清的詩壇上有時宗唐，有時宗宋，或同時有人宗唐，有人宗宋。甚至在一個人的詩集中，也有或學唐體或效宋調的現象。唐宋詩的差異是多方面的。南宋嚴羽推崇唐詩，批評宋代的詩人「以文字爲詩，以才學爲詩，以議論爲詩」（《滄浪詩話．詩辨》），實即總結了宋詩異於唐詩的一些特徵。但這種歸納，主要著眼於藝術手法和功能，尚停留於淺表的層面。到了近代，學者對唐宋詩的差異有了更深刻的闡述。如說：「唐詩以韻勝，故渾雅，而貴蘊藉空靈；宋詩以意勝，故精能，而貴深折透闢。唐詩之美在情辭，故豐腴；宋詩之美在氣骨，故瘦勁。」或謂：「唐詩多以豐神情韻擅長，宋詩多以筋骨思理見勝。」㉕這種著眼於美學風格的論述，揭示了唐宋詩內在本質的差異。相對而言，宋詩中的情感內蘊經過理性的節制，比較溫和、內斂，不如唐詩那樣熱烈、外揚；宋詩的藝術外貌平淡瘦勁，不如唐詩那樣色澤豐美；宋詩的長處，不在於情韻而在於思理。它是宋人對生活的深沉思考的文學表現。唐宋詩在美學風格上，既各樹一幟，又互相補充。它們是五七言古典詩歌美學的兩大範式，對後代詩歌具有深遠的影響㉖。

作爲有宋一代文學之勝的是宋詞。在詞史上，宋詞占有無與倫比的巔峰地位。詞在晚唐五代尚被視爲小道，到宋代才逐漸與五七言詩相提並論。宋詞流派眾多，名家輩出，自成一家的詞人就有幾十位，如柳永、歐陽修、張先、蘇軾、晏幾道、秦觀、賀鑄、周邦彥、李清照、朱敦儒、張元幹、張孝祥、辛棄疾、劉過、姜夔、吳文英、王沂孫、蔣捷、張炎等人，都取得了獨特的藝術成就。宋詞的總體成就十分突出：首先，完成了詞體的建設，藝術手段日益成熟。無論是小令還是長調，最常用的詞調都定型於宋代。在詞的過片、句讀、字聲等方面，宋詞都建立了嚴格的規範。詞與音樂有特別密切的關係，詞的聲律和章法、句法也格外細密。宋詞獨特的藝術魅力是五七言詩難以達到的，它爲豐富古典詩歌的藝術做出了獨特的貢獻。其次，宋詞在題材內容和風格傾向上，開拓了廣闊的領域。晚唐五代詞，大都是風格柔婉的豔詞，宋代詞人繼承並改造了這個傳統，創作出大量的抒情意味更濃的美麗動人的愛情詞，彌補了古代詩歌愛情題材的不足。此外，經過蘇、辛等人的努力，宋詞的題材範圍，幾乎達到了與五七言詩同樣廣闊的程度，詠物詞、詠史詞、山水詞、田園詞、愛情詞、愛國詞、贈答詞、送別詞、諧謔詞，應有盡有。藝術風格上，也是爭奇鬥豔，婉約與豪放並存，清新與穠麗相競。無論是題材還是風格，後代詞人很少能超出宋詞的範圍。

在中國詩歌史上，唯一堪與唐詩媲美的是宋詞。詞在宋以後並未完全衰退，到了清代，還呈中興之勢，但清詞的各種流派都與宋詞有一脈相承的關係。清詞的復興，正體現了宋詞強大的藝術生命力。

在兩宋時期的北方中國，文學也取得了較高的成就。尤其是金朝統治中原地區的一百多年間，文學創作相當繁榮。遼、金的少數民族統治者受到漢文化很深的影響，金人甚至以華夏文化的正宗後繼者自居。遼、金與宋王朝之間的軍事對峙，並未阻斷南北文化的交流。南北之間使臣的往來，還常常促進文學創作活動的開展。元好問等北國詞人深受蘇、辛詞風的影響，就是明證。而北方遊牧民族的粗獷性格，爲遼、金文學注入了較多陽剛之氣；戎馬倥傯的時代背景，也使遼、金作家更多地注重滄桑興亡之感的抒發。金代產生了傑出的詩人元好問，這位鮮卑族的後裔，以卓越的成就躋身於中國古代著名詩人的行列㉗。這是中國各族人民共同創造燦爛的古代文學的典型例證。

注釋

❶後周顯德七年（九五九），周世宗柴榮病卒，恭帝繼位。次年元旦，風聞契丹軍南侵。趙匡胤率諸軍北上抵禦，行至陳橋驛（今河南封丘陳橋鎮），軍士擁立趙匡胤為帝。乃回師開封，逼恭帝禪位，改國號曰「宋」。史稱「陳橋兵變」，參看畢沅《續資治通鑑》卷一。

❷宋太祖建隆二年（九六一），太祖召禁軍將領石守信、王審琦等宴飲，席間勸之放棄兵權，以安享富貴。史稱「杯酒釋兵權」，參看《續資治通鑑》卷二。

❸參看〔日〕衣川強著《宋代文官俸給制度》，鄭梁生譯，臺灣商務印書館一九七七年版；金錚〈文官政治與宋代文化高峰〉，載《國際宋代文化研討會論文集》，四川大學出版社一九九一年版，第一九—三六頁。

❹清人黃宗羲、全祖望所撰《宋元學案》主要是為理學家立傳的學術史，但歐、王等人也都列於其中。歐陽修被列為「廬陵學案」的宗主，且詳錄其《易童子問》、《本論》等論學著作（卷四）。王安石、蘇軾既被列為「廬陵學案」的傳人，又分別單列於「荊公新學略」（卷九八）、「蘇氏蜀學略」（卷九九），前者錄王氏〈王霸論〉、〈原性〉等文，後者錄蘇氏《易解》。

❺韓愈的門人李漢在《昌黎先生集・序》中說：「文者，貫道之器也。」（《昌黎先生集》卷首）這實際上反映了韓愈的文學思想。

❻朱熹說：「這文皆是從道中流出，豈有文反能貫道之理？……若以文貫道，卻是把本為末，以末為本，可乎？」、「道者，文之根本；文者，道之枝葉。惟其根本乎道，所以發之於文，皆道也。」（《朱子語類》卷一三九）

❼參看莫礪鋒《朱熹文學研究》第三章〈朱熹的文學理論〉，南京大學出版社二〇〇〇年版。

❽《二程語錄》卷一一載：「問：『作文害道否？』曰：『害也。凡為文不專意則不工，若專意則志局於此，又安能與天地同其大也。《書》云：玩物喪志。為文亦玩物也。』」

❾「四大書院」指白鹿洞書院（在江州廬山）、嶽麓書院（在潭州嶽麓山）、應天府書院（在河南商丘）、石鼓書院（在衡陽石鼓山）。詳見張正藩《中國書院制度考略》六〈宋初的四大書院〉，江蘇教育出版社一九八五年版，第四二—四七頁。

❿明人楊士奇編纂《歷代名臣奏議》三百五十卷（《四庫全書》本），分為六十四門，對漢代以後的歷代奏議收羅相當完備。此書收錄的宋代奏議遠遠超過唐代，以其中占卷數最多的五門為例，「治道」門收唐五代奏議共三卷，而宋代奏議達三十五卷；「經國」門收唐代奏議不足一卷，而宋代達二十一卷有零；「用人」門收唐五代奏議一卷，宋代達二十卷有零；「禦邊」門收唐代奏議不足一卷，宋代達十七卷有零；「四裔」門收唐代奏議一卷，宋代達八卷有零。

⓫例如王安石的〈上仁宗皇帝言事書〉、蘇軾〈上神宗皇帝書〉、辛棄疾的〈美芹十論〉、〈九議〉和陳亮的〈上孝宗皇帝第一書〉等，都是歷史上著名的長篇奏議。

⓬參看劉慶、毛元佑《中國宋遼金夏軍事史》，人民出版社一九九三年版。

⓭例如活躍於宋仁宗時代的雲門宗禪僧契嵩（一〇〇七—一〇七二）鼓吹佛家應與儒家一樣講求孝道（〈孝論〉，《鐔津文集》卷三），並把佛教的五戒十善與儒家的仁義忠孝統一起來，認為兩者是「異號而一體」（〈原教〉，《鐔津文集》卷一），便是佛教向中國傳統倫理道德靠攏的典型表現。

⓮參見李燾《續資治通鑑長編》卷二三三。

⓯胡仔《苕溪漁隱叢話》前集卷二六引《後山詩話》：「閩士有好詩者，不用陳語常談，寫投梅聖俞。答書曰：『子詩誠工，但未能以故為新，以俗為雅爾。』」又蘇軾〈題柳子厚詩〉云：「詩須要有為而作，用事當以故為新，以俗為雅。」（《蘇軾文集》卷六七）黃庭堅〈再次韻（楊明叔）·引〉云：「蓋以俗為雅，以故為新……此詩人之奇也。」（《黃庭堅詩集注》卷一二）按：上述三處引文都將「以俗為雅」與「以故為新」相提並論，可見「以俗為雅」應理解為「化俗為雅」之意。

⓰參看漆俠〈宋代社會生產力的發展及其在中國古代經濟發展過程中的地位〉，《中國經濟史研究》一九八六年第一期；葛金芳《宋遼夏金經濟研析》，武漢出版社一九九一年版。

⓱英國的李約瑟說：「每當人們在中國的文獻中查考任何一種具體的科技史料時，往往會發現它的主焦點就在宋代。不管在應用科學方面或在純粹科學方面都是如此。」見《中國科學技術史》中譯本，科學出版社一九七五年版，第一卷，第二八七頁。

⓲宋代的紙幣稱為「交子」，發行地域幾乎遍及全國，這是中國歷史上最早出現的紙幣，詳見《宋史》卷一八一《食貨志》下

三。宋代的商行組織範圍遍及全國的城鎮，詳見《宋史》卷一八三《食貨志》下五。

⑲ 關於宋代說話、雜劇等藝術的詳細情況，將在本書第六編予以論述。

⑳ 參看劉尊明《唐五代詞的文化觀照》第六章〈唐五代詞與宮廷文化〉、第七章〈唐五代詞與城市文化〉，臺北文津出版社一九九四年版。

㉑ 參看胡仔《苕溪漁隱叢話》後集卷四〇與葉夢得《避暑錄話》卷上。

㉒ 分別見周密《齊東野語》卷二〇與陸友仁《研北雜志》卷下。

㉓ 參看錢世昭《錢氏私志》、陳師道《後山詩話》、楊湜《古今詞話》等。

㉔ 明初朱右編選唐代韓愈、柳宗元，宋代歐陽修、王安石、曾鞏、蘇洵、蘇軾、蘇轍等八家之文為《八先生文集》；明中葉唐順之編《文編》，於唐宋時代獨取此八家之文。茅坤繼而編成《唐宋八大家文鈔》，「唐宋八大家」就成為文學史上的專有名詞。

㉕ 分別見繆鉞《詩詞散論》，上海古籍出版社一九八二年版，第三六頁；錢鍾書《談藝錄》一〈詩分唐宋〉，中華書局一九八四年版，第二頁。

㉖ 自從宋詩在蘇軾、黃庭堅手中形成自己的特色以後，對它的批評也就開始了。南北宋之際的張戒說：「自漢魏以來，詩妙於子建，成於李、杜，而壞於蘇、黃。」（《歲寒堂詩話》卷上）南宋後期的嚴羽更明確地說：「至東坡、山谷始自出己意以為詩，唐人之風變矣。」（《滄浪詩話·詩辨》）對宋詩的這些指責，都是以唐詩為參照對象的。這說明唐詩的高度成就和美學風範已深入人心，異於唐詩的新詩風較難得到人們的認可。只有宋末元初的方回編選《瀛奎律髓》，入選宋詩多於唐詩，評語中也多有推崇宋詩之言，但他的看法沒有得到廣泛的響應。到了明代，在「詩必盛唐」的詩學思想主導下，人們對宋詩更不屑一顧，甚至出現了「宋無詩」（李夢陽《潛虬山人記》）、「宋人詩不必觀」（何景明語，見楊慎《升庵詩話》卷一二）等極端的論點。李攀龍選錄歷代詩歌為《古今詩刪》，對宋詩竟隻字不錄。雖然晚明的公安派曾一度讚揚宋詩，但未能挽回輕視宋詩的風尚。入清以後，人們開始重新評價宋詩。吳之振、吳自牧、呂留良等編刊了《宋詩鈔》，從此宋詩才得到較廣泛的流傳，並受到越來越多的重視，一度出現了「舉世皆宋」的盛況（陳訏《宋十五家詩選·序》），並形成了宋詩派。但在整個清代，尊宋與貶宋之爭一直沒有停息，而且一直延續到現代。目前學術界對宋詩的研究方興未艾，北京大學古文獻研究所主編的《全宋詩》已經出版，人們對宋詩的認識將會更加深入。關於歷代宋詩之爭的情況，可參看齊治平《唐宋詩之爭概述》（嶽麓書社一九八四年版）、劉乃昌〈關於宋詩評價問題的討論綜述〉（《文史知

識》一九八三年第九期）；關於宋詩的特色和發展情況，可參看王水照《宋代詩歌的藝術特點和教訓》（《文藝論叢》第五輯）、許總《宋詩史》（重慶出版社一九九二年版）等；關於宋詩研究的狀況，可參看莫礪鋒、陶文鵬、程杰《回顧、評價與展望——關於本世紀宋詩研究的談話》（《文學遺產》一九九八年第五期）。

㉗清人曾國藩編選的《十八家詩鈔》，對宋代詩人僅選了蘇軾、黃庭堅、陸游三家，而元好問也入選其中。又趙翼《甌北詩話》、況周頤《蕙風詞話》均以較多篇幅評述元好問的詩、詞，可見後人對元好問重視的程度。清人潘德輿甚至說元好問詩「直欲跨蘇、黃，攀李、杜矣」（《養一齋詩話》卷七）。說元好問「跨蘇、黃」，有些誇張，如說他與蘇軾、黃庭堅的成就接近則近於事實。參看周惠泉〈元好問研究發微〉，《社會科學戰線》一九九〇年第二期。

第一章　宋初文學

西元九六〇年，北宋帝國建立，結束了唐末以來長達百年的分裂割據、戰亂頻仍的局面。北宋的統治者從建國之初就採取了崇文抑武的國策，在努力發展經濟的同時，也對文化建設給予相當的重視。然而文化建設需要一個涵育、積累的過程，不可能一蹴而就。蘇軾說：「宋興七十餘年，民不知兵，富而教之，至天聖、景祐極矣。而斯文終有愧於古。」（《六一居士集・敘》，《蘇軾文集》卷一〇）所謂「七十餘年」，即宋太祖、太宗、眞宗三朝以及仁宗朝的初期❶，也就是本章所說的「宋初」。在這段時間裡，宋代文學尚未取得足以與前代相媲美的成就，但它在延續五代文風的同時也已呈現出一些新的氣象，有些方面昭示出宋代文學的發展方向。

第一節　宋初的古文和復古思潮

・王禹偁等人的古文　・柳開、穆修等人的復古思想

宋初文人多數是從五代十國入宋的，其中如李昉、陶穀原是後周的詞臣，徐鉉、刁衎原是南唐的詞臣。他們入宋以後的散文仍多爲駢體，風格浮豔，與五代時如出一轍。稍後雖有柳開、梁周翰等人提倡古文、反對駢儷，但未能取得相應的創作實績。宋初在古文創作上成就較高的作家是王禹偁。

王禹偁（九五四—一〇〇一）❷，出身貧寒，入仕後多次遭貶謫。這使他的人生態度和文學思想都迥異於那些養尊處優的館閣詞臣。首先，王禹偁信從儒家的政治理想，關心國家和人民的命運。他把自己的文集題作《小畜集》，就是表示懷有「兼濟天下」之志❸。其次，王禹偁不滿於晚唐五代的浮靡文風，曾說：「咸通以來，詩文不競。革弊復古，宜其有聞。」（〈送孫何序〉，《小畜集》卷一九）他的古文，言之有物，清麗疏朗，在宋初文壇上獨樹一幟。例如〈黃州新建小竹樓記〉中寫景的一節：

遠吞山光，平挹江瀨。幽闃遼夐，不可具狀。夏宜急雨，有瀑布聲。冬宜密雪，有碎玉聲。宜鼓琴，琴調虛暢。宜詠詩，詩韻清絕。宜圍棋，子聲丁丁然。宜投壺，矢聲錚錚然。皆竹樓之所助也。公退之暇，披鶴氅，戴華陽巾，手執《周易》一卷，焚香默坐，消遣世慮。江山之外，第見風帆、沙鳥、煙雲、竹樹而已。

駢散結合，既有古文的疏朗流暢，也不廢駢體文字對稱、音調鏗鏘的優點。此節中對閒情逸趣的讚美和末段對貶謫生涯的感慨前後照應，更增強了全文的抒情意味，堪稱歐、蘇古文的先導。此外，王禹偁的議論文如〈待漏院記〉，敘事文如〈唐河店嫗傳〉等，都是優秀的古文篇章，繼承了韓、柳的傳統而文字較爲平易，顯示出一種新文風的端倪。

宋初在文學理論上鮮明地提出復古主張的，首推柳開（九四七—一〇〇〇）❹。柳開在〈應責〉中說：「吾之道，孔子、孟軻、揚雄、韓愈之道。吾之文，孔子、孟軻、揚雄、韓愈之文也。」（《河東集》卷一）這種把道統與文統合爲一談的觀點，對後來的古文家和理學家都有深刻的影響，在當時是有積極意義的。柳開還把文看作是明道的工具，並因此而反對文體華豔。他說：「文章爲道之筌也，筌可妄作乎？筌之不良，獲斯失矣。女惡容之厚於德，不惡德之厚於容也。文惡辭之華於理，不惡理之華於辭也。」（〈上王學士第三書〉，《河東集》卷五）這種理論在宋初本應起到矯正五代浮華文風的作用，可是柳開過於強調道的重要性而忽視文采，而他所說的「道」又僅僅是指「聖賢之道」，因而容易使文學淪爲道統的附庸。加上柳開爲人粗豪狂誕，文章又寫得艱澀難讀，所以儘管他大聲疾呼，卻應者寥寥，沒有對文壇產生實際的影響。

在柳開之後，穆修（九七九—一〇三二）等人繼續宣導韓、柳的古文。當時西崑派的駢體已風行一時，穆修以刊刻韓、柳文集來與之對抗，並親自在東京大相國寺出售。姚鉉（九六八—一〇二〇）則編選《唐文粹》，其文章部分摒棄駢體，專錄古文。雖然響應他們的人仍然不多，但穆修成功地培養了一些寫作古文的弟子，其中如祖無擇、尹洙、蘇舜欽等人後來都成了古文運動的中堅人物。

第二節　宋初白體詩人和王禹偁

・宋初的館閣唱和之風和白體詩風的流行　・王禹偁詩中的新氣息

宋末的方回說：「宋鏟五代舊習，詩有白體、崑體、晚唐體。」（〈送羅壽可詩・序〉，《桐江續集》卷三二）說宋初詩壇已經鏟除「五代舊習」，稍嫌誇張，但把宋初詩風歸爲三體，則頗爲準確❺。

「白體」詩人是宋初效法白居易作詩的一批詩人，代表作家有李昉、徐鉉等人。宋初朝廷優待文臣，且提倡詩賦酬唱，所以當時的館閣之臣唱酬成風，且編成了許多唱酬詩集，例如李昉與李至的《二李唱和集》、李昉等人的《禁林宴會集》、徐鉉等人的《翰林酬唱集》等。他們的詩歌主要是模仿白居易與元稹、劉禹錫等人互相唱和的近體詩，內容多寫流連光景的閒適生活，風格淺切清雅。顯然，這種詩風僅僅是模仿了白居易詩風的一個方面，而且與五代詩風一脈相承。

王禹偁也被宋人看作白體詩人，但事實上他的詩風與李昉、徐鉉等人同中有異。王禹偁自幼喜愛白詩，早年也寫過許多閒適的唱和詩，然而他學習白詩並未囿於閒適詩，他更重視白居易的諷諭詩。尤其是在謫居商州時期，他相當自覺地學習白居易新樂府詩的創作精神，寫了許多反映社會現實、充滿憂國憂民情懷的詩篇，如〈畬田詞〉、〈秋霖二首〉、〈烏啄瘡驢歌〉等，其中〈感流亡〉一詩寫「老翁與病嫗，頭鬢皆皤然。呱呱三兒泣，惸惸一夫鰥」的不幸，對他們「繦負且乞丐，凍餒復險艱。唯愁大雨雪，僵死山谷間」的悲慘遭遇表示深切的同情。更可貴的是，他在詩中還聯想到自己：「我聞斯人語，倚戶獨長歎：爾爲流亡客，我爲冗散官。」這樣，對他人的同情與自己的身世之感結合在一起，情眞意切，思想境界遠勝於當時詩壇上常見的無病呻吟之作。

與白居易早年多寫諷諭詩、晚年退而寫閒適詩的創作歷程相反，王禹偁的閒適唱和詩大都作於早年，他晚年自編《小畜集》時對這類詩收錄很少，表現出深刻的自省意識。正是這種意識使他從宋初白體詩人的群體中游離出來，也使他從學習白居易進而以杜甫爲典範。相傳他曾因作詩偶合杜甫詩句而寫下了「本與樂天爲後進，敢期子美是前身」之句（見《蔡寬夫詩話》），他還稱讚「子美集開詩世界」（〈日長簡仲咸〉，《小畜集》卷九）。對杜詩藝術境界的借鑑導致了對淺俗平易的白體詩風的超越，例如〈村行〉：

馬穿山徑菊初黃，信馬悠悠野興長。萬壑有聲含晚籟，數峰無語立斜陽。棠梨葉落胭脂色，蕎麥花開白雪香。何事吟餘忽惆悵，村橋原樹似吾鄉。

語言曉暢自然，而情感含蓄深沉，體現出杜詩風格因素向白體詩風的滲透。

從總體上看，王禹偁的詩平易流暢，簡雅古淡，在宋初白體詩中獨樹一幟，已初步表現出對於平淡美的追求。他的長篇詩歌敘事簡直，議論暢達，已開宋詩散文化、議論化的風氣。清人吳之振說「元之獨開有宋風氣」❻，這個評價是合乎事實的。

第三節　宋初的晚唐體詩人

・專學賈島、姚合的九僧詩　・林逋等隱逸詩人　・身分獨異的寇準

「晚唐體」詩人是指宋初模仿唐代賈島、姚合詩風的一群詩人，由於宋人常常把賈、姚看成是晚唐詩人，所以名之為「晚唐體」。

「晚唐體」詩人中最恪守賈、姚門徑的是「九僧」，即希晝、保暹、文兆、行肇、簡長、惟鳳、惠崇、宇昭、懷古等九位僧人，其中惠崇的成就比較突出。九僧作詩，繼承了賈島、姚合反覆推敲的苦吟精神，內容大都為描繪清邃幽靜的山林景色和枯寂淡泊的隱逸生活，形式上特別重視五律，尤喜在五律的中間二聯表現其鏤句鉥字的苦心孤詣。因此，九僧詩中時有文字頗為精警的斷句，例如「蟲跡穿幽穴，苔痕接斷樓」（保暹〈秋徑〉）、「磬斷危杉月，燈殘古塔霜」（惟鳳〈與行肇師宿廬山棲賢寺〉）、「河分岡勢斷，春入燒痕青」（惠崇〈訪揚雲卿淮上別墅〉）等，但全篇的意境往往不夠完整。九僧詩的內容單調貧乏，相傳進士許洞會「九僧」賦詩，「出一紙，約曰：『不得犯此一字。』其字乃『山、水、風、雲、竹、石、花、草、雪、霜、星、月、禽、鳥』之類，於是諸僧皆擱筆」（歐陽修《六一詩話》）。可見他們作詩畛域之狹小。

「晚唐體」的另一個詩人群體是潘閬、魏野、林逋等隱逸之士，其中林逋最為有名。這一群詩人的作風稍異於九僧，他們一方面模仿賈島的字斟句酌，另一方面也頗有白體詩平易流暢的傾向，而詩歌所表現的生活內容也比「九僧」詩稍微豐富一些。

林逋（九六七—一〇二八）詩的主要內容是吟詠湖山勝景和抒寫隱居不仕、孤芳自賞的心情❼。如〈秋日西湖閒泛〉：

水氣並山影，蒼茫已作秋。林深喜見寺，岸靜惜移舟。疏葦先寒折，殘紅帶夕收。吾廬在何處？歸興起漁謳。

寫景精細，字句精練，略同於九僧詩。而完整的意境、活潑的情趣，則是九僧詩所缺乏的。林逋的詠梅詩十分著名，「疏影橫斜水清淺，暗香浮動月黃昏」（〈山園小梅〉二首之一，《林和靖集》卷二）兩句向稱詠梅絕唱，為歐陽修所激賞。而同題之二中「雪後園林才半樹，水邊籬落忽橫枝」一聯則因遺貌取神而受到黃庭堅的盛讚❽。可見林逋詩的風格比較豐富，已經對賈、姚詩風的藩籬有所突破了。

晚唐體詩人中身分迥異的是寇準（九六一—一〇二三）❾。由於他曾官至宰相，又與上述兩個詩人群體都有交往，所以成了晚唐體的盟主。寇準一生功業彪炳，又遭讒貶逐，以風節著稱於時。但他寫詩卻絕少涉及上述生活內容，反與九僧、林逋等人如出一轍，喜寫山林之思，含思淒婉。例如〈春日登樓懷歸〉：

> 高樓聊引望，杳杳一川平。野水無人渡，孤舟盡日橫。荒村生斷靄，古寺語流鶯。舊業遙清渭，沉思忽自驚。

宦情羈思，感慨深切，但整體上的格調仍近於林逋詩。

第四節　西崑體的盛衰

．《西崑酬唱集》的成書　．西崑體的藝術特徵　．西崑體的盛行　．西崑體的衰微

白體和晚唐體是兩個鬆散的詩人群體，其詩風並未主宰整個詩壇，宋初詩壇上聲勢最盛的一派是西崑體。

西崑體是以《西崑酬唱集》而得名的。宋初館閣文臣的唱和風氣到真宗朝而臻於極盛，《西崑酬唱集》就是這種風氣下的產物。真宗景德二年（一〇〇五），翰林學士楊億等奉命編纂名為《歷代君臣事蹟》的大類書，至大中祥符六年（一〇一三）成書，奉詔題作《冊府元龜》。當時參加編書的共十八人，其中如錢惟演、劉筠等都是著名的詩人。這麼多的館閣文士集中在一起編書，自然免不了要作詩唱酬。大中祥符元年（一〇〇八），楊億將他們的唱酬之作編成一集。由於這三年的唱酬活動主要是在皇家圖書館——祕閣中進行的，所以，楊億據《山海經》和《穆天子傳》中關於崑崙之西有群玉之山，是為帝王藏書之府的傳說，將這本詩集題作《西崑酬唱集》，言下不無標榜之意。《西崑酬唱集》共收錄了十七位詩人的二百四十七首詩，這些詩人是：楊億、劉筠、錢惟演、刁衎、陳越、李維、李宗諤、劉隲、丁

謂、任隨、張詠、錢惟濟、舒雅、晁迥、崔遵度、薛映、劉秉。自李宗諤以下十一人沒有參加《冊府元龜》的編纂，但也參加了唱酬活動，所以《西崑酬唱集》作者是一個關係相當密切的詩人群體。

《西崑酬唱集》行世後，西崑體風行一時，成為當時詩壇上獨領風騷的詩歌流派。歐陽修說：「蓋自楊、劉唱和，《西崑集》行，後進學者爭效之，風雅一變，謂之崑體。由是唐賢諸詩集幾廢而不行。」（《六一詩話》）便是對當時盛況的追憶。

西崑體詩人的人數雖然不少，但成就較高的只有楊億（九七四—一〇二〇）、劉筠（九七一—一〇三一）、錢惟演（九七七—一〇三四）三人❿。《西崑酬唱集》中，楊、劉、錢三人的詩分別為七十五首、七十三首和五十四首，共占全書篇數的五分之四。又全書共有七十題次，其中由楊、劉、錢三人首唱的分別為四十一次、十三次和九次，共占全書題次總數的十分之九。由此可見，楊億等三人不但是西崑體中作品最多的詩人，也是在當時的唱酬活動中領導風氣的盟主。

西崑詩人的作品並非僅僅有《西崑酬唱集》一書。例如楊億，平生作詩甚多，留傳至今的尚有《武夷新集》二十卷。他為人忠鯁，其仕宦生涯也並不都在館閣之中。他曾幾次出任地方官，對社會現實有所了解，他的詩中不乏內容充實之作，例如〈獄多重囚〉、〈民牛多疫死〉等描寫民瘼；〈書懷寄劉五〉之直抒胸臆，都迥異於《西崑酬唱集》的主題。然而他們在當時影響最大的卻是那些唱酬作品，而且正是《西崑酬唱集》使他們驟得「西崑體」的盛名，所以後人評述西崑體時仍以《西崑酬唱集》為基本材料。

楊億在《西崑酬唱集．序》中說，他們寫詩的過程是「歷覽遺編，研味前作，挹其芳潤，發於希慕。更迭唱和，互相切劘」。在這種觀點指導下寫出的詩，其題材範圍必然是比較狹隘的。全集七十個詩題中，主要有三類題材。一是懷古詠史。當時他們正在編纂《歷代君臣事蹟》，整日面對的汗牛充棟的史籍、著名歷史人物的故事便成為詩材的淵藪，如〈始皇〉、〈漢武〉、〈明皇〉等皆屬此類。二是詠物。詠物詩本是閉門覓句的詩人最喜愛的題材，即使缺乏詩情也能從周圍事物中找到無窮的詩題，所以西崑集中此類題目甚多，如〈鶴〉、〈梨〉、〈螢〉、〈淚〉等。三是描寫流連光景的生活內容，由於館閣生活比較單調，所以此類詩題不外是〈直夜〉、〈夜燕〉、〈別墅〉等。此外西崑集中偶有閨情題材如〈無題〉、〈闕題〉等，但為數很少。後人或責備西崑體「淫靡」，那是不符合事實的。

西崑體詩在內容上並非毫無可取之處，例如劉筠的〈漢武〉：

漢武天臺切絳河，半涵非霧鬱嵯峨。桑田欲看他年變，瓠子先成此日歌。夏鼎幾遷空象物，秦橋未就已沉波。相如作賦徒能諷，卻助飄飄逸氣多。

詠漢武而不寫其尊儒術、破匈奴等彪炳功業，反而集中詠其晚年好神仙、求長生的事蹟，語帶譏刺。這顯然含有對宋眞宗在咸平、景德年間崇信符瑞、求仙祀神的迷信活動旁敲側擊的諷諭意味，故而體現了批判時政的現實意義。但是從總體上看，西崑體詩與時代、社會沒有密切的關係，思想內容是比較貧乏的，也很少抒寫詩人的眞情實感，缺乏生活氣息。

西崑體最引人注目的是其藝術特徵。楊億等人最推崇唐代詩人李商隱，兼重唐彥謙。西崑集中的詩大都師法李商隱詩的雕潤密麗、音調鏗鏘。不但〈無題〉、〈闕題〉一類詩直接模擬李商隱詩，而且〈漢武〉、〈明皇〉等作也是脫胎於李的詠史詩⓫。西崑集中詩體多爲近體，七律即占十分之六，也體現出步趨李商隱、唐彥謙詩體的傾向。

西崑詩人學習李商隱詩的藝術有得有失，其得益之處爲對仗工穩，用事深密，文字華美，呈現出整飭、典麗的藝術特徵，例如楊億的〈南朝〉：

五鼓端門漏滴稀，夜籤聲斷翠華飛。繁星曉埭聞雞度，細雨春場射雉歸。步試金蓮波濺襪，歌翻玉樹涕沾衣。龍盤王氣終三百，猶得澄瀾對敞扉。

此詩將南朝的典故巧妙地組織在一起，工穩妥帖，鍛鍊無痕。中間二聯對仗精工，辭采華美。全詩音節鏗鏘，用意深密，藝術上很接近李商隱的同類詩歌。西崑體雖然沒能在唐詩之外開闢新的藝術境界，但是相對於平直淺陋的五代詩風而言，這種整飾、典麗、深密的詩風畢竟意味著藝術上的進步。在宋初詩壇瀰漫著白體和晚唐體崇尚白描、少用典故的詩風的背景下，西崑體的出現無疑令人耳目一新，它初步反映出北宋統一帝國的堂皇氣象，這是「楊、劉風采，聳動天下」的主要原因⓬。

然而，西崑體在藝術上也有嚴重的缺點。由於西崑體詩人專門模仿李商隱詩的藝術外貌，而缺乏李詩蘊涵的眞摯情感和深沉感慨，所以往往徒得其華麗的外表而缺乏內在的氣韻，就像泥塑木雕的美人總是少有神采一樣。至於模仿得不很成功的詩更是雕繢滿眼而支離破碎。西崑體詩人在總體上缺乏創新精神，沒有自成一家的氣概，所以雖然風行一時而終難在文學史長河中得以自立。至眞宗天禧年間，就有伶人扮演成李商隱而身穿破爛衣服，諷刺西崑詩人說：「吾爲諸館職撏扯至此！」（劉攽《中山詩話》）可見這種專事模仿的詩風不久就被人看作是剽竊了。

由於《西崑酬唱集》中有些詩篇含有譏刺時政的意向，特別是楊、劉等人寫的一組《宣曲》詩被指責爲影射眞宗朝的掖庭之事，所以眞宗在大中祥符二年（一〇〇九）即下詔指責其「浮豔」詩風，時距《西崑酬唱集》的成書還不到一年。但是眞宗下詔的眞正目的並不是要振作詩風，而詔書對西崑體的指責也並未切中要害，所以西崑體並沒有因此即告衰歇。

西崑體衰微的眞正原因是其自身的兩個致命弱點：一是詩歌題材範圍狹窄，缺乏時代氣息；二是詩歌藝術立足於模仿，缺乏自立精神。帶有這些缺點的詩風縱能風行一時，但它所取得的成就肯定難以超越前人的藩籬，所以無法承擔起在唐詩之外另闢藝術新境的歷史任務。儘管西崑體的成就高於白體和晚唐體，但它們沒有本質上的區別，都是晚唐五代詩風的延續。從白體、晚唐體到西崑體，宋代詩人先後在唐代詩歌中選擇白居易、賈島和李商隱作爲學習的典範。由於宋初詩人在藝術上還缺乏必要的經驗積累，還沒有樹立創建一代詩風與唐詩爭雄的信心，所以他們未能取法乎上而以李白、杜甫爲典範，只能先以白居易等中晚唐詩人爲學習對象。但是這種摸索過程事實上爲後來的詩文革新提供了經驗和教訓，所以宋初詩歌仍是宋詩發展過程中不可缺少的一環。

注釋

❶天聖（一〇二三—一〇三一）、景祐（一〇三四—一〇三七）都是宋仁宗的年號，景祐時距北宋建國已有七十餘年，正處於歐陽修領導文壇的前夕。

❷王禹偁，字元之，濟州巨野（今山東巨野）人。家世貧寒，其父以磨麥為生。宋太宗太平興國八年（九八三）進士及第，歷任右拾遺、禮部員外郎等職。直言敢諫，數遭貶謫。真宗時預修《太祖實錄》，直書史事，引起宰相不滿，降知黃州（今屬湖北），後遷蘄州（今湖北蘄春）病卒。人稱王黃州。著有《小畜集》，另有《小畜外集》，共存詩五百八十餘首。其生平事蹟，見《宋史》卷二九三本傳；另參徐規《王禹偁事蹟著作編年》（中國社會科學出版社一九八二年版）。

❸「小畜」是《周易》卦名。《周易正義》卷十〈雜卦〉：「小畜，寡也。」注：「不足以兼濟也。」王禹偁以「小畜」名集以示謙，實即胸懷「兼濟」之志。

❹柳開，大名（今屬河北）人。少時名肩愈，字紹元（一作紹先），表示要繼承韓愈、柳宗元的傳統。二十四歲時改名開，字仲塗，表示要開拓古代聖賢之道。宋太祖開寶六年（九七三）進士，曾任州、軍長官，殿中侍御史。《宋史》卷四四〇有傳。著有《河東先生集》。作品以文為主，詩僅存四首。

❺北宋末年蔡居厚在《蔡寬夫詩話》中說：「國初沿襲五代之餘，士大夫皆宗白樂天詩，故王黃州主盟一時。祥符、天禧之間，楊文公、劉中山、錢思公專喜李義山，故崑體之作，翕然一變。」南宋嚴羽在《滄浪詩話・詩辨》中則認為：「國初之詩，尚沿襲唐人，王黃州學白樂天，楊文公、劉中山學李商隱，盛文肅學韋蘇州。」除開盛度詩名不著可以不論，蔡、嚴二人都認為宋初詩壇上有兩個流派。方回首次指出宋初詩壇上實有三體，很有眼光。參看白敦仁〈宋初詩壇及「三體」〉，《文學遺產》一九八六年第三期。

❻見《宋詩鈔》之《小畜集鈔・序》，中華書局一九八六年版。按：關於王禹偁在宋初詩壇上的地位，參看陳植鍔〈試論王禹偁與宋初詩風〉，《中國社會科學》一九八二年第二期。

❼林逋，字君復，錢塘（今浙江杭州）人。早歲浪遊江淮間，後隱居於杭州孤山。不娶不仕，種梅養鶴，號稱「梅妻鶴子」。卒謚和靖先生。《宋史》卷四五七有傳。著有《林和靖詩集》，存詩近三百首。

❽參見胡仔《苕溪漁隱叢話》前集卷二七，人民文學出版社一九六二年版，第一八八頁；黃庭堅〈書林和靖詩〉，《豫章黃先生文集》卷二六（《黃庭堅全集》，江西人民出版社二〇〇八年版，第一五二九頁）。

❾寇準，字平仲，華州下邽（今陝西渭州）人。宋太宗太平興國五年（九八〇）進士，太宗淳化五年（九九四）除參知政事。真宗時力促真宗親征，與遼訂立澶淵之盟。後遭排擠，貶至雷州，卒。宋仁宗時追謚忠愍。《宋史》卷二八一有傳。著有《寇萊公集》。

❿楊億，字大年，建寧蒲城（今福建蒲城）人。少以神童稱，宋太宗淳化三年（九九二）賜進士出身，真宗時任翰林學士，知制誥。卒謚文。《宋史》卷三〇五有傳。著作存《武夷新集》。劉筠，字子儀，大名（今屬河北）人。宋真宗咸平元年（九九八）進士，官至翰林承旨。《宋史》卷三〇五有傳。錢惟演，字希聖，臨安（今浙江杭州）人。吳越王錢俶之子，官至樞密使。卒謚文僖。《宋史》卷三一七有傳。

⓫例如楊億的〈無題〉（巫陽歸夢隔千峰）、錢惟演的〈無題〉（絳樓初分麝氣濃）便是同擬李商隱〈無題〉（來是空言去絕蹤）一首的，詳參王仲犖《西崑酬唱集注》，中華書局一九八二年版。

⓬劉克莊《後村詩話》前集卷二：「君謨以詩寄歐公，公答云：『先朝楊、劉，風采聳動天下，至今使人傾想。』」（中華書局一九八三年版，第二二頁）可見西崑諸子不僅傾動一時，而且其影響直到歐陽修的時代仍未消失。

第二章　柳永與北宋前期詞人的探索

宋代立國之初的半個世紀（九六〇—一〇一〇），詞並沒有隨著新王朝的建立而興盛，基本上是處於停滯狀態。南宋王灼曾不無感慨地說：「國初平一宇內，法度禮樂，浸復全盛，而士大夫樂章頓衰於前日。」（《碧雞漫志》卷二）五十多年間，詞作者不過十人，詞作僅存三十三首。雖然此間王禹偁、寇準、錢惟演、潘閬和林逋的零星詞作也有較強的可讀性，但尚未形成一種獨特的時代風貌，缺乏開拓性和獨創性。直到眞宗、仁宗之世，柳永等詞人先後登上詞壇之後，宋詞才開始步入迅速發展的軌道。

北宋前期與柳永同時的著名詞人有范仲淹、張先、晏殊和歐陽修等人。他們的詞作代表著十一世紀上半葉（一〇一一—一〇六三）詞壇的最高成就和發展趨勢。此期詞壇的發展趨勢是，在因循中探索，在探索中求變。其中柳永的詞最富有開創性。

第一節　晏殊和歐陽修對五代詞風的因革

・情中有思的晏殊詞　・因循求變的歐陽修詞

詞體進入晚唐五代以後，經文士的改造與加工而漸趨成熟；又經「花間鼻祖」溫庭筠的創造和南唐詞人馮延巳、李煜的強化，進一步確立了以小令爲主的文本體式和以柔情爲主的題材取向、以柔軟婉麗爲美的審美規範。晏殊、歐陽修的詞作，主要繼承的就是五代這種詞風，但他們在繼承中又有革新求變的一面。

晏殊（九九一—一〇五五）的《珠玉詞》❶，絕大部分作品的內容是抒寫男女之間的相思愛戀和離愁別恨。如「無窮無盡是離愁，天涯地角尋思遍」（〈踏莎行〉）；「無情不似多情苦。一寸還成千萬縷。天涯地角有窮時，只有相思無盡處」（〈玉樓春〉）。然而，晏殊詞寫男女戀情，已過濾了五代「花間」詞所包含的輕佻豔冶的雜質，而顯得純淨雅致。他往往略去對女性容貌色相的描寫，而著重表現抒情主人公的戀情。其詞的情感基調是雍容和緩，淡淡的憂愁中時而透露出自我解脫的氣度；語言也一洗五代「花間」詞的脂粉氣和濃豔色彩，而變得清麗淡雅，溫潤秀潔。

北宋劉攽《中山詩話》說：「晏元獻尤喜江南馮延巳詞。其所自作，亦不減延巳。」馮延巳詞在表現「豔情」和「閒情」的同時，偶爾流露過「人生得幾何」（〈春光好〉）這種生命有限的意識。晏殊則經常表現對生命的憂思。作爲太平宰相的晏殊，雖然少年得志，一生仕途順利，享盡富貴，但優裕閒適的生活和多愁善感的個性，使他常常反思和體悟人生。他從圓滿的生活中體悟到一種不圓滿，即想延長這圓滿的人生而苦於人生的短暫，因而他在詞中反覆抒發「細算浮生千萬緒，長於春夢幾多時」（〈木蘭花〉）、「可奈光陰似水聲，迢迢去未停」（〈破陣子〉）這類憂思。而這人生有限的憂思又常與情愛的缺失交融在一起（如〈浣溪沙〉「一向年光有限身」）。兩種苦悶相互生發映襯，加深了詞中情感的濃度，而這又構成了晏殊詞「情中有思」❷，即濃情中滲透著理性沉思的特質。名作〈浣溪沙〉最能代表這種特色：

> 一曲新詞酒一杯，去年天氣舊亭臺，夕陽西下幾時回。　無可奈何花落去，似曾相識燕歸來，小園香徑獨徘徊❸。

在傷春懷人的表層意象中❹，蘊涵著強烈的時間意識和生命意識。「夕陽」、「落花」兩種流逝難返的意象，象徵著年華的流逝和情愛的失落，體現出作者對時光迫促、生命有限的沉思和體悟。

晏殊的輩分較高，政治地位又顯赫，歐陽修等著名詞人或出其門下，或爲其幕僚，因此，他被後人推爲「北宋倚聲家初祖」（馮煦《蒿庵論詞》）。

與晏殊詞相比，歐陽修雖然也主要是走五代詞人的老路，但新變的成分要多些。儘管他作詞是「以其餘力遊戲」（李之儀〈跋吳思道小詞〉），固守著詞爲「薄伎，聊佐清歡」（歐陽修〈采桑子·西湖念語〉）的創作觀念，但作爲開創風氣的一代文宗，他對詞作也有所革新。這主要體現在兩個方面：一是擴大了詞的抒情功能，沿著李煜詞所開闢的方向，進一步用詞來抒發自我的人生感受；二是改變了詞的審美趣味，朝著通俗化的方向開拓，而與柳永詞相互呼應。

歐陽修一生宦海浮沉，曾三遭貶謫，仕途不像晏殊那麼順利，對人生命運的變幻和官場的艱險有較深的體驗，因而不時地在詞中流露出「世路風波險，十年一別須臾」（〈聖無憂〉）、「浮世歌歡眞易失，宦途離合信難期」（〈浣溪沙〉）、「如今薄宦老天涯。十年歧路，空負曲江花」（〈臨江仙〉）的人生感歎。表現這類情感的詞作雖然不太多，但畢竟顯示出一種新的創作方向，即詞既可以寫傳統的類型化的相思恨別，也能夠用來抒發作者自我獨特的人生體驗和心態。他著名的〈朝中措．平山堂〉詞：

> 平山欄檻倚晴空，山色有無中。手種堂前垂柳，別來幾度春風？　文章太守，揮毫萬字，一飲千鍾。行樂直須年少，尊前看取衰翁。

更展現出他瀟灑曠達的風神個性。這種樂觀曠達的人生態度和用詞來表現自我情懷的創作方式對後來的蘇軾有著直接的影響❺。

歐陽修在政治生活中，剛勁正直，見義勇爲，他的詩文和部分「雅詞」就表現出其性格中的這個側面。而他的日常私生活，尤其是年輕時的生活，則頗風流放任。他自己就說：「三十年前，尚好文華，嗜酒歌呼，知以爲樂而不知其非也。」（〈答孫正之第二書〉）因而也寫了一些帶「世俗之氣」的豔詞❻，其中有的比較庸俗，有的內容和情調則比較健康，如〈南歌子〉：

> 鳳髻金泥帶，龍紋玉掌梳。走來窗下笑相扶，愛道畫眉深淺、入時無？　弄筆偎人久，描花試手初。等閒妨了繡功夫，笑問雙鴛鴦字、怎生書？

此詞純用白描的手法，生動地描繪出一位多情撒嬌的少婦形象，表現了青年男女間的親暱情感。另一首〈玉樓春〉（夜來枕上爭閒事）描寫一對夫婦吵架後和解的故事，語言通俗，富有生活氣息。這類詞作，體現出一種與五代詞追求語言富麗華美的貴族化傾向相異的審美趣味，而接近市民大眾的審美情趣。

歐陽修詞朝通俗化方向開拓的另一表現是，他借鑑和吸取了民歌的「定格聯章」等表現手法，創作了兩套分詠十二月節氣的〈漁家傲〉「鼓子詞」，這對後來蘇軾用聯章組詞的方式來抒情紀事頗有影響；而另外兩首〈漁家傲〉（「花底忽聞敲兩槳」和「荷葉田田青照水」）詞，分別寫採蓮女的浪漫歡樂和愛情苦惱，格調清新，也具有民歌風味❼。在宋代詞史上，歐陽修是主動向民歌學習的第一人，由此也造就了其詞清新明暢的藝術風格，歌詠潁州西湖的十首〈采桑子〉就集中體現出這種風格特徵。

第二節　范仲淹、張先和王安石對詞境的開拓

・開闢新境的范仲淹詞　・貼近日常生活的張先詞　・向詩風靠攏的王安石詞

如果說晏殊、歐陽修主要是著眼於詞藝的提高與深化，那麼，范仲淹、張先等人的貢獻則主要表現在對詞境的開拓。

范仲淹（九八九—一〇五二）有著與晏、歐不同的生活經歷。他曾於仁宗康定元年（一〇四〇）出任陝西經略安撫副使兼知延州（治今陝西延安），抗擊西夏❽。四年的軍旅生活，拓展了他的藝術視野，豐富了他的人生感受，也改變了他在〈蘇幕遮〉、〈御街行〉中所表現出的情柔語麗的詞風：

塞下秋來風景異，衡陽雁去無留意。四面邊聲連角起，千嶂裡，長煙落日孤城閉。　濁酒一杯家萬里，燕然未勒歸無計。羌管悠悠霜滿地，人不寐，將軍白髮征夫淚。（〈漁家傲〉）

廣漠蕭瑟的塞外景象、艱苦孤寂的邊塞生活、將士們的久戍思鄉之情和報國立功之志，爲詞世界開闢了嶄新的審美境界，也開啓了宋詞貼近社會生活和現實人生的創作方向。而沉鬱蒼涼的風格，則成爲後來豪放詞的濫觴。

張先（九九〇—一〇七八）❾，是北宋年壽最高的著名詞人。他一生官運雖不亨通，卻也沒有太大的人生挫折，精力又強健，因而一生流連風月，聽歌看舞，優遊卒歲。

張先也常把聽歌看舞的場面和感受形之於詞，傳神地表現出那些歌妓的才藝和表演時的情態，使人如臨其境，如聞其聲，如見其人。如〈減字木蘭花〉寫舞姿：「垂螺近額，走上紅裀初趁拍。只恐輕飛，擬倩游絲惹住伊。」〈慶春澤〉寫善歌者：「冰齒映輕唇，蕊紅新放。聲宛轉，疑隨煙香悠揚。對暮林靜，寥寥振清響。」他尤其善於用形象化的語言傳達出琵琶、胡琴等美妙動人的樂音，如：「三十六弦蟬鬧，小弦蜂作團。」（〈定西番〉）「啄木細聲遲，黃蜂花上飛。」（〈醉垂鞭〉）長於表現歌舞音樂藝術的精妙，是張先詞的顯著特色。

對自然景物的描寫，張先也獨具匠心。他善於通過物影來表現景物的動態美和朦朧美，並因善寫「影」而得「張三影」的美名：「尚書郎張先善著詞，有云：『雲破月來花弄影』，『簾壓捲花影』，『墮輕絮無影』。世稱誦之，

號『張三影』。」⑩張先詞中寫影的共有二十九句，以此三句最爲有名。其他如「中庭月色正清明，無數楊花過無影」（〈木蘭花〉），也同樣精妙。

張先詞的內容雖然主要是寫「心中事，眼中淚，意中人」（〈行香子〉），並沒有超越傳統的相思恨別的範圍，但他從兩個方面改變了詞的發展方向：一是大量用詞來贈別酬唱，擴大了詞的實用功能。以前的文士日常交際中只用正統的詩歌來唱和贈答，詞因被視爲不登大雅之堂的「小道」而只寫給歌妓演唱。張先則打破了這種慣例，在文士的社交場合，也常常用詞來酬唱贈別，如〈山亭宴慢・有美堂贈彥猷主人〉、〈玉聯環・送臨淄相公〉、〈定風波令・再次韻送子瞻〉等。這類贈別唱和之作，藝術上未必都很精緻，但擴大了詞的日常交際功能，從而在觀念上提高了詞的文學地位。後來蘇軾等人的唱和詞作日漸增多，即受張先的影響和啓示。二是用題序，將日常生活引入詞中。他現存一百六十五首詞，有七十多首用了題序。有的詞序文字頗長，有一定的敘事性，如〈木蘭花〉：「去春自湖歸杭，憶南園花已開，有『當時猶有蕊如梅』之句。今歲還鄉，南園花正盛，復爲此詞以寄意。」著名的「六客詞」〈定風波令〉詞序也長達三十三字。緣題賦詞，寫眼前景、身邊事，使詞的題材取向逐漸貼近作者的日常生活，改變了以往詞作有調無題的傳統格局，也加強了詞的紀實性和現實感。此後蘇軾等人的詞大量用題序交代創作的緣起、背景，即是直接受張先的啓發⑪。正因爲如此，張先詞被人視爲「古今一大轉移」（陳廷焯《白雨齋詞話》卷一）。

王安石詞雖僅存二十九首，卻頗具開創性。他的詞已脫離了晚唐五代以來柔情軟調的固定軌道，注重抒發自我的性情懷抱，並進一步由表現個體人生的感受開始轉向表達對歷史和現實社會的反思，使詞具有了一定的歷史感和現實感。如兩首著名的懷古、詠史詞：

> 登臨送目。正故國晚秋，天氣初肅。千里澄江似練，翠峰如簇。歸帆去棹殘陽裡，背西風、酒旗斜矗。彩舟雲淡，星河鷺起，畫圖難足。　念往昔、繁華競逐。歎門外樓頭，悲恨相續。千古憑高，對此漫嗟榮辱。六朝舊事隨流水，但寒煙、芳草凝綠。至今商女，時時猶唱，後庭遺曲。（〈桂枝香・金陵懷古〉）

> 伊呂兩衰翁，歷遍窮通。一為釣叟一耕傭。若使當時身不遇，老了英雄。　湯武偶相逢，風虎雲龍。興王只在笑談中。直至如今千載後，誰與爭功！（〈浪淘沙令〉）

前詞通過對六朝歷史興亡的反思，表現對現實社會危機的憂慮。寫景如繪，意境高遠。後一首表層爲詠歎伊尹、呂尚因君臣際遇而建立奇功，深層則是慨歎自我的懷才不遇，寄寓著風雲際會以建立功勳的人生理想。這些詞的表現功能已由應歌娛人轉向言志自娛，標誌著詞風正向詩風靠攏。

第三節　柳永詞的新變

・慢詞的發展與詞調的豐富　・市民情調的表現與俚俗語言的運用　・鋪敘與白描的手法
・羈旅行役之感與抒情的自我化

正如宋詩直到歐陽修等人登上詩壇才顯示出獨特的面目一樣，宋詞到柳永手中才發生重大的變化。

柳永（九八七？—一〇五三？）[12]，初名三變，字景莊，後改名永，字耆卿，崇安（今福建武夷山市）人。仁宗景祐元年（一〇三四）進士。先後做過睦州團練推官、餘杭縣令、曉峰鹽場（在今浙江舟山）監和泗州判官等地方官。後官至屯田員外郎，故世稱「柳屯田」。

整個唐五代時期，詞的體式以小令爲主，慢詞總共不過十多首。到了宋初，詞人擅長和慣用的仍是小令。與柳永同時而略晚的張先、晏殊和歐陽修，僅分別嘗試寫了十七首、三首和十三首慢詞，慢詞占其詞作總數的比例很小，而柳永一人就創作了慢詞八十七調一百二十五首[13]。柳永大力創作慢詞，從根本上改變了唐五代以來詞壇上小令一統天下的格局，使慢詞與小令兩種體式平分秋色，齊頭並進。

小令的體制短小，一首多則五六十字，少則二三十字，容量有限。而慢詞的篇幅較大，一調短則七八十字，長則一二百字。柳永最長的慢詞〈戚氏〉長達二百一十二字。慢詞篇幅體制的擴大，相應地擴充了詞的內容含量，也增強了詞的表現能力。

在兩宋詞壇上，柳永是創用詞調最多的詞人。他現存二百一十三首詞，用了一百三十三種詞調。在宋代所用八百八十多個詞調中，有一百多調是柳永首創或首次使用[14]。詞至柳永，體制始備。令、引、近、慢，單調、雙調、三疊、四疊等長調短令，日益豐富。形式體制的完備，爲宋詞的發展和後繼者在內容上的開拓提供了前提條件。如果沒有柳永對慢詞的探索創造，後來的蘇軾、辛棄疾等人或許只能在小令世界裡左衝右突，而難以創造出像〈水調歌頭〉（明月幾時有）、〈念奴嬌・赤壁懷古〉、〈水龍吟・登建康賞心亭〉那樣輝煌的慢詞篇章。

柳永不僅從音樂體制上改變和發展了詞的聲腔體式，而且從創作方向上改變了詞的審美內涵和審美趣味，即變「雅」爲「俗」，著意運用通俗化的語言表現世俗化的市民生活情調。北宋陳師道說柳詞「骫骳從俗，天下詠之」（《後山詩話》），王灼也認爲柳詞「淺近卑俗，自成一體，不知書者尤好之」（《碧雞漫志》卷二），都揭示出柳詞面向市民大眾的特點。

唐五代敦煌民間詞，原本是歌唱普通民眾的心聲，表現他們的喜怒哀樂的。到了文人手中，詞的內容日益離開世俗大眾的生活，而集中表現文人士大夫的審美情趣。柳永由於仕途失意，一度流落爲都市中的浪子，經常混跡於歌樓妓館，對生活在社會底層的歌妓和市民大眾的生活、心態相當了解，他又經常應歌妓的約請作詞[15]，供歌妓在茶坊酒館、勾欄瓦肆裡爲市民大眾演唱。因此，他一改文人詞的創作路數，而迎合、滿足市民大眾的審美需求，用他們容易理解的語言、易於接受的表現方式，著力表現他們所熟悉的人物、所關注的情事。

首先是表現了世俗女性大膽而潑辣的愛情意識。在其他文人的同類詞作中，愛情缺失的深閨女性一般只是自怨自艾，逆來順受，內心的願望含而不露。而柳永詞中的世俗女子，則是大膽而主動地追求愛情，無所顧忌地坦承心中對平等自由的愛情的渴望。試比較：

> 檻菊愁煙蘭泣露。羅幕輕寒，燕子雙飛去。明月不諳離恨苦，斜光到曉穿朱戶。　昨夜西風凋碧樹，獨上高樓，望盡天涯路。欲寄彩箋兼尺素，山長水闊知何處。（晏殊〈鵲踏枝〉）

> 自春來、慘綠愁紅，芳心是事可可。日上花梢，鶯穿柳帶，猶壓香衾臥。暖酥消，膩雲嚲。終日厭厭倦梳裹。無那。恨薄情一去，音書無個。　早知恁麼。悔當初、不把雕鞍鎖。向雞窗、只與蠻箋象管，拘束教吟課。鎮相隨，莫拋躲。針線閒拈伴伊坐。和我。免使年少，光陰虛過。（柳永〈定風波〉）

這兩首詞都是寫女主人公因愛人外出未歸而憂愁苦悶。然而晏詞含蓄，柳詞坦率。柳永此詞因直接表現世俗女子的生活願望，與傳統的禮教不相容，曾受到宰相晏殊的責難[16]。柳永另一首〈錦堂春〉（墜髻慵梳）所寫的市民女子，更是對負約不歸的郎君既埋怨，又數落，並且設想等他回來時該如何軟硬兼施地懲治他，以使他今後不再無端造次。這種潑辣爽直的性格，直抒其情的寫法，正符合市民大眾的審美趣味。

其次是表現了被遺棄的或失戀的平民女子的痛苦心聲。在詞史上，柳永也許是第一次將筆端伸向平民婦女的內心世界，爲她們訴說心中的苦悶憂怨。且看其〈滿江紅〉：

> 萬恨千愁，將年少、衷腸牽繫。殘夢斷、酒醒孤館，夜長無味。可惜許枕前多少意，到如今兩總無終始。獨自個、贏得不成眠，成憔悴。　添傷感，將何計。空只恁，厭厭地。無人處思量，幾度垂淚。不會得都來些子事，甚恁底死難拚棄。待到頭、終久問伊看，如何是。

詞以女主人公自敘的口吻，訴說失戀的痛苦和難以割捨的思念。另一首〈慢卷紬〉（閒窗燭暗）寫女主人公與情人分離後的追悔和對歡樂往事的追憶，也同樣傳神生動。這類表現普通女性心聲的詞作，配合著哀婉動人的新聲曲調演唱，自然容易引起大眾情感的共鳴，故「流俗人尤喜道之」（徐度《卻掃編》）。

再次是表現下層妓女的不幸和她們從良的願望。柳永長期流連坊曲，與歌妓交往頻繁[17]。他雖然有時也不免狎戲玩弄歌妓，但更多的是以平等的身分和相知的態度對待她們，認爲她們「心性溫柔，品流詳雅，不稱在風塵」（〈少年游〉）；欣賞她們「豐肌清骨，容態盡天眞」（〈少年游〉）的天然風韻；讚美她們「自小能歌舞」，「唱出新聲群豔伏」（〈木蘭花〉）的高超技藝；關心同情她們的不幸和痛苦：「一生贏得是淒涼。追前事、暗心傷。」（〈少年游〉）也常常替她們表白獨立自尊的人格和脫離娼籍的願望：「萬里丹霄，何妨攜手同歸去。永棄卻、煙花伴侶。免教人見妾，朝雲暮雨。」（〈迷仙引〉）柳永這類詞作，與晚唐五代以來的同類詞相比，不僅有內容風格的不同，更體現出一種人格觀念的變化。作爲當時一個特殊社會群體的歌妓，與市民的生活內容、消費方式密不可分，因而，柳永詞眞切地表現她們的命運，也非常貼近市民大眾的日常生活和欣賞趣味。不過，其中也有些低級趣味的色情描寫，這是他常常受到後人詬病的原因之一。

另外，柳永詞還多方面展現了北宋繁華富裕的都市生活和豐富多彩的市井風情。柳永長期生活在都市裡，對都市生活有著豐富的體驗，「列華燈、千門萬戶。遍九陌、羅綺香風微度。十里然絳樹。鼇山聳、喧天簫鼓」（〈迎新春〉）的汴京使他流連忘返；「萬井千閭富庶，雄壓十三州。觸處青蛾畫舸，紅粉朱樓」（〈瑞鷓鴣〉）的蘇州，也使他讚歎不已。他用彩筆一一描繪過當時汴京、洛陽、益州、揚州、會稽、金陵、杭州等城市的繁榮景象和市民的遊樂情景。這方面的代表作，首推〈望海潮〉：

東南形勝，三吳都會，錢塘自古繁華。煙柳畫橋，風簾翠幕，參差十萬人家。雲樹繞堤沙。怒濤捲霜雪，天塹無涯。市列珠璣，戶盈羅綺競豪奢。 重湖疊巘清嘉。有三秋桂子，十里荷花。羌管弄晴，菱歌泛夜，嬉嬉釣叟蓮娃。千騎擁高牙。乘醉聽簫鼓，吟賞煙霞。異日圖將好景，歸去鳳池誇。

詞從自然形勝和經濟繁華兩個角度眞實地交錯描繪出杭州的美景和民眾的樂事。這些都市風情畫，前所未有地展現出當時社會的太平氣象，而爲文人士大夫所激賞⑱。

柳永詞在語言表達方式上也進行了大膽的革新。他不像晚唐五代以來的文人詞那樣只是從書面的語彙中提煉高雅綺麗的語言，而是充分運用現實生活中的日常口語和俚語。諸如副詞「恁」、「怎」、「爭」等，代詞「我」、「你」、「伊」、「自家」、「伊家」、「阿誰」等，動詞「看承」、「都來」、「抵死」、「消得」等，柳永詞都反覆使用。用富有表現力的口語入詞，不僅生動活潑，而且像是直接與人對話、訴說，使讀者和聽眾既感到親切有味，又易於理解接受。當時「凡有井水飲處，即能歌柳詞」（葉夢得《避暑錄話》卷三），與柳詞語言的通俗化不無關係。嚴有翼《藝苑雌黃》即說柳詞「所以傳名者，直以言多近俗，俗子易悅故也」（胡仔《苕溪漁隱叢話》後集卷三九引）。

詞的體式和內容的變化，要求表現方法也要做相應的變革。柳永爲適應慢詞長調體式的需要和市民大眾欣賞趣味的需求，創造性地運用了鋪敘和白描的手法。

由於篇幅短小，小令只適宜於用傳統的比興手法，通過象徵性的意象群來烘托、傳達抒情主人公的情思意緒。而慢詞則可以盡情地鋪敘衍展，故柳永將「敷陳其事而直言之」的賦法移植於詞，或直接層層刻畫抒情主人公豐富複雜的內心世界（如上舉〈定風波〉、〈滿江紅〉詞）；或鋪陳描繪情事發生、發展的場面和過程，以展現不同時空場景中人物情感心態的變化。試比較兩篇名作：

候館梅殘，溪橋柳細。草薰風暖搖征轡。離愁漸遠漸無窮，迢迢不斷如春水。 寸寸柔腸，盈盈粉淚。樓高莫近危欄倚。平蕪盡處是春山，行人更在春山外。（歐陽修〈踏莎行〉）

寒蟬淒切。對長亭晚，驟雨初歇。都門帳飲無緒，留戀處，蘭舟催發。執手相看淚眼，竟無語凝噎。念去去，千里煙波，暮靄沉沉楚天闊。 多情自古傷離別。更那堪、冷落清秋節。今宵酒醒何處，楊柳岸，曉風殘

> 月。此去經年，應是良辰、好景虛設。便縱有，千種風情，更與何人說。（柳永〈雨霖鈴〉）

兩首詞都是寫別情。歐陽修詞用的是意象烘托傳情法；而柳永詞則是用鋪敘衍情法，整個送別的場景、過程，別前、別時、別後的環境氛圍以及人物的動作、情態、心緒，都有細緻的描繪和具體的刻畫。歐詞是借景言情，情由景生；柳詞則是即事言情，情由事生，抒情中含有敘事性和隱約的情節性。這也是柳永大部分詞作的共同特點。

同時，他善於巧妙利用時空的轉換來敘事、布景、言情，而自創出獨特的結構方式。詞的一般結構方式，是由過去和現在或加上將來的二重或三重時空構成的單線結構；柳永則擴展為從現在回想過去而念及現在，又設想將來再回到現在，即體現為回環往復式的多重時間結構，如〈駐馬聽〉（鳳枕鸞帷）、〈浪淘沙慢〉（夢覺）和〈慢卷紬〉（閒窗燭暗）等。後來周邦彥和吳文英都借鑑了這種結構方式而加以發展變化。在空間結構方式上，柳永也將一般的人我雙方互寫的雙重結構發展為從自我思念對方又設想對方思念自我的多重空間結構[19]，如「想佳人、妝樓顒望，誤幾回、天際識歸舟」（〈八聲甘州〉），「算得伊家，也應隨分，煩惱心兒裡」（〈慢卷紬〉）。

與鋪敘相配合，柳永還大量使用白描手法，寫景狀物，不用假借替代；言情敘事，不須烘托渲染，而直抒胸臆。如〈憶帝京〉：

> 薄衾小枕天氣，乍覺別離滋味。輾轉數寒更，起了還重睡。畢竟不成眠，一夜長如歲。　也擬待、卻回征轡。又爭奈、已成行計。萬種思量，多方開解，只恁寂寞厭厭地。繫我一生心，負你千行淚。

不加任何藻飾，卻生動地刻畫出主人公曲折的心理過程。

柳永不僅創造和發展了詞調、詞法，在詞的審美趣味方面朝著通俗化的方向變化，而且在題材取向上朝著自我化的方向拓展。晚唐五代詞，除韋莊、李煜後期詞作以外，大都是表現離愁別恨、男歡女愛等類型化情感，柳永詞則注意表現自我獨特的人生體驗和心態。他早年進士考試落榜後寫的〈鶴沖天〉，就預示了這一創作方向：

> 黃金榜上，偶失龍頭望。明代暫遺賢，如何向。未遂風雲便，爭不恣狂蕩。何須論得喪？才子詞人，自是白衣卿相。　煙花巷陌，依約丹青屏障。幸有意中人，堪尋訪。且恁偎紅翠，風流事、平生暢。青春都一餉。忍

把浮名，換了淺斟低唱。

此詞盡情地抒發了他名落孫山後的憤懣不平，也展現了他的叛逆反抗精神和狂放不羈的個性。

柳永在幾度進士考試失利後，爲了生計，不得不到處宦遊干謁，以期能謀取一官半職。南宋陳振孫所說柳永「尤工於羈旅行役」（《直齋書錄解題》卷二一），正是基於他一生宦遊沉浮、浪跡江湖的切身感受。由於「未名未祿」，必須去「奔名競利」，於是「遊宦成羈旅」，「諳盡宦遊滋味」（〈安公子〉）。而長期在外宦遊，又「因此傷行役。思念多媚多嬌，咫尺千山隔。都爲深情密愛，不忍輕離拆」（〈六么令〉）。但「利名牽役」，又不得不與佳人離別：「走舟車向此，人人奔名競利。念蕩子、終日驅驅，爭覺鄉關轉迢遞。」（〈定風波〉）《樂章集》中六十多首羈旅行役詞，比較全面地展現出柳永一生中的追求、挫折、矛盾、苦悶、辛酸、失意等複雜心態。稍後的蘇軾，即是沿著這種抒情自我化的方向而進一步開拓深化。

作爲第一位對宋詞進行全面革新的大詞人，柳永對後來詞人影響甚大。南北宋之交的王灼即說「今少年」、「十有八九不學柳耆卿，則學曹元寵（組）」；又說沈唐、李甲、孔夷、孔榘、晁端禮、万俟詠等六人「皆有佳句」，「源流從柳氏來」（《碧雞漫志》卷二）。即使是蘇軾、黃庭堅、秦觀、周邦彥等著名詞人，也無不受惠於柳永。柳詞在詞調的創用、章法的鋪敘、景物的描寫、意象的組合和題材的開拓上都給蘇軾以啓示，故蘇軾作詞，一方面力求在「柳七郎風味」之外，自成一家；另一方面，又充分吸取了柳詞的表現方法和革新精神，從而開創出詞的一代新風[20]。黃庭堅和秦觀的俗詞與柳詞更是一脈相承。秦觀的雅詞長調，其鋪敘點染之法，也是從柳詞變化而出，只是因吸取了小令的含蓄蘊藉而情韻更雋永深厚。周邦彥慢詞的章法結構，同樣是從柳詞脫胎，近人夏敬觀早已指出：「耆卿多平鋪直敘，清真特變其法，回環往復，一唱三歎，故慢詞始盛於耆卿，大成於清真。」[21]北宋中後期，蘇軾和周邦彥各開一派，而追根溯源，都是從柳詞分化而出，猶如一水中分，分流並進。

注釋

❶晏殊，字同叔，撫州臨川（今屬江西）人。十四歲以「神童」應舉，賜同進士出身。後累官至宰相。卒諡元獻。《宋史》卷

三一一有傳。其生平事蹟可參夏承燾《唐宋詞人年譜・二晏年譜》（上海古籍出版社一九七九年版）。著有《珠玉詞》，今存一百四十首。

❷參見葉嘉瑩《迦陵論詞叢稿》，上海古籍出版社一九八〇年版，第一二四頁。

❸此詞可與晏殊〈破陣子〉詞參讀：「憶得去年今日，黃花已滿東籬。曾與玉人臨小檻，共折香英泛酒卮。長條插鬢垂。人貌不應遷換，珍叢又睹芳菲。重把一尊尋舊徑，所惜光陰去似飛。風飄露冷時。」此詞寫的是秋景，與〈浣溪沙〉所寫春景不同，然所表達的情緒則頗相近。又本編所引宋人詞作，俱據唐圭璋《全宋詞》（中華書局一九八〇年版）。惟少數文字曾據別本校改，故有的字句與《全宋詞》不盡相同。

❹謝桃坊《宋詞概論》認為此詞是「借花落春歸而寓悼亡」（四川文藝出版社一九九二年版，第一三五頁），可備一說。

❺清人馮煦即說歐陽修詞「疏俊開子瞻」（《蒿庵論詞》）。蘇軾〈水調歌頭・快哉亭作〉曾言及歐陽修此詞：「長記平山堂上，欹枕江南煙雨，杳杳沒孤鴻。認得醉翁語，山色有無中。」另參看宋胡仔《苕溪漁隱叢話》後集卷二三引《藝苑雌黃》，人民文學出版社一九六二年版，第一六八頁。

❻歐陽修詞集今存宋刻本有兩種，一為《歐陽文忠公近體樂府》，收詞一百九十四首；二為《醉翁琴趣外篇》，收詞二百零三首。二本重複互見者一百三十首。去其重複及誤入之作，實存詞二百四十二首。《醉翁琴趣外篇》中不見於《近體樂府》的七十多首，基本上是寫豔情。有人認為這些豔詞都是偽作（參見謝桃坊《宋詞概論》第一七二—一八〇頁；黃文吉《北宋十大詞家研究》，臺北文史哲出版社一九九六年版，第三七一—四〇頁），但缺乏確證。不過其中確有他人的作品混入，參見《全宋詞》歐陽修「存目詞」。

❼參看楊海明《唐宋詞史》，江蘇古籍出版社一九八七年版，第二〇六—二〇八頁。另據諸葛憶兵考證，唐宋時期寫採蓮的詩詞，並不是表現採蓮的勞動場面，而是描寫歌妓表演的歌舞情景。見其〈「採蓮」雜考——兼談「採蓮」類題材唐宋詩詞的閱讀理解〉，《文學遺產》二〇〇三年第五期。

❽范仲淹，字希文，蘇州吳縣（今屬江蘇）人。北宋傑出的政治家。曾進行政治改革，史稱「慶曆新政」。累官至參知政事。卒諡文正。有《范文正公集》傳世，詞存五首。生平事蹟見《宋史》卷三一四本傳。

❾張先，字子野，烏程（今屬浙江湖州）人。宋仁宗天聖八年（一〇三〇）與歐陽修同榜進士。先後做過嘉禾（今浙江嘉興）、永興軍（今陝西西安）通判等，官至都官郎中。著有《張子野詞》。其生平事蹟參夏承燾《唐宋詞人年譜・張子野年譜》。

⑩見陳師道《後山詩話》。胡仔《苕溪漁隱叢話》前集卷三七引《古今詩話》所載略不同：「有客謂子野曰：『人皆謂公「張三中」，即「心中事，眼中淚，意中人」也。』公曰：『何不目之為「張三影」？』客不曉，公曰：『「雲破月來花弄影」，「嬌柔懶起，簾壓卷花影」，「柳徑無人，墮風絮無影」，此余平生所得意也。』」按第一句見〈天仙子〉，第二句見〈歸朝歡〉，第三句見〈翦牡丹〉。

⑪蘇軾與張先有直接交往和詞作唱酬，蘇軾對張先也頗推崇。參《苕溪漁隱叢話》前集卷三七、後集卷三九；《蘇軾文集》卷六三〈祭張子野文〉；〔日〕村上哲見《唐五代北宋詞研究》中譯本，陝西人民出版社一九八七年版，第一七二—一七六頁。

⑫關於柳永的生卒年，迄今無定論。此據唐圭璋〈柳永事蹟新證〉（見《詞學論叢》，上海古籍出版社一九八六年版，第五九八—六一一頁）所推定。柳永進士及第的時間，也無定論，吳熊和《唐宋詞通論》即認為柳永舉進士當在景祐元年之前（浙江古籍出版社一九八五年版，第一九二頁），此據唐圭璋〈柳永事蹟新證〉所考。關於柳永的生平事蹟，另可參羅忼烈《話柳永》，香港星島教育出版社一九八八年版。柳永今存詞集《樂章集》。

⑬據《全宋詞》統計，張先存詞一百六十五首，晏殊存詞一百四十首，歐陽修存詞二百四十二首，他們三人所寫的慢詞，僅分別占其詞作總數的百分十點三、百分之二點一和百分之五點四。而柳永慢詞則占其詞作總數二百一十三首的百分之五十七。

⑭關於柳永發展慢詞、創用新調的主要方式，可參吳熊和《唐宋詞通論》第一四三—一四四頁；程千帆、吳新雷《兩宋文學史》，上海古籍出版社一九九一年版，第一二二—一二五頁。

⑮宋葉夢得《避暑錄話》卷三即說柳永「為舉子時，多遊狎邪，善為歌辭。教坊樂工每得新腔，必求永為辭，始行於世。於是聲傳一時」（《宋元筆記小說大觀》第三冊，上海古籍出版社二〇〇一年版，第二六二八頁）。

⑯宋張舜民《畫墁錄》卷一：「柳三變既以詞忤仁廟，吏部不放改官。三變不能堪，詣政府。晏公（殊）曰：『賢俊作曲子麼？』三變曰：『只如相公亦作曲子。』公曰：『殊雖作曲子，不曾道「彩線慵拈伴伊坐」？』柳遂退。」（《宋元筆記小說大觀》第二冊，上海古籍出版社二〇〇一年版，第一五五三頁）

⑰宋羅燁《醉翁談錄》丙集卷二說，柳永「居京華，暇日遍遊妓館。所至，妓者愛其詞名，能移宮換羽，一經品題，聲價十倍。妓者多以金物贈之」。他去世時，貧無以葬，乃由歌妓集資安葬（參唐圭璋〈柳永事蹟新證〉）。

⑱與柳永同時的范鎮說：「仁宗四十二年太平，鎮在翰苑十餘載，不能出一語歌詠，乃於耆卿詞見之。」（祝穆《方輿勝覽》卷一一引）稍晚的黃裳也說：「予觀柳氏樂章，喜其能道嘉祐中太平氣象，如觀杜甫詩，典雅文華，無所不有。」（《演山

集》卷三五，〈書樂章集後〉）

⓳參見施議對〈論「屯田家法」〉，《第一屆詞學國際研討會論文集》，臺北「中央研究院」中國文哲研究所籌備處一九九四年印行，第一九四—一九八頁。

⓴參見曾大興《柳永和他的詞》第十章〈柳永的藝術影響〉，中山大學出版社一九九〇年版，第一五八—一七三頁。

㉑夏敬觀手批評點《彊村叢書》本《樂章集》卷末題記，上海古籍出版社一九八九年影印本，第六三〇頁。

第三章　歐陽修及其影響下的詩文創作

經過宋初作家多方面的探索，針對晚唐五代文風進行革新的思潮逐漸形成。到了宋仁宗慶曆（一〇四一—一〇四八）前後，伴隨著范仲淹、歐陽修等人領導的政治革新運動的開展，文學革新的思想變得更爲自覺。因爲改革政治、表達政見需要儒學理論的指導以及更切於實用的文學形式，於是一度中斷了的韓、柳古文傳統得到了繼承和發揚。而立國已經數朝，在經濟、教育等方面都已取得相當成就的北宋帝國也急需建設足以自立的一代文學，所以不但歐、梅等人對此大聲疾呼，朝廷也一再發出矯正文章之弊的詔令。歐陽修倡導的詩文革新，正反映了當時文壇的必然趨勢。

第一節　歐陽修的古文、辭賦和四六

・歐陽修的文壇領袖地位　・文學革新的主張　・對西崑體和太學體的矯正
・體裁的完備與功能的加強　・平易紆徐的文風

在宋代文學史上最早開創一代新風的文壇領袖是歐陽修。

歐陽修（一〇〇七—一〇七二），字永叔，號醉翁，晚年又號六一居士，廬陵（今江西吉安）人❶。他出身於一個小官吏家庭，但四歲喪父，生活貧困。其母鄭氏親自教他讀書，以蘆稈代筆，在沙上寫字。鄭氏還常對歐陽修講述其父生前廉潔仁慈的事蹟。良好的家教爲歐陽修成長爲傑出的政治家、文學家打下了堅實的基礎。

歐陽修二十四歲進士及第，次年到洛陽任西京留守推官，結識了尹洙、梅堯臣等人，聲同氣應，切磋詩文。後入京任職，勇於言事，風節凜然，一度被貶爲夷陵縣令。仁宗慶曆年間，他積極參加范仲淹領導的慶曆新政，又被貶往滁州等地。到四十八歲方召回京師，晚年官至參知政事。六十五歲致仕，定居潁州，次年病逝。

歐陽修博學多才，詩文創作和學術著述都成就卓著，爲天下所仰慕。他又是一代名臣，政治上有很高的聲望。他以這雙重身分入主文壇，團結同道，汲引後進。在當時的著名文學家中，尹洙、梅堯臣、蘇舜欽是他的密友❷；蘇洵、王安石得到他的引薦；而蘇軾、蘇轍、曾鞏則是他一手識拔的後起之秀。由歐陽修來肩負革新文風的領導責任，正是眾望所歸。

歐陽修倡導的詩文革新在本質上是針對五代文風和宋初西崑體的，可是歐陽修的文學理論和創作實踐都與柳開以來的復古派文論家有很大的不同。在歐陽修主持文壇以前，以西崑體爲代表的文風已經受到嚴厲的批評。宋仁宗在天聖至慶曆年間曾三次下詔誡斥浮靡文風，而當時任國子監直講的石介更是對西崑體視若寇仇，他專門寫了〈怪說〉三篇，猛烈攻擊楊億「窮妍極態，綴風月，弄花草，淫巧侈麗，浮華纂組。刓鎪聖人之經，破碎聖人之言，離析聖人之意」❸。石介的觀點對太學生的影響很大，於是以太學生爲主的青年士子隨之而矯枉過正，競棄西崑體華美密麗之文風，走上了險怪艱澀的道路，形成了風行一時的「太學體」❹。「太學體」雖然提倡古文反對駢儷，但其自身怪僻生澀，也不是健康的文風。所以，歐陽修在反對西崑體的同時，還必須反對「太學體」。宋仁宗嘉祐二年（一〇五七），歐陽修利用主貢舉的機會，對文風險怪的士子痛加排抑。經過幾年的努力，「太學體」終於銷聲匿跡了❺。

從柳開、穆修到石介，復古主義的文論都有重道輕文、甚至完全把文學看作道統之附庸的傾向。歐陽修則與之不同，他對文與道的關係有了全新的認識。首先，歐陽修認爲儒家之道是與現實生活密切相關的：「六經之所載，皆人事之切於世者。」（〈答李詡第二書〉，《歐陽文忠公集》卷四七）其次，歐陽修文道並重，他認爲「道純則充於中者實，中充實則發爲文者輝光」（〈答祖擇之書〉，《歐陽文忠公集》卷六八）。又認爲「其言之所載者大且文，則其傳也彰；言之所載者不文而又小，則其傳也不彰」（〈代人上王樞密求先集序書〉，《歐陽文忠公集》卷六七）。此外，他還認爲文具有獨立的性質：「古人之學者非一家，其爲道雖同，言語文章，未嘗相似。」（〈與樂秀才書〉，《歐陽文忠公集》卷六九）這種文道並重的思想有兩重意義：一是把文學看得與道同樣重要，二是把文學的藝術形式看得與思想內容同樣重要，這無疑大大地提高了文學的地位。柳開等人以韓愈相號召，主要著眼於其道統，而歐陽修卻重於繼承韓愈的文學傳統。

歐陽修自幼喜愛韓文，後來寫作古文也以韓、柳爲學習典範，但他並不盲目崇古，他所取法的是韓文文從字順的一面，對韓、柳古文已露端倪的奇險深奧傾向則棄而不取。他說：「孟、韓文雖高，不必似之也，取其自然耳。」（見曾鞏〈與王介甫第一書〉，《元豐類稿》卷一六）同時，歐陽修對駢體文的藝術成就並不一概否定，對楊億等人的「雄文博學，筆力有餘」（《六一詩話》）也頗爲讚賞。

這樣，歐陽修在理論上既糾正了柳開、石介文論的偏頗，又矯正了韓、柳古文的某些缺點，從而爲北宋的詩文革新建立了正確的指導思想，也爲宋代古文的發展開闢了廣闊的前景。

歐陽修早年爲了應試，對駢儷之文下過很深的工夫，同時也認眞研讀韓文，爲日後的古文寫作打好了基礎。他在洛陽結識尹洙後，便有意識地向尹學習簡潔謹嚴的古文手法，並以古文爲主要的文體進行寫作，但也注意形式的多樣化。歐陽修對待寫作的態度極爲嚴肅，往往反覆修改才定稿。深厚的學養和辛勤的實踐使他的散文創作取得了卓越的成就。

歐陽修的古文內容充實，形式多樣。無論是議論，還是敘事，都是有爲而作，有感而發。他的有些議論文直接關係到當時的政治鬥爭，例如早年所作的〈與高司諫書〉，揭露、批評高若訥在政治上見風使舵的卑劣行爲，是非分明，義正詞嚴，充滿著政治激情。又如慶曆年間所作的〈朋黨論〉，針對保守勢力誣衊范仲淹等人結爲朋黨的言論，旗幟鮮明地提出「小人無朋，唯君子則有之」的論點，有力地駁斥了政敵的謬論，顯示了革新者的凜然正氣和過人膽識。這一類文章具有積極的實質性內容，是古文的實際功用和藝術價値有機結合的典範。歐陽修另有一類議論文與現實政治並無直接關係，但表達了作者對歷史、人生的深刻思考，如《五代史記》中的一些序論，對五代的歷史教訓進行總結，並鮮明地表達了作者的褒貶，以及國家興亡在於人事而非天命的歷史觀。又如他爲友人文集作的序言，不但對友人的文學業績進行評述，而且抒寫了對死生離合、盛衰成敗的人生遭際的感慨，絕非爲文而文之作。

歐陽修的記敘文也都言之有物，如《五代史記》一類歷史散文自不必說，即使是亭臺記、哀祭文、碑誌文等作品，也都具有充實的內容，如〈豐樂亭記〉對滁州的歷史故事、地理環境乃至風土人情都做了細緻的描寫。又如〈瀧岡阡表〉，追憶父母的嘉言懿行，細節描寫細膩逼眞，栩栩如生，這種效果絕不是虛言所能達到的。

歐陽修的散文有很強的感情色彩，他的政論文慷慨陳詞，感情激越；史論文則低回往復，感慨淋漓；其他文體更加注重抒情，哀樂由衷，情文並至。例如〈釋祕演詩集．序〉的中間一段：

> 浮屠祕演者，與曼卿交最久，亦能遺外世俗，以氣節自高。二人歡然無所間。曼卿隱於酒，祕演隱於浮屠，皆奇男子也。然喜為歌詩以自娛，當其極飲大醉，歌吟笑呼，以適天下之樂，何其壯也！一時賢士，皆願從之遊，予亦時至其室。十年之間，祕演北渡河，東之濟、鄆，無所合，困而歸。曼卿已死，祕演亦老病。嗟夫！二人者，予乃見其盛衰，則予亦將老矣夫！

寥寥數筆，釋祕演、石曼卿兩位奇士豪宕磊落的性情和落拓不偶的遭際已躍然紙上，而作者對兩人的敬重惋惜之情以及對時光流逝、人事變遷的感慨也洋溢於字裡行間，感人至深。在歐陽修筆下，古文的實用性質和審美性質得到了充分的顯示，古文的敘事、議論、抒情三種功能也得到了很好的融合。

歐陽修對散文文體的發展也做出了很大的貢獻。他的作品體裁多樣，各得其宜。除了古文之外，辭賦和四六也是他擅長的文體。首先，歐陽修對前代的駢賦、律賦進行了改造，去除了排偶、限韻的兩重規定，改以單筆散體作賦，創造了文賦。其名作如〈秋聲賦〉，既部分保留了駢賦、律賦的鋪陳排比、駢詞儷句及設爲問答的形式特徵，又呈現出活潑流動的散體傾向，且增強了賦體的抒情意味。歐陽修的成功嘗試，對文賦形式的確立具有里程碑的意義。

其次，歐陽修對四六體也進行了革新。宋初的四六皆沿襲唐人舊制，西崑諸子更是一意模仿李商隱等人的「三十六體」❻。歐陽修雖也遵守舊制用四六體來寫公牘文書，但他常參用散體單行之古文筆法，且少用故事成語，不求對偶工切，從而給這種駢四儷六的文體注入了新的活力，他的〈上隨州錢相公啓〉、〈蔡州乞致仕第二表〉等都是宋代四六中的佳作。

歐陽修的創作使散文的體裁更加豐富，功能更加完備，時人稱讚他：「文備眾體，變化開合，因物命意，各極其工。」❼這評價是公允的。

歐文的語言簡潔流暢，文氣紆徐委婉，創造了一種平易自然的新風格，在韓文的雄肆、柳文的峻切之外別開生面。例如〈醉翁亭記〉的開頭一段：

> 環滁皆山也。其西南諸峰，林壑尤美。望之蔚然而深秀者，琅琊也。山行六七里，漸聞水聲潺潺而瀉出於兩峰之間者，釀泉也。峰迴路轉，有亭翼然臨於泉上者，醉翁亭也。作亭者誰？山之僧智仙也。名之者誰？太守自謂也。太守與客來飲於此，飲少輒醉，而年又最高，故自號曰醉翁也。醉翁之意不在酒，在乎山水之間也。山水之樂，得之心而寓之酒也。

語言平易曉暢，晶瑩秀潤，既簡潔凝練又圓融輕快，毫無滯澀窘迫之感❽。深沉的感慨和精當的議論都出之以委婉含蓄的語氣，娓娓而談，紆徐有致。這種平易近人的文風顯然更容易爲讀者所接受，所以具有廣闊的發展前景，其後宋代散文的發展歷程就證明了這一點。

歐陽修散文創作的高度成就與其正確的古文理論相輔相成，從而開創了一代文風。

第二節　歐陽修、梅堯臣、蘇舜欽的詩歌

・歐陽修詩中的議論及其平易的風格　・梅堯臣開拓詩歌題材的嘗試　・梅堯臣對宋詩藝術的先導作用
・蘇舜欽詩的奔放直率風格

歐陽修在變革文風的同時，也對詩風進行了革新。他重視韓愈詩歌「資談笑，助諧謔，敘人情，狀物態，一寓於詩而曲盡其妙」（《六一詩話》）的特點，並提出了「詩窮而後工」的詩歌理論❾。相對於西崑詩人「歷覽遺編，研味前作」的主張，歐陽修的詩論無疑含有重視生活內容的精神。歐陽修的詩友梅堯臣則更加明確地主張詩歌創作應做到「因事有所激，因物興以通」，並反對「有作皆言空」的不良詩風❿。歐、梅等人的詩歌創作正是以扭轉西崑體脫離現實的不良傾向為指導思想的，這體現了宋代詩人對矯正晚唐五代詩風的最初自覺。

歐詩中有一些以社會現實為題材的作品，如〈食糟民〉揭露了種糧的農民只能以酒糟充飢的不合理現實，〈邊戶〉描寫了宋遼邊境地區人民的不幸遭遇。但歐詩更重要的內容則是表現個人的生活經歷或抒發個人的情懷，以及對歷史題材的吟詠等。由於他的這類詩篇多含有很深的人生感慨，所以與西崑體的同類詩作有本質的區別。例如〈戲答元珍〉：

> 春風疑不到天涯，二月山城未見花。殘雪壓枝猶有橘，凍雷驚筍欲抽芽。夜聞歸雁生鄉思，病入新年感物華。曾是洛陽花下客，野芳雖晚不須嗟！

此詩以荒遠山城的淒涼春景襯托自己的落寞情懷，篇末故作寬解之言，委婉地傾吐了內心的感觸，眞切感人。

歐詩受韓愈的影響較大，主要體現在散文手法和以議論入詩。然而歐詩並不對古人亦步亦趨，故仍然具有自家面目。歐詩中的議論往往能與敘事、抒情融為一體，所以得韓詩暢盡之致而避免了其枯燥艱澀之失。例如〈再和明妃曲〉中的「雖能殺畫工，於事竟何益」及「紅顏勝人多薄命，莫怨春風當自嗟」，議論精警，又富有情韻。歐詩的散文手法主要不是體現在句法上，而是借鑑散文的敘事手段，如〈書懷感事寄梅聖俞〉敘述宴遊經歷，平直周詳，深得古文之妙。

歐詩也學李白，主要得益於語言之清新流暢，這與歐詩特有的委婉平易的章法相結合，便形成了流麗宛轉的風格，

例如〈春日西湖寄謝法曹歌〉，寫好友萬里相思和少去老來的感慨，時空跨度很大，情緒亦跌宕起落，然而文氣仍很宛轉，娓娓如訴家常。歐詩的成就不如歐文，但兩者的風格傾向是一致的，這種詩風顯然是對西崑體詩風的矯正⓫。

梅堯臣（一〇〇二—一〇六〇）是專力作詩的文人⓬，存詩達二千八百多首。

梅堯臣雖然沉淪下僚，卻非常關心時政。每逢朝中有重大的政治事件發生，他總愛在詩中予以反映，這些詩或以寓言的形式來抨擊邪惡勢力，如〈彼鴷吟〉、〈猛虎行〉譏刺呂夷簡；或乾脆直書其事，如〈書竄〉爲彈劾大臣而身遭貶竄的唐介鳴不平。梅堯臣也積極地用詩歌反映民生疾苦，對他擔任地方官時目睹的貧民慘狀做了尖銳的揭露，如〈汝墳貧女〉、〈田家語〉等，秉筆直書，感情憤激，繼承了杜甫、白居易的傳統。甚至在他的寫景律詩中都有〈小村〉這樣的作品：

> 淮闊洲多忽有村，棘籬疏敗謾為門。寒雞得食自呼伴，老叟無衣猶抱孫。野艇鳥翹惟斷纜，枯桑水齧只危根。嗟哉生計一如此，謬入王民版籍論！

然而，梅詩更值得注意的題材走向是寫日常生活瑣事，因爲這體現了宋代詩人的開拓精神。從六朝到盛唐，詩人們對生活中凡俗的內容不屑一顧。從中晚唐開始，雖然詩歌不再迴避平凡、瑣屑的生活細節，但尚未形成風氣。梅堯臣則常常從日常生活瑣事中取材，寫了〈食薺〉、〈師厚云虱古未有詩邀予賦之〉等詩。所謂「古未有詩」，正表明此類題材是初次進入詩歌的殿堂。梅堯臣的嘗試有時不很成功，例如〈捫虱得蚤〉、〈八月九日晨興如廁有鴉啄蛆〉等，凡庸醜陋，缺乏情韻，這是他作爲一位嘗試者難免要付出的代價。梅詩中更多的作品則成功地實現了題材的開拓，把日常生活中的瑣屑小事寫得饒有興味，如〈七月十六日赴庾直有懷〉寫值夜時想念妻兒，〈范饒州坐中客語食河豚魚〉描寫味美而有毒的河豚等，爲宋詩開闢了更加貼近日常生活的題材走向。

與題材內容趨於平凡化相應的是，梅詩在藝術風格上以追求「平淡」爲終極目標。梅堯臣論詩，推崇平淡之美，他說：「作詩無古今，唯造平淡難。」（〈讀邵不疑學士詩卷杜挺之忽來因出示之且伏高致輒書一時之語以奉呈〉，《梅堯臣集編年校注》卷二六）他說的「平淡」不是指陶淵明、韋應物的詩風，而是指一種爐火純青的藝術境界，一種超越了雕潤綺麗的老成風格。梅堯臣的創作實踐表明了他追求這種風格的過程，例如他的〈魯山山行〉和〈東溪〉這兩首名作：

適與野情愜，千山高復低。好峰隨處改，幽徑獨行迷。霜落熊升樹，林空鹿飲溪。人家在何許，雲外一聲雞。

行到東溪看水時，坐臨孤嶼發船遲。野鳧眠岸有閒意，老樹著花無醜枝。短短蒲茸齊似剪，平平沙石淨於篩。情雖不厭住不得，薄暮歸來車馬疲。

兩首詩分別作於三十九歲和五十四歲時，都體現了「平淡」的風格傾向。然而前者「平淡」之中帶有幾分清麗，結尾尤爲蘊藉，以情韻見長。而後者則「平淡」之中頗見老健，結尾意隨言盡，且故作枯澀之筆，全詩以思理取勝。可見梅堯臣詩風的演變是以偏離唐詩豐神情韻的風格爲方向的。雖說這種嘗試有時給梅詩帶來了詞句枯澀、缺乏韻味的缺點，但它最終導致了新詩風的形成。歐陽修在梅堯臣卒後評其詩說：「其初喜爲清麗、閒肆、平淡，久則涵演深遠，間亦琢刻以出怪巧，然氣完力餘，益老以勁。」（〈梅聖俞墓誌銘〉，《歐陽文忠公集》卷三三）這個概括是相當準確的。

梅詩的題材走向和風格傾向都具有得宋詩風氣之先的意義，後人評之爲：「去浮靡之習，超然於崑體極弊之際；存古淡之道，卓然於諸大家未起之先。」⑬正是著眼於此，從歐陽修到王安石、蘇軾都對梅詩讚歎不已，這是宋人對這位一代詩風開創者的公正評價。

與梅、歐共同革新詩風的重要詩人還有蘇舜欽（一〇〇八—一〇四九）⑭。蘇舜欽性格豪邁，詩風也豪放雄肆。他早年慷慨有大志，喜以詩歌痛快淋漓地反映時政，抒發強烈的政治感慨，例如〈慶州敗〉對北宋與西夏的戰爭中宋軍將昧士怯終致喪師辱國的醜聞的抨擊，〈城南感懷呈永叔〉對達官貴人坐視民瘼空發高論的行徑的揭露，都是直言痛斥，毫無顧忌。他被逐後的詩多抒寫心中的憤懣之情，例如〈維舟野步呈子履〉：「四顧不見人，高歌免驚眾。」（《蘇舜欽集》卷三）〈天平山〉：「庶得耳目清，終甘死於虎。」（《蘇舜欽集》卷三）雖牢騷滿紙，卻仍然表達了對黑暗勢力的蔑視，同樣具有批判現實的意義。

蘇舜欽的另一類詩是寫景詩，他喜寫雄奇闊大之景，讚美自然界的壯偉力量，如〈大風〉、〈城南歸值大風雪〉等。這些詩同樣顯示了詩人開闊的胸懷和豪邁的性格。

蘇舜欽詩直率自然，意境開闊，以雄豪奔放的風格見長。這種風格主要體現於他的長篇古詩，例如〈中秋夜吳江亭上對月懷前宰張子野及寄君謨蔡大〉中的一段：「長空無瑕露表裡，拂拂漸上寒光流。江平萬頃正碧色，上下清澈雙璧浮。自視直欲見筋脈，無所逃遁魚龍憂。不疑身世在地上，只恐槎去觸斗牛。」（《蘇舜欽集》卷二）想像奇特，筆力酣暢，本是寧靜柔和的月夜也被賦予開闊的意境，風格奔放。蘇舜欽的短詩也有相似的風格傾向，語言則更爲凝練，例如〈淮中晚泊犢頭〉：

春陰垂野草青青，時有幽花一樹明。晚泊孤舟古祠下，滿川風雨看潮生。

由於蘇舜欽作詩往往是落筆疾書，所以推敲、剪裁的工夫略嫌不足，有些作品有不夠含蓄、不夠精練的缺點。宋詩暢盡而傷直露的特點，在蘇舜欽詩中已見端倪。

歐、梅、蘇的詩歌創作在藝術上還不夠成熟，然而他們爲革新宋初詩風做出了很大貢獻，爲宋詩的繼續發展開闢了道路。稍後的大詩人王安石、蘇軾等人正是沿著他們的道路繼續前進的。

第三節　王安石等人的古文

・王安石古文簡潔峻切的風格　・曾鞏古文平正周詳的風格

比歐陽修稍晚，一批優秀的古文作家活躍於文壇，其中最著名的是王安石、曾鞏和蘇洵、蘇軾、蘇轍。他們連同歐陽修，與唐代的韓愈、柳宗元齊名，被後人合稱爲「唐宋八大家」。

王安石（一〇二一—一〇八六），字介甫，晚號半山，撫州臨川（今江西臨川）人。他是北宋著名的政治家，早年在鄞縣、舒州等地做地方官，積累了外任的從政經驗。宋神宗熙寧二年（一〇六九），王安石任參知政事，次年拜相，主持變法。他力圖通過新法來達到富國強兵的目的，但由於變法的程度很激烈，所以儘管得到神宗的支持，還是引起了保守勢力乃至主張穩健改革的蘇軾等人的反對，導致了長達數十年的新舊黨爭[15]。熙寧九年（一〇七六），王安石罷相退居江寧，從此退出了政壇。宋哲宗元祐元年（一〇八六），在舊黨東山再起、新政被全部廢除後，王安石卒於江寧。

王安石是以政治家自詡的，他的文學觀點以重道崇經爲指導思想。他說：「所謂文者，務爲有補於世而已矣。所謂辭者，猶器之有刻鏤繪畫也。誠使巧且華，不必適用。誠使適用，亦不必巧且華。要之以適用爲本，以刻鏤繪畫爲之容而已。」（〈上人書〉，《臨川先生文集》卷七七）可見王安石雖然不排斥文學的藝術性，但他更重視文學的社會功用。

王安石的古文大都是直接爲其政治服務的，這些作品論點鮮明，邏輯嚴密，有很強的說服力。例如〈上仁宗皇帝言事書〉、〈本朝百年無事劄子〉等，對宋王朝的現實形勢做了深刻的分析，從而證明實行變法的必要性和可能性，堪稱新法的綱領。又如他的學術論文〈周禮義序〉、〈詩義序〉等，都是爲了論證配合新法而推行的新學，也具有同樣的特點。

王安石的短文更能體現其古文的個性風格，那就是直陳己見，不枝不蔓，簡潔峻切，短小精悍。如司馬光的〈與王介甫書〉以三千字的篇幅指責新法，王安石的〈答司馬諫議書〉則以三百八十字來作答，集中筆墨對司馬光信中關於「侵官」、「生事」、「徵利」、「拒諫」、「招怨」的五點指責逐條批駁，語意廉悍，文筆犀利。比如對「徵利」的反駁僅用一句話：「爲天下理財，不爲徵利！」（《臨川先生文集》卷七三）一針見血，語約義豐，具有高度的概括性。極度的簡潔和周密的說理相結合，便形成了被清人劉熙載稱爲「瘦硬通神」（《藝概・文概》）的獨特文風。又如史論〈讀孟嘗君傳〉：

> 世皆稱孟嘗君能得士，士以故歸之，而卒賴其力，以脫於虎豹之秦。嗟乎！孟嘗君特雞鳴狗盜之雄耳，豈足以言得士？不然，擅齊之強，得一士焉，宜可以南面而制秦，尚何取於雞鳴狗盜之力哉？夫雞鳴狗盜之出其門，此士之所以不至也。

全文不足百字，然而層次分明，議論周密，詞氣淩厲而貫注，勢如破竹，具有不容置辯的邏輯力量。

王安石充分發揮了古文的實際功用，從而提高了這種文體的實用價值，這對古文的發展是大有裨益的。當然，王安石的古文也有缺點，他過於注重邏輯說服力，而對藝術感染力重視不夠。例如他的遊記名篇〈遊褒禪山記〉，議論透闢精警，但寫景僅寥寥數筆，形象性稍嫌不足⑯。

曾鞏（一〇一九—一〇八三）是與王安石同時的古文名家⑰。他是歐陽修的學生，作文遵循歐陽修的指點。曾文議論委曲周詳，文字簡練平正，結構嚴謹而舒緩。曾文長於議論，如其名作〈墨池記〉，按體裁應是記敘文，但文章的主要內容卻是藉王羲之苦練書法的故事來發議論。曾文在當時享有盛名，南宋的呂祖謙、朱熹也對他評價很高，原因是曾文平正古雅的文風非常符合理學家的文章標準。

第四節 王安石的詩歌

・早期詩風的宋調特徵　・王荊公體及晚年詩風向唐詩復歸　・王令的詩

王安石寫詩與作文一樣，也有重視實際功用的傾向。但是他也把詩歌看作是抒情述志的工具，偏重於抒寫個人的情懷，反映的生活內容也更爲豐富，所以其詩歌的藝術成就超過了他的古文。

王安石的詩風在五十六歲退居江寧以後發生了較大的變化，他的創作歷程可以此爲界分成前後兩期[18]。前期的王詩注重反映社會現實，像〈河北民〉描寫邊界地區人民在災年的悲慘生活，〈兼併〉、〈發廩〉等批判貪官汙吏，都有深刻的現實意義。與此同時，王安石也寫了許多抒情詩，其中頗有思親懷友的名作，如〈思王逢原〉三首之一懷念德才兼備卻不幸早逝的好友王令，〈示長安君〉寫歲月流逝、兄妹離別之情，語淡情深，十分感人，表現了這位嚴肅、剛強的政治家的另外一面。兩詩色澤平淡，寓意直露，呈現著典型的宋詩風調。寫得更出色的是詠史詩，他繼承了左思、杜甫以來藉詠史以述志的傳統，對歷史人物和歷史事件表達了新穎的看法，並抒發了自己的政治感情。如〈賈生〉：「一時謀議略施行，誰道君王薄賈生？爵位自高言盡廢，古來何啻萬公卿？」前人詠賈誼，多著眼於其才高位下的悲劇命運，王詩卻獨排眾議，認爲賈誼的政治主張多被漢廷採納，其作爲政治家的命運遠勝於那些徒得高官厚祿者。此詩藉詠史以明志，字裡行間隱約可見王安石本人的政治家丰采。王安石的〈明妃曲二首〉更是傳誦一時的名作，試看其一：

> 明妃初出漢宮時，淚濕春風鬢腳垂。低徊顧影無顏色，尚得君王不自持。歸來卻怪丹青手，入眼平生幾曾有？意態由來畫不成，當時枉殺毛延壽。一去心知更不歸，可憐著盡漢宮衣。寄聲欲問塞南事，只有年年鴻雁飛。家人萬里傳消息：好在氈城莫相憶。君不見咫尺長門閉阿嬌，人生失意無南北！

唐人詠王昭君多罵毛延壽，多寫昭君之顧戀君恩，而此詩卻說昭君之美貌本非畫像所能傳達，其流落異域的命運未必比終老漢宮更爲不幸，都體現了在唐詩之外求新求變的精神。而結尾指出王昭君的悲劇乃是古今宮嬪的共同命運，議論之精警突過前人。王安石的詠史詩充分體現了宋詩思慮深刻、長於議論的特徵。

王安石退出政治舞臺以後，心情漸趨平淡，詩風也隨之趨於含蓄深沉。雖然後期王詩中仍有寓悲壯於閒淡之中的情形，如《北陂杏花》中「縱被東風吹作雪，絕勝南陌碾成塵」兩句，無疑寓有對自己高尚情操的孤芳自賞之意。但如果與早期所作〈華藏院此君亭〉中的詠竹名句「人憐直節生來瘦，自許高才老更剛」相比，則詩風顯然已從直截刻露變爲深婉不迫了。

後期王詩中最有代表性的作品是寫景抒情的絕句，正是這些詩使王安石在當時詩壇上享有盛譽。黃庭堅說：「荊公暮年作小詩，雅麗精絕，脫去流俗。」（見胡仔《苕溪漁隱叢話》前集卷三五）葉夢得說：「王荊公晚年詩律尤精嚴，選語用字，間不容髮。」（《石林詩話》卷上）從宋人的這些言論來看，人們稱王詩爲「王荊公體」，主要是著眼於其晚期詩風[19]。如〈南浦〉和〈書湖陰先生壁〉：

南浦東岡二月時，物華撩我有新詩。含風鴨綠粼粼起，弄日鵝黃裊裊垂。

茅簷長掃淨無苔，花木成畦手自栽。一水護田將綠繞，兩山排闥送青來。

這些詩描寫細緻，修辭巧妙，韻味深永。如果說王安石早期的詩風顯示了直截刻露的宋詩特徵，那麼其晚期詩則以豐神遠韻的風格體現出向唐詩的復歸。所以王詩在當時詩壇上自成一家，其藝術成就也足以列於宋詩大家的行列。

王安石非常器重的王令（一〇三二—一〇五九）[20]，才高命蹇，未及施展抱負即不幸早逝，但他在詩歌創作上已經取得了一定的成就。王令詩以抨擊時弊、抒寫自己的遠大抱負爲主要內容，風格雄偉奔放，語言奇崛有力。充滿著浪漫色彩的長篇五古〈夢蝗〉巧妙地藉蝗蟲的申辯揭露了人間的種種不平等現象，痛斥貪官汙吏等寄生蟲對人民造成的災難烈於蝗害，構思奇特，筆鋒犀利，是一篇傑出的寓言詩。王令的抒情詩也具有開闊雄大的意境，如〈暑旱苦熱〉：

清風無力屠得熱，落日著翅飛上山。人固已懼江海竭，天豈不惜河漢乾？崑崙之高有積雪，蓬萊之遠常遺寒。不能手提天下往，何忍身去遊其間！

豐富的想像力和雄偉的氣魄都是宋詩中罕見的。但是此詩語句粗豪生硬，意蘊發露無餘，也正是宋詩缺點的典型表現。

注釋

❶歐陽修文中常自稱廬陵人，而《歐陽文忠公集》卷七一〈歐陽氏譜圖序〉云：「修之皇祖始居沙溪，至和二年分吉水置永豐縣，而沙溪分屬永豐。今譜雖著廬陵，而實為吉州永豐人也。」嚴傑《歐陽修年譜》（南京出版社一九九三年版）從之。今按永豐置縣事在至和元年（一〇五四），其時歐陽修已四十八歲，不得以之定其籍貫。且廬陵為吉州治所在地，故仍以歐陽修為廬陵人為妥。

❷尹洙（一〇〇一—一〇四七）、梅堯臣的年齡長於歐陽修。尹洙早作古文，且創造了古峭簡潔的文風，對歐陽修有所啓發。但是歐陽修後來居上，終於在古文上做出了比尹洙更大的貢獻。范仲淹也曾指出：「師魯深於《春秋》，故其文謹嚴，辭約而理精，章奏疏議，大見風采。士林方聳慕焉，遽得歐陽永叔，從而大振之，由是天下之文一變。」（《尹師魯河南集・序》，《范文正集》卷六）梅堯臣革新詩風在歐陽修之前，成就也不低於歐，但是歐的政治地位和其他成就（古文、史學等）都高於梅，所以歐陽修成為文壇盟主，而尹、梅則成為其輔佐者。正如《四庫全書總目》卷一五三〈宛陵集提要〉所說：「佐修以變文體者，尹洙；佐修以變詩體者，則堯臣也。」

❸見〈怪說中〉，《徂徠石先生文集》卷五，中華書局一九八四年版。按：石介此文作於宋仁宗景祐年間，其時楊億去世已十餘年，但西崑體的影響仍然很大。

❹「太學體」的作品大都不傳，今存若干斷句，文如「狼子豹孫，林林逐逐」（見《歐陽文忠公集》附錄五〈事蹟〉），詩如「學海波中老龍，聖人門前大蟲」（見胡仔《苕溪漁隱叢話》前集卷二五），風格確很險怪。

❺嘉祐二年（一〇五七）頗負盛名的太學生劉幾應進士試，因文風險怪而被歐陽修黜落。三年後，劉幾改名劉輝再度應試，文風迴變，方得及第。這是「太學體」消歇的一個標誌性事件。關於歐陽修反對西崑體和「太學體」的過程，參看葛曉音〈北宋詩文革新的曲折過程〉，《中國社會科學》一九八九年第二期。

❻據《新唐書・李商隱傳》載，李商隱、溫庭筠、段成式皆長於駢文，一時齊名，號稱「三十六體」。係因三人皆排行十六而得此名。宋王應麟《小學紺珠・藝文類》「三十六體」條云：「李商隱、溫庭筠、段成式三人皆行第十六。」

❼吳充〈行狀〉，《歐陽文忠公集》附錄一。按：此文作於宋神宗熙寧六年（一〇七三），即歐陽修去世的第二年，可代表當時人的看法。

❽朱熹《朱子語類》卷一三九載：「頃有人買得他〈醉翁亭記〉稿，初說滁州四面有山，凡數十字。末後改定，只曰『環滁皆

山也」五字而已。」這是歐陽修作文精益求精、不憚屢改的著名例子。這種力求簡潔的文風是當時古文家的共同傾向。據邵伯溫《邵氏聞見錄》卷八記載，宋仁宗初年，歐陽修與尹洙同在洛陽。有一次錢惟演建成「雙桂樓」，「命永叔、師魯作記。永叔文先成，凡千餘言。師魯曰：『某用五百字可記。』」可見他們是自覺追求簡潔文風的。另參釋文瑩《湘山野錄》卷中的類似記載。

❾見《梅聖俞詩集・序》。按：唐代韓愈已注意到詩歌創作有「歡愉之辭難工，而窮苦之言易好」（《荊潭唱和詩・序》，《韓昌黎文集校注》卷四）的現象，歐陽修則從作者遭遇的角度探究其原因，更為透闢。

❿見〈答韓三子華韓五持國韓六玉汝見贈述詩〉，《梅堯臣集編年校注》卷一六。按：梅堯臣此詩作於宋仁宗慶曆六年（一○四六），而歐文《梅聖俞詩集・序》則草於宋仁宗皇祐二年（一○五○），定稿於梅去世後，所以歐陽修的觀點很可能受到了梅堯臣的啓發。參看郭紹虞主編《中國歷代文論選》中冊，中華書局一九六二年版，第一四—一五頁。

⓫歐陽修對西崑詩風並不一概否定，他對西崑體用筆精細的優點有所借鑑，例如〈唐崇徽公主手痕和韓內翰〉云：「玉顏自古為身累，肉食何人與國謀。」（《歐陽文忠公集》卷一三）葉夢得《石林詩話》卷上評曰：「雖崑體之工，亦未易比。」

⓬梅堯臣，字聖俞，宣州宣城（今安徽宣城）人。因宣城古名宛陵，故世稱宛陵先生。他出身農家，屢試不第。宋仁宗天聖九年（一○三一）憑叔父之門蔭入仕，歷任州縣屬官。皇祐三年（一○五一）賜同進士出身，任太常博士等職。著有《宛陵先生集》。其生平事蹟，見《宋史》卷四四三本傳；另參朱東潤《梅堯臣傳》，中華書局一九七九年版。

⓭元人龔嘯語，見《四部叢刊》本《宛陵先生集》附錄龔嘯〈跋前二詩〉。

⓮蘇舜欽，字子美，祖籍梓州銅山（今四川中江），曾祖時移居開封。宋仁宗景祐元年（一○三四）進士及第，歷任縣令等職。慶曆四年（一○四四）因范仲淹薦任集賢殿校理、監進奏院。同年因細故被政敵誣陷，削職為民，次年赴蘇州閒居。三年後病卒。著有《蘇學士文集》。按：蘇舜欽卒於慶曆八年（一○四八）十二月，於西曆已入一○四九年。其生平事蹟見《宋史》卷四四二本傳。

⓯關於王安石新法的始末及評價，可參看鄧廣銘《王安石》，人民出版社一九七九年版；漆俠《王安石變法》，上海人民出版社一九七九年版。

⓰王安石散文的上述特徵深受後代特重「義法」的古文家的推重。如近人高步瀛的《唐宋文舉要》（上海古籍出版社一九八二年版），選文宗旨一遵清代桐城派的觀點，此書的甲編（古文部分）選王安石文達二十二篇，為宋代作家之冠。王文中的〈周禮義序〉、〈上仁宗皇帝書〉等均入選。

⓱曾鞏，字子固，南豐（今江西南豐）人。宋仁宗嘉祐二年（一〇五七）進士，曾知齊州、福州等地，官至中書舍人。《宋史》卷三一九有傳。著有《南豐類稿》。

⓲王安石詩有南宋李壁的注本，今以上海古籍出版社一九九三年據朝鮮活字本影印的《王荊文公詩李壁注》為最完備，共收詩一千五百三十餘首。李注精確賅洽，向稱佳注，但它僅對少量作品注明了作年，全書並未編年。今人李德身著有《王安石詩文繫年》（陝西人民出版社一九八七年版），但繫年不盡準確。所以有一些王詩尚無準確的繫年，但大致上可以看出作於前期還是後期。

⓳「王荊公體」一詞首見於南宋嚴羽《滄浪詩話．詩體》，但嚴羽沒有解釋「王荊公體」的內涵。參看莫礪鋒〈論王荊公體〉，《南京大學學報》一九九〇年第一期。

⓴王令，字逢原，先世居於魏郡元城（今河北大名），長於廣陵（今江蘇揚州）王令不應科舉，除短期出任高郵學官外，一直以教私塾為生。二十八歲病卒。著有《王令集》。

第四章　蘇軾

宋代文人有強烈的結盟思想，幾乎每個時期都出現了領導風氣的文壇盟主。不同時期的盟主之間還存在著類似禪門宗祖衣缽相傳的繼承關係❶。早在歐陽修主盟文壇時，他就明確表示把將來領導文壇的責任交付給年輕的蘇軾，並預言蘇軾的成就將超過自己。蘇軾對此當仁不讓，他後來對門人宣稱：「方今太平之盛，文士輩出，要使一時之文有所宗主。昔歐陽文忠常以是任付與某，故不敢不勉。異時文章盟主，責在諸君，亦如文忠之付授也。」（見李廌《師友談記》）正是在這種背景下，北宋文學出現了一浪高於一浪的發展態勢。蘇軾沒有辜負歐陽修的期望，宋文、宋詩和宋詞都在他手中達到了高峰。所以當後人說到宋代文學的最高成就時，會不約而同地把目光集中到蘇軾身上。

第一節　蘇軾的人生觀和創作道路

・儒、道、禪的融合　・樂觀曠達的人生態度　・黃州、惠州、儋州：逆境中的創作高峰

蘇軾（一〇三七—一一〇一）❷，字子瞻，號東坡居士，眉州眉山（今屬四川）人。他的家庭富有文學傳統，祖父蘇序好讀書，喜作詩。父親蘇洵是古文名家，曾對蘇軾和其弟蘇轍悉心指導。母親程氏知書識字且深明大義，曾爲幼年的蘇軾講述《後漢書・范滂傳》，以古代志士的事蹟勉勵兒子砥礪名節。當蘇軾二十一歲出蜀進京時，他的學識修養已經相當成熟了。

蘇軾學識淵博，思想通達，在北宋三教合一的思想氛圍中如魚得水。蘇轍記述蘇軾的讀書過程是：「初好賈誼、陸贄書，論古今治亂，不爲空言。既而讀《莊子》，喟然歎息曰：『吾昔有見於中，口未能言。今見《莊子》，得吾心矣！』……後讀釋氏書，深悟實相，參之孔、老，博辯無礙，浩然不見其涯也。」（〈亡兄子瞻端明墓誌銘〉，《欒城後集》卷二二）蘇軾不僅對儒、道、釋三種思想都欣然接受，而且認爲它們本來就是相通的。他曾說「莊子蓋助孔子者」，莊子對孔學的態度是「陽擠而陰助之」（〈莊子祠堂記〉，《蘇軾文集》卷一一）。他又認爲「儒釋不謀而

同」，「相反而相爲用」（〈南華長老題名記〉，《蘇軾文集》卷一二）。這種以儒學體系爲根本而浸染釋、道的思想是蘇軾人生觀的哲學基礎。

蘇軾服膺儒家經世濟民的政治理想，他二十二歲中進士，二十六歲又中制科且優入三等（宋代的最高等），入仕後奮厲有用世之志。他爲人坦蕩，講究風節，有志於改革朝政且勇於進言。由於注重政策的實際效果，他在王安石厲行新法時持反對態度，當司馬光廢除新法時又持不同意見，結果多次受到排斥打擊。他在外任時勤於政事，盡力爲地方上多做實事。他先後在杭州、密州、徐州、潁州任地方官，滅蝗救災，抗洪浚湖，政績卓著。甚至在貶到惠州後，他還捐助修橋二座。只要條件允許，蘇軾總是盡力有所作爲。然而蘇軾一生仕途坎坷，屢遭貶謫，未能充分施展他的政治才幹。他四十三歲時遭遇「烏臺詩案」❸，險遭不測。晚年更被一貶再貶，直到荒遠的海南，食芋飲水，與黎族人民一起過著艱苦的生活。蘇軾對苦難並非麻木不仁，對加諸其身的迫害也不是逆來順受，而是以一種全新的人生態度來對待接踵而至的不幸，把儒家固窮的堅毅精神、老莊輕視有限時空和物質環境的超越態度以及禪宗以平常心對待一切變故的觀念有機地結合起來，從而做到了蔑視醜惡，消解痛苦❹。這種執著於人生而又超然物外的生命範式蘊涵著堅定、沉著、樂觀、曠達的精神，因而蘇軾在逆境中照樣能保持濃郁的生活情趣和旺盛的創作活力。

蘇軾平生受到兩次嚴重的政治迫害，第一次是四十三歲那年因「烏臺詩案」而被貶至黃州，一住四年。第二次是在五十九歲時被貶往惠州，六十二歲時進而貶至儋州，到六十五歲才遇赦北歸，前後在貶所六年。蘇軾去世前自題畫像說：「問汝平生功業，黃州、惠州、儋州。」（〈自題金山畫像〉，《蘇軾詩集》卷四八）就其政治事業而言，這話當然是自嘲。但對文學家蘇軾來說，他的蓋世功業確實是在屢遭貶逐的逆境中建立的。雖說蘇軾早就名震文壇，貶至黃州後且因畏禍而不敢多寫詩文，但黃州時期仍是他創作中的一個高峰。散文如前、後〈赤壁賦〉，詩如〈寒食雨二首〉，詞如〈念奴嬌・赤壁懷古〉等名篇都創作於此時。蘇軾被貶至惠州、儋州時，已是飽經憂患的垂暮之人，但創作激情仍未衰退，而且在藝術上進入了精深華妙的新境界。貶謫生涯使蘇軾更深刻地理解了社會和人生，也使他的創作更深刻地表現出內心的情感波瀾。在宋代就有人認爲貶至海南並不是蘇軾的不幸❺，逆境是時代對這位文學天才的玉成。

第二節　蘇軾的古文和辭賦、四六

・自然與雄放　・兼收並蓄的藝術氣魄　・善於翻新出奇的議論文
・敘事、抒情、說理三種功能的完美結合　・辭賦和四六

蘇軾的文學思想是文、道並重。他推崇韓愈和歐陽修對古文的貢獻，認爲韓愈「文起八代之衰，道濟天下之溺」（〈潮州韓文公廟碑〉，《蘇軾文集》卷一七），又認爲歐陽修「論大道似韓愈」、「記事似司馬遷」（《六一居士集・敘》，《蘇軾文集》卷一〇），都是兼從文、道兩方面著眼的。但是蘇軾的文道觀在北宋具有很大的獨特性。首先，蘇軾認爲文章的藝術具有獨立的價值，如「精金美玉，市有定價」❻，文章並不僅僅是載道的工具，其自身的表現功能便是人類精神活動的一種高級型態：「物固有是理，患不知之，知之患不能達之於口與手。」（〈答虔倅俞括〉，《蘇軾文集》卷五九）其次，蘇軾心目中的「道」不限於儒家之道，而是泛指事物的規律，例如「日與水居」的人「有得於水之道」（〈日喻〉，《蘇軾文集》卷六四）。所以蘇軾主張文章應像客觀世界一樣，文理自然，姿態橫生。他提倡藝術風格的多樣化和生動性，反對千篇一律的統一文風，認爲那樣會造成文壇「彌望皆黃茅白葦」般的荒蕪❼。

正是在這種獨特的文學思想指導下，蘇軾的古文呈現出多姿多采的藝術風貌。他廣泛地從前代的作品中汲取藝術營養，其中最重要的淵源是孟子和戰國縱橫家的雄放氣勢、莊子的豐富聯想和自然恣肆的行文風格。蘇軾自謂：「吾文如萬斛泉源，不擇地皆可出，在平地滔滔汩汩，雖一日千里無難。及其與山石曲折，隨物賦形，而不可知也。所可知者，常行於所當行，常止於不可不止。」（〈自評文〉，《蘇軾文集》卷六六）他的自我評價與讀者的感受是相吻合的，蘇軾確實具有極高的表現力，在他筆下幾乎沒有不能表現的客觀事物或內心情思。蘇文的風格則隨著表現對象的不同而變化自如，像行雲流水一樣的自然、暢達。韓愈的古文依靠雄辯和布局、蓄勢等手段來取得氣勢的雄放，而蘇文卻依靠揮灑如意、思緒泉湧的方式達到了同樣的目的。蘇文氣勢雄放，語言卻平易自然，這正是宋文異於唐文的特徵之一。

蘇軾擅長寫議論文。他早年寫的史論有較濃的縱橫家習氣，有時故作驚人之論而不合義理，如〈賈誼論〉責備賈誼不知結交大臣以圖見信於朝廷，〈范增論〉提出范增應爲義帝誅殺項羽。但也有許多獨到的見解，如〈留侯論〉謂圯上老人是秦時的隱君子，折辱張良是爲了培育其堅忍之性；〈平王論〉批評周平王避寇遷都之失策，見解新穎深刻，富有啟發性。這些史論在寫作上善於隨機生發，翻空出奇，表現出高度的論說技巧，成爲當時士子應付科場考試的範文，所

以流傳極廣。蘇軾早年的政論文也有類似的風格特點，但隨著閱歷的加深，縱橫家的習氣逐漸減弱，例如元祐以後所寫的一些奏議，內容上有的放矢，言詞則剴切沉著，接近於賈誼、陸贄的文風。

史論和政論已然表現出蘇軾非凡的才華，雜說、書劄、序跋等議論文，更能體現蘇軾的文學成就。這些文章同樣善於翻新出奇，但形式更爲活潑，議論更爲生動，而且往往是夾敘夾議，兼帶抒情。它們以藝術感染力來加強邏輯說服力，所以比史論和政論更加具備美文的性質。例如〈日喻〉中的兩段比喻：

> 生而眇者不識日，問之有目者。或告之曰：「日之狀如銅盤。」扣盤而得其聲。他日聞鐘，以為日也。或告之曰：「日之光如燭。」捫燭而得其形。他日揣籥，以為日也。日之與鐘、籥，亦遠矣，而眇者不知其異，以其未嘗見而求之人也。
>
> 南方多沒人，日與水居也，七歲而能涉，十歲而能浮，十五而能沒矣。夫沒者，豈苟然哉，必將有得於水之道者。日與水居，則十五而得其道。生不識水，則雖壯，見舟而畏之。故北方之勇者，問於沒人，而求其所以沒，以其言試之河，未有不溺者也。故凡不學而務求道，皆北方之學沒者也。

此文論證了對事物的認識不能依賴片面的見聞，必須經過實踐才能掌握事物規律的道理，說理十分透闢，但它的說理是借助生動的事例，或者說是通過文學形象來展現的，所以它給讀者的印象不但深刻，而且生動鮮明，既能使人得到知性的認識，又能帶來審美的愉悅。

又如〈文與可畫篔簹谷偃竹記〉，一方面記述文與可畫竹的情形，另一方面以充滿感情的筆觸回憶自己與文與可親密無間的交往，以及文與可死後自己的悲慨，具有濃郁的抒情意味。又從文與可的創作經驗中總結出藝術創作應胸有成竹的規律，也是夾敘夾議的範例。

蘇軾的敘事記遊之文，敘事、抒情、議論三種功能更是結合得水乳交融。《石鐘山記》是一篇以論說爲主的遊記，它圍繞石鐘山得名的由來，根據實地考察的見聞，糾正了前人的說法，並引申出對沒有「目見耳聞」的事物不能「臆斷其有無」的哲理，思路清晰，論證透闢。尤其可貴的是此文的議論是在情景交融的優美意境中逐步展開的，例如寫月夜泛舟察看山形的一段：

> 至暮夜月明，獨與邁乘小舟至絕壁下。大石側立千仞，如猛獸奇鬼，森然欲搏人。而山上棲鶻，聞人聲亦驚起，磔磔雲霄間。又有若老人欬且笑於山谷中者，或曰，此鸛鶴也。余方心動欲還，而大聲發於水上，噌吰如鐘鼓不絕，舟人大恐。

寥寥幾筆即畫出一個幽美而又陰森的境界，讀之恍如身臨其境，作者賞幽探險、務實求眞的情懷也隨之展現無遺。而情景交融的描寫又是直接配合議論的，堪稱敘事、抒情、說理三種功能完美結合的典範。

由於蘇軾作文以「辭達」爲準則❽，所以當行即行，當止即止，很少有蕪詞累句，這在他的筆記小品中表現得最爲突出。如〈記承天寺夜遊〉：

> 元豐六年十月十二日，夜，解衣欲睡，月色入户，欣然起行。念無與為樂者，遂至承天寺，尋張懷民。懷民亦未寢，相與步於中庭。庭下如積水空明，水中藻荇交橫，蓋竹、柏影也。何夜無月？何處無竹柏？但少閒人如吾兩人者耳。

全文僅八十餘字，但意境超然，韻味雋永，爲宋代小品文中的妙品。

蘇軾的辭賦和四六也取得了很高的成就。他的辭賦繼承了歐陽修的傳統，但更多地融入了古文的疏宕蕭散之氣，吸收了詩歌的抒情意味，從而青出於藍而勝於藍，創作了〈赤壁賦〉和〈後赤壁賦〉這樣的名篇。〈赤壁賦〉沿用賦體主客問答、抑客伸主的傳統格局，抒寫了自己的人生哲學，同時也描寫了長江月夜的幽美景色。全文駢散並用，情景兼備，堪稱優美的散文詩。如寫景的一段：

> 清風徐來，水波不興。舉酒屬客，誦明月之詩，歌窈窕之章。少焉，月出於東山之上，徘徊於斗牛之間。白露橫江，水光接天。縱一葦之所如，凌萬頃之茫然。浩浩乎如憑虛御風而不知其所止，飄飄乎如遺世獨立，羽化而登仙。

幽美、澄澈的景色與輕鬆愉悅的心情構成開闊明朗的藝術境界，而那種渺渺茫茫、若有若無的虛幻感覺，又直接爲後文中超然物外的人生哲理做了鋪墊，體現出作者高超的表達能力和語言技巧。

蘇軾甚至在四六中也同樣體現出行雲流水的風格，他在朝廷館閣任職時所擬的制誥典贍高華，渾厚雄大，爲臺閣文字中所罕見。他遭受貶謫後寫的表啓更是眞切感人，是四六文中難得的性情之作。如〈謝量移汝州表〉：

> 隻影自憐，命寄江湖之上；驚魂未定，夢遊縲紲之中。憔悴非人，章狂失志。妻孥之所竊笑，親友至於絕交。疾病連年，人皆相傳為已死；飢寒並日，臣亦自厭其餘生。

蘇軾的散文在宋代與歐陽修、王安石齊名，但如果單從文學的角度來看，則蘇文無疑是宋文中成就最高的一家。

第三節　蘇軾的詩

・對社會的干預和對人生的思考　・樂觀曠達的精神　・對藝術技巧的嫻熟運用和超越
・有必達之隱而無難顯之情　・剛柔相濟的藝術風格　・宋詩最高成就的代表

蘇軾秉性正直，爲人坦率，曾自稱：「言發於心而衝於口，吐之則逆人，茹之則逆余。以爲寧逆人也，故卒吐之。」（〈思堂記〉，《蘇軾文集》卷一一）所以蘇軾對社會現實的看法和對人生的思考都毫無掩飾地表現在其文學作品中，其中又以詩歌最爲淋漓酣暢。在二千七百多首蘇詩中，干預社會現實和思考人生的題材十分突出。

蘇軾對社會現實中種種不合理的現象抱著「一肚皮不合時宜」的態度[9]，始終把批判現實作爲詩歌的重要主題。他在許多州郡做過地方官，了解民情，常把耳聞目見的民間疾苦寫進詩中，如寫北方遭受蝗旱之災的農民：「三年東方旱，逃戶連敧棟。老農釋耒歎，淚入飢腸痛。」（〈除夜大雪留濰州元日早晴遂行中途雪復作〉，《蘇軾詩集》卷一五）又寫南方水災侵襲下的百姓：「哀哉吳越人，久爲江湖吞。官自倒帑廩，飽不及黎元。」（〈送黃師是赴兩浙憲〉，《蘇軾詩集》卷三六）當時賦稅沉重，穀賤傷農，對外歲幣的負擔也都壓在農民身上，他們千辛萬苦收穫了糧食，也難以對付官府的徵斂：「官今要錢不要米，西北萬里招羌兒。龔黃滿朝人更苦，不如卻作河伯婦！」（〈吳中田婦歎〉，《蘇軾詩集》卷八）

更可貴的是，蘇軾對社會的批判並未局限於新政，也未局限於眼前，他對封建社會中由來已久的弊政、陋習進行抨擊，體現出更深沉的批判意識。如晚年所作的〈荔枝歎〉：

> 十里一置飛塵灰，五里一堠兵火催。顛坑仆谷相枕藉，知是荔枝龍眼來。飛車跨山鶻橫海，風枝露葉如新採。宮中美人一破顏，驚塵濺血流千載。永元荔枝來交州，天寶歲貢取之涪。至今欲食林甫肉，無人舉觴酹伯游。我願天公憐赤子，莫生尤物為瘡痏。雨順風調百穀登，民不飢寒為上瑞。君不見武夷溪邊粟粒芽，前丁後蔡相籠加。爭新買寵各出意，今年鬥品充官茶。吾君所乏豈此物？致養口體何陋耶！洛陽相君忠孝家，可憐亦進姚黃花！

從唐代的進貢荔枝寫到宋代的貢茶獻花，對官吏的媚上取寵、宮廷的窮奢極欲予以尖銳的譏刺。蘇軾在屢遭貶謫的晚年仍然如此敢怒敢罵，可見他的批判精神是何等執著！

蘇軾一生宦海浮沉，奔走四方，生活閱歷極爲豐富。他善於從人生遭遇中總結經驗，也善於從客觀事物中發現規律。在他眼中，極平常的生活內容和自然景物都蘊涵著深刻的道理，如〈題西林壁〉和〈和子由澠池懷舊〉兩詩：

> 橫看成嶺側成峰，遠近高低各不同。不識廬山真面目，只緣身在此山中。

> 人生到處知何似？應似飛鴻踏雪泥。泥上偶然留指爪，鴻飛那復計東西？老僧已死成新塔，壞壁無由見舊題。往日崎嶇還記否？路長人困蹇驢嘶。

在這些詩中，自然現象已上升爲哲理，人生的感受也已轉化爲理性的反思。尤爲難能可貴的是，詩中的哲理是通過生動、鮮明的藝術意象自然而然地表達出來，而不是經過邏輯推導或理論分析所得。這樣的詩歌既優美動人，又饒有趣味，是臻於高境的理趣詩。「不識廬山眞面目」和「雪泥鴻爪」一問世即流行爲成語，說明蘇軾的理趣詩受到讀者的普遍喜愛。蘇詩中類似的作品還有很多，如〈泗州僧伽塔〉、〈飲湖上初晴後雨〉、〈慈湖夾阻風〉等。蘇軾極具靈心慧眼，所以到處都能發現妙理新意。

深刻的人生思考使蘇軾對沉浮榮辱持有冷靜、曠達的態度，這在蘇詩中有充分的體現。蘇軾在逆境中的詩篇當然含有痛苦、憤懣、消沉的一面，如在黃州作的〈寒食雨二首〉（《蘇軾詩集》卷二一），寫「空庖煮寒菜，破灶燒濕葦」的生活困境和「君門深九重，墳墓在萬里」的苦悶心態，語極沉痛。但蘇軾更多的詩則表現了對苦難的傲視和對痛苦的超越。黃州這座山環水繞的荒城在他筆下是「長江繞郭知魚美，好竹連山覺筍香」（〈初到黃州〉，《蘇軾詩集》卷二〇），多石崎嶇的坡路則被寫成「莫嫌犖确坡頭路，自愛鏗然曳杖聲」（〈東坡〉，《蘇軾詩集》卷二二）。嶺南荒遠，古人莫不視爲畏途。韓愈貶潮州，柳宗元貶柳州，作詩多爲淒苦之音❿。然而當蘇軾被貶至惠州時，卻作詩說：「日啖荔枝三百顆，不辭長作嶺南人。」（〈食荔枝二首〉之二，《蘇軾詩集》卷四〇）及貶儋州，又說：「他年誰作輿地志，海南萬里眞吾鄉。」（〈吾謫海南，子由雷州，被命即行，了不相知。至梧乃聞其尚在藤也，旦夕當追及。作此詩示之〉，《蘇軾詩集》卷四一）這種樂觀曠達的核心是堅毅的人生信念和不向厄運屈服的鬥爭精神，所以蘇軾在逆境中的詩作依然是筆勢飛騰，辭采壯麗，並無衰疲頹唐之病，如〈六月二十日夜渡海〉：

> 參橫斗轉欲三更，苦雨終風也解晴。雲散月明誰點綴？天容海色本澄清。空餘魯叟乘桴意，粗識軒轅奏樂聲。九死南荒吾不恨，茲遊奇絕冠平生！

這是蘇軾從儋州遇赦北歸時所作，詩中流露出戰勝黑暗的自豪心情和寵辱不驚的闊大胸懷，氣勢雄放。

蘇軾學博才高，對詩歌藝術技巧的掌握達到了得心應手的純熟境界，並以翻新出奇的精神對待藝術規範，縱意所如，觸手成春。蘇詩中的比喻生動新奇，層出不窮，例如「春畦雨過羅紈膩」（〈南園〉，《蘇軾詩集》卷一四）、「相排競進頭如黿」（〈王維吳道子畫〉，《蘇軾詩集》卷三）、「欲知垂盡歲，有似赴壑蛇。修鱗半已沒，去意誰能遮」（〈守歲〉，《蘇軾詩集》卷四），都膾炙人口。又如〈百步洪〉中連用七喻描摹奔水：「有如兔走鷹隼落，駿馬下注千丈坡。斷弦離柱箭脫手，飛電過隙珠翻荷。」（《蘇軾詩集》卷一七）眞正做到了妙喻連生。蘇軾讀書破萬卷，用典時信手拈來，左右逢源。因用典過多，他有時也遭致後人的批評⓫，但在多數情況下，蘇詩的用典穩妥精當，且渾然天成，達到了如水中著鹽的妙境。例如他作詩安慰落第的李廌說：「平生謾說古戰場，過眼終迷日五色。」就堪稱用典精妙的範例⓬。蘇詩中的對仗則既精工又活潑流動，構思打破常規。例如：「山憶喜歡勞遠夢，地名惶恐泣孤臣」（〈八月七日初入贛過惶恐灘〉，《蘇軾詩集》卷三八），「三過門間老病死，一彈指頃去來今」（〈過永樂文長老已卒〉，《蘇軾詩集》卷一一），對法生新，不落俗套⓭。正因爲蘇軾對比喻、用典、對仗等技巧的掌握已臻化境，所以他能夠超越技巧，作詩揮灑如意，絲毫看不出鍛鍊之痕。如〈出潁口初見淮山是日至壽州〉：

我行日夜向江海，楓葉蘆花秋興長。長淮忽迷天遠近，青山久與船低昂。壽州已見白石塔，短棹未轉黃茅岡。波平風軟望不到，故人久立煙蒼茫。

看似平淡實則奇警，看似鬆散實則精練，詩中幾乎不復可睹具體的技巧，因爲它的藝術追求是從整體上著眼的。

清人趙翼評蘇詩說：「天生健筆一枝，爽如哀梨，快如并剪，有必達之隱，無難顯之情，此所以繼李、杜後爲一大家也。」（《甌北詩話》卷五）的確，蘇詩的表現能力是驚人的，在蘇軾筆下幾乎沒有不能入詩的題材。臨流照影，汲水煎茶，都是極其平常之事，但蘇軾寫成「忽然生鱗甲，亂我鬚與眉。散爲百東坡，頃刻復在茲」（〈泛潁〉，《蘇軾詩集》卷三四）；「大瓢貯月歸春甕，小杓分江入夜瓶」（〈汲江煎茶〉，《蘇軾詩集》卷四三），就格外生動有趣。又如他只用「三尺長脛閣瘦軀」一句，便活畫出病鶴無精打采的清臞之態[14]。他敘寫「惠州有潭，潭有潛蛟……虎飲水其上，蛟尾而食之，俄而浮骨水上」的傳說，也只用「潛鱗有飢蛟，掉尾取渴虎」十字即寫盡其情狀[15]。即使是十分難於處理的題材，在蘇軾筆下往往能化難爲易，舉重若輕。比如〈續麗人行〉詠唐代畫家周昉的一幅「背面欠伸內人」，對一個背面的美人如何描寫？蘇軾先從虛處落筆，推想畫中人之美貌：「若教回首卻嫣然」，再把此美人想像爲杜甫當年在曲江頭遠遠望見的一個背影，最後又以民間夫妻相敬如賓的故事作爲反襯，慨歎美人幽閉深宮的不幸。想落天外，卻又非常切題，顯示出駕馭題材的非凡能力。

就像其文論一樣，蘇軾對詩歌風格也主張兼收並蓄。他曾模仿過陶淵明、李白、杜甫、韓愈、孟郊乃至同時詩友黃庭堅的詩風，無不唯妙唯肖。「短長肥瘦各有態，玉環飛燕誰敢憎」（〈孫莘老求墨妙亭詩〉，《蘇軾詩集》卷八）的多元化審美情趣使他能欣賞各種不同的風格傾向。蘇軾尤其重視兩種互相對立的風格的融合，所以在評論他人詩文時提出了「清遠雄麗」、「清雄絕俗」的術語[16]。蘇軾在創作中十分注意使陽剛之美與陰柔之美互相滲透，互相調節。毫無疑問，蘇詩的主導風格是雄放，有些作品甚至有粗豪而缺少餘蘊的缺點[17]。然而蘇詩中許多佳作已經做到了剛柔相濟，從而呈現出「清雄」的風格，例如〈遊金山寺〉：

我家江水初發源，宦遊直送江入海。聞道潮頭一丈高，天寒尚有沙痕在。中泠南畔石盤陀，古來出沒隨濤

> 波。試登絕頂望鄉國，江南江北青山多。羈愁畏晚尋歸楫，山僧苦留看落日。微風萬頃靴文細，斷霞半空魚尾赤。是時江月初生魄，二更月落天深黑。江心似有炬火明，飛焰照山棲烏驚。悵然歸臥心莫識，非鬼非人竟何物！江山如此不歸山，江神見怪驚我頑。我謝江神豈得已，有田不歸如江水。

描寫細緻，層次分明，但又筆勢騫騰，興象超妙。惆悵的心情與瀟灑的風度融於一體，且流露出豪邁之氣，典型地體現出蘇詩的風格特徵。

以「元祐」詩壇爲代表的北宋後期是宋詩的鼎盛時期[18]，王安石、蘇軾、黃庭堅、陳師道等人的創作將宋詩藝術推向了高峰。就風格個性的突出、鮮明而言，王、黃、陳三家也許比蘇軾詩更引人注目。然而論創作成就，則蘇軾無疑是北宋詩壇上第一大家。在題材的廣泛、形式的多樣和情思內蘊的深厚這幾個維度上，蘇詩都是出類拔萃的。更重要的是，蘇軾具有較強的藝術兼容性，他在理論上和創作中都不把某一種風格推到定於一尊的地位。這樣，蘇軾雖然在創造宋詩生新面貌的過程中做出了巨大的貢獻，但他基本上避免了宋詩尖新生硬和枯燥乏味這兩個主要缺點。所以蘇軾在總體成就上實現了對同時代詩人的超越，成爲最受後代廣大讀者歡迎的宋代詩人。

第四節　蘇軾的詞

・詩詞一體的詞學觀　・變革詞體的方向　・以詩爲詞的手法　・豪邁奔放的風格

蘇軾在詞的創作上也取得了非凡的成就，就一種文體自身的發展而言，蘇詞的歷史性貢獻又超過了蘇文和蘇詩。蘇軾繼柳永之後，對詞體進行了全面的改革，最終突破了詞爲「豔科」的傳統格局，提高了詞的文學地位，使詞從音樂的附屬品轉變爲一種獨立的抒情詩體，從根本上改變了詞史的發展方向。

蘇軾對詞的變革，基於他詩詞一體的詞學觀念和「自成一家」的創作主張。

自晚唐五代以來，詞一直被視爲「小道」。詩人墨客只是以寫詩的餘力和遊戲的態度來填詞，寫成之後「隨亦自掃其跡，曰謔浪遊戲而已」（胡寅〈向薌林《酒邊集》後序〉，《斐然集》卷一九）。詞在宋初文人心目中的地位，是「方之曲藝，猶不逮焉」（同上），不能與「載道」、「言志」的詩歌等量齊觀。雖然柳永一生專力寫詞，推進了詞體的發展，但他未能提高詞的文學地位。這個任務最終在蘇軾手中得以完成。

蘇軾首先在理論上破除了詩尊詞卑的觀念。他認爲詩詞同源，本屬一體，詞「爲詩之苗裔」⑲，詩與詞雖有外在形式上的差別，但它們的藝術本質和表現功能應是一致的。因此他常常將詩與詞相提並論，說柳永〈八聲甘州〉中的名句「不減唐人高處」（見趙令畤《侯鯖錄》卷七），稱道蔡景繁的「新詞，此古人長短句詩也」（〈與蔡景繁書〉，《蘇軾文集》卷五五）。由於他從文體觀念上將詞提高到與詩同等的地位，這就爲詞向詩風靠攏、實現詞與詩的相互溝通滲透提供了理論依據。

爲了使詞的美學品位眞正能與詩並駕齊驅，蘇軾還提出了詞須「自是一家」的創作主張。他在〈與鮮于子駿〉中說：「近卻頗作小詞，雖無柳七郎風味，亦自是一家。……頗壯觀也。」（《蘇軾文集》卷五三）此處的「自是一家」之說，是針對不同於柳永詞的「風味」而提出的，其內涵包括：追求壯美的風格和闊大的意境，詞品應與人品相一致，作詞應像寫詩一樣抒發自我的眞實性情和獨特的人生感受。只有這樣才能「其文如其爲人」（〈答張文潛縣丞書〉，《蘇軾文集》卷四九），在詞的創作上自成一家。蘇軾一向以文章氣節並重，在文學上則反對步人後塵，因而他不滿意秦觀「學柳七作詞」而缺乏「氣格」⑳。

擴大詞的表現功能，開拓詞境，是蘇軾改革詞體的主要方向。他將傳統的表現女性化的柔情之詞擴展爲表現男性化的豪情之詞，將傳統上只表現愛情之詞變革爲表現性情之詞，使詞像詩一樣可以充分表現作者的性情懷抱和人格個性。宋楊湜《古今詞話》即說蘇軾「凡賦詩綴詞，必寫其所懷」，金人元好問更認爲東坡詞是「情性之外，不知有文字」（《新軒樂府・引》，《遺山先生文集》卷三六）。例如他在宋神宗熙寧七年（一〇七四）寫的〈沁園春・密州早行馬上寄子由〉：

> 孤館燈青，野店雞號，旅枕夢殘。漸月華收練，晨霜耿耿；雲山摛錦，朝露漙漙。世路無窮，勞生有限，似此區區長鮮歡。微吟罷，憑征鞍無語，往事千端。　當時共客長安。似二陸初來俱少年。有筆頭千字，胸中萬卷，致君堯舜，此事何難。用捨由時，行藏在我。袖手何妨閒處看。身長健，但優遊卒歲，且鬥尊前。

既表現了他「致君堯舜」的人生理想和少年時代意氣風發、豪邁自信的精神風貌，也流露出中年經歷仕途挫折之後複雜的人生感慨㉑。稍後在密州寫的〈江城子・密州出獵〉，則表現了他希望馳騁疆場、以身許國的豪情壯志：

> 老夫聊發少年狂。左牽黃，右擎蒼。錦帽貂裘，千騎捲平岡。為報傾城隨太守，親射虎，看孫郎。　酒酣胸膽尚開張。鬢微霜，又何妨。持節雲中，何日遣馮唐。會挽雕弓如滿月，西北望，射天狼。

這現實中的「射虎」太守和理想中「挽雕弓」、「射天狼」的壯士形象，繼范仲淹〈漁家傲〉詞後進一步改變了以紅粉佳人、綺筵公子為主要抒情主人公的詞壇格局。蘇軾讓充滿進取精神、胸懷遠大理想、富有激情和生命力的仁人志士昂首走入詞世界，改變了詞作原有的柔軟情調，開啓了南宋辛派詞人的先河。

與蘇詩一樣，蘇詞中也常常表現對人生的思考。蘇軾在徐州時就感悟到「古今如夢，何曾夢覺，但有舊歡新怨」（〈永遇樂〉「明月如霜」）。「烏臺詩案」以後，人生命運的倏然變化使他更加真切而深刻地體會到人生的艱難和命運的變幻。他不止一次地浩歎「人生如夢」（〈念奴嬌・赤壁懷古〉）、「笑勞生一夢」（〈醉蓬萊〉）、「萬事到頭都是夢」（〈南鄉子・重九涵輝樓呈徐君猷〉）、「世事一場大夢」（〈西江月〉）。所謂「人生如夢」，既指人生的有限短暫和命運的虛幻易變，也指命運如夢般地難以自我把握，即〈臨江仙〉（夜飲東坡醒復醉）詞所說的「長恨此身非我有」[22]。這種對人生命運的理性思考，增強了詞境的哲理意蘊。

蘇軾雖然深切地感到人生如夢，但並未因此而否定人生，而是力求自我超脫，始終保持著頑強樂觀的信念和超然自適的人生態度：

> 莫聽穿林打葉聲，何妨吟嘯且徐行。竹杖芒鞋輕勝馬，誰怕？一蓑煙雨任平生。　料峭春風吹酒醒，微冷，山頭斜照卻相迎。回首向來蕭瑟處，歸去，也無風雨也無晴。（〈定風波〉）

蘇詞比較完整地表現出作者由積極進取轉而壓抑苦悶又力求超脫自適的心路歷程和他疏狂浪漫、多情善思的個性氣質。繼柳永、歐陽修之後，蘇軾進一步使詞作中的抒情人物形象與創作主體由分離走向同一。

蘇詞既向內心的世界開拓，也朝外在的世界拓展。晚唐五代文人詞所表現的生活場景很狹小，主要局限於封閉性的畫樓繡戶、亭臺院落之中。入宋以後，柳永開始將詞境延伸到都邑市井和葦村山驛等自然空間，張先則向日常官場生活環境靠近。蘇軾不僅在詞中大力描繪了作者日常交際、閒居讀書及躬耕、射獵、遊覽等生活場景，而且進一步展現了大自然的壯麗景色。

蘇詞對自然山水的描繪，或以奔走流動的氣勢取勝，如：「江漢西來，高樓下，葡萄深碧。猶自帶、岷峨雪浪，錦江春色。」（〈滿江紅〉）或以清新秀美的畫面見稱，如：「山雨瀟瀟過，溪橋瀏瀏清。小園幽榭枕蘋汀。門外月華如水，彩舟橫。」（〈行香子・湖州作〉）有時則把對自然山水的觀照與對歷史、人生的反思結合起來，在雄奇壯闊的自然美中融注入深沉的歷史感慨和人生感懷，如〈念奴嬌・赤壁懷古〉：

> 大江東去，浪淘盡、千古風流人物。故壘西邊，人道是、三國周郎赤壁。亂石穿空，驚濤拍岸，捲起千堆雪。江山如畫，一時多少豪傑。　遙想公瑾當年，小喬初嫁了，雄姿英發。羽扇綸巾，談笑間、檣櫓灰飛煙滅。故國神遊，多情應笑我，早生華髮。人生如夢，一尊還酹江月。

有時又鍾情於和諧寧靜的自然山水，藉以表現忘懷物我、超然自適的人生態度，如〈西江月〉：

> 照野瀰瀰淺浪，橫空曖曖微霄。障泥未解玉驄驕，我欲醉眠芳草。可惜一溪明月，莫教踏破瓊瑤。解鞍欹枕綠楊橋，杜宇一聲春曉。

充滿泥土芳香和生活氣息的鄉村，是以前的詞人從未關注過的領域。蘇軾則以「使君元是此中人」的身分，在五首〈浣溪沙〉組詞中多角度地描寫了徐州的鄉村景色和村姑農叟的生活情態。在其他詞作中，他也常常流露出對農作物豐收的喜悅和對農民生活的關心：『慚愧今年二麥豐，千畦細浪舞晴空。』（〈浣溪沙・徐州藏春閣園中〉）「雪晴江上麥千車，但令人飽我愁無。」（〈浣溪沙〉「萬頃風濤不記蘇」）

蘇軾用自己的創作實踐表明：詞是無事不可寫，無意不可入的。詞與詩一樣，具有充分表現社會生活和現實人生的功能。由於蘇軾擴大了詞的表現功能，豐富了詞的情感內涵，拓展了詞的時空場景，從而提高了詞的藝術品位，把詞堂堂正正地引進文學的殿堂，使詞從「小道」上升爲一種與詩具有同等地位的抒情文體。

「以詩爲詞」則是蘇軾變革詞風的主要手法[23]。所謂「以詩爲詞」，是將詩的表現手法移植到詞中。這主要體現在用題序和用典故兩個方面。

蘇軾之前的詞，大都是應歌而作的代言體，詞有調名表明其唱法即可，所以絕大多數詞作並無題序。蘇軾則把詞變為緣事而發、因情而作的抒情言志之體，所以詞作所抒的是何種情志或因何事生發，必須有所交代和說明。然而，詞體長於抒情，不宜敘事。為解決這一矛盾，蘇軾在詞中與詩一樣大量採用標題和小序的形式，使詞的題序和詞本文構成不可分割的有機統一體。與張先的詞題僅起交代創作的時間、地點的作用相比，蘇軾賦予了詞的題序以新的功能[24]。有的題序交代詞的創作動機和緣起，以確定詞中所抒情感的指向，如〈水調歌頭〉的小序：「丙辰中秋，歡飲達旦，大醉。作此篇，兼懷子由。」不僅交代了創作的時間、緣由，也規定了詞末「但願人長久，千里共嬋娟」所懷念的對象是其弟蘇轍。另有一些題序與詞本文在內容上有互補作用，如〈滿江紅〉（憂喜相尋）、〈定風波〉（莫聽穿林打葉聲）二詞，詞序用來紀事，詞本文則著重抒發由其事所引發的情感。有了詞題和詞序，既便於交代詞的寫作時地和創作緣起，也可以豐富和深化詞的審美內涵。

在詞中大量使事用典，也始於蘇軾。詞中使事用典，既是一種替代性、濃縮性的敘事方式，也是一種曲折深婉的抒情方法。〈江城子·密州出獵〉具有較濃厚的敘事性和紀實性，但寫射獵打虎的過程非三言兩語所能窮形盡相，而作者用孫權射虎的典故來作替代性的概括描寫，就一筆寫出了太守一馬當先、親自射虎的英姿。詞的下闋用馮唐故事，既表達了作者的壯志，又蘊涵著對歷史人物和自我懷才不遇的隱痛，增強了詞的歷史感和現實感。蘇詞大量運用題序和典故，豐富和發展了詞的表現手法，對後來詞的發展產生了重大影響。

從本質上說，蘇軾「以詩為詞」是要突破音樂對詞體的制約和束縛，把詞從音樂的附屬品變為一種獨立的抒情詩體。蘇軾寫詞，主要是供人閱讀，而不求人演唱，故注重抒情言志的自由，雖也遵守詞的音律規範而不為音律所拘，即使偶爾不協音律也在所不顧[25]。正因如此，蘇詞像蘇詩一樣，表現出充沛的激情，豐富的想像力和變化自如、多姿多采的語言風格[26]。雖然蘇軾現存的三百六十二首詞中，大多數詞的風格仍與傳統的婉約柔美之風比較接近，但已有相當數量的作品體現出奔放豪邁、傾蕩磊落如天風海雨般的新風格，如名作〈水調歌頭〉：

> 明月幾時有，把酒問青天。不知天上宮闕，今夕是何年。我欲乘風歸去，又恐瓊樓玉宇，高處不勝寒。起舞弄清影，何似在人間。　轉朱閣，低綺戶，照無眠。不應有恨，何事長向別時圓。人有悲歡離合，月有陰晴圓缺，此事古難全。但願人長久，千里共嬋娟。

宋胡寅曾說蘇詞「一洗綺羅香澤之態，擺脫綢繆宛轉之度，使人登高望遠，舉首高歌，而逸懷浩氣，超然乎塵垢之外」

（〈向薌林《酒邊集》後序〉），即揭示出蘇軾這類詞作所創造的一種新的美學風範。

在兩宋詞風轉變過程中，蘇軾是關鍵人物。王灼《碧雞漫志》卷二說：「東坡先生非心醉於音律者，偶爾作歌，指出向上一路，新天下耳目，弄筆者始知自振。」強化詞的文學性，弱化詞對音樂的依附性，是蘇軾爲後代詞人所指出的「向上一路」。後來的南渡詞人和辛派詞人就是沿著此路而進一步開拓發展的。

第五節　蘇軾的意義與影響

・蘇軾的意義　・蘇軾周圍的作家群　・後代文人心目中的蘇軾

綜上所述，蘇軾在文、詩、詞三方面都取得了極高的造詣，堪稱宋代文學最高成就的代表。而且蘇軾的創造性活動不局限於文學，他在書法、繪畫等領域內的成就都很突出，對醫藥、烹飪、水利等技藝也有所貢獻。蘇軾典型地體現著宋代的文化精神。從文學史的範圍來說，蘇軾的意義主要有兩點。首先，蘇軾的人生態度成爲後代文人景仰的範式：進退自如，寵辱不驚。由於蘇軾把封建社會中士人的兩種主要處世態度用同一種價值尺度予以整合，所以他能處變不驚，無往而不可。當然，這種範式更適用於士人遭受坎坷之時，它可以通向既堅持操守又全生養性的人生境界，這正是宋以後的歷代士人所希望做到的。其次，蘇軾的審美態度爲後人提供了富有啓迪意義的審美範式。他以寬廣的審美眼光去擁抱大千世界，所以凡物皆有可觀，到處都能發現美的存在。這種範式在題材內容和表現手法兩方面爲後人開闢了新的世界。所以，蘇軾受到後代文人的普遍熱愛，實爲歷史的必然。

蘇軾在當時文壇上享有巨大的聲譽，他繼承了歐陽修的精神，十分重視發現和培養文學人才。當時就有許多青年作家眾星拱月似地圍繞在他周圍，其中成就較大的有黃庭堅、張耒、晁補之、秦觀四人，合稱「蘇門四學士」。再加上陳師道和李廌，又合稱「蘇門六君子」。此外，李格非、李之儀、唐庚、張舜民、孔平仲、賀鑄等人，也都直接或間接地受到蘇軾的影響。由於蘇軾的成就包括各種文學樣式，他本人的創作又沒有固定不變的規範可循，所以蘇門的作家在創作上各具面目。黃庭堅、陳師道長於詩，秦觀長於詞，李廌以古文名世，張、晁則詩文並擅。同時，他們的藝術風貌也各具個性，例如黃詩生新，陳詩樸拙，風格都不類蘇詩，後來黃、陳還另外開宗立派。

蘇軾的作品在當時就馳名遐邇，在遼國、高麗等地都廣受歡迎。北宋末年，朝廷一度禁止蘇軾作品的流傳，但是禁越嚴而傳越廣。到了南宋黨禁解弛，蘇軾的集子又以多種版本廣爲流傳，以後歷代翻刻不絕。

在後代文人的心目中，蘇軾是一位天才的文學巨匠，人們爭相從蘇軾的作品中汲取營養。在金國和南宋對峙的時代，蘇軾在南北兩方都發生了深遠的影響。蘇詩不但影響有宋一代的詩歌，而且對明代的公安派詩人和清初的宋詩派詩人都有重要的啓迪㉗。蘇軾的詞體解放精神直接爲南宋辛派詞人所繼承，形成了與婉約詞平分秋色的豪放詞派，其影響一直波及清代陳維崧等人。蘇軾的散文，尤其是他的小品文，是明代標舉獨抒性靈的公安派散文的藝術淵源，直到清代袁枚、鄭燮的散文中仍時時可見蘇文的影響。

蘇軾還以和藹可親、幽默機智的形象留存在後代普通人民心目中。他在各地的遊蹤，他在生活中的各種發明都是後人喜愛的話題㉘。在宋代作家中，就受到後人廣泛喜愛的程度而言，蘇軾是無與倫比的。

注釋

❶ 禪宗十分強調自身的正統地位，所謂歷代宗祖衣缽相傳的譜系就是為此目的而編造出來的。北宋禪僧契嵩作有〈傳法正統記〉、〈傳法正宗論〉等，創立二十八祖之說。而大量燈錄的出現使這種譜系得到進一步的鞏固和宣揚。北宋士人關於「道統」、「文統」的思想顯然與禪宗的影響不無關係，參看王水照〈北宋的文學結盟與尚統的社會思潮〉，載《國際宋代文化研討會論文集》，四川大學出版社一九九一年版，第二五三—二七四頁。

❷ 蘇軾生於宋仁宗景祐三年（一〇三六）十二月十九日，於西元則為次年（一〇三七）一月八日。其生平事蹟，見《宋史》卷三三八本傳；清王文誥《蘇文忠公詩編注集成總案》，巴蜀書社一九八五年影印本；孔凡禮《蘇軾年譜》，中華書局一九九八年版。

❸ 宋神宗元豐二年（一〇七九）七月，蘇軾在知湖州任上以詩文訕謗新政的罪名被拘捕，押至汴京後關在御史臺獄中，至十二月底方結案出獄貶往黃州。因漢代的御史府樹上多烏鴉，御史府又稱「烏臺」，故人們把蘇軾的這場文字獄稱為「烏臺詩案」。詳見朋九萬《烏臺詩案》（通行本有《叢書集成初編》本）。

❹ 關於蘇軾接受佛家思想影響的問題，美國學者艾朗諾（Ronald C. Egan）有較詳細的論述，參看"Word, Image and Deed in the Life of Su Shi", 6, "*Thousand Arms and Eyes: Buddhist Influences*"，Harvard University Press, Cambridge and London, 1994, PP. 134-168。

❺ 朱弁《風月堂詩話》卷上：「東坡文章，至黃州以後人莫能及，惟黃魯直詩時可以抗衡。晚年過海，則雖魯直亦瞠若乎其後矣。或謂東坡過海雖為不幸，乃魯直之大不幸也。」

❻ 見〈與謝民師推官書〉，《蘇軾文集》卷四九。按：蘇軾說這是引歐陽修的話，但此語不見於今本歐集。

❼ 當王安石推行新法時，採取措施以求實現學術思想的統一，部分地導致了統一文風的結果。蘇軾對此極為不滿，他批評說：「文字之衰，未有如今日者也。其源實出於王氏。王氏之文，未必不善也，而患在於好使人同己……地之美者，同於生物，不同於所生。惟荒瘠斥鹵之地，彌望皆黃茅白葦，此則王氏之同也。」（〈答張文潛縣丞書〉，《蘇軾文集》卷四九）

❽ 《論語‧衛靈公》記孔子曰：「辭達而已矣。」本意是言詞的功用在於表達意思。蘇軾在〈與謝民師推官書〉中引用孔子此語，且引申說：「夫言止於達意，即疑若不文，是大不然。求物之妙，如繫風捕影，能使是物了然於心者，蓋千萬人而不一遇也。而況能使了然於口與手者乎？是之謂辭達。辭至於能達，則文不可勝用矣。」（《蘇軾文集》卷四九）可見蘇軾所謂「辭達」，其實是極高的藝術境界。

❾ 費袞《梁溪漫志》卷四載，蘇軾有一次問眾婢自己腹中有何物，眾婢答曰「都是文章」、「都是識見」等，蘇軾皆不以為然。「至朝雲，乃曰：『學士一肚皮不合時宜。』坡捧腹大笑。」

❿ 韓愈在赴潮州途中作詩示侄云：「知汝遠來應有意，好收吾骨瘴江邊。」（〈左遷至藍關示侄孫湘〉，《韓昌黎詩繫年集釋》卷一一）柳宗元貶至柳州後作詩別弟云：「零落殘魂倍黯然，雙垂別淚越江邊。」（〈別舍弟宗一〉，《柳宗元詩箋釋》卷三）二詩語極淒苦。

⓫ 清人王夫之說：「人識西崑體為獺祭魚，蘇子瞻、黃魯直亦獺耳。……除卻書本子，則更無詩！」（《薑齋詩話》卷下）王夫之的批評有過火之處，但也說中了蘇、黃詩的缺點。

⓬ 見〈余與李廌方叔相知久矣，領貢舉事而李不得第，愧甚，作詩送之〉，《蘇軾詩集》卷三〇。按：所用典故是唐人李華善古文，以〈弔古戰場文〉著稱；唐人李程以甲賦佳作〈日五色賦〉應舉而被黜落，二典皆切李廌之姓，又切合李廌久有文名而應試不第之事，用典之精確巧妙無以復加。而且句法渾成自然，毫無滯礙。

⓭ 岳珂《桯史》卷二載，蘇軾曾以「四詩風雅頌」對遼使的「三光日月星」。「三過門間」一聯的對法與之相似。

⓮ 見〈鶴歎〉，《蘇軾詩集》卷三七。按：《唐子西文錄》云：「東坡作〈病鶴〉詩，嘗寫『三尺長脛□瘦軀』，缺其一字，使任德翁輩下之，凡數字。東坡徐出其稿，蓋『閣』字也。此字既出，儼然如見病鶴矣。」查注云：「今題中無病字，疑有脫落也。」

⑮見〈白水山佛跡岩〉，《蘇軾詩集》卷三八。《唐子西文錄》評此二句云：「東坡詩，敘事言簡而意盡。……言『渴』則知虎以飲水而召災，言『飢』則蛟食其肉矣。」

⑯分別見於《樂全先生文集·敘》和〈與米元章二十八首〉之二五，《蘇軾文集》卷一〇、卷五八。按：關於蘇軾的此類風格論觀點，可參看程千帆、莫礪鋒〈論蘇軾的風格論〉，載《中國古典文學論叢》第五輯，人民文學出版社一九八七年版。

⑰朱熹批評蘇軾：「蘇才豪，然一滾說盡無餘意。」（《朱子語類》卷一四〇）

⑱近人陳衍說：「余謂詩莫盛於三元，上元開元，中元元和，下元元祐也。」（《石遺室詩話》卷一）所謂「元祐」，指王、蘇、黃、陳等人活躍於詩壇的北宋後期。

⑲見朱弁《風月堂詩話》卷上。又，蘇軾〈祭張子野文〉說張先「微詞宛轉，蓋詩之裔」（《蘇軾文集》卷六三）。另參方智範等《中國詞學批評史》，中國社會科學出版社一九九四年版，第四〇—四九頁。

⑳宋黃升《唐宋諸賢絕妙詞選》卷二蘇軾〈永遇樂〉詞末載，秦觀自會稽入京見蘇軾，蘇軾說：「不意別後，公卻學柳七作詞。」秦答曰：「某雖無識，亦不至是。先生之言，無乃過乎？」蘇又說：「『銷魂當此際』，非柳詞句法乎？」秦慚服（按：《歷代詩餘》卷一一五《詞話》引此則，注出《高齋詞話》，郭紹虞《宋詩話輯佚》卷下《高齋詩話》又據《歷代詩餘》附錄此則，今人遂從之注出曾慥《高齋詩話》，不確。《歷代詩餘》實從《唐宋諸賢絕妙詞選》入錄，而誤注出處）。又，葉夢得《避暑錄話》卷下載，蘇軾「於四學士中最善少游，故他文未嘗不極口稱善，豈特樂府！然猶以氣格為病。故常戲云：『山抹微雲秦學士，露花倒影柳屯田。』」

㉑參見楊海明《唐宋詞史》，江蘇古籍出版社一九八七年版，第二九一—二九二頁。

㉒蘇軾在黃州時未脫罪籍，人身自由受到限制。他在〈與圓通禪師〉中說：「未脫罪籍，身非我有，無緣頂謁山門。」（《蘇軾文集》卷六一）但「長恨此身非我有」這句詞的含意更深廣一些，它訴說著整個官宦生涯乃至現實環境對人生的限制和自己不能主宰自我命運的憂思。

㉓「以詩為詞」是陳師道對蘇詞的評論，見《後山詩話》。參看劉少雄《東坡以詩為詞論新詮》，臺灣里仁書局二〇〇六年版；莫礪鋒〈從蘇詞蘇詩之異同看蘇軾「以詩為詞」〉，《中國文化研究》二〇〇二年第二期；諸葛憶兵〈「以詩為詞」辨〉，《北京大學學報》二〇一一年第一期。

㉔參看王兆鵬《唐宋詞史論》，人民文學出版社二〇〇〇年版，第一四七—一四八頁；黃文吉《北宋十大詞家研究》，臺北文史哲出版社一九九六年版，第一七八—一八〇頁。

㉕陸游說蘇詞「豪放，不喜裁剪以就聲律」（《老學庵筆記》卷五），李清照則認為蘇詞「往往不協音律」（胡仔《苕溪漁隱叢話》後集卷三三），兩人的態度雖有不同，但都說出了蘇詞的這個特點。

㉖關於蘇詞的多樣化風格，可參唐玲玲〈淡妝濃抹總相宜——論蘇詞風格的多樣化〉，載《東坡研究論叢》，四川文藝出版社一九八六年版；謝桃坊《宋詞概論》，四川文藝出版社一九九二年版，第二一一—二二四頁。

㉗關於蘇軾詩對後世的影響，可參看謝桃坊《蘇軾詩研究》第七章〈蘇詩對宋詩和後世詩歌的影響〉，巴蜀書社一九八七年版；王友勝《蘇詩研究史稿》，嶽麓書在二〇〇〇年版；曾棗莊《蘇軾研究史》，江蘇教育出版社二〇〇一年版。

㉘有關軼事可參看〔清〕梁廷楠《東坡事類》，暨南大學出版社一九九二年版；顏中其《蘇東坡軼事彙編》，嶽麓書社一九八四年版。

第五章　江西詩派與兩宋之際的詩歌

在蘇軾主持文壇的時期，宋代文學的發展達到了高潮，其中宋詩的成就更是進入了巓峰階段。近人陳衍甚至認爲宋哲宗元祐時期是整個古代詩歌史的三個黃金時代之一❶。毫無疑問，蘇軾是當時成就最大的詩人。但是，由於蘇軾寫詩的方式是憑才情而隨意揮灑，不主故常，所以別人難以追隨仿效。而且從元祐後期開始，激烈的黨爭常常導致文字獄，蘇軾那種敢怒敢罵的作風更使人敬而遠之。於是，作詩極其講究法度，題材又偏重於書齋生活的黃庭堅便成爲青年詩人學習的典範。到了北宋末南宋初，追隨黃庭堅的詩人逐漸形成了一個聲同氣應的詩歌流派——江西詩派。這是兩宋之際詩壇上最重要的現象。

第一節　黃庭堅的詩歌

・黃庭堅的創作道路　・豐富的人文意象　・生新廉悍的藝術風格　・山谷體的內涵
・晚年詩返璞歸眞

在蘇軾周圍的作家群中，黃庭堅的詩歌成就最爲突出，他最終與蘇軾齊名，並稱「蘇黃」。

黃庭堅（一〇四五—一一〇五），字魯直，號山谷道人，又號涪翁，洪州分寧（今江西修水）人。他二十三歲進士及第後，在葉縣（今屬河南）、太和（今屬江西）等地做了十七年的低級官員。這段時期的黃詩比較關注社會現實，如〈流民歎〉、〈和謝公定征南謠〉等，抨擊時弊相當尖銳❷。元豐八年（一〇八五）舊黨執政後，黃庭堅來到汴京任職於館閣，參加編寫《神宗實錄》，自此成爲蘇軾的密友，常與蘇軾等人唱和，詩的內容則以書齋生活爲主。從哲宗紹聖元年（一〇九四）開始，舊黨重又失勢，黃庭堅也受到迫害，先後被貶謫到黔州（今重慶彭水）、戎州（今四川宜賓），最後卒於荒遠的宜州（今屬廣西）貶所。黃庭堅被貶的直接原因是《神宗實錄》引起的文字獄。驚悸之餘，黃庭堅作詩較少，內容則以抒寫人生感慨爲主。黃庭堅始終被人看作舊黨，其實他雖然在政治上追隨蘇軾，但並未積極參加新舊黨爭，他一生的心血主要傾注在詩歌和書法創作上。

就題材範圍而言，黃庭堅詩沒有顯著的特點。他流傳下來的一千九百多首詩，約有三分之二是思親懷友、感時抒懷、描摹山水、題詠書畫的詩，這種題材走向與王安石、蘇軾基本相同。黃詩的特點是文人氣和書卷氣特別濃厚，詩中的人文意象格外密集❸。首先，黃庭堅喜愛吟詠書畫作品、亭臺樓閣以及筆、墨、紙、硯、香、扇等物品，這些對象自身都是文化活動的產物或與文人生活密切相關的物品，自然會使詩歌充滿文人色彩。其次，黃庭堅寫其他題材也努力抉發其中的人文意蘊。例如〈演雅〉一詩，詠及蠶、蛛、燕、蝶等四十三種動物，牠們本來全是自然意象，可是黃詩並沒有到自然界中去觀賞這些禽鳥蟲魚，而是從古代典籍的字裡行間去認識牠們，全詩充滿著典故。又如茶本來是一種生活用品，但在黃詩中茶卻成爲文人雅致生活不可或缺的內容，例如〈雙井茶送子瞻〉：

> 人間風日不到處，天上玉堂森寶書。想見東坡舊居士，揮毫百斛瀉明珠。我家江南摘雲腴，落磑霏霏雪不如。為公喚起黃州夢，獨載扁舟向五湖。

茶被置於高雅的文化環境中，並與文人的高雅活動及高潔志趣相連繫，從而蘊涵著深刻的文化內蘊。文化活動是一種特殊的生活型態，以此爲內容的黃詩微妙而深刻地反映出詩人內心的情感律動，書卷氣與生活氣息並存。這正是宋詩別開生面的表現之一。當然，有時黃詩在這方面走得太遠，如〈和錢穆父詠猩猩毛筆〉在八句詩中竟有十二個典故，就損害了詩歌的形象性。

黃詩更引人注目的是鮮明的藝術個性。自梅堯臣以來，北宋詩人都在詩歌藝術上追求「生新」，也即追求在唐詩之外另闢境界，而黃庭堅在這方面表現出更強烈的自覺性。他說：「文章最忌隨人後。」（〈贈謝敞王博喻〉，《山谷詩外集補》卷四）又說：「隨人作計終後人，自成一家始逼眞。」（〈以右軍書數種贈丘十四〉，《山谷詩外集補》卷二）他的整個詩歌創作都貫徹了求新求變的精神，從而創造了生新廉悍的藝術風格。

黃詩不論長短，往往包含多層次的意思，章法迴旋曲折，絕不平鋪直敘。如五古〈過家〉、七古〈次韻子瞻題郭熙畫秋山〉以及七絕〈病起荊江亭即事十首〉之五，都是如此。他說：「作詩正如作雜劇，初時布置，臨了須打諢。」（見《王直方詩話》）意即要像參軍戲中的「打諢」一樣，在必要的地方來一個出乎讀者意料之外的轉折，以意脈的突然斷裂而產生藝術張力。例如〈次韻裴仲謀同年〉的次聯：「舞陽去葉才百里，賤子與公俱少年。」（《黃庭堅詩集注》外集卷一）上下句的意思相去很遠，讀來有奇崛之感。

黃詩運用修辭手段，善於出奇制勝。如用「煎成車聲繞羊腸」（〈以小團龍及半挺贈無咎並詩用前韻〉，《黃庭堅詩集注》內集卷一）來形容煎茶的聲音，又如「程嬰杵臼立孤難，伯夷叔齊採薇瘦」（〈寄題滎州祖元大師此君軒〉，《黃庭堅詩集注》內集卷一三），以古代的志士仁人來比喻竹子的高風亮節，都是很新警的比喻。他有時也求奇過甚，不夠自然，如「露濕何郎試湯餅，日烘荀令炷爐香」（〈觀王主簿家酴醾〉，《黃庭堅詩集注》外集卷一二）以美男子喻花，就招致了許多人的批評。黃庭堅還重視煉字造句，務去陳言，力撰硬語，如「秋水粘天不自多」（〈贈陳師道〉，《黃庭堅詩集注》外集卷一五）、「春去不窺園，黃鸝頗三請」（〈次韻張詢齋中晚春〉，《黃庭堅詩集注》內集卷三）等。黃詩中最成功的則是那些用常見的字詞組成新奇意象的作品，如〈寄黃幾復〉：

我居北海君南海，寄雁傳書謝不能。桃李春風一杯酒，江湖夜雨十年燈。持家但有四立壁，治病不蘄三折肱。想見讀書頭已白，隔溪猿哭瘴溪藤。

字面較爲平常，典故也是常見的，但經過巧妙的藝術構思，以故爲新，在整體上取得了新奇的藝術效果。

黃詩還有聲律奇峭的特點，一是句中音節打破常規，如「心猶未死杯中物，春不能朱鏡裡顏」（〈次韻柳通叟寄王文通〉，《黃庭堅詩集注》內集卷八）等，矯健奇峭。二是律詩中多用拗句，以避免平仄和諧而流於圓熟的聲調，如〈題落星寺〉：

落星開士深結屋，龍閣老翁來賦詩。小雨藏山客坐久，長江接天帆到遲。宴寢清香與世隔，畫圖妙絕無人知。蜂房各自開戶牖，處處煮茶藤一枝。

此詩大拗大救，奇崛勁挺，爲表現幽僻清絕的境界創製了恰到好處的語音外殼。黃庭堅的三百多首七律中有一半是拗體，這也是形成其生新廉悍風格的重要因素。

黃詩以鮮明的風格特徵而自成一體，當時就被稱爲「黃庭堅體」或「山谷體」。元祐二年（一〇八七），蘇軾作〈送楊孟容〉，自注說：「效黃魯直體。」黃庭堅作詩和之，有「我詩如曹鄶，淺陋不成邦。公如大國楚，吞五湖三江」和「句法提一律，堅城受我降。枯松倒澗壑，波濤所舂撞。萬牛挽不前，公乃獨力扛」等句，句法奇矯，音節拗健，想像奇特不凡，且有一股兀傲之氣，是典型的「山谷體」❹。如果以唐詩爲參照標準，那麼「山谷體」的生新程度是最高的，它最典型地體現了宋詩的藝術特徵。與此同時，「山谷體」也具有奇險、生硬、不夠自然等缺點。所以，當後人批評宋詩時，「山谷體」往往首當其衝。

不過，黃庭堅晚年的詩風逐步克服了上述缺點，體現出歸眞返璞的傾向。求新求變的精神在晚期黃詩中仍有所體現，但隨著詩人閱歷的加深和修養的提高，已漸漸達到爐火純青、形跡盡泯的境界。用黃庭堅自己的話來說，就是達到了「平淡而山高水深」（〈與王觀復書〉之二，《豫章黃先生文集》卷一九）的境界。例如〈雨中登岳陽樓望君山二首〉：

投荒萬死鬢毛斑，生出瞿塘灩澦關。未到江南先一笑，岳陽樓上對君山。

滿川風雨獨憑欄，綰結湘娥十二鬟。可惜不當湖水面，銀山堆裡看青山。

雖然詩中仍有典故成語及化用前人成句之處❺，字裡行間也仍有一股兀傲之氣，但意境清新，語言流暢，奇險生硬的缺點已不復可睹了。再如〈跋子瞻和陶詩〉：

子瞻謫嶺南，時宰欲殺之。飽吃惠州飯，細和淵明詩。彭澤千載人，東坡百世士。出處雖不同，風味乃相似。

平淡質樸，精光內斂，體現出黃詩的老成境界。由此可見平淡之美是宋代詩壇的整體性追求，黃庭堅的創作道路也是以此爲終極目標的。

第二節　陳師道的詩歌

·學蘇與學黃　·寒士生活的眞實寫照　·簡練樸拙的藝術風格

陳師道（一〇五三—一一〇二）也是蘇軾門下的重要詩人。他字履常，一字無己，號後山居士，彭城（今江蘇徐州）人。因不滿新學而不應科舉，至三十五歲時才由蘇軾的舉薦而任州學教授。他視蘇軾爲師長，曾不顧朝廷禁令私自離境爲出守杭州的蘇軾送行。但陳師道作詩的方式是「閉門覓句」式的苦吟❻，與蘇軾揮灑自如的方式迥然不同。所以，他寫詩並不學蘇，而以同樣重視推敲鍛鍊的黃庭堅爲師，自稱：「僕於詩，少好之，老而不厭，數以千計。及一見黃豫章，盡焚其稿而學焉。」（〈答秦覯書〉，《後山先生集》卷一四）雖說陳師道的詩最終自成一體，但畢竟與黃詩有一層淵源關係，因此他和黃庭堅並稱爲「黃陳」。

陳師道家境貧寒，性格狷介，一生中除了做過幾年州學教授以外，一直是位布衣。直到四十八歲才任祕書省正字，次年冬天即因冒寒參加郊祀，又不肯穿妻子從品質不端的親戚處借來的棉衣，受凍得病而卒。他的生活圈子相當狹小，曾自歎：「苦嗟所歷小，不盡千里目。」（〈和魏衍三日二首〉之一，《後山詩注補箋》卷七）詩歌的題材內容也比較狹窄，主要是寫個人的生活經歷和人生感慨，但寫得眞摯誠懇，是寒士生活的眞實寫照。所以，後人稱讚說：「其境皆眞境，其情皆眞情，故能引人之情，相與流連往復，而不能自已。」（清盧文弨〈後山詩注．跋〉，《抱經堂文集》卷一三）如〈示三子〉和〈舟中〉：

去遠即相忘，歸近不可忍。兒女已在眼，眉目略不省。喜極不得語，淚盡方一哂。了知不是夢，忽忽心未穩。

惡風橫江江捲浪，黃流湍猛風用壯。疾如萬騎千里來，氣壓三江五湖上。岸上空荒火夜明，舟中坐起待殘更。少年行路今頭白，不盡還家去國情。

前一首寫與三個孩子久別重逢悲喜交加的情景。後一首寫自己迫於生計而到處奔波，在荒江旅途中的感受。情眞意摯，十分感人。

陳師道不像蘇軾那樣才氣過人，也沒有黃庭堅那樣精深的學力，但他在詩歌藝術上頗有自成一家的氣概，有自己的風格追求。他以為作詩應該「寧拙毋巧，寧樸毋華」❼。他在創作中也貫徹了這種美學追求，從而創造出以「樸拙」為主要特徵的藝術風格。清人葉燮認為：「宋詩在工拙之外，其工處固有意求工，拙處亦有意為拙。」（《原詩》卷四）陳師道以冥心孤往的苦吟形成了樸拙詩風，正是「有意為拙」的典型例子。其實，他早年的詩風並不樸拙，例如〈十七日觀潮三首〉構思新奇，〈放歌行二首〉則綺語旖旎，但這些詩後來都被他自己刪去了❽。可見陳師道的風格追求是自覺的行為。

陳師道詩的長處是簡潔精練，質樸無華，外表渾樸而意味深長，例如：

> 斷牆著雨蝸成字，老屋無僧燕作家。剩欲出門追語笑，卻嫌歸鬢逐塵沙。風翻蛛網開三面，雷動蜂窠趁兩衙。屢失南鄰春事約，只今容有未開花。（〈春懷示鄰里〉）

運思遣詞都很有工力，但字面上已洗淨風華綺麗。這正是宋詩以平淡為美、以思理見長特色的一種表現。陳師道的缺點是過於追求言簡意賅，有時把詩句壓縮過甚，以至於語意破碎❾。此外，有一些作品質木無文而缺乏情韻。顯然，陳師道詩的缺點也是刻意求新所造成的。

第三節 江西詩派的形成

・黃庭堅的詩論及其影響　・杜甫典範地位的確立　・點鐵成金：窘境中的策略
・黃陳周圍的詩人群　・江西詩派的形成

黃庭堅喜歡論詩，尤其喜歡在理論上指點青年詩人。他並不輕視詩歌的思想內容，贊成「其興託高遠，則附於《國風》；其忿世疾邪，則附於《楚辭》」（〈胡宗元詩集・序〉，《豫章黃先生文集》卷一六），即主張詩歌要有所寄託，要批判現實。他也認同「文以載道」的觀點：「文章者，道之器也。言者，行之枝葉也。」（〈次韻楊明叔四首・序〉，《黃庭堅詩集注》內集卷一二）但他更加強調詩歌應抒寫性情，應以道德修養為其根本：「孝友忠信是此物根本，極當加意，養以敦厚醇粹，使根深蒂固，然後枝葉茂爾。」（〈與洪甥駒父〉，《山谷老人刀筆》卷一）當他因文字獄而受到迫害以後，就進而反對訕謗怒罵：「詩者，人之情性也。非強諫爭於庭、怨忿詬於道、怒鄰罵座之爲也。」（〈書王知載朐山雜詠後〉，《豫章黃先生文集》卷二六）這種觀點反映出宋代士大夫趨於內斂的心態，更反映出北宋後期嚴酷的政治氣候中詩人們的畏禍心理。

黃庭堅談論得更多的是詩歌藝術，他對青年詩人做了許多具體細緻的指點，主張循序漸進：第一步要多讀前人的作品，從中汲取藝術營養，力求熟練地掌握煉字、造句、謀篇等寫作技巧。第二步再力求打破技巧的束縛而進入「不煩繩削而自合」的境界，並爭取超越前人而自成一家[10]。黃庭堅的詩論內蘊豐富，既包括詩歌藝術的入門指南，也包括通向藝術極境的深刻啓示。傑出的詩人論詩往往使初學者莫測高深，而黃庭堅的詩論卻使初學者有法可循，這使他擁有爲數眾多的追隨者。才能較平庸的詩人只要遵循黃庭堅的指點而下工夫學習，也可以達到一定的藝術水準；才能較高的詩人則可以從黃庭堅的詩論中汲取自成一家的精神，去創造各自的藝術風格。這是黃庭堅的詩論能夠產生廣泛而深刻影響的主要原因。

宋初以來，宋人對唐詩中的典範不斷進行新的選擇。這種選擇沿著道德判斷和美學判斷兩條途徑同步進行，最終匯聚在杜甫身上[11]。到了北宋中葉，尊杜成爲整個詩壇的共識。王安石和蘇軾在政治思想和文學觀點上都頗異其趣，但在尊杜方面卻持基本相同的態度。王安石在杜甫像前頂禮膜拜，既是對杜甫「不忍四海赤子寒颼飀」的仁愛之心的崇敬，也是對他「醜妍巨細千萬殊，竟莫見以何雕鎪」（〈杜甫畫像〉，《王荊文公詩箋注》卷一三）的藝術才力的欽佩。蘇軾則提出了著名的尊杜觀點：「一飯未嘗忘君」說和「集大成」說[12]。在這種背景下，黃庭堅舉起了以杜甫爲詩家宗祖的大旗。與他的整個詩論一樣，黃庭堅很重視杜詩的思想意義，曾說：「老杜雖在流落顛沛，未嘗一日不在本朝，故善陳時事，句律精深，超古作者。忠義之氣，感然而發。」（見《潘子眞詩話》）但他宣導學杜的重點則在於借鑑杜詩的藝術經驗。黃庭堅對杜甫在煉字、造句、謀篇等方面的藝術特點有許多細緻的分析，尤其傾倒於晚期杜詩的藝術境界。他曾對一位青年詩人說：「但熟觀杜子美到夔州後古律詩，便得句法簡易，而大巧出焉。平淡而山高水深，似欲不可企及。文章成就，更無斧鑿痕，乃爲佳作耳。」（〈與王觀復書〉之二，《豫章黃先生文集》卷一九）黃庭堅把晚期杜詩視爲宋詩美學理想的參照典範，實即倡導超越雕潤綺麗而進入精光內斂的老成境界。在這重意義上，黃庭堅的尊杜觀點最能體現宋代詩學的時代精神。

黃庭堅詩論中影響很大的另一個內容是「點鐵成金」之說。唐詩的成就登峰造極，唐詩的題材和意境也幾乎無所不包，修辭手段的運用已達到爐火純青的程度。這對於想要另闢新境的宋代詩人來說無疑是巨大的壓力。王安石曾說：「世間好語言，已被老杜道盡。世間俗語言，已被樂天道盡。」（見《陳輔之詩話》）正流露了宋人面對這種壓力的焦慮心理。如何擺脫這個窘境呢？對策之一是迴避唐詩，一意求新，但是實際操作非常困難，尤其是在詩歌語言方面。黃庭堅則提出了另外一種對策：對前代詩歌的語言藝術做積極的借鑑。他說：「自作語最難，老杜作詩，退之作文，無一字無來處。蓋後人讀書少，故謂韓、杜自作此語耳。古之能爲文章者，眞能陶冶萬物，雖取古人之陳言入於翰墨，如靈丹一粒，點鐵成金也。」⓭黃庭堅在創作中比較成功地運用了「點鐵成金」的方法，從而在借鑑前人的基礎上推陳出新，例如其〈病起荊江亭即事十首〉之八：「閉門覓句陳無己，對客揮毫秦少游。正字不知溫飽未？西風吹淚古藤州。」詩歌結構借鑑了杜詩〈存歿絕句二首〉一句寫存者、一句寫歿者的方式，但詞意俱新，情韻宛然，仍不失爲好詩。「點鐵成金」之說往往被後人目爲「剽竊」⓮，但在北宋的特定時代裡，這不失爲擺脫窘境的一種策略，所以當時發生了較大的影響。

黃庭堅對當時的青年詩人具有多方面的典範作用：他的詩歌成就卓越，且鮮明地體現了宋代詩壇的美學風範；他作詩的方式是字斟句酌，法度井然，便於別人仿效；他的詩論是循序漸進的，並大張旗鼓地宣導以杜甫爲詩家宗祖，還爲詩人們設計了擺脫窘境的策略，使後學者有具體的門徑可入。於是黃庭堅理所當然地受到眾多青年詩人的擁戴追隨，比黃庭堅年輕八歲的陳師道率先向他表示：「陳詩傳筆意，願立弟子行。」（〈贈魯直〉，《後山詩注補箋》逸詩卷上）年輩更少的洪氏兄弟、李彭等人更是眾星拱月似地圍繞在黃庭堅周圍。稍後，被黃庭堅視若畏友的陳師道開始在這個詩人群體中脫穎而出，並受到晁沖之、潘大臨等青年詩人的推崇。於是，一個以黃、陳爲核心的詩歌流派就逐漸形成。

宋徽宗初年，呂本中作〈江西詩社宗派圖〉⓯，把黃、陳爲首的詩歌流派取名爲「江西宗派」。「江西」即宋代的江南西路，黃庭堅及詩派中的二謝等十一人是江西人。所謂「宗派」，原是禪宗的名詞，可能因當時禪宗流行，黃、陳等人都習禪甚深，所以呂本中借用這個名詞來稱呼詩派。〈江西詩社宗派圖〉序說：「歌詩至於豫章始大出而力振之，後學者同作並和，盡發千古之祕，無餘蘊矣。錄其名字，曰江西宗派，其源流皆出豫章也。」⓰並尊黃庭堅爲詩派之祖，下列二十五人：陳師道、潘大臨、謝逸、洪朋、洪芻、饒節、祖可、徐俯、林敏修、洪炎、汪革、李錞、韓駒、李彭、晁沖之、江端本、楊符、謝薖、夏倪、林敏功、潘大觀、王直方、善權、高荷、何覬（一作何顗）。

呂本中的〈江西詩社宗派圖〉本是少時戲作，名單的取捨序次都很隨意。所列二十五人中除陳師道外只有韓駒、饒節、洪芻、洪朋、洪炎、晁沖之、李彭、謝逸、謝薖等人有較多作品流傳，其餘的只有零星作品留存，甚至湮沒無聞。

但是，呂本中指出江西詩派的存在則是符合事實的，詩派成員大都受到黃庭堅直接或間接的指點，他們的詩歌創作也或深或淺地受到黃詩的影響，所以在題材取向和風格傾向上都比較相近，確實是一個聲同氣應的詩歌流派。由於黃庭堅的深遠影響，這個流派一直延續到南宋，呂本中、曾幾、趙蕃、韓淲等人也被看作詩派中人。到了宋末，方回因爲詩派成員多數學習杜甫，就把杜甫稱爲江西詩派之祖，而把黃庭堅、陳師道、陳與義三人稱爲詩派之「宗」，提出了江西詩派的「一祖三宗」之說[17]。

第四節　江西詩派的演變

・靖康事變與江西詩派的演變　・呂本中的詩歌及其「活法」說

黃庭堅、陳師道去世以後，詩壇的空氣趨於凝固。經過王安石、蘇軾、黃庭堅、陳師道等人的努力，宋詩的特徵已基本定型，黃、陳法度森嚴的創作更爲青年詩人提供了法則和規範，而嚴酷的政治局勢又從外部促使詩人的心態更加內斂。於是，吟詠書齋生活，推敲文字技巧，便成爲江西詩派的創作傾向，這也是當時整個詩壇的傾向。

突然發生的靖康事變打破了詩壇的沉悶空氣。崛起於東北的金國於宋徽宗宣和七年（一一二五）滅遼，第二年就攻陷汴京。宋欽宗靖康二年（一一二七），北宋滅亡，南宋建立，淮河以北成爲金的領土。在短短兩年之內發生了天翻地覆的大事變，金兵的鐵馬胡笳徹底打破了詩人們寧靜的書齋生活，整個詩壇震驚了，代表詩壇風氣的江西詩派因此而發生了深刻的變化。

金兵圍攻汴京時，呂本中正在城中，他最早用詩歌記錄了那場事變，〈守城士〉描寫了抗金將士的奮勇抵抗，〈兵亂後寓小巷中作〉刻畫了人民遭受戰禍的慘狀，〈城中紀事〉控訴了敵軍燒殺搶掠的罪行。金兵退後，呂本中又寫了〈兵亂後自嬉雜詩〉二十九首以抒憤，其一寫道：

> 晚逢戎馬際，處處聚兵時。後死翻為累，偷生未有期。積憂全少睡，經劫抱長饑。欲逐范仔輩，同盟起義師！

沉鬱悲壯，寫出了愛國士大夫的共同心聲。

其他經歷了靖康事變的江西詩派詩人也有一些類似的作品，例如韓駒的〈陵陽先生詩〉中就頗多呼籲抗金的詩。即使在詠物、詠史一類傳統題材方面，也時而可見他們的憂國傷時之思，如洪炎的〈次韻公實雷雨〉和徐俯的〈詠史〉：

驚雷勢欲拔三山，急雨聲如倒百川。但作奇寒侵客夢，若為一震靜胡煙？田園荊棘漫流水，河洛腥膻今幾年？擬扣九關箋帝所，人非大手筆非椽。

楚漢分爭辯士憂，東歸那復割鴻溝？鄭君立義不名籍，項伯胡顏肯姓劉？

前一首表示了對淪陷山河的懷念。後一首借古諷今，連繫到徐俯在張邦昌僭位時故意名婢女爲「昌奴」之事，詩中顯然寓有提倡民族氣節的意思。隨著宋金和議的簽訂，江西派詩人又漸漸地恢復了早期的題材內容，但他們在靖康事變後的一度振作畢竟是值得重視的。

在南宋初期，江西詩派在藝術風格上也發生了深刻的變化。黃庭堅的詩論中本來就包含求新求變、自成一家的精神，江西詩派中幾個比較傑出的詩論家都理解並繼承了這種精神。曾季貍在《艇齋詩話》中指出：「後山論詩說換骨，東湖論詩說中的，東萊論詩說活法，子蒼論詩說飽參。入處雖不同，然其實皆一關捩，要知非悟入不可。」[18]的確，從陳師道、徐俯到呂本中、韓駒，江西詩派成員的詩學觀點並不是一成不變的，他們在黃庭堅詩論基本精神的原則下各自有不同的體悟。在這個演變過程中，最具有革新精神的首推呂本中的「活法」之說。

呂本中（一〇八四—一一四五）[19]，是後期江西詩派最重要的詩論家。他早年作詩，專以黃庭堅爲典範，生新刻峭，旨趣幽深。但黃庭堅是主張自成一家的，呂本中對此心領神會，所以他力圖創造自己的新風格。進入南宋以後，黃庭堅詩風的影響在呂詩中逐漸減弱，代之而成的是一種輕快圓美的新風格，例如〈春晚郊居〉：

柳外樓高綠半遮，傷心春色在天涯。低迷簾幕家家雨，淡蕩園林處處花。簷影已飛新社燕，水痕初沒去年沙。地偏長者無車轍，掃地從教草徑斜。

流動和婉，已與黃詩風格迥然不同了。與此同時，呂本中在理論上提出了「活法」之說：「學詩當識活法。所謂活法者，規矩具備而能出於規矩之外，變化不測而亦不背於規矩也。」（〈夏均父集・序〉，見劉克莊《後村先生大全集》卷九五）所謂「活法」，是主張擺脫既有的法則而自有所得，其中並沒有特定的風格論內容。但由於當時盛行的詩歌法則是源於黃庭堅的江西詩法，所以這意味著江西詩派內部的新變。

第五節　陳與義和曾幾的詩歌

・愛國的主題　・陳與義學杜　・曾幾的活潑詩風　・陳、曾與江西詩派的關係

在南宋初年，詩壇上轉移風氣的人物是呂本中，但創作成就更高的詩人則是陳與義和曾幾。陳、曾二人都寫了一些較成功的愛國主題的詩，例如陳與義的〈傷春〉和曾幾的〈寓居吳興〉：

廟堂無策可平戎，坐使甘泉照夕烽。初怪上都聞戰馬，豈知窮海看飛龍。孤臣霜髮三千丈，每歲煙花一萬重。稍喜長沙向延閣，疲兵敢犯犬羊鋒。

相對真成泣楚囚，遂無末策到神州。但知繞樹如飛鵲，不解營巢似拙鳩。江北江南猶斷絕，秋風秋雨敢淹留？低回又作荊州夢，落日孤雲始欲愁。

兩首詩的頷聯都諷刺了宋高宗的逃跑主義，全詩的憂國之情都很深沉。陳與義詩中愛國主題的內涵更深廣一些，如「小儒五載憂國淚，杖藜今日溪水側」（〈同范直愚單履遊浯溪〉，《陳與義集校箋》卷二七），「可使翠華周宇縣，誰持白羽靜風塵？」（〈次韻尹潛感懷〉，《陳與義集校箋》卷二一）這類傷時憂國的篇什在陳詩中很常見，他還把愛國的情感滲入詠物等其他題材，如〈牡丹〉：

一自胡塵入漢關，十年伊洛路漫漫。青墩溪畔龍鍾客，獨立東風看牡丹。

陳與義（一〇九〇—一一三八）青年時詩名已著[20]，但詩風沒有突破黃、陳藩籬。宋高宗建炎二年（一一二八），陳與義避亂南奔，在途中作詩說：「但恨平生意，輕了少陵詩！」（〈正月十二日自房州城遇虜至，奔入南山，十五日抵回谷張家〉，《陳與義集校箋》卷一七）其實，陳與義早年並不輕視杜詩，只是當時與黃、陳一樣，主要著眼於借鑑杜甫的藝術手法。而山河破碎的形勢和顛沛流離的經歷使陳與義認清了杜詩的思想意義，從而努力學習杜甫的愛國精神，他對杜詩藝術的借鑑也轉以學習其沉鬱、壯闊的風格爲主，從而創造了雄渾深沉的詩風。例如：

三分書裡識巴丘，臨老避胡初一遊。晚木聲酣洞庭野，晴天影抱岳陽樓，四年風露侵遊子，十月江湖吐亂洲。未必上流須魯肅，腐儒空白九分頭。（〈巴丘書事〉）

陳與義的詩也有另外一種風格，尤其是那些描寫山水和閒適生活的詩，風格宛肖陶淵明、韋應物和柳宗元，但其主導詩風無疑是雄渾。在黃、陳以後的詩壇上，陳與義詩如異軍突起，這對稍晚的陸游等人有著良好的影響。

曾幾（一〇八四—一一六六）與呂本中同年出生[21]，但成名較晚。他曾向呂本中請教詩法，對呂本中提出的「活法」甚爲服膺。曾幾後來居上，在呂本中流動圓美的風格基礎上更進一步，形成了一種清新活潑的新風格，例如下面兩首名作：

一夕驕陽轉作霖，夢回涼冷潤衣襟。不愁屋漏床床濕，且喜溪流岸岸深。千里稻花應秀色，五更桐葉最佳音。無田似我猶欣舞，何況田間望歲心！（〈蘇秀道中，自七月二十五日夜大雨三日，秋苗以蘇，喜而有作〉）

梅子黃時日日晴，小溪泛盡卻山行。綠陰不減來時路，添得黃鸝四五聲。（〈三衢道中〉）

語言明快暢達，聲調委婉和諧，全詩呈輕快流動之態，而且情韻宛然。後一首絕句尤其活潑，已開楊萬里詩的先聲。

陳與義、曾幾都與江西詩派有較密切的關係。曾幾的詩風雖然不類黃庭堅、陳師道，但他非常推崇黃、陳，曾說：「華宗有後山，句律嚴七五。豫章乃其師，工部以爲祖。」（〈次陳少卿見贈韻〉，《茶山集》卷一）他還隱隱以江西詩派的繼承者自居：「老杜詩家初祖，涪翁句法曹溪。尚論淵源師友，他時派列江西。」（〈李商叟秀才求齋名於王元渤，以「養源」名之，求詩〉之二，《茶山集》卷七）南宋人多把曾幾看作江西詩派中人，劉克莊認爲：「比之禪學，山谷初祖也，呂、曾南北二宗也。」（《茶山誠齋詩選・序》，《後村先生大全集》卷九七）的確，呂本中和曾幾都是江西詩派詩風轉變的關鍵人物，南宋的其他詩人受到江西詩派的影響，大都是以他們二人爲中介的。

陳與義的情況要複雜一些。陳與義對黃庭堅、陳師道都很推崇，創作上也接受了黃、陳詩風一定的影響，然而他的主體風格及主要題材取向都已與江西詩派相去較遠。葛勝仲說他「晚年賦詠尤工，縉紳士庶爭傳誦……號稱『新體』」（《陳去非詩集・序》，《丹陽集》卷八）。在江西派詩風還籠罩詩壇的時代被稱爲「新體」，可見其詩風已突破黃、陳的藩籬。但是也有人仍把陳與義看作江西詩派，嚴羽《滄浪詩話・詩體》中說他是「亦江西之派而小異」，宋末的方回更把他說成是江西詩派的「一宗」。事實上，在江西詩派的發展過程中，陳與義所起的作用不如呂本中和曾幾，但他是南宋初期與江西詩派有淵源關係的最傑出的詩人㉒。

總之，在蘇軾和黃庭堅以後，陸游等中興四大詩人之前的四五十年間，江西詩派是詩壇上最重要的文學現象。江西詩派自身的演變同時也代表著北宋詩風向南宋詩風的轉變。這種演變，固然受到了靖康事變等外部因素的激發，但更重要的原因則是詩歌自身的發展規律。江西詩派是宋詩發展過程中的重要環節。

注釋

❶ 參前第四章注⑱。

❷ 黃庭堅五十歲時自編詩集《退聽堂集》，由於他當時正因修《神宗實錄》事而聽候審問，所以把早年所作的涉及時政或抨擊時弊的詩都刪去了。後來黃的外甥洪芻為黃詩編集時遵循《退聽堂集》的取捨，任淵作注的《山谷內集》也以此為準，所以黃詩中反映社會現實的作品較少為人所知，其實這些詩尚存於《山谷詩外集補》中。按：黃庭堅的生平事蹟，見《宋史》卷四四四本傳。

❸ 劉勰《文心雕龍・神思》云：「獨照之匠，窺意象而運斤。」本章所說的「意象」指詩歌中的具體物象。陳植鍔《詩歌意象論》第六章〈意象的分類〉中認為，意象在內容上可分為三類：自然的、人生的、神話的（中國社會科學出版社一九九〇年版，第一三二頁）。我們則傾向於分成兩大類，即自然意象和人文意象。所謂人文意象，意指與人的文化活動有關的意象，

也即非自然的意象。參看霍松林、鄧小軍〈論宋詩〉，《文史哲》一九八九年第二期。

❹蘇詩見王文誥《蘇文忠公詩編注集成》卷二八，其自注見於趙次公注。黃詩題作「子瞻詩句妙一世，乃云效黃庭堅體。蓋退之戲效孟郊、樊宗師之比，以文滑稽耳。恐後生不解，故次韻道之。子瞻送孟容詩云：『我家峨嵋陰，與子同一邦。』即此韻」（《黃庭堅詩集注》卷五）。按：蘇軾稱「黃魯直體」，黃庭堅自稱「庭堅體」，而嚴羽《滄浪詩話・詩體》稱「山谷體」，最後一種說法較為普遍。

❺例如「生出瞿塘」句，是用《漢書・班超傳》中「臣不敢望到酒泉郡，但願生入玉門關」之典。第二首化用劉禹錫〈望洞庭〉「遙望洞庭山水翠，白銀盤裡一青螺」（《劉禹錫集箋證》外集卷八）之意境，都妥帖自然，渾化無痕。

❻黃庭堅〈病起荊江亭即事〉十首之八云：「閉門覓句陳無己。」（《黃庭堅詩集注》卷一四）據馬端臨《文獻通考》卷二三七載：「世言陳無己每登臨得句，即急歸，臥一榻，以被蒙首，謂之『吟榻』。家人知之，即貓犬皆逐去，嬰兒稚子，亦皆抱持寄鄰家。」

❼見《後山詩話》。按：《後山詩話》的內容真偽參半，但這幾句話符合陳師道的創作實際，是可信的。參看郭紹虞《宋詩話考》，中華書局一九七九年版，第十九頁。

❽陳師道卒後，其親筆遺稿由其門人魏衍編次，後來任淵為之作注，成《後山詩注》。其早期作品大都不見於《後山詩注》，而存於後人所輯之《逸詩》中（附刻於清雍正三年陳唐活字印本《後山居士詩集》後），當是陳師道自己刪去的。按：陳師道生平事蹟，見《宋史》卷四四四本傳。

❾例如〈秋懷示黃預〉中「冥冥塵外趣，稍稍眼中稀」，任淵也覺難解，勉強注為「疑用杜詩『眼前無俗物』之意」（《後山詩注補箋》卷二）。又如〈寄寇荊山〉「百千人欲死，四六老難工」（《後山逸詩箋》卷上）的出句，〈泛淮〉中「平野容回顧，無山會有終」（《後山詩注補箋》卷二）的對句，都很難理解，儘管它們在字句上甚為平易。

❿黃庭堅認為陶淵明詩「不煩繩削而自合」（〈題意可詩後〉，《豫章黃先生文集》卷二六），又認為杜詩、韓文也達到了這種境界：「觀杜子美到夔州後詩，韓退之自潮州還朝後文章，皆不煩繩削而自合矣。」（〈與王觀復書〉之一，《豫章黃先生文集》卷一九）黃庭堅追求的是像杜、韓那樣超越絢爛而臻於平淡自然。

⓫北宋建國以後，詩人們先後選擇白居易、賈島、李商隱、韓愈等人為學習的對象，大約從宋仁宗嘉祐（一〇五六—一〇六三）年間開始，杜甫的聲望與日俱增，終於成為宋人公認的典範。參看林繼中《文化建構文學史綱》四之一〈詩史到詩聖的整合過程〉，海峽文藝出版社一九九三年版，第一三九—一七三頁；莫礪鋒《杜甫評傳》第六章〈詩學絕詣與人品高標的

千古楷模〉，南京大學出版社一九九三年版，第三七八—四〇五頁。

⓬前說見〈王定國詩集．敘〉，《蘇軾文集》卷一〇。後說見《後山詩話》。蘇軾集中又有「詩至於杜子美……天下之能事畢矣」（〈書吳道子畫後〉，《蘇軾文集》卷七〇）之語，意思與之相近。

⓭見〈答洪駒父書〉，《豫章黃先生文集》卷一九。按：惠洪《冷齋夜話》卷一記黃庭堅語云：「詩意無窮，而人之才有限。以有限之才追無窮之意，雖淵明、少陵，不得工也。然不易其意而造其語，謂之換骨法；窺入其意而形容之，謂之奪胎法。」所謂「奪胎換骨」，涵義與「點鐵成金」相似，不過前者重點在「意」即構思，後者重點在「語」即文字。人們或懷疑惠洪所記不實，故本書從略。參看周裕鍇〈惠洪與奪胎換骨法〉、莫礪鋒〈再論奪胎換骨說的首創者〉，俱載《文學遺產》二〇〇三年第六期。

⓮金人王若虛說：「魯直論詩，有『奪胎換骨、點鐵成金』之喻，世以為名言。以予觀之，特剽竊之黠者耳。」（《滹南遺老集》卷四〇《詩話》）後人還常指責黃庭堅作詩時剽竊古人，但經檢查，大都是由於黃的書法作品中逕錄前人詩文而引起的誤解，參看莫礪鋒〈黃庭堅奪胎換骨辨〉，《江西詩派研究》附錄二，齊魯書社一九八六年版。

⓯游國恩等編《中國文學史》（人民文學出版社一九六四年版）第三冊第四章說呂氏〈宗派圖〉作於南宋初年，龔鵬程《江西詩社宗派研究》（臺北文史哲出版社一九八三年版）也持同樣看法，實誤。最重要的證據是呂本中自云此圖為少時戲作，而呂氏生於元豐七年（一〇八四），南宋建立時他已四十四歲了。詳見謝思煒〈呂本中與江西宗派圖〉（《文學遺產》一九八五年第三期）。

⓰〈江西詩社宗派圖〉原文已不存，其大略見於胡仔《苕溪漁隱叢話》等書，此處據趙彥衛《雲麓漫鈔》卷一四。諸書所載名單也略有出入。參看莫礪鋒〈呂本中《江西詩社宗派圖》考辨〉，《江西詩派研究》附錄三。

⓱方回《瀛奎律髓》卷二六評陳與義〈清明〉詩說：「古今詩人當以老杜、山谷、後山、簡齋四家為一祖三宗。」

⓲陳師道號後山居士。其〈次韻答秦少章〉云：「學詩如學仙，時至骨自換。」（《後山逸詩箋》卷上）徐俯號東湖居士，其「中的」之論今已不可考。韓駒字子蒼，他論詩說：「學詩當如學參禪，未悟且遍參諸方。一朝悟罷正法眼，信手拈來皆成章。」（〈贈趙伯魚〉，《陵陽先生詩》卷一）這些論點連同呂本中的「活法」之說都是從黃庭堅的詩論引申發展而來的，詳見莫礪鋒《江西詩派研究》第七章〈江西詩派的詩歌理論〉。

⓳呂本中，字居仁，世稱東萊先生，祖籍壽州（今安徽壽縣），自高祖徙居河南開封，遂為開封人。少以門蔭入仕，宋高宗紹興六年（一一三六）賜進士出身，官至中書舍人兼侍講，兼權直學士院，因忤秦檜而罷官。著有《東萊先生詩集》。又

有《東萊詩外集》三卷。共存詩一千二百七十首。其生平事蹟見《宋史》卷三七六本傳、王兆鵬《兩宋詞人年譜・呂本中年譜》（臺北文津出版社一九九四年版）。

⑳陳與義，字去非，號簡齋，洛陽（今屬河南）人。宋徽宗政和三年（一一一三）以太學上舍釋褐，任州學教授等職。曾以〈墨梅〉詩見賞於宋徽宗。入南宋後官至參知政事。著有《簡齋詩集》。共收詩六百二十餘首。其生平事蹟見《宋史》卷四四五本傳、白敦仁《陳與義年譜》（中華書局一九八三年版）。

㉑曾幾，字吉甫，號茶山居士。其先為贛州（今屬江西）人，後徙居洛陽。入太學，賜上舍出身。南宋初歷仕江西、浙西提刑等職。卒謚文清。《宋史》卷三八二有傳。著有《茶山集》，存詩五百七十餘首。

㉒關於陳與義是否屬於江西詩派的問題，南宋以後的論者一直有爭論，清人《四庫全書總目》卷一五六〈簡齋集提要〉認為陳與義「就江西派中言之，則庭堅之下，師道之上，實高置一席無愧也」。而今人錢鍾書則反對「一口咬定他是江西派」（見《宋詩選注》，人民文學出版社一九八二年版，第一四七頁）。其實，江西詩派本來就沒有確定的組織形式，判斷一位詩人是否江西派成員只是憑當時人的普遍印象，後人也很難找到明確的標準。

第六章　周邦彥和北宋後期詞人的創造

十一世紀下半葉，柳永等詞人先後離開詞壇後，繼之而起的是以蘇軾、黃庭堅、晏幾道、秦觀、賀鑄、晁補之、周邦彥等爲代表的元祐詞人。他們活動和創作的年代，主要是在北宋後期的神宗、哲宗和徽宗（一〇六九—一一二五）三朝。

此期詞壇，有兩大創作群體：一是以蘇軾爲領袖，以黃庭堅、秦觀、晁補之和李之儀、趙令畤、陳師道、毛滂等爲羽翼的蘇門詞人群；此外，晏幾道和賀鑄，雖然不屬蘇門，但與蘇門詞人過從甚密。二是以周邦彥爲主帥，曾在大晟府供職的曹組、萬俟詠、田爲、徐伸、江漢等大晟詞人群。雖然社交上分爲兩大群體，但詞風卻是「各盡其才力，自成一家」（王灼《碧雞漫志》卷二）。蘇軾在柳永、王安石之後進一步大力拓展詞境而開宗立派，黃、晁二人師法其詞而自成面目；秦觀學柳永而又自闢新境；晏幾道承傳五代「花間」的傳統，繼續用小令開創出獨特的藝術世界；賀鑄從唐詩中吸取養料，豪俠之氣與綺麗柔情兼蓄並存；周邦彥在音律、句法和章法上建立起嚴整的藝術規範，而另開一派。這是兩宋詞史上多種風格情調共存並競的繁榮期，也是名家輩出的創造期。

其中創造力最強盛、影響力最深遠的是蘇軾和周邦彥。他們各自開闢出不同的創作方向：蘇軾注重抒情言志的自由，遵守詞的音律規範而不爲音律所拘，詞的可讀性勝於可歌性；周邦彥則注重詞的協律可歌，情感的抒發有所節制而力避豪邁，對詞藝的追求重於對詞境的開拓。其後的南宋詞，就是沿著這兩種方向分別發展。

第一節　受蘇詞影響的黃庭堅和晁補之

・黃庭堅雅詞學蘇，俗詞學柳　・晁補之自抒胸臆，吟詠隱逸

黃庭堅論詩強調「以俗爲雅」，論詞也是雅俗並重。一方面，他承認詞是「豔歌小詞」，而稱讚晏幾道詞是「狎邪之大雅，豪士之鼓吹。其合者，〈高唐〉、〈洛神〉之流；其下者，豈減〈桃葉〉、〈團扇〉哉」（《小山詞・

序》）；另一方面，他認為詞與詩一樣是表達「意中事」的言志之體，而讚美張志和的〈漁父詞〉「雅有遠韻」，蘇軾〈卜算子〉詞「語意高妙」，「無一點塵俗氣」❶。因而他寫詞也是雅俗並存。

王灼曾說：「晁無咎、黃魯直皆學東坡，韻製得七八。」（《碧雞漫志》卷二）黃庭堅的雅詞，即是學蘇所得。從詞史流變的角度看，黃庭堅主要是沿著蘇軾開拓的方向，朝兩個方面發展：一是抒情的自我化，即表現自我剛直倔強的個性和曠達樂觀的人生態度。他晚年兩次被流放到邊遠之地，但始終保持著頑強樂觀的人生信念。〈定風波〉（萬里黔中一線天）即表現出他雖遭貶謫卻傲岸不屈，仍然瀟灑俊逸的氣度。在戎州（今四川宜賓）貶所寫的名篇〈念奴嬌〉（斷虹霽雨），意境高遠，洋溢著樂觀豪邁的精神。二是使詞的題材進一步貼近自我的日常生活。這不僅表現在他的詞作大多數有題序，用以交代詞作所寫的具體時、地和日常情事，而且體現在詞作的內容中。詞中寫了他的閒適與孤獨：「萬里投荒，一身弔影，成何歡意。」（〈醉蓬萊〉）寫了手足之情：「當年夜雨，頭白相依無去住。」、「阿連高秀，千萬里來忠孝有。」（〈減字木蘭花〉）寫了夫妻相濡以沫的情態：「歸來晚，文君未寢，相對小窗前。」（〈滿庭芳〉）「一葉扁舟捲畫簾。老妻學飲伴清談。」（〈浣溪沙〉）他在黔州、戎州、宜州貶所的「意中事」，寫得更多更具體，完全可以依據詞中所寫的時、地和情事予以編年。這與從前的詞作沒有具體背景的寫法完全不同，從而繼蘇軾之後，給後來的南渡詞人進一步將詞貼近社會現實生活，提供了可仿效的創作範式。

黃庭堅今存一百九十二首詞中，有三十多首豔詞和俗詞❷。論其源流，明顯是從柳永詞而來。如「把我身心，為伊煩惱，算天便知」，「你去即無妨我共誰」（〈沁園春〉）。「有分看伊，無分共伊宿。一貫一文蹺十貫，千不足，萬不足」（〈江城子〉）。有些豔詞比柳詞還露骨，語言比柳詞更俚俗，有的方言甚至連字書上也找不到。當時法秀道人曾當面指責黃庭堅寫豔詞是「以筆墨勸淫」，黃則不以為然，說這不過是「使酒玩世」（《小山詞・序》）。黃庭堅的這些側豔俚俗之詞，是玩世不恭、嘲弄世俗的創作心理使然，沒有什麼審美價值，內容也不大健康。

「蘇門四學士」之一的晁補之（一〇五三—一一一〇）❸，較早受知於蘇軾。二十一歲時，在杭州作〈七述〉以拜見東坡，東坡先欲有所賦，及見晁作，極口稱揚，晁因此而著名。

蘇軾曾多次表述有關詞的理論見解，晁補之受其啟發，也撰寫了一本詞話著作《骩骳說》❹。他對當時詞人詞作的評論，比較公允全面。時人多責難柳詞「俗」，他卻指出柳詞也有雅而不減唐人的一面；針對東坡詞「多不諧音律」之譏，他認為東坡是「橫放傑出，自是曲子中縛不住者」，從而肯定了蘇詞的革新意義，為後來學蘇者提供了理論依據。此前楊繪的詞話著作《本事曲》，偏重於記本事，而晁補之詞話則著重論詞藝，開創了詞話的新體式，推動了詞學理論的發展。

晁補之在理論上認同蘇詞的革新，創作實踐上也步趨其後；又由於像蘇軾一樣歷經宦海浮沉，屢遭貶謫，因而詞中頗多人生的不平和失意的苦悶。如：「暗想平生，自悔儒冠誤。覺阮途窮，歸心阻。」（〈迷神引〉）其詞最突出的主題是吟詠隱逸，自抒被迫退隱後的心境。代表作是廣為傳誦的〈摸魚兒〉（買陂塘），詞中景物描寫清新曠闊，安然自適的心境中又飽含著「儒冠曾把身誤」的憤激不平。此詞為後來隱逸詞的創作提供了範例，辛棄疾〈沁園春〉（三徑初成）即承其波瀾（參見劉熙載《藝概・詞曲概》）。

晁詞的風格有豪健的一面，如寫「解彎弓掠地」（〈金盞倒垂蓮〉）的將軍和「青雲少年，燕趙豪俊」（〈萬年歡〉）自不必說，即使詠梅花，也寫得勁氣凜然：

> 開時似雪，謝時似雪，花中奇絕。香非在蕊，香非在萼，骨中香徹。　占溪風，留溪月。堪羞損、山桃如血。直饒更、疏疏淡淡，終有一般情別。（〈鹽角兒〉）

骨氣端翔的梅花無疑是作者隱居時自我人格的寫照和象徵。

黃庭堅和晁補之詞的成就不如同門的秦觀，但在當時人們紛紛指責蘇軾革新詞體之際❺，他們在理論和創作實踐上都給蘇軾以有力的支持，壯大了蘇詞的聲勢，對詞的革新和發展有重要的意義。

第二節　以小令寫戀情的晏幾道

・生死不渝的苦戀與身世之感的滲入　・如夢如幻的境界和語淡情深的風格

當蘇門的黃庭堅、晁補之沿著蘇軾所指出的方向繼續前行的時候，耿介孤傲的晏幾道（一〇三八—一一一〇）卻仍然按照乃父晏殊所承傳的「花間」傳統❻，固守著小令的陣地，寫那些令人迴腸盪氣的男女悲歡離合之情。然而，晏幾道的詞，並非重複「花間」的境界，而是創造了新的藝術世界。

晚唐五代和宋初詞人寫的戀情，往往是沒有具體思戀對象的泛化的戀情，而晏幾道《小山詞》所寫的戀情，則有著明確而具體的思戀對象，主要是表現他與友人沈廉叔、陳君龍家的蓮、鴻、蘋、雲四位歌女之間的悲歡離合（見《小山詞・自序》）。他在詞中也常常直接寫出他所思戀的四位歌女的芳名：「小蓮風韻出瑤池。」（〈鷓鴣天〉）「賺得小鴻眉黛也低顰。」（〈虞美人〉）「記得小蘋初見。」（〈臨江仙〉）「說與小雲新恨也低眉。」（〈虞美人〉）

小山詞裡的思戀對象既明確具體，情感也非常眞摯。晏幾道爲人執著痴情，黃庭堅曾說他有四痴：「仕宦連蹇，而不能一傍貴人之門，是一痴也；論文自有體，不肯一作新進士語，此又一痴也；費資千百萬，家人寒飢而面有孺子之色，此又一痴也；人百負之而不恨，己信人，終不疑其欺己，此又一痴也。」（《小山詞・序》）即使是四位歌女流轉人間，明知不能重見，他仍然一往情深地苦戀著對方。不是表現擁有愛情的歡樂，而是追憶已失落的往日愛情和表現刻骨銘心的相思，並把愛情當作一種純精神性的追求，是晏幾道戀情詞的一大特色。如爲懷念歌女小蘋而作的〈臨江仙〉：

> 夢後樓臺高鎖，酒醒簾幕低垂。去年春恨卻來時。落花人獨立，微雨燕雙飛。　記得小蘋初見，兩重心字羅衣。琵琶弦上說相思。當時明月在，曾照彩雲歸。

小山戀情詞的結構，始終是建立在對過去的溫馨回憶和現在的苦悶相思這兩重今昔不同的情感世界之間。

對愛情生死不渝的追求，幾乎是晏幾道人生主要的精神寄託。他雖爲宰相晏殊之子，然而家道中落，一生只做過監潁昌許田鎮的小官，不免窮困落魄。他又生性孤傲，既不肯依附權貴，連蘇軾想見他一面也辭而不見，又拙於謀生。現實社會既冷漠無情，只好尋找心靈的自我安慰和寄託。他曾自道其創作心理，說是自己小心翼翼，委曲求全，有時還不免獲罪於人。如果直接宣泄內心的苦悶不平，「憤而吐之，是唾人面也」（黃庭堅《小山詞・序》）。於是以詞「敘其所懷」，「期以自娛」（《小山詞・自序》）。他一方面藉對愛情的追求來建立一個與現實生活截然不同的審美的情感世界，以消解現實人生中無法擺脫的孤獨苦悶；另一方面，把自己辛酸不平的身世之感曲折地寄託在男女間的悲歡離合和女性的失意苦悶之中，既能一吐爲快，又能不獲罪於人。如〈采桑子〉裡的「倦客」和〈浣溪沙〉中「不將心嫁冶遊郎」的孤傲而又淒涼的歌女，未嘗不是詞人的自我寫照。至於「東野亡來無麗句，於君去後少交親。追思往事好沾巾。白頭王建在，猶見詠詩人」（〈臨江仙〉），更是深諳世態炎涼後的直抒其情。

由於與熱戀的蓮、鴻、蘋、雲四位歌女生離死別，相見無緣，晏幾道常常建構夢境以重溫往日愛情的甜蜜。他在《小山詞・自序》中說：「篇中所記悲歡離合之事，如幻如電，如昨夢前塵，但能掩卷憮然，感光陰之易逝，歎境緣之無實也。」他的二百六十首詞作，有五十二首五十九句寫到「夢」。他或在夢中追尋：「夢魂慣得無拘檢，又踏楊花過謝橋。」（〈鷓鴣天〉）或在夢中相逢：「夢裡時時得見伊。」（〈采桑子〉）或與對方同夢：「幾回魂夢與君同。」（〈鷓鴣天〉）他的夢，有「春夢」、「秋夢」、「歸夢」、「前日夢」、「今宵夢」等等。繽紛多姿的如夢如幻的藝術境界，是小山詞的顯著特點❼。

語淡情深，則是小山詞的風格特色。他善於用平淡的語言、常見的景物，表現不同尋常的深情。如〈少年游〉：

> 離多最是，東西流水，終解兩相逢。淺情終似，行雲無定，猶到夢魂中。　可憐人意，薄於雲水，佳會更難重。細想從來，斷腸多處，不與者番同。

雲、水本是兩種極平常的物象，詞人卻分別從不同的角度取喻，新奇生動地表達出明知對方情淺意薄而自己仍然執著苦戀的深情。這正印證了黃庭堅所說的「人百負之而不恨，己信人，終不疑其欺己」的「痴」。

淡語能表深情，常常是得力於「字外盤旋，句中含吐」（先著《詞潔》）的透過一層的句法❽。如「一春猶有數行書，秋來書更疏」、「夢魂縱有也成虛，那堪和夢無」（〈阮郎歸〉），語短情長，情意層層深入。

北宋後期，除柳永和蘇軾詞之外，《花間集》也是詞人追步的一種藝術典範，李之儀及其友人吳思道等作詞即是以《花間集》爲準則。晏幾道更是「追逼《花間》，高處或過之」（陳振孫《直齋書錄解題》卷二一）。他的詞豔而不俗，淺處皆深，從語言的精度和情感的深度這兩個層面上把《花間集》以來的豔詞小令藝術推展到了極致。他在宗柳學蘇之外，獨樹一幟，給北宋後期詞壇增添了異樣的丰采。清人馮煦說小山詞「淡語皆有味，淺語皆有致，求之兩宋詞人，實罕其匹」（《蒿庵論詞》）。這種獨特的藝術魅力，也贏得了當時眾多詞人的喜愛，以至群起和作，成爲兩宋詞史一段罕見的景觀❾。

第三節　當行本色的秦觀

・傷心人的傷心詞　・情韻兼勝　・採小令之法入慢詞　・將身世之感打併入豔情

秦觀（一〇四九—一一〇〇）和晏幾道一樣，都是「古之傷心人」（馮煦《蒿庵論詞》），詞中浸透著傷心的淚水，充滿著揪心的愁恨⑩：「恨悠悠。幾時休。飛絮落花時候一登樓。便做春江都是淚，流不盡，許多愁。」（〈江城子〉）「日邊清夢斷，鏡裡朱顏改。春去也，飛紅萬點愁如海。」（〈千秋歲〉）這些江海般深重的愁恨，都是詞人歷盡人生坎坷後從心底流出，即馮煦所說的「他人之詞，詞才也；少游之詞，詞心也」（《蒿庵論詞》）。

秦觀，字太虛，後改字少游，高郵（今屬江蘇）人。他少年豪俊，胸懷壯志，攻讀兵書，準備馳騁邊疆，建立不朽的奇功偉業，並以為「功譽可立致，而天下無難事」（陳師道〈秦少游字敘〉）。不料，世事艱難，他三十七歲才中進士，到四十三歲才在朝廷謀得祕書省正字一職。不久即被捲入黨爭的政治漩渦，隨著蘇軾等屢受迫害，先後被流放到郴州（今屬湖南）、橫州（今廣西橫縣）和雷州（今屬廣東）。由於他的人生期望值過高，對於人生的挫折和失敗又缺乏足夠的心理準備，故一旦希望破滅，就異常失望和痛苦。秦觀心理承受能力較弱，被貶到雷州時，曾自作挽詞，喪失了對生命的信念，故此後不久即逝世，年僅五十二歲⑪。他的詩被人稱為「女郎詩」（元好問〈論詩絕句三十首〉之二四），詞中淚水盈盈，情調悲苦，與他的經歷和個性氣質都有關係。

在北宋詞壇上，秦觀被認為是最能體現當行本色的「詞手」。晁補之即說黃庭堅詞不是當行家語，而認為「近世以來，作者皆不及秦少游」（吳曾《能改齋漫錄》卷一六引）。陳師道也說東坡詞「要非本色。今代詞手，唯秦七、黃九爾，唐諸人不逮也」（《後山詩話》）。秦觀詞的內容並沒有逾越別恨離愁的藩籬，其妙處在於情韻兼勝，即情感真摯，語言優雅，意境深婉，音律諧美，韻味雋永，符合詞體的本色和當時文人士大夫的審美趣味。

柳永的慢詞，篇幅容量大，又長於鋪敘，但有些結構單一疏散，語言俚俗，過於直露，而缺乏深長的韻味⑫；五代以來的小令，語言含蓄，結構縝密，意境深婉，但體制短小，韻味有餘而容量不足。秦觀則以小令做法的長處彌補慢詞創作中存在的不足，從而達到情韻兼勝的審美效果。宋人蔡伯世早已指出：「蘇東坡辭勝乎情，柳耆卿情勝乎辭，辭情兼稱者，唯秦少游而已。」（見孫兢《竹坡老人詞・序》，《百家詞》本《竹坡老人詞》卷首）如名作〈滿庭芳〉：

> 山抹微雲，天粘衰草，畫角聲斷譙門。暫停征棹，聊共引離尊。多少蓬萊舊事，空回首、煙靄紛紛。斜陽外，寒鴉數點，流水繞孤村。　銷魂。當此際，香囊暗解，羅帶輕分。謾贏得、青樓薄倖名存。此去何時見也，襟袖上空惹啼痕。傷情處，高城望斷，燈火已黃昏。

此詞與柳永的〈雨霖鈴〉有神似之處。別時的傷感，往日的柔情，別後的思念，層層鋪敘，但情思並非一瀉無餘，而是情一點出，即用景物烘托渲染（所謂「點染法」）。剛提「舊事」，即接以「煙靄紛紛」，欲吐還吞。詞末不待情思說盡而結以景語，較之柳永〈雨霖鈴〉結句「便縱有千種風情，更與何人說」的直露，更含蓄而有餘味。於此也可見秦觀學柳而又善於變化⓭。詞的語言清新淡雅，「抹」字、「粘」字，由錘鍊而得卻不失本色。其他如〈望海潮〉（梅英疏淡）、〈八六子〉（倚危亭）等慢詞名篇，亦同其妙。

秦觀的小令也是情韻兼勝，如〈鵲橋仙〉的「金風玉露一相逢，便勝卻人間無數」、「兩情若是久長時，又豈在朝朝暮暮」，把追求耳鬢廝磨、朝夕相處的世俗愛情昇華到崇高的精神境界，提升了詞體的品格。〈浣溪沙〉的「自在飛花輕似夢，無邊絲雨細如愁」，則情景融合，語言淡雅，境界蘊藉空靈。晏幾道詞也長於情景結合，但由於二人的人生經歷不同，取景的角度又有差異，晏詞多取高堂華燭的室內景致為意象，而秦詞常用自然山川景物來言情鑄境⓮。

作為蘇軾最得意的門生，秦觀作詞不可能不潛在地受到蘇軾的影響。蘇軾開創了以詞抒寫自我性靈的新格局，而秦觀一生積聚了滿腹傷心失意的淚水，也必然要利用他所擅長的詞體來傾瀉。不過，他又不像蘇軾那樣直接傾吐內心的苦水，而是另闢一途，把深沉的辛酸苦悶融注在類型化的離情別恨之中，即周濟所說的「將身世之感打並入豔情，又是一法」（《宋四家詞選》眉批），從而給傳統的豔情詞注入了新的情感內涵。如貶往郴州途經衡陽所作的〈阮郎歸〉：

> 瀟湘門外水平鋪。月寒征棹孤。紅妝飲罷少踟躕。有人偷向隅。　揮玉箸，灑真珠。梨花春雨餘。人人盡道斷腸初。那堪腸已無。

「紅妝」的哀怨，無疑是詞人自我遭貶後孤獨悲傷的投影。詞情的悲苦與稍後所作的同調詞「鄉夢斷，旅魂孤。崢嶸歲又除。衡陽猶有雁傳書，郴陽和雁無」，正相一致。而〈減字木蘭花〉的「天涯舊恨，獨自淒涼人不問」，「困倚危樓，過盡飛紅字字愁」；〈千秋歲〉的「飄零疏酒盞，離別寬衣帶」等，也同樣寄寓著自我被流放的淒涼苦恨。秦觀有時也直接表達心中的孤獨苦悶，如名作〈踏莎行〉（霧失樓臺）和〈如夢令〉（遙夜沉沉如水）等，在抒情方式上則更接近蘇軾。不過秦觀詞氣格纖弱，缺乏蘇詞那種超然自適的氣度。

秦觀在詞史上具有獨特的地位。其詞卓然一家，和婉醇正，典型地體現出婉約詞的藝術特徵。就婉約詞的發展而言，秦觀對另外兩位婉約詞的代表作家周邦彥和李清照都有直接影響。陳廷焯即說「秦少游自是作手，近開美成，導其先路」（《白雨齋詞話》卷一）；「李易安詞，獨闢門徑，居然可觀，其源自淮海、大晟來」（同前卷二）。秦詞語言清麗淡雅。周邦彥得其麗，而發展爲精雕細琢的典雅富麗；李清照得其清，而朝更加本色自然的方向發展。

第四節　俠骨柔腸的賀鑄

・奇特的個性　・豪俠的悲歌　・淒婉的柔情

賀鑄（一〇五二—一一二五）是一位個性和詞風都非常奇特的詞人，截然對立的兩面在他身上和詞中都能得到和諧的統一。他長相奇醜，身高七尺，面色青黑如鐵，眉目聳拔，人稱「賀鬼頭」⑮；其詞卻「雍容妙麗，極幽閒思怨之情」。爲人豪爽精悍，如武俠劍客，「少時俠氣蓋一座，馳馬走狗，飲酒如長鯨」；卻又博聞強記，於書無所不讀，家藏書萬卷，而且手自校讎，「反如寒苦一書生」（程俱《賀方回詩集・序》）。

賀鑄作詞，像蘇軾一樣，也是「滿心而發，肆口而成」（張耒〈東山詞・序〉），抒發自我的人生感慨，表現自我的人格精神。而賀鑄作爲一生不得志的豪俠，他的詞具有獨特的情感內涵：在宋代詞史上第一次表現出英雄豪俠的精神個性和悲壯情懷。這類詞作的情感型態不同於秦觀等詞人感傷性的柔情軟調，而是激情的爆發，怒火的燃燒，具有強烈的震撼力和崇高感。如〈六州歌頭〉：

> 少年俠氣，交結五都雄。肝膽洞，毛髮聳。立談中，死生同。一諾千金重。推翹勇，矜豪縱。輕蓋擁，聯飛鞚，鬥城東。轟飲酒壚，春色浮寒甕，吸海垂虹。間呼鷹嗾犬，白羽摘雕弓，狡穴俄空，樂匆匆。　似黃粱夢，辭丹鳳。明月共，漾孤篷。官冗從，懷倥偬。落塵籠，簿書叢。鶡弁如雲眾，供粗用，忽奇功。笳鼓動，漁陽弄，思悲翁。不請長纓，繫取天驕種，劍吼西風。恨登山臨水，手寄七弦桐，目送歸鴻。

賀鑄少年時就懷有戍邊衛國、建立軍功以「金印錦衣耀閭里」（〈子規行〉）的雄心壯志，可人到中年，仍沉淪下僚而無所建樹。英雄豪俠不爲世用，邊塞面臨異族入侵的威脅而無路請纓。詞中包含的不僅是個體人生失意的悲憤，而且含有對國家民族命運的憂慮，開創了南宋詞人面向社會現實、表現民族憂患的先河。而詞的上片所展示的少年豪俠的雄姿氣概，下片悲壯激越的情懷，繼蘇軾〈江城子・密州出獵〉之後進一步改變了詞的軟媚情調，拓展了詞的壯美意境。而其〈行路難〉（縛虎手）表現豪俠的困厄苦悶和縱酒狂歌的神態，又具有李白詩歌的風神，也是北宋詞中罕見的別調。

北宋詞人大都是兒女情長，英雄氣短。唯有賀鑄是英雄豪氣與兒女柔情並存。正如雄武蓋世的項羽曾「別美人而涕泣，情發於言，流爲歌詞，含思淒婉」（張耒《東山詞．序》）一樣，賀鑄眞摯淒婉的濃情也常傾瀉於詞。其中感人至深的是與蘇軾悼亡詞〈江城子〉（十年生死兩茫茫）前後輝映的〈鷓鴣天〉：

重過閶門萬事非，同來何事不同歸。梧桐半死清霜後，頭白鴛鴦失伴飛。　原上草，露初晞。舊棲新壟兩依依。空床臥聽南窗雨，誰復挑燈夜補衣。

賀鑄夫人趙氏，勤勞賢慧，賀鑄曾有〈問內〉詩寫趙氏冒酷暑爲他縫補冬衣的情景（見《慶湖遺老詩集》卷二）。詞中「誰復挑燈夜補衣」的細節描寫，沉痛地表現出對亡妻患難與共、相濡以沫之情的深切懷念。另一首寫柔情的〈青玉案〉（凌波不過橫塘路）更爲著名，其中「若問閒愁都幾許。一川煙草，滿城風絮。梅子黃時雨」，連用三種意象表現出愁思的廣度、密度和長度，化抽象無形的情思爲具體可見的形象，構思奇妙，堪稱絕唱。賀鑄因此詞而得「賀梅子」的雅號，宋金詞人步其韻唱和仿效者多達二十五人二十八首。一首詞而吸引眾多不同時期的詞人來和作，是唐宋詞史上很少見的現象[16]。

賀鑄詞長於造語，多從唐人詩句中吸取菁華。他曾說：「吾筆端驅使李商隱、溫庭筠，當奔命不暇。」[17]由此而形成了深婉密麗的語言風格。賀鑄在詞史上，具有獨特的地位和影響。他一方面沿著蘇軾抒情自我化的道路，寫自我的英雄豪俠氣概，開啓了辛棄疾豪氣詞的先聲；另一方面，語言上又承晚唐溫、李密麗的語言風格，而影響到南宋吳文英等人[18]。

第五節　法度井然的周邦彥

・飄零不偶的主題　・開啓門徑的詠物詞　・回環往復的章法結構　・融化詩句的語言技巧　・和諧嚴密的音律

與秦七、黃九差不多同時登上詞壇的錢塘（今浙江杭州）才子周邦彥（一〇五六—一一二一）[19]，字美成，號清眞。他與屬於舊黨的蘇門詞人不同，在政治上傾向於變法的新黨。他二十八歲時，因向神宗獻〈汴京賦〉，歌頌新法，而大獲賞識，由太學諸生直升爲太學正。神宗死後，舊黨執政，蘇門諸君子紛紛回到朝廷，周邦彥則被擠出京城，到廬州（今安徽合肥）、溧水（今屬江蘇）等地任職。等到新黨上臺把持朝政，蘇門詞人盡遭遠貶，周邦彥重返朝廷。晚年因與蔡京諸人的瓜葛，又放外任，出知隆德府（今山西長治）、明州（今浙江寧波）、順昌府（今安徽阜陽）。宣和三年（一一二一）病逝。

周邦彥一生雖然沒有遭受蘇門詞人那樣沉重的打擊迫害，但仕途並不得意，幾度浮沉奔波於地方州縣，深切地感受到漂泊流落的辛酸。「冷落詞賦客，蕭索水雲鄉」（〈紅林檎近〉），正是他生活處境和心境的自白。而「飄零不偶」（〈重進《汴都賦》表〉）的羈旅行役之感也成爲他詞作的重要主題[20]。〈滿庭芳．夏日溧水無想山作〉，便是這方面的代表作：

> 風老鶯雛，雨肥梅子，午陰嘉樹清圓。地卑山近，衣潤費爐煙。人靜烏鳶自樂，小橋外、新綠濺濺。憑欄久，黃蘆苦竹，擬泛九江船。　年年。如社燕，飄流瀚海，來寄修椽。且莫思身外，長近尊前。憔悴江南倦客，不堪聽、急管繁弦。歌筵畔，先安簟枕，容我醉時眠。

這種漂泊的孤獨疲倦和憔悴失意，是周邦彥詞的情感基調。即使是重返汴京在朝中爲官時，他的心情也一直是壓抑苦悶的，詞中充滿著「誰識京華倦客」（〈蘭陵王〉）的孤獨和「自歎勞生，經年何事，京華信漂泊」（〈一寸金〉）的悲傷，潛在地反映出北宋亡國前夕士大夫悲觀失望的心理[21]。

詠物也是周詞的主要題材。柳永等宋初詞人的詠物詞，主要是描摹物態，圖形寫貌。蘇軾的詠物詞，開始將狀物態與抒人情合而爲一，但數量較少。周邦彥所作詠物詞數量既多，如詠新月、春雨、梅花、梨花、楊柳等，又將身世飄零之感、仕途淪落之悲、情場失意之苦與所詠之物融爲一體，爲南宋詠物詞的重寄託開啓了門徑[22]。

作爲與蘇軾前後相繼的詞壇領袖，周邦彥具有與蘇軾不同的藝術追求和貢獻。蘇軾如唐詩中的李白，追求創作的自由，強調性情的自然流露，力圖打破詞作原有的創作規範；周邦彥則如杜甫[23]，創作時精心結撰，追求詞作的藝術規範性，「下字運意，皆有法度」（沈義父《樂府指迷》）。周詞的法度、規範，主要體現在章法、句法、煉字和音律等方面。因法度井然，使人有門徑可依，故「作詞者多效其體制」（張炎《詞源》卷下）。

周詞的章法結構，主要是從柳永詞變化而來。柳詞善鋪敘，但一般是平鋪直敘，爲時空序列性結構，即按情事發生、發展的時空順序來組織詞的結構，明白曉暢，但失於平板單一而少變化。周詞也長於鋪敘，但他變直敘爲曲敘，往往將順敘、倒敘和插敘錯綜結合，時空結構上體現爲跳躍性的回環往復式結構，過去、現在、未來和我方、他方的時空場景交錯疊映，章法嚴密而結構繁複多變。如其名作〈蘭陵王・柳〉：

> 柳陰直，煙裡絲絲弄碧。隋堤上、曾見幾番，拂水飄綿送行色。登臨望故國，誰識，京華倦客？長亭路，年去歲來，應折柔條過千尺。　閒尋舊蹤跡，又酒趁哀弦，燈照離席。梨花榆火催寒食，愁一箭風快，半篙波暖，回頭迢遞便數驛，望人在天北。　悽惻，恨堆積。漸別浦縈迴，津堠岑寂，斜陽冉冉春無極。念月榭攜手，露橋聞笛。沉思前事，似夢裡，淚暗滴。

此詞別情中滲透著漂泊的疲倦感。第一片寫自我的漂泊，挽合今昔。第二片寫目前送別情景，既有往事的回憶，又有別後愁苦的設想。第三片又由眼前景折回到前事。今昔回環，情、景、事交錯，備極吞吐之妙。

周詞的鋪敘，還善於增加並變換角度、層次。他能夠把一絲感觸、情緒向四面八方展開，又層層深入地烘托刻畫，使情思毫髮畢現[24]。代表作有〈六醜・薔薇謝後作〉：

> 正單衣試酒，悵客裡、光陰虛擲。願春暫留，春歸如過翼，一去無跡。為問花何在，夜來風雨，葬楚宮傾國。釵鈿墮處遺香澤。亂點桃溪，輕翻柳陌。多情為誰追惜。但蜂媒蝶使，時叩窗槅。　東園岑寂。漸朦朧暗碧。靜繞珍叢底，成歎息。長條故惹行客，似牽衣待話，別情無極。殘英小、強簪巾幘。終不似一朵，釵頭顫裊，向人敧側。漂流處、莫趁潮汐。恐斷紅、尚有相思字，何由見得。

此詞不過寫惜花之情，然多方鋪墊，千回百折。先從時間角度寫花落春去，客中未及賞春，已是悵惘；而留春不住，悵惘又深一層。再從空間角度多方描寫尋覓落花的蹤跡，見出惜花的深情。「似牽衣」句又變換角度，不說人惜花，而寫花戀人。插戴殘花，勸花莫隨波流去，又分別從行爲動作、心理願望兩個角度虛實結合地表現出纏綿不盡的憐惜。文筆跌宕，變幻多姿，將一縷惜花情思表現得淋漓盡致。

周邦彥能自鑄偉辭，但更善於融化前人詩句入詞，渾然天成，如從己出。晏幾道、賀鑄也善用前人語句，但他們往往是一首詞中偶爾化用一二句，而且主要是從字面上化取前人詩句，或是一字不改地全句嵌用，或是句法不變而略改幾字㉕。而周詞往往是一首詞中數句化用，不僅從字面上化用前人詩句變成新的語言，更從立意上點化前人詩句而創造出新的意境，從而把它發展爲一種完備的語言技巧。最典型的是〈西河．金陵懷古〉：

> 佳麗地。南朝盛事誰記。山圍故國繞清江，髻鬟對起。怒濤寂寞打孤城，風檣遙度天際。　斷崖樹，猶倒倚。莫愁艇子曾繫。空餘舊跡鬱蒼蒼，霧沉半壘。夜深月過女牆來，傷心東望淮水。　酒旗戲鼓甚處市。想依稀、王謝鄰里。燕子不知何世。入尋常、巷陌人家，相對如說興亡，斜陽裡。

全詞係化用唐劉禹錫〈金陵五題〉的〈石頭城〉、〈烏衣巷〉和古樂府〈莫愁樂〉三首詩而成㉖。語言既經重新組合，意境更饒新意。名作〈瑞龍吟〉（章臺路）也融化了杜甫、李賀、杜牧、李商隱等十餘人的詩句㉗，幾乎字字有來歷，句句有出處，但不露痕跡。周詞融化前人詩句入詞，貼切自然，既顯博學，又見工巧，因而深受後人推崇。沈義父《樂府指迷》即說周詞下字運意，「往往自唐宋諸賢詩句中來，而不用經史中生硬字面，此所以爲冠絕」。

調美，律嚴，字工，是周詞在音律方面的特點。周邦彥與柳永一樣，也長於自度曲。他新創、自度的曲調共五十多調，雖然創調之多不及柳永，但他所創之調，如〈瑞龍吟〉、〈蘭陵王〉和〈六醜〉等，聲腔圓美，用字高雅，較之柳永所創的部分俗詞俗調，更符合南宋雅士尤其是知音識律者的審美趣味，因而受到更廣泛的遵從和效法。沈義父《樂府指迷》就說：「凡作詞，當以清眞爲主。蓋清眞最爲知音，且無一點市井氣。」

周詞音律和諧，注重詞調的聲情與宮調的音色協調一致。宮調不同，聲情各異。如商調淒愴怨慕，黃鐘宮則富貴纏綿。故周邦彥寫離別感傷的〈少年游〉（并刀如水）選用商調，而寫荊州明媚春光的〈少年游〉（南都石黛掃晴山），則用黃鐘宮。爲使音律和諧，周詞審音用字，也非常嚴格精密。他用字不僅分平仄，而且嚴分仄字中的上去入三聲，使語言字音的高低與曲調旋律的變化密切配合㉘。後來吳文英等作詞嚴分四聲，就是以周詞爲典範，吳詞凡用與周詞相同之調，音律也依之不變；宋末方千里、楊澤民兩家的《和清眞詞》和陳允平的《西麓繼周集》，幾乎遍和清眞的所有詞調，而且謹守其句讀字聲，「一一按譜塡腔，不敢稍失尺寸」（《四庫全書總目》卷一九八〈片玉詞提要〉）。這既反映出周詞的影響之大，也可以看出周邦彥規範詞律之功。所以近人邵瑞彭《周詞訂律．序》說，宋代「詞律未造專書，即以清眞一集爲之儀埻」（楊易霖《周詞訂律》卷首）。

周詞與杜詩一樣，還特別擅長用拗句，在拗怒中追求音律的和諧統一。這一方面使字聲的錯綜使用能更恰當地表達喜怒哀樂的不同情感，另一方面也是為加強聲情頓挫的美感，而且適應歌唱者的自然聲腔和樂曲旋律的需要㉙。音律上做到拗怒與和諧的矛盾統一，是清眞詞的獨創。故王國維《清眞先生遺事》說，讀清眞詞，「文字之外，須兼味其音律」。「今其聲雖亡，讀其詞者，猶覺拗怒之中，自饒和婉，曼聲促節，繁會相宣，清濁抑揚，轆轤交往。兩宋之間，一人而已」。

注釋

❶分別見胡仔《苕溪漁隱叢話》前集卷三九和後集卷三九。另參〔日〕青山宏《唐宋詞研究》，中譯本，北京大學出版社一九九五年版，第二八九—二九三頁；黃文吉《北宋十大詞家研究》，臺北文史哲出版社一九九六年版，第二〇三—二〇五頁。

❷黃庭堅詞集，有兩種名稱，一為明刊《山谷詞》，有《宋六十名家詞》本等；一為宋刊《山谷琴趣外篇》，有《景刊宋金元明本詞》本。二者收詞多寡不一，今馬興榮、祝振玉校注的《山谷詞》（上海古籍出版社二〇〇一年版）將二集匯為一處，較完善。

❸晁補之，字無咎，晚號歸來子，濟州巨野（今山東巨野）人。神宗元豐二年（一〇七九）進士。哲宗元祐間，為祕書省校書郎，其時黃庭堅、張耒、秦觀等同在館閣，四學士會集京師，與蘇軾兄弟詩酒酬唱。後因黨禍，貶為應天府、亳州通判，處州、信州酒稅，後官至禮部郎中。《宋史》卷四四四有傳。有詞集《晁氏琴趣外篇》。按，《宋史．晁補之傳》說晁補之以〈七述〉見蘇軾，是在十七歲，不確。參劉乃昌《晁補之年譜》，《晁氏琴趣外篇》附錄三，上海古籍出版社一九九一年版，第三一〇—三一一頁。

❹《骫骳說》原書已佚，宋人著作如趙令畤《侯鯖錄》卷八、吳曾《能改齋漫錄》卷一六、胡仔《苕溪漁隱叢話》後集卷三三、魏慶之《詩人玉屑》卷一一等都曾引錄，名《評本朝樂章》或《評樂章》。參王兆鵬〈晁無咎詞話《骫骳說》與朱弁《續骫骳說》考〉，載《宋代文學研究叢刊》第八期，高雄麗文文化公司二〇〇二年版。

❺蘇軾對詞體的革新，當時並未贏得廣泛的支持，反而招致許多責難。如門人陳師道說：「退之以文為詩，子瞻以詩為詞，如

教坊雷大使之舞，雖極天下之工，要非本色。」（《後山詩話》）雖然有人懷疑這段話不是陳師道語，而可能是南北宋之交的人偽託羼入（參方智範等《中國詞學批評史》，中國社會科學出版社一九九四年版，第六〇頁），但至少代表了當時人的一種看法。李清照《詞論》也批評蘇詞「皆句讀不葺之詩爾，又往往不協音律」（胡仔《苕溪漁隱叢話》後集卷三三引）。晁補之則説：「蘇東坡詞，人謂多不諧音律。然居士詞橫放傑出，自是曲子中縛不住者。」（吳曾《能改齋漫錄》卷一六引）王灼《碧雞漫志》卷二也有「今少年妄謂東坡移詩律作長短句，十有八九不學柳耆卿，則學曹元寵」的話頭。晁、王雖是為蘇詞辯解，但從反面可見當時不少人對蘇軾的以詩為詞和突破音樂對詞體的限制，是持異議的。

❻ 晏幾道，字叔原，號小山，臨川（今屬江西）人。晏殊第八子。他的生卒年向無確考，近據《東南晏氏家譜》才得以確定（見涂木水〈關於晏幾道的生卒年和排行〉，載《文學遺產》一九九七年第一期）。其生平事蹟，參夏承燾《唐宋詞人年譜・二晏年譜》，鄭騫〈夏著二晏年譜補正〉和〈晏叔原繫年新考〉（見所著《景午叢編》下編，臺北中華書局一九七二年版）。

❼ 參見陶爾夫、劉敬圻〈晏幾道夢詞的理性思考〉，《文學評論》一九九〇年第二期。

❽ 「透過一層」的句法（簡稱「透過句」），是宋詞中常見句法，意思是説縱然如此，也無可奈何，何況不如此呢。參唐圭璋《詞學論叢》之〈論詞之做法〉，上海古籍出版社一九八六年版，第八五〇—八五一頁。

❾ 據《景定建康志》卷三三載，當時存有書版「唐《花間集》一百七十七版，《和晏叔原小山樂府》二百四十六版」。《花間集》五百首小令為一百七十七版，依此推算，二百四十六版的和晏幾道小令詞，約有七百首。和一人之詞多達七百首且編成一集，這是宋代詞壇上罕見的現象。可惜這些和詞久已失傳，此事也一向不為後人所知。

❿ 在北宋詞人中，秦觀和晏幾道使用「淚」字頻率最高。據《全宋詞》計算機檢索系統統計，晏詞二百六十首，含「淚」字的有四十七首，使用頻率為百分之十八點一，居第一位；周邦彥詞一百八十六首，含「淚」句三十三首，頻率為百分之十七點七，居第二位；秦詞七十七首，含「淚」字的有十三首，頻率為百分之十六點八，居第三位，如果將有關哭泣的語句也計入，則秦觀共有十九首詞含有淚，使用頻率為百分之二十四點七。其他使用「淚」字頻率較高的北宋詞人是：歐陽修二百二十四首詞，含「淚」句有二十六首，頻率為百分之十一點六；蘇軾詞三百六十二首，含「淚」句三十五首，頻率為百分之十點七；賀鑄詞二百八十三首，含「淚」句三十三首，頻率為百分之十一點六。

⓫ 秦觀生平事蹟，可參《宋史》卷四四四本傳和徐培均《秦少游年譜長編》（中華書局二〇〇二年版）。

⓬ 如李之儀〈跋吳思道小詞〉即説柳詞「鋪敘展衍，備足無餘，形容盛明，千載如逢當日。較之《花間》所集，韻終不勝」

（《姑溪居士文集》前集卷四〇）。另參楊海明《唐宋詞論稿・論秦少游詞》，浙江古籍出版社一九八八年版，第一四八—一六三頁。

⑬關於秦觀學柳永作詞，參見前第四章注⑳。又秦觀也曾學柳永作俚俗豔詞，如〈河傳〉二首、〈品令〉二首、〈浣溪沙〉〈腳上鞋兒四寸羅〉等。故陳廷焯《白雨齋詞話》卷二說：「少游、美成，詞壇領袖也。所可議者，好作豔語，不免於俚耳。」

⑭參黃文吉《北宋十大詞家研究》，第二五四頁。

⑮陸游《老學庵筆記》卷八：「賀方回狀貌奇醜，色青黑而有英氣，俗謂之『賀鬼頭』。」葉夢得《石林居士建康集》卷八〈賀鑄傳〉：「長七尺，眉目聳拔，面鐵色。」按：賀鑄，字方回，自號慶湖遺老，共州衛城（今河南輝縣）人。他雖才兼文武，卻一直沉淪下僚。早年做過低級侍從武官，後換文資，長期為地方下層官吏，歷官至太平州（今安徽當塗）通判。晚年以從七品的承議郎致仕。著有《慶湖遺老詩集》。其詞今存二百八十三首，詞集一名《賀方回詞》，一作《東山詞》。二集所收詞作不一樣。《宋史》卷四四三有傳。其生平事蹟，另可參夏承燾《唐宋詞人年譜・賀方回年譜》。

⑯關於此詞的評論及唱和詞，參鍾振振校注《東山詞》附輯評，上海古籍出版社一九八九年版，第一五五—一六一頁；王兆鵬《唐宋詞史論》，人民文學出版社二〇〇〇年版，第一二〇頁。

⑰見葉夢得〈賀鑄傳〉。夏敬觀也說賀鑄詞「小令喜用前人成句，其造句亦恆類晚唐人詩。慢詞命辭遣意，多自唐賢詩篇得來，不施破碎藻采，可謂無假脂粉，自然穠麗」（夏敬觀手批評點《彊村叢書》本《東山詞補》卷末題記，上海古籍出版社一九八九年影印本，第一五七〇頁）。另參王偉勇《宋詞與唐詩之對應研究》上篇〈賀鑄《東山詞》，偕鑑唐詩之探析〉，臺北文史哲出版社二〇〇四年版。

⑱如夏敬觀說：「稼軒豪邁之處，從此脫胎。」又說：「稼軒穠麗之處，從此脫胎。細讀《東山詞》，知其為稼軒所師。世但言蘇、辛為一派，不知方回，亦不知稼軒。」（分別見夏敬觀手批評點《彊村叢書》本《東山詞》之〈行路難〉眉批、〈青玉案〉眉批）唐圭璋則說吳文英「研煉字句，則出賀方回」（《詞學論叢》，上海古籍出版社一九八六年版，第八五六頁）。

⑲周邦彥生平事蹟，可參孫虹《清真集校注》之〈清真事蹟新證〉（中華書局二〇〇二年版）、劉揚忠《周邦彥傳論》（陝西人民出版社一九九一年版）等。

⑳王國維《清真先生遺事・尚論》曾說：「境界有二：有詩人之境界，有常人之境界。詩人之境界，惟詩人能感之而能寫之，

故讀其詩者亦高舉遠慕，有遺世之意；而亦有得有不得，且得之者亦各有深淺焉。若夫悲歡離合、羈旅行役之感，常人皆能感之，而惟詩人能寫之，故其入於人者至深而行於世也尤廣。先生之詞屬於第二種為多。」（《王國維遺書》，上海古籍書店一九八三年版，第七冊第一三九—一四〇頁）

㉑元人趙文對此已有察覺，他在《吳山房樂府・序》中說：「觀歐、晏詞，自是慶曆、嘉祐間人語；觀周美成詞，其為宣和、靖康也無疑矣。聲音之為世道邪？世道之為聲音邪？有不自知其然而然者矣。」（《青山集》卷二）

㉒參見王兆鵬〈論宋代詠物詞的三種範型〉，《中國詩學》第三輯，南京大學出版社一九九五年版，第一五四—一六一頁。

㉓王國維《清真先生遺事》也說：「以宋詞比唐詩，則東坡似太白。」、「而詞中老杜，則非先生不可。」（《王國維遺書》，上海古籍書店一九八三年版，第七冊第一三八—一三九頁）

㉔參見袁行霈《中國詩歌藝術研究》，北京大學出版社一九八七年版，第三五六頁。

㉕如晏幾道〈臨江仙〉的「落花人獨立，微雨燕雙飛」用五代翁宏〈春殘〉詩成句，〈虞美人〉的「滿身花影倩人扶」用唐陸龜蒙〈春日酒醒〉詩成句；賀鑄〈采桑子〉的「人生聚散浮雲似」，「悵望星河共一天」二句，分別出自唐張繼〈重經巴丘〉和李洞〈送雲卿上人遊安南〉中的成句。參看黃文吉《北宋十大詞家研究》第九〇頁、第三〇〇頁；鍾振振《北宋詞人賀鑄研究》，臺北文津出版社一九九四年版，第一四九—一五〇頁；劉揚忠《周邦彥傳論》第一一四—一一六頁。

㉖〈莫愁樂〉的原文為：「莫愁在何處，莫愁石城西。艇子打兩槳，催送莫愁來。」見郭茂倩《樂府詩集》卷四八，中華書局一九七九年版，第六九八頁。

㉗參看陳元龍《詳注周美成詞片玉集》卷一，上海古籍出版社一九八九年影印《景刊宋金元明本詞》本，第五四六頁。

㉘周詞嚴分上去入三聲之例，夏承燾〈唐宋詞字聲之演變〉有詳細的分析，見所著《唐宋詞論叢》，古典文學出版社一九五六年版，第六六—七六頁。另可參龍榆生《詞曲概論》第六章〈論適用入聲韻和上去聲韻的長調〉，上海古籍出版社一九八〇年版，第一七二—一七六頁。

㉙詳參錢鴻瑛《周邦彥研究》第三章，廣東人民出版社一九九〇年版，第一三五—一三八頁。

第七章 李清照與南渡詞風的新變

繼元祐詞人而登上詞壇的，是以李清照、朱敦儒、張元幹和葉夢得、李綱、陳與義等為代表的南渡詞人。這批詞人主要生活在十二世紀上半葉徽宗、欽宗和高宗三朝社會由和平轉向戰亂的時代（一一〇一—一一六二）。由於時代的劇變，他們的生活和創作環境明顯分為兩個階段。他們的前半生，是在徽宗朝畸形的和平環境中度過，生活比較安定舒適，大多數詞人是在綺羅叢中吟風弄月，創作上雖已初露鋒芒，但被當時還健在的前輩詞人周邦彥、賀鑄等的光芒遮掩，尚未取得突破性的進展。靖康之難後，金兵的鐵蹄改變了他們後半生的生活和創作傾向。民族的屈辱、山河的殘破和民眾的苦難，促使他們自覺接受蘇軾的詞風，為救亡圖存而吶喊呼號，並日益貼近社會現實生活，用詞去表現戰亂時代民族、社會的苦難憂患和個體理想失落的壓抑苦悶。南渡詞進一步擴展了詞體抒情言志的功能，加強了詞的時代感和現實感。

第一節 李清照詞的別開生面

・「別是一家」的理論主張　・輕盈妙麗的望夫詞與沉重哀傷的生死戀歌
・清新素雅的語言與清婉秀逸的境界　・生不幸死亦不幸的朱淑真

南渡詞壇雖然未出現堪與蘇軾、周邦彥並駕齊驅的大詞人，但巾幗詞人李清照的橫空出世，卻使南渡詞壇放出奇異的光彩。

首先，李清照在理論上確立了詞體的獨特地位，提出了詞「別是一家」之說❶。

在李清照之前，李之儀曾從創作論的角度，提出過詞「自有一種風格」的觀點（〈跋吳思道小詞〉）。李清照進而從本體論的角度提出了詞「別是一家」的理論。所謂「別是一家」，意指詞是與詩不同的一種獨立的抒情文體，詞對音樂性和節奏感有著獨特的要求，它不僅像詩那樣要分平仄，而且還要「分五音，又分五聲，又分六律，又分清濁輕重」❷，以便「協律」、「可歌」。否則，詞就成了「句讀不葺之詩」，而失卻了詞作自身的文體特性。詞作只有保持自身獨立的文體特性，才能不被替代，在文學之林中占有獨立的地位。如果説蘇軾是從詩詞同源的淵源論角度提高詞體的地位，那麼，李清照則是從詞的本體論出發進一步確立了詞體獨立的文學地位❸。

其次，在創作上，李清照生動地展現了她的生命歷程和情感歷程。

李清照（一〇八四—一一五五？）❹，自號易安居士，濟南章丘（今屬山東）人。她的一生，既享受過幸福，也飽經苦難。十八歲與情投意合的趙明誠結婚，夫婦倆詩詞酬唱，共同搜集整理金石文物，生活舒心適意。閨房繡戶是她的生活世界，而美滿的婚姻愛情便成爲她主要的人生理想。隨著趙明誠的出仕，夫妻暫離，生活出現了暫時的缺憾。李清照甜蜜寧靜的心弦於是彈奏出一首首略帶苦澀和幽怨的望夫詞：

> 香冷金猊，被翻紅浪，起來慵自梳頭。任寶奩塵滿，日上簾鉤。生怕離懷別苦，多少事、欲説還休。新來瘦，非干病酒，不是悲秋。　休休。這回去也，千萬遍〈陽關〉也則難留。念武陵人遠，煙鎖秦樓。惟有樓前流水，應念我、終日凝眸。凝眸處，從今又添，一段新愁。（〈鳳凰臺上憶吹簫〉）❺

> 紅藕香殘玉簟秋。輕解羅裳，獨上蘭舟。雲中誰寄錦書來，雁字回時，月滿西樓。　花自飄零水自流。一種相思，兩處閒愁。此情無計可消除，才下眉頭，又上心頭。（〈一剪梅〉）

這些輕盈精妙的相思曲，銘刻著女詞人的情感歷程。李清照與趙明誠的愛情既有婚姻來維繫，更有深厚的感情基礎。雖然分離，卻互相惦念，一種離愁，由兩人分擔，「離懷別苦」也減輕了許多，更何況時時尚有傳情錦書的慰藉。苦澀的離愁中含有夫妻雙方心心相印和彼此眷戀的幸福感，是李清照愛情詞的一大特點。

作爲傑出的女詞人，李清照並沒有把自己完全封閉在閨房之內，而是常常走向大自然，去感受大自然的和諧美麗，以拓展胸襟，陶冶情操。如果把她前期詞作中所表現的情感世界分爲兩半，可以説一半是對丈夫的鍾情，另一半則是對自然景物的熱愛，以及對禽鳥花草的眷顧：

> 嘗記溪亭日暮，沉醉不知歸路。興盡欲回舟，誤入藕花深處。爭渡，爭渡，驚起一灘鷗鷺。（〈如夢令〉）❻

昨夜雨疏風驟，濃睡不消殘酒。試問捲簾人，卻道「海棠依舊」。「知否，知否，應是綠肥紅瘦。」（〈如夢令〉）

這反映出女詞人情懷的博大與心性的仁慈。

靖康之難後，李清照家破夫亡，受盡劫難和折磨。人生命運的劇變，也引起心境和詞境的變化：

> 尋尋覓覓，冷冷清清，淒淒慘慘戚戚。乍暖還寒時候，最難將息。三杯兩盞淡酒，怎敵他、晚來風急。雁過也，正傷心，卻是舊時相識。　滿地黃花堆積。憔悴損，如今有誰堪摘。守著窗兒，獨自怎生得黑。梧桐更兼細雨，到黃昏、點點滴滴。這次第，怎一個愁字了得。（〈聲聲慢〉）

失去了丈夫，她深切地感受到人間的孤獨和人生的乏味，往日的一切都失去了意義和亮色。往日大雁帶來的是丈夫的溫情與慰藉，如今見到大雁，引發的是絕望與傷心；從前見菊花，雖人比花瘦，但不失孤芳自賞的瀟灑，而今黃花憔悴凋零，則隱含著生命將逝的悲哀。從前輕盈妙麗的望夫詞如今變成了沉重哀傷的生死戀歌，詞境由明亮輕快變成了灰冷凝重。這是詞人情感歷程的真實寫照，也是時代苦難的象徵。

李清照的情感世界是獨特的，她的藝術表現方式也是獨特的。她善於選取自己日常生活中的起居環境、行動、細節來展現自我的內心世界。如〈添字醜奴兒〉（窗前誰種芭蕉樹）中「愁損北人不慣起來聽」的動作描寫，傳神地表現出初到南方時不習慣夜雨霖霪的煩躁心理。而「守著窗兒，獨自怎生得黑」（〈聲聲慢〉）、「怕見夜間出去。不如向，簾兒底下，聽人笑語」（〈永遇樂〉）等動作細節，也典型地表現出年老寡居所獨有的生活情態和寂寞心境。

李清照詞的語言獨具特色。第一，無論是口語，還是書面語，一經她提煉熔鑄，就別開生面，精妙清亮，風韻天然。如「綠肥紅瘦」（〈如夢令〉）、「人比黃花瘦」（〈醉花陰〉）、「寵柳嬌花」（〈念奴嬌〉）、「柳眼梅腮」（〈蝶戀花〉）等，都是「人工天巧，可稱絕唱」（王士禛《花草蒙拾》）。而〈聲聲慢〉開頭連用十四個疊字，從動作、環境到心理感受多層次地表現出寡居老人悶坐無聊、茫然若失而四顧尋覓的恍惚悲涼的心態，更是千古創格。第二，李清照善於用最平常、最簡練的生活化的語言精確地表現複雜微妙的心理和多變的情感流程。如「才下眉頭，又上心頭」（〈一剪梅〉）八字，就生動地傳達出心理的曲折變化：收到丈夫的來信，頓感欣慰而喜上眉梢，然獨居的寂寞畢竟難耐，相思之情又襲上心頭。「只恐雙溪舴艋舟，載不動，許多愁」（〈武陵春〉）短短三句，也將內心的猶豫和不堪負載的愁苦量化和具體化，既曲折生動又巧妙自然。

語言的清新素雅，很適合表現淡雅清疏的審美境界。她曾讚美桂花是「暗淡輕黃體性柔，情疏跡遠只香留。何須淺碧輕紅色，自是花中第一流」（〈鷓鴣天〉）。這既是李清照的審美理想，也可視作其審美境界的藝術寫照。無論是寫情繪景還是詠物，如〈醉花陰〉、〈怨王孫〉（湖上風來波浩渺）和〈孤雁兒〉等，都不用華麗的色彩、富豔的詞藻來裝飾，而用白描手法，創造出水墨畫般的清婉秀逸的意境。

李清照是中國古代文學史上創造力最強、藝術成就最高的女性作家。她以女性的身分，眞摯大膽地表現對愛情的熱烈追求，豐富生動地抒寫自我的情感世界，不僅比「男子作閨音」更爲眞切自然，而且改變了男子一統文壇的傳統格局，在中國文學史上占有崇高的地位。正如清人李調元所說：「易安在宋諸媛中，自卓然一家，不在秦七、黃九之下。」、「不徒俯視巾幗，直欲壓倒鬚眉。」（《雨村詞話》卷三）

與李清照約略同時的，還有一位能詩善詞的錢塘（今浙江杭州）才女朱淑眞❼。因婚姻不幸，所嫁非人，朱淑眞一生都受到感情的折磨。她的詞，主要是表現沒有愛情的婚姻所引發的憂愁怨嗟、孤獨寂寞。如〈減字木蘭花〉：

> 獨行獨坐，獨唱獨酬還獨臥。佇立傷神，無奈春寒著摸人。　此情誰見，淚洗殘妝無一半。愁病相仍，剔盡寒燈夢不成。

連用五個「獨」字，表現出作者孤獨感的沉重。朱淑眞詞的愁恨表層上似乎與五代北宋詞中的閨怨沒有多大區別，但深層裡卻是她自我獨特的生命體驗，是一位孤立無援地與不幸婚姻抗爭的才女心靈深處的吶喊和呻吟。她對命運進行過勇敢的抗爭和挑戰。〈清平樂．遊湖〉所寫的「嬌痴不怕人猜，和衣睡倒人懷。最是分攜時候，歸來懶傍妝臺」，就是她所採取的實際行動。爲此，她付出了沉重的代價。因大膽追求自主自由的愛情，不爲封建禮教所容，抑鬱抱恨而死後，「不能葬骨於地下」，詩詞遺稿被父母付之一炬❽。事蹟聲名，湮沒不彰。可謂生不幸，死亦不幸！

第二節　朱敦儒詞的自傳性質

・青年的放浪形骸　・中年的漂泊憂憤　・晚年的逍遙自在

朱敦儒（一〇八一—一一五九）❾，字希眞，號岩壑，洛陽（今屬河南）人。南渡以前，他就獲得「詞俊」之名，與「詩俊」陳與義等並稱爲「洛中八俊」（樓鑰〈跋朱岩壑鶴賦及送閭丘使君詩〉）。他的詞，繼承和發展了蘇軾抒情自我化的傳統❿，具有鮮明的自傳性特點。

朱敦儒的青少年時代，是在西京洛陽畸形繁華的環境中度過，自稱是「生長西都逢化日，行歌不記流年。花間相過酒家眠。乘風遊二室，弄雪過三川」（〈臨江仙〉）。他那疏狂放浪的行爲和尋歡作樂的心理中，也包含著蔑視功名權貴、追求自由獨立的人格精神。故當朝廷徵召他進京爲官時，他毅然拒絕，聲稱「麋鹿之性，自樂閒曠，爵祿非所願也」（《宋史》本傳），並寫下著名的〈鷓鴣天・西都作〉以表心跡：

> 我是清都山水郎，天教分付與疏狂。曾批給雨支風券，累上留雲借月章。　詩萬首，酒千觴，幾曾著眼看侯王。玉樓金闕慵歸去，且插梅花醉洛陽。

這彷彿是他的人生宣言，充分表現出他笑傲王侯、狂放不羈的個性。

靖康之難的戰火把朱敦儒拋入了漂泊的難民潮中。建炎元年（一一二七）年底，洛陽被金兵占領前後，朱敦儒倉皇逃往東南避難，於建炎四年（一一三〇）輾轉至嶺南一帶。其詞清晰地記錄了他南奔的行程和感受，詞風由飄逸瀟灑變得淒苦憂憤。其間表現得最爲突出的是漂泊流離的傷悲，從一個側面表現出戰亂時代民族的悲劇和社會的苦難。如〈卜算子〉：

> 旅雁向南飛，風雨群初失。飢渴辛勤兩翅垂，獨下寒汀立。　鷗鷺苦難親，矰繳憂相逼。雲海茫茫無處歸，誰聽哀鳴急。

詞中南飛孤雁的意象是時代苦難的象徵。詞人唱出了戰亂時代漂泊逃難者的心聲：舉目無親的孤獨、終日奔逃的飢渴疲倦、生命時刻受到威脅的焦慮恐懼和無處歸宿的茫然悲哀。對國家破亡，中原淪陷，他更憂傷痛憤：

> 金陵城上西樓。倚清秋。萬里夕陽垂地，大江流。　中原亂，簪纓散，幾時收。試倩悲風吹淚、過揚州。
>
> （〈相見歡〉）

曾是「玉樓金闕慵歸去」的朱敦儒，於今也爲中原的喪亂而悲哀。這表明詞人閒曠自適的人生態度在民族受到壓迫蹂躪時已開始轉變，並激發出救亡圖存的社會責任感和使命感。

因此，當紹興三年（一一三三）朝廷再度徵召時，朱敦儒便從嶺南赴臨安任職。但由於宋高宗和秦檜等權奸一味屈膝求和，不思抗戰，使得朱敦儒「有奇才，無用處」（〈蘇幕遮〉），「掃平狂虜，整頓乾坤都了」（〈蘇武慢〉）的理想也化爲泡影。他不禁悲憤怒號：「回首妖氛未掃，問人間、英雄何處。奇謀報國，可憐無用，塵昏白羽。」、「但愁敲桂棹，悲吟梁父，淚流如雨。」（〈水龍吟〉）

在仕途沉浮了十多年，朱敦儒對功名事業已灰心失望，因不附秦檜議和而被罷官之後，乾脆任性逍遙：「尋雲弄水，是事休問。」（〈桂枝香〉）從此，他變成了「閉著門兒，不管人間事」的「瘦仙人」（〈蘇幕遮〉）。其中〈好事近・漁父詞〉十首和〈朝中措〉（先生筇杖是生涯）最能體現他晚年的人生態度。

朱詞的風格也隨著他人生歷程的變化而變化。早年以婉麗明快爲主；中年以悲壯慷慨爲特色；晚年以清疏曉暢見長，語言通俗，明白如話。

在兩宋詞史上，能比較完整地表現出自我一生行藏出處、心態情感變化的，除朱敦儒之外，就只有後來的辛棄疾。蘇軾作爲新詞風的開創者，雖然擴大了詞的表現功能，開拓了抒情自我化的方向，但他還沒有將自我完整的人生歷程和整個的精神世界寫進詞中（另一半寫在他的詩裡），詩詞的表現功能還有所區分——詞多言情，詩多言志和敘事。李清照也恪守這種慣例。朱敦儒則進一步發揮了詞體抒情言志的功能，不僅用詞來抒發自我的人生感受，而且以詞表現社會現實，詩詞的功能初步合一，從而給後來的辛派詞人以更直接的啓迪和影響。辛棄疾〈念奴嬌〉（近來何處）詞題就明確說是「效朱希眞體」[11]，陸游年輕時曾受知於朱敦儒[12]，爲人與作詞都受朱敦儒的薰陶，他的名作〈卜算子・詠梅〉即與朱敦儒的〈卜算子〉（古澗一枝梅）風神相似。

第三節　張元幹等詞人的現實情懷

・張元幹詞的時代感和現實感　・葉夢得詞的壓抑感　・陳與義詞的漂泊感

民族戰爭，將同一民族內部個體的命運與整個民族的命運連結到一起。李綱在靖康之難後即說：「朝廷安則山林安，利害休戚實與國同。」（〈與趙相公別幅〉）所以，南渡以後，詞人的創作已不可能完全封閉在自我悲歡離合和個人榮辱得失的圈子裡，而必須直面苦難的社會現實，去書寫民族的悲劇和社會的苦難，從而加強了詞的時代感和現實感，柔麗婉轉的詞體也變成了具有戰鬥性和批判性的精神武器。在這一詞風的轉變過程中，張元幹最為典型。

張元幹（一〇九一—一一六〇）在南渡之前[13]，生活上跟朱敦儒一樣疏狂放蕩，時常是「百萬呼盧，擁越女吳姬共擲」（〈柳梢青〉）。創作上則模擬「花間」，內容不出酒畔花前，詞風綺豔輕狹。靖康之難中，他投筆從戎，曾協助李綱指揮汴京保衛戰。目睹民族的災難，他扼腕痛憤，詞風也自覺轉向東坡一路，而變得慷慨悲涼。題材取向上則直面山河殘破的慘痛現實：

> 雨急雲飛，驚散暮鴉，微弄涼月。誰家疏柳低迷，幾點流螢明滅。夜帆風駛，滿湖煙水蒼茫，菰蒲零亂秋聲咽。夢斷酒醒時，倚危檣清絕。　心折。長庚光怒，群盜縱橫，逆胡猖獗。欲挽天河，一洗中原膏血。兩宮何處，塞垣只隔長江，唾壺空擊悲歌缺。萬里想龍沙，泣孤臣吳越。（〈石州慢・己酉秋吳興舟中作〉）

此詞以高度濃縮性的筆法表現了漢民族空前的災難：外侵內亂，國破主俘[14]。面對民族的災難，張元幹不僅僅是悲哀，更力圖奮戰以解除災難，恢復和平，但朝廷不思抵抗，使他報國無門，只有悲歌怒吼——吼出民族不甘屈服而被壓抑的憤切心聲！

即使是在傳統感傷型的抒寫個人離愁的送別詞中，張元幹也難忘怵目驚心的苦難現實：

> 夢繞神州路。悵秋風、連營畫角，故宮離黍。底事崑崙傾砥柱。九地黃流亂注。聚萬落、千村狐兔。天意從來高難問，況人情、老易悲難訴。更南浦，送君去。　涼生岸柳催殘暑。耿斜河、疏星淡月，斷雲微度。萬

里江山知何處。回首對床夜語。雁不到，書成誰與。目盡青天懷今古。肯兒曹、恩怨相爾汝。舉大白，聽金縷。

（〈賀新郎・送胡邦衡待制〉）

詞人魂牽夢繞著神州的巨變：故都的淪陷，村莊的殘破，生民的塗炭⑮。他質問和探尋這場悲劇的根源，是誰造成砥柱傾折，使敵人橫行，民眾蒙難？理性的反思中含有直指皇帝的批判精神。友人胡銓就是因公開向投降主和的宋高宗、秦檜挑戰而被貶謫，張元幹作此詞則是爲胡銓壯行，對他奮不顧身的戰鬥精神表示支援和鼓勵。張元幹後因此詞而被捕下獄，並被削籍爲民，正反映出此詞觸痛了宋高宗和秦檜一夥的心病⑯。

在贈給李綱的〈賀新郎〉詞中，張元幹也表達了對朝廷賣國求和的憤慨，抒發了他「氣呑驕虜」的豪邁氣概和欲揮劍殺敵的戰鬥精神，充滿著寶劍蒙塵、無路請纓的壓抑苦悶。情懷悲壯激烈，一掃南渡前詞中低沉萎靡的格調，新的時代鑄就了新的詞風和詞境。

早年以吟唱婉麗的「睡起流鶯語」（〈賀新郎〉）而聞名的葉夢得（一〇七七—一一四八）⑰，經戰火的洗禮，南渡以後也高唱起激昂的戰歌：「坐看驕兵南渡，沸浪駭奔鯨。轉盼東流水，一顧功成。」（〈八聲甘州・壽陽樓八公山作〉）讚美騎射演習的戰士「疊鼓鬧清曉，飛騎引雕弓」（〈水調歌頭・九月望日與客習射西園余偶病不能射〉）的英姿，洋溢著老當益壯的戰鬥豪情。

葉夢得既善理財賦，又能帶兵打仗，在國家危難之秋，他本可以大顯身手，但由於權奸當道，壯懷理想不得伸展，於是倍感壓抑苦悶，如建炎三年（一一二九）任尚書左丞不到半月即被罷職後所作的〈水調歌頭〉：

秋色漸將晚，霜信報黃花。小窗低戶深映，微路繞欹斜。爲問山翁何事，坐看流年輕度，拚卻雙鬢華。徙倚望滄海，天淨水明霞。　念平昔，空飄蕩，遍天涯。歸來三徑重掃，松竹本吾家。卻恨悲風時起，冉冉雲間新雁，邊馬怨胡笳。誰似東山老，談笑靜胡沙。

另有一些詞人，不像張元幹、葉夢得那樣時時發出激憤的怒吼，而是用敏銳的藝術感受表現戰亂時代普通人的種種體驗。

動亂時代，人們不得不背井離鄉，過著流寓不定的生活。逃奔到異鄉，除了生活無著之外，地域環境的差異，風土人情的陌生，也會引起種種憂傷不適。李清照初從北方流落到江南時對南方「點滴霖霪」的連陰雨就深感不慣（〈添字醜奴兒〉）。而區域方言的不通，也會引起漂泊者與當地人之間的隔膜，尤其是那些初到南方的「北客」，常常因「不解鄉音」而焦慮。洛陽人陳與義，建炎四年（一一三〇）避亂到湖南武岡時，就表達過這種感受：

> 寒食今年，紫陽山下蠻江左。竹籬煙鎖，何處求新火。　不解鄉音，只怕人嫌我。愁無那。短歌誰和，風動梨花朵。（〈點絳唇〉）

戰爭毀滅了和平與安定，和平時期的一切美好歡樂都只能留存在記憶之中而無法在現實生活中再現。於是今昔盛衰之感和懷舊情緒成爲南渡後整個社會無法釋然的情結。李清照曾那樣深情地回憶「中州盛日」（〈永遇樂・元宵〉），朱敦儒時或懷想著「故國當年得意」（〈雨中花・嶺南作〉），張元幹也不時地「尋思舊京洛」（〈蘭陵王〉）。陳與義的名作〈臨江仙・夜登小閣憶洛中舊遊〉更典型地表現出當時人的懷舊心態：

> 憶昔午橋橋上飲，坐中多是豪英。長溝流月去無聲。杏花疏影裡，吹笛到天明。　二十餘年如一夢，此身雖在堪驚。閒登小閣看新晴。古今多少事，漁唱起三更。

在清婉奇麗的藝術境界中包含著深沉的人生感慨。

同時的陳克（一〇八一—一一三七？）、向子諲（一〇八五—一一五二）、王以寧（一〇九一？—一一四七？）等詞人也加入了時代的大合唱，在當時詞壇上頗有影響。

第四節　李綱和岳飛等英雄詞人的吶喊

・李綱的詠史詞和「南宋四名臣」詞　・岳飛的英雄之詞

高宗建炎、紹興間（一一二七—一一六二），南宋社會的主要矛盾是空前激烈的民族鬥爭，而朝廷內部的主要矛盾則是主戰與主和兩派的政治鬥爭。李綱、趙鼎、李光、胡銓等「南宋四名臣」和大將岳飛[18]，是站在這兩個鬥爭前列的代表人物。他們雖然並不以作詞而著名，但在民族生死存亡之秋，不僅奮不顧身地致力於保衛家國，也用詞作來表現他們的鬥爭精神，爲抗金救國而呼號，發出了時代的最強音。

李綱（一〇八三—一一四〇）是南宋的首任宰相[19]。他以救國救民爲己任，〈蘇武令〉就抒發了他抗敵救國的執著信念：

> 塞上風高，漁陽秋早。惆悵翠華音杳。驛使空馳，征鴻歸盡，不寄雙龍消耗。念白衣、金殿除恩，歸黃閣、未成圖報。　誰信我、致主丹衷，傷時多故，未作救民方召。調鼎為霖，登壇作將，燕然即須平掃。擁精兵十萬，橫行沙漠，奉迎天表。

雖然已被罷職，不得重用，但並未喪失抗敵的信心，仍期待著入相出將，決心率軍奪回被俘的徽、欽二帝，以雪國恥。

李綱有七首奇特的詠史詞，藉歷史上敢於平定外憂內患的英明君主來激勵宋高宗振作精神以抗擊金人，表現出政治家的雄才大略和遠見卓識，賦予了詠史詞以強烈的時代感和戰鬥性，詞的言志功能在此得到了充分的發揮和體現。如〈喜遷鶯．眞宗幸澶淵〉：

> 邊城寒早。恣驕虜、遠牧甘泉豐草。鐵馬嘶風，氈裘凌雪，坐使一方雲擾。廟堂折衝無策，欲幸坤維江表。叱群議，賴寇公力挽，親行天討。　縹緲。鑾輅動，霓旌龍旆，遙指澶淵道。日照金戈，雲隨黃傘，逕渡大河清曉。六軍萬姓呼舞，箭發狄酋難保。虜情讋，誓書來，從此年年修好。

此詞用宋眞宗聽取寇準之策放棄逃跑避敵之計而親征契丹最後使敵人退師、訂立「澶淵之盟」的史實，勸諫高宗不要逃跑避敵，現實針對性強，詞的境界也雄奇壯闊。敘事性和議論性有機結合，直接開啓了辛棄疾「以文爲詞」的先河。

趙鼎（一〇八五—一一四七）、李光（一〇七八—一一五九）和胡銓（一一〇二—一一八〇）都是力主抗戰反對求和的名臣，也是公開向秦檜挑戰並同被貶謫到海南而相互支持的戰友[20]。他們的詞作雖不多，但各自從不同的側面表現了他們堅強剛毅的生命意志和不屈不撓的鬥爭精神[21]。趙鼎的〈滿江紅〉（慘結秋陰）和〈花心動〉（江月初升）、李光的〈水調歌頭〉（兵氣暗吳楚）、胡銓的〈好事近〉（富貴本無心）等詞，「皆慷慨激烈，發欲上指。詞境雖不高，然足以使懦夫有立志」（陳廷焯《白雨齋詞話》卷八）。

當李綱等文臣在朝廷爲民請命吶喊之時，岳飛（一一〇三—一一四二）等武將則在戰場上拚搏廝殺㉒，戎馬倥傯中橫槊賦詞，用熱血和生命譜寫出氣壯山河的英雄戰歌：

> 怒髮衝冠，憑欄處、瀟瀟雨歇。抬望眼、仰天長嘯，壯懷激烈。三十功名塵與土，八千里路雲和月。莫等閒、白了少年頭，空悲切。　靖康恥，猶未雪。臣子恨，何時滅。駕長車踏破，賀蘭山缺。壯志飢餐胡虜肉，笑談渴飲匈奴血。待從頭、收拾舊山河，朝天闕。（〈滿江紅〉）㉓

由民族的深仇大恨轉化而來的勇猛無畏的戰鬥豪情、洗雪國恥的迫切願望和必勝信念，配合著鏗鏘有力的語言，激昂雄壯的旋律，凝結成詞史上輝煌的樂章。

注釋

❶原文始見胡仔《苕溪漁隱叢話》後集卷三三。原無題，僅稱「李易安云」。後魏慶之《詩人玉屑》卷二一又據之轉錄，並加上「李易安評」的標題，篇首亦作「李易安云」。今人通稱「李清照《詞論》」。

❷關於「五音」、「五聲」、「六律」的涵義，可參王仲聞《李清照集校注》，人民文學出版社一九七九年版，第一九八頁注釋。

❸參沈家莊〈李清照詞「別是一家」說芻論〉，見《李清照研究論文集》，齊魯書社一九九一年版，第二九五—三〇九頁。

❹李清照婚後先居汴京（今河南開封），後移家青州（今屬山東）。靖康禍起，李清照逃奔江南，夫妻倆用半生心血收藏的文物圖書先後在戰火中喪失殆盡；宋高宗建炎三年（一一二九）丈夫病逝後，她拖著病體孤身一人四處奔逃避難。其間又有人惡意中傷，企圖攫取她殘存的珍貴文物。江南戰火剛停，驚魂甫定，又遭張汝舟的糾纏和欺凌虐待，並被下獄九日，而且引起了一場令後世爭論不休的「改嫁」風波。在金華（今屬浙江）居住幾年後，移居杭州。其生平事蹟，主要見於她的《金石

錄．後序》。另參黃盛璋輯注《李清照集》附〈趙明誠李清照夫婦年譜〉（中華書局上海編輯所一九六二年版），王仲聞《李清照集校注》附〈李清照事蹟編年〉，徐培均《李清照集箋注》附〈年譜〉（上海古籍出版社二〇〇二年版）。關於李清照改嫁張汝舟事，可參濟南市社會科學研究所編《李清照研究論文集》（中華書局一九八四年版）有關爭鳴文章。

❺李清照詞，各本文字頗多差異。本節所引李清照詩詞，係據王仲聞《李清照集校注》。又李清照流傳的作品，真偽摻雜，王仲聞《李清照集校注》所錄四十三首最為可信（另附存疑之作十四首）。《全宋詞》錄四十七首（末二首注作存疑）。研究李清照詞，當以王注本或《全宋詞》為主要依據，其中所錄存疑之作不能輕易視為李詞。

❻此詞「嘗」、「欲」，原分別作「常」、「晚」，茲據《全芳備祖》前集卷一「荷花門」改。另參唐圭璋《詞學論叢》，上海古籍出版社一九八六年版，第六一七—六一八頁。

❼朱淑真，自號幽棲居士。其生活年代至今無確考。有人認為她是北宋後期人，卒於南宋初，生年略早於李清照；有人則認為她生於南宋初，生活年代與李清照同時而略晚。可參潘壽康《朱淑真別傳探原》（臺北河洛圖書出版社一九八〇年版），繆鉞〈朱淑真生活年代考辨〉及續文（《文獻》一九九一年第二、第四期），王兆鵬主編《宋才子傳箋證．詞人卷》之〈朱淑真傳〉（遼海出版社二〇一一年版）。朱淑真的作品集有《斷腸詩集》和《斷腸詞》。其詞《全宋詞》錄存二十四首，最為可靠。其他校注本誤收有偽作。

❽見宋魏仲恭《朱淑真詩集．序》，《朱淑真集注》卷首，浙江古籍出版社一九八五年版。另參陶爾夫、劉敬圻《南宋詞史》，黑龍江人民出版社一九九二年版，第二三二—二四四頁。

❾朱敦儒，詞集名《樵歌》，存二百四十六首。《宋史》卷四四五有傳，另參鄧子勉校注《樵歌》附錄的傳記資料和年譜簡編，上海古籍出版社一九九八年版。

❿宋汪莘《方壺詩餘．自序》曾說，唐宋以來的詞人，他最喜愛三人：「至東坡而一變，其豪妙之氣，隱隱然流出言外，天然絕世，不假振作。二變而為朱希真，多塵外之想，雖雜以微塵，而其清氣自不可沒。三變而為辛稼軒，乃寫其胸中事，尤好陶淵明。此詞之三變也。」（《方壺詩餘》卷首）汪氏也指出了朱敦儒詞是由蘇軾詞變化而來。另參梁啓勳《詞學》下編〈概論〉（北京市中國書店一九八五年影印本）。

⓫辛詞此題始見元大德三年廣信書院刊本《稼軒長短句》卷二，《景宋本稼軒詞甲集》題中無「效朱希真體」五字，僅作「賦雨岩」。另南宋吳儆有「效樵歌體」〈驀山溪〉詞；金元好問有「效朱希真體」〈鷓鴣天〉詞。可見朱敦儒詞在宋金人心目中已自成一體。宋代詞人能自成一體而被人仿效的另有柳永的「柳體」、李清照的「易安體」、辛棄疾的「稼軒體」和姜夔

的「白石體」等。

⑫參見于北山《陸游年譜》，中華書局一九六二年版，第三八—三九頁。另參陸游《渭南文集》卷二九〈跋雲丘詩集後〉。

⑬張元幹，字仲宗，號蘆川居士，永福（今福建永泰）人。宋徽宗宣和末年，曾任陳留縣丞。南渡後官至將作監。宋高宗紹興元年（一一三一），因不屑與奸佞同朝而掛冠致仕。其生平事蹟，參王兆鵬《兩宋詞人叢考・張元幹年譜》（鳳凰出版社二〇〇七年版）。張元幹有《蘆川歸來集》和《蘆川詞》，存詞一百八十五首。

⑭此詞作於宋高宗建炎三年己酉（一一二九），其時金兵南侵和南宋內亂（所謂「群盜縱橫」）的詳情，可參《宋史紀事本末》卷六四〈金人渡江南侵〉、卷六六〈平群盜〉；曹濟平校注《蘆川詞》，上海古籍出版社一九九一年版，第三一頁。

⑮張元幹此詞作於紹興十二年（一一四二）。紹興八年（一一三八）胡銓因上書反對和議而被貶至福州，又遭秦檜迫害，移新州（今廣東新興）編管。又詞中所寫戰亂的殘破景象，可參證李心傳《建炎以來繫年要錄》卷四一和徐夢莘《三朝北盟會編》卷一〇六引《趙子崧家傳》的有關記載。

⑯張元幹被捕入獄，在紹興二十一年（一一五一）。詳參王兆鵬《兩宋詞人叢考・張元幹年譜》第四四三—四四五頁。

⑰葉夢得，字少蘊，號石林居士，長洲（今江蘇蘇州）人。宋哲宗紹聖四年（一〇九七）進士及第。南渡前曾為蔡京所籠絡，官至翰林學士。南渡後歷官戶部尚書、尚書左丞、江東和福建安撫大使等。平生著作有二十多種，其中《石林詞》今存一百零三首。其生平事蹟，參《宋史》卷四四五本傳；王兆鵬《兩宋詞人年譜・葉夢得年譜》（臺北文津出版社一九九四年版）。

⑱「南宋四名臣」之稱，始見晚清王鵬運輯刻《四印齋所刻詞・南宋四名臣詞》。

⑲李綱，字伯紀，邵武（今屬福建）人。宋徽宗政和二年（一一一二）進士。宋徽宗靖康元年（一一二六），任兵部侍郎、尚書右丞。宋高宗建炎元年（一一二七）拜相，僅七十五天即罷。卒諡忠定。有《梁溪先生文集》，詞存五十四首。生平事蹟參《宋史》卷三五八至三五九本傳；趙效宣《李綱年譜長編》（臺灣商務印書館一九八〇年版）。

⑳趙鼎，字元鎮，號德全居士，解州聞喜（今屬山西）人。徽宗崇寧五年（一一〇六）進士，南渡後兩度為相。晚年被秦檜貶至吉陽軍（今海南三亞），絕食而卒，諡忠簡。有《忠正德文集》，詞存四十五首。《宋史》卷三六〇有傳。李光，字泰發，上虞（今屬浙江）人。與趙鼎同年進士。紹興八年（一一三八）拜參知政事，曾面斥秦檜「盜弄國權，懷奸誤國」，被秦檜貶至海南十一年，諡莊簡。《宋史》卷三六三有傳。事蹟另參方星移《宋四埰詞人年譜・李光年譜》（黑龍江人民出版社二〇〇八年版）。著有《莊簡集》，詞存十四首。胡銓，字邦衡，號澹庵，廬陵（今江西吉安）人。宋高宗建炎二年

（一一二八）進士。紹興八年（一一三八），為樞密院編修官，上書反對和議，乞斬秦檜。被除名新州編管，後移吉陽軍。孝宗朝，歷官至兵部侍郎，卒謚忠簡。《宋史》卷三七四有傳。著有《胡澹庵先生文集》三十二卷，詞存十六首。

㉑ 參見王兆鵬《宋南渡詞人群體研究》，鳳凰出版社二〇〇九年版，第九七—一〇三頁。

㉒ 岳飛，字鵬舉，相州湯陰（今屬河南）人。二十歲從軍，屢敗金兵，戰功卓著，為抗金名將。以不附秦檜議和，被誣下獄。紹興十一年十二月二十九日（一一四二年一月二十七日），以「莫須有」的罪名被殺害。後賜謚武穆，改謚忠武。《宋史》卷三六五有傳。著作由後人編為《岳忠武王文集》，詞存三首。事蹟可參岳珂編、王曾瑜校準《鄂國金佗稡編續編校注》，中華書局一九八九年版。

㉓ 此詞曾有人懷疑不是岳飛所作，並引起海內外學術界長期的爭鳴。認為不是岳飛所作的證據，尚不充分，隨著討論的深入，學術界已基本上認同為岳飛詞。參王學泰〈岳飛《滿江紅》的真偽問題〉（載《建國以來古代文學問題討論舉要》，齊魯書社一九八七年版，第二三二—二四一頁）。

第八章　陸游等中興四大詩人

陳與義、呂本中去世以後，一批出生於靖康前後的詩人登上詩壇。他們是在烽火連天的時代裡成長起來的，山河破碎的動盪時勢使他們具有完全不同於蘇軾、黃庭堅的創作環境。而且他們自少就感受到詩壇風氣的轉變，所以比陳、呂等前輩更富有獨創精神，最終以全新的藝術風貌取代了江西詩派在詩壇上的主流地位。這些詩人中以陸游、楊萬里、范成大、尤袤四人最爲著名，被稱爲「中興四大詩人」❶。

第一節　陸游的創作道路和詩歌淵源

・終生不渝的愛國情懷　・入蜀前後詩風的變化　・與呂本中、曾幾的師承
・對陶淵明、李白、杜甫、岑參的推尊

陸游（一一二五—一二一〇），字務觀，號放翁，越州山陰（今浙江紹興）人。他出生的第二年適逢靖康之亂，隨其父陸宰離開中原南歸。他幼時常看到父輩「相與言及國事，或裂眥嚼齒，或流涕痛哭，人人自期以殺身翊戴王室」（〈跋傅給事帖〉，《渭南文集》卷三一）。他很早就立下了「上馬擊狂胡，下馬草軍書」（〈觀大散關圖有感〉，《劍南詩稿校注》卷四）的壯志。陸游二十九歲參加進士考試，因名列秦檜的孫子之前而受到秦的嫉恨，複試時被黜落，直到秦檜死後才得入仕。他在後來的仕途中又兩度因力主抗金而被罷職，但愛國情懷終生不渝，時刻盼望著有殺敵報國、收復中原的機會，直到臨終前仍寫絕筆詩〈示兒〉諄諄囑咐兒孫：

> 死去元知萬事空，但悲不見九州同。王師北定中原日，家祭無忘告乃翁！

在南渡之初，正直的士大夫大都懷有抗金復國的理想。然而隨著紹興和議的簽訂❷，南宋小朝廷的投降路線漸占上風，

很多士人漸趨消極。南宋最早在詩歌中高揚愛國主題的呂本中、陳與義等人晚年詩作的題材取向又轉回到書齋生活和山水景物，便是這種態勢在詩壇上的鮮明反映。陸游則與眾不同，即使是在收復中原已毫無希望時，他仍然堅持夙志，大聲疾呼抗敵復國，不愧是南宋愛國詩人最傑出的代表。

陸游的生活經歷可分爲三個時期：一，四十五歲以前，他任鎮江通判等職，後因贊助張浚北伐而罷職家居；二，自四十六歲入蜀從軍至六十五歲被劾罷官；三，六十六歲以後在山陰農村閒居二十年。陸游的詩歌創作過程也可分成與之相應的三個階段，其中第二個階段是陸詩臻於成熟的關鍵時期。陸游晚年回憶說他在「四十從戎駐南鄭」時創作上發生了「詩家三昧忽見前，屈賈在眼元歷歷」（〈九月一日夜讀詩稿有感走筆作歌〉，《劍南詩稿校注》卷二五）的巨大變化。這種變化不是指詩歌題材的轉變，因爲陸游早期的詩歌內容已相當充實，而且憂國念時的主調已經確立，三十七八歲時就已寫下〈聞武均州報已復西州〉、〈送七兄赴揚州帥幕〉等名篇。陸游所說的「詩家三昧」，是指他在地處抗金前線的南鄭受到緊張、豪宕的軍營生活的激發，領悟到應該改變早年專以「藻繪」爲工的詩風，而追求宏肆奔放的風格❸。由於只有這種風格才與陸游建立奇功的宏偉抱負、愛國憂時的熾烈感情、不拘小節的狂放性格最相適應，也只有這種風格才符合陸詩所要反映的時代的脈搏，所以陸游一旦找到這種適合於自己的風格之後，他的創作就產生了質的飛躍。正如清人趙翼所說：「放翁詩之宏肆，自從戎巴蜀，而境界又一變。」（《甌北詩話》卷六）最能體現陸詩雄放風格的七古名篇如〈金錯刀行〉、〈胡無人〉、〈長歌行〉（人生不作安期生）、〈關山月〉、〈秋興〉（成都城中秋夜長）等都作於入蜀從軍以後的十年間，說明陸游詩的主導風格正是在巴山蜀水之間奠定的。正由於這個原因，陸游把自己的詩集題作《劍南詩稿》。

陸游與江西詩派有著深刻的淵源關係。他師事曾幾，又私淑呂本中，對曾、呂二人服膺終生。陸游接受曾、呂的影響首先在於愛國的情操，他少時與曾幾「略無三日不進見，見必聞憂國之言」（〈跋曾文清公奏議稿〉，《渭南文集》卷三〇），而呂本中在表現愛國主義主題方面堪稱是陸游的先驅。陸游在藝術上也受到曾、呂較深的影響，對「活法」說深信不疑，直到七十歲時還對曾幾授予他的「文章切勿參死句」（〈贈應秀才〉，《劍南詩稿校注》卷三一）一語津津樂道。然而陸游雖然從江西詩派的詩歌理論中獲得了增進藝術修養以自成一家的啓示，早年作詩時也曾仿效過黃庭堅、呂本中等江西詩人的風格，可是他的藝術個性和才力卻不是江西詩派所能牢籠的。所以他很快就超越了曾幾、呂本中等師輩的成就，並以明朗瑰麗的語言、奔放磊落的情調而與江西詩風分道揚鑣。

除了借鑑江西詩派以外，陸游還廣泛地學習前代的優秀詩人。在陸游所崇拜的古代詩人中，屈原、杜甫以其愛國憂世之心成爲陸游的異代知音。陸游五十四歲出蜀東歸途中寫下〈楚城〉和〈龍興寺弔少陵先生寓居〉二詩：

江上荒城猿鳥悲，隔江便是屈原祠。一千五百年間事，只有灘聲似舊時！

中原草草失承平，戍火胡塵到兩京。扈蹕老臣身萬里，天寒來此聽江聲。

國家多難，報國無路，共同的遭遇使陸游與屈、杜產生了強烈的共鳴。然而時刻希望殺敵復國的陸游所面對的現實卻是南宋小朝廷偏安於半壁江山的定局，理想與現實的巨大矛盾使陸游格外苦悶，他只有在幻想中才能得到安慰和解脫。於是本質上屬於寫實性質的陸詩卻時常需要借助浪漫幻想的表現方式，而李白那種獨往獨來、鄙視流俗的人生態度和想落天外、變化莫測的藝術構思也就成爲陸游傾心學習的對象。

此外，岑參和陶淵明也受到陸游的重視。在陸游心目中，岑參是僅次於李、杜的唐代大詩人。這顯然是由於岑詩多寫邊塞奇麗風光和軍營的豪壯生活，正與陸游所嚮往的從軍生活情趣相投的緣故❹。當陸游退居山陰農村後，陶淵明恬淡的生活態度和陶詩平淡自然的風格又成爲他仿效的典範❺。轉益多師的態度使陸游從前代詩歌中汲取了豐富的營養，也使陸詩的題材和風格形成了多樣化的格局。

第二節　陸游詩歌的特點與成就

・抗敵復國主題　・閒情逸趣　・愛情詩　・平易曉暢中的恢宏雄放之氣　・七言詩的高度成就

陸游一生勤奮創作，流傳至今的詩就有九千四百多首。詩歌的內容也極爲豐富，幾乎涵蓋了當時社會生活的各個方面，其中最重要的是愛國主題和日常生活情景的吟詠，正如《唐宋詩醇》卷四二所說：「其感激悲憤、忠君愛國之誠，一寓於詩，酒酣耳熱，跌宕淋漓。至於漁舟樵徑，茶碗爐熏，或雨或晴，一草一木，莫不著爲歌詠，以寄其意。」

民族矛盾始終是南宋社會最受人關注的熱點問題。宋帝國的半壁河山已經淪於異族的統治之下，而且金兵繼續南侵的威脅也始終存在。是發憤圖強待機北伐以恢復中原，還是靦顏事敵以苟安於東南一隅？這直接關係到宋帝國的生死存亡，也關係到全民族的命運和尊嚴。陸游作爲時代的歌手，理所當然要把抗敵復國作爲最重要的主題。他寫出了淪陷區人民對故國之師的期待：「三萬里河東入海，五千仞嶽上摩天。遺民淚盡胡塵裡，南望王師又一年！」（〈秋夜將曉出籬門迎涼有感〉，《劍南詩稿校注》卷二五）也寫出了南宋軍民不甘屈服的氣概：「楚雖三戶能亡秦，豈有堂堂中國空無人！」（〈金錯刀行〉，《劍南詩稿校注》卷四）既然南北兩地的人民都盼望著收復中原，又是什麼原因使這種期望長久不能實現？陸游憤怒地指出，原因就是統治者但謀一己私利而置國家利益於不顧：「諸公可歎善謀身，誤國當時豈一秦？不望夷吾出江左，新亭對泣亦無人！」（〈追感往事〉之五，《劍南詩稿校注》卷四五）陸游的深哀巨痛集中體現在〈關山月〉中：

> 和戎詔下十五年，將軍不戰空臨邊。朱門沉沉按歌舞，廄馬肥死弓斷弦。戍樓刁斗催落月，三十從軍今白髮。笛裡誰知壯士心，沙頭空照征人骨。中原干戈古亦聞，豈有逆胡傳子孫？遺民忍死望恢復，幾處今宵垂淚痕！

詩中假託一位老戰士之口，痛責統治者以一紙和議拋棄半壁江山、苟且偷生貪圖享樂的無恥行徑，傾訴了愛國將士和淪陷區人民的滿腔悲憤。這正是南宋中葉沉悶的社會現實的真實寫照。當然，陸詩中更多的是自抒報國壯志和憂國深思的作品，如〈書憤〉：

> 早歲那知世事艱，中原北望氣如山。樓船夜雪瓜洲渡，鐵馬秋風大散關。塞上長城空自許，鏡中衰鬢已先斑。〈出師〉一表真名世，千載誰堪伯仲間？

一心報國的英雄卻壯志難酬，空度歲月，詩人個人的遭遇也是民族命運的縮影。

愛國的主題在中國古代詩歌中源遠流長，每當國家面臨危亡時這種主題總會在詩壇上大放異彩。陸游繼承了這種傳統，並把它高揚到前無古人的高度。愛國主題不但貫穿了他長達六十年的創作歷程，而且融入了他的整個生命，成爲陸詩的菁華和靈魂。清末梁啓超說：「詩界千年靡靡風，兵魂銷盡國魂空。集中十九從軍樂，亙古男兒一放翁！」（〈讀陸放翁集〉之二，《飲冰室文集》卷四五）如從數量來看，陸詩中愛國主題的作品不足十分之三，但這些詩代表著陸詩的主要思想傾向。

陸游熱愛生活，善於從各種生活情景中發現詩材。無論是高山大川還是草木蟲魚，無論是農村的平凡生活還是書齋的閒情逸趣，他都有細緻入微的描繪，如〈遊山西村〉和〈臨安春雨初霽〉：

莫笑農家臘酒渾，豐年留客足雞豚。山重水複疑無路，柳暗花明又一村。簫鼓追隨春社近，衣冠簡樸古風存。從今若許閒乘月，拄杖無時夜叩門。

世味年來薄似紗，誰令騎馬客京華？小樓一夜聽春雨，深巷明朝賣杏花。矮紙斜行閒作草，晴窗細乳戲分茶。素衣莫起風塵歎，猶及清明可到家。

前一首讚美寧靜的村景和淳樸的民風，後一首抒寫對京華紅塵的厭倦，而對江南春雨和書齋閒適生活的描寫卻優美動人。這反映出時時夢見鐵馬冰河的志士陸游，也同樣熱愛和平的日常生活。

陸游年輕時經歷過一段不幸的愛情生活。他的前妻唐氏不得翁姑的喜歡，兩人被迫離婚，不久唐氏抑鬱而死。在以後的五十年間，陸游一直把悲痛深藏心底，偶爾也形諸篇詠。如〈沈園〉二首：

城上斜陽畫角哀，沈園非復舊池臺。傷心橋下春波綠，曾是驚鴻照影來。

夢斷香消四十年，沈園柳老不吹綿。此身行作稽山土，猶弔遺蹤一泫然。

陸游七十五歲時重遊舊地，觸景生情，無法壓抑心中的哀痛，遂寫下這兩首「絕等傷心之詩」❻。陸游的愛情詩雖然數量很少，卻是古代愛情詩中不可多得的精品，在愛情主題已基本上從詩歌轉移到詞中的宋代，它們尤其值得重視。

陸游性格豪放，胸懷壯志，在詩歌風格上追求雄渾豪健而鄙棄纖巧細弱。五十三歲時寫的〈白鶴館夜坐〉說：「袖手哦新詩，清寒愧雄渾。屈宋死千載，誰能起九原？中間李與杜，獨招湘水魂。自此競摹寫，幾人望其藩？蘭苕看翡翠，煙雨啼青猿。豈知雲海中，九萬擊鵬鯤。」（《劍南詩稿校注》卷八）此時陸游正處於詩風成熟的關鍵時刻。他不滿「翡翠蘭苕」般的纖巧，而讚美屈宋賦和李杜詩的「雄渾」。正是在這種風格論的指導下，陸游形成了氣勢奔放、境界壯闊的詩風。

陸游熱情奔放，神采飛揚，把在現實生活中無法實現的壯志豪情都傾瀉在詩中，常常憑藉幻境、夢境來一吐胸中的壯懷英氣❼。他在夢中親臨前線，斬將奪關，盡復漢唐故地。甚至在老病僵臥之時，尚有「夜闌臥聽風吹雨，鐵馬冰河入夢來」（〈十一月四日風雨大作〉，《劍南詩稿校注》卷二六）的奇情壯思。豐富多彩的紀夢詩，構成了陸詩飄逸奔放的特點，而神似李白❽。然而嚴酷的現實環境畢竟給詩人心靈壓上了無法擺脫的重負，夢中的幻境終究是要消逝的，「破驛夢回燈欲死，打窗風雨正三更」（〈三月十七日夜醉中作〉，《劍南詩稿校注》卷三）；「酒醒客散獨凄然，枕上屢揮憂國淚」（〈送范舍人還朝〉，《劍南詩稿校注》卷八）等詩句，就表現出詩人的眞實心態。所以陸游的詩風又有近於杜甫的沉鬱悲涼的一面。兼熔李白的飄逸奔放與杜甫的沉鬱頓挫於一爐，構成了陸游的獨特詩風。但陸詩又不像李、杜詩那樣雄奇莫測，陸詩的語言平易曉暢，章法整飭謹嚴，即使是七言古體也不例外。如〈長歌行〉：

> 人生不作安期生，醉入東海騎長鯨。猶當出作李西平，手梟逆賊清舊京。金印煌煌未入手，白髮種種來無情。成都古寺臥秋晚，落日偏傍僧窗明。豈其馬上破賊手，哦詩長作寒螿鳴？興來買盡市橋酒，大車磊落堆長瓶。豪竹哀絲助劇飲，如巨野受黃河傾。平時一滴不入口，意氣頓使千人驚。國仇未報壯士老，匣中寶劍夜有聲。何當凱旋宴將士，三更雪壓飛狐城。

句法清壯頓挫，結構波瀾迭起，恢宏雄放的氣勢寓於明朗曉暢的語言和整飭的句式之中，典型地體現出陸詩的個性風格，故被後人推爲陸詩的壓卷之作。趙翼評陸詩是「看似奔放實則謹嚴」（《甌北詩話》卷六），正是指此而言。

陸游擅長的詩體是七言詩，他的七古、七律和七絕的成就都很高。其中的七律尤以對仗工整而著稱，劉克莊甚至說「古人好對偶被放翁用盡」（《後村詩話》前集）。陸詩的對仗常常能做到工整而不落纖巧，新奇而不致雕琢，同樣體現出平易近人的傾向，如「一身報國有萬死，雙鬢向人無再青」（〈夜泊水村〉，《劍南詩稿校注》卷一四）、「戲招西塞山前月，來聽東林寺裡鐘」（〈六月十四日宿東林寺〉，《劍南詩稿校注》卷一〇），「全家穩下黃牛峽，半醉來尋白鷺洲」（〈登賞心亭〉，《劍南詩稿校注》卷一〇）。這就與他深爲不滿的晚唐詩風拉開了距離，而與蘇、黃以來的宋詩的傾向一脈相承。

陸游的七絕筆致流轉，情韻深永，〈劍門道中遇微雨〉是其代表作：

衣上征塵雜酒痕，遠遊無處不消魂。此身合是詩人未？細雨騎驢入劍門。

悲憤的情緒出之以清麗流轉的字句，情致深婉，頗有向唐人絕句意境回歸的跡象。

陸游詩也有比較嚴重的缺點，有些詩流於淺近滑易，字句和詩意重複出現的現象也很常見❾。這些缺點主要發生在他最後二十年的作品中，原因是他閒居無事而作詩很多，而又未經整理刪汰❿。

第三節　陸游的影響

・陸游在南宋詩壇的地位　・陸游對後代詩人的影響

陸游在南宋詩壇上占有非常重要的地位。南宋初年，雖然局勢危急，但士氣尙盛，詩壇風氣頗爲振作。但隨著南宋小朝廷偏安局面的形成，士大夫漸趨消極，詩壇風氣變得萎靡不振，吟風弄月的題材走向和瑣細卑弱的風格傾向日益明顯。陸游對這種情形痛心疾首，有詩說：「爾來士氣日靡靡，文章光焰伏不起。」（〈謝張時可通判贈詩編〉，《劍南詩稿校注》卷一三）陸游高舉起前代屈、賈、李、杜和本朝歐、蘇及南渡諸公（呂本中、曾幾等）的旗幟與之對抗，以高揚愛國主題的黃鐘、大呂承擔起振作詩風的歷史使命，並對南宋後期詩歌產生了積極的影響。江湖詩派中的戴復古和劉克莊都師承陸游，戴曾登門受教，劉則爲私淑弟子，他們在主題傾向和藝術風格上都受到陸游的深刻啓迪。到了宋末，國破家亡的時代背景更使陸游的愛國精神深入人心，林景熙在宋亡之後作〈書陸放翁詩卷後〉，對陸游繼承杜甫的傳統予以高度評價：「天寶詩人詩有史，杜鵑再拜淚如水。龜堂一老旗鼓雄，勁氣往往摩其壘。」並沉痛地追悼陸游：「來孫卻見九州同，家祭如何告乃翁！」（《霽山集》卷三）

陸游的愛國詩歌在後代也有深遠的影響。特別是清末以來，每當國勢傾危時，陸詩往往成爲鼓舞人民反抗外來侵略者的精神力量。

陸游寫山水景物和書齋生活的詩篇，因描寫細膩生動、語言清新優美，也頗受明、清詩人的喜愛。明末袁宗道曾稱讚陸詩「模寫事情俱透脫，品題花鳥亦清奇」（〈偶得放翁集快讀數日誌喜因效其語〉，《白蘇齋詩集》卷五）。陸詩中對仗工麗的聯句常被用作書齋或亭臺的楹聯⓫，也說明陸游的這一類詩篇在後代擁有廣大的讀者。

第四節 楊萬里和范成大

・誠齋體的藝術特徵　・范成大的使金詩和田園詩

楊萬里（一一二七—一二〇六）少習理學⑫，講究品節，關心國事，憂國之念也時常流露在詩歌中，如〈初入淮河四絕句〉的其一、其四：

船離洪澤岸頭沙，人到淮河意不佳。何必桑乾方是遠，中流以北即天涯。

中原父老莫空談，逢著王人訴不堪。卻是歸鴻不能語，一年一度到江南。

南宋與金以淮河爲界，原爲宋帝國內河的淮河如今成了天涯，詩人對此感到深深的悲憤。這兩首詩分別從淮河兩岸著眼，訴說了人民希望統一的心聲。詩風沉鬱，感人至深。

與陸游不同，楊萬里主要的詩興是在自然風物和日常生活的情趣上面。楊萬里是位理學家，《宋史》把他列入《儒林傳》，但理學思想並沒有窒息他活潑的思緒和透脫的胸懷，卻增進了他對平凡事物中蘊涵的哲理的思考，這使他的詩既有濃郁的生活氣息，又富於理趣，例如〈過松源晨炊漆公店〉和〈宿靈鷲禪寺〉：

莫言下嶺便無難，賺得行人錯喜歡。正入萬山圈子裡，一山放出一山攔。

初疑夜雨忽朝晴，乃是山泉終夜鳴。流到溪前無半語，在山做得許多聲。

所詠的都是十分平常的景物或人生經歷，但讀來卻給人以新鮮感。這固然是由於語言的活潑和聯想的豐富，但更重要的是詩人對自然和人生有著獨特的感受。

楊萬里的詩風發生過多次變化。他早年學詩是從江西詩派入手，後來改而學習王安石和晚唐詩人的絕句，最後終於領悟到應該擺脫前人的藩籬而自成一家，並形成了獨具面目的誠齋體⓭。誠齋體的風格特徵是活潑自然，饒有諧趣，例如〈曉行望雲山〉和〈小池〉：

霽天欲曉未明間，滿目奇峰總可觀。卻有一峰忽然長，方知不動是真山。

泉眼無聲惜細流，樹陰照水愛晴柔。小荷才露尖尖角，早有蜻蜓立上頭。

詩人敏銳地從平常的事物中捕捉到富有情趣的瞬間，並用淺近自然的語言把他的所見所感表現出來。形成誠齋體的要素之一是詩人把自己的主觀情感最大程度地投射在客觀事物上，他筆下的草木蟲魚乃至山水風雲無不具有知覺和情感，無不充滿生機和靈性，例如「萬山不許一溪奔，攔得溪聲日夜喧」（〈桂源鋪〉，《誠齋集》卷一五），「最是楊花欺客子，向人一一作西飛」（〈都下無憂館小樓春盡旅懷〉，《誠齋集》卷四），描寫對象的盎然生機自然會給詩歌帶來活潑的風格。要素之二是楊萬里作詩想像奇特，但不用奇奧生僻的字句或夭矯奇崛的結構，卻用淺近明白的語言和流暢直致的章法，近於口語。他在月下飲酒時產生的奇思妙想是：「老夫渴急月更急，酒落杯中月先入。……舉杯將月一口吞，舉頭見月猶在天。老夫大笑問客道：月是一團還兩團？」（〈重九後二日同徐克章登萬花川谷月下傳觴〉，《誠齋集》卷三六）他筆下的大風江浪是：「北風五日吹江練，江底吹翻作江面。……再吹兩日江必竭，卻將海水來相接。」（〈池口移舟入江再泊十里頭潘家灣阻風不至〉，《誠齋集》卷三三）顯然，楊萬里的詩風與北宋王、蘇、黃等人多用典故成語、多寫人文意象的詩風大異其趣，而與呂本中、曾幾的後期詩風則有傳承關係，但其活潑的程度又青出於藍而勝於藍，所以具有很大的獨創性。

楊萬里晚年自稱作詩的狀態是「瀏瀏焉無復前日之軋軋矣」（《誠齋荊溪集．序》，《誠齋集》卷八〇），即無拘無束，信手拈來，這是一種進入了自由王國的成熟境界，楊詩因此而成爲宋詩中很有特色的一家。但由此也產生了粗率滑易、淺俗無味的缺點，有部分作品不耐咀嚼⓮。這是楊萬里刻意追求風格的獨特性所付出的代價。

范成大（一一二六—一一九三）曾長年在各地任地方官⓯，周知四方風土人情，詩中反映的生活面比較廣闊。例如他描寫民生疾苦的詩，繼承了唐代杜甫及元、白、張、王新題樂府的傳統，且以寫法新穎生動而別具一格，像〈後催租行〉中藉老農之口所說的「去年衣盡到家口，大女臨歧兩分手。今年次女已行媒，亦復驅將換升斗。室中更有第三女，明年不怕催租苦！」（《范石湖集》卷五）語氣冷峻，但批判現實的力度並不亞於白居易詩的大聲疾呼。

范成大詩中價值最高的是使金紀行詩和田園詩。

宋孝宗乾道六年（一一七〇），范成大奉命使金，以謀廢除有損國格的跪拜受書禮。此行雖未達到目的，但他不顧生命危險，節義凜然，受到朝野的一致讚揚。在這次出使過程中，范成大寫了一組七言絕句⑯，把自己在淪陷區的見聞感觸一一紀之於詩，主要內容是描寫淪陷區山河破碎的景象，中原人民遭受蹂躪、盼望光復的情形，憑弔古代愛國志士的遺跡以表示自己誓死報國的決心。例如：

狐塚獾蹊滿路衢，行人猶作御園呼。連昌尚有花臨砌，腸斷宜春寸草無！（〈宜春苑〉）

州橋南北是天街，父老年年等駕回。忍淚失聲詢使者，幾時真有六軍來？（〈州橋〉）

玉節經行虜障深，馬頭灑酒奠疏林。茲行璧重身如葉，天日應臨慕藺心。（〈藺相如墓〉）

南宋詩人描寫中原的詩大都是出於想像，范成大卻親臨其境，所以感觸格外深刻，描寫格外眞切，在當時的愛國主題詩歌中獨樹一幟。

范成大退隱石湖的十年中，寫了許多田園詩，其中以〈四時田園雜興〉最爲著名。這組詩共六十首七言絕句，每十二首爲一組，分詠春日、晚春、夏日、秋日和冬日的田園生活。在古代詩歌史上，田園詩大都是士大夫自抒隱逸情趣的抒情詩，如王維、孟浩然詩中的田園風光都是作爲詩人靜謐心境的外化而出現的。除了少數陶詩以外，古代田園詩中對田園生活最重要的內容——農事反而忽略不顧，偶爾出現的樵夫、農人也往往被賦予隱士的性格。至於農村生活的主人公農民的勞作生活及其種種疾苦，唐代詩人如元稹、張籍等往往把此類內容寫進〈農家詞〉、〈田家詞〉一類樂府詩中。這些詩中沒有田園風光的描寫，在習慣上也不被看作田園詩。范成大創造性地把上述兩個傳統合爲一體，全面、眞切地描寫了農村生活的各種細節。例如〈四時田園雜興〉的第十五、三十、三十五、四十四諸首：

蝴蝶雙雙入菜花，日長無客到田家。雞飛過籬犬吠竇，知有行商來買茶。

晝出耘田夜績麻，村莊兒女各當家。童孫未解供耕織，也傍桑陰學種瓜。

採菱辛苦廢犁鋤，血指流丹鬼質枯。無力買田聊種水，近來湖面亦收租。

新築場泥鏡面平，家家打稻趁霜晴。笑歌聲裡輕雷動，一夜連枷響到明。

桑麻菽麥之景，耕耘紡織之事，生計艱難的酸辛，豐年收穫的歡樂，這一切才是田園生活的眞實內容，詩歌的主人公也已由隱士轉變爲農人。范成大成功地實現了對傳統題材的改造，使田園詩成爲名副其實的反映農村生活之詩。

范成大詩的語言自然清新，風格溫潤委婉，只有少數作品風格峭拔。范成大詩的藝術成就很高，然而其詩風的個性不夠鮮明。

尤袤（一一二七—一一九四）在當時也是著名的詩人⑰，但他未能自成一家，作品大都已經散佚。從殘存的五十多首詩來看，其詩風細潤圓轉，比較接近於范成大。

注釋

❶最初與陸游等人齊名的詩人還有蕭德藻（號千岩），但他去世較早。宋末方回說：「宋中興以來……言詩必曰尤、楊、范、陸，其先或曰尤、蕭，然千岩早世不顯，詩刻留湘中，傳者少。尤、楊、范、陸特擅名天下。」（〈跋遂初尤先生尚書詩〉，《桐江集》卷一）

❷宋高宗紹興十一年（一一四一），以高宗趙構與宰相秦檜為首的主和派不顧當時宋軍抗金戰爭的有利形勢，與金國達成和議，向金稱臣，劃定淮河與大散關為宋、金邊界，史稱「紹興和議」。詳見《宋史紀事本末》卷七二〈秦檜主和〉。

❸陸游在〈示子遹〉詩中也自述過詩風變化的過程：「我初學詩日，但欲工藻繪。中年始稍悟，漸欲窺宏大。」（《劍南詩稿校注》卷七八）參看莫礪鋒〈陸游詩家三昧辨〉，《南京大學學報》一九九二年第一期。按：陸游的生平事蹟，可參看於北山《陸游年譜》，上海古籍出版社二〇〇六年版。

❹陸游少時即喜讀岑參詩，當他於宋孝宗乾道九年（一一七三）攝知嘉州事時，曾搜集岑參遺詩刻之，並作〈跋岑嘉州詩集〉曰：「予自少時，絕好岑嘉州詩……嘗以為太白、子美之後，一人而已。」（《渭南文集》卷二六）又作〈夜讀岑嘉州詩集〉云：「公詩信豪偉，筆力追李杜。常想從軍時，氣無玉關路。……誦公天山篇，流涕思一遇。」（《劍南詩稿校注》卷一）

❺陸游少時即喜讀陶淵明詩，他後來回憶說：「吾年十三四時，侍先少傅居城南小隱。偶見藤架上有淵明詩，因取讀之，欣然會心。日且暮，家人呼食，讀詩方樂，至夜，卒不就食。」（〈跋淵明集〉，《渭南文集》卷二八）但他在創作中大量地學陶、和陶，則是在晚年居山陰農村時。參看【韓國】李致洙《陸游詩研究》第二章〈陸游詩的淵源〉第五節〈陶潛〉，臺北文史哲出版社一九九一年版，第三五—三八頁。

❻近人陳衍評此詩說：「無此絕等傷心之事，亦無此絕等傷心之詩。就百年論，誰願有此事？就千秋論，不可無此詩！」（《宋詩精華錄》卷三）

❼陸游寫夢的作品特別多。趙翼《甌北詩話》卷六說陸集中有紀夢詩九十九首，然據今人統計，《劍南詩稿》中寫夢的詩多達一百五十七首，其中為數最多的是夢及赴邊殺敵、收復中原的詩。詳見李致洙《陸游詩研究》，文史哲出版社一九九一年版第一七四—一九一頁；邱鳴皋《陸游評傳》，南京大學出版社二〇〇二年版，第三八八—四一九頁。

❽陸游在當時有「小太白」之稱。明毛晉《劍南詩稿跋》說：「孝宗一日御華文閣，問周益公（必大）曰：『今代詩人，亦有如唐李太白者乎？』益公以放翁對。由是人竟呼為小太白。」（汲古閣刻本《陸放翁全集》）

❾據錢仲聯《劍南詩稿校注》（上海古籍出版社一九八五年版）附錄〈篇名索引〉統計，陸詩中詩題重複達四十次以上的就有五例：〈雜興〉六十八首，〈雜感〉六十一首，〈秋思〉五十五首，〈秋興〉四十六首，〈幽居〉四十首。其他如〈春日〉、〈夏日〉之類的詩題也都反覆出現。

❿《劍南詩稿》前二十卷是陸游自己編定的，經過嚴格的刪汰，而自卷二十一以下，即作於陸游六十三歲以後的詩，是由其子隨時記錄，後結集刊行，沒有經過陸游的整理。

⓫錢鍾書指出：清汪唐年《莊諧選錄》卷六〈聯語〉條引有陸游詩句「重簾不捲留香久，古硯微凹聚墨多」，又李慈銘《越縵堂日記》同治八年十二月初六日摘陸游句，且稱：「此等數百十聯皆宜於楹帖。」見《宋詩選注》，人民文學出版社一九八二年版，第一九五頁。

⓬楊萬里，字廷秀，號誠齋，吉州吉水（今江西吉水）人。宋高宗紹興二十四年（一一五四）進士，宋孝宗時歷仕國子博士、

太常博士、禮部右侍郎等，後出知漳州、常州。宋光宗初召為祕書監。晚年家居十五年不出，因不滿韓侂胄專權，憂憤成疾而卒。平生作詩達萬首，今存四千二百餘首。詩見《誠齋集》。其生平事蹟見《宋史》卷四三三本傳；于北山《楊萬里年譜》，上海古籍出版社二〇〇六年版。

⓭ 楊萬里在《誠齋荊溪集・序》中自述：「予之詩，始學江西諸君子，既又學後山五字律，既又學半山老人七字絕句，晚乃學絕句於唐人。學之愈力，得之愈寡。」、「戊戌（一一七八）三朝時節，賜告，少公事。是日即作詩，忽若有悟。於是辭謝唐人及王、陳、江西諸君子，皆不敢學，而後欣如也。」（《誠齋集》卷八〇）關於「誠齋體」藝術上的特點及得失，可參看胡明〈楊萬里散論〉，《文學評論》一九八六年第六期；王兆鵬〈建構靈性的自然——楊萬里「誠齋體」別解〉，《文學遺產》一九九二年第六期；莫礪鋒〈論楊萬里詩風的轉變過程〉，《求索》二〇〇一年第四期。

⓮ 清初呂留良等《宋詩鈔・誠齋詩鈔》卷首說：「見者無不大笑，嗚呼，不笑不足以為誠齋之詩。」這個評價是褒貶參半的，因為楊萬里詩的活潑風趣確是優點之一，但有時過於追求諧趣，未免流於滑稽而缺乏深情遠韻。

⓯ 范成大，字致能，號石湖居士，平江崑山（今江蘇崑山）人。宋高宗紹興二十四年（一一五四）進士，歷任禮部員外郎等職。宋孝宗乾道六年（一一七〇）使金，不辱使命。升任中書舍人。後出任廣西經略安撫使、四川制置使。歸朝後仕至參知政事。晚年退居蘇州石湖十年。著有《石湖居士詩集》，存詩一千九百餘首。其生平事蹟，見《宋史》卷三八六本傳；于北山《范成大年譜》，上海古籍出版社二〇〇六年版。

⓰《范石湖集》卷一二，從〈渡淮〉始，到〈會同館〉畢，共七十二首七言絕句。這組詩當時曾經單刻，名《北征集》。

⓱ 尤袤，字延之，無錫（今屬江蘇）人。宋高宗紹興十八年（一一四八）進士。仕至禮部尚書。《宋史》卷三八九有傳。尤袤的詩文大都亡佚，今存後人所輯《梁溪遺稿》。

第九章　辛棄疾和南宋中期詞人的拓展

十二世紀下半葉（一一六三—一二〇六），詞壇上大家輩出，名作紛呈。以辛棄疾、陸游、張孝祥、陳亮、劉過和姜夔等詞壇主將爲代表的「中興」詞人群把詞的創作推到高峰。辛棄疾詞的內容博大精深，風格雄深雅健，確立並發展了蘇軾所開創的「豪放」一派❶，而與蘇軾並稱爲「蘇辛」。辛派詞人將詞體的表現功能發揮到了最大限度，詞不僅可以抒情言志，而且可以同詩文一樣議論說理。從此，詞作與社會現實生活、詞人的命運和人格更緊密相連，詞人的藝術個性日益鮮明突出。詞的創作手法不僅是借鑑詩歌的藝術經驗，「以詩爲詞」，而且吸取散文的創作手段，「以文爲詞」；詞的語言在保持自身特有的音樂節奏感的前提下，也大量融入了詩文中的語彙。雖然詞的詩化和散文化有時不免損害了詞的美感特質，但詞人以一種開放性的創作態勢容納一切可以容納的內容，利用一切可以利用的創作手段和蘊藏在生活中、歷史中的語言，空前地解放了詞體，增強了詞作的藝術表現力，最終確立了詞體與五七言詩歌分庭抗禮的文學地位❷。

此期詞壇並非辛派獨霸天下，姜夔和史達祖、高觀國、盧祖皋、張輯等人，另成一派，從而形成雙峰對峙的局面。

第一節　辛棄疾的創作道路

・英雄的才情將略與「歸正人」的苦悶怨憤　・「剛拙自信」的氣質個性和「三仕三已」的人生經歷

・抒寫人生行藏的創作主張和追求雄豪壯大的審美理想

辛棄疾（一一四〇—一二〇七）❸，字幼安，號稼軒，山東歷城（今山東濟南）人。他原是智勇雙全的英雄，也天生一副英雄相貌：膚碩體胖，紅頰青眼，目光有棱，精神壯健如虎。因生長於金人占領區，自幼就決心爲民族復仇雪恥、收復失地。高宗紹興三十一年（一一六一），濟南人耿京聚眾數十萬反抗金朝的暴虐統治，時年二十二歲的辛棄疾，也趁機揭竿而起，拉起兩千人的隊伍投奔耿京部下，爲掌書記，並勸耿京率部投奔南宋。次年正月，受耿京的委派，辛棄疾等人赴建康（今江蘇南京）面見宋高宗稟報南歸事宜。在完成使命返回山東途中，辛棄疾獲知耿京被降金的叛徒張安國殺害，便立即率領五十名騎兵，直奔有五萬之眾的金兵營地，將張安國生擒綁縛於馬上，疾馳送到建康處死。這一壯舉充分表現出辛棄疾非凡的膽略勇氣。

辛棄疾深謀遠慮，智略超群。二十六歲時向孝宗上奏《美芹十論》，三十一歲進獻《九議》，從審勢、察情、觀釁、自治、守淮、屯田、致勇、防微、久任、詳戰等方面，陳述任人用兵之道，謀畫復國中興的大計，切實詳明。三十三歲時即預言金朝「六十年必亡，虜亡則中國之憂方大」（周密《浩然齋意抄》），也體現出辛棄疾的遠見卓識。他還具有隨機應變的實幹才能，四十一歲在湖南創建雄鎮一方的飛虎軍，雖困難重重，但事皆立辦，時人比之為「隆中諸葛」（劉宰〈賀辛待制棄疾知鎮江〉）。

平生以氣節自負、以功業自詡的辛棄疾，南歸後本來希望盡展其雄才將略，揮擁萬夫，橫戈殺敵，以「了卻君王天下事，贏得生前身後名」（〈破陣子〉）。然而，自隆興元年（一一六三）符離之役失敗後，南宋王朝一戰喪膽，甘心向金朝俯首稱臣，納貢求和，使得英雄志士請纓無路，報國無門。而身為「歸正人」的辛棄疾[4]，更受到歧視而不被信任。他二十三歲南歸之初，只被任命為小小的江陰僉判，六年後官職雖逐步升遷，但都是在地方任職，而且每任時間都不長，從二十九歲到四十二歲，十三年間調換十四任官職，使他無法在職任上有大的建樹和作為[5]。

辛棄疾積極進取的精神、抗戰復國的政治主張本來就與當時只求苟安的政治環境相衝突；而他「昂昂千里，泛泛不作水中鳧」（〈水調歌頭〉）的傲岸不屈、剛正獨立的個性更使他常常遭人嫉恨讒害和排擠，因此他一生「三仕三已」（〈哨遍〉）。四十二歲的壯年，即被彈劾罷職，閒居江西上饒帶湖十年；五十二歲起復為福建提刑，三年後又被人誣陷落職。再度賦閒八年後，朝廷準備北伐，辛棄疾懷著建功立業的希望再度出山，可並未得到重用，兩年後帶著「誰念英雄老矣，不道功名蕞爾，決策尚悠悠」（〈水調歌頭〉）的絕望心情，六十六歲的老英雄又回到鉛山故居，六十八歲時含恨而逝。

辛棄疾既有詞人的氣質，又有軍人的豪情，他的人生理想本來是做統兵將領，在戰場上博取功名，「把詩書馬上，笑驅鋒鏑」（〈滿江紅〉）。但由於歷史的錯位，「雕弓掛壁無用」，「長劍鋏，欲生苔」（〈水調歌頭〉），只得「筆作劍鋒長」（〈水調歌頭‧席上為葉仲洽賦〉），轉而在詞壇上開疆拓土，將本該用以建樹「弓刀事業」（〈破陣子〉）的雄才來建立詞史上的豐碑。

辛棄疾寫詞，有著自覺而明確的創作主張，即弘揚蘇軾的傳統，把詞當作抒懷言志的「陶寫之具」[6]，用詞來表現自我的行藏出處和精神世界。他在〈鷓鴣天〉詞中明確宣稱：「人無同處面如心。不妨舊事從頭記，要寫行藏入笑林。」他也實現了自我的創作主張，空前絕後地把自我一生的人生經歷、生命體驗和精神個性完整地表現在詞作中。與虎嘯風生、豪氣縱橫的英雄氣質相適應，辛棄疾崇尚、追求雄豪壯大之美，「有心雄泰華，無意巧玲瓏」（〈臨江仙〉），即生動形象地表達出他的審美理想。情懷的雄豪激烈，意象的雄奇飛動，境界的雄偉壯闊，語言的雄健剛勁，構成了稼軒詞獨特的藝術個性和主導風格。

第二節　辛詞的藝術世界

・獨一無二的英雄形象　・豐富複雜的心靈世界　・多姿多采的鄉村圖景

唐五代以來，詞世界裡先後出現了三種主要類型的抒情主人公，即唐五代時的紅粉佳人、北宋時的失意文士和南渡初年的苦悶志士❼。辛棄疾橫刀躍馬登上詞壇，又拓展出一類虎嘯風生、氣勢豪邁的英雄形象。

辛棄疾平生以英雄自詡，渴望成就英雄的偉業，成爲曹操、劉備那樣的英雄：「英雄事，曹劉敵。」（〈滿江紅・江行簡楊濟翁周顯先〉）「天下英雄誰敵手，曹劉。生子當如孫仲謀。」（〈南鄉子〉）在唐宋詞史上，沒有誰像辛棄疾這樣鍾情、崇拜英雄，抒寫出英雄的精神個性。蘇東坡也曾嚮往「雄姿英發」的「周郎」，但他在赤壁緬懷英雄時，想到的是「多情應笑我，早生華髮」，那是文士常有的傷感；而辛棄疾憑弔赤壁時，是「半夜一聲長嘯，悲天地，爲予窄」（〈霜天曉角・赤壁〉），則顯露出英雄壯士的本色。同一環境的不同情緒體驗，反映出主體不同的氣質。

英雄的歷史使命，是爲民族的事業而奮鬥終生。辛棄疾的使命感異常強烈而執著：「道男兒、到死心如鐵。看試手，補天裂。」（〈賀新郎・同父見和再用前韻〉）「看依然、舌在齒牙牢，心如鐵。」、「待十分做了，詩書勳業。」（〈滿江紅〉）即使是仕途失意，落魄閒居，也難忘他的歷史使命，時刻思念著故國江山。雖華髮蒼顏，但壯心不已：

> 繞床飢鼠。蝙蝠翻燈舞。屋上松風吹急雨。破紙窗間自語。　平生塞北江南。歸來華髮蒼顏。布被秋宵夢覺，眼前萬里江山。（〈清平樂・獨宿博山王氏庵〉）

作爲英雄壯士，辛棄疾的心態，既不同於晏、歐諸人的從容平和，蘇軾的超然曠達，秦、周等人的悲戚哀怨，也不同於南渡志士悲憤漸平之後的失望消沉，而常常是豪情激揚：「橫空直把，曹吞劉攫。」（〈賀新郎・韓仲止判院山中見訪席上用前韻〉）「氣吞萬里如虎。」（〈永遇樂・京口北固亭懷古〉）長期的壓抑苦悶，又使他怒氣騰湧：「狂歌擊碎村醪盞，欲舞還憐襟袖短。」（〈玉樓春〉）「說劍論詩餘事，醉舞狂歌欲倒，老子頗堪哀。」（〈水調歌頭〉）「酒兵昨夜壓愁城。太狂生，轉關情。寫盡胸中、磊未全平。」（〈江神子・和人韻〉）激烈難平的怨憤，高度深沉的壓抑，飛動跳蕩的生命激情，構成了辛棄疾獨特的生命情懷。

辛詞有意「要寫行藏入笑林」，注重從人物的行爲活動中展現抒情人物的心態情感和個性形象。因此其詞中的抒情人物形象不僅豐滿鮮活，富有立體感，而且具有變異性、階段性特徵。

少年的辛棄疾，是沙場點兵的將帥，執戈橫槊的英雄，氣勢豪邁，虎嘯風生：「少年橫槊，氣憑陵，酒聖詩豪餘事。」（〈念奴嬌〉）「壯歲旌旗擁萬夫，錦襜突騎渡江初。」（〈鷓鴣天〉）進入中年後，經歷了人世的危機和宦海浮沉，他已無法點兵沙場，只能在落日樓頭，摩挲撫劍，面對友人，彈鋏悲歌：「腰間劍，聊彈鋏。」（〈滿江紅〉）當年叱吒風雲的少年將帥變成了「和淚看旌旗」（〈定風波〉）、「試彈幽憤淚空垂」（〈鷓鴣天〉）的失路英雄。被迫退隱以後，又變爲手不離杯的醉翁、抱甕灌園的村叟。到了暮年晚景，辛棄疾已是「頭白齒牙缺」（〈水調歌頭〉）、「不知筋力衰多少，但覺新來懶上樓」（〈鷓鴣天〉）的衰翁。雖然他仍執著於功名事業，但已逐漸失去了往日的狂傲與樂觀，而常常陷入失望之中：「功名妙手，壯也不如人，今老矣，尚何堪。」（〈驀山溪〉）稼軒詞所展示的自我形象，是唐宋詞史上獨一無二的個性鮮明豐滿的英雄形象。

辛棄疾對詞的心靈世界也有深廣的拓展。南渡詞人的情感世界已由個體的人生苦悶延伸向民族社會的憂患，辛棄疾繼承並弘揚了這一創作精神，表現出更深廣的社會憂患和個體人生的苦悶。如三十五歲時寫的名作〈水龍吟・登建康賞心亭〉：

> 楚天千里清秋，水隨天去秋無際。遙岑遠目，獻愁供恨，玉簪螺髻。落日樓頭，斷鴻聲裡，江南遊子。把吳鉤看了，闌干拍遍，無人會，登臨意。　休說鱸魚堪膾。盡西風、季鷹歸未。求田問舍，怕應羞見，劉郎才氣。可惜流年，憂愁風雨，樹猶如此。倩何人，喚取紅巾翠袖，搵英雄淚。

故國淪陷、國恥未雪的仇恨和焦慮，故鄉難歸、流落江南的漂泊感，英雄無用的壓抑感和壯懷理想無人理解的孤獨感，英雄的生命等閒虛度的失落感和時不我待的緊迫感，交織於胸。因理想與現實的衝突，他萌生出退隱之念，但英雄無功的羞愧感和執著的進取心促使他放棄了隱退的念頭。欲進不能，欲退不忍，剛強自信的英雄也禁不住憤然淚下。此詞充分表現出英雄心靈世界的豐富性和曲折性，深度開掘出詞體長於表現複雜心態的潛在功能。

辛棄疾對民族苦難憂患的社會根源有著清醒深刻的認識，《美芹十論》和《九議》就透徹地分析了南宋王朝的社會弊端。在詞中，他也往往用英雄特有的理性精神來反思、探尋民族悲劇的根源，因而他的詞作比南渡詞有著更爲深刻強烈的批判性和戰鬥性。他譴責朝廷當局的苟且偷生：「渡江天馬南來，幾人眞是經綸手。長安父老，新亭風景，可憐依舊。夷甫諸人，神州沉陸，幾曾回首。」（〈水龍吟・爲韓南澗尚書壽〉）痛憤英雄豪傑被壓抑摧殘：「汗血鹽車無人顧，千里空收駿骨。」（〈賀新郎〉）更直接諷刺宋光宗迫使自己投閒退隱：「君恩重，教且種芙蓉。」（〈小重山・與客泛西湖〉）在名篇〈摸魚兒〉詞中對排擠妒忌自己的群奸小人也進行了辛辣的嘲諷和抨擊：

> 更能消、幾番風雨，匆匆春又歸去。惜春長怕花開早，何況落紅無數。春且住。見說道、天涯芳草無歸路。怨春不語。算只有殷勤，畫簷蛛網，盡日惹飛絮。　長門事，準擬佳期又誤。蛾眉曾有人妒。千金縱買相如賦。脈脈此情誰訴。君莫舞。君不見、玉環飛燕皆塵土。閒愁最苦。休去倚危欄，斜陽正在，煙柳斷腸處。

此詞有多重的象徵意蘊。春天又匆匆歸去，詞人由惜春、留春轉而怨春，表現出強烈的時間意識和對英雄生命徒然流逝的惋惜怨恨。正是基於對時間無法挽留和生命有限的焦慮，因而對耽誤了自我風雲際會、建功立業「佳期」的狐媚邀寵而妒賢害能者，如「玉環飛燕」之流格外痛憤，尖刻地詛咒他們必將化爲塵土。辛詞系統地批判了當時社會的腐朽黑暗❽，不僅拓展了詞境，也強化了詞的現實批判功能，對南宋後期劉克莊、陳人傑等辛派詞人以詞爲抗爭社會的武器有著直接的影響。

辛棄疾的詞世界還呈現了豐富多彩的鄉村風景與鄉村人物。農村鄉土，自蘇軾在詞世界裡初度開墾過後，久已荒蕪。雖然朱敦儒晚年詞作中也寫過「一個小園兒，兩三畝地」（〈感皇恩〉），但那是隱士眼中的生活世界，並不是地道的鄉野。辛棄疾在江西上饒、鉛山的農村先後住過二十多年，他熟悉也熱愛這片土地，並對當地的村民和山水景致做了多角度的素描，給詞世界增添了極富生活氣息的一道清新自然的鄉村風景線，如〈清平樂〉和〈西江月・夜行黃沙道中〉：

茅簷低小。溪上青青草。醉裡吳音相媚好。白髮誰家翁媼。　大兒鋤豆溪東。中兒正織雞籠。最喜小兒無賴，溪頭臥剝蓮蓬。

明月別枝驚鵲，清風半夜鳴蟬。稻花香裡說豐年。聽取蛙聲一片。七八個星天外，兩三點雨山前。舊時茅店社林邊。路轉溪橋忽見。

詞人用剪影式的手法、平常清新的語言素描出一幅幅平凡而又新鮮的鄉村風景畫和人物速寫圖。傲然獨立的英雄竟如此親切地關注那些鄉村的父老兒童，體現出辛棄疾平等博大的胸懷和多元的藝術視野。在唐宋詞史上，也唯有辛棄疾展現過如此豐富多彩的鄉村圖景和平凡質樸的鄉村人物。

第三節　辛詞的藝術成就

・意象的轉換　・以文爲詞和用經用史　・多樣的風格：剛柔相濟和亦莊亦諧

鮮明獨特的意象往往體現出詩人的個性風格❾，而意象群的流變又從一個側面反映出詩歌史的變遷。相對而言，唐五代詞的意象主要來源於閨房繡戶和青樓酒館，至柳永、張先、王安石、蘇軾而一變，他們開始創造出與文士日常生活、官場生活相關的意象和自然山水意象。至南渡詞又一變，此時詞中開始出現與民族苦難、社會現實生活相關的意象。稼軒詞所創造的戰爭和軍事活動的意象，又使詞的意象群出現了一次大的轉換。

本是行伍出身的辛棄疾，有著在戰場上橫戈殺敵的戰鬥體驗。他既熟悉軍事生活，又時刻期待著重上沙場，再建武功。因此，當他「筆作劍鋒長」時，刀、槍、劍、戟、弓、箭、戈、甲、鐵馬、旌旗、將軍、奇兵等軍事意象就自然而然呈現於筆端，諸如「千騎弓刀」、「倚天萬里須長劍」、「嵯峨劍戟」、「將軍三羽箭」、「邊頭猛將干戈」、「紅旗鐵馬響春冰」和「斬將更搴旗」等軍事意象頻繁出現，構成了詞史上罕見的軍事景觀。像下面這類詞作：

醉裡挑燈看劍，夢回吹角連營。八百里分麾下炙，五十弦翻塞外聲。沙場秋點兵。　馬作的盧飛快，弓如

霹靂弦驚。了卻君王天下事，贏得生前身後名。可憐白髮生。（〈破陣子・為陳同甫賦壯詞以寄〉）

> 落日塞塵起，胡騎獵清秋。漢家組練十萬，列艦聳高樓。誰道投鞭飛渡，憶昔鳴髇血汙，風雨佛狸愁。季子正年少，匹馬黑貂裘。（〈水調歌頭〉上片）

密集的軍事意象群，連結成雄豪壯闊的審美境界，最能體現辛詞的個性特色，也反映出兩宋詞史的又一重大變化，即男子漢氣概的激揚，詞中女性的柔婉美最終讓位於血性男子的力度美和崇高美。

王國維曾說：「以我觀物，物皆著我之色彩。」（《人間詞話》）辛棄疾以其特有的眼光觀物，任何普通的景物都能幻化、創造成軍事意象。在他軍人的意念中，靜止的青山能變成奔騰飛馳的戰馬，林間的松樹也幻化成等待檢閱的勇武士兵，連天上的缺月也變成了一把彎弓：「疊嶂西馳，萬馬迴旋，眾山欲東。正驚湍直下，跳珠倒濺，小橋橫截，缺月初弓。老合投閒，天教多事，檢校長身十萬松。吾廬小，在龍蛇影外，風雨聲中。」（〈沁園春〉）抒情意象的軍事化，是稼軒詞所獨具的藝術特色。

稼軒詞不僅轉換了意象群，而且更新了表現方法，在蘇軾「以詩爲詞」的基礎上，進而「以文爲詞」，將古文辭賦中常用的章法和議論、對話等手法移植於詞。〈賀新郎・別茂嘉十二弟〉，即採用辭賦的結構方式，「盡是集許多怨事，全與李太白〈擬恨賦〉手段相似」（宋陳模《懷古錄》卷中），章法獨特絕妙。〈沁園春・將止酒戒酒杯使勿近〉模仿漢賦中〈解嘲〉、〈答客難〉的賓主問答體，讓人與酒杯對話，已是別出心裁；而詞中的議論，縱橫奔放，又蘊涵著豐富的人生哲理和幽默感，趣味無窮。用〈天問〉體寫的〈木蘭花慢〉（可憐今夕月），連用七個問句以探詢月中奧祕，奇特浪漫，理趣盎然。表現方法的革新，帶來了詞境的新變。

以文爲詞，既是方法的革新，也是語言的變革。前人作詞，除從現實生活中提煉語言外，主要從前代詩賦中吸取語彙，而稼軒則獨創性地用經史子等散文中的語彙入詞⑩，不僅賦予古代語言以新的生命活力，而且空前地擴大和豐富了詞的語彙。宋末劉辰翁曾高度評價過稼軒詞變革語言之功：「詞至東坡，傾蕩磊落，如詩如文，如天地奇觀，豈與群兒雌聲學語較工拙，然猶未至用經用史，牽雅頌入鄭衛也。自辛稼軒前，用一語如此者，必且掩口。及稼軒橫豎爛漫，乃如禪宗棒喝，頭頭皆是。」（《辛稼軒詞・序》）經史散文中的語言，他信手拈來，皆如己出。如〈賀新郎〉：

甚矣吾衰矣。悵平生、交遊零落，只今餘幾。白髮空垂三千丈，一笑人間萬事。問何物、能令公喜。我見青山多嫵媚，料青山、見我應如是。情與貌，略相似。　一樽搔首東窗裡。想淵明、停雲詩就，此時風味。江左沉酣求名者，豈識濁醪妙理。回首叫、雲飛風起。不恨古人吾不見，恨古人、不見吾狂耳。知我者，二三子。

首句和結尾四句，都從經史中化出⓫，而自饒新意。他用散文化的句法，並不違反詞的格律規範，仍協律可歌。名作〈西江月〉（醉裡且貪歡笑）的句式，雖多是散文化，音韻節奏卻依舊自然流暢，活潑傳神。在詞史上，辛棄疾創造和使用的語言最爲豐富多彩：雅俗並收，古今融合，駢散兼行，隨意揮灑，而精當巧妙。正如清人劉熙載《藝概・詞曲概》所說：「稼軒詞龍騰虎擲，任古書中理語、廋語，一經運用，便得風流，天姿是何夐異！」稼軒詞眞正達到了無意不可入，無語不可用，合乎規範而又極盡自由的藝術境界。

內容的博大精深，表現方式的千變萬化，語言的不主故常，構成了稼軒詞多樣化的藝術風格。雄深雅健，悲壯沉鬱，俊爽流利，飄逸閒適，穠纖婉麗，都兼收並蓄，其中最能體現他個性風格的則是剛柔相濟和亦莊亦諧兩種詞風。寫豪氣，是以深婉之筆出之；抒柔情，又滲透著英雄的豪氣。悲壯中有婉轉，豪氣中有纏綿，柔情中有剛勁，是稼軒詞風的獨特處，也是辛派後勁不可企及之處。前引〈摸魚兒〉就是摧剛爲柔，表面是傷春惜春的柔情，實則深含不屈不撓的剛健豪氣，藝術上「姿態飛動，極沉鬱頓挫之致」（陳廷焯《白雨齋詞話》卷一）。再看晚年所作的〈永遇樂・京口北固亭懷古〉：

千古江山，英雄無覓，孫仲謀處。舞榭歌臺，風流總被，雨打風吹去。斜陽草樹，尋常巷陌，人道寄奴曾住。想當年，金戈鐵馬，氣吞萬里如虎。　元嘉草草，封狼居胥，贏得倉皇北顧。四十三年，望中猶記，烽火揚州路。可堪回首，佛狸祠下，一片神鴉社鼓。憑誰問，廉頗老矣，尚能飯否。

此詞雖題爲「懷古」，但處處針對現實而發。情懷悲憤激烈，卻含蓄吐出，極盡沉鬱跌宕之致。

辛詞風格的多樣化，還表現在嬉笑怒罵，皆成佳篇；亦莊亦諧，俱臻妙境。北宋神宗、哲宗、徽宗（一〇六八—一一二五）三朝，曾盛行過滑稽諧謔詞⓬，但包括蘇軾在內，整個北宋的諧謔詞，都是滑稽調笑，少有嚴肅的深意。稼軒本富有幽默感，於是利用這一度流行的諧謔詞並加以改造，來宣泄人生的苦悶和對社會種種醜行的不滿，從此諧謔詞具有了嚴肅的主題和深刻的思想內蘊。如〈卜算子〉（千古李將軍）寫賢愚的顛倒錯位，〈千年調〉（卮酒向人時）表現官場上圓滑而沒有骨氣的和事佬，都極富幽默感。冷嘲熱諷，痛快淋漓，詼諧而不失莊重，嚴峻而不乏幽默，是辛詞的又一風格特色。

在兩宋詞史上，辛棄疾的作品數量最多，成就、地位也最高[13]。就內容境界、表現方法和語言的豐富性、深刻性、創造性和開拓性而言，辛詞都可以說是空前絕後的。劉克莊即說辛詞「大聲鞺鞳，小聲鏗鍧，橫絕六合，掃空萬古，自有蒼生以來所無」（《辛稼軒集・序》）。他獨創出「稼軒體」，確立了豪放一派，影響十分深遠。《四庫全書總目》卷一九八〈稼軒詞提要〉說：「其詞慷慨縱橫，有不可一世之概，於倚聲家為變調，而異軍特起，能於剪紅刻翠之外，屹然別立一宗。迄今不廢。」周濟《宋四家詞選・目錄序論》也說：「蘇、辛並稱。東坡天趣獨到處，殆成絕詣，而苦不經意，完璧甚少。稼軒則沉著痛快，有轍可循。南宋諸公，無不傳其衣缽。」與他大致同時的陸游、張孝祥、陳亮、劉過和韓元吉、袁去華、劉仙倫、戴復古等詞人，或傳其衣缽，或與其詞風相近，都屬同一詞派。

第四節 張孝祥、陸游等辛派詞人

・學蘇而自成一家的張孝祥　・有眾家之長而未能造其極的陸游　・「以詞為文」的陳亮
・為江湖遊士傳神寫照的劉過

張孝祥（一一三二—一一六九）是南渡詞人群與中興詞人群之間的過渡人物[14]。宋高宗紹興三十年（一一六〇）前後，李清照、朱敦儒和張元幹等著名詞人已先後辭世，而辛棄疾到孝宗乾道四年（一一六八）後才逐步在詞壇嶄露頭角[15]。紹興末到乾道中（一一六〇—一一六八）詞壇上的著名詞人，首推張孝祥。

辛派詞人是遠承東坡而近學稼軒，而從東坡到稼軒，其間的橋梁則是張孝祥。張孝祥的氣質與蘇軾近似，同屬天才型的詩人，作詩填詞也都以蘇軾為典範，他「每作為詩文，必問門人曰：『比東坡何如？』」[16]他一方面學蘇詞的「豪」，以「詩人之句法」抒壯志豪情，如歡呼采石戰勝的〈水調歌頭・和龐佑父〉，氣勢力度，「與『大江東去』之詞相為雄長」（湯衡《張紫微雅詞・序》）。其著名的詞作是〈六州歌頭〉：

長淮望斷，關塞莽然平。征塵暗，霜風勁，悄邊聲。黯銷凝。追想當年事，殆天數，非人力，洙泗上，弦歌地，亦膻腥。隔水氈鄉，落日牛羊下，區脫縱橫。看名王宵獵，騎火一川明。笳鼓悲鳴。遣人驚。　念腰間箭，匣中劍，空埃蠹，竟何成。時易失，心徒壯，歲將零。渺神京。干羽方懷遠，靜烽燧，且休兵。冠蓋使，紛馳鶩，若為情。聞道中原遺老，常南望、翠葆霓旌。使行人到此，忠憤氣填膺，有淚如傾。

這堪稱是南渡以來詞壇上包容量最大的一首壯詞，從邊塞風景到敵占區的動態，從朝廷的荒謬舉措到中原父老的殷切期待，從敵人的橫行猖獗到自己報國無門的悲憤和時不我待的焦慮，都融爲一體。抒情、描寫、議論兼行並施，直抒中有回環曲折，聲情激越頓挫，風格慷慨沉雄。而激烈跳蕩的心緒伴隨著短促強烈的節奏，「淋漓痛快，筆飽墨酣，讀之令人起舞」（陳廷焯《白雨齋詞話》卷八）。難怪當時抗金主將張浚讀後爲之「罷席而入」[17]。其指陳時事的縱橫開闔和強烈的現實批判精神，都直接做了稼軒詞的先導。

另一方面，則學蘇的「放」，並兼融李白詩的浪漫精神，以自在如神之筆表現其超邁凌雲之氣和瀟灑出塵之姿，如〈念奴嬌·過洞庭〉：

洞庭青草，近中秋、更無一點風色。玉鑑瓊田三萬頃，著我扁舟一葉。素月分輝，明河共影，表裡俱澄澈。悠然心會，妙處難與君說。　應念嶺海經年，孤光自照，肝膽皆冰雪。短髮蕭騷襟袖冷，穩泛滄浪空闊。盡吸西江，細斟北斗，萬象為賓客。扣舷獨嘯，不知今夕何夕。

有蘇軾中秋詞的豪情逸興而又別開新境。張詞的哲理意蘊雖不及蘇詞，但浪漫奇想則有過之而無不及，詞中廣闊透明的湖光月色與冰清玉潔的人格境界水乳交融，也足與蘇詞爭奇鬥勝。

張孝祥是辛派詞人的先驅者，風格駿發踔厲，自成一家；藝術境界也別開生面，在詞史上具有特殊的地位。陸游雖比張孝祥年長七歲，比辛棄疾年長十五歲，但詞作不多，開創性不大。他未能成爲辛派的先驅，而只是辛派的中堅人物。

與辛棄疾將平生的創作精力貫注於詞相反，陸游「是有意要做詩人」（劉熙載《藝概·詩概》），而對作詞心存鄙視，認爲詞是「其變愈薄」之體，說「少時汨於世俗，頗有所爲，晚而悔之」。寫了詞，彷彿有種負罪感，故自編詞集時，特意寫上一段自我批評，「以志吾過」[18]。這種陳舊的觀念，既限制了他詞作的數量，更影響了其詞的藝術質量和成就。不過，陸游畢竟才氣超然，漫不經意中，也表現了他獨特的精神風貌和人生體驗。如〈漢宮春〉上片：「羽箭雕弓，憶呼鷹古壘，截虎平川。吹笳暮歸，野帳雪壓青氈。淋漓醉墨，看龍蛇、飛落蠻箋。人誤許，詩情將略，一時才氣超然。」激情豪氣都不讓稼軒。由於身歷西北前線，陸游也創造出了稼軒詞所沒有的另一種藝術境界：

> 秋到邊城角聲哀。烽火照高臺。悲歌擊筑，憑高酹酒，此興悠哉。　多情誰似南山月，特地暮雲開。灞橋煙柳，曲江池館，應待人來。（〈秋波媚・七月十六日晚登高興亭望長安南山〉）

邊城的角聲烽火，淪陷區內的煙柳與池館，疊映成一幅悲壯的戰地景觀。終南山的月亮特地衝破暮雲，普照長安的城池，也象徵著詞人收復中原的必勝信念。

陸游詞的主要內容是抒發他壯志未酬的幽憤，其詞境的特點是將理想化成夢境而與現實的悲涼構成強烈的對比，如〈訴衷情〉：

> 當年萬里覓封侯。匹馬戍梁州。關河夢斷何處，塵暗舊貂裘。　胡未滅，鬢先秋。淚空流。此生誰料，心在天山，身老滄洲。

放翁詞風格雖多樣，但未熔煉成獨特的個性，其悲壯似稼軒而無辛詞的雄奇，其豪放似東坡而無蘇詞的飄逸，其閒適疏淡似朱敦儒而缺乏朱詞的恬靜瀟灑，有眾家之長，「而皆不能造其極」（《四庫全書總目》卷一九八〈放翁詞提要〉）。

辛棄疾的摯友陳亮（一一四三—一一九四）[19]，是位豪俠奇士，詞風也與辛相似。其詞多表現抗戰復仇、救國安民的思想懷抱，故他每一詞寫就，「輒自歎曰：『平生經濟之懷，略已陳矣。』」（葉適〈書龍川集後〉）陳亮又長於政論，《宋史》本傳說他「論議風生，下筆數千言立就」。他也常常用詞來表達他的政治軍事主張，其詞所論時事往往可以跟他的政論文相互印證。如果說辛棄疾是以文為詞，那麼，陳亮幾乎可以說是「以詞為文」。強烈的現實針對性、鮮明的政治功利性和縱橫開闔的議論性構成了陳亮詞最突出的特點。如〈水調歌頭・送章德茂大卿使虜〉：

不見南師久，漫說北群空。當場隻手，畢竟還我萬夫雄。自笑堂堂漢使，得似洋洋河水，依舊只流東。且復穹廬拜，會向藁街逢。　堯之都，舜之壤，禹之封。於中應有，一個半個恥臣戎。萬里腥膻如許，千古英靈安在，磅礡幾時通。胡運何須問，赫日自當中。

陳廷焯說換頭五句「精警奇肆，幾於握拳透爪。可作中興露布讀」（《白雨齋詞話》卷一），確是會心之論。〈念奴嬌・登多景樓〉也是他「以詞爲文」的代表作。

陳亮詞以氣勢見長，往往直抒胸臆，語言斬截痛快，風格雄放恣肆，但過分外露，缺乏內斂而少餘韻。其詞風雖與稼軒詞相似，如鵝湖之會後與稼軒唱和的三首〈賀新郎〉⑳，豪氣縱橫，足與稼軒原唱抗衡，但存詞僅七十四首，名篇佳作也不多，整體的藝術成就和影響遠遜於稼軒。

如果說陳亮是因爲與辛棄疾氣質相近而詞風自然趨向一致，那麼，劉過（一一五四—一二〇六）則是有意識地效法稼軒㉑。劉過對辛棄疾十分崇拜，有詩說：「書生不願黃金印，十萬提兵去戰場。只欲稼軒一題品，春風俠骨死猶香。」（〈呈稼軒〉）因崇拜其人而學其詞，他的名作〈沁園春〉即是「有意效稼軒體者」㉒：

斗酒彘肩，風雨渡江，豈不快哉。被香山居士，約林和靖，與東坡老，駕勒吾回。坡謂：「西湖，正如西子，濃抹淡妝臨鏡臺。」二公者，皆掉頭不顧，只管銜杯。　白云：「天竺飛來。圖畫裡、崢嶸樓觀開。愛東西雙澗，縱橫水繞，兩峰南北，高下雲堆。」逋曰：「不然，暗香浮動，爭似孤山先探梅。須晴去，訪稼軒未晚，且此徘徊。」

此詞是仿效辛棄疾〈沁園春・將止酒戒酒杯使勿近〉的對話體，將先後相隔幾百年的白居易、林逋和蘇軾請來幫忙說項，構思煞是奇特。詞中巧借三人的詩句來對話，縱筆馳騁，揮灑自如，深得辛詞豪邁狂放、幽默俏皮的神韻。而〈沁園春・御閱還上郭殿帥〉和〈沁園春・張路分秋閱〉寫閱兵場面，意象飛動，境界雄壯，有如「龍蛇紙上飛騰」（〈沁園春・張路分秋閱〉中語）；〈六州歌頭・題岳鄂王廟〉爲岳飛鳴不平，激昂慷慨，也都神似稼軒。

與英雄將帥辛棄疾不同的是，劉過是終生流浪江湖的布衣、遊士，他既有俠客的豪縱，又有遊士的清狂。其詞的抒情主人公，是一位自傲自負又自卑自棄、狂放不羈又落魄寒酸的江湖狂士。他以天才自許：「人間世，算謫仙去後，誰是天才？」（〈沁園春〉）然因「四舉無成，十年不調」（〈沁園春‧盧蒲江席上時有新第宗室〉），於是玩世不恭㉓：「坐則高談風月，醉則恣眠芳草。」（〈水調歌頭‧晚春〉）又由於謀生乏術，家徒四壁，不免自卑自慚㉔：「笑書生無用，富貴拙身謀。」（〈六州歌頭〉）有錢時肆意揮霍：「白璧追歡，黃金買笑。」（〈念奴嬌‧留別辛稼軒〉）無錢時自歎又自憐：「多病劉郎瘦。最傷心、天寒歲晚，客他鄉久。」（〈賀新郎‧贈鄰人朱唐卿〉）劉過的《龍洲詞》，第一次展現了南宋中後期特殊的文士群體——江湖遊士的精神風度、生活命運和複雜心態，具有獨特的生命情調和個性風格。

劉熙載曾說：「劉改之詞，狂逸之中，自饒俊致，雖沉著不及稼軒，足以自成一家。」（《藝概‧詞曲概》）名作〈唐多令〉即造語平淡而韻致豐饒。其詞的藝術個性比陳亮詞更鮮明突出。然而，正如其人坦蕩不羈一樣，劉過以文爲詞，有時不守音律；造語狂宕，有時不免粗豪，對辛派後勁的粗率不無影響。

注釋

❶ 清胡薇元《歲寒居詞話》稱蘇辛派為「雄豪一派」，就辛詞而言，或更準確。按：將宋詞分為「豪放」、「婉約」兩派，始於明人張綖《詩餘圖譜‧凡例》之說：「詞體大略有二：一體婉約，一體豪放。婉約者欲其詞情醞藉，豪放者欲其氣象恢弘。蓋亦存乎其人。如秦少游之作，多是婉約；蘇子瞻之作，多是豪放。大抵詞體以婉約為正。」（明嘉靖十五年刻本）清初王士禛《花草蒙拾》又將張氏所說的「詞體」改成「詞派」，並將詞派領袖改為「婉約以易安為宗，豪放惟稼軒稱首」。今人論唐宋詞派，多從其說。這種劃分，雖有一定的合理性，但也有明顯的缺陷，參吳熊和《唐宋詞通論》第四章第一節「唐宋詞分派的由來」、王兆鵬《唐宋詞史論》第一章第一節之「兩分法的反思」。鑑於「婉約」、「豪放」兩派說在二十世紀的詞學界影響很大，仍將蘇辛派稱為「豪放」派。

❷ 詞體地位的正式確立並得到普遍認同，約始於宋南渡前後，其主要標誌有：一，成書於宣和五年（一一二三）的阮閱《詩話總龜》前集，分四十六門輯錄諸家詩話，其中專列「樂府」一門採錄詞話；稍後胡仔《苕溪漁隱叢話》也專設「樂府」一類，載錄有關詞話。詩論家們讓詞作為獨立的一「門」進入詩話著作，反映出詞體的獨立地位在理論觀念上已獲得認同。二，詞的文學讀本開始出現。南渡後，宋高宗建炎四年（一一三〇）黃大輿編成《梅苑》，高宗紹興十二年（一一四二）鮦

陽居士編成《復雅歌詞》（已佚），紹興十六年（一一四六）曾慥編刻成《樂府雅詞》。《花間集》和《尊前集》等五代北宋詞集是作為唱本供人演唱之用，而《梅苑》等詞選則作為讀本供人案頭閱讀（詳參蕭鵬《群體的選擇——唐宋人詞選與詞人群通論》第五章，鳳凰出版社二〇〇九年版），這表明詞由從屬於音樂的歌詞型態變成了一種獨立的抒情詩體。三，目錄學著作中開始分專類著錄詞集。與辛棄疾同時的尤袤（一一二七—一一九四），在其目錄學著作《遂初堂書目》中，首次於「別集類」、「總集類」之外專設「樂曲類」著錄詞集，後陳振孫《直齋書錄解題》也專立「歌詞類」著錄詞集，這既表明詞集流傳已多，也表明詞體的地位已完全從詩文中獨立出來。

❸關於辛棄疾的生平事蹟，詳見鄧廣銘《辛稼軒年譜》，上海古籍出版社一九七九年版。按：辛棄疾詞集，今存主要有兩種版本系統，一為宋刻四卷本《稼軒詞》；一為元刻十二卷本《稼軒長短句》。《全宋詞》據這兩種版本校補，收詞六百二十六首。孔凡禮《全宋詞補輯》又增補三首。鄧廣銘《稼軒詞編年箋注》（上海古籍出版社一九九三年版增訂本）最便於研讀。

❹南宋時將從金邦脫身回歸南宋的士民稱為「歸正人」，又稱「歸朝人」。由於有些「歸正人」南歸後又「陰通偽地」，暗中讓金朝來索請回金，故南宋王朝對「歸正人」多不信任（參辛棄疾《美芹十論・防微第八》，《辛稼軒詩文箋注》，上海古籍出版社一九九五年版，第四六頁；劉揚忠《辛棄疾詞心探微》，齊魯書社一九九〇年版，第九三—九四頁）。又，南宋王朝的用人政策是「重南輕北」，北方人多受歧視而得不到重用。辛棄疾在《九議》中曾籲請宰相「延訪豪傑，無問南北」，也透露出當時用人有「南北」之分（另參陸游《渭南文集》卷三〈論選用西北士大夫箚子〉）。辛棄疾身具「歸正人」和北方人這兩重身分，故更受歧視。

❺十三年間，辛棄疾歷任建康府通判、司農寺主簿、滁州知州、江東安撫司參議官、倉部郎官、江西提點刑獄、京西轉運判官、江陵知府兼湖北安撫使、大理寺少卿、湖北轉運副使、湖南轉運副使、潭州知州兼湖南安撫使、隆興知府兼江西安撫使、兩浙西路提刑。宋代官制是每任三年，而辛棄疾平均一任不足一年。關於辛詞創作的分期，可參劉揚忠《辛棄疾詞心探微》第四章；陶爾夫、劉敬圻《南宋詞史》第二章第二節，黑龍江人民出版社一九九二年版。

❻語出范開《稼軒詞・序》（《景刊宋金元明本詞》本《稼軒詞甲集》卷首）。劉辰翁《辛稼軒詞・序》也說：「稼軒胸中今古，止用資為詞，非不能詩，不事此耳。斯人北來，喑嗚鷙悍，欲何為者，而讒擯銷沮，白髮橫生，亦如劉越石。陷絕失望，花時中酒，託之陶寫，淋漓慷慨，此意何可復道。而或者以流連光景、志業不終恨之，豈可向痴人說夢哉。」另參劉揚忠《辛棄疾詞心探微》第二章〈辛棄疾的文學主張與審美理想〉。

❼參見王兆鵬〈唐宋詞的審美層次及其嬗變〉，《文學遺產》一九九四年第四期。按：前此岳飛雖是英雄，但詞作很少，尚未

形成風氣。

❽參見劉揚忠《辛棄疾詞心探微》第三六—四六頁。

❾參見袁行霈《中國詩歌藝術研究》之〈中國古典詩歌的意象〉和〈李杜詩歌的風格和意象〉，北京大學出版社一九八七年版。

❿參見《詹安泰詞學論稿》上篇第七章中「詞之修辭與散文」，廣東人民出版社一九八四年版，第一五九—一六二頁；《辛棄疾詞心探微》第二三八—二四六頁；葉嘉瑩〈論辛棄疾詞的藝術特色〉，《文史哲》一九八七年第一期。

⓫「甚矣」句和「二三子」句都出自《論語・述而》；「不恨」二句則從《南史・張融傳》「不恨我不見古人，所恨古人又不見我」化出。按：此詞為稼軒平生得意之作。岳珂《桯史》卷三說：「稼軒以詞名，每燕（宴）必命侍妓歌其所作。特好歌〈賀新郎〉一詞。自誦其警句曰：『我見青山多嫵媚，料青山、見我應如是。』又曰：『不恨古人吾不見，恨古人不見吾狂耳。』」

⓬王灼《碧雞漫志》卷二載：「長短句中作滑稽無賴語，起於至和。嘉祐之前，猶未盛也。熙、豐、元祐間，兗州張山人以詼諧獨步京師，時出一兩解。澤州孔三傳者，首創諸宮調古傳，士大夫皆能誦之。元祐間王齊叟彥齡，政和間曹組元寵，皆能文，每出長短句，膾炙人口。彥齡以滑稽語噪河朔。組潦倒無成，作〈紅窗迥〉及雜曲數百解，聞者絕倒，滑稽無賴之魁也。……同時有張袞臣者，組之流，亦供奉禁中，號『曲子張觀察』。其後祖述者益眾，嫚戲汙賤，古所未有。」另參鄧魁英〈辛稼軒的俳諧詞〉，劉揚忠〈唐宋俳諧詞敘論〉，分別載《詞學》第六、第十輯。

⓭參見王兆鵬《唐宋詞史論》，第八一—一〇三頁。

⓮習慣上將張孝祥與張元幹並稱，將二張視為同時人。實際上張元幹年長於張孝祥四十六歲，張元幹到垂暮之年，張孝祥才步入詞壇。張孝祥與辛棄疾本來是同齡人，只因他英年早逝，當辛棄疾在詞壇嶄露頭角時，他就離開了詞壇。故我們認為張孝祥應與陸游、辛棄疾屬同一時期。又，張孝祥是紹興二十四年（一一五四）由宋高宗欽定的狀元，在文壇上成名較陸游為早，其詞的代表作也比陸游的詞作名篇要早得多。張孝祥，字安國，號於湖，和州烏江（今屬安徽和縣）人。高宗朝歷官起居舍人、權中書舍人。孝宗即位，歷知平江府、直學士院、兼領建康留守、知靜江府兼廣南西路安撫使和湖南、湖北安撫使。有《於湖詞》，一作《於湖居士長短句》。事蹟參宛敏灝《張孝祥詞箋校》，附年譜（黃山書社一九九三年版）、李一飛〈張孝祥事蹟著作繫年〉（載《宋人年譜叢刊》第九冊，四川大學出版社二〇〇三年版）、辛更儒《張孝祥於湖先生年譜》（五南圖出版公司二〇〇三年版）。

⑮據鄧廣銘《稼軒詞編年箋注》一九九三年增訂本，辛棄疾的第一首編年詞始於宋孝宗隆興元年（一一六三），此後四年間詞作僅存一首。孝宗乾道四年（一一六八）後詞作漸多。即使未編年的詞作中有少量是作於乾道四年以前，也難以說明此時稼軒詞名已著。

⑯見葉紹翁《四朝聞見錄》乙集《張於湖》。宋湯衡《張紫微雅詞．序》也說：「元祐諸公，嬉弄樂府，寓以詩人句法，無一毫浮靡之氣，實自東坡發之也。於湖紫微張公之詞，同一關鍵。」又說：「自仇池（蘇軾）仙去，能繼其軌者，非公其誰與哉。」按：謝堯仁《於湖先生文集．序》說：「文章有以天才勝，有以人力勝。」而張孝祥則是「以天才勝者也」（《於湖居士文集》卷首，上海古籍出版社一九八〇年版）。

⑰宋佚名《朝野遺記》：「近張安國在建康留守席上賦一篇云：『長淮望斷……』歌闋，魏公（張浚）為罷席而入。」（《說郛》卷二九）按：此詞作於紹興三十二年（一一六二），時張浚判建康府兼行宮留守。詳參宛敏灝《張孝祥詞箋校．前言》。一說此詞作於隆興元年（一一六三）符離戰敗以後，見楊海明《唐宋詞史》第四二二頁，陶爾夫、劉敬圻《南宋詞史》第一〇六—一〇七頁。

⑱陸游《渭南文集》卷一四〈長短句序〉。按：陸游對詞的看法後來雖略有變化，但重詩輕詞的傳統觀念則未變。參夏承燾〈論陸游詞〉，《放翁詞編年箋注》卷首，上海古籍出版社一九八一年版。又，陸游《放翁詞》收詞一百三十首，《全宋詞》增補至一百四十五首。與兩宋其他詞人比較，其存詞量居第三十四位，數量不算太少。但與他近萬首詩作相較，則數量懸殊極大。

⑲陳亮，字同甫，學者稱龍川先生，婺州永康（今屬浙江）人。屢上書論國事，平生三罹大獄，而豪氣不減。五十一歲始以狀元及第，授官，未至而病逝。《宋史》卷四三六有傳。姜書閣《陳亮龍川詞箋注》附有〈陳同甫年譜〉（人民文學出版社一九八〇年版），另有顏虛心〈陳龍川先生年譜長編〉（《宋人年譜叢刊》第十冊），可參。

⑳辛、陳的「鵝湖之會」，是文學史上著名的一次聚會，事在宋孝宗淳熙十五年（一一八八）。參鄧廣銘《辛稼軒年譜》第九六—九八頁；劉乃昌《辛棄疾論叢．辛棄疾與陳亮的鵝湖之會》，齊魯書社一九七九年版；王水照〈鵝湖書院前的沉思〉，載其《半肖居筆記》，東方出版中心一九九八年版，第三九—四七頁。

㉑劉過，字改之，號龍洲道人，吉州太和（今江西泰和）人。終生未仕，漫遊於兩湖、江淮和江浙一帶。以詩俠名江湖間，辛棄疾、陸游、陳亮皆與之交。有《龍洲詞》，今存七十八首。生平事蹟參馬興榮《龍洲詞校箋》（江西人民出版社一九九九年版）附錄有關傳記資料：華岩〈劉過生平事蹟繫年考證〉，《文學遺產增刊》第十七輯，中華書局一九九一年版。

㉒見劉熙載《藝概》卷四。宋黃升《中興以來絕妙詞選》卷五也說劉過「詞多壯語，蓋學稼軒」。按：《四庫全書總目》卷一九九《龍洲詞提要》說劉過「詞凡贈辛棄疾者則學其體，如『古豈無人，可以似吾稼軒者誰』等詞是也。其餘雖跌宕淋漓，實未嘗全作辛體」。所言甚是。又，此詞本事詳見岳珂《桯史》卷二。

㉓劉過曾自道其玩世不恭、落魄不檢的原因：「某本非放縱曠達之士，垂老而無所成立，故一切取窮達貧賤死生之變，寄之杯酒，浩歌痛飲，旁視無人，意將有所逃者。於是禮法之徒始以狂名歸之，某亦受而不辭。」（〈與許從道書〉，《龍洲集》卷一二）

㉔宋呂大中〈宋詩人劉君墓碑〉說詩人「有生而窮者，有死而窮者」，而劉過「家徒壁立，無擔石儲，此所謂生而窮者：塚蕪岩隈，荒草延蔓，此所謂死而窮者。先生何窮之至是哉！然橫用黃金，雄吞酒海，生雖窮而氣不窮；詩滿天下，身霸騷壇，死雖窮而名不窮。乃知先生之窮異乎常人之窮也」（《龍洲集》附錄三）。劉過曾自謂：「有書為患，幾不容於天地之間；無家可歸，但落魄於江湖之上。」（〈賀盧帥程徽猷鵬飛〉，《龍洲集》卷一二）又有〈自慚〉詩說：「初無伎倆惟貪酒，遇有功夫即賦詩。」（《龍洲集》卷六）皆可參證。

第十章 姜夔、吳文英及南宋後期詞人的深化

辛棄疾去世後的南宋後期詞壇（一二〇七—一二七九），先後出現了兩代詞人，一是在南宋滅亡前已謝世的江湖詞人群，著名的有孫惟信、劉克莊、吳文英、陳人傑等；二是歷經亡國、入元後繼續創作的遺民詞人群，其中成就較高的有劉辰翁、陳允平、周密、文天祥、王沂孫、蔣捷和張炎。從創作傾向上看，這兩代詞人又形成了兩大創作陣營：孫惟信、劉克莊、陳人傑和劉辰翁、文天祥等，屬於辛派後勁，他們以稼軒爲宗，崇尚抒情言志的痛快淋漓，而不斤斤計較於字工句穩，政治批判的鋒芒有時比辛棄疾更尖銳，但不免粗豪叫囂之失。吳文英和陳允平、周密、王沂孫、張炎等則是姜夔的追隨者，他們以姜夔的「雅詞」爲典範，注重煉字琢句，審音守律，追求高雅脫俗的藝術情趣；詞的題材以詠物爲主，講究寄託，但有些詞的意蘊隱晦難解。

總體上看，宋末詞壇沒有多少實質性的進展。只有吳文英在藝術上有較大的突破，劉克莊在題材上有一定的拓展，其他詞人主要是融合與深化。比較典型的是蔣捷，他融合了辛、姜二派的長處，而自成一家。宋末詞壇是詞史高峰狀態的結束期，也是多種詞風的融合期。

姜夔（一一五五？—一二〇八）與辛棄疾同時[1]，本是與辛棄疾並峙的詞壇領袖。把姜夔放在本章與吳文英等南宋後期詞人一起敘述，是因爲他們的創作傾向相近，便於考察詞風的走向與流變。

第一節 別立一宗的姜夔

- 耿介清高的江湖雅士
- 戀情的雅化和語言的剛化
- 別有寄託的詠物詞
- 幽冷悲涼的詞境與虛處傳神的手法
- 因詞製曲的自度曲和韻味雋永的小序
- 姜夔的羽翼史達祖和高觀國

姜夔，字堯章，號白石道人，鄱陽（今江西鄱陽）人。與劉過一樣，姜夔的社會身分也是浪跡江湖、寄食諸侯的遊

士。青年時代，曾北遊淮楚，南歷瀟湘，後客居合肥、湖州和杭州。然而，氣質個性與狂士劉過不同，姜夔是耿介清高的雅士，曾辭謝貴族張鑑爲他買官爵。他一生清貧自守，以文藝創作自娛，詩詞、散文和書法、音樂，無不精善，是繼蘇軾之後又一難得的藝術全才。當世名流如辛棄疾、楊萬里、范成大、朱熹和蕭德藻等人都極爲推重，雖終生布衣，名聲卻震耀一世❷。

姜夔詞在題材上並沒有什麼拓展，仍是沿著周邦彥的路子寫戀情和詠物。他的貢獻主要在於對傳統婉約詞的表現藝術進行改造，建立起新的審美規範。北宋以來的戀情詞，情調軟媚或失於輕浮，雖經周邦彥雅化卻仍然不夠。姜夔的戀情詞，則往往過濾省略掉纏綿溫馨的愛戀細節，只表現離別後的苦戀相思，並用一種獨特的冷色調來處理熾熱的柔情，從而將戀情雅化，賦予柔思豔情以高雅的情趣和超塵脫俗的韻味。如：

> 燕燕輕盈，鶯鶯嬌軟。分明又向華胥見。夜長爭得薄情知，春初早被相思染。　別後書辭，別時針線。離魂暗逐郎行遠。淮南皓月冷千山，冥冥歸去無人管。（〈踏莎行‧自沔東來丁未元日至金陵江上感夢而作〉）

此詞雖是懷念合肥戀人，但並未寫豔遇的旖旎風情，而只有魂牽夢繞、銘心刻骨的憶戀。其中「淮南皓月冷千山」一句，更創造出詞史上少見的冷境。

蘇軾首開以詩爲詞的風氣後，經由辛棄疾的發展，詞與詩在表現手法和抒情功能上已基本合流，只是詞仍然保持著其入樂可歌的特性。姜夔接受辛棄疾的影響，也移詩法入詞。但姜夔移詩法入詞，不是要進一步擴大詞的表現功能，而是使詞的語言風格雅化和剛化。他秉承周邦彥字煉句琢的創作態度，借鑑江西詩派清勁瘦硬的語言特色來改造傳統豔情詞、婉約詞華麗柔軟的語言基調，而創造出一種清剛醇雅的審美風格。如〈鷓鴣天‧元夕有所夢〉寫相思與懺悔，深含轉折奧峭之妙。〈浣溪沙‧辛亥正月二十四日發合肥〉的「楊柳夜寒猶自舞，鴛鴦風急不成眠」，也把「別離滋味」寫得清剛冷峭，韻味醇雅。

姜夔的詠物詞，往往別有寄託。他常常將自我的人生失意和對國事的感慨與詠物融爲一體，寫得空靈蘊藉，寄託遙深。如〈齊天樂〉詠蟋蟀的鳴聲，全詞充溢著「一聲聲更苦」的「哀音」，滲透著詞人自我淒涼身世的感受，但又很難坐實說哪一句是寫他自己；「候館迎秋，離宮弔月，別有傷心無數」，似乎寄託著靖康中徽、欽二帝蒙難的國恥，但其寓意又絕非此一事所能涵蓋。其寄託在若有若無、若即若離之間，其妙處是含意豐富深廣，給讀者留下極大的想像空間，但詞旨飄忽不定，有時流於晦澀難解，則是其短處。又如詠梅名作〈暗香〉：

> 舊時月色，算幾番照我，梅邊吹笛？喚起玉人，不管清寒與攀摘。何遜而今漸老，都忘卻、春風詞筆。但怪得、竹外疏花，香冷入瑤席。　江國，正寂寂，歎寄與路遙，夜雪初積。翠尊易泣，紅萼無言耿相憶。長記曾攜手處，千樹壓、西湖寒碧。又片片、吹盡也，幾時見得。

姜夔常把梅花作爲其戀人的象徵，如〈江梅引〉「人間離別易多時。見梅枝。忽相思。幾度小窗，幽夢手同攜」，即是見梅懷人之作。〈暗香〉詠梅，也當有懷人之意，不過懷人的傷感中包含著自我零落的悲哀。其中也許還寄託著對國事的感憤❸，但難以確指，讀者可自作心解。

姜夔的時代是一個令人灰心失望的時代。作爲江湖遊士，他的前途命運更是渺茫黯淡。加上他一生貧病交加❹，對淒涼寒苦有著深刻的感受，所以他總是以一種憂鬱淒涼的眼光來看待世界（即〈卜算子〉所說的「舉目悲風景」）。就像中唐詩人賈島愛靜、愛瘦、愛冷，也愛這些情調的象徵一樣，姜夔也偏愛冷香、冷紅、冷雲、冷月、冷楓、暗柳、暗雨等衰落、枯敗、陰冷的意象群，以此來營構幽冷悲涼的詞境❺。如〈霓裳中序第一〉詞中病人和淡月、寒蛩、墜紅、衰荷、暗水等色調陰暗的意象群，構成清幽悲涼的境界，表現出詞人浪跡江湖時淒涼悲苦、孤獨寂寞的人生感受。清人劉熙載曾用「幽韻冷香」四字來概括姜詞的境界❻，確實獨具慧眼。

姜夔的詞境獨創一格，藝術思維方式和表現手法也別出心裁。他善於用聯覺思維，利用藝術的通感將不同的生理感受連綴在一起，表現某種特定的心理感受；又善於側向思維，寫情狀物，不是正面直接刻畫，而是側面著筆，虛處傳神。〈揚州慢〉是這方面的代表作：

> 淮左名都，竹西佳處，解鞍少駐初程。過春風十里，盡薺麥青青。自胡馬窺江去後，廢池喬木，猶厭言兵。漸黃昏，清角吹寒，都在空城。　杜郎俊賞，算而今、重到須驚。縱豆蔻詞工，青樓夢好，難賦深情。二十四橋仍在，波心蕩、冷月無聲。念橋邊紅藥，年年知為誰生。

詞中的「吹寒」、「冷月」等都是運用通感。起首二句的句法明顯受到柳永〈望海潮〉的影響，但柳詞是正面描繪錢塘的繁華景象，而姜詞則是從側面著筆，從虛處表達對揚州殘破的深沉感慨。用筆一正一反，一實一虛，恰好形成鮮明對照。他的另一首名作〈點絳脣·丁未冬過吳松作〉，也同樣是從虛處傳達出無窮哀感，筆致清虛，意境空靈。故張炎說姜詞「清空」，「如野雲孤飛，去留無跡」（《詞源》卷下）。

與周邦彥一樣，姜夔也長於自度曲。他的十七首詞自注有工尺譜，是今存唯一的宋代詞樂文獻，在我國音樂史上具有重要價值。與柳永、周邦彥的因聲製詞，即先曲後詞不同，姜夔有的自度曲是先作詞後譜曲。他的〈長亭怨慢〉小序說：「予頗喜自製曲，初率意爲長短句，然後協以律，故前後闋多不同。」先作詞，不受固定格律的限制，可以舒卷自如地抒發情感，這比謹守格律、依調填詞的方式要自由得多，因而將姜夔視爲「格律派」詞人，並不恰當。而且因詞製曲，音樂的節奏更能體現詞人情感的律動，所以他的自度曲都音節諧婉❼。

姜詞在形式上還有一個顯著的特色，就是詞作往往配有精心結撰的小序。蘇軾之後，詞用題序已成爲常例，但姜詞的小序卻有新的發展，它不僅起交代創作緣起的輔助作用，小序自身也具有獨立的藝術價值，如同韻味雋永的小品文，與歌詞珠聯璧合，相映成趣。如〈念奴嬌〉序：

> 予客武陵，湖北憲治在焉。古城野水，喬木參天。予與二三友日蕩舟其間，薄荷花而飲。意象幽閒，不類人境。秋水且涸，荷葉出地尋丈，因列坐其下。上不見日，清風徐來，綠雲自動。間於疏處窺見遊人畫船，亦一樂也。朅來吳興，數得相羊荷花中。又夜泛西湖，光景奇絕。故以此句寫之。

寫景清新幽美，具有散文詩般的意境。後來的周密也常用篇幅較長的小序敘事寫景，是直接受姜夔的啓發和影響，不過周密詞的小序韻味稍顯遜色。

自從柳永變雅爲俗以來，詞壇上一直是雅俗並存。無論是蘇、辛，還是周、秦，都既有雅調，也有俗詞。姜夔則徹底反俗爲雅，下字運意，都力求醇雅。這正迎合了南宋後期貴族雅士們棄俗尚雅的審美情趣，因而姜夔詞被奉爲雅詞的典範，在辛棄疾之外別立一宗，自成一派。清人汪森《詞綜·序》即說：「鄱陽姜夔出，句琢字煉，歸於醇雅。於是史達祖、高觀國羽翼之，張輯、吳文英師之於前，趙以夫、蔣捷、周密、陳允平、王沂孫、張炎、張翥效之於後。」至清代，浙西詞派更奉姜詞爲圭臬，曾形成「家白石而戶玉田（張炎）」的盛況❽，使蘇、辛一時黯然失色。

姜夔的羽翼史達祖❾，詞風與姜有神似之處，對後世詞壇也頗有影響❿。但姜夔藝術上追求的是全詞意境的渾成，情感基調和語言色澤的一致，史達祖詞則致力於煉句，張炎最稱賞的也是他「挺異」的「句法」（《詞源》卷下）。他差不多每一首詞都有精警之句，清人李調元愛其「煉句清新，得未曾有」，而錄其五十條佳句，匯為〈史梅溪摘句圖〉（見《雨村詞話》卷三）。如「做冷欺花，將煙困柳」（〈綺羅香〉）、「斷浦沉雲，空山掛雨」（〈齊天樂〉）、「畫裡移舟，詩邊就夢」（〈齊天樂〉）等，都屬對精切巧妙。但由於過分注重煉句，有的詞作境界不很渾成；有時為求尖新而失於雕琢過甚。

史達祖也工於詠物，他最負盛名的是兩首詠燕、詠春雨的自度曲〈雙雙燕〉和〈綺羅香〉，前者堪稱是詠燕的絕唱：

> 過春社了，度簾幕中間，去年塵冷。差池欲住，試入舊巢相並。還相雕梁藻井。又軟語、商量不定。飄然快拂花梢，翠尾分開紅影。　芳徑。芹泥雨潤。愛貼地爭飛，競誇輕俊。紅樓歸晚，看足柳昏花暝。應自棲香正穩。便忘了、天涯芳信。愁損翠黛雙蛾，日日畫闌獨憑。

高觀國與史達祖齊名[11]。其成就雖不及史達祖，但也有值得重視之處。他善於創造名句警語，如「香心靜，波心冷，琴心怨，客心驚」（〈金人捧露盤・水仙花〉）；「新愁萬斛，為春瘦、卻怕春知」（前調〈梅花〉）；「開遍西湖春意爛，算群花、正作江山夢」（〈賀新郎・賦梅〉）等，都頗為後人傳誦。

第二節　爭奇求異的吳文英

・非仕非隱的人生　・亦夢亦幻的境界　・突變性的章法結構和密麗深幽的語言風格

吳文英（一二〇七？—一二六九？）[12]，字君特，號夢窗，又號覺翁，四明鄞縣（今浙江寧波）人。他是一位頗為獨特的江湖遊士，雖放浪江湖，然足跡未離江、浙；雖以布衣終老，卻長期充當一些權貴的門客與幕僚，非官又非隱；雖曳裾侯門，但只為衣食生計，而不為仕進投機鑽營，尚保持著清高獨立的人格。

吳文英一生的心力都傾注在詞的創作上。他力求自成一家，但辛棄疾和姜夔這兩座藝術高峰橫亙眼前，而他胸襟氣魄遠遜稼軒，才情天賦不及白石，要在情思、內容上有所超越突破，已不可能，於是專在藝術技巧上爭奇鬥勝。

首先是在藝術思維方式上，往往改變正常的思維習慣，將常人眼中的實景化爲虛幻，將常人心中的虛無化爲實有，通過奇特的藝術想像和聯想，創造出如夢如幻的藝術境界。如遊蘇州靈巖山時所作的著名懷古詞：

渺空煙四遠，是何年、青天墜長星。幻蒼崖雲樹，名娃金屋，殘霸宮城。箭徑酸風射眼，膩水染花腥。時靸雙鴛響，廊葉秋聲。　宮裡吳王沉醉，倩五湖倦客，獨釣醒醒。問蒼波無語，華髮奈山青。水涵空、闌干高處，送亂鴉、斜日落漁汀。連呼酒，上琴臺去，秋與雲平。（〈八聲甘州・陪庾幕諸公遊靈巖〉）

開篇打破登高懷古詞寫眼前實景的思維定勢，而以出人意表的想像將靈巖山和館娃宮等虛幻化，把靈巖山比擬爲青天隕落的星辰。這是化實爲虛。西施的遺跡本是一片廢墟，而作者卻以超常的聯想，逼眞地表現出當年採香徑中殘存的脂香腥味和響屧廊裡西施穿著木屐漫步的聲響，化虛爲實，亦幻亦眞，境界空靈。類似於這種超越時空、將心中的幻覺實有化的表現方法，在夢窗詞中隨處可見。如懷念亡姬的名作〈風入松〉：

聽風聽雨過清明。愁草瘞花銘。樓前綠暗分攜路，一絲柳、一寸柔情。料峭春寒中酒，交加曉夢啼鶯。　西園日日掃林亭。依舊賞新晴。黃蜂頻撲鞦韆索，有當時、纖手香凝。惆悵雙鴛不到，幽階一夜苔生。

詞的境界似眞似夢。「黃蜂」二句，則是亦眞亦幻。黃蜂撲鞦韆，爲眼前實景；亡姬生前纖纖玉手在鞦韆上殘留的香澤，本是由於痴迷的憶戀而產生的幻覺，而著一「有」字，便將幻覺寫成實有。另一首〈思佳客・賦半面女髑髏〉，更將半面枯骨幻化成風姿綽約的少女：

釵燕攏雲睡起時。隔牆折得杏花枝。青春半面妝如畫，細雨三更花又飛。　輕愛別，舊相知。斷腸青塚幾斜暉。斷紅一任風吹起，結習空時不點衣。

這種超常的想像力和幻化的手段，爲吳文英所獨擅。

其次是在章法結構上，繼清眞詞後進一步打破時空變化的通常次序，把不同時空的情事、場景濃縮統攝於同一畫面內；或者將實有的情事與虛幻的情境錯綜疊映，使意境撲朔迷離。吳文英作詞師承周邦彥。清真詞的結構也具跳躍性，但起承轉合，或用虛字轉折，或用實詞提示，尚有線索可尋。而夢窗詞的結構往往是突變性的，時空場景的跳躍變化不受理性和邏輯次序的約束⓭，且缺乏必要的過渡與照應，情思脈絡隱約閃爍而無跡可求。這強化了詞境的模糊性、多義性，但也增加了讀者理解的難度。他長達二百四十字的自度曲，也是詞史上最長的詞調〈鶯啼序〉，便典型地體現出這種結構的特色：

殘寒正欺病酒，掩沉香繡戶。燕來晚、飛入西城，似說春事遲暮。畫船載、清明過卻，晴煙冉冉吳宮樹。念羈情遊蕩，隨風化為輕絮。　十載西湖，傍柳繫馬，趁嬌塵軟霧。溯紅漸、招入仙溪，錦兒偷寄幽素。倚銀屏、春寬夢窄，斷紅濕、歌紈金縷。暝堤空，輕把斜陽，總還鷗鷺。　幽蘭旋老，杜若還生，水鄉尚寄旅。別後訪、六橋無信，事往花萎，瘞玉埋香，幾番風雨。長波妒盼，遙山羞黛，漁燈分影春江宿，記當時、短楫桃根渡。青樓彷彿，臨分敗壁題詩，淚墨慘澹塵土。　危亭望極，草色天涯，歎鬢侵半苧。暗點檢、離痕歡唾，尚染鮫綃，嚲鳳迷歸，破鸞慵舞。殷勤待寫，書中長恨，藍霞遼海沉過雁，漫相思、彈入哀箏柱。傷心千里江南，怨曲重招，斷魂在否。

全詞分四段，主要寫對亡故戀人的思念，相思中又含羈旅之情，時空多變，反覆穿插。第一段寫獨居傷春情懷。主導空間是繡戶，隨著思緒的翻騰流動，空間意象從西城跳到湖上畫船又轉換到吳宮。第二段回憶十年前的豔遇，而「春寬夢窄」又包含著現時的感受。第三段總寫別後情事。過片思緒回到現實的水鄉寄旅，接著又跳到別後尋訪往事和當時分別的情景。時空上有三次跳躍變化。第四段總寫相思，又穿插著別後的眺望與期待，相聚時的歡情和離別時的淚痕，時間又是幾度變化，空間也是從眼前跳到遼海又回復到江南。時空突變，情懷隱約閃爍。他不是按慣例將一時情事寫完後再續寫另一情事，而是交錯穿插，詞的結構是由一個個缺乏邏輯、理性連繫的片段組成，其內在的連結點是跳蕩的思緒。這種結構方式帶有一定的超前性，類似於現代的意識流手法，古人不易理解，因此指斥爲「如七寶樓臺，眩人眼目，碎拆下來，不成片段」（張炎《詞源》卷下）。

夢窗詞的語言生新奇異。第一是語言的搭配、字句的組合，往往打破正常的語序和邏輯慣例，與其章法結構一樣，完全憑主觀的心理感受隨意組合。如「飛紅若到西湖底，攪翠瀾、總是愁魚」（〈高陽臺・豐樂樓分韻得如字〉）和

「落絮無聲春墮淚」（〈浣溪沙〉）等，都是將主觀情緒與客觀物象直接組合，無理而奇妙。第二是語言富有強烈的色彩感、裝飾性和象徵性。他描摹物態、體貌、動作，很少單獨使用名詞、動詞或形容詞，而總是使用一些情緒化、修飾性、色彩感極強的偏正詞組。如寫池水，是「膩漲紅波」（〈過秦樓・芙蓉〉）；寫雲彩，是「倩霞豔錦」（〈繞佛閣・贈郭季隱〉）或「愁雲」、「膩雲」；寫花容，是「腴紅鮮麗」（〈惜秋華〉）、「妖紅斜紫」（〈喜遷鶯・同丁基仲過希道家看牡丹〉）；甚至寫女性的一顰一笑或一種情緒，也愛用色彩華麗的字眼來修飾，如「最賦情、偏在笑紅顰翠」（〈三姝媚〉），「紅情密」（〈宴清都・連理海棠〉），「剪紅情，裁綠意」（〈祝英臺近・除夜立春〉）。夢窗詞字面華麗，意象密集，含意曲折，形成了密麗深幽的語言風格。但雕繪過甚，時有堆砌之病、晦澀之失，故不免爲後人所詬病。

儘管吳文英的詞作多達三百四十首，比姜夔多出四倍，其題材內容卻與姜夔一樣，仍不出戀情、詠物、傷今懷古和酬贈唱和的範圍。從藝術的獨創性來看，吳文英足可與姜夔抗衡。清人戈載《宋七家詞選》說夢窗詞「以綿麗爲尚，運意深遠，用筆幽邃，煉字煉句，迥不猶人」；《四庫全書總目》卷一九九〈夢窗稿提要〉說「詞家之有文英，亦如詩家之有李商隱」，都是平實公允的評價[14]。

第三節　王沂孫、張炎和劉克莊等宋末詞人

・詞風清麗的周密　・工於詠物的王沂孫　・備寫身世之感的張炎　・兼融兩派之長的蔣捷

・辛派後勁劉克莊、陳人傑、劉辰翁和文天祥

宋元之際的詞壇，有兩大特點，一是創作活動的群體性。此期詞人喜歡結社唱和，尤其是楊纘、張樞、周密、陳允平、李彭老、李萊老、王沂孫、施岳、仇遠和張炎等浙江籍的詞人群，以臨安爲活動中心，常常結爲吟社，分題定韻賦詞，詞成後相互審音改字，品評得失。周密、王沂孫、張炎、唐玨、陳恕可、仇遠等十四人曾五次聚會，分詠龍涎香、白蓮、蓴、蟬、蟹等物，後結集爲詞史上第一部詠物詞專集《樂府補題》[15]。詞社中的唱和詞，藝術上精雕細刻，音律精嚴，字句高雅，但有時是在缺乏創作激情的情況下應社所作，因而情感深度不足。故清人周濟說：「北宋有無謂之詞以應歌，南宋有無謂之詞以應社。」（《介存齋論詞雜著》）二是題材、風格的趨同性。周密、王沂孫、張炎等人都是貴介公子、江湖雅人，生活條件優裕，不像前期江湖詞人那樣要爲衣食生計而奔波。宋亡之前，他們因對黑暗腐敗的社

會政治灰心失望，而嘯傲山川。由於吟賞湖山風物是他們主要的生活內容，又常常同題唱和，因而詠物和詠節序，就成爲他們一致的題材取向，其名篇佳作也大都是詠物詞。宋亡之後，作爲故國遺民，他們不敢像南渡詞人那樣直接傾訴亡國之痛，而只能暗中飲泣悲傷，所謂「寸腸萬恨，何人共說，十年暗灑銅仙淚」（趙文〈鶯啼序〉），以曲折委婉的方式、比興象徵的手法表達深沉的亡國痛楚。於是通過詠節序和詠物來寄託亡國的悲恨，就成爲他們熟悉和便利的創作方式，也是遺民詞最突出的特點。詞法取徑的一致，審美趣味的相同，又使他們的藝術風格大體相近。其中只有周密、王沂孫、張炎和蔣捷詞的藝術個性比較突出。

周密（一二三二—一二九八？）的詞作[16]，融會姜夔、吳文英兩家之長，形成了典雅清麗的詞風。他一方面取法姜夔，追求意趣的醇雅，另一方面與吳文英交往密切，詞風也受其影響，並因此與之並稱「二窗」。他的成名作、描繪西湖十景的組詞〈木蘭花慢〉，即以文筆清麗而著稱。宋亡後，詞風雖然依舊，但內容上流連風月的閒情雅趣已被淒苦幽咽的情思所取代，一二七六年臨安陷落後他逃到紹興所作的〈一萼紅．登蓬萊閣有感〉，是其代表作。陳廷焯說此詞「蒼茫感慨，情見乎詞，當爲《草窗集》中壓卷」（《白雨齋詞話》卷二）。

王沂孫最工於詠物[17]。他現存六十四首詞，詠物詞即占了三十四首。在宋末詞人中，王沂孫的詠物詞最多，也最精巧。他的詠物詞的特點，一是善於隸事用典，他不是直接描摹物態，而是根據主觀的意念巧妙地選取有特定涵義的典故與所詠之物有機融合，使客觀物象與主觀情意相互生發。這就是清人周濟所說的：「詠物最爭託意，隸事處以意貫串，渾化無痕，碧山勝場也。」（《宋四家詞選目錄．序論》）二是擅長用象徵和擬人的手法，用象徵性的語言將所詠之物擬人化，使之具有豐富的象徵意蘊，因而他的詞往往被認爲有深遠的寄託。如著名的〈眉嫵．新月〉：

> 漸新痕懸柳，淡彩穿花，依約破初暝。便有團圓意，深深拜，相逢誰在香徑。畫眉未穩，料素娥、猶帶離恨。最堪愛、一曲銀鉤小，寶簾掛秋冷。　千古盈虧休問。歎慢磨玉斧，難補金鏡。太液池猶在，淒涼處、何人重賦清景。故山夜永。試待他、窺戶端正。看雲外山河，還老盡、桂華影。

詞中無法補圓的新月，寄託著詞人在宋室傾覆後復國無望的深哀巨痛。而另一首〈齊天樂．蟬〉所詠的「枯形閱世」而「獨抱清高」的蟬，則是遺民身世和心態的寫照。

王沂孫詞，前人評價甚高，尤其是清中葉以後的常州詞派，更是推崇備至[18]。其詞藝術技巧確實比較高明，將詠物詞的表現藝術推進了一大步，但詞境狹窄，詞旨隱晦，也是一大缺陷。至於情調低沉，情思缺乏深度和力度，則是與他同期同派詞人的通病。

張炎（一二四八—一三二一？）的詞集名《山中白雲詞》⑲，詞風清雅疏朗，與白石相近，故與白石並稱爲「雙白」。時代的變故在張炎詞中刻下了深深的烙印。入元以後，國破家亡，張炎由承平貴公子淪落爲無家可歸的「可憐人」（〈甘州〉），詞由高雅地摹寫風月轉變爲淒楚地備寫身世盛衰之感。淒涼怨慕的〈高陽臺・西湖春感〉和〈解連環・孤雁〉最能代表他入元後的心境和詞境。後一首更爲他贏得「張孤雁」的雅號：

> 楚江空晚。悵離群萬里，怳然驚散。自顧影、欲下寒塘，正沙淨草枯，水平天遠。寫不成書，只寄得、相思一點。料因循誤了，殘氈擁雪，故人心眼。　誰憐旅愁荏苒。謾長門夜悄，錦箏彈怨。想伴侶、猶宿蘆花，也曾念春前，去程應轉。暮雨相呼，怕驀地、玉關重見。未羞他、雙燕歸來，畫簾半捲。

張炎詞的總體成就與王沂孫相當，但取徑較寬闊，詞境也比王詞豐富而明暢，對清初浙西詞派的創作影響甚大⑳。張炎論樂理和論詞藝詞法的詞話著作《詞源》，對後世的詞學影響更大。書中提出的「清空」、「騷雅」等概念，成爲後世詞學研究中重要的審美範疇，而對宋代詞人詞作優劣得失的評論，也往往成爲後人對宋代詞人進行評價的基準。

在宋末詞人中，蔣捷詞別開生面㉑，最有特色和個性。在社交上，他與聲同氣應的周、王、張等人不見有任何來往，詞風也是另闢蹊徑，不主一家，而兼融豪放詞的清奇流暢和婉約詞的含蓄蘊藉，既無辛派後勁粗放直率之病，也無姜派末流刻削隱晦之失。如〈虞美人・聽雨〉：

> 少年聽雨歌樓上。紅燭昏羅帳。壯年聽雨客舟中。江闊雲低斷雁叫西風。　而今聽雨僧廬下。鬢已星星也。悲歡離合總無情。一任階前點滴到天明。

他敢於直接表現亡國遺民堅貞不屈的民族氣節和對異族統治的不滿情緒，〈沁園春・爲老人書南堂壁〉和〈賀新郎・鄉士以狂得罪賦此餞行〉二詞，就充滿著一股不屈的奇氣。蔣捷詞還多角度地表現出亡國後遺民們漂泊流浪的淒涼感受和饑寒交迫的生存困境，如〈賀新郎・兵後寓吳〉：

深閣簾垂繡。記家人、軟語燈邊，笑渦紅透。萬疊城頭哀怨角，吹落霜花滿袖。影廝伴、東奔西走。望斷鄉關知何處，羨寒鴉、到著黃昏後。一點點，歸楊柳。　相看只有山如舊。歎浮雲、本是無心，也成蒼狗。明日枯荷包冷飯，又過前頭小阜。趁未發、且嘗村酒。醉探枵囊毛錐在，問鄰翁，要寫牛經否。翁不應，但搖手。

此外，蔣詞的情感基調不像王沂孫、張炎詞那樣一味的低沉陰暗，有的詞作格調清新，樂觀輕快，如〈霜天曉角〉（人影窗紗）和〈昭君怨・賣花人〉寫折花和賣花，極富生活情趣。蔣捷在宋末詞壇上獨立於時代風氣之外，卓然成家，對清初陽羨派詞人頗有影響。

如果說宋末姜派詞人是以藝術的精湛見長，那麼辛派後勁則是以思想內容的深度和力度取勝。其中劉克莊、陳人傑和劉辰翁詞的現實性和時代感最強烈。

劉克莊（一一八七－一二六九）是辛派後勁中成就最大的詞人[22]。他作詞「不涉閨情春怨」（〈賀新郎・席上聞歌有感〉），一以國家命運爲念。當周、王、張等姜派詞人把自我封閉在詞社裡寫那些吟詠山水風月、不關世事的雅詞的時候，劉克莊卻憂心如焚地關注著「國脈危如縷」（〈賀新郎・實之三和有憂邊之語走筆答之〉）的危急國勢，詞中充滿著一股強烈的危機感。如果說辛棄疾的社會憂患意識主要是一種遠慮，那麼劉克莊的危機感則已經是一種迫在眉睫的近憂，因而顯得更急切和焦灼。如「作麼一年來一度，欺得南人技短。歎幾處、城危如卵」（前調〈杜子昕凱歌〉）；「新來邊報猶飛羽，問諸公、可無長策，少寬明主」（前調〈跋唐伯玉奏稿〉），都表現出對當前蒙古兵馬壓境的焦慮，富有強烈的現實感。

劉克莊的藝術視野也比較寬闊，在表現社會生活的廣度上較之辛棄疾又有所拓展，如〈賀新郎・送陳眞州子華〉寫聯絡北方義兵以定齊魯的「公事」；〈滿江紅・送宋惠父入江西幕〉寫到南方少數民族的起義，都是從未有人關注過的現實題材。尤爲難得的是，劉克莊在詞中表現出一種極其可貴的人道主義精神。如〈送宋惠父入江西幕〉勸友人不要殘酷鎮壓起義的峒民：「帳下健兒休盡銳，草間赤子俱求活」，體現出對貧苦民眾鋌而走險的理解和同情；〈賀新郎・郡宴和韻〉不僅明言「此老飽知民疾苦」，更希望「但得時平魚稻熟，這腐儒不用青精飯」。這類作品深化和提高了詞的思想境界。

劉克莊詞也富有藝術個性，風格雄肆疏放。如〈沁園春・夢孚若〉：

何處相逢，登寶釵樓，訪銅雀臺。喚廚人斫就，東溟鯨膾，圉人呈罷，西極龍媒。天下英雄，使君與操，餘子誰堪共酒杯。車千輛，載燕南趙北，劍客奇才。　飲酣鼻息如雷。誰信被晨雞輕喚回。歎年光過盡，功名未立，書生老去，機會方來。使李將軍，遇高皇帝，萬户侯何足道哉。披衣起，但淒涼感舊，慷慨生哀。

情懷怨憤激切，筆勢縱橫跌宕。但劉詞的語言有時錘鍊不足，失於粗疏，也無可諱言。

陳人傑（一二一八—一二四三）是宋代詞壇上最短命的詞人㉓，享年僅二十六歲。他現存詞作三十一首，全用〈沁園春〉調，這是兩宋詞史上罕見的用調方式。在「東南嫵媚，雌了男兒」和「諸君傅粉塗脂，問南北戰爭都不知」（〈沁園春〉）的精神萎靡的社會現實裡，陳人傑用詞呼喚富有進取精神的男子漢雄健氣概的回歸：「扶起仲謀，喚回玄德。」（前調）其詞縱筆揮灑，語言斬切痛快，政治批判的鋒芒尖銳深刻，〈沁園春・丁酉歲感事〉是其代表作。

劉辰翁（一二三二—一二九七）在總體傾向上也是繼承稼軒的遺風㉔，只是身經亡國的時代巨變，已無稼軒的豪邁之氣。他的獨特性在於吸取了杜甫以韻語記時事的創作精神，用詞來表現亡國的血淚史。一二七五年二月，權相賈似道率師抵抗元軍，結果在魯港（今安徽蕪湖西南）不戰自潰。半個月後，劉辰翁聞報，即賦〈六州歌頭〉（向來人道），強烈譴責了賈似道全軍覆沒的罪行及其專權誤國的種種罪惡。次年春，臨安城陷，國破主俘，劉辰翁又及時地寫了〈蘭陵王・丙子送春〉，用象徵的手法表現了國亡「無主」和「人生流落」的悲哀。另一首〈唐多令〉表現了戰亂中「青山白骨堆愁」的慘狀；〈柳梢青・春感〉則描寫了亡國後「鐵馬蒙氈」橫行、「笛裡番腔」喧囂的社會現實。正所謂「暮年詩、句句皆成史」（〈金縷曲〉）。這種及時展現時代巨變的「詩史」般的創作精神，在宋末遺民詞人群中是自樹一幟的。

宋亡以後，詞壇上是一片苦調哀音，連劉辰翁詞也是字字悲咽。唯有民族英雄文天祥，以他那視死如歸的崇高氣魄、激越雄壯的歌喉，高昂地唱出了民族的尊嚴和志云：「人生翕欻云亡。好烈烈轟轟做一場。使當時賣國，甘心降虜，受人唾罵，安得流芳。古廟幽沉，儀容嚴雅，枯木寒鴉幾夕陽。郵亭下，有奸雄過此，仔細思量。」（〈沁園春・題潮陽張許公廟〉）文天祥的高歌，給輝煌的兩宋詞史增添了最後一道輝煌！

注釋

❶姜夔的生卒年，頗多歧見。夏承燾〈姜白石繫年〉及〈行實考〉約定其生卒年為一一五五—一二二一。此處生年即從其說，而卒年則依王睿〈姜夔卒年新考〉（《文學遺產》二〇一一年第三期）的考訂。姜夔著有《白石道人詩集》和《白石道人歌曲》等。詞存八十四首。近有陳書良《姜白石詞箋注》（中華書局二〇〇九年版）。生平事蹟詳見夏承燾《唐宋詞人年譜·姜白石繫年》及其《姜白石詞編年箋校·行實考》、王兆鵬主編《宋才子傳箋證·詞人卷》之〈姜夔傳〉。按：姜夔雖比辛棄疾小十幾歲，但生活和創作與辛在同一時期。而吳文英則是姜夔的後一代詞人。吳文英生年雖難考實，但其登上詞壇時姜夔已經去世，應無疑義。

❷參周密《齊東野語》卷一二〈姜堯章自敘〉，中華書局一九八三年版，第二一一—二一二頁。

❸此詞寓意歷來解說紛紜。參夏承燾《姜白石詞編年箋校》，上海古籍出版社一九八一年版，第四九—五〇頁箋釋；第二七三頁《合肥詞事》。劉永濟認為詞中有對國事的寄託（見《唐五代兩宋詞簡釋》，上海古籍出版社一九八二年版，第七三—七四頁），但句句坐實，不無穿鑿附會之嫌。

❹姜夔友人蘇洞曾說：「白石鄱姜病更貧，幾年白下往來頻。歌詞剪就能哀怨，未必劉郎是後身。」（〈金陵雜興〉）姜夔在宋孝宗淳熙十三年丙午（一一八六）所作〈霓裳中序第一〉詞也說：「多病卻無氣力。」是年姜夔才三十多歲。

❺姜夔〈洞仙歌·黃木香贈辛稼軒〉曾明確說：「我愛幽芳。」按：冷香、冷紅等意象見下列詞句：「冷香飛上詩句」（〈念奴嬌〉），「冷紅葉葉下塘秋」（〈憶王孫〉）；「冷雲迷浦」（〈清波引〉），「暗柳蕭蕭，飛星冉冉，夜久知秋信」（〈湘月〉），「西窗又吹暗雨」（〈齊天樂〉）。這些「冷」、「暗」的色調並不是物象的原色，而是詞人心理的投射。而破敗之景和衰弱之物，又象徵著詞人美好理想被摧殘後的孤獨失望。

❻見劉熙載《藝概》卷四。另參楊海明《唐宋詞史》和陶爾夫、劉敬圻《南宋詞史》有關姜夔詞的章節。

❼參姜夔〈暗香〉小序。另參夏承燾〈論姜白石的詞風〉，《姜白石詞編年箋校》卷首；陶爾夫〈論姜白石詞〉，《文學評論》一九九五年第六期。

❽清初朱彝尊《靜惕堂詞·序》說：「數十年來，浙西填詞者，家白石而户玉田。」（曹溶《靜惕堂詞》卷首）清同治三年（一八六四）張文虎自序《索笑詞》也說：「二十年前，家白石而户玉田，使蘇、辛不得為詞，今則俎豆二窗而祧姜、張矣。」（《索笑詞》卷首）

⑨史達祖，字邦卿，號梅溪，汴（今河南開封）人。其年歲約比姜夔小十幾歲。他曾為太師韓侂胄的堂吏，備受寵信。宋寧宗開禧元年（一二〇五），作為隨從出使過金國。開禧三年，韓侂胄北伐失敗後被殺，首級送金人，史達祖也因此而受黥刑並被貶謫流放，後不知所終。事蹟參王兆鵬主編《宋才子傳箋證．詞人卷》之〈史達祖傳〉。著有《梅溪詞》，今存一百二十二首。

⑩清謝章鋌《賭棋山莊詞話》卷一一說，雍正、乾隆間，學詞者是「家白石而戶梅溪」。語雖誇張，但至少說明當時學史達祖詞者不在少數。先著《詞潔》也說：「今之治詞者，高手知師法姜、史。」也可見史達祖在清代詞壇的影響。

⑪高觀國，字賓王，號竹屋，山陰（今浙江紹興）人。其集中與史達祖唱和詞頗多，二人為同社詞友，年輩當亦相近。有詞集《竹屋痴語》。

⑫吳文英的生卒年，迄今無確考。此從謝桃坊〈詞人吳文英事蹟考辨〉（《詞學》第五輯）之說。夏承燾《唐宋詞人年譜．吳夢窗繫年》定其生於一二〇〇年前後，卒於一二六〇年左右；陳邦炎〈夢窗生卒年管見〉推定其生於一二一二年，卒於一二七二—一二七六年之間（《文學遺產》一九八三年第三期）。吳文英的生平事蹟，可參上引諸文及王兆鵬主編《宋才子傳箋證．詞人卷》之〈吳文英傳〉的考述。其詞集為《夢窗甲乙丙丁稿》。今有吳蓓《夢窗詞彙校箋釋集評》（浙江古籍出版社二〇〇七年版）。

⑬參見葉嘉瑩〈拆碎七寶樓臺——談夢窗詞之現代觀〉，《迦陵論詞叢稿》，上海古籍出版社一九八〇年版，第一三九—二〇七頁。

⑭自宋末以來，有關吳文英的評價頗不一致，參注⑬引葉嘉瑩文和陳邦炎〈夢窗詞淺議〉（《文學遺產》一九八四年第一期）。

⑮參見夏承燾《唐宋詞人年譜．周草窗年譜》附錄〈《樂府補題》考〉；金啓華、蕭鵬《周密及其詞研究》，齊魯書社一九九三年版，第五八—六八頁。

⑯周密，字公謹，號草窗，又號四水潛夫、弁陽老人，先世濟南人，後占籍吳興（今浙江湖州）。宋亡前曾為義烏縣令。他博學多聞，交遊甚廣，宋亡後不仕，專心搜集整理故國文獻，先後撰成《癸辛雜識》、《武林舊事》、《齊東野語》、《浩然齋意抄》、《浩然齋雅談》、《雲煙過眼錄》、《志雅堂雜抄》、《澄懷錄》等野史筆記，並編選有《絕妙好詞》。自著詞集有《蘋洲漁笛譜》（一名《草窗詞》）。詞存一百五十二首。關於「二窗」並稱，見戈載《宋七家詞選》卷五：「（周詞）盡洗靡曼，獨標清麗，有韶倩之色，有綿渺之思。與夢窗旨趣相侔，二窗並稱，允矣無忝。」其生平事蹟可參前注引

《周草窗年譜》和《周密及其詞研究》。

⑰王沂孫，字聖與，號中仙，又號碧山，會稽（今浙江紹興）人。入元後曾被迫為慶元路學正。其年歲約晚於周密而長於張炎。有《花外集》（一名《玉笥山人詞集》）。其事蹟可參王筱芸《碧山詞研究》，南京出版社一九九一年版。

⑱如陳廷焯《白雨齋詞話》卷二說：「詞法莫密於清真，詞理莫深於少游，詞筆莫超於白石，詞品莫高於碧山，皆聖於詞者。」、「詞有碧山，而詞乃尊。」（人民文學出版社一九八三年版，第四七頁）

⑲張炎，字叔夏，號玉田，又號樂笑翁。先世鳳翔府成紀（今甘肅天水）人，寓居臨安（今浙江杭州）。宋亡時，祖父被元兵殺害，家財被抄沒。晚年窮困潦倒，曾在鄞地（今浙江寧波）擺設卜肆。他一直生活到元英宗至治元年（一三二一）以前。有《山中白雲詞》，存三百零二首。生平事蹟參楊海明《唐宋詞論稿・張炎家世考》（浙江古籍出版社一九八八年版）和《張炎詞研究》（齊魯書社一九八九年版）。

⑳浙派領袖朱彝尊曾在〈解佩令・自題詞集〉中自稱「不師秦七、不師黃九，倚新聲、玉田差近」。另參注❽。

㉑蔣捷，字勝欲，號竹山，陽羨（今江蘇宜興）人。宋度宗咸淳十年（一二七四）進士。入元後堅不出仕。有《竹山詞》。今有楊景龍《蔣捷詞校注》（中華書局二〇一〇年版）。其事蹟可參楊海明《唐宋詞論稿・關於蔣捷的家世和事蹟》及王兆鵬主編《宋才子傳箋證・詞人卷》之〈蔣捷傳〉。

㉒劉克莊有詞集《後村別調》（一名《後村長短句》），存詞一百三十五首。今有錢仲聯《後村詞箋注》，上海古籍出版社一九八〇年版。其生平事蹟，參程章燦《劉克莊年譜》，貴州人民出版社一九九三年版。

㉓陳人傑，一作陳經國，字剛父，號龜峰，長樂（今福建福州）人。曾遊江淮兩湖間，後寓臨安。有《龜峰詞》。其生平事蹟參胡念貽〈陳人傑和他的詞〉，載《文學評論叢刊》第七輯（中國社會科學出版社一九八〇年版）；王兆鵬主編《宋才子傳箋證・詞人卷》之〈陳人傑傳〉。

㉔劉辰翁，字會孟，號須溪，江西廬陵（今江西吉安）人。曾為贛州濂溪書院山長。宋恭帝德祐元年（一二七五）文天祥起兵勤王，劉辰翁曾入其幕。宋亡後不仕。有《須溪詞》。其生平事蹟，參吳企明校注《須溪詞》附錄〈劉辰翁年譜簡編〉，上海古籍出版社一九九八年版）及王兆鵬主編《宋才子傳箋證・詞人卷》之〈劉辰翁傳〉。

第十一章 南宋的古文和四六

與北宋古文相比，南宋古文的成就稍爲遜色，沒有產生像歐陽修、王安石、蘇軾那樣的古文大家。但是在某些特殊的文體中，南宋作家對前人有所發展和超越，南宋古文的總體成就仍不可忽視❶。此外，南宋理學家的古文理論及所編的古文選本，也對後代文學有較大的影響。

第一節 南宋的政論文和筆記小品

・胡銓、陳亮等人的政論文 ・陸游、范成大等人的筆記

南宋自始至終受到北方強敵的威脅，抗敵禦侮是當時最重要的政事，所以南宋的政論文多以籲請抗敵、謀畫復國大計爲主要內容。這些文章的政治功利目的十分明確，大都秉筆直書，義正詞嚴。它們不很注重文學技巧，然而氣勢磅礴，言詞懇切，在歐、蘇、曾、王之外開闢了古文的新境界。

南宋初期，抗金將領和愛國志士在國勢危急之際堅決要求抗敵，他們或誓師傳檄，或伏闕上書，留下了許多彪炳史冊的政論文，如宗澤的〈乞毋割地與金人疏〉、〈請駕還汴疏〉，李綱的〈論天下強弱之勢〉、〈請立志以成中興疏〉，張浚的〈論恢復事宜疏〉，陳東的〈上高宗第一書〉等。其中最著名的是名將岳飛的〈五嶽祠盟記〉和諍臣胡銓的〈戊午上高宗封事〉。〈五嶽祠盟記〉是岳飛在戎馬倥傯中所作，文中說：

> 自中原板蕩，夷狄交侵，余發憤河朔，起自相臺。總髮從軍，歷二百餘戰。雖未能遠入荒夷，洗蕩巢穴，亦且快國仇之萬一。今又提一旅孤軍，振起宜興。建康之城，一鼓敗虜，恨未能使匹馬不回耳！

慷慨激昂，氣壯山河，不愧是出自民族英雄之手的戰鬥檄文。

胡銓的〈戊午上高宗封事〉作於宋高宗紹興八年（一一三八）。當時秦檜爲相，專主和議，副相孫近附和秦檜，王倫則數次出使金國求和。時爲樞密院編修官的胡銓對南宋小朝廷的屈膝求和怒不可遏，奮不顧身地上書痛斥秦檜等人的賣國行徑：

> 夫三尺童子至無知也，指犬豕而使之拜，則怫然怒。今醜虜，則犬豕也。堂堂天朝，相率而拜犬豕，曾童稚之所羞，而陛下忍為之耶？……臣備員樞屬，義不與檜等共戴天。區區之心，願斬三人頭，竿之藁街。然後羈留虜使，責以無禮，徐興問罪之師，則三軍之士不戰而氣自倍。不然，臣有赴東海而死耳，寧能處小朝廷求活耶？

措詞尖銳，氣勢淩厲，鋒芒不但直指奸相秦檜，而且指向宋高宗。這是愛國軍民聲討投降派的正義檄文。胡銓的上書在當時引起了強烈的反響，秦檜等人驚恐萬狀，愛國之士則將它刻印流傳，金人也聞之喪膽❷。

南宋中葉的政論文以替朝廷出謀畫策爲主要內容，陳亮和辛棄疾是具有代表性的作家。辛棄疾寫了《美芹十論》和《九議》，全面、精闢地分析了當時的敵我形勢，提出了進取的方略，文筆酣暢，虎虎有生氣，劉克莊評其「筆勢浩蕩，智略輻湊，有《權書》、《論衡》之風」（〈辛稼軒集．序〉）。

陳亮自負有濟世之才，多次伏闕上書，勇於言事。他在〈上孝宗皇帝第一書〉中力主恢復中原，告誡孝宗不可苟安而痛失良機。文中還痛斥那些空談性命的道學家：「始悟今世之儒士，自以爲得正心誠意之學者，皆風痹不知痛癢之人也。舉一世安於君父之仇，而方低頭拱手以談性命，不知何者謂之性命乎！」（《龍川集》卷一）見解深刻，筆鋒犀利，一針見血。

南宋的政論文使古文的政治功能和社會意義得到了很大的提高，其氣勢之雄偉和邏輯之嚴密比北宋古文有過之而無不及，因而受到後人的重視。

南宋的筆記也取得了很高的成就。由於筆記具有長短不拘、形式靈活的特點，南宋作家很喜歡這種文體，許多人撰有筆記專集。比如陸游把他入蜀途中的見聞寫成《入蜀記》六卷，范成大則把他出蜀東歸途中的見聞寫成《吳船錄》二卷，兩書描寫沿江的名勝古蹟和風土人情，清麗可誦。南宋更多的筆記具有豐富複雜的綜合性內容，舉凡史事雜錄、考據辯證、詩文評論、小說故事等，應有盡有。這些筆記專集中多數文章屬於學術論著的性質，但也有不少是生動有趣的小品文，像陸游的《老學庵筆記》、洪邁的《容齋隨筆》、羅大經的《鶴林玉露》、周密的《武林舊事》等❸，都有一些文學性很強的小品文，例如下面三則：

饒德操詩為近時僧中之冠。早有大志，既不遇，縱酒自晦，或數日不醒，醉時往往登屋危坐，浩歌慟哭，達旦乃下。又嘗醉赴汴水，適遇客舟救之獲免。（《老學庵筆記》卷二）

京師凡賣熟食者，必為詭異標表語言，然後所售益廣。嘗有貨環餅者，不言何物，但長歎曰：「虧便虧我也。」謂價廉不稱耳。（莊季裕《雞肋篇》卷上）

唐子西詩云：「山靜似太古，日長如小年。」余家深山之中，每春夏之交，蒼蘚盈階，落花滿徑。門無剝啄，松影參差，禽聲上下。午睡初足，旋汲山泉，拾松枝，煮苦茗啜之。隨意讀《周易》、《國風》、《左氏傳》、《離騷》、《太史公書》及陶、杜詩，韓、蘇文數篇。從容步山徑，撫松竹，與麛犢共偃息於長林豐草間。……歸而倚杖柴門之下，則夕陽在山，紫綠萬狀，變幻頃刻，恍可人目。牛背笛聲，兩兩來歸，而月印前溪矣。味子西此句，可謂妙絕。（《鶴林玉露》丙編卷四）

第一則記一位懷才不遇、佯狂避世的奇士[4]，寥寥數語，即把其憤激矯詭的舉止寫得栩栩如生，眞可謂滿紙不可人意。第二則是都市中的一幅風俗畫，小商販的話只有一句，卻宛肖市井聲口，生動有趣。第三則首尾像是評詩[5]，而中間一段寫景抒情各臻其妙，具有獨立的文學價值。

筆記這種文體雖然在隋唐時已經產生，北宋歐陽修、蘇軾已著有筆記專集，但筆記的廣泛流行則是在南宋。南宋留下的筆記集有近百種，其中的小品文成就尤高，堪稱晚明小品的先驅[6]。

第二節　南宋理學家的文論和古文

・理學家的文論　・從《宋文鑑》到《文章正宗》　・朱熹、眞德秀等人的古文北宋的理學家大都輕視文學，也不善詩文。到了南宋，情況有所改變：一是南宋的理學形成了幾個學派互峙的局面，尤其是其中的朱熹學派、陸九淵學派和陳亮、葉適學派，三足鼎立，在哲學、史學和文學方面都持有不同的觀點[7]。這樣，他們對文學的態度就不盡同於北宋的二程。例如陳亮、葉適的浙東學派，因爲講求功利，論學注重實用，所以對文學的實用功能相當重視。二是南宋理學家的文學修養較高，不但思想與二程有異的呂祖謙等人善於作文，就是恪守二程傳統的朱熹也並不對文學採取極端排斥的態度。朱熹本人的詩文寫得很好，並曾花很大的工夫對《詩經》、《楚辭》和韓愈文集進行校勘、注釋，他關於歷代文學的大量言論中也時有眞知灼見，這與持「作文害道」（《二程語錄》卷一一）觀點的二程顯然有很大的區別。

南宋理學家對文學發表了許多言論，內容十分豐富。例如呂祖謙重視文學辭章[8]，專門寫了《論作文法》來討論古文技法。葉適的文論強調事功[9]，認爲「爲文不能關教事，雖工無益也」（〈贈薛子長〉，《水心先生文集》卷二九）。然而對當時和後代的文學產生較大影響的則是朱熹的文論。

朱熹（一一三〇—一二〇〇）是南宋最重要的理學家[10]，一生的主要精力用於著述和講學。他繼承了北宋周敦頤和程頤等人的文道觀，並對文與道的關係做了更深入的論述。首先，朱熹強調道的重要性：「這文皆是從道中流出，豈有文反能貫道之理？文是文，道是道，文只如吃飯時下飯耳。若以文貫道，卻是把本爲末，以末爲本，可乎？」（《朱子語類》卷一三九）這段話是針對唐代李漢《昌黎先生集‧序》「文者，貫道之器也」而說的，在朱熹看來，「文以貫道」之說仍嫌太重視文了，所以他明確地強調道是第一性的，道是根本，而文不過是輔助手段而已。然而朱熹並不認爲文與道是毫不相干的，他說：「道者，文之根本。文者，道之枝葉。唯其根本乎道，所以發之於文，皆道也。三代聖賢文章，皆從此心寫出，文便是道。」（《朱子語類》卷一三九）這就更加清楚地說明了道爲本、文爲末的關係。從表面上看，朱熹的文道觀與北宋理學家如出一轍，但由於他在強調重道輕文的同時又認爲文道一體，並指責韓愈「未免裂道與文以爲兩物」（〈讀唐志〉，《朱文公文集》卷七〇），所以他事實上承認了文學的價值。在理學思想內部，朱熹的文學觀比二程更爲通達。正因如此，朱熹雖然批評韓愈、蘇軾等人倒置了文與道的關係，但他對歷代文學中的佳作深有會心，並常與弟子探討歷代文人的優劣得失。

朱熹的文論對南宋的古文創作有深刻的影響。一方面，文被置於理學的規範之下，文成爲從屬於道的表現工具。這妨礙了作家對藝術作深入的研究，並導致了一些粗糙鄙俚的語錄體古文的產生。另一方面，朱熹畢竟沒有完全抹煞文學的價值，仍然爲文學在理學思想的支配下保留了一席之地。朱熹卒後不久，他的學說即被南宋朝廷採納，成爲占統治地位的官方思想⓫，歷元、明、清三代有增無減。朱熹的文學觀對宋以後的文學也有深遠的影響。

南宋編刊古文選集的風氣很盛，編選文集成爲人們表達文學思想的一種重要方式。各種古文選本的相繼出現，清楚地呈現出文壇風氣和文學思想的嬗變。南宋初期，由於黨禁解弛，一度被嚴禁的蘇文大爲流行，書坊及時刊行了《三蘇文粹》、《蘇門六君子文粹》。著名古文家呂祖謙也編選了《呂氏家塾增注三蘇文選》二十七卷和《宋文鑑》一百五十卷，後者是南宋前期最重要的文選。《宋文鑑》專選北宋的文學作品，其中古文達一千四百餘篇。由於編者意在補治道，所以收入了許多奏議，其中不無平庸之作。但總的說來，《宋文鑑》所選的北宋古文很有代表性，它體現了南宋作家對北宋古文傳統的重視。稍後，魏齊賢和葉棻編選了《五百家播芳大全文粹》一百一十卷，選錄範圍自北宋擴展到南宋前期的陸游、楊萬里、辛棄疾、李燾、樓鑰、陳亮、葉適等人的古文，可視爲《宋文鑑》的續編。

南宋後期，編選散文集的風氣更盛，最有代表性的選本爲眞德秀所編的《文章正宗》和《續文章正宗》各二十卷。眞德秀是朱熹的再傳弟子⓬，論文一遵朱熹的觀點。他在《文章正宗·綱目》中自述其編選宗旨爲：「故今所輯，以明義理、切世用爲主。其體本乎古，其旨近乎經者，然後取焉。否則辭雖工亦不錄。」這是趨於極端的理學家的文學觀，它完全抹煞了文學的審美功能，是對梁代蕭統編《文選》的宗旨「事出於沉思，義歸乎翰藻」的反撥。《文章正宗》是理學思想爲了全面控制文壇而提供的範本，對於南宋後期的古文創作起了一些不好的影響。然而眞德秀的目的並沒有完全實現，南宋末年出現的其他古文選本如謝枋得的〈文章軌範〉等，仍然主要著眼於藝術水準。而宋末文人的創作實際更不是理學家文論所能牢籠的，如文天祥的《指南錄·後序》、謝翺的〈登西臺慟哭記〉等作品，情文並茂，充分發揮了古文的藝術感染力。這說明《文章正宗》的極端文學思想並沒有被作家普遍接受。

南宋的理學家大都能文，除了政論文以外，他們也寫了不少文學性古文，像呂祖謙的山水遊記、葉適的亭臺記都頗有佳作，所以他們被後人看作理學家兼古文家。即使是朱熹也不例外。朱熹少喜文學，在中年以前曾下大工夫練習作文。朱熹文集除了奏狀、論學等大量說理文以外，也有許多記、序、碑、銘之類文字，其中不乏文學性較強的佳篇。例如〈江陵府曲江樓記〉、〈雲谷記〉、〈百丈山記〉等文，或寫山水風景，或敘遊覽見聞，都是情韻深永之作。又如他的〈記孫覿事〉，全文僅二百來字，便活畫出孫覿草降表以媚金人且恬不知恥的醜惡面目，敘事簡潔生動，辛辣的諷刺寓於其中，表現出很高的文學技巧。

南宋理學家能文的現象一方面體現了理學思想對文學創作的影響日益加深，另一方面也體現了理學家對文學的容納和重視。理學家和文學家在北宋時往往是勢不兩立的，但他們在南宋卻有相互融合的趨勢，有的甚至成了一身而二任的人物。這種情形對宋以後的古文創作有深遠的影響。

第三節　南宋的四六

・汪藻和南宋初期的四六　・南宋後期的四六

四六這種文體經過北宋歐陽修、蘇軾等人的努力，已經具備了不同於唐代駢文的特點。南宋的四六作家正是在歐、蘇的影響下進行寫作的，所以在運散入駢、多用長句等方面都繼承了歐、蘇的傳統，使四六成爲靈活多姿、便於議論的應用文體。

南宋前期的四六名家有汪藻、孫覿、洪适、周必大等人，其中以汪藻的成就最爲突出。汪藻（一〇七九—一一五四）[13]，南渡後任中書舍人，拜翰林學士，當時的朝廷詔令多出其手。汪藻當天下危難之時，受命擬詔，其處境與唐代的陸贄相似。汪藻所擬的詔令也與陸贄的作品一樣，既明暢洞達，曲盡情事，又具有激動人心的情感內蘊，最著名的是〈皇太后告天下手書〉和〈建炎三年十一月三日德音〉等篇。前一篇作於靖康二年（一一二七）四月，當時徽、欽二帝被俘北去，哲宗廢後孟氏臨朝，議立康王趙構爲帝。汪藻奉命爲擬手令，既不能迴避四海崩潰、宗廟傾覆的嚴重局勢，又要維繫人心，號召天下共禦外侮，確是一篇很難做好的文章。但汪藻僅用不足三百字的篇幅就把上述內容委曲周詳地表達出來，而且措詞得體，眞切動人。比如後面一段：

> 緬惟藝祖之開基，實自高穹之眷命。歷年二百，人不知兵；傳序九君，世無失德。雖舉族有北轅之釁，而敷天同左袒之心。乃眷賢王，越居近服。已徇群臣之請，俾膺神器之歸。由康邸之舊藩，嗣我朝之大統。漢家之厄十世，宜光武之中興；獻公之子九人，惟重耳之尚在。茲為天意，夫豈人謀！尚期中外之協心，共定安危之至計。[14]

這篇文告公布之後，天下傳誦，人心感奮，成爲宋代四六中的名篇。

陸游、楊萬里等人雖不以四六名，但都善於四六，文集中有不少四六精品。如陸游的〈知嚴州謝王丞相啓〉：

> 頃自吳中，久留劍外。顧彼衣冠之所萃，頗以文字而相從。方深去園之悲，敢有擇交之意。流偶殊於涇渭，風自隔於馬牛。睚眥見憎，本出一朝之忿；擠排盡力，幾如九世之仇。藐是羈孤，孰為別白？縱免投荒之大罰，亦宜置散以終身。且定遠來歸，惟望玉蘭之生入；輕車已老，猶護北平之盛秋。

語言淺切而氣勢雄放，與其詩風頗相近。楊萬里的四六則工於偶對，清新自然。如其名作〈除吏部郎官謝宰相啓〉中的一段：

> 方攬牛衣而袁臥，驚聞騶谷之馮招。蓬門始開，山客相慶。載命呂安之駕，旋彈貢禹之冠。搔白首以重來，問青綾之無恙。玄都之桃千樹，花復蕩然；金城之柳十圍，木猶如此！

雖然多用成語典故，但語氣流暢，頗似其詩風。陸、楊的四六中滲入了各自的詩歌風格因素，所以較有個性。

南宋中期以後的四六作家在藝術技巧上追求細密工巧，風格趨於流麗妥帖，代表作家有李劉、李廷忠等。李劉是宋代最用力於四六的文人[15]。他的四六作品多達一千一百篇，名作也多，在當時享有盛名，如〈賀丞相明堂慶壽並冊皇后禮成平淮寇奏捷啓〉中的一節：「南方之強歟，北方之強歟，風移俗易；東夷之人也，西夷之人也，氣奪膽寒。風聲鶴唳，不但平淮；雪夜鵝鳴，更觀擒蔡。信君子不戰，戰必勝；知人臣無將，將則誅。」此啓是祝賀平定叛將李全的，典故成語運用得十分貼切，對仗工巧而又穩妥，風格也比較典重渾成。然而李劉的多數作品卻未能達到如此境界，過分追求工巧妥帖造成了纖弱靡麗的缺點，自北宋至南宋初期四六的渾厚之氣、奔放之風漸趨泯滅。如其〈上任中書〉的「玉堂草罷，又吟紅藥之翻；金匱紬餘，還對紫薇之伴」；「幽桂遺榛菅，底敢累犯嚴之口；江梅托桃李，但欲薰自潔之香」等句，刻意求工，雕琢過甚，氣格不高。李廷忠等人的四六也有類似的缺點，這種情形一直持續到宋亡，使南宋後期的四六在總體上呈輕靡卑弱之勢。

當然，南宋後期也有一些作家如眞德秀、劉克莊等，並沒有隨波逐流。他們或以理學家著稱，或以詩人馳名，都不是專寫四六的作家，但他們的四六作品卻自具面目，與李劉等人異趣。眞德秀的四六遣詞造句雖然比較拘謹，但未染當時的浮靡之風，高華典重，卓然名家。劉克莊早年的四六頗好雕琢，至後期則趨向雅淡清新，筆致流暢。到了宋末，文天祥、陸秀夫等人在國家傾危之際，寫出了一些四六名篇，如文天祥的〈賀趙郎月山啓〉、陸秀夫的〈景炎皇帝遺詔〉，詞偉氣壯，慷慨激越，一掃晚宋四六的衰弊之氣。由此可見四六這種文體同樣可以反映時代風雲。宋代四六是文學史上一種重要文體，雖然有些作家把它寫成徒具華美外表而內容空洞的作品，但四六這種文體自身是不任其咎的。

注釋

❶關於南宋散文的發展過程及總體成就，參看曾棗莊《宋文通論》，上海人民出版社二〇〇八年版；馬茂軍《宋代散文史論》，中華書局二〇〇八年版。

❷據《續資治通鑑》卷一二一和《宋史・胡銓傳》，胡銓上書事在十一月二十四日，四天後秦檜在宋高宗支持下把胡銓發配往昭州編管。宜興進士吳師古把胡銓的封事刻印散發，也被流放袁州。金人聞知此事，以千金求其書。

❸洪邁（一一二三—一二〇二），字景盧，號容齋，鄱陽（今江西鄱陽）人。宋高宗紹興十五年（一一四五）進士，累官至翰林學士。《宋史》卷三七三有傳。著有《容齋隨筆》。羅大經，字景綸，廬陵（今江西吉安）人。宋理宗寶慶二年（一二二六）進士，仕至撫州軍事推官。著有《鶴林玉露》。

❹饒德操即饒節，後出家為僧，法名如璧，是江西詩派中的「三僧」之一。

❺唐庚，字子西。「山靜似太古」兩句見其〈醉眠〉，《眉山詩集》卷四。

❻南宋文學性較強的筆記集尚有趙彥衛《雲麓漫鈔》十五卷、費衮《梁溪漫志》十卷、韓淲《澗泉日記》三卷、張端義《貴耳集》三卷、周密《齊東野語》二十卷等，參看《四庫全書總目》卷一二一。

❼關於朱熹學派與陸九淵學派的異同，參錢穆《朱子新學案》中「朱子象山學術異同」節，臺北三民書局一九七一年版，第三冊，第三五九—四三二頁。〔日本〕友枝龍太郎〈朱陸の學の異同とその背景〉，《廣島大學文學部紀要》二十六卷三期，第一〇七—一三〇頁，一九六六年十二月。關於朱熹學派與陳亮學派的關係，參張豈之《中國思想史》第五編第六章第二節「陳亮與朱熹的論辯」，西北大學出版社一九八九年版，第七一六—七二〇頁。〔美國〕Tillman, *Hoyt Cleveland: Utilitarian Confucianism: Chen Liang's Challenge to Chu Hsi*, Cambridge Mass, Council on East Asian Studies, Harvard University, 1982。

❽呂祖謙（一一三七—一一八一），字伯恭，婺州金華（今浙江金華）人，世稱東萊先生。宋孝宗隆興元年（一一六三）進士，仕至祕閣著作郎兼國史院編修。《宋史》卷四三四有傳。著有《東萊集》。

❾葉適（一一五〇—一二二三），字正則，號水心，永嘉（今浙江溫州）人。宋孝宗淳熙五年（一一七八）進士，歷任太常博士、吏部侍郎。《宋史》卷四三四有傳。著有《水心文集》二十九卷。

❿朱熹，字元晦，號晦庵，別號紫陽，徽州婺源（今江西婺源）人。宋高宗紹興十八年（一一四八）進士，曾任祕閣修撰等。卒諡文。《宋史》卷四二九有傳。著有《晦庵先生朱文公文集》。另有與弟子問答的紀錄《朱子語類》。

⓫朱熹生前受到韓侂胄的打擊，他的學派也被宣布為「偽學」而遭到禁止。但他去世後不到十年，就開始受到朝廷的追封。宋理宗寶慶三年（一二二七），朝廷將朱熹編注的《四書集注》定為科舉考試的指定參考書，從此奠定了程朱理學作為官方哲學的地位。

⓬真德秀（一一七八—一二三五），字景元，後改字希元，學者稱西山先生。建寧蒲城（今福建蒲城）人。宋寧宗慶元五年（一一九九）進士，仕至參知政事。卒諡文忠。《宋史》卷四三七有傳。著有《西山先生真文忠公文集》。

⓭汪藻，字彥章，饒州德興（今江西德興）人。宋徽宗崇寧三年（一一〇三）進士，累官至翰林學士。《宋史》卷四四五有傳。著有《浮溪集》。

⓮徐夢莘《三朝北盟會編》卷九三靖康二年四月十一日記事錄此文作〈太母下手詔〉，並引《回天錄》曰：「呂公好問建言：『今日布告復辟之書，須是明白，使人易曉，不必須詞臣。』乃命太常少卿汪藻行詞。」可見汪藻的四六文明白易曉為當時人所公認。

⓯李劉（生卒年不詳），字公甫，號梅亭，撫州崇仁（今江西崇仁）人。宋寧宗嘉定初進士，仕至中書舍人。著有《梅亭先生四六標準》。

第十二章　南宋後期和遼金的詩歌

宋寧宗時的開禧北伐失敗以後❶，宋室再次與金國簽訂了屈辱的和議，宋、金之間再次處於相對穩定的對峙狀態。到了宋理宗端平元年（一二三四）蒙古滅金以後，南宋又面臨著更加強大的蒙古汗國的威脅，直至滅亡。在這段時期裡，史彌遠、賈似道相繼擅權，朝政黑暗，國勢孱弱。詩壇上激昂悲壯的歌聲逐漸減弱，而吟風弄月、投謁應酬之作則日益流行，宋詩進入了尾聲階段。然而，要求抗敵禦侮的主題一直不絕如縷，到了宋末還一度成爲詩壇主流，使宋詩放射出最後一道光彩。

先後與宋王朝對峙的遼、金都是北方少數民族建立的政權，它們在發展過程中接受了比較先進的漢文化的影響，逐漸走上了封建化的軌道。遼、金的社會文化型態呈現出契丹、女眞民族的原有文化與漢文化相融合的特色，而遊牧民族特有的豪放、剛健的民族性格則對遼、金詩歌有著深刻的影響。遼詩所存作品不多，以契丹詩人的創作爲主。金詩則作者眾多，作品繁盛，在詩學理論上也相當成熟，形成了一代詩風。尤其重要的是金代出現了元好問這位傑出的詩人，其成就足以與宋代的一流詩人並駕齊驅。

第一節　永嘉四靈和江湖詩派

・永嘉四靈的詩風　・四靈的淵源和影響　・江湖詩派的形成　・江湖詩派的作品　・劉克莊與戴復古

大約在宋光宗紹熙年間（一一九〇—一一九四），也就是陸游、楊萬里等人進入創作晚期的時候，永嘉四靈開始出現在詩壇上。

永嘉四靈是指永嘉地區的四位詩人❷：徐照、徐璣、趙師秀和翁卷❸。這四人都出於葉適之門，各人的字中都帶有一個「靈」字，所以葉適把他們合稱爲「四靈」，曾編選《四靈詩選》，爲之揄揚。「四靈」或爲布衣，或任微職，都是命運落拓的貧寒之士。他們的生活面狹小，詩歌內容也比較單薄，只是偶爾寫到民生疾苦或時事，多數作品的內容是題詠景物，唱酬贈答。他們的詩集都取名於書齋名，他們的創作局限於書齋之中。宋末方回批評「四靈」說：「所用料不過『花、竹、鶴、僧、琴、藥、茶、酒』，於此幾物一步不可離，而氣象小矣。」（《瀛奎律髓》卷一〇）這話確實擊中了「四靈」的要害。「四靈」的詩集都是薄薄的一冊，每人存詩只有一二百首，他們是一群格局較小的詩人。

「四靈」作詩以賈島、姚合爲宗，趙師秀曾選賈、姚之詩，合編爲《二妙集》。他還稱讚徐照說：「君詩如賈島，勁筆斡天巧。」（〈哀山民〉，《永嘉四靈詩集・清苑齋詩集》）而時人趙汝回則認爲「四靈」之詩「冶擇淬煉，字字玉響，雜之姚、賈中，人不能辨也」（《瓜廬詩・序》，《南宋群賢小集》）。與賈、姚一樣，「四靈」的作品以五律爲主要詩體。今存的「四靈」詩集中，五律皆占一半以上[4]，其中較好的作品如徐照的〈山中〉和趙師秀的〈龜峰寺〉：

世事已無營，翛然物外形。野蔬僧飯潔，山葛道衣輕。掃葉燒茶鼎，標題記藥瓶。敲門舊賓客，稚子會相迎。

石路入青蓮，來遊出偶然。峰高秋月射，巖裂野煙穿。螢冷粘棕上，僧閒坐井邊。虛堂留一宿，宛似雁山眠。

內容是描寫清邃幽靜的景色和枯寂淡泊的隱逸生活，藝術上精雕細琢，玲瓏雅潔，接近賈島、姚合的詩風。但由於過分注重煉字琢句，「四靈」的多數五律雖有較精警的句子，全篇意境卻不夠完整。倒是他們的七絕間有意境渾融之作，例如翁卷的〈鄉村四月〉：「綠遍山原白滿川，子規聲裡雨如煙。鄉村四月閒人少，才了蠶桑又插田。」趙師秀的〈約客〉：「黃梅時節家家雨，青草池塘處處蛙。有約不來過夜半，閒敲棋子落燈花。」生活氣息較濃，又擺脫了雕琢之習，清麗可誦。

「四靈」出現的時候，江西詩派的影響已漸趨衰微。當時陸游、楊萬里等人以各具特色的新風格超越了江西詩風。「四靈」在主觀上也想打破江西派的藩籬，他們選擇被黃、陳懸爲厲禁的晚唐詩人賈島、姚合爲典範，並在寫作中盡量少用典故成語，都含有與江西派背道而馳的意圖。葉適認爲「四靈」詩風是對唐詩的復歸[5]，其實「四靈」的才力尚不足以做到這一點，他們只是因爲不滿體現著典型宋調的江西詩風，從而又回到了宋初崇尚晚唐體的老路上去。所以「四靈」與宋初的「九僧」在詩學宗尚、詩體選擇乃至藝術風格上都是遙相呼應的。由於「四靈」出現在江西詩風長期籠罩詩壇之後，這種雕琢功多而又注重白描的詩風多少有一些革新的意義，加上葉適以理學名家的身分爲之大肆揄揚，所以「四靈」在當時獲得了遠遠超過其實際成就的名聲。那些不滿江西詩風又無力像陸游、楊萬里一樣自闢新路的詩人對「四靈」趨之若鶩，竟出現了「舊止四人爲律體，今通天下話頭行」（劉克莊〈題蔡炷主簿詩卷〉，《後村先生大全集》卷一六）的局面，並對稍後的江湖派詩人產生了相當大的影響。

南宋後期，一些沒能入仕的遊士流轉江湖，以獻詩賣文維持生計，成爲江湖謁客。當時杭州有一個名叫陳起的書商，喜歡結交文人墨客，其中有低級官員、隱逸之士，也有許多江湖謁客。從宋理宗寶慶元年（一二二五）開始，陳起爲上述詩人刻印詩集，總稱爲《江湖集》。以江湖謁客爲主的這些詩人就被稱爲江湖詩派❻。由於被收入《江湖集》的詩人身分各異，又沒有公認的詩學宗主，所以江湖詩派是一個十分鬆散的作家群體，他們只是具有大致相似的創作傾向而已。

在陳起始刻《江湖集》的前一年，即宋寧宗嘉定十七年（一二二四），權相史彌遠擅行廢立，次年又逼死了已被廢黜的濟王趙竑。史彌遠爲了鉗制輿論，便從新刊的《江湖集》中找出「東風謬賞花權柄，卻忌孤高不主張」和「秋雨梧桐皇子府，春風楊柳相公橋」等詩句，誣爲譏刺朝政，對作詩者進行迫害，《江湖集》被劈板禁毀，且詔禁士大夫作詩❼。「江湖詩禍」的發生一方面影響了江湖詩人的創作，使他們畏禍而較少詠及時事；另一方面卻也使得江湖詩派名揚一時，反而提高了他們在詩壇上的聲譽。

江湖詩派成員眾多，人品流雜，其中大多數人對於國事政治不甚關心，但也不甘於清貧寂寞的隱逸生活。他們熱衷於交遊、結社，互相標榜。有不少人甚至以詩歌作爲干謁權貴、謀取錢財的工具。他們的前輩姜夔雖然結交高官，但尚能清介自守。而此時的江湖詩人則不再堅持那種操守和志趣，他們追求的是社會的承認以及由此而帶來的實際利益，並不在乎沾染庸俗習氣。這種習氣給江湖詩人的創作帶來了不利的影響，他們寫了許多用於獻謁、應酬的詩，內容大都是歌功頌德或歎窮嗟卑，空洞無聊。此外，獻謁、應酬之作往往是即席而成，率意出手，有時甚至逞才求博，以多相誇，結果詞意俱落俗套，在藝術上相當粗糙。

當然，江湖詩派的情況十分複雜，不可一概而論。江湖詩人生活在社會下層，接觸的生活面很廣，詩歌的題材來源比較豐富。農民以及城市貧民的悲慘處境不時出現在江湖詩人筆下，例如許棐的〈泥孩兒〉把「雙罩紅紗廚，嬌立瓶花底」的泥孩兒與「呱呱瘦於鬼，棄臥橋巷間」的貧兒作比，從而發出「人賤不如泥」的慨歎，相當感人。

江湖詩人最擅長的題材是寫景抒情，他們在這方面受到「四靈」的影響，即字句精麗，長於白描。但境界較爲開闊，則勝於「四靈」。例如陳允平的〈青龍渡頭〉和葉紹翁的〈遊園不値〉：

天闊雁飛飛，松江鱸正肥。柳風欺客帽，松露濕僧衣。塔影隨潮沒，鐘聲隔岸微。不堪回首處，何日可東歸？

應憐屐齒印蒼苔，小扣柴扉久不開。春色滿園關不住，一枝紅杏出牆來。

江湖詩人大都未能自成一家，只有劉克莊與戴復古較能自出機杼，成就也較爲突出。劉克莊（一一八七—一二六九）在江湖詩人中年壽最長❽，官位最高，成就也最大。他又喜歡提攜後進，故被許多江湖詩人視爲領袖。他早期作詩頗受「四靈」的影響，葉適甚至認爲他是「四靈」的繼承者❾。但劉克莊最敬服的當代詩人卻是陸游，正是陸游的影響使他在題材取向上與「四靈」分道揚鑣。劉克莊關心國事，金和蒙古的威脅使他憂心忡忡，南宋政治腐敗、軍隊孱弱的現狀更使他痛心疾首，他寫了〈國殤行〉、〈築城行〉、〈苦寒行〉等樂府詩來抨擊時弊，例如〈軍中樂〉：

行營面面設刁斗，帳門深深萬人守。將軍貴重不據鞍，夜夜發兵防隘口。自言虜畏不敢犯，射麋捕鹿來行酒。更闌酒醒山月落，彩縑百段支女樂。誰知營中血戰人，無錢得合金瘡藥！

描寫生動，揭露深刻，繼承了唐代新樂府詩人和陸游的傳統。

劉克莊在藝術上兼師唐、宋諸家，其詩歌風格呈現出多種淵源，其中也包括從賈島、姚合到「四靈」的一脈，但是並未受「四靈」的束縛，例如〈郊行〉：

一雨餞殘熱，忻然思杖藜。野田沙鶴立，古木廟鴉啼。失僕迷行路，逢樵負過溪。獨遊吾有趣，何必問棲棲？

思新語工，文字卻不甚雕琢，風格平易明快，已與「四靈」詩風有相當的距離。

劉克莊的缺點是作詩貪多務得，故多滑熟之作，尤其是他的七律和七絕，往往一題多首，搖筆即來，未免粗濫。這也是江湖詩派的通病。

戴復古（一一六七—？）性喜漫遊[10]，以詩聞名於公卿間。他早年曾從陸游學詩，後來一度崇尚晚唐，但受陸游雄渾詩風的影響最深。他雖然身在江湖，但作詩則繼承杜甫、陸游的傳統，指斥朝政，反映民瘼，絕少顧忌。例如〈庚子薦饑〉指責官府賑災之虛僞：「官司行賑恤，不過是文移！」（《戴復古詩集》卷三）言詞之尖銳，是宋詩中少見的。戴復古最好的詩是寫對時事的感觸，例如〈江陰浮遠堂〉和〈頻酌淮河水〉：

> 橫岡下瞰大江流，浮遠堂前萬里愁。最苦無山遮望眼，淮南極目盡神州！

> 有客游濠梁，頻酌淮河水。東南水多鹹，不如此水美。春風吹綠波，鬱鬱中原氣。莫向北岸汲，中有英雄淚。

沉鬱之中有一股雄放之氣，語言淺切而耐人尋味，在江湖詩派中獨樹一幟。

從總體上看，江湖詩派的風格傾向是不滿江西詩風而仿效「四靈」，學習晚唐，但取徑比「四靈」更寬闊一些，這基本上代表著南宋後期詩壇的風尚。

第二節　宋末詩歌

・宋末詩人的兩個群體：英雄與遺民　・文天祥的集杜詩　・謝翱和汪元量等詩人

宋理宗端平元年（一二三四），南宋和蒙古聯合滅金，從此南宋便直接面臨蒙古的威脅。從端平二年（一二三五）開始，強大的蒙古軍隊連年南侵，宋軍節節敗退。到衛王祥興二年（一二七九），南宋的最後一個據點厓山被元軍攻占[11]，南宋滅亡。這場江山變易的劇烈程度更超過了靖康之難，因爲人們不再有任何地方可以逃避異族的鐵蹄了。然而，「國家不幸詩家幸」（趙翼〈題遺山詩〉，《甌北集》卷三三），正是在宋元易代之際，宋詩放射出最後一道奪目的光彩。

宋末的愛國詩人在宋亡前後採取了兩種抵抗方式：其一是奮起抗敵，以死殉國；其二是隱居守節，不仕異族。前一類人是民族英雄，以文天祥爲代表。後一類人歷來被稱爲遺民，以謝翱、謝枋得、林景熙、鄭思肖爲代表⑫。他們用以報國的方式雖然不同，但都能在危急存亡之秋堅持民族氣節，他們的詩歌都是血淚凝成的悲歌，風格都有慷慨悲壯的傾向。所以在文學史上，他們又可以被看作是一個群體。

文天祥（一二三六—一二八三）是宋末民族英雄的代表⑬，他早年的詩歌比較平庸，詩風近於江湖派。艱苦的戰鬥和苦難的命運使他的創作出現了昇華，他用詩歌記錄了自己從出使元營被拘逃脫直到兵敗被俘，從容就義的人生遭遇和心路歷程，其中包括傳誦千古的〈過零丁洋〉：

> 辛苦遭逢起一經，干戈寥落四周星。山河破碎風飄絮，身世浮沉雨打萍。惶恐灘頭說惶恐，零丁洋裡歎零丁。人生自古誰無死？留取丹心照汗青！

悲愴激奮，大義凜然，最後兩句成爲鼓舞後代仁人志士捨生取義的格言。他的另一首名作〈正氣歌〉更加全面地表現了他的忠義情懷和英雄氣概，頌揚了歷代忠臣義士的高風亮節，用文學形式宣告剛毅正大的道德力量是不可戰勝的，是震撼人心的人生頌歌。

文天祥晚期詩作的一種重要形式是「集杜詩」，即把杜甫的詩句重新組合成詩。他在燕京獄中寫了《集杜詩》一卷，共五言絕句二百首。集句詩向來被視爲文字遊戲，但文天祥的集杜詩卻是具有獨立文學價值的創作，例如〈至福安第六十二〉和〈思故鄉第一百五十六〉：

> 握節漢臣回，麻鞋見天子。感激動四極，壯士淚如雨。
>
> 天地西江遠，無家問死生。涼風起天末，萬里故鄉情⑭。

前一首寫自己從元軍中逃出，歷盡艱險回到溫州朝見宋端宗的情景。後一首寫身處窮北獄中對江西故鄉的懷念。情眞詞摯，意境完整，如出己手。二百首集杜詩清晰地寫出了宋亡前後的歷史過程，且滲入了詩人自己的感受，正如文天祥在集杜詩的〈自序〉中所說：「予所集杜詩，自余顛沛以來，世變人事，概見於此矣。」文天祥的集杜詩說明杜甫的傳統對宋末詩壇的深刻影響，也說明集句詩這種形式也可能改變其文字遊戲的性質而成爲嚴肅的創作，雖說這也許是文學史上僅有的一個範例。

謝翺（一二四九—一二九五）是宋末遺民詩人中成就最高的一家⓯，他的詩沉痛悲涼，意旨深密，深刻地反映出在異族統治下人們的哀痛心情，例如〈西臺哭所思〉：

> 殘年哭知己，白日下荒臺。淚落吳江水，隨潮到海回。故衣猶染碧，后土不憐才。未老山中客，惟應賦八哀。

此詩是悼念文天祥的，文既是謝的故友，又是民族的烈士，故詩中寓有雙重的悲痛，深摯感人。謝翺最有特色的詩是〈效孟郊體七首〉，成功地運用隱喻的手法抒寫了亡國的哀思。例如其三：

> 閒庭生柏影，荇藻交行路。忽忽如有人，起視不見處。牽牛秋正中，海白夜疑曙。野風吹空巢，波濤在孤樹。

此詩寫出了亡國的遺民無處歸宿的感受，詞意精警瑰麗，風格奇崛深有所感，卻又閃爍其詞，意境如夢如幻，淒迷的夜景正襯托出亡國的遺民無處歸宿的感受，詞意精警瑰麗，風格奇崛高古，呈現出孟郊和李賀詩風的影響。

其他的遺民詩人也有許多好作品，如謝枋得（一二二六—一二八九）託物詠志的〈武夷山中〉、林景熙（一二四二—一三一〇）揭露元人發掘宋室陵墓罪行的〈夢中作〉四首、鄭思肖（一二四一—一三一八）自明心跡的〈自挽〉、〈二礪〉，都體現了深沉的愛國情操，傳誦千古⓰。

宋末還有一位身分獨特的詩人汪元量⓱。汪元量（一二四五？—一三三一？）是南宋宮廷的琴師，他目睹了宋亡的過程，把隨宋室帝后被俘北上的所見所聞一一紀之於詩，其代表作是〈醉歌〉十首、〈湖州歌〉九十八首和〈越州歌〉二十首。例如〈醉歌〉之五和〈湖州歌〉之五：

亂點連聲殺六更，熒熒庭燎待天明。侍臣已寫歸降表，臣妾簽名謝道清。

一掬吳山在眼中，樓臺疊疊間青紅。錦帆後夜煙江上，手抱琵琶憶故宮。

前一首記述南宋的太皇太后謝氏在降表上簽名之事，後一首寫被俘的宮女乘舟離開臨安的情景，直書其事，並無議論，但作者的痛憤之情卻溢於言表。這些大規模的組詩如同一幅幅畫卷，從不同的角度展現了南宋王朝覆滅的過程，完整而生動地記載了那段傷心的歷史。其友人李鈺說：「水雲之詩，亦宋亡之詩史也。」（《湖山類稿・跋》，《增訂湖山類稿》附錄）這是對杜甫優良傳統的繼承和發揚。

宋末的愛國詩歌使南宋後期詩壇缺乏激情、氣骨衰敝的習氣一掃而空，詩人們用血淚悲歌表現了民族的尊嚴，從而爲宋代文學畫上了光輝的句號。

第三節 遼代詩歌

・契丹族的民族性格　・契丹族的代表詩人　・由契丹文譯成漢文的長詩《醉義歌》

遼是契丹民族建立的北方政權，起於九〇七年，迄於一一二五年，恰與整個五代、北宋時期相終始。契丹是以遊牧和漁獵爲主要生產方式的北方少數民族，逐水草而居，以車帳爲家，從而形成了豪放勇武的民族性格。「彎弓射獵本天性」（〈虜帳〉），蘇轍的這句詩是對契丹族社會風俗、民族性格的生動寫照。

遼詩留存下來的作品不到百首，作者既有契丹人，也有漢人。其中最能體現遼詩特色的當推契丹詩人的創作。契丹詩人大都是君主、皇族和后妃，這是因爲他們較早有機會接觸漢文化，並有著很好的漢文化修養[18]。

遼代第一個較有名的契丹詩人是耶律倍[19]。他博覽群書，對漢文化頗爲嚮往。現存〈海上詩〉一首：

小山壓大山，大山全無力。羞見故鄉人，從此投外國。

「山」是契丹小字，其義爲「可汗」，與漢字之「山」形同義異。「小山壓大山」實際上是寫太后立耶律德光，自己雖是太子卻被摒棄之事，這是契丹文和漢文合璧為詩的典型例子。詩人利用漢字「山」的意象與契丹文「可汗」之意的巧合，使此詩既有鮮明的意象，又有深微的隱喻義，故後人稱讚說：「情詞淒婉，言短意長，已深合風人之旨矣。」（趙翼《廿二史箚記》卷二七）

遼詩中最能見出特色，也最觸動人心弦的當是契丹女詩人蕭觀音、蕭瑟瑟的作品[20]。蕭觀音的詩作風格比較多樣，既有雄豪俊爽，頗見北地豪放氣概之詩，也有委婉深曲之作。前者如〈伏虎林待制〉：

> 威風萬里壓南邦，東去能翻鴨綠江。靈怪大千俱破膽，那教老虎不投降。

這是一首陪侍皇帝出獵的待制之作，借助特定的環境和氛圍，表達了北方民族的勇武與自信。風格之豪放剛勁，使人難以相信出自於女性之手。遼代還有一位同為宮廷女性的出色詩人蕭瑟瑟。蕭瑟瑟（？—一一二一）是遼天祚帝（耶律延禧）的文妃。天祚帝是遼朝的亡國之君，他昏庸無道，不恤國事，蕭瑟瑟不同於一般的宮廷女性，而是以國事為念。她的詩作指陳時事，規箴天祚，如〈諷諫歌〉云：

> 勿嗟塞上兮暗紅雲，勿傷多難兮畏夷人。不如塞奸邪之路兮，選取賢臣，直須臥薪嘗膽兮激壯士之捐身，可以朝清漠北兮，夕枕燕雲。

這首詩以騷體形式進行政治諷諭，獨樹一幟。雖然只有數句，句式卻多變化，使詩人的胸臆得以淋漓盡致地抒發。犀利的政治卓識與至誠之情，磅礴之勢，融為一體，讀之令人感慨再三。

在契丹人的詩作中，篇幅最大且最具典型意義的莫過於〈醉義歌〉。此詩署為「寺公大師」作，作者當是一位僧人。原詩用契丹文寫成，後由元初的耶律楚材譯為漢文，今即保存於楚材的《湛然居士文集》中，譯文為七言歌行體，長達一百二十句。此詩從重陽節飲酒入手，多方面地抒寫了對人生的感慨，表達了對隱逸生活的喜愛：「我愛南村農丈人，山溪幽隱潛修真。老病尤耽黑甜味，古風清遠途猶迍。喧囂避遁岩麓僻，幽閒放曠雲水濱。」還表示要以佛道思想來消解人生煩惱的意願：「問君何事徒劬勞，此何為卑彼豈高。蜃樓日出尋變滅，雲峰風起難堅牢。芥納須彌亦閒事，誰知大海吞鴻毛。夢裡蝴蝶勿云假，莊周覺亦非真者。」全詩結構開闔有致，脈絡分明，是遼詩中最出色的長篇歌行。

原詩雖用契丹文寫成，卻運用了許多屬於漢文化的典故，是古代詩歌中各民族文化互相融合的生動例證。

相形之下，遼詩中漢人的創作成就不大，但也偶有佳作。如趙延壽的〈失題〉：

> 黃沙風捲半空拋，雲重陰山雪滿郊。探水人回稱帳就，射雕箭落著弓抄。鳥逢霜果飢還啄，馬渡沙河渴自跑。占得高原肥草地，夜深生火折林梢。

插寫北國風揚與艱苦的軍旅生活，風格質樸粗豪，是遼代漢詩中的佳作。

遼詩所存作品雖然不多，但它既表現出契丹人的民族性格及其社會生活狀況，又體現出他們逐步接受漢化的過程，具有較高的歷史價值和藝術價值㉑。

第四節　元好問與金代詩歌

・金詩發展的三個階段　・元好問的紀亂詩　・元好問的其他成就

金是女真族建立的政權，始於一一一五年，迄於一二三四年。金在滅遼侵宋以後，占據了淮河以北的廣大地區，在文化上比遼有顯著的進步。女真統治者在政治制度、文化建設諸方面廣泛地吸收了漢文化的要素，使金朝的封建化進程發展很快，其文學成就更遠遠超過了遼代。金代詩壇詩人輩出，作品繁多㉒，具有較鮮明的藝術特色。其發展過程大致可分為三個階段。

第一個階段是從金初到海陵朝（一一一五—一一六一）。此期的作家主要是由遼、宋入金的文士，這種情形，後人稱為「借才異代」㉓。金初漢族文士有兩種來源：一部是由遼入金者，左企弓、韓昉、王樞、虞仲文等；另一部分是由宋入金者，如宇文虛中、吳激、蔡松年、高士談等㉔，他們都是出仕於金朝的；還有一種是作為宋朝使者出使金朝而被羈留北方，卻拒絕仕金，後來得歸宋朝，如朱弁、洪皓等。他們的創作時常流露出故國之思，而在客觀上充當了文化傳播的使者，其創作為後的金代文學發展上奠定了堅定的基礎。

這個時期有代表性的作家如宇文虛中在宋時已是很有名的詩人，因出使金朝而被羈留。入金之後，他雖然身為金臣，卻仍以宋人自居，其名篇〈在金日作三首〉之二的「遙夜沉沉滿幕霜，有時歸夢到家鄉。傳聞已築河西館，自許能肥北海羊」，就表露了這種心跡，故後來被金統治者殺害。他的經歷與庾信相似，詩風也顯示出南北融合的特點。吳激的詩也多為憶國懷鄉之作。他們的詩是宋詩的移植，但由於不同的地域背景、文化氛圍的影響，已經具有了一些北方文學的雄豪特色，表現出由宋詩向金詩的過渡。在使金羈留、抗節不仕的文學家中，朱弁、洪皓是最具代表性的，他們都在金朝羈留時間很長，其作品表現了守志不移的民族氣節以及故國之思，還有在北方的所聞所見。朱弁在留金期間還撰寫了著名的《風月堂詩話》是詩論史上的重要著作。

第二個階段是金世宗、金章宗統治時期（一一六二—一二〇八）。隨著金朝女眞人對漢文化的主動接受，生活在金國的各族人民在文化上互相吸收、整合，初步形成了金代文學自身的特色。這個時期的主要詩人有蔡珪、王庭筠、黨懷英、周昂等㉕。這些作家被金末的元好問稱為「國朝文派」㉖。他們的詩作與金初「借才異代」的詩人有較大的差異。由於他們都仕宦於金朝，作品中已不再有對異族的拒斥傾向；藝術上雖然沒有完全擺脫宋詩的影響，例如王庭筠的詩風就很有蘇、黃的傾向，但在總體上，他們的詩篇已初步形成了雄豪粗獷的北方文學的特質，蔡珪的〈野鷹來〉，王庭筠的〈乾陵道中〉等，都是這方面的代表作。

第三個階段是金朝在蒙古的進逼下被迫南渡到金亡前後（一二〇九—一二三四）。在這期間，金朝的國勢逐漸衰微，但詩歌創作卻相當活躍，不事雕琢，重在達意的文學思想占據了主導地位，產生了一批關心國計民生的好作品。此時由趙秉文、李純甫主盟，他們各有自己的詩學主張，形成了兩個不同的詩學流派。趙秉文主張師法古人，強調多樣化的風格，但對個人的獨創性有所忽略。他本人的詩作也不拘一格，五古、七絕顯得清遠沖和，有蘊藉之致，如〈暮歸〉、〈雨晴〉等。其七古則氣勢奔放，雄麗高朗，如〈遊華山寄元裕之〉等。詩論家王若虛的文學思想與趙秉文相近，他著有《滹南詩話》，論詩崇尚眞淳而反對奇詭。李純甫則另立一派，論詩力主自成一家，詩風奇險雄肆，如〈雪後〉等詩，意象奇崛，光怪陸離，近於韓愈詩風。雷希顏、李經、李汾等詩人都有類似的風格特徵。

此期詩壇更值得注意的新氣象是，隨著金國國勢的日益衰微，社會動盪不安，人民飽受戰亂之苦，憂時傷亂的題材走向漸趨加強。不少詩人寫出了反映動亂現實的詩篇，如趙元的〈修城去〉寫金國人民在蒙古侵擾下的災難，宋九嘉的〈途中出事〉寫兵荒馬亂中的流民生涯，都堪稱寫實的佳作。最能代表這種新氣象的詩人首推元好問，他的創作使金詩的成就達到一個嶄新的境界。

元好問（一一九〇—一二五七），字裕之，號遺山，太原秀容（今山西忻州）人。祖先出於北魏鮮卑拓跋氏。他三十二歲登進士第，曾任南陽等縣的縣令，後入朝任右司都事、東曹都事等職。金亡，他被元兵押解到聊城，後回到家鄉從事著述[27]。

元好問是金代最重要的詩人、詞人，也是傑出的詩論家。他存詩一千四百餘首，作品之富在金代詩壇上首屈一指，成就也最爲突出。元好問生逢金代後期的動亂時代，親身經歷了亡國的慘痛，他個人的遭遇與民族、國家的命運息息相關，他的詩歌生動地展示了金、元易代之際的歷史畫卷。在藝術上，元好問全面繼承了中國古典詩歌的優秀傳統，熟練地掌握了各種詩體的藝術形式。時代和個人的條件使他成爲金代詩壇上迥然挺出的大詩人。

無論是從思想價值還是從藝術成就來說，元好問詩都以那些寫於金亡前後的「紀亂詩」爲上乘。「國家不幸詩家幸，賦到滄桑句便工。」（趙翼〈題遺山詩〉，《甌北集》卷三三）在國破家亡、身爲敵囚這些重大變故的刺激下，詩人以他那「挾幽并之氣，高視一世」（郝經〈遺山先生墓銘〉，《陵川集》卷三五）的藝術稟賦，寫出了一系列雄渾悲壯的傳世名篇。

元好問「紀亂詩」的特點之一，是他對國家滅亡、人民遭難的現實不是一味地哀歎悲泣，而是把悲壯慷慨的感情表現於蒼莽雄闊的意境之中。如在蒙古軍圍攻汴京城時寫的〈壬辰十二月車駕東狩後即事五首〉之二：

> 慘澹龍蛇日鬥爭，干戈直欲盡生靈。高原水出山河改，戰地風來草木腥。精衛有冤填瀚海，包胥無淚哭秦庭。并州豪傑知誰在，莫擬分軍下井陘。

對於戰爭所帶來的巨大災難和國家的危急形勢，詩人深爲悲愴沉痛，但字裡行間仍充溢著一股慷慨壯烈之氣。這類作品在元好問詩中相當常見，如「北風獵獵悲笳發，渭水瀟瀟戰骨寒」（〈岐陽三首〉之三，《遺山先生文集》卷八），「紫氣已沉牛斗夜，白雲空望帝鄉秋」（〈衛州感事二首〉之一，《遺山先生文集》卷八）等，都是以雄勁的筆力抒寫深哀巨痛。情感悲涼而骨力蒼勁，是元好問的獨特詩風。

元好問「紀亂詩」的另一個特點是具有深刻的歷史洞察力和理性省思。他往往把對現實的悲愴情懷與對歷史的批判意識融合在一起，從而增加了詩的思想深度。如〈癸巳四月二十九日出京〉：

> 塞外初捐宴賜金，當時南牧已駸駸。只知灞上真兒戲，誰謂神州遂陸沉。華表鶴來應有語，銅盤人去亦何

心。興亡誰識天公意，留著青城閱古今。

這是天興二年（一二三三）詩人被蒙古兵押解出京時所作。當年金人破宋，俘宋徽、欽二帝，在青城受宋人之降；如今蒙古軍破金，也在青城受金人之降，歷史的悲劇在同一個地方重演。詩人在國家淪亡的悲憤中，對國家武備鬆弛而招致敗亡的歷史教訓做了深刻的省察。其他如〈出都〉、〈壬辰十二月車駕東狩後即事五首〉、〈岐陽三首〉等，也都鮮明地表現出這個特點㉘。與杜甫一樣，元好問的詩歌也具有「詩史」的性質。

元好問擅長各種詩體，尤以七律的成就最爲突出。清代詩論家趙翼評價元好問詩：「七言律則更沉摯悲涼，自成聲調。唐以來律詩之可歌可泣者，少陵十數聯外，絕無嗣響；遺山往往有之。」（《甌北詩話》卷八）評價頗爲中肯。元好問的七古也往往氣勢磅礴，意象奇偉壯麗，但又沒有粗戾豪肆、一覽無餘之病。〈湧金亭示同遊諸君〉、〈遊黃山〉等集中體現出這種特色。即便是被拘聊城時所作的〈南冠行〉，也仍是壯氣凜然，風骨遒勁，後半首更充滿奇特壯逸的想像。他的五言詩，渾融含蓄，如五古的〈穎亭留別〉中「寒波淡淡起，白鳥悠悠下」二句，物我相融，意象平淡而韻味雋永，體現出另一種風格。

元好問也是金代最傑出的詞人，現存詞作三百餘首，數量爲金詞之冠，藝術造詣也雄視一代，風格與其詩風類似：氣象雄渾蒼莽，境界博大壯闊。〈木蘭花慢．遊三臺〉、〈水調歌頭．賦三門津〉等都是其代表作。元詞中又有摧剛爲柔、幽婉深摯之作，如詠雙蓮和雁丘的兩首名作〈摸魚兒〉，分別寫人與雁的殉情，手法綿密，情致深婉。故宋末著名詞人和詞論家張炎稱賞元好問詞：「深於用事，精於煉句，有風流蘊藉處，不減周、秦。」（《詞源》卷下）

元好問在中國文學批評史上也占有重要的地位。他的詩論集中在一些論詩絕句和序跋文字中。其〈論詩絕句三十首〉全面評論了自漢魏下迄宋季這一千餘年間的重要詩人及詩派，表現出重視自然天成的意境和雄放壯偉的風格的藝術主張，並且鮮明地傳達出遺山「以誠爲本」的詩學理念㉙。值得注意的是，他的論詩絕句，本身也是優美的詩歌文本，例如其二和其七：

曹劉坐嘯虎生風，四海無人角兩雄。可惜并州劉越石，不教橫槊建安中。

慷慨歌謠絕不傳，穹廬一曲本天然。中州萬古英雄氣，也到陰山敕勒川。

堪稱歷代論詩詩中最具有藝術性的作品之一。

金亡之後，元好問為了保存金源一代的文獻，編成《中州集》十卷，附《中州樂府》一卷。全書收錄金代二百五十一位詩人的二千零二十六首詩作，且每人名下各繫小傳，或敘生平事蹟，或評所作詩文，旨在以詩存史。《中州集》不僅在文學史上具有重要的文獻價值，而且是金代歷史的寶貴史料，是元好問一生文學業績的重要組成部分㉚。

注釋

❶宋寧宗開禧二年（一二〇六），在權相韓侂胄主持下，南宋出兵伐金，史稱「開禧北伐」，由於準備不足，宋軍很快失敗。次年，史彌遠謀誅韓侂胄，與金重訂和約。從此南宋的國勢更加孱弱。

❷徐照、徐璣、趙師秀都是永嘉縣（今浙江溫州）人，翁卷則是樂清縣（今浙江樂清）人，兩縣當時同屬溫州，古稱永嘉郡。

❸徐照（?—一二一一），字道暉，又字靈暉，自號山民。以布衣終身，著有《芳蘭軒詩集》三卷，存詩二百六十首。徐璣（一一六二—一二一四），字致中，又字靈淵，歷任建安主簿、武當令等職。著有《二薇亭詩集》二卷，存詩一百六十首。趙師秀（一一七〇—一二二〇），字紫芝，又字靈秀，宋光宗紹熙元年（一一九〇）進士，曾任上元縣主簿、筠州推官。著有《清苑齋詩集》一卷，存詩一百四十一首。翁卷，字續古，又字靈舒，曾供職江淮帥幕。著有《葦碧軒詩集》一卷，存詩一百三十七首。

❹據《永嘉四靈詩集》統計，徐照有五律一百五十五首，徐璣有五律九十四首，趙師秀有五律八十七首，翁卷有五律九十二首。

❺葉適在〈徐文淵墓誌銘〉中說：「四人之語遂極其工，而唐詩由此復行矣。」（《水心先生文集》卷二一）

❻陳起所刻《江湖集》以及《江湖後集》、《江湖續集》的原本今已不存，從後人所抄錄或輯錄的各種本子來看，陳起收錄詩人的標準不很嚴格，例如曾鞏為北宋人，李錞為江西派詩人，曾幾詩風也近於江西派，他們都不應被看作江湖派詩人。但收入《江湖集》的多數詩人在傳統上是被看作江湖詩派的。參看張宏生《江湖詩派研究》附錄一〈江湖詩派成員考〉，中華書局一九九五年版。

❼「東風」二句見於劉克莊〈落梅〉。「秋雨」二句全詩已佚，當是陳起據劉子翬「夜月池臺王傅宅，春風楊柳太師橋」

（《汴京紀事二十首》之七，《屏山集》卷一八）改寫而成。這些詩其實都作於史彌遠廢立之前，參看羅大經《鶴林玉露》乙編卷四「詩禍」條、周密《齊東野語》卷十六「詩道否泰」條及方回《瀛奎律髓》卷二〇劉克莊〈落梅〉詩注。

❽劉克莊，字潛夫，號後村居士，莆田（今福建莆田）人。以門蔭入仕，宋理宗淳祐六年（一二四六）賜同進士出身，官至工部尚書兼侍讀。卒謚文定。著有《後村先生大全集》一百九十六卷，存詩四千五百首。

❾葉適在〈題劉潛夫南嶽詩稿〉中說：「今四靈喪其三矣……建大將旗鼓，非子孰當？」（《水心先生文集》卷二九）按：《南嶽詩稿》是劉克莊早年的詩集，初刊於宋理宗寶慶元年（一二二五）。

❿戴復古，字式之，號石屏，天臺黃巖（今浙江黃巖）人。平生不事科舉，遍遊各地，以布衣終身。著有《石屏詩集》。存詩九百零五首。

⓫宋度宗咸淳七年（一二七一），蒙古定國號為元。

⓬這兩類人並非截然可分，比如謝枋得起兵抗元，屢敗屢戰。宋亡後變名隱遁，誓不屈節，堅決拒絕元朝統治者的詔聘。元世祖至元二十六年（一二八九），謝枋得被強行押解北上，乃絕食而死。其忠烈程度與慷慨捐軀的文天祥並無二致。可能由於他入元以後還生活了較長時間，所以在傳統上被看作遺民。

⓭文天祥，字履善，後改字宋瑞，號文山，吉州廬陵（今江西吉安）人。宋理宗寶四年（一二五六）進士，歷知瑞州、贛州。恭帝德祐二年（一二七六）任右丞相，出使元軍。宋端宗景炎三年（一二七八）兵敗被俘，次年始被拘於大都四年，堅貞不屈，從容就義。《宋史》卷四一八有傳。著有《文山先生全集》。存詩九百三十多首，其中集杜詩二百首。

⓮兩詩中所集的杜句分別見於〈鄭駙馬池臺喜遇鄭廣文同飲〉、〈述懷〉、〈八哀詩〉、〈聽楊氏歌〉、〈夏日楊長寧宅送崔侍御常正字入京得深字〉、〈月夜憶舍弟〉、〈天末懷李白〉、〈季秋蘇五弟纓江樓夜宴崔十二評事韋少府侄〉。

⓯謝翺，字皋羽，晚號宋纍，又號晞發子，長溪（今福建霞浦）人。曾從文天祥起兵抗元，任諮議參軍。宋亡後不仕，曾與遺民結「月泉吟社」。著有《晞發集》。存詩近三百首。

⓰謝枋得，字君直，號疊山，信州弋陽（今江西弋陽）人。宋理宗寶祐四年（一二五六）進士，歷仕江東提刑、江西招諭使等。宋亡後堅不出仕，絕食而卒，門人私謚文節。著有《疊山集》，存詩六十八首。林景熙，字德陽，號霽山，溫州平陽（今浙江平陽）人。宋度宗咸淳七年（一二七一）由太學生入仕，仕至從政郎。入元後不仕。著有《霽山集》，存詩三百零六首。鄭思肖，字憶翁，號所南，連江（今福建連江）人。少為太學上舍，宋亡後隱居蘇州，坐臥皆不向北。著有《鄭所南先生文集》和《心史》等，存詩三百七十四首。

⑰汪元量，字大有，號水雲，錢塘（今浙江杭州）人。宋度宗時以琴藝供奉宮廷，宋亡後隨謝太后北遷，住大都十年。後出家為道士，不知所終。

⑱清人趙翼在《廿二史劄記》卷二七中專列「遼族多好文學」一節，論述了這種情形，可參閱。

⑲耶律倍（八九九—九三六），小字圖欲，一作突欲，遼太祖阿保機長子。神冊元年（九一六）被立為太子。阿保機死後，述律後立德光為帝，耶律倍被迫流亡國外。耶律倍多才藝，擅書畫。

⑳蕭觀音（一〇四〇—一〇七一），道宗皇后，被人誣與伶人趙惟一私通，賜死。蕭瑟瑟（？—一一二一），天祚帝之妃。

㉑關於遼代契丹詩人的詳細情形，參看張晶《遼金詩史》第三、四、五章，東北師範大學出版社一九九四年版，第三四—一〇九頁。

㉒清人郭元釪在《中州集》的基礎上編成《全金詩》，共收詩人三百五十八人，詩作五千五百餘首。

㉓清人莊仲方說：「金初無文字也，自太祖得遼人韓昉而言始文。太宗入汴州，取經籍圖書，宋宇文虛中，張斛、蔡松年、高士談輩先後歸之，而文字猥興。然猶借才異代也。」（《金文雅·序》）

㉔宇文虛中（一〇七九—一一四六），字叔通，號龍溪居士，成都華陽（今四川成都）人。宋徽宗大觀三年（一一〇九）進士。累官至中書舍人。宋高宗建炎二年（一一二八）出使金國，被羈留，後被女真貴族誣以謀反而殺害。《宋史》卷三七一、《金史》卷七九有傳。存詩五十餘首。吳激（？—一一四二），字彥高，號東山，建州（今福建建甌）人。宋米芾之婿。也因出使而羈留金國。《金史》卷一二五有傳。存詩二十餘首。蔡松年（一一〇七—一一五九），字伯堅，號蕭閒老人，真定（今河北正定）人。隨其父由宋入金，後官至丞相。《金史》卷一二五有傳。存詩六十餘首。

㉕蔡珪（？—一一七四），字正甫，蔡松年之子，金海陵王天德三年（一一五一）進士，官至禮部郎中。《金史》卷一二五有傳。存詩五十餘首。王庭筠（一一五一—一二〇二），字子端，號黃華山主，蓋州（今遼寧蓋縣）人。金世宗大定十六年（一一七六）進士，官至翰林修撰。《金史》卷一二六有傳。存詩四十餘首。黨懷英（一一三四—一二一一），字世傑，號竹溪，泰安（今屬山東）人。大定十年（一一七〇）進士，官至翰林學士承旨。《金史》卷一二五有傳。存詩六十餘首。周昂（？—一二一一），字德卿，真定（今河北正定）人。二十四歲中進士，官至監察御史。《金史》卷一二六有傳。存詩一百餘首。

㉖元好問說：「國初文士如宇文太學、蔡丞相、吳深州等，不可不謂之豪傑之士，然皆宋儒，難以國朝文派論之，故斷自正甫為正傳之宗，黨竹溪次之，禮部閒閒公又次之。」（《中州集》卷一）

㉗元好問的生平事蹟，見《金史》卷一二六本傳、清施國祁《元遺山詩集箋注》卷首〈年譜〉。

㉘參見張廷鵬、郭政、宮應林〈賦到滄桑句便工——論元好問的紀亂詩〉，《文學遺產》一九八六年第六期。

㉙〈論詩絕句三十首〉，清人翁方綱、宋廷輔曾有疏箋，今人郭紹虞《元好問論詩絕句三十首小箋》（人民文學出版社一九七八年版）頗詳備。

㉚參見張博泉〈元好問與史學〉，《晉陽學刊》一九八五年第二期。

第六編　元代文學

緒　論

元代文學涵蓋的時間，大致可以從蒙古王朝滅金、統一北中國（一二三四）起，到元朝被朱元璋領導的義軍推翻、元順帝逃離大都（一三六八）止，其間約一百三十四年。

元代的歷史是比較短暫的，但元代文學在中國文學發展的過程中，卻有劃時代的意義。從元初到明中葉，是中國文學中古期的第三段。在這一段文學史中，最明顯的是，敘事性文學第一次居於文壇的主導地位。作家與下層人民的連繫更加密切，文學創作贏得了更多的觀眾、讀者，在社會上產生了更為廣泛的影響。同時，民眾的接受情況，又制約著文學的創作，促進了作家審美觀念的變化。凡此種種，都表明元初是一個新的階段的開始。

第一節　元代的社會與文學

・民族壓迫與融合　・文化的溝通　・都市繁榮　・思想活躍　・儒生不幸的遭際

十三世紀中葉，成吉思汗統率的蒙古鐵騎，橫掃亞歐兩洲。其後，窩闊臺滅金，忽必烈滅宋，以大都（今北京）為政治中心，建立起以蒙族貴族為統治主體的大一統政權。元朝的疆域，「北逾陰山，西極流沙，東盡遼左，南越海表」（《元史・地理志》），國土空前遼闊。

元朝是我國歷史上第一個由少數民族的統治者建立的統一政權。它對廣大漢族地區的占據和統治，明顯具有民族掠奪性質。例如元軍南下攻宋，官兵嗜殺，大肆搶掠，「財貨子女則入於軍官，壯士巨族則殄於鋒刃；一縣叛則一縣蕩為灰燼，一州叛則一州莽為丘墟」❶。據《元史・食貨志》載：京都「百司庶府之繁，衛士編民之眾，無不仰給於江南」。這說明元代的統治者最大限度地依賴江南漢族人民所創造的財富，以維持其享受和統治。在政治上，元朝統治者始終奉行民族壓迫政策，他們把國民分為蒙古、色目、漢人、南人四個等級。蒙古人最尊，南人最賤。政府中軍政大權，由蒙古人獨攬。元朝的法律還規定：「諸蒙古人與漢人爭，毆漢人，漢人勿還報，許訴於有司」，「知有違犯之人，嚴行斷罪」（《元史．刑法志四》）。終元之世，民族對立的情緒一直存在。加上吏治腐敗，階級壓迫深重，因此，社會也一直激烈動盪。元雜劇有不少作品寫到貪官汙吏、權豪勢要對人民的壓迫，不少作品透露出憤激昂揚的情緒，這正是在火與血交併的時代人民反抗精神的反映。

民族壓迫深重，彼此之間不可能沒有隔閡。直至元代後期，詩人楊維楨寫的〈宮詞十二首〉還有「老娥元是江南女，私喜南人擢狀元」的句子，表現出民族壓迫下南人特有的心理。不過，就我國歷史總體而言，在元代，居住於長城內外的各族人民，既有鬥爭，更有溝通、融合。元朝統治的一百三十多年，也是中華民族大家庭逐步形成的重要時期。

蒙古鐵騎是帶著奴隸制時代的野蠻習性進入中原地區的。正如馬克思所說，野蠻的征服者自己總是被他們征服的民族的較高文明所征服。早在金代，征服了漢人的女眞人率先漢化；忽必烈滅宋，後來也踏著女眞人的足跡，接受了漢族文明。一二七一年，他以「元」爲國號，取《易經》「乾元」之義，表明他對漢族文明的推崇。忽必烈懂得，要鞏固元朝的統治，必須用漢法以治漢人。爲此，他任用許衡、姚樞等儒生，以寬容和尊禮的態度對待佛教、道教。結果，統治得以穩定，而在漢族文化的薰陶下，征服者也逐漸改變了原來的習氣，提高了文化素質。

元代的最高統治者懂得漢族文化的優越性，又竭力要保持蒙古祖制，保證民族的特權。因此，忽必烈制定的綱領是：「稽列聖之洪規，講前代之定制。」（《元史．世祖本紀》）他要求繼承蒙古族的祖宗成法，採取中原王朝的儀文制度，力圖把兩者融合起來。他主持大都的興建，宮闕建築風格本於漢制，城門、坊名本於《易經》，而內庭擺設又帶有蒙古斡耳朵（宮帳）的特色，這正好體現了民族文化的融會。此外，人口的遷移，交通的發達，民族的雜居，也是導致各民族文化融合的重要因素。蒙軍南下，軍旅中多有「回紇、乃滿、羌、渾部落及中原人被掠避罪而來歸者」❷。他們隨軍屯駐，大多數成了當地居民。同時，元軍兵鋒西指，西域歸附，驛路暢通，方便了商賈往來，回回紛來沓至。據至元初年統計，在中都路的回回人數，近三千戶之多。民族雜處，加深了彼此的情誼和交流，對促進社會的發展起了重大作用❸。

文化的融合，大大提高了少數民族的文明程度。有些人接受了漢族文化薰陶，還擅長以漢語進行文學創作。例如貫雲石（維吾爾族人）、薩都剌（回族人）、阿魯威（蒙古人）、薛昂夫（西域人）所寫的詩詞或散曲，造詣頗高；雜劇作家則有楊景賢（蒙古人）、李直夫（蒙古人）等，其中李直夫所著雜劇，有《虎頭牌》等十一種。這一批來自不同民族，具有不同生活背景的作家，筆端流露出各式各樣的風情格調。西北遊牧民族特有的質樸粗獷、豪放率直的性格，注入作品的形象中，使元代的文壇更加多姿多采。

民族雜居，也給漢族文化在固有基礎上注入了新的成分。如元雜劇中常提到「燒埋」，這說明一向習慣土葬的漢族接受了蒙族火葬的風尚；《西廂記》提到「赤騰騰點著祆廟火」，《爭報恩》和《倩女離魂》也有「我今夜著他個火燒祆廟」，「則待教祆廟火刮刮匝匝烈焰生」的說法❹，可見從波斯傳入的拜火教已深入到民間生活中，成爲我國文化的一部分。在文藝創作方面，雜劇作家們更是大量吸取少數民族的樂曲，以豐富作品的表現力，像〔唐兀合〕、〔拙魯速〕、〔風流體〕、〔六國朝〕、〔阿忽合〕等曲牌，已爲漢族群眾喜聞樂見。徐渭說：「北曲蓋遼金北鄙雜伐之音，壯偉狠戾，武夫馬上之歌，流入中原，遂爲民間之日用。」（《南詞敘錄》）北曲包括蒙族女眞族的樂曲，它們流入中原，爲民間所接受，也開拓了人們的視野胸襟。

金元之際，戰亂頻仍；其後蒙古軍隊席捲江南，燒殺擄掠，經濟遭受到極大的破壞。等到混一區宇，一些蒙古貴族在相當長的一段時間，依然以其固有的落後方式統治中原，把大量耕地圈爲不稼不耕的牧地、草場，嚴重地影響農業的發展。從另一方面看，元朝完成了南北的大一統，結束了唐末以來斷續紛爭、對峙的局面，也爲經濟的恢復和發展創造了條件。特別是忽必烈在中統和至元年間，屢頒禁令，嚴禁權豪勢要擾民圈地，侵害桑稼；並且把荒地分給無田的農戶，蠲免賦稅，興修水利。這一系列措施，對促進生產起了積極的作用。

在農業逐漸恢復，社會逐步安定的基礎上，宋末以來我國城鄉的手工業、商業，經過了一段時期的停滯以後，又走上繁榮的道路。由於國土統一，交通暢順，形成了空前規模的市場；也由於朝廷重視商業經營，採取不同於傳統的重農抑商的政策，「以功利誘天下」，商人的地位大大提高❺。因此，「元代的商業從某種意義上來說，其發展程度是超越於前代的」❻。與此相關，許多城市的規模日益擴大。當時的大都，既是政治文化中心，又是商業中心，「凡世界上最爲稀奇珍貴的東西，都能在這座城市找到」。居民多至四五十萬。在杭州，商賈雲集，市廛繁華。據馬可·波羅說：「這座城市的莊嚴和秀麗，堪爲世界其他城市之冠。」❼劇作家關漢卿在散曲〔南呂·一枝花〕中，也描寫了當時杭州的興旺情景：「普天下錦繡鄉，寰海內風流地」，「這答兒忒富貴，滿城中繡幕風簾，一匝地人煙湊集」，「百十里街衢齊整，萬餘家樓閣參差」。此外，北方的眞定、大同、汴梁、平陽；南方的揚州、鎮江、上海、慶元、福州、溫州、廣州等地，均頗具規模。隨著大中城市的湧現，市民階層也不斷壯大。他們的思想意識，影響到包括戲劇創作在內的各個方面，其作用不能低估。

在元代，思想領域也呈現出活躍鬆動的態勢。

元朝立國，程朱理學的統治地位得到確認。朝廷設立官學，以儒家的四書五經爲教科書，「自京師至於偏州下邑，海陬徼塞，四方萬里之外，莫不有學」❽。作爲儒學宗師的孔子，被封爲「大成至聖文宣王」。然而，儒學聲勢的顯赫卻阻止不了其影響力日益下降的趨向。因爲元朝統治集團的上層來自不同的民族，他們在利用正統的儒家學說鞏固統治的同時，也尊崇各族固有的宗教信仰。因此，佛教、道教，乃至伊斯蘭教、基督教，在中原地區同樣得到發展。信仰的多元化，削弱了儒家思想在群眾中的影響。事實上，元朝的最高統治者懂得不同的學說、教派，各有不同的效用。仁宗嘗謂：「明心見性，佛教爲深；修身治國，儒、道爲切」❾，因而都予以優容。至於儒學本身，也在各種思想的碰撞中，在崇尚功利的社會心態影響下，分化爲不同的流派，甚至分裂出像鄧牧那樣把儒家大同理念與道家無爲主張結合起來，敢於抨擊皇帝專制和官吏貪暴的思想家。總之，「元有天下，其教化未必古若也」（《元史・孝友傳》），程朱理學獨尊的局面發生了變化，思想領域呈現出各種觀點和流派爭雄鬥勝的特色。

程朱理學影響下降，長期以來壓在人們心頭的封建禮教的磐石隨之鬆動，下層人民和青年男女，蔑視禮教違反封建倫理的舉動越來越多，以至王惲對宣揚禮教的做法，發出了「終無分寸之效者，徒具虛名而已」的慨歎❿。孔齊在《至正直記》卷二〈浙西風俗〉中說：「浙間婦女，雖有夫在，亦如無夫，有子亦如無子，非理處事，習以成風。」理學家們痛感道德淪喪，這從反面說明了價值觀念在變化，說明了元代文學作品出現眾多違背封建禮教的人物，正是當時社會生活的反映。

元代科舉考試時行時輟，儒生失去仕進機會，地位下降，這和儒學影響力的淡化也有直接的關係。世傳「九儒、十丐」的說法雖不準確，但儒生被忽視，則是事實。其中相當一部分人不再依附政權，或隱逸於泉林，或流連於市井，人格相對獨立，思想意識隨即異動。特別是一些「書會才人」，和市民階層連繫密切，價值取向、審美情趣更異於困守場屋的儒生。余闕說：「夫士唯不得用於世，則多致力於文字之間，以爲不朽。」（《青陽先生文集・貢泰父文集・序》）仕途失落的知識分子，或爲生計，或爲抒憤，大量湧向勾欄瓦肆，文壇便掀起波瀾。儒生不幸文壇幸，換言之，知識分子地位的下降，激發了他們的創作情緒，這一點，也是促成雜劇發展的重要因素。

第二節　敘事文學的興盛

・敘事文學成爲主流　・話本小說的興盛　・戲劇的繁榮　・戲劇的演出和體制　・北方戲劇圈
・南方戲劇圈

在元代，敘事性文學萬紫千紅，呈現一派興盛的局面，成爲當時創作的主流。一些具有高度文化修養的作家，加入敘事性文學的創作隊伍中，使文壇的格局發生了重大變化。至於抒情性文學，雖然也有所發展，例如「散曲」的創作也給詩壇帶來了新的氣象，但一向被視爲文壇正宗的詩詞，其成就遠比不上唐宋兩代。就抒情性文學創作的總體而言，其作用和意義已退到次要的位置。

唐代以來，敘事性的文體諸如傳奇小說、變文俗講，本已呈活躍的趨勢。宋代城市經濟繁榮，出現了專供市民娛樂的勾欄、瓦肆，給說書、雜耍等演員提供了演出場所⓫。元代商業經濟在宋代的基礎上有了新的發展，城市人口集中，而一般側重於表現作者個人意趣胸襟的詩詞，不易符合市民的需要。爲了滿足市民群眾在勾欄瓦肆中的文化消費，演述故事的話本、說唱便得到進一步的繁榮。特別是戲劇藝術，它以急管繁弦和曲折跌宕的情節再現社會各階層的人物，以多姿多采的技藝愉悅觀眾身心，更能吸引市民觀賞。因此，敘事性文學匯成了一股洪流，激盪奔騰，使文壇呈現出新的態勢。

在宋代，說話分爲四家，即小說、說經、講史、合生⓬。其中「說經」講演佛禪道理，「合生」可能屬即興性的滑稽技藝⓭，小說講述脂粉靈怪、傳奇公案故事，講史講述前代歷史、興廢爭戰；後兩者均屬有情節有人物的敘事文學。《都城紀勝》說：「最畏小說人，蓋小說者，能以一朝一代故事，頃刻間提破。」可見話本的作者和藝人，已能運用虛構、提煉等技巧，把複雜的歷史畫龍點睛地加以敘述。

到元代，「說話」繼續盛行，目前我們所能見到的話本，以講史居多。像《全相平話五種》、《新編五代史平話》、《宣和遺事》、《薛仁貴征遼事略》等。當然，和明清兩代的小說相比，宋元話本還顯粗糙，但作者已注意到情節安排以及人物的心理描寫。至於元代一些文言小說，像《嬌紅記》描寫嬌娘和中純的愛情悲劇，反映了青年男女對愛情的熱切追求，文筆深刻細膩，其成就也不可忽視。

元代，我國戲劇藝術走向成熟。戲劇包括雜劇和南戲，其劇本創作的成就代表了當時文學的最高水準。

我國的戲劇，其起源和形成經歷了漫長的時期。從先秦歌舞、漢魏百戲、隋唐戲弄，發展到宋代院本，表演要素日臻完善。金末元初，文壇在唐代變文、宋代說唱諸宮調等敘事性體裁的浸潤和啓示下，找到了適合於表演故事的載體，並與舞蹈、說唱、伎藝、科諢等表演要素結爲一體，發展成戲劇，它作爲一門獨立的藝術，脫穎而出。由於宋金對峙，南北阻隔，便出現了南戲和雜劇兩種類型，它們各有自己的表演特色，分別在南方和北方流行。當時，許多文人積極參與劇本的創作，使這種敘事性的文學體裁臻於成熟，成爲文壇的主幹。

元代創作的劇本，數量頗多。據統計，現存劇本名目，雜劇有五百三十多種，南戲有二百一十多種⓮，可惜大部分均已散失。至於當時投身於劇本創作的作家，現在已無法準確統計。僅據《錄鬼簿》和《錄鬼簿續編》所載，有名有姓者近百人，而「無聞者不及錄」，估計還有許多遺漏。劇作家們有很高的創作熱情，有人專門爲伶工寫作演出的底本，有人「躬踐排場」參加演出；一些名公才人還在大都組成「玉京書會」，相互切磋。許多劇作家具有高度的文化水準，像關漢卿、王實甫、白樸、馬致遠等人，既有豐富的人生閱歷，又擅長詩詞寫作。當他們掌握了戲劇特性，駕馭了世俗喜聞樂見的敘事體裁，便腕挾風雷，筆底生花，寫下了不朽的篇章，爲文壇揭開了新的一頁。當時，劇作家們適應觀眾的需要，或擅文采，或擅本色，爭妍鬥豔，使劇壇呈現出繁榮的局面。

從現存的劇本看，元代戲劇的題材，包括愛情婚姻、歷史、公案、豪俠、神仙道化等許多方面⓯。涉及的層面異常廣闊，「上則朝廷君臣政治之得失，下則閭里市井父子兄弟夫婦朋友之厚薄，以至醫藥卜巫釋道商賈之人情物性，殊方異域語言之不同，無一物不得其情，不窮其態」⓰。許多劇本塑造了性格鮮明的人物形象，揭露了現實生活中封建制度的弊陋醜惡，歌頌了被迫害者的反抗精神。可以說，劇作家們以各具個性的藝術格調和蘸滿激情的筆墨，展示出元代豐富多彩的生活和人物複雜微妙的精神世界。

在元代，戲劇演出頻繁，擁有大量觀眾。夏庭芝在《青樓集志》中說：當時「內而京師，外而郡邑，皆有所謂勾欄者，辟優萃而隸樂，觀者揮金與之」。勾欄就是城市中的遊樂場所，能供戲劇演出。杜仁傑在散曲〈莊家不識勾欄〉中，寫到一個鄉下人進城看到勾欄的情景：「要了二百錢放過咱，入得門上個木坡。見層層疊疊團圞坐，抬頭覷是個鐘樓模樣，往下覷卻是人旋窩。見幾個婦女向臺上兒坐，又不是迎神賽社，不住的擂鼓篩鑼。」⓱可知勾欄裡有木搭舞臺，臺的上方有鐘樓模樣的「神樓」，圍著舞臺有觀眾席。要注意的是，觀眾進入勾欄需要交付「二百錢」，這說明戲劇演出已成爲商業活動。在勾欄中，還有所謂「對棚」，即類似後來的唱對臺戲，顯然，市場競爭也進入了文化領域。

在農村，戲劇則在戲臺、戲樓演出。現在山西農村仍有不少元代戲臺遺址，可以推知當時戲劇演出的盛況。戲臺往往建於祠廟前，說明演戲和祭神酬神活動相結合，既是娛神，也是娛人。山西趙城明王廟正殿有元代演劇畫壁，上有「堯都見愛大行散樂忠都秀在此作場」字樣，說明專業戲班已在農村演出。〈重修明應王殿碑〉寫到城鎮村落民眾扶老攜幼前來看戲的情景，還提到「資助樂藝牲幣獻禮，相與娛樂數日，極其厭飫」⓲。足見藝人的演戲酬神，實際上也是收取費用的商業活動。

城鄉演出活躍，自然湧現出眾多的從業人員。夏庭芝說：「我朝混一區宇，殆將百年，天下教舞之妓，何啻億萬。」（《青樓集》）好此演員各有所長，伎藝高超，而且具有較高的文化修養，像珠簾秀、賽簾秀、燕山秀、天然秀、梁園秀等演員名噪一時，他們和劇作家緊密合作，爲戲劇的繁榮做出了貢獻。

元代的戲劇有雜劇和南戲兩種類型。這兩個劇種的劇本雖然也都包括曲詞、賓白、科（介）三個部分，但體制又有不同。雜劇風行於大江南北，它一般由四折組成一個劇本，每折相當於今天的一幕；演劇角色可分末、旦、淨三類。末分正末、小末；旦分貼旦、搽旦、小旦。在音樂上，一折只採用一個宮調，不相重複。而全劇只能由正末或正旦一人主唱，正末主唱的稱「末本」，正旦主唱的稱「旦本」。

南戲流行於東南沿海。劇本由若干「出」組成，「出」數不做規定。曲詞的宮調也沒有規定。南戲角色分爲生、旦、淨、末、丑等各類⑲，均可歌唱。歌唱形式多種多樣，既有獨唱，又可對唱、合唱、輪唱，不似雜劇只能由一人獨唱到底。

雜劇和南戲的劇本，都有完整的故事情節，在戲劇衝突中刻畫人物形象。劇本的唱詞，則更多用以表現人物在特定場景中的思想情緒，甚至直接透露作者的心聲，具有強烈的抒情性。可以說，唱詞往往就是詩，這一點，構成了我國戲劇文學的特色，也說明我國敘事文學與抒情文學之間互補共生的關係。至於雜劇和南戲的演員，既要善於說白、歌唱，也要掌握科（介）亦即舞蹈、武打乃至雜耍的技巧。因此，元代的戲劇是綜合性的藝術。

雜劇和南戲在唱腔上有明顯的區別。雜劇的曲調是由北方民間歌曲、少數民族的樂曲和中原傳統的曲調（包括宮廷、寺廟、民間音樂）結合而成；南戲的曲調則由東南沿海的民間音樂與中原傳統的音樂結合而成。由於雜劇、南戲在音樂文化系統方面均由中原傳統衍繁，彼此同源，易於溝通互補，它們的一些曲牌，名稱相同，或者品位相同。至於雜劇和南戲在音樂上的差別，實際上是南北方言差異的表現。我國地域廣袤，語言系統在文化發展過程中不斷發生變化，形成了許多方言區。例如在宋代甚至更早，北方語音中入聲消失，而南方語音入聲依然保留。戲曲音樂與語言密不可分，雜劇與南戲產生、流行於不同的方言區，加上區域生活習俗等文化上的差異，從而形成兩大音樂系統。王驥德說：「南北二曲，譬如同一師承，而頓漸分教；俱爲國臣，而文武異科。」⑳王世貞則謂：「北字多而調促，促處見筋；南字少而調緩，緩處見眼。北則辭情多而聲情少，南則辭情少而聲情多。」（《曲藻》）他們的判斷，是符合元代戲曲發展的實際的。

元代的戲劇活動，實際上形成爲兩個戲劇圈。

北方戲劇圈以大都爲中心，包括長江以北的大部分地區，流行雜劇。在大都，「南北二城，行院、社直、雜戲畢集」（劉祁《析津志》），湧現了大批雜劇藝人。許多傑出的劇作家像關漢卿、王實甫、馬致遠、紀君祥、張國賓、楊顯之等，或是大都人，或在這裡活動。這裡「歌棚舞榭，星羅棋布」，雜劇演出頻繁，爲劇作家提供了施展才華的園地。在當時經濟比較發達的城邑，如東平、汴梁、眞定、平陽等地，也是作家雲集。而生活於同一地域的作家，或接受地區風氣的薰陶，或是旨趣相投，或是背景相近，自覺或不自覺地形成了不同的群體。觀眾的喜好也作爲一種市場需要，對作家產生一定影響，使不同地區的創作呈現出不同的特色。例如，傳說宋江、李逵等好漢在山東梁山泊嘯聚，於是許多有關水滸的雜劇，便以東平爲背景；曾經在東平生活的作家，也寫了眾多的水滸劇碼，東平便成了雜劇水滸戲的發祥地。一般說來，北方戲劇圈的劇作，較多以水滸故事、公案故事、歷史傳說爲題材，有較多作家敢於直面現實的黑暗，渴望有清官廉吏或英雄豪傑爲被壓迫者撐腰。至於各個作家的藝術風格則絢麗多彩。他們以不同的風情，不同的韻味，締造出燦爛輝煌的劇壇。就總體來看，北方戲劇圈的作品，更多給人以激昂、明快的感受。徐渭在《南詞敘錄》中曾說：「聽北曲使人神氣鷹揚，毛髮灑淅，足以作人勇往之志。」徐渭評述北方戲曲音樂的這一番話，也可以幫助我們整體把握北方戲劇圈的特點。

南方戲劇圈以杭州爲中心，包括溫州、揚州、建康、平江、松江乃至江西、福建等東南地區。和北方情況不同，這裡城鄉舞臺，既流行南戲，也演出從北方傳來的雜劇，呈現出兩個劇種相互輝映的局面。

南戲產生於浙江永嘉（溫州）一帶，所以又被稱爲「永嘉雜劇」。它形成於南宋初年，在東南地區廣泛流傳，並漸漸進入杭州。據劉一清說，「戊辰（一二六八）、己巳（一二六九）間，《王煥》戲文盛行於都下」（《錢塘遺事》卷六〈戲文誨淫〉）。許多藝人在這裡創作、演出、出版南戲，使這座繁華的城市成了南戲的中心。

至元十三年（一二七六），元軍占領杭州，結束了長期南北分裂的局面。國家完成了統一。南北經濟文化交流更加頻繁，雜劇的影響也擴大到南方。徐渭說：「元初，北方雜劇流入南徼，一時靡然成風。」南方的風土名物，吸引了大批北方人士，許多劇作家包括關漢卿、白樸、馬致遠等都先後到過杭州。居住在杭州一帶的作家像曾瑞、施惠、喬吉、秦簡夫、蕭德祥等，也加入到雜劇的創作隊伍中。虞集在《中原音韻・序》中說：「我朝混一以來，朔南暨聲教，士大夫歌詠，必求正聲，凡所製作，皆足以鳴國家氣化之盛。自是北樂府出，一洗東南習俗之陋。」可見，在政治氣候的推動下，在雜劇已具有較高文化品位的影響下，南方也爲「正聲」所吸引，「以中原爲則，而又取四海同音而編之」[21]。這樣，雜劇經揚州傳入南方後，也以杭州爲中心，逐漸擴展到江南廣大地區。

在南方戲劇圈中除了演出從北方傳入的雜劇劇碼外，較多劇作注重表現愛情婚姻和家庭倫理等社會問題。像鄭光祖的雜劇《倩女離魂》，喬吉的《兩世姻緣》、《金錢記》，南戲《琵琶記》和《荊釵記》、《拜月記》等堪稱代表。另外，南下的劇作家，往往經歷過種種坎坷，看透人情世態；而長期居住在南方的作家，也對富貴功名的黯淡前景有清醒的認識。南方繁華的生活和秀麗的景色，觸發他們熱衷泉林詩酒的興致。於是許多人帶著充沛的感情，描寫書生懷才不遇倨傲疏狂的景況，實際上是藉劇本的人物遭遇抒發自己的胸中塊壘。像《王粲登樓》、《揚州夢》等劇作，便明顯地表現了這一創作傾向。顯然，南方戲劇圈的劇作更重視愛情的描寫和個人情懷的宣泄，這和南方經濟發展和價值觀念的演進有著密切的關係。

雜劇和南戲兩個劇種的爭妍鬥麗，也促進了彼此的交流。徐渭《南詞敘錄》收錄了「宋元舊篇」劇目六十五種，其中有一半的南戲劇目見於雜劇演出，這表明兩個劇種的作家，經常相互吸取、改編彼此的作品。在音樂上，「南北合套」的出現，是兩大劇種互擷菁華的明證。又據杭州書會才人編的《拜月亭》「尾聲」所寫「書府翻騰，燕都舊本」，可見這部南戲的編寫，是以關漢卿的雜劇《拜月亭》為藍本。而關漢卿的雜劇《望江亭》第三折末尾，由李稍、衙內、張千三個角色分唱、合唱南曲〔馬鞍兒〕，在唱法上分明吸收了南戲靈活合理的體制，並且由衙內打諢：「這廝每扮南戲那！」關漢卿劇作的情況，正是南北兩大劇種交匯互補、促進戲劇發展的生動例子。

第三節 元代的抒情文學

・散曲之為「散」　・活潑明朗與窮形盡相　・元詩的風貌

在元代，抒情性的文體創作，另有一番景象。

元代除了詩詞依然處於「正宗」位置外，詩壇上又湧現出一種新樣式，這就是散曲。

散曲之所以稱「散」，是與元雜劇的整套劇曲相對而言的。劇本中使用的曲，粘連著科白、情節。如果作家純以曲體抒情，則與科白情節毫無連繫，這就是「散」，它是一種可以獨立存在的文體。除此之外，散曲的特性，還有兩點值得注意。一是它在語言方面，既需要注意一定的格律，又吸收了口語自由靈活的特點，因此往往會呈現口語化以及曲體某一部分音節散漫化的狀態。二是在藝術表現方面，它比近體詩和詞更多地採用「賦」的方式，加以鋪陳、敘述。

散曲押韻比較靈活，可以平仄通押；句中還可以增加襯字。在北曲中，襯字有多有少，但只能用在句頭或句中；南曲則有「襯不過三」的說法。不管怎樣，增加襯字，明顯地具有口語化、俚俗化，並使曲意明朗活潑、窮形盡相的作用。

散曲大盛於元，這和語言以及音樂的發展有直接的關係。元代民族交融，人口流動頻繁，語音、詞彙與唐宋時代相比，已有許多變化；北方少數民族音樂傳入中原，也使與音樂結合的詩歌創作在格律上有所改變。正如王世貞在《曲藻·序》中所說的：「自金元入主中國，所用胡樂，嘈雜淒緊，緩急之間，詞不能按，乃更爲新聲以媚之。」而城市經濟的發展，商人、小販、手工業者的生活喜好，通俗文學的蓬勃發展，也需要產生更能表達時代情趣的詩歌體裁。這一切，是使詩壇萌發一種新花的土壤。

自從散曲興起以後，作者如林，作品繁多，內容涉及歌詠男女愛情，描繪江山景物，感慨人情世態，揭露社會黑暗，抒發隱逸之思，乃至懷古詠史、刻畫市井風情等方面。由於不同時代不同經歷的作者具有不同的創作個性，曲壇也出現珠玉紛呈的局面。清代劉熙載在《藝概·詞曲概》中，把散曲分爲三品，一曰清深，二曰豪曠，三曰婉麗。可以說，這三品就像三種原色，它們互相滲透，調製出繽紛斑斕的色彩。一般說來，延祐之前，散曲作家兼寫詩文，像楊果、盧摯等；或兼擅雜劇，像關漢卿、馬致遠等，其風格以豪曠居多，更能顯出眞率自然的曲味。延祐之後，則出現一批專寫散曲的作家，如張可久、貫雲石、徐再思等，風格以婉麗居多，有時則傷於雕琢。當他們竭力錘鍊字句，追求典雅工整，向詩詞寫法靠攏，甚至使之「詞化」的時候，散曲便失去了鮮活靈動的特色，走向衰微。

作爲詩壇「正宗」的傳統詩詞，在元代儘管有所創新，有些詩人像薩都剌、楊維楨也寫出令人矚目的作品，但就詩詞的總體創作而言，成就遜於唐、宋和清代，也遜於同時代的散曲。

若以詩和詞兩種體裁比較，元詩的成就，則又大於詞。元詩繼承金代大詩人元好問的餘緒，在遼金詩的基礎上有所推進。在元初，許多詩人或看到金室的傾頹，或看到南宋的覆滅。他們的身世遭際雖各個不同，但都不能忘懷舊朝。華夷畛域之見和南北界限沒法一下子消除，有人悲憤滿腔，有人忐忑難安，有人長歌當哭，有人淒切低吟。所以，故國之思，滄桑之感，曾是元初衆多詩作的主題。延祐以後，正式恢復科舉制度，經濟恢復了繁榮的勢頭，社會也比較安定。不少詩人身居高位，生活優裕。憂憤之思沒有了，便追求技巧，或者追求以「盛唐」爲風範的「盛世之音」。另一方面，通俗文學追求新奇熱鬧的審美情趣，也在一定程度上影響了詩人。這種種因素的合力，導致詩風的變化。

元代許多詩人在創作上提倡「宗唐得古」，以唐詩和魏晉古詩爲皈依，這是由於他們不滿意宋代以文爲詩、以理入詩的傾向，要求注重詩歌的形象性。例如描繪自然景物，許多作者把興趣集中在審美客體的局部或細部，他們善於捕捉自然界中聲色的細微變化，捕捉審美主體內心世界的細微律動，並用流暢的語言和韻律表達出來。他們在詩歌審美創造方面的獨特成就，不應受到忽視。過去有些學者囿於傳統觀念，認爲元詩傷於「侷促」、「綺縟」，其實是不夠全面的㉒。

第四節 元代文學的審美情趣

・「自然」與顯暢 ・抒情文學與敘事文學情趣的吻合 ・大異於溫柔敦厚

元代社會的激烈變動，使整個文壇的審美情趣也產生了巨大的變化。

王國維曾說：「元曲之佳處何在？一言以蔽之，曰：自然而已矣。」他認爲，元劇作爲敘事的文學，其審美特徵就是「自然」。所謂自然，是眞實地摹寫作者的所見、所想，讓觀眾眞切地看到「時代之情狀」，從而體悟到流注在故事中的旨趣。與此相連繫，他指出元劇的文字，也必然不事藻繪，是鮮活的生動活潑的語言。至於元劇之所以具有這樣的審美特徵，王國維認爲是出自「自娛」與「娛人」的需要。劇作家創作劇本，不是要藏之名山，而是要公之於眾，這必然要讓觀眾看得明白、眞切，才能進一步理解和認同。在這裡，王國維把戲劇這一體裁的特性與觀眾心理連繫起來，相當準確地揭示出形成元代文壇審美情趣的重要因素㉓。

不過，王國維所說的「自然」，只是元代文壇審美情趣的一個方面。從當時屬於文壇主體的戲曲、散曲創作傾向看，許多作家不僅自然地抒寫人情世態，而且表現出淋漓盡致、飽滿酣暢的風格。以劇本的情節安排而論，元劇作家總是把簡單的故事寫得波瀾跌宕，透徹地表現悲歡離合的情態；以刻畫人物而論，則力圖揭示出主人公的內心奧祕，曲盡形容，鮮明地顯示其個性特徵；以語言風格而論，則崇尚「本色」，大量運用俗語、俚語，以及襯字、雙聲、疊韻，生動跳撻地繪形繪色。劇作者往往毫無遮攔地讓人物盡情宣泄愛與恨。關漢卿寫竇娥呼天搶地，罵官罵吏，把悲憤怨恨的氛圍推到極限；鄭光祖寫倩女追求戀人，乃至魂魄飛越千山萬水，一路上吐露對愛情的渴望。有些劇作者甚至還藉劇中人歌哭笑啼，釋放胸中積悃，馬致遠《漢宮秋》、《薦福碑》，白樸《梧桐雨》中的多段唱詞，實際上是作者在發洩對現實不滿的感情。

對於元雜劇所表現的審美情趣，明代學者早有深切的理解。陳與郊《古雜劇・序》中說：「夫元之曲以摹繪神理，殫極才情，足抉宇壤之祕。」孟稱舜在《古今名劇合選・序》中也說：「迨夫曲之爲妙，極古今好醜、貴賤、離合、死生，因事以造形，隨物而賦象。」他們都看到了元雜劇具有曲盡人情、透徹無遺地表現事物的特點，而且都用「極」這一強烈字眼給予形容。吳偉業在《北詞廣正譜．序》中更指出：「今之傳奇，即古者歌舞之變也，然其感動人心，較昔之歌舞，更顯而暢矣。而元人傳奇，又其最善者也。」所謂顯而暢，是指元劇題旨是顯露的，能讓觀眾看得真切明白；而總體的風格則呈現出酣暢之美，讓觀眾有痛快淋漓的感受。

在元代抒情性文學的創作中，自然酣暢之美，同樣是最為鮮明而且備受推崇的。以散曲而言，其審美要求明顯與詩詞不同。詩詞講究含蓄蘊藉，曲則為「街市小令，唱尖歌倩意」[24]。散曲作者多以賦的手法，白描直陳，把所寫的情與物展露無餘，淋漓盡致。而曲的特殊體制，例如可以增加襯字，可以有頂針、疊字、短柱對、鼎足對等多種手法，也對詩人奔放地抒發感情，形成自然酣暢的風格，起了推轂的作用。正因為社會的風尚和散曲形式的特殊韻味，影響了作者的審美情趣，所以，卓有成就的作者所寫的作品，或清麗，或質樸，或豪放，或潑辣，或諧謔，卻總離不開自然酣暢這一總的趨向。貫酸齋序《陽春白雪》，曾舉出散曲有「滑雅」、「平熟」、「媚嫵」、「豪辣浩爛」諸種風格；鄧子晉序《太平樂府》，說他「以馮海粟為豪辣浩爛，乃其所畏也」。可見，豪辣浩爛、酣暢尖新在當時被視為曲作的最高境界。

至於詩詞製作，審美情趣也有所變化。劉敏中說「詩不求奇」，「率意謳吟信手書」，主張自然隨意地抒發感情。元代一些最有成就的詩人，像薩都剌、楊維楨、耶律楚材，其詩詞創作均近奔放酣暢一路，前人評論耶律楚材，謂其詩「語皆本色，惟意所如，不以研煉為工」[25]。這些重要詩人的審美傾向，在一定程度上反映出詩壇風尚。清人宋犖在《元詩選》序中也說「元詩多清麗，近太白」。李白的詩作感情奔放，「天然去雕飾」。宋犖以李白的風格來概括元代詩風，顯然注意到詩壇流注著自然酣暢的審美情趣。

如上所述，元代文壇，無論是敘事性還是抒情性的文學創作，均體現出自然酣暢之美。在元以前，傳統的文學觀念注重「溫柔敦厚」，「樂而不淫，哀而不傷」，每以簡古含蓄為美。在宋代，梅堯臣說詩要「含不盡之意，見在言外」（見歐陽修《六一詩話》）；張戒反對「詩意淺露，略無餘蘊」（《歲寒堂詩話》卷上）；姜夔說「語貴含蓄」（《白石詩說》），即使被目為豪放的辛派詞人，也多有芳草美人寄旨遙深之作。元代文壇的審美觀，與這一傳統大異其趣。許多作家「顯而暢」的做法，恰恰為傳統所忌。傳統觀念認為作品要使人能像嚼橄欖那樣回甘；元代許多作品則讓人痛快酣暢，魄蕩神搖。有些曲作甚至使人如飲烈酒，或者如聞蒜酪味，表現出特殊的藝術魅力。

元代文壇出現的新的審美情趣，與社會風尚的變化，理論家推動「情」的主張，通俗文學蓬勃發展的影響，少數民族狂歌鬧舞嗜好的浸潤，寫意畫的成熟，乃至個人意識的抬頭等等，都有密切的關係。這些方面有待進一步探索。

注　釋

❶見胡祗遹《紫山先生大全集》卷二二〈民間疾苦狀〉。

❷《遺山先生文集》卷二七〈贈鎮南軍節度使良佐碑〉。

❸關於元代各族雜處的情況，可參閱周良霄、顧菊英著《元代史》第九章〈社會經濟〉，上海人民出版社一九九三年版。

❹祆教即拜火教，由波斯傳入中國。教徒以火為最純潔，奉之為神的象徵。

❺楊維楨有〈鹽商行〉一詩，其中說「人生不願萬户侯，但願鹽利淮西頭；人生不願萬金宅，但願鹽商千料泊」，可資說明。

❻參見周良霄、顧菊英著《元代史》，上海人民出版社一九九三年版，第五一六頁。

❼見《馬可波羅遊記》，福建科學技術出版社一九八一年版，第一一一、一七五頁。

❽《金華黃先生文集》卷十〈邵氏義塾記〉。

❾見《元史》卷二六「仁宗三」。

❿《秋澗先生大全集》卷三五〈上世祖皇帝論故事書〉。

⓫見灌園耐得翁《都城紀勝·瓦舍眾藝》，參看《東京夢華錄（外四種）》，古典文學出版社一九五六年版，第九五頁。

⓬關於「說話」四家，近代學者王國維、魯迅、嚴敦易、孫楷第、趙景深、陳汝衡、胡士瑩和〔日〕青木正兒均有研究，意見不盡相同。其中，對小說、講史、說經三家，看法是一致的。至於另一家，魯迅在《中國小說史略》和《中國小說的歷史的變遷》中把「合生」列入，孫楷第也同意這一見解，並在〈宋朝說話人的家數問題〉一文中做過詳細的考證。陳汝衡則認為四家不包括「合生」。他的分法是小說（銀字兒）、說公案說鐵騎兒、說經、講史四類。參看陳著《宋代說書史》，上海文藝出版社一九七九年版，第五三頁。

⓭有關「合生」的性質，前人記載語焉不詳。據《新唐書·武平一傳》謂：「妖伎胡人，街童士子，或言妃主情貌，或列王公名質，詠歌舞蹈，號曰合生。」洪邁《夷堅志》之乙卷六「合生詩詞」條謂：「江浙間路歧伶女，有慧黠，知文墨，能於席上指物題詠應名輒成者，謂之合生。」《都城紀勝·瓦舍眾伎》謂：「合生與起令、隨令相似，各占一事。」此外，合生也寫成「合笙」，它可能是一種以笙伴奏有說有唱即興發揮的伎藝。

⓮參看莊一拂編著《古典戲曲存目彙考》，上海古籍出版社一九八二年版。

⓯關於元雜劇分類，朱權在《太和正音譜》中分為十二科：「一曰神仙道化，二曰隱居樂道（又曰林泉丘壑），三曰披袍秉笏

（即君臣雜劇），四曰忠臣烈士，五曰孝義廉節，六曰叱奸罵讒，七曰逐臣孤子，八曰鈸刀趕棒（即脫袍雜劇），九曰風花雪月，十曰悲歡離合，十一曰煙花粉黛（即花旦雜劇），十二曰神頭鬼面（即神佛雜劇）。」

⑯見胡祇遹《紫山先生大全集》卷八〈贈宋氏序〉。

⑰見《重輯杜善夫集》，濟南出版社一九九四年版，第六七頁。

⑱轉引自廖奔《宋元戲曲文物與民俗》，文化藝術出版社一九八九年版，第二二五頁。

⑲南戲的生，即雜劇的末。南戲的末多演老生、鬚生。

⑳《曲律》卷一〈總論南北曲・第二〉，見《中國古典戲曲論著集成》卷四，中國戲劇出版社一九五九年版，第五七頁。

㉑見《中原音韻・序》，引自《中原音韻》，載《中國古典戲曲論著集成》卷一，中國戲劇出版社一九五九年版，第一七三頁。

㉒批評元詩的議論，最激烈的是胡應麟。他在《詩藪》中指出：「元人調頗純，而才具偈促，卑陬劣於宋。」、「元之失，過於臨模；臨模之中，又失之太淺。」、「其詞太綺縟而厭老蒼。」見《詩藪外編》卷六，上海古籍出版社一九五八年版，第二二九頁。

㉓關於「自然」，王國維在《宋元戲曲史》第十二章〈元劇之文章〉中有詳細闡述。他說：「蓋元劇之作者，其人均非有名位學問也；其作劇也，非有藏之名山傳之其人之意也。彼以意興之所至為之，以自娛娛人。關目之拙劣，所不問也；思想之卑陋，所不諱也；人物之矛盾，所不顧也；彼但摹寫其胸中之感想，與時代之情狀。而真摯之理，與秀傑之氣，時流露於其間。故謂元曲為中國最自然之文學，無不可也。若其文字之自然，則又為其必然之結果，抑其次也。」

㉔燕南芝庵〈唱論〉，見《中國古典戲曲論著集成》卷一，中國戲劇出版社一九五九年版，第一六〇頁。

㉕《四庫全書總目提要》卷一六六〈湛然居士集提要〉，中華書局一九六五年版，第一四二二頁。

第一章　話本小說與說唱文學

以聽眾為對象的說話、說唱藝術，至遲在唐代就已出現。宋、金、元時期，隨著公眾娛樂場所的日漸興起，說話和說唱藝術相應地日益繁盛，它們偏離了以「雅正」為旨歸的文學創作傳統，演述古今故事、市井生活。內容的世俗化、語言的口語化，是其一大特點。它們的成熟與發展，推動著古代敘事文學逐步走向藝術高峰。

第一節　說話藝術

・說話　・說話「四家」　・話本

「說話」的本義是口傳故事。口傳故事的傳統，可遠溯至上古神話傳說，那時尚未產生文字，神話及傳說只靠口耳相傳。後來，人們以「話」代指口傳的「故事」。隋代笑話集《啟顏錄》載，楊素手下散官侯白，以「能劇談」而得到楊的器重，楊的兒子玄感曾對侯說：「侯秀才，可以（與）玄感說一個好話。」❶這是目前所知關於「說話」的最早紀錄。唐郭湜《高力士外傳》也提及「說話」：「每日上皇與高公親看掃除庭院，芟薙草木，或講經、論議、說話，雖不近文律，終冀悅聖情。」可見唐代宮中已有「說話」活動，它是取悅皇帝的一種方式。至於宮中「說話」的內容，尚不得而知；不過，唐代民間「說話」，有講三國故事的，有講士子與妓女愛情故事的，其名目仍可約略見於相關文獻❷。

宋代的「說話」，上承唐代「說話」而來。又因城市經濟的繁榮、瓦舍勾欄的設立、說話藝人的增多、市井聽眾的捧場，民間說話呈現出職業化與商業化的特點❸。當時的「說話」，有「四家」之說，各有門庭，自成路數。「四家」的名目，據宋耐得翁《都城紀勝・瓦舍眾伎》載，是小說、說經、講史、合聲（生）。後一種以演出者的敏捷見長，如「指物題詠應命輒成」之類❹，與以敘事取勝的前三類顯然有別。小說，以講煙粉、靈怪、傳奇、公案等故事為主；說經，即演說佛書；講史，則說前代興廢爭戰之事。可見，所謂說話的家數，大體是以故事題材作劃分標準的。

隨著說話活動的日益興盛，在書場中流播的故事越來越多，而以口傳故事為藍本的文字紀錄本，以及受說話體式影響而衍生的其他故事文本等，也日見其多。後世統稱之為「話本」❺。

「話本」的稱謂，可能在唐代已經出現❻。今存宋元話本常出現「話本說徹，且作散場」之類套語，可見「話本」含有故事文本之義。而套語的出現，也說明「話本」在一定程度上已經「格式化」。大體而言，傳世宋元話本可分為三類：一是敘事粗略、文字粗糙的說話藝人的底本，如《三國志平話》等；一是以說話藝人之口述故事為主要內容的記錄整理本，文字通順，描寫細緻，敘事周詳，可能出自當時的讀書人或書會先生之手，如《錯斬崔寧》、《碾玉觀音》等；一是文人依據史書、野史筆記、文言小說等改編而成的通俗讀本，內有一定的故事性，如《宣和遺事》等❼。

第二節　小說話本

・現存的小說話本　・小說話本的體制　・愛情故事　・公案故事

現存宋元小說話本的數量難以確定；又因其文本幾乎僅見於明人刻印的集子，連元刻本也極為罕見，所以對其時代歸屬也有不同看法。然而，依據《醉翁談錄》、《也是園書目》、《述古堂書目》等對宋元小說話本的記載，再與明人刻印的有關作品相互參證，下列作品是比較可靠的宋元小說話本：《張生彩鸞燈傳》（見《熊龍峰刊行小說四種》）；《風月瑞仙亭》、《楊溫攔路虎傳》、《西湖三塔記》、《簡帖和尚》、《合同文字記》、《柳耆卿詩酒玩江樓記》（以上見《清平山堂話本》）；《宋四公大鬧禁魂張》、《張古老種瓜娶文女》（以上見《古今小說》）；《錯斬崔寧》（又題《十五貫戲言成巧禍》）、《鬧樊樓多情周勝仙》（以上見《醒世恆言》）；《碾玉觀音》（又題《崔待詔生死冤家》）、《西山一窟鬼》（又題《一窟鬼癩道人除怪》）、《定山三怪》（又題《崔衙內白鷂招妖》）、《三現身包龍圖斷冤》、《萬秀娘仇報山亭兒》（以上見《警世通言》）等。此外，近年發現元代「福建建陽書坊所刊刻」的《新編紅白蜘蛛小說》殘頁❽，是如今僅見的元刻小說話本，《醒世恆言》的《鄭節使立功神臂弓》是其增訂本❾。至於故事題材流行於宋元而後經明人搜集整理、增刪加工的作品，在明馮夢龍的「三言」等集子中應當還有一批❿。

宋元小說話本有一定的體制。其文本大體由入話（頭回）、正話、結尾幾個部分構成。入話是小說話本的開端部分，它或者以一首或若干首詩詞「起興」，說風景，道名勝，與故事的發生地點相連繫，或與故事的主人公相關聯；或者先以一首詩點出故事題旨，然後敘述一個與此題旨相關的小故事，其行話是「權做個『得勝頭回』」，實則這個小故事與將要細述的故事有著某種類比關係。顯然，入話乃是說話藝人爲安穩入座客人、等候遲到聽眾的一種特意安排，也是正話的「由頭」。正話，則是話本的主體，篇幅較長，情節曲折，細節豐富，人物形象鮮明突出，具有一定的寓意，含有警世、勸世等價值取向。正話之後，往往以一首詩總結故事主題，表明「有詩爲證」；或以「話本說徹，權做散場」之類套話作結。

小說話本的題材內容，如宋羅燁《醉翁談錄．小說開闢》所言：「有靈怪、煙粉、奇傳、公案，兼朴刀、桿棒、妖術、神仙。」但若就旨趣而論，不管是何種題材，都往往以愛情或公案作爲敘事的「興奮點」。愛情故事，在當時很受歡迎，所以，藝人的素質，著重表現在「煙粉奇傳，素蘊胸次之間；風月須知，只在唇吻之上」⓫。所謂煙粉、風月，是男女交往故事的代稱。在禮法森嚴的封建時代，男女之間的「竊玉偷香」，是一種挑戰禮法、追求自由的大膽行爲，藝人們以此作爲表演內容和體現「說話」水準的標誌，恰好說明這個時代演說故事的趨向。

宋元小說話本中的愛情故事，又往往突出女性對愛情生活的主動追求。像《碾玉觀音》中的璩秀秀，出身於貧寒的裝裱匠家庭，生得美貌出眾，聰明伶俐，更練就了一手好刺繡。無奈家境窘迫，其父以一紙「獻狀」，將她賣與咸安郡王，從此，正值豆蔻年華的秀秀，身入侯門，失去自由。其後郡王府失火，逃命之際，她遇見了年輕能幹的碾玉匠崔寧；秀秀見他誠實可靠，主動提出：「何不今夜我和你先做夫妻？」而膽小怕事的崔寧卻不敢應允。秀秀道：「你知道不敢，我叫將起來，教壞了你。你卻如何將我到家中？我明日府裡去說！」秀秀素知崔寧的爲人，這番話明顯是要激發其勇氣，讓他與自己一道掙脫束縛，尋求美好的生活。又如《鬧樊樓多情周勝仙》，寫周勝仙初見范二郎，暗中喜歡，獨自思量：「若是我嫁得一個似這般子弟，可知好哩。今日當面挫（錯）過，再來哪裡去討？」爲了捕捉這難得的機緣，她敢想敢做，主動接近意中人。顯然，璩秀秀和周勝仙的行動，與「詩禮傳家」的閨秀們大相逕庭。作者對她們的肯定，實際上表現出平民百姓對禮教傳統的背離。

小說話本的另一突出內容是公案故事。宋元時代，官府昏庸、吏治腐敗現象的日趨嚴重，是導致大量公案故事產生的主要原因。它反映出民眾對不公平、不合理現象的關注，以及對生存權利、社會治安的嚴重憂慮。像《錯斬崔寧》，講述由一起命案引發的一段冤情，頗有典型意義。作品中的劉貴酒後失言，致使其妾陳二姐以爲丈夫要賣掉自己，連夜逃走；結果，醉而未醒的劉貴被小偷謀財害命。案發後，涉嫌殺人在逃的陳二姐與她剛在路上結識的崔寧雙雙被捉拿歸案。當地府尹不勘察案情，不聽陳、崔二人的申辯，濫用酷刑，屈打成招，造成冤案，致使無辜者人頭落地。小說中有一段議論，頗能反映人們對這件冤案的看法：「這般冤枉，仔細可以推詳出來。誰想問官糊塗，只圖了事，不想捶楚之下，何求不得？……所以，做官的切不可率意斷獄，任情用刑，也要求個公平明允。道不得個死者不可復生，斷者不可復續，可勝歎哉！」這一番感慨，其實也是對草菅人命的官府做出嚴正批判。此外，《合同文字記》、《三現身包龍圖斷冤》、《簡帖和尚》等篇，也從不同側面反映民間糾紛和社會矛盾，人們還可以從中了解當時的世態民情與社會風紀。

宋元小說話本描寫細緻，生動逼真，字裡行間留存說書藝人的風致，表現出敘事的口語化、聲口的個性化、談吐的市井化等特點。

第三節　講史話本

・平話　・講論「古今」　・《五代史平話》　・《全相平話五種》

宋元的講史話本，又稱「平話」。現存宋編元刊或元人新編的講史話本，大都標名「平話」，如《武王伐紂平話》、《三國志平話》等。「平話」的涵義，蓋指以平常口語講述而不加彈唱；作品間或穿插詩詞，也只用於唸誦，不施於歌唱[12]。另外，稱之爲「平」，當是強調講史話本雖脫胎於史書，而語言風格卻擺脫艱深的文言而趨於平易[13]。

講史，只是一種概稱。《醉翁談錄・小說開闢》云：「說征戰有劉項爭雄，論機謀有孫龐鬥智。新話說張韓劉岳，史書講晉宋齊梁。」其中，「新話」與「史書」對舉，可見「講論古今」才是講史的全貌。據宋吳自牧《夢粱錄》載：「又有王六大夫，元係御前供話，爲幕士請給，講諸史俱通，於咸淳年間敷演《復華篇》及《中興名將傳》。」王六大夫所講，即爲宋人抗金復國故事，屬「今」的範疇。

現存宋元講史話本中，宋人編的有《梁公九諫》、《五代史平話》、《宣和遺事》等[14]。《梁公九諫》是講史話本的早期作品，凡九段，敘述唐狄梁公（仁傑）九次進諫，反對武則天策立武三思爲儲君；段落整齊，文辭古樸，簡明扼要。《宣和遺事》分前後二集，記述北宋衰亡、金人入侵和南宋建都臨安的經過。其中含有梁山泊故事，像楊志賣刀、晁蓋智取生辰綱、宋江殺閻婆惜、三十六人聚義梁山、宋江受招安征方臘等，略具後來《水滸傳》的雛形，其敘事簡略，類似綱要。《五代史平話》[15]，分梁、唐、晉、漢、周五個部分，斷代編述。它以《資治通鑑》爲主要依據，吸收新、舊《五代史》的某些內容，並捏合了一些民間傳說故事。各部分大體以編年爲經，以事件爲緯；綜觀則頗合史書框架，細讀卻饒有說書情趣。像《五代梁史平話》敘述黃巢出世及早年經歷，將黃巢塑造成一個有異稟的奇人，富於神異和傳奇色彩。又如《五代晉史平話》寫石敬瑭早年與哥哥發生爭執，其兄「被敬瑭揮起手內鐵鞭一打，將當門兩齒一齊打落了」。從此敬瑭不敢回家見父親，浪蕩出走外州，頗爲生動地刻畫出石敬瑭粗野蠻橫的性格。整部《五代史平話》規模較大，在演述興衰的同時，大體貫穿著儒家的正統史觀。但它給人留下深刻印象的仍是黃巢、石敬瑭、李克用、劉知遠等一系列人物形象。

元人編刊的講史話本，今存元至治建安虞氏刊印的《全相平話五種》，即《武王伐紂平話》、《七國春秋平話後集》、《秦併六國平話》、《前漢書平話續集》及《三國志平話》。五種書，版式一樣，均爲上圖下文。文字粗率，時有訛誤，似出於民間藝人之手。文字與圖畫合刊，顯是供人閱讀之用，其讀者對象當是文化水準不高的普通民眾。它們與《五代史平話》一樣，既依傍史實，又雜以民間傳說故事，有虛有實。如《三國志平話》中的張飛，史有其人，但書裡的「張飛捽袁襄」等情節，則是民間藝人的虛構。因此，宋元的講史話本，實是傳統的史傳文學與民間口傳故事結合的產物，亦文亦野，別成一家。

第四節　說經話本

・說經　・「詩話」　・《大唐三藏取經詩話》

說經，其原意是演說佛書。今存的宋元說經話本，只有無名氏的《大唐三藏取經詩話》[16]。這部作品，卷末有「中瓦子張家印」款一行，或斷爲宋刊，或疑爲元刻[17]。至於「詩話」一體，王國維在所作「跋」語中說：「其稱詩話，非唐、宋士夫所謂詩話，以其中有詩有話，故得此名。」

《取經詩話》全書分上、中、下三卷，各卷分若干段，數量不等，凡十七段。各段設有標題[18]；其末尾有詩一首或二三首，總括該段故事內容，揭示佛法無邊、信佛則逢凶化吉的宗旨。就「詩」與「話」的關係看，「話」是主體，演說蘊涵佛理的故事；「詩」是一種輔助手段，便於聽眾或讀者加深對故事的理解。

《取經詩話》敘述唐僧一行六人，往西天求請大乘佛法。上路不久，遇見一「白衣秀才」，自稱：「我是花果山紫雲洞八萬四千銅頭鐵額獼猴王。我今來助和尚取經。」於是，取經隊伍由六人增至七人，但除唐僧、猴行者外，其餘諸人並無名姓稱謂。猴行者神通廣大，已成爲故事的主人公。各段故事長短不一、有詳有略，其中不乏精彩的片段。如「過獅子林及樹人國第五」，敘述師徒一行進入樹人國，唐僧命小行者去買菜，小行者被人用妖法變作驢子，猴行者前往解救，將作法者的妻子變作「一束青草，放在驢子口伴」。兩相鬥法，結果，作法者不敵猴行者。又如「過長坑大蛇嶺處第六」講猴行者降伏白虎精，描述生動，情節奇異。然而，因是「說經」的緣故，有些地方顯出濃厚的說教意味，如「入香山寺第四」，稱蛇子國的大蛇小蛇皆有佛性，故牠們「見法師七人前來，其蛇盡皆避路，閉目低頭，人過一無所傷」。這樣的情節，平淡呆板，缺少趣味。總之，《取經詩話》在一定程度上呈現出說經話本的風貌，也反映出在民間敘事文學方面中土文化與印度佛教文化的交流、融會的情況。

第五節 諸宮調

・孔三傳首創　・連用多種宮調的說唱形式　・《劉知遠諸宮調》　・《天寶遺事諸宮調》

諸宮調是一種說唱文學，主要流行於宋金時期。據宋王灼《碧雞漫志》卷二載：「熙豐、元祐間……澤州孔三傳者，首創諸宮調古傳，士大夫皆能誦之。」所謂諸宮調，是相對於限用一個宮調的說唱形式而言[19]，其中唱的部分用多種宮調串接而成，其間插入一定的說白，與唱詞配合，敘述有人物、情節的長篇故事。而每種宮調，則由若干曲牌聯成短套，套曲少則一二首，多則十多首。這一說唱形式，在宋室南渡後，傳至南方。南方的諸宮調主要以笛子伴奏，北方的諸宮調多以琵琶和箏伴奏，故北諸宮調也稱「搊彈詞」，某些作品還冠以「弦索」字樣，以示其有別於南諸宮調的特點[20]。

諸宮調又稱「話本」，像《西廂記諸宮調》卷一以「這本話兒」代指將要說唱的故事；一百二十回本《水滸傳》第五十一回寫諸宮調演員白秀英的開場白：「今日秀英招牌上明寫著這場話本，是一段風流蘊藉的格範，喚做《豫章城雙漸趕蘇卿》。」這說明諸宮調與民間說話是孿生的藝術種類。諸宮調作品中出現的代言體敘事[21]，與小說話本對人物聲口的模擬，有著密切的關係。

諸宮調的曲目，僅《西廂記諸宮調》卷一所提及的就有八種，元雜劇《諸宮調風月紫雲亭》也提到多種[22]。所寫故事，或是風流情愛，或是鐵騎刀兵，或是歷史風雲。可惜大都散佚無蹤。今存者除《西廂記諸宮調》外，尚有《劉知遠諸宮調》與《天寶遺事諸宮調》。

《劉知遠諸宮調》，不知撰人，僅存殘本。原書共有十二卷，現只剩下一頭一尾，合計五卷[23]。作品敘述劉知遠發跡及其與妻子李三娘悲歡離合的故事，其具體情節、細節與《五代史平話》及南戲《白兔記》，均互有出入。語言質樸，文句時有錯訛，似非文人手筆。

《天寶遺事諸宮調》，元王伯成撰。原作已經失傳。今存輯佚本，共六十套，只有曲詞，沒有說白。作品敘述唐天寶年間李隆基與楊玉環的愛情故事以及「安史之亂」所導致的二人的生離死別；其間有對李、楊悲劇命運的同情，亦有對楊玉環、安祿山「私情暗通」的譴責，還含有對「玄宗無道」的批判，思想內容較爲複雜。其文辭則以典雅流暢見長。

第六節 董解元《西廂記諸宮調》

・唯一完整的諸宮調作品　・超越《會眞記》、《商調蝶戀花詞》　・男女主人公形象的重新塑造
・敘事與抒情的結合

《西廂記諸宮調》是現存唯一完整的諸宮調作品。作者董解元，名字已佚，「解元」是金、元時期對讀書人的敬稱。他的生卒年不詳，大概成名於金章宗完顏璟在位期間（一一九〇—一二〇八）；元代戲曲、曲藝界尊崇其作品的「創始」之功，對他極爲推重[24]。

《董西廂》的本事源於唐元稹的《會眞記》。原作一方面以婉曲深摯的筆觸描述張生與鶯鶯的相愛，另一方面又肯定張生「非禮不可入」的做派。曾經熱戀鶯鶯的張生終因追求功名拋棄了戀人，甚至稱之爲「尤物」，而贏得「善補過」的讚譽。在文壇上，儘管《會眞記》產生過廣泛的影響，但人們對張生「始亂終棄」的行爲，多有不同於元稹的看法，如宋趙德麟的《商調蝶戀花詞》卷首即稱「最恨多才情太淺，等閒不念離人怨」，明確譴責張生的薄情。然而，趙作只是《會眞記》的一個說唱改本，它將《會眞記》分爲十段，「或全摭其文，或止取其意」，除了在每一段後加一支《蝶戀花詞》外，創意不多。

董解元的《西廂記》既不像《會眞記》那樣夾雜陳腐的觀念，也不像《商調蝶戀花詞》那樣對鶯鶯被拋棄的遭遇顯得無可奈何，而是熱情地歌頌愛情，頌揚青年男女對禮教的反抗。由於董解元對原作中的人物性格、人物關係、故事情節等做了大幅度的改動和創造，因此，《董西廂》成了一個以大膽追求婚姻自由爲基調，充滿樂觀進取精神的愛情故事。董解元開宗明義，自稱「曲兒甜，腔兒雅，裁剪就雪月風花，唱一本倚翠偷期話」（卷一）。所謂「倚翠偷期」，是指張生與鶯鶯邂逅相遇、心生愛慕、私結終身、矢志不渝的違抗禮教的行動；作者對此特意拈出，並不避有傷「風

化」之嫌，以「曲甜腔雅」自許，顯示出非凡的創作膽識和超越禮教的豪邁氣概。

《董西廂》中的張生，雖然從小習儒讀經，但並不是「書蟲」。他是一個珍惜青春、充滿生命活力的年輕人。在莊嚴的普救寺，他偶然見到眼含秋水、容貌清雅的鶯鶯，不禁「膽狂心醉」，竟然忘形失態，不顧寺僧法聰的勸阻，意欲造訪鶯鶯居所，還說：「便死也須索看。」更爲突出的是，當他愛上鶯鶯以後，「不以進取爲榮，不以干祿爲用，不以廉恥爲心，不以是非爲戒」（卷一）。作者正是以這「四不」，改造了《會眞記》中「非禮不可入」的張生形象。在以後的情節中，張生敢愛敢恨，敢於承當對戀人的責任和義務。他修書請兵，退賊解圍，保住了鶯鶯一家的安全。爲了鶯鶯，他不假思索，義無反顧。所謂「不以功名爲念，五經三史何曾想」（卷三〔中呂調・棹孤舟纏令〕），是他執著追求愛情的寫照。當然，他對「功名」尚未放棄，當私情顯露、老夫人令他「上京取應」，他也覺得「功名世所甚重，背而棄之，賤丈夫也」，於是「發策決科」去了。幸而他一直思念鶯鶯，中舉後回到了戀人的身邊。這與《會眞記》中的張生形象大不相同。

崔鶯鶯的形象，較之《會眞記》，顯得更爲鮮明豐滿。一方面，她長於深閨，卻嚮往世俗人生；少女懷春，萌發對愛情、自由的追求。另一方面，母親「治家嚴肅」，從小就被禁錮的鶯鶯，也知書識禮，深深懂得應遵守禮教規範。張生的出現，及其月下吟詩、請兵退賊等舉動，激發了鶯鶯對眼前的年輕書生的情思；然而，雖漸漸愛上張生，但內心翻起了巨瀾，產生強烈的衝突。因爲，這既要衝破老夫人的管束，更要衝破禮教對她的束縛，難度極大。在《董西廂》裡，鶯鶯的性格有一個心理發展過程，她先是唯恐「辱累先考」（卷四〔中呂・鶻打兔〕），壓抑著對張生的情感；後來經過內心的激烈衝突，終於覺得「報德難從禮」（卷五），做出了大膽的越軌行動。作者以細膩的筆法，在描繪她內心世界的巨大變化中，完成了對鶯鶯形象的塑造。

除張生、鶯鶯外，《董西廂》還塑造了紅娘、法聰、老夫人三個人物形象，既豐富了作品的內容，也強調了男女主人公掙脫森嚴禮法的艱巨性。其中，老夫人對崔、張戀愛的從中作梗，是作品的一個大關節，正如紅娘所言，冷峻的老夫人「教兩下裡受這般不快活」（卷四）。董解元注意表現兩代人的思想衝突，也深化了原有題材的社會意義。

在藝術方面，《董西廂》充分發揮了諸宮調說與唱相輔相成的特點，將敘事與抒情結合起來，既曲盡其妙地敘述了男女主人公波瀾起伏、好事多磨的戀愛故事，又深入細緻地刻畫出人物的情感世界和心理活動。作者借助說白與唱詞，把張生的痴迷、鶯鶯的嬌羞，還有婢女紅娘的爽朗機靈，寫得唯妙唯肖、生動傳神。像寫張生接到鶯鶯書簡後的情狀：「清河君瑞，讀了嘻嘻地笑不止。也不是丸兒，也不是散子，寫遍幽期書體字。疊了舒開千百次，唸得熟如本傳，弄得軟如故紙。也不是閒言語，是五言四韻、八句新詩。若使顆朱砂印，便是偷情帖兒，私期會子。」（卷五〔仙呂調・滿江紅〕）活畫出一個痴情書生的傻氣與憨態。

《董西廂》的語言，既不太文，也不太俗，呈現出質樸奇俊的獨特風格。「莫道男兒心如鐵，君不見滿川紅葉，盡是離人眼中血！」（卷六〔大石調・尾〕）「馬兒登程，坐車兒歸舍；馬兒往西行，坐車兒往東曳：兩口兒一步兒離得遠如一步也！」（卷六〔黃鐘宮・尾〕）像這樣的句子，寫得酣暢淋漓，令人讀來滿口生香。其後，王實甫的《西廂記》在語言創造方面也受到它的影響。

注釋

❶見《太平廣記》卷二四八引侯白《啓顏錄》，中華書局一九九四年版，第一九二○頁。

❷前者如李商隱〈驕兒詩〉，有「或謔張飛胡，或笑鄧艾吃」句，反映出當時已有說三國故事的活動；後者如元稹〈酬翰林白學士代書一百韻〉有「翰墨題名盡，光陰聽話移」句，並自注：「又嘗於新昌宅，說《一枝花》話，自寅至巳，猶未畢詞也。」《一枝花》，即為唐傳奇《李娃傳》所本。

❸宋吳自牧《夢粱錄・小說講經史》載，戴書生、周進士、張小娘子、宋小娘子等專講「史書」；譚談子、翁三郎、雍燕、王保義等專講「小說」，是為「說話」專業化的具體表現。又宋周密《武林舊事・瓦子勾欄》載，僅杭州一地，就有「南瓦」、「中瓦」、「大瓦」、「北瓦」等為數眾多的供各種藝人（包括「說話」藝人）演出的場所，「說話」的商業化於此可見一斑。

❹宋洪邁《夷堅支志乙集》卷六：「江浙間路歧伶女，有慧黠，知文墨，能於席上指物題詠應命輒成者，謂之合生。」見《夷堅志》第二冊，中華書局一九八一年版，第八四一頁。

❺關於「話本」，過去通行的提法是「說書人的底本」，但考諸現存的宋元「話本」，此說疑問頗多。參見日本學者增田涉〈論「話本」的定義〉（載《古典文學知識》一九八八年第二期）、周兆新〈「話本」釋義〉（載《國學研究》第二卷，北京大學出版社一九九四年版）。

❻如唐代「敦煌變文」中有近人擬題的《韓擒虎話本》，是關於隋初大將韓擒虎的民間傳說故事，卷末有「畫本既終」字樣，

「畫本」疑為「話本」之訛。

❼ 上引周兆新論文，將宋元話本分成四類，除上述三類外，還有「文人獨立創作」一類。

❽ 詳見黃永年〈記元刻《新編紅白蜘蛛小說》殘頁〉，載《中華文史論叢》一九八二年第一輯，上海古籍出版社。

❾ 以上對作品的判斷，參考程毅中〈試談小說家話本的斷代問題〉，載《盡心集》，中國社會科學出版社一九九六年版，及胡士瑩《話本小說概論》，中華書局一九八〇年版。

❿ 歐陽健、蕭相愷編訂的《宋元小說話本集》（中州古籍出版社一九八七年版）在考訂作品的時代歸屬時採取「稍寬」的標準，共收宋元小說話本達六十七篇之多。又，朱東潤《宋話本研究》（載《中西學術》第二輯，復旦大學出版社一九九六年版），亦對宋代小說家話本有所考辨。然而，章培恆認為今存「宋代話本」有很多問題，基本靠不住，詳見其論文〈關於現存的所謂「宋話本」〉（《上海大學學報》一九九六年第一期）。

⓫ 見《醉翁談錄．小說開闢》。

⓬ 參見丁錫根《宋元平話集．前言》，上海古籍出版社一九九〇年版。

⓭ 或以為「平」是「評論」之意。但講史話本的評論文字並不突出，且小說話本亦有評論，所謂「評論」之意亦是猜測之詞。

⓮ 此據丁錫根編《宋元平話集》。

⓯ 或以為《五代史平話》刻於金朝，見《中國古代小說百科全書》，中國大百科全書出版社一九九三年版，第四九五頁。

⓰ 學術界也有人認為《菩薩蠻》（見《京本通俗小說》，《警世通言》卷七題作《陳可常端陽仙化》）、《花燈轎蓮女成佛記》（見《清平山堂話本》）兩種小說話本，講參禪悟道故事，亦屬說經（說參請）一類。參見《中國古代小說百科全書》第五〇一頁。

⓱ 王國維持前說，魯迅持後說。詳見劉蔭柏編《西遊記研究資料》，上海古籍出版社一九九〇年版，第一七三—一七七頁。也有人認為：「是書雖然刻於南宋，但它可能早在晚唐、五代就已成書，實是晚唐五代寺院『俗講』的底本。」見李時人、蔡鏡浩校注《大唐三藏取經詩話校注．「前言」》，中華書局一九九七年版，第二頁。

⓲ 今存本缺第一段，第七、八段亦有殘損。

⓳ 如宋代的唱賺、鼓子詞等即限用一個宮調。

⓴ 參見《董解元西廂記．前言》，人民文學出版社一九八〇年版。

㉑ 代言體敘事指擺脫敘事者的視角，直接模擬作品中人物的聲口。

㉒ 諸宮調曲目，朱平楚編《全諸宮調》附錄一有所考辨，甘肅人民出版社一九八七年版。

㉓ 這五卷分別是：知遠走慕家莊沙陀村入舍第一、知遠別三娘太原投事第二、知遠充軍三娘剪髮生少主第三、知遠探三娘與洪義廝打第十一、君臣弟兄子母夫婦團圓第十二。其間亦有殘缺。

㉔ 元鍾嗣成《錄鬼簿》將董氏置於全書之首，注云：「大金章宗時人。以其創始，故列諸首。」又，明朱權《太和正音譜》影寫洪武間刻本於董氏名下注云：「仕於金」；而該書《嘯餘譜》本作「仕元」。疑董氏生活於金、元時期。至於是否曾做官，則暫無確證。明湯顯祖評本董西廂，說董氏名朗，不知何據。

第二章 關漢卿

關漢卿是元代劇壇的傑出代表。他的雜劇作品以完整的戲劇性擺脫了宋金雜劇相對散漫的結構方式，是元雜劇走向文體成熟的重要標誌。他借助雜劇這一藝術樣式，深刻揭露社會的腐敗與黑暗，描述受迫害者的痛苦經歷，展示他們的悲慘命運；表彰卑賤者奮起抗擊邪惡、善用智慧、見義勇為的非凡氣概和堅毅品格。其創作思想蘊涵著熱切的人道主義情懷。他的作品「一空依傍，自鑄偉詞」，「曲盡人情，字字本色」[1]。其劇作如「瓊筵醉客」，汪洋恣肆，慷慨淋漓，具有震撼人心的力度。

第一節 關漢卿的生平思想與創作旨趣

・關漢卿的生平 ・認同儒家仁政學說 ・俗不脫雅、雅不離俗的創作風貌

關漢卿（一二二五？—一三〇〇？）[2]，字漢卿，號已齋叟；大都（今北京）人，其戶籍屬太醫院戶[3]，但尚未發現他本人業醫的記載。金亡時，尚為少年；入元之際（一二七一）大概已年近半百。至元、大德年間，他活躍於雜劇創作圈中，和許多作者演員交往[4]，有時還「面傅粉墨」，參加演出，成為名震大都的梨園領袖[5]。他曾南遊杭州，撰有《杭州景》套曲，其中有「大元朝新附國，亡宋家舊華夷」句，可見在元滅南宋、南北統一之後，他還健在。他還創作了〔大德歌〕十首，其中有「吹一個，彈一個，唱新行〔大德歌〕」等語，〔大德歌〕是當時剛流行的小令，可知他的創作活動，一直延續到大德初年。

關漢卿的前半生，是在血與火交織的動盪不寧的年代中度過的。作為封建時代的知識分子，關漢卿熟讀儒家經典，深受儒家思想影響，所以，在他的劇作中，常把《周易》、《尚書》等典籍的句子順手拈來，運用自如。不過，他又生活在仕進之路暫時堵塞的元代前期，科舉的廢止、士子地位的下降，使他和這一代的許多知識分子一樣，處於一種進則無門、退也不甘的難堪境地。和一些消沉頹唐的儒生相比，關漢卿在困境中尚能調適自己的心態。他生性開朗通達，放

下士子的清高，轉而以開闊的胸襟，「偶倡優而不辭」。他的散曲〔南呂．一枝花〕套數，自稱「是個蒸不爛煮不熟捶不匾炒不爆響璫璫一粒銅豌豆」，宣稱「則除是閻王親自喚，神鬼自來勾，三魂歸地府，七魄喪冥幽。天那，那其間才不向煙花路兒上走」。這既是對傳統價值觀念的背離也是狂傲倔強、疏放自尊的人生態度的自白。關漢卿面向下層，流連市井，受到了生生不息、雜然並陳的民間文化的滋養，因而寫雜劇，撰散曲，能夠左右逢源、得心應手地運用民間俗眾的白話、三教九流的行話，而作品中那些弱小人物的悲歡離合，也展現著下層社會的生活氣息與思想情態。

元朝，是儒家思想依然籠罩朝野而下層民眾反抗意識日益昂揚的年代。在文壇上，雅文學雖然逐漸失去往日的輝煌，但也生生不息，不無可觀；而俗文學則風起雲湧，走向繁盛。雅、俗文學創作碰撞交融，締造出奇妙的文化景觀。關漢卿生活在這種特定的歷史階段，他的戲劇創作及其藝術風貌，便呈現出鮮明而駁雜的特色。一方面，他對民生疾苦相當關切、對大眾文化十分熱愛；另一方面，在建立社會秩序的問題上他認同儒家仁政學說，也流露出對仕進生活的嚮往。一方面他血淚交迸地寫出感天動地的《竇娥冤》，另一方面又以憧憬的心態編寫了充滿富貴氣息的《陳母教子》。就其全部文學創作的總體風格而言，既不全俗，又不全雅，而是俗不脫雅，雅不離俗，雅、俗雜糅。就創作的態度而言，他既貼近下層社會，敢於爲人民大聲疾呼，又不失厚人倫、正風俗的儒學旨趣。他是一位勇於以雜劇創作來干預生活、積極入世的作家，又是一位倜儻不羈的浪子，有時還表露出玩世自嘲的獨特氣質。總之，這多層面的矛盾，是社會文化思潮來回激盪的產物。唯其如此，關漢卿才成爲文學史上一位說不盡的人物。

關漢卿一生創作雜劇，多達六十七種，今存十八種，即《竇娥冤》、《魯齋郎》、《救風塵》、《望江亭》、《蝴蝶夢》、《金線池》、《謝天香》、《玉鏡臺》、《單鞭奪槊》、《單刀會》、《緋衣夢》、《五侯宴》、《哭存孝》、《裴度還帶》、《陳母教子》、《西蜀夢》、《拜月亭》、《詐妮子》。其中若干種，是否爲關漢卿原作，學術界尚有爭議❻。

第二節　《單刀會》與《西蜀夢》

．呼喚英豪　．英豪被害　．誰救天下蒼生

《單刀會》敷演三國時關羽應魯肅邀請到江東赴宴的故事。在元代劇壇，寫關羽的戲，除《單刀會》外，還有關漢卿所寫的《西蜀夢》，鄭光祖的《三戰呂布》，無名氏的《千里獨行》、《單刀劈四寇》、《桃園結義》、《怒斬關平》，等等。在多種「關羽戲」中，《單刀會》特色鮮明，尤爲醒目。

關漢卿劇作的風格潑辣沉雄，這在歷史劇《單刀會》中表現得十分明顯。在戲裡，我們看到生當亂世的關漢卿歌頌關羽的英雄氣概，期盼世局平定，呼喚扭轉乾坤、拯救百姓的英豪；也可以藉此感受到這位「瓊筵醉客」崇拜錚錚鐵漢的內心世界。

《單刀會》的劇情並不複雜，劇本以「曹操占了中原，孫仲謀占了江東，劉玄德占了西蜀」的局勢爲背景，以魯肅向關羽討還荊州的舉動爲契機，環繞關、魯的戲劇衝突，刻畫出關羽叱吒風雲的英豪形象。關漢卿筆下的魯肅，用心險詐，爲討還荊州，設下圈套，名義上邀請關羽赴宴，實際上伺機脅迫對方就範，不惜挑起禍端引發戰爭。關羽明知魯肅有詐，卻光明磊落，胸有成竹，毅然赴會。他力斥魯肅的陰謀，捍衛「漢家」的基業，及時平息了一起驚心動魄的紛爭，維持住平穩的局面。

《單刀會》在構思上很有特色。劇本第一折，先由東吳的親貴喬公主唱，第一二支曲即點出「俺本是舊臣僚」，特別提出「兵器改爲農器用，征旗不動酒旗搖；軍罷戰，馬添膘；殺氣散，陣雲消」。也藉此表達了作者以及人民大眾在亂世中對和平生活的渴望。接著，喬公表示反對魯肅裹脅關羽的計策，並追述了關的英勇業績。第二折，則由隱士司馬徽再一次介紹關的勇武威猛。這兩折戲，主人公關羽尚未出場，但反覆渲染、鋪墊，產生了讓關羽形象先聲奪人的藝術效果❼。

關羽是在第三折才出場的。他一亮相，便從劉邦開國談到天下三分的過程，坐實荊州是漢家基業。他指點江山，縱論古今，在敘說中更是氣度不凡地兼論劉、項的興亡得失：「我漢皇仁義用三傑，霸主英雄憑一勇」；「一個力拔山，一個量容海」；「一個短劍下一身亡，一個靜鞭三下響；祖宗傳授與兒孫，至今日享、享。」（〔粉蝶兒〕、〔醉春風〕）他深知，憑著匹夫之勇，不以天下蒼生爲念，是項羽失敗的根由；而劉邦行仁義、用賢能，有海涵之量，終於贏得百姓擁戴，是其得天下的原因。可見，劇中的關羽，固然勇武過人，更具備卓越的見識。他冒險過江東，並非逞一己之勇，而是要以最小的代價來穩定動盪的軍事局面，免使人民再遭塗炭。在江東，他義正詞嚴，警告魯肅不要故意激化矛盾：「有意說孫、劉，你休目下翻成吳、越！」（〔慶東原〕）歷史上的吳、越紛爭，弄得兩國百姓飽嘗戰亂之苦，這慘痛的教訓令關羽銘記在心，這也是他之所以不顧安危深入虎穴的原因。

在第四折，關羽單刀赴會，面對著滔滔江水，他唱出了膾炙人口的〔新水令〕和〔駐馬聽〕：

〔新水令〕大江東去浪千疊，引著這數十人駕著這小舟一葉。又不比九重龍鳳闕，可正是千丈虎狼穴。大丈夫心別，我覷這單刀會似賽村社。

〔駐馬聽〕水湧山疊，年少周郎何處也？不覺的灰飛煙滅。可憐黃蓋轉傷嗟，破曹的檣櫓一時絕，鏖兵的江水猶然熱——好教我情慘切！（帶云）這也不是江水，（唱）二十年流不盡的英雄血！

這兩支曲子，豪雄蓋世。關羽既視強敵如草芥，又回顧歷史征程的慘烈悲涼。這裡有嗟歎，有悲憫；有實敘，有幻覺；有歷史滄桑之感，有澄清宇內之志。全曲既慷慨，又低徊，思緒萬千而又大氣包舉，頗有沉雄壯麗的史詩風韻。而關漢卿在寫關羽和魯肅面對面交鋒之前，先酣暢地讓他敞露心曲，讓「千里獨行，五關斬將」的偉丈夫慘切地感歎戰爭，表明關羽是大仁大勇、希望消弭戰爭的英豪。單刀會上，甲士擁出，關羽揪定魯肅，拍案而起，那「怒則躍匣錚錚而有聲」的寶劍戛然響了三次，把關羽神威烘托得栩栩如生；特別是當魯肅喋喋不休地指責關羽失信時，關羽一針見血地指出，荊州這塊土地，本來就是漢家基業，不存在歸還孫吳的問題。這一番言詞，大處著眼，頭頭是道，直令魯肅張口結舌、尷尬難堪。

關於魯肅意欲收回荊州一事，裴松之注《三國志．魯肅傳》引《吳書》的記載：魯肅親赴關羽駐地，指出劉備有「翦併荊州之土」的意圖，以「貪而棄義，必爲禍階」爲由，勸關羽將荊州交還東吳。對此，「羽無以答」，頗爲窘迫。又陳壽《三國志．魯肅傳》載，當魯肅責問關羽失信時，「語未究竟，座有一人曰：『夫土地者，唯德可在耳，何常之有！』肅厲聲呵之，詞色甚切。羽操刀起，謂曰：『此自國家事，是人何知！』目使之去。」可見，和魯肅爭辯者不是關羽，而當時關羽也無話可說。在《單刀會》裡，關漢卿突破了歷史情境的制約，不僅通過藝術虛構把關羽塑造成孤膽英雄，而且將信譽之爭改變爲「正統」之辯。劇中關羽的一舉一動，無非是捍衛「漢家」基業。在「漢家皇統」這一前提下，魯肅「討還」荊州的行爲，顯然是與「皇統」相悖，故而關羽質問魯肅：「則你這東吳國的孫權，和俺劉家卻是甚枝葉？」（〔沉醉東風〕）魯肅反而理虧，無詞以對。這樣的言詞、口吻，與宋元間一般民眾所認同的「劉蜀正統論」是一脈相承的，在民族鬥爭激化的特定背景下，這也多少反映出人們思想的向背。

在元代前期，經歷戰亂和社稷巨變，目睹百姓顛沛流離的關漢卿，寫出《單刀會》，其構思別有深意。他以濃墨重彩歌頌關羽，是在呼喚英豪。他希望看到不戰而屈人之兵，兵不血刃即可解民於倒懸並光復基業的英雄人物。

可悲的是，呼喚英豪的關漢卿卻敏銳地覺察到，英豪往往落得悲慘的結局。在另一部歷史劇《西蜀夢》中，他以深沉的筆觸，提出了一個令人氣結、發人深省的問題。

《西蜀夢》以劉備當了「大蜀皇帝」為背景。作品寫為「劉漢」基業出生入死、功勳顯赫的關羽和張飛相繼被害。他們冤魂不散，雙雙趕赴西蜀，向諸葛亮和劉備托夢，訴說屈死經過，緬懷手足之情，表達報仇雪恨的強烈願望。該劇著重寫了兩個方面：一是以昔日雄赳赳的英豪，與今日昏慘慘的冤魂做對比；一是以關、張二人生則救助天下、死卻無人救援做對比。在第四折，張飛的一段唱詞最是耐人尋味：「俺哥哥丹鳳之軀，兄弟虎豹頭，中他人機彀，死的來不如個蝦蟹泥鰍！我也曾鞭及督郵；俺哥哥誅文醜，暗滅了車胄，虎牢關酣戰溫侯。咱人『三寸氣在千般用，一日無常萬事休』，壯志難酬！」（〔滾繡球〕）劇作家在這裡強調的是亂世無常，人命如蟻，英豪如關羽、張飛，尚且是「横亡在三個賊臣手，無一個親人救」，普通老百姓的命運更是可想而知了。可以說，「英豪死了」便是《西蜀夢》的主題；在英豪動輒死於小人之手的時代，誰來救天下蒼生，則是《西蜀夢》隱含的一個巨大的問題。

《單刀會》與《西蜀夢》，同是三國故事題材的劇本，表露了劇作家兩種不同的意旨，二者構成的對比關係，可以看作是關漢卿對一個悲劇時代的疑慮與思考。

第三節　《救風塵》與關漢卿的喜劇創作

・下層民眾奮起自救　・英豪就在自己人中間　・弱小女性的智慧和膽略　・機趣橫生的喜劇性誤會

關漢卿熱切地在亂世中呼喚英豪、痛切地意識到英豪死了，故而更為深情地注視實際的社會層面，思考老百姓如何掌握自己的命運。他的《救風塵》、《望江亭》，寫的就是下層民眾不堪凌辱、奮起自救的激動人心的故事。這兩個作品帶有喜劇色彩，以明朗的筆觸，潑辣的語言，揭露了壓迫者的醜態，描繪出被迫害者以弱勝強的場景，讓觀眾在笑聲中體悟到不能低估自身的力量、不能屈服於壓迫者的淫威，只要敢於鬥爭、善於應變，命運可以掌握在自己手中。

《救風塵》中的周舍是一個地方官的兒子，他長年混跡於秦樓楚館，對婦女極盡玩弄欺詐之能事。他看上汴梁城妓女宋引章，甜言蜜語，信誓旦旦，百般殷勤，終於打動宋的芳心。得手後，周舍便現出殘暴本相，視宋引章為玩物，稍不如意，又打又罵，甚至聲言：「兀那賤人，我手裡有打殺的，無有買休賣休的。」他自以為婦女只能任其蹂躪，永遠逃不出他的掌心。

宋引章是一個入世未深的風塵女子，她爲人單純，閱歷較淺。她急切地希望跳出火坑，一旦遇上出語溫軟、善於表演的周舍，就滿腔熱情地以心相許。萬沒料到，婚後的生活是如此淒慘，苦不堪言。她後悔不迭，難以忍受，在百般無奈的情況下，只得向昔日要好的姊妹趙盼兒緊急求救。

趙盼兒正是當日勸宋引章不要嫁給周舍、言詞最爲懇切的人。她閱世深，見聞廣，察言觀色，目光敏銳；來往人客的假意眞情，她都善於判斷，心中有數。她早就看出周舍的爲人，曾對宋引章說：「但娶到他家裡，多無半載周年相擲棄，早努牙突嘴，拳椎腳踢，打的你哭啼啼。」（第一折〔勝葫蘆〕）可惜宋引章急於「從良」不辨好歹，竟將趙盼兒的忠告當作逆耳之言，甚至聲稱：「我便有那該死的罪，我也不來央告你。」其決絕如此，趙盼兒也勸阻不得。但洞明世事的趙盼兒，也早就料到宋引章在不久的將來便有呼救的一天。

果然，宋引章落難了。此時，受欺凌婦女的悲慘遭遇，使趙盼兒感同身受；昔日的姊妹深情，也使她對處於危難之中的宋引章不能坐視不理。她一接到宋引章求援的急信，就馬上籌畫搭救落難姊妹的策略。她深知周舍既頑劣，又好色，必須利用其好色的弱點去攻克其頑劣的本性：「我將他掐一掐，拈一拈，摟一摟，抱一抱，著那廝通身酥、遍體麻。將他鼻凹兒抹上一塊砂糖，著那廝舔又舔不著，吃又吃不著。」面對慣於風月的對手，只能以更爲高明的手段去對付。不出所料，周舍十分狡猾，他看見趙盼兒從汴梁趕到鄭州，對她的不請自來，既心存不軌，又懷有戒心。他固然對「自投羅網」的趙盼兒有非分之想，但也知道不會憑空撿到便宜，萬一聽信趙盼兒之言，休了宋引章，到頭來「這婆娘他若是不嫁我呵，可不弄的尖擔兩頭脫？」故而他步步設防，不敢造次。這一來，趙盼兒倍加小心，見機行事，虛與委蛇，以欲擒故縱、爭風呷醋、發誓賭咒之法，一步步打消周舍的戒心，把他引入忘乎所以的境地，終於賺得周舍的休妻文書，拯救出失魂落魄的宋引章。在戲中，關漢卿寫趙盼兒機智地與周舍巧妙周旋，軟硬兼施，使觀眾會心微笑；而當周舍放刁撒潑，終於落得「尖擔兩頭脫」的境地時，又使觀眾哄堂大笑，一場尖銳緊張的衝突，便在樂觀明朗的氣氛中結束。

在關漢卿的筆下，趙盼兒仗義拯救宋引章的一幕，是頗有英豪之氣的。如果說，在《單刀會》中，關漢卿把扶危濟困的希望寄寓在歷史人物身上，是在王侯將相中尋覓英豪；那麼，在《救風塵》中，他清醒地意識到，在現實生活中，最有效的抵抗厄運的辦法，是自己人救自己人。他讓趙盼兒在得悉宋引章備受周舍的摧殘時，捫心自問：「你做的個見死不救，可不羞殺這桃園中殺白馬、宰烏牛？」（第二折〔醋葫蘆〕）正是三國時代劉、關、張結義，以拯救天下爲己任的精神，激勵她挺身而出，拯救陷於絕境的姊妹。而她那種不畏艱難、身入險境、鬥智鬥勇的行動，又與關羽單刀赴會的膽略何其相似。很明顯，關漢卿通過《救風塵》一劇表明：英豪就在自己人中間！

值得注意的是，關漢卿劇中向黑暗現實奮起抗爭的英豪，往往是弱質女子。如《望江亭》中的譚記兒，她和趙盼兒一樣具有臨危不亂、在談笑間令窮凶極惡之徒乖乖就範的智慧和膽略。她和趙盼兒本來都是民間普通的婦女，與歷史上著名的俠女如紅線一類人物相比畢竟大不一樣。然而，正是汙濁的社會、惡劣的環境，激發了她們捍衛自身以及拯救弱者的潛能。她們無意以英豪自居，但是，失序失範的悲劇時代造就了她們，使她們在令人窒息的生存空間中爆發出極爲灼熱的生命火花，照耀了漫漫夜空。

《望江亭》最爲精彩的劇情，是在黑夜間進行的。譚記兒要對付的是比周舍更有來頭、更爲凶狠的楊衙內。這個自稱「花花太歲爲第一，浪子喪門世無對」的權豪勢要，看中譚記兒的美貌，一心要占爲己有，並設計陷害譚的丈夫白士中。譚記兒面臨家破人亡的可悲境地。她聰明機警，膽識過人，毅然安撫膽戰心驚的丈夫：「你道他是花花太歲，要強逼的我步步相隨；我呵怕甚麼天翻地覆，就順著他雨約雲期。」（第二折〔十二月〕）她巧設圈套，成竹在胸，識破楊衙內詭祕的行蹤，趁著中秋之夜，改扮漁婦，假獻殷勤，將楊衙內及其親隨灌得爛醉，賺得勢劍金牌和捕人文書，不僅及時挽救了自己危在旦夕的家庭，而且爲社會除一大害。在戲中，譚記兒手無寸鐵，面對強大凶殘的權貴物，她贏得巧妙、乾脆、漂亮，以果敢、機敏譜寫了一曲自己拯救自己的凱歌。這是一種喜劇性的逆轉，關漢卿在劇中頌讚了平凡者的不平凡，張揚了弱小者戰勝惡勢力的信心和力量。

關漢卿在《金線池》、《謝天香》、《玉鏡臺》等具有喜劇色彩的作品中，也寫到女主人公們生活在沒有安全感的環境裡，但她們的遭遇和趙盼兒、譚記兒有所不同。她們遭遇的矛盾衝突不屬勢不兩立的敵對性質，因而她們更多的是流露出對自身處境的不滿。她們的憂愁、苦惱，雖然往往出於誤會，而且最終以歡樂終場，但也曲折地反映出封建時代女性地位的卑下及其受男性擺布的命運。

《金線池》中的杜蕊娘、《謝天香》中的謝天香，都是風塵女子。杜蕊娘愛上書生韓輔臣，不料鴇母從中作梗，散布流言，挑撥杜、韓關係不和。蕊娘心性高潔，聽說韓輔臣「又纏上一個粉頭」，深感自己的人格和尊嚴受到很大的傷害，便決絕地嘲諷韓輔臣：「咱本是潑賤娼優，怎嫁得你俊俏儒流！」（第一折〔感皇恩〕）同樣，謝天香與柳永分別後，被錢大尹「收」做「小妾」，有如籠中之鳥，整日價端水疊被，愁悶不已。至於《玉鏡臺》中的劉倩英，雖是閨中小姐，但關係一生幸福的「大事」由不得自己做主，在溫嶠的「安排」下，忽然間便成爲溫氏夫人，除了罵一聲「這老子好是無禮」之外，別無申訴的餘地。可見，她們雖然身分不同，但都生活在一個不能主宰自己命運的社會之中。

然而，有趣的是，關漢卿讓這幾位女性經歷了一段人生波折，並非只是感受到世間的苦澀；當眞相一旦大白後，她們也體味出人間尙有可貴的眞情。杜蕊娘誤信謠言，錯怪了韓輔臣，殊不知韓一心愛她，情眞意重。謝天香本以爲錢大尹倚仗威權，風流納妾；到頭來才弄明白，三年間錢對她之所以秋毫無犯，爲的是履行對柳永的承諾，以特殊的方式保護她。至於劉倩英，原看不慣溫嶠一把年紀仍風流自賞，其實，溫嶠並非淺薄之徒，儘管舉手投足間偶有失態，容易被人誤解，但其爲人儒雅多情，對倩英既充滿著兄長般的關愛，更不失才子追慕佳人的熱切情懷。由於這幾位女性不了解生活的眞相，導致產生一連串喜劇性的誤會，從而使戲劇情節撲朔迷離，機趣橫生。

在現實生活中，眞與假、誠與僞，本來就難以區分，尤其在男權社會中，男性的朝秦暮楚、變心負情，是屢見不鮮的。所以，關漢卿力寫幾位女主人公怵怵惕惕、幽怨莫名，實際上反映了廣大婦女擔心遭受天端欺凌的心態。而杜蕊娘之與韓輔臣、謝天香之與柳永、劉倩英之與溫嶠，他們的喜劇性遇合倒是生活的例外。關漢卿讓他們得到美好的結局，是希望現實中備受欺侮的廣大女性獲得精神上的安慰。其間體現出關漢卿對女性命運的人道關懷，並且帶有幾許浪漫的情調。這一組形象的塑造，反映出關漢卿對社會問題特別是女性問題多方面的關注和思考。

第四節　《竇娥冤》與關漢卿的悲劇創作

・驚心動魄的人間慘象　・災禍連連的生存空間　・維護自身的人格尊嚴　・噴薄而出的滿腔怒火
・人間正義的最終勝利

關漢卿對社會現實有獨到的觀察與深刻的認識，他的喜劇已包含著悲劇意蘊。至於他的悲劇創作，更是酣暢淋漓地揭示出元代驚心動魄的人間慘象。

在關漢卿筆下，《竇娥冤》中女主人公的悲劇命運是最具震撼力和典型意義的。

竇娥是一位善良而多難的女性。她出生在書香之家，父親是「幼習儒業，飽有文章」的書生。竇娥家境貧寒，三歲喪母，幼小的年紀過早地遭受失恃之痛和窮困之苦，從小養成了孝順的品格。父親爲了抵債，忍心將她出賣，讓她成了債主蔡婆婆的童養媳，這加重了她幼小心靈的創傷。她在蔡家平淡地度過了一段相當長的時期。豈料至十七歲，即婚後不久，丈夫因病去世[8]，竇娥隨即變爲寡婦。世事多變，苦難接踵而至，竇娥不得不磨練出應付災變的心理承受能力，同時，她對上天的「無情」深感失望。她出場時，滿懷憂怨地唱道：「滿腹閒愁，數年禁受，天知否？天若是知我情由，怕不待和天瘦。」然而，歷經折磨的竇娥萬萬沒有想到，她一生中最大的苦難還在後頭。

在劇中，竇娥的婆婆蔡氏以放債來收取高額利息❾，無力償還其債務的賽盧醫起了殺蔡婆婆之心，蔡氏在危難之際意外地被張驢兒父子救出。可是，張氏父子不懷好意，趁機要將蔡氏婆媳占爲己有。在突如其來的變故中，軟弱的蔡氏逆來順受，堅貞的竇娥執意不從。張驢兒對竇娥懷恨在心，趁蔡氏生病，暗中備下毒藥，伺機害死蔡氏，以「命案」爲由逼竇娥改嫁；可是，陰差陽錯，張的父親誤喝有毒的湯水，倒地身亡；張驢兒見狀，當即心生歹念，嫁禍於竇娥，以「官休」相威脅，實則意欲強行挾制竇娥「私休」。竇娥一身清白，不怕與張驢兒對簿公堂，本以爲官府能公正審判；豈料貪官桃杌是非不分，偏聽偏信，胡亂判案，錯斬竇娥，造成千古奇冤。

在中國古代社會，法治缺失，官員判案頗多人治色彩，加以貪賄成風，徇私枉法，冤案屢見。到了元代前期，蒙古統治者入主中原，天下未穩，社會失範，民生凋敝；而「法令苛急，四方騷動」，更加重了社會的危機。冤獄眾多，是當時的世相之一，可見於史書的記載❿。《竇娥冤》戲劇情境的形成，與此有著密切關係。像張驢兒這類無惡不作、橫行鄉里的社會渣滓，其無法無天的罪惡圖謀，竟然有官吏爲之撐腰，衙門成了罪犯逍遙法外的場所。世事的荒謬乖錯，可見一斑。在這裡，《竇娥冤》情節的產生的發展既與歷史上的同類冤獄有相近之處，又帶有元代社會的時代特色。

竇娥是一位具有悲劇性格的人物。她的性格是孝順與抗爭的對立統一。她的悲劇，是張驢兒的蠻橫行徑與官府的顛倒黑白所造成的；她的悲劇性格，則是在與張驢兒等惡勢力的鬥爭中呈現出來的。

經歷過許多厄運的竇娥，本來很珍惜與蔡婆婆相依爲命、相對平穩的家庭生活。她對早年守寡、晚年喪子的婆婆孝順有加，也持守一女不嫁二夫的教條。如果生活沒有波瀾，她會恪守孝道與婦道，做一個賢慧的媳婦。但蔡氏被張驢兒父子救出後，竟半推半就地應承了張氏父子粗暴無理的「入贅」要求。於是，擺在竇娥面前的是一種痛苦的選擇：要麼唯婆婆的意志是從，改嫁張驢兒；要麼不依從婆婆，更不屈服於張驢兒的淫威。竇娥選擇了後者。這一來，她首先和自己的婆婆發生衝突。她譴責婆婆「怕沒的貞心兒自守」，「你豈不知羞」，當面頂撞，據理力爭。而面對張驢兒的強暴行爲，竇娥沒有驚慌失措，她鎮靜、堅定，絕不示弱，以鄙棄的態度與張驢兒針鋒相對。在劇中，她的抗爭，不僅僅是恪守婦道，更是一種維護自身人格尊嚴的行動。尤其是當張驢兒藉張老頭暴死事件作爲霸占竇娥的籌碼時，她本以爲，官府不會容許這滅絕人性的獸行，所以，她要與張驢兒「官了」；本以爲官吏會主持公道，維護她的清白與名聲。然而，竇娥沒有想到，她所處的生存空間已經惡化到無以復加的程度。她所寄予希望的官府，竟是一團漆黑。楚州太守桃杌盲目判案，殘民以逞，濫用酷刑，將無辜的竇娥打得「一杖下，一道血，一層皮」！爲了使蔡婆婆免受毒打，竇娥忍受著劇痛、屈辱和不公，不得不含冤招認，無辜受罪。這就是竇娥的悲劇性格。她的遭遇，典型地顯示出善良的弱者被推向深淵的過程。

竇娥此前沒有過激的言行，可是黑暗的現實卻逼得她爆發出反抗的火花。人間的不公，更使她懷疑天理的存在。她被劊子手捆綁得不能動彈，滿腔的怒火和怨氣，噴薄而出，她罵天罵地：「地也，你不分好歹何爲地？天也，你錯勘賢愚枉做天！」[11]並且發出三樁奇異的誓願：血飛白練、六月降雪、亢旱三年；她聲明：「不是我竇娥罰下這等無頭願，委實的冤情不淺；若沒些兒靈聖與世人傳，也不見得湛湛青天。」（第三折〔耍孩兒〕）她要蒼天證實她的清白無辜，她要藉異常的事象向人間發出強有力的警示[12]。關漢卿寫竇娥發誓後，浮雲蔽日，陰風怒號，白雪紛飛，這一片濃重的悲劇氣氛，把竇娥含冤負屈悲憤莫名的情緒推向高潮。很明顯，通過這驚天動地的描寫，關漢卿希望喚醒世人的良知，激發世人對不平世道的憤慨，催促世人爲爭取公平合理的社會而抗爭。

劇本的第四折寫竇娥的三樁誓願相繼應驗，以神異的方式「證實」了竇娥天大的冤情。更耐人尋味的是，竇娥的冤案，最終卻是由她已任「兩淮提刑肅政廉訪使」[13]的父親出來平反。竇天章當然不屬貪官墨吏，可是，竇娥的冤魂一而再、再而三地在他書案前「弄燈」、「翻文卷」，好不容易才引起了他的注意。這一細節表明，即便是奉命「隨處審囚刷卷，體察濫官汙吏」的竇天章，要不是竇娥鬼魂的再三警示，他也會糊裡糊塗地將一份冤獄案卷「壓在底下」，不予追究。最後，冤獄總算平反了，但起關鍵作用的是審判者與被審判者的特殊關係。換言之，竇娥沉冤得雪，靠的是父親手中的權力。這樣的處理，一方面反映出關漢卿崇尚權力的思想；一方面也體現出他讓受害者親屬懲治惡人報仇雪恨的強烈願望，同時，還一定程度上流露出對缺乏程序正義的吏治的疑慮。因此，《竇娥冤》不無虛幻色彩的結局，是有著比較複雜而深刻的涵義的。

《竇娥冤》的故事框架，與漢代以來一直流傳民間的「東海孝婦」故事頗爲相似[14]，但劇本所反映的時代生活與人物遭遇，卻以元代冤獄繁多的社會現實爲依據。至於關漢卿的其他悲劇作品，也和《竇娥冤》一樣，取材於前代的故事傳說，而在飄蕩著的歷史煙塵中，融會了劇作家對當代現實與人生的痛切感受，均具批判社會的價值和震撼人心的力度。

關漢卿根據民間傳說創作的《哭存孝》，寫的是陰險小人輕而易舉地害死一位蓋世英雄的悲劇。五代的李存孝品性淳良，戰功顯赫；而李存信與康君立卻嫉賢妒能，惡意陷害，欲置李存孝於死地。主帥李克用偏信讒言，不辨好歹，助長了李存信等人的囂張氣焰。身經百戰、磊落光明的李存孝無法逃脫小人設下的重重圈套和陷阱，慘死於自己人的手下。在作品中，關漢卿入木三分地刻畫了李存信等人陰狠毒辣的性格，說明在混濁的政治環境中，欺壓良善、濫殺無辜的凶邪力量往往得逞。作者以此警醒世人，對小人的所作所為不可掉以輕心。此外，《蝴蝶夢》、《魯齋郎》、《五侯宴》等劇也從不同的側面，寫出權豪勢要與鄉間劣紳有恃無恐、傷天害理的罪行，反映出普通民眾性命難保的險惡處境。

在揭露人間罪惡的同時，高揚正義的旗幟是關漢卿悲劇作品共同的主旨。在他的筆下，悲劇主人公大都具有頑強、堅定的意志，敢於與邪惡勢力作不妥協的較量，在較量中充分顯示出善良的人們捍衛世間正義的壯烈情懷與崇高精神。顯而易見，在關漢卿的悲劇創作中，每每貫穿著這樣的脈絡：情緒從悲憤走向悲壯，劇情亦從惡勢力的暫時得逞，轉為人間正義的最終勝利。由於關漢卿嚮往法正民安的社會環境，因此，其悲劇作品的末尾，往往出現執法嚴明的「清官」。這固然是善惡各得其報觀念的體現，但最令人難忘的依然是他戰勝邪惡勢力的信念，是悲劇主人公敢於抗爭的剛烈品性。可以說，關漢卿是元代最善於以抗爭激情感染大眾的戲劇家。

第五節 關漢卿雜劇的劇場性和語言藝術

・場上之曲 ・盡快「入戲」 ・注意處理戲劇衝突的節奏 ・善於設置懸念 ・本色當行的戲劇語言

關漢卿是一位熟悉劇場、演員與觀眾的戲劇家，是梨園中的行家裡手；他有「躬踐排場，面傅粉墨，以為我家生活，偶倡優而不辭」的實際演出經驗⑮。因此，他的雜劇創作具有鮮明的劇場性，是適合演出的「場上之曲」。

關漢卿在創作劇本時，注意儘快「入戲」。他以洗練的筆觸交代戲劇情境與人物關係，把觀眾的目光「聚焦」到主要的戲劇矛盾上，從而迅速引起觀眾看戲的興趣。像《竇娥冤》，寫了竇娥既短促又漫長的二十年的人生歷程，其前十九年的風雨和波折，僅在楔子與第一折中幾筆帶過。當竇娥在第一折剛出場時，蔡婆婆被賽盧醫謀殺、又為張氏父子所救的事件已然發生；張氏父子強行入贅蔡家，還要分別娶蔡家婆媳為妻。這一來，竇娥一登場，便面臨異常嚴峻的戲劇情境。守寡的小媳婦如何應付？其命運如何？一下子就成為觀眾極其關注的問題，全劇的主要矛盾也由此而逐步展開。顯然，關漢卿很懂得戲劇的特性和觀眾的心理，他十分重視戲劇演出的舞臺效果，不讓觀眾分散對戲劇矛盾的注意力。他努力在有限的演出時間內，賦予戲劇以更為充實的內容，讓強烈的戲劇衝突把觀眾牢牢地吸引在劇場上。

關漢卿很注意處理戲劇衝突的節奏，注意場面的冷熱調劑，張弛交替。像《蝴蝶夢》第一折寫凶頑的蒙古貴族葛彪三拳兩腳打死了王老漢，王氏三兄弟拿住凶徒，卻不小心把他打死。在元代，法律規定「蒙古人毆打漢兒人，不得還報」⑯；闖下彌天大禍的王氏兄弟接下來面臨怎樣的厄運？他們的母親會讓哪一個兒子給葛彪抵命？一下子便成了觀眾矚目的事件。當公人押送王氏兄弟到了開封府，戲劇衝突進入熾熱階段時，關漢卿卻讓審案的包待制假寐做夢，夢見一隻大蝴蝶救出了一隻陷入蜘蛛網裡的小蝴蝶，而對另一隻同樣墜入網中的小蝴蝶置於不顧；此時包拯頓起惻隱之心，說「你不救，等我救」，並把牠救了出來。這一個頗有神異色彩的細節的插入，使緊張的情節稍稍鬆弛，它展示了包待制心靈的一角，讓觀眾饒有興味地靜觀他在得到夢境的啓示後，怎樣處理上述棘手的案件。顯然，冷熱場面的交替，使劇情的推進顯得跌宕多姿，產生深深吸引觀眾的情節張力。

善於設置懸念，是關漢卿注重劇場性的另一個特點。他的劇作，具有引人入勝的魅力。他解決懸念的方式往往出人意料之外，又在情理之中。像《望江亭》寫譚記兒爲了解救丈夫，隻身奔赴險地。誰也想不到，她竟扮作漁婦，和楊衙內吃酒調笑，趁機賺取了勢劍金牌。按說，楊衙內凶殘狡詐，心存戒備，不可能輕易讓勢劍金牌落入他人之手。但他生性好色，看到譚記兒俊俏的模樣，逐漸忘乎所以，被灌了幾杯迷湯，便糊裡糊塗中計，這樣的情節合乎楊衙內的性格邏輯。在望江亭上，譚記兒與楊衙內的較量，沒有刀光劍影，而於眼去眉來、應對戲耍之間處處暗伏機彀，外鬆而內緊；觀眾在看場上熱鬧的同時，又爲女主人公捏一把汗，猶如身歷其境一般。

關漢卿的戲劇語言，向以本色當行著稱，正是「曲盡人情，字字本色」。他筆下的人物唱詞，在抒情中蘊涵著鮮明的動作性，切合特定的戲劇情境。像《救風塵》第二折，寫趙盼兒在得知宋引章備受周舍蹂躪時，一面寫信給宋引章，一面唱道：

〔後庭花〕我將這知心書親自修，教他把天機休洩漏。傳示與休莽戇收心的女，拜上你渾身疼的歹事頭。（帶云）引章，我怎的勸你來？（唱）你好沒來由、遭他毒手，無情的棍棒抽，赤津津鮮血流。逐朝家如暴囚，怕不將性命丟！況家鄉隔鄭州，有誰人相睬瞅，空這般出盡醜。

這段唱詞，把趙盼兒對宋引章的憐憫、牽掛、不滿、焦慮，以及她將要採取行動的心態和盤托出，既寫出風塵女子趙盼兒對姊妹愛怨交加的聲口，又把她見義勇爲、潑辣機智的性格和心計渲染得活靈活現。

關漢卿對語言有著敏銳和精細的辨析能力。他注意到，在不同的環境中，同一個人物的語氣、措詞，會隨情勢心態的變化而變化。像《謝天香》雜劇，寫謝天香在錢大尹面前，礙於懸殊的身分，常常小心謹慎，「文謅謅的施才藝」，不敢造次，說話顯得典雅；而於錢大尹不在的場合，話語就比較粗俗，罵起人來還用上「臭屍骸」、「臭驢蹄」這類字眼。關漢卿讓謝天香在不同語境中出現言語風格的差異，正好表現出她是個精通多種文藝，又熟識三教九流、善於察言觀色的官妓。對於不同的人物，關漢卿根據其身分、教養、地位等，讓其語言當俗則俗，宜雅則雅，完全體現不同人物的氣質和個性。像《望江亭》的白士中是個出身儒雅的士子，他在稱讚譚記兒時說：「我這夫人十分美貌，不消說了；更兼聰明智慧，事事精通，端的是佳人領袖，美女班頭，世上無雙，人間罕比。」詞藻語調，抑揚頓挫，不失文采風流。而像《竇娥冤》中的張驢兒，俗不可耐，面目可憎，連言語也令人作嘔，他對蔡婆婆說：「你教竇娥隨順了我，叫我三聲嫡嫡親親的丈夫，我便饒了他。」這雖是三言兩語，卻活現出饞嘴貓式的慾望和一副惡棍無賴的口吻。

關漢卿劇作所表現出的純熟的語言藝術，是雜劇作為代言體的敘事文學臻於成熟的重要標誌。關漢卿既立足於戲劇語言性格化，又博採現實生活中的種種語言素材，包括諺語、俚語、成語、口頭禪等等，融注於作品之中，形成一個自然真切、色彩斑斕的雜劇語言世界。這也是關漢卿對元代劇壇的一個突出貢獻。

注釋

❶《王國維戲曲論文集》，中國戲劇出版社一九八四年版，第九〇頁。

❷關漢卿的生卒年難以確考，此從王季思與王綱的推斷，分別見王季思〈談關漢卿及其作品《竇娥冤》和《救風塵》〉（載《關漢卿研究論文集》，古典文學出版社一九五八年版）、王綱《關漢卿研究資料彙考》前言（中國戲劇出版社一九八八年版）。有關關漢卿的事蹟及生卒年的其他說法，可參看李漢秋、袁有芬合編《關漢卿研究資料》第一、五編（上海古籍出版社一九八八年版），及王綱《關漢卿研究資料彙考》上編。

❸此據元鍾嗣成《錄鬼簿》（明抄《說集》本及明末孟稱舜刊《酹江集》附錄《錄鬼簿》殘本均作「太醫院户」，別本有作「太醫院尹」者，姑從前說）。

❹關漢卿在雜劇創作圈內頗得人緣，如與楊顯之為「莫逆之交」，與梁進之為「世交」，與費君祥亦有交往；另與散曲名家王和卿、名優珠簾秀曾相互切磋藝文。參見《錄鬼簿》及元陶宗儀《南村輟耕錄》卷二三、元夏庭芝《青樓集》。

❺天一閣本《錄鬼簿》於關氏略傳後有賈仲明補挽詞，其中有「驅梨園領袖，總編修帥首，撚雜劇班頭」語。

❻爭議的情況，可參看李漢秋等編《關漢卿研究資料》第五編「歧見彙錄」及王綱《關漢卿研究資料彙考》下編「著述考」。

❼元刊本《單刀會》第一、二折有稱呼關羽為「神道」或「活神道」的字樣；這兩折戲一再烘托、頌揚關羽的「功業」，是民間「關公崇拜」的反映。其結構布局有別於元雜劇常例，可能是適應鄉村祭神演出的需要而刻意安排的。參見黃天驥〈《單刀會》的創作與素材提煉〉，《方圓集》，廣東人民出版社二〇一二年版，第十二頁。

❽此據第一折蔡婆賓白：「自十三年前竇天章秀才留下端雲孩兒與我做了媳婦，改了他小名，喚做竇娥。自成親之後，不上二年，不想我這孩兒害弱症死了。媳婦兒守寡，又早三個年頭。」可知竇娥十五歲成親，十七歲守寡。同折竇娥自稱「至十七歲與丈夫成親，不幸丈夫亡化，可早三年光景，我今二十歲也」，則其成親時間與蔡婆所言略有出入。

❾劇中賽盧醫稱「我問他借了十兩銀子，本利該還他二十兩」（第一折）。可知每年利息相當於本金，金元時俗稱「羊羔兒息」。元好問〈順天萬戶張公勳德第二碑記〉：「賈人出子錢致求贏餘，歲有倍稱之（債），如羊出羔，今年而二，明年而四，又明年而八，至十年則貫而千。……債家執券，日夕取償，至於賣田業、鬻妻子，有不能給者。」姚奠中主編《元好問全集》卷二六，山西古藉出版社二〇〇四年版，第五五九頁。

❿《元史》記載：「至元二十六年，時相桑哥專政，法令苛急，四方騷動」（卷一七二）；「至元二十八年，建寧路總管馬謀，因捕盜，延及平民，搒掠至死者多；又俘掠人財，迫通婦女，受民財積百五十錠。」（卷一七三）大德七年，朝廷鑑於社會狀況之日趨惡劣，「罷贓汙官吏凡一萬八千四百七十三人，贓四萬五千八百六十五錠，審冤獄五千一百七十六事」（《成宗本紀》）。這裡的數字只是反映一部分事實，實際情況當比文字記載要嚴重得多。

⓫此據《元曲選》本。《古名家雜劇》本作：「地也，你不分好歹難為地；天也，我今日負屈銜冤哀告天。」

⓬在古人的心目中，異常的天象是政事失和的表徵，只有革除弊政，才能消弭天災，這種觀念在元代也頗為流行。《元史》卷一七五〈張珪傳〉載張珪上疏，稱「刑政失平，故天象應之」；「忠憤未雪，冤枉未理」，則「民怒神怒」，又稱「漢殺孝婦，三年不雨」，故而「弭災，當究其所以致災者」；「古人有言，一婦銜冤，三年不雨，以此論之，即非細務」；「善良死於非命，國法當為昭雪」。張珪的焦慮，正是元代敗政的一種反映。

⓭元至元二十八年（一二九一）改「提刑按察司」為「肅政廉訪司」。見《元史》卷八十六「百官志」。可知《竇娥冤》的創作不會早於至元二十八年。

⓮西漢劉向輯纂的《說苑》卷五已載有「東海孝婦」守寡事姑而無辜冤死的故事，此事經《漢書》卷七一〈于定國傳〉及干

寶《搜神記》的轉述，影響深遠，而《搜神記》所引「長老傳」的一段話也值得注意：「孝婦名周青。青將死，車載十丈竹竿，以懸五旛。立誓於眾曰：『青若有罪，願殺，血當順下；青若枉死，血當逆流。』既行刑已，其血青黃，緣旛竹而上標，又緣旛而下云。」這可視為「東海孝婦」故事在流傳過程中的重要增益。在元代，雜劇家競相以這個故事為素材，編成劇本，除關漢卿的《竇娥冤》外，如今仍知其名目者還有王實甫、康進之、王仲元三人的同題創作《東海郡于公高門》（均已佚）。

⓯ 見臧懋循《元曲選序二》，《元曲選》卷首，中華書局一九七九年版。

⓰ 見《通制條格》卷二八「雜令」、「蒙古人毆漢人」，浙江古籍出版社一九八六年版，第三一五頁。

第三章　王實甫的《西廂記》

大約在關漢卿進行頻繁創作活動的同時，元代劇壇又綻開了一樹奇葩，這就是王實甫的雜劇《西廂記》。如果說，關漢卿劇作以酣暢豪雄的筆墨橫掃千軍，那麼，王實甫所寫的具有驚世駭俗思想內容的《西廂記》，卻表現出「花間美人」般光彩照人的格調。劇壇上的關、王，如同詩壇上的李、杜，是一前一後出現的雙子星。

作爲劇本，《西廂記》雜劇表現出的舞臺藝術的完整性，達到了元代戲曲創作的最高水準。明初的賈仲明環顧劇壇，提出「《西廂記》天下奪魁」，一錘定音，充分肯定了《西廂記》在文學史上的位置。

第一節　《西廂記》的作者及其鶯鶯故事的創新

·作詞章風韻美　·體制的創新　·題旨的改造

王實甫，名德信，大都人，生卒年與生平事蹟俱不詳。《錄鬼簿》把他列入「前輩已死名公才人」而位於關漢卿之後，可以推知他與關同時而略晚，在元成宗元貞、大德年間（一二九五—一三〇七）尚在世。賈仲明在追弔他的〈凌波仙〉詞中，約略提到有關他的情況：「風月營密匝匝列旌旗，鶯花寨明颩颩排劍戟。翠紅鄉雄糾糾施謀智。作詞章，風韻美，士林中等輩伏低。」所謂「風月營」、「鶯花寨」是藝人官妓聚居的場所。王實甫混跡其間，可見與市民大眾十分接近。

王實甫創作的雜劇計有十四種。完整地保留下來的，除《西廂記》外[1]，還有《麗春堂》四折、《破窯記》四折和《販茶船》、《芙蓉亭》曲文各一套。至於其他劇作，均已散佚不傳。在《販茶船》中，王實甫寫妓女蘇小卿怨恨書生雙漸負心，痛責茶商王魁「使了些精銀夯鈔買人嫌」，要「把這廝剔了髓挑了筋剮了肉不傷廉」，她敢愛敢恨，是個敢於爲自己命運抗爭的女性；《芙蓉亭》中的韓彩雲，「夜深私出繡房來，實丕丕提著利害」，主動到書齋追求所愛的書生，也是個敢作敢爲的姑娘。在她們身上，可以影影綽綽地看到《西廂記》中崔鶯鶯的面影。

作爲戲劇，《西廂記》雜劇的結撰和表現方式，當然不同於《西廂記諸宮調》那種由說唱藝人從頭到尾自彈自唱的彈詞。同時，它也不同於其他的元人雜劇。元人雜劇一般以四折來表現一個完整的故事，而王實甫的《西廂記》則有五本二十折，竟像是由幾個雜劇連接起來演出一個故事的連臺本。在每一本第四折的末尾，既有「題目正名」，標誌著故事情節到了一個轉折性的段落；又有很特別的〔絡絲娘煞尾〕一曲，起著上聯下啓溝通前後兩本的作用❷。有些折段，《西廂記》還突破了元雜劇一人主唱的通例，例如第一本第四折，張生唱了多首曲詞後，〔錦上花〕一曲由鶯鶯唱，〔么篇〕則由紅娘唱。又如第四本第四折，開場時由張生唱了〔雙調．新水令〕、〔步步嬌〕、〔落梅風〕等三支曲子，隨後由旦角扮鶯鶯上，接唱了〔喬木查〕以下五支曲子，跟著又由張生、鶯鶯分唱數曲。整折戲，實際上由末與旦輪番主唱。這說明王實甫在創作《西廂記》時，突破了雜劇的規矩，吸取和借鑑過院本、南戲的演出形式。體制上的創新，豐富了藝術表現能力，爲更細膩地塑造人物性格，更完美地安排戲劇衝突，提供了有利的條件。

爲了適合戲劇的演出，王實甫把董解元所改編的鶯鶯故事重新調整。其中最重要的，是對故事的題旨做了新的改造。

董解元的《西廂記諸宮調》，把唐傳奇《會眞記》改寫爲青年男女爲了爭取婚姻自由大膽地和封建家長展開鬥爭的作品。董解元強調：「自今至古，自是佳人，合配才子。」他把鶯鶯對張生的愛，與「報德」連在一起。鶯鶯的自我表白是：「報德難從禮，裁詩可作媒；高唐休詠賦，今夜雨雲來。」董解元儘管歌頌年輕人對愛情的追求，但又竭力表明他們的越軌行爲有其合理的一面。他所塑造的鶯鶯是深受封建思想束縛，而又羞羞答答地追求愛情的大家閨秀。

在王實甫筆下，張生、鶯鶯固然是才子佳人，但才與貌並非是他們結合的唯一紐帶。王實甫強調，這一對青年一見鍾情，「情」一發難收，受到封建家長的阻梗，他們便做出衝破禮教藩籬的舉動。對眞摯的愛情，王實甫給予充分的肯定，認爲它純潔無邪，不必塗上「合禮」、「報恩」之類保護色。如在第五本第四折的〔清江引〕一曲中，他鮮明地提出：「永志無別離，萬古常完聚，願普天下有情的都成了眷屬。」他認爲愛情是婚姻的基礎，只要男女間彼此「有情」，就應讓他們同偕白首；而一切阻撓有情人成爲眷屬的行爲、制度，則應受到鞭撻。

從宋入元，社會思潮發生了變化：一方面，宋儒存天理、滅人欲的教條越來越鬆弛無力；另一方面，在城市經濟繁榮、市民階層日益壯大的情況下，尊重個人意願、感情乃至慾望，開始成爲人們自覺的要求。在文學作品中強調「情」的自主，是進步潮流對封建倫理、封建禮教猛烈衝擊的表現。市井勾欄，民眾聚集，書會才人和藝人在這裡編演大量以愛情爲題材的雜劇。有些作品，就鮮明地把「有情」視爲理想，像關漢卿在《拜月亭》中提出「願天下心廝愛的夫婦永無分離」，白樸在《牆頭馬上》中提出：「願普天下姻眷皆完聚。」這一聲聲吶喊，反映了人們希望「情」得到滿足和尊重的意願，是進步思想潮流在劇壇中激起的朵朵浪花。

王實甫對「情」的關注，比關漢卿、白樸更進一步。因爲關、白的良好祝願，還是針對已婚的夫婦而言，而王實甫所祝的「有情人」，則包括那些未經家長認可自行戀愛私訂婚姻的青年。他希望所有戀人能夠如願以償，等於不把「父母之命，媒妁之言」放在眼內，這是對封建禮教和封建婚姻制度的大膽挑戰❸。

在王實甫以前，誰也沒有像他那樣響亮、明確地提出「願天下有情人都成了眷屬」。他寫的崔、張故事，貫徹著這一題旨，從而使由《會眞記》以來流傳了幾百年的題材，呈現出全新的面貌。可以說，《西廂記》雜劇在元代出現，像鶯鶯驀然出現在佛殿一樣，它的光彩，使人目眩神搖，也照亮了封建時代昏沉的夜空。

第二節　《西廂記》的戲劇衝突

・相互制約的兩組矛盾　・衝突第一次激化　・矛盾的轉移　・泰山壓頂和四兩撥千斤　・第五本

《西廂記》寫了以老夫人爲一方，和以鶯鶯、張生、紅娘爲一方的矛盾，亦即封建勢力和禮教叛逆者的矛盾；也寫了鶯鶯、張生、紅娘之間性格的矛盾。這兩組矛盾，形成了一主一輔兩條線索，它們相互制約，起伏交錯，推動著情節的發展。

《西廂記》的戲劇衝突，是在一個很奇妙的環境中展開的。

地點是佛寺，時間是崔氏一家扶靈歸葬的幾個月。

本來，佛寺應是六根清淨、修心養性的場所，而王實甫竟安排崔張在這裡偷期密約，供奉菩薩的「莊嚴妙境」成了培育愛情之花的園圃。按照禮教規定：「父喪未滿，未得成合。」偏偏在父親棺材還在這裡擱著的時候，鶯鶯卻生出了一段風流韻事。王實甫把春意盎然的事件放置在灰黯肅穆的場景中，這本身就構成了強烈的矛盾，它既是對封建禮教的無情嘲弄，也使整個戲充滿了濃厚的喜劇色彩。

《西廂記》在第一本楔子，先由老夫人交代其逐步冷落的家世。一陣傷感之後，她吩咐紅娘：

> 你看佛殿沒人燒香呵，和小姐散心耍一回去來。

這兩句話，蘊涵著她對女兒管束之嚴、用心之細等許多內容。鶯鶯上場，唱了〔仙呂．賞花時〕一曲：

> 可正是人值殘春蒲郡東，門掩重關蕭寺中，花落水流紅，閒愁萬種，無語怨東風。

在春天即將逝去的時刻，鶯鶯的懷春，正是對愛情與自由的潛在訴求，是對封建禮教的沉默抗議。從戲的開始，王實甫便寫母女各有各的感傷，微妙地揭示她們感情的差異，爲戲劇衝突的發展定下了基調。

鶯鶯和張生在佛殿中巧遇，兩人一下子墜入了愛的漩渦。而鶯鶯和張生之間感情的迅速發展，必然要和封建禮教發生衝突，必然爲「治家嚴肅」的老夫人所不容許。這一點，紅娘是十分清楚的。爲此，她阻攔鶯鶯與張生的接觸，提醒鶯鶯「咱家去來，怕老夫人嗔著」。鶯鶯也擔心母親識破，吩咐紅娘「休對夫人說」。可見，《西廂記》在矛盾的開端，儘管沒有安排老夫人和崔、張的正面衝突，但卻讓觀眾看到，在三個年輕人一舉一動的後面，處處籠罩著老夫人的陰影；看到青年一代和封建勢力的矛盾在潛行、在醞釀。

在崔、張彼此有情卻又無計可施，觀眾渴望知道事情如何進展的時候，孫飛虎事件出現了。王實甫把它作爲戲劇衝突的催化劑，使膠著的氣氛陡然變化。但是，當張生計退賊兵，本來答應婚事的老夫人突然賴婚，封建勢力與青年一代的矛盾激化，劇本便出現了第一個戲劇高潮。

在封建勢力面前，崔、張束手無策，眼睜睜讓老夫人「將俺那錦片似前程蹬脫」。但是，老夫人也自覺理虧，她無法回答張生的責問，只好讓他留在書院。這一來，雙方的矛盾暫時舒緩，卻又產生了新的戲劇懸念，因爲，成爲「兄妹」的崔、張有了接近的空間，原來負責「行監坐守」的紅娘態度轉變，使崔、張有了接近的可能。事情將會怎樣發展？這就深深地吸引著觀眾。

〈賴婚〉以後，王實甫讓戲劇衝突轉移了。

鶯鶯、張生不甘心任由封建家長擺布，使他們合法的要求受挫，便以「非法」的行爲追求感情的滿足。在這過程中，崔、張與紅娘三人之間，又出現了性格的衝突。在鶯鶯，她既要克服封建禮教長期對她的影響，更要躲開老夫人的耳目。在不知道紅娘已經轉爲同情她的情況下，既要利用紅娘，又覺得「小梅香拘繫得緊」，還要表現出小姐身分的尊嚴與矜持。她挖空心思，生出許多「假意兒」，對紅娘遮遮掩掩。對張生，她固然越愛越深，但要邁出「非法」接近的一步，又有許多顧忌，許多尷尬。舉動言語，常常要眞眞假假。在紅娘，她已決心幫助小姐，卻又不能明言；她既埋怨小姐對她耍滑頭，也害怕「消息兒踏著泛」，被小姐倒打一耙，因而不得不小心翼翼。在張生，一方面執著地追求愛情，一方面對鶯鶯的心思捉摸不定。他越是束手無策，越顯得六神無主、痴痴迷迷。在〈賴簡〉一折，作者淋漓盡致地展現了他們之間的性格衝突，也使劇本出現了第二個高潮。固然，這三個年輕人發生的糾葛，與他們的身分地位有關，同時也明顯地受到劇中的主要矛盾的制約。換句話說，籠罩在他們心頭上的老夫人的陰影，是導致他們在彼此試探、不斷齟齬誤會的動因。王實甫在「賴婚」以後，讓戲劇衝突轉移到青年一代的內部，這正是從另一個角度，表現封建禮教和反抗力量鬥爭的深化。

〈酬簡〉一折，王實甫寫崔張如願以償。他對情的極力張揚，是對封建禮教長期壓抑人性的反撥。而當青年一代以非法方式滿足了情的追求時，勢必受到封建力量的粗暴干預。〈拷紅〉一場，王實甫寫老夫人發現鶯鶯「語言恍惚，神思加倍，腰肢體態，比往日不同」。她氣急敗壞，審問紅娘，劇本便出現第三個高潮。

有趣的是，當老夫人厲聲傳令，拷問紅娘，崔、張走投無路，膽戰心驚時，作者卻寫紅娘以一席話解決了問題。而這一席話，恰恰是封建禮教之乎者也的大道理。老夫人一想：「這小賤人也道的是，我不合養了這不肖之女，待經官呵，玷辱家門，罷罷，俺家無犯法之男、再婚之女，與了這廝吧！」經過掂量，她只好偃旗息鼓，勉強答應了婚事。當人們看到老夫人那泰山壓頂之勢，被紅娘以四兩撥千斤的辦法消解，都會莞然而笑，認識了封建力量外強中乾的本質。

〈拷紅〉以後，老夫人雖然又一次退卻，但封建家長和青年一代的矛盾卻沒有根本解決。老夫人之所以答應讓鶯鶯許配張生，絕非承認他們那段非法的戀情，而是害怕「玷辱家門」，說到底，是出於家族利益的考慮。她以「俺三輩不招白衣女婿」爲由，逼張生立刻赴考，提出「得官呵，來見我；駁落呵，休來見我」，明確地列出許婚的條件，實際上是做又一次賴婚的準備。

在老夫人的壓力面前，鶯鶯張生不得不暫時分手。這一來，他們兩人之間的矛盾又有新的發展。在封建社會中，男女的地位並不平等，張生離開了鶯鶯，他們的愛情能否持久？張生會不會像《會眞記》中的張生那樣，走上「始亂終棄」的道路？另外，鶯鶯確曾許配給鄭恆，崔張如何擺脫鄭恆的糾纏？如何排除外界對他們婚事的干擾？這種種懸念，都必須解決。於是，《西廂記》需要有第五本[4]。

在第五本中，張生考上科舉，衣錦還鄉，鄭恆跳出來了。本來就希望「親上加親」的老夫人聽信讒言，果眞要賴掉張生的婚事。然而，鶯鶯張生愛情始終不渝；紅娘據理、據法力爭；白馬將軍也給予有力的支持。這時候，相互對立的力量當面折證，劍拔弩張，把全劇的衝突推上最高潮。後來，鄭恆自討沒趣，一頭撞死；老夫人不能再賴，無可奈何，「有情人」這才最終取得了勝利。

王實甫寫了「第五本」，讓戲劇矛盾繼續延伸，這既是以老夫人在〈拷紅〉一折的勉強許婚為依據，也是出於對現實生活有清醒的認識。他願意看到「普天下有情人」能成眷屬，更清醒地看到有情人在爭取成為眷屬過程中所碰到的種種障礙，種種艱辛。所以，他只有展示青年一代和封建家長鬥爭的長期性和曲折性，描繪老夫人從不追究崔張的非法結合到承認其婚姻合法的整個歷程，才能完成「願普天下有情的都成了眷屬」的題旨。

如上所述，《西廂記》的戲劇情節，環繞著兩條相互纏繞的線索展開，湧現了多次矛盾激化的場面。它一環扣著一環，一波接著一波，有起有伏，有開有闔，扣人心弦，引人入勝。作者以高超的寫作技巧，讓觀眾得到了完美的藝術享受。在每一次的戲劇衝突中，作者總是使人物性格得到進一步的發展；總是寫青年一代節節勝利，封建勢力節節敗退，並且處在被嘲弄的位置。從整部戲看，衝突是尖銳激烈的，卻又處處顯露樂觀的前景。因此，《西廂記》和一些悲悲切切的愛情戲大不一樣，它的格調是輕鬆明朗的，它要讓觀眾在一串串的笑聲中得到精神的滿足，它是我國戲劇史上一部出色的喜劇。

第三節　《西廂記》的人物塑造、語言藝術和社會影響

・主動追求愛情的鶯鶯　・志誠種和俊角　・機智潑辣的紅娘　・文采與本色相生　・禁毀與模仿

王實甫《西廂記》裡的主要人物，雖然多與《會眞記》、《西廂記諸宮調》同名，但是鶯鶯、張生、紅娘的性格，卻與元稹、董解元所塑造的迥異。他們是王實甫刻畫的新的人物形象。

《西廂記》裡的崔鶯鶯，帶著青春的鬱悶上場。當她遇到了風流俊雅的張生，四目交投，彼此就像磁石般互相吸引。她分明覺察到一個陌生的男子注視著自己，但她的反應是「嚲著香肩，只將花笑撚」。劇本寫紅娘催促她迴避，而她的反應是：

請注意這一舞臺提示，它異常強烈地揭示出人物的內心世界。按照封建禮教的規定，為女子者，「非禮勿言，非禮勿視，非禮勿聽」。鶯鶯竟對張生一步一回頭，把箴規拋之於腦後。通過這一細微的確是引人注目的舉動，作者讓觀眾清晰地看到她性格發展的走向。在明末，金聖歎改編《西廂記》，便刪掉鶯鶯這一動作，改為讓她主動提出：「紅娘，我看母親去。」還加上評注云：「寫雙文見客即走入者，此千金閨女自然之常理。」❺金聖歎的做法，不管是否恰當，卻充分說明了他認識到這一動作的關鍵性作用。

鶯鶯遇見張生以後，作者寫她相當主動地希望和張生接近。她知道那「傻角」月下吟詩，便去酬和聯吟；張生故意撞出來瞧她，她「陪著笑臉兒相迎」，可見她對張生是處處留情的。而她的態度，張生也看在眼裡。他們心有靈犀，彼此都感受到相互的愛意。正是由於鶯鶯從一開始就對愛情熾熱地追求，才使得她一步一步地走上了違背綱常反抗封建禮教的道路❻。

王實甫寫鶯鶯追求的只是愛情。她對張生的愛，純潔透明，沒有一絲雜質。當張生被迫上京考試，她悔恨的是「蝸角虛名，蠅頭小利，拆鴛鴦兩下裡」。長亭送別，她給張生把盞時的感觸是：「但得一個並頭蓮，煞強如狀元及第。」她給張生最鄭重的叮嚀是：「此一行得官不得官，疾便回來。」她擔心的是張生不像她那樣愛得專一，一再提醒他「若見了異鄉花草，再休似此處棲遲」。總之，在她的心中，「情」始終是擺在最重要的位置上，至於功名利祿、是非榮辱，統統可以不管。這樣的思想，既不同於《西廂記諸宮調》裡的鶯鶯，也不同於元雜劇中許許多多追求夫榮妻貴的閨秀，她是一個赤誠追求愛情，大膽反抗封建傳統的女性形象。

然而，強烈追求愛情只是鶯鶯性格的一個方面。鶯鶯長期受到封建禮教的薰陶，加上對紅娘有所顧忌，因此，她的性格顯得熱情而又冷靜，聰明而涉狡獪。例如她看見紅娘送來張生的「簡帖兒」，勃然變色，「厭的早扢皺了黛眉，忽的波低垂了粉頸，氳的呵改變了朱顏」，還聲稱要拿簡帖兒「告過夫人，打下你個小賤人下截來」。她裝腔作勢要紅娘傳言責備張生，「著他下次休是這般」，其實傳去的卻是私約張生相會的情詩。等到張生到後花園赴約，她又忽然變卦，正兒八經地把張生數落一番。這種種表現，把張生弄得七顛八倒，連紅娘也昏頭轉向。當觀眾看到鶯鶯「對人前巧語花言，沒人處便想張生，背地裡愁眉淚眼」，看到她有時一本正經，有時黠譎多端，有時又扭捏尷尬時，都會啞然失笑。在作品中，王實甫讓鶯鶯的形象具有兩種不同的內心節奏，展示出她對愛情的追求，既是急急切切，又是忐忐忑忑。內心節奏的不協調，是導致她的行爲舉止引人發笑的喜劇因素。

王實甫筆下的張生，也不同於《西廂記諸宮調》的張生。他被去掉在功名利祿面前的庸俗，以及在封建家長面前的怯懦，被突出的則是對愛情執著誠摯的追求。他是一個「志誠種」。志誠，是作者賦予這一形象的內核。

當然，張生是個才華出眾風流瀟灑的人物。他出場時唱的一曲〈油葫蘆〉，描述「雪浪拍長空，天際秋雲捲；竹索纜浮橋，水上蒼龍偃」的黃河景色，充分表現出文采風流和豪逸氣度。不過，王實甫在塑造張生的形象時，沒有把表現他的才華作爲重點，而是表明一旦墜入了情網，這才子竟成了「不酸不醋的風魔漢」。他痴得可愛，也迂得可愛。

王實甫寫張生在佛殿撞見了鶯鶯，猛然驚呼：「我死也！」這三個字，活畫出他魂飛魄散的情態。跟著他在道場上迎著紅娘，自報家門：

> 小生姓張，名珙，本貫西洛人也，年方二十三歲，正月十七日子時建生，並不曾娶妻。

紅娘反問：「誰問你來？」張生竟不答腔，單刀直入地又問：「敢問小姐常出來麼？」這一段精彩的對話膾炙人口，把張生在愛情的驅動下痴迷冒失的性格表現得栩栩如生。在〈賴婚〉一場，作者寫張生起初以爲鴻鵠將至，他一早起來，精心打扮，「皂角也使過兩個也，水也換了兩桶也，烏紗帽擦得光掙掙的」，一心等待崔家來請，憨態可掬。誰知道，老夫人忽然變卦，他始而目瞪口呆，繼而氣急敗壞，還直挺挺地跪在紅娘面前哭喪著臉，聲稱要上吊自盡。這手足無措的表現，委實令人噴飯。等到張生緩過氣來，劇本寫他向老夫人發問：

> （末云）：小生醉也，告退。夫人跟前，敢一言以盡意，不知可否？前者賊寇相迫，夫人所言，能退賊者，以鶯鶯妻之。小生挺身而出。作書與杜將軍，庶幾得免夫人之禍。今日命小生赴宴，將謂有喜慶之期，不知夫人何見，以兄妹之禮相待？小生非圖哺啜而來，此事果若不偕，小生即當退。

張生一開口便說「告退」，還問老夫人能否讓他說話。未等老夫人回應，他就嘩啦嘩啦說了一通，其實，老夫人回應「可」，他固然要說；回應「不可」，他也是要說。他的陳詞，東一榔頭，西一棒子，說得語無倫次，卻又入情入理。金聖歎說：張生「蓋滿肚怨毒，撐喉柱頸而起，滿口謗訕，觸齒破唇而出」❼。在這場戲裡，王實甫鮮明地展現出張生從焦急高興到失望負氣的情景，而無論寫張生或是愣頭愣腦，或是酸不溜丢，或是急得像熱鍋中的螞蟻，都表明他對愛情的執著。愛情的力量，使這才子傻頭傻腦，顧不上言談舉止。

張生跳牆，是王實甫刻畫這一性格最爲精彩的關目。那天晚上，張生應鶯鶯詩簡之約到了後花園。他知道小姐已在隔牆，於是攀垣一跳，一把摟著鶯鶯。鶯鶯嚇了一大跳，她沒有想到張生會跳將過來，而且「角門兒」還開著，她驚呼：「是誰？」這一下，約會便砸了鍋。

關於張生跳牆的行爲，《會眞記》的寫法是：「崔之東牆，有杏花一樹，攀枝可逾。既望之夕，張生梯其樹而逾焉，達於西廂，則戶果半開矣。」《西廂記諸宮調》的處理是：張生跳過牆後，才喊紅娘：「快疾忙報與你姐姐，道門外玉人來也。」他們是在房裡相會的。王實甫改變了元稹和董解元的寫法，把崔、張會面的地點改在後花園裡，園裡有牆，牆上有「角門兒」，兩邊可通，鶯鶯就在牆的一邊「燒夜香」。在這裡，王實甫將規定情景略略改變，不僅使這關目增加了新的情趣，而且在刻畫張生性格方面有畫龍點睛的作用。

張生接到請柬，是紅娘受了鶯鶯的氣，拒絕再爲他倆效勞的時候，是張生感到愛情已經無望的時候。可是，當他打開詩簡一看，原來是小姐約他幽會。他大喜過望，紅娘問他：「怎見得著你來？你解我聽咱。」他解釋：「『待月西廂下』，著我月上來；『迎風戶半開』，他開門待我；『隔牆花影動，疑是玉人來』，著我跳過牆來。」據此，他便跳牆赴約了。

鶯鶯約會張生，卻沒有讓他跳過牆來，是張生把詩理解錯了，而且，她也沒有明確讓他當晚赴約[8]。在張生，他對詩的第一句沒有解錯，至於第二句「迎風戶半開」的戶，他知道指的是花園的「角門兒」，問題出在對第三、四句的解釋，「隔牆花影動，疑是玉人來」，無論如何也不能解作叫他跳牆，何況角門兒半開著，何必要跳過牆去！張生憑空在腦海中生出「跳」字，這眞是可笑的疏忽。本來，張生是個才子，當不至於不會解釋，他之所以會聰明一世，糊塗一時，是因在絕望之餘，突然受寵若驚，欣喜之情沖昏頭腦，使他連詩也解錯了。

爲了強調張生解錯了詩這一個很能表現性格的關目，王實甫在劇本中反覆地鋪墊、襯托，當紅娘問張生對詩簡的解法有沒有把握時，他回答：「俺是個猜詩謎的社家，風流隋何，浪子陸賈，我那裡有差的勾當？」晚上，紅娘在打開「角兒門」時碰見張生，再一次問他：「眞個著你來哩？」張生依然很自信：「小生是猜詩謎的社家。」後來鶯鶯翻臉，紅娘就在旁邊嘲笑張生：「猜詩謎的社家，拍了『迎風戶半開』。」在〈鬧簡〉和〈賴簡〉中，「猜詩謎的社家」的話頭重複出現六次之多。顯然，王實甫要讓觀眾密切注意「猜詩謎的社家」猜錯了詩這一個環節。由於張生解錯了詩，引發了一場誤會性的衝突，大大加強了全劇的喜劇性色彩。王實甫通過這樣的藝術處理，把張生大膽追求愛情而又魯莽痴迂的性格展現無遺。

在《西廂記》裡，王實甫把紅娘放置在一個相當微妙的位置上。老夫人讓她服侍鶯鶯，讓她「行監坐守」，但她從心底裡不滿封建禮教對年輕人的捆束，當覺察到崔、張彼此的情意後，一直有心玉成其事。她願意為鶯鶯穿針引線，又知道鶯鶯有「撮鹽入火」的性子，有「心腸兒轉關」的狡獪，只好處處試探、揣度，照顧著小姐的自尊心，忍受著懷疑和指責。她要對付小姐，又要對付老夫人，擔承著種種壓力，卻義無反顧地為別人合理的追求竭盡心力。而王實甫越寫紅娘的「兩下裡做人難」，越寫這「縫了口的撮合山」在困境中巧妙周旋，就越能生動地表現她機智倔強的個性。

有趣的是，王實甫讓紅娘經常把道學式的語言掛在嘴邊，讓她擺出儼然正經的模樣。例如她覺察到張生自報家門的動機，便搬出「男女授受不親」的一套，讓張生碰了一鼻子灰。從她的裝腔作勢和張生不尷不尬的神態中，作者讓人們看到，她並不尊重什麼禮教，卻懂得把「孔孟之道」作為一根要弄的棍子。後來在〈拷紅〉一場，這根棍子竟發揮了妙不可言的作用。紅娘坦率地把鶯鶯張生的私情和盤托出，跟著對老夫人說：

> 信者人之根本，「人而無信，不知其可也，大車無輗，小車無軏，其何以行之哉！」當日軍圍普救，老夫人所許退軍者，以女妻之。張生非慕小姐顏色，豈肯區區建退軍之策？兵退身安，夫人悔卻前言，豈得不為失信乎？既然不肯成其事，只合酬之以金帛，令張生捨此而去。卻不當留請張生於書院，使怨女曠夫，各相早晚窺視，所以老夫人有此一端。目下老夫人若不息其事，一來辱沒相國家譜；二來日後張生名垂天下，施恩於人，忍令反受其辱哉？使至官司，老夫人亦得治家不嚴之罪。官司若推其詳，亦知老夫人背義而忘恩，豈得為賢哉？

這番話，滴水不漏，說的完全是封建大道理。紅娘拿起「信義」的大牌子，擺出維護封建綱常和家族利益的樣子，以冠冕堂皇的教條壓住老夫人，一下子抓住其弱點，擊中其要害。這「以子之矛攻子之盾」的一招，著實有效，老夫人只好自認晦氣。從紅娘胸有成竹和滔滔不絕的陳詞中，從她一本正經地搬弄封建教條實際上又是對它大膽嘲弄的過程中，作者讓人們看到了紅娘潑辣而又機智的鮮明個性。

在有關崔張的故事中，紅娘的形象有一個發展的過程。《會真記》裡的紅娘地位無足輕重。《西廂記諸宮調》裡的紅娘則成了崔張結合不可缺少的助力，這說明金代的董解元意識到在強大的封建壓力面前，才子佳人要衝破羅網，必須獲得外力的幫助。他突出了出身卑賤的紅娘的作用，說明了下層人民對自身力量有所認識。王實甫在《西廂記諸宮調》的基礎上，又賦予紅娘新的面貌。他寫紅娘之所以充當崔張的「撮合山」，不僅是出於對老夫人不守「信義」的反感，更重要的是她本身對愛情追求的認同；她不僅是見義勇爲，而且是緣情反禮。王實甫寫她從一開始不動聲息地協助崔張，以至後來爲他們兩肋插刀，這種積極主動地幫助「有情人」的俠氣，反映了人民大眾對「情」自覺追求的態度。湯顯祖說王實甫筆下的紅娘，有「二十分才，二十分識，二十分膽。有此軍師，何攻不破，何戰不克」（《湯海若先生批評西廂記》）。他以運籌帷幄的「軍師」比喻紅娘，這無疑是看到了她在崔張愛情糾葛中所起的推動作用，從而給予高度的評價。

戲劇是語言的藝術。王實甫在《西廂記》中駕馭語言的技巧，歷來爲人們稱道。王驥德說《西廂記》「前無作者，後掩來哲，遂擅千古絕調」（《新校注古本西廂記》）；徐復祚讚歎它「字字當行，言言本色，可謂南北之冠」（《曲論》）。他們都把《西廂記》視爲戲曲語言藝術的最高峰。

所謂「當行」，是指《西廂記》的語言符合戲劇特點，能和表演結合，具有豐富的動作性，像第三本第二折的一段曲文：

（紅唱）〔普天樂〕晚妝殘，烏雲嚲，輕勻了粉臉，亂挽起雲鬟，將簡帖兒拈，把妝盒兒按，開折封皮孜孜看，顛來倒去不害心煩。（旦怒叫）紅娘！（紅做意云）呀！決撒了也！厭的早扢皺了黛眉。（旦云）小賤人，不來怎麼！（紅唱）忽的波低垂了粉頸，氳的呵改變了朱顏。

鶯鶯起初著意打扮，後來看到簡帖，便胡亂挽起頭髮，急忙按下妝盒，仔細品味來簡，跟著疑慮躊躇發作。這一段唱詞，動作性很強。王實甫讓唱詞規定了演員的形體動作，使人物動起來，適合於舞臺表演和人物性格的刻畫。

《西廂記》的語言具有非常鮮明的個性化特點。即使是唱詞，作者也考慮到人物身分、地位、性格的不同，使之呈現不同的風格。同爲男性角色，張生的語言顯得文雅，鄭恆則鄙俗，惠明則粗豪。同爲女性角色，鶯鶯的語言顯得婉媚，如：

〔混江龍〕落花成陣，風飄萬點正愁人。池塘夢曉，闌檻辭春，蝶粉輕沾飛絮雪，燕泥香惹落花塵。繫春心情短柳絲長，隔花陰人遠天涯近；香消了六朝金粉，清減了三楚精神。

鶯鶯是大家閨秀，她的唱詞節奏舒展，色彩華美，感情含蓄，與婉約派詞風相似。所以，朱權說「王實甫之詞，如花間美人，鋪敘委婉，深得騷人之趣」❾。

紅娘的語言則顯得鮮活潑辣。如：

〔滿庭芳〕來回顧影，文魔秀士，風欠酸丁，下工夫將額顱十分掙，疾和遲壓倒蒼蠅，光油油耀花人眼睛，酸溜溜螫得人牙疼。

紅娘是丫頭，口齒伶俐，作者讓她的語言夾雜著俚語、俗語和日常生活用語，顯得既質樸本色又生動活潑。總之，文采與本色相生、藻豔與白描兼備，具有強烈的戲劇效果，是《西廂記》語言的一大特色。由於王實甫在唱詞部分大量置入唐詩宋詞的意象，使人讀來滿口生香、意趣盎然，因此《西廂記》也被譽爲詩劇。

《西廂記》問世以後家喻戶曉，有人甚至把它與《春秋》相提並論。儘管王實甫《西廂記》的原本已經失傳，但明代以來坊間出現了大量《西廂記》刊本。據不完全統計，迄今所知《西廂記》明刊本有一百一十種左右，清刊本有七十種左右❽。刊本的紛繁適足說明它影響之深，流傳之廣。在戲曲舞臺上，《西廂記》更是演出不衰，京、昆、蒲、豫、川、滇、閩、贛等劇種都把它改編上演，多少年來一直受到觀眾的喜愛。

不過，《西廂記》在流傳過程中，也曾遭受到禁毀、歧視。清朝乾隆十八年（一七五三），朝廷下令將《西廂記》、《水滸》列爲「穢惡之書」，認爲「愚民之惑於邪教親近匪人者，概由看此惡書所致」。同治七年（一八六八），江蘇巡撫丁日昌下令查禁「淫詞」，指出「《水滸》、《西廂》等書，幾於家置一編，人懷一篋」。「若不嚴行禁毀，流毒依於胡底」⓫。當然，《西廂記》是禁不了的，某些封建統治者的態度，只能從反面證明它影響的巨大。

《西廂記》的出現，深深地吸引了許多作者，人們紛紛效法學習。有人甚至依樣畫葫蘆地模仿其文辭，套襲其情節，像元代的《東牆記》、《㑳梅香》，簡直像《西廂記》的翻版；《倩女離魂》寫折柳亭送別，也因襲《西廂記》長亭送別的場景。有些作家則善於從《西廂記》中汲取營養，像湯顯祖的《牡丹亭》，孟稱舜的《嬌紅記》，曹雪芹的《紅樓夢》，都在繼承《西廂記》反抗封建禮教的思想基礎上，發展創造，從而取得了新的成就。

注釋

❶關於《西廂記》的作者問題，從明代以來，文壇上一直有爭議。有人認為是王實甫作，有人認為是關漢卿作，又有王作關續和關作王續的看法。在一九六〇年代前後，楊晦在〈再論關漢卿——關漢卿與西廂記問題〉（載《北京大學學報》一九五八年第三期）一文中提出《西廂記》作者為關漢卿；王季思在〈關於《西廂記》作者問題〉和〈關於《西廂記》作者問題的進一步探討〉中（分別載《文匯報》一九六一年三月二九日和《光明日報》一九六一年七月九日）肯定今本《西廂記》出於王實甫之手。到八〇年代，蔣星煜〈從明刊本《西廂記》考證其原作者〉一文（〈明刊本《西廂記》研究〉，中國戲劇出版社一九八二年版）認為是王作關續。

❷關於〔絡絲娘煞尾〕，明代凌濛初在他所刻的《西廂記》題評中說：「〔絡絲娘煞尾〕，因四折之體已完，故復為引下之詞結之，見尚有第二本也。此非復扮色人語，乃自為眾伶人打散語，猶説詞家『有分教』以下之類，是其打院本家數。」可見，此曲是由院中角色之外的司唱者，在折與折之間合唱。

❸《西廂記》的主題、情節、人物問題，近年出版的論著像張燕瑾《《西廂記》淺説》（百花文藝出版社一九八六年版）、段啓明《《西廂記》論稿》（四川人民出版社一九八二年版）均有較詳明的分析。

❹關於《西廂記》的第五本，明代有人傳聞是出自關漢卿之手。像王世貞在《藝苑巵言》云：「《西廂》久傳為關漢卿撰，近來乃有以為王實甫者，謂『至郵亭夢而止』。又云『至碧雲天，黃葉地而止』，此後乃漢卿所補也。」此外，徐士範、王驥德、徐復祚、胡應麟、金聖歎等人，也懷疑《西廂記》第五本不是王實甫所作。但都缺乏確證。對此，王季思在有關《西廂記》作者的論文中有比較詳細的論證；董每戡在《五大名劇論》（人民文學出版社一九八四年版）的「西廂記論」中，從情節、結構的角度做了詳細的分析。可參看。

❺見《金聖歎批本西廂記》卷一一之一「驚豔」，上海古籍出版社一九八六年版，第四〇頁。

❻關於鶯鶯的年齡，《會真記》、《茟西廂》均作六七歲，王實甫則改為十九歲。強調鶯鶯初見張生時，年過及第，這有助於

說明鶯鶯主動追求愛情的合情合理。可參看黃天驥的《西廂記創作論》（南方日報出版社二〇〇一年版）。

❼見《金聖歎批本西廂記》卷二之三〈賴婚〉，上海古籍出版社一九八六年版，第一二九頁。

❽在《會真記》和《西廂記諸宮調》，此詩均有〈明月三五夜〉的題目，雜劇作者則故意刪去。

❾見《太和正音譜・古今樂府格勢》，《中國古典戲曲論著集成》第三冊，中國戲劇出版社一九五九年版，第十七頁。

❿參看張人和著《《西廂記》論證》中的「流傳與影響」一節，東北師範大學出版社一九九五年版。

⓫《江蘇省例藩政》，引自《元明清三代禁毀小說戲曲史料》，作家出版社一九五八年版，第一二八頁。

第四章 白樸和馬致遠

在關漢卿、王實甫雙峰並峙的元代劇壇上，能夠在藝術上別樹一幟，受到人們推崇的劇作家，還有白樸和馬致遠。他們的代表作《梧桐雨》和《漢宮秋》均寫得文采繁富，意境深邃，具有濃厚的詩味，受到文壇的激賞。關、王、馬、白，被譽爲元劇的「四大家」❶。

第一節 白樸和《梧桐雨》

・白樸的生平 ・深沉的滄桑感 ・梧桐夜雨的意蘊

白樸（一二二六—一三〇六後），字仁甫，一字太素，號蘭谷。其父白華，曾任金朝樞密院經歷官。當蒙古大軍圍攻金朝首都時，白華隨金哀宗出奔，家眷則留在城內。不久城破，白樸的母親死於浩劫之中，年才八歲的白樸幸得其父親好友元好問攜帶撫養。

白樸「幼經喪亂，倉皇失母」❷，心靈飽受創傷，長大後又曾漂流於大江南北，看到了社會凋殘、山河破碎的情況，心情十分沉重。面對殘酷的現實，他感到無法對付，決心不參與政治，「放浪形骸，期於適意」。或是流連於青山綠水之間，或是在風月場中，和雜劇作家以及勾欄歌妓們往還❸。一二七九年南宋滅亡，東南戰事平定，白樸也長期在南方居住，經常和耆老聚飲，題詠前朝名物，在作品中時常流露出滄桑之感和失落之哀。

白樸擅詞曲。詞集名《天籟集》，「詞語遒嚴，情寄高遠」❹，多類唐淒楚之調。散曲現存四十首，多以本色的語言抒寫閒情逸致。所作雜劇，據《錄鬼簿》所錄名目，凡十五種❺。現存僅《梧桐雨》和《牆頭馬上》。

《梧桐雨》是描寫楊玉環、李隆基愛情生活和政治遭遇的歷史劇。天寶之亂以來，楊、李故事成了文壇的熱門話題。特別是白居易的《長恨歌》問世以後，唐宋兩代詩人從不同的角度對這段歷史進行反思。坊間還出現《楊太眞外傳》、《玄宗遺錄》等著述。到金元易代之際，劇作家們對楊、李故事也表現出濃厚的興趣。關漢卿寫過《哭香囊》，庾天錫寫過《華清宮》、《霓裳怨》，岳伯川寫過《夢斷楊妃》，王伯成寫過《天寶遺事》。但這些劇本都已亡佚，唯獨白樸的《梧桐雨》流傳了下來。

白居易的《長恨歌》有「秋雨梧桐葉落時」一句，飽含淒清幽怨的意蘊。金元時期，李隆基與梧桐的細節，受到詩人的重視，與元好問、白華有連繫的馮璧、姚樞、袁桷等人都為名畫《明皇擊梧桐圖》題詩。白樸的《梧桐雨》，很可能是在這樣的創作氛圍中受到啓迪❻。

從中唐開始，歷來描繪評論楊、李故事的作品，或側重同情讚譽楊、李生死不渝的愛情；或偏於揭露諷諭楊、李耽於享樂，貽誤朝政。白樸的《梧桐雨》固然也寫到楊、李的情愛、侈逸，但創作的著眼點卻不在於此，他要向經歷過滄桑巨變的觀眾宣示更深刻、更沉痛的人生變幻的題旨。

《梧桐雨》楔子寫李隆基在「太平無事的日子」裡，不問是非，竟給喪師失機的安祿山加官晉爵，讓他鎮守邊境。第二折寫李隆基與楊玉環在長生殿乞巧排宴，兩人恩恩愛愛，情意綿綿，「靠著這招新鳳，舞青鸞，金井梧桐樹映，雖無人竊聽，也索悄聲兒海誓山盟」，相約生生世世，永為夫婦。第三折是故事的轉折點，安祿山倡亂，李隆基倉皇逃走；到馬嵬坡，六軍不發，李隆基在「不能自保」的情況下，只好讓楊玉環自縊。「黃埃散漫悲風颯，碧雲黯淡斜陽下」，經過這一場激變，一切權力、榮華，煙消雲散。

《梧桐雨》的第四折，是全劇最精彩的部分。李隆基退位後在西宮養老，他滿懷愁緒，思念著死去的楊玉環，懷念著過去的月夕花朝。他想到「無權柄」的苦惱，「孤辰限」的淒惶。他在梧桐樹下盤桓，「常記得碧梧桐陰下立，紅牙筯手中敲」，到如今「空對井梧陰，不見傾城貌」，一切美好的事物和時光，只成了追憶。在落葉滿階，秋蟲絮聒的氣氛中，李隆基做了一個朦朦朧朧的夢，夢中楊玉環請他到長生殿排宴，不料才說上一兩句話，夢就被驚醒了。夢醒後「窗兒外梧桐上雨瀟瀟」。這雨聲緊一陣、慢一陣，淅淅瀝瀝，「一點點滴人心碎」，淋漓盡致地烘托出李隆基淒楚悲涼的心境。

在《梧桐雨》裡，白樸把梧桐與楊、李的悲歡離合連繫起來。李隆基對著梧桐回憶：「當初妃子舞翠盤時，在此樹下；寡人與妃子盟誓時，亦對此樹；今日夢境相尋，又被它驚覺了。」這點明了梧桐在整個劇本藝術構思中的作用。在我國的詩文中，梧桐的形象，本身即包含著傷悼、孤獨、寂寞的意蘊❼。白樸讓梧桐作為世事變幻的見證，讓雨濕寒梢、敲愁助恨的景象攪動了沉澱在人們意識中的淒怨感受，從而使劇本獲得了獨特的藝術效果。加上作者以十多支曲子，細緻地描繪李隆基哀傷的心境；沉痛傷悲的語言，也使人蕩氣迴腸，更能透過人物的遭遇感受到江山滿眼、人事已非的愴痛。可以說，《梧桐雨》的戲劇衝突生動跌宕，筆墨酣暢優美，而構築的意境則深沉含蓄。濃重的抒情性以及醇厚的詩味，使這部歷史劇成爲元代文壇的一樹奇花。

第二節　《牆頭馬上》

・一曲歌頌婚姻自由的讚歌　・維護人格的尊嚴　・潑辣的個性和喜劇性的場面

白樸的《牆頭馬上》，是一部具有濃厚喜劇色彩的愛情戲。此劇的素材源於白居易的〈井底引銀瓶〉一詩。白詩記述一個婚姻悲劇故事：一個女子愛上了一位男子，同居了五六年，但被家長認爲「聘則爲妻，奔則妾」，逐出家門。在「始亂終棄」的社會風氣中，白居易對這不幸的女子寄予同情，並對世人提出「寄言痴小人家女，愼勿將身輕許人」的告誡。白樸在戲中所寫的內容大致與〈井底引銀瓶〉一詩相同，但它表現的思想傾向，則與原詩迥異，整個劇本洋溢著火熱的激情。它描繪女子大膽地追求愛情，勇敢地向封建家長挑戰，成爲一曲歌頌婚姻自由的讚歌。

在白樸以前，〈井底引銀瓶〉的素材已經受到民間藝人的重視。據宋周密《武林舊事》載，宋官本雜劇有《裴少俊伊州》一本；元陶宗儀《南村輟耕錄》載金院本有《鴛鴦簡》及《牆頭馬（上）》各一本，《南詞敘錄》載南戲有《裴少俊牆頭馬上》。而宋話本《西山一窟鬼》中有「如撚青梅窺小（少）俊，似騎紅杏出牆頭」的插詞，可見人們不斷地改編這一故事，添加了不少情節，甚至確定了主人公的名姓。在此基礎上，白樸的劇本也大大地豐富了原詩的內容。更重要的是，白樸雖然以傳統故事爲框架，但他所寫的人物，實際上是以現實生活爲依據，是有血有肉的鮮活的形象。

《牆頭馬上》的女主人公李千金，一上場就毫不掩飾對愛情和婚姻的渴望，她聲稱：「我若還招得個風流女婿，怎肯教費工夫學畫遠山眉。寧可教銀釭高照，錦帳低垂。菡萏花深鴛並宿，梧桐枝隱鳳雙棲。」當她在牆頭上和裴少俊邂逅，看上了「一個好秀才」，便處處採取主動的態度。她央求梅香替她遞簡傳詩，約裴少俊跳牆幽會。當兩人被嬤嬤瞧破，她和裴少俊一忽兒下跪求情，一忽兒撒賴放潑，還下決心離家私奔。爲了愛情，李千金什麼也不怕，什麼也敢做。她甘願做出犧牲，「愛別人可捨了自己」。她深信自己要求及時婚嫁的合理性，「那裡有女兒共爺娘相守到頭白」。因此，她不像深閨待字的少女那樣羞羞答答，倒和話本《碾玉觀音》裡的璩秀秀有點相似。顯然，在這個人物身上，白樸讓它融合了市井女性有膽有識、敢作敢爲的特徵。

李千金在裴家後院躲藏七年，生了一男一女，但終於被裴尚書發現。她極力爲自己的行爲辯護，反駁裴尚書對她的辱罵。當然，在強大的封建勢力面前，被視為「淫奔」的李千金不得不飲恨回家，但她絕沒有屈服。當裴少俊考中狀元，裴尚書知道了她是官宦之女，前去向她賠禮道歉，要求她認親重聚時，她堅絕不肯，並且對裴氏父子毫不留情地譴責。即使裴尚書捧酒謝罪，她還是斬釘截鐵：「你休了我，我斷然不肯。」只是後來看到啼哭的一雙兒女，才不禁心軟下來，與裴家重歸於好。

劇中，李千金的形象十分突出。她不僅希望得到愛情，而且把婚姻自主看成是人生的權益，認為像卓文君那樣私奔是合情合理的事。因此，當她愛上了裴少俊，便義無反顧地離家出走。不過，這僅僅是李千金生活追求的一個方面。和一般懷春少女不同的是，她更加看重人格的尊嚴。在第三折，有這樣一段對白：

尚書云：……你比無鹽敗壞風俗，做的是男遊九郡，女嫁三夫。
正旦云：我則是裴少俊一個。
尚書怒云：可不道「女慕貞潔，男效才良」，「聘則為妻，奔則為妾」。你還不歸家去。
正旦云：這姻緣也是天賜的。

李千金說她只鍾情於一人，說姻緣天賜，無非是反駁裴尚書的汙蔑，強調自己行為的合理和人格的純潔。在第四折，她拒絕裴家父子，拒絕一貫夢寐以求的婚配，正是受損害者做出的抗爭。她對少俊並非沒有感情，但為了維護尊嚴，她甚至準備割捨。在戲裡，作者讓人們看到，渴望愛情的李千金，所看重的又非僅僅是愛情。由於李千金注重維護自己的理想和人格，因此，她敢於把封建道德和封建倫理統統扔到腦後，理直氣壯地掌握自己的命運，表現出堅毅倔強的個性。

《牆頭馬上》的藝術風格和《梧桐雨》明顯不同。《梧桐雨》以深沉的意境見長，《牆頭馬上》則以緊湊、生動的情節安排取勝。在這部戲裡，作者充分顯現出他善於通過戲劇場面刻畫人物形象的才能。如在第三折裴尚書撞見了裴少俊、李千金的一雙兒女重陽和端端，便打醒了正睡得糊塗的院公查問：

（院公做醒著掃帚打科，云：）打你娘，那小廝！（做見惜科，尚書云）這兩個小的是誰家？（端端云）是裴家。（尚書云）是那個裴家？（重陽云）是裴尚書家。（院公云）誰道不是裴尚書家花園，小弟子還不去！（重陽云）告我爹爹媽媽說去。（院公云）你兩採了花木，還道告你爹爹媽媽去。跳起您公公來打你娘！（兩人走科，院公云）你兩個不投前面走，便往後頭去！

這一段戲，把小孩子的天眞無邪和老院公力圖遮掩的狼狽相描繪得栩栩如生。在裴尚書不陰不陽滿腹狐疑的態度面前，端端、重陽活蹦亂跳，實話實說；老院公手足無措，支支吾吾。這充滿喜劇性的場面使人忍俊不禁，也使人爲李千金捏一把汗，人物的形象就在戲劇的衝突中突顯出來。

第三節 馬致遠和《漢宮秋》

・「曲狀元」 ・漢元帝「不自由」 ・歷史與現實的關聯

馬致遠（一二五〇？—一三二一？），號東籬，大都（今北京）人[8]。他經歷了蒙古時代的後期及元政權統治的前期。青年時追求功名，對「龍樓鳳閣」抱有幻想；中年時期，一度出任江浙行省務官；晚年則淡泊名利，以清風明月爲伴，自稱「東籬本是風月主，晚節園林趣」[9]，嚮往閒適的生活。

馬致遠在元代梨園聲名很大，有「曲狀元」之稱。他既是當時名士，又從事雜劇、散曲創作，亦雅亦俗，備受四方人士欽羨[10]。所作雜劇十五種，現存七種，即《漢宮秋》、《陳摶高臥》、《任風子》、《薦福碑》、《青衫淚》、《岳陽樓》，以及《黃粱夢》（與人合作）。其《誤入桃源》雜劇尚存殘曲一支。散曲作品被輯爲《東籬樂府》傳世。明朱權《太和正音譜》「群英所編雜劇」將他列於元人之首，明臧懋循則將他的《漢宮秋》置於《元曲選》之首。可見在元代以後，馬致遠仍備受曲家重視。

《漢宮秋》是馬致遠的代表作。劇本以歷史上的昭君出塞故事爲題材。關於昭君出塞的史實，載於《漢書》的〈元帝紀〉、〈匈奴傳下〉和《後漢書・南匈奴傳》。東漢以後，歷代都有題詠昭君之作，比較值得注意的有託名王嬙寫的《昭君怨》、石崇的《王昭君辭》、《西京雜記》所載《王嬙》以及唐代的《昭君變文》等。當時的歷史形勢是漢強胡弱，《漢宮秋》卻改變了胡漢之間的力量對比，把漢朝寫成軟弱無力、任由異族欺壓的政權。作者雖然寫到君臣、民族之間的矛盾，但著重抒寫的卻是家國衰敗之痛，是在亂世中失去美好生活而生發的那種困惑、悲涼的人生感受。就此而言，《漢宮秋》與白樸的《梧桐雨》有異曲同工之妙。

官吏貪墨，宵小之徒興風作浪，這是亂世突出的徵象。在《漢宮秋》中，作者寫毛延壽「雕心雁爪，做事欺大壓小」，他百般巧詐，一味讒諛，教唆皇帝少見儒臣，多暱女色；他敲詐勒索，中飽私囊；王昭君就是因爲不肯行賄，遭到暗算，結果發配永巷，長居冷宮。後來，毛延壽還勾結番邦，背叛朝廷，致使朝中君臣一片恐慌，整個國家陷入困境。

在馬致遠筆下，漢朝的文武百官都是一批「乾請了皇家俸」，卻不能「安社稷，定戈矛」的廢物。他們平時「山呼萬歲，舞蹈揚塵」，一旦有事，便互相推搪，「似箭穿著雁口，沒個人敢咳嗽」。總之，文恬武嬉，招致了政權的衰敗。馬致遠對歷史的認識和他對現實政局的觀察，有著一定的關聯。

漢室奸佞當權，阻塞賢路；外族憑陵，危機四伏，可是漢元帝完全被蒙在鼓裡。《漢宮秋》楔子寫他一上場就說「邊塞久盟和議策，從今高枕已無憂」，既然天下太平，便只以「後宮寂寞」爲念。他在巡視後宮時，意外地見到才貌出眾而困居長巷的王昭君，從昭君的琵琶聲中聽出哀怨之情，心生愛憐之意，表示「我特來塡還你這淚搵濕鮫綃帕，溫和你露冷透凌波襪」（第一折〔油葫蘆〕）。他寵愛昭君，更多的是著意於兩人情感的契合。他稱自己與昭君的姻緣是「五百載該撥下的配偶」（第二折〔梁州第七〕），在這裡，馬致遠寫漢元帝對昭君愛得如痴如醉，儼然是個憐香惜玉的多情才子⓫。

然而，漢元帝如此珍惜的姻緣，轉眼間便成泡影。他本以爲，處置欺君的毛延壽易如反掌，誰知道，竟招致毛延壽獻圖、呼韓邪單于「索要昭君娘娘和番」的被動局面；而滿朝文武碰到危難，毫無良策，卻眾口一詞，勸他割恩斷愛，以美人換取「和平」。這一來，身爲九五之尊的漢元帝落得個「無人搭救」的屈辱下場。他痛苦地意識到：「我呵，空掌著文武三千隊，中原四百州，只待要割鴻溝。」（第二折〔鬥蝦蟆〕）這絕望的呼喊，道出了漢元帝無可奈何、被動無力的處境。

漢元帝雖然貴爲天子，但實際上，許多事情身不由己，一直受人擺布，甚至在送別昭君時，本想多留昭君片刻，身邊的尚書即橫加干預道：「陛下，不必苦死留他，著他去了罷。」漢元帝悲從中來，痛苦不堪地唱道：「說甚麼大王、不當、戀王嬙，兀良，怎禁他臨去也回頭望！」（第三折〔七弟兄〕）連多看昭君一眼、略訴衷情的自由也沒有，只能酸酸楚楚地「割恩斷愛」。值得注意的是，現存的《漢宮秋》多種版本，題目正名有「漢元帝一身不自由」一句⓬。在漢元帝被迫捨棄昭君時，作者就讓他恨恨地唱：「雖然似昭君般成敗都皆有，誰似這做天子的官差不自由！」（第二折〔二煞〕）這「不自由」三字，格外刺眼，頗能體現出劇作家塑造漢元帝形象的苦心孤詣。

說漢元帝「不自由」，當然只是出於作者的虛擬，是一種於史無據的藝術創造⓭。不過，中唐以後，隨著人們對人生思考的深化，已經有人看到掌握極大權力的帝王也會出現「不自由」的局面，李商隱曾經寫道：「如何四紀爲天子，不及盧家有莫愁。」⑭對帝王身分的「自由」程度提出懷疑。在《漢宮秋》中，馬致遠描述了帝王「不自由」的戲劇情境，還讓他在灞橋送別時感慨「小兒家出外也搖裝」，流露出對平民生活的羨慕。隨著劇情的推進，作者逐步轉換了漢元帝的感情色彩，讓一個擁有三宮六院的皇帝更多地表現出有如普通人的情感願望，從而引發人們對他更多的同情，在他身上看到無力主宰自身命運的悲劇。然而，「不自由」的漢元帝畢竟頭戴冕旒，這華貴的「枷鎖」使他更感受到超乎尋常的壓力。在膾炙人口的〔梅花酒〕等曲中，他唱道：「……他、他、他傷心辭漢主，我、我、我攜手上河梁。他部從入窮荒，我鑾輿返咸陽。返咸陽，過宮牆；過宮牆，繞迴廊；繞迴廊，近椒房；近椒房，月昏黃；月昏黃，夜生涼；夜生涼，泣寒螿；泣寒螿，綠紗窗；綠紗窗，不思量。呀！不思量除是鐵心腸。」幽深的宮苑，與漢元帝落寞的心情互相映襯，一連串「頂針續麻」的句式抒寫出一個空有尊貴名分卻又無法支配自己命運的人內心的悲涼與哀傷。

作者在第四折寫漢元帝對昭君的思念，進一步渲染他孤苦淒愴的心境。在漢宮，人去樓空，漢元帝掛起美人圖，苦苦追憶，朦朧間昭君入夢，夢醒則茫然若失，只是孤雁哀鳴，「一聲聲繞漢宮，一聲聲寄渭城」，淒厲地陪伴他度過寂寞的黃昏。整個戲就在濃郁的悲涼氛圍中結束，含蓄而深沉地傳達出人生落寞、迷惘莫名的意境。

劇中的王昭君也與漢元帝一樣，受到命運的播弄。她空有才情與美貌，但事事總不如意。皇宮選美，使她離鄉別井；小人弄權，她被打入冷宮；偶然間得遇恩寵，卻又好景不長，被迫和番；後來身入異邦，她眷戀漢朝，義不受辱，投江自盡。在《漢宮秋》裡，王昭君的形象雖然著墨不多，但依然寫得哀婉動人。她是亂臣賊子橫行天下時代的犧牲品。

在金元之際，馬致遠選擇了漢室受到凌辱的歷史題材，不能說他不曾寄寓著對現實生活的感受。環繞著漢元帝、王昭君的形象，他向人們揭示的主要是對歷史、對人生的體悟。他通過戲劇衝突，寫出亂世中的個體無法主宰命運、只能任由播弄的悲哀。加上《漢宮秋》以「秋天」的場景作爲結撰全劇意境的依託，突出人生的蕭瑟悲涼，更使整個戲籠罩著灰暗荒寞的氣氛，這又表達出作者對時代的體驗和認識。

第四節　馬致遠的神仙道化劇和《陳摶高臥》

・全眞教盛行　・《黃粱夢》　・《陳摶高臥》　・避禍意識

在悲劇時代如何擺脫苦難，馬致遠有他獨特的思考。

馬致遠有「萬花叢裡馬神仙」之譽，在其現存的雜劇作品中，神仙道化題材占了相當大的比例。金元時期，道教盛行，教派不少，各有勢力，而在諸教派中，全眞教的影響相對較大。在元代，全眞教主要人物丘處機備受元太祖成吉思汗的尊崇，一些失意的文人在內心十分苦悶而又無法改變現狀的情況下，往往較易受到全眞教的影響。全眞教主張儒、道、佛三教合一，性命雙修，提倡「去惡復善」、「自食其力」⓯。這一類說教，對於仕途失意、焦躁彷徨的知識分子來說，無疑具有撫慰作用。因此，全眞教成爲當時不少失意文人的精神避難所。馬致遠的神仙道化劇正是在這一特定文化背景下產生的。在這些劇本中，馬致遠借鑑、吸取了全眞教的思想主張，宣揚人生在世，應與世俗社會保持不即不離的關係，求取心理上的安慰和平衡，化解生活中的種種痛苦。至於《黃粱夢》寫鍾離權度脫呂洞賓，《岳陽樓》寫呂洞賓度脫柳精，《任風子》寫馬鈺受了王重陽點化之後便去渡脫任屠，大體與全眞教的傳承關係相對應，即鍾離權傳呂洞賓，呂洞賓傳王重陽，王重陽傳馬鈺⓰，可見，馬致遠的幾個神道劇基本上是依據全眞道統而結撰的。

馬致遠與多人合作的《黃粱夢》⓱涵義比較深刻，在神道劇中較有代表性。劇中的主人公呂洞賓幼習儒業，他自稱：「策蹇上長安，日夕無休歇。但見槐花黃，如何不心急？」熱切地希望一舉奪魁，功成名就。當鍾離權勸他出家時，他傲慢地不予理睬，聲言嚮往「居蘭堂住畫閣」的生活，對「草衣木食，干受辛苦」的仙家景況不屑一顧。他的言行，實際上概括了一般熱衷功名利祿的士子的共同心理。

然而，作者寫呂洞賓在一頓飯的工夫裡，做了一個奇怪的夢：夢中，呂洞賓考取功名，官拜兵馬大元帥，躊躇滿志，威風八面。可是，一旦身處宦海，便經歷了喝酒吐血、受賄賣陣、妻子變心、爭執被殺等一連串驚心動魄的事件；當他深受酒、色、財、氣之禍後，才大夢初醒，幡然徹悟，知道了仕途凶險異常，伴隨功名利祿的是無邊苦海。在劇中，作者採用了夢境敘事的技巧，使神仙道化的題材轉化爲關於知識分子命運的寓言故事，高度概括了官場的腐敗，以及涉足其中的知識分子本性的「迷失」，頗能發人深省。這個戲，夢境是虛的，而夢境中的宦海生涯卻以人間現實爲依據。這種虛中有實的寫法，沖淡了題材本身的「神道」色彩，使之具有冷眼觀世變的意義。由此可見，馬致遠提倡「求仙悟道」，和他對惡濁官場的厭惡情緒有著密切連繫。

《陳摶高臥》是馬致遠另一部耐人尋味的神仙道化戲。劇中的主人公陳摶，一上場就說「吾徒不是貪財客，欲與人間結福緣」，表明了他既是仙家，又關懷人間，是一個與社會不即不離的高人。他身處亂世，盼望著天下大治，當他發現「中原地分旺氣非常，當有眞命治世」時，異常興奮，隨即下山，到汴梁開卦肆，伺機點撥他心目中的太平天子趙匡胤。他下山的動機很明確：「這五代史裡胡廝殺、不曾住程，休則管埋名隱姓，卻教誰救那苦懨懨天下生靈？」（第一折〔醉中天〕）他指點趙匡胤用兵之道，預期出現「治世聖人生，指日乾坤定」的局面。而當趙匡胤得了天下，陳摶便飄然引退。他對功名利祿看得極透：「三千貫二千石，一品官二品職，只落的故紙上兩行史記，無過是重臥列鼎而食。雖然道臣事君以忠，君使臣以禮；哎！這便是死無葬身之地，敢向那雲陽市血染朝衣。」（第三折〔滾繡球〕）因此，他「推開名利關，摘脫英雄網」，以超脫心態拒絕名利的誘惑，堅心清修。陳摶既有用世之意，又有避禍之心。而在避禍這一點上，《陳摶高臥》與《黃粱夢》是相通的。陳摶的態度，是古代知識分子在入世的利弊得失問題上產生思想矛盾的一種反映。

《陳摶高臥》中的一些曲詞，在描述人物心態方面寫得十分出色，像第四折〔雙調．新水令〕：「半生不識曉來霜，把五更打在老夫頭上。笑他滿朝朱紫貴，怎如我一枕黑甜鄉，揭起那翠巍巍太華山光，這一幅繡幃帳。」形象地表現出陳摶在拋卻名利之後閒逸的心境和融入大自然的舒暢情懷。

注釋

❶關於元劇四大家，元明清三代許多評論家各有不同的提法，如周德清說「關、鄭、白、馬」（《中原音韻》），何良俊說「馬、鄭、關、白」（《四友齋叢說》），王驥德說「王、關、馬、白」（《曲律》），徐復祚說「馬、關、白、鄭」（《曲論》）。但關、白、馬三人總是被列入「四大家」之內的，有爭議者只是王與鄭。

❷見王博文《白蘭谷天籟集．序》，載於《白樸戲曲集校注》，王文才校注，人民文學出版社一九八四年版，第二三七頁。

❸據《青樓集》說，白樸對「高潔凝重」的「天然秀」尤為賞識。賈仲明的〈凌波仙〉弔詞也說到他「拈花摘葉風詩性，得青樓薄倖名」。

❹同注❷。

❺《錄鬼簿》錄白樸所著劇碼為：《絕纓會》、《赴江江》、《東牆記》、《梁山泊》、《賺蘭亭》、《銀箏怨》、《斬白蛇》、《梧桐雨》、《幸月宮》、《崔護謁漿》、《錢塘夢》、《高祖歸莊》、《鳳凰松》、《牆頭馬上》。

❻關於金元時代《明皇擊梧桐圖》的題畫詩以及這些詩的作者與元好問、白華等人的關係，日本竹村則行教授有過考析，詳見〈《梧桐雨》裡「明皇擊梧桐」故事及探源〉，載九州大學《文學研究》第八十八輯，一九九一年版。

❼枚乘〈七發〉說：「龍門之桐……其根半死半生。」後來以此比喻喪偶。所以，賀鑄在〈鷓鴣天〉也有「梧桐半死清霜後，頭白鴛鴦失伴飛」的句子。至於以梧桐夜雨表現愁苦意蘊者，則有溫庭筠的〈更漏子〉：「梧桐樹，三更雨，不道離情更苦：一葉葉，一聲聲，空階滴到明。」

❽馬致遠生卒年的考訂，參見李修生《元雜劇史》，江蘇古籍出版社一九九六年版，第一五五頁。

❾馬致遠〔雙調・清江引・野興〕，隋樹森編《全元散曲》上冊，中華書局一九八一年版，第二四四頁。

❿天一閣本《錄鬼簿》賈仲明補挽詞云：「萬花叢裡馬神仙，百世集中說致遠，四方海內皆欽羨。戰文場曲狀元，姓名香貫滿梨園。」

⓫《漢書・元帝紀》稱：「元帝多材藝，善史書。鼓琴瑟，吹洞簫，自度曲，被歌聲，分刌節度，窮極幼眇。」《漢宮秋》注重寫他有文人氣質，不為無據。

⓬《古名家雜劇》、《古雜劇》、《酹江集》諸本，題目正名均有「毛延壽叛國開邊釁，漢元帝一身不自由」二句。

⓭《漢書・元帝紀》載，漢元帝在臨終前辦的一件大事就是表揚呼韓邪單于「不忘恩德，向慕禮義」，「賜單于待詔掖庭王檣為閼氏」，並改元為「竟寧」，取邊境安寧之意（參見顏師古注引應劭語）。而《漢宮秋》所寫與歷史記載出入較大。

⓮見李商隱〈馬嵬〉（其二），參看劉學鍇、余恕誠著《李商隱詩歌集解》，中華書局一九九八年版，第三〇七頁。句中「天子」指唐玄宗李隆基。

⓯參見卿希泰〈關於全真道的研究〉，《芻蕘集》巴蜀書社一九九七年版，第二二五—二四四頁。

⓰參見《中國神仙畫像集》，上海古籍出版社一九九六年版，第一一九、二〇二、二〇三頁。

⓱明朱權《太和正音譜》將《黃粱夢》置於馬致遠名下，並注云：「第三折花李郎，第四折紅字李二。」又《錄鬼簿》稱「第一折馬致遠，第二折李時中，第三折花李郎學士，第四折紅字李二」，可參看。

第五章　北方戲劇圈的雜劇創作

元雜劇這朵奇葩，最初是在北中國的廣袤大地上綻開的。

成書於元至順元年（一三三〇）的鍾嗣成的《錄鬼簿》，大致上按時間先後記錄了元雜劇作家的生平和創作情況。該書將元雜劇作家大致分為三類：「前輩已死名公才人有所編傳奇行於世者」，「方今已亡名公才人余相知者」及「已死才人不相知者」，「方今才人相知者」及「方今才人聞名而不相知者」。其中「前輩已死名公才人有所編傳奇行於世者」，共五十六人，可以說是元雜劇創作的第一批作家。他們的籍貫基本上在北方❶，雖然關漢卿、白樸等人在元統一中國後到了南方，但其創作活動主要是在北方進行的。他們的創作活動年代，大致是從蒙古滅金（一二三四）至元成宗元貞、大德年間（一二九五—一三〇七），這也正是元雜劇從興起到繁榮鼎盛的時期。

從《錄鬼簿》所謂「前輩」作家的籍貫來看，這些作家又以大都（十七人）、眞定（七人）、東平（五人）、平陽（六人）最為集中，可見以這四個地方為主體形成了相對集中的作家群。這四個作家群並不是封閉的，彼此之間由於作家的流動而進行著頻繁的交流❷，同時它們的影響又旁及附近的地區，從而構成了以大都為中心，包括河北、山西、山東以及河南和安徽的北部這一廣大地域的北方戲劇圈。

北方戲劇圈的雜劇創作，既有著共同的時代精神和總體風格，同時又由於各自地域文化的特色而呈現出不同的風貌，猶如五彩雲霓，將北方的天穹妝點得雲蒸霞蔚，氣象萬千。

第一節　大都作家群的雜劇創作

・全國政治和文化的中心　・龐大的市民階層及他們對文化娛樂的需求、審美趣味、價值取向

・大都作家群的形成　・紀君祥與《趙氏孤兒》　・楊顯之與《瀟湘雨》　・石子章與《竹塢聽琴》

・王仲文與《救孝子烈母不認屍》

大都原是金朝的首都，稱中都。在蒙古滅金的過程中，這個城市曾遭受戰火的重創。至元八年（一二七一），忽必烈定國號爲大元。次年二月，大都正式定爲元朝的首都。早在至元元年（一二六四），忽必烈就開始對大都進行大規模重建，包括在舊城西北修建新城。至元十三年（一二七六），大都城基本建成。隨著元王朝統一中國，大都城不僅成爲中國政治和文化的中心，而且迅速發展成爲經濟繁榮、消費性商業色彩濃厚的大都會。

王惲（一二二七—一三〇四）在〈日蝕詩〉中說至元十四年（一二七七），大都的居民有十萬家。以一戶四至五口人計算，則當時大都的居民約有四五十萬人之眾。這些居民中，包括王公貴族、官僚和他們的家眷，更多的則是廣大的下層市民——包括各行各業的工匠（官匠、民匠）、經紀人、買賣人、小販、小吏、侍從、奴僕以及醫卜星相之流。正是他們，構成了大都市民階層的主體。他們對文化娛樂的需求、審美趣味及價值取向，爲雜劇藝術之花的盛開提供了肥沃的土壤和充足的養分。

關於大都雜劇創作和演出的具體情況，由於史料的缺乏，我們難以確切得知。但《錄鬼簿》所載「前輩」作家大都籍的即占十七人，其中包括了關漢卿、馬致遠、王實甫等第一流作家；夏庭芝《青樓集》記載當時的雜劇名藝人，經常在大都演出的，就有二十多人，其中包括最負盛名的珠簾秀、順時秀、天然秀、司燕奴等人。另外，大都作爲元王朝的首都，政治和文化的中心，散居於北方各地的作家們到過大都，或在大都進行過創作活動的也不少。像東平作家高文秀，據《錄鬼簿》記載被「都下人號小漢卿」，這說明他在大都有過創作活動，受到大都人的賞識，並將他與關漢卿並稱。這一情形清楚表明，大都的雜劇創作和演出活動十分活躍，是北方戲劇圈的創作中心，前期的雜劇藝術之花在這裡綻開得最爲碩大，也最爲豔麗。

大都作家群以關漢卿爲領袖，賈仲明〈凌波仙〉弔詞稱他是「驅梨園領袖，總編修師首，撚雜劇班頭」，說明他在戲曲界的崇高聲望和地位。同時，大都作家彼此間的連繫也十分密切。據《錄鬼簿》記載，與關漢卿有交往的大都劇作家就有楊顯之、梁進之、費君祥等人。如「楊顯之」條云：「大都人，關漢卿莫逆之交，凡有文辭，與公較之。號楊補丁是也。」❸這裡所說的「文辭」，自然應該包括雜劇劇本的創作。這種密切的交往和切磋，對雜劇藝術的提高以及創作風格的趨同，當然是大有助益的。

大都作家群除關漢卿、馬致遠、王實甫外，成就較著者還有紀君祥、楊顯之、石子章、王仲文等人。

紀君祥，一名天祥，生平事蹟不詳。鍾嗣成《錄鬼簿》說他「與李壽卿、鄭廷玉同時」❹。所撰雜劇六種，今存《趙氏孤兒》一種，另《松陰夢》有殘曲存於《雍熙樂府》等曲籍中。

《趙氏孤兒》是一部歷史劇。其本事見於《左傳》、《史記．趙世家》，但兩書所記差異較大。本劇主要依據《史記》敷演而成，但情節上做了較多改動。劇本寫春秋時晉靈公昏聵不君，武將屠岸賈擅權，將大臣趙盾滿門抄斬，其子駙馬趙朔亦被逼自殺。趙朔妻在幽禁中生下趙氏孤兒，被趙朔門客程嬰偷帶出宮。屠岸賈得知後，下令屠殺全國所有半歲以下嬰兒。程嬰爲保趙家骨血，與退休老臣公孫杵臼商議，將自己的兒子送給公孫，頂替趙氏孤兒，然後出首，揭發公孫收藏了趙氏孤兒。結果程子被殺，公孫自殺，程嬰被屠岸賈收留爲門客，所攜趙氏孤兒也被屠岸賈認爲義子。二十年後，孤兒長大成人，程嬰告之以眞相，終於報了大仇。

《趙氏孤兒》顯然是一部具有濃郁悲劇色彩的劇作。奸臣屠岸賈的殘暴狠毒，與程嬰和公孫杵臼等人冒死歷險、慷慨赴義的自我犧牲精神構成了尖銳激烈的戲劇衝突。屠岸賈爲了個人私怨而殺害趙盾全家，爲了搜捕趙氏孤兒而不惜下令殺死全國的小兒，這種令人髮指的殘忍行徑使他成爲邪惡的化身。由於他得到昏君的寵信，掌握了大權，這就使得程嬰、公孫杵臼等人爲救護無辜而進行的鬥爭特別艱巨，甚至要以犧牲生命和捨棄自己的後代爲代價，從而構成了全劇慘烈悲壯的基調。王國維在《宋元戲曲考》裡將此劇與關漢卿的《竇娥冤》並提，指出：「劇中雖有惡人交搆其間，而其蹈湯赴火者，仍出於其主人翁之意志，即列之於世界大悲劇中，亦無愧色也。」洵爲切中肯綮之論。劇本最後以除奸報仇結局，則鮮明地表達了中國人民「善有善報，惡有惡報」的傳統觀念，完成了復仇的主題。

在對《趙氏孤兒》的研究中，曾涉及作者寫作本劇是否有反元復宋的民族意識的問題。宋王室自認是春秋晉國趙氏的後裔，因而對保存趙孤的程嬰、公孫杵臼等多次加以追封❺。南渡之際，徽、欽二帝被擄，趙宋王朝風雨飄搖，「存趙孤」更被賦予了強烈的現實政治意義❻。宋室覆亡之後，人們仍把一些忠臣義士、遺民故老反元復宋的行動直接與歷史上程嬰、公孫杵臼等人保存趙孤的行爲相連繫。如文天祥曾寫詩讚揚抗元忠臣家鉉翁云：「程嬰存趙眞公志，奈有忠良壯此行。」元世祖至元年間，元江南釋教總統楊璉眞珈發掘南宋六代皇帝的陵墓，棄骨草莽，唐珏等人暗中收拾遺骨埋葬。羅有開在〈唐義士傳〉中對此事評論道：「吾謂趙氏昔者家已破，程嬰、公孫杵臼強育其眞孤；今者國已亡，唐君玉潛匱藏其眞骨。兩雄力當，無能優劣。」可見，「存趙孤」一事，在當時人們心目中的確是一個敏感的、具有強烈政治暗示的話題。我們雖然難以考察紀君祥撰寫此劇的眞實動機，但在宋亡不久的元代舞臺上演出這一歷史故事，而且讓主人公高唱「憑著趙家枝葉千年永」，「你若存的趙氏孤兒，當名標青史、萬古留芳」等曲辭，至少在客觀上與當時漢族人民的思想感情是相吻合的。當然，我們注意到此劇具有民族意識的一面，並不代表此劇的意義僅僅局限在這一點。在邪惡勢力黑雲壓城、風雨如磐的黑暗年代，呼喚正義，謳歌爲正義而獻身的自我犧牲精神，並堅信正義必將戰勝邪惡，應該是此劇廣受歡迎、流傳久遠的更重要的原因。

《趙氏孤兒》的人物形象塑造也頗具特色。劇中的一批正面人物形象，作者賦予他們不畏強權、見義勇為、視死如歸的崇高品格。但他們性格的完成，並不是標籤式的抽象道德觀念的外化，而是在劇情的展示和尖銳的矛盾衝突中加以突顯的，因而顯得眞實感人。例如程嬰，最初受託救護趙孤時，還是出於單純的報恩思想，而當屠岸賈聲言要殺盡晉國「半歲之下，一月之上」的小兒以後，他的捨棄己子的舉動，就不僅僅是為了一個趙孤，同時也是為了挽救更多的無辜，他的思想境界明顯地有一個昇華的過程。在劇本第三折，狡詐的屠岸賈讓程嬰拷打公孫杵臼，以試其眞偽。程嬰為保住趙孤，既要擔當賣友求榮的惡名，又要親手拷打共謀者，特別是屠岸賈當著程嬰的面，親手將假冒趙孤的程子剁為三段，這都使程嬰處於常人所無法承受的巨大精神重負之下。而程嬰在嚴峻的考驗面前，強忍悲痛，始終不露破綻。正是在這種尖銳激烈的矛盾衝突中，程嬰忍辱負重、沉著堅毅、視死如歸的思想性格特點，得到了充分的表現。

《趙氏孤兒》是我國最早流傳到國外的古典戲劇作品之一，早在一七三三年就傳到法國。次年法國《水星雜誌》發表了法譯片段，一七三五年巴黎出版的《中華帝國全志》刊登了法文節譯本。從一七三〇年代中期到六〇年代初期，又在英國幾經翻譯、出版。此外，義、法、德等國著名作家都曾改編上演過此劇❼。

楊顯之，大都人，與關漢卿為莫逆之交。賈仲明〈凌波仙〉弔詞說著名女藝人順時秀稱他為「伯父」，可見是一位熟悉勾欄生活、與下層藝人關係密切的作家。所撰雜劇共八種，今存《臨江驛瀟湘秋夜雨》、《鄭孔目風雪酷寒亭》兩種，前一種成就較高，影響也較大。

《臨江驛瀟湘秋夜雨》，簡稱《瀟湘雨》，是一部以男子負心為題材的作品。儒士崔通未仕前娶張翠鸞為妻，曾信誓旦旦地表示：「小生若負了你呵，天不蓋，地不載，日月不照臨。」可一旦高中狀元，便拋棄髮妻而另攀試官之女，以為攀附之階。當翠鸞歷經辛苦找到他時，他不僅不認翠鸞，反誣翠鸞為逃婢，發配沙門島，並囑解差在途中將她害死。作品以犀利的筆觸，將一個趨炎附勢、人格卑下的無行文人的醜惡靈魂，無情地揭露了出來。

封建社會的某些知識分子一旦得志，往往拋棄原來患難與共的妻子，另攀高門，尋求仕途上的靠山；而許多權貴也希望通過兒女婚事，籠絡新貴，以鞏固自己的權勢，因此造成了大量婚姻悲劇。此劇反映的就是這種現象。從劇本的具體描寫中，我們不難體會到作者對此類現象的深惡痛絕，和對受害婦女悲慘命運的深切同情。但劇本的結尾，作者卻讓崔通在未受到懲罰的情況下，與翠鸞重續鸞膠，顯得極其勉強，反映了作者無法找到解決此類問題的辦法的歷史局限，也在一定程度上破壞了全劇的悲劇性。

《瀟湘雨》以描寫人物心理見長。劇本第三折把荒郊空野、風雨交加的淒涼景象，與翠鸞披枷戴鎖、負屈銜冤的痛苦心情融爲一體，曲辭如泣如訴，扣人心弦，賓白關目樸實無華，切合人物情境，歷來爲人們所激賞。

石子章，大都人，生平事蹟不詳❽。所撰雜劇兩種，今存《秦翛然竹塢聽琴》一種，另一種《黃桂娘秋夜竹窗雨》有佚曲載於《詞林摘豔》中。

《竹塢聽琴》寫道姑鄭彩鸞與書生秦翛然的愛情故事。它的基本戲劇衝突，並不像大多數愛情劇那樣著力於表現封建禮教及其代表封建家長與青年的矛盾，而是道家清規戒律與鄭彩鸞對世俗生活和人間情愛追求的對立。因此，運用較多「獨白」來充分展示人物內心情感世界，乃是此劇的一大特色。「人說道出家的都待要斷塵情，我道來都是些假、假！」從鄭彩鸞對道庵違背人性的禁慾條規的控訴中，不難看出作者對於人的正常感情和正常生活要求的肯定，使得此劇成爲一曲洋溢著人性光輝的世俗情歌。此劇在情節上多用巧合，曲文曉暢而富情韻，是元劇中較優秀的作品。

王仲文，大都人，生平事蹟不詳❾。所撰雜劇十種，今存《救孝子烈母不認屍》一種。該劇的題旨有兩點：一是歌頌賢德剛烈的母親李氏，她讓親生兒子楊興祖去應徵從軍，卻將丈夫亡妾所生的次子楊謝祖留在家中。當謝祖被冤繫獄時，她爲救護謝祖，勇敢地與官府抗爭，表現得堅韌頑強。另一點是讚頌清官王翛然的清廉公正。王翛然在歷史上實有其人，《金史》有傳。民間傳說常把一些清官斷獄的故事附會在他身上，在元雜劇中，他是一個可與包拯媲美的清官形象。然而，此劇更值得我們重視的，乃是在描述冤獄過程中對元代社會秩序混亂、道德淪喪、吏治腐敗現象的揭露。王翛然說道：「俺這衙門如鍋灶一般，囚人如鍋內之水，祇候人比作柴薪，令史比著鍋蓋。怎當他柴薪爨炙，鍋中水被這蓋定，滾滾沸沸，不能出氣，蒸成珠兒，在那鍋蓋上滴下，就與那囚人銜著冤枉淚一般。」這裡對冤獄的描寫，與關漢卿的《竇娥冤》有異曲同工之妙。另外，此劇對元代軍戶生活也有較具體的描寫，頗具歷史價值。

第二節　河北作家群的雜劇創作

・眞定及其特定的社會政治、經濟、文化環境　・李文蔚與《燕青博魚》　・尚仲賢與《柳毅傳書》
・戴善甫與〈風光好〉　・鄭廷玉與《看錢奴》

河北作家群以眞定爲主，同時旁及大名、保定、涿州、彰德等地區❿。眞定，即今河北正定。這裡能夠成爲前期雜劇創作的重鎮，是和它特定的社會政治、經濟、文化環境分不開的。

隋唐以來，眞定由於地處南北交通要道，逐漸發展爲一個人口稠密，商業繁盛的城市。宋金對峙時期，這裡成了南北文化的交匯之處。南宋孝宗乾道六年（一一七〇），詩人范成大出使金國，途經眞定，看到了這裡保存的北宋大曲歌舞的演出，不禁感慨繫之，說：「虜樂悉變中華，唯眞定有京師舊樂工，尙舞高平曲破。」[11]在蒙古滅金及此後相當長一段時間裡，眞定一直由漢人世侯史天澤家族所控制。史氏家族比較注意推行涵養民力、發展生產的政策，曾有效地解決了兵民未分、賦役無定法及國兵奧魯的騷擾等問題，社會生產得到較快的恢復和發展。「眞定路之南門曰陽和……左右挾二瓦市，優肆倡門，酒爐茶灶，豪商大賈，並集於此。大抵眞定極爲繁麗者。」（納新《河朔訪古記》卷上）從時人的這些實錄中不難看出，相對於金元之際北方廣大地區生產力所受到的巨大破壞，眞定地區可稱得上是一塊沙漠中的綠洲。

眞定世侯史天澤父子還是具有較高文學修養的人。天澤本人是散曲作家，《錄鬼簿》列爲「前輩已死名公，有樂府行於世者」；其子史樟即史九散仙，也曾撰寫過雜劇。他們都喜歡交納文人。相對安定的社會環境，當權者對文人寬容的態度，像一塊巨大的磁石吸引著眾多流寓失所的文人名士向眞定地區聚集，王若虛、元好問、白華、白樸父子就是其中聲名較著者。

《錄鬼簿》記載的前期眞定雜劇作家主要有白樸、李文蔚、尙仲賢、戴善甫、侯正卿、史樟、汪澤民等七人，此外還有大名李進取、陳寧甫，保定彭伯威，涿州王伯成，彰德趙文殷、鄭廷玉等人，他們共同構成了河北作家群。

李文蔚，曾任江州路瑞昌縣尹。白樸所作〈奪錦標〉詞，題爲「得友人王仲常、李文蔚書」，有句云：「夢裡封龍舊隱，經卷琴囊，酒尊詩筆。」此詞作於至元十七年（一二八〇），詞中「封龍」指封龍山，在眞定境內。據此可知他們年輕時是感情深篤、交往密切的朋友。李文蔚所撰雜劇共十二種，今存三種：《同樂院燕青博魚》、《張子房圯橋進履》、《破苻堅蔣神靈應》。

李文蔚存世的《燕青博魚》和佚作《燕青射雁》，是元雜劇中僅有的兩部寫燕青故事的戲。燕青是《水滸傳》描寫的梁山泊一百零八個好漢之一。作爲《水滸傳》成書之前在民間流傳階段的一環，此劇與高文秀的《黑旋風雙獻功》、康進之的《李逵負荊》等劇一樣，具有珍貴的文獻價值。劇寫梁山好漢燕青，因違誤軍令被宋江趕下山去，以販魚爲生，結識了燕和、燕順兄弟。燕和之妻王臘梅與楊衙內通姦，被燕青發現，與燕和同來捉姦。楊衙內倉皇逃走後，反將燕青、燕和捉拿，下在死囚牢中。後來他們在燕順的幫助下脫險，並將楊衙內、王臘梅拿獲，押上梁山處死。此劇的情節雖然爲後來《水滸傳》所無，但劇本對權豪勢要橫行無法的揭露和對梁山英雄抗暴除害反抗精神的歌頌，與《水滸傳》是一脈相通的。此劇曲文本色質樸，如第一折燕青所唱〈燕過南樓〉曲：

> 我是一個混海龍摧鱗去甲，我是一個爬山虎也羅奈削爪敲牙。往常時我習武藝學兵法，到如今半等也不納。則我這拿雲手怕不待尋覓那等瞎生涯，我能舞劍偏不能疙查查敲象板，會輪槍偏不會支楞楞撥琵琶，著甚度年華。

將一位失路英雄悲憤無奈的心情刻畫得相當生動貼切。孟稱舜評此劇文辭「固非名手不辦」。唯劇本頭緒較繁，人物雜出，脈絡欠連貫。

尚仲賢，曾任江浙省務提舉，後棄官歸去。所作雜劇十種，今存三種：《洞庭湖柳毅傳書》、《漢高祖濯足氣英布》、《尉遲恭三奪槊》。而以《柳毅傳書》最爲著名。

《柳毅傳書》本自唐人傳奇〈柳毅傳〉。這一故事在宋元時期流行頗盛[12]，但只有此劇完整保存了下來。劇寫洞庭龍君之女三娘，婚後備受丈夫涇河小龍虐待，被罰往水邊牧羊。落第書生柳毅路經此處，對龍女的遭遇深表同情，遂爲她傳書報訊。她的叔叔錢塘火龍聞訊大怒，率領水卒打敗了涇河小龍，救回三娘。後柳毅與三娘結爲夫妻。

此劇雖然塗抹了一層濃厚的神話色彩，但折射出的仍然是現實人間社會的圖景。在封建時代，夫權是捆縛婦女的一條粗大的繩索，造成了無數婦女的悲慘命運。此劇反映的就是這一現實問題。「他鷹指爪，蟒身軀；忒躁暴，太粗疏。但言語，便喧呼；這琴瑟，怎和睦。可曾有半點兒雨雲期，敢只是一剗的雷霆怒。」三娘的這些悲怨凄慘的訴說，使我們看到了在夫權壓迫下的婦女飽受摧殘的身影。柳毅是一個至誠書生的形象。他見義勇爲，不辭勞苦，救助受丈夫逼害的無辜婦女，體現了中國人民富有同情心的傳統美德。他和三娘人神結合的愛情，符合廣大觀眾的願望，又具有浪漫色彩，這是此劇廣受歡迎的重要原因。

此劇文辭本色而秀麗，關目緊湊而熱鬧，波瀾迭起，境界闊大。第二折錢塘火龍與涇河小龍大戰的場景，由正旦扮電母，以向涇河老龍報告戰況的形式用曲、白結合說唱出來，明顯帶有說唱文學向戲曲過渡的痕跡。

戴善甫，一作善夫，曾任江浙行省務官。與尚仲賢既是同里，又是同僚，關係密切。所撰雜劇四種，今僅存《陶學士醉寫風光好》一種。

《風光好》男主人公陶穀史有其人，其故事則出於《南唐近事》、《玉壺清話》等宋人筆記。劇寫宋初陶穀奉命出使南唐，意圖說降。南唐丞相宋齊丘令韓熙載設宴款待，席中派妓女秦弱蘭對陶進行誘惑。陶正色拒絕，回旅舍後卻題「獨眠孤館」隱語於壁上。韓熙載等偵知後，又派弱蘭化裝成驛卒之婦勾引陶谷，陶果然中計，並題〈風光好〉詞贈與弱蘭。宋齊丘再次設宴，命弱蘭當堂歌〈風光好〉詞，陶羞愧難當，遂棄官逃往吳越國，後與弱蘭成婚。此劇諷刺了陶穀假道學的面目，但沒有簡單地將他作爲一個反面人物來處理，而是力圖揭示在他身上人性的力量與道學要求的對立，靈與肉的搏鬥，讓人性力量的輕易取勝來突顯道學的虛僞和不堪一擊，具有鮮明的市民文學的特色。劇本構思巧妙，意趣盎然，文辭天然本色，是元劇中較優秀的諷刺喜劇。

鄭廷玉，著有雜劇二十三種，今存《楚昭王疏者下船》、《布袋和尚忍字記》、《宋上皇御斷金鳳釵》、《包待制智勘後庭花》、《崔府君斷冤家債主》、《看錢奴買冤家債主》等六種。

鄭廷玉的現存劇作中既有歷史題材，也有公案、神仙道化、社會倫理等題材，呈現出眼界闊大、題材多樣化的特點。與此相應的，是他的劇作思想內容亦較爲複雜。其中既有對元代社會黑暗腐朽現象的深刻揭露和批判，又有對封建倫理道德、佛道消極觀念的露骨的宣揚和禮讚，兩者交織，瑕瑜互見。其中寫得較好的是《看錢奴》一劇。

《看錢奴》取材於晉干寶《搜神記》中的「張車子」故事。劇寫秀才周榮祖上京應舉，將家財埋在地下。窮漢賈仁在佛前祈福，因周榮祖的父親曾對佛不敬，故神靈遂將周家財富借與賈仁二十年。賈仁到周家掘到寶藏，變爲大財主，周榮祖則淪爲窮人。周榮祖飢寒交迫，無奈將兒子賣給賈仁。賈仁慳吝成性，做了二十年的「看錢奴」，死後財產仍歸了周家。

這個劇的主旨是藉周、賈二人的榮枯轉換，宣揚貧富天定，因果報應的思想，消極的一面是顯而易見的。但其中用漫畫手法塗抹守財奴的形象，把財主貪婪慳吝的心理和僞善狡詐的手段刻畫得入木三分，又有著明顯的積極因素。像第二折的賈仁買子，他連別人出賣親子的錢都要賴掉，連替他做中人的門館先生都要叫他賠錢，爲了攫取財富眞是到了滅絕人性的地步。在第三折，作者用誇張的手法，敷演出買鴨搵油、狗舔指頭、馬槽發送、借斧斷屍等喜劇性場面，刻骨入髓地揭示了一個守財奴損人利己的本性和貪婪慳吝的心理。

賈仁這一守財奴的形象，概括了剝削階級裡許多人物的共同特徵，具有很高的典型意義。我們從明代徐復祚的雜劇《一文錢》中的盧至、清代吳敬梓的《儒林外史》中的嚴貢生等吝嗇鬼形象身上，可以看到此劇的深遠影響。

第三節　山東作家群的雜劇創作

・東平相對安定的社會環境、良好的文化環境、豐厚的民間演劇傳統　・水滸戲創作的中心
・康進之與《李逵負荊》、高文秀與《雙獻功》　・李好古與《張生煮海》　・武漢臣與《老生兒》

山東作家群以東平人數居多，同時也包括濟南、棣州、益都等地的作家。元初的東平行臺轄境甚廣，今天山東省的濟寧、兗州、泰安、德州等地區均包括在這一範圍內。東平能夠成爲前期雜劇創作的活躍之地，其情形與眞定十分相似。在金末元初這一歷史階段，東平在漢人世侯嚴實、嚴忠濟父子轄領之下。他們比較注意轄區內社會的穩定，採取了一些發展生產，涵養民力的政策，故在一定程度上制約了蒙古遊牧民族對中原地區的直接破壞，保持了轄區內社會的相對安定繁榮。馬可波羅在元統一之初曾到過東平，他曾描述東平是「一座雄偉壯麗的大城市，商品與製造品十分豐盛」，「有一條深水大河流過城南……大河上千帆競發，舟楫如織」⓭。證以史籍，馬可波羅的描述大致上是準確的。如劉一清《錢塘遺事》記載，南宋太后等降元後北上，路過東平，曾說：「此處風俗甚好，商旅輻輳，絹、綿價極賤，一路經過，唯此爲最。」

嚴氏父子還重視文治，喜延攬人才，「四方之士聞風而至，故東平一時人材多於他鎮」（《元史・宋子貞傳》）。如元好問、杜仁傑、胡祗遹、王磐、楊奐、商挺等著名文人，都曾寓居東平。又據元好問《東平府新學記》，嚴忠濟於憲宗二年（一二五二）重修府學，招諸生近百人。著名雜劇作家高文秀即爲府學生員。在那個斯文掃地、芹藻無光的時代，東平地區相對是文士的一方樂土。

東平的民間文藝活動也十分活躍。至元三年（一二六六），朝廷一次即「召用東平樂工凡四百一十二人」（《元史・禮樂志》），足見東平本地樂工人數的眾多。今存南戲《錯立身》的女主角王金榜，是早期東平散樂。所謂散樂，指的即是民間劇團和藝人。杜仁傑的《莊家不識勾欄》套曲，生動記錄了元代早期雜劇演出的實況，是研究雜劇史的珍貴史料。有研究者指出，套曲所描述的演劇場面，正是東平的實際情況⓮。

相對安定的社會環境，良好的文化氛圍，豐厚的民間演劇傳統，如陽光雨露滋養了東平雜劇藝術之花的茁壯開放。

據《錄鬼簿》記載，前期作家中東平籍的有高文秀、張時起、李好古、顧仲清、張壽卿等五人。另外，還有濟南的武漢臣、岳伯川，棣州的康進之，益都的王廷秀等，他們構成了山東作家群。

談山東作家群，不能不首先提到他們的水滸戲創作。在全部元雜劇存目的大約三十種水滸戲中，屬山東作家群的就有十種之多，其中康進之二種，高文秀八種。從流傳至今的作品來看，山東作家群不僅創作水滸戲的數量多，思想藝術成就也是最高的。山東作家群的這一創作特色顯然和「地利」有關，宋代宋江領導的農民起義根據地梁山泊就在東平地區，當地廣泛流傳著義軍的故事，因而爲作家進一步加工創造提供了一個較好的基礎。

康進之所作雜劇兩種：《梁山泊黑旋風負荊》、《黑旋風老收心》，均爲水滸戲，今存前一種。高文秀，《錄鬼簿》記他是「東平府學生員，早卒。都下人號小漢卿」。可知他大約活動於元初，年齡應小於關漢卿。所作雜劇三十二種，今存五種：《黑旋風雙獻功》、《好酒趙元遇上皇》、《劉玄德獨赴襄陽會》、《須賈大夫誶范叔》、《保成公徑赴澠池會》。值得注意的是，高文秀所作三十二種雜劇中，水滸戲就有八種，可說是元代寫水滸戲最多的作家。存世之作《黑旋風雙獻功》與康進之的《梁山泊黑旋風負荊》，堪稱元代水滸戲的雙璧。

《梁山泊黑旋風負荊》，簡稱《李逵負荊》。劇寫杏花村酒店東主王林之女滿堂嬌，被假冒宋江、魯智深的賊人宋剛、魯智恩搶走。李逵聞知後怒不可遏，上山寨嚴斥宋、魯二人，大鬧聚義堂。宋江偕魯智深、李逵下山對質，眞相大白。李逵深悔魯莽，向宋江負荊請罪，最後擒住賊人，使王林父女團圓。

此劇成功地塑造了李逵這個農民英雄的生動形象。劇作一開始，就以細膩抒情的筆調，描寫李逵對梁山風光的讚美：「和風漸起，暮雨初收。俺則見楊柳半藏沽酒市，桃花深映釣魚舟。更和這碧粼粼春水波紋縐，有往來社燕，遠近沙鷗。」眞是一派世外桃源的景象。李逵心目中梁山優美純淨的景致，乃是梁山正義純潔的起義事業的物化，從他對梁山景致的讚美，透露出來的正是他對梁山事業的無比熱愛。正是基於這種樸素的感情，他不允許任何人，哪怕是他最敬重的宋江哥哥玷汙它。因此，當他得知宋江、魯智深做了有違梁山事業宗旨的事情，便本能地衝上山去，怒斥宋、魯二人，並欲砍倒象徵正義的杏黃旗。這一舉動，充分展示了李逵視梁山事業爲生命，愛恨分明，嫉惡如仇，同時又頗粗魯莽撞的性格。下山對質的情節，寫李逵對宋、魯二人抱有成見，對他們的種種猜疑和防備，從而刻畫了他戇直、天眞又不無小聰明的可愛性格。眞相大白後的負荊請罪，則寫出了李逵豁達的胸懷和勇於認錯的品質。總之，劇作多角度地展示了李逵的性格和豐富的內心世界，血肉飽滿，氣足神完，極富感染力。

此劇的另一特色是喜劇手法的成功運用。李逵和宋江的矛盾是劇本的主要矛盾，它是由誤會產生的。誤會本身是虛假的，而誤會所以產生的緣由卻是嚴肅的，因而從誤會中自然而然生發出一系列喜劇性情節。如李逵上山問罪，從旁敲側擊到正面衝突，從揮斧砍旗到堂前賭賽，自以爲眞理在握，步步進逼，氣沖牛斗。而李逵越是煞有介事，就越顯得滑稽可笑。在下山對質途中，李逵對宋江行走的快慢，總能找出他認爲合理的解釋，使誤會由於錯覺而進一步加深。宋江由於胸有成竹，不僅不計較李逵的無禮，反而不時對他進行挑逗。這種從人物性格出發的誤會性衝突，使此劇充溢著濃郁的喜劇氣氛，同時也深化了人物的性格。

高文秀的《黑旋風雙獻功》，簡名《雙獻功》，又作《雙獻頭》。劇寫李逵奉宋江之命保護孫榮赴泰安進香。孫榮之妻郭念兒與白衙內有私情，白衙內遂將孫榮陷害入獄。李逵入監探視，巧救孫榮出獄，並放走滿牢囚犯。最後李逵殺死白衙內、郭念兒，攜人頭回梁山獻功。

水滸故事中的李逵本是個粗豪莽撞的人物，此劇也基本保持了這一性格特徵。例如他殺了白衙內之後，蘸著鮮血在牆上大書：「是宋江手下第十三個頭領黑旋風李逵殺了白衙內來。」活脫脫一個敢作敢爲豪氣干雲的草莽英雄形象。然而，此劇的特色主要表現在，作者以濃彩重墨突出刻畫了李逵性格中細心機敏的一面，給人以別開生面之感。例如第三折，一向快人快語，動不動抄起板斧就砍的李逵卻表現得十分精細，他裝傻扮痴，捉弄牢卒，巧妙地用蒙汗藥將其麻翻，結果無須動刀動槍，成功地救出了孫榮和滿牢囚人。粗莽與精細，本來是兩種相反的性格，但高文秀卻能將它們和諧地統一在李逵身上，從而顯示了人物性格刻畫上的豐富性和多樣性。此劇關目緊湊，曲白質樸自然，切合人物身分又富有生活氣息。高文秀顯然是位熟諳舞臺演出三昧的當行作家。他被時人稱爲「小漢卿」，並非過譽。

在山東作家群中，李好古和武漢臣的創作也較有特色。李好古[15]，撰雜劇三種，今存《沙門島張生煮海》一種。此劇與尚仲賢的《柳毅傳書》一樣，寫的是一出人神相愛的故事，富有神話色彩，但它所反映的實是人世間男女青年爭取婚姻自由的鬥爭。女主角龍女瓊蓮的唱詞：「普天下曠夫怨女便休教間阻，至誠的一個個皆如所欲」，點明了此劇的主旨，它與《西廂記》「願普天下有情的都成了眷屬」的要求可謂如出一轍。男主角張羽的形象似比《西廂記》的張珙更有所發展。張珙在愛情受到阻隔之後，長吁短歎，表現出書生軟弱無能的一面；張羽則大膽抗爭，用仙姑所贈的銀鍋等法寶煮得大海沸騰，迫使龍王做出讓步。龍王顯然是封建家長的化身，張羽以自己的主動鬥爭贏得了勝利，這一情節，對現實生活中的青年們無疑是一個巨大的鼓舞。此劇曲辭清雋優雅，但關目情節稍嫌冗雜。劇末東華仙度脫張羽、瓊蓮同升仙班的描寫，落入神仙道化劇的窠臼，在一定程度上削弱了此劇的思想意義。

武漢臣，濟南人。著有雜劇十種，今存《散家財天賜老生兒》、《包待制智賺生金閣》兩種[16]，以前一種較有特色。

《老生兒》是一齣社會倫理劇。它表現的是一個財主家庭圍繞子嗣及繼承權所引發的糾紛，展示了以血緣區分親疏遠近的封建家庭成員間複雜而微妙的關係，讓人們透過封建倫理道德觀念罩在家庭關係上的溫情脈脈的面紗，看到了其眞實的一面，極具認識價值。劇作刻畫人物眞切自然。像主人公劉從善盼子心切，平日最怕人罵「絕戶的劉員外」。當他得知侍婢小梅有了身孕時，「頻頻的加額，落可便暗暗的傷懷」。把一個財主對家世無人繼承的恐懼與悲哀，以及對得子的期盼和喜悅等複雜的內心活動，表現得細膩眞實，生動傳神。劇作語言生動，曲白相生，尤以賓白的樸質本色而爲後世人們所讚賞。

第四節 山西作家群的雜劇創作

・平陽顯要的地理位置和良好的社會文化氛圍　・石君寶與《秋胡戲妻》、《曲江池》
・李潛夫與《灰欄記》　・吳昌齡與《西天取經》

山西作家群居於平陽（今山西臨汾地區），兼及太原、大同等地區。平陽爲晉南政治、軍事重鎮，「東連上黨，西略黃河，南通汴洛，北阻晉陽……所以制關中之肘腋，臨河南之肩背」（顧祖禹《讀史方輿紀要》），地理位置十分顯要。在蒙古滅金過程中，這一地區也曾遭受戰火波及。但據《元史・地理志》記載，元初平陽地區已有人口二十七萬餘人，是僅次於大都的人口最多的地區。元太宗八年（一二三六），「耶律楚材請立編修所於燕京、經籍所於平陽，編集經史」（《元史・太宗本紀》）。元世祖中統二年（一二六一），曾詔令「鳳翔府種田戶隸平陽兵籍，毋令出征，務耕屯以給軍餉」（《元史・世祖本紀》）。以上材料顯示，平陽乃是元初經濟較快得到恢復、社會較爲穩定和繁榮的地區。

平陽地區有著民間藝術的深厚傳統。宋金時期盛行於民間的說唱藝術諸宮調，其發源地就在這一地區。宋王灼《碧雞漫志》卷二云：「澤州孔三傳者，首創諸宮調古傳，士大夫皆能誦之。」北宋時的澤州，即屬金代的平陽府。而諸宮調對雜劇的形成所起的重要作用，早已被元劇研究家肯定。近年來，在這一地區陸續發現了大批宋金元時期的戲曲文物，如舞臺、戲雕和壁畫等，說明這裡的戲曲演出活動十分活躍，不局限於城鎮的勾欄瓦舍，而且深入廣大的農村、鄉鎮。在這種良好的社會、文化氛圍孕育下，平陽成爲元代雜劇創作繁榮的地區，是題中應有之義。

據《錄鬼簿》記載，前期雜劇作家中平陽籍的有六人：石君寶、于伯淵、趙公輔、狄君厚、孔文卿、李潛夫；太原籍兩人：李壽卿、劉唐卿；大同籍一人：吳昌齡。他們構成了山西作家群。其中以石君寶、李潛夫、吳昌齡等人的創作較有特色。

石君寶，著雜劇十種，今存三種：《魯大夫秋胡戲妻》、《李亞仙花酒曲江池》、《諸宮調風月紫雲亭》。其中《紫雲亭》只有元刊本，賓白不全，難以窺其全貌。

《秋胡戲妻》的故事源自漢代劉向《列女傳》，唐代則有《秋胡變文》，可見是個流傳頗廣的民間故事。石君寶在這一基礎上，對這個故事做了進一步加工改造，成功地塑造了勤勞、善良，具有堅貞的操守和頑強的反抗精神的勞動婦女羅梅英的藝術形象。

羅梅英的思想性格，主要是通過兩場尖銳的戲劇衝突突顯出來的。一是反抗李大戶的逼婚。梅英與丈夫秋胡新婚只三日，秋胡就被勾去當兵，一去十年，杳無音訊。梅英在家侍奉多病的婆婆，採桑養蠶，擔水賣漿，日子過得十分艱難。財主李大戶利用財勢，串通梅英娘家父母，欲圖娶她爲妻。在富貴與貧窮兩種截然不同的選擇面前，梅英表現得十分剛烈，她搶白了父母，打走了李大戶，表現出堅貞不屈、視富貴如糞土的崇高品德，同時也爲她後來與秋胡的鬥爭做了有力的鋪墊。戲的高潮出現在第三折。秋胡做了高官，衣錦還鄉，在桑園巧遇梅英。由於兩人分別時間太久，彼此已不認得。秋胡見梅英長得標致，竟無恥地加以調戲，並以黃金爲誘餌。這自然遭到梅英的嚴詞拒絕。尤爲難能可貴的是，當梅英弄清眞相後，儘管秋胡是她日思夜想了十年的丈夫，儘管秋胡此時做了高官，並給她帶來了金冠霞帔，她也絕不原諒秋胡的醜行，向他索要休書，誓與他一刀兩斷。這就把一個自尊自重，富貴不能淫、威武不能屈的勞動婦女形象鮮明生動地刻畫了出來。

此劇曲詞本色潑辣，與人物思想性格十分吻合。如梅英嚴詞痛斥秋胡的唱詞：「〔三煞〕你瞅我一瞅，黥了你那額顱；扯我一扯，削了你那手足；你湯我一湯，拷了你那腰截骨；掐我一掐，我著你三千里外該流遞；摟我一摟，我著你十字階頭便上木驢。哎！吃萬剮的遭刑律！我又不曾掀了你家墳墓，我又不曾殺了你家眷屬。」排比的句式，如串串響雷，使梅英憤激的感情得到充分宣泄。

《曲江池》演妓女李亞仙與書生鄭元和的愛情故事。這個故事產生於唐代，原名《一枝花》。著名詩人白居易和元稹曾聽藝人說唱這個故事，三個多時辰還沒有說完，可見它內容的豐富。後來白行簡將它改寫成傳奇《李娃傳》。宋以後又被改爲話本、唱本流傳。

《曲江池》無論是思想性還是藝術性都比《李娃傳》大大提高了一步。作者刪去了李娃參與鴇母用欺騙手段趕走鄭元和的情節，改成她和鴇母展開了針鋒相對的鬥爭，以維護自己的愛情幸福。她說：「常言道：娘慈悲，女孝順；你不仁，我生忿。」這就把封建家長對子女的統治改變爲對等的關係，使李亞仙的藝術形象更顯得完美。看來，塑造性格剛烈、敢於鬥爭的下層婦女形象，正是石君寶劇作的一個突出特點。劇本還揭露了鄭父的虛僞凶殘，鴇母的勢利狠毒，暴露了封建社會種種黑暗現象。但最後仍以父子相認、一門團聚的方式結束，尙未擺脫《李娃傳》的影響，從而弱化了作品反封建的主題。

李潛夫，字行道，一作行甫，絳州（今山西新絳）人。絳州元代屬平陽路。《錄鬼簿》賈仲明弔詞說李潛夫爲「絳州高隱」，過著「養素讀書門鎖掩」、「恬淡齏鹽」的隱士生活。有《包待制智賺灰欄記》雜劇一種傳於世。

《灰欄記》是一齣公案劇。劇作對元代吏治的腐敗，恃強淩弱、欺詐澆薄的社會風氣，以及下層婦女苦難的生活境況均有所反映，有一定現實意義。但此劇最爲人稱道的還是包拯斷案的情節。針對兩個婦人共爭一個孩子的棘手案件，包拯並沒有按常規靠偵查掌握人證物證去破案，而是根據母親愛子的心理，巧設灰欄計，把小孩放在用白粉畫成的圓圈（灰欄）中，讓兩個婦人同時用力把孩子拉出欄外，並聲言：「若是孩兒是他親養的孩兒，便拽得出來；不是他親養的孩兒，便拽不出來。」結果孩子親生母親因怕孩子皮肉受苦而不忍用力，孩子被假母親拽出。包拯卻由此斷定拽不出孩子的是親生母親。這一故事不落俗套，充分表現了包拯的智慧，也使得劇情懸念叢生，波瀾起伏，有很強的戲劇性。

這類審判二母奪一子的故事，早在漢代應劭《風俗通義》中就有類似記載。另外，同類故事在古代東西方國家如印度、希臘、羅馬等也有流傳。《舊約》中所羅門王以劍判爭兒案也與此相類似，所以這個戲較受國外觀眾的歡迎，早在十九世紀就被介紹到歐洲[17]。現代德國著名劇作家布萊希特還據此改編爲《高加索灰欄記》。

吳昌齡，西京（今山西大同）人，延祐年間曾任徽州路婺源知州。著雜劇十一種，今存《花間四友東坡夢》、《張天師夜祭辰鉤月》二種，另《唐三藏西天取經》有兩折殘曲存於明止雲居士編《萬壑清音》中。

吳昌齡的創作成就並不算太高，他爲後世所推重，主要因爲他是元代寫西遊戲最多的作家，著有西遊故事雜劇三種：《哪吒太子眼睛記》、《鬼子母揭鉢記》和《唐三藏西天取經》，遺憾的是前兩種未能保存下來。從現存《西天取經》的兩個殘折，我們得以窺見《西遊記》小說成書之前取經故事在民間流行的情況。另外，吳氏的作品中還保留了一些宋元習俗。如宋元說話有「說參請」一類。吳自牧《夢粱錄》謂：「說參請者，謂賓主參禪悟道等事。」可知其內容爲僧人師徒之間或僧俗之間參禪悟道、問難鬥智。吳氏《東坡夢》雜劇所寫蘇東坡訪佛印的情節，完整地保留了一段說參請，這是研究宋元說話藝術的寶貴資料[18]。

注釋

❶前期作家五十六人的籍貫，除趙子祥一人不詳外，餘均為北方人。計有大都、東平、彰德、真定、西京、濟南、太原、平陽、益都、洛陽、保定、京兆、汴梁、涿州、大名、棣州、亳州、絳州等。

❷例如白樸，祖籍山西，生於汴梁，早期寓居真定，並曾來往於河南、燕京等地。其《天籟集》中有〈滿江紅〉〈庚戌別燕京〉詞可證。

❸此條見天一閣本《錄鬼簿》。

❹元淮《金囦集》有為王直卿所作詩，序云：「己丑春，廉五總管李壽卿公出溧陽，酒邊，稱頌尚書省掾王直卿父母在堂，齊年八十，此乃人之罕有者。」侯克中《艮齋詩集》有〈王同知直卿父母均年八十五……李提舉壽卿索賦〉詩。元淮詩作於至元己丑（一二八九），侯克中詩作於此後五年，即至元甲午（一二九四），據此可間接考知紀君祥活動年代。

❺宋神宗元豐四年（一〇八一）封程嬰為成信侯，公孫杵臼為忠智侯。高宗紹興十六年（一一四六）封程嬰為忠節信成侯，公孫杵臼為英略公。寧宗慶元三年（一一九七）封程嬰為忠翼強濟公，公孫杵臼為忠果英略公。開禧元年（一二〇五）封程嬰為忠翼強濟孚佑廣利公，公孫杵臼為忠果英略孚應博濟公。詳見《宋會要輯稿》。

❻宋高宗趙構即位後，汪藻所上〈群臣上皇帝勸發第一表〉云：「輒慕周勃安劉之計，庶幾程嬰存趙之忠。」見《浮溪集》。

❼義大利詩人、劇作家麥塔斯塔西奧改編本劇，題為《中國英雄》，一七四八年出版。法國著名作家伏爾泰據本劇法譯本編寫了一部悲劇，名為《中國孤兒》，一七五五年出版。德國詩人歌德改編本劇，題為《埃爾佩諾》，有一七八三年版（殘本）。

❽元好問《遺山全集》卷九及李顯卿《寓庵集》卷二，均收有題贈石子章（璋）的詩篇，王國維《宋元戲曲考》、孫楷第《元曲家考略》據以考訂，石子章，名建中，柳城（今遼寧朝陽）人，與元好問、李顯卿等人同時，活動於金末元初。但此人是否與雜劇作家石子章為一人，尚待考。

❾據元黃溍《金華黃先生文集》卷二六〈集賢大學士榮祿大夫史公神道碑〉，王仲文曾為史惟良（一二七三—一三四七）的業師，金代曾中進士。但此人是否與雜劇家王仲文為一人，未成定論。

❿《錄鬼簿》記鄭廷玉為彰德人。按彰德（今河南安陽）原屬中書省燕南河北道，元憲宗二年（一二五二），以彰德為散府，屬真定路。

❶《石湖詩集》卷十二〈真定舞〉詩小序。

⓬《柳毅傳書》故事見於宋代文人著作的有：郎曄《經進東坡文集事略》卷一〈洞庭春色賦〉注、胡稚《箋注簡齋詩集》卷十八〈遊南漳同孫信道〉詩注引《洞庭靈姻傳》；另周密《武林舊事》錄宋雜劇目有《柳毅大聖樂》、徐渭《南詞敘錄》載宋元南戲目有《柳毅洞庭龍女》。

⓭《馬可波羅遊記》，福建科學技術出版社一九八一年版，第一六二頁。

⓮見王志民〈元雜劇活動中心之一——東平府〉，《東嶽論叢》一九八五年第六期；李國平《元雜劇發展史》，臺北文津出版社一九九三年版，第一四九頁。

⓯曹楝亭本《錄鬼簿》謂李好古為「保定人」，「或云西平人」。此據天一閣本。

⓰臧晉叔《元曲選》載《李素蘭風月玉壺春》，署武漢臣撰。據明無名氏《錄鬼簿續編》，此劇為賈仲明撰。

⓱朱利安翻譯的法文譯本《灰欄記》，一八三二年由倫敦東方翻譯基金會出版。E·W·達豐塞薩翻譯的《灰欄記》，一八八七年由布魯斯勞特雷文特出版社出版。

⓲參見李春祥《元雜劇史稿》，河南大學出版社一九八九年版。

第六章　南方戲劇圈的雜劇創作

元世祖至元十三年（一二七六），元軍揮師江南，占領南宋都城臨安（今杭州），在杭州設立兩浙都督府，至元十五年（一二七八）改杭州路總管。至元二十一年（一二八四）立江浙行省，以杭州爲省治。這期間，北人大批南下，來到這片新征服的土地。據《元史・崔彧傳》載，到至元二十年（一二八三），南流的人口便已達到十五萬戶，超過當時北方總戶數的十分之一❶。而且有元一代，北方人口南流的趨勢一直不曾停止。在繁華的南宋都城杭州，北來的人口熙來攘往。陳旅在〈送揚州張教授還汴梁〉一詩中說道：「莫向春風動歸興，杭人半是汴梁人。」（《安雅堂集》卷一）

興盛於北方的雜劇藝術，也伴隨南征的大軍和南徙的人口，來到了南方。富庶的江南，爲雜劇生長提供了肥沃的土壤，吸引了大批北方雜劇作家和藝人。在北方享有盛名的雜劇作家如關漢卿、馬致遠、白樸、尚仲賢、李文蔚、戴善夫、侯正卿等人紛至沓來，或遊歷，或卜居，或出仕，繼續著他們的雜劇活動。大都著名雜劇演員如珠簾秀等，也輾轉來到揚州、杭州等地演出。曲家詩人如胡祗遹、王惲、徐琰、鮮于樞、侯克中、盧摯等也來到南方，並且和劇作家、藝人連繫密切。一時間星河燦爛，名家匯聚，雜劇的重心遂向以杭州爲中心的南方戲劇圈轉移。

第一節　雜劇的南移與衰落

・雜劇的南移　・以杭州爲中心的創作圈　・雜劇的衰落　・體制的局限

雜劇的南移路線，主要是沿著大運河和長江水路。除杭州外，揚州、建康（南京）、平江（蘇州）、松江（今屬上海）等江南名城，也是雜劇薈萃之地。當時，南征的大軍和南徙的人口，構成了第一批雜劇觀眾。雜劇以其融說唱、歌舞、表演於一體的藝術形式和慨慷勁切的音樂聲腔，使南方人耳目一新。另一方面，北宋時杭州已爲東南第一州，到南宋，定都於杭州，大批北京官員，豪紳移居於此，人口流動和政治等因素，促進了南北語言的匯集，形成了獨特的「官話」系統，因此，土生土長的南方居民對中原音韻也不生疏。這使得以北方語言爲依託的雜劇，很快就爲杭州觀眾所接受和喜愛。杭州眾多的勾欄瓦舍，轉眼成爲北雜劇的演出場所。良好的條件和機會，反過來更吸引大批雜劇作家和戲班源源南下，尋求發展。所以，元初雜劇迅速在南方扎下深根，杭州和大都（北京），分別成爲南方和北方戲劇圈的活動中心，它們彼此呼應，交相輝映，迎來了元代雜劇的鼎盛時期。

南方戲劇圈的雜劇活動，大致可以分爲三個發展階段。第一階段是從元世祖至元十三年（一二七六）至大德（一二九七—一三〇七）年間。這期間雜劇初入南方，擅風騷者是在北方已經享有盛名的作家。他們帶來了已在北方流傳的名劇，還繼續寫作新篇。像身爲「雜劇班頭」的關漢卿，在《望江亭》雜劇中插入了南戲片段，表明了這部喜劇極有可能作於南方❷。再如馬致遠、尚仲賢、戴善夫等，均出任過江浙行省務官，他們的許多雜劇作品，正是在南方撰寫並在南方流傳的。這一批雜劇名家，繼續保持著北方雜劇初興時期那種生氣勃勃的精神，以關懷現實的充沛感情，爲雜劇贏得南方觀眾的喜愛奠定了基礎。第二階段爲元武宗至大（一三〇八—一三一一）到元文宗天曆（一三二八—一三三〇）至順（一三三一—一三三二）年間。這時，關漢卿等雜劇名家陸續退出舞臺，代領風騷的是鄭光祖、喬吉、宮大用、秦簡夫等人，他們雖然來自北方，但主要創作活動是在南方。同時，南方籍雜劇作家如金仁傑、楊梓、朱凱、沈和、范康、王曄、屈子敬、鮑天佑等也嶄露頭角，成爲雜劇創作的生力軍。這期間，雜劇及散曲已被奉爲「樂府」正宗，如江西周德清撰寫了總結北曲音韻的《中原音韻》，而祖籍大梁、久住杭州的鍾嗣成，則撰寫了記述雜劇作家作品的《錄鬼簿》，開始了對雜劇的總結與評論。人們對理論和經驗的探索，也表明雜劇活動進入了一個新的時期。就雜劇創作而言，這一時期的作品明顯體現出南方的人文色彩，曲家實際上是把雜劇當作一種文學體裁來寫作的，所以注重文詞，創作風格趨向典雅，創作題材多爲文人韻事和仙道隱逸；宣揚倫理的題旨日益加強，而積極的抗爭精神日漸消退。原先「本色」與「當行」並重的做法，轉爲側重詞藻的華美，而劇作的舞臺性則有所忽視；就某些劇本的單折而言，雖不乏佳篇，可做詩讀，但從整本來看則缺乏佳構，不太適於場上演出。這便爲雜劇的衰落種下基因。一旦時勢變遷，文人參與減少，雜劇創作便出現危機。第三個階段，爲元順帝朝（一三三一—一三六八）到明初，這一時期，在北方戲劇圈，雜劇創作日見沉寂，而處於南方戲劇圈的雜劇，也是萎靡不振。於是，雜劇便走向衰落了。

雜劇衰落的原因是多方面的❸。其中，體制上的缺陷，是導致它日益衰微的重要原因。它由一人主唱的形式，明顯地有著說唱文學的痕跡，這固然可以使主角盡情發揮，能較透澈地揭示人物的內心世界，但其他角色只能作爲陪襯，必然限制了舞臺表現力，不利於充分展示生活的矛盾。同時，一本四折，篇幅短小，也限制了作家的發揮。其第四折多成強弩之末。相比之下，南戲在體制上較雜劇更合於戲劇的本質。當南戲吸取了雜劇的優點，由粗轉精，也就贏得了觀眾的喜愛。隨著《琵琶記》和《拜月亭記》等作品的出現，南戲這個綜合了雜劇體制所長，又能揚棄其所短的劇種，便日漸壓倒雜劇，成爲劇壇的主流。

第二節　鄭光祖

・《倩女離魂》・《王粲登樓》・《㑳梅香》

活躍在南方戲劇圈的雜劇作家中，成就最爲突出的是鄭光祖。

鄭光祖，字德輝，平陽襄陵（今山西臨汾）人。生於元世祖至元初年。《錄鬼簿》說他「以儒補杭州路吏。爲人方直，不妄與人交。名香天下，聲振閨閣，伶倫輩稱鄭老先生」。平陽地區雜劇活動頻繁，鄭光祖從小受到戲劇藝術的薰陶，青年時期置身於雜劇活動，享有聲譽。但他的活動主要在南方，成爲南方戲劇圈中的巨擘。元周德清在《中原音韻》中激賞鄭光祖的文辭，將他與關、馬、白並列。約於泰定元年（一三二四）前後，鄭光祖卒於杭州。他一生寫過雜劇十八種，今存《倩女離魂》、《㑳梅香》、《王粲登樓》、《周公攝政》、《伊尹扶湯》等八種。元雜劇作家用同一題材作劇，後出者稱爲「次本」。鄭光祖的劇作即大都係翻用前人舊作而爲次本。

《倩女離魂》是鄭光祖的代表作。本事出於唐代陳玄祐的傳奇小說《離魂記》。宋代人改編爲話本，金代人則編爲諸宮調。元雜劇初期作家趙公輔有同名劇本。鄭光祖的《倩女離魂》雜劇當是參照趙作及有關說唱材料改編而成的。劇本寫張倩女與王文舉係指腹爲婚，王文舉長大後，應試途經張家，欲申舊約。倩女的母親嫌文舉功名未就，不許二人成婚。文舉無奈，只得獨自上京應試。倩女憂思成疾，臥病在床，她的魂靈悠然離體，追趕文舉，一同赴京，相伴多年。文舉狀元及第，衣錦還鄉，攜倩女回到張家。當眾人疑慮之際，倩女魂魄與病軀重合爲一，遂歡宴成婚。

這是一個富於浪漫色彩的愛情故事。鄭光祖以優美的文筆，從兩個方面敘寫了女子在禮教抑制下精神的痛苦。一方面，倩女的魂魄，代表了女性對愛情婚姻的渴望與追求。倩女愛戀的是文舉本人，她不在乎有無功名，擔心的倒是文舉高中後別娶高門。在離魂的狀態下，她大膽衝破禮教觀念，與心上人私奔，遂了心願。另一方面，現實中倩女的軀體，則只能承受離愁別恨的熬煎，病體懨懨。當文舉中了狀元，寄信給張家，說「同小姐一時回家」時，病中的倩女以爲文舉另娶，悲慟欲絕。顯然，既渴求愛情婚姻，又面對禮教禁錮，這便是封建時代女性的眞實處境。她們唯有在非常的情況下，才能掙脫束縛，實現自己的理想。而一旦「靈魂出竅」，精神獲得自由，她們便表現得熱情似火，敢作敢爲。在這裡，離開軀體的倩女之魂，寄寓著掙脫禮教枷鎖的女性的心態；至於倩女在家中的病軀，那種幽怨悱惻，淒淒楚楚，正體現出禮教禁錮下廣大女性的百般無奈。劇中，鄭光祖讓離魂與軀體有不同表現，這一藝術處理，當給明代湯顯祖《牡丹亭》的創作以有益啓迪。

《倩女離魂》詞藻俊美，刻畫人物細緻入微。如第三折：

〔醉春風〕空服遍眩瞑藥不能痊，知他這腌臢病何日起，要好時直等的見他時，也只為這癥候因他上得、得。一會家縹緲呵忘了魂靈，一會家精細呵使著軀殼，一會家混沌呵不知天地。

〔迎仙客〕日長也愁更長，紅稀也信尤稀。春歸也奄然人未歸。我則道相別也數十年，我則道相隔著幾萬里。為數歸期，則那竹院裡刻遍琅玕翠。

王國維評說：「此種詞如彈丸脫手，後人無能爲役。」（《宋元戲曲考．元劇之文章》）

《㑳梅香》是一部模仿《西廂記》而作的愛情劇。演唐代裴度之女小蠻與白敏中的愛情故事，而主角則是婢女樊素，相當於《西廂記》中的紅娘。劇中小蠻與白敏中私期暗約，樊素傳書遞簡，最終有情人成了眷屬。戲中處處可見《西廂記》的影子，但又有所不同。這不僅表現在它將《西廂記》五本的內容壓縮於一本之中，還在於它只寫青年男女發乎情止乎禮，雖對愛情有所追求，卻又沒有逾越禮教倫理範圍。它磨去了《西廂記》那種反封建精神，只傳播傳統社會所允許的文人風流趣事。在戲裡，樊素唱詞、說白滿是之乎者也，引經據典，更多帶有文人氣息，而與婢女的身分不符。至於曲文雖也典雅工整，但稍嫌板滯。可以說，《㑳梅香》的出現，反映了傳統思想的惰力對南方作家創作的影響。

鄭光祖的《王粲登樓》據東漢王粲的〈登樓賦〉虛構而成。它的情節平淡，人物塑造一般，但曲文挺拔，頗具感人的力量。如第三折，作者寫王粲落魄荊州，登樓作賦，抒發了遊子飄零、懷才不遇的感情：

〔迎仙客〕雕簷外紅日低，畫棟畔彩雲飛。十二欄干、欄干在天外倚。我這裡望中原，思故里，不由我感歎酸嘶，越攪的我這一片鄉心碎。

〔紅繡鞋〕淚眼盼秋水長天遠際，歸心似落霞孤鶩齊飛。則我這裏陽僊客苦思歸。我這裡憑闌望，母親那裡倚門悲。爭奈我身貧歸未得。

〔普天樂〕楚天秋，山疊翠，對無窮景色，總是傷悲。好教我動旅懷，難成醉，枉了也壯志如虹英雄輩，都做助江天景物淒其。氣呵做了江風淅淅，愁呵做了江聲瀝瀝，淚呵彈做了江雨霏霏。

這幾支曲子意象開闊高遠，感情激越眞摯，堪與王粲〈登樓賦〉媲美。劇中王粲宣泄的怨憤，也正是作者客寓他鄉、沉抑下僚、終生不得志的感情吐露。它是元代由北方南下的文人漂泊未遇心境的寫照，所以特別易於引起失意文人的共鳴，容易受到人們的激賞。

第三節　喬吉與宮天挺

・《兩世姻緣》・才子佳人題材　・《范張雞黍》　・隱逸情調

喬吉（一二八〇？—一三四五）是南方戲劇圈中重要的雜劇作家和散曲名家。他字孟符，號笙鶴翁，又號惺惺道人。原籍山西太原，流寓杭州近四十年，足跡遍及江南各地。鍾嗣成在《錄鬼簿》中說他：「美姿容，善詞章，以威嚴自飭，人敬畏之。」又作弔詞云：「平生湖海少知音，幾曲宮商大用心。百年光景還爭甚？空贏得，雪鬢侵，跨仙禽，路繞雲深。」從中約略可見喬吉的爲人與處境。喬吉作劇十一種，今存三種：《兩世姻緣》、《揚州夢》、《金錢記》，都以才子佳人愛情故事爲題材，創作風格與鄭光祖相近，但語言更爲清麗，與所敘寫的愛情故事相得益彰。

喬吉的代表作是《兩世姻緣》。故事本於唐范攄的《雲溪友議》。寫書生韋皋與洛陽名妓韓玉簫相愛，被鴇母拆散，玉簫憂思成疾，懨懨而死。死後轉世爲荊襄節度使張延賞的義女。十八載後，韋皋得第出征吐蕃立下大功，班師途中拜訪張延賞，筵間與玉簫相見，憶及前世事，引起一番波折。後經皇帝爲媒，才了結了兩世姻緣。劇中男女雙方對愛情的追求熱烈而執著，生死不渝，奇情動人，並富有戲劇性。如第三折再世的玉簫與韋皋重會，而張延賞不知底裡，怪罪韋皋，爭執之間，幾乎刀兵相見，使情節跌宕起伏，奇趣橫生。曲辭也搖曳生姿，頗多麗詞佳句。如第二折寫玉簫對韋皋的思念：

〔集賢賓〕隔紗窗日高花弄影，聽何處囀流鶯。虛飄飄半衾幽夢，困騰騰一枕春酲。趁著那游絲兒，恰飛過竹塢桃溪，隨著這蝴蝶兒，又來到月榭風亭。覺來時倚著這翠雲十二屏，恍惚似墜露飛螢。多咱是寸腸千萬結，只落的長歎兩三聲。

〔尚京馬〕我覷不的雁行弦斷臥瑤箏，鳳鸞聲殘冷玉笙，獸面香銷閒翠鼎。門半掩，悄悄冥冥，斷腸人和淚夢初醒。

《金錢記》寫唐代大曆十才子之一的韓翃與京兆尹王輔之女柳眉兒的愛情糾葛。劇中以御賜金錢串作爲信物，貫穿全局。中間穿插詩人賀知章主媒，皇帝主婚，李太白宣旨等關目，表現了以「金榜題名」、「洞房花燭」爲人生美事的文人情趣。情節緊湊，環環相扣，曲折熱鬧，頗適於舞臺演出。

《揚州夢》演唐代詩人杜牧的故事。杜牧〈遣懷〉詩有句云：「十年一覺揚州夢，贏得青樓薄倖名。」劇本以此命意，牽合杜牧與名妓張好好的一段風流韻事，著意渲染。喬吉有〔折桂令〕散曲，自比杜牧：「文章杜牧風流，照夜花燈，載月蘭舟。老我江湖，少年談笑，薄倖名留。」可見劇本實即敘寫自身景況，投合了元代文人風流自賞的風氣。所以，賈仲明在〈凌波仙〉弔詞中說：「《金錢記》，《揚州夢》，振士林。」

宮天挺是南方戲劇圈中一個較有特色的雜劇作家，他字大用，原籍大名（今屬河北），宦居江南。《錄鬼簿》說他「歷學官，除釣臺書院山長。爲權豪所中，事獲辨明，亦不見用。卒於常州」。所作雜劇六種，今存《范張雞黍》、《七里灘》兩種❹。

《范張雞黍》根據《後漢書．范式傳》改編而成。寫國子監生范式、張劭憤恨權奸當道，絕意仕進，結爲生死之交。張劭死，范式千里送葬。太守第五倫慕其德，推薦爲官。劇本在歌頌朋友間眞摯情感的同時，激烈抨擊了仕途的黑暗。詞氣激烈，痛快淋漓。如第一折：

〔哪吒令〕國子監裡助教的，尚書是他故人；祕書監裡著作的，參政是他丈人；翰林院應舉的，是左丞相的舍人。則《春秋》不知怎的發，《周禮》不知如何論，制詔誥是怎的行文。

〔寄生草〕將鳳凰池攔了前路，麒麟閣頂殺後門。便有那漢相如獻賦難求進；賈長沙痛哭誰瞅問？董仲舒對策無公論。便有那公孫弘撞不開昭文館內虎牢關，司馬遷打不破編修院裡長蛇陣。

〔六么序〕您子父們輪替著當朝貴，倒班兒居要津。則欺瞞著帝子王孫。猛力如輪，詭計如神。誰識您那一夥害軍民聚斂之臣？現如今那棟梁材平地上剛三寸，你說波怎支撐那萬里乾坤？都是些裝肥羊法酒人皮囤，一個個智無四兩，肉重千斤。

《七里灘》寫嚴子陵蔑視功名富貴，謝絕漢光武帝劉秀的徵召，隱居七里灘，垂釣爲樂。劇本借古諷今，反映了作者對現實黑暗政治的憤慨和失望，表露了對隱士自由自在生活的嚮往。作者曾爲嚴子陵釣臺所在的釣臺書院山長，他把自己爲權豪所中，不受重視的經歷，化爲慷慨激昂的文字：

〔離亭宴煞〕九經三史文書冊，壓著一千場國破山河改。富貴榮華，草芥塵埃。暢道祿重官高，屬是禍害：鳳閣龍樓，包著成敗。您那裡是舜殿堯階，嚴光呵，則是跳出十萬丈風波是非海。

這種因不滿現實轉向隱逸遺世的情緒，是元代後期知識分子的普遍傾向。由於宮天挺的作品感情激越奔放、筆力遒勁，所以王國維稱他「瘦硬通神，獨樹一幟」（《宋元戲曲考·元劇之文章》）。

第四節　金仁傑　楊梓　秦簡夫

·《追韓信》　·《敬德不伏老》　·《東堂老》

金仁傑（？—一三二九）是南方土生土長的雜劇作家。他字志甫，杭州人。與《錄鬼簿》作者鍾嗣成是好友，二人交往二十年如一日。天曆元年（一三二八）授建康（今南京）崇寧務官，次年卒。著有雜劇七種，均爲歷史題材。今存《蕭何月下追韓信》一種。劇本著力描寫楚漢之際韓信懷才不遇的苦悶與彷徨，尤其是「煙波名利」兩難的處境。曲文質樸而雄渾。如第二折〔雙調·新水令〕套：

恨天涯流落客孤寒，歎英雄半世虛幻。坐下馬空踏遍山水雄，背上劍枉射得斗牛寒！恨塞於天地之間。雲遮斷玉砌雕欄，按不住浩然氣透霄漢。

〔駐馬聽〕回首青山，拍拍離愁滿戰鞍；舉頭新雁，呀呀哀怨伴天寒。指望學龍投大海駕天關，剗地似軍騎羸馬連雲棧。且相逢，覷英雄如匹似閒，堪恨無端四海蒼生眼。……

明沈采《千金記》傳奇第二十二出《北追》即襲用了此套曲文。此折在崑曲中一直傳唱，為少數至近代仍能演唱的北曲套數之一，可見其舞臺影響。鍾嗣成說金仁傑的創作，「雖不駢麗，而其大概，多有可取之處」（《錄鬼簿》），為中肯之論。

楊梓（一二六〇—一三二七），浙江海鹽人。在元代雜劇作家中，他是官位最高的一位。楊氏為海鹽大族，家至巨富。楊梓於元世祖至元三十年（一二九三）征爪哇，以功封安撫總使，官至嘉議大夫、杭州路總管。致仕後居杭州，卒諡康惠。楊梓喜好音樂，與散曲名家貫雲石交好，北曲得貫氏眞傳。楊梓家有樂班，其家僮皆擅長南北歌調，楊家以能歌著名於浙右。楊梓所作雜劇存《敬德不伏老》、《豫讓吞炭》、《霍光鬼諫》等三種。《敬德不伏老》寫唐代尉遲恭（字敬德）故事。敘唐太宗擺慶功宴，李道宗爭首座，尉遲恭不滿，怒起打傷了李道宗，被貶為庶民。高麗國知秦瓊病倒，敬德被貶，遂起兵挑戰。唐太宗無奈，派徐茂公詔敬德出戰，敬德裝瘋不從。徐用計激敬德，說是敬德年老懼戰，敬德不伏老，慨然出征，大勝受賞。故事根據史書和民間傳說改編而成。明代《金貂記》傳奇又據此改編，並襲用了第三折的曲文。該套北曲在崑腔中一直保留到現代仍有演出。其中最後兩支曲子，表現了尉遲恭老而益堅、忠心為國的精神和豪邁憨直的性格：

〔么篇〕我老只老呵老了咱些年紀，老只老呵老不了我腦中武藝，老只老呵老不了我龍韜虎略，老只老呵老不了我妙策神機，老只老呵老不了我一片忠心貫日，老只老呵尚兀自萬夫難敵。俺老只老止不過添了些雪鬢霜髭，老只老又不曾駝腰曲背。

〔尾聲〕老只老呵只我這水磨鞭不曾長出些白髭鬚。量這廝何須咱費力，他便跳下馬受繩縛，著這廝捲了旗卸了甲收了軍，拱手兒降俺這大唐國。

《豫讓吞炭》寫戰國豫讓報答智伯的故事。智伯以國士待豫讓，豫讓也就以國士報之。作品強調的是一個「義」

字。《霍光鬼諫》演漢代霍光生前反對他兒子封官和女兒爲妃，死後又向皇帝託夢，密告他兒子造反的故事，全劇強調一個「忠」字。楊梓以封疆大吏身分作劇，取材角度與一般劇作家有所不同，在劇中傾注了更多的正統觀念。從楊梓這樣身分的官員參與雜劇創作的情況，可以說明雜劇的地位在南方得了很大的提高。

秦簡夫是元代後期關漢卿本色一派作家的代表。他是大都（今北京）人，雜劇創作頗負盛名，後流寓杭州。著有雜劇五種，今存《東堂老》、《趙禮讓肥》、《剪髮待賓》三種。其中以《東堂老》最有特色。劇本寫揚州富商趙國器因兒子揚州奴不肖，憂思成疾，臨終前把黃金和管教兒子的責任交託給好友李實。李實人稱「東堂老」。趙死後，揚州奴結交非人，肆意揮霍，不久即將田產蕩盡，淪爲乞丐，備嘗生活的艱辛。東堂老看準時機，苦心教誨，終於使得浪子回頭。東堂老隨後告訴原委，將用趙國器所寄之金購得的趙家財產奉還，讓揚州奴重振家業。

中國傳統觀念，向來重農抑商，以農爲本，以商爲末。人們把商品流通中產生的高額利潤，看作是不勞而獲的暴利，並且以不言「阿堵物」爲高尚。反映在文學創作中，便是總把商人作爲譏諷和鞭撻的對象。這種情況，元人雜劇中也不乏其例。商人財主，要麼像鄭廷玉《看錢奴》那樣被描繪得貪婪吝嗇，要麼像《販茶船》中的馮魁那樣，重利輕情，奪人所愛。這類作品揭露金錢的罪惡和商人的弱點，固然有其眞實性，但也多少反映出人們輕視商品經濟，以及認爲「萬般皆下品，唯有讀書高」，視求取功名爲正途的狹隘心態。而秦簡夫的《東堂老》，第一次正面塑造了李實這樣一個見財不昧，有情義、重言諾、誠懇可信的商人形象。它肯定了商業行爲的正當性，對商人經營的艱辛深表同情。這種與近代思潮更接近的觀念，很值得讀者注意。

東堂老並不諱言追求金錢。因爲他看透世態炎涼：「你有錢呵，三千劍客由他們請；一會兒無錢呵……凍剌剌窯中把不到那明，痛親眷敲門都沒個應，好相識街頭也抹不著他影。」（第二折〔煞尾〕）他對兒子說，要獲取財富，只有更加勤勞地付出：「那做買賣的，有一等人肯向前，敢當賭，湯風冒雪，忍寒受冷；有一等人怕風怯雨，門也不出。所以孔子門下三千弟子，只子貢善能貨殖，遂成大富，怎做得由命不由人！」他又說：「我這般鬆寬的有，是我萬苦千辛積攢成。」宣稱通過正當途徑，憑自己的才智和辛勞獲取財產，改變自身的社會地位，是值得自豪的事：「我則理會有錢的是咱能，那無錢的非關命。咱也須要個幹運的這經營。雖然道貧窮富貴生前定，不俫咱可便穩坐的安然等？」（第二折〔端正好〕）東堂老這一連串的自白，實際上否定了貧富窮通皆由命的觀念，肯定了商人階層注重實際、刻苦耐勞的人生態度和積極進取的精神，反映了元代社會日益活躍的商人和手工業主的人生觀和道德觀。

《東堂老》是元代雜劇中寫實性較強的一部作品。劇中沒有離奇的情節和特異的人物，也沒有誇張的語言和華麗的詞藻，它真實地描繪正直的商人如何面對險惡的商場和世俗的偏見。整個戲關目緊湊，結構謹嚴，衝突鮮明，曲辭本色自然，較好地繼承了關漢卿雜劇的創作風格。從此劇的取材內容看，它當是秦簡夫遊歷南方之後所作。

秦簡夫的《剪髮待賓》，取材於《晉書．陶侃傳》。作者在保有「母賢子孝」傳統道德內涵的同時，又虛構了一位「巨富的財主」韓夫人。她頗有識見，主動將女兒嫁給陶侃。這一部作者刻意編結成的喜劇，實際上是元代士商通婚的現實寫照。由此可見，秦簡夫的作品觸及許多具有時代意義的道德觀念問題，在元人雜劇中，誠屬難能可貴。

南方戲劇圈中元代後期雜劇創作，較有影響的還有蕭德祥的《殺狗勸夫》，王曄的《桃花女破法嫁周公》，范康的《陳季卿竹葉舟》，朱凱的《劉玄德醉走黃鶴樓》等，但它們的總體成就並不很高。

注釋

❶參見周良霄、顧菊英《元代史》，上海人民出版社一九九三年版，第四七九—四八一頁。

❷息機子《雜劇選》和顧曲齋《古雜劇》本《望江亭》第三折末尾，由衙內、李梢、張千三人分唱、合唱一支〔馬鞍兒〕南曲，衙內下場時說：「這廝們扮南戲那。」可見它接受了南戲的影響，為關漢卿南下以後所作。

❸參見寧宗一等編著的《元雜劇研究概述》中「元雜劇衰落原因研究綜述」一節，天津教育出版社一九八七年版，第一三八—一五〇頁。

❹《七里灘》今僅存元刊本，未標作者名姓。諸本《錄鬼簿》均記宮大用所作為《釣魚臺》，而天一閣本《錄鬼簿》於張國賓名下有《七里灘》一目，故或以為此劇係張作。但明張祿《詞林摘豔》所錄《七里灘》曲文一套，與元刊本相符，署宮大用作。今從張說。

第七章 南戲的興起與《琵琶記》

在元代，南方戲劇圈既有雜劇演出，又流行以南曲爲唱腔的戲文，兩種戲曲體裁相互輝映。戲文，是在東南沿海地區發育成熟起來的。它最早出現於浙江溫州（舊名永嘉），稱爲「永嘉雜劇」、「永嘉戲曲」，亦稱南詞。後人爲有別於北曲雜劇，簡稱之爲南戲。

在南戲作品中，《琵琶記》以其耀眼的光輝，不僅影照著當時的劇壇，而且籠罩著整部戲曲的歷史。在元代，它是戲曲創作的殿軍；對明清兩代而言，它是傳奇的開山之祖。

第一節 南戲的形成與發展

・南戲的形成與體制　・早期南戲作品　・《張協狀元》

南戲的產生時間，實際上早於北曲雜劇。明祝允明在《猥談》中說：「南戲出於宣和（一一一九—一一二五）之後，南渡（一一二七）之際，謂之溫州雜劇。予見舊牒，其時有趙閎夫榜禁，頗述名目，如《趙貞女蔡二郎》等，亦不甚多。」趙閎夫是宋光宗趙惇的同宗堂兄弟，他發榜文禁止南戲演出，說明當時南戲的影響已經較大了。明徐渭《南詞敘錄》則說：「南戲始於宋光宗朝（一一九〇—一一九四），永嘉人所作《趙貞女》、《王魁》二種實首之。……或云：宣和間已濫觴，其盛行則自南渡。號曰永嘉雜劇，又曰鶻伶聲嗽。」可見南戲大約在宣和之後即由溫州的藝人創立，到宋光宗朝已流傳到都城臨安（今杭州），盛行於浙閩一帶。在咸淳四年（一二六八），更有太學生黃可道創作的《王煥》戲文，盛行於都下。到南宋末年，南戲已擴展到江西南豐等處，元劉壎《水雲村稿》卷四〈詞人吳用章傳〉說：「至咸淳（一二六五—一二七五），永嘉戲曲出，潑少年化之，而後淫哇盛，正音歇。」可知新興的戲文頗受年輕人的歡迎，但正統的文人士大夫把它排斥在「正音」之外。

宋代城市繁榮，經濟發展，市民階層興起，勾欄瓦舍遍布，爲眾多民間伎藝的發展提供了有利條件。宋室自南渡之後，定都臨安，宗室勳戚、文武百官紛紛南遷。溫州是南宋除杭州以外最繁華富庶的商業都市，宋高宗在建炎四年（一一三○），為避金兵，曾浮海逃至溫州，以「州治為行宮」（萬曆《溫州府志》卷十八「南宋遷渡」），甚至把太廟也遷來溫州（見《宋史》卷二六）。北方士紳平民，紛紛隨之來到溫州，溫州人口在短期內驟增一半。城市消費人口與日俱增，進一步推動了溫州商業經濟的發展。同時，諸色藝人也紛至沓來，各種民間伎藝雲集於此，相互影響，也相互促進。一種新的藝術樣式——南曲戲文，就是在這樣的土壤中得以孕育、萌發。

南戲是在宋雜劇角色體系完備之後，在敘事性說唱文學高度成熟的基礎上出現的。它是民間藝人「以宋人詞而益以里巷歌謠」（《南詞敘錄》）構成曲牌連綴體制，用代言體的形式搬演長篇故事，從而創造出的一種新興藝術樣式。就形式而言，它綜合了宋代眾多的伎藝，如宋雜劇、影戲、傀儡戲、歌舞大　，以及唱賺、纏令等在表演上的優點，與諸宮調的關係可能更為密切，如《張協狀元》即明言改編自諸宮調。所有宋代存在的民間伎藝都是南戲綜合吸收的對象，說唱文學則是其敘事方式的主要來源。由於它是在其他伎藝成熟發展的基礎上出現的，又能兼採眾長，所以能後來居上；另外，由於其他伎藝在表演上有許多地方可以與南戲溝通，使得伎藝演員也能熟練地掌握新興的南戲，當南戲受到觀眾的歡迎時，他們便改弦易轍成為南戲演員。而演出隊伍迅速擴大，也使得南戲在東南各地迅速繁衍。

南戲用南方方音演唱，分平上去入四聲，不像北曲的入派平上去三聲，用韻上則較為寬鬆，體制上與北曲雜劇有所不同。初期南戲的曲調配合，雖有一定的慣例，但還沒有形成嚴密的宮調組織，可以根據劇情需要做較為自由的選擇。南曲輕柔婉轉的音樂風格，適合於演唱情意纏綿、幽怨哀婉的故事，與北曲的高亢勁切，宜於表現威武豪放的氣概大不相同。器樂伴奏，北雜劇以弦樂為主，南戲則以管樂為主，以鼓、板為節。雜劇一般只能一人主唱，南戲則場上任何角色都可以唱，而且有獨唱、對唱、接唱、同唱，還有在後臺用以渲染氣氛的幫腔合唱。演唱形式的靈活多變，不僅可以調節演員的勞逸，活躍場上氣氛，而且有利於表現各個角色的思想感情，有利於刻畫身分不同、性格各異的人物形象。在結構方面，它以「出」為單位。人物上下場，出而復入，叫做一「出」。後來也就用「出」來表示相當於一場的規模（明代人也用「折」來表示，晚明更多用「齣」字❶）。一本戲往往長達幾十出，演出時間則需要一天甚至多日。南方溫暖的氣候條件，為通宵達旦的演出提供了便利。

南宋戲文，可考的有《趙貞女蔡二郎》、《王魁》、《樂昌分鏡》、《陳巡檢梅嶺失妻》、《王煥》、《張協狀元》等。除《張協狀元》外，均無傳本。這些戲文大都出自書會才人之手，而「士大夫罕有留意者」（《南詞敘錄》），一些文人甚至把南戲視作亡國之音❷。因此，在北方，關漢卿、白樸、王實甫等具有高度文化水準的作家投身於雜劇創作，北方戲劇圈傑作紛呈，而南方戲劇圈中，南戲卻仍然處於稚拙的階段，未能得到提高。早期南戲文本留存極少，也與這些情況有關。

據近人搜輯，宋元南戲存目共二百三十多種，其中，有傳本的十九種，只有佚曲的有一百三十種❸。從現存曲目看，表現愛情婚姻和家庭糾紛的題材，占最大的部分，而表現金戈鐵馬的英雄題材則極爲罕見。顯然，南曲音樂的特點，影響並且制約了作家的創作選擇。

早期南戲《張協狀元》、《宦門子弟錯立身》、《小孫屠》被收入《永樂大典》裡，偶然被保存下來，人們統稱爲《永樂大典戲文三種》❹。其中，《張協狀元》是南宋時期溫州九山書會的才人創作的，其故事則從諸宮調裡移植。它是唯一完整保留下來的南宋戲文，雖然現在所見爲明代永樂間的面貌，意味著這中間可能有藝人的增改，但似彌足珍貴。

《張協狀元》寫書生張協遇盜落難，得到王貧女的幫助，結爲夫妻，後來赴京考中狀元，忘恩負義，不認貧女，反欲將她殺害。幸而貧女僅傷一臂，又得到宰相王德用的收養，最後同張協重圓。這是一本譴責書生負心婚變的戲文，與《趙貞女》、《王魁》同屬一類題材。但既要譴責負心漢，又想保證貧女有個完滿結局，只能採取調和的做法，悲劇的意識未能貫穿到底。這爲元代作家將早期南戲悲劇作品的結尾改爲大團圓開了先例。

《張協狀元》全本用南方流行的詞調和民間小曲演唱，開場時先以說唱諸宮調引入，中間又有許多遊離於劇情之外的科諢穿插，這些都屬初期南戲特徵。其故事情節分兩條線索進行，是南戲和傳奇劇本慣用的雙線結構的雛形。劇中人物塑造，也有可取之處，如寫張協對貧女的態度不斷變化，從落難相依發展到拋棄乃至殺害，層層深入，頗爲細緻。

《宦門子弟錯立身》，爲元代作品，古杭才人編。寫金國河南府同知的兒子完顏壽馬與走江湖的藝人王金榜的愛情故事。完顏壽馬違抗父命，鄙棄功名前程，跟隨戲班「衝州撞府」，最後終於使他的父親同意婚事。據《錄鬼簿》記載，元李直夫、趙文殷有同名雜劇，南戲當據雜劇改編而成。

《小孫屠》，爲元代後期作品，古杭才人編，也是根據同名雜劇改編而成。這是一部公案戲，揭露了官府的糊塗和吏胥的不法，最後由包公昭雪。劇中曲調出現了一支南曲間插一支北曲的「南北合套」的體制，說明南戲已注意吸收雜劇的樂曲來豐富自己。

元滅南宋後，形成統一的局面。隨著北方的政治、軍事勢力進入南方，北雜劇的影響也迅速擴展到長江以南，與南戲相匯於杭州爲中心的南方戲劇圈，雜劇以其新鮮的內容和精練的形式，獲得了南方觀眾的青睞。「語多塵下」的南戲，較之具有高度文學性的雜劇，顯然相形見絀。南戲便一度衰落了。但這種局面並沒有維持太久。植根於南方民眾之中的南戲，依然擁有強盛的生命力。南北兩個劇種的匯聚，促進了相互的交流。雜劇作家如蕭德祥等開始關注和涉足南戲的創作，他「有南曲，街市盛行。又有南戲文」（《錄鬼簿》）；大都（北京）人鄧聚德編撰戲文，並在大都隆福寺刊行（清張大復《寒山堂曲譜》）；演員如龍樓景、丹墀秀「專工南戲」，人稱「二美」；後有芙蓉秀，「不在二美之下，且能雜劇，尤爲出類拔萃」（元夏庭芝《青樓集》）；沈和甫則創造了「南北合套」的方式，使北曲的剛勁與南曲的柔媚能兼容並濟，豐富了音樂的表現力❺，貫雲石、楊梓等人則參與了南戲唱腔的改進工作❻。另外，南戲形式上比較靈活自由，不像北曲受一人主唱和一本只用四折的限制，因而易於改編移植雜劇作品，借鑑雜劇的文學及表演手法。隨著南戲在藝術上得到提高，分唱形式的優越性日益顯露，人們的興趣也漸漸從雜劇轉移到南戲。所以，到了元代後期，轉而「親南而疏北，作者蝟興」（《南詞敘錄》），像高明、施惠等知名文人作家也參與了南戲的創作與改編，產生了《琵琶記》、《拜月亭》等一批著名作品，標誌著元代南戲繼雜劇之後走向興盛時期。

第二節　《琵琶記》的悲劇意蘊

・從《趙貞女》到《琵琶記》　・時代的變遷與主題的變換　・悲劇意蘊

代表南戲藝術最高成就的劇碼是元末高明所作的《琵琶記》。

高明（一三〇七？—一三五九），字則誠，號菜根道人。浙江瑞安人。自少即稱博學，求學於理學家黃溍門下，深受儒家思想的影響。至正五年（一三四五）中進士，做過多任地方官。任職期間，頗有能聲，也意欲有所作爲。至正十一年（一三五一），從軍南征方國珍起義，因與統帥論事不合，兼之目睹時政日非，在對現實生活失望的同時，感悟「功名爲憂患之始」（元趙汸《東山存稿》卷二〈送高則誠歸永嘉・序〉），萌生了隱遁的念頭。約在至正十六年（一三五六），在婉拒當時占據浙東的方國珍拉攏之後隱居在寧波的櫟社，以詞曲自娛，並創作了《琵琶記》❼。此外，據徐渭《南詞敘錄》，他還作有南戲《閔子騫單衣記》，今佚。詩文集《柔克齋集》共二十卷，清初《千頃堂書目》尚有記載，後散佚，今存五十餘篇詩文。

《琵琶記》的前身是宋代戲文《趙貞女蔡二郎》。據記載，其情節大致寫蔡二郎中了狀元，貪戀功名，隱婚入贅相府。其妻趙貞女在饑荒之年獨力支撐門戶，贍養公婆，克盡孝道。公婆死後，她以裙布包土，修築墳塋，然後上京尋夫。可是，蔡二郎不僅不肯相認，竟還放馬踩踹，致使神天震怒。最後，蔡二郎被暴雷轟死。

宋代戲文所寫的蔡二郎，亦稱蔡中郎，也就是漢代著名文士蔡邕，字伯喈。戲中所寫的情況，只是出於民間傳說。陸游在〈小舟遊近村捨舟步歸〉一詩中說：「斜陽古柳趙家莊，負鼓盲翁正作場。死後是非誰管得？滿村聽說蔡中郎。」可見該故事流傳之廣。類似這種題材，在宋代說話、鼓詞、諸宮調、雜劇等民間伎藝中，還有《王魁負桂英》、《陳叔文三負心》、《王宗道負心》等。這表明書生負心婚變現象在當時相當普遍，書生貪新棄舊、攀龍附鳳的行爲尤其受到市民階層的關注。

書生發跡變泰後負心棄妻的現象，與宋代科舉制度有著密切的關係。科舉制度規定，不論門第出身，只要考試中式，即可爲官。這爲寒士發跡提供了一條捷徑。「朝爲田舍郎，暮登天子堂」，便是這種情況的寫照。書生初入仕途，需要尋找靠山，權門豪貴也需要拉攏新進以擴充勢力。聯姻便成了他們利益結合的手段。而當書生攀上高枝，拋棄糟糠之妻時，便與原來的家庭以及市民階層報恩的觀念，不可避免地發生了衝突，導致一幕幕家庭和道德的悲劇。人們厭惡書生這種薄倖的行爲，不惜口誅筆伐，這就是宋代民間伎藝產生大量譴責婚變作品的原因。宋代婚變故事一般都把矛頭指向書生，是因爲當時他們不僅有著優渥的社會地位，而且作爲知書識禮的道德傳承者，肩負著社會的責任。地位和行爲的反差，自然使他們成爲社會譴責的對象。

在元代，社會情況發生了巨大的變化，書生的處境，從天上跌到地下。元蒙時期科舉一度中斷達七十餘年，終元之世，考試制度時興時輟。這使許多士人失去了晉身之階，社會地位急遽下降，以致出現「九儒十丐」的說法。與此相連繫，譴責書生負心婚變的悲劇作品逐漸失去了現實的針對性。地位低下的書生，反而成了同情的對象。所以，元代戲曲裡的書生形象，或是平庸怯懦，或是迂闊拘謹，多半缺乏光彩，卻很少作爲被鞭撻的對象。到元代後期，人們對地位得不到改善的書生越加憐惜，正面歌頌書生志誠的作品漸漸成爲戲曲的主流。高明的《琵琶記》，以同情寬恕的態度，刻畫蔡伯喈的形象，正體現了當時的社會情態[8]。

《琵琶記》基本上繼承了《趙貞女》故事的框架。它保留了趙貞女的「有貞有烈」，但對蔡伯喈的形象做了全面的改造，讓他成爲「全忠全孝」的書生。爲了終養年邁的父母，他本來並不熱衷於功名，只是辭試不從、辭官不從、辭婚不從，這「三不從」導致一連串的不幸，落得個「可惜二親飢寒死，博換得孩兒名利歸」的結局。

高明在《琵琶記》的開頭，寫下一曲〈水調歌頭〉：

> 秋燈明翠幕，夜案覽芸編，今來古往，其間故事幾多般。少甚佳人才子，也有神仙幽怪，瑣碎不堪觀。正是不關風化體，縱好也徒然。　論傳奇，樂人易，動人難，知音君子，這般另做眼兒看。休論插科打諢，也不尋宮數調，只看子孝與妻賢。驊騮方獨步，萬馬敢爭先？

《琵琶記》所敘寫的，確是「子孝與妻賢」的內容。高明強調封建倫理的重要性，希望通過戲曲「動人」的力量，讓觀眾受到教化。因此，明太祖曾盛譽《琵琶記》是「山珍海錯，貴富家不可無」（《南詞敘錄》）。高明主張戲曲必須有關風化、合乎教化的功用，把當時士大夫所不屑的南戲看作可以「載道」的工具，實意在抬高南戲的地位和價值。同時，《琵琶記》在肯定孝子賢妻的同時，揭示封建倫理本身存在的矛盾，展示由於封建倫理而產生的社會悲劇，給予觀眾強烈的震撼。

《琵琶記》的戲劇衝突，是圍繞著「三不從」而展開的。劇本第四出〈強試〉是衝突構成的關鍵。蔡伯喈考慮到父母年老，無人照顧，在面臨科舉考試的前夕，決意暫時放棄功名，謝絕了州司的推薦。但蔡公卻迫切期待兒子獲得功名，強調只要兒子中舉，改換門庭，他縱然死了，「一靈兒終是喜」。甚至責備蔡伯喈以盡孝爲藉口，其實是貪戀新婚的妻子。蔡伯喈既不能違背孝道倫理原則，又不能違抗父命，在無可奈何的情況下，只好離開了家門，從而向悲劇的境地邁開了第一步。

蔡伯喈如期赴試，得中狀元，不意得到牛丞相的青睞。牛丞相執意招他爲婿，皇帝也玉成其事。蔡伯喈倒不想滯留京師，他在辭婚的同時，上表辭官，希望皇帝任命他爲鄉官：「鄉郡望安置。庶使臣，忠心孝意，得全美。」但朝廷的答覆是：「孝道雖大，終於事君；王事多艱，豈遑報父？……可由從師相之請，以成〈桃夭〉之化。」君命難違，蔡伯喈有苦難言，有家難歸，不得已入贅牛府。雖然洞房花燭夜，他曾有過一度的得意忘形，但榮華富貴的生活，始終無法消除他的內疚和痛苦。另一方面，蔡伯喈家鄉災禍頻仍，蔡公蔡婆衣食無著，最後家破人亡。就這樣，一個努力按照封建倫理行事的「孝子」，卻因倫理綱紀的不合理以及倫理綱紀自身的矛盾，成爲可憐可悲的犧牲品。

倫理綱常是統治者賴以維護統治秩序的支柱。儒家以血緣爲基礎，推衍出一套君臣父子的倫理制度，以規範人的行爲準則，要求人們按倫理綱常行事，也即是要求人們通過禮教的自律，抑制個人的慾望，實現社會的和諧。然而，倫理綱常本身是存在缺陷的。所謂「忠孝不能兩全」，即是因爲倫理綱常本身經常出現抵牾的局面。蔡伯喈服從了皇帝朝廷，便照顧不了父母家庭；反過來，他要做「孝子」，便做不了「忠臣」。至於個人的意願，則完全被無視了。這一來，努力按照倫理綱常行事的蔡伯喈，只能陷入兩難的境地之中。

《琵琶記》儘管從正面肯定了封建倫理，但通篇展示的卻是「全忠全孝」的蔡伯喈和「有貞有烈」的趙五娘的悲劇命運，從而可以引發對封建倫理合理性的懷疑。在封建時代，恪守道德綱常的知識分子，經常陷入情感與理智。個人意願與門第、倫理的衝突之中。《琵琶記》的悲劇意蘊，具有深刻性和普遍性，它比單純譴責負心漢的主題，更具社會價值❾。

第三節　《琵琶記》的藝術成就

・蔡伯喈與中國知識分子的軟弱性格　・趙五娘與禮教制度下的女性生活　・雙線結構　・流傳與影響

《琵琶記》在人物塑造上取得了較大的成功，在人物心理刻畫方面尤爲突出。

蔡伯喈形象體現了知識分子的軟弱性格和複雜心理。這種軟弱性格與他恪守禮教倫理觀念緊密相關。他努力按照倫理綱常行事，但封建倫理本身難以周全的矛盾卻使他無所適從。從君從父的倫理要求，使他難以違抗；家庭的災難，又使他難辭其咎。所以他始終處於夾縫之中，難以兩全。

另外，蔡伯喈也是有情有慾的。入贅相府的那一刻，他情不自禁，流露出「喜書中今日，有女如玉」的喜悅；但他也確實思念前妻，牽掛父母，因而彷徨苦悶，忐忑難安。他想過棄官而歸，又怕與「炙手可熱」的牛丞相發生衝突，招來不測，只想等待三年任滿，趁牛丞相「不提防」，「雙雙兩個歸晝錦」。以爲熬過一段時間，便可以既遂功名之願，又可忠孝兩全。其實，當他苦苦做著團聚終養之夢的時候，家中早已是支離破碎。可以說，正是優柔寡斷、委曲求全的軟弱性格，造成了蔡伯喈的人生悲劇。中國古代的知識分子，大都不敢直面人生，不敢堅持意願，不敢與不合理的現實作鬥爭，他們總是在壓力面前迴避退讓，多在統治勢力與封建倫理所允許的範圍內尋找調和的辦法，結果往往陷於悲劇的境地而難以自解。因此，蔡伯喈的形象具有典型的意義。

趙五娘形象的刻畫也比較成功。她善良樸素、刻苦耐勞，在饑荒年歲，典盡衣衫，自食糟糠，獨力奉養公婆，後又營葬築墳，忍受了常人無法承受的磨難。在她身上，體現了古代中國婦女的優秀品德。《琵琶記》的難得之處，還在於它揭示出趙五娘的不幸，其實也是禮教綱常所造成的。趙五娘的初願，是「偕老夫妻，長侍奉暮年姑舅」，甘守清貧的生活。但這位封建時代的小媳婦，無法把握自身的命運。像丈夫赴試這樣的大事，她根本不得參與；她曾埋怨蔡公逼試，要拉伯喈去向蔡公勸說，但欲行又止，生怕被責「不賢」，怕被說要將丈夫「迷戀」。伯喈被迫赴試後，照看公婆的責任全部落在她的身上，使她落到了不得不做孝賢媳婦的境地：「也不索氣苦，也不索氣苦，既受託了蘋蘩，有甚推辭？索性做個孝婦賢妻，也得名書青史，省了些閒淒楚！」禮教的薰陶，家庭的責任，使她不得不咬緊牙關，只能乾脆以做個「孝婦」自解，「索性」兩字，充分說明了她的無奈。然而，她的盡心盡力、自食糟糠的行爲，如果公婆能夠理解，猶可忍受；最不堪的是還要受到婆母的猜忌。蔡婆說：「親的到底只是親，親生孩兒不留在家，今日著這媳婦供養你呵，前番骨自有些鮭菜，這幾番只得些淡飯，教我怎的捱？更過幾日，和飯也沒有。」對趙五娘諸多責備，甚至懷疑她獨自在背地裡偷吃好食。面對內外交困的悲劇命運，趙五娘心力交瘁，苦不堪言。徐文長評云：「吃糟吃糠不難，吃婆怨氣更難。」（引自《三先生合評本琵琶記》）因爲禮法規定媳婦不得與婆母頂嘴，趙五娘縱然心中不平，「便埋冤殺了，也不敢分說」。她怨腸百結，只能對糟糠傾訴：

〔孝順歌〕嘔得我肝腸痛，珠淚垂，喉嚨尚兀自牢嗄住。糠，遭礱被舂杵，篩你簸揚你，吃盡控持。悄似奴家身狼狽，千辛萬苦皆經歷。苦人吃著苦味，兩苦相逢，可知道欲吞不去。（吃吐介）

〔前腔〕糠和米，本是兩倚依，誰人簸揚你作兩處飛？一賤與一貴，好似奴家共夫婿，終無見期。丈夫，你便是米麼，米在他方沒尋處。奴便是糠麼，怎的把糠救得人饑餒？好似兒夫出去，怎的教奴，供給得公婆甘旨？

是朝廷「皇榜招賢」和公公逼試，將她與夫婿「簸揚作兩處飛」；是不合理的社會現實和小媳婦的處境，使她「遭礱被舂杵」，「吃盡控持」。這兩支曲子，把趙五娘的苦楚表現得淋漓盡致。所以，在《琵琶記》裡，作者歌頌了趙五娘的「有貞有烈」，守禮行孝，但以更多的筆墨，揭露了封建社會和倫理綱常給予女性的苦難、不幸和無奈，讓人們看到這些被視爲道德楷模的人物內心的隱痛。這些也正是作者期待「知音君子另做眼兒看」的「動人」內涵。

《琵琶記》在人物塑造方面的成就，很值得我們注意。蔡伯喈和趙五娘形象的出現，說明在元代後期，戲劇舞臺逐步擺脫了單線平塗的類型化的寫法，注意多角度地展示人物個性和內心世界，在形象創作史上揭開了新的一頁。

《琵琶記》的戲劇衝突，也頗有特色。它的情節，沿著兩條線索發展。一條寫蔡伯喈離家後的件件遭遇；一條寫趙五娘在家中的種種苦難。既集中筆力寫蔡伯喈在榮華富貴的羅網中輾轉無奈，又酣暢地寫趙五娘飢寒交迫，陷入絕境，展示出廣闊的社會生活畫面。在關目安排上，特別注意讓兩條線索交叉進行，讓不同的生活場景對比銜接。例如前邊寫了蔡伯喈蟾宮折桂，杏園春宴，志得意揚，後邊接著寫趙五娘典賣釵梳首飾，勉事姑嫜；前邊寫了蔡伯喈洞房花燭，「畫堂中珠圍翠擁」，後邊接著寫趙五娘自食糟糠，公婆愧悔自己誤責媳婦，一亡一病；前邊寫蔡伯喈中秋賞月，「長空萬里，見嬋娟可愛」，後邊接著寫趙五娘剪髮買葬、羅裙包土埋葬公婆後，揹著琵琶上京尋夫。貧富懸殊的情景，形成了強烈的反差。另一方面，寫蔡伯喈在錦衣玉食享受榮華的時候，時常憂心忡忡，既掛念窮困的家鄉，又感受到宦海生涯的不易，「我穿著紫羅襴到拘索我不自在」，「手裡拿著個戰欽欽怕犯法的愁酒杯」。優裕閒適的環境與人物苦悶沉重的心態，也形成了鮮明的反襯。這些巧妙的安排，有助於加強整部戲的悲劇氣氛，使人物性格呈現得更加鮮明。

在語言的運用方面，《琵琶記》最突出的成就，是能配合人物不同的處境以及兩條戲劇線索的開展，運用兩種不同風格的語言。趙五娘一線，語言本色；蔡伯喈一線，詞藻華麗。這表明作者充分注意到語言與環境、性格、心理的關係。同時，作爲戲劇，《琵琶記》的語言也富於動作性。不少唱詞、對白能與角色動作結合，成爲韻味深厚的潛臺詞。例如〈琴訴荷池〉一出，演蔡伯喈彈錯了曲調，牛氏不悅，兩人有一段對白：

〈生〉……這弦不中彈。〈貼〉這弦怎地不中？〈生〉當原是舊弦，俺彈得慣。這是新弦，俺彈不慣。〈貼〉舊弦在那裡？〈生〉舊弦撇了多時。〈貼〉為甚撇了？〈生〉只為有這新弦，便撇了舊弦。〈生介〉、〈貼〉怎地不把新弦撇了？〈生〉便是新弦難撇。〈介〉我心裡只想著那舊弦。〈貼〉你撇又撇不得，罷罷！

新弦、舊弦，暗示舊婦與新婦。這段對白中，話裡有話，一石二鳥，細膩地傳達出他們的性格以及在規定情景中的神態。又如〈賞月〉一出，他們同在庭院裡對月抒懷，風光旖旎，但「同一月也，出於牛氏之口者，言言歡悅；出於伯喈之口者，字字淒涼。一座兩情，兩情一事」，「所言者月，所寓者心」（清李漁《閒情偶記》卷一）。通過唱詞，讓觀眾領略到戲中人物在同一場境中對立的心境。純熟的語言技巧，使作品的戲劇性得到加強。

早期南戲大都出於市井藝人之手，藝術上比較粗糙，其文學性遠遜於北雜劇。而《琵琶記》則借鑑和吸收了雜劇創作的文學成就，因而取得了很大的成功。例如〈臨妝感歎〉、〈糟糠自厭〉、〈祝髮買葬〉等大套曲文抒寫人物心理的方式，可以說是《梧桐雨》、《漢宮秋》第四折因物起興手法的延續。雜劇在元末雖然已經走向衰落，但元代的戲曲活動並未衰落，因爲以《琵琶記》爲代表的南戲繼起了。《琵琶記》「用清麗之詞，一洗作者之陋，於是村坊小伎，進與古法部相參，卓乎不可及已」（《南詞敘錄》）。到了明代，《琵琶記》更成爲人們仿效的典範。就形式而言，它的雙線結構，成爲傳奇創作的固定範式；它的曲律，成爲各家曲譜選錄的主要對象，也是人們譜曲作劇的直接依據；它在長期的演出過程中積澱起來的表演藝術，還使它成爲演劇的典範，成爲每一個演員必須學習的入門戲本；而每一種新的戲曲聲腔興起，往往從成功改編《琵琶記》等作品爲開端。所以《琵琶記》在明清時期仍活躍於舞臺，是戲曲史上傳演最廣的作品之一。《琵琶記》多達數十種的明代刊本，還表明它同時也是人們案頭閱讀的對象。從思想內容的影響而言，明代《五倫全備記》、《香囊記》等作品在表層意義上發展了「關風化」的口號；《浣紗記》和「臨川四夢」等則間接地從「動人」和載道的內在意蘊中吸取了《琵琶記》的菁華。整個明代戲曲，都可以看到《琵琶記》的印痕。所以後人稱《琵琶記》爲「詞曲之祖」❿。從這個意義上說，《琵琶記》實爲元代劇壇之殿軍，明代戲曲之先聲。

《琵琶記》也是具有世界影響的古典戲曲之一。早在十九世紀，就先後有英文、法文、德文和拉丁文選譯和介紹，一九三〇年代，還進入百老匯演出，頗受觀眾歡迎⓫。

第四節　四大南戲及其他

‧《荊釵記》　‧《劉知遠白兔記》　‧《拜月亭記》　‧《殺狗記》

元代南戲較著名的作品還有《荊釵記》、《劉知遠白兔記》、《拜月亭記》、《殺狗記》等，後人稱爲四大南戲⓬，在明清時期傳演甚廣，影響深遠。這些劇本，明徐渭在《南詞敘錄》「宋元舊篇」內有著錄。它們最初大都出於民間藝人之手，成就不高。由於戲曲是一種舞臺的藝術，在長期的演出過程中，因觀眾的回饋，這些劇本通常受到戲班和藝人不斷的修訂和改編，從而帶有世代累積型特徵。另一方面，隨著南戲影響的擴大，文人作家開始加入到南戲創作和改編的行列，經過他們的加工和重新創作，原來稚拙的劇本變得較有文采，有較強的可讀性，從而構成一種基本的寫定本流傳開來。這參與寫定的文人也就被看作是劇本的作者。在早期南戲作品中，這種情況尤爲常見。到明代以後，隨著新的聲腔劇種的興起和觀眾審美觀念的變化，這些成爲「經典」的劇目，爲了適應明代社會和明代觀眾的需求，在流傳和刊印過程中，又經受了新的改動。流傳至今的宋元時期的南戲作品，大都屬於晚明刊本，所以，並不能完全保有宋元時期的舊貌。這也是戲曲文學特有的現象。

《荊釵記》，一般認爲是元末柯丹邱所作⓭。現存多種明刻本，以明溫泉子編集的《原本王狀元荊釵記》較近原貌。此劇演窮秀才王十朋和大財主孫汝權，分別以荊釵和金釵爲聘禮，向錢玉蓮求婚。玉蓮重才而輕財，選擇了王十朋的荊釵。成婚後，十朋赴京考中狀元，因拒絕萬俟相招其爲婿的好意，被改調至煙瘴之地潮陽任職。而他邀請母親與玉蓮前往任所的家書，卻被孫汝權套改爲「休書」，繼母因此逼迫玉蓮改嫁。玉蓮不從，投江自盡，幸被錢安撫救起。十朋得知玉蓮死訊，設誓終身不娶；玉蓮也聽到了十朋死於瘴疫的誤傳。後來兩人在錢安撫舟中以荊釵相認，重續前緣。另一系統演出本則作夫婦在玄妙觀追薦亡靈時，意外相逢，得以團聚。

據明李日華《紫桃軒雜綴》、清勞大與《甌江逸志》記載，故事原型寫的是十朋負心拋棄玉蓮，玉蓮投江自盡，與《王魁》、《趙貞女》屬同一類型。今傳本改爲歌頌「義夫節婦」生死不渝的夫婦之愛，與《琵琶記》改蔡二郎的不道德爲蔡伯喈的純孝，強調「關風化」的傾向是一致的。這體現了元代把書生作爲歌頌對象的風氣，也與在南方戲劇圈中，較多強調倫理道德的總體傾向相一致。不過，《荊釵記》在許多方面突破了儒家的價值觀，像王十朋在誤聞玉蓮死訊後，守情不移，甚至寧無子嗣，也不再娶，就不符合「不孝有三，無後爲大」的綱常觀念；錢玉蓮重才而輕財，爲了自己的信念，甘赴一死，她的「節」，雖有封建貞節的因素，但更多體現了「富貴不能動其志，威逼不能移其情」的品質。劇中涉及如何對待貧賤，如何對待富貴，如何處理夫妻關係、繼母與前妻子女的家庭關係等等，這些都是人們深爲關切的社會問題。明王世貞稱「《荊釵》近俗而時動人」（《曲藻》）。所謂近俗，正好說明它具有貼近現實生活的一面。

《荊釵記》情節結構頗爲精巧，戲劇性較強。它利用荊釵這一道具貫穿全劇，層次分明地展開衝突與糾葛，因而「以情節關目勝」（明徐復祚《曲論》），特別適宜於舞臺表演。此外，作者駕馭語言的能力也比較高，呂天成說它「以眞切之調寫眞切之情，情文相生，最不易及」（《曲品》）。

《劉知遠白兔記》，永嘉書會才人編[14]。劉知遠是五代後漢的開國皇帝。以一個流浪漢而登上皇帝的大位，他的傳奇經歷爲民間所喜聞樂道。平話、諸宮調、雜劇都有同題材作品。此劇寫劉知遠落魄流浪，被財主李文奎收留，充當傭工。李文奎因見劉知遠睡時有蛇穿其七竅，斷定日後必然大貴，就將女兒李三娘嫁給他。李文奎死後，劉知遠不堪妻兄李洪一夫婦的欺侮，被迫從軍，入贅岳帥府，享受高官厚祿。三娘受盡兄嫂折磨，在磨坊中產下一子，送至劉知遠處乳養。十五年後因兒子追獵白兔，與生母相逢，終於懲處李洪一，全家團圓。故事表明了作者「貧者休要輕相棄，否極終有泰時，留與人間作話題」的創作意圖。

劉知遠的發跡變泰，這是處於社會底層的民眾所羨慕和嚮往的。李家父女能夠慧眼識英雄，扶掖他於草萊之間，使他改變了命運，這樣的處理，與《荊釵記》錢玉蓮識王十朋於貧賤之時一樣，都體現了下層人民的願望。劇中突出地描繪了劉知遠身處貧寒時備受欺凌的屈辱，和最後揚眉吐氣的情境，筆調痛快淋漓，引人入勝。劇本對李三娘的描寫也很成功。這是一個善良的婦女形象，她在無可奈何之中，只能承受種種非人的磨難，只有等待著丈夫的歸來，才能改變自己的命運。在她的身上，體現了封建時代廣大婦女的遭遇。

《劉知遠白兔記》現存的完整傳本只有明末汲古閣刻本，雖然經過文人的改訂，但仍可看到較為質樸的面貌，如〈報社〉、〈祭賽〉、〈保禳〉等出，還保存著一些古代農村風俗和情趣。另有成化刻本，已殘，但更多體現了此劇的早期面貌。

《拜月亭記》相傳為元人施惠所作⑮。原本已佚，以明世德堂刻本較近原貌，其他傳本則多題作《幽閨記》，經過明人較多改動。世德堂本劇終〔尾聲〕說是「書府番謄燕都舊本」，可知它是根據關漢卿同名雜劇改編而成的。

《拜月亭記》寫金主誅殺主戰派大臣陀滿海牙一家，派尚書王鎮向敵國求和。海牙子興福在逃亡途中與書生蔣世隆結為兄弟。敵軍入侵，金主遷都汴梁。世隆和妹瑞蓮、王鎮的夫人和女兒瑞蘭都在兵亂中失散。瑞蘭遇見世隆，在患難中結為夫妻。瑞蓮也被王夫人收為義女。後王鎮出使回來，在旅店中遇見瑞蘭，不願女兒嫁給患病的窮秀才，強行將瑞蘭帶走。敵兵退走後，王鎮一家在汴京團聚，瑞蘭在拜月亭前對月禱告，祝夫婿平安，被瑞蓮竊聽，方知彼此實為姑嫂。後來朝廷開科取士，世隆、興福分別考取文武狀元。王鎮奉旨招兩人為婿，夫婦兄妹相認團聚。

《拜月亭記》的全部情節是在蒙古族入侵金國的戰爭亂離背景中展開的。在這特定的條件下，窮秀才蔣世隆才得以和尚書之女王瑞蘭偶然相識，患難相依，進而相羨相愛，私結百年之好。作品歌頌了青年男女的堅貞愛情，批判了王鎮的挾權仗勢、嫌貧愛富的行為，最後讓有情人終於成為眷屬。與一般才子佳人兒女風情題材不同的是，作品還寫出了廣闊的社會風貌。通過重大的事變，讓上自朝廷大臣，下至招商店主人、小二的形象，按照他們不同的社會地位和生活道路，一一在舞臺上顯現，把兵荒馬亂的歲月、顛沛流離的生活，和劇中人物的命運緊密地結合起來，從而使這個悲歡離合的故事具有深刻的意義。

《拜月亭記》的情節起伏跌宕，關目生動。在悲劇性的事件中，巧妙地插入巧合、誤會的關目。機智有趣的對話，使全劇帶上喜劇的色彩。如寫亂離中兄妹、母女驚慌失散，瑞蘭、瑞蓮音近，世隆喊妹「瑞蓮」，瑞蘭誤以為是喊她，結果與世隆相遇，在曠野中舉目無親的情況下，只得要求與世隆同行；而王夫人喊「瑞蘭」，卻喊來了瑞蓮，兩人同病相憐，認了母女。正是這種巧合，使人物的命運發生了始料不及的變化。〈驛中相會〉出中，王夫人寄於驛舍廊下，因思女徹夜啼哭不眠，同宿驛舍的王鎭被吵得心煩，讓人將她們趕走，結果夫婦意外相逢。還有〈隆蘭拆散〉、〈瑞蘭拜月〉等場面，也都有巧合的關目。這些遭遇看似偶然，但在離亂中完全可能發生。由於有實際生活的依據，所以使人感到眞實可信。

《拜月亭記》的人物刻畫相當成功。特別是對王瑞蘭內心的微妙活動以及矛盾心理的描寫，顯得細緻入微而又富於喜劇性。身爲尚書小姐，在曠野中孤零無依時，她無法顧及自己的身分，只能央求蔣世隆挈帶同行，甚至主動提出了「權說是夫妻」的建議。但到達旅舍，當世隆正式提出成親要求時，她心中願意，卻又故作迴避，表現出少女的矜持。這一形象的出現，說明南戲的藝術水準上升到一個新的階段。

《拜月亭記》的語言天然本色，一向爲人們稱道。試看瑞蘭一家驛中相會時的一段曲白：

老旦（王夫人）：孩兒，歷盡了苦共辛，娘逢人見人尋問。只愁你舉目無親，子母每何處廝認？
旦（瑞蘭）：我有一言說不盡……
老旦：有什麼說話？
旦：向日招商店驀忽地撞著家尊……（哭科）
老旦：孩兒有甚事，說與我知道，不要啼哭。
旦：我尋思他眼盼盼人遠天涯近。
老旦：為甚的來那壁千般恨？
外（王鎮）：（怒科）夫人，你休只管叨叨問。
老旦：相公，有甚事爭差，且息怒嗔，閒言語總休論。
小旦（瑞蓮）：賤妾不懼責罰，將片言語陳，難得見今朝分……
旦：甚時除得我心頭悶！甚日除得我心頭恨！

這段簡短的曲白，把四個人物此刻的情狀展現得十分清楚：瑞蘭滿腔愁苦，欲說還休；王夫人愛女心切，卻又絮絮叨叨；王鎭氣急敗壞，蠻橫壓制；瑞蓮左右周旋，從旁排解。這裡，本色自然的唱詞與說白渾成一體，很難區分。而曲白相生，耐人尋味，又大大增強了語言的表現力。明李卓吾認爲《拜月亭記》的成就可與《西廂記》媲美，並說：「《拜月》曲白都近自然，委疑天造，豈曰人工！」（《李卓吾批評幽閨記》）可以說，《拜月亭記》的成就在四大南戲中是較突出的。

《殺狗記》相傳爲元末明初人徐畛所作⑯。此劇寫富家子弟孫華結交市井無賴胡子傳、柳龍卿，並受他們的挑撥而將兄弟孫榮趕出家門。其妻楊月眞爲勸夫悔悟，設計殺狗，假扮人屍，放在門外。酒醉歸來的孫華誤以爲禍事臨門，便請那些酒肉朋友幫忙移屍，胡、柳二人不僅不肯前來，反而向官府告發；而其弟孫榮則不計前嫌，當即爲兄埋「屍」，還在官府前主動承擔殺人罪名。最後月眞說明眞相，兄弟重歸於好。這是一齣頌揚孝悌觀念的社會倫理劇，強調只有手足之親才是眞正可以信賴的，狐朋狗友不足與交。此劇涉及因財產糾紛而引起家庭破壞的社會現象，這也是宗法社會廣泛關注的社會問題，因而有其現實的意義，受到大眾的歡迎。此戲曲文俚俗，明白如話，但藝術上顯得比較粗率。

南戲劇本，除上述四大南戲之外，無名氏的《破窯記》、《金印記》、《趙氏孤兒記》、《牧羊記》、《東窗記》等作品，影響都很深遠。其中《破窯記》的成就較高。這些南戲的傳本在明代又經過明人典雅化的改造，禮教倫理的因素進一步得到加強，藝術上卻缺乏自己的特色。

注釋

❶「出」的用法，最早見《景德傳燈錄》卷十四所載藥山與雲岩的問答：「藥山乃又問：『聞汝解弄獅子，是否？』師曰：『是。』曰：『弄得幾出？』師曰：『弄得六出。』曰：『我亦弄得。』師曰：『和尚弄得幾出？』曰：『我弄得一出。』」關於「出」、「折」、「齣」的解釋可參見錢南揚《戲文概論》，上海古籍出版社一九八一年版，一六七—一七〇頁。

❷明葉盛《草木子》卷二云：「俳優戲文始於《王魁》，永嘉人作之。識者曰：若見永嘉人作相，國當亡。及宋將亡，乃永嘉陳宜中作相。」

❸此據錢南揚所著《戲文概論》，上海古籍出版社一九八一年版，第八三—一一〇頁。但其中某些劇碼是否屬於元代作品，尚有爭議。參見劉念茲《南戲新證》，中華書局一九八六年版，第五九—七八頁。

❹明《永樂大典》收南戲三十三種，八國聯軍入侵北京時，《永樂大典》被焚劫，此三劇流佚國外，一九二〇年葉恭綽在英國

倫敦一小古玩店購回。一九三一年古今小品書籍刊行會刊印，題名為《永樂大典戲文三種》；錢南揚有校注本，中華書局一九七九年版。

❺《錄鬼簿》卷下云：「沈和甫，錢塘人。……兼明音律。以南北詞調合腔，自和甫始。如〈瀟湘八景〉、〈歡喜冤家〉等曲，極為工巧。」

❻元姚壽桐《樂郊私語》記載海鹽楊氏得北曲名家貫雲石真傳，其家僮無不擅南北歌調者。而州人往往得其家法，以能歌名於浙右。清王士禎《香祖筆記》據此以為南曲聲腔海鹽腔「實發於貫酸齋」。

❼高明的生年不詳。據今人推斷其弟高暘生於大德十一年（一三〇七）左右，高明的生年當距此不遠（參見戴不凡《論古典名劇《琵琶記》》，中國青年出版社一九五七年版；錢南揚《漢上宧文存》，上海文藝出版社一九八〇年版；黃仕忠《《琵琶記》研究．高則誠行年考述》，廣東高等教育出版社一九九六年版）。其卒年有二說。清陸時化《吳越所見書畫錄》卷一收有高明〈題陸放翁〈晨起〉詩卷〉，末署「至正十三年（一三五三）夏五月壬辰永嘉高明謹志於左方」。同卷還收有永嘉余堯臣的跋語，說「越六年而高公亦以不屈權勢病卒四明」。據此推算，高明應卒於至正十九年（一三五九）。見湛之（傅璇琮）〈高明的卒年〉，《文史》第一輯，中華書局一九六二年版；黃仕忠〈高則誠卒年考辨〉，《文獻》，一九八七年第四期。舊說高明在入明後曾受到朱元璋的徵召，辭不就，則其卒當在一三六八年以後，見《明史．陶宗儀傳》附、嘉靖《寧波府志》。高明入仕後，歷任處州（今浙江麗水）錄事、江浙行省掾、江南行臺掾、福建行省都事等職；其中福建行省都事之任途中，經過寧波，因拒絕當時已經降元的方國珍的邀留，即日解官退隱，以詞曲自娛。所作《琵琶記》，今存兩個系統的傳本。其中清陸貽典抄本、明嘉靖間所刊的巾箱本和《風月錦囊》摘彙本等，較近原貌。這裡的引文，均據陸抄本。

❽上述分析可參見黃仕忠〈負心婚變母題研究〉一文，載《戲劇藝術》一九九二年第二期。

❾參見黃仕忠〈《琵琶記》與中國倫理社會〉一文，載《文學遺產》一九九六年第三期。

❿明嘉靖《瑞安縣志》所錄〈高明傳〉云：「今所傳《琵琶記》，關係風化，實為詞曲之祖。」明魏良輔《曲律》說：「《琵琶記》……自為曲祖。」又，明鄭鄤《峚陽草堂詩文集》卷九〈題祝髮記〉謂：「《琵琶》，南曲之祖也。」

⓫參見《中國大百科全書．戲曲曲藝卷》「高明」條的「外文譯本書目」，中國大百科全書出版社一九八三年版，第八三頁。

⓬明凌濛初《譚曲雜札》云：「曲始於胡元，大略貴當行不貴藻麗。……故《荊》、《劉》、《拜》、《殺》為四大家。」見《中國古典戲曲論著集成》第四冊，中國戲劇出版社一九五九年版，第二五三頁。

⓭柯丹邱，據清張大復《寒山堂曲譜》卷首「譜選古今傳奇散曲總目」注，為吳門學究，敬先書會才人。但明徐渭《南詞敘

錄》、呂天成《曲品》等將此戲列入無名氏作品。又舊抄《古人傳奇總目》署作丹邱子作，明寧獻王朱權號丹丘先生，故王國維認為丹邱子即朱權，實誤；也有人認為是元末畫家柯九思，號丹邱子。按：此戲最早當出自民間藝人之手，柯丹邱或為此戲在元末的改編寫定者。另據《南詞敘錄》，明初李景雲也有過改編本。

⓮此戲有成化間永順堂刻本、《風月錦囊》摘彙本、汲古閣刻本等，出於元人舊本，另有富春堂刻本《白兔記》，則係明人重新編撰。

⓯明何良俊、王世貞等均持此說。施惠生平，據元鍾嗣成《錄鬼簿》記載：「惠字君美，杭州人，居吳山城隍廟前，以坐賈為業。公美目巨髯，好談笑。余嘗與趙君卿、陳彥實、顏君常至其家，每承接款，多有高論。詩酒之暇，惟以填詞和曲為事。有《古今砌話》，亦成一集，其好事也如此。」

⓰明呂天成《曲品》、清無名氏《古人傳奇總目》等均謂徐畛作。徐畛，字仲由，浙江淳安人。明太祖洪武初，受縣令招聘，任縣學教官三年；因性不喜羈絆，自免去。洪武十四年詔徵秀才，被舉應詔，至藩省，力辭而歸。遂號巢松病叟，葛巾野服，優遊山水之間。尤工詞曲，嘗自稱「吾詩文未足品藻，惟傳奇詞曲不多讓古人」。有《巢松集》，今佚。徐氏為元末明初人，而元代南戲《宦門子弟錯立身》已提到傳奇（指南戲）《殺狗勸夫婿》，可知此戲原出民間藝人之手，徐畛或曾改訂過此戲。全本今僅傳汲古閣刻本一種，而據清張大復《寒山堂曲譜》說，已經過吳中情奴、沈興白、龍猶子（馮夢龍）三度修改。另有《風月錦囊》摘彙本，摘錄了部分曲詞，但較近舊貌。

第八章　元代散曲

在元代登壇樹幟、獨領風騷的文學樣式是元曲。而人們通常所說的元曲，包括劇曲與散曲。劇曲指的是雜劇的曲辭，它是戲劇這一在舞臺上表演的綜合藝術的密不可分的組成部分；散曲則是韻文大家族中的新成員，是繼詩、詞之後興起的新詩體。在元代文壇上，它與傳統的詩、詞樣式分庭抗禮，代表了元代詩歌創作的最高成就。

第一節　散曲的興起及其體制風格

・散曲的興起　・散曲的體制　・散曲的文體風格和審美取向

散曲，元人稱爲「樂府」或「今樂府」❶。散曲之名最早見之於文獻，是明初朱有燉的《誠齋樂府》，不過該書所說的散曲專指小令，尚不包括套數。明代中葉以後，散曲的範圍逐漸擴大，把套數也包括了進來❷。至二十世紀初，吳梅、任訥等曲學家的一系列論著問世以後❸，散曲作爲包容小令和套數的完整的文體概念，最終被確定了下來。

散曲究竟興起於何時，由於缺乏文獻，已難以確考。但它產生於民間的俗謠俚曲則是無疑的❹。這與詞產生的情形十分相似。詞本來是合樂的歌辭，由於文人參與創作，日益典雅精緻，逐漸向脫離音樂的單純書面文學的方向發展。宋金之際，北方少數民族如契丹、女眞、蒙古相繼入據中原，他們帶來的胡曲番樂與漢族地區原有的音樂相結合，孕育出一種新的樂曲。這樣，逐漸和音樂脫離並且只能適應原有樂曲的詞，在新的樂曲面前，既顯得蒼白無力，又顯得很不合拍。在這種情況下，一種新的詩歌形式——散曲，便應運而生。明代徐渭在《南詞敘錄》裡曾對由樂曲的變化，導致詞的衰落、「曲」的繁興有過精闢的表述：「今之北曲，蓋遼金北鄙殺伐之音，壯偉狠戾，武夫馬上之歌，流入中原，遂爲民間之日用。宋詞既不可被管弦，世人亦遂尙此，上下風靡。」徐渭的這一看法大致是符合實際的。

散曲的體制主要有小令、套數以及介於兩者之間的帶過曲等幾種。

小令，又稱「葉兒」，是散曲體制的基本單位。其名稱源自唐代的酒令。單片隻曲，調短字少是其最基本的特徵。

但小令除了單片隻曲外，還有一種聯章體，又稱重頭小令，它由同題同調的數支小令組成，最多可達百支，用以合詠一事或分詠數事。如張可久的〔中呂・賣花聲〕《四時樂興》，以四支同調小令分詠春、夏、秋、冬，構成一支組曲；《錄鬼簿》載喬吉曾有詠西湖的〔梧葉兒〕百首，是重頭小令之最長者。聯章體雖以同題同調的組曲形式出現，內容上互有連繫，但組曲中的各支曲子仍是完整獨立的小令型態，故仍屬於小令的範疇。

套數，又稱「套曲」、「散套」、「大令」，是從唐宋大曲、宋金諸宮調發展而來。套數的體式特徵最主要的有三點，即它由同一宮調的若干首曲牌連綴而成，各曲同押一部韻，通常在結尾部分還有〔尾聲〕。

小令和套數是散曲最主要的兩種體制，它們一爲短小精練，一爲富贍雍容，各具不同的表現功能。除此之外，散曲體制中還有一種帶過曲。帶過曲由同一宮調的不同曲牌組成，如〔雁兒落帶得勝令〕、〔罵玉郎帶感皇恩採茶歌〕等，曲牌最多不能超過三首。帶過曲屬小型組曲；與套數比較，其容量要小得多，且沒有尾聲。可見，帶過曲乃是介於小令和套數之間的一種特殊體式。

散曲作爲繼詩、詞之後出現的新詩體，在它身上顯然流動著詩、詞等韻文文體的血脈，繼承了它們的優秀傳統。然而，它更有著不同於傳統詩、詞的鮮明獨特的藝術個性和表現手法，這主要表現在以下三個方面：

第一，靈活多變伸縮自如的句式。散曲與詞一樣，採用長短句句式，但句式更加靈活多變。例如，詞牌句數的規定是十分嚴格的，不能隨意增損。而散曲則可以根據內容的需要，突破曲牌規定的句數，進行增句。又如，詞的句式短則一兩字，最長不超過十一字；而散曲的句式短的一兩個字，長的可達幾十字，伸縮變化極大。這主要是由於散曲採用了特有的「襯字」方式。所謂襯字，指的是曲中句子本格以外的字。如〔正宮・塞鴻秋〕一曲，其末句依格本是七個字，但貫雲石的〈塞鴻秋・代人作〉，末句作「今日個病懨懨，剛寫下兩個相思字」，變爲十四字了。這本格之外所增加的七個字，就是襯字。至於哪七字屬襯字，從以辭合樂的角度看，並無須確指。當然，增加襯字並非隨意而爲，亦有一定之規，如所增之字只能加於句首或句中，不能加於句尾用韻處，所加之字多爲虛詞或修飾性詞語等。總之，增加襯字，突破了詞的字數限制，使得曲調的字數可以隨著旋律的往復而伸縮增減，較好地解決了詩的字數整齊單調與樂的節奏、旋律繁複變化之間的矛盾。同時，在藝術上，襯字還明顯具有讓語言口語化、通俗化，並使曲意詼諧活潑、窮形盡相的作用。例如關漢卿的《不伏老》套數，〔黃鐘尾〕一曲，把「我是一粒銅豌豆」七個字，增襯成「我是個蒸不爛煮不熟搥不扁炒不爆響璫璫一粒銅豌豆」，這一來，顯得豪放潑辣，把「銅豌豆」的性格表現得淋漓盡致。

第二，以俗爲尚和口語化、散文化的語言風格。傳統的抒情文學詩、詞的語言以典雅爲尚，講究莊雅工整，精鶩細膩，一般來講，是排斥通俗的。散曲的語言雖也不乏典雅的一面，但從總體傾向來看，卻是以俗爲美。披閱散曲，俗語、蠻語（少數民族之語）、謔語（戲謔調侃之語）、嗑語（嘮叨瑣屑之語）、市語（行話、隱語、謎語）、方言常語紛至沓來，比比皆是，使人一下子就沉浸到濃郁的生活氣息的氛圍之中。散曲的句法講求完整連貫，詩、詞中常見的省略語法關係，直接以意象平列和句與句之間跳躍接續等寫法，在散曲中卻較少見，因而，散曲的語言明顯地具有口語化、散文化的特點。明凌濛初《譚曲雜劄》評散曲的語言「方言常語，沓而成章，著不得一毫故實」。清黃周星《製曲枝語》云：「曲之體無他，不過八字盡之，曰：少引聖籍，多發天然而已。」都是對散曲以俗爲尚和口語化、散文化語言風格的精闢概括。

第三，明快顯豁、自然酣暢的審美取向。在我國古代抒情性文學的創作中，儘管存在著各種風格爭奇鬥妍、各逞風騷的情況，但含蓄蘊藉始終是抒情性文學審美取向的主流，這一點在詩、詞創作中表現得尤爲明顯。散曲在審美取向上當然也不排斥含蓄蘊藉一格，這在小令一體中表現得還比較突出，但從總體上說，它崇尚的是明快顯豁、自然酣暢之美，與詩、詞大異其趣。任訥對散曲的這一審美取向做過精彩論述：「曲以說得急切透闢、極情盡致爲尚，不但不寬弛、不含蓄，且多衝口而出，若不能待者；用意則全然暴露於辭面，用比興者並所比所興亦說明無隱。此其態度爲迫切，爲坦率，恰與詞處相反地位。」❺散曲往往非但不「含蓄」其意、「蘊藉」其情，反而唯恐其意不顯、其情不暢，直待極情盡致、酣暢淋漓而後止，上舉關漢卿《不伏老》套數〔黃鐘尾〕一曲就是一個典型的例子。同時，由於散曲多借用「賦」的鋪陳白描的表達方式，可根據表達內容的要求增句和增加襯字，可以有頂針、疊字、短柱對、鼎足對等多種手法，也對這一審美取向的形成，起了推波助瀾之效。

從上述散曲的特點可見，比之傳統的抒情文學樣式詩、詞，散曲身上刻有較多的俗文學的印記。它是金元之際民族大融合所帶來的樂曲的變化；傳統思想、觀念的相對鬆弛；知識分子由於地位的下降更加接近民間，以及市民階層的壯大，他們的欣賞趣味回饋於文學創作等一系列因素合力的產物。散曲以其散發著土氣息、泥滋味的清新形象，迅速風靡了元代文壇，也使得中國文學的百花園裡又增添了一朵豔麗的奇葩。

第二節　元前期散曲創作

・書會才人作家　・平民及胥吏作家　・達官顯宦作家

元代散曲作家，據不完全統計，約有二百人❻，存世作品小令三千八百多首，套數四百七十餘套❼。以元仁宗延祐年間爲界，分爲前後兩個時期。前期的創作中心在北方，後期則向南方轉移。這一點，與雜劇創作的情況基本相似。

元前期散曲作家，依其社會身分，大致可分爲三類。第一類是書會才人作家。這一類作家無論在人生道路的選擇、自我價值的認定，抑或是道德修養等諸方面，都與傳統的文士大相逕庭。元代中止了科舉，斷絕了他們仕進的道路，把他們抛入了社會的底層，甚至混跡勾欄，與倡優爲偶。然而他們卻並沒有因此沉淪，倒是在與下層人民的緊密結合中，脫胎換骨，重獲新生。這一類作家大都具有放誕不羈的精神風貌，而在表像之後蘊涵的卻是強烈的反傳統的叛逆精神和追求個性自由的生命意識。關漢卿、王和卿等即是這一類作家的突出代表。

關漢卿自稱「普天下郎君領袖，蓋世界浪子班頭」。他的著名套數〔南呂・一枝花〕《不伏老》可視爲「浪子」的一篇宣言，其〔黃鐘尾〕曲云：

> 我是個蒸不爛煮不熟捶不扁炒不爆響璫璫一粒銅豌豆，恁子弟每誰教你鑽入他鋤不斷斫不下解不開頓不脫慢騰騰千層錦套頭。我玩的是梁園月，飲的是東京酒，賞的是洛陽花，攀的是章臺柳。我也會圍棋，會蹴踘，會打圍，會插科，會歌舞，會吹彈，會咽作，會吟詩，會雙陸。你便是落了我牙，歪了我口，瘸了我腿，折了我手，天賜與我這幾般兒歹症候，尚兀自不肯休。則除是閻王親自喚，神鬼自來勾，三魂歸地府，七魄喪冥幽。天那，那其間才不向煙花路兒上走。

此曲重彩濃墨，層層暈染，集中而又誇張地塑造了「浪子」的形象，這形象之中固然有關氏本人的影子，但又何嘗不是以關氏爲代表的書會才人群體精神面貌的寫照呢。當然，曲中刻意渲染的玩世不恭遊戲人生的態度並不可取，但如果我們結合金元時期特定的社會環境來看，不難發現，在這一「浪子」的形象身上所體現的對傳統文人道德規範的叛逆精神、任性所爲無所顧忌的個體生命意識，以及不屈不撓頑強抗爭的意志，實際上是向市民意識、市民文化認同的新型文人人格的一種表現。此曲在藝術上也很有特色。曲中一系列短促有力的排句，節奏鏗鏘，具有精神抖擻、斬釘截鐵的意味。全曲把襯字運用的技巧發揮到了極致。如首兩句，作者在本格七、七句式之外，增加了三十九個襯字，使之成爲散曲中少見的長句。而這些長句，實際上又以排列有序的一連串三字短句組成，從而給人以長短結合舒卷自如的感覺。這種不拘一格的表現形式，恰能表達浪漫不羈的內容，以及風流浪子無所顧忌的品性。

關漢卿散曲創作最多的題材是男女戀情，尤其以刻畫女子細膩微妙的心理活動見長。如下面這首〔雙調・沉醉東風〕：

> 咫尺的天南地北，霎時間月缺花飛，手執著餞行杯，眼擱著別離淚。剛道得聲「保重將息」，痛煞煞教人捨不得。好去者，望前程萬里。

男女離別的場面，是古代詩詞中的常見題材，如柳永的名篇〈雨霖鈴〉。此曲刻畫入微處，可與柳詞相埒。但柳詞以含蓄蘊藉見長；關曲於含蓄中得眞率直白之味，從中我們也可以看出關氏散曲自然本色的主導風格。

王和卿，大名（今屬河北）人，與關漢卿相友善，爲人滑稽佻達。現存小令十一首，套數一篇，另有兩個殘套。王和卿的散曲從總體上看趣味不高，如〈詠禿〉、〈胖妓〉、〈王大姐浴房內吃打〉等，選材粗俗，更多地表現了市民意識和文化中庸俗的一面。寫得較好的是〔仙呂・醉中天〉〈詠大蝴蝶〉一首：

> 彈破莊周夢，兩翅駕東風。三百座名園一採一個空。誰道風流種？唬殺尋芳的蜜蜂。輕輕的飛動，把賣花人搧過橋東。

此曲用語誇張，構思奇特，極具滑稽詼諧之趣。所詠蝴蝶外表的美麗與其魯野的行爲極不協調，從而產生強烈的喜劇性效果，能夠引起人們的聯想，這或許是此曲廣受稱道的原因所在。

第二類是平民及胥吏作家。這類作家在人生遭際、社會地位等方面與第一類作家並無大的不同，但他們不像第一類作家那樣比較徹底地拋棄了名教禮法和傳統士流風尚。在他們內心深處，倒是不甘仕途失落，並嚮往實現傳統文人價值的。然而，在現實生活中，他們屢屢碰壁，理想歸於幻滅，因而歎世歸隱就成了這類作家創作的主旋律。他們一方面悲憤地感歎世道的不平和個人悲劇的命運，進而對傳統價值觀產生懷疑；另一方面又希冀以精神上的遁隱作爲消解痛苦療治創傷的藥方。元代全眞教的流行則進一步強化了他們的這一行爲和精神的取向。顯然，這類作家對人生所抱的是一種消極的態度，但其中卻也蘊涵著對封建政治和現實人生的深刻反省。這類作家以白樸、馬致遠等人爲其代表。

白樸的散曲創作，今存小令三十七首，套數四篇。在這些作品中，歎世歸隱之作占了較大的比例。如〔雙調・沉醉東風〉〈漁父〉：

> 黃蘆岸白蘋渡口，綠楊堤紅蓼灘頭。雖無刎頸交，卻有忘機友，點秋江白鷺沙鷗。傲殺人間萬戶侯，不識字煙波釣叟。

白樸幼經金亡喪亂，此後終生不仕，過著優遊閒居生活。曲中所寫在澄明的秋江上和鷗鷺相與忘機的漁父生涯，表明了作者對現實功名的否定，和對遁世退隱生活的嚮往。然而，表面的瀟灑脫略並不能完全掩蓋作者心中的悲憤，「不識字」三字即透出個中消息。強調漁父的不識字可以無憂無慮，可以傲視王侯，所要表現的不正是識字的知識分子對現實生活的反感嗎？像這一類曠達與悲憤交織之作在白樸作品中屢見不鮮，如：「知榮知辱牢緘口，誰是誰非暗點頭。詩書叢裡且淹留，閒袖手，貧煞也風流。」（〔陽春曲〕〈知幾〉）「糟醃兩個功名字，醅渰千古興亡事，曲埋萬丈虹霓志。不達時皆笑屈原非，但知音盡說陶潛是。」（〔寄生草〕〈勸飲〉）從中我們不難看到這一類知識分子精神狀況之一斑。

除了歎世歸隱之作外，白樸較多涉筆的題材還有男女戀情與寫景詠物。前者多具質樸本色、直白通俗之趣，後者富於文采，有清麗淡雅之美，都取得了一定的成就。

馬致遠是元代創作最豐的散曲作家之一，今存小令一百一十五首、套數二十二篇，總計一百三十多首[8]。元代傳統文人積極進取與超脫放曠重疊交織的悲劇性人格，在馬致遠的散曲創作中表現得最爲鮮明突出。

馬致遠早年熱衷於功名，但他的仕途卻並不得意，所任最高官職不過是從五品的江浙行省務官。長期的沉抑下僚，使他飽受屈辱，並對現實的黑暗有了清醒的認識，心中鬱結的憤懣不平之氣充溢於他散曲的字裡行間：「夜來西風裡，九天雕鶚飛，困煞中原一布衣。悲，故人知未知？登樓意，恨無上天梯！」（〔金字經〕）「歎寒儒，謾讀書，讀書須索題橋柱，題柱雖乘駟馬車，乘車誰買〈長門賦〉，且看了長安回去。」（〔撥不斷〕）這裡表面上看，乃是抒發英雄失路之悲，壯志未酬之歎，更深層的意蘊則是發洩傳統價值在現實中無法實現的悲憤。

在封建社會中，對現實絕望的知識分子，最容易產生人生的幻滅感和歷史的虛無感，並進而乞靈於老莊的保身哲學，將與世無爭、超塵絕世的隱居生活作爲理想的人生境界，以此逃避現實，獲得心理平衡。馬致遠以他無比的才華，運用散曲的形式，把這一文人心態描摹得淋漓盡致，下面是他的著名套數〔雙調．夜行船〕《秋思》中的尾曲〔離亭宴煞〕：

蛩吟罷一覺才寧貼，雞鳴時萬事無休歇，爭名利何年是徹？看密匝匝蟻排兵，亂紛紛蜂釀蜜，急攘攘蠅爭血。裴公綠野堂，陶令白蓮社。愛秋來那些？和露摘黃花，帶霜烹紫蟹，煮酒燒紅葉。想人生有限杯，渾幾個重陽節。人問我頑童記者：便北海探吾來，道東籬醉了也。

這裡描繪了兩種人生境界：一是奔波名利，一是陶情山水，名利場中的汙濁醜陋與退隱田園的高雅曠達，形成鮮明的對比。作者堅定地選擇了後者，將詩酒湖山的恬靜閒適作爲人生的歸宿，這表明了作者澈悟之後對現實的徹底否定，同時在表面的放逸瀟灑之下仍然激盪著憤世嫉俗的深沉感情。

馬致遠被譽爲「曲狀元」❾，他的散曲在藝術上取得了很高的成就。與關漢卿散曲濃厚的市俗情趣相比，馬致遠的散曲則帶有更多的傳統文人氣息。他的套數擅長把透闢的哲理、深沉的意境、奔放的情感、曠達的胸懷熔於一爐，語言放逸宏麗而不離本色，對仗則工穩妥帖，被視爲元散曲豪放派的代表作家。他的小令亦寫得俊逸疏宕，別具情致。如膾炙人口的〈天淨沙〉〈秋思〉：

枯藤老樹昏鴉，小橋流水人家，古道西風瘦馬。夕陽西下，斷腸人在天涯。

僅二十八字就勾勒出一幅秋野夕照圖，特別是首三句不以動詞做中介，而運用九個名詞勾繪出九組剪影，交相疊映，創造出蒼涼蕭瑟的意境，映襯出羈旅天涯茫然無依的孤獨與彷徨。全曲景中含情，情自景生，情景交融，雋永含蘊。周德清《中原音韻》讚其爲「秋思之祖」，王國維《人間詞話》說它「寥寥數語，深得唐人絕句妙境」。洵爲確評。

第三類是達官顯宦作家。一般來說，這類作家仕途比較通達，尤其在元初知識分子普遍棲身下層，漢人一般不受重用的情況下，他們可以說是特別受到命運眷顧的寵兒。所以，他們的作品更多表現的是傳統的士大夫思想情趣。當然，在元代政治極度腐敗、民族歧視嚴重的社會環境下，他們也同樣有牢騷和不平，但遠沒有前兩類作家那樣激憤難抑。在藝術風格上，他們或精工雅麗，或質樸本色，而總體上則偏於典雅一路，俚俗的成分較少。這一類作家以盧摯、姚燧爲代表。

盧摯（一二四二？—一三一五後），字處道，一字莘老，號疏齋。祖籍河北涿郡，後遷河南潁川。官至翰林承旨。曾出使湖南、江東等地。盧摯在元初頗負文名，文與姚燧並稱，詩與劉因齊名，但傳世詩文不多。所作散曲今存小令一百二十餘首。

盧摯散曲的題材以詠史懷古與隱居樂閒兩類爲多，無論抒發世事興衰變幻之哀愁，或是表現田園山林之趣，大抵不出古代士大夫「儒道互補」的精神範疇。倒是一些寫景詠物之作，具有較高的藝術鑑賞價值。如〔雙調・沉醉東風〕〈秋景〉：「掛絕壁枯松倒倚，落殘霞孤鶩齊飛。四圍不盡山，一望無窮水。散西風滿天秋意。夜靜雲帆月影低，載我在瀟湘畫裡。」此曲化用李白之詩、王勃之文的句意，以清新自然之筆描繪出一幅秋日瀟湘的美麗畫圖，含蘊著作者陶然忘機的情懷。全曲意象明朗，氣韻流動，文辭俊朗清麗，不用虛詞、襯字，與詩、詞的表現手法更接近，體現了疏齋散曲以清雅爲主的基本格調。

姚燧（一二三八—一三一三），字端甫，號牧庵，河南洛陽人。一生仕途坦暢，官至翰林學士承旨。曾主持修撰《世祖實錄》。所作散曲存世不多，計有小令二十九首，套數一篇。

姚燧散曲在取材、內容等方面與盧摯大體相似，如〔中呂・醉高歌〕〈感懷〉：「十年燕月歌聲，幾點吳霜鬢影。西風吹起鱸魚興，已在桑榆暮景。」曲寫自己的宦海行蹤，遲暮之感，籠罩著一股淡淡的哀愁。全曲對仗工整，語言雅潔蘊藉，頗似一首小詞。姚燧的一些描寫男女風情之作，以刻畫人物心理活動見長。如〔越調・憑欄人〕〈寄征衣〉：「欲寄征衣君不還，不寄君衣又寒，寄與不寄間，妾身千萬難。」思婦題材爲古代詩歌所常見，但姚燧此曲構思相當巧妙，它不是正面寫思念，而是通過寫妻子內心的猶豫、糾結，處處顯示她對丈夫愛之深、念之切。短短二十四字，便將思婦細膩微妙的心理，婉曲傳出，頗有樂府民歌的淳厚雋永之味。

元前期比較著名的散曲作家，還有杜仁傑、楊果、馮子振、陳英等人，也各具丰采。

第三節　元後期散曲創作

・散曲文體的日趨成熟完善　・哀婉蘊藉的感傷情調成爲創作主流　・追求形式美的傾向
・張可久、喬吉　・張養浩、睢景臣、劉時中

與前期散曲作家大都爲北方人不同，後期散曲作家的主體基本上由南方人或移居南方的北方人構成。如公認的後期散曲創作成就最高的兩位作家張可久與喬吉，一爲浙江慶元（今屬浙江寧波）人；一爲長期流寓杭州的太原人。這一現象表明，元代後期，散曲創作在南方得到更爲蓬勃的發展。

與前期散曲創作相比，後期散曲創作風貌也有比較明顯的變化：首先，散曲的題材內容被不斷開拓，舉凡寫景、言情、贈別、懷古、談禪、詠物、贈答、抒懷等等，幾乎無所不涉，無所不能，其表現領域得到極大擴張，從而使詩壇呈現並確立了詩、詞、曲鼎足而立的詩體格局。其次，在思想情調方面，前期散曲創作中大量存在的那種對現實強烈不滿和激情噴發的作品大爲減少，哀婉蘊藉的感傷情調漸漸成爲散曲創作的主流。第三，出現了比較明顯的追求形式美的傾向。無論是韻律平仄的嚴謹、語言的典麗，還是對仗的工穩、典故的運用等形式美諸因素，都較前期有所強化。總體而言，元代後期散曲創作的風格，從前期以豪放爲主轉變爲以清麗爲主。

張可久，字小山，生卒年不詳，約活動於一二八〇年至一三四八年前後。曾任過典史一類小吏⑩，仕途上不很得意。平生好遨遊，足跡遍江南各地。晚年居杭州。有《蘇堤漁唱》、《小山樂府》等散曲集。今存小令八百五十五首，套數九篇，爲元人中專攻散曲並存世作品最富者。

小山散曲取材廣泛，舉凡寫景抒懷、男女戀情、歎世歸隱、酬唱贈答等文人生活的方方面面，幾乎都有涉及，其中不乏憤世嫉俗的悲歎悵恨之作。如〔正宮・醉太平〕〈歎世〉：「人皆嫌命窘，誰不見錢親？水晶環入麵糊盆，才沾粘便滾。文章糊了盛錢囤，門庭改做迷魂陣，清廉貶入睡餛飩。葫蘆提倒穩。」對道德淪喪、賢愚顛倒的人情世態做了辛辣的諷刺。然而，像這類表現其入世情懷的筆鋒尖利之作，在小山散曲中並不多見，最能代表其清而且麗、華而不豔創作風格的，是大量的寫景之作。如〔黃鐘・人月圓〕〈春晚次韻〉：

> 萋萋芳草春雲亂，愁在夕陽中。短亭別酒，平湖畫舫，垂柳驕驄。一聲啼鳥，一番夜雨，一陣東風。桃花吹盡，佳人何在，門掩殘紅。

全曲以寫景見長，景語又是情語，而所寫的眼前景物，多與故實相關，顯得典雅工麗，倍能體現纏綿委婉的情味；它攫取唐人崔護〈題都城南莊〉的詩意入曲，使意境更加幽邈深致。小山的這一類散曲，清楚地顯示了散曲雅化的趨勢，元後期曲風的轉變，張可久實在是一個關鍵人物。

喬吉（一二八〇？—一三四五），字夢符，號笙鶴翁，又號惺惺道人。撰有雜劇《兩世姻緣》等十一種，今存三種。散曲今存小令二百零九首，套數十一篇。他在散曲創作上與張可久齊名，有「曲中李杜」之譽。

喬吉一生窮愁潦倒，寄情詩酒，故散曲多嘯傲山水和青樓調笑之作。「不占龍頭選，不入名賢傳。時時酒聖，處處詩禪，煙霞狀元，江湖醉仙。笑談便是編修院。留連，批風抹月四十年。」（〔正宮・綠么遍〕〈自述〉）這就是其人生經歷和處事態度的自我寫照。喬吉散曲的風格同樣以清麗婉約見長，講究形式整飭，節奏明快，精於鍛字鍊句。但與張可久的一味騷雅不同，喬吉不避俗趣，雅俗並用，別具一種雅麗蘊藉中涵天然質樸的韻味。如〔中呂・滿庭芳〕〈漁父詞〉：

> 秋江暮景，胭脂林障，翡翠山屏。幾年罷卻青雲興，直泛滄溟。臥御榻彎的腿痛，坐羊皮慣得身輕。風初定，絲綸慢整，牽動一潭星。

全曲酣寫隱逸者樂於避世而又不甘寂寞的內心矛盾，於恬淡中透出豪俊不凡之氣。同時，把典故與俗語糅合在一起，典雅中有天籟，婉麗中有灑脫，充分顯現了雅俗兼全的藝術特色。

後期比較重要的作家還有張養浩、睢景臣和劉時中。張養浩（一二七〇—一三二九），字希孟，號雲莊，山東濟南人。累官禮部尙書，以直言敢諫著稱。有散曲集《雲莊休居自適小樂府》，存小令一百六十一首，套數二篇。張養浩的散曲多寫寄情林泉之樂，但也不乏關懷民瘼之作，如下面這首〔中呂・山坡羊〕〈潼關懷古〉：

> 峰巒如聚，波濤如怒，山河表裡潼關路。望西都，意踟躕，傷心秦漢經行處，宮闕萬間都做了土。興，百姓苦；亡，百姓苦。

此曲爲張養浩晚年在陝西賑饑時所作，它最爲人稱道的，是能一針見血地揭示出興亡後面的歷史眞諦：「興，百姓苦；亡，百姓苦。」這八個字，鞭辟入裡，精警異常，恰如黃鐘大呂，振聾發聵，使全曲閃爍著耀眼的思想光輝。

睢景臣，字景賢，揚州人。撰有雜劇《屈原投江》等三種，惜皆不傳。散曲今存套數三篇。其代表作是〔般涉調・哨遍〕《高祖還鄉》套數。關於漢高祖劉邦衣錦還鄉，本是一直爲文人雅士們津津樂道的故實，睢景臣卻能翻空出奇，別具機杼。他選擇了一個有趣的視角，讓一切景象由作爲觀者的鄉巴佬眼中看出，以詼諧嘲謔的口吻勾畫出劉邦裝腔作勢的面目。全曲諧趣而又鋒利，幽默而又深刻，它像一根閃著冷光的魔棍，批郤導窾，洞幽燭微，把看似不可一世的封建統治者逗弄得哭笑不得。鍾嗣成《錄鬼簿》載：「維揚諸公，俱作《高祖還鄉》套數，公〔哨遍〕製作新奇，諸公皆出其下。」的確，在封建時代，睢景臣敢於剝下皇帝的袞龍袍，能發人所未發，實在很不容易。過人的膽略，精巧的構思，生動活潑的語言，使此曲在我國文學史上獲得很高的聲譽。

劉時中，元末人，籍貫生平待考⓫。他曾作過兩套〔正宮・端正好〕《上高監司》套數，前套由十五支曲組成，後套長達三十四曲，為元散曲中罕見的長套。這兩個套數本是作者以散曲形式向高監司獻呈的兩通說帖，本意當是歌頌高監司的德政。但當具體寫到高監司拯厄扶危，就不能不如實地反映社會現實。這一來，作者便以淋漓的筆墨向讀者揭示了元代人民悲慘生活的面貌。這種直接反映現實的作品，在元散曲中可謂鳳毛麟角，故亦彌足珍貴。此曲用鋪陳手法，層層展開，汪洋恣肆，又以大量生活口語入曲，很能體現散曲的藝術特點。

後期較有成就的散曲作家還有貫雲石與徐再思。貫雲石（一二八六—一三二四），原名小雲石海涯，號酸齋，維吾爾族人。今存小令七十餘首，套數八篇，風格豪放中見清逸。徐再思，字德可，號甜齋，浙江嘉興人。今存小令一百零三首，風格婉約清麗。後人把兩人的作品合輯，稱《酸甜樂府》。

注釋

❶今存元人所編散曲選集稱《朝野新聲太平樂府》、《樂府新聲》、《樂府群珠》；今存元人散曲別集稱《小山樂府》、《月湖今樂府》、《沈氏今樂府》。

❷例如王驥德，在其《曲律・雜論下》說：「散曲絕難佳者，北詞載《太平樂府》、《雍熙樂府》、《詞林摘豔》，小令及長套多有妙絕可喜者。」所列舉的三部書都是兼收小令和套數的。王氏概稱「散曲」，顯然是把套數也視為散曲了。

❸吳梅著有《顧曲麈談》，上海商務印書館一九一六年版。《中國戲曲概論》（其中有〈元人散曲〉一章），大東書局一九二六年版。《曲學通論》，商務印書館一九三五年版。任訥著有《散曲概論》，中華書局一九三一年版。

❹曲牌中有〔中呂・叫聲〕，據《事物紀原》「吟叫」條：「嘉祐末，仁宗上仙，四海遏密，故市井初有叫果子之戲……京師凡賣一物必有聲韻，其吟哦俱不同，故市人採其聲調，間以詞章，以為戲樂也。今盛行於世，又謂之吟哦也。」可見該曲即是宋仁宗至和、嘉祐年間根據叫賣聲衍生的市井俚歌。其他如〔仙呂・太平令〕、〔仙呂・撥不斷〕、〔貨郎兒〕、〔豆葉黃〕、〔採茶歌〕的情形也基本如此。

❺《詞曲通議》，上海商務印書館一九三一年版。

❻元代散曲作家，據朱權《太和正音譜》卷上「古今群英樂府格勢」收錄，計一百八十七人；任訥《散曲概論》統計，可考者為二百二十七人；隋樹森《全元散曲》收錄有作品流傳的散曲作家二百一十二人。

❼此據隋樹森《全元散曲》及明抄殘存六卷本《陽春白雪》統計。

❽隋樹森《全元散曲》輯馬致遠小令一百一十五，套數十六，殘套七。一九八〇年遼寧省圖書館發現明鈔殘本（存六卷）《陽春白雪》，在其中新發現馬致遠套數三篇，並補全了三個殘套。

❾見天一閣本《錄鬼簿》賈仲明挽詞。

❿小山曾任桐廬典史，錢惟善《江月松風集》卷七有〈送小山之桐廬典史〉詩，可證。又，李祁《雲陽集》卷四有〈跋賀元忠遺墨卷後〉一文，乃其至正末年在江西所作，文中謂：「余在浙省時，領省檄督事崑山，坐驛舍中。張率數吏來謁。一見問姓名，乃知其為小山也。時年已七十餘，匿其年數，為崑山幕僚。」可知小山亦曾為崑山幕僚。詳見孫楷第《元曲家考略》甲稿，上海古籍出版社一九八一年版。

⓫元代散曲作家有兩個劉時中，一為古洪（今江西南昌）劉時中，生平事蹟不詳。一為劉致，字時中，號逋齋，石州寧鄉（今山西中陽）人，官至翰林待制、浙江行省都事。文中所引〔正宮·端正好〕《上高監司》套數究係哪位劉時中所作，尚無定論。

第九章　元代詩文

作爲正統文學樣式的詩文，元代與前代相比，顯然處於低谷狀態。然而，元代的詩文作家和作品的數量相當多❶，而且出現了許多擅長詩文的少數民族作家。元代詩人鄙棄宋詩而專學唐詩的風氣對明代詩歌有很大影響；元代散文則沿著唐宋古文的道路發展，並下啓明代文風。

第一節　元代詩文概況

・元代詩文對唐宋詩文的沿革　・理學思想對元代詩文的影響

元代初期的詩文作家大都是由宋入元或由金入元的，他們受江湖詩派和元好問的影響較深。到了中期，詩壇以宗唐爲主導傾向，對於宋詩則多採取摒棄的態度。元人在主觀上努力學習唐人的渾融流麗、體式端雅，力矯宋詩的瘦硬生澀之弊。而在實際創作中他們的學唐又多止於形貌，且多平和淡遠、溫潤流麗一類。在元中期，最爲突出的文學觀念是「雅正」。後期詩人則大都學中晚唐穠麗奇詭之體。楊維楨的「鐵崖體」，則以奇崛雄肆的詩風爲詩壇帶來新的氣象。薩都剌、貫雲石等色目詩人的創作，也使元詩呈現出與其他時代不同的風貌。

元代散文在其發展過程中，曾有過宗唐與宗宋的不同取向。前期的散文作家如姚燧、元明善等傾向於宗唐，主要是師法韓愈，頗有雄剛深邃之風；另一些作家如劉因、五惲等，則師法宋文，文風趨於平易流暢。到了後期，宗唐與宗宋的傾向又逐漸合流。

理學是元代的官方意識型態，尤其是朱熹的學說，在元代思想界一直處於主導地位。元代著名學者虞集指出：「朱氏諸書，定爲國是。學者尊信，無敢有二。」（《道園學古錄》卷三九）理學的獨尊地位，對元人的文學思想和詩文創作有非常深刻的影響。但元代理學與文學的關係，與宋代有很大差別。宋代文道分離，理學家如「二程」認爲「作文害道」、「作詩妨事」（《二程遺書》卷一八），給文學發展帶來了明顯的消極影響。元代的理學家遠沒有宋代理學家在學術思想上的創造性，但他們大多數又都是頗有成就的文學家。如郝經、吳澄、劉因、許謙、姚燧、虞集、揭傒斯、黃溍、柳貫、吳師道、歐陽玄、戴良、宋濂等人。他們都是程朱道統中人，有正宗的師承關係，是地道的理學有；同時，他們又都是文人學士，留下了許多詩文篇什和文學批評的論著，是元代文學史上的重要作家。理學與文學的相融合一，是元代文壇的重要特徵。正史中一般將理學家、儒士和文學家分開立傳，如《宋史》便分爲「道學」、「儒林」和「文苑」。將周敦頤、二程、邵雍、朱熹等列爲「道學」，而將梅堯臣、黃庭堅、陳師道、秦觀、張耒、周邦彥等詩人、詞人列爲「文苑」，這就明確地標示出理學家與文學家的分野。《元史》則不然，它沒有分立「道學」與「文苑」，而是合而爲「儒學」。爲「作文害道」的立場，而是理學與文章合一。理學思想對元代詩文的具體影響，主要體現爲「雅正」的文學觀念以及經世致用的寫作目的。

元代詩文的發展過程，大致可分爲前、中、後三期。大略而言，前期爲蒙古王朝入主中原到統一全國稍後的一段時間（十三世紀後半葉）；中期指社會比較穩定的成宗、仁宗諸朝（十四世紀前四十年）；後期即順帝朝，也即元朝的最後二十多年。元代很多作家都跨越了兩個乃至三個時期，所以這種分期權是指文壇主要風氣的變化❷。

第二節 元代前期的詩歌

・「月泉吟社」爲代表的詩社集詠　・方回、戴表元等由宋入元的詩人　・契丹族詩人耶律楚材　・理學家劉因的詩歌

元代前期的詩文作家情況比較複雜，有由金入元者，如元好問、李俊民等；有由宋入元者，如方回、戴表元等；還有元王朝的開國功臣如耶律楚材、郝經等；而著名的理學家劉因、許衡等在詩文創作上也頗有成就。以「月泉吟社」爲代表的詩人結社集詠，也是這時期令人矚目的特殊現象。

元代詩壇，有許多詩社相繼出現，詩人集詠爲一時盛事。元代前期的月泉吟社，是由元初宋遺民創立的規模最大、影響最深的詩社。其作品《月泉吟社詩》，是中國現存最早的詩社總集。元世祖至元二十三年（一二八六），原宋義烏令吳渭退隱吳溪，延致方鳳、吳思齊、謝翱等名士共同創立了月泉吟社。月泉吟社以「春日田園雜興」爲題徵詩，三個月間便得詩二千七百三十五卷，作者遍布南方各省。詩人們在對春日田園風光的題詠中，表達了複雜的思想情感。有對故國的思念，有對忠臣義士的追懷，也有對美好生活的嚮往等。在月泉吟社的影響下，終元一代，詩人結社集詠都成爲

詩壇風景。

由宋入元的方回、戴表元，在元代乃至後世詩壇影響都頗爲深遠。方回是宋代江西詩派的殿軍❸，論詩推崇江西詩風。他在詩歌批評上影響最大的是《瀛奎律髓》，這是他所編選的一部唐宋律詩選本。《瀛奎律髓》共四十九卷，所選都是唐宋五、七言律詩。方回把入選之作分類批點，標明句眼，指出寫作特點，全面貫穿了自己的詩學主張。方回在江西詩風已經衰敗式微之際，大力發揮江西詩論，並且首倡「一祖三宗」之說，以杜甫爲「一祖」，以黃庭堅、陳師道、陳與義爲「三宗」，在書中說：「古今詩人，當以老杜、山谷、後山、簡齋四家爲『一祖三宗』，餘可預配饗者有數焉。」（《瀛奎律髓》卷二六）從某種意義上，把江西詩派抬高爲杜甫詩派，爲後學樹立了更高的詩學標的。方回論詩，又以「格高」爲重要標準，開後世「格調」說之先河。他曾說：「詩以格高爲第一。」（《唐長孺藝圃小集・序》）《瀛奎律髓》在很大程度上提高了江西詩派的地位，對後世研究唐宋時期的律詩提供了特定的探索角度。不過，這部選本側重以「詩眼」等來評詩，囿於表層分析，難免江西末流之弊。總的來看，在文學批評史上，方回及其《瀛奎律髓》還是產生了一定影響的。

在宋末元初的詩壇上，方回有著重要的地位，他的詩歌創作有《桐江集》、《桐江續集》等，內容也較爲複雜。方回降元後不久便被廢棄，未見重用，心中多有懊悔之感，加上外界對他的精神壓力，其詩往往表達出低徊沉重的心情。藝術上，方回大力發揮江西詩派的創作特點，在詩眼、句法上深致工夫，其詩以意象生新、境界老成爲主要特徵。

戴表元也是元代前期由宋入元的重要詩人和詩論家❹。作爲詩人，戴表元起著承上啓下的作用。他的詩作收入其詩文集《剡源文集》中而行於世。他深諳宋末詩風的流弊所在，力求革除其弊，創造出高朗健拔的詩風。如清代學者顧嗣立評價說：「慨然以振起斯文爲己任。」（《元詩選・剡源集・序》）戴表元詩在體裁上較爲多樣化，各體均有佳作，不執於一偏。詩人在創作中並不迴避社會矛盾，而是以犀利的詩筆，塗寫出當日社會底層的悲慘景象，揭露出元蒙統治者及其御用文士不願正視的黑暗現實。顧嗣立稱其創作「類多傷時閔亂、悲憂感憤之辭，讀者亦可以諒其心矣」（同上）。如〈夜寒行〉、〈南山下行〉等樂府詩，淋漓盡致地表現了下層人民飽受徭役、戰亂之苦的悲慘遭遇。他的近體詩清新明秀，句律流暢，仍殘留著南宋江湖詩風的痕跡。

元初有幾位開國功臣也是重要的詩人，其中以契丹族的耶律楚材最爲突出❺。楚材雖然多年戎馬倥傯，但始終不廢翰墨，存詩七百二十餘首。他曾隨成吉思汗西征。馳騁萬里，所以有許多篇什描寫奇瑰壯麗的西域風光，如〈過陰山和人韻〉等歌行體詩，寫得動盪開闔，氣象萬千。楚材擅定律詩，集中尤多七律。如〈和移剌繼先韻〉：

舊山盟約已愆期，一夢十年盡覺非。
瀚海路難人去少，天山雪重雁飛稀。
漸驚白髮寧辭老，未濟蒼生曷敢歸。
去國遲遲情幾許，倚樓空望白雲飛。

這樣的作品句律流暢而沉穩，風骨遒健。他的作品中應酬之作過多，往往流於率易，缺乏錘鍊。但在元初的少數民族詩人中，他的成就仍是最值得重視的。

在元代前期的理學家中，劉因的文學成就最為突出❻。他的詩集有《丁亥集》、《靜修遺詩》等。劉因的詩歌創作各體兼備，而尤以七古見長。這類篇什氣勢充沛，奇麗雄峭，有著韓愈詩那種「其力大、其思雄」的特點，如〈西山〉、〈飲後〉等作。劉因的七律詩，則以沉鬱渾莽見稱，如〈渡白溝〉：

薊門霜落水天愁，匹馬衝寒渡白溝。
燕趙山河分上鎮，遼金風物異中州。
黃雲古戍孤城晚，落日西風一雁秋。
四海知名半凋落，天涯孤劍獨誰投。

此詩意境高遠，沉鬱雄渾，深得元好問詩的風致。劉因雖是理學大師，其詩作也深受理學的影響，而其大多數篇什卻沒有「頭巾氣」，不在詩中空言性理之學，明代詩論家胡應麟說他「間涉宋人，然不露儒生腳色」（《詩藪》）。揭示了其詩的特色。劉因的詩歌創作開創了元代理學家詩文創作的先河。

第二節　元代中朝的詩歌

・「雅正」的文學思潮　・始倡「元音」的趙孟頫、袁桷　・「元詩四大家」

元代中期，社會漸趨穩定，民族矛盾有所緩和。在這種歷史背景下，詩歌創作十分繁盛，出現了為數眾多的詩人。

如被視爲「始倡元音」的趙孟頫、袁桷，體現詩壇盛季的「元詩四大家」等。這個時期詩壇上占主導地位的詩學觀念是崇尚「雅正」❼。所謂「雅正」，有兩層涵義：一是詩風以溫柔敦厚爲皈依，二是題材以歌詠昇平爲主導。「雅正」的觀念在當時得到許多詩人的認同，後代也有人把它視爲元代中期詩歌興盛的標誌。其實，這種觀念對於詩歌創作的影響主要是負面的。正是在追求「雅正」的觀念支配下，此期的詩歌消解了對社會、政治的批判功能，也削弱了抒發眞情實感的抒情功能。詩壇上流行的是歌功頌德、粉飾太平和贈答酬唱、題詠書畫的題材，僅有少數人偶爾能突破這種風氣。

在元代中期詩壇上，較早地體現「元音」的是趙孟頫、袁桷等詩人。

趙孟頫作爲宋朝宗室仕元，在元代文化史上有重要的地位❽。他是著名的書法家、畫家，在詩文創作上也是元代的大家。作爲詩人，他的創作昭示了元詩特殊風貌的形成，被認爲是「始倡元音」，詩集名《松雪齋集》。趙孟頫雖然也是由宋入元，卻一反時風，直接上承南北朝詩人的清麗高古，又融之以唐詩的圓融流暢，形成了獨特的風格，開啓了延祐詩風。顧嗣立評價趙孟頫的地位：「中統、至元而後，時際承平，盡洗宋金餘習，則松雪（趙孟頫號松雪）爲之倡。」（《元詩選．丙集》）認爲趙孟頫在元詩從前期到鼎盛時期的轉變中起了關鍵性的作用。

袁桷是著名的文論家，也是成就突出的詩人❾。他是戴表元的學生，論詩、論文學，觀點與戴表元相近。袁桷的經歷中沒有大的坎坷不幸，在朝中又主要是仕職於翰苑，加之當日社會號爲「治世」，因而，其詩作中沒有那種塊壘崢嶸的不平之氣，更多的是較爲自然清雅的即景抒情之作。袁桷之詩更能典型地體現延祐時期文人儒士們的心態。例如，〈居庸關〉、〈雨中度南口〉、〈度懷來沙磧〉等，對景物的刻畫筆力甚健，「隨物賦形」，同時，又能超越物象，使人得到審美聯想。

元代中期的詩壇盛況以「元詩四大家」爲突出代表。「四大家」指虞集、楊載、范梈、揭傒斯四人❿。他們都是當時的館閣文臣，因長於寫朝廷典冊和達官貴人的碑版而享有盛名。他們的詩歌非常典型地體現出當日流行的文學觀念和風尚，所以備受時人稱譽。其實，他們的創作成就並不甚高，難以同前代詩壇的大家相比，就是在元代詩壇上也並不一定算是最優秀的詩人。「四大家」的詩歌創作，在題材內容上大致相同，藝術上也比較相近。明代詩論家胡應麟評價此期詩風特徵說：「皆雄渾流麗，步驟中程。然格調音響，人人如一。大概多模往局，少創新規，視宋人藻繪有餘，古澹不足。」（《詩藪．外編》）道出了四大家藝術共性，批評得也較爲尖銳。但不能因此而全然抹煞了虞、楊、范、揭等詩人的藝術個性，眞正有成就的詩人，必然有獨特的藝術風貌。四大家的藝術風格同中有異，各人還是有著一些屬於自己的特徵，這是他們超過當時其他詩人之處。

「元代四大家」中最優秀的詩人當屬虞集。他擅長律詩，無論是五律還是七律，都寫得格律嚴謹，隸事恰切深微，意境渾融，風格深沉。如七律〈挽文山丞相〉：

徒把金戈挽落暉，南冠無奈北風吹。
子房本為韓仇出，諸葛寧知漢祚移。
雲暗鼎湖龍去遠，月明華表鶴歸遲。
不須更上新亭望，大不如前灑淚時！

這是元詩少見的名篇佳作，詩人把深沉的歷史感融進嚴整的藝術形式之中，沉鬱蒼勁，感人至深。虞集雖然宦途較爲順達，但仍然時常到江南故鄉歸老田園。他的〈風入松〉詞中有「杏花春雨江南」的名句，這種意境也常出現在他的詩中[11]。

楊載的詩風勁健雄放，主要體現於七言歌行詩中，虞集稱其詩如「百戰健兒」，即指此類作品，其律詩則以諧婉見長。楊載還是元代重要的詩論家，撰寫有詩學著作《詩法家數》，有豐富的理論價值。

范梈詩作也以歌行體見長，詩風豪邁而又流暢自如。其詩集《德機集》中歌行體詩約占四分之一。他的五律專學杜甫，頗有杜詩沉鬱凝煉之風，如〈京下思歸〉：

黃落薊門秋，飄飄在遠遊。
不眠聞戍鼓，多病憶歸舟。
甘雨從昏過，繁星達曙流。
鄉逢徐孺子，萬口薄南州。

揭傒斯詩以清婉流麗著稱，虞集曾比之爲「美女簪花」、「三日新婦」，這引起了揭傒斯的不滿。揭傒斯還有些作品質樸無華，別有寄託，如〈秋雁〉：「寒向江南暖，飢向江南飽。莫道江南惡，須道江南好。」此詩暗諷蒙古統治者一面掠奪南人的財富，一面又歧視南人的行爲，是元代中期罕見的諷刺之作。

元代中期黃溍、柳貫、歐陽玄等詩人也較知名，而其詩歌成就則不如「四大家」。

第四節 元代後期詩歌

・元末詩歌的寫實傾向 ・楊維楨的「鐵崖體」 ・薩都剌等少數民族詩人

元代後期朝廷政治日益黑暗，民族矛盾又趨激化，反元暴動此起彼伏。以「雅正」觀念一統詩壇的格局被打破了，詩人的題材選擇和風格追求有了很大的變化，寫實傾向大大增強。而楊維楨創造的「鐵崖體」，是詩風丕變的標誌。以薩都剌爲代表的少數民族詩人，也爲元代後期詩壇增加了獨特的風貌。

後期詩壇具有寫實傾向的代表作家當推王冕[12]。他出身農家，終生未仕，這樣的人生經歷使他對元代後期的社會現實有著眞切的了解。他是著名畫家，又以題畫詩聞名，但他寫得最好的是反映社會現實的篇什。元末社會的各種現狀，諸如連年的水旱災害，朝廷的橫徵暴斂、人民的輾轉溝壑、官吏豪富的驕奢淫逸等等，都在他的詩中得到尖銳的揭露和眞切的描寫。例如這樣一些詩句：「淮南格鬥血滿川，淮北千里無人煙。」（〈江南民〉）「民人籍征戍，悉爲弓矢徒。縱有好兒孫，無異犬與豬。」（〈冀州道中〉）種種慘狀，令人怵目驚心。元代中期一度中斷的反映現實、干預社會的優良傳統，在王冕的創作中得以恢復，這是很值得重視的。與其同時代的詩人也或多或少地表現出這種傾向，即使是以追求藝術風格之奇特性而著稱的楊維楨，也曾創作了〈鹽商行〉、〈海鄉竹枝詞〉等寫實佳作。

元代後期最具藝術個性的詩人是楊維楨[13]。楊維楨個性狂狷，認爲詩是個人情性的表現，強烈地主張藝術創作個性化。他力圖打破元代中期那種缺乏生氣、面目雷同的詩風，追求構思的超乎尋常和意象的奇崛不凡，從而創造了元代詩壇獨一無二的「鐵崖體」。

「鐵崖體」在體裁形式上以「古樂府」爲主，造語藻繪而有力度美，在詩的整體審美效應上具有「陌生化」的特徵。如〈鴻門會〉：

天迷關，地迷戶，東龍白日西龍雨，撞鐘飲酒愁海翻，碧火吹巢雙猰貐。照天萬古無二烏，殘星破月開天餘。座中有客天子氣，左股七十二子連明珠。軍聲十萬振屋瓦，拔劍當人面如赭。將軍下馬力拔山，氣捲黃河酒中瀉。劍光上天寒彗殘，明朝畫地分河山。將軍呼龍將客走，石破青天撞玉斗。

楊維楨這類詩融匯了漢魏樂府以及李白、杜甫、李賀等人的長處，以氣勢雄健的奇思幻想突破了元代中期詩歌甜熟平穩的畦徑，給人以石破天驚的感覺。而從整個文學史的宏觀角度來看，這種風格基本屬於李白、李賀一路，獨創性並不鮮明。此外，楊維楨有時一味求奇，不免顯得詭異晦澀，這一點，也與李賀詩風一脈相承⓮。

元末詩壇還出現了一批成就較高的少數民族詩人。由於經過了幾十年的民族融合，出身少數民族的詩人已經深受漢文化的浸潤薰陶，他們用漢字寫作已是得心應手。他們的創作是元代後期的獨特景觀，使元代詩壇更爲豐富。如突厥人迺賢、色目人余闕、回族人丁鶴年、維吾爾族人貫雲石等人的漢文詩歌，藝術上都相當成熟。這些少數民族詩人中成就最高、影響最大的當推回族詩人薩都剌⓯。

薩都剌的創作以寫宮詞、樂府詩著稱，這些作品受晚唐溫庭筠、李商隱的詩風影響頗深，但又在穠豔細膩中滲入自然生動的清新氣息，這成爲薩都剌本人的特色。此外，薩都剌描寫山水景物和地方風情的詩也比較出色。他一生遍遊南北各地，從塞北風沙到江南煙雨，從氈帳乳酪到蘆芽蓴菜，他都以清新的格調、深情的筆觸予以描繪。如〈上京即事〉：「牛羊散漫落日下，野草生香乳酪甜。捲地朔風沙似雪，家家行帳下氈簾。」又如〈過嘉興〉中的「蘆芽短短穿碧沙，船頭鯉魚吹浪花。吳姬蕩槳入城去，細雨小寒生綠紗」幾句，都堪稱清麗。薩都剌也善於寫詞，〈滿江紅・金陵懷古〉、〈念奴嬌・石頭城〉二首被人廣泛傳誦。顧嗣立論薩都剌等少數民族詩人時說：「要而論之，有元之興，西北子弟，盡力橫經。涵養既深，異才並出。雲石、海涯、馬伯庸以綺麗清新之派振起於前，而天錫（薩都剌）繼之，清而不佻，麗而不縟，眞能於袁、趙、虞、楊之外，別開生面者也。於是雅正卿、達兼善、迺易之、余廷心諸人，各逞才華，標奇競秀。亦可謂極一時之盛者歟！」（《元詩選・戊集》）這段話概括地揭示了這個少數民族詩人群體在元人詩壇上的重要地位，也成爲元詩與其他時代詩史不同的重要內容之一。

注釋

❶元詩尚沒有完整的總集，現存清人顧嗣立編《元詩選》及席世臣、顧果庭續編《元詩選・癸集》，共收錄詩人二千六百餘

人，詩作三萬餘首，數量相當豐富。

❷關於元代詩文的分期問題，學術界有不同的觀點。有的主張分為三期，參看黃瑞雲〈元詩略説〉，《湖北師院學報》一九九三年第四期。也有人主張分為二期，即以元仁宗延祐年間（一三一四－一三一九）為界，參看鄧紹基〈略談楊維楨詩歌的特點〉，《湖北大學學報》一九八九年第四期。

❸方回（一二二七－一三○七），字萬里，號虛谷，徽州歙縣（今屬安徽）人。南宋景定三年（一二六二）登進士第，累遷知嚴州。後降元，任建德路總管，旋即罷去。終老於杭、歙間。著有《桐江集》、《桐江續集》。

❹戴表元（一二四四－一三一○），字帥初，一字曾伯，奉化（今屬浙江）人。南宋咸淳中登進士第，曾任建康府教授等職。元成宗大德八年（一三○四）被薦除信州教授，時年已六十餘，以疾辭。《元史》卷一九○有傳。著有《剡源戴先生文集》。

❺耶律楚材（一一九○－一二四四），字晉卿，號湛然居士，遼代契丹族貴族後裔。在金時曾任左司員外郎等職，入元後扈從成吉思汗西征，仕至中書令。《元史》卷一四五有傳。著有《湛然居士文集》。

❻劉因（一二四九－一二九三），字夢吉，號靜修，保定容城（今河北徐水）人。至元十九年（一二八二），被薦入朝，授承德郎、右贊善大夫，但不到一年便藉故辭歸。至元二十八年（一二九一）又被詔，堅辭不就，隱逸山林，授徒以終。《元史》卷一七一有傳。著有《靜修先生文集》。

❼元人歐陽玄說：「我元延祐以來，彌文日盛，京師諸名公，咸宗魏、晉、唐，一去宋、金季世之弊，而趨於雅正。」（《羅舜美詩・序》，《圭齋文集》卷八）

❽趙孟頫（一二五四－一三二二），字子昂，號松雪道人，湖州（今屬浙江）人，宋朝宗室秦王趙德芳之後。入元後出仕，官至翰林學士承旨。趙孟頫是元代傑出的詩人、書法家、畫家，在中國文化史上有重要地位。有《松雪齋集》。

❾袁桷（一二六六－一三二七），字伯長，鄞縣（今浙江寧波）人。仕元為應奉翰林文字，官至試講學士。元代著名詩人、文論家，著有《清容居士集》。

❿虞集（一二七二－一三四八），字伯生，號道園，又號邵庵，仁壽（今屬四川）人，僑居江西臨川。大德初被薦入仕，官至翰林直學士兼國子祭酒。《元史》卷一八一有傳。著有《道園學古錄》。楊載（一二七一－一三二三），字仲弘，浦城（今屬福建）人。初以布衣召為國史院編修官，延祐二年（一三一五）登進士第，官至寧國路總管府推官。《元史》卷一九○有傳。著有《翰林楊仲弘詩》。范梈（一二七二－一三三○），字亨父，一字德機，清江（今屬江西）人。應薦仕翰林院編修

官。《元史》卷一八一有傳。著有《范德機詩集》。揭傒斯（一二七四—一三四四），字曼碩，龍江富州（今江西豐城）人。延祐初薦授國史院編修官，至正初任宋、遼、金三史總裁官。《元史》卷一八一有傳。著有《揭文安公全集》。

⓫虞集《聽雨》詩中有「京國多年情盡改，忽聽春雨憶江南」之句（《道園學古錄》卷四），歸隱之思溢於言表。

⓬王冕（一三〇〇—一三五九），字元章，號煮石山農，諸暨（今屬浙江）人。應進士舉不第，遂漫遊吳楚。曾北遊大都，晚居浙東，以賣畫為生。《明史》卷二八五有傳。著有《竹齋集》。

⓭楊維楨（一二九六—一三七〇），字廉夫，號鐵崖，又號鐵笛道人，山陰（今浙江紹興）人。泰定四年（一三二七）登進士第，曾任天臺縣尹、江西儒學提舉等職。元亡後不仕，隱居於錢塘等地。《明史》卷二八五有傳。著有《鐵崖先生古樂府》、《鐵崖先生復古詩集》。

⓮關於「鐵崖體」的評價，參看鄧紹基〈略談楊維楨詩歌的特點〉，《湖北大學學報》一九八九年第四期。

⓯薩都剌（一二七二—一三五五），字天錫，號直齋。泰定四年（一三二七）登進士第，仕至河北廉訪經歷。著有《雁門集》。關於他的族籍，另有蒙古族、漢族等說，但根據不足。參看周雙利《薩都剌》，中華書局一九九三年版，第五—七頁。

第四卷

第七編　明代文學

緒　論

明代從太祖朱元璋洪武元年（一三六八）開國，到思宗朱由檢崇禎十七年（一六四四）自縊，前後共計二百七十七年。

在元代文學新變的基礎上，明代文學的發展歷程，有曲折，有突進，呈現了一種波浪形的態勢。這大致可分成兩個階段：前期作爲元代文學的餘波和明代中後期文學突變的準備，可以視作中國中古文學的最後階段；嘉靖（一五二二—一五六六）以後，文學變革猶如狂飆突至，迅猛異常，中國文學正式步入近古的新時代。從明中葉到清代鴉片戰爭，是中國文學近古期的第一段。

元明之際的社會動盪，形成了一股人心思治、崇拜英雄的思潮，湧現了一批精神上比較解放而且富有時代使命感的文人。文學作品在崇尚酣暢雄健的陽剛之美時，常常浸透著作家深沉的憂患意識。以《三國志通俗演義》、《水滸傳》的編著[1]，南戲的中興和宋濂、劉基、高啓等詩文作家的作品爲代表，文學創作出現了一時繁華的景象。但文學發展的這種勢頭很快就遭到了阻扼和摧殘。明初經濟的復甦，人民生活的相對安定，銷蝕了士人的憂患意識；而思想文化上的專制主義和特務統治，又平添了創作上的不安全感。精神上貧乏的知識分子在追求仕進和自我平衡的心態中，欣賞一種平穩和諧、雍容典雅的美。生機勃勃的小說、戲曲創作受到了輕視和限制，「臺閣體」的詩歌和謳歌富貴、道德、神仙的戲劇氾濫，文學創作導向貴族化、御用化而滑入了低谷。

明代中葉，隨著城市商業經濟的繁榮，市民階層的壯大和統治集團的日趨腐朽，思想控制的鬆動，以及王陽明心學的流行，文學逐步走出了沉寂枯滯的局面。特別是在嘉靖以後，很快地由復甦而大踏步地向前邁進。這時的文學創作隨著接受對象的下層化、市民化而更加面向現實，創作主體精神更加高揚，從而突出了個性和人欲的表露。此外，敘事文學的全面成熟，各體文學語言的通俗化，以及流派意識的自覺，也都充分地顯示了文學正在有力地向著近代化變革。這場變革的標誌是：《三國志通俗演義》、《水滸傳》的刊刻和風行，《西遊記》與《金瓶梅詞話》的陸續寫定和問世，興起了編著章回體通俗小說的熱潮；戲曲方面，從以《寶劍記》、《浣紗記》、《鳴鳳記》爲代表的三大傳奇問世，傳奇體制的定型和崑腔的改革，到湯顯祖寫出「臨川四夢」，戲曲創作被推向了繼元雜劇之後的又一高峰；詩文方面，繼李夢陽、何景明、康海、邊貢、王九思、王廷相、徐楨卿等前七子在弘治年間（一四八八—一五〇五）打著「復古」的旗號開展文學革新運動之後，不論是唐宋派、後七子，還是公安派、竟陵派等，都分別從不同的角度爲文學的變革做出了努力。其他如以「三言」、「二拍」爲代表的白話短篇小說的繁榮，「掛枝兒」、「山歌」等民間文學的流行和整理等，都明顯地體現了新的時代特徵。總的說來，明代的中後期，與整個農業文明向著工商文明迅速轉變的歷史潮流相適應，文學急遽地向著世俗化、個性化、趣味化流動，從內在精神到審美形式，都鮮明而強烈地打上了這種轉變的印記。至明末天啓、崇禎（一六二一—一六四四）年間，隨著國事多艱，經世實學思潮抬頭，部分作家開始與張揚個性、表露人欲告別，向著理性回歸，重新強調文學的社會功用，開啓了清代文學思潮的轉變。

第一節 商業經濟的繁榮與城市文化型態的形成

·工商業的發展與城市的繁榮 ·市民階層的壯大 ·新的讀者群的形成 ·新的內容與新的形象
·審美趣味的轉變 ·文學的商業化

宋元時代逐步興起的商業經濟，在明初受到了一些挫折。朱元璋基於政治上的考慮，曾採取了嚴厲的措施打擊曾爲敵對勢力所控制的蘇、松、杭等地區的富翁，並推行傳統的「重農抑商」政策，在一定程度上打擊了工商勢力，影響了城市的繁榮，連「素號繁華」的蘇州，一時間也變得「邑里蕭然，生計鮮薄」（王錡《寓圃雜記》卷五）。然而，明初的經濟整頓並未放棄恢復農業生產，穩定社會經濟，這爲農業復甦鋪平道路的同時，實際上也在爲工商業的順利發展創造著條件。與此同時，明初的統治者也實行了若干有利於手工業和商業發展的措施。例如，將手工業工人從工奴制中解放出來，讓他們「自由趁作」；降低商業稅率，規定「三十而取一，過者以違令論」（《明史》卷八一〈食貨五〉）等；特別是南北大運河的貫通，有力地促進了經濟的交流和發展。到明代中期，官方認可的抑商政策出現了一定的鬆動，工商勢力重新開始活躍，特別是江南一帶的織造「機戶」爭相崛起，如蘇州到了嘉靖年間已是「比戶皆工織作，轉貿四方」（嘉靖《吳邑志》卷一四〈土產〉）。手工業生產的規模日益擴大，內部分工日趨細密，在提高生產率的同時，增強了產品對於市場的依附；而農業生產也逐漸捲入了商品化的漩渦；隆慶後海禁一度解除，海外貿易不斷發展；白銀的普遍使用，促使商品交換頻繁。這一切都促進了商業經濟的繁榮和城市的興旺，杭州、蘇州、廣州、武漢、蕪湖等都市，商賈輻輳，成為商品的集散地。

手工業和城市商業的繁榮使市民階層迅速擴大。市民階層人數眾多，人員複雜，包括商人、作坊主、手工業工人、自由手工業者、藝人、妓女、隸役、各類城市貧民和一般的文人士子等。明代中葉以後，僅蘇州一地從事絲織業的人數就達近萬名；景德鎮十萬人口，從事陶業的手工業人口即有數萬。在這些市民中，商人們經濟實力雄厚，生活奢靡，逐漸引起人們的注目和羨慕。如「富埒吳中」的巨商張沖，每有一衣製成，其款式即成為市民們爭相模仿的樣板（皇甫汸《皇甫司勳集》卷五一〈張季翁傳〉），足見商人對於市民社會影響之大。商人們附庸風雅，「與賢士大夫傾蓋交歡」，往來唱和，也成為風氣。不少商人還刊有自己的文稿❷。文人士子也逐漸改變不屑與商賈為伍的清高態度，開始從相對封閉的圈子中走出來，留戀繁華的城市，習慣於出入市井，樂意與商人、名工巧匠、出色藝人等交遊❸，越來越具有一種世俗平民化的特徵。特別是在明代中後期的文人圈中，未入仕途的平民文人人數眾多，相當活躍。其中不少人本來就出身於商人家庭，如對文壇有很大影響的李夢陽、李贄的父祖輩就曾經商。在江浙地區，情況尤為突出，如高濂、唐寅、王寵、袁袠、張鳳翼兄弟、黃省曾、何良俊、陳束、屠隆、沈明臣、汪道昆、顧憲成、卓澂甫等人都出身商家。一些縉紳士大夫棄儒經商或涉足文化市場的也屢見不鮮。如小說家凌濛初、陸雲龍及汲古閣主人毛晉等都兼營印刷業。總之，明代中後期文人與商人等市民的關係越來越密切。他們相互熟悉，相互影響，逐步產生了一批受到市民思想、感情和藝術趣味的薰陶並願意為市民階層服務的文人士子。這批世俗化的平民文人同時又與商人、手工業者、藝人等市民相結合，形成了一批新的讀者群。

文人的市民化和市民化讀者群的形成，自然地改變了文學作品的面貌。在明代的詩、文、小說、戲曲中，市民的生活、情趣和形象越來越變得舉足輕重。詩人們歌唱起「即此城中住亦甘」、「經車過馬常無數」（沈周《石田稿》第四十七〈市隱〉）的都市生活，讚美「翠袖三千樓上下，黃金百萬水西東」（唐寅《六如居士全集》卷二〈閶門即事〉）的繁華景象，毫不掩飾對美色和金錢的欣羨，甚至高歌恣情縱樂，在俗世的追歡逐笑中尋求人生的樂趣。在一些詩文集中，有關商人及各色市民的壽序、碑志、傳記等觸處可見❹。這種現象並非偶然，它說明了明代詩文對於表現商人的興趣。至於在小說和戲曲中，更是廣泛而深刻地表現了市井生活，塑造了眾多商人和作坊主的形象。這在明初的《剪燈新話》等文言小說中初露端倪，在《金瓶梅》中商人已成為一部長篇小說的主人公，而在以後的「三言」、「二拍」等短篇小說中，市井中的種種角色也被表現得淋漓盡致。他們或極盡奢侈，或克勤克儉，或歷盡艱險，或經營有道。作者不時地流露出對他們的同情、理解和讚美，並透出了對於世俗物質利益強烈關注的價值取向。

在作品內容市民化的同時，人們的藝術趣味也趨向世俗化，時興著一種「世俗之趣」。這種藝術趣味的基本特點，就是題材重日常瑣事，表現多率眞自然，語言尙俚俗明白，效果求怡心娛目。這在小說、戲曲、民歌等通俗文學中表現得十分明顯。特別是明代中後期，文壇輿論大力宣揚的就是「寄意於時俗」（欣欣子《金瓶梅詞話・序》），從「耳目之內，日用起居」（即空觀主人《拍案驚奇・序》）中極摹「世情」，欣賞「最淺最俚亦最眞」（《掛枝兒》別部四卷〈送別〉）的語言，提倡文章之用即在於「供人愛玩」（鄭超宗《媚幽閣文娛・自序》）、「可資談笑」（天許齋《古今小說・題辭》）。這種世俗化的審美趣味在詩文創作中也有反映。唐寅等吳中諸子繼元末楊維楨等詩歌世俗化的傾向之後，曾做過一些可貴的探索。打著復古旗號的前七子，實際上也爲明代中晚期藝術趣味的世俗化推波助瀾。據《萬曆野獲編》卷二五記載，李夢陽對當時流行的民歌十分欣賞，「以爲可繼《國風》之後」，「何大復繼至，亦酷愛之」。他們還創作了不少模仿得唯妙唯肖的民歌。康海、王九思、邊貢、顧璘等人都在理論或創作實踐上對通俗文學的發展起過推波助瀾的作用。嘉靖年間，李開先、徐渭等也都推崇民歌。爾後袁中郎乾脆就說：「世人以詩爲詩，未免爲詩苦，弟以〈打草竿〉、〈劈破玉〉爲詩，故足樂也。」（《袁宏道集箋校》卷一一〈伯修〉）公安派的作家們所創作的一些「新聲」，顯然是對傳統詩歌的一種突破和衝擊。這在拘守傳統觀念的人看來，當然是鄙俚不足道的，甚至認爲「萬曆五十年無詩」（周亮工《尺牘新鈔》卷二徐世溥〈與友人〉），「文之俗陋，亙古未有」（王夫之《薑齋詩話》卷二〈夕堂永日緒論外編〉）。但實際上，正是在這「破律壞度」之中，躁動著詩界的一場革新，反映著藝術趣味的變化。

城市工商業的發展，文人的市民化和市民化讀者群的膨脹，不可避免地使文學創作商品化。文人爲謀生而寫作，書肆爲營利而刊行，一些文藝作品難免淪爲金錢的附庸。據俞弁《山樵暇語》卷九載，在正德年間，「江南富族著姓，求翰林名士墓銘或序記，潤筆銀動數二十兩，甚至四五十兩」。一些平民文人出賣詩文書畫，不失爲一條謀生之路。唐寅就有詩云：「不煉金丹不坐禪，不爲商賈不種田。閒來畫幅丹青賣，不使人間造孽錢。」（顧元慶《夷白齋詩話》）徐渭的〈王元章墓〉詩也談到了書畫「換米」的生涯。這種多少帶點創作職業化的傾向，雖在一定程度上有利於個體自主意識的生成，但難免有一些缺乏社會責任心的末流作者被銅臭汙染了良心，一味去迎合市民的低級趣味和書商的賺錢慾望，胡編亂造一些荒誕不經、色情下流、腐蝕人心的東西，並在一時間「紙爲之貴，無翼飛，不脛走」（即空觀主人《拍案驚奇・序》），使得晚明文壇上流淌著一小股濁流。

第二節　王學左派的興起及其對文學創作的推動

・政治思想由高壓趨向失控　・王學左派的興起與禪宗思想的廣泛滲透　・張揚個性和對人欲的肯定
・新思潮的先天不足

朱元璋開國之初，在政治上極力強化君主獨裁，先後通過左丞相胡惟庸和大將軍藍玉兩案，大興黨獄，殺戮功臣，趁機廢除了有一千多年歷史的宰相制度和七百多年歷史的三省（中書、門下、尚書）制度，將軍政大權獨攬於一身。至成祖永樂和宣宗宣德年間，又建立內閣制度，削弱諸王權力，進一步鞏固和發展了中央集權制度。還設立錦衣衛和東、西廠，對群臣和百姓進行監視，實行恐怖的特務統治。在思想文化方面，大力提倡程朱理學，實行八股取士制度，在對一些文人進行籠絡、利用的同時，採取了極爲嚴厲的高壓政策。洪武年間規定「寰中士夫不爲君用」，即可「誅而籍其家」（嵇璜等《續通典》卷一二〇）。當時的文人動輒得咎，「一授官職，亦罕有善終者」（趙翼《廿二史劄記》卷三二〈明初文人多不仕〉）。詩人高啓因辭官被腰斬，蘇州文人姚潤、王謨因徵不至而被斬首抄家。朱元璋還深文周納，鍛鍊成獄，製造了大量的文字冤案以樹立絕對的皇權。甚至因爲朱元璋自幼爲僧，並參加過被稱作「賊」的紅巾軍，一時間不少文人在文章中用了與「僧」、「賊」、「髮」等同音、叶音或有關的字（如「光」等），就被認爲是有意譏刺而定罪斬首[5]。在這種淫威高壓之下，思想文化界呈現了一派沉悶壓抑的氣氛。明代中葉以後，皇權的高度集中，逐步導致以皇帝爲中心的統治集團的腐化墮落。皇權的集中與皇帝的腐化，必然導致宦官的專權；宦官的專權與朝政的腐敗，又加劇了黨爭。政治上的混亂伴隨著商業經濟的發展，城市的繁榮，風俗的變化，使統治集團逐漸放鬆了政治思想的控制。於是，思想文化界開始活躍起來。

明代中後期思想文化活躍的重要契機是王學的興起。弘治、正德年間，思想家王守仁（世稱陽明先生）繼胡居仁、陳獻章、湛若水等人之後，進一步發展了宋代陸九淵的「心學」，認爲「心者，天地萬物之主也」（《王文成公全書》卷六〈答季明德〉），「心外無物，無事，無理，無義，無善」（《王文成公全書》卷四〈與王純甫〉二）。他提出「吾心之良知，無有不自知者」（《王文成公全書》卷二六〈大學問續編〉），「夫良知者，即所謂是非之心，人皆有之，不待學而有，不待慮而得者也」（《王文成公全書》卷八〈書朱守乾卷〉）。同時，主張知行合一；對以往的「聖賢至理」都要用「我的靈明」來加以檢驗：「夫學貴得之心，求之於心而非也，雖其言之出於孔子，不敢以爲是也。」

（《王文成公全書》卷二〈傳習錄〉中）顯然，這種學說是主觀唯心的，在政治上也並不反對封建綱常，它只是把外在權威的「天理」拉到了人的內心，變爲人的內在自覺的「良知」，從而打破了程朱理學的僵化統治，衝擊了聖經賢傳的神聖地位，在客觀上突出了人在道德實踐中的主觀能動性。這在當時的歷史條件下，有利於人的自我意識的覺醒。自此之後，心學亦稱王學，流布天下，並在嘉靖、萬曆年間形成了多種派別。其中泰州學派，亦稱王學左派，從王艮、徐樾、顏鈞、羅汝芳，到何心隱、李贄，越來越具有離經叛道的傾向。黃宗羲在《明儒學案．泰州學案》中概括他們的主要精神道：「吾心須是自心作得主宰，凡事只依本心而行，便是大丈夫。」、「平時只是率性而行，純任自然，便謂之道。……凡先儒見聞，道理格式，皆足以障道。」他們肯定人欲的合理要求，主張人與人之間地位平等，追求個性的自然發展，提出「百姓日用即道」（王艮《王心齋先生遺集》卷一〈語錄〉），「穿衣吃飯即是人倫物理」（李贄《焚書》卷一〈答鄧石陽〉），「夫天生一人，自有一人之用，不待取給於孔子而後足也」（李贄《焚書》卷一〈答耿中丞〉）。與此同時，與心學頗有相通之處的禪宗❻也在文人階層中廣泛滲透。明代狂禪之風甚盛，他們強調本心是道，本心即佛，其他一切都是虛妄的，乃至佛祖、經義也是「屎窖子」，「只是個賣田鄉帳」，「總是十字街頭破草鞋」，可以「拋向❼錢塘江裡著」。他們敢於用「本心」去推倒偶像的崇拜和打破教義的束縛，洋溢著一種叛逆的勇氣和張揚個性的精神。心學與禪宗相結合在社會上廣泛傳播，促使人們在思想觀念、思維方式上發生了變革，開始用批判的精神去對待傳統、人生和自我，爲明代掀起復甦人性、張揚個性的思潮創造了一種氣氛，啓發了一條新的思路，提供了一種理論武器。

　　但是，就本來的王陽明心學和禪宗而言，他們所強調的「本心」，只是一顆遠離情慾、只存天理之心。王陽明說，「此心純是天理」，「去人欲，存天理，方是功夫」（《王文成公全書》卷一〈傳習錄〉上）。禪宗大師也認爲「率性之謂道，率情之謂倒」（《紫柏老人集》卷二〈法語〉）。他們所始料不及的是，一旦觸發了人對於自己本心的發現，與生俱來的七情六欲也會隨之而洶湧沸騰起來，去衝擊天理的堤岸，因而一些思想家、文學家紛紛張揚起不顧天理而求世俗愛好的個人的情慾。如李贄就高倡「私者，人之心也。人必有私，而後其心乃見」（《藏書》卷三二〈德業儒臣後論〉），即使是「吐一口痰，也是自家的」（袁中道《柞林紀譚》），主張「至人之治」當「因乎人」（《焚書》卷三〈論政篇〉），即順從人的個性和滿足人的慾望。湯顯祖、袁宏道等進一步將包括情慾在內的追求現世享受的「情」與「理」相對立，提出了「世總爲情」（《湯顯祖全集》卷三一〈耳伯麻姑遊詩．序〉）、「情有者理必無，理有者情必無」（《湯顯祖全集》卷四五〈寄達觀〉）的命題，反對「內欺己心，外拂人情」、「拂情以爲理」（《袁宏道集箋校》卷四四〈德山麈譚〉），極力宣揚「情」的解放。因此，明代中葉以後，在文士中出現了一批因適性順情而「放誕不羈，每出名教外」（趙翼《廿二史劄記》卷三四〈明中葉才士傲誕之習〉）的「狂士」。像袁宏道在〈與龔惟長先生書〉中就公開宣揚追求人間的眞樂乃是「目極世間之色，耳極世間之聲，身極世間之鮮，口極世間之譚」，乃至「賓客滿席，男女交舄」，「妓妾數人，遊閒數人」，尋歡作樂到「朝不謀夕」、「恬不知恥」的地步。這樣，就在社會上興起了一股高揚個性和肯定人欲的思潮。

這一思潮對於衝破僵化的思維，在創作中強化主體意識具有重要的作用。於是，在詩文領域內激盪起一種與傳統文學觀念相對抗的「性靈」說。本來，「性靈」之說古已有之。如《南史》卷七二《文學傳・敘》曰：「自漢以來，辭人代有，大則憲章典誥，小則申抒性靈。」但傳統的文學觀念把「申抒性靈」視之爲「小」，把事關教化、有益廟堂視之爲「大」，於是，文學的個性、風格、特色就往往淹沒、融化在內容和形式的共性之中。明代中期，李夢陽、徐禎卿等開始重「情」[8]，強調詩歌的情感特徵和個性表現，至袁宏道終於響亮地提出了「獨抒性靈，不拘格套」（《袁宏道集箋校》卷四〈敘小修詩〉）的口號。一時間，徐渭、李贄、于愼行、湯顯祖、屠隆等紛紛發表類似的議論，「詩以言己者也」（王思任《王季重十種・雜序・倪翼元宦遊詩序》），「詩取適性靈而止」（屠隆《由拳集》卷一二〈壽黃翁七十序〉）。其間，文人的創作主體意識明顯加強，文學的個性特徵隨之鮮明。與此同時，小說、戲曲中突出人格獨立精神和張揚個性的人物形象也陸續亮相。文學在個性化的道路上邁出了可觀的一步。隨著主體意識的加強和人的自我價值的覺醒，肯定世俗人欲，肯定「好貨」、「好色」的潮流，將文學家的目光引向「穿衣吃飯」、「百姓日用」，寫「時俗」，寫物欲，寫性愛，擴大了題材範圍。他們面向現實，注重用通俗的語言，眞實而細緻地開掘和表現人的心靈，特別是由此而出現的一些有關青年男女爭取戀愛自由和婚姻自主的作品，客觀上衝擊了當時的封建禮教，致使明代文學呈現出一種新的氣象。

但是，這一新的氣象，並未能衝越傳統的思想範圍與文化觀念，形成獨立的品格，而是在疏狂不羈的作風、主觀唯心的原則指引下，常常明顯地暴露出它的先天不足。張揚個性、肯定人欲，固然促進了文學向著個性化、世俗化的方向發展，衝擊了封建的倫理觀念，破壞了嚴格的尊卑等秩，有利於思想的解放，但怪誕的行爲、荒唐的舉止卻往往忽視群體的利益，有損於社會的正常秩序，以至於公然宣揚露骨的色情，慫恿「誨淫導欲」、傷風敗俗的作品出籠，使文學陷入了非道德、非理性的泥淖之中。更值得注意的是，當時一批新思潮的弄潮兒所持的思想武器心學與禪宗，本身就是封建文化圈中的倫理說教和宗教麻醉。他們有時敏銳地亮出了閃光的思想，但有時又回歸到正統的儒家倫理教條和佛家的虛無主義⑨。更何況當時整個封建勢力還相當頑強，特別是到了晚明，隨著各方面危機的加劇，時勢的轉移，本來就顯得比較脆弱和凌亂的新思潮，很快地退落，取而代之的是另一種經世實學的思潮，文學創作也隨之重新喚起抒寫理性和有益於群體的熱情。

第三節　俗文學的發展與對文學特性認識的深化

・小說、戲曲等俗文學地位的提高及其繁榮　・對於文學特性認識的深化　・雅文學與俗文學的交融

在中國文學的傳統觀念中，以詩文爲代表的雅文學一向是正宗，小說、戲曲等俗文學被視爲鄙野之言，甚至是淫邪之詞。明代開國之初，朱元璋制定了壓抑通俗文學的政策，永樂、宣德、正統幾朝都比較嚴格地予以執行。但最高統治者出於自己享樂的需要，往往自己破壞了某些禁令。朱元璋本人就喜歡聽評話，也鼓勵藩王子孫們寄情於歌舞享樂之中。以後承平日久，荒淫無恥的帝王們在尋歡作樂之餘，對小說、戲曲產生了越來越濃厚的興趣⑩，朝廷大臣、文人名士也開始愛好俗文學，這在客觀上破壞了傳統的文化政策，爲俗文學地位的提高及繁榮創造了條件。

在理論上比較明確地肯定俗文學的價値，是從李夢陽、何景明等人開始的。他們都讚揚民間歌謠，李夢陽還第一次將《西廂記》與《離騷》並列（徐渭〈曲序〉）。到嘉靖年間，王愼中、唐順之等一批名士又將《水滸傳》與《史記》並稱（李開先《詞謔》）。後李贄、袁宏道、湯顯祖和馮夢龍等人進一步爲俗文學大聲疾呼，對於提高小說、戲曲的地位，打破傳統的偏見起了十分重要的作用。李贄認爲，一代有一代的文章，《西廂記》、《水滸傳》就是「古今至文」（《焚書》卷三〈童心說〉），又將《水滸傳》與《史記》、杜詩等並列爲宇宙內「五大部文章」（周暉《金陵瑣事》卷一）。袁宏道繼之而將詞、曲、小說與《莊》、《騷》、《史》、《漢》並提，稱《水滸傳》、《金瓶梅》爲「逸典」（〈觴政〉之十）。在〈聽朱生說《水滸傳》〉中，他又從藝術的角度說《六經》和《史記》都不如《水滸傳》：「《六經》非至文，馬遷失組練。」湯顯祖在〈宜黃縣戲神清源師廟記〉等文中詳細地論述了戲曲具有強烈的藝術感染力和巨大的社會教化作用，認爲是「以人情之大竇，爲名教之至樂」。馮夢龍的《古今小說・序》也從教化功能出發，認爲《論語》、《孝經》等經典的感染力都不如小說「捷且深」。他對民歌同對戲曲、小說一樣傾注了極大的心力，認爲「但有假詩文，無假山歌」，在整理編輯民歌時明確地抱著「藉男女之眞情，發名教之僞藥」（〈敘山歌〉）的宗旨，把矛頭直指封建禮教的虛僞性。他們的這些言行，在當時具有振聾發聵的意義，在中國文學史上第一次形成了爲小

說、戲曲、民間歌謠等俗文學爭文學地位的高潮。這和當時市民階層的壯大，新的讀者群和作家群的形成，文學的世俗化、商業化等因素結合在一起，自然地促進了小說、戲曲和各類通俗文學創作的繁榮。

在各類通俗文學中，小說的勃興最爲引人注目。特別是中國古代長篇小說主要的甚至是唯一的體裁——章回小說的發展和定型，是明代對中國文學做出的最爲寶貴的貢獻。章回小說是在宋元講史等話本的基礎上發展而成的。它的特色是分章敘事，分回標目，每回故事相對獨立，段落整齊，但又前後勾連、首尾相接，將全書構成統一的整體。現存的宋元平話已經分卷分目，王國維認爲這是「後世小說分章回之祖」（《觀堂別集》卷三《宋槧大唐三藏取經詩話·跋》），但這時的目錄，字數參差不等，未做修飾。至明代，目錄文字越來越講究。今見最早的嘉靖壬午（一五二二）刻本《三國志通俗演義》，每回標題都是單句七字。萬曆年間《水滸傳》每回的標題已是雙句，大致對偶。崇禎本《金瓶梅》回目已十分工整完美，所以有人說：「吾見小說中，其回目之最佳者，莫如《金瓶梅》。」（曼殊《小說叢話》）除分回立目之外，章回小說還保存了宋元話本中開頭引開場詩，結尾用散場詩的體制。正文常以「話說」兩字起首，往往在情節開展的緊要關頭煞尾，用一句「欲知後事如何，且聽下回分解」的套語，中間又多引詩詞曲賦來做場景描寫或人物評贊等。明代章回小說在體制上得以定型的同時，在藝術表現方面也日趨成熟。以《三國志通俗演義》、《水滸傳》、《西遊記》、《金瓶梅詞話》「四大奇書」爲主要標誌，清晰地展示了長篇小說藝術發展的歷程。這主要表現在：成書過程從數代人集體性編創過渡到個人獨創；創作意識從借史演義，寓言寄託，到面對現實，關注人生；表現題材從著眼於興廢爭戰等國家大事，到注目於日常生活、家庭瑣事；描寫的人物從非凡的英雄怪傑，到尋常的平民百姓；塑造的典型從突出特徵性的性格到用多色、動感的筆觸去刻畫人物的個性；情節結構從線性的流動，到網狀的交叉；小說的語言從半文半白，到口語化、方言化，如此等等，都足以說明明代的章回小說在我國的小說史上取得了巨大的成就。與章回小說交相輝映的是，明代中後期的白話短篇小說在宋元「小說」話本的基礎上也出現了一個鼎盛的局面，發展得更爲精緻；文言小說在話本化的道路上也有新的變化。因此，人們常把小說作爲明代最具時代特徵的文學樣式，這是有一定根據的。

明代中後期俗文學興盛的另一個重要標誌是，戲曲在元代高度繁榮的基礎上又形成了一個新的高潮。明代戲曲的主流是由宋元南戲演變而來的傳奇。明代前期的傳奇儘管也出現了一些好的作品，但總的色彩比較黯淡。嘉靖以後，《寶劍記》、《鳴鳳記》，以及第一次用崑腔曲調寫作的《浣紗記》陸續問世，標誌著以崑腔爲主導的傳奇的繁榮時期到來。崑腔是元末明初流行於崑山一帶的地方聲腔，嘉靖初年，經魏良輔改造後，聲調紆徐宛轉、悠揚細膩，兼用笛、簫、笙、琵琶等樂器伴奏，加之舞蹈性強，表現風格優美，成爲我國古代戲曲史上一種最爲完整的表演藝術體系，因而在城市舞臺上長期居於霸主的地位。直到清代乾隆以前，一些著名的傳奇作家幾乎都是用崑腔來寫作的。但在農村，弋陽腔則具有廣泛的基礎。弋陽腔的特點是：文人雅士少有創作，往往是改編崑山腔的現成劇本而成；唱詞通俗，「順口可歌」，便於群眾接受；其歌唱方式是一人獨唱，眾人幫腔，只用喧鬧的鑼鼓等打擊樂伴奏，適宜於通衢野外演出。因而它在民間廣泛流行，以後發展爲眾多的支派，長期與崑山腔爭鋒媲美。明代中期以後的傳奇，以崑山腔、弋陽腔爲主，造就了湯顯祖、沈璟、屠隆、王驥德、呂天成、高濂、周朝俊、馮夢龍、祁彪佳、吳炳、袁於令、孟稱舜等一大批劇作家和曲論家。他們或主才情意趣、辭采奇麗；或重格律嚴峻、語言本色；或求文辭駢綺、堆垛典實，形成了不同流派爭妍鬥豔的局面，創造了明代戲曲的一個黃金時期。南戲傳奇的繁榮，促進了北曲雜劇的蛻變。明代前期的雜劇作家在固守元劇體制的同時，個別人在形式上已有所突破，如朱有燉的劇作打破了一本四折的慣例，採用了對唱、合唱、接唱等形式，甚至出現了南北合套的體式；王九思的《中山狼院本》以一折爲一本[11]，開啓了短劇創作的先風。至明代中期，以徐渭的《四聲猿》爲代表，用南曲寫雜劇的風氣大興，形成了明代後期雜劇普遍南曲化的獨特風貌，將元雜劇中一本四折、一人主唱等格局全部打破。劇作家或用南曲，或用北曲，或用南北合套，不拘成法，隨意靈活，這就有利於創作時開拓題材，抒寫懷抱。徐復祚、王衡、孟稱舜等一些優秀的作家湧現出來，使得雜劇在傳奇的衝擊下，行將退出演出舞臺之前又別具了一番風光。

明代戲曲、小說及民歌等通俗文學的發展，明顯地促進了人們對於文學特性認識的深化。這主要表現在以下幾個方面：

一、高度重視文學的情感特徵。明代文學家對於情感的論述特別豐富，往往把情感作爲品評作品美學意義和社會功能的準則。這是宋元以來對於理學專制的反彈，是肯定自我、張揚個性的一種表現。俗文學一般都「絕假純眞」，是眞情實感的自然流露，所以往往成爲主情論者的「樣板」，於此加深了他們對於文學情感特徵的思考和認識，並以此來作爲批判「假文學」的武器。這從李夢陽讚揚民歌「無非其情也」，說「眞詩乃在民間」（《李空同全集》卷五十《詩集・自序》），到袁宏道稱民歌「能通於人之喜怒哀樂嗜好情慾」，是「眞人所作」之「眞聲」（《袁宏道集箋校》卷四〈敘小修詩〉）；從徐渭強調「曲本取於感發人心」（《南詞敘錄・敘文》），反對在戲曲創作中玩弄「時文氣」，到湯顯祖創造「理之所必無」而「情之所必有」的「有情人」杜麗娘（《牡丹亭・題辭》）；從瞿佑稱作文言小說「哀窮悼屈」（《剪燈新話・序》），李贄稱《水滸傳》是「發憤之所作」（《忠義水滸傳・敘》），到馮夢龍編短篇小說集名之曰《情史》，提出「情教」說（《情史・序》），都表明明代情感論的發展與俗文學的繁榮有著密切的關係。

二、清晰認識文學的「虛」、「實」關係。明代以前的文學理論，主要建築在詩論文評的基礎上，重在誠、眞、信、實，反對浮、誇、虛、幻，往往不能正確地認識藝術眞實與生活眞實的關係。而戲曲、小說與詩歌、散文不同，它們描繪的故事與人物大都是虛實相間、眞幻互出，多有藝術虛構。但是，由於受傳統觀念的束縛，對戲曲、小說藝術虛構問題的認識也有一個過程。就文言小說而言，直到胡應麟才對唐傳奇的藝術虛構有了比較清醒的認識。他在《少室山房筆叢》卷三六〈二酉綴遺（中）〉中說：「唐人乃作意好奇，假小說以寄筆端」，作「幻設語」。同時，他於該書卷四一〈莊岳委譚下〉中論戲曲說：「凡傳奇以戲文爲稱也，亡往而非戲也，故其事欲謬悠而亡根也，其名欲顚倒而亡實也。」在他前後，熊大木、謝肇淛、湯顯祖、王驥德、李日華、葉晝、馮夢龍、袁於令等都對文學的虛構性做了較好的論述。如謝肇淛在《五雜俎》卷一五〈事部三〉中說：「凡爲小說及雜劇戲文，須是虛實相半，方爲遊戲三昧之筆。亦要情景造極而止，不必問其有無也。」李日華在《廣諧史・序》中說：「虛者實之，實者虛之，實者虛之故不繫，虛者實之故不脫；不脫不繫，生機靈趣潑潑然。」葉晝在《水滸傳》第一回回末總評中說：「《水滸傳》事節都是假的，說來卻似逼眞，所以爲妙。」又在〈《水滸傳》一百回文字優劣〉中說：「世上先有《水滸傳》一部，然後施耐庵、羅貫中借筆墨拈出。」這樣認識文學的虛構性及其與現實生活的關係，在明代以前是難以見到的。

三、開始關注人物的性格刻畫。宋元以前，由於長篇敘事作品並不發達，故有關塑造人物形象的理論也比較缺乏。明代戲曲、小說的繁榮，促使人們對於有關人物塑造和性格刻畫的問題予以關注。比如王世貞評《琵琶記》云：「各色的人，各色的話頭，拳腳眉眼，各肖其人，好醜濃淡，毫不出入。」（毛綸《成裕堂繪像第七才子琵琶記》卷一「前賢評語」）徐渭評《西廂記》云：「作《西廂》者，妙在竭力描寫鶯之嬌痴，張之笨趣，方爲傳神。若寫作淫婦人、風浪子模樣，便河漢矣。」（《徐文長批評虛受齋繪圖精鐫本北西廂記》第三折第三套〈乘夜逾牆〉眉批）用寫形傳神的理論來評價人物形象在小說批評中更加普遍。如謝肇淛在論及《金瓶梅》之所以爲「稗官之上乘，爐錘之妙手」時，就認爲其重要的一點即在於刻畫人物如「範工摶泥，妍媸老少、人鬼萬殊，不徒肖其貌，且並其神傳之」（《金瓶梅・跋》）。在論人物形象時，葉晝的理論特別引人注目。他在《水滸傳》第三回的回評中總結其塑造人物形象的成就時說：「描畫魯智深，千古若活，眞是傳神寫照妙手。且《水滸傳》文字妙絕千古，全在同而不同處有辨，如魯智深、李逵、武松、阮小七、石秀、呼延灼、劉唐等眾人，都是急性的，渠形容刻畫來各有派頭，各有光景，各有家數，各有身分，一毫不差，半些不混，讀去自有分辨，不必見其姓名，一睹事實就知某人某人也。」這裡所提出的「同而不同處有辨」的命題，即要求在共性中寫出「一毫不差，半些不混」的鮮明個性，充分地說明了中國明代文學理論批評中的人物性格論已經具有相當的深度。

四、更加注重文學語言的通俗易懂。在中國文學史上，大張旗鼓地提倡語言的通俗化，是隨著白話小說的繁榮而興起的。嘉靖本《三國志通俗演義》，書名就突出了「通俗」兩字。其書卷首蔣大器序十分強調通俗的重要性，認爲只有寫得「讀誦者人人得而知之」，才能使「一開卷，千百載之事豁然於心胸」。以後的小說論者曾從各個角度論證了使用「俗近語」的重要意義。至於戲曲，雖有一定的特殊性，但不少論者在談及賓白時，也都強調通俗性。如王驥德在《曲律》卷三〈論賓白〉中說：「《琵琶》黃門白，只是尋常話頭，略加貫串，人人曉得，所以至今不廢。對口白須明白簡質，用不得太文字；凡用『之乎者也』，俱非當家。《浣紗》純是四六，寧不厭人！」明代文學家對於語言通俗化的注重，不但對當時俗文學的發展起了直接的推動作用，而且對後來特別是晚清文學革命也產生了深遠的影響。

俗文學的發展，推動、刺激了雅文學向著俗化的方向演變，而俗文學自身也在雅文學的規範、薰陶下趨向雅化。明代文學就在較之前代更爲廣泛和深入的俗與雅的相互交融、相互促進、相互轉化的過程中留下了獨特的發展軌跡。比如正宗的雅文學詩歌、散文，從李夢陽到徐渭，再到袁宏道、張岱，在民間文學的滋潤下，陸續創作了一些通俗如話、自由活潑，但又俗而有趣、淺而不薄的作品。原爲文人雅士、達官貴人所創作和欣賞的文言傳奇小說，也在時尚的驅動和說話藝術的影響下，逐漸變成下層文士和一般市民的娛樂品，呈現了種種話本化的傾向。反過來，民歌、笑話等的搜集和刊刻，實際上都經過了文人的整理和加工。「鄙俚淺近」（王驥德《曲律》卷四〈雜論〉）的戲文，在文人的參與下，演變爲傳奇「雅部」。長、短篇通俗小說的編輯、創作，也大都從文言小說、三教經典、歷史文本和詩詞散文中汲取養料，於是從創作意趣、題材取向、表現手法到語言運用，都越來越趨向雅化。雅、俗文學的交融，大大地改變了作者隊伍的面貌，造就了一批新型的雅俗兼顧的作者群。在明代五百多名戲曲作者和一百多名通俗小說作者中[12]，儘管絕大多數是下層文士或民間藝人，但也有相當一部分是高雅的文士和顯官。特別在劇作者隊伍中，正如王驥德《曲律》卷四〈雜論〉所說的：「今則自縉紳、青襟，以迨山人墨客，染翰爲新聲者，不可勝紀。」據統計，劇作者中進士及第而做顯官的共有三十三人，其中有藩王三人，尚書兼大學士四人，尚書三人，卿二人，侍郎一人，少卿二人。這裡還包括狀元三人、榜眼二人[13]。這批上層官僚、文人雅士對於俗文學的愛好和投入，雙向地推動了俗文學的雅化和雅文學的俗化，尤其是對提高俗文學的社會地位、藝術品位和促進其繁榮起了重要作用。與此同時，俗文學在逐步詩文化、倫理化的過程中，漸漸地用典雅替換了民間的本色和活潑的生機，使戲曲、小說等作品逐漸走向了案頭。而雅文學的俗化，儘管也創作了一些清新可喜的作品，爲孕育新的文學樣式做出了有益的嘗試，但在當時的歷史條件下，總體上還難以逾越傳統文學的內在規則和創作定勢。相反，隨著一些鄙俚淺滑的詩文問世，倒往往更多地招致後人的詬病。

第四節　眾多的文學群體及文學的論爭

・不同文學群體的形成　・明代文學論爭的特點　・文學論爭與文學創作的關係

明代文學的另一特色是集團林立，流派紛呈[14]，標新立異，爭訟不息。明代以前，文人的結合往往是具有較多共同特點的作家同聲相應、同氣相求而成，且多圍繞著一時的文學大家或權勢人物組成一個圈子。明初，先後以文壇三楊（楊士奇、楊溥、楊榮）和李東陽等臺閣文人爲核心，其他文人也以趣味相投，自相結合，或窗下切磋以攻文，或林下逍遙以娛老，各文人集團之間尚未形成相互攻訐的風氣。成化、弘治以後，統治集團日見腐敗，詞臣的文柄旁落[15]，逐步由「文章之貴賤操之在上，其權在賢公卿」，轉變爲「操之在下，其權在能自立」的局面（夏允彝《陳忠裕公全集》卷首《岳起堂稿・序》）。而城市的發達，也有利於文人相對集中，並滋長著一種文酒風流、空疏不學的風氣。文人們聚集在一起，往往只是在宴談謔浪、此唱彼和中尋求情感上的溝通和文化上的滿足。由於空疏不學，則入主者偏執一端，不可一世，批評他人，抹煞一切；出奴者，便一無定見，隨波逐流，容易爲時風所左右，爲他人所牢籠。以弘治、正德年間的前七子爲代表，文士的集合改變了過去以興趣相結合的模式，形成了以主張相結合的風氣，這標誌著明人流派觀念的自覺。但往往由此而造成了「各立門庭，同時並角，其議如訟。擬古造新，入途非一；尊吳右楚，我法堅持。彼此紛囂，莫辨誰是」的局面（范景文《范文忠公文集》卷六《葛震甫詩・序》）。這種流派的紛爭在弘正、嘉隆間特別熱鬧。萬曆以後，國事日非，文人結社多指斥朝政，臧否人物，黨同伐異，意氣激盪，本來文藝性、學術性的團體漸漸打上了鮮明的政治色彩，如聲勢浩大的全國性團體復社就是一個突出的例子。因此，明代的文學團體，儘管標榜不同，或以地域分（如吳中四傑、閩中十才子等），或以社所名（如碧山十老、幾社六子等），或以時代稱（如景泰十才子、嘉靖八才子等），還有用官職、師門、家庭等關係來劃分的，但究其性質，主要就是興趣型、主張型、政治型三類[16]。當然，這也只是就大致的傾向而言，因爲他們大都是一種鬆散的結合。

在明代文學史上，特別受人注目的就是「主張型」的文學團體和他們所引起的文學論爭。儘管如明初的臺閣體等也有自己的主張，像楊士奇在自序其《東里詩集》時就宣導「粹然一出於正」的詩風，但總體看來，他們主要是由於作品的題材、風格等比較接近，通過藝術實踐而形成了團體。所以，常被人們稱爲「臺閣體」，而不名之以「派」。稍後的李東陽在《懷麓堂詩話》中標榜的「格調」說，就頗具理論色彩，對以後文學風氣的轉變和文學流派的紛爭產生了直接的影響，圍繞在他周圍的詩人也就常被人稱作「茶陵派」了。從前七子起，理論追求、創作綱領和流派意識日趨明確。他們倡言「文必秦漢，詩必盛唐」（《明史》卷二八六〈李夢陽傳〉），打著「復古」的大旗，逐漸招致了唐宋派、公安派、竟陵派、雲間派等此起彼伏地從不同的角度來加以修正或反撥，形成了詩文批評界「丹鉛橫飛，旗纛竿立」（錢謙益《有學集》卷二二〈贈別胡靜夫．序〉）的局面。與此同時，在戲曲領域，「曲派」、「詞派」的概念也頻頻出現[17]。特別是以「臨川派」與「吳江派」爲主的兩大群體的論爭，可以說牽動了晚明的整個文壇[18]。明代這些文人集團和不同流派之間的論爭有其鮮明的特點：第一，他們各有一套較爲明確的文學主張，其結合不是停留在創作實踐上的趣味相投，而是趨向理論觀點上的人以群分，完成了從文學實踐的流派向文學理論的流派的過渡；第二，他們不論高喊「復古」的口號，還是打著「反復古」的旗幟，主觀上都有比較強烈的革新意識，希望能革除前弊，使文學創作符合各自心目中的規範。他們有的從作品本體著眼，或重其格律文采，或重其眞情實感；有的從創作主體出發，或重其直抒胸臆，或重其法古就範；有的從接受角度考慮，或重其格律聲調，或重其意象風韻，都發表過一些有益的見解，豐富了中國古代文學理論的寶庫。但由於生活在這個商業繁榮、急功近利的社會中的多數文人缺乏深厚的學養和寬廣的胸懷，未能在文學的一些根本問題上進一步做出深入、全面、系統的思考，常常在學古態度、創作途徑和如何表現自我等一些較爲次要甚至枝節的問題上糾纏，爭得熱火朝天；同時，爲標新而故意立異，矯枉過正，思想方法上好走極端，不免陷入片面化的泥坑；在作風上又分門立戶，拉幫結派，不容異己，態度狂易，霸氣十足，這樣，使得明代本來應該具有的一種學術自由爭論的空氣，被自以爲是、相互攻擊、抹煞一切的霸氣汙染了。

明代的文學論爭，在分門立戶、交相否定的過程中，實際上也暗暗地相互滲透、救弊補失，從而促進了文學的變通和發展。例如，針對前七子師法秦漢古文而積剽襲模擬之弊，「唐宋派」王愼中、唐順之等在心學和文學通俗化的思潮影響之下，提倡學習與明代語言差距較小的唐宋散文，強調「學爲文章，直攄胸臆，信手寫出」，自由地表達作者獨立的主體精神，在作品中能見到「眞精神與千古不可磨滅之見」（唐順之《荊川先生文集》卷七〈答茅鹿門知縣二〉）。他們的文章就從佶屈聱牙中解放出來，走向自然流暢、平易近人。但由於他們過於追求理正法嚴，不免失之於沉滯，不久就遭到了李攀龍、王世貞等後七子的反擊。李攀龍批評唐、王兩人的文章「憚於修辭，理勝相掩」，只是以「易曉」、「便於時訓」而取悅於天下之士（《滄溟集》卷一六〈送王元美．序〉）。但這絕不是歷史的簡單重複。唐宋派畢竟打破了「文必秦漢」的神話，爲後來公安派的崛起做好了準備，而且後七子中如「獨操柄二十年」（《明史》卷二八七〈王世貞傳〉）的王世貞後來也悄悄地肯定了歸有光等人的文章，摒棄成見，會通眾說，歸於平和。再如，戲劇領域內經過了一場湯（湯顯祖）沈（沈璟）之爭，人們在研究、斟酌了兩人的短長得失之後，終於認識到了曲意與曲律不可偏廢。「吳江派」的呂天成，接近玉茗堂風格的凌濛初及較爲折中的王驥德等，都大致認爲沈璟「法律甚精」而「毫鋒殊拙」，湯顯祖的作品「奇麗動人」卻「略短於法」，所謂「松陵（沈璟）具詞法而讓詞致，臨川（湯顯祖）妙詞臻而越詞檢」⑲。在此基礎上，呂天成提出了著名的「雙美」說：「倘能守詞隱先生（沈璟）之矩矱，而運以清遠道人（湯顯祖）之才情，豈非合之雙美者乎！」（《曲品》卷上）稍後，呂天成翹首以待的越中詞派的一些劇作，就被王驥德認爲在「度品登場，體調流麗」兩方面取得了可喜的成績（《曲律》卷四〈雜論〉）。這有力地證明了通過論爭而取得的「雙美」共識，在戲曲創作的實踐中產生了效果。明代文人集團的林立和各種流派的紛爭就這樣既是現實創作的反映，又反過來推動了創作和流派的發展；既使作家更加自覺地追求和突顯流派的風神，又使各派的文風在相互交流、相互調劑的過程中沿著相反相成的規律不斷演進。沿著這一方向，在以後的文學史上，文人們的集團意識和流派觀念更加自覺，更加明確。

注釋

❶從現存的這兩部小說都有入明的痕跡來看，它們的最後寫定是在明初，而不是在元代。

❷如徽商中胡鎮有《夢草堂稿》，鄭作有《方子山集》，余存修的詩集《缶音》李夢陽為之作序和傳，程汝義的詩集王世貞為之作序，吳德符的詩集胡應麟為之作序。

❸如祝允明自幼與吳中巨商湯家子弟「居第門相對」，「旦暮過從」（祝允明《懷星堂全集》卷十七〈守齋處士湯君文守生壙誌〉）；文徵明與世代為商的商人朱英「往來日稔」，「數年猶一日」（文徵明《文徵明集》補輯卷三一〈朱效蓮墓誌銘〉）；李開先與章丘大商人王雲鳳「交與二十餘年」（李開先《閒居集》卷七〈處士王治祥墓誌銘〉）；李夢陽在開封時與鄭作等一大批商人往來交好，「論詩較射，過從無虛日」（錢謙益《列朝詩集小傳》丙集〈方子山鄭作〉等）。又如陳繼儒與製壺巧匠時大彬，李日華與景德鎮瓷工吳邦振，張岱與海寧刻工王二分，錢謙益與竹刻名家濮仲謙等都關係十分密切。

❹如刊於嘉靖初年的李夢陽的《空同集》，在總數四十五篇的墓誌銘中，有四篇為商人所作，約占百分之九。至萬曆初年所刊的王世貞的《弇州山人四部稿》中，墓誌銘類的作品總數九十篇，為商人所作的則有十五篇，已占百分之十六點六。至於在收錄王世貞晚年作品的《弇州山人續稿》中，為商人所作的墓誌銘類作品更多至四十四篇，其比例上升到百分之十七點六。參見陳建華《中國江浙地區十四至十七世紀社會意識與文學》，學林出版社一九九二年版，第三三五頁。

❺趙翼《廿二史劄記》卷三二〈明初文人之禍〉載：「浙江府學教授林元亮，為海門衛作〈謝增俸表〉，以表內『作則垂憲』誅。北平府學訓導趙伯寧，為都司作〈萬壽表〉，以『垂子孫而作則』誅。福州府學訓導林伯璟，為按察使撰〈賀冬表〉，以『儀則天下』誅。……」

❻王陽明哲學成分多來自禪宗，故劉宗周曾稱之為「陽明禪」（《劉子全書》卷一九〈答胡嵩高、朱綿之、張奠夫諸生〉）。而禪宗同樣標榜「心是道，心是理」。慧能《壇經・疑問第三》說：「心是地，性是王，王居心地上。」故陶望齡說：「今之學佛者，皆因良知二字誘之也。」（《歇庵集》卷一六〈辛丑入都寄君奭弟書〉）

❼《楚石梵琦禪師語錄》卷三〈住嘉興路本覺寺語錄〉、卷四〈再住海鹽州天寧永祚禪寺語錄〉、卷二〈住杭州路鳳山大報國禪寺語錄〉。

❽如李夢陽《梅月先生詩・序》云：「情動則會心，會則契神，契者，音所謂隨寓而發者也。」徐禎卿在《談藝錄》中說：「情者，心之精也。情無定位，觸感而興。既動於中，必形於聲。……蓋因情以發氣，因氣以成聲，因聲而繪詞，因詞而定韻，此詩之源也。」

❾像袁宏道，有時蔑視一切成法，主張「事今日之事，文今日之文」（《袁宏道集箋校》卷一一〈與江進之〉），而有時又以「體格備六經，古雅凌三代」（同上卷三二〈夜坐讀少陵詩偶成〉）來讚美杜詩；有時宣揚「真性情」，並以「喜怒哀樂嗜好情慾」（同上卷四〈敘小修詩〉）為真，有時則懺悔「執情太甚，路頭錯走也」（同上卷四三〈答陶周望〉）；有時高揚自我，強調「率性而行，是謂真人」（同上卷四〈識張幼於箴銘後〉），有時則主張「無我」、「出世」，拔盡「我根」（同上卷二三《廣莊・人間世》），其思想不免顯得凌亂和矛盾。

❿李開先《張小山小令・後序》說憲宗「好聽雜劇及散詞，搜羅海內詞本殆盡」。周暉《金陵瑣事剩錄》載武宗事：「武宗南幸，好聽新劇及散詞。有進詞本者，即蒙厚賞，如徐霖與楊循吉、陳符所進，不止數千本焉。」、「武宗一日要《金統殘唐》小說看，求之不得，一內侍以五十金買之以進。」劉若愚《酌中記》記神宗令宦官為他購買書籍，其中有小說、劇本多種。劉鑾《五石瓠》說「神宗好覽《水滸傳》」。陳悰《天啓宮詞》載熹宗竟自演宋太祖「雪夜訪普之戲」，時值初夏，為

了「肖雪夜戎裝」，就「冒暑」穿戴隆冬用的皮毛衣帽。

⓫王九思此劇見明崇禎張宗孟重刊本《渼陂集》，標名為《中山狼院本》，實為一折雜劇。

⓬莊一拂《古典戲曲存目彙考》卷三列明代戲文作家十七名，卷六列明代雜劇作家一百二十二名，卷九與卷十列明代傳奇作家三百六十一名，共計五百名。其間雖有數十名作家重複，但還有大量的「闕名」作家，故稱明代劇作家有五百餘名。關於通俗小說家的人數，則據日人大塚秀高《增補中國通俗小說書目》、劉世德等《中國古代小說百科全書》等約略統計。

⓭參見八木澤元《明代劇作家研究》，日本講談社昭和三十四年（一九五九）版，第四二頁。本書所統計的尚書兼大學士四人：邱濬、張四維、施鳳來、吳炳；尚書三人：吳鵬、秦鳴雷、王世貞；卿二人：陳沂、龍膺；侍郎一人：汪道昆；少卿二人：李開先、陳與郊；狀元三人：康海、楊慎、秦鳴雷；榜眼二人：王衡、施鳳來。

⓮據郭紹虞《明代的文人集團》著錄，有一百七十六家。見《照隅室古典文學論集》上編，上海古籍出版社一九八三年版，第五一八頁。

⓯王世貞說：「楚之先輩，辭權尚在臺閣……自僕有識以來，此權乃稍外移。」（《弇州續稿》卷一九八）沈德符說：「文柄旁落，詞臣日偃戶高臥。」（《萬曆野獲編》卷十）胡應麟也說：「成化以還，詩道旁落。」（《詩藪》續編卷一）參見饒龍隼《明代隆慶、萬曆年間文學思想轉變研究》，西南師範大學出版社一九九五年版，第一三三頁。

⓰參見郭紹虞〈明代的文人集團〉、〈明代文學批評的特徵〉、〈明代文人結社年表〉等文，見《照隅室古典文學論集》上編，上海古籍出版社一九八三年版，第四九八—六一〇頁。

⓱如呂天成《曲品》卷下稱「上虞有曲派」，祁彪佳《遠山堂曲品》也稱「虞江故有曲派」，王驥德《曲律》卷四〈雜論〉擴大為「我越故有詞派」，另王世貞《曲藻》說有「吳音一派」，等等。

⓲當時的小說家並未結成派別，如明末清初《清夜鐘》的作者陸雲龍、《型世言》的作者陸人龍兄弟，以及他們的老師《檮杌閒評》的作者李清，他們的朋友《禪真逸史》的作者方汝浩等，相互關係密切，並可能與陳繼儒、馮夢龍等都有往來，但並未形成集團和流派。不同流派的小說家有不同的觀點，然而並未展開論爭。明代的所謂小說流派，如魯迅的《中國小說的歷史的變遷》等將明代小說界定為「神魔小說」和「人情小說」兩大「主潮」等，都是後人總結出來的。

⓳見王驥德《曲律》卷四〈雜論〉、呂天成《曲品》卷上、凌濛初《譚曲雜劄》等。

第一章 《三國志演義》與歷史演義的繁榮

《三國志演義》是我國第一部長篇章回小說，也是歷史演義小說的開山之作。所謂「歷史演義」，就是用通俗的語言，將爭戰興廢、朝代更替等爲基幹的歷史題材，組織、敷演成完整的故事，並以此表明一定的政治思想、道德觀念和美學理想❶。這種獨特的文學樣式受到了素重歷史傳統的中國人民的喜愛，所以明代「自羅貫中氏《三國志》一書，以國史演爲通俗演義，汪洋百餘回，爲世所尙，嗣是效顰日眾，因而有《夏書》、《商書》、《列國》、《兩漢》、《唐書》、《殘唐》、《南北宋》諸刻，其浩瀚幾與正史分籤並架」（可觀道人《新列國志・敘》），形成了一個創作歷史演義的傳統。

第一節 《三國志演義》的成書、作者與版本

・三國故事的長期流傳與發展　・關於羅貫中　・《三國志演義》的成書時間
・《三國志演義》的主要版本

中國歷史上的「三國」，本身是一個龍騰虎躍、風起雲湧的時代。陳壽的一部《三國志》和裴松之的注就包蘊著無數生動的故事，爲文學家的藝術創造提供了豐富的素材❷。而在民間，又不斷地流傳和豐富著三國的故事。到隋代，文藝表演中已有「三國」的節目，據杜寶《大業拾遺記》載，隋煬帝看水上雜戲，就有曹操譙水擊蛟、劉備檀溪躍馬等內容。李商隱有〈驕兒〉詩云：「或謔張飛胡，或笑鄧艾吃。」可見到晚唐，連兒童也熟悉三國的故事。在宋代的「說話」藝術中，已有「說三分」的專門科目和專業藝人。蘇軾《志林》卷一〈懷古〉載：「王彭嘗云：塗巷中小兒薄劣，其家所厭苦，輒與錢，令聚坐聽說古話。至說三國事，聞劉玄德敗，顰蹙有出涕者；聞曹操敗，即喜唱快。」可見當時「說三國」的藝術效果很好，且已有明顯的尊劉貶曹的傾向。宋代的這些話本沒有流傳下來，現存早期的三國講史話本有元至治年間（一三二一—一三二三）建安虞氏刊印的《三國志平話》和內容大致相同的《三分事略》❸。其故事已粗具《三國志演義》的輪廓，突出蜀漢一條主線，情節略本史傳，有大量的民間傳說。結構宏偉，故事性強，然敘事簡

率，文筆粗糙，保留著「說話」的原始面貌。

在戲曲舞臺上，金元時期也搬演了大量的三國戲。陶宗儀的《南村輟耕錄》卷二五曾載有《赤壁鏖兵》等多種金院本劇碼。錢南揚的《戲文概論》曾指出有《關大王獨赴單刀會》等多種宋元戲文。現知元代及元明之際以三國爲題材的雜劇劇碼就有六十種之多，從這些劇碼和現存的二十一種劇本的情況來看，半數以上以蜀漢人物爲中心，擁劉反曹的傾向十分鮮明，在情節結構、語言風格等方面，具有濃厚的民間色彩。

在長期的、眾多的群眾傳說和民間藝人創作的基礎上，羅貫中「據正史，採小說，證文辭，通好尚」（高儒《百川書志》），創作了《三國志演義》這部歷史演義的典範作品。

關於羅貫中的生平，目前所知甚少。據賈仲明《錄鬼簿續編》（或謂無名氏作）、蔣大器《三國志通俗演義．序》等記載，他名本，字貫中❹，號湖海散人，祖籍東原（今山東東平）❺，流寓杭州。賈仲明說他「與余爲忘年交，遭時多故，各天一方，至正甲辰復會。別來又六十餘年，竟不知其所終。」可知他於元末至正二十四年甲辰（一三六四）還在世。明人王圻《稗史彙編》所錄一則材料稱羅貫中「有志圖王」，胡應麟《少室山房筆叢》說他是施耐庵的「門人」，清人顧苓《跋水滸圖》等說他「客霸府張士誠」，都不知是否可靠。他的《三國志演義》約成書於明初❻，他還是《水滸傳》的編寫者之一❼。田汝成《西湖遊覽志餘》卷二五說他「編撰小說數十種」，可能誇大其詞。今傳世的《隋唐兩朝志傳》、《殘唐五代史演義傳》、《三遂平妖傳》恐怕都是後人僞託。《錄鬼簿續編》著錄了他所作的三部雜劇作品，今僅存《趙太祖龍虎風雲會》一種。這部作品以趙匡胤、趙普爲中心，歌頌了賢君明相，與《三國志演義》在精神上有相通之處。

現存最早的刊本是明嘉靖壬午年（一五二二）刊刻的《三國志通俗演義》。該書二十四卷，二百四十則，每則前有七言單句小目。卷首有弘治甲寅（一四九四）庸愚子（蔣大器）〈序〉、嘉靖壬午修髯子（張尚德）〈引〉❽。後出的刊本將二百四十則合併爲一百二十回，回目也由單句變爲雙句。另有存世的嘉靖二十七年（一五四八）葉逢春刊印的《三國志通俗演義史傳》十卷，分二百四十段（現存八卷，佚卷三、卷七）。此本比嘉靖壬午本晚出，然保存了一些傳抄階段舊本的面貌。嘉靖壬午本與葉逢春刊本究竟哪一本更接近原作，目前學界有不同看法。於萬曆以後，有不少刊本與葉逢春本關係密切，其內容有關索（或花關索）故事，書名又多含有「志傳」兩字，與嘉靖壬午本等名「演義」及無關索（或花關索）等故事有異，形成了《三國》的「演義」本與「志傳」本兩大系統。清康熙年間，毛綸、毛宗崗父子以「演義」本爲基礎，也吸取了「志傳」本若干內容，對回目和正文進行了較大的修改，並做了詳細的評點，增強了文學性與可讀性，也加重了正統的道德色彩，成爲後來最流行的本子。近人常將它簡稱爲《三國演義》❾，並漸漸地與《三國志通俗演義》混爲一談，甚至將在文學史上最具代表意義的書名《三國志通俗演義》取而代之。本章所述，除注明所據版本處外，均以嘉靖壬午本《三國志通俗演義》爲依據。

第二節 在理想和迷惘中重塑歷史

・《三國志演義》的主旨　・政治上嚮往「仁政」　・人格上注重道德　・才能上崇尚智勇
・關於「擁劉反曹」　・在悲愴和迷惘中追尋傳統

《三國志演義》用「依史以演義」（李漁《三國志演義・序》）的獨特的文學樣式，描寫了起自黃巾起義，終於西晉統一的近百年歷史。「依史」就是「事紀其實，亦庶幾乎史」（庸愚子《三國志通俗演義・序》），對歷史的事實有所認同，也有所選擇，有所加工；「演義」則滲透著作者主觀的價值判斷，用一種自認爲理想的「義」，涇渭分明地去褒貶人物，重塑歷史，評價是非。統觀全書，作者顯然是以儒家的政治道德觀念爲核心，同時也糅合著千百年來廣大民眾的心理，表現了對於導致天下大亂的昏君賊臣的痛恨，對於創造清平世界的明君良臣的渴慕。這也就是一部《三國志演義》的主旨❿。

作爲明君良臣的主要標誌，就是能在政治上行「仁政」，人格上重道德，才能上尚智勇。

自從孟子精心設計出一套「民爲邦本」、「仁政王道」的社會政治藍圖之後，中國歷代的知識分子一直爲之奮鬥不息，也爲廣大的百姓嚮往不已。小說在以蜀爲中心，展開三國間的錯綜複雜的爭鬥故事時，就把蜀主劉備塑造成一個仁君的典範。劉備從桃園結義起，就抱著「上報國家，下安黎庶」的理想（卷一〈祭天地桃園結義〉）。一生「仁德及人」，所到之處，「與民秋毫無犯」，百姓「豐足」，所以「遠得人心，近得民望」，受到人們的普遍愛戴。當他被呂布打敗，匹馬逃難時，「但到處，（村民）聞劉豫州，皆跪進粗食」（卷四〈呂布敗走下邳城〉）。後曹操大舉南下，竟有十數萬百姓隨同劉備赴難，雖然情勢萬分危急，他亦不肯暫棄百姓。他愛民也愛才，待士以誠信寬厚，肝膽相照，故如諸葛亮與五虎將等一代英豪，都能終生相隨，君臣間的關係「猶魚之有水也」。劉備就是作者理想中的「仁德」明君，他手下的大臣也都有「救國救民之心」，如趙雲就明確表示過：「方今天下滔滔，民有倒懸之危。雲願從仁義之主，以安天下。」（卷二〈趙子龍磐河大戰〉）諸葛亮在臨終前還手書遺表，教後主「清心寡慾，薄己愛民；遵孝道於先君，布仁義於寰海」（卷二一〈孔明秋風五丈原〉）。這都寄託著作者仁政愛民的理想。

與劉備相對照的是，作者又塑造了一個殘暴的奸雄曹操。劉備入川時曾對龐統說：「今與吾水火相敵者，曹操也。操以急，吾以寬；操以暴，吾以仁；操以譎，吾以忠：每與操相反，事乃可成耳。」（卷一二〈龐統獻策取西川〉）曹操也是一個「人傑」，小說中王粲就說他「雄略冠時，智謀出衆」。有時爲了籠絡人心，也略施權術，以示有「寬仁大德之心」⓫，因而能平定北方。但他心靈深處所信奉的人生哲學是「寧使我負天下人，休教天下人負我」（卷一〈曹孟德謀殺董卓〉）。因爲他的猜疑，熱情款待他的呂伯奢一家，竟被他心狠手辣地殺得一個不留。他爲報父仇，進攻徐州，所到之處，「盡殺百姓」，「雞犬不留」。對部下更是陰險、殘酷，如在與袁紹相持時，日久缺糧，就「借」倉官王垕的頭來穩定軍心。其他如割髮代首、夢中殺人等，都表現了他工於權謀，奸詐、殘忍，毫無惜民愛民之心。與此相類的，如董卓、袁紹、袁術、曹睿、孫皓、劉禪等，既無曹操的雄才大略，卻似曹操那樣輕民、殘民，因此必然走向滅亡。如董卓就將「民爲邦本」之說視爲「亂道」，說：「吾爲天下計，豈惜小民哉！」他專肆不仁，殺人如麻，鬧得「罪惡貫盈，人神共憤」。最後曝屍之時，「百姓過者，手擲董卓之頭，至於碎爛」，「城內城外，若老若幼，踴躍歡忻，歌舞於道」（卷二〈王允授計誅董卓〉）。這種對於蔑視黎元、殘殺無辜的亂臣賊子的憤恨，正反映了廣大民衆對於「仁政」的渴慕。

《三國志演義》在人格構建上的價值取向，是恪守以「忠義」爲核心的倫理道德規範。全書寫人論事，都鮮明地以此來區分善惡，評定高下，而不問其身處什麼集團，也不論其出身貴賤和性別，只要「義不負心，忠不顧死」，都一律加以讚美。特別是對諸葛亮的忠、關羽的義，作者更是傾注了全部的感情，把他們塑造成理想人格的化身。諸葛亮的一生，連他的敵人也佩服他「竭盡忠誠，至死方休」（卷二三〈司馬懿謀殺曹爽〉）。如第四次伐魏時，形勢大好，後主卻聽信讒言，將他召回。此時，「如不從之，是欺主矣；若從之而退兵，祁山再難得也。」（卷二〇〈孔明祁山布八陣〉）在「正好建功」與完善道德的兩難之中，他還是爲了維護「忠」的人格而放棄了千載難逢的建功良機。關羽死守下沛，身陷絕境時，就決心爲義而死。後來又是從大義出發，身在曹營心在漢，不爲曹操的金錢、美女所動心。當他一旦得知劉備的消息，便掛印封金，奪關斬將而去。他們的忠義觀念、道德品格顯然是屬於封建性質的，但同時也應該看到，小說通過趙雲投劉備、徐晃歸曹操、田豐爲袁紹所忌等故事的描寫，反覆強調「良禽相木而棲，賢臣擇主而事」的思想，說明這種「忠」並不是忠於一姓之天下，也不是僅忠於「正統」的劉蜀，它具有一定的開放性、靈活性。他們的「義」又包含著「同心協力，救困扶危，上報國家，下安黎民」（卷一〈祭天地桃園結義〉）的精神。因此，作者描寫劉關張的「桃園結義」等，也不是旨在宣揚純從個人私利出發的死結「團夥」，而是爲了歌頌他們對於理想政治與道德原則的追求，是與社會大義緊密相連的。至於關羽爲報昔日之恩，在華容道上不顧一切地放走了曹操，小說作者稱之爲「義重如山」，其本意主要也是爲了強調人與人之間的相互幫助、回報與溫情。正因爲關羽等身上所表露的忠與義符合了人類的美德與社會的期望，所以得到了廣大民眾的崇敬，並在民間越來越被神化，這不僅僅是由於歷代統治者不斷予以追封的結果⑫。

走出亂世，還得憑藉軍事上的實力和謀略上的成功。小說對於智與勇，都是予以歌頌的。比較起來，在描寫三國間政治、軍事、外交的錯綜複雜的矛盾鬥爭中，小說更突出了智慧的重要性。司馬徽曾對劉備說：「關、張、趙雲之流，雖有萬人之敵，而非權變之才；孫乾、糜竺、簡雍之輩，乃白面書生，尋章摘句小儒，非經綸濟世之士，豈成霸業之人也！」（卷七〈劉玄德遇司馬徽〉）他說的經綸濟世之士，就是指諸葛亮。小說中的諸葛亮，不但是忠貞的典範，而且也是智慧的化身。他初出茅廬就爲劉備提出了據蜀、聯吳、抗魏的戰略思想。在通曉天時地理，把握事物發展規律的基礎上，「火燒博望」、「草船借箭」、「借東風」等，克敵如神；在深切地掌握敵方心理特點的情勢下，巧妙地使用了驕兵計、疑兵計、伏兵計、反間計等，把敵人搞得暈頭轉向，其中如「空城計」、「隴上妝神」等就是心理戰成功的著名範例。特別是在對周瑜和孫吳方面，採取了既團結又鬥爭的方針，隨機應變，趨利避害，獲得了極大的成功。魏國的曹操、司馬懿，吳國的周瑜、呂蒙、陸遜，蜀國的龐統、姜維等，儘管也都長於計謀，但與諸葛亮一比，就都相形見絀。《三國志．諸葛亮傳》曾說：「亮才於治戎爲長，奇謀爲短，理民之幹，優於將略。」小說卻一反其說，把他的謀略勝算寫得出神入化，這無疑是寄託著人民的理想。諸葛亮的驚人智慧和絕世才能，實際上也是我國古代歷史上各種鬥爭經驗和智慧的總結。

《三國志演義》把蜀國的劉備、諸葛亮、關羽等君臣作爲理想中的政治道德觀念的化身，仁君、賢相、良將的典範，而把魏國的曹操等作爲奸邪權詐、推行暴政的代表，至於孫吳方面只是陪襯而已，因而具有明顯的「擁劉反曹」的傾向。在歷史上，曹、劉孰爲正統的問題，從來就有不同的看法⑬。在正宗的史學著作中，大致自朱熹的《通鑑綱目》起，一般都奉蜀國爲正統，以魏、吳爲僭國。至於在民間流傳的故事中，從來就有尊劉貶曹的傾向⑭。究其原因，一是由於劉備是「帝室冑裔」，多少有點正統的血緣關係；二是劉備從來以「弘毅寬厚，知人待士」（陳壽《三國志．先主傳》）著稱，容易被接受。特別是在宋元以來，民族矛盾尖銳的時候，「人心思漢」、「恢復漢室」，正是當時漢族人民共同的心願，因而將這位既是「漢室宗親」，又能「仁德及人」的劉備樹爲仁君，奉爲正統，是最能迎合大眾的接受心理，符合廣大民眾的善良願望的。

作者從儒家的政治道德觀念出發，融合著千百年來人民大眾對於明君賢臣的渴望心理，把劉備、諸葛亮等人作爲美好理想的寄託。根據儒家的思維邏輯，「天道無親，常與善人」，或「天下土地，唯有德者居之」。但歷史的發展恰恰是事與願違：暴政戰勝了仁政，奸邪壓倒了忠義，全能全知、超凡入聖的諸葛亮竟無力回天！諸葛亮臨終時哀歎：「吾本欲竭忠盡力，恢復中原，重興漢室，奈天意如此，吾旦夕將亡矣！」小說最後也用了這樣的詩句作結：「紛紛世事無窮盡，天數茫茫不可逃！鼎足三分已成夢，後人憑弔空牢騷。」（卷二一〈孔明秋風五丈原〉）作者無可奈何地將這一場歷史悲劇歸結爲「天意」或「天數」。所謂「天數」，與其說是肯定了客觀歷史進展的理則，還不如說是流露了作者對於理想的幻滅、道德的失落、價值的顛倒所感到的一種困惑和痛苦。一部《三國志演義》表現了作者在理想與歷史、正義與邪惡、感情與理智、「人謀」與「天時」的衝突中，帶著一種悲愴和迷惘的心理，對於傳統文化精神的苦苦追尋和呼喚。正是在這個意義上，它是一部悲劇，也是一部呼喚民族大眾傳統文化精神的史詩。[15]

第三節　波瀾壯闊、氣勢恢弘的歷史畫卷

・虛與實的結合　・非凡的敘事才能　・全景式的戰爭描寫　・特徵化性格的藝術典型
・歷史演義體語言

《三國志演義》是在陳壽《三國志》等歷史記載的基礎上，按照一定的美學理想所創作的一部歷史演義小說，有虛有實。清代的章學誠認爲它是「七分事實，三分虛構」（《丙辰劄記》）。這個定量的分析被後人普遍接受[16]。但《三國志演義》之所以在虛實結合方面比較成功，主要不是在「量」的搭配上比較合理，而是在對小說與歷史的「質」的差異上有著比較清醒的認識和恰當的處理。它在按照一定的政治道德觀念重塑歷史的同時，也根據一定的美學理想來進行藝術的創造，使實服從於虛，而不是虛遷就實。小說中的主要人物形象已經全非歷史人物的本來面目，情節故事也多經過張冠李戴、移花接木、添枝加葉等藝術處理。它已不是眞實的歷史，而是藉三國史實的基幹和框架，另描了一幅波瀾壯闊、氣勢恢弘的歷史畫卷。

《三國志演義》「陳敘百年，該括萬事」（高儒《百川書志》），人眾事繁、矛盾複雜，卻組織得有條不紊、主次分明，充分顯示了作者的敘事才能。小說在敘事時，將各個空間分頭展開的故事化成以時間爲序的線性流程。全書約可

歸納為五條線：以漢亡為引線，以晉國一統天下為終局，中間的主線是魏、蜀、吳三方的興衰。這幾條線此起彼伏，交互聯絡，建構成一個完整的藝術整體。在魏、蜀、吳三條線中，尤以魏、蜀兩大集團的矛盾鬥爭為全書的主幹；在寫魏、蜀兩方時，又以蜀漢的故事為重點。在寫蜀漢時，則以諸葛亮為中心；在寫諸葛亮時，更以隆中決策為關鍵。因此，在某種意義上說，小說用濃墨重彩所描繪的隆中決策就是全書的主腦，「其餘枝節，皆從此生」。諸葛亮在決策開頭所分析的形勢，從董卓談到曹操、孫權，實際上就是小說前七卷情節內容的概括。諸葛亮出山後的主要故事，就是隆中決策內容的具體演繹。諸葛亮死後，姜維九伐中原，則是「受丞相遺命」，「以繼其志」。直至最後一卷，才寫三國歸晉以作結。這樣的藝術構思，使全書的結構既宏偉，又嚴整，看來頭緒紛繁，卻又脈絡分明。在這一構架上，作者又兼用了順敘、倒敘、插敘、補敘等不同筆法，時而實寫、明寫、正寫、詳寫，時而又虛寫、暗寫、側寫、略寫，使全書的故事詳略得當，搖曳多姿。

就所敘的事件而言，《三國志演義》以描寫戰爭為主，可說是一部「全景性軍事文學作品」。它描寫戰爭的時間之長、次數之多、形式之多樣、規模之宏大，在世界文學史中是罕見的。全書共寫四十多次戰役、上百個戰鬥場面，包容了這一歷史時期所有重大的戰役，寫得各有個性，絕少雷同：或鳥瞰全局，或特寫片段；或以寡敵眾，或以強制弱；或設伏劫營，或圍城打援；或江上小戰，或陸上車攻；或強攻，或智取；以至火攻、水淹、馬戰，乃至徒手搏鬥，表現各異，充分顯示了戰爭的多樣性和複雜性。《三國志演義》描寫戰爭又突出智鬥，特別是在寫官渡之戰、赤壁之戰、彝陵之戰等重大戰役時，將錯綜複雜的政治鬥爭、外交鬥爭等交織在一起，重視寫統帥部的運籌帷幄，決勝千里，戰略決策以及戰術的運用。作者筆下的戰爭，多數並不表現得慘烈可怕，而如一曲英雄的史詩，在激揚高昂的格調中，往往洋溢著詩情畫意。有時在激烈的戰爭中又穿插著一些比較輕鬆的場面，如在赤壁之戰的進程中，作者不吝筆墨，大寫諸葛亮與魯肅乘霧聯舟、群英會蔣幹中計、龐統挑燈夜讀、曹操橫槊賦詩等，把戰爭寫得有張有弛，富有節奏感。總之，這部小說中的戰爭描寫，不是僅僅歌頌了力，更重要的是讚美了智，傳遞了美。

作為一部優秀的歷史演義小說，《三國志演義》不僅善於敘事，而且也長於寫人。它塑造人物形象的顯著特點，即是突出甚至誇大歷史人物的主要性格特徵，捨棄性格中的次要方面，創造了一批具有特徵化性格的藝術典型，如奸詐雄豪的曹操[17]、忠義勇武的關羽、仁愛寬厚的劉備、謀略超人的諸葛亮、渾身是膽的趙雲、心地狹窄的周瑜、忠厚老實的魯肅、老奸巨猾的司馬懿……這些藝術典型都具有鮮明的個性，又具有一定的「類」的意義。他們的性格特徵一般都顯得比較單一和穩定，有點像戲曲中程式化、臉譜化的表現，容易給讀者以強烈、鮮明的印象，也有點近乎雕塑，在單

一、穩定乃至誇張之中呈現出一種單純、和諧、崇高的美。它適應並規範了古代讀者的藝術欣賞趣味，所以使曹操、張飛、關羽、諸葛亮、趙雲、周瑜、司馬懿等眾多的人物形象一直具有迷人的藝術魅力。《三國志演義》一書也就成了我國古代塑造特徵化藝術典型的範本。

小說在塑造這種特徵化性格的人物時所採用的手法，主要有：一，出場定型。如寫劉備「與鄉中小兒戲於樹下」的非常言行，曹操少時詐「中風」以誣叔父，諸葛亮隱居隆中時的非凡抱負，都可以說是一種性格的「亮相」。二，反覆皴染。圍繞著人物性格的主要特徵，多角度、多層次地加以強化、深化，使其性格在單一中呈現出豐富性、複雜性。如寫曹操之凶殘，連續寫了他夢中殺人，殺呂伯奢一家，殺糧官以欺全軍；寫他的奸詐，就寫他不殺陳琳而愛其才，不追關羽以全其志，得部下通敵文書卻焚而不究，馬犯麥田而割髮代首；寫他的雄豪，則寫他棒責蹇碩之叔，獻刀刺卓，矯詔討卓，支持關羽斬華雄，青梅煮酒論英雄。這樣就把一個既專橫殘暴、陰險狡詐，又豪爽多智、目光遠大的「古今來奸雄中第一奇人」（毛綸、毛宗崗〈讀三國志法〉）寫得血肉飽滿。三，多用傳奇故事和生動的細節來突顯人物的性格特徵。這類筆墨一般從史書或傳說中借鑑而來，具有一定的誇張性和理想化的色彩，雖然不一定能禁得起生活真實的檢驗，但與整體的藝術效果卻十分吻合。例如關羽斬華雄一節，文字不多，只「聽得寨外鼓聲大震，喊聲大舉」，並沒有作細緻的描寫，最後當關羽提華雄之頭擲於地下時，只點了一筆，戰前釃下的熱酒，「其酒尚溫」。這四個字，就不無誇張地突顯了關羽的神勇（卷一〈曹操起兵伐董卓〉）。張飛在長阪橋上連吼三聲，竟使「曹操身邊夏侯傑驚得肝膽碎裂，倒撞於馬下」，百萬曹兵「人如潮退，馬似山崩」（卷九〈張益德據水斷橋〉），其勇猛、其氣勢躍然紙上。四，善用對比、烘托等手法。寄託著作者主要理想的劉備之仁，就是在與曹操之奸的對比中進行刻畫的。曹操與袁紹同爲奸雄，一個雄才大略，識見高超，另一個則外寬內忌、多謀少決，也形成了鮮明的對比。諸葛亮出山一節，通過徐庶、司馬徽的讚美、推薦，三顧茅廬而兩次不遇，一些親友的歌吟談吐，以及山林景色的幽雅清美，層層烘托了諸葛亮的高潔品格和絕世才能。劉、關、張第三次去請時，孔明「晝寢未醒」。此時，「玄德叉手立於階下，將及一時」，「張飛大怒」，準備去「放一把火」燒他起來，而「雲長急慌扯住」（卷八〈定三分亮出茅廬〉）。在強烈的對比中，把劉備的寬厚、張飛的莽撞、關羽的沉著，表現得唯妙唯肖。這類對比手法，對於區別同一類性格特徵的人物「同而不同」十分重要。比如同爲勇猛的戰將，神勇的關羽、驍勇的張飛、智勇的趙雲、英勇的馬超，各有特點，並不成爲一種類型化的人物。但也應該看到，小說所塑造的這些具有特徵化性格的人物，往往沒有內在的衝突，缺少性格的變化和發展，有時將主要特徵誇大過分，給人以失真之感，魯迅所指出的「欲顯劉備之長厚而似僞，狀諸葛之多智而近妖」（《中國小說史略》第十四篇），就是最中肯的評價。

《三國志演義》所用的語言是「文不甚深，言不甚俗」（庸愚子《三國志通俗演義‧序》）的淺近文言，這有利於營造歷史的氣氛，有時直接引用一些必要的史料，也能使讀者「易觀易入」，雅俗共賞，形成了一種適用於歷史演義的獨特的語體風格。它從講史而來，故偏於敘述而少描寫，其敘述語言以粗筆勾勒見長，簡潔、明快、生動、有力，洋溢著一種陽剛之氣。人物語言已開始注意個性化，如在卷一〈安喜張飛鞭督郵〉一節中張飛道：「此等害民賊，不打死等甚！」快人快語，嫉惡如仇。關羽則說：「兄長建下許多大功，只得縣尉之職，被督郵如此無禮。吾思枳棘叢中，非棲鳳凰之所，不如殺督郵，棄官歸鄉，別圖遠大之計。」顯得心高氣傲，思慮周全。而劉備則對督郵說：「據汝賊徒害民，當以殺之。吾有所不忍，還官印綬，吾已去矣。」既是非分明，又心地寬厚。但總的說來，《三國志演義》比起善用口語乃至方言的《水滸傳》、《金瓶梅詞話》等，在人物語言個性化方面還是有一定差距的。

第四節 《三國志演義》的影響

‧歷史演義的繁榮　‧列國系統的小說　‧隋唐系統的小說　‧明末的時事小說
‧對於社會文化生活的廣泛影響　‧《三國志演義》在國外

《三國志演義》以七十五萬字的規模，用一種比較成熟的演義體小說語言，塑造了四百多個人物形象，描寫了近百年的歷史進程，創造了一種新型的小說體裁，這不僅使當時的讀者「爭相謄錄，以便觀覽」，而且也刺激了文士和書商們繼續編寫和出版同類小說的熱情。自嘉靖以後，各種歷史演義如雨後春筍，不斷問世，從開天闢地一直寫到當代。據不完全統計，今存明清兩代的歷史演義約有一二百種之多[18]。可以說，這些小說無不受到《三國志演義》的影響，但沒有一部在總體水準上超過它。比較起來，列國系統和隋唐系統的若干小說尚寫得較有特色。

余邵魚編寫的《列國志傳》是目前所見最早的有關列國故事的通俗小說[19]。這部小說在《武王伐紂平話》、《七國春秋平話》、《秦併六國平話》等講史話本的基礎上，據正史，採雜說，以時間爲經，以國別爲緯，敘述了從商紂滅亡到秦併六國八百年的歷史。全書脈絡清楚，中間也穿插了「妲己驛堂被誅」、「穆王西遊崑崙山」、「秋胡戲妻」、「卞莊刺虎」、「臨潼鬥寶」等有趣的民間故事，但由於敘事簡略、文字粗率，故缺乏藝術的意味。明末馮夢龍將它增補改寫成《新列國志》，由二十八萬字擴展到七十餘萬字，共一百零八回。但敘述的年代大大縮短，砍掉了西周的一段歷史，集中寫春秋、戰國時代的故事，成了一部東周列國的演義小說。馮夢龍本是治《春秋》的名家，又精於通俗小說之道，故他一方面力圖使情節在總體上更加忠於歷史，另一方面又不完全拘泥於史實，也保存了一些民間故事，並注意「敷演」和「形容」（可觀道人《新列國志・敘》），使頭緒紛繁之中血脈更加貫穿，描寫摹神之處令人擊節起舞，極大地增強了作品的文學性。其中一些具有經典意義的故事，如鄭莊公掘地見母、衛懿公好鶴亡國、百里奚認妻、晉公子重耳出亡、程嬰匿孤、二桃殺三士、孫武演陣殺美姬、孫龐鬥智、伍子胥復仇、河伯娶婦、竊符救趙、荊軻刺秦王等都寫得曲折生動，有聲有色。一些著名的戰役，如魯齊長勺之戰、秦晉龍門山大戰、宋楚泓水一戰、晉楚城濮交兵、齊魏馬陵決勝、秦趙長平鏖兵等亦敘來條理清楚，引人入勝。小說也塑造了一些性格較爲鮮明的人物形象，如「德力俱無」而一味想以「仁義」當盟主的宋襄公就很有代表性。再加上這部小說的內容本身具有豐富的文化內涵，一些著名的歷史故事和歷史人物所表現的膽識智謀、理想境界、道德風範等都是寶貴的精神財富。因此，儘管這部小說史學氣味較濃厚，有的地方近乎史料的連綴和解釋，但還是能吸引較多的讀者。到清代乾隆時，楊庸曾將它刪爲八卷一百九十節，名《列國志輯要》。同時又有蔡元放⑳，他將《新列國志》略作刪改潤色後，加入了一些夾注和評點，易名爲《東周列國志》，共二十三卷，一百零八回，成爲以後最爲通行的本子。

《唐書志傳通俗演義》與《隋唐兩朝志傳》是明代較早的兩部隋唐系統的歷史演義小說㉑。它們都以李世民爲中心展開故事，敘述較爲簡略。孫楷第在《日本東京所見小說書目》中著錄《隋唐兩朝志傳》時說：「細觀全書，則似與熊書（指《唐書志傳》）同出於羅貫中《小秦王詞話》（今有明諸聖鄰重訂本），熊據史書補，故文平而近實。此多仍羅氏舊文，故語淺而可喜。」所謂「諸聖鄰重訂本」，是指刊行於萬曆、天啓年間的《大唐秦王詞話》㉒。此書的「舊本」是否出於羅貫中，似可研究。然這部「重訂」的「詞話」已以散文爲主，也可視作一部隋唐系統的小說。它雖然也以李世民掃蕩群雄，統一天下的故事貫穿始終，但有一半以上的內容是寫開國功臣尉遲恭，較爲完整而生動地刻畫了這個忠厚憨直、嫉惡如仇的英雄形象。稍後，在文學性方面有較大突破的是《隋煬帝豔史》和《隋史遺文》兩書㉓。《隋煬帝豔史》是據《迷樓記》、《海山記》、《開河記》等小說，並參照正史和其他史料編寫而成。小說以批判的態度描寫了隋煬帝楊廣一生的風流豔事，揭示了隋亡唐興的歷史原因。全書結構謹嚴，文筆細膩，語言清新典雅，特別是對於宣華夫人的描寫充滿著同情，相當深入細緻地刻畫了她的心理變化。鄭振鐸在《插圖本中國文學史》中曾稱它是「一部盛水不漏的大著作」。《隋史遺文》一變過去以隋煬帝或唐太宗爲中心人物，以正史的編年順序來敷演歷史的寫法，而專注於一群亂世英雄，把小說寫成了一部有關秦瓊和瓦崗寨的英雄史。作者強調小說創作「貴幻」，必須進行藝術虛構。書中的故事比以前隋唐系統的小說寫得更加生動活潑、引人入勝，塑造了秦瓊及單雄信、羅成、程咬金、王伯當、尉遲恭、徐茂公等一批個性較爲鮮明的人物形象。它同《大唐秦王詞話》一樣，有一種將歷史演義向英雄傳奇轉化的傾向。這兩部小說雖然在藝術上也有若干不足，如《隋煬帝豔史》中一些人物形象顯得比較單薄，有些筆墨也不夠簡練；《隋史遺文》中有的情節缺乏剪裁，語言的提煉也嫌不精，但它們在總體上將隋唐系統的小說創作提高到了一個新的水準。至清代康熙年間，褚人獲將《隋唐兩朝志傳》、《隋煬帝豔史》、《隋史遺文》及唐代盧肇所撰的《逸史》等剪裁連綴成《隋唐演義》一書[24]。全書起自隋文帝即位伐陳，終於唐明皇從蜀還都而死，以隋煬帝、朱貴兒與唐明皇、楊貴妃兩世姻緣的因果輪迴爲大框架，間插秦瓊、單雄信、尉遲恭等草莽英雄及李世民、武則天等故事，較爲細緻地揭露了宮廷生活的糜爛、險惡和給人民帶來的苦難。小說將歷史演義、英雄傳奇、才子佳人小說等筆法熔爲一爐，故事生動，行文流暢，幾個英雄人物也寫得很有生氣，故儘管情節結構不無拼湊、凌亂之跡，而仍爲隋唐系統中最爲流行的一部歷史演義。至於稍後的《說唐演義全傳》等小說，雖然也取材於隋唐故事，但主要寫瓦崗寨好漢的風雲聚散，實質上已屬於英雄傳奇一類小說了。

至晚明，一方面由於各種社會矛盾尖銳，一些憂國憂民之士把小說作爲議論朝政、抨擊奸佞的重要工具；另一方面也由於前朝各代的歷史幾乎都有了「演義」，於是就出現了一批專寫當代時事的小說，成爲歷史演義的重要分支。較具代表性的有揭露閹黨亂政的《檮杌閒評》和反映遼東戰事的《遼海丹忠錄》[25]。《檮杌閒評》以魏忠賢的一生爲主要線索，描寫了他與熹宗乳母客氏勾結亂政的故事，深入地揭露了明代廠衛制度的罪惡，廣泛地反映了當時的社會生活，特別如第八回、第三十五回等寫到爲反對貪官汙吏的敲詐勒索和閹黨對於正直官員的政治迫害而發生的商人、市民暴動，很有時代氣息，在中國古代文學史上是不多見的。小說中的主要人物、重大事件都有史實根據，但都小說化了。全書的結構比較嚴密，文字也洗練暢達，並注意市井俗語的運用。尤其值得注意的是，它是繼《金瓶梅詞話》之後又一部以反面人物爲主角，主要通過揭露醜來把人們引向美的作品。《遼海丹忠錄》以歌頌「報國忠臣」毛文龍爲主，按編年順序描寫了萬曆十七年（一五八九）至崇禎三年（一六三〇）之間的遼東戰事。小說的人物刻畫不夠精細，議論也較多，然語言清雅，長於敘事，行文中充滿著一股憤激之氣，在晚明的同類作品中，還是較好的一部。這類反映時事的小說，至清代康熙以後隨著社會的相對穩定和文網的日趨嚴密，逐漸銷聲匿跡，直到清末，形勢發生變化，才重新崛起。

《三國志演義》對我國歷史小說的繁榮和發展關係至大，乃至對其他題材的小說創作也有不同程度的影響。與此同時，它長期被人們視作一部通俗的歷史教科書和軍事著作，對社會生活各方面所產生的作用，恐怕沒有任何一部古典小說可以與之相比肩。它是一部大眾文化的百科全書。從中人們可以得到歷史的知識、鬥爭的智慧、做人的道理和處世的經驗。小說所宣揚的「忠義」思想、權謀策略，乃至「桃園結義」等行為方式，曾經對不同階層的接受者產生過程度不一的消極影響，但從總體來看，全書肯定智慧謀略，歌頌武勇奮進，重視德才兼備，主張積極入世，讚美秉公執法，提倡求實作風，強調以民為本，嚮往國家統一等，都對培養和發揚良好的民族文化心理起到了積極的作用。它之所以得到幾百年來人民大眾的歡迎，既是由於其文學審美吸引了讀者，也是由於它的精神內涵與文化價值為大眾所認同。它在中華民族文化寶庫中的經典地位是不可撼動的。

《三國志演義》名播四海，也受到了外國讀者的歡迎。早在明隆慶三年（一五六九）已傳至朝鮮，崇禎八年（一六三五）有一種明刊《三國志傳》就入藏於英國牛津大學。自日僧湖南文山於康熙二十八年（一六八九）編譯出版日文本《通俗三國志》之後，目前朝鮮、日本、印尼、越南、泰國、英國、法國、俄羅斯等許多國家都有本國文字的譯本，並發表了不少研究論文和專著，對《三國志演義》這部小說做出了有價值的探討和極高的評價，如日本作家吉川英治在其編譯本的序言中說，《三國志演義》「結構之宏偉與人物活動地域舞臺之廣大，世界古典小說均無與倫比。」俄譯本附科洛克洛夫（B. C. Ланасюк）的論文則說：《三國志演義》「在表現中國人民藝術天才的許多長篇小說之中占有顯著的地位」，「它可說是一部真正具有豐富人民性的傑作」㉖。它不但在中國文學史上，而且在世界文學史上都應該具有崇高的地位。

注釋

❶「演義」一詞始見於《後漢書・周黨傳》：「黨等文不能演義，武不能死君。」《文選》卷十潘安仁〈西征賦〉：「晉演義以獻說。」李善注：「《小雅》曰：『演，廣、遠也。』」演義即指推演、詳述道理。唐以後用於書名者有蘇鶚的《蘇氏演義》、梁寅的《詩演義》等。宋元時代普遍稱盛行的「講史」為「演史」。至嘉靖本《三國志通俗演義》始用「演義」之名稱歷史小說。該書卷首蔣大器〈序〉曾做這樣的解說：「文不甚深，言不甚俗，事紀其實，亦庶幾乎史。蓋欲讀誦者，人人得而知之，若所謂里巷歌謠之義也。」後來者一般也是這樣理解「演義」一詞的，如雉衡山人（楊爾曾）《東西兩晉演義・序》說：「一代肇興，必有一代之史，而有信史，有野史，好事者藁取而演之，以通俗諭人，名曰演義。蓋自羅貫中《水

滸傳》、《三國傳》始也。」本書所說的「歷史演義」即用此義。但歷史上也有人廣義地理解「演義」一詞，將它作為「小說」的代名詞，如胡應麟在《少室山房筆叢》中說：「今世傳街談巷語，有所謂演義者，蓋尤在傳奇雜劇下。」《古今小說》的天許齋題識道：「本齋購得古今名人演義一百二十種。」他們所說的「演義」即是廣義的「小說」。

❷現存最早的嘉靖本《三國志通俗演義》署「晉平陽侯陳壽史傳、後學羅本貫中編次」，說明陳壽《三國志》是其成書的主要依據。其他史書、筆記如《後漢書》、《世說新語》、《搜神記》等也提供了若干生動的素材。北宋司馬光《資治通鑑》的編年體裁又為其材料組織提供了借鑑。南宋朱熹的《通鑑綱目》開始改蜀漢為正統，以蜀漢的年號編年，這對小說「尊劉貶曹」創作傾向的形成起了重要的作用。

❸《三分事略》藏於日本天理大學圖書館，全稱《至（或「照」）元新刊全相三分事略》。其故事內容、版式行款與《三國志平話》基本相同。其扉頁標明「甲午新刊」，對此「甲午」刊刻的年代有三種不同的意見：元至元三十一年（一二九四）、至正十四年（一三五四）或元明易代之際。

❹此據嘉靖本《三國志通俗演義》題署。後來有些明清刊本題署有很大的隨意性，如雙峰堂本稱姓羅，名道本，字貫中；三餘堂本稱姓羅，名貴志；《水滸傳》雙峰堂本稱姓羅，名道本，字貫中，號名卿。另王圻《續文獻通考・經籍考・傳記類》稱其名貫，字本中。這些錯誤大都是由形近誤抄造成的。

❺蔣大器《三國志通俗演義・序》稱「東原羅貫中」。後眾多的《三國》刊本及《隋唐兩朝志傳》、《三遂平妖傳》、《水滸傳》、《漢宋奇書》等有關羅貫中的籍貫多題作「東原」。但較早的《錄鬼簿續編》卻稱他為「太原人」；近有一些學者力證羅貫中為太原清源縣人（《羅貫中新探》，中州古籍出版社一九九一年版）。但不少學者認為，「太」字很可能是草書「東」字之誤。或傳抄時因少見東原，習知太原而致誤。近有學者提出，歷史上曾有三個太原郡，東晉、劉宋時的「東太原」與「東原」實為一地，《錄鬼簿續編》的作者好用古地名和地方別名，故所稱「太原」即「東原」。參見劉穎〈羅貫中的籍貫——太原即東原解〉（《齊魯學刊》一九九四年增刊）、杜貴晨〈羅貫中籍貫「東原」說辯論〉（《齊魯學刊》一九九五年第五期）等。

一九五九年，上海發現元代趙偕文集《趙寶峰先生集》，此書卷首所載〈門人祭寶峰先生文〉列門人三十一人，其中有名羅本及羅拱兄弟在內。因趙偕及羅氏兄弟是浙江慈溪人，因此近年來也有人認為羅貫中是慈溪人。但此「羅本」與《三國志演義》的作者羅本是否一人，尚缺乏確鑿的證據。

❻關於《三國志演義》的成書年代，目前有五說：一，「成書於宋代乃至以前」，見周邨〈《三國演義》非明清小說〉（《群

眾論叢》一九八〇年第三期）；二，「成書於元代中後期」，見章培恆等〈《三國志通俗演義》前言〉（上海古籍出版社一九八〇年版）、袁世碩〈明嘉靖刊本《三國志通俗演義》乃元人羅貫中原作〉（《東嶽論叢》一九八〇年第三期）；三，「成書於元末」，見陳鐵民〈《三國演義》成書年代考〉（《文學遺產》增刊一五輯，中華書局一九八三年版）；四，「成書於明初」，游國恩等主編《中國文學史》、中國社科院文學研究所《中國文學史》、劉大杰《中國文學發展史》等都將《三國》列於明初，持此說者較多；五，「成書於明中葉」，見張國光〈《三國志通俗演義》成書於明中葉辨〉（《社會科學研究》一九八三年第四期）、李偉實〈《三國志通俗演義》成書於明中葉弘治初年〉（《吉林社會科學》一九九五年第四期）。以上五說，除第一說是據「志傳」系統的湯賓尹校正本考證外，其餘都是以嘉靖本《三國志通俗演義》為考證依據的。

❼參見本編第二章第一節〈《水滸傳》的成書過程與作者〉。

❽嘉靖本壬午主要有兩種影印本。一種是一九二九年上海商務印書館影印本，係以涵芬樓藏本為底本，並以日本文求堂主人藏本補配。另一種是人民文學出版社影印本，有線裝本（一九七四）和平裝本（一九七五）兩種，係以上海圖書館藏本為底本，並以甘肅省圖書館藏本補配。商務本缺張尚德〈引〉，故誤稱《明弘治本三國志通俗演義》。又，兩本文字上也偶有歧異，最突出的是卷十六第三則〈玉泉山關公顯聖〉寫關羽之死，商務本因避諱而較簡略。據此，一般認為人民文學出版社本的底本是初刻本，商務本的底本是復刻本。

又，嘉靖本卷二一有尹直贊孔明詩，此詩見尹直《名相贊》一書。該書有弘治甲子（一五〇四）自序，較嘉靖本弘治甲寅（一四九四）蔣大器序晚十年。可見嘉靖本經嘉靖時人修改，非羅貫中原本。

❾毛氏父子自定的書名也是《三國志演義》，或稱《四大奇書第一種》，只是在〈讀三國志法〉等行文過程中用過《三國演義》之名。在此之前，明代個別的本子如夷白堂刊本、清代個別筆記也用過這稱呼，但都沒有什麼影響。自二十世紀五〇年代，人民文學出版社整理本用《三國演義》之名後，《辭源》、《辭海》等工具書及某些文學史著作也用此名，連中國電視劇製作中心的電視劇也稱《三國演義》（海外版仍用《三國志演義》），在群眾中造成很大的影響。

❿關於《三國志演義》的主題歷來眾說紛紜，主要有：一，「為蜀漢爭正統說」，始見於明代無名氏《重刊杭州考證三國志傳・序》，毛綸、毛宗崗〈讀三國志法〉等，新中國成立初期曾圍繞著正統思想有無「人民性」和「愛國主義思想」等問題展開過熱烈的討論；二，「描繪三國時代各封建集團之間的鬥爭說」，見游國恩等主編的《中國文學史》第四冊（人民文學出版社一九八二年版，第一六頁）；三，「反分裂、求統一說」，見劉大杰《中國文學發展史》下冊（中華書局上海編輯所

一九六三年版，第一〇二五頁）等。特別是在二十世紀八〇年代，新見疊出，但都立足於肯定《三國志演義》這部小說的文學價值與文化價值之上。近年來也有一些新說，如章培恆等強調了「在中國小說史上，《三國志通俗演義》第一次突出地描寫了人的生命力並給予熱情的歌頌，第一次較集中地描寫和肯定了維護個人尊嚴的行為」，「顯露出初步的市民意識」（章培恆等著《中國文學史新著》（增訂本），復旦大學出版社二〇一一年版，第四五八、四六六頁）。而劉再復等則發表了一些顛覆性的見解，如說《水滸傳》、《三國志演義》「一部是暴力崇拜，一部是權術崇拜，兩部都是造成心靈災難的壞書。……五百年來，危害中國世道人心最大、最廣泛的文學作品，就是這兩部經典。……可以說，這兩部小說正是中國人的地獄之門。」（劉再復《雙典批判》，生活・讀書・新知三聯書店二〇一〇年版，第五頁）又特別批判「桃園三結義」，說「桃園這一盟約，影響中國近兩千年，後來它一直成為中國民間幫會和其他祕密組織的組織原則和倫理原則。」，「中國社會的變質（惡質化），就從這裡開始。」（同上書，第一三一、一三五頁）以上有的是據嘉靖本《三國志演義》而論的，也有不少是據毛本《三國演義》而論的。

⓫ 如卷六〈關雲長千里獨行〉寫曹操不追關羽時，有「宋賢」詩等稱曹「獨行謀策最機深」，而另有小字注評曰：「可見得曹操有寬仁大德之心，可作中原之主。」同卷〈曹操烏巢燒糧草〉寫曹操把他部下私通袁紹的書信全部焚毀，「史官」有詩稱曹「寬洪大度播恩深」，而小字注評曰：「此言曹公能撈籠天下之人，因此而得天下也。」這些詩贊和小字注是否出於原著是很有問題的，但都可說明曹操的「寬仁大德」正是其權詐之處。

⓬ 追封關羽從北宋開始，宋徽宗封他為忠惠公和崇寧真君，後加封為義勇武安王。宋高宗時加封為壯繆義勇王，宋孝宗時改封為英濟王。元文宗時封為顯靈義勇武安英濟王。明憲宗時封為壯繆義勇武安顯靈英濟王。明神宗時開始被封為關聖大帝。清高宗時加封為忠義神武靈佑關聖大帝，清宣宗時加封為忠義神武靈佑仁勇威顯靈大帝。

⓭ 西晉陳壽《三國志》尊魏為正統。東晉偏安江左，習鑿齒作《漢晉春秋》始奉「蜀以宗室為正」。劉宋時裴松之注《三國志》仍從陳壽的觀點。北宋司馬光《資治通鑑》雖說曹操「暴戾強伉」，「其蓄無君之心久矣」（卷六八），又說劉備「雖顛沛險難而信義愈明，勢逼事危而言不失道」（卷五七），但還是以曹魏為正統。至南宋，朱熹的《通鑑綱目》又將「漢昭烈帝章武元年」直接改為「漢獻帝建安二十五年」，明確以蜀為正統。章學誠在《文史通義・文德》中分析這種變化的歷史背景道：「陳氏生於西晉，司馬氏生於北宋，苟黜曹魏之禪讓，將置君父於何地？而習與朱子，則固南渡之人也，惟恐中原之爭正統也。諸賢易地而皆然。」

⓮ 如《三國志・武帝紀》裴注引〈曹瞞傳〉載曹操殺姬事，同書〈關張馬黃趙傳〉裴注引〈雲別傳〉寫劉備與趙雲的故事，其

褒貶的態度都很明確。趙翼《二十二史箚記》卷七〈關張之勇〉徵引的兩晉南北朝時期「稱勇者必推關張」的不少故事，也都說明了劉備集團的聲譽日隆，社會上已經形成了擁劉反曹的傾向。參見張錦池〈論《三國志通俗演義》的擁劉反曹問題〉（《中國四大古典小說論稿》，華藝出版社一九九三年版，第四頁）。

⑮此據毛本，嘉靖本《三國志演義》最後一句「一統乾坤歸晉朝」，略乏感情色彩。

⑯但也有人認為是虛多於實，參見熊篤〈《三國演義》並非「七實三虛」〉（《三國演義學刊》第二輯，四川省社會科學出版社一九八六年版，第二一一頁）。

⑰關於曹操，有「奸」與「雄」兩個方面，但這並不能說明他性格中有「二元」的、「相反」的因素。小說只是為了把他塑造成一個非同一般的「大奸」、「奸絕」，才寫他的「雄」。「雄」只是「奸」的強化劑，而不是「對立」物。越具雄才大略就越奸，越有危害性。因而《三國志演義》中的曹操性格還是特徵化、單一性的，而不是個性化、立體狀的。

⑱孫楷第《中國通俗小說書目・明清講史部》著錄《三國志演義》之外的小說共有一百六十三部（包括部分佚書），大塚秀高《增補中國通俗小說書目》著錄現存講史小說共一百零一部。

⑲余邵魚，字畏齋，福建建陽人，明代嘉靖、隆慶間人。現存最早的《列國志傳》是萬曆三十四年的重刊本，全稱為《新刊京本春秋五霸七雄全像列國志傳評林》，共八卷二百二十六則。

⑳蔡元放，名奡，別號七都夢夫、野雲主人，江寧（今南京）人，曾評點過《水滸後傳》等。

㉑《唐書志傳》，八卷九十節，題「金陵薛居士的本，鼇峰熊鍾谷編集」，存嘉靖三十二年（一五五三）刊本，前有同年李大年所作的序言。書敘隋煬帝大業十三年至唐太宗貞觀十九年間的歷史，末有唐太宗征高麗和薛仁貴征東的故事。《隋唐兩朝志傳》，十二卷一百二十回，題「東原羅貫中編輯」（恐係偽託），存萬曆四十七年（一六一九）刊本，前有正德三年（一五〇八）林瀚序（恐係偽託）。此書前九十一回寫隋亡唐興的故事，與《唐書志傳》的主要內容略同，後二十多回卻寫了唐貞觀以後二百年的歷史，十分草率。這兩書成書時間的先後，一時難以判定，一般說來，恐怕《唐書志傳》先出。

㉒《大唐秦王詞話》，共八卷六十四回，據全書目錄標明「重訂唐秦王詞話」及卷首陸世科所撰《唐秦王本傳・敘》，可知此書是諸聖鄰在民間說唱藝人所用「舊本」的基礎上加工編寫而成，並已成散文為主的案頭作品。孫楷第所云「舊本」出於羅貫中，似根據不足。

㉓《隋煬帝豔史》，八卷四十回，題「齊東野人編演」，存崇禎三年（一六三〇）人瑞堂刊本。《隋史遺文》，十二卷六十回，袁於令撰，存崇禎刊本。卷首有崇禎六年（一六三三）作者自序。袁於令（一五九二—一六七四），名晉，原名韞玉，

字令昭，號慢亭仙史等，江蘇吳縣人。明生員，入清，任荊州知府。作有傳奇《西樓記》等八種。

㉔褚人獲，字稼軒，號石農，康熙間長洲（今江蘇蘇州）人，著有文言筆記《堅瓠集》等。《隋唐演義》，二十卷一百回，最早有四雪草堂刊本，卷首有康熙己亥（一七一九）自序。

㉕《檮杌閒評》，五十卷五十回，又名《明珠緣》，不題撰人。鄧之誠《古董續記》引繆藝風《藕香簃別抄》疑作者是明末江蘇興化人李清。《遼海丹忠錄》，八卷四十回，成於崇禎三年（一六三〇），存翠娛閣刊本。卷首翠娛閣主人（陸雲龍）序明確說書出「予弟」，可知是陸人龍作。陸人龍，字君翼，浙江錢塘人，還撰有小說《型世言》等。

㉖參見王麗娜《中國古典小說戲曲名著在國外》，學林出版社一九八八年版，第一—四五頁。

第二章　《水滸傳》與英雄傳奇的演化

《水滸傳》這一類小說通常被稱爲英雄傳奇，以有別於《三國志演義》之類歷史演義。這兩類小說有共同點，即主要人物和題材都有一定的歷史根據。兩者又有相異點：前者一般是從宋元小說話本中的「說公案」、「朴刀、桿棒及發跡變泰之事」或「說鐵騎兒」之類發展而來，而後者是由「講史」話本演化而成；前者以塑造一個或幾個傳奇式的英雄人物爲重點，而後者著眼於全面地描寫一代興廢或幾朝歷史；前者的故事虛多於實，甚至主要出於虛構，後者比較注重依傍史實。這些不同也就使前者有可能突破歷史事實的制約，跳出帝王將相、軍國大事的圈子，將目光移向民間日常的生活和普通的人。在明代的英雄傳奇小說中，繼《水滸傳》之後，還有《楊家府演義》、《大宋中興通俗演義》等較有名。

第一節　《水滸傳》的成書過程與作者

・水滸故事的流傳與發展　・作者問題　・《水滸傳》的版本

《水滸傳》所寫宋江起義的故事源於歷史眞實。《宋史》中的〈徽宗本紀〉、〈侯蒙傳〉、〈張叔夜傳〉及其他一些史料都曾提及，略謂徽宗宣和年間，宋江等「三十六人橫行齊魏」，「轉略十郡，官兵莫敢攖其鋒」，後被張叔夜設計招降❶。還有的史書記載宋江投降後征方臘❷。

從南宋起，宋江的故事就在民間廣泛流傳。宋末元初人龔開作〈宋江三十六人贊〉已完整地記錄了三十六人的姓名和綽號，並作序說：「宋江事見於街談巷語，不足採著。」同時代羅燁的《醉翁談錄》已著錄了如「石頭孫立」、「青面獸」、「花和尚」、「武行者」等說話名目，這顯然是一些獨立的水滸「小說」。而《大宋宣和遺事》寫了楊志賣刀、智取生辰綱、宋江殺惜、張叔夜招安、征方臘、宋江受封節度使等，筆墨雖然簡略，但已把水滸故事連綴起來，展現了《水滸傳》的原始面貌。元代出現了大批「水滸戲」，今存劇碼（含元明間作）共三十三種，劇本全存的僅六種。它們對於宋江、李逵等形象的刻畫比較集中，但性格不很一致，也無共同的主題，不過「三十六大夥，七十二小夥」、

「寨名水滸，泊號梁山」的說法大體相同。這說明宋元以來的水滸故事豐富多采並正在逐步趨向統一，小說戲曲作家們紛紛從中汲取創作的素材而加以搬演。正是在這個基礎上，產生了一部傑出的長篇小說《水滸傳》。

關於《水滸傳》的作者，明代有四種說法：一，嘉靖間最早著錄此書的高儒《百川書志》題作「錢塘施耐庵的本，羅貫中編次」。同時代郎瑛的《七修類稿》有類似的記載。二，稍後如田汝成《西湖遊覽志餘》、王圻《稗史彙編》等都認為是羅貫中作。三，萬曆間胡應麟在《少室山房筆叢》中則又說是施耐庵作。四，明末清初金聖歎的《第五才子書水滸傳》又提出了施作羅續說，即「施耐庵《水滸正傳》七十卷」，後三十回是「羅貫中《續水滸傳》之惡劄也」。目前一般學者從第一說，認為《水滸傳》是施耐庵所作，其門人羅貫中在其「的本」（即眞本）的基礎上又做了一定的加工。但現代學者中也有人認為施、羅兩人均係託名而實無其人[3]。

前章所述羅貫中的生平已覺難詳，有關施耐庵的事蹟更屬渺茫。明人除了較為一致地肯定他是杭州人外，其他未曾提供一點可信的材料，連生活年代也有「南宋時人」（田汝成《西湖遊覽志餘》）、「南宋遺民」（許自昌《樗齋漫錄》）、「元人」（李贄《忠義水滸傳．敘》、胡應麟《少室山房筆叢》）等多種說法[4]。後人或說施耐庵即是南戲《幽閨記》的作者施惠[5]，或說就是宋末元初《靖康稗史》的編者耐庵[6]，但都缺乏確鑿的證據。從一九二〇年代起，出現了施耐庵是蘇北興化人的說法，但有關材料可疑之處甚多，多數學者持否定的態度[7]。

《水滸傳》的版本相當複雜。今知有七種不同回數的版本，而從文字的詳略、描寫的細密來分，又有繁本與簡本之別。繁本有七十一回本、一百回本、一百二十回本三種。簡本則有一百零三回本、一百一十回本、一百一十五回本、一百二十四回本等[8]；另外，簡本中也有一百二十回本和不分卷本。

在繁本系統中，今知最早的是「《忠義水滸傳》一百卷」（高儒《百川書志》）。據晁瑮《寶文堂書目》、沈德符《萬曆野獲編》等記載，嘉靖間武定侯郭勳有家刻本一百回，時稱「武定版」，已佚[9]。一般認為，今存最早的較為完整的百回本是有萬曆己丑（一五八九）天都外臣（即汪道昆）序的《忠義水滸傳》[10]。此書原刊全本也佚，今見康熙五年（一六六六）石渠閣補修本。另有萬曆三十八年（一六一〇）容與堂刊《李卓吾先生批評忠義水滸傳》，也是較早和較有名的百回本。以上百回本在寫梁山大聚義後，只有平遼和平方臘的故事，而沒有平田虎和王慶的內容。繁本中的一百二十回本，增加了平田虎和王慶的故事，在文字上與百回本略有不同，並也附有「李卓吾」的評語，故稱《李卓吾先生批評忠義水滸全傳》，由袁無涯刊行。明末金聖歎將一百二十回本「腰斬」成七十回本，砍去了大聚義後的內容，而以盧俊義一夢作結，名《第五才子書施耐庵水滸傳》。由於它保存了原書的菁華部分，在文字上也做了修飾，且附有精彩評語，遂成爲清三百年間最流行的本子。

目前多數學者認爲，簡本是繁本的節本，而不是由簡本發展成繁本。簡本一般都有平田虎、王慶兩傳，但文字簡陋、缺乏文學性，現在只是作爲研究資料來使用。現存較早而完整的簡本是雙峰堂刊《水滸志傳評林》，有北京文學古籍刊行社一九五六年影印本。

另外，在明萬曆甲寅（一六一四）刊行的吳從先的《小窗自紀》中，有〈讀水滸傳〉一文，所載《水滸傳》的內容與今知繁簡各本多有不同，如云「四大寇」爲「淮南賊宋江、河北賊高托山、山東賊張仙、嚴州賊方臘」等。有人認爲此「吳讀本」是「古本」，甚至是「施耐庵的本」，但也有人認爲是萬曆間後出的本子，迄今尚無定論⓫。

第二節　奸逼民反與替天行道

・一曲「忠義」的悲歌　・「忠義」觀的形成及其複雜性　・豐富的思想內涵
・《水滸傳》與所謂「暴力崇拜」

《水滸傳》最早的名字叫《忠義水滸傳》，甚至就叫《忠義傳》。明楊定見《忠義水滸全書・小引》認爲：「《水滸》而忠義也，忠義而《水滸》也。」小說描寫了一批「大力大賢有忠有義之人」，未能「酷吏贓官都殺盡，忠心報答趙官家」，卻被奸臣貪官逼上梁山，淪爲「盜寇」；接受招安後，這批「共存忠義於心，同著功勳於國」的英雄，仍被誤國之臣、無道之君一個個逼向了絕路。「煞曜罡星今已矣，讒臣賊相尚依然！」作者爲這樣的現實深感不平，發憤而譜寫了這一曲忠義的悲歌。

最能體現作者這一編寫主旨的是宋江這一形象。宋江作爲小說中的第一主角，就是忠義的化身，他的性格在既矛盾又統一的忠和義的主導下曲折地發展。他作爲一個縣衙小吏，能「仗義疏財，濟困扶危」（第三十二回），結交天下豪傑，但又有忠君孝親、安於現狀的習性。從「義」字出發，他「擔著血海也似干係」（第十八回）救晁蓋，也同情他們被逼上梁山，但又認爲「於法度上卻饒不得」（第二十回）。「殺惜」後，他輾轉避難，就是不想去水泊投奔晁蓋，「上逆天理，下違父教，做了不忠不孝的人」（第三十六回）。他勸人家落草時，也希望人家牢記「如得朝廷招安……日後但去邊上一刀一槍，博得個封妻蔭子，久後青史上留一個好名，也不枉了爲人一世。」（第三十二回）但與此同時，貪官汙吏對他的殘酷迫害，逼著他向梁山一步一步靠近，潯陽樓吟反詩，自然地流露了被「冤仇」所鬱積的叛逆情緒。從江州法場的屠刀下被解救出來後，他一方面感激眾位豪傑不避凶險，極力相救的「義」，另一方面也深感「如此犯下大罪，鬧了兩座州城，必然申奏去了」，再難在常規情況下盡「忠」，於是他表示「今日不由宋江不上梁山泊投託哥哥去」（第四十一回）。上梁山後，他牢記著九天玄女「替天行道爲主，全仗忠義爲臣，輔國安民，去邪歸正」的「法旨」（第四十二回），一再宣稱：「小可宋江怎敢背負朝廷？蓋爲官吏汙濫，威逼得緊，誤犯大罪；因此權借水泊裡避難，只待朝廷赦罪招安。」他坐上第一把交椅後，即把「聚義廳」改成「忠義堂」，進一步明確了梁山隊伍「同心合意，同氣相從，共爲股肱，一同替天行道」（第六十回）的基本路線。就在「替天行道」、「忠義雙全」的旗號下，他帶領眾兄弟懲惡除暴，救困扶危；創造條件，接受招安；征破遼國，平定方臘。直到飲了朝廷藥酒，死在旦夕，還表白：「我爲人一世，只主張『忠義』二字，不肯半點欺心。今日朝廷賜死無辜，寧可朝廷負我，我忠心不負朝廷！」（第一百回）蓋棺論定，宋江就是一個「忠義之烈」（李贄《忠義水滸傳・敘》）。自稱爲「書林」、「儒流」的《水滸傳》作者，以「忠義」爲指導思想來塑造宋江，並描寫了以宋江爲首的一支「全忠仗義」、「替天行道」的武裝隊伍。至於像叫嚷「招安招安，招甚鳥安」的李逵等，只是作爲「忠義」的映襯而存在罷了。

《水滸傳》在歌頌宋江等梁山英雄「全忠仗義」的同時，深刻地揭露了上自朝廷、下至地方的一批批貪官汙吏、惡霸豪紳的「不忠不義」。小說中第一個正式登場的人物是高俅，他因善於踢球而得到皇帝的寵信，從一個市井無賴遽升爲殿帥府太尉，於是就倚勢逞強，無惡不作。整部小說以此人爲開端，確有「亂自上作」的意味。這樣，從手握朝綱的高俅、蔡京、童貫、楊戩，到稱霸一方的江州知府蔡九、大名府留守梁世杰、青州知府慕容彥達、高唐知州高廉，直到橫行鄉里的西門慶、蔣門神、毛太公、祝朝奉，乃至陸謙、富安、董超、薛霸等爪牙走狗，相互勾結，狼狽爲奸，把整個社會弄得暗無天日，民不聊生，不反抗就沒有別的出路。於是，一批忠義之士不得不「撞破天羅歸水滸，掀開地網上梁山」（第三十七回）。《水滸傳》作爲一部長篇小說，第一次如此廣泛而深刻地揭露了封建社會的黑暗，並揭示了「奸逼民反」的道理，是很有意義的。但作者在這裡要強調的乃是這樣一個悲劇：「全忠仗義」的英雄不能「在朝廷」、「在君側」、「在干城心腹」（李贄《忠義水滸傳・敘》），而反倒「在水滸」；「替天行道」的好漢改變不了悖謬的現實，而最後還是被這個「不忠不義」的社會吞噬。「自古權奸害忠良，不容忠義立家邦。」作者在以「忠義」爲武器來批判這個無道的天下時，對傳統的道德無力扭轉這個顛倒的乾坤感到極大的痛苦和悲哀，以致對「忠義」這一批判武器自身也表現出了一種深沉的迷惘。

「忠」與「義」從來就是中國古代儒家倫理觀念中的重要範疇，自宋元以來在社會上特別流行。北宋末年，當腐敗的朝廷無力抵禦外族入侵的時候，各地的「忠義軍」風起雲湧，朝廷亦不得不頒布忠義巡社制度。歷史上宋江起義的性質，有待於歷史學家去慎重討論，但它作為「街談巷語」在民間流傳，則越來越清楚地塗上了「忠義」的色彩。龔開作〈宋江三十六人贊〉，就稱宋江「不假稱王，而呼保義」。到《大宋宣和遺事》，「宋江為帥」等三十六人就是「廣行忠義，殄滅奸邪」的英雄。元代的「水滸戲」，普遍把宋江寫得有別於方臘之流：「則俺那梁山泊上宋江，須不比那幫源洞裡的方臘」（李文蔚〈同樂院燕青博魚〉），「忠義堂高搠杏黃旗一面，上寫著『替天行道宋公明』」，「梁山泊上多忠義」（佚名〈爭報恩三虎下山〉）。《水滸傳》的作者就沿著這一長期形成的思維格局寫成了一部「忠義傳」。全傳本《水滸傳》第五十五回說：「忠為君王恨賊臣，義連兄弟且藏身。不因忠義心如一，安得團圓百八人。」顯然，「忠義」中有「為君」而符合封建統治集團利益的一面，故難怪「士大夫亦不見黜」，但在「忠」字中也包含著「保境安民」、「殺盡貪官」等愛國精神和民本思想；對「義」字的強調，更反映出社會道德規範的變化。傳統的農業社會十分重視維護宗法關係的基本規範「孝」，「孝」在《水滸傳》中仍然占有突出的地位，但對於那些離開土地的市民、商人等「三教九流」的人來說，維護異姓關係的基本規範「義」顯得更為重要。因此，小說謳歌「仗義疏財，濟危扶困」，不僅僅在一般意義上反映了下層群眾為了維護自身的利益而「戮力相助」，而且更深刻地反映了由於城市居民、江湖遊民等隊伍的不斷擴大，社會道德規範正在悄悄地發生著變化。總之，「忠義」的內涵本身就十分複雜，它以儒家的倫理道德為基礎，但也融合著包括城市居民和江湖遊民在內的廣大百姓的願望和意志。它不是蒙在《水滸傳》外面的一層道德正義的保護色，而是能使小說被當時社會各階層普遍接受的基本精神。

當然，作為一部長篇小說，其故事又在民間經過幾代人的不斷積累和加工，全書的思想內涵就顯得豐富複雜，此並非「忠義」兩字所能概括⓬。長期以來，廣大群眾之所以喜愛這部小說，在很大程度上還是由於它歌頌了英雄，歌頌了智慧，歌頌了正義，歌頌了美德，歌頌了人性。《水滸傳》中的不少英雄都是「力」與「勇」的象徵。他們空手打虎，倒拔楊柳，殺貪官汙吏，拒千軍萬馬，一往無前，「敢於大弄」。他們智取生辰綱，三打祝家莊，神機妙算，出奇制勝。他們將「暴力」與「權謀」主要指向朝廷奸佞、大小貪官、地方惡霸，為百姓伸張正義，為弱者打抱不平，所謂「禪杖打開危險路，戒刀殺盡不平人」（魯智深語），「從來只要打天下硬漢不明道德的人」，「若路見不平，眞乃拔刀相助，我便死了（也）不怕」（武松語）。這樣的「暴力」與「權謀」都是出於「愛人」，基於尊重普通百姓、弱勢群體的做人的慾望與權利。小說中的李逵、阮小七、魯智深等人物，不做作，不掩飾，不拘禮法，不甘束縛，不計名利，不怕欺壓，「任天而行，率性而動」，維護了自我的尊嚴。他們不掩飾人生對於平等的渴望與物質的享受，「不怕天，不怕地，不怕官司」，追求「論秤分金銀，異樣穿綢錦，成甕吃酒，大塊吃肉」的「快活」生活，但他們反對錢財的積聚與貪求，強調「疏財」以成「義士」。這些都與當時一些虛僞做作，被封建理學扭曲了人性的「假道學」、「大頭巾」形成了鮮明的對照。至於小說大力渲染的朋友間的「交情渾似股肱，義氣眞同骨肉」更有不少感人肺腑的故事，如魯智深大鬧野豬林，宋江私放晁蓋，朱仝義釋宋江，李逵劫法場等，都是以「義」當先，置朝廷法律與社會道德而不顧，頂著「彌天大罪」，拚死相救。「兄弟」之外，又如魯智深救護被人欺壓的金翠蓮父女、李逵背著瞎眼的老娘上山過「快樂幾時」的生活等，都是刻畫了人間的大愛，突顯了人性的至美。一部《水滸傳》就是在宣揚「忠義」的大框架下，滲透著當時市民的思想與感情，閃耀著人性的光輝。這就難怪當時李卓吾、葉晝、金聖歎等一些具有反傳統精神的批評家盛讚《水滸傳》的英雄是「活佛」、「上上人物」，「一片天眞爛漫」，「使人對之，齷齪銷盡」，認爲《水滸傳》一書是出於「童心」，也就是眞正用人性寫成的「天下之至文」。

當然，在《水滸傳》中也能看到一些違背人性的血腥暴力，甚至是濫殺無辜，如武松血濺鴛鴦樓時爲了不打草驚蛇而順手殺了後槽與丫環，李逵劫法場時板斧亂砍平民，張青、孫二娘賣人肉饅頭，乃至將潘金蓮等「淫婦」、陸謙等仇敵挖心剖腹等，今天看來都十分殘忍，令人驚怵，於是有人將《水滸傳》英雄定爲「黑幫」，將《水滸傳》一書斷爲鼓吹「暴力崇拜」，「造成心靈災難的壞書」。這類觀點其實並不新鮮，明清兩代的正統文人，一直到梁啓超，都認爲《水滸傳》是「誨盜」之書，《水滸傳》英雄都是一批「以破城劫獄爲能事，以殺人放火爲豪舉」（崇禎十五年四月左懋第《題本》）的沒有人性的「強盜」。社會進入到現代，周作人第一個說《水滸傳》不是「人的文學」，而是「強盜文學」。近年來，隨著國內外的風雲變幻，這樣的老調重彈就並不奇怪，而其核心問題仍跳不出周作人詛咒《水滸傳》爲「強盜文學」而打出的兩招：「有礙於人性的生長，破壞人類的平和。」打著求「平和」與講「人性」的旗號，本身並不太離譜，問題是看問題的立足點與方法論沒有擺正。站在上層的、作威作福的群體的立場上與站在下層的、被欺壓的弱勢群體的立場上看問題就會得出完全不同的結論。社會的「平和」是由誰破壞？誰先使用了「暴力」？從史進、林冲、魯智深、武松等一個個走上做強盜的道路來看，無非是爲了求生存，求平等，求自由而被「逼反」。這一點連金聖歎都明白的「亂自上作」，卻被一些現代的評論家們置若罔聞。沒有統治集團的殘酷的「暴力」，就不可能有出於「尊重人性和人的慾望的權利」的「反暴力」的英雄。且看問題的方法，不能不顧全書的基本傾向與主要內容，而將一些次要的枝節無限誇大。整部小說所描寫的水滸英雄們的「暴力」行爲絕大多數都是正義的、正當的，像李逵在法場上亂砍百姓之類只是相對個別的舉動，且小說作者並不認同這樣胡來，晁蓋就阻止李逵亂砍亂殺百姓，宋江一再告誡部下「不掠良民」、「休得傷害百姓」等，都說明了小說並沒有「崇拜」濫殺無辜一類的「暴力」。再者，看問題要有歷史的觀點，如對女性及其偷情與某些暴力行爲，當時的道德、法律與世俗觀念，與我們現在有很大的距離。現在不能認同當時的標準，但也不能用現在的認識來苛求古人。總之，假如站在大眾的、特別是社會弱勢群體的立場上，用全面的、歷史的觀點來看《水滸傳》，這部小說正是深刻地描寫了人類對於生存的基本慾望與權利的追求與抗爭，藝術地再現了當時社會的基本矛盾，從而具有高度的認識價值。

第三節　用白話塑造傳奇英雄的群像

・白話語體成熟的標誌　・同而不同的英雄群像　・傳奇性與現實性的結合
・連環鉤鎖、百川入海的結構

唐宋以來，建築在口頭敘事文學基礎上的變文、話本之類，是中國白話小說的發軔，但多數寫得文白相雜、簡陋不暢，就是《三國志通俗演義》，雖以「通俗」相標榜，但由於受到「演義」歷史的制約，仍顯得半文不白，以致有人說它「是白描淺說的文言，不是白話」（冥飛《古今小說評林》）。而《水滸傳》則能嫻熟地運用白話來寫景、敘事、傳神，比如第十回〈林教頭風雪山神廟〉中的「那雪正下得緊」一句，魯迅就稱讚它「比『大雪紛飛』多兩個字，但那『神韻』卻好得遠了」（《花邊文學・大雪紛飛》）。因爲「緊」字不但寫出了風雪之大，而且也隱含了人物的心理感受，烘托了氛圍。特別是在人物語言個性化方面，《水滸傳》能「一樣人，便還他一樣說話」（金聖歎〈讀第五才子書法〉），從對話中能看出不同人物的性格。例如第七回寫高衙內調戲林冲娘子，魯智深趕來要打抱不平時，林冲道：「原來是本官高太尉的衙內，不認得荊婦，時間無禮。林冲本待要痛打那廝一頓，太尉面上須不好看。自古道：『不怕官，只怕管。』林冲不合吃著他的請受，權且讓他這一次。」而魯智深則道：「你卻怕他本官太尉，洒家怕他甚鳥！俺若撞見那撮鳥時，且教他吃洒家三百禪杖了去！」（第七回）兩句話鮮明、準確地反映了林冲和魯智深兩人不同的處境、不同的性格：一個是有家小，受人管，只能委曲求全、逆來順受；另一個是赤條條無牽掛，義肝俠膽，一無顧忌。《水滸傳》作爲一部長篇小說，就是用這種在民間口語的基礎上加以提煉、淨化了的文學語言，塑造了一大批傳奇的英雄。這不但標誌著我國古代運用白話語體創作小說已經成熟，而且對整個白話文學的發展也具有深遠的意義。

《水滸傳》作爲一部英雄傳奇體小說的典範，成功地塑造了一系列超倫絕群而又神態各異的英雄形象。金聖歎在

〈讀第五才子書法〉中說：「獨有《水滸傳》，只是看不厭，無非為他把一百零八個人性格都寫出來。」此話未免有點誇張，但至少有幾十個主要人物，確是寫得活龍活現。尤為難能可貴的是，它能將性格相近的一類人物寫得各各不同。這正如明代批評家葉晝所指出的那樣：「《水滸傳》文字，妙絕千古，全在同而不同處有辨。」（容與堂本《水滸傳》第三回回評）《水滸傳》之所以能將眾多的英雄寫得性格鮮明，很重要的一點是注意多層次地刻畫人物的性格。比如寫李逵莽撞，有時候也寫他真率，寫他蠻橫；寫魯智深粗豪，有時候又寫他的機智，寫他的精細。這樣就在「同而不同」之中顯示了人物的個性特點。為了達到這一藝術效果，在具體手法上就常常故意創造類型相同的人物，描寫衝突相似的情節，以犯中求避，相互映襯，「如武松打虎後，又寫李逵殺虎，又寫二解爭虎；潘金蓮偷漢後，又寫潘巧雲偷漢；江州城劫法場後，又寫大名府劫法場；何濤捕盜後，又寫黃安捕盜；林冲起解後，又寫盧俊義起解；朱仝、雷橫放晁蓋後，又寫朱仝、雷橫放宋江等。正是要故意把題目犯了，卻有本事出落得無一點一畫相借。」（金聖歎〈讀第五才子書法〉）在比照中突顯其個性特點。同時，小說在寫某些人物時，能展示其性格在環境的制約下有所發展和變化，其中最明顯的是林冲。身為八十萬禁軍教頭的他，在高衙內開始調戲他的娘子時，儘管有大丈夫「屈沉在小人之下，受這般骯髒的氣」的不平，但還是怕得罪上司，息事寧人；當發配滄州時，仍抱有幻想，希望能掙扎回去「重見天日」；惡勢力步步進逼，他處處忍讓，直到最後忍無可忍時，才使他的積憤噴發，手刃仇人，奔上梁山，完成了由軟弱向剛烈的性格轉變。其他如楊志、武松及宋江等都可以看到其性格的流動和變化。當然，從整體來看，《水滸傳》人物性格的流動性多數還是表現為半截子的，並不能貫穿始終，特別是大聚義後，人物大都失去原有的個性色彩。但這種性格描寫的流動性和層次性，還是體現了中國古代長篇小說在塑造人物時，從注重特徵化到走向個性化邁出了堅實的一步。

《水滸傳》中的英雄好漢與《三國志演義》中的帝王將相一樣，尚不脫「超人」的氣息。作者在將英雄理想化時，往往把他們渲染、放大到超越常態的地步，如魯達倒拔楊柳、武松徒手打虎、花榮射雁、石秀跳樓等，都帶有傳奇的色彩。但與此同時，作者又把超凡的人物放置在現實生活的背景上，讓他們在李小二、武大郎、潘金蓮、閻婆惜、牛二等市井細民中周旋；在用重彩濃墨描繪高度誇張、驚心動魄的故事時，也注意在細節真實上精雕細刻，逼近生活，這樣就使傳奇性與現實性結合起來，增強了作品的生活氣息和真實感。在《三國志演義》卷十一中，趙範欲將其「傾國傾城」的寡嫂配給趙雲時，「子龍大怒而起，一拳打倒趙範，出城而去。」這種常人「不可及」處，難免有點不近人情，「太道學氣」。而《水滸傳》在寫武松面對著「哄動春心」的潘金蓮的挑逗時，儘管也給人以「直是天神，有大段及不得處」（金聖歎〈讀第五才子書法〉）的印象，但小說同時寫炭火，寫簾兒，寫酒果菜蔬，寫家常絮語，直寫到武松發怒，「爭些兒把那婦人推一交」，一步步把武松從眞心感激嫂嫂的關懷，到有所覺察，強加隱忍，最後發作，寫得絲絲入扣，合情合理。小說在現實的情感關係和日常的生活環境中，充分地展現了武松剛烈、正直、厚道而又處事周詳、善於自制的性格特徵。他是超人的，但又是現實的。

《水滸傳》的情節結構是以單線縱向進行的。上半部是以人爲單元，下半部則以事爲順序，連環鉤鎖，層層推進。在七十一回之前，小說往往集中幾回寫一個或一組主要人物，將其上梁山前的業績基本寫完，然後引出另一個或另一組主要人物，而上一組人物則退居次要的地位。這樣環環相扣，以聚義梁山爲線索，將一個個、一批批英雄人物串聯起來。七十一回之後，就以時間爲順序，寫兩贏童貫、三敗高俅、受招安、征遼國、平方臘，以報效朝廷爲主幹，將故事貫穿始終。這樣的藝術結構，前半部猶如長江的上游百川匯聚，形成主幹；下半部則如長江的主流奔騰而下，直瀉東海。它形成一個整體，但各部分往往又具有相對的獨立性，特別是前半部的連環列傳體的結構形式，固然留有組織改造原有民間故事的痕跡，但也有利於集中筆墨、淋漓酣暢地描寫一些主要的英雄豪傑。史進、魯智深、林冲、楊志、宋江、武松等一些英雄之所以能「千古若活」，與此不無關係。至於後半部，情節顯得鬆散、拖沓，多有雷同、失眞之處，作者沒能生動地揭示水滸英雄的悲劇精神，正如明代批評家葉晝所說：「文字至此，都是強弩之末了，妙處還在前半截。」（容與堂本第九十八回回評）金聖歎將七十一回以後內容截去，也正是從此出發的。

第四節 《水滸傳》的影響

・《水滸傳》的社會影響 ・《水滸傳》的文學地位 ・《楊家府演義》、《大宋中興通俗演義》等
・《水滸傳》在國外

《水滸傳》所寫的本來就是社會的重大問題，故必然對社會產生極大的影響。一批進步的文人紛紛藉它來批判社會的黑暗和不平，抨擊言行不一、人性扭曲的「假道學」的「可惡、可恨、可殺、可剮」（容與堂本第六回回評）。對於此起彼伏的造反者來說，《水滸傳》也對他們起過直接而巨大的影響。正由於此，歷來的統治集團對它恨之入骨，認定它是一部「誨盜」的「賊書」，厲行嚴禁，甚至詛咒作者「子孫三代皆啞」（田汝成《西湖遊覽志餘》）。

在中國文學史上，《水滸傳》也具有崇高的地位，產生了重大的影響。它刊行後不久，嘉靖間的一批著名文人如唐順之、王愼中等就盛讚它寫得「委曲詳盡，血脈貫通，《史記》而下，便是此書。」（李開先《詞謔》）李贄則把它和

《史記》、杜詩等並列爲宇宙內的「五大部文章」（周暉《金陵瑣事》卷一）。小說作爲一種新的文體，從此在文學領域內確立了應有的地位，開始逐步改變以詩文爲正宗的文壇面貌。從小說創作的角度來看，它和《三國志演義》一起，奠定了我國古代長篇小說的民族形式和民族風格，爲廣大人民大眾所喜聞樂見，形成了中華民族特有的審美心理和鑑賞習慣。但它比《三國志演義》更貼近生活，作者開始把目光投向市井社會、日常瑣事和平凡的人物，注重刻畫人物性格的層次性、流動性，並純熟地使用了白話，多方面地推進了中國古代長篇小說藝術的發展。

《水滸傳》盛行以後，各種文學藝術樣式都把它作爲題材的淵藪。以戲劇作品而言，明清的傳奇就有李開先的《寶劍記》、陳與郊的《靈寶刀》、沈璟的《義俠記》、許自昌的《水滸記》、李漁（一說范希哲）的《偷甲記》、金蕉雲的《生辰綱》等三十餘種。崑曲、京劇和各種地方戲中都有許多深受群眾歡迎的劇碼，如陶君起的《京劇劇碼初探》就著錄了六十七種。至於以《水滸》故事爲題材的繪畫、說唱及各種民間文藝等，更是不可勝數。小說作品中，世情小說《金瓶梅》就是「從《水滸傳》潘金蓮演出一支」（袁中道《遊居柿錄》）。清代又出現了《水滸後傳》、《後水滸傳》和《結水滸傳》（《蕩寇志》）等續書。後世的俠義小說如《三俠五義》等雖然其命意另有所在，「而源流則仍出於水滸」（魯迅《中國小說的歷史的變遷》第六講）。當然，《水滸傳》作爲英雄傳奇小說的典範，對於諸如《楊家府演義》、《大宋中興通俗演義》、《英烈傳》等作品的影響更是顯而易見的。

《楊家府演義》是根據南宋以來，在民間廣泛流傳的楊家將故事加工而成的[13]。它描述了楊業、楊延昭、楊宗保、楊文廣、楊懷玉一門五代忠勇保宋的故事，歌頌了父死子繼、夫亡妻承、前仆後繼、不屈不撓的英雄報國精神。特別是塑造了楊門女將佘太君、穆桂英、楊宣娘等一批女性英雄群像，更是在中國古代小說史上不可多得。然而，這一門忠烈卻屢遭奸臣宵小的陷害。小說貫穿著忠與奸的搏鬥，揭露了昏君佞臣禍國殃民的罪惡行徑。全書儘管滲透著濃重的忠君思想，但在某些地方也有所突破，如楊文廣遭奸臣張茂迫害而差點被滿門抄斬時，楊六郎發牢騷說：「朝廷養我，譬如一馬：出則乘我，以舒跋涉之勞；及至暇日，宰充庖廚！」後楊懷玉深感到朝廷「輔之何益」而「舉家上太行」，過起那種「耕種田地，自食其力」的隱居生活。當朝廷以「甘爲叛逆之臣，以負朝廷」之罪逼他回朝時，他義正詞嚴地回答說：「若以理論，非臣等負朝廷，乃朝廷負臣家也！」並聲稱：「就是碎屍萬段，絕不遵依！」這和宋江至死不悟是有差別的。整體來看，小說結構鬆散，文字粗率，情節有些雷同，有些則過於荒誕，藝術水準顯得不高，但個別情節寫得曲折動人，如楊業撞死李陵碑、七郎求救兵而被潘仁美設計亂箭射死，充滿著壯烈悲愴的氣氛。孟良、焦贊這兩個草莽英雄也寫得各有個性。全書的傳奇色彩很濃，再加上後世多災多難的中華民族不斷地需要從抗擊侵略、保家衛國的故事中汲取精神力量，許多戲曲和民間說唱藝術都樂意從中擷取素材而加以搬演，像楊門女將、穆桂英掛帥、十二寡婦征西等故事已經家喻戶曉。因此，儘管這部小說藝術粗糙，但影響深遠，在中國古代小說史上不容忽視。

明代的英雄傳奇小說中影響較大的還有熊大木編的《大宋中興通俗演義》、《英烈傳》等。《大宋中興通俗演義》主要敘岳飛抗金的事蹟⓮，始於金人南侵，終於岳飛被殺、秦檜在獄中受報應。明清兩代有關岳飛題材的小說以此爲最早，岳傳的基本骨架已經構成，但由於此書過分地拘泥於史實，文字又半文不白，情節組織也較粗率，故缺乏藝術感染力。明代另有兩種《大宋中興通俗演義》的刪改本⓯，皆不見長。《英烈傳》主要寫朱元璋開國的業績⓰，從元順帝荒淫失政起，敘至洪武十六年金陵封王。除朱元璋外，又著重寫了徐達、常遇春、劉基等一批開國元勳。所敘故事大都本於史傳及野史、筆記，側重於歷史事件和戰爭過程的一般描寫，有明顯的模仿《三國志演義》的痕跡，缺乏藝術想像和對於人物的細部雕琢，人物的性格不夠鮮明。但由於它寫了亂世英雄的發跡變泰，也有一定的傳奇色彩，頗能迎合一般市民的心理，故儘管「文意並拙，然盛行於里巷間」（魯迅《中國小說史略》第十五篇）。在它的影響下，後又有《續英烈傳》、《真英烈傳》等作品，後世也有許多戲曲、曲藝取材於此，再創造了徐達、常遇春、胡大海等血肉飽滿的傳奇式英雄形象。

《水滸傳》創造了英雄傳奇美，不但對我國的英雄傳奇小說的創作，對整個小說文化和國民精神起到了一定的影響，而且在世界範圍內廣泛流傳並得到了高度的評價。《大英百科全書》說：「元末明初的小說《水滸傳》因以通俗的口語形式出現於歷史傑作的行列而獲得普遍的喝彩，它被認爲是最有意義的一部文學作品。」英譯家傑克遜（J. N. Jackson）說：「《水滸傳》又一次證明了人類靈魂的不可征服的、向上的不朽精神，這種精神貫穿著世界各地的人類歷史。」目前，它已有英、法、德、日、俄、拉丁、義大利、匈牙利、捷克斯洛伐克、波蘭、朝鮮、越南、泰國等十多種文字的數十種譯本。日本早在一七五七年就出版了百回本《忠義水滸傳》的全譯本。在西方，於一八五〇年開始有法文的摘譯本，到一九七八年法國出版了一百二十回的全譯本，譯者雅克・達爾斯（Jacques Dars）由此而榮獲法蘭西一九七八年文學大獎。英譯的百回全譯本出版於一九八〇年，但在此之前，著名的美國女作家賽珍珠（Pearl Buck）於一九三三年翻譯出版的名爲《四海之內皆兄弟》的七十回本已十分流行。這位諾貝爾文學獎獲得者在此書的序言中曾經這樣說：「《水滸傳》這部著作始終是偉大的，並且滿含著全人類的意義，儘管它問世以來已經過去了幾個世紀。」《水滸傳》確是世界文學寶庫中的一顆明珠。

注釋

❶ 一九三九年，陝西府谷出土的〈宋故武功大夫河東第二將折（可存）公墓誌銘〉載：「公諱可存，……方臘之叛，用第四將從軍，……臘賊就擒，遷武節大夫。班師過國門，奉御筆捕草寇宋江，不逾月繼獲，遷武功大夫。……銘曰：『……俘臘取江，勢若建瓴。』」此與《宋史》等記載相牴觸。一般認為，此墓誌所載不可信，或兩宋江不是同一人。

❷ 如徐夢莘《三朝北盟會編》卷五二引《中興姓氏奸邪錄》、楊仲良《續資治通鑑長編紀事本末》卷一四一等，都載宋江等征方臘事，不少學者認為此說不可信。近發現李綱〈趙忠簡公言行錄〉稱：「再議睦寇，則以寇賊攻寇賊，表宋江為先鋒，師未旬月，賊以俘獻。」可證宋江確曾征方臘。

❸ 胡適〈《水滸傳》考證〉首先懷疑：「『施耐庵』大概是『烏有先生』、『亡是公』一流人，是一個假託的名字」，「也許是明朝文人的假名」（《胡適古典文學研究論集》，上海古籍出版社一九八八年版，第七七一頁）。魯迅《中國小說史略》（第十五篇）也「疑施乃演為繁本者之託名」。聶紺弩《中國古典小說論集・自序》（《中國古典小說論集》，上海古籍出版社一九八一年版，第四頁）等認為《水滸》是集體創作，並無個人作者。戴不凡〈疑施耐庵即郭勳〉（《小說見聞錄》，浙江人民出版社一九八〇年版，第九〇—一二八頁）、張國光〈《水滸》祖本探考〉（《古典文學論爭集》，武漢出版社一九八七年版，第二一〇—二二三頁）又認為《水滸》是郭勳及其門客的託名。

❹ 目前一般說施耐庵是「元末明初人」，只是據有關羅貫中的記載和他與羅的關係而做了這樣的推定。在明代未見有這樣的說法。

❺ 明徐復祚《三家村老委談》云：「一百八施君美（或云羅貫中）《水滸傳》所載」。清無名氏〈傳奇彙考標目〉：「施耐庵，名惠，字君承，杭州人。（著有）《拜月亭》、《芙蓉城》、《周小郎月夜戲小喬》。」（馬蹄疾《水滸資料彙編》，中華書局一九八〇年版，第四九三頁）吳梅《顧曲麈談》：「《幽閨》為施君美作。君美名惠，即作《水滸傳》之耐庵也。」（上海古籍出版社二〇〇〇年版，第二四頁）

❻ 王利器〈《水滸全傳》是怎樣纂修的？〉（《文學評論》一九八二年第三期），黃霖〈宋末元初人施耐庵及「施耐庵的本」〉（《復旦學報》一九八二年第五期）。

❼ 一九二〇年代起，陸續出現的如王道生〈施耐庵墓誌〉、楊新〈故處士施公墓誌銘〉、袁吉人〈耐庵小史〉、李恭簡〈施耐庵傳〉、〈施耐庵墓記〉等，漏洞甚多，來路可疑。八〇年代發現的〈施氏家簿譜〉及〈施讓地券〉、〈施廷佐墓誌銘〉等，只能說明大豐白駒鎮曾經有個施彥端及其後代的情況，很難證實施彥端即施耐庵，更難證明他是《水滸傳》的作者。可

參見湖北省《水滸》研究會等編《水滸爭鳴》特輯（一九八三年六月）、江蘇省社會科學院文學研究所編《施耐庵研究》（江蘇古籍出版社一九八四年版）。

❽萬曆二十二年（一五九四）福建建陽余（象斗）氏雙峰堂刊《京本增補校正全像忠義水滸志傳評林》前三十回標明回目、回數，缺第九回回數，後則僅有回目而無回數，實為一百零二回。

❾鄭振鐸在《水滸全傳・序》中認為他原藏（今歸國家圖書館）的《忠義水滸傳》卷十一共五回一冊即為武定版（《鄭振鐸古典文學論文集》，上海古籍出版社一九八四年版，第九〇〇—九〇六頁）。現多數學者認為，這五回及原四明朱氏敝帚齋殘藏四十七至四十九回均非郭勳本。參見馬幼垣〈嘉靖殘本《水滸傳》非郭武定刻本辨〉（辜美高、黃霖主編《明代小說面面觀》，學林出版社二〇〇二年版）。近有人認為日本「無窮會」所藏的一種明刻清印本及日本寶曆復刻本是李卓吾評真本，其正文保存了郭本的原貌。見日本佐藤錬太郎〈李卓吾評《忠義水滸傳》一百回〉（《汲古》一九八五年第八號）、章培恆〈關於《水滸》的郭勳本與袁無涯本〉（《復旦學報》一九九一年第三期）、王利器〈李卓吾評郭勳本《忠義水滸傳》之發現〉（《河北師範學院學報》一九九四年第三期）。另，范寧〈《水滸傳》版本源流考〉云：「真正的郭勳本，是芥子園翻刻的大滌餘人序本。」（《中華文史論叢》一九八二年第四期）

❿由於天都外臣序的最後一頁署撰者姓氏和年月的一行被截去一半，「己丑」兩字已較難辨認，「己」字也有可能是「乙」字。參見吳曉鈴〈漫談天都外臣序本忠義水滸傳〉（《光明日報》一九八三年八月二日）。另，《北京師範大學學報》一九五七年第二期載王古魯〈「讀水滸全傳鄭序」及「談水滸傳」〉云：此「序文是清初刻的」，「完全出於書賈作偽」；天都外臣序本是「容與堂本的一部不很忠實的復刻本」。

⓫認為吳讀本是古本的有：黃霖〈一種值得注目的《水滸》古本〉（《復旦學報》一九八〇年第四期）、〈宋末元初人施耐庵及「施耐庵的本」〉（《復旦學報》一九八二年第五期）、王利器〈《水滸全傳》是怎樣纂修的？〉（《文學評論》一九八二年第三期）、侯會〈再論吳讀本《水滸傳》〉（《文學遺產》一九八八年第三期）、王珏等〈《水滸傳》中的懸案〉（四川人民出版社一九九四年版，第二〇九頁）。認為是後出的本子有：歐陽健〈吳從先《讀水滸傳論》評析〉（《水滸新議》，重慶出版社一九八三年版，第二八八頁）、張國光〈《水滸》是由「元人施耐庵」、「纂修」的嗎？〉（《武漢師範學院學報》一九八二年第四期）、喻蘅等〈《靖康稗史》編者絕非《水滸》作者〉（《施耐庵研究》，江蘇古籍出版社一九八四年版，第二七八頁）。

⓬關於《水滸傳》的主旨，明清兩代或主「忠義」說，或主「誨盜」說，存在著嚴重的對立：也有少數人認為是為英雄豪傑立傳，或出於遊戲等。近代則有一些人把它視為「倡民主、民權」的「政治小說」。新中國成立以來，特別是馮雪峰的〈回答

《水滸》的幾個問題〉（《文藝報》一九五四年第三期）發表後，「農民起義」說長期居於主導的地位。一九七五年《天津師範學院學報》第四期發表了伊永文的〈《水滸傳》是反映市民階層利益的作品〉一文，提出了「市民」說。之後有一些學者相繼從小說中的領袖出身、隊伍成分、政治口號和發動戰爭的性質等角度論證《水滸傳》不是寫農民起義，而是為「市井細民寫心」。自一九七九年起，另有一些學者又用「忠奸鬥爭」說來解釋小說的主題（如《中山大學學報》一九七九年第一期發表的劉烈茂的〈評《水滸》應該怎樣一分為二？〉等）。通過一段時間的相互駁難和討論，學界大致認為「農民起義」說、「市民」說和「忠奸鬥爭」說從不同的角度立論，均有一定的合理性，相互間可以做某種補充和包容。近年來，章培恆等強調「《水滸傳》所寫的英雄身上表現出了對個人物質慾望與享樂的追求」，「表現出不願壓抑自我，忍受不了束縛和欺凌，要求在某種程度上張揚個性的傾向」（章培恆等著《中國文學史新著》中冊，復旦大學出版社二〇〇七年版，第四六一—四六二頁）。而劉再復等刮起了一股全盤否定《水滸傳》之風，認為它是一部鼓吹「暴力崇拜」的「危害中國世道人心最大最廣泛的」、「壞書」（劉再復《雙典批判》，參見本編第一章〈《三國志演義》與歷史演義的繁榮〉注釋❿）。

⓭《楊家府演義》，全稱《新編全像楊家府世代忠勇通俗演義志傳》，八卷五十八則，有萬曆丙午年（一六〇六）序刊本，卷首題「秦淮墨客校閱，煙波釣叟參訂」。秦淮墨客為紀振倫，字春華，生平不詳。楊家將故事有少量歷史依據，有關史料可參看《余嘉錫論學雜著》中的〈楊家將考信錄〉及常征的《楊家將史事考》（天津人民出版社一九八〇年版）。與《楊家府演義》同時代的《北宋志傳》中也有楊家將故事，但只寫到楊宗保平西夏為止，內容比《楊家府演義》少。又此書刊刻的時間略早於現存的《楊家府演義》，故不少學者認為此書比《楊家府演義》先出。但《楊家府演義》不分回，只分則，題目是單句；《北宋志傳》已分回，題目是雙句，且對仗工整。《北宋志傳．敘述》說此書「搜集《楊家府》等傳」而成，故也有人認為《楊家府演義》先出，或有更早的祖本《楊家府傳》。

⓮《大宋中興通俗演義》又題《大宋演義中興英烈傳》、《大宋中興岳王傳》、《武穆王演義》等，八卷八十則，今存嘉靖三十一年（一五五二）等刊本。

⓯明天啟七年（一六二七）寶旭齋刊本《岳武穆王精忠傳》，六卷六十八回，題「鄒元標編訂」；崇禎十五年（一六四二）友益齋刊本《岳武穆精忠報國傳》，七卷二十八則，係於華玉屬門人余邦縉刪改熊大木本而成。

⓰《英烈傳》最早刊本是萬曆十九年（一五九一）刊行的《新鐫龍興名世錄皇明開運英武傳》，八卷八十則。後有多種翻刻、刪改本，或名《雲合奇縱》、《大明志傳》、《洪武全傳》等。沈德符《萬曆野獲編》稱嘉靖間郭勳所作。一本題「稽山徐渭文長甫編」，不可信。

⓱參見王麗娜《中國古典小說戲曲名著在國外》，學林出版社一九八八年版，第五四—九五頁。

第三章 明代前期詩文

明初詩壇活躍著以高啓、楊基、袁凱等人爲代表的作家群，他們大都生活在元明交替時期，經歷過元末動盪的戰亂與明初整飭政策下的高壓統治，不少作品表現了時代的創傷與個人遭際，以及詩人在特殊環境中所產生的憂鬱徬徨的心態，抒寫基調凝重悲愴。在散文創作領域，宋濂、劉基是兩位較有影響的作家，他們的一些人物傳記、寓言散文及記事寫景之作成就突出，尤具代表性。與明初詩文創作態勢相比，明永樂至成化年間，文學的發展步入低潮期，文壇風行的是臺閣體的創作。臺閣體內容大都爲「頌聖德，歌太平」，藝術上講究雍容典麗，缺乏生氣。它的盛行，與作爲創作主體的館閣文臣的生活遭際、職責擔當和當時相對安定繁榮的時局等因素有關。成化至弘治年間，以李東陽爲首的茶陵詩派崛起，在一定程度上衝擊了臺閣體的創作風氣。李東陽的作品雖還留有臺閣體的痕跡，但也有側重反映個人生活與精神狀況的內容，值得注意。

第一節 明初詩歌與散文

・高啓：抒寫時代與個人命運的孤吟者　・楊基、袁凱詩中的亂世悲音　・宋濂、劉基的散文創作

《明史》卷二八五〈文苑傳〉說明初「文學之士」，「高、楊、張、徐、劉基、袁凱以詩著」。大致可以說，上述提到的這些作家在明初詩壇具有一定的代表性。其中的「高、楊、張、徐」分別指高啓、楊基、張羽、徐賁，四人均爲吳人，人稱「吳中四傑」，以比擬「初唐四傑」。明初眾詩人中，高啓（一三三六—一三七四）是最有成就的詩人[1]，所謂「天才高逸，實據明一代詩人之上」（《四庫全書總目》集部《大全集》提要）。他生活在元明交替之際，不少作品烙上了鮮明的時代特徵，反映當時戰亂生活便是其中的一個方面。如〈吳越紀遊・過奉口戰場〉：

路回荒山開，如出古塞門。驚沙四邊起，寒日慘欲昏。上有飢鳶聲，下有枯蓬根。白骨橫馬前，貴賤寧復

論？不知將軍誰，此地昔戰奔。我欲問路人，前行盡空村。登高望廢壘，鬼結愁雲屯。當時十萬師，覆沒能幾存？應有獨老翁，來此哭子孫。年來未休兵，強弱事併吞。功名竟誰成？殺人遍乾坤。愧無拯亂術，佇立空傷魂。

元明之交，戰火紛起，時局動盪，給人們帶來種種災難與痛苦。詩人生活在兵連禍結的年代，對此有著親身的體驗。這首詩便以寫實的手法展示了一幕戰後的景象：空荒的村落，橫地的白骨，枯萎的蓬根，還有不時發出淒厲叫聲的飢鳶，這一切在飛沙與寒日的籠蓋與映照下顯得格外慘烈荒寂。整首詩的基調凝重悲愴，詩人儘管沒有從正面刻畫兵刃相接、血肉橫飛的戰爭場面，但通過戰後慘景的描寫，讓人不難想像出這場戰爭的殘酷，而面對無休止的戰爭以及由此帶來的災禍，無可奈何的詩人只能在內心添加一份悲傷。元明之交的動盪，對時局艱難的恐惶不安和個人前途命運的憂慮，使得高啓的不少作品流露出憂鬱、徬徨、孤獨的情緒。如〈秋日江居寫懷〉其一：「每看搖落即成悲，況在飄零與別離。……莫把丰姿比楊柳，愁多蕭颯恐先衰。」〈和周山人見寄寒夜客懷之作〉：「亂世難爲客，流年易作翁。百憂尋歲暮，孤夢怯山空。」〈吳越紀遊．登海昌城樓望海〉：「況今艱危際，民苦在墊溺。有地不可居，澒洞風塵黑。安得擊水遊，圖南附鵬翼。」都從不同的角度，抒寫了身處亂世的詩人行止失據的愁鬱。而如〈孤鶴篇〉吟詠「孤鳴迴且哀」、「一飛四徘徊」的孤鶴，〈孤雁〉、〈夜坐聞雁〉刻畫「呼群雲外急，弔影月中殘」、「何處度寒雲，哀多乍失群」的孤雁，則更有自況的意味，曲折地表現出詩人在艱危處境中無從依傍的孤獨。這種孤愁的情緒不時襲來，困擾著詩人，以至於他在詩中不禁自問：「我愁從何來？秋至忽見之。欲言竟難名，泯然聊自知。……閒居誰我顧，唯有愁相隨。世人多自歡，遊宴方未疲。而我獨懷此，徘徊自何爲？」（〈我愁從何來〉）無端的憂愁，連詩人自己都感覺難以名狀，然而這恰恰顯露了他異常苦悶的內心。

明太祖洪武二年己酉（一三六九），高啓應召纂修《元史》，次年授翰林院國史編修官。儘管境遇發生了變化，然而這些似乎並沒有給他帶來欣喜，他自稱「海鳥哪知享鐘鼓，野馬終懼遭籠靮」（〈喜家人至京〉），認爲新朝的仕宦生活反使他備受束縛。〈池上雁〉一詩則更形象地寫出了他的這種心境：

野性不受畜，逍遙戀江渚。冥飛惜未高，偶為弋者取。幸來君園中，華沼得遊處，雖蒙惠養恩，飽飼貸庖煮。終焉懷慚驚，不復少容與。耿耿宵光遲，摵摵寒響聚。風露秋叢陰，孤宿斂殘羽。……

詩中「幸來君園中，華沼得遊處」的「池上雁」，借指當時應召入仕的作者。整首詩運用了隱喻的手法，刻畫出詩人在官場中所感到的「不復少容與」的拘束與「孤宿斂殘羽」的孤獨。詩人內心充滿了鬱悶，他原本懷有不喜約束的「野性」，然而沉悶刻板的仕宦生活顯然束縛了他放曠不羈的個性，令他無法適應。

詩人自有他自己的生活理想與精神境界，早在元末時所作的〈青丘子歌〉中，他已直接地表達了自己的生活志趣❷，因而使此詩散發出濃烈的個性化氣息：

> 青丘子，臞而清，本是五雲閣下之仙卿。何年降謫在世間，向人不道姓與名。躡屩遠遊，荷鋤懶躬耕。有劍任鏽澀，有書任縱橫。不肯折腰為五斗米，不肯掉舌下七十城。但好覓詩句，自吟自酬賡。……斫元氣，搜元精，造化萬物難隱情。冥茫八極遊心兵，坐令無象作有聲。……

青丘子係高啓號，詩中所描繪的這位「青丘子」，顯然是作者自我形象的化身。儘管作者出自奇特的想像將自己塑造成一位降謫人世的「仙卿」，使這一文學形象多了一層奇幻浪漫的色彩，但還是不難使人感受到他眞實的內心世界、獨特的個人氣質。詩中還這樣描寫作者個人的生活：「頭髮不暇櫛，家事不及營。兒啼不知憐，客至不果迎。不憂回也空，不慕猗氏盈。不慚被寬褐，不羨垂華纓。不問龍虎苦戰鬥，不管烏兔忙奔傾。向水際獨坐，林中獨行。」詩人性格放達孤傲，不喜追隨時俗，甘願「但好覓詩句，自吟自酬賡」，當一位逍遙自在的苦吟詩人，並在文學創作活動中，給個人的心靈注入拓張、馳騁的活力。他不僅要體驗與探究「造化萬物」的種種奧祕，而且要「坐令無象作有聲」，顯示自我心靈把握、驅使宇宙萬物的藝術創造力。應該說，此詩從一個側面表達了詩人對自由生活的嚮往及重塑個體精神世界的意向，流露出較爲強烈的個人主體意識。

高啓詩作中也有不少涉及登覽懷古的主題，如〈登陽山絕頂〉、〈雨中登白蓮閣望故園〉、〈吳城感舊〉、〈姑蘇懷古〉、〈岳王墓〉等，都較有特點，而〈登金陵雨花臺望大江〉堪稱代表之作：

> 大江來從萬山中，山勢盡與江流東。鍾山如龍獨西上，欲破巨浪乘長風。江山相雄不相讓，形勝爭誇天下壯。秦皇空此瘞黃金，佳氣葱葱至今王。我懷鬱塞何由開？酒酣走上城南臺。坐覺蒼茫萬古意，遠自荒煙落日之中來。石頭城下濤聲怒，武騎千群誰敢渡？黃旗入洛竟何祥，鐵鎖橫江未為固。前三國，後六朝，草生宮闕何蕭

蕭！英雄乘時務割據，幾度戰血流寒潮。我生幸逢聖人起南國，禍亂初平事休息。從今四海永為家，不用長江限南北。

登上金陵雨花臺而眺望長江，又俯視金陵景貌，詩人懷古的思緒聯翩不斷：眼前的形勝之地，佳氣蔥蔥，昔日三國吳和南朝曾建都於此，企圖憑恃長江天塹固守割據局面，但都沒有逃脫覆亡的命運。接著詩人從對歷史上「英雄乘時務割據，幾度戰血流寒潮」的感歎，回復到對時局的議論，「禍亂初平事休息」，「從今四海永爲家，不用長江限南北」，聯想起歷史上的割據局面與親身經歷的元末戰亂，詩人自然傾向於眼下沒有戰禍、相對安定的生活。全詩寫景與抒情融爲一體，緬古與思今自然交織，構思宏闊而跌宕有致，雄豪奔放的氣勢中交雜著幾分蒼涼的意味。

與高啓同時代而被稱作「吳中四傑」之一的楊基（一三二六—一三七八）❸，也是一位在明初詩壇較有影響的作家。他「少負詩名」（錢謙益《列朝詩集小傳》甲集〈楊按察基〉），曾賦〈鐵笛歌〉，深得楊維禎的讚賞。楊基的一些詩作對自己在當時環境中坎坷的生活遭際有所反映，如他的〈憶昔行贈楊仲亨〉即是一例：

嗟我憶昔來臨濠，親友相送妻孥號。牽衣上船江雨急，辟歷半夜翻洪濤。濠州里長我所識，憐我一月風波勞。呼兒掃榻妾置酒，買魚炊飯羞溪毛。酒酣話舊各涕泣，鄰里怪問聲嘈嘈。……君時亦自長干來，為我遠致書與袍。密行細字讀未了，苦語渫渫如蠶繅。收書再拜問所歷，燈影照夜吳音操。異鄉寂寞遇知己，歡喜豈止饋百牢。藤牽蘿繞互依附，濡沫相潤脂和膏。……

朱明王朝在建立之初，爲鞏固政權，採取了一系列嚴厲的整飭政策，其中多次大規模地遷民以調整地區間的勢力便是一項重要的措施❹。楊基在當時因曾充當張士誠屬臣饒介的幕客而被遷置臨濠，上詩即描寫了作者這段被遷置的經歷，詩中寫到親友離別的痛苦，行途的困疲以及異鄉遇友的欣喜，歷歷敘來，自然眞切，字裡行間流露出作者遭遇這段屈辱經歷所飽嘗的辛酸與孤寂。

作爲生活在元明交替時期的詩人，楊基不少作品還保留著元季詩風豔麗纖巧的痕跡，故清人朱彝尊以爲楊詩「猶未洗元人之習」（《靜志居詩話》卷三），明人徐泰稱其「天機雲錦，自然美麗，獨時出纖巧，不及高（啓）之沖雅。」（《詩談》）如：「六朝舊恨斜陽裡，南浦新愁細雨中」（〈春草〉）；「芳草漸於歌館密，落花偏向舞筵多」（〈晚柳〉：

春〉其三）；「春水染衣鸚鵡綠，江花落酒杜鵑紅」（〈寓江寧村居病起寫懷〉其四）等即是。但也間見佳作，如〈新

濃於煙草淡於金，濯濯姿容嫋嫋陰。漸嫩已無憔悴色，未長先有別離心。風來東面知春早，月到梢頭覺夜深。惆悵隋堤千萬樹，淡煙疏雨正沉沉。

此詩重在吟詠新柳丰姿情韻，構思新巧，描寫細緻入微，遣詞纖麗清新，顯出一定的狀物詠景的功力，也較能體現詩人的藝術風格。

在明初詩人中，袁凱（約一三一〇—？）是位值得一提的作家❺，其詩多學杜甫，尤以七言律詩最爲突出。他少時因賦〈白燕〉詩而得名，人稱「袁白燕」。其詩云：

故國飄零事已非，舊時王謝見應稀。月明漢水初無影，雪滿梁園尚未歸。柳絮池塘香入夢，梨花庭院冷侵衣。趙家姊妹多相忌，莫向昭陽殿裡飛。

詩雖是歌詠白燕，但自始至終未從正面去描繪白燕形象，而是從人事物景的不同側面加以烘托，流轉巧妙，頗具匠心。據說當初在楊維楨座上，有客人出所賦〈白燕〉詩，袁凱則別賦此詩以獻，楊大爲驚賞，遍示座客。

袁凱有些詩作涉及個人身世遭遇，較有眞情實感，如〈江上早秋〉：

靡靡菰蒲已滿陂，菱花菱葉更參差。即從景物看身世，卻怪飄零枉歲時。得食野鷗爭去遠，避風江鸛獨歸遲。干戈此日連秋色，頭白猶多宋玉悲。

遭逢元末戰亂，顚沛流離，漂泊無定，而蕭瑟的秋意更勾起詩人的身世之感，心中不免充滿哀傷。在〈久雨後寓所一首〉中作者也感歎：「天意未教戎馬息，老夫漂泊敢言歸？」〈秋日海上書懷〉、〈客中除夕〉又分別寫到「東去鯨鯢方作橫，南飛烏鵲正無依」、「戎馬無休歇」、「爲客歲年長」的奔波於兵火之中而流落無依的生活。這些詩篇抒寫了

作者親身的經歷和感受，具有眞實生活基礎，讀來感覺眞切。

在散文創作領域，宋濂與劉基是値得注意的兩位作家。作爲明朝的開國文臣，宋濂（一三一〇—一三八一）在當時文名甚著[6]，「士大夫造門乞文者，後先相踵」，就連「外國貢使亦知其名，數問宋先生起居無恙否」（《明史》卷一二八〈宋濂傳〉）。其創作主張繼承韓愈、歐陽修等唐宋古文學家「文以明道」的觀點，主張「以道爲文」的文道一元論，以爲「文非道不立，非道不充，非道不行」（《宋學士文集》卷八《鑾坡集》卷八《白雲稿．序》），強調「文」要貫穿「聖賢之道」的內核，要能明道致用。在他看來，「所謂文者，乃堯、舜、文王、孔子之文，非流俗之文也」，「非專指乎辭翰之文也」（同上書卷八《芝園後集》卷五〈文原〉）。又指出：「明道之爲文，立教之爲文，可以輔俗化民之爲文。」（同上書卷六六《芝園續集》卷六〈文說贈王黼〉）這樣，實質上將表現作家對生活個性化體驗和獨特文采的文學創作排斥在體道之「文」以外，從而使他的文學觀念散發出濃烈的衛道和經世實用之氣。

宋濂的這一創作主張影響到他的散文創作，不少作品尤其是入明後所作，多明道頌聖之詞，文學價値不高。不過也有一些作品，特別是人物傳記和記事寫景之作，由於注意生活基礎與藝術技巧，富有文學性，不同於明道頌聖文字。如〈秦士錄〉：

> 鄧弼，字伯翊，秦人也。身長七尺，雙目有紫稜，開合閃閃如電。能以力雄人，鄰牛方鬥不可擘，拳其脊，折仆地。市門石鼓，十人舁，弗能舉，兩手持之行。然好使酒，怒視人，人見輒避，曰：「狂生不可近，近則必得奇辱。」……

這段文字簡潔生動，作者抓住人物最主要的外貌特徵與一兩件典型事例，寥寥數筆，傳神地刻畫出一位英武勇猛的壯士形象，給人留下深刻的印象。文章還描寫了兩件事：一是鄧弼強與「素負多才藝」的兩位儒生共飲娼樓，「呼酒歌嘯以爲樂」，學問談吐壓倒兩生；二是他「造書數千言」謁見德王，備述天下局勢，並披甲馳馬，勇試武藝。這些都生動地描繪了鄧弼狂誕不羈的性格與文武雙全的才藝。但這樣一位富有個性與才藝的人物，卻無施展的機會，用文中鄧弼的話來說：「天生一具銅筋鐵肋，不使立勳萬里外，乃槁死三尺蒿下，命也，亦時也，尙何言！」作者除表達對他的讚譽與同情之外，也流露出對元末社會人才遭受壓制狀況的不滿。宋濂其他的一些傳記作品也較爲成功地塑造了不同的人物形象，如狂痴豪放、高潔孤傲的王冕（〈王冕傳〉），生長娼門而不失人格尊嚴的李歌（〈記李歌〉），超世脫俗而淡泊閒雅的陳洄（〈竹溪逸民傳〉），意氣瀟灑而不畏權貴的吾衍（〈吾衍傳〉）。這些形象大都個性鮮明，富有生氣，給人印象深刻。

宋濂的記敘散文簡樸明潔，往往不落俗套，特別是有些局部的描繪清新工致，頗具藝術欣賞價值。如〈環翠亭記〉中的一段寫景文字：「當積雨初霽，晨光熹微，空明掩映，若青琉璃然。浮光閃彩，晶熒連娟，撲人衣袂，皆成碧色。沖融於北南，洋溢乎西東，莫不紺聯綠涵，無有虧欠。」文字清雋雅素，簡潔明暢，給人以美感。又如〈書鬥魚〉其中寫到鬥魚的情狀：「各揚鬐鬣相鼓視，怒氣所乘，體拳曲如弓，鱗甲變黑。久之，忽作秋隼擊，水泙然鳴，濺珠上人衣。連數合，復分。當合，如矢激弦，絕不可遏。已而相糾纏，盤旋弗解。」文字雖然簡短，但刻畫細緻、生動、富有情趣。

劉基（一三一一—一三七五）的散文創作❼，被人置於與宋濂相並稱的地位，《明史》本傳稱他「所爲文章，氣昌而奇，與宋濂並爲一代之宗。」特別是其作品中的寓言散文頗有特點，元末棄官歸青田後所著的《郁離子》具有一定的代表性，其中包含不少寓言故事。吳從善《郁離子・序》云：「郁離者，文明之謂也，非所以自號。其意謂天下後世若用斯言，必可底文明之治耳。」（《誠意伯文集》卷首）全書分十八篇❽，共有一百九十多則，內容十分豐富，「多或千言，少或百字」，「大概矯元室之弊，有激而言也」（同上書卷首徐一夔《郁離子・序》）。

作者往往通過寓言故事的形式揭露反省現實生活中的弊端，表達憤世嫉俗的態度和拯救時弊的治世意圖。其「楚有養狙以爲生者」一則：

> 楚有養狙以為生者，楚人謂之狙公。旦日必部分眾狙於庭，使老狙率以之山中，求草木之實，賦什一以自奉。或不給，則加鞭棰焉，群狙皆畏苦之，弗敢違也。一日，有小狙謂眾狙曰：「山之果，公所樹與？」曰：「否也，天生也。」曰：「非公不得而取與？」曰：「否也，皆得而取也。」曰：「然則吾何假於彼而為之役乎？」言未既，眾狙皆寤。其夕，相與伺狙公之寢，破柵毀柙，取其積，相攜而入於林中，不復歸。狙公卒餒而死。郁離子曰：世有以術使民而無道揆者，其如狙公乎？惟其昏而未覺也，一旦有開之，其術窮矣！

作者通過狙公養狙自奉而最終死於飢餒的故事，譏刺「世有以術使民而無道揆者」，說明如何以適當的方式役使民眾的重要性：如果不揣度民情，濫使苛役，必然導致嚴重的後果。而在「靈丘之丈人善養蜂」一則中，作者以靈丘丈人善養蜂而致富，其子不善此道終使家貧做對比，勸導「爲國有民者」重視治政的方法。類似憤世嫉俗而託事以諷的態度也見於劉基其他寓言散文，如著名的〈賣柑者言〉，藉賣柑者之口，毫不留情地譏諷了元末社會中那些「金玉其外，敗絮其中」的達官貴人。這些寓言散文吸取了先秦歷史與諸子散文中寓言故事的藝術傳統，常常將所要論說的道理通過一個個故事的形式反映出來，既形象生動、深入淺出，又能恰當地說明問題、深化主題。

《郁離子》中除寓言故事外，還有一些穿插其中的議論文字，它們雖篇幅短小，但往往蘊涵作者基於社會現象和生活經驗的獨到思考。例如，「治天下者，其猶醫乎？醫切脈以知證，審證以爲方」，「是故知證知脈而不善爲方，非醫也」，「不知證不知脈，道聽塗說以爲方，而語人曰我能醫，是賊天下者也」（〈千里馬〉）。這是說，治理天下猶如醫者診病處方，要能對症下藥，否則難以成功。又如，「自瞽者樂言己之長，自聵者樂言人之短。樂言己之長者不知己，樂言人之短者不知人」（〈瞽聵〉），「善疑人者，人亦疑之；善防人者，人亦防之。善疑人者，必不足於信；善防人者，必不足於智」（〈螇蚸〉），則富含哲理，發人深省。

劉基其他的散文作品也偶有佳作，特別是一些寫景敘事的記敘文，常能表現出作者一定的藝術匠心。如〈活水源記〉的片段：

> 其初為渠時，深不逾尺，而澄澈可鑑，俯視則崖上松竹華木皆在水底……其中有石蟹大如錢，有小鯖魚色正黑，居石穴中，有水鼠常來食之。其草多水松、菖蒲。有鳥大如鴝鵒，黑色而赤觜，恆鳴其上，其音如竹雞而滑。有二脊令恆從竹中下立石上，浴飲畢鳴而去。

這段景物描寫平實無華，簡練明曉。作者善於體物摹景，抓住自然界中不同的景象特徵，以細膩而自然的筆觸表現出來，使所描繪的藝術圖景生趣盎然，自然逼真，不落俗套。

第二節　臺閣體與茶陵派

・臺閣體的特徵　・臺閣體與時局及作家遭際的關係　・李東陽與茶陵派

明永樂至成化年間，相對於明初高啓、楊基、宋濂、劉基等人的創作態勢，文學的發展步入了低潮期，在文壇占主導地位的是臺閣體。臺閣指的是當時的翰林院、詹事府、內閣，又稱為「館閣」。臺閣體則指為當時館閣文臣所倡揚而形成的一種詩文創作風格，所謂其時「諸大老倡之，眾人靡然和之，相習成風。」（沈德潛、周準《明詩別裁集》卷三）

臺閣體詩文內容大都比較貧乏，多為應制、題贈、酬應而作，題材常是「頌聖德，歌太平」（楊士奇《東里詩集》卷首楊溥《東里詩集．序》），藝術上追求平正典麗。試舉兩例：

> 東風御苑物華新，吉日遊觀命近臣。金甕特頒千日醞，玉盤兼賜八珍淳。翠含楊柳橋邊霧，香泛芙蓉水上雲。魚躍鳶飛皆化育，須看海宇頌皇仁。（楊士奇〈賜遊西苑同諸學士作〉）

> 天開形勢莊都城，鳳翥龍蟠拱帝京。萬古山河鍾王氣，九霄日月煥文明。祥光掩映浮金殿，瑞靄縈迴繞翠旌。聖主經營基業遠，千秋萬歲頌昇平。（楊榮〈隨駕幸南海子〉）

二詩中的前一首寫遊苑，後一首寫扈駕，都著力於盛世祥瑞氣象的描繪、帝王功德的頌揚，格調雅麗雍容，體現出臺閣體的典型特徵。這樣的作品很難讓人感受到文學反映社會生活的豐富性與作者個性化的思想情感，難免成為粉飾太平的工具，而且「闒冗膚廓，幾於萬喙一音」（《四庫全書總目》集部《倪文僖集》提要），過於平庸單一，無藝術生命力可言。

臺閣體的流行有著多方面的原因，首先與作家的生活遭際有關。這些館閣文臣身居要職，處境優裕，大都懷有受朝廷禮遇而產生的感恩心理，同時又以「供奉文字」為職責，重在維護正統，尊尚教化，容易與官方意識型態發生親和作用，形成歌頌聖德、美化時政的創作意向。而且，相對封閉與狹窄的上層官僚生活，限制了他們的生活視野，導致創作素材相對貧乏。其次，永樂以來，明王朝經過初期整休調治，政權相對穩定，國力漸趨強盛，所謂「海內晏安，民物康阜」（《楊榮《文敏集》卷十四《杏園雅集圖．後序》），社會呈現出比較安定繁榮的局面，給臺閣體營造了一種「頌上之德而鳴國家之盛」（王直《抑庵文集》卷十二〈賜遊西苑詩引〉）的創作氛圍。另外，明王朝在建立之初，全面實行整飭政策，包括對文人加強思想文化上的箝制❾。至永樂年間，明初所實行的高壓政策繼續發揮著威力，明成祖朱棣上臺之後，更加抓緊對士人實行政治文化上的控制。他在位期間，曾頒行《五經四書大全》，並命人採集宋儒之說而編成《性理大全書》，構建推尊儒學，尤其是宋儒學說的思想工程，以整肅精神領域。同時也加強了對文人士大夫的迫害，「殺戮革除諸臣，備極慘毒」（陳田《明詩紀事》乙籤卷二）。這些潛伏在社會安定興盛背後的壓力，多少對文人起著震懾的作用，使他們不敢去正視和表現多面的社會生活，抒發個人思想激情。

成化、弘治年間，臺閣體創作逐漸趨向衰退，這一時期對文壇有著重要影響的則是茶陵詩派。茶陵派以李東陽為主⑩，主要成員有謝鐸、張泰、陸釴、邵寶、魯鐸、石珤等人。

李東陽（一四四七—一五一六）以臺閣重臣的身分「主文柄，天下翕然宗之」（《明史》卷二八六〈李夢陽傳〉），在當時文壇具有很高的聲望。永樂以來，臺閣體的盛行給文學創作帶來不良的風氣，其相對貧乏的內容及刻板的形式很大程度上扼制了文學的藝術活力，造成文壇萎靡不振的局面。在這種情況下，李東陽等人的崛起，從某種意義上說是對臺閣體的創作風氣發動了一次衝擊，所謂「永樂以後詩，茶陵起而振之，如老鶴一鳴，喧啾俱廢。」（沈德潛、周準《明詩別裁集》卷三）針對臺閣體卑冗委瑣的習氣，李東陽提出詩學漢唐的復古主張，以為「漢唐及宋，格與代殊。逮乎元季，則愈雜矣。今之為詩者，能軼宋窺唐，已為極致，兩漢之體，已不復講。」（《懷麓堂集》卷二八《鏡川先生詩集・序》）並反覆強調「詩與文不同體」（《懷麓堂詩話》），注重詩與更多被賦予實用功能的文在體式規制上的區別，以突出詩歌相對獨立的審美特性。在對待如何學古的問題上，李東陽強調較多的是對聲調節奏等法度的掌握，如他提出「今之歌詩者，其聲調有輕重、清濁、長短、高下、緩急之異。」、「律者，規矩之謂，而其為調，則有巧存焉。苟非心領神會，自有所得，雖日提耳而教之，無益也。」又如以為「長篇中須有節奏，有操有縱，有正有變，若平鋪穩布，雖多無益。」（《懷麓堂詩話》）這些主張從文學本身立場出發探討詩歌的藝術審美特性，當是無可厚非的。值得一提的是，李東陽的復古論調對當時的文壇產生過一定的影響，如崛起於弘治年間以李夢陽、何景明為代表的「前七子」，在詩歌師古問題上就吸取了李東陽「軼宋窺唐」的主張，著力於唐詩，尤其是盛唐詩歌的推尚。

李東陽的生活時代雖處於臺閣體的衰落期，但他「歷官館閣，四十年不出國門」（錢謙益《列朝詩集小傳》丙集〈李少師東陽〉），長時期的臺閣生活，對他的文學創作無疑有著一定的影響，使他的有些作品還留有臺閣體的痕跡。如〈慶成宴有述〉一詩，描繪帝王祭祀的場面，頌詠「百年覆載生成後，一代君臣禮意中。郊獻幾回分殿坐，聖恩神貺兩難窮」的盛隆與祥瑞，風格雍容典雅，平正華麗。這一類的題材、風格儘管在李東陽的作品中占有一定的比例，但並不完全代表他的創作全貌。他的有些作品擺脫了臺閣體的束縛，表現出較為開闊的生活視角，抒寫了個人的真情實感。如〈春至〉一詩表現作者對「東鄰不衣褐，西舍無炊煙」，「流離遍郊野，骨肉不成憐」的時艱憂慮。〈馬船行〉從一個側面寫出「憑官附勢如火熱」，「乘時射利習成俗」的世途惡習，〈除日追和坡詩三首・饋歲〉則比較了「侯門倉廩溢，委藉紛四座。寧知貧家食，不自供甑磨」的世間富奢與貧匱之不均，反映了一些具體的社會問題，具有較強的現實感。又如〈茶陵竹枝歌〉：

楊柳深深桑葉新，田家兒女樂芳春。刲羊擊豕禳瘟鬼，擊鼓焚香賽土神。（其二）
銀燭金杯映綺堂，呼兒擊鼓膾肥羊。青衫黃帽插花去，知是東家新婦郎。（其三）
春盡田家郎未歸，小池涼雨試絺衣。園桑綠罷蠶初熟，野麥青時雉始飛。（其七）

明憲宗成化八年壬辰（一四七二），時任翰林院編修的李東陽由京城告假返回祖籍茶陵，上詩即爲作者歸故鄉後所作。詩中所描繪的是一幅幅詩人親眼目睹的農家風土人情畫卷，自然清新，意趣盎然，不帶刻琢的痕跡，洋溢著濃烈的鄉俗氣息，給人以耳目一新之感。

李東陽也有些作品著重反映了他個人的生活情形與精神狀態，值得注意。例如：

懶攜竹杖踏莓苔，寂寂殘樽對雨開。開口只應心獨語，閉門休問客誰來。幽居有道堪藏拙，巧宦逢時亦自才。試問白頭冠蓋地，幾人相見絕嫌猜？（〈幽懷〉其四）
獨吟孤坐總傷神，誰伴長安守歲人？卦數已周無那老，年華初轉又逢春。思親淚盡空雙眼，哭女聲高徹四鄰。還向燈前添舊草，擬從新歲乞閒身。（〈除夕〉）

前一首隱約地表現出詩人在仕途中的某種孤寂與厭倦的心情，特別是官場的互相猜忌爭鬥，使他感到壓抑；後一首則傾吐了詩人時逢除夕卻遠離親人的強烈的思親之情。兩詩表現的內容都與作者個人的經歷有關，眞實地刻畫出詩人生活的一幕與他內心世界的一角。

第三節　明代的八股制義文

・八股文與科舉的關係　・八股文的體制與創作特徵　・八股文對文學創作的影響

在封建社會，科舉考試是上層統治集團選拔人才的一種常用手段，也是廣大士子藉以走上仕途、建樹功業、獲取名利的一條途徑。明代的科舉制度是由唐宋時代科舉體制傳襲而來，並且始以八股文作爲科舉考試規定文體。《明史》卷七十〈選舉二〉：「科目者，沿唐宋之舊，而稍變其試士之法，專取四子書及《易》、《書》、《詩》、《春秋》、《禮記》五經命題試士，蓋太祖與劉基所定。其文略仿宋經義，然代古人語氣爲之，體用排偶，謂之八股，通謂之制義。」⓫由於八股文爲官方所規定的科舉應試文體，而一般文士如果想通過科舉這一關，躋身仕宦的行列，勢必要對這種應試程文苦苦研習，這就造成明代八股文的流行。

八股文的主要文意在於詮釋經書的義理，並要求據題立論，所以很少有作者自由闡發的空間，而它的重要體裁特徵便是對偶性，即每股文字要求排比對仗。明成化以前，八股文的句式基本上「或對或散，初無定式」，尚相對自由。成化以後，句式趨於嚴格化，八股對偶結構越來越明顯。如明憲宗成化二十三年丁未（一四八七）會試〈樂天者保天下〉文，明孝宗弘治九年丙辰（一四九六）會試〈責難於君謂之恭〉文，程式的要求已充分強調文體的對偶性。應該說，對偶句式並不是八股文的獨創，它作爲一種修辭手段早在先秦、漢代詩文和辭賦中就已應用。南北朝時期則形成了一種以偶句爲主要特徵的文體即駢文。唐宋時代，駢文的句式更趨嚴整。八股文的成熟，與它吸取古代駢文的藝術體制顯然是分不開的。明代洪武至成化、弘治年間，八股文逐漸趨於成熟，並出現了一些創作名家，如當時的王鏊、錢福等人便是具有代表性的八股文作家。尤其是王鏊，爲八股文製作的一位大家被人推崇，所謂「制義之有王守溪（即王鏊）」，「更百世而莫出者」（俞長城《可儀堂一百二十名家制義・序》）。他的名篇如〈百姓足君孰與不足〉、〈邦有道危言危行〉等文，破題簡潔明瞭，議論平緩不迫，結構緊湊，對偶工整，比較典型地體現出八股文的一些基本特徵。

進入正德、嘉靖以後，八股文的創作走向興盛，在眾多的作者當中，較有名氣的則有歸有光、唐順之、胡友信。《明史》卷二八七〈胡友信傳〉：「明代舉子業最擅名者，前則王鏊、唐順之，後則震川（即歸有光）、思泉（即胡友信）。」除此之外，如茅坤、瞿景淳也是當時八股文製作的大家。歸有光、唐順之、茅坤等人是唐宋文風的推崇者，人稱「唐宋派」，他們時或將古文做法融入八股文之中，從而給八股文創作帶來某些新的特點。如歸有光〈有安社稷臣者〉一節：

> 大臣之心，一於為國而已矣。夫大臣以其身為國家安危者也，則其致忠於國者可以見其心矣，其視夫溺於富貴者何如哉？且夫富貴為豢養之地，榮祿啓幸進之媒，人臣之任職者，或不能以忠貞自見矣，而世乃有所謂安

> 社稷臣者何如哉？蓋惟皇建辟，而立之天子，非以為君也，以為社稷之守也；惟辟奉天，而置之丞弼，非以為臣也，以為社稷之輔也。人臣之寄在於社稷而已。顧靡戀於好爵，則移其心於循利；嬰情於名位，則移其心於慕君，而社稷之存亡奚計哉？

這段文字古樸簡練，暢達有致，句式散對相間，並不像一般八股文那樣顯得過於拘泥刻板，從中可略見古文做法一二。又，文章雖是圍繞聖賢旨意而闡發，但字裡行間也透露出作者自己一些治國立政的意見，即認爲大臣者當以社稷天下爲重，而不應貪戀「好爵」、「名位」，置國家存亡於不顧，不失爲一種切實高超的態度。

到了明代後期，八股文的創作經歷了一次新的變化，一些作家身處不斷更遷的時代環境，「包絡載籍，刻雕物情，凡胸中所欲言者，皆借題以發之。」（方苞《方望溪先生全集》集外文卷二〈進四書文選表並凡例〉）較有代表性的人物有趙南星、湯顯祖、陳子龍、黃淳耀等。他們在八股文中往往借題議論時政，悲時憫俗，抒發個人胸襟，手法上講究靈活多變，不是一味地刻求成式。如趙南星〈鄙夫可與事君也與哉〉：

> 鄙夫者，以仕宦為身家之計，而不知忠孝名節；以朝廷為勢利之場，而不知有社稷蒼生。未得則患得，妄處非據弗顧也；既得則患失，久妨賢路不顧也。

這段文字顯然是有感而發，將矛頭指向趨勢逐利的卑賤之徒，直言不諱。作者「賦性剛介，不能容物」，所謂「惡佞嫉邪之旨，盡發之於文」（俞長城《可儀堂一百二十名家制義・序》）。他的〈非其鬼而祭之諂也〉一文也體現出剛正不阿、嫉惡如仇的胸襟：「天下之有諂也，則世道人心之邪也，而孰知其無所不諂哉？……藉靈寵於有位，既以諂鬼者而諂人，求憑依於無形，又以諂人者而諂鬼，吾不意世道之競諂一至於此也！」語氣激憤慷慨，對時俗之弊無所顧忌，一語道破，與一般八股文空疏迂陋的文風相比有所不同。又如黃淳耀〈秦誓曰〉謂治政「彼有以小察爲知人之明，以多疑爲御下之術，以吝惜誅賞爲善核名實，以雜用賢奸爲能立制防，其弊也，上下狐疑，枉眞同貫。」又「以忠蹇弼亮之人爲奸慝，以陰賊佞邪之人爲忠良，以公論爲必不可容，以眾知爲皆莫己若，其弊也，群邪項領，方正戮沒。」也可說是直斥弊政，不做矯飾。

八股文作爲一種用於科舉考試的特殊文體，它的一些表現手法及理論曾對明清兩代的散文、詩歌，乃至小說、戲曲的創作產生過深刻的影響。而從總體上來說，它在內容上要求貫穿「代聖人立說」的宗旨，刻板地闡述所謂聖賢的僵化說教，形式上又有嚴格的限制，加上它以官方規範文體的面目出現，嚴重束縛了作者的創作自由，給文學的發展帶來更多的負面影響。明人吳寬曾指出：「今之世號爲時文者，拘之以格律，限之以對偶，率腐爛淺陋可厭之言。甚者指摘一字一句以立說，謂之主意。其說穿鑿牽綴，若隱語然，使人殆不可測識。」（《匏翁家藏集》卷三九〈送周仲瞻應舉詩序〉）言詞雖有些激烈，但切中八股文的弊病。

注釋

❶高啓，字季迪，號青丘子，長洲（今江蘇蘇州）人。博學工詩。元末隱居吳淞江之青丘。洪武初，詔修《元史》，授翰林院國史編修官，後擢户部右侍郎，自陳年少不能擔當重任辭官。據說他曾作〈宮女圖〉一詩，有所譏刺，觸怒了朱元璋。蘇州知府魏觀以改修府治獲罪，事連高啓，被腰斬於市，年僅三十九歲。有《高太史大全集》等

❷據清金檀輯注《青丘詩集》附錄高啓年譜，元惠宗至正十八年戊戌（一三五八），高啓居吳淞江之青丘，自號青丘子，〈青丘子歌〉當作於此際。

❸楊基，字孟載，號眉庵，先世為蜀嘉州（今四川樂山）人，生於吳中。少有詩名。元末被張士誠辟為丞相府記室，不久辭去。明軍攻下平江，被遷置臨濠（今安徽鳳陽）。不久徙於河南，後被放歸。起授滎陽知縣，仕至山西按察使。後被讒奪職，服勞役，死於工所。有《眉庵集》。

❹如明太祖洪武三年庚戌（一三七〇）、七年甲寅（一三七四）、二十二年己巳（一三八九）就有過將江南民眾遷往臨濠等地的舉措，見吳昌綬《吳郡通典》卷十、劉辰《國初事蹟》、《明太祖實錄》卷三七。

❺袁凱，字景文，號海叟，華亭（今上海松江）人。博學有才辯。洪武間為監察御史，因言語而得罪朱元璋，託疾告歸，佯狂而免。有《海叟集》。

❻宋濂，字景濂，號潛溪，浦江（今屬浙江）人。幼穎敏好學。及長，師事吳萊、柳貫、黃溍等人，學業大進，以文名海內。元至正中，薦授翰林編修，以親老辭。後應朱元璋徵聘，任江南儒學提舉。明太祖洪武二年己酉（一三六九）詔修《元史》，任總裁，仕至翰林學士承旨兼太子贊善大夫。洪武十年丁巳（一三七七）致仕。十三年庚申（一三八〇），因長孫慎坐胡惟庸黨，徙置四川茂州，次年以疾卒於夔州。有《宋學士文集》。

❼劉基，字伯溫，青田（今屬浙江）人。元至順四年癸酉（一三三三）舉進士。朱元璋攻下金華，徵聘劉基，劉基為之出謀劃策，成為明開國功臣。除御史中丞兼太史令，授弘文館學士，封誠意伯。有《誠意伯文集》。除散文之外，劉基在詩歌創作方面的成就也較突出，尤長樂府、古體，「沉鬱頓挫，自成一家」（《四庫全書總目》集部《誠意伯文集》提要）。

❽十八篇的篇名分別為〈千里馬〉、〈魯般〉、〈玄豹〉、〈靈丘丈人〉、〈瞽聵〉、〈枸櫞〉、〈螇蝷〉、〈天地之盜〉、〈省敵〉、〈虞孚〉、〈天道〉、〈牧豭〉、〈公孫無人〉、〈蛇蠍〉、〈神仙〉、〈麋虎〉、〈羹藿〉、〈九難〉。見《四部叢刊》本《誠意伯文集》卷二、三、四。

❾如薛瑄〈送白司訓序〉云：「皇明定四方，一文治，縱橫等家悉皆禁黜，內外學校，咸以明經之士為之師，經以程、朱氏之說為之主。」見上海古籍出版社影印文淵閣《四庫全書》本《敬軒文集》卷一三。這種「一文治」的措施顯然是為了加強對士人的思想控制。

❿李東陽，字賓之，號西涯，茶陵（今屬湖南）人。明英宗天順八年甲申（一四六四）舉進士，選翰林庶起士，授編修。後以禮部左侍郎兼文淵閣大學士，直內閣。累官少師兼太子太師、吏部尚書、華蓋殿大學士。有《懷麓堂集》。

⓫八股文除了制義這一稱法之外，還稱作制藝、時藝、時文、八比文，而所謂的股，有對偶的意思。八股文有一套相對固定的寫作格式，其題目取自四書五經，尤以四書命題占多數。題出四書，而文章論述的內容要根據宋儒朱熹的《四書章句集注》等書而展開，不能隨意發揮。每篇開始以兩句點破題意，稱為「破題」。然後承接破題而進行闡發，稱為「承題」。接著轉入「起講」，即開始議論。後再為「入手」，意為起講後的入手之處。以下再分起股（也稱起比、提比）、中股（也稱中比）、後股（也稱後比）、束股（也稱束比）四部分。末尾又有數十字或百餘字的總結性文字，稱作大結。自起股至束股，每股都有兩排排比對偶的文字，共為八股，所以稱為八股文。

⓬以詩歌而言，錢鍾書先生《談藝錄》七二「詩與時文」（中華書局一九八四年版，第二四二—二四三頁），其中即引述清人袁枚和王士禛所言。如袁枚《隨園詩話》卷六：「時文之學，有害於詩，而暗中消息，又有一貫之理。余案頭置某公詩一冊，其人負重名，郭運青侍講來，讀之，引手橫截於五七字之間，曰：『詩雖工，氣脈不貫。其人殆不能時文者耶？』余曰：『是也。』郭甚喜，自詡眼力之高。後與程魚門論及之，程亦韙其言。余曰：『古韓、柳、歐、蘇，俱非為時文者，何以詩皆流貫？』程曰：『韓、柳、歐、蘇所為策論應試之文，即今之時文也。不曾從事於此，則心不細，而脈不清。』余曰：『然則今之工於時文而不能詩者，何故？』程曰：『莊子有言：仁義者，先王之蘧廬也，可以一宿，而不可以久處也。今之時文之謂也。』」王士禛《池北偶談》卷十三〈時文與詩古文〉：「予嘗見一布衣有詩名者，其詩多有格格不達，以問汪鈍翁編修，云：『此君坐未嘗解為時文故耳。』時文雖無與詩古文，然不解八股，即理路終不分明。近見王惲《玉堂嘉話》一條：『鹿菴先生曰：作文字當從科舉中來，不然而汗漫披猖，是出入不由户也。』亦與此意同。」

第四章 明代中期的文學復古

十五世紀末以後，明代詩文領域內經歷了一次新的變化，這變化的一個重要特徵便是文學復古思潮日趨活躍。以李夢陽、王世貞等人爲代表的前後七子，在這一階段中扮演著重要的角色。在復古的旗幟下，他們重新審視文學現狀，尋求文學出路，尤其是針對明初以來受理學風氣及臺閣體創作影響所形成的萎靡不振的文學局面，他們重新構築文學的主情理論，重視民間「眞詩」，並注意文學藝術體制的建設，反映出對文學本質一種新的理解。但是由於他們過分注重法度格調等創作規則，未能擺脫擬古的窠臼，也造成了創作理論與實踐的脫節。介於前後七子之間的另一文學派別唐宋派，主要以學習唐宋古文爲指歸，對當時文壇也有一定的影響。明代中期文學復古流派的出現，儘管各自存在著種種無法克服的弱點，但在客觀上有利於加強對於文學自身的探討和建設，在一定程度上顯示出文學逐漸走出單一、僵化格局而謀求新路的動態，也體現了明代中期社會文化思潮漸趨活躍的一個方面。

第一節 李夢陽與前七子的文學復古

・前七子的復古主張　・時政題材中的危機感與批判意識　・庶民生活的顯現

明代中期，文學復古思潮發軔於前七子的文學活動。前七子的主要活動時間在弘治（一四八八—一五〇五）、正德（一五〇六—一五二一）年間，成員有李夢陽、何景明、王九思、邊貢、康海、徐禎卿、王廷相，這是一個以李夢陽爲核心代表的文人群體。《明史》卷二八六〈李夢陽傳〉稱，「夢陽才思雄鷙，卓然以復古自命」，「又與景明、禎卿、貢、海、九思、王廷相號七才子，皆卑視一世，而夢陽尤甚。」弘治年間，他們先後中進士，在京任職，不時聚會，開始詩酒酬和，研討藝文，宣導復古。在前七子之前，以李東陽爲首的茶陵派的崛起，雖對當時臺閣文學有著一定的衝擊，但由於茶陵派中的不少人身爲館閣文人，特定的生活環境多少限制了他們的文學活動，從而使其創作未能完全擺脫臺閣習氣。另一方面，明初以來，基於崇儒重道的文化政策，程朱理學受到官方高度重視，尊經窮理風氣盛行❶，影響到文學領域，致使「尙理而不尙辭，入宋人窠臼」（徐熥《慢亭集》卷一六《黃斗塘先生詩集・序》）的創作理氣化現象趨向活躍❷。面對文壇萎弱卑冗的格局，李夢陽等前七子以復古自命，所謂「反古俗而變流靡」（康海《對山集》卷十《渼陂先生集・序》），在某種意義上具有重尋文學出路的意味，借助復古手段而欲達到變革的目的，這是前七子文學復古的實質所在。

前七子的某些復古論點透露出他們對文學現狀的不滿與對文學本質新的理解，這在李夢陽（一四七二—一五三〇）的復古主張中體現得尤爲明顯❸。如他提出「宋儒興而古之文廢矣」，「古之文，文其人如其人便了，如畫焉，似而已矣。是故賢者不諱過，愚者不竊美。而今之文，文其人，無美惡皆欲合道。」（《空同集》卷六六〈外篇・論學上篇第五〉）認爲「今之文」受宋儒理學風氣影響，用同一種道德模式去塑造不同的人物，造成「文其人如其人」的古文創作精神的喪失。他又以爲「詩至唐，古調亡矣，然自有唐調，可歌詠，高者猶足被管弦。宋人主理不主調，於是唐調亦亡。」使得「人不復知詩矣」。執持著明確的反宋詩傾向，李夢陽指責「今人有作性氣詩」無異於「痴人前說夢」（同上書卷五二〈缶音序〉），意在排斥詩歌「主理」現象，這是他貶抑宋詩包括「性氣詩」的關鍵所在。與此同時，李夢陽強調重視眞情表現的主情說，如認爲「詩者，吟之章而情之自鳴者也」（同上書卷五一《鳴春集・序》），並比較民間庶民與文人學子作品，提出「眞詩乃在民間」，所謂「眞者，音之發而情之原也」，文人學子之作「出於情寡而工於詞多」（《空同先生集》卷五〇《詩集・自序》）。他與何景明甚至還讚賞〈鎖南枝〉這樣在市井傳唱而「情詞婉曲」的民間時調，說學詩者「若似得傳唱〈鎖南枝〉，則詩文無以加矣」❹。這些都在強調詩文自身價值與審美特性的基礎上，對傳統的文學觀念與創作提出質疑，具有某種挑戰性。而所謂的「眞詩」，其在本質上被賦予了最爲自然而樸素的情感特性，成爲李夢陽等人在注重詩歌抒情特性問題上的一種終極追求❺，它也反映了以李夢陽爲代表的前七子文學觀念由雅向俗轉變的一種特徵，散發出濃烈的庶民化氣息。

另一方面，前七子從復古入手來改變文學現狀的態度也包含著某些弊端。尤其是他們過多地注重古人詩文法度格調，如李夢陽提出「文必有法式，然後中諧音度」（《空同集》卷六二〈答周子書〉），又強調「高古者格，宛亮者調」（同上書卷六二〈駁何氏論文書〉）的詩歌審美標準。這些多少束縛了他們的創作手腳，影響作品中作家情感自由充分地表達，難免導致「刻意古範，鑄形宿鏌，而獨守尺寸」（何景明《大復集》卷三二〈與李空同論詩書〉）。

從前七子的詩文創作來看，既有大量擬古之作❻，也有一些較有創作個性之作，後者如重視時政題材就是一個重要的方面，這跟前七子一些成員自身的政治命運和干預時政的勇氣有關。在這些作品中，作者或描寫個人遭際，或直言治政弊端，具有較爲強烈的危機感與批判意識。如李夢陽的〈述征賦〉、〈省愆賦〉、〈述憤〉、〈離憤〉，便以作者縱論時政得失、攻訐皇后之父張鶴齡與宦官劉瑾而被逮下獄的經歷爲背景，抒寫自己不幸的遭遇與不平的心緒。〈叫天歌〉、〈時命篇〉、〈雜詩〉三十二首、〈自從行〉等篇，也屬感時紀事之作。例如：

> 大道竟焉陳，末運忺相欺。讒疑進貝錦，交亂令心悲。鴟鴞翔茂林，烏鵲遊下枝。人情有偏好，觸意生乖離。長門緒清吟，魚肉怨新詩。玉分石見仇，咄嗟當語誰？（〈雜詩〉三十二首其六）

> 自從天傾西北頭，天下之水皆東流。若言世事無顛倒，竊鉤者誅竊國侯。君不見，奸雄惡少椎肥牛，董生著書翻見收。鴻鵠不如黃雀啅，撼樹往往遭蚍蜉，我今何言君且休！（〈自從行〉）

惡人當道，正士遭疑，世情顛倒，大道難陳。上述詩中所言，無不是針對現實環境中的弊俗有感而發，直抒胸次。面對「末運忺相欺」、「竊鉤者誅，竊國者侯」的現狀，詩人內心除了疑惑、憂慮、憤懣，還有些許的無奈，而這一切，無所掩飾地表露在詩的字裡行間，從而使其散發著一股慷慨激烈之氣。

類似的主題在前七子另一代表人物何景明（一四八三—一五二一）的作品中也時有所見。如他的〈點兵行〉以犀利的筆調揭出朝廷徵取兵丁中存在的「富豪輸錢脫籍伍，貧者驅之充介冑」現象，並且以爲「肉食者謀無遠慮，殺將覆軍不知數」，指責那些缺乏深謀遠慮而致使損兵折將的當政者。〈玄明宮行〉旨在斥責秉權倚勢的「中貴」的驕逸豪奢，並由此激起「天下衣冠難即振」、「國有威靈豈常恃」的政治危機感。此外，如王九思的〈馬嵬廢廟行〉、邊貢的〈運夫謠送方文玉督運〉、王廷相的〈赭袍將軍謠〉等，也都爲反映時政之作。

除時政題材外，李夢陽等前七子也注意將文學表現的視線轉向豐富的民間庶民生活，從中汲取創作素材，這與李夢陽、何景明等人重視反映下層庶民生活的民間作品的文學態度相吻合，也間有佳作，如何景明的〈津市打魚歌〉：

> 大船峨峨繫江岸，鮎魴鱍鱍收百萬。小船取速不取多，往來拋網如擲梭。野人無船住水滸，織竹為梁數如罟。夜來水長沒沙背，津市家家有魚賣。江邊酒樓燕估客，割鬐砍鱠不論百。楚姬玉手揮霜刀，雪花錯落金盤高。鄰家思婦清晨起，買得蘭江一雙鯉。簁簁紅尾三尺長，操刀具案不忍傷。呼童放鯉潎波去，寄我素書向郎處。

上詩爲作者弘治十八年（一五〇五）出使南方時所作。整首詩將魚市作爲描寫背景，交疊著打魚、賣魚、買魚的生動場面，以及估客、楚姬、思婦等人物形象，畫面自然清新，語言質樸活潑，富有濃郁的生活氣息。

與反映庶民生活相連繫，一些下層的市井人物也成了前七子文學表現的對象，如李夢陽就有不少書及商人形象之作，引人注目。作者一生與許多商人有過密切的交往❽，這爲他的創作打下了生活基礎。他的〈梅山先生墓誌銘〉、〈明故王文顯墓誌銘〉、〈潛虯山人記〉、〈鮑允亨傳〉等篇，都是爲商人而作的傳記、記事作品，其中〈梅山先生墓誌銘〉堪爲代表：

> 嘉靖元年九月十五日，梅山先生卒於汴邸。李子聞之，繞楹傍徨行……擗踊號於棺側。李子返也，食弗甘、寢弗安也數日焉，時自念曰：「梅山，梅山！」……正德十六年秋，梅山子來。李子見其體腴厚，喜握其手曰：「梅山肥邪？」梅山笑曰：「吾能醫。」曰：「更奚能？」曰：「能形家者流。」曰：「更奚能？」曰：「能詩。」李子乃大詫喜，拳其背曰：「汝吳下阿蒙邪？別數年而能詩，能醫，能形家者流。」李子有貴客，邀梅山。客故豪酒，梅山亦豪酒。深觴細杯，窮日落月。梅山醉，每據床放歌，厥聲悠揚而激烈。已，大笑，觴客。客亦大笑，和歌，醉歡。李子則又拳其背曰：「久別汝，汝能酒，又善歌邪？」

墓主係徽商鮑弼，與李夢陽交情深篤。墓誌描繪了作者聞墓主訃音的哀慟及與其生前謔笑不避、親密無間的交往，亡者的音容笑貌和作者的友情躍然紙上，形象生動，感情眞摯，與一般的酬應文字大異其趣，也不同於作者一些生澀板滯的擬古之作。

第二節　王世貞與後七子的文學復古

・法度格調的強化與具體化　・格調說中的重情色彩　・後七子的詩歌創作

明代前七子的文學活動於嘉靖（一五二二—一五六六）前期逐漸偃旗息鼓，至嘉靖中期，以李攀龍、王世貞爲首的後七子重新在文壇舉起了復古的大旗，聲勢赫然。其成員除李、王外，還有謝榛、吳國倫、宗臣、徐中行、梁有譽❾。後七子中以王世貞聲望最顯，影響最大，特別是明穆宗隆慶四年庚午（一五七〇）李攀龍去世後，他更是成為文壇宗主。《明史》卷二八七〈王世貞傳〉稱：「世貞始與李攀龍狎主文盟，攀龍歿，獨操柄二十年。才最高，地望最顯，聲華意氣籠蓋海內。一時士大夫及山人、詞客、衲子、羽流，莫不奔走門下。」

從總體上看，後七子的復古主張在很大程度上承接李夢陽等前七子的文學思想，以為「文自西京、詩自天寶而下，俱無足觀，於本朝獨推李夢陽。」（《明史》卷二八七〈李攀龍傳〉）而比起前七子，後七子在學古問題上特別對法度格調的講究更趨於強化和具體化。在這一方面，作為後七子復古理論集大成者的王世貞（一五二六—一五九〇）顯得尤為突出❿。他提出：「思即才之用，調即思之境，格即調之界。」（《藝苑卮言·一》）進一步結合才思談格調。又主張詩文之作都要重視「法」的準則，即「語法而文，聲法而詩」（《弇州山人四部稿》卷六八《張肖甫集·序》）。「法」落實到具體作品的語詞、句法、結構上都有具體的講究，比如以詩而言，「篇法有起有束，有放有斂，有喚有應」，「句法有直下者，有倒插者」，「字法有虛有實，有沉有響」（《藝苑卮言·一》）。這些都是必須遵循的藝術法則。但同時王世貞又強調重格調要「根於情實」（《弇州山人續稿》卷四二《陳子吉詩選·序》），講法度要「不屈闕其意以媚法」（《弇州山人四部稿》卷六七《五嶽山房文稿·序》），重視作家思想感情在創作中的主導作用。特別是到了晚年，他在反省格調說的流變時，明確地將主格調者分成兩種，一種是「先有它人而後有我」的「用於格者」，另一種是在確立自我基礎上學習古人的「用格者」，從而主張「有真我而後有真詩」（《弇州山人續稿》卷五一《鄒黃州鷦鷯集·序》）。值得一提的是，後七子的有些論點乃針對當時以王慎中、唐順之為代表的唐宋派文人的創作而提出的，在他們看來，王、唐等人所作「學宋而傷之理」（王慎中《遵岩先生文集》卷首何喬遠《王遵岩傳》），因而批評其「憚於修辭，理勝相掩」（李攀龍《滄溟集》卷一六〈送王元美序〉），「辭不勝，跳而匿諸理」（王世貞《弇州山人四部稿》卷五七〈贈李於鱗序〉），表達了注重作品「修辭」藝術、反對重「理」輕「辭」的文學態度。

與前七子相類似，後七子創作的弊病也在於過分注重對古體的揣度模擬，以至於難脫蹈襲的窠臼。不過，也有一些作品值得一讀。李攀龍（一五一四—一五七〇）的古樂府及古體詩大都有明顯的臨摹痕跡⓫，如王世貞稱其擬古樂府「無一字一句不精美，然不堪與古樂府並看，看則似臨摹帖耳。」（《藝苑卮言·七》）而他的一些七律七絕被人稱作「高華矜貴，脫棄凡庸」，尤其是七絕，「有神無跡，語近情深」（沈德潛、周準《明詩別裁集》卷八）。如七律〈登黃榆馬陵諸山是太行絕頂處〉其一：

> 太行山色倚巑岏，絕頂清秋萬里看。地坼黃河趨碣石，天回紫塞抱長安。悲風大壑飛流折，白日千崖落木寒。向夕振衣來朔雨，關門蕭瑟罷憑欄。

此詩爲作者秋日登高之作，呈現的畫面廣闊壯觀，氣象高遠，既刻畫了憑高眺望的壯景，也寫出了詩人開闊不凡的胸次，筆力頗顯雄健。至於七絕之作，如〈席上鼓歆歌送元美〉其二也別有一番滋味：「落日銜杯薊北秋，片心堪贈有吳鉤。青山明月長相憶，白草塞雲迴自愁。」明世宗嘉靖三十一年壬子（一五五二）七月，在京任刑部員外郎的王世貞奉命出使江南，此詩即李攀龍爲王氏送行而作，詞意較爲質樸自然，寫出了詩人與友人離別時的一片依惜之情。但李詩尤其是七律，由於一味追求高華雄壯之境，難免有時流於雷同，「不唯調多一律，而句意亦每每相同」（許學夷《詩源辯體・後集纂要》卷二）。

後七子中創作量最大的數王世貞，他的詩文集合起來接近四百卷。如此浩繁的卷帙，在古人著述中非常罕見[12]。他的文學影響也遠遠高出諸子。儘管他的作品也難消擬古的習氣，不過與李攀龍等人相比，他的一些擬古之作顯得鍛鍊精純、氣勢雄厚，或時寓變化，神情四溢，樂府及古體詩更是如此。如〈戰城南〉描寫古戰場「黃塵合匝，日爲青，天模糊。」、「鉦鼓發，亂歡呼。胡騎斂，飆迅驅。樹若薺，草爲枯。」、「戈甲委積，血淹頭顱。家家招魂入，隊隊自哀呼。」基調蒼涼悲壯，筆法老練嫻熟。他的《樂府變十九首》、《樂府變十章》，更被朱彝尊稱爲「奇奇正正，易陳爲新，遠非於鱗生呑活剝者比。」（《靜志居詩話》卷十三）其中如〈袁江流鈐山岡當廬江小吏行〉體仿樂府〈孔雀東南飛〉，內容則描寫權相嚴嵩父子把握朝政而淫威顯揚的行徑，寄寓作者對時世的慨歎，寓意深邃。再如五言古體〈傷盧柟〉詩：

> 北風摧松柏，下與飛藿會。詞人厄陽九，盧生亦長逝。桐棺不斂脛，寄殯空山寺。螻蟻與烏鳶，耽耽出其計。酒家惜餘負，里社忻安食。孤女空抱影，寡妾將收淚。著書盈萬言，一往恐失墜。惟昔黎陽獄，弱羽困毛鷙。幸脫雉經辰，未滿鬼薪歲。途窮百態攻，變觸新語至。詞場四五俠，往往走餘銳。大賦少見賞，小文僅易醉。醉後罵坐歸，還為室人詈。我昔報生箚，高材虛見忌。自取造化餘，何關世途事。嗚呼盧生晚，竟無戢身地。哭罷重吞聲，皇天有新意。

盧柟，字少楩，一字子木。為人恃才傲物，落拓不羈，曾因放達而受誣下獄，早年落魄病酒而死。詩以感傷、眞切的筆觸，描繪了盧柟困厄的遭遇和他身後淒涼的境況，字裡行間滲透了作者對這位生平不得志而過早夭折的才士所寄寓的同情，感情眞摯，與作者一些刻板擬古、無病呻吟的作品有所區別。

王世貞絕句體裁的短詩中也有一些深情雋永之作，如：

阿姊扶床泣，諸甥繞膝啼。平安只兩字，莫惜過江題。（〈送內弟魏生還里〉其四）

去辭華屋傍荒丘，兒女呼娘不解求。任使破除情字盡，也應饒淚到心頭。（〈過亡妾殯所有感〉其二）

前一首刻畫親人離別之際依戀傷感的情景，後一首抒寫對親人亡故的悲愴心緒，雖寥寥數筆，但形象而眞切，無造作之態。

後七子中謝榛（一四九九—約一五七九）也是一位値得留意的人物[13]。嘉靖年間，他以布衣之身在京師同李攀龍、王世貞等少年進士結社，後與李、王交惡，論文觀點也多扞格，終被李、王擯出七子的文學陣營之外。謝榛於詩擅長五言近體，所謂「句烹字煉，氣逸調高，七子中故推獨步。」（沈德潛、周準《明詩別裁集》卷八）的確，注意字句鍛鍊及氣韻高古是其詩歌的一大特點，如：

朝暉開眾山，遙見居庸關。雲出三邊外，風生萬馬間。征塵何日靜，古戍幾人閒？忽憶棄繻者，空慚旅鬢斑。（〈榆河曉發〉）

路出大梁城，關河開曉晴。日翻龍窟動，風掃雁沙平。倚劍嗟身事，張帆快旅情。茫茫不知處，空外棹歌聲。（〈渡黃河〉）

兩首詩都是描寫旅況之作，其中「雲出三邊外，風生萬馬間」及「日翻龍窟動，風掃雁沙平」句，文字簡約貼切，氣調蒼涼高古，可見詩人運思苦心。

第三節　前後七子文學復古的得失與影響

・重視文學的獨立性和對文學本質的新理解　・文學主張與創作實踐的距離　・對後世文壇的影響

前後七子的文學復古在明中期文壇掀起了一場波瀾，其中激進與保守交錯，創新與蹈襲相雜，所體現出的功過是非相互錯雜的特徵，顯示了這股文學思潮自身的複雜性。

從前後七子文學活動的積極意義上看，首先，他們在復古的旗幟下，努力爲文學尋求一席獨立的地位。特別是前七子崛起之初，文壇歌頌聖德、粉飾太平的臺閣體創作風氣還未完全消除，加上明初以來程朱理學備受重視，且在崇儒重道的背景下，科舉取士重經術而輕詞賦，造成詩文地位的下降[14]，一些「文學士」甚至遭到排擠打擊[15]。爲此李夢陽曾質疑：「『小子何莫學夫詩』，孔子非不貴詩，『言之不文，行而弗遠』，孔子非不貴文，乃後世謂文詩爲末技，何歟？」（《空同集》卷六六《外篇・論學下篇第六》）顯然，李夢陽等前七子宣導復古，與他們重視文學的獨立地位、積極探索文學的出路有著重要的連繫。

其次，在重視文學獨立地位的基礎上，前後七子增強了對文學本質的理解，也正是在這一點上，他們對舊的文學價值觀念和創作風氣發起了一定的衝擊。如後七子對詩文法度格調的高度重視以及批評王慎中、唐順之等唐宋派作家重「理」輕「辭」的毛病，雖有過多地注重藝術形式的一面，卻在另一角度上反映了他們重視文學審美特徵和以重藝術形式的手段擺脫文學受道德說教束縛的要求。而前七子則明確地將復古的目的與文學表現作家眞情實感、刻畫眞實人生的追求連繫起來。特別是李夢陽貶斥「文其人無美惡皆欲合道」的「今之文」，讚賞「文其人如其人」的「古之文」，而且置民間「眞詩」的文學地位於文人學子作品之上，甚至欣賞被道學家斥之爲「淫靡之音」的市井時調，進而將文學求眞寫實精神的衰退歸結爲宋儒理學風氣侵害的結果，提出「宋無詩」，「宋儒興而古之文廢矣」。這些都體現了對文學自身價值一種新的理解，以及同傳統文學觀念相離異的識力與勇氣，賦予了文學復古活動以某種深刻性和挑戰性。

儘管如此，前後七子復古活動帶來的弊端也是明顯的，他們在復古過程中尋求消除文學舊誤區的辦法，卻又陷入了文學新的誤區——在擬古的圈子中徘徊，一個顯而易見的特徵，便是他們的文學主張與創作實踐存在著距離，求眞寫實的觀念並未在他們的作品中充分體現出來，爲數不少而缺乏眞情實感的模擬及酬應之作影響了他們的創作水準。尤其是在前後七子文集中時而可以發現一些擬古蹈襲的篇章，如王世貞擬古樂府〈上邪〉中「上邪，與君相知，譬彼結髮而盟，山摧海枯志不移」幾句，顯然套用漢樂府「上邪，我欲與君相知，長命無絕衰。山無陵，江水竭……乃敢與君絕」的意蘊與句式。而這一現象在李攀龍的作品中尤爲突出，「於古樂府及《十九首》，蘇、李《錄別》以下，篇篇擬之，殆無遺什。」（許學夷《詩源辯體・後集纂要》卷二）如他擬〈陌上桑〉，除個別字句更改外，幾乎是照抄漢樂府〈陌上桑〉。其中原作「來歸相怨怒，但坐觀羅敷」，他改成「來歸但怨怒，且復坐斯須」，於是將原作中含「因爲」意思的「坐」字解成「坐下」的「坐」字。毫無疑問，這是生吞活剝、刻意規摹造成的後果。如此，顯然沒有多少藝術生命力可言。

前後七子發起的文學復古思潮，在當時的文學領域產生不小的震動，同時也給後世文壇帶來了直接與間接、正面與負面的種種影響。比如清康熙至乾隆年間詩人沈德潛曾標榜前後七子的復古業績：「弘、正之間，獻吉（李夢陽）、仲默（何景明），力追雅音，庭實（邊貢）、昌穀（徐禎卿），左右驂靳，古風未墜。……於鱗（李攀龍）、元美（王世貞），益以茂秦（謝榛），接踵曩哲。」（《明詩別裁集・序》）他論詩主張從前後七子的文學論調中吸取內蘊，重新提出復古主張，以爲「詩不學古，謂之野體」（《說詩晬語》卷上），並且著眼格調，推崇唐詩中的所謂「鯨魚碧海」、「巨刃摩天」（同上書卷下）這樣一種基調雄壯高華之作，多繼承了前後七子詩歌復古的衣缽。從另一方面來看，前後七子一些文學變革的主張在某種意義上也開啓了後世文學新精神。晚明時期公安派代表人物袁宏道在〈答李子髯〉一詩中寫道：「草昧推何李，聞知與見知。機軸雖不異，爾雅良足師。」（《袁宏道集箋校》卷二《敝篋集》之二）對李夢陽、何景明的文學活動加以肯定。同時他還讚賞民間所傳唱的〈擘破玉〉、〈打草竿〉之類作品爲「多眞聲」（同上書卷四《錦帆集》之二〈敘小修詩〉）。這一論調顯然與李夢陽「眞詩在民間」的說法神理相通，或者可以說是李夢陽「眞詩」說的某種延續[16]。又如王世貞「有眞我而後有眞詩」之說以及後七子中一些成員重「性靈」的看法[17]，則似乎可以從公安派直抒胸臆的「性靈說」中找到它的影子。這些從一個方面顯示出前後七子與晚明文人文學主張上某些內在的連繫。

第四節 歸有光與唐宋派

・宗法態度的變化與差異
・文以明道說的延續
・創作中的文學意味
・歸有光的散文成就

嘉靖年間，文壇又有以王愼中、唐順之、茅坤、歸有光爲代表的另一文學復古流派——唐宋派。該文學派別將李夢陽、何景明等前七子師法秦漢作爲自己反撥的對象，提倡唐宋文風，在當時有著一定的影響[18]。

唐宋派雖說在總體上主要推崇韓愈、柳宗元、歐陽修、曾鞏等唐宋古文名家，而各人的趣味則有所不同。王愼中（一五〇九—一五五九）起初提倡取法秦漢古文[19]，後來復古志趣發生變化，所謂「已悟歐、曾作文之法，乃盡焚舊作，一意師仿，尤得力於曾鞏。」（《明史》卷二八七〈王愼中傳〉）即把宋人歐陽修、曾鞏作文之法當作重點學習的對象。與王愼中尊宋態度相似的是唐順之（一五〇七—一五六〇）[20]，他開始對王愼中所爲並不信服，以後「久亦變而從之」，並且認爲「三代以下之文，未有如南豐（曾鞏）」（《荊川先生文集》卷七〈與王遵巖參政〉），對曾鞏推崇備至。相比之下，唐宋派另一人物茅坤（一五一二—一六〇一）學古取法的態度並不顯得那麼褊狹[21]，他曾採錄韓愈、柳宗元、歐陽修、蘇洵、蘇軾、蘇轍、曾鞏、王安石八家之文，編成《唐宋八大家文鈔》，標榜上述唐宋古文名家爲效法的「正統」。

在創作主張上，唐宋派強調文以明道。唐順之在〈答廖東雩提學〉中曾明確提出「文與道非二也」，作文應「浸涵六經之言，以博其旨趣，而後發之。」（同上書卷五）而王愼中則尤其欣賞曾鞏文章能「會通於聖人之旨」，「思出於道德」（《遵巖集》卷九〈曾南豐文粹〉），與明初文人宋濂等「以道爲文」的文道一元論思想脈絡相通，即要求文章根本六經、貫穿「聖賢之道」的內核。其中，唐順之的論文主張稍顯得複雜，他的〈答茅鹿門知縣二〉論及文章的「本色」，認爲「但直攄胸臆，信手寫出，如寫家書，雖或疏鹵，然絕無煙火酸餡習氣，便是宇宙間一樣絕好文字。」而如果僅著眼於「繩墨布置」，「索其所謂眞精神與千古不可磨滅之見，絕無有也，則文雖工而不免爲下格。」（《荊川先生文集》卷七）他雖也強調「開闔首尾、經緯錯綜」等文章之「法」，但同時又主張作文不要專注於「繩墨布置」的形式化，而應重在表現作家胸臆，應該說有其明智的一面。但從另外一點來看，「本色」論也包含著唐順之文以明道的精神實質。他以爲「直攄胸臆，信手寫出」的前提是要「洗滌心源」，即正心弭欲，重在「反身修德」，「從獨知處著工夫」，用以「一洗其蟻羶鼠腐爭勢競利之陋，而還其青天白日不欲不爲之初心」（同上書卷五〈寄黃士尚遼東書〉），其實際所遵循的是儒家修身養德、端正人心的道德完善原則。這樣的作文之道自然講究先道德後文章、將道德涵養融貫到文風之中，以抉發聖賢之道，寫出所謂「字字發明古聖賢之蘊」（同上書卷五〈與王堯衢書〉）的文章。可以說，在重視文以明道這一點上，王、唐二人持有相似的態度。

儘管如此，他們一些較爲成功的作品倒不是那些注重發明「聖賢之道」的文字，而是富有文學意味的篇章。如唐順之的〈任光祿竹溪記〉，記敘其舅父任氏植竹治園一事，先寫京師人爲門富而貴竹與江南人賤竹同爲不了解竹的品格，再由任氏對竹「獨有所深好」，引發出培養不逐世俗所好而「保持偃蹇孤獨之氣」的精神。文章夾敘夾議，層次分明，布局精巧，既點化題意，又不刻意造作。又如〈敘廣右戰功〉一文，以生動的筆法塑造出武將沈希儀勇猛威武的形象，其中有這樣一段描寫：

> 三酋前趨淖劫公，一酋鏢而左，一酋刀而右夾馬，一酋彀弩十步外。公捩頸以過鏢，而挑右足以讓刀，鏢離頸寸而過，刃著於鐙，鞳然斷鐵。公射鏢者，中缺項殪。左掛弓而右掣刀，斫刀酋於鐙間，斷其頰車折齒殪。弩者恟，失弩，僂而手行上山，公又射之中膂。

這段戰爭場景的刻畫生動細膩，突顯了主人公過人的膽略和精湛的武藝，具有較強的藝術性。

唐宋派文人中，文學成就較高的首推歸有光（一五〇六—一五七一）㉒。歸氏早歲通經史，能作文，在文壇的活動比王、唐稍遲。《四庫全書總目》集部《震川文集》、《別集》提要稱：「自明季以來，學者知由韓、柳、歐、蘇沿洄以溯秦漢者，有光實有力焉。」在散文方面，歸有光既推崇司馬遷《史記》「能得其風神脈理」（錢謙益《列朝詩集小傳》丁集中〈震川先生歸有光〉），又尊尚唐宋諸家，對學古對象的擇取比起唐宋派其他文人更顯得寬泛。對於當時正趨於高漲的後七子復古活動，歸有光表示過不滿，以爲「今世相尚以琢句爲工，自謂欲追秦漢，然不過剽竊齊梁之餘，而海內宗之，翕然成風，可爲悼歎耳。」（《震川先生別集》卷七〈與沈敬甫〉）他甚至因此將主持文壇的後七子領袖人物王世貞斥爲「妄庸巨子」㉓。顯然他反對後七子復古之舉，主要還在於對「琢句爲工」的模擬風氣難以容忍，而不是針對取法對象本身。

歸有光的散文其長處在善於捕捉日常生活中一些平凡瑣事及普通人物，狀情摹態，細心刻畫，寄寓作者眞實的生活感受，富有感情色彩，因此讀來使人感到眞切、生動。他的〈先妣事略〉、〈項脊軒志〉、〈思子亭記〉等篇或記述平常事件，或抒寫親人之情，具有描寫質樸自然、抒情眞切感人的特點。如：

> 正德八年五月二十三日，孺人卒。諸兒見家人泣則隨之泣，然猶以為母寢也，傷哉！於是家人延畫工畫，出二子，命之曰：「鼻以上畫有光，鼻以下畫大姊。」以二子肖母也。……孺人之吳家橋則治木綿，入城則緝纑，燈光熒熒，每至夜分。外祖不二日使人問遺，孺人不憂米鹽，乃勞苦若不謀夕。冬月鑪火炭屑，使婢子為團，累

累暴階下。室靡棄物，家無閒人，兒女大者攀衣，小者乳抱，手中紉綴不輟，户內灑然。……有光七歲與從兄有嘉入學，每陰風細雨，從兄輒留，有光意戀戀，不得留也。孺人中夜覺寢，促有光暗誦《孝經》，即熟讀無一字齟齬，乃喜。……十六年而有婦，孺人所聘者也。期而抱女撫愛之，益念孺人，中夜與其婦泣。追惟一二，彷彿如昨，余則茫然矣。世乃有無母之人，天乎痛哉！（〈先妣事略〉）

予歲不過三四月居城中，兒從行絕少，至是去而不返。每念初八之日，相隨出門，不意足跡隨履而沒，悲痛之極，以為大怪無此事也。蓋吾兒居此七閱寒暑，山池草木、門階户席之間，無處不見吾兒也。葬在縣之東南門，守冢人俞老，薄暮見兒衣綠衣，在享堂中，吾兒其不死耶？因作思子之亭。徘徊四望，長天寥廓，極目於雲煙杳靄之間，當必有一日見吾兒翩然來歸者。（〈思子亭記〉）

以上是兩篇散文的片段。前者記敘其先母勤勞持家、慈愛育子的細事，流露出作者對亡逝的母親所寄予的深切懷念；後者則敘寫喪子以後的悲痛之感以及強烈的思子之情，筆調平易樸實。二者都寫出了對死去親人的細懷深情，人情味濃郁。除此之外，歸有光散文也以描繪生動細膩見長，如〈寒花葬志〉：

婢魏孺人媵也。……婢初媵時年十歲，垂雙鬟，曳深綠布裳。一日天寒，爇火煮荸薺熟，婢削之盈甌。予入自外，取食之，婢持去不與，魏孺人笑之。孺人每令婢倚几旁飯。即飯，目眶冉冉動，孺人又指予以為笑。……

此篇葬志所描述的不過是極平常的人物和極細小的家事，但寫得生動細緻，尤其是人物的狀貌情態刻畫雖著墨不多，卻唯妙唯肖，頗有生活的情趣。又如〈項脊軒志〉寫所居項脊軒：「萬籟有聲，而庭階寂寂，小鳥時來啄食，人至不去。三五之夜，明月半牆，桂影斑駁，風移影動，珊珊可愛。」筆觸雖屬平淡，但形象細膩，點染之間描繪出居處淒清寧靜的氣氛。

注釋

❶ 丘濬〈會試策問〉第四首云：「我朝崇儒重道，太祖高皇帝大明儒學，教人取士一惟經術是用。太宗文皇帝又取聖經賢傳訂

正歸一，使天下學者誦說而持守之，不惑於異端駁雜之說，道德可謂一矣。」（《重編瓊臺稿》卷八）明成祖朱棣曾命胡廣等撰修四書五經及彙採宋儒學說的《性理大全書》。明太祖朱元璋在位期間，科試程文多主宋儒之說。如洪武十七年甲子（一三八四）命禮部頒科舉取士制度，程文考題取自四書五經，其中四書主朱熹《集注》，《易》主程頤《傳》、朱熹《本義》，《春秋》主《三傳》及胡安國、張洽《傳》，《禮記》主《古注疏》。又文徵明《晦庵詩話・序》曾提到明初以來受理學風氣影響而出現的尊經窮理的現象：「夫自朱氏之學行世，學者動以根本之論劫持士習，謂六經之外非復有益，一涉詞章，便為道病。言之者自以為是，而聽之者不敢以為非。」（《文徵明集》卷一七，上海古籍出版社一九八七年版。）

❷如明人謝鐸《伊洛遺音・引》曾提到當時作「道學之詩」的風氣：「獨怪世之冒伊洛以為名者，其發而為詩，不曰太極，則曰陰陽；不曰乾坤，則曰道德；不曰鳶飛魚躍，則曰雲影天光。往往以號於人曰：『此道學之詩也。』」見明正德刻本《桃溪淨稿》卷三二。

❸李夢陽，字獻吉，號空同子，慶陽（今屬甘肅）人。明孝宗弘治六年癸丑（一四九三）進士，授戶部主事，升郎中。累遷江西提學副使。弘治十八年乙丑（一五〇五）曾應詔上書，極言時政得失，斥責壽寧侯張鶴齡「罔利賊民」罪狀，後又參與反對宦官劉瑾活動，幾度下獄。有《空同集》。

❹李開先《詞謔・論時調》記載：「有學詩文於李崆峒（夢陽）者，自旁郡而之汴省。崆峒教以：『若似得傳唱〈鎖南枝〉，則詩文無以加矣。』……何大復（景明）繼至汴省，亦酷愛之，曰：『時詞中狀元也。如十五《國風》，出諸里巷婦女之口者，情詞婉曲，有非後世詩人墨客操觚染翰刻骨流血所能及者，以其真也。』」（中國戲曲研究院編《中國古典戲曲論著集成》第三冊，中國戲劇出版社一九五九年版，第二八六—二八七頁）

❺參見鄭利華〈前七子詩論中情理說特徵及其文學指向〉，王瑷玲主編《明清文學思想中之情、理、欲（文學篇）》（臺灣「中央研究院」中國文哲研究所二〇〇九年版，第五二一—八四頁。）

❻比如李夢陽、何景明等人多喜擬學杜詩，檢其詩集，可以發現其中一些詩篇從題目到章法、語詞乃至情境，都存在沿用和仿製杜詩的現象。見簡錦松〈從李夢陽詩集檢驗其復古思想之真實義〉，王瑷玲主編《明清文學與思想中之主體意識與社會（文學篇上）》（臺灣「中央研究院」中國文哲研究所二〇〇五年版，第一二三—一三二頁。）

❼何景明，字仲默，號大復，信陽（今屬河南）人。明孝宗弘治十五年壬辰（一五〇二）進士，授中書舍人。正德初，劉瑾用事，謝病歸；瑾誅，官復原職。仕至陝西提學副使。有《大復集》。

❽李夢陽與商賈交往資料見上海古籍出版社影印文淵閣《四庫全書》本《空同集》卷四五〈梅山先生墓誌銘〉、〈處士松山先

生墓誌銘〉，卷四六〈明以王文顯墓誌銘〉，卷四八〈潛虬山人記〉，卷五一〈方山子集序〉，卷五二〈缶音序〉，卷五六〈贈豫離子序〉，卷五七〈汪子年六十鮑鄭二生繪圖壽之序〉，卷五八〈鮑允亨傳〉。

❾後七子成員曾有更易，其中謝榛被排斥出營壘，梁有譽早死，余曰德、張佳胤後來加盟。王世貞《藝苑巵言・七》：「已於鱗（李攀龍）所善者布衣謝茂秦（榛）來，已同舍郎徐子與（中行）與梁公實（有譽）來，吏部郎宗子相來，休沐則相與揚扢，冀於探作者之微，蓋彬彬稱同調云。而茂秦、公實復又解去。……又明年，而余使事竣還北，於鱗守順德，出茂秦登吳明卿（國倫）。又明年同舍郎余德甫（曰德）來，又明年戶部郎張肖甫（佳胤）來。」（明萬曆刻本《弇州山人四部稿》卷一五〇）王世貞〈瑞昌王府三輔國將軍龍沙公暨元配張夫人合葬誌銘〉：「……而余德甫時已登第，為尚書比部郎，郎有李攀龍、徐中行、梁有譽、吳國倫、宗臣及余世貞者，與德甫相切劘為古文辭。有譽死，而得張佳胤。名藉藉一時，或以比鄴中七子。」（明刻本《弇州山人續稿》卷一〇一）

❿王世貞，字元美，號鳳洲，太倉（今屬江蘇）人。明世宗嘉靖二十六年丁未（一五四七）進士，授刑部主事，遷郎中，升青州兵備副使。父王忬以灤河戰事失利，下獄論死，遂解官赴難。隆慶初復出，累官南京刑部尚書。有《弇州山人四部稿》、《續稿》等。

⓫李攀龍，字於鱗，號滄溟，歷城（今屬山東）人。明世宗嘉靖二十三年甲辰（一五四四）進士，授刑部主事，遷郎中。累官河南按察使。有《滄溟集》。

⓬《四庫全書總目》集部《弇州山人四部稿》、《續稿》提要稱：「考自古文集之富，未有過於世貞者。」

⓭謝榛，字茂秦，號四溟山人，臨清（今屬山東）人。刻意為歌詩，以聲律聞於時。有《四溟集》。

⓮明人馬中錫〈贈陳司訓序〉提到：「今科目取士，黜詞賦而進經義，略他途而重儒術。」見清康熙刻本《東田集》卷二。又明人張弼《夢庵集・序》也說：「古之為詩也易，今之為詩也難。何哉？商、周、漢、魏弗論已，聲律之學，至唐極盛，上以此而取士，士以此而造用，父兄以此教詔，師友以此講肄，三百年間以此鼓舞震盪於一世，士皆安於濡染，習於程督。……沿及宋、元，猶以賦取士，聲律固在也。我太祖高皇帝立極，治復淳古，一以經行取士，聲律之學，為世長物，父兄師友搖手相戒，不惟不以此程督也，為之者不亦難乎？」見明正德刻本《東海張先生文集》卷一。

⓯李夢陽《空同集》卷四七〈凌溪先生墓誌銘〉：「時顧華玉璘、劉元瑞麟、徐昌穀禎卿，江東號三才，凌溪（朱應登）乃與並奮競騁。吳、楚之間，歘為俊國，一時篤古之士爭慕響臻，樂與之交。而執政者顧不之喜，惡抑之。北人樸，恥乏黼黻，以經學自文，曰後生不務實，即詩到李、杜，亦酒徒耳。……於是凡號稱文學士，率不獲列於清銜。」

⑯已有一些研究者注意到李夢陽文學論調與晚明文學新精神的連繫，如章培恆的〈李夢陽與晚明文學新思潮〉（《安徽師大學報》一九八六年第三期）。

⑰後七子中王世貞、吳國倫等人都曾提出過詩重抒寫「性靈」的見解，如吳國倫在《王屋山人稿‧序》中評他人詩作「能攄性靈，鬯情致」，《居夷漫草‧序》評友人之詩，以為「類多輸寫性靈，依傳倫理，神情所會，才美赴之」。見明萬曆刻本《甔甀洞續稿》文部卷五、九。而對「性靈」一詞提得較多的是王世貞，如其在〈鄧太史傳〉中藉傳主鄧儼之口，提出作詩應「發性靈，開志意，而不求工於色象雕琢」，〈題劉松年大曆十才子圖〉亦云「詩以陶寫性靈，抒紀志事而已」（明刻本《弇州山人續稿》卷七三、一六八）。

⑱錢謙益《列朝詩集小傳》丁集上〈李少卿開先〉提到「嘉靖初，王道思（慎中）、唐應德（順之）倡論」，「李（夢陽）、何（景明）文集，幾於遏而不行」。見《列朝詩集小傳》，上海古籍出版社一九八三年排印本，第三七七頁。這說明當時以王慎中、唐順之為代表的唐宋派文人對文壇已形成一定的影響。

⑲王慎中，字道思，初號遵岩居士，後號南江，晉江（今屬福建）人。明世宗嘉靖五年丙戌（一五二六）進士，授戶部主事，尋改禮部祠祭司。曾與當時唐順之、陳束、李開先、趙時春、任瀚、熊過、呂高等人號稱「嘉靖八才子」。仕至河南左參政。有《遵巖集》。

⑳唐順之，字應德，人稱荊川先生，武進（今屬江蘇）人。明世宗嘉靖八年己丑（一五二九）進士，授兵部武選主事。倭寇侵陵東南，以郎中視師浙江，升右僉都御史，巡撫淮、揚。有《荊川集》。

㉑茅坤，字順甫，號鹿門，歸安（今屬浙江）人。明世宗嘉靖十七年戊戌（一五三八）進士。歷知青陽、丹徒二縣。遷禮部主事，改吏部稽勳司。仕至大名兵備副使。有《白華樓藏稿》。

㉒歸有光，字熙甫，人稱震川先生，崑山（今屬江蘇）人。明世宗嘉靖十九年庚子（一五四〇）舉人，屢次參加會試不第。遷居嘉定安亭江上，讀書講學，四方來學者常數十百人。至嘉靖四十四年乙丑（一五六五）始中進士，授長興知縣。仕至南京太僕丞。有《震川集》。

㉓歸有光《項思堯文集‧序》：「蓋今世之所謂文者難言矣。未始為古人之學，而苟得一二妄庸人為之巨子，爭附和之，以詆排前人。……文章至於宋、元諸名家，其力足以追數千載之上，而與之頡頏；而世直以蚍蜉撼之，可悲也。無乃一二妄庸人為之巨子以倡道之歟！」（《震川先生集》卷二，上海古籍出版社一九八一年排印本，第二一頁）一般以為上文提及的「妄庸巨子」當指王世貞。

第五章　明代雜劇的流變

元代的蒙古族統治者對於雜劇的總體態度是包容，而明代的皇室與貴族對於戲曲的基本態度則是喜愛。太祖朱元璋喜觀《琵琶記》，對於崑曲也有過興趣。成祖朱棣對於湯舜民、楊景賢和賈仲明恩惠有加。熹宗還扮演過宋太祖雪夜訪趙普之戲。好的劇本和劇碼，宮廷都願意收藏乃至上演。明代戲曲的流變與繁榮，正是宮廷與社會相互推進的文化碩果❶。

明代戲曲主要由雜劇和傳奇這兩大部類組成。明雜劇較元雜劇而言遜色得多，其藝術地位和總體影響也不及蔚爲主流的明傳奇，但明代雜劇作家所創作的五百餘種雜劇❷，還是有其承上啓下之軌跡，寫下了雜劇史上相對低沉但又具備自身個性的新篇章❸。

明代初葉的雜劇創作較爲單調。洪武三十年，《御製大明律》❹專設《禁止搬做雜劇律令》條目，規定：「凡樂人搬做雜劇戲文，不許妝扮歷代帝王后妃、忠臣烈士、先聖先賢神像，違者杖一百。官民之家容令妝扮者與同罪。」永樂間還曾頒發榜文明令：「但有褻瀆帝王聖賢之詞曲、駕頭雜劇非律所該載者，敢有收藏、傳誦、印賣，一時拿送法司究治。」、「敢有收藏的，全家殺了！」儘管這些嚴酷的政策未必眞正實施或者行之不遠，但在一段時間內還是會導致明初雜劇題材的褊狹。應運而生的宮廷派劇作家，在歌功頌德、粉飾太平的總體追求中幾乎壟斷了雜劇劇壇。這些精於音律、熟諳南聲的劇作家們在藝術形式的探索中移步換形、與時俱進，使得明初雜劇在劇本體制的突破、唱詞安排的均勻和南北曲合流的嘗試等形式層面，都有了一些革新與演變。

明代中葉嘉靖前後的雜劇在內容和做法上都有了新的創獲，顯示出深刻的思想和戰鬥的精神。這與詩文領域內反復古主義思潮的興起彼此呼應，形成了銳意革新的氣候。

明末的雜劇不乏警世之作，雜劇南曲化也蔚爲風尚。南曲雜劇的好處是稱意而寫，短小精悍，成爲文人們逞氣使才的匕首和投槍。但其缺點是過度文人化、案頭化，不重視群眾性與舞臺性。總的說來，本時期的雜劇已經更多地成爲文學中的一體，不大適合於登場演出了。

雖說與大樹參天的明傳奇相比，明雜劇在總體上顯得灌木偏多，喬木太少，但也在承前啓後的流變過程中獨樹一幟，擔負著張揚作家個性、反映時代情緒、延伸藝術體制的歷史使命。

第一節　明初宮廷派劇作家的雜劇創作

・皇家貴族朱權、朱有燉的雜劇創作　・御前侍從賈仲明、楊訥的雜劇創作　・劉東生的《嬌紅記》

明初雜劇的核心人物是皇子皇孫朱權和朱有燉，他們左右並影響著一批文人墨客，從而形成了宮廷派雜劇創作的小群體。當然，用雜劇作爲歌舞昇平的工具，既是他們發自內心的需求，同時也藉此表明自己只愛吟風弄月、胸無野心異志。作爲一種政治韜晦的藝術展示，喜慶劇、道德劇和神仙劇成爲宮廷派雜劇作家的主要創作類型。

朱權（一三七八—一四四八）是明太祖第十七子[5]。永樂前後，皇家同室操戈的情況再三出現。爲了避禍求安，朱權便沉浸在戲曲、音樂和道家學說之中。所作雜劇《沖漠子獨步大羅天》，寫沖漠子被呂純陽等超渡入道，東華帝君賜號丹丘真人，用得道之樂來自勉自慰。雜劇《卓文君私奔相如》演才子佳人風流韻事，從司馬相如在升仙橋題詞「大丈夫不乘駟馬車，不復過此橋」開始，將文君當壚、白頭吟等情節居中，最後以司馬相如榮歸西蜀爲結局。該劇演司馬相如爲情所動，以琴向美人示愛；卓文君作爲新寡之婦，一不爲亡夫守節，二不待父母之命，三不用媒妁之言，拋棄錦衣玉食的富貴生活，毅然與才人私奔，坦然靠賣酒過活。儘管這齣戲溯源於《史記》和《西京雜記》，在宋元戲劇中也有前例可循，但由一位皇家子弟寫在貞節觀念越演越烈的明代，還是具備一定進步意義的。此劇兼古樸與工麗於一體，於語言上頗有可觀之處。朱權還作有兼戲曲史論和曲譜爲一體的《太和正音譜》（一三九八），分戲曲體式十五種，雜劇十二科，收錄、品評了金董解元以下、元代和明初的雜劇與散曲作家二百零三人，認爲戲曲乃盛世之聲、太平之象。

朱有燉（一三七九—一四三九）是明代雜劇史上創作較多的作家[6]。在他的雜劇中，有《牡丹仙》、《八仙慶壽》等十種屬於歌舞昇平的喜慶劇，《小桃紅》、《十長生》、《辰鉤月》等十種屬於度脫入道的神仙劇，《煙花夢》、《香囊怨》、《團圓夢》等九種屬於節義道德劇。其中《香囊怨》寫妓女劉盼春與秀才周恭有情，而鴇母逼她與富商苟合，劉拚死相抗，自縊而亡。屍體火化時唯所佩香囊猶存，內裝周恭情詞亦保存完好。以一妓女而能以死明志，全其貞節，作者認爲這種道德境界值得表彰。朱有燉還寫了《豹子和尚》和《仗義疏財》兩齣起義英雄劇，對魯智深、李逵既有肯定又有歪曲，描摹了梁山好漢始則粗蠻有義、終則歸順朝廷。朱有燉的雜劇語言質樸、音律諧和，《仗義疏財》中李逵與燕青的輪番對唱和二人齊唱，在演唱方式上突破了元雜劇一人主唱的限制。

賈仲明（一三四三—一四二二後）和楊訥都是元末明初著名的雜劇作家❼，都當過明成祖的御前侍從。除雜劇方面的藝術成就外，賈還善作宮會即景之作❽，楊則擅長猜謎索隱，故雙雙受到皇帝的欣賞和寵愛。賈仲明所作雜劇《蕭淑蘭》寫少女明快的初戀，《升仙夢》狀桃、柳二妖被呂洞賓度化成仙。他的創作傾向與朱有燉相近，文采華麗，南北曲還可以同折對唱。浙江象山人湯舜民是賈仲明的好友，也得到皇上的眷顧，所作《瑞仙亭》、《嬌紅記》皆佚。《太和正音譜》評其詞曲格勢如「錦屏春風」。

楊訥原名暹，字景賢（一作景言），號汝齋。先世爲蒙古族人，從其姊夫姓，元末明初人，生卒年不詳。《錄鬼簿》謂之「善琵琶，好戲謔，樂府出人頭地。」在永樂初年同樣受到朱棣皇上的優待。所作雜劇十八種，今存《劉行首》、《西遊記》二種。《西遊記》根據《大唐三藏取經詩話》和民間傳說改編而成。故事從陳光蕊赴任遇盜、玄奘出世開始，到收孫行者、豬八戒、沙和尚爲徒，歷經降伏鬼子母、驚魂女兒國、除惡火焰山等劫難，到取經歸來結束。孫悟空嫉惡如仇、打抱不平及其詼諧開朗的性格特徵已經充分表露出來，但還缺乏神通，擒妖伏怪每要觀音、如來相助，豬八戒騙娶裴海棠的色膽也令人莞爾。這齣戲的許多情節與百回本《西遊記》並不一致。在大型元代雜劇《西廂記》之後，《西遊記》以其五本二十四齣的龐大體制，爲雜劇向傳奇的轉化，做好了扎實的鋪墊。

在宮廷派雜劇作家之外，這一時期知名的雜劇作家尚有劉東生❾。所作雜劇今存《嬌紅記》兩本八折。該劇題材原本爲北宋宣和年間實事，元代宋梅洞曾以小說《嬌紅傳》加以渲染，劉東生在此基礎上又做了戲劇化的加工和創作。全劇比較細膩婉轉地將申生與嬌娘的戀愛心曲表現出來，淺唱輕吟，深情盎然；麗語佳句，隨處可見，爲傳奇《嬌紅記》的再創作做了鋪墊。

明初雜劇從作家構成上看，大都與朝廷有著千絲萬縷的連繫，所以其作品缺乏元雜劇直面現實的抗爭精神，而將元雜劇後期越演越烈的封建說教、神仙道化乃至風花雪月等種種傾向加以張揚，具有粉飾太平的濃厚色彩。從語言風格上看，明初雜劇與元雜劇的質樸本色相較，有著漸趨華麗雅致的追求。從藝術創新上看，明初雜劇突破了元雜劇一人主唱的僵化格局，朱有燉在劇中安排了靈活有趣的輪唱合唱，賈仲明將南北曲融入一折，楊訥的《西遊記》更是超越了元雜劇四折一楔子的通常規範，這都爲明中葉後雜劇的南曲化奠定了基礎。

第二節 明代中後期的雜劇轉型

・轉型期雜劇的特點 ・王九思與康海的雜劇 ・《一文錢》等諷刺雜劇
・愛國題材雜劇與愛情題材雜劇

明代中後期的雜劇，既與元雜劇差異頗大，又與明初的雜劇多有不同，從而在轉型過程中樹立起自身的特點。

從發展線索來看，明前期雜劇一是經歷元末明初兩朝，賈仲明、楊訥和劉東生等人都是橫跨兩代的作家，其雜劇創作時間也較難判定。二是以兩朱爲代表的明初雜劇大都寫於開國之後、景泰以前。此後的幾十年屬於雜劇創作的沉寂時期。從弘治、嘉靖年間開始，以王九思、康海爲代表的雜劇創作出現了新的轉機，到萬曆前後更出現了以徐渭作爲傑出代表的雜劇創作高潮期，一大批境界不俗的作品脫穎而出。因此，明代中後期的雜劇創作有其連貫發展的歷史。

從創作傾向上看，明代中後期的雜劇打破了風花雪月、倫理教化和神仙道化的褊狹局面，題材不斷拓寬，思想漸次深化，張揚個性、憤世嫉俗的社會批判劇與倫理反思劇都不在少數。從演唱體式上看，嘉靖之後的雜劇大都是南北合套或者純爲南雜劇，雜劇的純北曲體式從總體上看已經終結。從藝術成就上言，明代中後期的部分作品可以稱之爲傳世之作，具有較爲深遠的影響。

王九思（一四六八—一五五一）和康海（一四七五—一五四〇）分別是進士和狀元出身，都屬於明代文壇的前七子之列。王的詩文在模擬古人中顯出綺麗才情，其雜劇《杜甫遊春》抒寫了大詩人的激憤之情。杜甫在長安城郊春遊時四顧蕭然，因而觸景生情，對奸相李林甫的罪惡深爲不滿，典衣沽酒之後，杜甫竟然不受翰林學士之命，情願渡海隱居而去。這分明是借老杜之酒杯，澆自己之塊壘，罵當道之黑暗，感個人之不遇。王九思還寫了雜劇《中山狼》，開闢了明代單折短劇的體制。王、康這兩位陝西人都是憑才學考試入仕的，又都因爲同鄉劉瑾事敗的牽連而被削職爲民。他們在險惡的宦海中上下浮沉，所以都對世態炎涼深有體悟，對人間「中山狼」的面目認識眞切。康海的《中山狼》共四折，取材於老師馬中錫的《中山狼傳》[10]。據何良俊《四友齋叢說》等書記載，此劇係影射李夢陽的負恩[11]。該劇寫東郭先生冒著極大的風險，搭救了被趙簡子人馬緊緊追殺的中山狼，不料這條負義忘恩的餓狼竟要吃掉東郭先生。這正是對官場中爾虞我詐、弱肉強食、好心反遭惡報的變形描摹。此劇語言生動傳神，結構首尾連貫，對人心不古、品行大壞的上流社會現狀予以了藝術的概括和辛辣的諷刺。此外，陳與郊也寫過《中山狼》雜劇，汪廷訥寫有《中山救狼》雜劇，無名氏還寫過《中山狼白猿》傳奇，當時的劇壇上形成了以康海爲代表的中山狼題材創作熱。由此發端，以徐渭作爲主將，明代中後期的雜劇創作往往以社會倫理批判等諷刺性的內容作爲重頭戲，使雜劇成爲一種富有戰鬥力的文體。

以徐復祚（一五六〇—一六三〇後）《一文錢》、王衡（一五六一—一六〇九）《郁輪袍》爲代表的諷刺雜劇，在戲劇史上也具有一定影響。

《一文錢》塑造了一位吝嗇鬼盧員外的典型形象。富甲連城的盧員外認爲「財便是命，命便是財」，爲了積財保命，就連家中妻小都不免忍飢受凍。這位「見了錢財，猶如蚊子見血」的盧大員外，在拾到區區一文錢後，算計許久才買了點芝麻，又生怕人家看見，便偷偷地躲到山上去吃。對錢財的無限占有慾與對自己、對家人、對他人的無限吝嗇與剋扣，形成了他性格基調的極大反差，給人以可笑可歎的荒唐感。這一明代吝嗇鬼形象與元代雜劇《看錢奴》中的賈仁一脈相承⑫。《郁輪袍》寫無恥文痞王推，冒充大詩人王維，在岐王處禮拜，於九公主前獻媚，竟然將眞王維的狀元擠掉，自己騙得了狀元。在一個眞假難辨、關係網籠罩一切的腐敗社會中，王維最終看破現實，拒絕了再度送來的狀元桂冠，飄然歸隱而去。王衡還有諷刺短劇《眞傀儡》，敘杜衍丞相微服來到傀儡戲場，飽看暴發戶們前倨後恭的嘴臉，而後丞相於倉促慌亂中，亦借傀儡戲服去迎接聖旨。劇作家從自己的身世之感發端⑬，既摹狀人情冷暖之風氣，又將官場與戲場貫穿起來，在喜劇架構中體現出官場與富貴場中的悖謬情形與荒誕意味。

呂天成（一五八〇—一六一八）的《齊東絕倒》雜劇，更把譏刺的矛頭直接對準「聖君」堯舜。舜帝之父犯下殺人大罪後，爲了使父親躲脫法網，舜帝竟然背起父親，潛逃到海濱躲藏起來。後經已經禪讓退位的堯帝疏通人情，刑部大臣皋陶終於答應不殺舜帝之父，並請舜的後母去接回他父子兩人。權比法大，情比權大，君王臉面更比國家利益大，這就是中國封建統治階級的根本原則，也是以權謀私、腐敗墮落之風自上而下的淵藪。呂天成敢於寫這樣敏感的題材，冒犯君王的淫威，這在中國文學史上是不多見的。

本時期的愛國主題雜劇和愛情題材雜劇也都較爲知名。

陳與郊（一五四四—一六一一）的《昭君出塞》和《文姬入塞》都洋溢著一種祖國難離、遊子歸根的強烈感情。昭君「壓翻他殺氣三千丈，哪裡管啼痕一萬行」的哀怨，也包含著對美女和番政策的千般無奈。《昭君出塞》這齣戲至今仍活躍在一些大劇種的舞臺表演中。《文姬入塞》既寫了這位女才子穿上漢朝服裝、回國續成青史，藉以延續家族和祖國的文化傳統，也表露出她對「腹生手養」之胡兒的深深眷戀與濃濃母愛。

愛情題材雜劇中，馮惟敏（一五一一—約一五八〇）的《僧尼共犯》，寫一對和尚尼姑從佛殿相會到還俗成親，其間有被人捉姦見官的曲折。州官的同情與成全，使這對青年人成其好事，這說明自由婚戀需要社會的理解和支援[14]。以傳奇《嬌紅記》馳名的孟稱舜也是一位較好的雜劇作家，他的愛情雜劇《桃花人面》，根據唐孟棨《本事詩》載崔護〈遊城南〉和宋元戲曲、話本改編。「去年今日此門中，人面桃花相映紅。人面祇今何處去，桃花依舊笑春風。」詩情畫意中流淌出兒女濃情。孟稱舜還寫過《死裡逃生》、《英雄成敗》、《花前一笑》、《陳教授泣賦眼兒媚》等雜劇，編選過《古今名劇合選》雜劇集。

這一時期爲人們所關注的雜劇作品還有李開先的《園林午夢》，寫崔鶯鶯與李亞仙的辯爭。汪道昆的《高唐夢》、《五湖遊》、《遠山戲》和《洛水悲》合稱爲《大雅堂樂府》，分別寫楚襄王與巫山神女相會、范蠡與西施歸隱、張敞爲妻畫眉、曹植與洛神邂逅，都是文人們津津樂道並有所感慨的故事。茅維的《鬧門神》敘舊門神不肯退位的醜態，令人想見官場上一些人亂紛紛霸著位子不放的鬧劇。葉憲祖的《易水寒》演壯士荊軻抓住秦王，逼他退還各國土地。沈自徵的《霸亭秋》，寫屢考不中的杜默在項羽廟痛哭：「以大王之英雄不得爲天子，以杜默之才學不得爲狀元。」哭訴了科舉制度的極不公正，在不得志的士人群體中能夠激起共鳴。此外，楊慎、許潮、梁辰魚、王驥德、梅鼎祚、徐復祚等人的雜劇創作，亦各有其韻致丰采。

儘管明代戲曲作家們還有重振雜劇雄風的良好願望，卻依然不能永葆其灼灼韶華。明雜劇上不能與一代文學之冠元雜劇相比肩，下不能與蔚爲大觀的明傳奇相抗衡。最能顯示出明雜劇風貌特徵的部類，還是那種以雜文筆法畫荒唐社會、用嬉笑怒罵顯戲劇大觀的諷世雜劇。徐渭便是明代諷世雜劇的代表作家。

第三節　徐渭及其諷世雜劇

・「狂人」徐渭　・《四聲猿》與《歌代嘯》　・徐渭在劇壇上的影響

徐渭（一五二一—一五九三）其人多才多藝[15]，在詩文書畫和戲劇等藝術領域內縱橫馳騁，迸發出離經叛道、追求個性自由的強烈火花。徐渭曾八次參加鄉試，但都沒能考中舉人。他在浙閩總督胡宗憲軍中當幕僚時屢出奇謀，爲抗擊倭寇立下戰功。胡宗憲倒臺入獄後，報國無門的徐渭也屢遭迫害，一度精神失常，佯狂與眞狂相間，歷九番自殺而未果，終因誤殺後妻被捕。刑期七年後出獄，越發放浪形骸，晚年賣畫鬻字爲生，困頓潦倒以終。徐渭死後四年，公安派領袖袁宏道偶然從舊文集中發現了他的光輝，盛讚其詩、文、字、畫、人「無之而不奇」（〈徐文長傳〉）。徐渭曾自稱書一、詩二、文三、畫四，而其雜劇創作也在戲曲史上享有盛名。王驥德《曲律》稱「徐天池先生《四聲猿》，故是天地間一種奇絕文字。」

《四聲猿》語出於酈道元《水經注》，「猿鳴三聲淚沾裳」，鳴四聲則更屬斷腸之歌。作為一組雜劇，《四聲猿》包括了《狂鼓史漁陽三弄》、《玉禪師翠鄉一夢》、《雌木蘭替父從軍》、《女狀元辭凰得鳳》四本短戲。

《狂鼓史》和《玉禪師》是對黑暗政權和虛偽神權的猛烈抨擊和恣情戲弄。

徐渭曾在〈哀沈參軍青霞〉、〈與諸士友祭沈君文〉等詩文中，將奸相嚴嵩比為曹操，把忠臣沈煉比成禰衡。以沈煉為代表的朝野上下諸多忠臣義士，歷經二十年前仆後繼的生死抗爭，終於鬥敗昏君庇護的大奸臣嚴嵩，斬其惡子嚴世蕃。嚴嵩在位時殺了無數直陳時政的人，沈煉卻毫不畏懼，還是要上書聲討嚴嵩的十大罪狀。當年曹操藉劉表、黃祖之手，殺了敢於罵他的禰衡；如今嚴嵩假楊順、路楷之流害死了耿正大臣沈煉。徐渭有感於歷史與現實的驚人相似，藉《狂鼓史》一劇表達了對黑暗政治的強烈不滿。該劇把邪惡的權奸曹操打入地獄，讓正直的禰衡升為天使。在地獄審判中，徐渭讓判官權做導演，請禰衡將當年擊鼓罵曹的精彩片段在現場再表演一番。面對曹操的鬼魂，禰衡劈頭便罵：

> 俺這罵一句句鋒芒飛劍戟，俺這鼓一聲聲霹靂捲風沙。曹操，這皮是你身兒上軀殼，這槌是你肘兒下肋巴，這釘孔兒是你心窩裡毛竅，這板仗兒是你嘴兒上獠牙，兩頭蒙總打得你潑皮穿，一時間也酬不盡你虧心大。

如許精彩罵語，當然不只是藉鼓抒情的人身攻擊，而是徐渭對那些看起來是尊嚴權貴，實則乃竊國大盜之流的嚴正聲討。禰衡歷數曹操的樁樁罪證，逐步遞進，陣陣鼓點恰如摧枯拉朽的暴風驟雨橫空而來。全劇寫得激情噴湧，讀來暢快淋漓，當為《四聲猿》之冠。

《玉禪師》寫得更輕鬆俏皮一些。徐渭以漫畫似的筆觸，剝開了莊嚴佛國和正經官場的堂皇外衣，描摹了其慾火燒身的尷尬局面。此劇起源於官、佛鬥法。臨安府尹柳宣教只因玉通和尚拒不參拜，便設美人計報復他。妓女紅蓮受命前去，以肚痛要人捂腹為由，破了和尚的色戒大防，致令玉通羞愧自殺。和尚為報此仇，死後投身為柳府尹的女兒柳翠，先是淪為娼妓以使府尹蒙羞，後為前世的同門月明和尚度脫為尼姑。本劇既寫政權與佛權之間的勾心鬥角和相互算計，又寫佛徒的生理慾望與佛門戒律的尖銳衝突。官府對不順於己者總要打擊報復、置其於死地；高僧宣揚四大皆空，但也會走火入魔。藉一小小戲情，徐渭袒示出封建政權與神權的某些不甚體面的尷尬⑯。

《雌木蘭》和《女狀元》是對女性的讚歌，也是對人才易遭埋沒的惋惜與哀歎。女扮男妝的花木蘭替父從軍，衛國立功，凱旋返鄉後還其女兒本色，嫁與王郎。《雌木蘭》在一定程度上反映了徐渭自己可進可退的政治理想[17]。女扮男妝的黃崇嘏同樣可以考上狀元、獲取官職，然而，一旦向意欲招婿的周丞相說破女兒身後，便只好棄官為人媳，空埋沒了滿腹才情。「裙釵伴，立地撐天，說什麼男兒漢」的呼叫，終歸於沉寂空無。《女狀元》也部分地表達了徐渭抱負難展、徒歎奈何的苦楚、辛酸與悲哀。

傳為徐渭所作的《歌代嘯》是一本四齣的市井諷刺雜劇，每齣故事相對獨立。首齣戲寫李和尚藥倒張和尚等人，偷去菜園的冬瓜和張的僧帽。第二齣戲寫李和尚與姘婦設局：要為丈母娘治牙疼，須灸女婿之足底。女婿王輯迪畏懼出逃，無意間帶走李和尚所遺的張和尚僧帽。第三齣戲敘王輯迪以僧帽為證，到州衙告妻子與和尚通姦，州官在李和尚等人的串通下，將無辜的張和尚發配。第四齣演州官好色而懼內，只許夫人放火，不許百姓點燈救災。全劇充滿了冷嘲熱諷的市井情味，對做假坑人者深為鄙夷，對直接釀成冤假錯案的糊塗州官大加嘲笑。鄙談猥事，盡皆入戲，於嬉笑怒罵之餘，也不乏油滑庸俗之處。

徐渭在明代劇壇上有著深遠影響，他的雜劇創作活潑暢快、汪洋恣肆，呈現出陳規盡掃、獨備一格的氣度。他的作品從不避人間煙火與市井氣息，在一定意義上反映出有價值的世俗觀念和相對進步的市民精神，帶有甚為濃厚的民間文學色彩。他對所謂的巍巍正統與赫赫權威勇於揭露、善於譏刺，嬉笑怒罵，謔而有理，開闢了諷刺雜劇的新路。他又精通聲律，《女狀元》雜劇全用南曲，也具備開創意義。凡此種種，都使徐渭在雜劇劇壇上獨樹一幟。澄道人的《四聲猿．引》謂徐劇「為明曲之第一」。湯顯祖認為：「《四聲猿》乃詞場飛將，輒為之唱演數通。安得生致文長，自拔其舌！」（王思任《批點玉茗堂牡丹亭．敘》）僅越中的徐門入室弟子，就有史磐、王澹、陳汝元、王驥德等三十多人。

從整個明代戲曲大勢來看，徐渭作為明雜劇的代表作家，湯顯祖作為明傳奇的代表作家，這是公認不爭的事實。《南詞敘錄》一書，大家公認是徐渭所作[18]，這是第一部研究宋元南戲和明初戲文的專著，對傳奇作家們也產生過極大的鼓舞作用。

注釋

❶明周玄暐《涇林續記》（葉昌熾手校，潘祖蔭刻入《功順堂叢書》）記載，朱元璋在洪武六年召見百歲老人周壽誼，「笑曰：聞崑山腔甚佳，爾亦能謳否？」成祖朱棣亦禮遇劇作家。《錄鬼簿續編》云：「湯舜民：……文皇帝在燕邸時，寵遇甚厚，永樂間，恩賚常及。」、「楊景賢：……永樂初與舜民一般遇寵。」、「賈仲明：……嘗侍文皇帝於燕邸，甚寵愛之。每有宴會，應制之作，無不稱賞。」李開先《閒居集・張小山小令後序》（《李開先集》，中華書局一九五九年版，第三七頁）狀憲宗、武宗喜歡戲劇：「人言憲廟好聽雜劇及散詞，搜羅海內詞本殆盡。又武宗亦好之，有進者，即蒙厚賞。如楊循吉、徐霖、陳符，所進不只數千本。」武宗喜歡觀劇，王鏊《震澤紀聞・劉瑾》條：「成化中，好教坊戲劇，瑾領其事得幸。」、「萬安」條：「叶上好新音，教坊日日進院本，以新事為奇。」神宗更是酷愛戲劇。明宦官劉若愚《酌中志》云：「凡竺典、丹經、醫卜、小說、畫像、曲本，靡不購及。」、「神廟孝養聖母，設有四齋，近侍二百餘員以習宮戲、外戲。凡慈聖老娘娘升座，則不時承應外邊新編戲文，如《華嶽賜環記》亦曾演唱。」《酌中志》卷二二云：「光廟（光宗）喜射，又樂觀戲。於宮中教習戲曲者近侍何明、鐘鼓司官鄭稽山等也。」卷十六云：「先帝（熹宗）最好武戲，於懋勤殿升座，多點岳武穆戲文，至瘋和尚罵秦檜處，逆賢常避而不視，左右多笑之。」明代皇帝中，只有英宗即位便遣散教坊樂工，並對「以男裝女，惑亂風俗」的吳優親逮問之（都穆《都公譚纂》卷下）。

❷據傅惜華《明代雜劇全目》（中國作家出版社一九五八年版）著錄，今知明代雜劇劇碼五百二十三種，其中有姓名可考者三百四十九種，無名氏所作一百七十四種。曾永義在《明雜劇研究》（嘉新文化基金會《嘉新論文叢刊》一九七五年）前言、總論中統計，明雜劇作家有一百二十五人，明雜劇現存二百九十三種，散佚一百三十六種，總計四百二十九種。

❸關於明代雜劇的地位，晚明人認為既不如元雜劇，也不如明傳奇。例如卓人月在《盛明雜劇二集・序》中說：「語云楚騷、漢賦、晉字、唐詩、宋詞、元曲，皆言其一時獨絕也。然則我明可以超軼往代者，庶幾其南曲（傳奇）乎？」這就排斥了明雜劇的地位。但也有人持不同意見，例如張元徵在《盛明雜劇三十種・序》中說：「我明風氣弘開，何所不有？詩文若李、王崛起，已不愧西京、大曆；而詞曲名家，何遽遜美酸齋、東籬、漢卿、仁甫？」這一評價明顯失當，響應者寥寥。當代學者大都認為明代戲劇「在雜劇創作上承接著元雜劇的遺緒並有所發展」（寧宗一等《明代戲劇研究概述》，天津教育出版社一九九二年版，第一九頁）。

❹《御製大明律・搬做雜劇》：其神仙道扮及義夫節婦孝子順孫勸人為善者，不在禁限。纂注：雜劇戲文即今扮演雜記優人之

所為也，蓋歷代帝王后妃忠臣烈士先聖先賢之神像，乃故官民之所瞻仰，而以之搬做雜劇，褻慢甚矣，故其樂人與官民容令妝扮者各杖一百，其神仙道扮及義夫節婦孝子順孫事關風華，可以勸人為善者，聽其妝扮搬做，不在杖一百禁限之內。顧起元《客座贅語》（中華書局一九八七年點校本）云：「奉旨：『但這等詞曲出榜後，限他五日，都要乾淨，將赴官燒毀了。敢有收藏的，全家殺了。』」顧起元，南京江寧人，生於嘉靖四十四年（一五六五），卒於崇禎元年（一六二八），曾任翰林院編修，官至吏部左侍郎。

❺朱權，明太祖子，初封大寧（今內蒙古寧城一帶），卒諡獻王，世稱寧獻王。號大明奇士、臞仙、涵虛子、丹丘先生。著有《太和正音譜》和雜劇十二種，今存《沖漠子獨步大羅天》與《卓文君私奔相如》兩種。

❻朱有燉，號誠齋、錦窠老人。明太祖第五子之長子，襲封周王，諡憲，世稱周憲王。今存雜劇三十一種，總稱《誠齋傳奇》。另有散曲集《誠齋樂府》、詩文集《誠齋新錄》等。

❼賈仲明，號雲水散人，淄川（今山東淄博）人。所作雜劇十六種，今存《對玉梳》、《蕭淑蘭》、《金童玉女》、《玉壺春》、《升仙夢》五劇。也有人認為雜劇《裴度還帶》和戲曲作家論《錄鬼簿續編》皆為他所作。楊訥，字景賢（一作景言），號汝齋，蒙古族人，寫過雜劇十八種，今存《西遊記》、《劉行首》兩種。

❽《錄鬼簿續編》評賈仲明曰：「天性明敏，博究群書。善吟詠，尤精於樂章隱語。嘗傳文皇帝（明成祖）於燕邸，甚寵愛之。每有宴會，應制之作，無不稱賞……所作傳奇樂府極多，駢麗工巧，有非他人之所及者。」（《中國古典戲曲論著集成》（三），中國戲劇出版社十九五九年版，第二九二頁）

❾劉東生，名兌，浙江紹興人，邱汝乘《嬌紅記・序》稱其宣德乙卯（一四三五）間尚在世。作有雜劇《月下老定世間配偶》與《金童玉女嬌紅記》兩種。前者已佚。《全明散曲》輯其小令五首、套數四篇、複齣四套。

❿馬中錫《東田記》卷三收有此文。明《五朝小說》（編者佚名）也有此文，但署宋代謝良作。馬中錫文多出二百七十四字，故有人認為馬中錫文係對謝作的修飾，也有人認為《五朝小說》不可信。

⓫一般文獻都認為《中山狼》係譏刺李夢陽之作，王世貞、何良俊、沈德符諸家皆持此說。傅惜華《明代雜劇全目》中歸納說：「夢陽下獄，書片紙告海曰：『對山救我！』海乃謁瑾說之，明日得釋。後劉瑾敗，海坐劉黨，夢陽議論稍過嚴，遂落職為民。」、「論者謂其《中山狼》一劇，即詆李夢陽之作。」（中國戲劇出版社一九五八年版，第八三頁）但是也有學者持不同看法。趙景深說：「中山狼的故事，本是流傳於世界各國的一個民間故事，康海也許取為題材藉以諷世，不見得是指李夢陽說的吧。」（《讀康對山文集》，《明清曲談》，古典文學出版社一九五七年版，第六〇頁）蔣星煜斷言康海的《中

山狼》雜劇非為譏刺李夢陽作，見《中國戲曲史鉤沉》，中州書畫社一九八二年版，第一五九頁。

⑫王季思認為，《一文錢》中的盧員外與《儒林外史》中的嚴監生都是中國的吝嗇鬼形象，「他們的描寫也都有獨到之處，但仍不及《看錢奴》的淋漓盡致。」（〈《看錢奴》和中國諷刺性的喜劇〉，見《玉輪軒曲論》，中華書局一九八〇年版，第二〇七頁）

⑬據《明史》及其他文獻記載，內閣輔臣王錫爵之子王衡於萬曆十六年（一五八八）鄉試第一而遭謗。王衡為避嫌而放棄會試。王錫爵罷相之後的萬曆二十九年（一六〇一），王衡才舉會試、廷試第二。

⑭《僧尼共犯》與源於傳奇的《思凡下山》密切相關。周貽白分析說：「若相比較，則雜劇寫得更為恣肆，表現得更為大膽。」（《明人雜劇選．後記》，人民文學出版社一九五八年版，第七五二頁）

⑮徐渭，字文長，號天池山人、青藤道士、田水月等，浙江山陰（今浙江紹興）人。作有雜劇《四聲猿》、詩文集《徐文長三集》等。

⑯關於《玉禪師》的創作原因，清乾隆以前人所編之《曲海總目提要》援引明清筆記的說法，認為徐渭在晚年後悔殺妻，憎惡僧侶，乃作劇「藉以自喻」（人民文學出版社一九五九年版，第一三二頁）。但今人也有相反的看法，蕭羅認為《玉禪師》是徐渭早年所作，「自喻說」是以訛傳訛（〈徐渭《玉禪師》非自喻〉，《上海師院學報》一九八一年第二期）。

⑰《曲海總目提要．雌木蘭》謂「明有韓貞女事，與木蘭相類，渭蓋因此而作也。」戲劇史家周貽白稱此劇「獨具眼光，對以後扮演木蘭故事者，實令有一種啓導作用。」

⑱《南詞敘錄》傳世清抄本有錢塘丁氏本，題徐天池著，現存南京圖書館；另有平江黃氏本，題有「徐文長南詞敘錄」字樣，現存上海圖書館。清末姚燮《今樂考證》等書都將《南詞敘錄》引文題為徐渭所作，因此徐渭作《南詞敘錄》已經成為近代曲學的常識。駱玉明、董如龍曾著文，提出徐渭現存詩文未曾提及《南詞敘錄》；與徐渭有過直接交往者包括曲學家沈寵綏、王驥德在內，同樣未曾提及這部曲學專著；在駱、董所翻閱的明代各種書目和曲論專著中，也沒有提及《南詞敘錄》之處。文章還認為徐渭入閩時間與《南詞敘錄》序文不合，該書又多提及吳中戲曲而非徐渭家鄉越中戲曲，因此該書並非徐渭所作，可能是陸采所作（〈《南詞敘錄》非徐渭作〉，《復旦學報》一九八七年第六期）。但到目前為止，學術界並無回應或支持此說者。

第六章 明代傳奇的發展與繁榮

明代戲曲的主體樣式是傳奇❶。明傳奇的發展和繁榮，開創了戲曲藝術的新生面。擁有較爲龐大的體制與有序的套曲結構，描摹出生動豐富的人物和瑰麗多彩的畫面，明傳奇以生氣勃勃、席捲南北的氣勢，演出了一幕幕史詩般的人間悲喜劇。這就使這種發源於宋元南戲而帶有濃厚南方戲劇特徵，但又融合了北曲聲腔和元雜劇菁華的藝術樣式，伴隨著崑山、弋陽、海鹽、餘姚「四大聲腔」和其他地方聲腔的弦歌，迅速發展爲明清兩代全國性的大型戲曲樣式。元雜劇與明傳奇前後輝映，各領風騷，匯聚成中國戲曲文化汪洋恣肆的萬千氣象。以《牡丹亭》爲代表作的明代傳奇劇本，成爲文學史上璀璨奪目的著名景點。

第一節 明初傳奇概述

・傳奇的淵源及體制　・明初傳奇的道學氣和八股化
・《精忠記》、《金印記》、《千金記》、《連環記》

「傳奇」最早特指唐代的短篇文言小說，宋代話本小說中也有「傳奇」一類；但元末明初的學者們也曾將元雜劇稱爲「傳奇」❷，原因之一在於許多唐傳奇都曾被元雜劇改編成劇本，而大部分雜劇也都帶有濃郁的傳奇色彩。自從宋元南戲在明代得以規範化、文雅化、聲腔化和全國化之後，由南戲所升格的傳奇便漸漸成爲不包括雜劇在內的明清中長篇戲曲作品的總稱。

宋元南戲本是在村坊小曲、里巷歌謠和宋詞等諸多藝術門類的基礎上發展起來的，在音樂和表演上帶有較大的隨意性。因此，早期南戲一般在格律上不甚講究，在宮調組織上亦不嚴密❸。經過元末明初「荊」、「劉」、「拜」、「殺」四大南戲之後，尤其是在《琵琶記》的影響之下，南戲才開始逐步規範化，宮調系統也漸漸嚴密起來。《琵琶記》作爲南戲與傳奇之間承前啓後的作品，其「也不尋宮數調」的自謙之論，恰恰表現出南戲向傳奇轉型期間關於音樂規範化的普遍追求。也是從《琵琶記》開始，傳奇多係有名有姓的文人雅士所創作，文辭自然也朝著典雅甚至駢儷方向發展。隨著四大聲腔的發育成熟與廣爲流播，源於南方的傳奇成長爲明代戲曲的主體。

明初的傳奇帶有濃厚的倫理教化意味，這與統治集團對程朱理學的大力推行息息相關。一個建國不久的新朝廷，需要局面的穩定與思想的統一。朱元璋就對標舉風化、有益人心的《琵琶記》讚不絕口：「五經四書如五穀，家家不可缺；高明《琵琶記》如珍饈百味，富貴家豈可缺耶！」（明黃溥《閒中今古錄》）

上有所好，下必甚焉，弘治年間的文淵閣大學士邱濬（一四二一—一四九五）聞風而動，創作了《五倫全備記》等傳奇。在這位理學名臣的筆下，開篇就是「備他時世曲，寓我聖賢言」；「若於倫理不關緊，縱是新奇不足傳」。伍子胥的傳人伍倫全及其異母弟伍倫備等既是忠臣孝子，又是夫妻和睦、兄弟友善、朋友信任的五倫典型。只可惜邱濬學《琵琶記》未得其藝術神韻，所以其《五倫全備記》被明人斥爲「純是措大書袋子語，陳腐臭爛，令人嘔穢。」❹它是明初枯燥無味的倫理戲劇的發軔作。

緊緊追步邱濬的邵璨，「因續取《五倫全備》新傳，標記《紫香囊》」。《香囊記》一劇寫宋代張九成與新婚妻貞娘的悲歡離合故事。張九成因科考離家，中狀元後遠征契丹，從此與妻失去消息。趙公子欲強聘貞娘爲妻，貞娘只得到新任觀察使處告狀，而觀察使恰恰是闊別多年的夫君。夫妻團圓後的點題詩爲「忠臣孝子重綱常，慈母貞妻德允臧，兄弟愛慕朋友義，天書旌異有輝光。」可說是封建禮教之集大成者。該劇在結構上對《琵琶記》、《拜月亭》承襲甚多，在語言素材上大量採用《詩經》和杜甫詩句，典故對句層出不窮，連賓白亦多用文言。所以《南詞敘錄》批評說：「以時文爲南曲，元末、國初未有也，其弊起於《香囊記》……至於效顰《香囊》而作者，一味孜孜汲汲，無一句非前場語，無一處無故事，無復毛髮宋元之舊。三吳俗子，以爲文雅，翕然以教其奴婢，遂至盛行。南戲之厄，莫甚於今。」《香囊記》開闢了明代傳奇駢儷化、道學化和八股化的源頭。

明初百餘種傳奇中，較少受道學氣和八股味汙染的有《精忠記》、《金印記》、《千金記》、《連環記》等知名劇作。《精忠記》作者姚茂良係武康（今浙江德清）人。該劇謳歌了抗金名將岳飛的愛國精神，渲染了岳飛父子妻女先後被害的悲劇氛圍，岳家軍在陽世、陰間勘問並揭露了奸賊秦檜夫婦的陰謀與罪過。姚茂良還寫過《雙忠記》，表彰了張巡、許遠在「安史之亂」時守城不降、罵賊而亡的英雄氣概。蘇復之的《金印記》寫蘇秦拜相前後的人情冷暖、世態炎涼，在舞臺上曾廣爲流傳。嘉定（今屬上海）人沈采所寫《千金記》，以韓信爲主線，描摹楚漢相爭的大場面。《別姬》一齣將項羽的英雄氣短與虞姬的兒女情長融合成一曲慷慨淒涼之歌，是非常動人的情感戲。烏程（今浙江湖州）人王濟（？—一五四〇）的《連環記》，演王允巧施美人計，讓呂布和董卓爲爭貂蟬而相互反目，連環推進的結局是董卓被誅。貂蟬在劇中是一位頗有政治頭腦的女子，這就使全劇更爲好看而且耐看。劇中《起布》、《議劍》、《拜月》、《小宴》、《大宴》、《梳妝》、《執戟》等齣戲，在崑劇、京劇和許多地方戲舞臺上廣爲流傳。

儘管《精》、《金》、《千》、《連》四大劇碼不乏粗糙之處，因襲的部分也在所不免，例如《千金記‧追信》一齣襲用元雜劇《追韓信》第三折曲詞，但總體看來瑕不掩瑜，諸如抗金名將岳飛的悲壯之美，蘇秦家人的人情之醜，項羽、虞姬的壯美與淒美之對應組合，王允的智慧人格之美，貂蟬的外在美與心性美之有機融會，都是上述四劇富於生命力的重要因素。這些人物的形象也同時反映出英雄與歷史本身的魅力，具有道學傳奇與八股傳奇無論如何也比擬不了的雋永美感。

第二節 明代中期三大傳奇

·李開先的《寶劍記》 ·四大聲腔與崑腔的發展 ·梁辰魚的《浣紗記》
·署名王世貞等人的《鳴鳳記》

經過一個多世紀的發展，明代傳奇在嘉靖時期更爲盛行，成爲劇壇上的主流藝術。劇作家們的創作也更爲自覺，更能直面現實，更加具備戰鬥精神。社會政治的腐敗，邊境敵寇的騷擾，這些內憂外患都促使作家們在劇作中發出沉重的吶喊。

李開先（一五〇二—一五六八）的《寶劍記》先聲奪人[5]。他官至太常寺少卿，卻與康海、王九思等削職爲民的前輩士人締交不淺。他曾親自押餉銀到寧夏邊防，深感外患之重；他又曾對當朝的夏言內閣表示不滿，因此自請還鄉[6]。康、王曾寫過《中山狼》雜劇，李開先於嘉靖二十六年（一五四七）寫成《寶劍記》傳奇，都是抒發心內憤懣、化解胸中壘塊的有感之作。

《寶劍記》係李開先及其友人的集體創作，共五十二齣，取材於小說《水滸傳》，寫林冲落草的故事。與小說中被動反抗的林冲不同，劇作中的林冲基本上是一位主動出擊型的英雄。他與高俅、童貫的鬥爭都是清醒、自覺而堅毅的行動。他一再上本參奏童貫、高俅禍國殃民的罪過，數落童貫在外交上敗祖宗之盟的不是，又強調「宦官不許封王」的原則，結果落得個「毀謗大臣之罪」，被降職處理。然而林冲絕不改憂國憂民的脾氣，不滿足於個人的「夫貴妻榮，四海名聲已顯揚」，再度上本揭露高俅等奸黨的種種腐敗行爲。連好心的黃門官都勸「官不在監司、職不居言路」的林冲就此甘休：「童大王切齒君旁，高俅叩首告吾皇，說你小官敢把勳臣謗，早提防漫天下網。」即便如此，不怕死、不懼奸的林冲，仍然懷著救四海蒼生於水火的急切心腸，請求面奏君王。知其不可爲而爲之，這就體現出林冲威武不屈的浩然正氣。劇本將高、童權奸的陷害以及高衙內對林冲妻子的調戲，全都安排在林冲上本之後，不再像小說那樣把調戲林妻作爲矛盾衝突的起點和根源。這就強化了忠奸鬥爭的力度，突出了林冲嫉惡如仇、正直不苟的人格精神。該劇也曾寫到過林冲的猶豫與遲疑，這既使其藝術形象更加可親可信，也摹狀出李開先本人上書直諫時的眞實心理。藉宋人之事，演出明代政壇上的新場面，《寶劍記》以其充滿戰鬥激情的烈烈雄風，強悍地掠過明代開國後近兩個世紀的沉悶劇苑。其《夜奔》一場戲，至今還作爲武生的看家戲而風靡場上，激盪人心❼。

從明初到嘉靖約兩個世紀內，在南方的眾多地方聲腔中，弋陽腔、餘姚腔、海鹽腔、崑山腔脫穎而出，流播廣遠。《南詞敘錄》中描述道：「今唱家稱弋陽腔，則出於江西，兩京、湖南、閩、廣用之；稱餘姚腔者，出於會稽，常、潤、池、太、揚、徐用之；稱海鹽腔者，嘉、湖、溫、臺用之。唯崑山腔只行於吳中，流麗悠遠，出乎三腔之上，聽之最足蕩人。」

嘉靖中葉時，豫章（今江西南昌）人魏良輔旅居江蘇太倉，他以十年多的鑽研和創造，與當地的一些戲曲家們成功地改革並推進了崑山腔的發展❽。融合了海鹽腔、餘姚腔、弋陽腔乃至北曲音樂在內的新崑腔，體制全備，後來居上，這就使得一度只在蘇州地區流行的崑山腔，憑藉音樂和文學的雙翅，於嘉靖之後越來越受到文人雅士和統治階級的推重，在四大聲腔中雄踞榜首，聲勢最大。嘉靖後的大多數傳奇劇本都是爲崑腔而作，或者盡可能向崑腔靠近，崑腔傳奇從此擁有了權威和楷模的地位。

梁辰魚（一五一九—一五九一）的《浣紗記》在戲劇史上有著重要的位置❾，通常被認爲是第一部用改革後的崑山腔譜曲並演出的傳奇劇本。作爲魏良輔的學生，梁辰魚不僅精通樂理，而且創作了這部具備開拓意義的崑腔大戲❿。

《浣紗記》首先是一齣極爲崇高而苦澀的愛情悲劇。一縷潔白的輕紗，珍藏在情人的胸懷，也維繫著國運的興衰。范蠡、西施藉此分而後合，越國、吳國由之存亡遷移。肩負國家重任的政治家范蠡與天姿國色的女嬌娃西施，先在明澈的溪水旁邂合定情，卻又不得不在沉重的政治風雲中悵然分手。在國家利益與兒女戀情之間，范蠡與西施犧牲了後者，共同做出了無限悲涼、屈辱、痛苦而豪壯的決定。這對情侶在定情之後，因爲范蠡在吳國爲奴而苦等了三年，之後又因西施被吳王占有而煎熬了三年。六年的相思換來了越國的勝利，但對花已殘、心更苦的當事人雙方而言，不能不說是一場靈與肉的大劫難。勇於獻身的愛國精神乃至極爲崇高的政治品位，都是以愛情悲劇作爲前提而鋪展開來的。

《浣紗記》又是一齣沉重的政治悲劇。作品一方面表彰了越國君臣臥薪嘗膽、艱難復國的堅毅精神；另一方面又嘲弄了荒淫無恥、寵信奸佞的吳王夫差，揭露了腐化貪婪、奸詐狠毒的權臣伯嚭，肯定了屢次直諫、懸頭城闕的忠臣伍子胥。即便是一心事君、智勇雙全，爲越國做出了巨大貢獻的范蠡，卻也聽從了吳王臨終前關於兔死狗烹的警告，悟出了勾踐在分一半天下與他的許諾中所暗藏的殺機，毅然掛官歸隱，與西施漫遊五湖而去。在敘寫吳越的興亡成敗中，梁辰魚還賦予作品濃厚的悲劇意味，引出了蒼涼沉重的王朝興衰之感：「呀，看滿目興亡眞慘淒，笑吳是何人越是誰？」這就體現出作者對於明中葉內憂外患及其深層根源的擔憂，飽含著作者對於歷史變幻在哲學層面上的深沉思考⓫。

本時期的另外一部重要崑腔傳奇是傳爲王世貞或其門人所作的《鳴鳳記》⓬。據焦循《劇說》所載，王世貞請縣令觀看此劇時，縣令見劇中皆在鋪陳當朝首輔嚴嵩的罪惡，大驚失色，馬上起身告辭。及待王世貞拿出嚴嵩父子事敗的邸報來看，縣令這才敢安心地看下去。《鳴鳳記》是幾乎與時事同步的政治活報劇，這種對現實的及時表現與積極參與，使得《鳴鳳記》成爲傳奇作品中時事戲的先鋒，從而開拓了政治悲劇現實化的道路。同時及以後湧現出的反嚴嵩的政治悲劇，還有秋郊子的《飛丸記》、朱期的《玉丸記》和李玉的《一捧雪》。已經佚失的同一題材劇作有《不丈夫》、《冰山記》和《回天記》等。難怪王世貞曾對李開先的《寶劍記》不以爲然，後出的《鳴鳳記》確如朝陽鳴鳳般引起萬馬奔騰，具備眞實、大膽而感人的現實威懾力量。稍後的呂天成還在《曲品》中慨歎：「《鳴鳳記》記諸事甚悉，令人有手刃賊嵩之意！」

《鳴鳳記》的內在結構是通過揭發嚴嵩的舊罪，並不斷地演示其新罪而得以呈現的。嚴嵩的舊罪主要是內任黨羽，外用軍財，北置河套於淪陷之中，東使沿海遭倭寇之難。其乾兒子趙文華在南巡沿海的總兵任上，只知擄掠金銀珠寶奉送給乾爹，一任敵寇逞凶，生靈塗炭。嚴嵩的新罪主要表現在他對先後上本歷數其罪的十一位忠臣義士的血腥鎮壓，被他陷害致死的有老首輔夏言、兵部尚書曾銑、兵部員外郎楊繼盛及其妻子，還有翰林學士郭希顏；被他削職發配、流放充軍的官員爲數更多。面對瀰漫天地、流布朝中的耿耿正氣，嚴嵩屢屢舉起血腥的屠刀，而每一位先烈的倒下，都使得更多的獻身者前仆後繼，不斷聲討其更深的罪孽。這個濫施淫威長達二十一年之久的奸相，最終還是在志士仁人們拋頭顱、灑熱血的不斷衝擊下頹然敗亡。史實與悲劇在反嚴嵩的大潮中遇合、定格，使得該劇一直到明末還盛演不衰，以致出現了如侯方域《馬伶傳》中所記載的扮演嚴嵩的行家——李伶和馬伶。

在整體眞實的基礎之上，劇中有些細節也有移植和渲染。例如把蔣欽奏本遭鬼魂勸阻的傳說移植到楊繼盛身上；把楊妻上疏請求代夫赴死、夫死後自縊於家中的場面遷移爲法場上自刎……這些處理非但沒有削弱劇作的眞實感，反而使得劇本更生動感人，更具備一般邸報、史傳所難於企及的感人至深的藝術魅力。當然，史實中人物的眾多、頭緒的紛繁也同樣反映在劇本之中，語言風格上也偏於駢儷化，這使得人物的生動性和豐富性有所欠缺。正如許多時事劇一樣，在時過境遷之後，其感人的程度總會有所減弱。

在明代中葉的三大戲劇中，《寶劍記》和《浣紗記》都或多或少地對現實做了曲折的反映，而《鳴鳳記》則堪稱戲曲史上較早、較完整地反映當時政治事變的悲劇現代戲。在以《鳴鳳記》爲代表的反嚴系列戲之後，崇禎即位之初還出現過一次反映魏忠賢禍國殃民、表彰東林黨人壯烈鬥爭的悲劇現代戲熱潮，那正是《鳴鳳記》積極參與現實政治鬥爭的精神在新時期的延續與發展。

第三節　明代後期傳奇的繁榮

・明後期傳奇概述　・高濂的《玉簪記》　・孫仁孺的《東郭記》　・周朝俊的《紅梅記》

萬曆至崇禎年間（一五七三—一六四四），傳奇創作進入了高潮期和繁榮期。以湯顯祖爲傑出代表的傳奇作家，成爲明代文學史上的一支重要方面軍。以沈璟爲帶頭人的吳江派，在傳奇的創作和理論上也形成了自己的特點。

從劇碼建設上看，本時期湧現出的數百種傳奇作品大都較好。從聲腔發展上看，崑曲傳奇的創作一枝獨秀，大部分傳奇都是比較典雅的崑曲作品，具備較高的文學品位。

此外，明初以來一直在民間流傳的弋陽腔與各地的地方戲結合起來，也上演了豐富多彩的傳奇劇碼。但在一百二十餘種弋陽腔演出劇碼中，許多劇碼是對宋元南戲乃至崑山腔、海鹽腔作品的方言化、本地化之後的「改調歌之」。加上弋陽腔劇碼的作者大都是民間藝人和名不見經傳的下層文人，所以他們的作品保留下來的較少。除了以折子戲方式保留下來的劇碼片段外，流傳下來的弋陽腔整本大戲只有《高文舉珍珠記》、《何文秀玉釵記》、《袁文正還魂記》、《觀音魚籃記》、《呂蒙正破窯記》、《薛仁貴白袍記》、《古城記》、《草廬記》、《和戎記》、《易鞋記》、《劉漢卿白蛇記》、《蘇英皇后鸚鵡記》、《韓朋十義記》、《香山記》、《目連救母勸善戲文》等十數種。在明代四大聲腔中，崑山腔和弋陽腔彼此爭勝，分別滿足了雅與俗、上流社會與大眾百姓的審美需求。

從劇作精神上看，本時期最爲突出的創作傾向是張揚個性，批評封建專制。市民階層的崛起與市場經濟的萌芽，在文化精神上以個性解放的要求爲基點。個性解放常常通過戀愛自由、婚姻自主來具體演繹，批評封建專制又往往以對抗僵化的倫理教條爲基本衝突。像《牡丹亭》、《嬌紅記》，就遠遠超越了一般才子佳人的戀愛俗套。《織錦記》中的七仙姬在《槐蔭相會》中主動追求董永，「願做鋪床疊被人」（《萬曲合選》）。清初《萬錦清音》所收的《槐蔭分別》，更有七仙姬與董永這對百日夫妻被迫分離時，對於封建權威的最高代表天帝的控訴：「玉皇呵玉皇，你好坑陷殺人！」《長城記》、《杞良妻》寫孟姜女與范杞良因爲長城徭役而生離死別，《同窗記》表彰了梁山伯與祝英臺生死不渝的愛情，都是對封建暴政和家長制的以死抗爭。

當然，這些婚戀戲還是在一定程度上對封建統治者寄予厚望，例如《牡丹亭》中的杜麗娘就需要皇帝來證婚。《破窯記》中的窮書生呂蒙正雖然僥倖接到彩球，與相府千金結爲夫妻，但還是被嫌貧愛富的宰相岳父趕出門外。不管這對小夫妻怎樣在飢寒交迫中保持著忠貞不渝的眞情，呂蒙正最終還是要以中狀元來解脫苦難，從而躋身於統治階級的營壘之中。徐霖的《繡襦記》根據唐傳奇和數種宋元戲劇改編，寫妓女李亞仙和鄭元和的婚戀故事。李亞仙雪地救鄭、剔目自殘，激勵鄭元和發憤攻書的場面尤其動人。元和也只有通過中狀元、獲官職的管道，才能與亞仙成爲被家族承認的合法夫妻。

倡導愛國主義的劇作在本時期也爲數不少。李梅實、馮夢龍的《精忠旗》寫岳飛抗金受害、賣國賊秦檜終遭冥誅，張四維的《雙烈記》謳歌韓世忠、梁紅玉的黃天蕩大捷，沈應召的《去思記》表彰王鐵的抗倭戰事，都是民族精神的發抒和時代憂患的曲折反映。歌頌清官、詛咒奸臣的劇碼次第湧現：鐵面無私、剛正不阿的包拯，在《珍珠記》、《剔目記》和《袁文正還魂記》等劇中都成爲拯救弱小、糾正冤屈的青天大老爺，這從側面揭露了明代吏治的黑暗。《金環記》和《金杯記》分別歌頌了海瑞和于謙，《忠孝記》與《璧香記》集中讚揚了沈煉。明末的《冰山記》、《不丈夫》、《清涼扇》、《廣爰書》等劇，都是對宦官魏忠賢的直接抨擊。這類題材的劇作只有范世彥的《磨忠記》還留存於今，但明顯地帶有急就章的印記。

道德說教劇與宗教演示劇在本時期也頗成規模。《忠孝記》、《全德記》、《四美記》都充滿著陳腐的封建道德勸誡。宗教劇更是極盡弘法之能事，屠隆的《曇花記》和《修文記》分別寫夫妻乃至全家都成就正果，這是宗教世俗化的最好演示。《香山記》敘觀音形跡，《歸元鏡》演淨土三祖行傳，要求觀眾像參加宗教儀式一般看戲，都是佛教戲劇化的例證。由鄭之珍彙編整理的《目連救母勸善戲文》長達一百齣，上接宋雜劇《目連救母》，融會了以安徽南部爲中心的各地目連戲傳統，該劇全力渲染劉氏因丈夫病死而怒燒佛經，從而在地獄中遭受到各種磨難，充分闡揚孝子目連爲救母親而往西天求佛、遍遊地獄尋母的贖救苦行。這就將佛教教義與中國倫理結合起來，情節曲折，體制博大，想像豐富，既充滿了因果報應的種種恐怖場景，又吸納了生動新鮮的世俗故事，成爲在老百姓中流播甚廣的宗教大戲。其中一些充滿自由活潑精神的插曲，諸如《思凡》、《下山》等反映愛情憧憬的小戲，至今還深受觀眾的歡迎。

明代後期的傳奇創作中，一些帶有喜劇色彩的作品也較爲知名。徐復祚的傳奇《紅梨記》演趙汝州和謝素秋的情愛史。這對以詩相愛的情侶，直到半部戲過去之後才得以謀面，謝素秋則到臨近劇終時方顯露出其眞實身分，許多喜劇性的場面便由此而生。汪廷訥的《獅吼記》寫陳慥之妻柳氏的種種「妒婦」情狀，場面十分風趣，但也帶有明顯的大男子主義傾向。

愛情喜劇《玉簪記》膾炙人口，饒有風趣。作者高濂，字深甫，號瑞南，浙江錢塘（今杭州）人，主要活動期在萬曆年間。該劇直接源於《古今女史》。《孤本元明雜劇》中的《張于湖誤宿女貞觀》以及《國色天香》中的《張于湖傳》小說，都對高濂有所啓發⓭。《玉簪記》將潘必正與陳妙常的戀愛故事作爲全劇主體情節。南宋書生潘必正在臨安應試落第，到金陵女貞觀探訪身爲觀主的姑母。大家閨秀陳妙常因避靖康之難，已投至觀中爲女道士。在琴聲和詩才的相互感發下，潘、陳二人互通情愫，成其好事。觀主遂逼侄兒再赴科考，並親自送其登舟起行。陳妙常急忙僱舟追趕戀人，兩人在江上互贈玉簪和鴛鴦扇爲信物。後來潘必正考中得官，與陳妙常結爲夫妻。全劇敘小兒女之情井然有序，通過茶敘、琴挑、偷詩等情節，不斷營造自然溫馨的氛圍，在羞澀與謹慎的彼此試探中，逐步湧現出愛的暖流。正是在這對情侶欲言又止、表裡不一的心理活動與情態表現的反差之中，觀眾才漸次領略到其青春的律動、初戀的喜悅、猜疑的可愛以及痴情的有趣，從而不斷發出會心的微笑。即便是《秋江送別》那一場生離死別般的苦惱，陳妙常痛感「秋江一望淚潸潸，怕向那孤篷看也，這別離中生出一種苦難言，自拆散在霎時間。心兒上，眼兒邊，血兒流，把我的香肌減也。恨殺那野水準川，生隔斷銀河水，斷送我春老啼鵑。」仍然能使觀眾在深切同情中，哪怕是珠淚暗落，仍不改盈盈笑意。這齣戲直到今天還盛演不衰，成爲人們喜聞樂見的輕喜劇。

萬曆年間的喜劇作家孫鍾齡亦值得一提。鍾齡字仁孺，號峨眉子、白雪道人，生平事蹟不詳。所作《東郭記》和《醉鄉記》合稱爲《白雪樓二種曲》。《東郭記》擷取《孟子》中「齊人有一妻一妾」的故事，再匯之以王驩、淳于髡、陳仲子等人的事蹟衍化而成。「齊人」等吹牛家依靠詐騙手段居然步步高升，爬上了齊國將相的寶座，這正是對明末的荒唐吏治和黑暗官場的變相諷刺和深刻揭露。在《妾婦之道》一折中，陳賈和景醜爲了討好王，竟然爭著拔掉鬍鬚，作婦人媚態斟酒討好。這正是官場上溜鬚拍馬、無所不至的醜惡嘴臉與變態行徑。《醉鄉記》寫烏有生和毛穎才情過人，卻在醉鄉之中屢遭磨難。銅士臭的高中，導致烏有生在事業上的失敗；卓文君的妹妹嫁給胸無點墨的白一丁，又使得烏有生在婚姻上敗北。錢財權勢大於眞才實學，這正是明代科考中黑暗一面的眞實寫照。

本時期的著名愛情悲劇中，《紅梅記》和《嬌紅記》這兩部「紅」劇值得重視。《紅梅記》作者周朝俊，字夷玉，浙江鄞縣（今屬寧波）人，創作活動集中在萬曆年間。所作傳奇十餘種，只有源於瞿佑《剪燈新話．綠衣人傳》的《紅梅記》成爲傳世之作。

《紅梅記》由兩條愛情線索交織而成。一條線敘裴舜卿與盧昭容的婚戀關係，另一條線則寫李慧娘與裴舜卿的生死之愛。奸相賈似道意欲強娶盧昭容爲妾，裴舜卿隨機應變，以未婚夫婿的名義加以阻止，因此被拖進賈府囚禁起來。在李慧娘的幫助下，裴舜卿才得以逃出賈府，加入了參劾奸相的鬥爭，應試得中後與盧昭容完姻。李慧娘作爲賈似道的姬妾，敢於在西湖遊船上當著眾人之面讚揚裴舜卿的青春丰采，表達自己的傾慕之情：「呀，美哉一少年也！眞個是洛陽年少，西蜀詞人，衛玠、潘安貌！」就因爲這「一念痴情，十分流盼」，賈似道便大施淫威，殺一儆百。他揮劍斬慧娘後，還喪心病狂地把美人頭放在金盒內，讓眾姬妾逐一觀覽。然而，陰險毒辣的賈似道絕沒有想到李慧娘「一身雖死，此情不泯」。李慧娘鬼魂見到在府內幽禁的裴舜卿後，先是主動而熱烈地與之歡會，後來又掩護裴郎遠走高飛去赴科考。在《鬼辯》一折中，李慧娘當面怒斥賈似道的無恥，挺身救出了蒙冤的眾姬妾。身處賈府的汙泥濁水中，李慧娘始終保持著純潔的情感與清醒的判斷，並以生命之消亡作爲情愛陶醉的終點和熱烈追求的起點，最終成爲一名追求美、愛護美和捍衛美的使者。其明快坦蕩的性情意趣，是對人世間兒女私情及其恩恩怨怨的超越與昇華。

第四節 吳江派群體與玉茗堂風格影響下的劇作家

．吳江派曲學家群體 ．玉茗堂風格的劇作家

．沈璟的崑腔創作 ．「沈湯之爭」

．孟稱舜的《嬌紅記》

一方面是以沈璟爲領頭人的吳江派曲學家群體的產生，另一方面是以湯顯祖爲楷模的「至情派」劇作家風格的融聚，這兩大戲劇流派的形成與競爭，是明代後期傳奇繁榮的重大標誌，也是中國戲劇史上的一大盛事。

沈璟（一五五三—一六一〇），字伯英，號寧庵，江蘇吳江人。這位萬曆二年（一五七四）的進士經歷了一段官場沉浮後，終因科場舞弊案而被牽連，於三十七歲時告病返鄉。後半生以「詞隱生」自署，進行了長達二十年的戲曲創作和研究。他一共改編、創作了十七本崑劇，合稱爲《屬玉堂傳奇》。其中流傳至今的有《紅蕖記》、《埋劍記》、《雙

魚記》、《義俠記》、《桃符記》、《墜釵記》、《博笑記》等。

《墜釵記》根據《剪燈新話》中的〈金鳳釵記〉改編，寫與崔興哥訂有婚約的何興娘死後，其鬼魂持訂親之金鳳釵與崔興哥同居，一年後又將其妹嫁給崔興哥。此劇的許多關目情節都是對《牡丹亭》的刻意模仿，卻缺少其反封建力度。《博笑記》由十個情節各異的短劇組成，演市井故事時注重引發出封建道德規範來予以勸誡。沈璟劇作中唯一影響較大的劇碼是《義俠記》。該劇根據《水滸傳》中的武松故事改編，把武松的英雄氣概與忠君思想結合起來。全劇語言通俗淺易，場次生動合度，其中〈打虎〉、〈戲叔〉、〈別兄〉、〈挑簾〉、〈捉姦〉、〈殺嫂〉等折，至今還在崑劇舞臺上盛演不絕[14]。

沈璟的曲學主張甚至比他的戲劇創作更知名，與此相關的「沈湯之爭」成爲明代戲劇史上的重要話題[15]。總起來看，沈璟劇作的思想傾向偏於保守，宣導封建倫理道德的氣息比較濃厚，這可以說是其曲論主張的一個基本出發點。其次是「本色論」，所謂「鄙意僻好本色」（〈詞隱先生手劄二通〉），強調語言的通俗自然。然而除了《義俠記》等少數幾齣戲外，沈璟本人也沒能真正做到本色化。第三是「聲律論」，這是沈璟曲論中影響最大的方面，也是他一以貫之的主張。他在《二郎神》套曲〈詞隱先生論曲〉中說：「欲度新聲休走樣！名爲樂府，須教合律依腔。寧使時人不鑑賞，無使人撓喉捩嗓。說不得才長，越有才越當著意斟量。……縱使詞出繡腸，歌稱繞梁，倘不諧音律也難褒獎。」講究聲律當然並不錯，但是到了因律害意也在所不惜，甚至號稱「寧協律而不工，讀之不成句，而謳之始葉，是曲中之工巧」（呂天成《曲品》），這就太過分了。就連沈璟自己也難以做到字字妥帖，馮夢龍等人曾多次提到過他在音律上的錯誤。

沈璟、呂玉繩曾將《牡丹亭》改編成《同夢記》[16]，引起了湯顯祖的極大不滿：「《牡丹亭記》要依我原本，其呂家改的，切不可從。雖是增減一二字以便俗唱，卻與我原做的意趣大不同了。」（《湯顯祖集》卷四九〈答宜伶羅章二〉）「沈湯之爭」由此而生，王驥德認爲「臨川之於吳江，故自冰炭」，兩位大家到了意氣相爭、水火難容的地步。用江蘇的崑曲音律去規範遠在江西、大體依照受到海鹽腔影響的宜黃腔音律進行創作的湯顯祖，這當然是吳江派妄自稱尊的苛求。《牡丹亭》原本後來被曲學家和演唱家們依曲就辭，搬上舞臺後成爲崑曲最有影響的代表作，這是沈璟所始料不及的。

沈璟曾編有《南詞韻選》、《遵制正吳編》、《論詞六則》、《唱曲當知》等曲學論著，皆已失傳。另有《南九宮十三調曲譜》，編輯、整理了可以演唱的崑曲曲牌達七百種左右，成爲曲家的填譜法則，這就使他成爲與戲劇創作大師湯顯祖齊名的明代曲學大家。在他的旗幟下，集中了吳江人沈自晉、蘇州人馮夢龍和袁於令、上海人范文若、嘉興人卜世臣、餘姚人呂天成和葉憲祖等崑曲作家，這些人大都是沈璟的子侄、門生或朋友，且對崑曲格律十分講究，所以被稱爲吳江派曲學家群。這批作家同樣對湯顯祖十分敬重，雖然他們對湯顯祖劇作的格律疏漏問題頗有微詞。

呂天成（一五八○—一六一八），字勤之，號棘津，別號郁藍生，曾用崑曲格律校正過包括「臨川四夢」在內的二十八種南戲和傳奇。他從二十歲就開始寫作雜劇和傳奇，但留存下來的只有《盛明雜劇》所收的《齊東絕倒》一種。他的《曲品》是繼《南詞敘錄》之後第二部著錄和評論明代傳奇的專書，沈璟和湯顯祖在書中被並列爲上上品。對於「沈湯之爭」，他提出：「倘能守詞隱先生之矩矱，而運以清遠道人之才情，豈非合之雙美者乎？」這是十分公允的評判。葉憲祖（一五六六—一六四一），字美度，號六桐、桐柏，別署檞園居士、紫金道人。這位居官多年的劇作家有《罵座記》、《易水寒》等十二種雜劇流傳至今。傳奇劇本現尚有《鸞記》、《金鎖記》留存，前者敘唐代詩人溫庭筠與女道士魚玄機的戀情，對女性的聰慧才情倍加讚賞；後者係根據《竇娥冤》改編，部分地方襲用關漢卿原詞，但將結局改爲六月飛雪，疑爲冤案，終使竇娥法場得救，與父親及丈夫團圓。後世舞臺上的竇娥戲，大都據葉作而再行改編。

馮夢龍（一五七四—一六四六）的別號之一爲顧曲散人，也是一位戲曲家。他曾編刊過《墨憨齋新譜》，晚年著有《墨憨齋詞譜》未定稿。他還以《墨憨齋定本傳奇》爲總名，從曲目、排場兩方面入手改編了包括《牡丹亭》在內的多本傳奇，至今尚存《新灌園》等十四種。《牡丹亭》被他改成《風流夢》後，有些地方爲崑曲《春香鬧學》、《游園驚夢》、《拾畫叫畫》等折子戲所借鑑移用。他還創作了《雙雄記》和《萬事足》兩種傳奇，一爲時事新作，一爲改編他人舊作，都有曲律嚴謹、易於上演，但戲情偏於瑣碎的特點。

馮夢龍係反清而亡，但袁於令卻是降清功臣，曾升任荊州知府。今存傳奇《鷫鸘裘》、《西樓記》。前劇敘司馬相如與卓文君故事。後劇演書生于鵑因詞曲爲媒而與妓女穆素徽相愛，于父將穆素徽趕到杭州。相國公子買穆爲妾，穆素徽堅執不從而受苦百端。後于鵑考中狀元，與穆重圓。清人袁棟的《書隱叢說》等書稱此劇爲袁於令自己的眞事曲泄，「于鵑」便是「袁」姓的反切音。此劇因情節曲折、富於衝突而傳演一時，劇中《樓會》、《拆書》、《錯夢》等齣，常爲後世所搬演。

范文若（一五八八—一六三六），初名景文，字香令，號吳儂荀鴨。今存傳奇有《鴛鴦棒》、《花筵賺》、《夢花酣》，合稱爲「博山堂三種」。三劇分別從《古今小說》中的〈金玉奴棒打薄情郎〉、關漢卿《玉鏡臺》和另外一本元雜劇《碧桃花》改編而成，所作文字細膩而格調偏俗。卜世臣，字大荒，號藍水，著有《樂府指南》等書，今存傳奇只有《冬青記》殘本。該劇寫元初秀才唐鈺、太學生林德陽等與市民一道偷葬宋帝骨殖事，表明了民族感情潛藏於民間。劇本在表達上曲律偏嚴，文句反而有失於暢達。沈自晉（一五八三—一六六五）字長康，號鞠通生，係沈璟之侄。他將叔叔所編《南九宮十三調曲譜》增補爲《南詞新譜》，另存傳奇《望湖亭》、《翠屏山》二種。

此外，徐渭的學生王驥德（？—一六二三）雖然不是吳江派的成員，但與沈璟、呂天成等曲學家都訂交不淺。今存傳奇《題紅記》和雜劇《男王后》，均不算出色之作。但他的《曲律》專著，卻是明代最重要的曲學理論成果，是關於中國戲曲創作規律比較系統的總結。關於「沈湯之爭」，《曲律》也同樣做了公允而完整的總結。

與吳江派劇作家群體相爲映襯，臨川人湯顯祖的創作成就無與倫比，就連沈璟等人也模仿和改編過湯劇。與湯顯祖同時或之後的劇作家們在創作時大都受到「臨川四夢」的影響，戲曲史上往往將宗湯、學湯較爲明顯並有所成就的劇作家們稱爲「臨川派」，或者以湯顯祖的室名稱之爲「玉茗堂派」。近代曲學家吳梅在《中國戲曲概論》中說：「有明曲家，作者至多，而條別家數，實不出吳江、臨川、崑山三派。」然而，學湯又談何容易，吳梅認爲「正玉茗之律而復工於琢詞者，吳石渠、孟子塞是也。」阮大鋮也常被歸進臨川派，儘管爭議也不少。就連《玉簪記》作者高濂、《東郭記》作者孫鍾齡和《紅梅記》作者周朝俊，也有史書將其歸納到「玉茗堂派」之中。以男女至情反對封建禮教，以奇幻之事承載浪漫風格，以綺詞麗語體現無邊文采，這正是宗湯、學湯的臨川派劇作家們所孜孜以求的重要方面。

吳炳（一五九五—一六四八）又名壽元，字可先，號石渠，自稱粲花主人，宜興（今屬江蘇）人。由進士而居官，後隨明永曆帝朱由榔流亡桂林，被清兵擒獲後自縊而死[17]。所作傳奇有《西園記》、《綠牡丹》、《療妒羹》、《情郵記》、《畫中人》，合稱「粲花齋五種曲」。

《西園記》寫書生張繼華對王玉真一見鍾情，但誤以爲王是趙玉英。趙因婚約不如意而夭亡，張繼華聞訊後痛不欲生，聲聲呼叫玉英芳名，終與其香魂幽會。玉英魂靈又勸張繼華與王玉真成婚，之前錯認的誤會始得冰釋。這齣戲將眞與假的誤會、悲與喜的映襯都調理得較爲妥帖，以趙玉英拚死擺脫婚約桎梏、「誓不俗生，情甘怨死」的淒冷色塊，來反襯張、王這對有情人終成眷屬的洋洋喜氣，具有很強的戲劇性。直到今天，《西園記》仍然活在戲劇舞臺和電影銀幕上。

《畫中人》演書生庾啓與畫上美女鄭瓊枝鬼魂結合，更是《牡丹亭》的翻版仿作。《療妒羹》敘才女喬小青賣與褚大郎爲妾後爲大夫人所妒，傷心而亡，活轉來後又改嫁楊器。此劇反對不合理的從一而終，提倡給「自古許錯了人，嫁錯了人的」女性以「不妨改正」的機會，這在一定程度上反映了市民階層的婚戀觀念對傳統封建禮俗的衝擊。劇中的

《梨夢》、《題曲》作爲折子戲，至今還在崑曲舞臺上演出。喜劇《綠牡丹》和《情郵記》一寫謝英和車靜芳、顧粲與沈婉娥因賽詩而成婚，一寫書生劉乾初在驛站題詩而得以與王慧娘、賈紫簫聯姻。有才之人婚姻美，無才之徒出洋相，這是吳炳所虛構、所嚮往的一廂情願的理想世界。他的劇作場面生動，巧合不斷，具備可看可演的戲劇性；所作文辭雅潔優美，化情入境，擁有可賞可感的文學性；塑造人物符合規定情景，注重心理描摹，像《題曲》中大段冷豔淒絕的抒情場面，放在湯劇之中幾可亂眞。然而，他對婚戀自由與封建禮教之間的根本衝突和必然矛盾正視不夠，對小丑式人物與正生正旦的表面衝突及其偶然矛盾關注過多，這就削弱了作品的社會意義與戰鬥精神[18]。

阮大鋮（約一五八七—約一六四八），字集之，號圓海、石巢、百子山樵，懷寧（今屬安徽）人。以進士居官後，先依附魏忠賢閹黨，後以附逆罪罷官。此後又在福王朱由崧的南明朝廷中官至兵部尚書、右副都御史，對東林、復社文人大加迫害。他與馬士英狼狽爲奸，「日事報復，招權罔利，以迄於亡」（《明史》卷三〇八〈奸臣傳〉）。南京城陷後乞降於清，跌死於隨清軍攻打仙霞關的石道上。所作傳奇今存《春燈謎》、《燕子箋》、《雙金榜》和《牟尼合》，合稱「石巢四種」。從文采斐然、辭情華贍上看，他確實是在竭力追步湯顯祖。

《春燈謎》全以誤會法寫成，敘宇文彥觀燈時與女扮男妝的韋影娘彼此唱和，後韋影娘誤入宇文家舟，被宇文之母認爲義女；宇文彥醉入韋家官船，被影娘之父怒送獄中。宇文彥之兄狀元及第，因唱名之誤改爲李姓，以巡方御史審理此案；宇文彥恐辱家門，亦改名姓，被棒打之後釋放。後宇文彥亦考中狀元，兄弟倆都娶了韋家姊妹，宇文彥與影娘成婚。《燕子箋》寫唐代士人霍都梁與名妓華行雲、尙書千金酈飛雲的曲折婚戀故事。《雙金榜》演洛陽秀才皇甫敦遭到兩次誣陷，導致妻離子散。後來二子登科，全家團圓，皇甫敦亦授官職。《牟尼合》寫梁武帝之孫蕭思遠與妻荀氏、子佛珠的離合故事。阮劇四種語言華美，情節多變，上演起來比較好看。但其劇作品格不高，觀念平庸，炫奇失眞，淺薄無味，匠氣頗濃而非大方之家。曾將「臨川四夢」全部譜寫成崑曲的清乾隆間戲曲音樂家葉堂，認爲阮大鋮「以尖刻爲能，自謂學玉茗堂，其實全未窺其毫髮」（《納書楹曲譜續集》），這是比較精到的評語。

受湯顯祖影響最深、成就也最大的明末傳奇作家應數孟稱舜。孟稱舜（一五九九—？），字子塞、子若，號臥雲子、花嶼仙史。會稽（今浙江紹興）人。所作雜劇有《桃花人面》等六種。傳奇有《嬌紅記》、《二胥記》、《貞文記》、《二喬記》、《赤伏符》，後兩種已經亡佚。

《嬌紅記》是孟稱舜的代表作。該劇源於元人宋梅洞的《嬌紅傳》小說，以及王實甫、劉東生、沈齡等的同名劇本。全劇敘王嬌娘與申純傾心相愛，王家卻將女兒許配給了財大氣粗、咄咄逼人的帥公子，致令嬌娘與申純先後抑鬱而亡。《西廂記》和《牡丹亭》都是通過男主角高中狀元來捍衛其偷情私合後的婚姻成果，而《嬌紅記》中的申純即使赴試高中也仍然不能成就婚姻、捍衛愛情；名閥世家依舊在潑天富貴和總體氣勢上壓倒著新進士子，兩者的地位仍然有天壤之別。這也說明申嬌之愛是在排除了政治功利目的之後的眞心悅慕，他們以眞正的愛情作爲起點和終點，不得不在嚴酷的現實面前以死來殉情、明志，去做最後的抗爭。就王嬌娘而言，她所企盼的愛情理想是獲得生同舍、死同穴、才貌相當、心性一致的「同心子」。豪家富室，她自然不屑一顧，就連司馬相如式的文人，她也棄置不嫁，因爲「聰明人自古多情劣」。崔鶯鶯對張生的以身相許，帶有白馬解圍後感恩和酬誓的意味；杜麗娘與柳夢梅的夢中交歡，是封建束縛下的青春能量的釋放；而申、嬌之間的偷香竊玉，既拋棄了外在的功利目的，又是具備深厚情感基礎的渴望已久的行動。因此其歡會以相知和相思作爲純粹的前提，既不帶有外在因素的摻入，也不待婚姻形式的預先認可，是一種充滿理性的情感行爲。這對情侶死後化爲墳頭的鴛鴦，正是在向世人傳哀示警。其《泣舟》、《雙逝》和《仙圓》等齣戲，沉痛悱惻、悲上加悲，依稀可見〈孔雀東南飛〉和《同窗記》的疊影，卻又是《嬌紅記》所特有的場面。所以陳洪綬批點此劇曰：「淚山血海，到此滴滴歸源；昔人謂詩人善怨，此書眞古今一部怨譜也。」中國悲劇以「怨譜」定名，《嬌紅記》是較早的一部傳奇。

注釋

❶傳惜華所編《明代傳奇總目》（人民文學出版社一九五九年版）著錄明傳奇劇碼九百五十種。其中有作家姓名可考者六百一十八種，無名氏所作三百三十二種。

❷唐詩人元稹（七七九—八三一）所撰自傳體小說《鶯鶯傳》曾題名為《傳奇》，裴鉶所撰小說集亦題名《傳奇》，由此出發，「傳奇」最先成為唐代文言小說的專名。元末明初，「傳奇」又往往指元雜劇，例如《錄鬼簿》在列舉了一批元雜劇作家後，有「右前輩編撰傳奇名公，僅止於此，才難之云，不其然乎」之歎（《中國古典戲曲論著集成》（二），中國戲劇出版社一九五九年版，第一一七頁）。《輟耕錄》等書的「傳奇」亦作此義。明嘉靖之後，「傳奇」一般專指明雜劇之外，以南曲為主譜成的中長篇戲曲。

❸參見《南詞敘錄》的提法。該書認為「南戲始於宋光宗朝」，或云「宣和間已濫觴，其盛行則自南渡，號曰永嘉雜劇。」、

「其曲，則宋人詞而益以里巷歌謠，不叶宮調，故士大夫罕有留意者。……順帝朝，忽又親南而疏北，作者猬興，語多鄙下，不若北之有名人題詠也。」高明《琵琶記》「用清麗之詞，一洗作者之陋，於是村坊小伎，進與古法相參，卓乎不可及已。」（《南詞敘錄》，《中國古典戲曲論著集成》（三），中國戲劇出版社一九五九年版，第二三九頁）

❹語出徐復祚《曲論》（《中國古典戲曲論著集成》（四），中國戲劇出版社一九五九年版，第二三六頁）。

❺李開先，字伯華，號中麓，山東章丘人。嘉靖八年（一五二九）進士，「嘉靖八才子」之一。傳奇《寶劍記》的最後寫定者。另作有院本《園林午夢》，編有《詞謔》，著有詩文集《閒居集》等。中國科學院文學研究所編《中國文學史》等多種書籍認為李開先的生年是弘治十四年（一五〇一）（《中國文學史》（三），人民文學出版社一九七九年版，第八九〇頁）。游國恩、王起等主編的《中國文學史》則認為李開先的生卒年是一五〇二—一五六八（《中國文學史》（四），人民文學出版社一九六四年版，第六四頁）。卜鍵等學者在論文與專著中都贊成後一種提法，參見〈《李氏》族譜的發現〉（《戲劇學習》一九八五年第一期）。

❻李開先四十罷官的原委，一般認為是對夏言內閣的鬥爭失敗所致，《曲海總目提要》還認為《寶劍記》是譏詆嚴嵩父子之作。還有一些學者稱李開先罷官是受到「當權派的排擠」，「並不是他做了什麼進步的政治鬥爭」（徐朔方〈評《李開先的生平及其著作》〉，《文學遺產》增刊第九輯）。卜鍵亦認為罷官屬於派系鬥爭，李開先未曾彈劾夏言（〈關於李開先生平幾個史實的考辨——兼與寧茂昌同志商榷〉，《山東師大學報》一九八五年第二期）。

❼對於《寶劍記》的評價，揚抑兩端相差甚遠。極力表彰者盛讚該劇為明代戲曲中「最優秀的作品」（路工《李開先的生平及其著作》，中華書局一九五九年版）。徐朔方等人反對這種過分抬高的提法，甚至認為地主階級思想的貫穿，使得戲劇版中的林冲是在小說的基礎上大大後退了（參見注❻）。另有一說聲稱「寫政治鬥爭的作品不一定就高於描寫因強占別人妻女而引起衝突的作品」，劇本強調忠奸鬥爭這條主線，反而使其意義縮減得狹小了（金寧芬〈略談明清水滸戲的思想特點〉，《中國古典小說戲曲論集》，上海古籍出版社一九八五年版）。

❽另外還有魏良輔創始崑曲的傳統說法。豪雨於二十世紀六〇年代初在《新民晚報》上發表〈崑曲的創始人是否魏良輔〉，說「魏良輔青年期因為不能從北曲中爭勝，潛心苦練，創始了崑腔。」（趙景深《中國戲曲叢談》，齊魯書社一九八六年版，第二二三—二二九頁；黃芝崗〈論魏良輔的新腔創立和他的《南詞引正》〉，《中華文史論叢》一九六二年第二輯）

❾梁辰魚，字伯龍，號少白、仇池外史，崑山（今屬江蘇）人。作有傳奇《浣紗記》、雜劇《紅線女》、散曲集《江東白苧》等。

❿第一部根據崑曲新腔所寫的傳奇，有的學者認為是鄭若庸的《玉玦記》（蔣星煜〈崑山腔發展史的再探索〉，《上海戲劇》

一九六二年第十二期）。王永健亦不贊成《浣紗記》是第一部崑腔傳奇的說法：「根據創作的時間來排列，按照魏良輔等人革新後的崑山腔格律創作的傳奇作品，第一部是《紅拂記》，作者是張鳳翼，長洲人；第二部是《玉玦記》，作者是鄭若庸，崑山人；第三部是《鳴鳳記》，作者是太倉人，到底是誰，學術界尚有爭議，筆者認為是唐儀鳳；第四部是《浣紗記》。」（《中國戲劇文學的瑰寶——明清傳奇》，江蘇教育出版社一九八九年版，第五一頁）但這些說法，均尚未得到學界公認。

⓫一般認為《浣紗記》寄託著作者的政治理想和社會憂患感，但也有從演唱形式方面來著重考慮的提法。陸萼庭認為《浣紗記》的寫作，「其目的是專門便於演唱，擴大崑腔的影響，爭取更多的群眾，並且正確地引向舞臺藝術的廣闊道路。」（《崑曲演出史稿》，上海文藝出版社一九八〇年版，第三六頁）周貽白說梁辰魚的《浣紗記》，一是「為了使崑山腔更能流傳廣泛」，二是「借崑山腔的唱腔使自己的文章增色」（《中國戲曲史發展綱要》，上海古籍出版社一九七九年版，第二七二頁）。

⓬《鳴鳳記》的作者，毛晉《六十種曲》和《古今傳奇總目》等書認為是王世貞。焦循《劇說》和《曲海總目提要》等書認為是王世貞及其門人、門客。呂天成《曲品》等書認為是無名氏。王永健認為是唐儀鳳（參見注⓾）。

⓭關於《玉簪記》的淵源問題，學術界有不同看法。除了《古今女史》中關於陳妙常的簡短記載外，黃裳認為《張于湖誤宿女真觀》雜劇對傳奇有直接的影響（《玉簪記》校注本前言，古典文學出版社一九五六年版）；趙景深認為《玉簪記》傳奇與小說《張于湖傳》相近，與雜劇相異（〈《玉簪記》的演變〉，《明清曲談》，古典文學出版社一九五七年版，第八〇頁）；王季思《中國十大古典喜劇集》稱「高濂的《玉簪記》基本情節沿自小說《張于湖傳》，某些場面的處理也受雜劇《張于湖誤宿女真觀》的影響」（《中國十大古典喜劇集》，上海文藝出版社一九八二年版，第八〇頁）。

⓮沈璟的劇作，古往今來的評價一般不太高。例如今人周續賡等認為沈璟劇作「內容多說忠說孝，因果報應。思想平庸，毫不足取。」（《中國古代戲曲十九講》，北京出版社一九八六年版）較為褒揚的有李真瑜〈沈璟戲曲創作的再認識〉，認為沈氏劇作對研究明代戲曲史有著不容忽視的意義（《文學遺產》一九八五年第四期）。葉長海說沈璟「是一個熟悉舞臺藝術而且寓莊於諧的傑出的喜劇作家」（《中國戲劇學史稿》，上海文藝出版社一九八六年版，第一四八頁）。

⓯「沈湯之爭」是戲曲史上的一樁學術公案。有的學者認為是湯顯祖在〈答呂姜山〉等信中徹底否定了沈氏的聲律論，揭開了論戰的序幕。沈氏便在《詞隱先生論曲》中展開了針鋒相對的反擊（吳新雷〈戲曲史上臨川派與吳江派之爭〉，《江海學刊》一九六二年第十二期）。周育德等人則認為「沈湯之爭」並不存在，因為他們「素未謀面，無直接的書柬往還，沒有理

論上的互相辨難」，而且吳江派與臨川派本身也不存在（〈也談戲曲史上的「沈湯之爭」〉，《學術研究》一九八一年第三期）。

⑯據《南詞新譜》載，《同夢記》為「詞隱先生未刻稿」，並於卷一六、卷二二錄有兩曲。王驥德《曲律》亦云沈璟「曾為臨川改易《還魂》字句不協者」。但湯顯祖《答凌初成》卻云：「不佞《牡丹亭記》，大受呂玉繩改竄。」今查有關著錄，尚未發現呂改戲目，其子呂天成《曲品》也未提及。所以湯顯祖所見改本究竟為沈璟所作，還是呂玉繩之另外改本，今難斷定。

⑰此說據《明史》及近年發現的《宜興吳氏宗譜》等資料。另據王夫之《永曆實錄》卷四及《南明野史》等載，吳炳係被俘後病故或絕食而死。

⑱對吳炳的評價，長期以來褒貶不一。李漁認為吳炳是湯顯祖之後一位極有實力的作家，其劇作「才鋒筆藻，可繼《還魂》。」（《閒情偶寄》，《中國古典戲曲論著集成》（七），中國戲劇出版社一九五九年版，第六二頁）青木正兒說吳炳「才氣橫溢，足為玉茗堂派之佼佼者。」（《中國近世戲曲史》，商務印書館一九三六年版，第三一九頁）二十世紀下半葉以來，學術界對吳炳的評價較低，像北京大學中文系一九五五級《中國文學史》和游國恩等《中國文學史》這樣有較大影響的著作，都認為吳炳是偏重於形式主義的作家。近年來的一些研究者則多認為吳炳的劇作在歌頌個性解放、揭露社會黑暗和追求政治清明等方面，具有較為積極的意義，因而對吳炳肯定較多。

第七章　湯顯祖

與元代劇壇上諸家並立、各有千秋的創作局面不同，明代劇壇在總體上呈現出一峰獨秀、群山環拱的氣象。湯顯祖作爲明代成就最高、影響最大的劇作家，其「臨川四夢」達到了同時代戲劇創作的高峰。一些中外學者曾將湯顯祖與莎士比亞進行平行比較，認爲這兩位戲劇大師在十六世紀與十七世紀之交的東西方劇壇上，都做出了澤惠人類的卓越貢獻。近年來，美國學者還將《牡丹亭》列爲世界百部經典名劇中的第三十二部❶。

第一節　湯顯祖的生平與思想

・坎坷的仕途　・徘徊於儒、道、釋之間　・人生的「至情」論

湯顯祖（一五五〇—一六一六），字義仍，號海若，又號若士，晚年自號繭翁，自署清遠道人，江西臨川人。他的一生歷經嘉靖、隆慶、萬曆三個時代，那正是朝廷腐敗、社會動盪的明代中晚期。明世宗好聲色、喜丹術，明神宗酒色財氣四毒俱全。朝中宦官專權未息，內閣黨爭又起。邊關外患頗多，北有俺答部落的頻頻騷擾，南有倭寇的時時進犯，都給京畿地區和東南沿海數省的人民造成了深重的劫難。

承襲了四代習文的家風❷，湯顯祖五歲就能屬對聯句。十歲學古文，尤其欣賞《文選》。十四歲補爲諸生，在縣學裡名列前茅。二十一歲時又以排名第八的成績中了舉人。嶄露頭角的湯顯祖，先後印行了《紅泉逸草》、《雍藻》（已佚）和《問棘郵草》等三部詩集。

這位躊躇滿志的江西才子開始向京城發展，但在進士科考中卻屢考屢敗，受挫十載，直到萬曆十一年（一五八三）才以第三甲第二百一十一位的排名中了進士。湯顯祖在科考上如此坎坷，其中確有原委。據云當朝首輔張居正曾先後兩次讓湯顯祖爲其子陪考，並許願使其高中鼎甲。但正直的湯顯祖每次都斷然拒絕，自謂「吾不敢從處女子失身也」（鄒迪光〈臨川湯先生傳〉）。直到張居正病故後，湯顯祖才得以躋身進士行列❸。此時，張四維和申時行兩位內閣新要又

令其子前來接納，湯顯祖再度敬謝不敏，當然也就不能官居要津。苦等一年後，湯顯祖要求到南京去，做了個掌管禮樂祭祀的太常寺博士。

萬曆十九年（一五九一），官閒志不閒的湯顯祖向皇帝上本，在措詞激烈的〈論輔臣科臣疏〉中直接抨擊首輔申時行等朝廷大員，當然也間接批評了褒貶失當的神宗。這引起了申時行等人的極大憤怒，也冒犯了君威，湯顯祖遂被貶謫到偏遠的廣東徐聞縣任小吏典史❹。兩年後，湯顯祖被調到貧窮的浙江遂昌擔任知縣。他在遂昌任上滅虎清盜、勸學興教，每逢除夕、元宵，還令獄中人犯回家團圓或上街觀燈，成爲兩浙縣令中政聲極佳的官員。

彈指之間，湯顯祖在仕途上已經顛簸了十五年，任遂昌知縣也滿五年了。繼任首輔王錫爵也曾被湯顯祖上疏時抨擊過，自然對他不甚喜歡，有意壓下了薦舉湯顯祖的公文。長期屈沉下僚的湯顯祖，上感於官場的腐敗黑暗，下感於地方惡霸之有恃無恐，還因爲愛女、大弟和嬌兒先後夭亡的強烈刺激，乃於萬曆二十六年（一五九八）毅然辭官，歸隱於臨川玉茗堂中。於百感交集之中，湯顯祖創作了《牡丹亭》（一五九八）、《南柯記》（一六〇〇）、《邯鄲記》（一六〇一），連同以前所寫的《紫釵記》在內，合稱爲「臨川四夢」或「玉茗堂四夢」，並在劇作中完整地展示了他的「至情」論。

湯顯祖的「至情」論主要是源於泰州學派，同時也滲透著佛道的因緣。

湯顯祖的老師羅汝芳，是泰州學派代表人物王艮的三傳弟子。羅汝芳在任雲南參政時，因全力闡揚泰州學派的理論而被罷官。他在《近溪子集》等書中提出「制欲非體仁」的觀點，肯定了人的多重欲求。湯顯祖從其師身上直接體悟了泰州學派的一些主張，自謂「一生疏脫，然幼得於明德（汝芳）師」（〈答鄒賓川〉）。對湯顯祖的思想大有啓發的人物，還有王學左派的後期代表、著名的反封建鬥士李贄。李贄的諸多論說帶有市民階層強烈的個性解放色彩，對湯顯祖產生了積極的影響。與李贄並列爲當時思想界「二大教主」的禪宗佛學家達觀和尙，也與湯顯祖有著多年的神交。達觀在其有生之年，幾乎總在關注著他。湯顯祖中舉後曾在南昌雲峰寺題過兩首禪詩，沒想到時隔二十餘年，達觀在見到湯顯祖之時，還能一字不差地背誦出來。就連湯顯祖的「寸虛」佛號，也是達觀所賜。

業師羅汝芳、亦師亦友的達觀和尙、素所服膺的李卓吾先生，在湯顯祖思想與人格的形成過程中矗立起三座豐碑。他曾深情地回顧道：「如明德先生者，時在吾心眼中矣。見以可上人（達觀）之雄，聽以李百泉之傑，尋其吐屬，如獲美劍。」（〈答管東溟〉）可見，他們對湯顯祖確立以戲曲救世、用至情悟人的觀念都影響至深。

仙風道骨的隱居傳統、尋幽愛靜的家庭祖訓，也在一定程度上左右著湯顯祖的人生選擇。祖父四十歲後隱居於鄉村，並勸慰孫兒棄科舉而習道術；祖母亦對佛家經文誦讀不倦。就連湯顯祖的啓蒙老師徐良傅，雖然身爲理學名臣徐紀之子，在因冒犯直言而被罷免武進縣令之職後，也對蓬萊仙境景仰契念。羅汝芳也深通神仙吐納之旨。凡此種種，都潛移默化地影響著湯顯祖的人生信念。他之所以沒有偏執於仙佛一端，也與仙理佛旨之左右牽引所形成的相對平衡有關。徘徊出入在儒、釋、道的堂廡之間，使得湯顯祖更加洞徹事理，更能從容構建自己的「至情」世界觀，並在戲劇創作中予以淋漓盡致的演繹和張揚。

湯顯祖的「至情」論大致表現在三個方面。

從宏觀上看，世界是有情世界，人生是有情人生。「世總爲情」（〈耳伯麻姑遊詩序〉），「人生而有情」（〈宜黃縣戲神清源師廟記〉），「情」與生俱來並始終伴隨著生命進程。而且「萬物之情，各有其志」（《董解元西廂記．題詞》），各有其秉性和追求。「思歡怒愁」等表象、感傷宣泄等管道，都是情感流程中的不同環節。世間之事，非理所能盡釋，但一定都伴隨著情感旋律的抑揚。

從理想上看，有情人生的最高境界是「至情」，《牡丹亭》便是「至情」的演繹。湯顯祖在該劇〈題詞〉中說：「情不知所起，一往而深。生者可以死，死可以生。生而不可與死，死而不可復生者，皆非情之至也。」這種貫通於生死虛實之間、如影隨形的「至情」，呼喚著精神的自由與個性的解放。

從傳播途徑上看，最有效的「至情」感悟方式是藉戲劇之道來表達。戲劇表演可以「生天生地生鬼生神，極人物之萬途，攢古今之千變」，使得觀眾在戲劇審美活動中無故而喜，無故而悲，將旁觀者從冷漠無情與麻木不仁的狀態中調整過來，「無情者可使有情，無聲者可使有聲……人有此聲，家有此道，疫癘不作，天下和平。」人們可以在「至情」的感召下，於戲劇的弦歌聲中，把世界變成美好的人間（〈宜黃縣戲神清源師廟記〉）。

湯顯祖曾經嘗試過以情施政，在縣令任上創建其「至情」理想國。情之所至，除夕、元宵所放之囚犯按時歸獄，無一逃逸；情之所感，當他辭官西去時，遂昌黎民代表追到揚州苦苦挽留。湯顯祖爲百姓開辦了相圃書院，百姓也爲業已離任的好縣令在書院中建立了供奉的生祠❺。然而，絕情無義的朝廷及其大小爪牙們的倒行逆施，最終擊碎了湯顯祖政治「至情」理想國的美夢。於是，他就藉梨園小天地展現人生大舞臺的瑰麗畫面，在戲劇藝術中暢快恣意地演繹出無情、有情和至情的三大層面和多元境界。他甚至把戲劇的情感教化作用自由鋪張、無限放大，從而把戲劇看成是一種可與儒、釋、道並列的極爲神聖的精神文化活動。他的〈宜黃縣戲神清源師廟記〉雖然挾裹著誇飾、排比的修辭意味，但卻寄寓著其以「至情」爲中心的社會理想，充滿著豐富與熱情的人文關懷精神。湯顯祖再三強調人的情感需要，肯定人的審美欲求，這正是對程朱理學無視情感慾望的有力反撥，是對統治階級所設置的重重精神枷鎖的掙脫與釋放。

第二節　湯顯祖的代表作《牡丹亭》

・《牡丹亭》的題材淵源　・人物性格衝突　・浪漫主義風格　・文化警示意義

據湯顯祖自己說，《牡丹亭》一劇「傳杜太守事者，彷彿晉武都守李仲文、廣州太守馮孝將兒女事，予稍爲更而演之。」（《牡丹亭・題詞》）但與該劇最爲接近之藍本，還是《杜麗娘慕色還魂》話本❻。

湯顯祖以點石成金的聖手，將話本的認識意義與審美價值提升到新的高度。話本原是兩個太守、一雙兒女，門當戶對，終偕連理的喜劇框架。湯劇則將男主人公的社會地位下移爲窮秀才身分，就連科考的盤纏都要靠他人資助。話本中的雙方父母既屬同級，承認兒女婚姻何等爽快，而劇中的杜大人要認來路不明的女婿則比登天還難。話本中正反兩方面衝突的陣營十分單薄，劇本中則增添了腐儒陳最良、花神、判官等一系列新的角色，從而使衝突的構建更爲豐厚完整。話本窘迫倉促地講完一個言情故事，劇本則舒緩從容地演述出一幕幕如詩如畫的抒情場面。論及《牡丹亭》的淵源與藍本，絲毫無損於湯顯祖的光輝，反而更進一步體現出這位天才作家對文化遺產的倚重和發展。

《牡丹亭》不僅僅寫了外在事件的矛盾扭結，更寫活了諸多人物形象，重點描摹出主要人物不斷發展著的性格，並使得隱性而內在的戲劇衝突漸次升級❼。

杜麗娘與小丫頭春香、青年書生柳夢梅構成了全劇衝突的正方。

身爲官宦人家的千金小姐，杜麗娘才貌端妍，聰慧過人，四書能逐一記誦，摹衛夫人書法幾可亂眞。作爲掌上明珠般的獨生女，她對父母無比孝順。作爲女學生，她對老師十分尊敬，一見面就提出要爲師母繡雙壽鞋。但在這樣一位淑靜溫順的嬌小姐身上，同時也顯示出與大自然的天然諧和感，體現出對美與愛的強烈追求；在其心細如絲的分析能力和獨立識見之上充分張揚出反叛束縛、酷愛自由的精神。她的女紅精巧過人，便在衣裙之上繡上了成雙結對的美麗花鳥。她對陳先生「依注解書」的授課方法深感不足，認爲《詩經》中的〈關雎〉篇並不是歌詠后妃之德，而是對自由相親的鳥兒、浪漫結對的君子與淑女的禮讚。一旦她面對菱花鏡發現了自己無比嬌豔的「三春好處」，當她步入了充滿著生機、流淌著春意的後花園中，她的惆悵無奈、她的委屈與痛苦便如江潮般在心頭激盪。詩詞樂府的深厚修養，春情秋恨的花季苦惱，對古來才子佳人先偷期密約、後成就佳偶的再三揣摩，都使得杜麗娘喟然長歎：

年已及笄，不得早成佳配，誠為虛度青春。光陰如過隙耳，（淚介）可惜妾身顏色如花，豈料命如一葉乎！

無可排遣的春情幽怨越積越多，決堤沖防，勢所必然。她終於在昏然夢幻中，經由花神的引點，得到了書生柳夢梅的及時撫愛。那種憐玉惜香的愛惜與溫存，那些半推半就的靦腆與主動，那般刻骨銘心的極樂體驗與無限回味，都成爲杜麗娘高於一切的情感財富。她那番「這般花花草草有人戀，生生死死隨人願，便酸酸楚楚無人怨」的強烈感傷，正是對所謂戀愛自由、死而不怨的殷切呼喚。

由唯唯諾諾的官宦之家的千金小姐，發展到勇於決裂、敢於獻身的深情女郎，這是杜麗娘性格的第一度發展。此一度發展是如此地迅捷，昇華得如此強烈，夢醒之後與現實的距離和反差又是如此之巨大，以致杜麗娘不得不以燃盡生命全部能量的代價，病死於尋夢覓愛的徒然渴望之中。但杜麗娘的可貴之處不僅在於能爲情而死，還表現在面對閻羅王時敢於據理力爭，表現在身爲鬼魂而對情人柳夢梅的一往情深，以身相慰，最終歷盡艱阻，爲情而復生，與柳夢梅在十分簡陋的儀式下稱意成婚。這是杜麗娘性格的第二度發展與昇華，所謂「一靈咬住」，絕不放鬆，「生生死死爲情多」。

杜麗娘性格的第三度發展，表現在對歷經劫難、終得團圓之勝利成果的保護與捍衛。面對親爹爹再三打壓她那狀元夫君的淫威，回應老父親在金鑾殿上指著嫡親女兒「顚吾皇向金階一打，立見妖魔」的狠心，杜麗娘在朝堂之上時而情深一敘，時而慷慨陳詞，把一部爲情而死生的追求史演述得那般動人，就連皇上也爲之感動，甚至親自主婚，「敕賜團圓」。作者正藉此表達了對生死之戀與浪漫婚姻的深情禮讚。

小丫頭春香是一位活潑可愛的人物，從某種意義上說，春香正是杜麗娘性格中調皮、直率層面的外化。鬧學的主角是她，而後臺則是杜麗娘。儘管杜麗娘還是用「一日爲師，終身爲父」的格言去教訓春香，但她本人又何嘗不想與丫環一塊去玩耍呢？發現後花園的是春香，而在後花園中演出一幕男歡女愛、驚神泣鬼的夢中好戲的，正是小姐本人。春香的導引與陪襯，使得杜麗娘更爲儀態萬方、光彩照人。這一對少女紅花綠葉、珠聯璧合般的連袂登場，與後世舞臺本中那聖母般的花神形象交相輝映，將女性美的群體陣容渲染得靚麗如畫。

書生柳夢梅的性格基調是痴情、鍾情與純情。拾到美女圖便想入非非，就著春容叫喚出眞身來，此謂之痴情；此前在夢中便與素昧平生的杜麗娘結合，此謂之鍾情；旅居過程中又與女鬼幽會，使之起死回生後又對她忠心不二，此謂之純情。《牡丹亭》所譜寫的這首至眞、至純、至美的愛情頌歌，是中國戲劇史上令人心醉、心悸乃至心折的經典曲目。

此外，爲杜麗娘的眞情所感召，爽快可愛的判官鬼卒、特別富於理解力與同情心的皇帝，都加入了正方的陣營，這就使得杜麗娘在人鬼兩個世界的波瀾起伏中得以處變不驚、起死回生，終獲勝利。

構成本劇內在衝突的反方陣營，主要有南安太守杜寶和老塾師陳最良兩人。杜寶主要代表頑固的封建統治階級，陳最良則代表著陳腐迂闊的封建教化系統。他們都對杜麗娘驚世駭俗的舉動不能理解，不肯承認。用杜寶的話說，是「古者男子三十而娶，女子二十而嫁」，女兒點點年紀，知道什麼七情六欲？用陳最良的話講，他活了一輩子，從來就不曉得傷什麼春，動什麼情。這些缺情寡感的封建家長們，其反常心態與扭曲人格本身就十分可悲，他們又如何能理解並認識杜麗娘那麼豐富多采的有情世界？

杜寶作為父親，對女兒其實也頗為「關心」。儘管不許女兒閒眠的斥責過於嚴厲，但他要求女兒多讀詩書，並特為麗娘延師教化，也是為了女兒「他日到人家，知書達理，父母光輝」。但這位固執而呆板、嚴守封建倫常的父親，卻從未眞正關注女兒的身心發展和情感變化。只有當女兒游園得病後，他才開始擔憂：「半邊兒是咱全家命。」但只要一涉及官場事務，他便立刻以國事為重，把氣息奄奄的女兒拋在了腦後。尤其是當杜寶位極人臣後，他的人格越加扭曲，心理越加異化，不僅缺乏起碼的家庭溫情，而且顯得絕情絕義。為了維護官場上的清譽，這位平章大人絕不肯認柳夢梅做女婿，只恨沒能將柳生亂棍打死；當他得知女兒復生事後，不僅不親自勘驗，破涕為喜，反而再三奏本，請皇上著人擒打妖女。哪怕活生生、嬌滴滴的親女兒再三痛陳原委，他也絕不為之所動。這道理很簡單：他寧要一個貞節的亡女，也不認一位野合過的鮮活杜麗娘。說到底是怕妨礙了他的官位尊嚴。王思任在《批點玉茗堂牡丹亭・敘》中評價杜麗娘為「月可沉，天可瘦，泉臺可瞑，獠牙判發可狎而處，而梅柳二字，一靈咬住，必不肯使劫灰燒失。」而說「杜安撫搖頭山屹，強笑河清，一味做官，片言難入。」這正是對女兒重深情而乃父重高官的精到點評。

奇幻與現實的緊密結合，強烈的主觀精神追求，濃郁的抒情場面，典雅絢麗的曲文鋪排，都體現出《牡丹亭》較為典型的浪漫主義風格和多重藝術魅力。《牡丹亭》中的天上地下、虛實正奇達到了一種從心所欲的境界。僅僅為了春情的驅馳，杜麗娘沒有愛卻可以得到愛，沒有情人卻可以生發出情人，雖然是春夢一場卻又儼然如眞，甚至為了追求夢中情人而一命歸陰，又死而復生。正如湯顯祖本人的〈題詞〉所云：「夢中之情，何必非眞？天下豈少夢中之人耶？必因薦枕而成親，待掛冠而為密者，皆形骸之論也。」

儘管湯顯祖可以使人物故事虛到極點，但有時卻又落腳到眞切之處。例如杜麗娘死而復生之初，柳夢梅便迫不及待地要與之交歡。在遭到小姐的婉拒後，柳生以日前的雲雨之情反唇相譏。於是杜麗娘便耐心解釋說：「秀才，比前不同。前夕鬼也，今日人也。鬼可虛情，人須實禮。」她反覆表白自己依舊是豆蔻含苞的處女身，魂夢之時的交合與輿奮，原於眞身無礙。每當湯顯祖筆下的人物在夢境魂鄉時，那一種潑天也似的自由精神便無所不在、無所不爲；一旦夢醒還陽，便「成人不自在」，活著的小姐必須遵循人間的禮法，受種種無奈的束縛。這種先虛後實、虛實結合乃至虛則虛之、實則實之的寫法，正好將理想與現實融會貫通起來，提醒人們去做現實中的浪漫主義者和理想中的現實主義者。

以一系列抒情場次表現主人公強烈的追求，使其主觀精神外化，並在此基礎上令戲劇衝突持續升級，這正是《牡丹亭》的神韻與魅力之所在。從《驚夢》、《尋夢》到《寫眞》、《鬧殤》，都是杜麗娘的情感抒發得至爲強烈、命運呈現得至爲酸楚的重點抒情場次。《驚夢》是寫對美和愛的發現與擁抱，《尋夢》是對美與愛的深刻回味與強烈追憶，《寫眞》是描摹美的容顏及保存愛的信息，《鬧殤》是寫美的毀滅與愛的持續延伸。

最使人感慨的是《驚夢》這場戲，這是對自然、青春和愛情的禮讚，自始至終充滿莊嚴華妙的儀式感。爲了這次賞春游園，杜麗娘事先經過了精心準備，臨行前又細細梳妝，悉心打扮，極盡千嬌百媚之態、嬌羞萬種之容，「步香閨怎便把全身現」。帶著剪不斷、理還亂的春悶萬種，杜麗娘一入花園便如痴如醉，頓生大夢初醒之感：

> 原來姹紫嫣紅開遍，似這般都付與斷井頹垣。良辰美景奈何天，賞心樂事誰家院！恁般景致，我老爺和奶奶再不提起。朝飛暮捲，雲霞翠軒；雨絲風片，煙波畫船……錦屏人忒看的這韶光賤！

這不僅僅是對春光之美無人識得的歎息，更重要的是對自身之美無人憐惜的感喟。現實中解絕不了的困惑、幽怨和湧動著的春情，只能在夢中靠色彩斑斕的如意世界來體貼關懷。如是則有可人意的俊書生手持柳枝來撥雲化雨，又有花神來保護現場，待其情得意滿後，則以一片落花驚醒香魂，將美妙幽香的儀式感渲染到極致。《驚夢》作爲古典戲曲中最令人感佩、發人深思的兒女風情戲，整體浸潤著浪漫主義的青春感傷之美、自然追求之美、情愛慾望之美和理想實踐之美。

《牡丹亭》又是一部兼悲劇、喜劇、趣劇和鬧劇因素於一體的複合戲[8]，各種審美意趣調配成內在統一的有機體。全劇共五十五齣，前二十八齣大體屬於以喜襯悲的悲劇，後二十七齣屬於以悲襯喜的喜劇，所以王思任在批敘中說：「其款置數人，笑者眞笑，笑即有聲；啼者眞啼，啼則有淚；歎者眞歎，歎則有氣。」僅僅爲了爭取愛的權利，便不得不付出生命的代價，這既是杜麗娘本人的青春悲劇，也是家庭與社會的悲劇，《訣謁》、《鬧殤》、《魂遊》等齣戲，都極其悲涼淒婉；而《閨塾》等齣戲則極富喜劇色彩。天眞活潑而又調皮的春香，與老成持重卻時帶迂腐的陳先生，在犯規與學規之間彼此較量，呈現出反差甚大的強烈喜劇效果。石道姑、俺答與三娘子等人的設置，更帶有鬧劇、趣劇的味道。但其中的悲劇意味也著實令人傷感：原來正值青春妙齡之人，往往難得佳偶，常常要掙扎在夢魂死生之間！原來做官是要以六親不認、犧牲情感作爲代價的！這種悲喜交融、彼此映襯的戲曲風格，正是富有中國戲曲特色的浪漫精神的具體呈現。

誕生於十六世紀末的《牡丹亭》，有其特殊的文化警世意義。

一是以情反理，反對處於正統地位的程朱理學，肯定和提倡人的自由權利和情感價值，褒揚像杜麗娘這樣的有情之人，從而撥開了正統理學的迷霧，在受迫害最深的女性心頭吹拂起陣陣和煦清新的春風。身處明代社會的廣大女性，確實有如生活在水深火熱的監牢之中：一方面是上層社會的尋歡作樂、縱慾無度，另一方面是統治階級對女性的高度防範與嚴厲禁錮。用程朱理學來遏止人欲畢竟過於抽象，於是便用太后、皇妃的《女鑑》、《內則》和《女訓》來教化婦女。當然最爲直接、生動、具備強烈示範意義的舉措是樹立貞節牌坊。明代的貞節牌坊立得最多，這些牌坊下所鎮壓著的，是一個個貞節女性的斑斑血淚和痛苦不堪的靈魂。《明史》卷三〇一〈烈女傳〉實收三百零八人，未曾入傳的全國烈女數以千計。《牡丹亭》橫空出世之後，溫暖並開啓了多少女性的心胸！封建衛道士們痛感「此詞一出，使天下多少閨女失節」，「其間點染風流，惟恐一女子不銷魂，一方人不失節」（黃正元《慾海慈航》），這正是懾於《牡丹亭》意欲解救天下弱女子的強烈震撼力所發出的嚶嚶哀鳴。

二是崇尚個性解放，突破慾欲主義，肯定了青春的美好、愛情的崇高以及生死相隨的美滿結合。千金小姐杜麗娘尚且能突破自身的心理防線，逾越家庭與社會的層層障礙，勇敢邁過貞節關、鬼門關和朝廷的金門檻，這是振聾發聵的閃電驚雷，是對許多正在情關面前止步甚至後縮的女性們的深刻啓示與巨大鼓舞。杜麗娘的處境原是那般艱難，父親拘管得那麼嚴密，她連刺繡之餘倦眠片刻，都要受到嚴父的呵責，並連帶埋怨其「娘親失教」。請教師講書，原也是爲了從儒教經典方面進一步拘束女兒的身心。可憐杜麗娘長到如花歲月，竟連家中偌大的一座後花園都未曾去過，這華堂玉室，也恰如監牢一般……所以禁錮極深的杜麗娘反抗也極烈，做夢、做鬼、做人都體現出無限的「至情」。

三是商業經濟日益增長、市民階層不斷壯大的新形勢，對於正在興起的個性解放思潮起了推波助瀾的作用。湯顯祖所師事的泰州學派、所服膺的李贄學說乃至達觀的救世言行，都是市民社會發展到一定階段的必然產物。儘管湯顯祖沒有像李贄「頭可斷」而「身不可辱」、達觀「斷髮如斷頭」那樣去生死打拚，但他卻以另外一種唯美至極的戲劇樣式，在文學藝術領域開闢了思想解放、個性張揚的新戰場。

作爲影響極大的主情之作，《牡丹亭》雖然表現出激情馳騁、辭采華麗的浪漫主義戲劇風格，但也必須看到，《牡丹亭》其實還未從根本上跳出「發乎情，止乎禮義」的傳統軌道。特別是後半部戲在總體上還是遵理復禮的篇章，作者並沒有徹底實現其以情代理的哲學宣言。他的個性解放思路尚未從根本上脫離封建藩籬，而只是對其中特別戕殺人性、極其違背常情的地方進行了理想化的藝術處理。乞靈於科考得第、皇上明斷，這也是戲曲的常套之一。即便如此，湯顯祖終究還是封建時代中勇於衝破黑暗，打破牢籠，嚮往爛漫春光的偉大先行者。《牡丹亭》也成爲古代愛情戲中繼《西廂記》以來影響最大、藝術成就最高的一部傑作，杜麗娘已經成爲人們心中青春與美豔的化身，至情與純情的偶像。

第三節　「臨川四夢」中的另外三部戲

·《紫釵記》·《南柯記》·《邯鄲記》·「四夢」之比較

湯顯祖創作的第一本完整的傳奇是《紫釵記》，他的處女作是《紫簫記》，但《紫簫記》只寫到第三十四齣就中輟了[9]，後來他在南京太常寺博士任上將《紫簫記》刪削潤色，易名爲《紫釵記》，於萬曆十五年（一五八七）將全劇初稿寫成[10]。該劇主要以唐傳奇《霍小玉傳》爲本事，也借鑑了《大宋宣和遺事》中的部分情節。演述唐代詩人李益在長安流寓時，於元宵夜拾得霍小玉所遺紫玉釵，遂以釵爲聘，託媒求婚。婚後，李益赴洛陽考中狀元，從軍立功。盧太尉再三要將李益招爲嬌婿，以覆籠絡並軟禁李益，還派人到霍小玉處訛傳李益已被盧府招贅。小玉相思成疾，耗盡家財，無奈中典賣紫玉釵，卻又爲盧太尉所購得。太尉以釵爲憑，聲言小玉已經改嫁。豪傑之士黃衫客路見不平，將李益強力挾持到染病已久的小玉處，夫妻遂得以重圓。

《紫釵記》著重塑造了霍小玉和黃衫客兩位令人敬重的人物形象。正如湯顯祖在該劇〈題詞〉中所云：「霍小玉能作有情痴，黃衫客能作無名豪。餘人微各有致。第如李生者，何足道哉！」

霍小玉出身低微，其母本爲霍王麾下一名歌姬。但當她一旦與李益相遇，便爲才所動、爲情所耽、爲甜蜜婚姻所陶醉，把全部生存價值和生命理想都拴繫在愛情這葉小舟之上。自感卑賤的她在幸福之餘仍不忘爲對方著想，先是從時間上看，哪怕李益只愛她八年，她亦心滿意足；次是從地位上看，即使李郎另娶了正妻，她小玉做偏房小妾亦心甘情願。而當這兩樁最低限度的願望都難以實現時，她只能將出賣紫玉釵所得的百萬金錢無限絕望地拋撒於蒼茫大地！爲了一個雖不算負心，但卻十分軟弱的郎君，霍小玉陪著小心、受盡委屈。如此忠貞不貳、痴情到底的女子，在封建社會的底層之中顯得多麼善良、純情、委曲而高尚。她所抛撒的哪裡是一片錢雨，分明是揉碎了的寸寸肝腸。而黃衫客的豪俠仗義行爲既玉成了有情人的團圓，又對破壞李、霍婚姻的盧太尉的醜惡行徑予以了警示。湯顯祖通過一位幻想中的壯士，表達了對現實的深度失望，殷切地呼喚著社會的良知。

從結構上看，《紫釵記》仍然有散漫拖沓的傾向，像《折柳陽關》、《凍賣珠釵》和《怨撒金錢》之類較爲抒情的戲劇性場面，顯得太少而缺乏規模。唱詞與說白沒有完全擺脫駢儷辭章的痕跡，曉暢動人的戲曲味道還不夠醇厚。

《南柯記》共四十四齣，取材於唐傳奇《南柯太守傳》。該劇敘淳于棼酒醉於古槐樹旁，夢入螞蟻族所建的大槐安國，成爲當朝駙馬。其妻瑤芳公主於父王面前爲淳于棼求得官職，因此他由南柯太守又升爲左丞相。只爲檀蘿國派兵欲搶瑤芳公主，淳于棼統兵解圍，救出夫人，但夫人終因驚變病亡。還朝後的淳于棼從此在京中淫逸腐化，爲右相所嫉妒，爲皇上所防範，最終以「非俺族類，其心必異」爲由，遣送回人世。

此劇既敘官場傾軋、君心難測，亦狀情痴轉空，佛法有緣。淳于棼作爲一位外來客之所以高官任做，主要是憑藉夫人的裙帶關係。右相段功是一個嫉妒心濃、陰謀意深的官僚，是他一步步藉國王之手箝制淳于棼，最終將這位不可一世的駙馬爺轟出本國。「太行之路能摧車，若比君心是坦途；黃河之水能覆舟，若比君心是安流」的深深感歎，使人聯想到湯顯祖本人的從政經歷，以及他主動掛冠歸去時對於官場的絕望與徹悟。

《南柯記》的收束部分尤爲感人，當淳于棼被逐出大槐安國時，夢雖醒，酒尚溫。仔細辨認之後，他明知自己只不過是在蟻穴裡結下了情緣、獲得過官運，但還是捨不得亡妻，還是要禪師將亡妻及其國人普渡升天。若非老禪師斬斷情緣，淳于棼還要到公主身邊流連下去。由此可見，美在夢中，睡比醒好，現實人間與幻象世界相比，顯得如此乏味寡趣、荒唐萬般。清初孔尚任寫《桃花扇》，結局時讓張瑤星大師斬斷侯朝宗和李香君的情緣，正是從湯劇中受到的啓發[11]。

「臨川四夢」中，藝術成就僅次於《牡丹亭》的劇作是《邯鄲記》[12]。全劇三十折，本事源於唐沈既濟的傳奇《枕中記》。《南柯記》與《邯鄲記》都是以外結構套內結構的方式展開劇情，但《邯鄲記》的兩套結構要精巧得多，不像前者有散漫拖沓之感。

此劇的外結構演述神仙呂洞賓來到邯鄲縣趙州酒店，聽久困田間的盧生述志。盧生對貧愁潦倒的生活滿腹牢騷，聲言：「大丈夫當建功樹名，出將入相，列鼎而食，選聲而聽，使宗族茂盛而家用肥饒，然後可以言得意也。」呂洞賓即刻便贈一玉枕，讓盧生在夢中占盡風光得意、享盡富貴榮華，同時也受盡風波險阻，終因縱慾過度而亡。一夢醒來，店小二爲他煮的黃粱飯尚未熟透。在神仙點破後，盧生幡然醒悟，拋卻紅塵，隨呂洞賓遊仙而去。這樣一個帶有遊戲性質的外部框架，將全劇的主體內容整個包裹起來，使得盧生所創建的轟轟烈烈的功業及其所處的社會政治環境，都成爲有跡可循卻毫無價值、全無意義的虛妄世界。這實則是對明代官場社會的深刻鞭撻和總體否定。

《邯鄲記》的內結構演述劇情主體，也即盧生大富大貴、大寂大滅的官場沉浮史。以盧生作爲中心人物，貫穿起一應劇情，描摹了官場之上無好人的整幅朝廷群醜圖。

崔氏是盧生的政治後臺，盧生的發跡離不開其妻崔氏。憑藉崔氏四門貴戚的裙帶關係，再靠著金錢開路，盧生廣施賄賂、平步青雲，被欽點爲頭名狀元。眞如崔氏所云：「奴家所有金錢，盡你前途賄賂！」

從崔氏這裡，集中體現出封建社會的婚姻行爲實則是一種政治聯盟，崔氏強「娶」盧生，實則是下的一筆政治賭注。至於封建官僚機器的重要支柱科舉制度，則是一種從上到下無可救藥的受賄制度。婚姻的溫情脈脈，學問的文才彬彬，科舉的神聖兮兮，在一位女子的操縱下全被剝下了堂皇而虛僞的衣妝，露出了追逐權勢和金錢的本相。

盧生既是封建官場醜惡世象的見證人，同時也是積極的推動者。早在全劇外框架引出時，他就表白了出將入相的強烈政治慾望。崔氏的慫恿進一步煽動起他做官的慾望，「盡把所贈金資引動朝貴，則小生之文字字珠玉矣」，接著便厚顏無恥地拿錢買了一個頭名狀元。這盧生一入朝門便徇情枉法，蒙蔽皇帝，爲自己老婆謀取封誥。他更大的本事，還在於會拍皇帝的馬屁。開河是爲了讓皇帝順流而下遊覽勝景，征戰是爲了讓皇帝醉生夢死、樂以忘憂。盧生曾不辭辛苦，親自挑選了近千名窈窕女郎，別出心裁地讓她們嫋嫋婷婷爲御舟搖櫓，以眾女子明媚的春光來取悅皇帝。征戰得勝，他在天山勒石紀功，貌似展示國威，實則是想藉此揚名，使得千秋萬代後都知道他盧生的豐功偉績。

得志便倡狂，歡樂乃縱慾，這是盧生及官僚社會中上行下效、腐化墮落的本性。皇上送他二十四房美女後，盧生先是道貌岸然地講御賜美女不可近。當崔氏要奏本送還眾女時，盧卻慌忙說「卻之不恭」！如此受用的結果是使精力透支，早赴陰曹。他在縱慾而亡之前猶死不噤氣，原來是在五子十孫都安排妥帖後，還有一位偏房「孽生之子盧倚」尚待蔭襲封位；更擔心國史上不能全面記載其畢生功績……裙帶行賄、吹牛拍馬、得意忘形、恣意享樂、追名逐利、至死不休，眞正成爲他畢生緊抓不放的最高原則。在封建社會的官場黑幕中，盧生是個非常典型的藝術形象。

《邯鄲記》中的其他官僚也多面目可憎。宇文融丞相因爲盧狀元唯獨忘了送錢物給他，拒絕融入他的關係網絡，所以他才時時播弄並陷害盧生。「性喜奸讒」是其表象，順我者昌、逆我者亡，不斷擴充勢力範圍是其本性。湯顯祖寫足了宇文丞相之奸險毒辣，這是對明代首輔們從總體上感到失望的曲折宣泄。劇中看似老實的大臣蕭嵩，明知丞相在陷害盧狀元，卻迫於其淫威，在奏本上也簽上自己的名字。但他在用自己的表字「一忠」簽名之後，又偷偷在「一」字下加上兩點，成爲草書的「不忠」。這樣做的結果是，既參與了夥同陷害盧狀元的事件，又能在以後皇帝爲盧生昭雪平反時得以開脫自家罪責。蕭嵩此舉不僅是明哲保身，而且是以高明的權術害人，他缺乏起碼的正直人格，屬於官場上爲數最多的不倒翁系列。無論是盧敗還是宇文亡，他蕭嵩總能左右逢源，置自身於不倒之地位，這正是中國封建社會官員們所追求嚮往的一種智慧型騎牆派境界。

就連至高無上的皇帝唐玄宗，劇本也漫畫式地摹寫出他糊塗和好色兩大本性。他糊裡糊塗地取了金錢鋪路的盧狀元，又糊裡糊塗地在盧狀元爲夫人請封誥的文件上簽字，還糊裡糊塗地要結果盧狀元的性命。他只對爲之搖櫓的一千美女產生濃厚的興趣。作爲一位大明子民和下野官僚，湯顯祖不僅鞭撻奸官，而且譏弄皇上，雖說這皇上是大唐天子，但終不免給人以影射當朝之感。這止是湯顯祖掛冠歸去後的沖天勇氣和戰鬥精神的體現。從正德皇帝到萬曆皇帝這祖孫四代，一方面勞民傷財、吮盡民脂民膏，另一方面巡幸天下、遊龍戲鳳，其荒淫與罪惡的故事蔚爲系列。《邯鄲記》何曾是戲說黃粱美夢，分明是直逼現實！

本劇中眞正可愛的人物，是那些雖寥寥數筆但卻可欽可敬的下層人民。爲盧生開河而拚死拚活的民工群像，挺身而出、解救上吊驛丞的犯婦，精通番語、爲盧生反間計奠定成功基礎的小士卒，以及爲掩護盧生而葬身虎口的小僕童，鬼門關上搭救並扶助盧生的樵夫舟子……正是這些最不起眼的平頭百姓，構成了《邯鄲記》戲劇天地中的點點亮色。

綜觀「臨川四夢」，我們可以做一些大致的比較：

從題材內容上看，《紫釵記》和《牡丹亭》屬於兒女風情戲，《南柯記》和《邯鄲記》屬於官場現形戲或曰政治問題戲。兒女風情戲主要以單向型或雙向型的愛情中人爲描摹對象，例如霍小玉對李益是十分強烈的單向戀愛，杜麗娘與柳夢梅則是奇幻而又統一的雙向戀愛。在風情戲中，女性是占主體地位的，男子則相對處於從屬的地位。在封建社會中，女性的社會地位比較卑微，所受禁錮更爲嚴密。霍小玉因爲是已故霍王的庶出之女，所以才有八年之愛或寧願爲妾的降格以求。而杜麗娘在少女時代只能見到嚴父和迂師這兩位男人，她從未有過閨房之外、花園行走的起碼權利。但這種嚴酷、封閉的惡劣環境並不能泯滅她對愛與美的追求，一旦機緣降臨，她的全部青春能量必然一觸即發，無可遏止。在政治戲中，男子則占主要和絕對的位置。儘管淳于棼和盧生都是扯著老婆的裙帶往上爬的，但裙帶也只不過是男性中心世界的引線而已。

從審美傾向上看，風情戲的主要基點是對人物發自內心的肯定，充滿熱情的讚頌。對霍小玉愛郎、盼郎乃至恨郎的過程推進，都是爲樹立這一痴情女的正面形象服務的。杜麗娘與柳夢梅的生死戀，有若金童玉女的般配，更堪稱青春的偶像、摯愛的化身。而政治戲的基點則在於對主要人物及其所處環境的整體否定。《邯鄲記》中自上而下，權貴者無一不貪婪，發跡者無一不腐敗，所以政治戲始終以揭露和批判作爲審美手段。風情戲中的兒女情往往是眞善美的體現，政治戲中的官僚行徑則無一不是假惡醜的典型。前者寄寓著作者對人生的肯定與期望，後者則表現了對整體生存環境無可救藥的痛心疾首。

從哲學主張和理想皈依上看，湯顯祖的風情戲時刻高舉眞情、至情的旗幟，而政治戲則反映出矯情、無情的可憎可惡。風情戲不僅在主要人物身上體現出充沛的理想，而且這種理想和最後權威的裁決是一致的。霍、李的團圓最後還是借助聖旨的權威才得以成就，杜麗娘亦是讓皇上充當了證婚人的角色。這說明湯顯祖對最高統治者還抱有一定幻想。政治戲中的官僚社會那般腐敗不潔，湯顯祖便在很大程度上把仙佛兩家的出世理想與終極權威連繫了起來。然而，封建王朝和仙家佛國都沒能讓湯顯祖眞正心折，他也看出了時代的衰微和仙佛的虛幻。湯顯祖曾向朋友表達過其痛苦莫名、出路難知、悲哀難告的心曲：「詞家四種（臨川四夢），里巷兒童之技。人知其樂，不知其悲！」

從曲詞風格上看，湯顯祖的風情戲妙在豔麗多姿，政治戲則顯得尖銳深刻。曹雪芹在《紅樓夢》第二十三回中稱讚湯劇中的風情戲《牡丹亭》「豔曲警芳心」，引得林黛玉「心動神搖」，「益發如痴如醉，站立不住」。政治戲《邯鄲記》則與此不同，如《邯鄲記．西諜》中的「詞隴逼西番，爲兵戈大將傷殘。爭此兒，撞破了玉門關。君王西顧切，起關東掛印登壇，長劍倚天山。」其蒼涼壯闊的境界與《牡丹亭》中的纏綿婉轉大異其趣。

將「四夢」做比較，情場、官場與道佛教場，各有千秋妙筆；但「四夢」之翹楚，還是湯顯祖自己的評價較準確：一生「四夢」，得意處唯在《牡丹》。

第四節　湯顯祖的影響

・湯顯祖影響下的劇作家　・湯劇的社會影響　・「臨川四夢」的演出與傳播

以《牡丹亭》爲代表的「臨川四夢」相繼問世後，受到了各方面的關注與重視，產生了廣泛而深遠的影響。沈德符《萬曆野獲編》說：「湯義仍《牡丹亭夢》一出，家傳戶誦，幾令《西廂》減價。」陳石麟在《玉茗堂全集．序》中說：「唯『四夢記』，眞堪壓倒王（實甫）、董（解元），輳轢關（漢卿）、馬（致遠）。」這些提法的實質當然不一定是抑彼揚此，而是把湯顯祖及其作品劃入了早有定評的最佳劇作家及其傑作的行列。

有一大批劇作家直接受到了湯顯祖的影響，他們從劇本的立意構思到曲詞的風格熔鑄，都刻意模仿湯顯祖的劇作，戲曲史上稱之爲「玉茗堂派」或者「臨川派」。通常認爲這批劇作家有吳炳、孟稱舜、洪昇和張堅等人。吳炳的《粲花別墅五種》，被梁廷楠《曲話》定位爲「置之《還魂記》中，幾無復可辨」。孟稱舜的情愛戲也寫得深情婉轉。洪昇的《長生殿・例言》說：「棠村相國嘗稱予是劇乃一部鬧熱《牡丹亭》，世以爲知言。予自唯文采不逮臨川，而恪守韻調，罔敢稍有逾越。」可見《長生殿》受湯顯祖影響之深，不僅在辭采，更在於全劇的情旨追求。就連孔尚任的《桃花扇》，亦處處可見湯顯祖淵源。宋犖〈題桃花扇傳奇〉譽之爲「新詞不讓《長生殿》，幽韻全分玉茗堂」。《品花寶鑑》亦藉人物華公子之口，稱讚孔劇的《訪翠》和《眠香》兩齣戲：「這曲文實在好，可以追步『玉茗堂四夢』，眞才子之筆。」張堅的《玉燕堂四種》受湯顯祖啓示尤多，他在《夢中緣》自敘中極力歌頌「夢之所結，情之所鍾也」，從自己神遊幻境的美夢發展到劇作中情緣深深的奇夢。鄒升恆在該劇題詞中說：「知音何在？玉茗堂前剛一派：色色空空，勘破塵緣一夢中。」將張堅的創作情結與湯顯祖的創作精神緊密地連繫在一起。

除了吳、孟、洪、張等作家常被歸爲「玉茗堂派」之外，《風流院》的作者朱京藩也值得一提。他把湯顯祖本人寫進戲中，作爲風流院主；再把讀《牡丹亭》傷心而死的馮小青魂靈安置在風流院內，由一書生拾得小青題詩，因情緣相投也魂歸此間。在湯顯祖等人的扶助下，小青乃與書生還陽成婚。此劇的明刊本眉批認爲，由《牡丹亭》到《風流院》，後者有所發展，而絕非簡單擬作。

應該說，湯顯祖同時代的劇作家和後代劇人，都在不同程度上從不同方面受到其深刻啓迪。就連「吳江派」盟主沈璟，亦曾改《牡丹亭》爲《同夢記》，變《紫釵記》爲《新釵記》。臧懋循《牡丹亭》、馮夢龍《風流夢》、徐日曦《牡丹亭》、徐肅穎《丹青記》等劇，都是對湯顯祖原作的直接改編。至於陳軾的《續牡丹亭》、王墅的《後牡丹亭》，則是對湯劇的續作。不管這些改編或續作的劇本如何曲解原意、刪正音律，都不能掩蓋或取代湯顯祖原作的思想光彩和藝術魅力。

一本傳奇，能夠在同時代青年人中激起那麼大的波瀾，這在中國戲劇史上是極爲罕見的文化現象。婁江女子俞二娘讀《牡丹亭》後，層層批注，深有所感，乃因自傷身世，於十七歲就悲憤而亡。湯顯祖在得到其批注本後，曾十分惋惜地爲俞二娘寫過〈哭婁江女子二首有序〉的悼詩。內江一女子讀了湯劇後，願託終身於湯顯祖，後因見其爲皤然老翁而投水身亡。這當然是帶有戲劇色彩的傳說（焦循《劇說》）。較爲可信的記載是馮小青「冷雨幽窗不可聽，挑燈閒看

《牡丹亭》，人間亦有痴如我，豈獨傷心是小青」的絕命詩，以及杭州演員商小玲上演《尋夢》時的氣絕而亡（蔣瑞藻《小說考證》）。這些青年女子的死亡，正是封建勢力長期壓迫所致，同時也表明《牡丹亭》是閨中怨女們的一部知音書和安魂曲。

懾於湯劇的深廣影響，許多封建衛道士對劇作家進行了人身攻擊和恣意謾罵。有的說湯顯祖「死時手足盡墮」（徐樹丕《活埋庵識小錄》），有的說「有入冥者，見湯顯祖身荷鐵枷。人間演《牡丹亭》一日，則笞二十。」（楊恩壽《詞餘叢話》引〈感應篇〉）。在劇作家的故鄉撫州府，曾於同治十一年（一八七二）立下禁書石碑，《牡丹亭》也被列名在內。凡此種種正好從反面表明了湯劇對「正統」社會強烈的震撼力。

「臨川四夢」都是案頭場上兩擅其美的佳作。在廣大的讀者之外，還有極爲眾多的演員和觀眾在演出現場親身感受湯劇的魅力。湯顯祖親自導演的宜黃腔戲班自不待言，其他聲腔劇種也大都以上演湯劇爲榮。崑曲上演湯劇尤以細膩、纏綿作爲其劇種特徵之一，湧現出一代代十分知名的演員。從清宮昇平署的宮廷戲班到爲數眾多的職業戲班和家庭戲班，上演以《牡丹亭》爲主的湯劇，已是衡量其實力和水準的重要標誌。眾多小說戲曲還將湯劇演出採擷到情節發展之中，例如《紅樓夢》借《西廂記》和《牡丹亭》二劇加深了寶黛的感情融合。二十世紀以來，《牡丹亭》曾幾度被搬上銀幕和螢屏。搜集有二千二百多篇詩文和「臨川四夢」劇本的《湯顯祖集》，也於一九六二年起一版再版⓭。在錢南揚、徐朔方之後，國內外研究湯顯祖的論文、專著越來越多，鄒元江、程芸和鄒自振等學界諸人的開掘也越來越深入。在湯劇翻譯方面，汪榕培在中外譯者中後來居上，已經將湯劇全部翻譯出版⓮。湯劇無窮的藝術魅力和永恆的審美意蘊，已經成爲中華民族的一筆重要的精神文化財富。

注釋

❶日本曲學家青木正兒最早提出此說：「顯祖之誕生，先於英國莎士比亞十四年，後莎氏之逝世一年而卒（莎翁西紀一五六四—一六一六，顯祖西紀一五五〇—一六一七）。東西曲壇偉人，同出其時，亦一奇也。」（青木正兒《中國近世戲曲史》，王古魯譯，商務印書館一九三六年初版，第二三〇頁）中國學者進行比較的更多。例如徐朔方在一九六〇年代初寫成〈湯顯祖與莎士比亞〉一文，發表在《社會科學戰線》一九七八年第二期。陳瘦竹〈在紀念湯顯祖逝世三百六十六週年學

術討論會上的報告——異曲同工〉中說：「三百六十六年以前，世界文壇上兩顆巨星先後隕落，一個是我國的湯顯祖，一個是英國的莎士比亞。但是他們的作品到今天還放射出光芒。」（《湯顯祖紀念集》，江西省文學藝術研究所一九八三年編，第一八〇頁）

❷ 湯顯祖的曾祖名廷用，「生有雋才，為名諸生」。祖父名懋昭，讀書過目成誦，少年時補弟子員，當地人稱「詞壇上將」、「博學處士」。湯顯祖的父親名尚賢，「為文高古，舉行端方」，珍藏了千餘種雜劇劇本。湯顯祖的母親吳氏是道學家吳允的女兒（《文昌湯氏宗譜》卷首，毛效同《湯顯祖研究資料彙編》（上），上海古籍出版社一九八六年版，第一一九—一二五頁）。

❸ 關於湯顯祖和張居正的關係，一些人強調兩者之間的政治衝突。徐朔方則認為湯顯祖因不肯結納張居正而屢次落第是事實，但「湯顯祖和張居正在革新政治方面不僅沒有敵對關係，而且還有相當大的共同之處。他對張居正的反感實質上是他對封建專制主義的反感」，從而否認兩者之間有著直接的政治衝突（〈論湯顯祖的思想發展和他的「四夢」〉，《戲曲研究》第九輯）。

❹ 萬曆十九年（一五九一）三月和閏三月，被認為是不祥之兆的彗星兩次出現。湯顯祖在〈論輔臣科臣疏〉中分析了朝政的弊端，要皇上訓督申時行等痛加省悔，以功補過，將楊文舉、胡汝寧等貪官、昏官罷斥另選（徐朔方箋校《湯顯祖集》（二），中華書局一九六二年版，第一二一一—一二一四頁）。明神宗對湯顯祖偌大的口氣不能容忍，在給內閣的批示中說，湯顯祖「以南部為散局，不遂己志，敢假借國事攻擊元輔。本當重究，姑從輕處了。」（《明實錄》第三五九冊）

❺ 湯顯祖在遂昌的五年為實現其政治理想做出了積極努力。蘇振元認為「在遂昌的五年，是湯顯祖進步思想的一個重要時期」，「四夢」中後三部傑作的誕生，「是與他在遂昌時期的思想發展、創作實踐和生活積累分不開的」（〈湯顯祖在浙江遂昌〉，《杭州大學學報》一九八二年第二期）。

❻ 李仲文事見於《太平廣記》所引《法苑珠林》，敘李太守之亡女與某男結合。馮孝將事出於《幽明錄》，寫馮太守之子幫助明女鬼復生，娶為妻室，生有二男。這兩事當然有助於《牡丹亭》的構思，但都不是該劇的真正祖本。湯顯祖在該劇〈題詞〉中還提到過漢睢陽王收拷談生故事，那也只不過是個別細節的相近而已。現存話本《杜麗娘慕色還魂》全文見何大掄的《重刻增補燕居筆記》，明嘉靖進士晁瑮在《寶文堂書目》中著錄為《杜麗娘記》，余公仁《燕居筆記》卷八題為《杜麗娘牡丹亭還魂記》。總體而言，《牡丹亭》的主要人物與基本情節都與該話本相近，有些語言詩句在移用過程中稍有更動。杜麗娘的自題小像詩「近睹分別似儼然，遠觀自在若飛仙。他年得傍蟾宮客，不在梅邊在柳邊。」在湯劇中沿用不誤。

❼關於《牡丹亭》的戲劇衝突，中國科學院文學研究所編的《中國文學史》認為，貫穿全劇的衝突就是情理衝突，具體「表現為杜麗娘、柳夢梅和封建家長杜寶之間公開的和面對面的鬥爭。」（《中國文學史》，人民文學出版社一九七九年版，第九五六頁）董每戡認為，《牡丹亭》沒有安排矛盾雙方「面對面的火爆鬥爭」，杜麗娘看似沒有受到什麼人的壓迫而致死，「卻又明明覺得有一股巨大的阻力存在」（《五大名劇論》，人民文學出版社一九八四年版，第二九六—二九七頁）。

❽學術界關於《牡丹亭》有悲劇、喜劇、悲喜劇三類提法。比如鄭振鐸稱《牡丹亭》是「一部離奇的喜劇」（《插圖本中國文學史》，作家出版社一九五七年版，第八六一頁）。趙景深認為《牡丹亭》是悲劇（〈《牡丹亭》是悲劇〉，《江蘇戲劇》一九八一年第一期）。葉長海認為《牡丹亭》是一個「悲劇和喜劇糅合在一起」的「悲喜劇」（《中國古代悲劇喜劇論集》，上海文藝出版社一九八三年版，第一〇三—一一二頁）。

❾《紫簫記》中輟的原因之一，據湯顯祖《紫釵記・題詞》云，新劇未成，「而是非蜂起，訛言四方」，恐有影射時事之嫌。原因之二是好友帥機批評「此案頭之書，非臺上之曲也」，不具備上演的可能性。徐朔方在《湯顯祖年譜》中專列〈《紫簫記》未成與政治糾紛無關〉一節（中華書局一九五八年版，第二二八頁）。針對鄧長風等人認為《紫蕭記》未成與政治糾紛有關的觀點（〈《紫簫記》未成與政治糾紛有關〉，《浙江學刊》一九八六年第一—二期），該劇對張居正有所譏刺的說法，徐朔方寫有〈再論《紫簫記》未成與政治無關〉（《浙江學刊》一九八六年第四期）。

❿關於《紫釵記》的完成時間，夏寫時另有看法，認為南京刪潤本並非定本，而是「在遂昌再度改寫《紫釵記》，並於萬曆二十三年（一五九五）完成。」、「《紫釵記》雖是『四夢』中藝術成就稍次之作，卻是一個認識湯顯祖、探究湯顯祖曲意的關鍵性作品。」（〈湯顯祖《紫釵記》成年考〉，《學術月刊》一九八四年第一期）

⓫對於湯顯祖的《南柯夢》，學術界歷來不大看重。一般認為，它是部「表現人生如夢的戲曲」（游國恩等《中國文學史》第四冊，第八一頁），通篇都是「為佛教說法」（石凌鶴〈試論湯顯祖和其劇作〉，《江西日報》一九五七年十一月十二日），因而是湯顯祖「失敗的作品」。吳鳳雛認為這些說法都只從表象做簡單武斷的推論，不免失之偏頗。「其實，《南柯夢》是一部思想內容十分豐富、進步傾向十分明顯的不朽之作。」（〈《南柯夢》的思想傾向〉，《湯顯祖研究論文集》，中國戲劇出版社一九八四年版，第三一二頁）

⓬《邯鄲記》在「四夢」中一般將它排名第二，例如徐朔方稱《邯鄲記》簡練純淨，「它的成就僅次於《牡丹亭》。」（《中國大百科全書・戲曲曲藝卷》，中國大百科全書出版社一九八三年版，第三八六頁）黃文錫、吳鳳雛則盛讚「《邯鄲記》……對當時社會之黑暗、官場之腐敗、權貴之驕橫、士林之媚諂，都做了尖銳深刻的揭露。其鋒芒所指，上至皇帝權

臣，旁及科場、制誥、封蔭等各種典制，紛紜複雜，無所不及，正無異於一部明代中晚期的《官場現形記》，一部反映封建末世人情風物的百科全書，一篇討伐萬惡的封建社會的戰鬥檄文。」（《湯顯祖傳》，中國戲劇出版社一九八六年版，第一六五頁）郁華、萍生更認為：「《邯鄲記》絕不是《牡丹亭》的次篇，而是《牡丹亭》的繼續和發展。無論在思想性或藝術上的成就，較之《牡丹亭》它都毫不遜色，甚至有過之而無不及。如果說《牡丹亭》充滿了對封建禮教的反抗，那還只是對封建小家族帶有怨而不怒的反抗的話，那麼《邯鄲記》則是針對封建專制王朝，針對整個封建大家族而發的憤怒的譏嘲的批判。」（〈《邯鄲記》新探〉，《湯顯祖研究論文集》，中國戲劇出版社一九八四年版，第三四四頁）

⑬ 徐朔方箋校本《湯顯祖集》，中華書局、上海人民出版社一九六二年版。

⑭ 汪榕培譯本《牡丹亭》，湖南人民出版社二〇〇〇年版。《邯鄲記》，外語教育出版社二〇〇三年版。《紫釵記》，花城出版社二〇〇九年版。《南柯記》，上海外語教育出版社二〇一二年版。《紫簫記》，上海外語教育出版社二〇一三年版。

第八章　《西遊記》與其他神怪小說

明代後期，在通俗小說領域中興起了編著神怪小說的熱潮。這批神怪小說，是在儒、道、釋「三教合一」的思想主導下，接受了古代神話、六朝志怪、唐代傳奇、宋元說經話本和「靈怪」、「妖術」、「神仙」等小說話本的影響，吸取了道家仙話、佛教故事和民間傳說的養料後產生的。它與講究「眞」與「正」的歷史演義、英雄傳奇不同，其主要特徵是尙「奇」貴「幻」，以神魔怪異爲主要題材，參照現實生活中政治、倫理、宗教等方面的矛盾和鬥爭，比附性地編織了神怪形象系列，並將一些零散、片段的故事系統化、完整化。在這類小說中，有的作品完全以宣揚迷信鬼神與封建道德爲主要目的，故事荒唐，文字粗鄙，很快被歷史淘汰。但其中以《西遊記》爲代表的一些優秀作品，往往能以生動的形象、奇幻的境界、詼諧的筆調怡神悅目，啓迪心志，一直被讀者珍視。

第一節　《西遊記》的題材演化及其作者

・玄奘取經題材的神化與孫悟空形象的演化　・《西遊記》的版本　・作者問題　・吳承恩

《西遊記》的成書與《三國志演義》、《水滸傳》相類似，都經歷了一個長期積累與演化的過程。但兩者演化的特徵並不一致：《三國志演義》、《水滸傳》是在歷史眞實的基礎上加以生發與虛構，是「實」與「虛」的結合而以「眞」的假象問世；而《西遊記》的演化過程則是將歷史的眞實不斷地神化、幻化，最終以「幻」的形態定型。

玄奘（六〇二—六六四）取經原是唐代的一個眞實的歷史事件。貞觀三年（六二九），他爲追求佛家眞義，前往天竺，歷經百餘國，費時十七載，取回梵文大小乘經論律六百五十七部。這一非凡的壯舉，本身就爲人們的想像提供了廣闊的天地。歸國後，他奉詔口述所見所聞，由門徒辨機輯錄成《大唐西域記》一書。此書儘管「皆存實錄，匪敢雕華」，但以宗教家的心理去描繪的種種傳說故事和自然現象，難免已染上了一些神異的色彩。後由其弟子慧立、彥悰撰寫的《大唐大慈恩寺三藏法師傳》，在讚頌師父、弘揚佛法的過程中，也不時地用誇張神化的筆調去穿插一些離奇的故事。於是，取經的故事在社會上越傳越神，唐代末年的一些筆記如《獨異志》、《大唐新語》等，就記錄了玄奘取經的神奇故事。

成書於北宋年間的《大唐三藏取經詩話》，似爲一種「說經」話本❶，它雖然文字粗略，故事簡單，尚無豬八戒，「深沙神」也只出現了一次，但大致勾畫了《西遊記》的基本框架，並開始將取經的歷史故事文學化。尤其值得注意的是，書中出現了猴行者的形象。他自稱是「花果山紫雲洞八萬四千銅頭鐵額獼猴王」，助三藏西行，神通廣大，實際上已成了取經路上的主角，是《西遊記》中孫悟空的雛形。

取經隊伍中加入了猴行者，這在《大唐三藏取經詩話》流傳後逐步被社會認可❷。一個其貌不揚的猴精，開始擠進了取經的隊伍，並漸漸地喧賓奪主，這在《西遊記》故事的神化過程中關係重大。這個藝術形象的形成，與我國古代神話、民間傳說及道、釋兩教的故事中長期流傳著諸如「石中生人」的夏啓、「銅頭鐵額」的蚩尤、「與帝爭位」的刑天及一些猿猴成精的奇聞異說有關。比如唐代李公佐的《古岳瀆經》所載的「形若猿猴」的淮渦水怪無支祁，其「神變奮迅之狀」和叛逆的色彩，就與取經傳說中的猴王比較接近❸。至於印度教經典《羅摩衍那》中的神猴哈奴曼，雖與美猴王也有許多相近之處❹，但他傳入中土，也是被中國化了的。取經故事中的猴行者，以及後來的孫悟空，其形其神，是在中國文化的傳統中，融合了歷代民間藝人的愛憎和想像後演化而成的。

唐僧、孫悟空、豬八戒、沙僧師徒四人取經故事在元代漸趨定型❺。作爲文學作品，豬八戒首次出現是在元末明初人楊景賢所作的雜劇《西遊記》中。在此劇中，深沙神也改稱了沙和尚❻。至遲在元末明初，有一部故事比較完整的《西遊記》問世。原書已佚，有一段殘文「夢斬涇河龍」約一千二百字，保存在《永樂大典》一萬三千一百三十九卷「送」韻「夢」字條，內容相當於金陵世德堂刊本《新刻出像官板大字西遊記》第九回。此外，古代朝鮮的漢語教科書《朴通事諺解》❼，載有一段「車遲國鬥聖」，與世德堂本第四十六回的故事相似。另從此書有關的九條注中，也可窺見這部《西遊記》的故事已相當複雜，主要人物、情節和結構已大體定型，特別是有關孫悟空的描寫，已與百回本《西遊記》基本一致，這爲後來作爲一部長篇通俗小說的成書打下了堅實的基礎。

世德堂本《西遊記》是現存最早的《西遊記》刊本，二十卷，一百回，一般認爲初刊於萬曆二十年（一五九二）❽。另據嘉靖、萬曆間人周弘祖的《古今書刻》著錄，曾有「魯府」與「登州府」刊刻的《西遊記》。又，明末盛於斯《休庵影語》稱幼時曾閱「出自周邸」的抄本。這些本子可能是世德堂本的祖本，可惜均佚。晚明另流行兩種簡本❾，一般認爲是繁本的刪改本。清初汪象旭、黃周星評刻的《西遊證道書》正文基本同世德堂本，於第九回自稱據大略堂《釋厄傳》古本插入「陳光蕊赴任逢災，江流僧復仇報本」的故事，將原本第九、十、十一回的內容改成第十、十一回。以後名目繁多的清刊評點本正文，大都直接或間接地接受了它的影響。一九五五年人民文學出版社排印世德堂本時，也更動了回目，插進了第九回的內容。一九八〇年重排時，又恢復了世德堂本的原貌，而將第九回附錄於後。

《西遊記》的最後寫定者是誰，迄今無定論。現存明刊百回本《西遊記》均無作者署名，僅世德堂本卷首陳元之序稱：「或曰出今天潢何侯王之國，或曰出八公之徒，或曰出王自製。」據此作者或與宗藩王府有關。清初刊刻的《西遊證道書》始提出作者爲元代道士丘處機，以後的刻本多相沿襲，直到近今還有學者重提此說[10]，但一般認爲此說是因將丘的弟子所寫的《長春眞人西遊記》與小說《西遊記》相混的結果。此外，曾有個別學者提出作者是元代全眞道人尹眞人的弟子或許白雲等[11]，均反響不大。清代乾隆年間，吳玉搢在《山陽志遺》中首次提出《西遊記》的作者是吳承恩，當時雖得阮葵生、丁晏等淮安鄉人的響應，但未產生很大的影響。直到一九二〇年代，經魯迅、胡適等人的認定，《西遊記》的作者是吳承恩的說法就幾乎成了定論[12]。但國內外的一些學者也不斷提出質疑[13]。在目前正反兩方面都未能進一步提出確鑿的證據之前，姑且將吳承恩暫定爲《西遊記》的作者。

吳承恩（約一五〇〇—約一五八二）[14]，字汝忠，號射陽居士，淮安山陽（今江蘇淮安）人。幼年「即以文鳴於淮」，但屢試不第，四十餘歲時始補歲貢生。因母老家貧，曾出任長興縣丞兩年，「恥折腰，遂拂袖而歸」。後又補爲荊府紀善，但可能未曾赴任。晚年放浪詩酒，終老於家。有《射陽先生存稿》四卷。

第二節　寓有人生哲理的「遊戲之作」

・戲筆中存至理　・對人性自由的嚮往和自我價值的肯定　・呼喚有個性、有理想、有能力的人性美
・整體性寓意與局部性象徵

《西遊記》作爲一部神魔小說，既不是直接地抒寫現實的生活，又不類於史前的原始神話，在它神幻奇異的故事之中，詼諧滑稽的筆墨之外，蘊涵著某種深意和主旨。對此，歷來的評論家作過種種探討，大致從認爲「幻中有理」，到強調「幻中有趣」、「幻中有實」，有一個曲折的歷程[15]。應該說，小說本身的確或多或少地存在著支撐某一傾向的依據。但就其最主要和最有特徵性的精神來看，應該說還是在於「遊戲之中暗傳密諦」（《李卓吾先生批評西遊記》第十九回總批），在神幻、詼諧之中蘊涵著「三教合一」的哲理。這個哲理的主體是被明代個性思潮衝擊、改造過了的心

學。因而作家主觀上想通過塑造孫悟空的藝術形象來宣揚儒家的「存心養性」、道家的「修心煉性」和釋家的「明心見性」，維護當時的社會秩序，但客觀上倒是張揚了人的自我價值和對於人性美的追求。

《西遊記》想通過孫悟空的形象來宣揚「三教合一」化了的心學是一清二楚的[16]。心學的基本思想是「求放心」、「致良知」，即是使受外物迷惑而放縱不羈的心，回歸到良知的自覺境界。小說特別選用了「心猿」這一典型的比喻躁動心靈的宗教用語來作爲孫悟空的別稱。一些回目和詩贊也非常直接和明白地表現了這一寓意，回目如〈靈根育孕源流出，心性修持大道生〉（第一回），〈九九數完魔滅盡，三三行滿道歸根〉（第九十九回）等不少就是用修心煉性的術語所構成的[17]。在詩贊中，說美猴王道：「借卵化猴完大道，假他名姓配丹成，內觀不識因無相，外合明知作有形。」（第一回）「猿猴道體配人心，心即猿猴意思深……馬猿合作心和意，緊縛牢拴莫外尋。」（第七回）這也清楚地表明了作者是把孫悟空當作人心的幻相來刻畫的。再從全書內容的構架來看，大致由三個部分組成：一，孫悟空大鬧天宮；二，被壓於五行山下；三，西行取經成正果。這實際上隱喻了放心、定心、修心的全過程。這種喻意在小說中多有提示，如在前七回，孫悟空上天入地大鬧乾坤，即在回目上說他是「心何足」、「意未寧」（第四回）；第七回被如來佛壓在五行山下，就叫作「定心猿」；以後去西天取經，常稱是「心猿歸正」（第十四回）、「煉魔」（第五十一回）、「魔滅盡」與「道歸根」（第九十九回）等。爲了表現「心猿歸正」的總體設計，作品還讓孫悟空不時地向唐僧直接宣傳「明心見性」的主張。例如，第二十四回唐僧問悟空何時可到西天雷音，悟空答道：「只要你見性志誠，念念回首處，即是靈山。」第八十五回，悟空還用烏巢禪師的《多心經》提醒唐僧道：「佛在靈山莫遠求，靈山只在汝心頭。人人有個靈山塔，好向靈山塔下修。」頓使唐僧明瞭：「千經萬典，也只是修心。」正因爲《西遊記》在總體上是十分清楚地宣揚了與道家「修心煉性」、佛家「明心見性」相融合的心學，故難怪早期的批評家都認同《西遊記》隱喻著「魔以心生，亦以心攝」的思想主旨，乃至到魯迅在強調小說「出於遊戲」的同時，也說：「如果我們一定要問他的大旨，則我覺得明人謝肇淛說的『《西遊記》……以猿爲心之神，以豬爲意之馳，其始之放縱，上天入地，莫能禁制，而歸於緊箍一咒，能使心猿馴伏，至死靡他，蓋亦求放心之喻』這幾句話，已經很足以說盡了。」（《中國小說的歷史的變遷》第五講）

《西遊記》的作者在改造和加工傳統的大鬧天宮和取經的故事時，納入了時尚的心學的框架，但心學本身在發展中又有張揚個性和道德完善的不同傾向，這又和西遊故事在長期流傳過程中積澱的廣大人民群眾的意志相結合，就使《西遊記》在具體的描繪中，實際上所表現的精神明顯地突破、超越了這一預設的理性框架，並向著肯定自我價值和追求人性完美傾斜。具體而言，假如說前七回主觀上想譴責「放心」之害，而在客觀上倒是讚頌了自由和個性的話，那麼以第七回「定心」爲轉機，以後取經「修心」的過程，就是反覆說明了師徒四人在不斷掃除外部邪惡的同時完成了人性的昇華，孫悟空最終成了一個有個性、有理想、有魄力的人性美的象徵。

孫悟空出世不久，在花果山就不想「受老天之氣」，他要「獨自爲王」，「享樂天眞」。從表面上看來，他「不伏麒麟轄，不伏鳳凰管，又不伏人間王位所拘束，自由自在。」但當他想到暗中還有個「閻王老子管著」，就覺得渾身不自在，「忽然憂惱，墮下淚來」（第一回）。於是他訪師學道，學得本領，又打到陰司，將生死簿上的猴屬名字一概勾掉，向十殿閻王宣告：「今番不伏你管了！」（第三回）作者在具體描寫美猴王的這種不受任何管束、追求自由自在的所作所爲時，並沒有直接說明這就是「放心」行徑的形象注腳，甚至也沒有在字裡行間流露出多少貶義，故留給讀者的印象只是他能爲追求自由而敢作敢爲，像《李卓吾先生批評西遊記》評悟空在陰司的除名之舉時就讚道：「爽利，的是妙人！」後來他大鬧天宮，緣由是「玉帝輕賢」，「這般渺視老孫」！第一次請他上天，只安排他做一個未入流的「弼馬溫」，他深感到自己這個「天生聖人」的價值沒有得到應有的承認，個人的尊嚴受到了侮辱：「老孫有無窮的本事，爲何教我替他養馬？」、「活活的羞殺人！」（第四回）於是打出南天門而去。第二次請他上天，雖然依著他給了個「齊天大聖」的空銜，卻是「有官無祿」，並未從根本上得到尊重，於是他「先偷桃，後偷酒，攪亂了蟠桃大會，又竊了老君仙丹」（第五回），反出天門。他說「強者爲尊該讓我，英雄只此敢爭先」，甚至說出了「皇帝輪流做，明年到我家」（第七回），都是順著強調自我的思路而發出的比較鮮明和極端的聲音。這種希望憑藉個人的能力去自由地實現自我價值的強烈願望，正是明代個性思潮湧動、人生價值觀念轉向的生動反映。然而，作者並不贊成孫悟空「只爲心高圖罔極，不分上下亂規箴」，不希望否定整個宗法等級制度，當孫悟空「欺天罔上」，叫嚷「將天宮讓與我」（第七回）時，作者就讓如來佛易如反掌地將他壓在五行山下。這形象地反映了封建的等級社會還是不可動搖，維護這個社會的思想也是根深柢固的。不論你叫嚷「強者爲尊」，還是追求「自由自在」，都只能在適度的範圍內進行。總之，從孫悟空出世到大鬧天宮，作品通過刻畫一個恣意「放心」的「大聖」，有限度而不自覺地讚頌了一種與晚明文化思潮相合拍的追求個性和自由的精神。

小說的主要篇幅是描寫孫悟空從唐僧經八十一難，去西天取經。這八十一難有不少是模式相同的⑱，前後很難找到某種內在的邏輯連繫，因而給人以一種循環往復的感覺。這些周而復始、形形色色的險阻與妖魔，都是用來作爲修心過程中障礙的象徵。小說第十七回曾予以點明：「菩薩、妖精，總是一念。」換言之，妖魔實即生於一念之差。所謂「心生，種種魔生；心滅，種種魔滅。」小說描寫了八十一難的磨練，無非是隱喻著明心見性必須經過一個長期艱苦的「漸悟」過程。但是，當作者在具體描繪孫悟空等人歷盡艱險，橫掃群魔的所作所爲時，往往使這「意在筆先」的框架「淡出」，而使一個個有血有肉的藝術形象突顯。在這些形象中，孫悟空尤爲鮮明地飽含著作者的理想和時代的精神。

孫悟空在取經過程中，仍然保持著鮮明的桀驁不馴的個性特點。這正如在第二十三回中豬八戒對他的評價：「我曉得你的尊性高傲。」他不願處於「爲奴」的地位（第七十一回），從不輕易地對人下拜，「就是見了玉皇大帝、太上老君，我也只是唱個喏便罷了。」（第十五回）至於一般的神靈更是不放在眼裡，稍不稱意，就要「伸過孤拐來，各打五棍見面，與老孫散散心。」（第十五回）作爲一個皈依教門的和尚，卻還把闖地府、鬧天宮當作光榮的歷史屢加誇耀；對於那個專門用來「拘繫」、「收管」他，不讓他「逍遙自由耍子」的緊箍兒，則一直念念不忘能「脫下來，打得粉碎，切莫叫那什麼菩薩，再去捉弄他人」（第一百回）。這都表現了取經路上的孫悟空還是那樣的反對束縛、尊重自我和嚮往自由，具有一種強烈的個性精神。但是，這時的孫悟空畢竟不同於先前的齊天大聖，他已肩負著協助唐僧去西天取得眞經的崇高使命。取經，本是一種事業，但實際上已成了他堅韌不拔地追求的一種理想的象徵。爲了實現這一理想，他翻山越嶺，擒魔捉怪，吃盡千辛萬苦，排除重重困難，從不考慮個人私利，一心以事業爲重，即使在被人誤解，遭到不公正的待遇，甚至被唐僧唸著緊箍咒、趕回花果山時，還是「身回水簾洞，心逐取經僧。」（第三十回）這種爲理想而獻身的精神，也就成了取經路上孫悟空的一個明顯的性格特徵。當然，孫悟空等在經歷八十一難的具體過程中，是作爲一個解除磨難的英雄出現在讀者面前的。在他眼裡，沒有越不過的險阻，沒有鎖不住的妖魔，憑著他的頑強拚搏，都能化險爲夷，逢凶變吉。在戰鬥中，他又能隨機應變，善於鬥智，一會兒變作小蟲出入內外，一會兒又化成妖精的母親或丈夫等去迷惑他們，常常在眞眞假假、虛虛實實之中，弄得敵人暈頭轉向，防不勝防。孫悟空的這種大智大勇的英雄精神，與其爲實現理想而奮鬥到底的獻身精神和強烈的個性精神相結合，呈現出了獨特的光彩。隨著他歷經八十一難，掃除眾魔，自己也由魔變成了佛，這也就自然地使他的品格更顯出完美性和普遍性。而事實上，他的那種英雄丰采，正是明代中後期人們所普遍追求的一種人性美。《西遊記》是在遊戲之中呼喚著孫悟空這樣的英雄。

當然，《西遊記》作爲一部累作型的長篇小說，其整體內涵是十分豐富的。它有總體性的寓意，也有局部性的象徵。天才的作家又往往隨機將一些小故事像珍珠似的鑲嵌在整個體系中，讓它們各自獨立地散發出折射現實的光芒。比如第十回寫唐太宗至陰司時，帶了魏徵的一封信遞給判官，希望能講「交情」，「方便一二」，這儼然如人間的「說分上」；第二十九回寫寶象國王問群臣誰去救百花公主回國時，「連問數聲，更無一人敢答」，這批「木雕成的武將，泥塑就的文官」，就眞如李贄批評的當朝庸臣「只解打恭作揖，終日匡坐，同於泥塑」，「一旦有警，則面面相覷，絕無人色，甚至互相推諉」（《焚書》卷四〈因記往事〉）；第九十三回寫豬八戒狼吞虎嚥，沙僧告誡他要「斯文」時，八戒叫起來道：「斯文！斯文！肚裡空空！」沙僧笑道：「天下多少『斯文』，若論起肚子裡來，正替你我一般哩。」這也是對當時一班只知做時文八股的秀才的有力嘲笑。諸如此類的點綴，看似信筆寫來，卻能機鋒迭出，醒目警世。這也就使人們進一步加深了這樣的印象：《西遊記》這部「幻妄無當」的神魔小說確實與明代中後期的現實世界有著千絲萬縷的連繫。

第三節　神幻世界的奇幻美與詼諧性

・極幻與極眞　・物性、神性與人性的統一　・多角度、多色調描繪的形象　・戲言寓諸幻筆

《西遊記》在藝術表現上的最大特色，就是以詭異的想像、極度的誇張，突破時空，突破生死，突破神、人、物的界限，創造了一個光怪陸離、神異奇幻的境界。在這裡，環境是天上地下、龍宮冥府、仙地佛境、險山惡水；形象多身奇貌異、似人似怪、神通廣大、變幻莫測；故事則上天入地、翻江倒海、興妖除怪、祭寶鬥法。作者將這些奇人、奇事、奇境熔於一爐，構築成了一個統一和諧的藝術整體，展現出一種奇幻美。這種奇幻美，看來「極幻」，卻又令人感到「極眞」。因爲那些變幻莫測、驚心動魄的故事，或如現實的影子，或含生活的眞理，表現得那麼入情入理。那富麗堂皇、至高無上的天宮，就像人間朝廷在天上的造影；那等級森嚴、昏庸無能的仙卿，使人想起當朝的百官；掃蕩橫行霸道、凶殘暴虐的妖魔，隱寓著鏟除社會惡勢力的願望；歌頌升天入地、無拘無束的生活，也寄託著掙脫束縛、追求自由的理想。小說中的神魔都寫得有人情，通世故，像「三調芭蕉扇」寫鐵扇公主的失子之痛；牛魔王的喜新厭舊；鐵扇公主在假丈夫面前所表現的百般無奈，萬種風情；玉面公主在眞丈夫面前的恃寵撒嬌，吃醋使潑，眞是分不清是在寫妖還是寫人，寫幻還是寫眞。這正如《李卓吾先生批評西遊記》的批語所指出的：《西遊記》中的神魔都寫得「極似世上人情」，「作《西遊記》者不過借妖魔來畫個影子耳」（第七十六回總批）。這部小說就在極幻之文中，含有極眞之情；在極奇之事中，寓有極眞之理。

與小說在整體上「幻」與「眞」相結合的精神一致，《西遊記》塑造人物形象也自有其特色，即能做到物性、神性與人性的統一。所謂「物性」，就是作爲某一動植物的精靈，保持其原有的形貌和習性，如魚精習水、鳥精會飛、蠍子

精有毒刺、蜘蛛精能吐絲；就是他們的性格，也往往與之相稱，如猴子機靈、老鼠膽小、松柏有詩人之風、杏樹呈輕佻之姿。這些動物、植物，一旦成妖成怪，就有神奇的本領，具有「神性」，從「眞」轉化爲「幻」。然而，作者又將人的七情六欲賦予他們，將妖魔鬼怪人化，使他們具有「人性」，將「幻」與人間的、更深層次的「眞」相融合，從而完成了獨特的藝術形象的創造。如孫悟空長得一副毛臉雷公嘴的猴相，具有機敏、乖巧、好動等習性。他神通廣大，有七十二般變化的本領。但千變萬化，往往還要露出「紅屁股」或「有尾巴」的眞相。他是一隻神猴，卻又是人們理想中的人間英雄。他有勇有謀、無私無畏、堅忍不拔、積極樂觀，而又心高氣傲、爭強好勝、容易衝動、愛捉弄人，具有凡人的一些弱點，乃至如信奉「一日爲師，終身爲父」（第三十一回），遵守「男不與女鬥」（第七十二回）的規則等，這都深深地打上了社會的烙印。他就是一隻石猴在神化與人化的交叉點上創造出來的「幻中有眞」的藝術典型。

《西遊記》中的神魔形象之所以能給人以一種眞實、親切的感覺，很重要的一點是注意把人物置於日常的平民社會中，多色調地去刻畫其複雜的性格。比如孫悟空身上也有諸多凡人的弱點，言談中時見市井粗話、江湖術語和商人行話。但他主要作爲一個理想化、傳奇性的英雄，作者讓他超越了凡人的感官慾望。他的弱點一般是氣質性的，而不是出於個人感官的貪求。與孫悟空不同，豬八戒儘管是天蓬元帥出身，長得長喙大耳，其貌不揚，卻更像一個普通的人，更具濃厚的人情味。他本性憨厚、純樸，在高老莊上幹活「倒也勤謹」，幫高家「掃地通溝，搬磚運瓦，築土打牆，耕田耙地，種麥插秧，創家立業」（第十八回）。在取經路上，在斬妖除怪的戰鬥中，他是悟空的得力助手。初入取經隊伍，就一釘鈀把虎怪的頭顱築了九個窟窿。大戰流沙河時，他「虛幌一鈀，佯輸詐敗」（第二十二回），在勇敢中也常要一點聰明。在頑敵面前，從不示弱，即使被俘也不屈服，雖受氣而「還不倒了旗槍」（第四十二回），不失爲英雄本色。八百里荊棘嶺，仗他日夜兼程開道；七絕嶺稀柿衕，靠他頂著惡臭拱路。十萬八千里取經道上，他有苦勞，也有功勞，最後理所當然地取得了正果。但是，他的食、色兩慾，一時難以泯滅；偷懶、貪小，又過多地計較個人的得失。看到美酒佳餚、饅頭貢品，常常是流涎三尺，忝人現眼，還多次因嘴饞而遭到妖怪的欺騙。遇見美色，就更是心癢難撓，出乖露醜，乃至快到西天了，還動「淫心」，扯住嫦娥道：「姊姊，我與妳是舊相識，我和妳耍子兒去也。」（第九十五回）他偷懶貪睡，叫他去化齋、巡山，卻一頭鑽進草叢裡呼呼大睡。一事當前，不顧同伴的安危，先算計自己不要吃虧，有時因此而臨陣逃脫。他還偷偷地積攢「私房」錢，有時還要說謊，攛掇師父唸緊箍咒整治、趕走大師兄，或者自己嚷著「分行李」，散夥回高老莊。他的這些毛病，往往是出於人的本能欲求，反映了人性的普遍弱點。這無疑有落後、自私、狹隘的一面，但同時往往能獲得人們的理解和同情。他不忘情於世俗的享受，但還執著地追求理想；他使乖弄巧，好占便宜，而又純樸天眞，呆得可愛；他貪圖安逸，偷懶散漫，而又不畏艱難，勇敢堅強；他不是一個高不可攀的英雄，而是一個實實在在的「人」。顯然，《西遊記》用多角度、多色調描繪出來的豬八戒這一藝術形象，與《三國志演義》中的帝王將相、《水滸傳》中的英雄豪傑相比，更貼近現實生活，因而也更具眞實性。它無疑是中國古代長篇小說在塑造人物形象方面取得長足進步的一個重要標誌。

《西遊記》在藝術表現上的另一個特點，就是能「以戲言寓諸幻筆」（任蛟《西遊記・敘言》），中間穿插了大量的遊戲筆墨，使全書充滿著喜劇色彩和詼諧氣氛。這種戲言，有時是信手拈來，涉筆成趣，無關乎作品主旨和人物性格的刻畫，只是爲了調節氣氛，增加小說的趣味性。比如第四十二回寫悟空去問觀音借淨瓶時，觀音要他「腦後救命的毫毛拔一根與我作當」，悟空只是不肯，觀音就罵道：「你這猴子！你便一毛也不拔，教我這善財也難捨。」這「一毛不拔」就是順手點綴的「趣話」，給人以輕鬆的一笑。但有的戲言還是能對刻畫性格、褒貶人物起到畫龍點睛的作用。例如，第二十九回寫豬八戒在寶象國，先是吹噓「第一會降（妖）的是我」，賣弄手段時，說能「把青天也拱個大窟窿」，牛皮吹得震天響。結果與妖怪戰不上八九個回合，就撇下沙僧先溜走，說：「沙僧，你且上前來與他鬥著，讓老豬出恭來。」、「他就顧不得沙僧，一溜往那蒿草薜蘿、荊棘葛藤裡，不分好歹，一頓鑽進；哪管刮破頭皮，搠傷嘴臉，一轂轆睡倒，再也不敢出來。但留半邊耳朵，聽著梆聲。」這一段戲筆，無疑是對好說大話、只顧自己的豬八戒做了辛辣的嘲笑。另外，有的遊戲筆墨也能成爲諷刺世態的利器。如第四十四回寫到車遲國國王迫害和尚，各府州縣都張掛著御筆親題的和尚的「影身圖」，凡拿得一個和尚就有獎賞，所以都走不脫。此時忽然插進一句：「且莫說是和尚，就是剪鬃、禿子、毛稀的，都也難逃。四下裡快手又多，緝事的又廣，憑你怎麼也是難脫。」此語看似風趣而誇張，實是對當時廠衛密布、特務橫行的黑暗社會的血淚控訴。在《西遊記》中，還有的戲謔文字實際上是將神魔世俗化、人情化的催化劑。神聖的天帝佛祖，凶惡的妖魔鬼怪，一經調侃、揶揄之後，就淡化了頭上的光環或猙獰的面目，與凡人之間縮短了距離，甚至與凡人一樣顯得滑稽可笑。比如第七十七回，寫唐僧受困獅駝城，悟空往靈山向如來哭訴；當佛祖說起「那妖精我認得他」時，行者猛然提起：「如來！我聽見人講說，那妖精與你有親哩！」當如來說明妖精的來歷後，行者又馬上接口道：「如來，若這般比論，你還是妖精的外甥哩！」這一句俏皮話，就把佛祖從天堂拉到了人間。後來如來佛祖解釋因唐僧等未送「人事」而傳白經時說：「經不可輕傳，亦不可以空取。向時，眾比丘聖僧下山，曾將此經在舍衛國趙長者家與他誦了一遍……只討得他三斗三升米粒黃金回來。我還說他們忒賣賤了，教後代兒孫沒錢使用。你如今空手來取，是以傳了白本。」（第九十八回）當八戒爲封得「淨壇使者」而表示不滿，吵吵嚷嚷時，如來又道：「天下四大部洲，瞻仰吾教者甚多，凡諸佛事，教汝淨壇，乃是個有受用的品級，如何不好？」（第一百回）如此這般，作者讓這尊法相莊嚴的教主講出一連串令人發噱的市井話，就使人感到他不那麼神聖，而是那麼凡俗、親近。神，就被風趣的戲筆淡化爲了人。

第四節 《封神演義》等其他神魔小說

・神魔小說流派的形成　・《封神演義》　・《西遊記》等神魔小說的影響

《西遊記》之後，至明末短短的幾十年間，湧現出了近三十部內容各異、長短不同的神魔小說，迅速形成了與歷史演義等明顯不同的小說流派。這派小說主要有以下三種類型：

一、《西遊記》的續書、仿作、節本，以及與其相配套的系列叢書。《西遊記》之後，明人（作者不詳）就創作了一部規模相當的《續西遊記》一百回，寫唐僧師徒歷經磨難，保護「眞經」回長安，在模擬中也有創造，然與前書相比，畢竟相形見絀，故流傳不廣。另有《西遊補》十六回[19]，別開生面，敘孫悟空「三調芭蕉扇」後，被情妖鯖魚精所迷，漸入夢境，或見過去未來之事，或變各種不同形象，歷經迷惑和掙扎，終得虛空主人一呼點醒，乃打殺鯖魚，又現眞我。作品構思奇特，變幻莫測，上下古今，熔於一爐，似眞似假，如夢如幻，嬉笑怒罵，皆成文章，在對歷史的反思、人生的感歎、現實的批判之中，盡情地抒發了胸中的壘塊，並表達了對於「情」的理性思考。在《西遊記》的續書中，這是比較受人注目的一部。明代《西遊記》的仿作則有方汝浩的《東遊記》（全稱《新編掃魅敦倫東渡記》，一名《續證道書東遊記》），一百回。書敘不如密多尊者在南印度、東印度「普渡群迷」，繼而有達摩老祖率徒弟三人，自南印度至東印度，再往震旦闡揚佛教，掃迷度世。小說將人性中較具普遍意義的弱點，如酒、色、財、氣、貪、嗔、痴、欺心、懶惰等塑造成一系列具有類型化和象徵意義的「妖魔」形象，並構思了一些演化「心生魔生，心滅魔滅」道理的情節，說教味太重。另外還有一種吳元泰作的《東遊記》，全稱《八仙出處東遊記傳》，五十六回，連綴了鐵拐李等八仙得道的故事。此書爲系列叢書「四遊記」中的一種。其他三種爲：《南遊記》，即余象斗編的《五顯靈官大帝華光天王傳》，十八回，演華光救母的故事，有一定的可讀性；《西遊記》，即陽至和（一作「楊致和」）刪節、改編《西遊記》而成的《唐三藏西遊全傳》；《北遊記》，亦名《北方眞武玄天上帝出身志傳》，二十四回，亦由余象斗編，記眞武大帝成道降妖事，文字拙劣。從總體上看，這「四遊記」雖在民間頗爲流行，但藝術價值不高。

二、爲神仙立傳型作品。明代神魔小說中有相當數量是爲佛道兩教以及民間流傳的各類神仙立傳的，其中有的是獨傳式，寫一人爲主；也有的是合傳型，將數人湊在一起。前者如達摩、觀世音、許旌陽、呂純陽、薩眞人、天妃、鍾馗、韓湘子、華光、眞武、濟顛、關帝、牛郎織女等；後者如二十四羅漢、八仙等。這類作品大都先寫傳主的出身始末，後敘其降妖除害、濟世渡人的故事，結構鬆散，形象乾癟，宗教性強，但因民間信仰所致，也有一定的市場。

三、與歷史故事相交融的作品。這類作品，或將歷史的故事幻想化，或將虛幻的人物歷史化，歷史在這裡只是作爲一種背景或點綴，其主色調仍是由神魔鬼怪、奇事奇境所顯現出來。晚明的這類代表作有《封神演義》、《三寶太監西洋記》、《三遂平妖傳》等。羅懋登編的《三寶太監西洋記》，一百回，書成於萬曆二十五年（一五九七）。作者有感於國勢的衰微，想藉鄭和下西洋的故事，激勵君臣，重振國威，但又著意於宣揚法力無邊，因果輪迴，故寫得妖奇百出，使人感到荒誕不經。全書幾乎全由對話堆砌而成，缺乏細節描寫和人物性格刻畫，情節枝蔓，文辭不佳，戰爭描寫也多承襲《三國志演義》、《西遊記》等小說。《三遂平妖傳》演文彥博討平王則、永兒夫婦事[20]。對造反人物多誣衊爲「妖人」，將歷史上實有的本事演變爲神道妖魔間的爭鬥。書中也反映了一些社會的黑暗和人民的苦難，語言樸素流暢，幽默潑辣，塑造了幾個有血有肉的形象。在這類小說中，影響最大的要數《封神演義》。

《封神演義》一百回，是明代天啓年間，由許仲琳、李雲翔據民間創作改編而成[21]。全書以武王伐紂、商周易代的歷史爲框架，敘寫天上的神仙分成兩派捲入這場爭鬥，支持武王的爲闡教，幫助紂王的爲截教。雙方祭寶鬥法，幾經較量，最後紂王失敗自焚，姜子牙將雙方戰死的要人一一封神。小說成功地塑造了殷紂王這個暴君的形象。他沉湎酒色，昏庸無道，砲烙直臣，誅妻殺子，重用奸佞，殘害忠良，挖比干之心，剖孕婦之腹，種種暴行，令人髮指。紂王這個千古暴君的藝術形象，具有一定的普遍意義，也是明代中後期殘暴的政治現實的折射。作者將紂王的昏暴淫亂歸罪於狐狸精化身的妲己，狐狸精也就成爲蠱惑君王者的代名詞和「女人禍水論」的樣板。與此相對立的文王、武王則是仁政理想的化身。整部小說貫穿了以仁易暴、以有道伐無道的基本思想。小說把明代明令刪節的《孟子》中的一些具有古代民主思想的言論，如「君之視臣如手足，則臣視君如腹心；君之視臣如土芥，則臣視君如寇仇」等，通過正面人物之口加以宣揚，甚至讓姜子牙一再聲稱：「天下者，非一人之天下，乃天下人之天下。」這些爲「以臣伐君」、「以下伐上」張本的言論，無疑具有一定的反封建意義。至於寫敢闖敢幹的少年英雄哪吒在忍無可忍的情況下，竟追殺其父李靖，這不啻是對封建社會中「父要子亡，子不亡是爲不孝」的倫理觀念的一種反抗。這些進步的思想，顯然與晚明尊重人性、張揚個性的社會思潮有關。但另一方面，書中流露了濃重的宿命論的觀點，把一切都歸結爲「成湯氣數已盡，周室天命當興」；又不管正義與非正義，籠統地歌頌其忠君的精神；因而最後敵對雙方的人物，乃至助紂為虐的奸佞小人一起都上了封神臺。這些與「女媧論」一起，都削弱了作品的積極意義。

這部小說以想像的奇特擅勝。其人有奇形怪貌、異能絕技，如雷震子生肉翅可飛，土行孫能土遁迅行，楊任在眼中長出雙手，哪吒能化成三頭八臂，以及千里眼、順風耳等都膾炙人口。在雙方爭戰中，光怪陸離的法寶，令人眼花繚亂。小說也刻畫了一些有性格的人物，如土行孫機智幽默，英勇善戰，而又暴躁好色，貪圖富貴；聞太師一味愚忠，而又有一股正直之氣。特別是「哪吒鬧海」一節，把一個七歲小兒從天眞頑皮到勇武鬥狠的性格發展，寫得井然有序，十分可愛。但總的說來，這部小說偏於敘事而略於寫人；寫人時注重其神奇性而忽略其人性，因而多數人物性格不鮮明。故事情節也多有雷同之處，置陣破陣，鬥法破法，往往給人一種程式化的感覺。這都影響了它的藝術感染力。

《西遊記》影響下的明末神魔小說主要可分成以上三類，而這三類的不同特點在具體作品中往往相互勾連、交叉，這裡只是就其主要傾向而略加分別而已。以後清代的神魔小說大致也是沿著這些路子發展下去，出現了《後西遊記》、《鍾馗斬鬼傳》、《綠野仙蹤》等作品，但其總體成就沒有一部超過《西遊記》的。《西遊記》作為一部神魔小說的代表作，不但在中國文學史上具有崇高的地位，而且也豐富了世界文學的寶庫。早在一七五八年，日本著名小說家西田維則就開始了翻譯、引進的工作，前後經過三代人長達七十四年的艱苦努力，終於在一八三一年完成了日本版的《通俗西遊記》。時至今日，日譯本《西遊記》已不下三十餘種，還有許多改編本。一九八七年十月，日本電視工作者把《西遊記》搬上電視螢幕。英譯本最早見於一八九五年由上海華北捷報社出版的《金角龍王，皇帝遊地府》，係通行本第十、第十一回的選譯本。以後陸續出現了多種選譯本，其中以一九四二年紐約艾倫與昂溫出版公司出版的亞瑟·韋利翻譯的《猴》最為著名。由安東尼（即俞國藩）翻譯的全譯本《西遊記》四卷，在一九七七至一九八〇年間分別於芝加哥和倫敦同時出版，得到了西方學術界的普遍好評。此外，法、德、意、西、世（世界語）、斯（斯瓦希里語）、俄、捷、羅、波、朝、越等文種都有不同的選譯本或全譯本。英國、美國、法國、德國等國的大百科全書在介紹這部小說時都給予很高的評價，認為它是「一部具有豐富內容和光輝思想的神話小說」，「全書故事的描寫充滿幽默和風趣，給讀者以濃厚的興味」㉒。《西遊記》無疑是屬於世界的。

注釋

❶本書存刻本兩種：一為小字本，題為《大唐三藏取經詩話》，中有宋版特色的缺筆字，卷末有「中瓦子張家印」題款一行。一為大字本，題《新雕大唐三藏法師取經記》，蓋為前書之異刻。關於本書的性質、成書與刊印年代，眾說紛紜。今綜合王國維《宋槧大唐三藏取經詩話・跋》（《王國維遺書》，上海書店出版社一九八三年版，第三冊《觀堂別集》卷三，第一五一頁）、羅振玉《宋槧三藏法師取經記殘本・跋》（羅氏吉石庵叢書影印本）、德富蘇峰〈魯迅氏之《中國小說史略》〉（日本《國民新聞》一九二六年十一月第十四號）、鄭振鐸〈元明小說的演進〉（《鄭振鐸古典文學論文集》，上海古籍出版社一九八四年版，第三六四頁）、太田辰夫〈《大唐三藏取經詩話》考〉（日本《神户外大論叢》一七一一、二、三合併號；又見《西遊記の研究》，研文出版社一九八四年版，第一九一五一頁）、小川環樹〈《西遊記》的原本及其改作〉、程毅中《宋元話本》（中華書局二〇〇三年新一版，第一〇七頁）及張錦池的〈《大唐三藏取經詩話》成書年代考論〉（《學術交流》一九九〇年第四期）等意見，本書當為成書於北宋年間的一種「説經」話本，刊印於南宋末年。另有學者認為，此書是「俗講底本（變文）」或「小説話本」，成書於晚唐五代，或南宋，或元代。刊印的時間有宋、元或宋元之際等説法。魯迅在《中國小說史略》第十三篇〈宋元之擬話本〉和〈關於《唐三藏取經詩話》的版本〉（《魯迅全集》第四卷，人民文學出版社二〇〇五年版，第二八一—二八四頁）等文中認為「此書或為元人撰」，「似乎還可懷疑為元槧」，但無確證。

❷王靜如〈敦煌莫高窟和安西榆林窟中的西夏壁畫〉（《文物》一九八〇年第九期）指出，在安西榆林窟有三處西夏壁畫〈唐僧取經圖〉上，已畫著唐僧、孫行者和白馬。南宋的一些詩文，也談到了「猴行者」在取經路上發揮了不小的作用。如劉克莊詩〈釋老六言〉十首其四曰：「一筆受楞嚴義，三書贈大顛衣，取經煩猴行者，吟詩輸鶴阿師。」張世南《遊宦紀聞》卷四載永福縣張僧人詩曰：「無上雄文貝葉鮮，幾生三藏往西天……苦海波中猴行復，沈毛江上馬馳前。」（四部叢刊本《後村先生大全集》卷第四十三）

❸參見魯迅一九二二年八月二十一日致胡適信（《魯迅全集》第一一卷，人民文學出版社二〇〇五年版，第四二八—四三〇頁），魯迅《中國小說史略》第九篇〈唐之傳奇文〉（下）（《魯迅全集》第九卷，人民文學出版社二〇〇五年版，第八四—九五頁），吳曉鈴〈《西遊記》與《羅摩延書》〉（《文學研究》一九五八年第一期），蘇興〈《西遊記》的地方色彩〉（《西遊記及明清小說研究》，上海古籍出版社一九八九年版，第六五頁）。

❹ 參見胡適〈西遊記考證〉（《胡適古典文學研究論集》，上海古籍出版社一九八八年版，第八八六頁）、季羨林〈《西遊記》與《羅摩衍那》〉（《文學遺產》一九八一年第三期）。

❺ 今存於廣東省博物館的一個元代瓷枕上已有四人形象。甘肅省甘谷縣的華蓋寺中保留的元代壁畫〈唐僧取經歸來圖〉上，也有個大腹便便的豬八戒。

❻ 在金元之際的戲曲創作中，有金院本《唐三藏》，已失傳；元代有吳昌齡的雜劇《唐三藏西天取經》，僅於《北詞廣正譜》、《納書楹曲譜》、《昇平寶筏》、《萬壑清音》等書中存有殘曲。

❼ 《朴通事諺解》是一部漢、朝語對照的教材，存朝鮮肅宗三年（一六七七，相當於康熙十六年）刊印本，係經由崔世珍（？—一五四二）改訂過的《朴通事》和《朴通事集覽》的合印本。原書由朝鮮邊暹等編著，約成於高麗後期，相當於元朝末年。今有日本京都帝國大學昭和十八年（一九四三）影印本和韓國亞細亞文化社一九七三年影印本。

❽ 現存世德堂本有五套，分別藏於臺灣故宮博物院、日本日光山輪王寺慈眼堂、日本天理大學圖書館、日本淺野圖書館、日本廣島大學圖書館，各本多數卷目題為「金陵世德堂梓行」，也有個別幾卷題為「金陵榮壽堂梓行」，卷十六又題作「書林熊雲濱重鍥」，似均非原刊本。

❾ 明代另有簡本兩種：一為朱鼎臣編輯的《唐三藏西遊釋厄傳》，十卷六十九則，篇幅約為百回本的四分之一，但有唐僧出身的故事；另一種為陽至和（楊致和）編定的《西遊記傳》，四卷四十回，篇幅與朱鼎臣本相近，無唐僧出身故事。這兩種簡本，多數學者認為是百回本的刪節本。

❿ 丘處機（一一四八—一二二七），自號長春子，登州棲霞人，為道教全真派的首領。曾應元太祖成吉思汗之詔，率門人「歷四載」，「經數十國，為地萬有餘里」，西行到雪山（《金蓮正宗記》和《元史・釋老傳》）。其門人李志常作《長春真人西遊記》二卷敘其事蹟，現存《道藏》中。清初汪象旭評刻本《西遊證道書》卷首有署名「虞集」的序，稱此小說為「國初丘長春真君所纂」。近今重提《西遊記》作者為丘處機的主要見：陳敦甫《西遊記釋義》（臺北全真教出版社一九七六年版），〔美〕浦安迪《明代小說四大奇書》（中國和平出版社一九九三年版，第一五三頁）等。

⓫ 清代華胥子（陳文述）〈西泠仙詠自敘〉云：「《西遊記》只二卷，載在《道藏》。所記自東至西程途日月及與元太祖問答之語。……世傳《西遊記》，則丘祖門下史真人弟子所為，所言多與《性命圭旨》相合，或即作《圭旨》之史真人弟子從而演其說也。」（見《武林掌故叢書》第五集）清代桂馥《晚學集》卷五〈書聖教序後〉述及「唐高僧三藏法師玄奘」事蹟後有按語云：「許白雲《西遊記》由此而作。」

⑫認為此書是吳承恩所作的主要論著是魯迅的《中國小說史略》、胡適的〈西遊記考證〉（《胡適古典文學研究論集》，上海古籍出版社一九八八年版，第九〇八—九一三頁）及蘇興的〈也談百回本《西遊記》是否吳承恩所作〉（《社會科學戰線》一九八五年第一期）等。主要理由是：一，《天啓淮安府志》卷十九《藝文志・淮賢文目》載：「吳承恩，《射陽集》四冊□卷，《春秋列傳序》，《西遊記》。」二，小說使用了淮安方言。三，吳承恩寫過志怪小說《禹鼎志》，而且他的詩歌如〈瑞龍歌〉、〈二郎搜山圖歌〉等與《西遊記》的風貌相接近。

⑬否定《西遊記》作者是吳承恩的主要論著見：俞平伯〈駁《跋銷釋真空寶卷》〉（一九三三年七月《文學》創刊號）、（日）太田辰夫〈西遊記雜考〉（日本《神戶外大論叢》第二一卷第一、二號合刊）、磯部彰〈中國人對《西遊記》的鑑賞與傳播——以明代正德年間至崇禎年間為中心〉（《東方宗教》第五十五號，一九八〇年版）、章培恆〈百回本《西遊記》是否吳承恩所作〉等（《獻疑集》，嶽麓書社一九九三年版）。主要論點是：一，《天啓淮安府志・淮賢文目》所著錄的《西遊記》未說明性質、卷數等，未必就是小說。二，清初黃虞稷的《千頃堂書目》明確將吳承恩《西遊記》歸入史部輿地類。三，南京世德堂本刊於一五九二年，離吳承恩去世僅十年，其卷首陳元之序已不知作者是誰。四，小說中真正的淮安方言並不多，而吳語多。五，劉勇強、黃永年等提出在第七、九、二十九回等多處行文過程中漫不經心地嵌入「承恩」兩字，甚至與「並不光輝的八戒」相並列（劉勇強《奇特的精神漫遊》，生活・讀書・新知三聯書店一九九二年版，第二六三頁；黃永年《西遊記・前言》，《西遊記》，中華書局一九九三年版，第三〇頁）。

⑭關於吳承恩的生卒年，有一五一〇—一五八〇、一五〇四—一五八二、一五〇〇—一五八二等多種推測，均無確切材料可證。

⑮明清兩代的評論家「或云勸學，或云談禪，或云講道」（魯迅《中國小說史略》第十七篇），大致都承認它「雖極幻妄無當，然亦有至理存焉」（謝肇淛《五雜俎》卷十五，上海古籍出版社二〇〇二年《續修四庫全書》據明萬曆四十四年刊本影印）。到「五四」前後，與整個學術界同傳統決裂的思潮有關，一些學者如胡適等強調《西遊記》「至多不過是一部很有趣的滑稽小說、神話小說，他並沒有什麼微妙的意思。」（〈西遊記考證〉，《胡適古典文學研究論集》，上海古籍出版社一九八八年版，第九二三頁）魯迅在《中國小說史略》和《中國小說的歷史的變遷》中也一再說「此書則實出於遊戲」。他們強調的是幻中有趣。半個多世紀以來，隨著社會政治意識的不斷強化，人們也就越來越習慣於用社會政治的觀點來讀解這部小說，如有人用農民起義的模式來解釋孫悟空大鬧天宮和後來的「投降」，就認為小說的主題是前後矛盾的。後此，比較流行的是「主題轉化說」：前七回突出「反抗的主題」，後八十八回轉入了「取經神話的主題」。此外，還有人民鬥爭說、歌頌市民說、安天醫國說、誅奸尚賢說、批判佛教說等諸多說法。這些說法此起彼伏，具有一個共同的特徵，即都強調幻中

見實，甚至認為幻即是實。

⑯《西遊記》強調三教同源，三教的術語多混用，特別在心學的範疇內更是十分融合，如佛家的「禪心」、「明心」，道家的「內丹」、「修心」等都與心學切合。但小說對三教的認識並不很深入，多有附會，對一些三教的代表人物又常常進行抨擊或揶揄，如第五十二回、第九十八回至九十九回等處寫佛家菩薩，第三十七回至四十回、四十四回至四十五回、七十八回至七十九回、八十七回等處寫道士真人，第十七回、四十一回、五十七回等處寫儒士的「道學氣」等都較明顯。這往往是作者藉以表現蔑視權貴或嘲諷現實。

⑰其他如第十四回〈心猿歸正，六賊無蹤〉，第二十三回〈三藏不忘本，四聖試禪心〉，第三十六回〈心猿正處諸緣伏，劈破傍門見月明〉，第五十回〈情亂性從因愛慾，神昏心動遇魔頭〉，第六十二回〈滌垢洗心惟掃塔，縛魔歸正乃修身〉，第七十六回〈心神居舍魔歸性，木母同降怪體真〉，第八十三回〈心猿識得丹頭，姹女還歸本性〉等回目，都表現了這一哲學寓意。

⑱如師徒四人先是慶幸度過了某一難關，不久又碰到了諸如飢餓、寒冷等困難，冒出了一個新的妖怪。經過偷襲或較量，將唐僧（有時兼及徒弟）攝入魔窟。然後，孫悟空憑著自己的神通或請求神佛的援助，終將妖魔降服，然後就繼續上路。

⑲作者董說（一六二〇—一六八六），字若雨，浙江烏程（今湖州）人。明末諸生，曾參加復社，出張溥門。明亡後為僧，更名南潛，字月涵。著述甚富，有《董若雨詩文集》。《西遊補》約作於崇禎十三年（一六四〇），現存崇禎刊本。

⑳《三遂平妖傳》現存四卷二十回本題「東原羅貫中編」，一般認為是據羅貫中原本的重刊本，也有人認為是據四十回本的刪節本。泰昌年間有四十回本張無咎序刊的《天許齋批點北宋三遂平妖傳》。後於崇禎年間有嘉會堂刊《墨憨齋批點北宋三遂平妖傳》，亦四十回，其識語云：「舊刻羅貫中《三遂平妖傳》二十卷，緣起不明，非全書也。墨憨齋主人曾於長安復購得數回，殘缺難讀，乃手自編纂，共四十卷，首尾成文，始稱完璧，題曰《新平妖傳》，以別於舊。」故一般認為四十回本是馮夢龍的增補本，嘉會堂本是張無咎序刊本的修訂本。

㉑參見章培恒〈《封神演義》的性質、時代和作者〉，《獻疑集》，嶽麓書社一九九三年版，第三〇六頁。另，孫楷第等曾據《傳奇彙考》卷七《順天時》傳奇解題云「《封神演義》係元時（當是明時）道士陸長庚作」而判為陸作。長庚名西星，與化人，諸生。約生於正德十五年（一五二〇），至萬曆二十九年（一六〇一）八十二歲時仍在世。若陸長庚作，則書成於明代隆慶至萬曆年間。今存《封神演義》有上圖下文本，似早於天啓年間刊。

㉒本段材料及引文參見王麗娜《中國古典小說戲曲名著在國外》，學林出版社一九八八年版，第九六—一二七頁。

第九章　《金瓶梅》與世情小說的勃興

所謂世情小說，就是以「極摹人情世態之歧，備寫悲歡離合之致」（笑花主人《今古奇觀・序》）爲主要特點的一類小說。小說涉及世情，自可溯源到魏晉以前，但從晚明批評界開始流行的「世情書」的概念來看，主要是指宋元以後內容世俗化、語言通俗化的一類小說。從魯迅的《中國小說史略》起，學術界一般又用世情小說（或稱人情小說）專指描寫世俗人情的長篇。於是，魯迅稱之爲「最有名」的《金瓶梅》，就常常被看作是世情小說的開山之作。之後，明清兩代的世情小說，或著重寫情愛婚姻，或主要敘家庭糾紛，或廣闊地描繪社會生活，或專注於譏刺儒林、官場、青樓，內容豐富，色彩斑斕。

第一節　《金瓶梅》的創作時代及其作者

・文人獨立創作的長篇小說　・成書的時代　・作者之謎　・《金瓶梅》的版本

《金瓶梅》的成書，與「四大奇書」中的另外三種不同，並沒有經過一個世代累作的過程❶。第一次透露世上存在《金瓶梅》這樣一部小說的信息，見於萬曆二十四年（一五九六）袁宏道給董其昌的信。袁宏道在信中問：「《金瓶梅》從何得來？」袁宏道的弟弟中道也曾回憶董其昌對他說過：「近有一小說，名《金瓶梅》。」（袁中道《遊居柿錄》）沈德符聽說後，一時間猶「恨未得見」（沈德符《萬曆野獲編》）。據當時這些廣聞博識的文人的口氣，可知這部小說剛剛成書不久。在現存的《金瓶梅詞話》中存在著的一些話本故事、時曲小調等，也只是作爲「鑲嵌」在作家獨立構思的藍圖上的個別片段，它們不是《金瓶梅》的雛形作品，也不能證明此前曾經有過一部雛形作品。事實上，至今也未見一個《金瓶梅》的主要人物和主要情節曾經「世代」流傳過。至於小說中留有的說唱藝術的痕跡，有的是由於「鑲嵌」所致，也有的是因爲模仿所成。這和書中行文時有粗疏、錯亂等，都難以作爲累積型集體創作的證據。《金瓶梅》是中國第一部文人獨立創作的白話長篇小說。

《金瓶梅》成於何時？萬曆中後期開始傳說它作於嘉靖年間❷，但從一九三〇年代起，人們陸續發現小說寫到了萬曆年間的一些故實❸，故一般研究者認爲它成於萬曆前中期，即在董其昌、袁宏道等人看到抄本前不久。這個時代，官商結合，商業經濟繁榮，市民階層正在崛起，人們在兩極分化中，受到金錢和權勢的猛烈衝擊，價値觀念發生了急遽的變化，奢華淫逸之風也迅即瀰漫了整個社會。《金瓶梅》即反映了這樣一個時代，也只有這樣的一個時代才能產生這樣的一部小說。

關於《金瓶梅》的作者，現在還是一個謎。《金瓶梅詞話》卷首欣欣子所作的序稱「蘭陵笑笑生作」。古稱「蘭陵」之地有二：一爲今山東棗莊，另一爲今江蘇武進，現在尙難考定何者爲是。同時代的《花營錦陣》之中，也有署名「笑笑生」的一首〈魚游春水〉，但不知兩個「笑笑生」是否爲一人。萬曆間人談及該書的作者時，有的說是被「陸都督炳誣奏」者（屠本畯《山林經濟籍》），也有的說是「嘉靖間大名士」（沈德符《萬曆野獲編》），有的說是「紹興老儒」（袁中道《游居柿錄》），也有的說是「金吾戚裡」門客（謝肇淛《金瓶梅・跋》），都語焉不詳。後世學者做了種種猜測和推考，特別是近年來，有王世貞作、李開先作、賈三近作、屠隆作、湯顯祖作、王穉登作等多種說法❹，但都缺乏確鑿的佐證。

《金瓶梅》成書後最初以抄本流傳。今見最早的刊本是萬曆丁巳（一六一七）年署刊的《新刻金瓶梅詞話》，人稱「詞話本」或「萬曆本」。崇禎年間有《新刻繡像批評金瓶梅》問世，人稱「崇禎本」。一般認爲後者是詞話本的評改本，即將詞話本的回目、正文稍作刪改、修飾後再加評點和圖像刊行。清康熙年間，張竹坡以崇禎本爲底本，將正文的個別文字修改後另做詳細評點，以《張竹坡批評金瓶梅第一奇書》之名行世，人稱「第一奇書本」或「張評本」。「民國十五年」（一九二六）又有存寶齋排印的《眞本金瓶梅》（後改稱《古本金瓶梅》）出版。此書將張評本中的穢筆全部刪改，第一次以「潔本」的面貌問世而暢銷一時。根據以上情況，最接近原作的應是詞話本。詞話本中以目前臺北故宮博物院藏本爲最佳。詞話本的影印本中，有古佚小說刊行會本（一九三三）與日本大安株式會社本（一九六三）、臺北聯經出版事業公司本（一九七八）等，通行的是人民文學出版社一九八五年五月排印的刪節本。本書所據即爲古佚小說刊行會影印的詞話本。

第二節　封建末世的世俗人情畫

・由一家而寫及天下國家　・從暴露社會的矛盾走向剖視扭曲的人性　・《金瓶梅》的悲劇性
・關於性描寫的問題

《金瓶梅》的書名，乃是由小說中的潘金蓮、李瓶兒、龐春梅三人的名字合成。故事開頭借《水滸傳》中「武松殺嫂」一節而演化開來，寫潘金蓮與西門慶皆未被武松殺死，潘氏遂嫁西門爲妾。第十回至第七十九回，主要寫西門慶的暴發暴亡和以金、瓶爲主的妻妾間的爭寵妒恨。最後二十一回，是寫眾妾流散，一片「樹倒猢猻散」的衰敗景象。全書的背景安置在北宋末年，但它所描繪的世俗人情，都是立足於現實的。

《金瓶梅》看來是寫西門一家的日常瑣事，但正如張竹坡在〈第一奇書金瓶梅讀法〉中所說的那樣：「因西門慶一分人家，寫好幾分人家，如武大一家，花子虛一家，喬大戶一家，陳洪一家，吳大舅一家，張大戶一家，王招宣一家，應伯爵一家，周守備一家，何千戶一家，夏提刑一家……凡這幾家，大約清河縣官員大戶屈指已遍，而因一人寫及一縣。」不但如此，小說還通過苗青害主、賄賂蔡京、結交蔡狀元、迎請宋巡按、廷參太尉、朝見皇上等一系列故事，從西門一家而寫及了「天下國家」。在這裡，上至朝廷，下及奴婢，雅如士林，俗若市井，無不使之眾相畢露；其社會政治之黑暗，經濟之腐敗，人心之險惡，道德之淪喪，一一使人洞若觀火。《金瓶梅》寫世情，眞是達到了魯迅所說的「著此一家，即罵盡諸色」（《中國小說史略》）的境地。

顯然，《金瓶梅》寫世情不在於一般的描摹，而是著意在暴露。它的暴露，不但有廣度，而且能在普遍的連繫中把矛頭集中到封建的統治集團和新興的商人勢力，從而觸到了當時社會的基本矛盾，反映了當時的時代特徵，因而顯得具有相當的深度。小說的主人公西門慶，本是一個小商人，他憑著「近來發跡有錢」，靠勾結衙門，不法經商，拚命斂財，財越積越多；又憑藉金錢來賄賂官場，打通關節，官越攀越高。於是，他在官商勾結、權錢交易的世界裡，肆無忌憚地淫人妻女，貪贓枉法，殺人害命，無惡不作，卻又能步步高升，稱霸一方。從這裡可以看到，被金錢鏽蝕了的封建官僚機器已經徹底腐爛了。作者曾經用十分明確的語言指出，當時「風俗頹敗，贓官汙吏，遍滿天下，役煩賦重，民窮盜起，天下騷然」，就是因爲「奸臣當道」；而奸臣之所以能當道，就是因爲他們得到了皇上的「寵信」（《新刻金瓶梅詞話》第一回、第三十回）。西門慶從蔡京手中買來的一紙「理刑副千戶」的「誥身劄付」，就是由「朝廷欽賞」給蔡京的（第三十回）。曾御史彈劾西門慶「貪肆不職」的罪狀條條確鑿，卻由於西門慶「打點」了蔡京，結果一道聖旨下來，曾御史受到了處罰，西門慶則得到了嘉獎（第四十八回）。於此可見，這個社會腐敗勢力的總後臺就是皇帝，而這個皇帝本身就「朝歡暮樂」、「愛色貪杯」。他爲了滿足一己之私慾，營建艮嶽，搞得「官吏倒懸，民不聊生」（第六十五回）。在封建專制社會裡，將暴露社會黑暗的焦點集中到以皇帝爲首的最高統治集團身上，可謂抓住了腐朽的封建政治的要害。更何況《金瓶梅》時代的明神宗，就是一個以終年不見朝臣，日處深宮荒淫，「行政之事可無，斂財之事則無奇不有」（孟森《明清史講義》）而出名的皇帝。這就不難理解當時的讀者讀了這部小說之後，認爲它就是在「指斥時事」（沈德符《萬曆野獲編》）了。

假如說小說對腐朽的封建統治集團進行了不遺餘力的抨擊的話，那麼對於新興的商人勢力則抱著一種頗爲複雜的態度來加以暴露。作者在傳統的道德觀念和「重農抑商」思想的支配下，總體上是將西門慶作爲新興商人的代表放在被批判的位置上，把他寫成一個罪惡累累、慾壑難填、不得好死的惡棍。但與此同時，在新思潮的薰染下，又常常不自覺地把這個不顧傳統道德、破壞封建秩序、蔑視朝廷法規、不信因果報應而一味瘋狂地追求金錢和女人、盡情地享受人世快樂的商人，寫得那樣精明強幹。他不僅靠勾結官府，非法買賣而獲利，而且也憑著有膽有識，善於經營而賺錢❺，就在短短的五六年間，從一爿生藥鋪起家，竟擁有了解當鋪、絨線鋪、綢絹鋪、緞子鋪等五家商號，「外邊江湖走標船，揚州興販鹽引，東平府上納香蠟，夥計主管約有數十。……赤的是金，白的是銀，圓的是珠，光的是寶」（第六十九回），已成家資巨萬的豪商。他財大氣粗，地方上的巡按、御史、內相、太監等紛紛前來屈尊俯就；出身於書香門第，「家裡也還有一百畝田、三四帶房子」的秀才不得不受雇於這個不通文墨的商人（第五十六回）；饒有家財的孟玉樓改嫁時，不要「斯文詩禮人家，又有莊田地土」的舉人，卻認爲西門慶「像個男子漢」（第七回）；「走下坡車兒」的白皇親只以三十兩銀子的低價❻，就向炙手可熱的西門慶質當了「一座大螺鈿大理石屏風」，外加「兩架銅鑼銅鼓連鐺兒」（第四十五回）；出身於「世代簪纓，先朝將相」之家的林太太，也心甘情願去填補這個「軒昂出眾」的大官人的慾壑（第六十九回）。無情的現實已證明：象徵著農本的、封建的勢力正在走向沒落，而新興的商人正憑著誘人的金錢，獲得他所需要的一切。西門慶宣布：「咱聞那佛祖西天，也只不過要黃金鋪地；陰司十殿，也要些楮鏹營求。咱只消盡這家私廣爲善事，就使強姦了姮娥，和姦了織女，拐了許飛瓊，盜了西王母的女兒，也不減我潑天的富貴！」（第五十七回）顯然，作者在寫西門慶這個醜惡的強者時，半是詛咒，半是欣羨，以致寫他的結局時，一會兒讓他轉世成孝哥，以示「西門豪橫難存嗣」；一會兒又讓他去東京「託生富戶」，不離富貴（第一百回）。這種情節上的明顯錯亂，生動地反映了生活在人生價值取向正在轉變過程中的作者，最終還是在感情上游移不定，難以用一定的標準去評判新興的商人。

然而，西門慶這個中國十六世紀的商人正當興旺發達的時候，卻因恣意縱慾，很快地斷送了自己的生命，同時也斷送了自己的事業。作者在這裡將一把冰冷的解剖刀指向了人性的弱點。「食、色，性也」，人生對於財的追求和色的貪愛，本是一種自然的本能。小說的第七回說：「世上錢財，乃是眾生腦髓，最能動人。」而兩性間的「滋味」，更常常被形容爲「美快不可言」。作者對於財色，並非一味加以否定。對於女性的壓抑和苦悶，表現了一定的同情；對於女性個體意識的萌動也流露了一定的讚美之情。這與晚明「好貨好色」的人性思潮是合拍的。但與此同時，作者又以冷峻的筆觸、客觀的描寫表明了假如僅僅以一種原始的動物本能，腐朽的感官享受，乃至無限膨脹的占有慾去向禁慾主義挑戰，其結果只能是理性的淹沒，人性的扭曲，乃至自身的毀滅。西門慶的貪財好色就完全建築在摧殘他人人性和戕害自身生命的基礎之上。他對人欲的貪求已異化爲人性的扭曲和人生的毀滅。不但如此，小說中的金、瓶、梅等諸多女性，似乎也都被社會的規範、封閉的家庭、單調的生活擠壓得只知道人生最低層次的追求。扭曲了的人性，使她們將肉慾變成了生命的原動力。她們以此去撞擊吃人的封建禮教，但在撞擊中自己也步入了邪惡。她們在爭風吃醋、勾心鬥角的漩過中變得心狠手辣，乃至謀害人命，而最後一個個因這樣或那樣的貪「淫」而葬送了年輕的生命。這就使《金瓶梅》並不是停留在一般的道德勸懲層次上的戒貪、戒淫，而是在更深的層次上揭示了人類的本性、人性的弱點及異化。它警示世人：在人欲與天理、個體與客體的矛盾中，獸性畢竟不等於人性。

清人張潮說過：「《金瓶梅》是一部哀書。」（《幽夢影》）它的悲劇意義，不僅僅在於表現了封建專制社會由於統治集團的驕奢淫逸、貪贓枉法和資本勢力的衝擊而日暮途窮；也不僅僅在於寫到了窮人們度日如年，賣兒鬻女，過著「把孩子賣了，只要四兩銀子」（第三十七回）的悲慘生活；而且也在於揭示了中國十六世紀商人的艱難崛起，及其在新的經濟關係尚未得到充分發展的情況下，不得不與腐朽的封建勢力相勾結的醜態；也在於客觀地表明了晚明湧動著的人性思潮，當還沒有找到新的思想武器去衝擊傳統禁慾主義的時候，人的覺醒往往以人欲放縱的醜陋形式出現，而人欲的放縱和人性的壓抑一樣，都在毀滅著人的自身價值。腐朽的當然在走向死亡，新興的同樣也前途渺茫。整個《金瓶梅》世界一片漆黑，令人感到悲哀，感到窒息。

面對著這樣一個悲劇世界，作者常常用色空和因果報應的思想來進行解釋。但這部小說最受人詬病的就是書中存在著大量的性行爲的描寫，以致長期被一些人視爲「淫書」。在晚明肯定人欲的思潮中，人們普遍不以談房闈之事爲恥，赤裸裸的性描寫可見諸各類出版物中。《金瓶梅》中有些性描寫雖然與暴露社會黑暗、刻畫人物性格、開展故事情節有一定關係，但毋庸諱言，其中有不少顯得筆墨游離，文字粗鄙，情趣低級，有腐蝕讀者心靈的作用，特別不宜青少年閱讀。這也就影響了它的價值和流傳。

第三節 白話長篇小說發展的里程碑

・寄意於時俗 ・從歌頌到暴露 ・人物性格的立體化 ・網狀結構 ・妙在家常口頭語

《金瓶梅》作爲第一部文人獨立創作的白話長篇小說，在藝術上雖有諸多粗疏之處，但它在許多方面做出了歷史性的貢獻，具有里程碑的意義。

《金瓶梅》在創作上最顯著的特點，早就被欣欣子序的第一句話指出來了，這就是「寄意於時俗」。所謂「時俗」，就是當代的世俗社會。長篇小說的題材從來源於歷史或神話，到取材於當代現實的社會，無疑是一個重要的轉變。而《金瓶梅》所描寫的現實，主要又不是朝代興衰、英雄爭霸等大事，而是家庭生活中的日常瑣事；人物也不是帝王將相、英雄豪傑、神仙鬼怪，而是生活中的平凡人物。小說將視角轉向普普通通的社會、瑣瑣碎碎的家事、平平凡凡的人物，這就在心理上與廣大讀者拉近了距離，給人以一種身臨其境、親睹親聞之感。這標誌著我國的小說藝術進入了一個更加貼近現實、面向人生的新階段。

與題材的轉變有關，作品的立意也有變化。以前的《三國志演義》、《水滸傳》、《西遊記》等長篇小說，雖也寫到一些反面的角色作爲陪襯，但總的立意在歌頌，熱情歌頌了一些明君賢臣和英雄豪傑，直接宣揚了某種理想和精神。《金瓶梅》則著意在暴露。它用冷靜、客觀的筆觸，描繪了人間的假、醜、惡。與之相適應的是，廣泛而成熟地運用了「或幽伏而含譏，或一時並寫兩面，使之相形」（魯迅《中國小說史略》第十九篇）等諷刺手法，在作者不加斷語的情況下，是非立見。比如第三十三回寫韓道國剛當西門慶的夥計，就在街上洋洋得意地吹大牛，說與西門慶「三七分錢，掌巨萬之財，督數處之鋪，甚蒙敬重」云云。最妙的是，這個甘心讓老婆與西門慶通姦，並關照老婆「休要怠慢了他，凡事奉他些兒」的傢伙，竟不知羞恥地吹噓說與西門慶「彼此通家，再無忌憚，不可對兄說，就是背地他房中話兒，也常和學生計較。學生先一個行止端正，立心不苟。……大官人正喜我這一件兒。」說得正熱鬧，忽見一人慌慌張張前來報告他老婆與人通姦被當場抓住，拴到鋪裡要解官了。作者在這裡一無貶語，但這個無恥小人的醜惡面目暴露無遺。

《金瓶梅》的這種立意和筆法，在後世的《儒林外史》、《官場現形記》等小說中都有所繼承和發展。

《金瓶梅》比之《三國志演義》、《水滸傳》等從「說話」的基礎上發展起來的小說，在塑造人物形象方面也邁進了新的一步。這首先表現在小說描寫的重心開始從講故事向寫人物轉移。小說中的故事從傳奇趨向平凡，節奏放慢，在相對穩定的時空環境和敘事角度中精雕細刻一些人物的心理和細節。寫李瓶兒病危、死亡到出葬，竟用了兩回半近三萬字的篇幅，僅臨終一段就寫了一萬餘字，把西門慶、李瓶兒及眾妻妾等的感情世界刻畫得細緻入微。小說中寫了不少平淡無奇的瑣事，與情節的開展沒有多大關係，只是爲了寫心，爲了刻畫性格。例如第八回寫潘金蓮久等西門慶不來，心中沒好氣，一會兒要洗澡，一會兒又睡覺，一會兒打相思卦，一會兒又要吃角兒；當發現角兒少了一個時，就將氣出在迎兒身上，痛打了她二三十鞭子；放她起來後，又叫她打扇；打了一回扇，又用尖指甲在她臉上掐了兩道血口子。如此這般，刻畫了潘金蓮「無情無緒」的心境和狠毒暴戾的性格。像這類「閒筆」，在以前的長篇小說中是比較少見的。

《金瓶梅》在塑造人物形象方面另一大進步是注意多色調、立體化地刻畫人物的性格。以往長篇小說中的人物性格一般是單色調、特徵化的。這就是以某種性格特徵爲核心，其他諸多的性格元素只是用同一色調、在同一方向上加以補充。即使如曹操的「奸」與「雄」，也不是相反的兩種色調。「雄」只是「奸」的強化劑，使他成爲一個「奸絕」。所以，正如魯迅所說，《三國志演義》「寫好的人，簡直一點壞處都沒有；而寫不好的人，又是一點好處都沒有。」（《中國小說的歷史的變遷》第四講）《西遊記》從不同的角度，用不同的色調塑造了豬八戒這一形象，是一個新的開端。而在《金瓶梅》中，更多的形象就像生活中的人物一樣有惡有善，色彩斑駁。例如奴才來旺的妻子宋惠蓮，長得俏麗、聰慧，但又淺薄、淫蕩，貪錢財，愛虛榮。當西門慶與她勾搭上以後，她一心想爬上「第七個老婆」的位子，以致教唆主子打發她丈夫「馬不停蹄」地「遠離他鄉做買賣去」。但當發覺來旺遭陷害，自己被欺騙時，她覺得愧對丈夫，也愧對自己。這個「辣菜根子」也發作了，大罵西門慶：「你原來就是個弄人的劊子手，把人活埋慣了。害死人，還看出殯的！」人們勸她說：「守著主子，強如守著奴才。」但一顆被驚醒了的正直的良心使她不能忘記曾經在貧賤生活中與丈夫建立起來的一段眞情。她上吊了，帶著強烈的悲憤和羞慚離開了這個吃人的世界。即使如寫西門慶，也並沒有將這個「混賬惡人」簡單化。吳典恩借錢，他在借據上把「每月行利五分」抹去，說日後「只還我一百兩本錢就是了」（第三十一回）；常時節交不上房租，亂作一團，後來尋下房子只要三十五兩銀子，他卻拿出一封五十兩，說是剩下的可開個小本鋪兒，「月間撰的幾錢銀子兒，勾他兩口兒盤攪過來」（第六十回）。這多少有點市民所讚頌的「仗義疏財，救人貧難」（第五十六回）的精神。李瓶兒臨死時，潘道士特別告誡他：「切忌不可往病人房裡去，恐禍及汝身！」可是，他不忍相捨：「寧可我死了也罷，須得厮守著，和她說句話兒。」瓶兒死後，他抱著身下有血漬的屍體哭得死去活來，口口聲聲叫：「寧可教我西門慶死了罷，我也不久活於世了，平白活著做什麼！」（第六十二回）應該說，這個「打老婆的班頭，降婦女的領袖」（第十九回），在這時不無一點眞情。建立這種感情的基礎當然並不純正，但作品所表現的這種感情的發展是合理的、眞實的。西門慶畢竟不是一個惡魔，而是一個惡人，是一個用不同色調描繪出來的活生生的人。

《金瓶梅》從說話體小說向閱讀型小說的過渡，也反映在從線性結構向網狀結構的轉變上。以往的長篇小說，往往是用一條線將一個個故事貫穿而成，每一個故事又大都是以時間爲序縱向直線推進，且有相對的獨立性。《金瓶梅》則從複雜的生活出發，全書並不是以單線發展，每一故事在直線推進時又常將時間順序打破，做橫向穿插以拓展空間，這樣，縱橫交錯，形成了一種網狀的結構。從全書來看，總的是寫西門慶一家的興衰，其中以西門慶爲中心，形成一條主線，與此相並行的如金蓮、瓶兒、春梅等故事又都可以單獨連成一線，它們在一個家庭內矛盾糾葛、聯成一體。這個家庭又與市井、商場、官府等橫向相連。於是使全書組成一個意脈相連、渾然一體的生活之網。再從局部來看，如第十四回至第十九回，主幹情節是寫李瓶兒與西門慶偷情至娶嫁，但在這個故事縱向推進的過程中，橫向穿插進許多既與主幹情節相關而又可獨立於外的人物和事件，如李瓶兒爲潘金蓮拜壽、吳月娘爲瓶兒做生日、西門慶梳籠李桂姐、楊戩被參、陳洪充軍、陳經濟帶大姊來避禍，以及西門慶派來保去東京行賄等等，各色人物和故事相互交叉，相互制約，像生活本身一樣豐富多采，十分自然，既千頭萬緒，又渾然一體。

《金瓶梅》的語言，多用「市井之常談，閨房之碎語」（欣欣子《金瓶梅詞話・序》），在口語化、俚俗化方面做出了可貴的嘗試。中國古代的小說，從文言到白話是一大轉折。在長篇小說的發展中，《三國志演義》還是半文半白，《水滸傳》、《西遊記》在語言的通俗化、個性化方面前進了一大步，但基本上還是一種經過加工的說書體語言。《金瓶梅》是文人創作的寫俗人俗事的小說，與之相適應的是在語言俚俗上下工夫，用的「只是家常口頭語，說來偏妙」（張竹坡第二十八回批語）。小說又大量吸取了市民中流行的方言、行話、諺語、歇後語、俏皮話等，熔鑄成了「一篇市井的文字」（張竹坡〈金瓶梅讀法〉）。有時寫得平淡無奇，有時顯得汪洋恣肆，如第八十六回寫王婆揭潘金蓮的老底時說：

> 妳休稀裡打哄，做啞裝聾！自古蛇鑽窟窿蛇知道，各人幹的事兒各人心裡明。金蓮，妳休呆裡撒奸，兩頭白

> 面，說長並道短，我手裡使不得妳巧語花言，幫閑鑽懶！自古沒個不散的筵席，出頭椽兒先朽爛。人的名兒，樹的影兒。蒼蠅不鑽沒縫兒彈（蛋）。妳休把養漢當飯，我如今要打發妳上陽關！

這一連串的俗諺，像連珠砲似地打出，把一個「呆裡撒奸」、「養漢當飯」的潘金蓮的嘴臉揭露無遺，又活畫出了一個伶牙俐齒、老辣凶悍的媒婆形象。《金瓶梅》的語言，是在富有地方色彩的家常口頭語上提煉出來的文學語言。它雖然並未淘盡套話，汰除蕪雜，時有生僻、粗鄙之病，但總的風貌是俚俗而不失文采，鋪張而又能摹神。它不但是刻畫人物「面目各異」的形象的有力工具，而且也給整部作品帶來了濃郁的俗世情味和鮮明的時代特徵。以後《儒林外史》、《紅樓夢》刻意用「京白」來將口語淨化，《醒世姻緣傳》、《海上花列傳》之類則重在方言上下工夫，都是在不同角度上受了《金瓶梅》的影響。

第四節　《金瓶梅》的續書及其影響

・《續金瓶梅》等續書　・《金瓶梅》奠定了世情小說發展的基礎　・《金瓶梅》在國外

《金瓶梅》最早的續書名《玉嬌李》（或作《玉嬌梨》）。據沈德符《萬曆野獲編》載，此書亦出《金瓶梅》作者之手，袁中郎知其梗概：「與前書各設報應因果，武大後世化爲淫夫，上烝下報，潘金蓮亦作河間婦，終以極刑，西門慶則一騃憨男子，坐視妻妾外遇，以見輪迴不爽。」沈德符曾見首卷，謂「穢黷百端，背倫滅理。……然筆鋒恣橫酣暢，似尤勝《金瓶梅》。」張無咎《批評北宋三遂平妖傳・敘》云：「《玉嬌梨》、《金瓶梅》另闢幽蹊，曲中奏雅……其《水滸》之亞乎？」此書早佚，與後來的《玉嬌梨》並非一書。

明末遺民丁耀亢作《續金瓶梅》❼，藉吳月娘與孝哥的悲歡離合及金、瓶、梅等人轉世後的故事，大寫北宋亡國、金人南犯的軍國大事，「意在刺新朝而洩黍離之恨」（平步青《霞外攟屑》卷九），故丁耀亢以此而罹禍下獄。然此書過多的因果說教和不時穿插的穢筆，削弱了小說的思想意義，也使整部作品結構鬆散。康熙年間，有人將其中有礙於清朝當局的內容和枯燥無味的說教汰除殆盡，又在情節上稍作整合，並改易了書中人物的名字，以《隔簾花影》之名面世❽，也被目爲「淫詞小說」而遭禁。民國初年，孫靜庵又將《續金瓶梅》重新刪改，在藝術手法上參考了《隔簾花影》，在政治思想上保留了所有觸犯清政府的違禁之語，以迎合資產階級民主革命的思潮，書名《金屋夢》。此外，還有《三續金瓶梅》、《新金瓶梅》、《續新金瓶梅》等，都是一些粗製濫造的惡劄。

《金瓶梅》對後世的影響，主要不在於有幾部續書，或為其他文學樣式提供了素材❾，而是為以後不論在數量上還是在品質上都占壓倒優勢的世情小說的發展奠定了基礎，把我國長篇小說的發展劃成了兩個階段。以後的世情小說主要有兩大流派，一派是以才子佳人的故事和家庭生活為題材來描摹世態的，另一派是以社會生活為題材、用譏刺筆法來暴露社會黑暗的。前者如《玉嬌梨》、《平山冷燕》、《醒世姻緣傳》、《紅樓夢》、《海上花列傳》等，以《紅樓夢》為代表；後者如《儒林外史》、《官場現形記》、《二十年目睹之怪現狀》等，以《儒林外史》為代表。它們都這樣或那樣地表現為「深得《金瓶》壼奧」（《紅樓夢》庚辰本第十三回脂批），與《金瓶梅》之間有著明顯的繼承和發展的關係。當然，《金瓶梅》對一些淫邪的豔情小說的氾濫，也有推波助瀾的不良影響。

《金瓶梅》受到國外學者的高度重視，在西方，最早在一八五三年法國出現了節譯本。日本在一八三一年至一八四七年就出版了由著名通俗作家曲亭馬琴改編的《草雙紙新編金瓶梅》（草雙紙即江戶時代插畫通俗小說）。現在的外文譯本有英、法、德、義、拉丁、瑞典、芬蘭、俄、匈牙利、捷、南斯拉夫、日、朝、越、蒙等文種。美、法、日等大百科全書都給予很高的評價，認為「它在中國通俗小說的發展史上是一個偉大的創新」，「作者對各種人物完全用寫實的手段，排除了中國小說傳統的傳奇式的寫法，為《紅樓夢》、《醒世姻緣傳》等描寫現實的小說開闢了道路。」有的美國學人曾經這樣評價《金瓶梅》在世界文學中的地位：「中國的《金瓶梅》與《紅樓夢》二書，描寫範圍之廣，情節之複雜，人物刻畫之細緻入微，均可與西方最偉大的小說相媲美。……中國小說在質的方面，憑著上述兩部名著，足可以同歐洲小說並駕齊驅，爭一日之短長。」❿法國著名學者艾瓊伯（Etiemble）在為法譯本作序時，高度肯定小說「巨大的文學價值」，同時也承認它是一部「社會文獻」。正像一九三〇年代，中國的鄭振鐸感歎「金瓶梅的時代是至今還頑強地在生存著」（〈談《金瓶梅詞話》〉，一九三三年七月《文學》創刊號）一樣，他也「憂心忡忡地從《金瓶梅》中讀到了我們西方社會道德的演變」⓫。與其他幾部明代小說相比，「在西方翻譯家和學者那裡，《金瓶梅》的翻譯、研究工作是做得最好的」⓬。

注釋

❶也有學者認為《金瓶梅》是一部世代累作型的長篇小說。如馮沅君《古劇說彙》中的〈《金瓶梅詞話》中的文學史料〉（商務印書館一九四七年版）、潘開沛〈金瓶梅的產生和作者〉（《光明日報・文學遺產》第十八期，一九五四年八月二十九日），徐朔方〈《金瓶梅》成書新探〉（《中華文史論叢》一九八四年第三期）等。

❷屠本畯《山林經濟籍》曾提到「相傳嘉靖時」作。此段文字約作於萬曆三十五年（一六〇七）。於萬曆四十一年之後，沈德符《萬曆野獲編》云：「聞此為嘉靖間大名士手筆。」謝肇淛《金瓶梅・跋》也說「相傳永陵中」作。萬曆四十五年廿公《金瓶梅・跋》說：「為世廟時一鉅公寓言。」

❸參見吳晗〈《金瓶梅》的著作時代及其社會背景〉（《文學季刊》創刊號，一九三四年一月）、黃霖〈《金瓶梅》成書問題三考〉（《復旦學報》，一九八五年第四期）、葉桂桐〈《金瓶梅》成書年代新線索〉（《北京師範大學學報》，一九八八年四月號）、梅節〈《金瓶梅》成書的上限〉（《金瓶梅研究》第一輯，江蘇古籍出版社一九九〇年版）、荒木猛〈《金瓶梅》執筆時代的推定〉（日本《長崎大學教養部紀要》第三五卷第一號，第一—六頁，一九九四年七月）。

❹王世貞說，見朱星《金瓶梅考證》，百花文藝出版社一九八〇年版。李開先說，最早見於一九六二年版中國科學院文學研究所編的《中國文學史》第九四九頁的注腳。據說此由吳曉鈴提出，後吳作有〈大陸外的《金瓶梅》熱〉一文，見《環球》一九八五年第八期。賈三近說，見張遠芬《金瓶梅新證》，齊魯書社一九八四年版。屠隆說，見黃霖〈金瓶梅作者屠隆考〉、〈金瓶梅作者屠隆考續〉，《復旦學報》一九八三年第三期、一九八四年第四期。湯顯祖說，見芮效衛〈湯顯祖創作《金瓶梅》考〉，《金瓶梅西方論文集》，上海古籍出版社一九八七年版。王稚登說，見魯歌、馬徵〈《金瓶梅》作者王稚登考〉，《社會科學研究》一九八八年第四期。

❺例如第五十回至六十回寫到他同喬親家合開緞子鋪，各人出資五百兩，通過先已買通關節的巡鹽御史蔡蘊弄到三萬鹽引販賣到南京、湖州，再用本利購進當地貨物轉回清河倒賣，一次就獲利二三萬兩白銀。再如從他為緞子鋪制定的利潤分配原則來看，也頗能調動實際經營者的積極性和增強他們的責任感，即他本人得利五分，合股的喬親家得三分，其餘二分由實際經營管理的夥計韓道國、甘潤、崔本三人均分。

❻據應伯爵說：「休說兩架銅鼓，只一架屏風，五十兩銀子還沒處尋去。」（《新刻金瓶梅詞話》第四十五回，文學古籍刊行社一九五七年影印萬曆刊本，第一一七三頁）

❼ 丁耀亢（一五九九－一六六九，卒年另有一六七〇、一六七一等說法），字西生，號野鶴，又號紫陽道人、木雞道人等。山東諸城人，明末諸生。清順治九年（一六五二）由順天籍拔貢，充鑲白旗教習。十一年（一六五四）任容城教諭，五年後遷惠安令，不就。《續金瓶梅》定稿於順治十八年（一六六一）六十三歲左右。康熙四年（一六六五），因此書罹禍入獄。得赦後歸隱故里。詩集有《丁野鶴遺稿》，另有《蚺蛇膽》等傳奇四種。有人認為，《醒世姻緣傳》也可能是他所作。

❽ 《隔簾花影》，四十八回，不題撰人。卷首有四橋居士所撰序文一篇。順康間作家「天花才子」編輯的小說《快心編》，題有「四橋居士評點」，可見《隔簾花影》當刊於《續金瓶梅》遭禁後不久的康熙年間。

❾ 如後世據《金瓶梅》改編的雜劇有《傲妻兒》，傳奇有《奇酸記》、《金瓶梅傳奇》，彈詞有《雅調祕本南詞繡像金瓶梅傳》、《富貴圖》等。

❿ 本段參考王麗娜《中國古典小說戲曲名著在國外》，學林出版社一九八八年版，第一三〇頁。

⓫ 轉引自宋伯年主編《中國古典文學在國外》，北京語言學院出版社一九九四年版，第四五一頁。

⓬ 夏志清《中國古典小說導論》第五章〈金瓶梅〉，胡益民等譯，安徽文藝出版社一九八八年版，第一八二頁。

第十章　「三言」、「二拍」與明代的短篇小說

明代的短篇白話小說在宋元話本小說的基礎上有很大的發展，特別是在明代中後期，隨著商業經濟的活躍、思想的不斷開放、印刷業的繁榮，白話短篇小說由編輯到創作，從口頭文學到書面文學的轉化過程中，成績斐然，以「三言」、「二拍」爲代表，出現了一大批色彩各異的短篇小說集，呈現一派繁榮的景象。與此同時，文言短篇小說從明初《剪燈新話》的創作，到後期大量的筆記、傳奇、總集的問世，也有所變化和發展，爲以後《聊齋志異》等作品的出現準備著條件。

第一節　白話短篇小說的繁榮

・《清平山堂話本》及「熊龍峰小說四種」　・馮夢龍與「三言」　・凌濛初與「二拍」
・《型世言》及明末其他白話短篇小說集

宋元的「說話」技藝到明代仍然流行，一般稱之爲「說書」或「評話」。焦循《劇說》卷一引《國初事蹟》說：

> 洪武時令樂人張良才說評話，良才因做場擅寫「省委教坊司」招子，貼市門柱上。有近侍言之，太祖曰：「賤人小輩，不宜寵用。」令小先鋒張煥縛投於水。

這則故事除了表明統治者鄙視藝人、殘酷無情之外，也說明了明初儘管思想控制很嚴，不利於通俗文藝的發展，但也並不廢止說書。到明代中後期，統治者對評話、話本和通俗小說等產生了濃厚的興趣❶。民間說書等也受到廣大市民的普遍歡迎❷。一些說書藝人與文人相結合，不斷地潤色、改編和創作了一些話本。隨著讀者的增多、出版印刷業的發展，刊刻的話本也陸續增多。嘉靖年間晁瑮編的《寶文堂書目》中，就著錄了幾十種單刊話本。單刊話本的逐步豐富，爲話

本總集或專集的編輯創造了條件。

現知最早的話本小說總集是嘉靖年間洪楩編刊的《清平山堂話本》❸。原書分《雨窗》、《長燈》、《隨航》、《欹枕》、《解悶》、《醒夢》六集，每集又分上下兩卷，每卷五種，共六十種，故又稱《六十家小說》。今僅殘存二十九篇❹，其中二十四篇爲《寶文堂書目》所著錄，一般學者認爲它們基本上保存了宋元明以來的一些話本小說的原貌❺，有較高的研究價值。

繼《清平山堂話本》之後，萬曆年間書商熊龍峰也刊印了一批話本小說❻，今存僅四種，藏於日本內閣文庫，一九五八年由古典文學出版社合在一起排印出版，定名爲《熊龍峰小說四種》。這四種小說俱見《寶文堂書目》著錄，一般認爲其中《張生彩鸞燈傳》一篇是宋人話本，《蘇長公章臺柳傳》是元人所寫，《馮伯玉風月相思小說》和《孔淑芳雙魚扇墜傳》出於明代。

另有《京本通俗小說》一書，含小說九種❼，一九一五年由當時著名藏書家繆荃孫刊行，據稱是在滬上「親串妝奩」中發現的，「的是元人寫本」。今多數學者認爲它是一部僞書❽。

這樣，「三言」之前的話本小說主要見於《清平山堂話本》和《熊龍峰小說四種》，另有零星單篇散見於通俗類書之中或單獨印行。明代中葉以後，隨著話本小說的流行，一些文人在潤色、加工宋元明舊篇的同時，開始有意識地模仿「話本小說」的樣式而獨立創作一些新的小說。這類白話短篇小說有人稱之爲「擬話本」❾。從魯迅起，一般又將「三言」之後的白話短篇小說都歸屬於「擬話本」一類。

「三言」的編著者馮夢龍（一五七四—一六四六），字猶龍，別署龍子猶、墨憨齋主人、顧曲散人等，長洲（今蘇州）人。出身於書香門第，「才情跌宕，詩文麗藻，尤明經學」（《蘇州府志》卷八一〈人物〉），但一生功名蹭蹬，至崇禎三年（一六三〇）五十七歲時才選爲貢生，六十一歲時任福建壽寧知縣，「政簡刑清，首尚文學，遇民以恩，待士有禮」（《壽寧縣志》）。四年後秩滿離任，歸隱鄉里。清兵南下時，曾參與抗清活動，後憂憤而卒。

馮夢龍自幼接受儒學的薰陶，但又生長在商業經濟十分活躍的蘇州，年輕時常出入青樓酒館，「逍遙豔冶場，遊戲煙花裡」（王挺〈挽馮猶龍〉），熟悉市民生活。曾去李贄生活過二十年的湖北麻城講學，深受李氏思想的影響，人稱他「酷嗜李氏之學，奉爲蓍蔡」（許自昌《樗齋漫錄》卷六）。這就使他成爲晚明主情、尚眞、適俗文學思潮的代表人物，通俗文學的一代大家。他曾改編長篇小說《平妖傳》、《列國志》，鼓動書商購印《金瓶梅》；纂輯過文言小說及筆記《情史》、《古今譚概》、《智囊》和散曲選集《太霞新奏》；創作、改編了傳奇劇本十餘種，合刊爲《墨憨齋定本傳奇》；收錄、編印了民歌〈掛枝兒〉、《山歌》等。而在通俗文學方面最大的成就是「三言」的編著。

「三言」是《喻世明言》、《警世通言》、《醒世恆言》三部小說集的總稱。《喻世明言》亦稱《古今小說》，但「古今小說」實爲「三言」的通稱⑩。「三言」每集四十篇，共一百二十篇。分別刊於天啓元年（一六二一）前後、天啓四年（一六二四）、七年（一六二七）。這些作品有的是輯錄了宋元明以來的舊本，但一般都做了不同程度的修改；也有的是據文言筆記、傳奇小說、戲曲、歷史故事，乃至社會傳聞再創作而成，故「三言」包容了舊本的彙輯和新著的創作，是我國白話短篇小說在說唱藝術的基礎上，經過文人的整理加工到文人進行獨立創作的開始。它「極摹人情世態之歧，備寫悲歡離合之致」（笑花主人《今古奇觀・序》），是宋元明三代最重要的一部白話短篇小說的總集。它的出現，標誌著古代白話短篇小說整理和創作高潮的到來。

在「三言」的影響下，凌濛初編著了《初刻拍案驚奇》（刊於一六二八年）和《二刻拍案驚奇》（刊於一六三二年）各四十卷⑪，人稱「二拍」。凌濛初（一五八〇—一六四四），字玄房，號初成，別號即空觀主人，烏程（今浙江湖州）人。十八歲補廩膳生，後科場一直不利。五十五歲時，以優貢授上海縣丞，後擢徐州通判並分署房村。崇禎十七年（一六四四），李自成部進逼徐州，憂憤而死。他一生著述甚多，而以「二拍」最有名。「二拍」與「三言」不同，基本上都是個人創作，「取古今來雜碎事可新聽睹、佐談諧者，演而暢之。」（即空觀主人《拍案驚奇・序》）它已經是一部個人的白話小說創作專集，它的問世，標誌著中國短篇小說的創作進入了一個新的階段。「二拍」所反映的思想特徵與「三言」大致相同，藝術水準也在伯仲間，故在文學史上一般都將兩書並稱。至明末，有署「姑蘇抱甕老人」者，見「三言」與「二拍」共二百種，「卷帙浩繁，觀覽難周」（笑花主人《今古奇觀・序》），故從中選取四十種成《今古奇觀》。後三百年中，它就成爲一部流傳最廣的白話短篇小說的選本。

在「三言」、「二拍」的推動下，明末清初白話短篇小說的創作如雨後春筍，繁盛一時。先後刊印的有天然痴叟的《石點頭》、周清源的《西湖二集》、陸人龍的《型世言》、西湖漁隱主人的《歡喜冤家》、古吳金木散人的《鼓掌絕塵》、華陽散人的《鴛鴦針》、東魯古狂生的《醉醒石》等多種。這些作品隨著明末政治形勢的嚴峻，人文思潮的變化，大致從側重於主情到傾向於重理，雖然更加關心現實，但說教氣味轉爲濃重。在藝術表現方面，在一些具體形式上有所新變，如突破了一回一篇的模式，數回成一篇，有向中篇過渡的趨勢；增加「頭回」故事，以加強對正文的鋪墊；以及回目之外另加標題等，但總的藝術表現水準呈下降的態勢，眞正代表明代白話短篇小說最高成就的還是「三言」與「二拍」。

第二節　市民社會的風情畫

・商人成爲時代的寵兒　・婚戀自主和女性意識的張揚　・對於貪官酷吏的抨擊和清官的市民化
・「情」與「理」的矛盾與向「禮」的回歸

在「三言」、「二拍」中，也有不少藉歷史故事，以闡發作者善惡倫理觀念的作品，但其主要篇幅和精彩部分，則是寫世俗的人情百態。晚明社會，隨著商業和手工業的發展，都市的繁榮，城市市民的急遽增長和重商思想的抬頭，有更多的商人、小販、作坊主、工匠等成爲小說中的主角。特別是商人，作爲當時商品經濟中最活躍的分子和市民的主要代表，在「三言」、「二拍」中作爲正面的主人公而頻頻亮相，這在中國小說發展史上是一個值得注意的現象。

在傳統的觀念中，「士、農、工、商」，商居其末。而在「三言」中，經商買賣已被視爲正當的職業，商人的地位有了明顯的提高。〈蔣興哥重會珍珠衫〉就寫到社會上流傳著這樣的「常言」：「一品官，二品客。」客商憑著金錢的力量，已在百姓的心目中建立起僅次於官員的地位。〈楊八老越國奇遇〉中的楊八老，「年近三旬，讀書不就」，決定改行經商，其妻也不以讀書科考爲唯一出路，勸夫「不必遲疑」。後雖經千難萬險，終也「安享榮華，壽登耆耋」。「二拍」中的重商思想表現得更加明顯，如〈贈芝麻識破原形〉中的馬少卿，出身「仕宦人家」，當有人認爲「經商之人，不習儒業，只恐有玷門風」時，他理直氣壯地說：「經商亦是善業，不是賤流！」特別是在〈疊居奇程客得助〉中寫到「徽州風俗，以商賈爲第一等生業，科第反在次著」，人生的價值就以得利的多少來衡量。值得注意的是，這篇小說所寫的主人公程宰與海神女結良緣、發大財的故事也意味深長。歷來在文學作品中只有文人雅士或在民間故事中勤勞誠實的農民能得到的仙女，如今卻移情於一個「經商俗人」。這充分地說明了生氣勃勃的商人正在取代讀書仕子而成爲時代的寵兒，他們在擁有大宗財富的同時，也能得到非凡的「豔遇」。他們趾高氣揚，開始俯視社會上的各色人等，瞧不起窮酸的「衣冠宦族」和文人學士，紛紛表示不願意與他們聯姻結好[12]。在金錢面前，門第與仕途已黯然失色。小說所描寫的這種社會心理的微妙變化，表現了晚明時代的鮮明特點，反映了一種新的價值取向。

「三言」、「二拍」的編者對商人的感情也與以往傳統的觀念不同。「三言」中活躍的商人，多數已不是貪得無厭之徒和爲富不仁之輩，而往往是一些善良、正直、純樸，而又能吃苦、講義氣、有道德的正面形象，如〈呂大郎還金完骨肉〉中的布商呂玉、〈施潤澤灘闕遇友〉中的小商人施復等，都拾金不昧，心地善良。〈劉小官雌雄兄弟〉中的小店主劉德「平昔好善」，贏得了「合鎮的人」的「欣羨」。〈賣油郎獨占花魁〉中的賣油郎秦重「做生意甚是忠厚」，因而顧客「單單作成他」的買賣。〈徐老僕義憤成家〉中的阿寄長途販運，歷盡艱辛，終於發財。正如作品中有詩讚道：「富貴本無根，盡從勤裡得。」有時候，作品也表現了他們憑經商的智慧，掌握行情，靈活應變而獲得厚利，如〈徐老僕義憤成家〉；有時候也透露出商業競爭的火藥味和雇工剝削的血腥氣，如〈施潤澤灘闕遇友〉⑬，但這一切都被作者「好人致富」的思想沖淡了。新興商人所獲之「利」都被蒙上了傳統道德之「義」而顯得那麼溫情脈脈和天經地義。比較起來，「二拍」中的 些作品更注重描寫商人的逐「利」而不是求「義」，更直接地接觸到了商業活動的本質。如其第一篇〈轉運漢遇巧洞庭紅〉寫一個破產商人出海經商而終致巨富。它的故事源於明周元暐的《涇林續記》，周元暐明確地將這故事歸於「閩廣奸商，慣習通番」一類。而凌濛初則讚揚了商人們靠「轉運」致富，靠冒險發財，反映了晚明海運開禁後，市民百姓對於海外貿易的興趣，對商人們投機冒險、逐利生財的肯定。再如〈疊居奇程客得助〉中的程宰經海神指點經商之道後，以囤積居奇而暴富；〈烏將軍一飯必酬〉中的楊氏，一而再再而三地鼓勵侄子「大膽天下去得」，為追求巨額利潤而不怕挫折，不斷冒險，這些人和事都得到了作者的讚美。這種不是從道義的角度而是直接從經商獲利的角度去描寫商人，去讚美他們的囤積居奇、投機冒險、積極進取的商業活動，確實更貼近經商活動的本質特點，更準確地反映了晚明商人勢力迅速崛起的時代特徵。

歌頌婚戀自主，張揚男女平等的作品在「三言」、「二拍」中占有很大的比重，而且也最膾炙人口。比如〈宿香亭張浩遇鶯鶯〉一篇，少女鶯鶯與張浩私定盟約的故事與《西廂記》相類似，但結局卻大不一樣。當鶯鶯聞知張浩為父母所逼而另娶他人之後，並沒有聽憑命運的擺布，而是大膽地訴之於父母，告之於官府，指控張浩「忽背前約」，要求法庭「禮順人情」。小說最後以喜劇結尾，實際上肯定了「禮」向「情」的傾斜。〈喬太守亂點鴛鴦譜〉中的喬太守，也公開主張「相悅為婚，禮以義起」，認為青年男女之間的接觸相愛，乃如「移乾柴近烈火，無怪其燃」。這種對於「情」的尊重，與「男女之大防」的封建禮教和「父母之命，媒妁之言」的包辦婚姻是對立的。而值得注意的是，「三言」中這種男女愛戀之情包蘊著豐富的社會內容。比如〈賣油郎獨占花魁〉中的秦重，一見「容顏嬌麗，體態輕盈」的「花魁娘子」就「身子都酥麻」，但莘瑤琴並沒有對他「一見鍾情」。她從感受到秦重「又忠厚，又老實」和體貼入微的照顧，到突破「可惜是市井之輩」的門第偏見，再到看清賣油郎不同於「豪華之輩、酒色之徒」，而是個「知心知意」的「志誠君子」時，才主動表示要嫁給他。而這時的秦重卻也沒有立即應允，還擔心這個「平昔住慣了高堂大廈，享用了錦衣玉食」的她當不了賣油郎的妻子。直到莘瑤琴發出了「布衣蔬食，死而無怨」的堅定誓言時，兩心才真正相通。他們的婚姻是建立在眞正相愛的基礎之上，是一種相互平等、相互尊重和相互了解的關係。在「二拍」中，像〈通閨闥堅心燈火〉中的羅惜惜與張幼謙、〈李將軍錯認舅〉中的劉翠翠和金定，也都是經過了青梅竹馬、耳鬢廝磨、相互熟悉的過程後才萌發了生死不渝的堅貞愛情。「三言」、「二拍」所表現的這種婚戀自主的精神，既突破了門當戶對、父母包辦的陋習，也突破了「一見鍾情」、人欲本能的衝動，而打上了新時代的印記。

「三言」、「二拍」在描寫愛情故事時，還具有尊重女性的意識，流露了男女平等的思想。宋明以來的封建婚姻關係中，貞節觀念是套在女性脖子上的一副沉重的精神枷鎖，突破貞節觀念是晚明人文思潮影響下尊重人性、婦女解放的一種表現。「三言」的第一篇〈蔣興哥重會珍珠衫〉中的王三巧被陳大郎引誘失貞，丈夫蔣興哥知道後雖然「如針刺肚」，萬分痛苦地休了她，但還是對她深情不減，十分尊重，只是責怪自己「貪著蠅頭微利，撇她少年守寡，弄出這場醜來」。三巧被休後，聽了母親「別選良姻」的勸導，也就改嫁。陳大郎的妻子在丈夫死後，也痛快地「尋個好對頭」。最後蔣興哥也不嫌三巧二度失身，又破鏡重圓。在這些市民身上，講究的是人生的眞情實感和尊重自己愛的權利，傳統的三從四德、貞操守節之類已被相對地淡化。在「二拍」中，對於女性「失節」的問題，似乎表現得更爲寬容[14]。〈姚滴珠避羞惹羞〉、〈酒下酒趙尼媼迷花〉、〈顧阿秀喜捨檀那物〉、〈趙司戶千里遺音〉、〈李將軍錯認舅〉、〈徐茶酒乘亂劫新人〉、〈兩錯認莫大姊私奔〉等篇，都在不同程度上用諒解、同情的筆觸寫到了丈夫與失節之婦重歸於好，甚至「越相敬重」。這種新的婦女觀的思想基礎，就是對於女性的尊重。在〈滿少卿飢附飽颺〉中就兩性間的關係問題曾有這樣一段議論：

> 天下事有好些不平的所在！假如男人死了，女人再嫁，便道是失了節，玷了名，汙了身子，是個行不得的事，萬口訾議；及至男人家喪了妻子，卻又憑他續弦再娶，置妾買婢，做出若干的勾當，把死的丟在腦後，不提起了，並沒有人道他薄幸負心，做一場說話。就是生前房室之中，女人少有外情，便是老大的醜事，人世羞言；及至男人家撇了妻子，貪淫好色，宿娼養妓，無所不為，總有議論不是的，不為十分大害。所以女子愈加可憐，男子愈加放肆。這些也是伏不得女娘們心理的所在。

這段話公開地抨擊了封建社會中以男子爲中心的傳統觀念，迫切地呼喚著兩性關係的平等。在這思想基礎上，有的小說不僅僅表現了女性婚戀的自主和平等，而且讚頌了女性爲追求人格的尊嚴而進行的不屈不撓的鬥爭。〈杜十娘怒沉百寶箱〉中的杜十娘，就是一個維護女性人格尊嚴的典型。她作爲一個名妓，並不像傳統文學作品中的妓女那樣以「從良」爲生活目標，她追求的是一種建立在人格平等和相互尊重基礎上的愛情。當她一旦發現自己誤認爲「忠厚志誠」的愛戀對象李甲以千金的代價轉賣了自己的時候，並沒有用價值連城的百寶箱去換取負心人的回心轉意，更沒有含羞忍辱地去當孫富的玩物，而是義正詞嚴地面斥了李甲、孫富，與百寶箱一起怒沉江底，用生命來維護自己的愛情理想與人格尊嚴。她的這種人格力量震撼人心，像這類作品，最能使人感受到晚明社會湧動的人文思潮。

在「三言」、「二拍」中，還有爲數不少的作品旨在揭露官場的腐敗和社會的黑暗⑮。正如「初刻」〈惡船家計賺假屍銀〉開頭所指出的那樣：「如今爲官做吏的人，貪愛的是錢財，奉承的是富貴，把那『正直公平』四字撇卻東海大洋。」他們只知道「侵剝百姓」、「詐害鄉民」，「將良善人家拆得煙飛星散」，這就無異於「盜賊」；而所謂「盜賊」，「仗義疏財的倒也盡有」，因而「二拍」的作者禁不住發出了「每訝衣冠多盜賊，誰知盜賊有英豪」的感慨（〈烏將軍一飯必酬〉）。在暴露官吏貪酷的篇章中，特別引人注目的是〈硬勘案大儒爭閒氣〉，凌濛初在這裡竟把矛頭指向朱熹。這個當時被捧爲「聖人」的理學大師，在小說中竟是個挾私報復，心靈卑鄙，行刑逼供，誣陷無辜的十足小人。「三言」、「二拍」的作者在鞭撻奸臣、貪官、酷吏和種種社會惡勢力時，主要是用一顆正直的知識分子的良心來觀照的；當他們在刻畫一些「清官」形象時，則往往較多地帶上了市民化的色彩。那些「賢明」的「青天」，往往能重視人的價值，承認人情、人欲的合理性。因而在精明公正、爲民做主的過程中，也不忘自己撈點實惠（〈滕大尹鬼斷家私〉）；有的則不拘禮法，風流自賞，公開娶妓，或者以「官府權爲月老」，去成全有情人的越「禮」行爲（〈單符郎全州佳偶〉、〈玉堂春落難逢夫〉、〈喬太守亂點鴛鴦譜〉等）。這些官吏顯然不那麼正統死板、僵化冷酷，多少體現了新興市民的意志和願望。

在時代新思潮的影響下，「三言」、「二拍」確實表現了不少新的內容，具有重要的認識價值，可稱爲晚明市民文學的代表作。但是也應該看到，它們在肯定情和慾時，往往過分地描寫人的自然本能，有過多直露的穢筆而遭到人們的呰病；另一方面又不適當地強化文學的教化功能，大談忠孝節義、因果報應，散發著陳腐的氣息，即使如〈蔣興哥重會珍珠衫〉、〈杜十娘怒沉百寶箱〉這樣的優秀作品也打上了這樣的印記。這種矛盾，「二拍」比之「三言」更爲突出，因而人們往往給「三言」以更高的評價；或者說，「三言」將我國古代白話短篇小說推向高峰，而「二拍」則越過高峰而面向下坡。事實上，「二拍」之後，隨著晚明國事的艱難，強調經世致用的實學思潮的興起，在文學上要求關心國計民生，有益世道人心的呼聲越來越高。這也影響了繁盛一時的白話短篇小說創作，使之向「勸善懲惡」的方面傾斜。

《型世言》就是這種創作傾向的代表。這部小說儘管在揭露明末黑暗社會方面有可取之處，但其主旨是樹立忠孝節烈楷模「以爲世型」（《型世言》第一回回末評），向人灌輸「君臣、父子、夫婦、兄弟、朋友之理道」（夢覺道人序）。這時的白話短篇小說創作，除了〈歡喜冤家〉等作品中的個別篇章還偶爾對人「情」有所肯定之外，絕大多數都是主張克制「情」、「慾」，回歸「理」、「禮」。這就形成了「三言」、「二拍」之後白話短篇小說創作的主要傾向。

第三節 「無奇之所以為奇」

・將平凡的故事寫得曲折工巧　・細緻入微的寫心藝術　・體式和語言的變化

凌濛初在《拍案驚奇・序》中說：「今之人但知耳目之外牛鬼蛇神之爲奇，而不知耳目之內日用起居，其爲譎詭幻怪非可以常理測者固多也。」他宣布在藝術上追求的目標是「耳目前怪怪奇奇」，即在日常題材、平凡故事中顯示出小說的傳奇性。這種藝術被睡鄉居士的《二刻拍案驚奇・序》稱爲「無奇之所以爲奇」。實際上，這也就是「三言」、「二拍」的共同藝術取向。

通觀「三言」、「二拍」，並不是完全沒有寫「牛鬼蛇神」的內容[16]，在以「耳目之內日用起居」爲題材的篇章中，也有個別情節簡單、以闡發思想爲主的作品。但其多數作品由於題材的平凡，就更需要用巧妙的構思、奇異的關目來激發讀者的興趣。而且從「三言」、「二拍」主要供人閱讀而不是訴諸聽覺來看，也有條件把情節寫得複雜多變。因此從總體上說，它們的故事比以往的話本小說寫得更爲波譎雲詭、曲折多變。在表現上常常採用巧合誤會的手法，把情節弄得迷離恍惚，波瀾起伏。例如〈十五貫戲言成巧禍〉中，王翁給劉貴十五貫錢，而崔寧賣絲所得也「恰好是十五貫錢，一文也不多，一文也不少」。由於劉貴的一句「戲言」，二姊誤以爲眞而離家出走，途中正遇崔寧；此時盜賊正巧入劉貴之室行凶，竊得十五貫錢。這些巧合釀成了一樁冤案，後來劉妻正巧被那個行凶的盜賊劫掠，使此案得以了結。這種「無巧不成書」的手法運用得好，才使小說的情節發展騰挪頓挫，出人意料，又顯得合情合理。既以「巧」傳「奇」，又以「巧」寓「眞」。

爲了使情節巧妙多變，作者運用一些「小道具」貫串始終，使整個故事既結構完整，又波瀾迭起。如〈蔣興哥重會珍珠衫〉中的一件「珍珠衫」，蔣興哥贈給愛妻王三巧，三巧轉贈給情夫陳大郎；蔣興哥從大郎處見到此物，就知妻子已有外遇，忍痛休了三巧。後陳大郎病故，珍珠衫落到了其妻平氏手裡；平氏再嫁給蔣興哥，舊物又歸原主。最終三巧與興哥破鏡重圓，興哥就將此物再次贈給三巧。〈陳御史巧勘金釵鈿〉中的「金釵鈿」、〈赫大卿遺恨鴛鴦條〉中的「鴛鴦條」、〈顧阿秀喜捨檀那物〉中的「芙蓉屏」等，也都是以一件「小道具」將整篇小說勾連得既一波三折，又嚴謹工整。

「三言」、「二拍」情節之「奇」，還表現在突破了單線結構的模式，而嘗試用複線結構、板塊結構和變換視角。如在〈張廷秀逃生救父〉中，一方面寫趙昂夫婦害人，另一方面寫張廷秀逃生救父，兩條線有分有合，交叉推進，將複雜豐富的生活場面交織在一起。〈田舍翁時時經理〉將晝夜的故事分成兩大塊：白天牧童放牧受苦，夜晚在夢中享盡富貴，相互更替，形成了強烈的反差。〈襄敏西元宵失子〉寫襄敏公兒子被拐騙，從僕人、孩子、拐子三個角度來複述同一件事情，把一個簡單的故事寫得曲折生動、搖曳多姿。

悲劇性與喜劇性的情節交互穿插，創造一種「奇趣」，也是「三言」、「二拍」常用的手法。宋元話本中多愛情悲劇，而晚明的文學界崇尚「趣」字，短篇小說的創作也就多喜劇團圓之作。當然，在「三言」中也有如〈杜十娘怒沉百寶箱〉那樣震撼人心的悲劇，但馮夢龍、凌濛初顯然更樂意寫一個完美的結局並在作品中營造一種喜劇氣氛。像「三言」中〈喬太守亂點鴛鴦譜〉寫代姊「沖喜」、姑嫂拜堂，乃至後來糾紛百出，實在是封建包辦婚姻的大悲劇，但它以計中計、錯中錯、趣中趣相互交叉，最終又以戲劇性的「亂點鴛鴦譜」作結，皆大歡喜。〈玉堂春落難逢夫〉中的主要人物都有一段悲劇性的經歷，如王景隆金銀散盡，淪落「在孤老院討飯吃」時，卻與玉堂春合作，騙得鴇兒團團轉，使讀者忍俊不禁。在「二拍」中，同樣也充滿著幽默、諷刺和戲劇性。他們將悲喜的情節巧妙搭配，相互襯托，增強了小說的新奇性和趣味性。

在刻畫人物個性方面，「二拍」比「三言」略嫌粗糙，有類型化的傾向[17]。但總的說來，這兩部小說還是運用了傳統的白描手法，塑造了許多血肉飽滿、個性鮮明的人物形象，其中如杜十娘、莘瑤琴等人物的性格，寫得流動變化，富有層次感。在具體表現手法上，這兩部作品比以前的話本小說顯得更爲細膩。寫環境，寫動作，寫對話，寫細節，時見精雕細刻的筆墨，特別是細緻入微的心理描寫，更受人們的重視。中國古代的小說，因受史傳文學、話本小說等影響，往往只重外部言行的描寫，不大習慣於直接描摹人物的心理活動。而在「三言」中，則可比較多地看到生動、細緻的心理描寫。如〈蔣興哥重會珍珠衫〉寫蔣興哥見到珍珠衫，確知妻子與人有私後，用長達五六百字的篇幅，把他內心的氣惱、悔恨、矛盾、痛苦，寫得絲絲入扣。〈賣油郎獨占花魁〉寫秦重初見「花魁娘子」時，既驚又喜，既自卑又自豪，既想追求又有擔心，「千思萬想」，最後決定積錢以求見。作者將他的心底波瀾刻畫得紛繁複雜，又入情入理，深刻地表現了一個小商人在晚明時代中勇於進取的精神。除此之外，如「三言」中的〈金玉奴棒打薄情郎〉、〈金令史美婢酬秀童〉、〈玉堂春落難逢夫〉、〈白玉娘忍苦成夫〉，「二拍」中的〈轉運漢遇巧洞庭紅〉、〈丹客半黍九還〉等，也都有細膩精緻的心理描寫。這在中國古代寫心傳神的藝術史上，是一種新的開拓。

「三言」中有的作品是根據宋元舊本加工改編而成的，也有的是根據社會現實，或前人筆記、傳奇等編寫創作而成的，這就存在著一個對於傳統話本體式繼承和革新的問題。馮夢龍在加工、編寫「三言」的過程中，實際上已經超越了說話人的話本模式，而重塑了一種專供普通人案頭閱讀的白話短篇小說文體。比如，話本的「入話」只是用來穩定和招徠聽眾，往往與正文的內容關係鬆散，且比重過大；馮夢龍刪繁就簡，使之與正文的內容有較爲緊密的連繫。話本中夾雜了大量的韻文，以供歌唱或吟誦，調節聽眾的情緒，渲染說話的氣氛；他則大幅度地加以刪改，以掃除閱讀時的障礙。話本結尾時，說話人用以宣告「話本說徹，權作散場」之類的套話，也被視爲閱讀的累贅而略去。更重要的是，馮夢龍、凌濛初在語言的通俗性上進一步做了努力。比如《清平山堂話本·西湖三塔記》寫白娘子的容貌完全是一套陳詞濫調：

> 宣贊著眼看那婦人，真個生得：綠雲堆髮，白雪凝膚。眼橫秋水之波，眉插春山之黛。桃萼淡妝紅臉，櫻珠輕點絳唇。步鞋襯小小金蓮，玉指露纖纖春筍。

馮夢龍的〈白娘子永鎮雷峰塔〉則用口語改寫成：

> 許宣看時，是一個婦人，頭戴孝頭髻，烏雲畔插著些素釵梳，穿一領白絹衫兒，下穿一條細麻布裙。

這段文字自然而貼切地寫出了許宣的視覺感受。

第四節 明代的文言小說

・《剪燈新話》與其他傳奇小說 ・不同類別的文言筆記小說 ・專集與叢書的大量刊行
・明代文言小說的地位和影響

在以《嬌紅記》爲代表的元代文言小說之後，明代文言小說的創作也並不寂寥。特別是在白話小說尚未形成氣候的明代前期年間，文言小說更是顯得活躍。

明初，瞿佑的一部《剪燈新話》轟動了文壇[18]。此書共四卷二十篇，另有附錄一篇。這些小說，大都寫元末天下大亂時的一些故事，具有幽冥怪奇的色彩。其中不少作品以荒誕的形式，記錄了亂世士人的心態。如〈華亭逢故人記〉寫全、賈二子，於「國兵圍姑蘇」時起兵援張士誠，因兵敗赴水而死。後遊魂遇故人於郊外，坐論懷才之士在亂世之中「貧賤長思富貴」與「富貴復履危機」的兩難心理，很能反映當時士人的心曲。他們感慨韓信、劉文靜等「功臣」、「卒受誅夷」，這正當明太祖大殺功臣之時，其矛頭所向，不言自明。在〈修文舍人傳〉中，作者又藉人物之口，抨擊當世用人「可以賄賂而通，可以門第而進，可以外貌而濫充，可以虛名而躐取」，流露了作者對於黑暗社會不滿的情緒。

書中許多愛情婚姻故事，散發出一些市民生活的氣息。世俗的平民、商人開始成爲小說中的主人公，他們蔑視禮教，大膽地追求婚戀的自主。如〈聯芳樓記〉寫一對富商姊妹薛蘭英、薛蕙英，聰明秀麗，能爲詩賦。一日，窺見青年商販鄭生在河邊洗澡，就「以荔枝一雙投下」，主動表示愛慕。晚上，垂下竹兜，就將鄭生吊上高樓，「自是無夕而不會」。雙方父母知道後，也沒有按照禮教來加以訓斥，倒是開明地成全了他們。這種新的婚戀觀在〈翠翠傳〉中也表現得十分明顯，小說中的女主角翠翠是一位「淮安民家女」，她與同學金定私下相愛後，向父母公開表示：「妾已許之矣，若不相從，有死而已，誓不登他門也！」而當男家貧寒，自覺「門戶甚不敵」，不敢遽然答應時，女方的家長則表示：「婚姻論財，夷虜之道。吾知擇婿而已，不計其他！」顯然，他們對於封建禮教、門當戶對之類並不在乎。後來，翠翠在戰亂中「失身」，作者對她也毫無譴責之意，最終還是讓一對有情人在冥冥中長相廝守。附錄〈秋香亭記〉，寫商生與楊采采自幼相愛，互約爲婚，元末亂起，天各一方，終致有情人難成眷屬，采采嫁給了開彩帛鋪的王氏爲婦。這個悲劇帶有自傳的色彩[19]，但在客觀上也寫出了亂世帶給百姓的災難，並反映了商人勢力的滋長。

《剪燈新話》中有的作品具有明顯的模仿前人名篇的痕跡，詩詞的穿插有時也嫌略多，但總的看來，誠如凌雲翰在序言中所說的：「矧夫造意之奇，措詞之妙，粲然自成一家言。讀之使人喜而手舞足蹈、悲而掩卷墮淚者，蓋亦有之。」這就不難理解，一時間它不但能使所謂「市井輕浮之徒爭相誦習」，而且也使「經生儒士，多捨正學不講，日夜記意（憶），以資談論。」（《英宗實錄》卷九十）它的出現，標誌著明代傳奇小說的崛起，並有力地影響著有明一代乃至清代的文言小說創作。在它之後，明代不斷地有一些傳奇小說集問世，也間有一些佳作，如李昌祺《剪燈餘話》中的〈芙蓉屏記〉、〈秋千會記〉、陶輔《花影集》中的〈心堅金石傳〉、邵景詹《覓燈因話》中的〈桂遷夢感錄〉、宋懋澄《九籥集》及附《別集》中的〈負情儂傳〉、〈珠衫〉等都較有特色。另有一些單篇別行的傳奇小說，如馬中錫的《中山狼傳》等，也膾炙人口，廣泛流傳。

在傳奇小說史上別具一格的是，明代出現了一批「中篇傳奇小說」⑳。這類作品都直接或間接地受了《嬌紅記》的影響，內容都寫愛情故事，篇幅突破萬字，有的甚至超過了四萬字（如《劉生覓蓮記》）。永樂年間李昌祺《剪燈餘話》中的〈賈華雲還魂記〉和成化末年玉峰主人的《鍾情麗集》都寫青年男女對於純正愛情的執著追求，曲折生動，且都有與《嬌紅記》一爭短長的意思。不同的是，〈賈華雲還魂記〉拖上了一個喜劇的尾巴，淡化了悲劇的色彩，而《鍾情麗集》則完全以喜劇團圓作結。在《鍾情麗集》的帶動下，弘治至嘉靖間出現了中篇傳奇創作的高潮，較早出現的《龍會蘭池錄》、《麗史》、《荔鏡傳》、《懷春雅集》等大都注重描寫男女青年大膽、主動地追求婚戀自主，衝擊傳統不合理的婚姻制度，也間有暴露社會的筆墨。特別是〈遼陽海神傳〉一篇，寫徽商程賢與海神相戀，經商發財的故事，想像奇特，文字清麗，反映了當時商業貿易的情況和商人地位的提高，備受人們的青睞。隨著社會輿論對於人欲的過分張揚和世風的日趨頹靡，嘉靖年間出現了好幾種專注於描寫縱慾乃至性亂的作品。這些小說又幾乎都同時宣揚科第功名和得道成仙，充分暴露了個人慾望過分膨脹必然導致的人性全面扭曲。後來問世的《劉生覓蓮記》就批評這些作品「獸心狗行、喪盡天眞」。它與萬曆後成書的《雙雙傳》等，力圖挽回頹風，重新向「情」靠近，並也顯示出對於社會正常秩序的尊重，品格有所回升，但最終也沒有出現上乘的佳作。

明代各類筆記數量之繁富，品種之齊全，都遠勝唐宋。志怪類，如祝允明的《志怪錄》、陸粲的《庚巳編》、楊儀的《高坡異纂》、閔文振的《涉異志》、徐常吉的《諧史》、洪應明的《仙佛奇蹤》、錢希言的《獪園》、王同軌的《耳談》、鄭仲夔的《耳新》、碧山臥樵的《幽怪詩談》等，有的嘲諷朝政的腐敗，有的曲折地反映市民百姓的願望，有的歌頌人間的眞情，也有的在形式上有所革新，寫得委曲動人，饒有興味。志人類，重在記瑣聞軼事的如陸容的《菽園雜記》，以精美的文筆敘掌故，記風情，論史事，時有一些獨到而通達的見解。張應俞的《杜騙新書》，集中了種種詐騙的故事，廣泛地暴露了明末澆漓的世風。梅鼎祚的《青泥蓮花記》彙錄了歷代妓女的事蹟，將她們歌頌爲出汙泥而不染的蓮花，表現她們對自由、愛情的追求和悲慘的遭遇。另有一類專記瑣語清言的志人筆記，如何良俊的《語林》，也較有名。它網羅了自漢至元二千七百餘則舊聞，經過剪裁熔鑄之後，自有其時代特色和個性色彩，且全書風格統一，「有簡澹雋雅之致」（《四庫全書總目・何氏語林》）。總的說來，明代的這些志怪、志人類的筆記小說，在當時的文人圈中還有廣泛的市場，但在藝術上畢竟缺少開拓。至晚明，富有市民氣息的幽默笑話類的作品開創了一個新的局面。這可能與當時商業經濟活躍，思想比較自由開放，以及與文人尚「趣」等社會風氣有關。現存的明末笑話作品不下三十餘種，其代表作是馮夢龍的《古今譚概》（後改名爲《古今笑》、《笑史》）和《笑府》。這兩部書彙輯了古今民間笑話近二千五百則，以明快清峻的文筆，諷刺了封建官吏、不法奸商、無能醫生、迂腐塾師各色人等，從一個側面暴露了兩千年封建社會的弊端和人性的弱點，把笑話藝術推向了高峰。

隨著文言小說創作的興盛和讀者的愛好，搜集、彙刊各類文言小說也蔚然成風。上述《幽怪詩談》、《青泥蓮花記》、《語林》、《古今譚概》等書，實際上都帶有彙輯的性質。在這類書中，馮夢龍的《情史》也較有名，它編輯了歷史上的愛情故事共八百七十餘篇，分成二十四卷，其中不少篇章肯定了反抗封建禮教，讚美了純潔、忠貞的愛情，表現了一種比較新的愛情觀，爲以後戲曲小說的創作提供了豐富的素材。此外，比較著名的小說選集或叢書有《豔異編》、《虞初志》、《古今說海》、《合刻三志》、《顧氏文房小說》、《廣四十家小說》、《稗海》、《稗乘》、《五朝小說》（重編本）、《說郛》、《花陣綺言》等，另外一些通俗類書如《國色天香》、《燕居筆記》、《萬錦情林》、《繡谷春容》等也選錄了大量的小說。這些書籍搜集、保存了自古至明大量的文言小說，功不可沒，但多數編者是爲了營利的需要而加以輯錄，態度不太嚴肅。

明代的文言小說創作，儘管未曾造就出一流的作家和作品，但在文學史上也有其不可忽視的地位。它們對於清代的文言小說，起了一種承上啓下的作用。《聊齋志異》等作品，無論在題材的選擇、情節的構思，還是在表現手法、審美意向、風神韻致等方面，都受到它們的影響。明代的文言小說與白話小說也互相影響，互相補充。白話小說廣闊的題材、通俗的語言、曲折的情節、較長的篇幅，甚至話本的某些體式等都對文言小說的發展有過影響；而文言小說精美的語言、細膩的筆法、雅潔的內容、含蓄的韻味，也對白話小說的提高起過作用。特別是明代的文言小說爲白話小說和戲曲創作、發展提供了豐富的素材，創造了良好的條件[21]。例如《續豔異編》等書所收的〈王翹兒傳〉，全文僅一千二百字，後來成爲白話小說〈胡總制巧用華棣卿，王翠翹死報徐明山〉（《型世言》）、〈胡少保平倭戰功〉（《西湖二集》）、《綠野仙蹤》和戲曲《兩香丸》的題材來源，最後，由「青心才人」編成一部長達二十回的白話小說《金雲翹傳》。在世界文壇上，明人的文言小說也是頗有影響的。一八一三年，越南詩人阮攸曾將《金雲翹傳》移植爲同名的詩體小說，成爲一部飲譽世界文壇的名著。《剪燈新話》在十五世紀中葉傳到朝鮮，金時習隨即仿作《金鼇新話》一書，成爲韓國小說的始祖。十六世紀傳到日本，很快就出現了多種翻譯本和改寫本，至德川幕府時，各種版本「鐫刻尤多，儼如中學校之課本」（董康《書舶庸譚》卷一下）。十六世紀初，越南人阮嶼也在《剪燈新話》的直接影響下，創作了越南第一部傳奇小說《傳奇漫錄》，對越南小說的發展產生了重大的影響。而在我國，《剪燈新話》卻在正統年間就遭到禁毀㉒，以至於相當長的一段時期內受到國人的冷落，從而形成國內與國外的強烈反差。

注釋

❶參見本編緒論注❾。

❷如明無名氏《如夢錄・街市記第六》（中國書店一九九〇年影印三怡堂叢書本）載：「相國寺每日寺中有說書、算卦、相面，百藝逞能，亦有賣吃食等項。」

❸洪楩（pián），字子美，生卒年不詳。嘉靖間的藏書家和出版家。曾刊《夷堅志》、《唐詩紀事》等書籍多種。所刊書籍的版心均有「清平山堂」四字。據馬廉〈清平山堂話本序目〉推定，其書刊刻「當在嘉靖二十年至三十年間（一五四一—一五五一）」（《清平山堂話本》附錄，文學古籍刊行社一九五五年影印本，第五三七頁）。

❹一九二八年，日本學者長澤規矩也透露在日本內閣文庫藏十五篇殘本，次年，由北京古今小品書籍印行會影印出版，因其版心有「清平山堂」字樣，故名《清平山堂話本》。一九三三年，馬廉又在天一閣發現清平山堂刊印的話本小說十二篇，其書根題有「雨窗集上」、「欹枕集上」、「欹枕集下」，由馬廉平妖堂影印出版。一九五五年文學古籍刊行社合於一起影印出版，仍題《清平山堂話本》。後阿英發現殘文兩篇，曾著〈記嘉靖本翡翠軒及梅杏爭春〉一文介紹（《小說閒談》，古典文學出版社一九五八年版，第二四頁）。

❺根據前人著錄和小說中的地名、官制、故實、語言等，一般學者判定《清平山堂話本》中有宋代、元代和明代的作品（「熊龍峰小說四種」和「三言」等情況與此略同）。凌濛初《拍案驚奇・序》曾指出，馮夢龍編刊「三言」時，「宋元舊種，亦

被搜括殆盡」，說明當時還流傳著一定數量的宋元舊本。

❻熊龍峰，本名佛貴，字東㵎，萬曆間書商。關於《熊龍峰小說四種》的刊刻時間，除王古魯曾懷疑刊於嘉靖年間之外，一般學者均認為刊於萬曆年間（馬幼垣〈熊龍峰所刊短篇小說四種考釋〉，原載臺北《清華學報》新五卷第一期；又收入劉世德編《中國古代小說研究》一書，上海古籍出版社一九八三年版）。

❼實刊七種，另有《定州三怪》和《金主亮荒淫》兩種因「破碎太甚」和「過於穢褻」而「未敢傳摹」。

❽關於《京本通俗小說》的真偽問題大致有三種意見：一，魯迅、胡適相信繆氏所說，如魯迅《中國小說史略》第十二篇〈宋之話本〉所論《京本通俗小說》即是。二，鄭振鐸〈明清兩代平話集〉（《小說月報》一九三一年第二二卷第七、八期）、孫楷第〈中國短篇小說的發展與藝術上的特點〉（《文藝報》第四卷第三期，一九五一年五月二五日）、李家瑞〈從俗字的演變上證明《京本通俗小說》不是影元寫本〉（《圖書季刊》第二卷第二期，一九三五年六、七月）、胡士瑩《話本小說概論》（中華書局一九八〇年版，第四九一—四九二頁）等不信是「影元人寫本」，但認為它不是偽書，而是明人所編。三，認為它是由繆氏偽造的。最初由日本學者長澤規矩也於一九二八年提出（〈京本通俗小說與清平山堂話本〉，《小說月報》一九二八年第二〇卷第六期），但未得重視。至一九六五年，馬幼垣、馬泰來兄弟的〈《京本通俗小說》各篇年代及其真偽問題〉（臺北《清華學報》新五卷第一期，後收入馬幼垣《中國小說史集稿》）發表，才引起學術界的強烈反響。後胡萬川的〈《京本通俗小說》的新發現〉（《中華文化復興月刊》第十卷第十期，後收入作者的《話本與才子佳人小說之研究》）、蘇興的〈《京本通俗小說》辨疑〉（《文物》一九七八年第三期，後收入作者的《西遊記及明清小說研究》）等都力主此說，且較有分量，但目前尚有人反對偽造說。

❾「擬話本」之名最先由魯迅在《中國小說史略》中提出，其第十三篇《宋元之擬話本》係指《青瑣高議》、《大唐三藏法師取經詩話》、《大宋宣和遺事》等宋元作品。而其第二十一篇〈明之擬宋市人小說及後來選本〉論及「明末則宋市人小說之流復起，或存舊文，或出新製，頓又廣行世間」時，稱這批小說為「擬宋市人小說」。一九五〇年代以來，學界所用的「擬話本」通常指後一類小說。

❿《喻世明言》天許齋刊本題《全像古今小說》，但總目上題「古今小說一刻」，其「識語」又曰：「本齋購得古今名人演義一百二十種，先以三分之一為初刻云。」葉敬池刊本《醒世恆言》題全稱為《繪像古今小說醒世恆言》，且其序謂：「此《醒世恆言》四十種，所以繼《明言》、《通言》而刻也。」故知「古今小說」實為三書的通稱。「三言」的全稱當分別是：《古今小說喻世明言》、《古今小說警世通言》、《古今小說醒世恆言》。

⓫今存尚友堂本《二刻拍案驚奇》第二十三卷與《初刻》第二十三卷相重，第四十卷為雜劇《宋公明鬧元宵》，故實有小說三十八卷。其第五卷、第九卷版心與其他各篇不同，可見已不是初刊原貌。此書四十卷乃書商湊補而成。

⓬如「三言」中的〈兩縣令競義婚孤女〉，寫王奉把原許配給官家之子的女兒與侄女調包後嫁給富商之子。「二拍」中的〈通閨闥堅心燈火〉，寫商人羅家不願與「衣冠宦族」張忠父聯姻。〈韓秀才乘亂聘嬌妻〉中的富商金朝奉就「不捨得把女兒嫁於」、「滿腹文章」的窮儒韓師愈。

⓭〈施潤澤灘闕遇友〉中寫到施復買下了隔壁「連年因蠶桑失利」而賣掉的兩間小屋，後又「買了左近一所大房屋」，實際上是商業競爭中的吞併行為；又寫到他「開起三四十張綢機，又討幾房家人小廝」等，其雇工剝削也可以想見。

⓮在「三言」〈蔡瑞虹忍辱報仇〉中，蔡瑞虹還是以「失節」為辱而自殺。

⓯如「三言」中的〈沈小霞相會出師表〉、〈盧太尉詩酒傲王侯〉、〈李玉英獄中訟冤〉，「二拍」中的〈惡船家計賺假屍銀〉、〈進香客莽看金剛經〉、〈王漁翁舍鏡崇三寶〉、〈青樓市探人蹤〉、〈錢多處白丁橫帶〉等。

⓰《二刻拍案驚奇》中談鬼談神的作品明顯增多，鄭振鐸在《明清二代的平話》中說它「全書幾乎瀰漫了鬼氣」（《中國文學研究》，作家出版社一九五七年版，第四一五頁）。

⓱「二拍」中一些人物常常是某種道德品質或特定身分的符號，如不法之徒叫卜良，遊手好閒的流氓就姓游名守字好閒，以及潘家富翁、孫官人、王漁翁甚至連名字都沒有。這無意中暴露了作者並不重視他們，沒有把他們當作一個獨立的人，而是作為一類人的代表。

⓲瞿佑（一三四一—一四二七），字宗吉，號存齋，籍屬山陽（今江蘇淮安），祖居錢塘（今浙江杭州）。入明，官仁和訓導、臨安教諭等。建文中入南京為太學助教，升周王府長史。成祖時因「詩禍」謫保安十年。仁宗年間召還，在英國公張輔家主家塾三年。著有《樂府遺音》、《歸田詩話》等。據《剪燈新話》瞿佑自序，此書成於洪武十一年（一三七八），其著作權本無問題。但明中葉王錡《寓圃雜記》、都穆《聽雨紀談》引周鼎之言，說此書係竊取楊維楨原稿，加入部分己作而成。《金瓶梅詞話．序》又稱「盧景暉之《剪燈新話》」。明人叢刻選錄此書篇目時，又往往妄題撰者姓名，更製造了混亂。

⓳此說始於凌雲翰《剪燈新話．序》，但未做具體說明。後人陳述的理由主要是：此篇別置附錄，可見非同一般；孔門弟子有名商瞿，故用「商生」暗示作者之名，商生的部分經歷與作者相同，秋香亭即是作者家傳桂堂的影射。

⓴鄭振鐸一九二九年作的〈中國小說的分類及其演化的趨勢〉始稱這類小說為「中篇小說」（《鄭振鐸古典文學論文集》，上海古籍出版社一九八四年版，第三三四頁）。後日本伊藤漱平逕稱為「中篇傳奇」（〈《嬌紅記》成書經緯：其變遷及流傳

過程〉，臺灣《中外文學》第十三卷第十二期）。另外也有人將它們稱之為「詩文小說」（孫楷第）、「文言話本」、「文言擬話本」（薛洪勣）和「長篇傳奇小說」（日本大塚秀高）等。據葉德均、薛洪勣說，這類小說「至少在四十種以上」（葉著《戲曲小說叢考》，中華書局一九七九年版，第五三五頁；薛文〈明清文言小說管窺〉，吉林省社會科學院《學術研究叢刊》一九八〇年第一期，第八三頁）。

㉑ 此略舉數例，以見一斑：

文言小說	白話小說	戲曲
《剪燈新話》：〈翠翠傳〉	「二刻」：〈李將軍錯認舅，劉氏女詭從夫〉	葉憲祖：《金翠寒衣記》 袁　聲：《領頭書》
《剪燈餘話》：〈賈華雲還魂記〉	《西湖二集》：〈灑雪堂巧結良緣〉	沈希福：《指婚記》 謝天瑞：《分釵記》 馮之可：《姻緣記》 闕　名：《金鳳記》 梅孝巳：《灑雪堂》
《花影集》：〈心堅金石傳〉	《情樓迷史》十二回	闕　名：《霞箋記》
《九籥別集》：〈珠衫〉	《古今小說》：〈蔣興哥重會珍珠衫〉	袁於令：《珍珠衫記》 葉憲祖：《會香衫》 閒閒子：《遠帆樓》

㉒ 顧炎武《日知錄之餘》卷四〈禁小說〉引《明實錄》云，正統七年（一四四二）二月，國子祭酒李時勉奏請禁毀「《剪燈新話》之類」書籍，認為「若不嚴禁，恐邪說異端，日新月盛，惑亂人心。」這是現知最早的官方確定禁毀某部小說的文字材料。

第十一章　晚明詩文

晚明詩文領域無論是文學觀念還是創作傾向，都出現了新的特點。當時激進的思想家、文學家李贄，接受了王陽明哲學理論的影響，站在王學左派的立場，其文學觀念與創作帶有抨擊僞道學與重視個性精神的離經叛道的色彩，對晚明文壇具有啓蒙作用。以袁宏道爲代表的公安派，在接受李贄學說的同時，提出以「性靈說」爲內核的文學主張，肯定了文學眞實地表現人的個性化情感與慾望的重要性，並力矯前後七子復古實踐所難以克服的擬古蹈襲的弊病。但公安派在具體創作中也存在矯枉過正的弱點，從「獨抒性靈」走向俚俗膚淺的極端，客觀上淡化了文學的藝術審美特性。繼公安派之後，以鍾惺、譚元春爲首的竟陵派崛起於文壇，他們繼承了公安派的某些文學趣味，而針對公安派的流弊，力圖將文學引入「幽情單緒」、「孤行靜寄」的境界，這在一定程度上顯示出晚明文學中激進活躍精神趨於衰落的跡象。

作爲晚明散文創作一大特色的小品文在這一階段趨於興盛，它體制短小精練，風格輕靈雋永，反映了晚明時期文人文學趣尙的某種變化。這些小品文大都描寫文人士大夫日常生活及趣味，眞實生動地表現他們新的生活情調與審美意趣，形成了個人化、生活化以及求眞寫實的創作特徵。

明代末年，時局動盪不安，明朝政府面臨覆滅的危機。特殊的時代環境給文壇帶來新的影響，以陳子龍等爲代表的一些文人，重新舉起復古旗幟，力圖挽救明王朝的危亡，其作品多表現國變時艱及興亡之感，帶有鮮明的時代特徵。

第一節　李　贄

・價值觀念中的叛逆色彩　・「童心說」　・犀利坦直的文風

李贄（一五二七—一六○二）是晚明時期傑出的思想家❶，也是一位標新立異而對當時文壇產生很大影響的文學家。他中年以後辭去了官職，專意於著書講學，不少內容「掊擊道學，抉摘情僞」（錢謙益《列朝詩集小傳》閏集〈卓吾先生李贄〉），直接把攻擊的目標對準僞道學，被人目爲異端，他也公然以「異端」自居❷。後被當政者以「敢倡亂道，惑世誣民」（《明神宗實錄》卷三六九）的罪名逮捕，在獄中自殺身亡。

李贄的思想極具叛逆色彩與反抗精神，他提出：「穿衣吃飯即是人倫物理，除卻穿衣吃飯，無倫物矣。」（《焚書》卷一〈答鄧石陽〉）從正面肯定了人的生活慾望的合理性，與程朱理學「存天理，滅人欲」的觀念相悖逆。他還主張「各從所好，各騁所長」，甚至提出：「夫天生一人，自有一人之用，不待取給於孔子而後足也。」（《焚書》卷一〈答耿中丞〉），強調人的個性與自身價值，否定傳統思想權威至高無上的偶像地位。這些重視個性與肯定人欲的言論，激進尖銳，對晚明社會反抗傳統價值體系起著啓蒙作用。

李贄的文學觀念也包含離經叛道的因素，他在那篇著名的〈童心說〉中稱：「天下之至文，未有不出於童心焉者也。」所謂「童心」即是「絕假純眞，最初一念之本心也。」（《焚書》卷三）「絕假純眞」，即不受道學等外在「聞見道理」的蔽障和干擾；「最初一念」，實則指人本然的私心，所謂「夫私者，人之心也。人必有私，而後其心乃見。」（《藏書》卷三二〈德業儒臣後論〉）〈童心說〉的另一重內涵，則是強調自我思想情感的表現，眞誠無欺，注重的是性情之眞❸。故以爲：「若失卻童心，便失卻眞心；失卻眞心，便失卻眞人。人而非眞，全不復有初矣。」因而，天下的「至文」，都應是作者本然情感和慾望的眞實表現。在李贄看來，要保持「童心」，使文學存眞去假，就必須割斷與道學的連繫。他認爲「六經、《語》、《孟》乃道學之口實，假人之淵藪也，斷斷乎其不可以語於童心之言明矣」（《焚書》卷三〈童心說〉），將那些傳統儒學經典斥爲與「童心之言」相對立的僞道學的根據，這在當時的環境中自有它的進步性與深刻性。

和文學觀念相一致，李贄的作品也往往顯得論點鮮明，立意奇特，直寫自我對生活獨到的見解，抨擊假道學的虛僞面目，直率辛辣，鋒芒畢露，具有挑戰性，如他的〈贊劉諧〉：

有一道學，高屐大履，長袖闊帶，綱常之冠，人倫之衣，拾紙墨之一二，竊唇吻之三四，自謂真仲尼之徒焉。時遇劉諧。劉諧者，聰明士，見而哂曰：「是未知我仲尼兄也。」其人勃然作色而起曰：「天不生仲尼，萬古如長夜。子何人者，敢呼仲尼而兄之？」劉諧曰：「怪得羲皇以上聖人盡日燃紙燭而行也！」其人默然自止。然安知其言之至哉！李生聞而善曰：「斯言也，簡而當，約而有餘，可以破疑網而昭中天矣。其言如此，其人可知也。蓋雖出於一時調笑之語，然其至者百世不能易。」

作者藉劉諧之口，嬉笑怒罵，諷刺嘲弄了披著「綱常」、「人倫」外衣的道學之徒，並將蔑視的目光對準孔子這位傳統的偶像，語氣大膽辛辣，無所掩飾。又他的〈自贊〉、〈高潔說〉、〈三蠢記〉等篇以坦直率眞的筆調對自我做了寫照，顯示自己不向世俗屈服的個性。如〈自贊〉：

> 其性褊急，其色矜高，其詞鄙俗，其心狂痴，其行率易，其交寡而面見親熱。其與人也，好求其過，而不悅其所長；其惡人也，既絕其人，又終身欲害其人。志在溫飽，而自謂伯夷、叔齊；質本齊人，而自謂飽道飫德。分明一介不與，而以有莘藉口；分明毫毛不拔，而謂楊朱賊仁。動與物迕，口與心違。其人如此，鄉人皆惡之矣。昔子貢問夫子曰：「鄉人皆惡之何如？」子曰：「未可也。」若居士，其可乎哉！

文章語氣酣暢率直，從性行諸端著筆，把自己描寫成一位個性乖張的狂士，顯出狷介超俗的胸次，要在展現一己「異端」之性。

值得一提的是，李贄生平還作有不少書劄，這些作品大都直述個人生活觀念，以言詞犀利、態度分明、文風質直見長，成爲其文學創作中的重要組成部分。

第二節　以袁宏道為代表的公安派

・以「性靈說」爲內核的文學主張　・直寫胸臆的抒情特徵　・清新輕逸的藝術風格　・淺率化的流弊

在晚明文壇，公安派是一個具有相當影響的文學派別，主要人物有袁宗道、袁宏道、袁中道三兄弟，其中袁宏道（一五六八—一六一〇）的影響尤爲突出[4]，是公安派的首要人物。因他們是湖北公安人，所以人稱公安派。公安派提出了一系列體現晚明文學新價值觀的理論主張，「性靈說」便是他們提出的一個著名的口號。袁宏道在〈敘小修詩〉中這樣評述其弟袁中道的詩作：

> 大都獨抒性靈，不拘格套，非從自己胸臆流出，不肯下筆。有時情與境會，頃刻千言，如水東注，令人奪魄。其間有佳處，亦有疵處。佳處自不必言，即疵處亦多本色獨造語。然予則極喜其疵處，而所謂佳者，尚不能

不以粉飾蹈襲為恨，以為未能盡脱近代文人氣習故也。（《袁宏道集箋校》卷四《錦帆集》之二）

推崇「獨抒性靈，不拘格套」，就是從詩歌創作的角度，強調眞實表現作者個性化思想情感的重要性，反對各種人爲的約束以及「粉飾蹈襲」。做到這一點，即使作品有「疵處」，也是值得讚賞的，因爲在袁宏道看來，「大概情至之語，自能感人，是謂眞詩」。不但如此，抒發「性靈」還要擺脫道理聞識的束縛。〈敘小修詩〉稱讚「今閭閻婦人孺子所唱〈擘破玉〉、〈打草竿〉之類，猶是無聞無識眞人所作，故多眞聲。不效顰於漢魏，不學步於盛唐，任性而發，尚能通於人之喜怒哀樂嗜好情慾。」這一說法顯然受到了李贄「童心說」的影響❺。「童心說」從反道學的角度，把「道理聞見」看成是「童心」（或「眞心」）失卻的根本原因，袁宏道則在此基礎上，將「無聞無識」與「眞聲」之作做了因果連繫，進而肯定人們「性靈」中蘊涵的各色各樣個人情感與生活意欲的合理性，將表現個體自由情性和慾望看作文學創作的重要內容。所謂「任性而發」，即眞正體現「信心而出，信口而談」（同上書卷一一《解脱集》之四〈張幼於〉），客觀上要求削弱傳統道德規範對文學的影響力。

從提倡直抒「性靈」出發，公安派反對擬古蹈襲。以前後七子爲代表的復古流派，在明中期文壇發動了一場文學變革，但與此同時，也暴露出他們及其追隨者在創作實踐上所存在的模擬失眞的弊病。對此，袁宗道（一五六〇—一六〇〇）在其〈論文〉篇中提出學古貴「學達」❻，也即「學其意，不必泥其字句也」。認爲「彼摘古字句入己著作者，是無異綴皮葉於衣袂之中，投毛血於殽核之內也。」如果「心中本無可喜事而欲強笑，亦無可哀事而欲強哭」，結果只能是「其勢不得不假借模擬耳」，「虛浮」、「雷同」（《白蘇齋類集》卷二〇）的弊病便不可避免。袁宏道《雪濤閣集．序》則認爲，「夫復古是已，然至以剿襲爲復古，句比字擬，務爲牽合，棄目前之景，摭腐濫之詞」，那麼「夫即詩而文之爲弊，蓋可知矣」（《袁宏道集箋校》卷一八《瓶花齋集》卷六）。他們並不是簡單地反對復古，而是覺得復古如限於「模擬」或「剿襲」，僅僅在形式上求得與古人相似，終會流於失敗。

公安派以「性靈說」作爲文學主張的內核，而反映在創作上則注重有感而發、直寫胸臆。比如袁宏道〈戲題齋壁〉一詩：

> 一作刀筆吏，通身埋故紙。鞭笞慘容顏，簿領枯心髓。奔走疲馬牛，跪拜羞奴婢。復衣炎日中，赤面霜風裡。心若捕鼠貓，身似近膻蟻。舉眼盡無歡，垂頭私自鄙。南山一頃豆，可以沒餘齒。……

此詩作於袁宏道吳縣令任上。早在明神宗萬曆二十二年甲午（一五九四），作者在京候選時，曾作〈爲官苦〉一詩，流露了「男兒生世間，行樂苦不早。如何囚一官，萬里枯懷抱」的厭官情緒。而這一首詩則更是從不同的側面極言爲官所受的苦辛屈辱，傾吐了繁重而壓抑的仕宦生活給詩人帶來的苦悶，並流露出想要掙脫官場束縛而寄身自由自在的田園生活的願望。

與袁宏道一樣，袁中道（一五七〇—一六二四）作品也多有暢抒襟懷之作❼，感情色彩濃厚，其〈感懷詩〉五十八首即爲代表，如其中的第六首：

步出居庸關，水石響笙竽。北風震土木，吹石走路衢。蹀躞上谷馬，調笑雲中姝。囊中何所有？親筆注陰符。馬上何所有？腰帶五石弧。雁門太守賢，琵琶為客娛。大醉砍案起，一笑捋其鬚。振衣恆山頂，拭眼望匈奴。惟見沙浩浩，群山向海趨。夜過虎風口，馬踏萬松株。我有安邊策，談笑靖封狐。上書金商門，傍人笑我迂。

錢謙益《列朝詩集小傳》丁集中〈袁儀制中道〉稱袁中道「長而通輕俠，遊於酒人，以豪傑自命」，「泛舟西陵，走馬塞上，窮覽燕、趙、齊、魯、吳、越之地，足跡幾半天下。」這首詩便是作者遊歷生活的形象寫照，基調豪爽放逸，強烈而自然地刻畫出詩人落拓不羈的氣度和懷才不遇的抑鬱心情。

信手而成、隨意而出的寫作態度，也使得公安派作家不太喜歡在作品中鋪陳道理，刻意雕琢。他們往往根據生活體驗與個人志趣愛好，抒情寫景，賦事狀物，追求一種清新灑脫、輕逸自如、意趣橫生的創作效果，讀其作品，很少讓人有雍容典雅、刻板凝重之感。《四庫全書總目》集部《袁中郎集》提要在總結袁宏道作品的風格時，以爲「其詩文變板重爲輕巧，變粉飾爲本色，致天下耳目於一新。」這也可說是公安派創作上的一個共同特點。如袁宏道〈初至紹興〉一詩：

聞說山陰縣，今來始一過。船方革履小，士比鯽魚多。聚集山如市，交光水似羅。家家開老酒，只少唱吳歌。

詩以輕鬆舒展的筆調描寫了山陰當地的風土人情，饒有生活意趣，語言俗白活潑。又如寫村中所遇：「稻熟家家釀，山香處處詩。」（〈宿村中〉）寫道中所見：「天色滑如卵，江容潤似紗。」（〈嘉興道中〉）寫日暮之景：「野火烘雲腳，霜風老地皮。」（〈日暮〉）寫古樹之態：「有若老翁醉，頳頤照頭雪。」（〈古樹〉）一事一景一物，也頗顯生新而富含趣致，可見詩人審美情調之一斑。類似的意趣也見於袁中道詩，如他的〈聽泉〉之一：

> 一月在寒松，兩山如畫朗。欣然起成行，樹影寫石上。獨立巉巖間，側耳聽泉響。遠聽語猶微，近聽濤漸長。忽然發大聲，天地皆蕭爽。清韻入肺肝，濯我十年想。

一個寒意侵人而月光皎潔的夜晚，詩人獨自徜徉在山巖間，側耳傾聽潺湲山泉的流水聲，遠近不一而產生的或弱或強的聽泉效果，讓詩人醉心其中，盡情領略自然的妙趣。詩所勾勒的畫面清新輕俊，寫景與抒情融爲一體，較好地刻畫出沉浸於自然美趣之中的詩人悠閒愉悅的心境。

隨意輕巧的風格有時也讓公安派走上另一端。一些作品因過於率直淺俗，加上作者不經意的創作態度，以至於「戲謔嘲笑，間雜俚語」（《明史》卷二八八〈袁宏道傳〉），雖然沒有刻意造作的腔調，但不恰當地插入大量俚語俗語，破壞了作品的藝術美感。如袁宏道〈人日自笑〉詩：「是官不垂紳，是農不秉耒；是儒不吾伊，是隱不蒿萊；是貴著荷芰，是賤宛冠佩；是靜非杜門，是講非教誨；是釋長鬢鬚，是仙擁眉黛。」他的另一首〈漸漸詩戲題壁上〉：「明月漸漸高，青山漸漸卑；花枝漸漸紅，春色漸漸虧；祿食漸漸多，牙齒漸漸稀；姬妾漸漸廣，顏色漸漸衰。」如此打破常規的寫作方法，可以看出作者「信心而出，信口而談」的用意，卻使詩作毫無詩意可言，不能不說是敗筆。

除詩歌之外，公安派的散文創作成就也較高，尤其是遊記、傳記，多有佳篇。

第三節　以鍾惺、譚元春為代表的竟陵派

・公安派文學主張的繼承與變異　・幽深奇僻的藝術境界　・晚明文學思潮的回落

繼公安派之後，以鍾惺、譚元春爲代表的竟陵派崛起於文壇，並產生較大的影響。鍾、譚均爲湖北竟陵人，因名竟陵派。

在文學觀念上，竟陵派受到過公安派的影響，提出重「眞詩」，重「性靈」。鍾惺（一五七四—一六二五）以爲❽，詩家當「求古人眞詩所在，眞詩者，精神所爲也。」（《詩歸》卷首《詩歸・序》）譚元春（一五八六—一六三七）則表示❾：「夫眞有性靈之言，常浮出紙上，絕不與眾言伍。」（同上書卷首《詩歸・序》）這些主張都是竟陵派重視作家個人情性流露的體現，可以說是公安派文學論調的延續。儘管如此，竟陵派和公安派的文學趣味還是存在著差異。首先，公安派雖然並不反對文學復古，他們只是不滿於仿古蹈襲的做法，但主要還是著眼於作家自己的創造，以爲「古何必高，今何必卑」（《袁宏道集箋校》卷六《錦帆集》之四〈丘長孺〉），推崇「各呈其奇」，「互窮其變」（袁中道《珂雪齋集》卷一一《中郎先生全集・序》）。而竟陵派則看重向古人學習，鍾、譚二人就曾合作編選《詩歸》❿，表示「非謂古人之詩，以吾所選爲歸，庶幾見吾所選者，以古人爲歸也。」主張「引古人之精神，以接後人之心目」（《詩歸》卷首鍾惺《詩歸・序》），達到一種所謂「靈」而「厚」的創作境界⓫。其次，公安派在「信心而出，信口而談」的口號下，不免流於率直淺俗，竟陵派則提出求古人「精神」所在，要在「察其幽情單緒，孤行靜寄於喧雜之中，而乃以其虛懷定力，獨往冥遊於寥廓之外」，而不可取古人「極膚、極狹、極熟，便於口手」所爲（《詩歸》卷首鍾惺《詩歸・序》），即強調通過對古人「精神的接引」，在總體上追求一種幽深豐厚、靜默虛寂、孤清奇峭的文學審美情趣，同公安派淺率輕直的風格相對立。這樣的文學趣味在鍾、譚等人作品中時有顯露，比如：

> 淵靜息群有，孤月無聲入。冥漠抱天光，吾見晦明一。寒影何默然，守此如恐失。空翠潤飛潛，中宵萬象濕。……（鍾惺〈宿烏龍潭〉）

> 自是名山裡，清泉日夜流。初生如欲動，稍遠不知休。氣冷谷中草，影吹溪上楸。無人常此汲，空令一橋幽。（譚元春〈詠九峰山泉〉）

前詩描繪出一幅萬籟俱寂、孤月獨照、寒影默然的宿地圖景，給人以幽峭、淒清與峻寒的感覺。後詩以山泉爲吟詠對象，也含一種清冷、幽寂的味道。可以發現，這種幽峭而清寒的景象，在鍾、譚等人詩中多有呈現。如：「孤煙出其外，相與成寒空」（鍾惺〈山月〉）；「霜下暮寒牛，鴉翻山氣深」（鍾惺〈初陰〉）；「寒松通石魄，幽竹覆泉聲」（鍾惺〈天開岩〉）；「雁入淒清遠，砧知慘澹先」（譚元春〈寒月〉）；「寒通遠裡無非旭，冬滿平疇但有煙」（譚元春〈登白龍寺閣〉）。由此突顯在諸詩中的幽寒淒清的基調，大概就是竟陵派作家所要追求的「幽情單緒」、「奇情孤詣」的創作境界吧。錢謙益曾譏刺竟陵派詩風「以淒聲寒魄爲致」，「以噍音促節爲能」，「其所謂深幽孤峭者，如木客之清吟，如幽獨君之冥語，如夢而入鼠穴，如幻而之鬼國」（《列朝詩集小傳》丁集中〈鍾提學惺〉）所言雖有偏頗之嫌，但確實點出了一些主要的特徵。

應該說，竟陵派提倡學古要學古人的精神，以開導今人心竅，積儲文學底蘊，這與單純在形式上蹈襲古風的做法有著很大的區別，客觀上對糾正明中期復古派擬古流弊起著一定的積極作用。再者，他們也較爲敏銳地看到了公安派末流俚俗膚淺的創作弊病，企圖另闢蹊徑，絕出流俗，也不能不說具有一定的膽識。但是，竟陵派並未眞正找準文學變革的路子，他們偏執地將「幽情單緒」、「孤行靜寄」這種超世絕俗的境界當作文學的全部內蘊和終極目標，將創作引上幽深奇峭的孤詣獨造之路，縮小了文學表現的視野，也減弱了在公安派作品中所能看到的那種直面人生與坦露自我的勇氣，其中的理性或退守意識爲之增強，顯示出晚明文學思潮中激進活躍精神的衰落。

第四節　晚明小品文

・小品文的興盛　・小品文的創作特色　・小品文的影響

在晚明文學發展進程中，小品文的創作占據著一席重要的地位，它代表了晚明散文所具有的時代特色。

顧名思義，小品文體制較爲短小精練，與「春容大篇」相區別⓬。體裁上則不拘一格，序、記、論、跋、碑、傳、銘、贊、尺牘等文體都可適用。小品文在晚明時期趨向興盛，與當時文人文學趣味發生變化有著重要的連繫，人們的欣賞視線從往日莊重古板的「高文大冊」，轉移到了輕俊靈巧而有情韻的「小文小說」⓭，從而擴大了小品欣賞的讀者群和創作的數量，一些小品文的選本和以小品命名的文集也隨之出現⓮。

晚明小品文創作風格上的一個顯著特點是趨於生活化、個人化，不少作家喜歡在文章中反映自己日常生活狀貌及趣味，滲透著晚明文人特有的生活情調和審美趣尚。公安派袁氏三兄弟的作品在這方面具有代表性。如袁宏道的〈西湖二〉有這樣的記述：

> 西湖最盛，為春，為月。一日之盛，為朝煙，為夕嵐。今歲春雪甚盛，梅花為寒所勒，與杏桃相次開發，尤

為奇觀。……余時為桃花所戀，竟不忍去。湖上由斷橋至蘇堤一帶，綠煙紅霧，瀰漫二十餘里。歌吹為風，粉汗為雨，羅紈之盛，多於堤畔之草，豔冶極矣。

然杭人遊湖，止午、未、申三時，其實湖光染翠之工，山嵐設色之妙，皆在朝日始出，夕舂未下，始極其濃媚。月景尤不可言，花態柳情，山容水意，別是一種趣味。此樂留與山僧、遊客受用，安可為俗士道哉！

這是一篇賞玩杭州西湖六橋一帶春景的遊記小品，篇中不僅描繪了山水花草的美景，遊春仕女的豔態，而且點出「花態柳情，山容水意」怡人心目的樂趣。作者將「山僧」、「遊客」看作是享受自然美景的對象，顯示出清雅閒適的審美情調。

對個人遊賞生活的投入和樂於在作品中給予表現，從另一個方面增強了晚明文人在日常生活中捕捉美、鑑賞美的能力，提高了遊賞小品的藝術價值，特別是一些描繪自然美景與抒寫賞玩情懷的作品在表現手法上更趨雅潔、精緻、自然。如袁中道〈遊荷葉山記〉寫荷葉山晚景：「俄而月色上衣，樹影滿地，紛綸參差，或織或簾，又寫而規。至於密樹深林，迥不受月，陰陰昏昏，望之若千里萬里，窅不可測。劃然放歌，山應谷答，宿鳥皆騰。」以素雅簡練的筆觸展現了晚間幽寂蕭森的山景。袁宏道〈天池〉描繪蘇州山郊春景：「時方春仲，晚梅未盡謝，花片沾衣，香霧霏霏，漫十餘里，一望皓白，若殘雪在枝。奇石豔卉，間一點綴，青篁翠柏，參差而出。」作者抓住梅、竹、柏的色彩對比，渲染自然景致所散發的春天氣息，給人以清新幽雅的美感。

在表現生活化、個人化情調的遊賞之作中，張岱（一五九七—一六七九）的一些小品尤顯出色⑮。他的《陶庵夢憶》、《西湖夢尋》與《琅嬛文集》等著作中保存了不少上乘之作。明人祁豸佳說他「筆具化工，其所記遊，有酈道元之博奧，有劉同人之生辣，有袁中郎之倩麗，有王季重之詼諧，無所不有其一種空靈晶映之氣。」（張岱《西湖夢尋》卷首《西湖夢尋序》）。像〈西湖七月半〉、〈湖心亭看雪〉等都是爲人稱道的名篇。現節錄〈西湖七月半〉爲例：

西湖七月半，一無可看，只可看看七月半之人。看七月半之人，以五類看之。其一，樓船簫鼓，峨冠盛筵，燈火優傒，聲光相亂，名為看月而實不見月者，看之；其一，亦船亦樓，名娃閨秀，攜及童孌，笑啼雜之，環坐露臺，左右盼望，身在月下而實不看月者，看之；其一，亦船亦聲歌，名妓閒僧，淺斟低唱，弱管輕絲，竹肉相發，亦在月下，亦看月而欲人看其看月者，看之；其一，不舟不車，不衫不幘，酒醉飯飽，呼群三五，躋入人叢，昭慶、斷橋，嘄呼嘈雜，裝假醉，唱無腔曲，月亦看，看月者亦看，不看月者亦看，而實無一看者，看之；其一，小船輕幌，淨几暖爐，茶鐺旋煮，素瓷靜遞，好友佳人，邀月同坐，或匿影樹下，或逃囂裡湖，看月而人不見其看月之態，亦不作意看月者，看之。

文章屬追憶之作，藉摹繪西湖遊人情態，烘托繁麗熱鬧的生活氣氛，刻畫可謂生動傳神，細緻入微，層層的白描文字，得自作者真切的體驗、細心的觀察，也夾雜著他醉戀於昔日「繁華靡麗」生活的懷舊情緒。

生活化、個人化的特點，也使晚明小品文往往從平常與細瑣處透露出作家體察生活涵義、領悟人生趣味的精旨妙意，因而顯得情趣盎然，耐人尋味。王思任（一五七四—一六四六）《屠田叔笑詞・序》⑯：「王子曰：笑亦多術矣，然眞於孩，樂於壯，而苦於老。海上憨先生者老矣，歷盡寒暑，勘破玄黃，舉人間世一切蝦蟆、傀儡、馬牛、魑魅搶攘忙迫之態，用醉眼一縫，盡行囊括。日居月儲，堆堆積積，不覺胸中五嶽墳起，欲歎則氣短，欲罵則惡聲有限，欲哭則爲其近於婦人，於是破涕爲笑。」屠田叔即晚明文人屠本畯（自號憨先生），序文從釋「笑」態著眼，在屠氏《笑詞》中細細體味出作者「胸中五嶽墳起」的眞正創作心態，道盡所謂「笑」、「苦於老」的涵義，意味深長。而王氏的〈遊慧錫兩山記〉則寫到另一種風情：「居人皆蔣姓，市泉酒獨佳。有婦折閱，意閒態遠，予樂過之。……至其酒，出淨磁，許先嘗論値。予丐冽者清者，渠言：『燥點擇奉，吃甜酒尙可做人乎？』冤家，直得一死！」一個是希望買到「冽者清者」好酒的酒客，一個是善於經營與周旋的賣酒婦，兩者的言語舉動構成一幅平常而意趣橫生的生活小景，語言也風趣放達。張岱〈王謔庵先生傳〉說王思任：「聰明絕世，出言靈巧，與人諧謔，矢口放言，略無忌憚。」（《琅嬛文集》卷四）上面這篇小文似能反映他性情之一二。

晚明小品文的另一個特點是率眞直露，注重眞情實感，不論是描寫個人日常生活，表達審美感受，還是評議時政，抨擊穢俗，時有胸臆直露之作。如張岱〈自爲墓誌銘〉，以坦露的筆法寫出自己年輕時「極愛繁華」的紈袴子弟生活經歷。且不論這種生活態度的是與非，客觀上他在作品中塑造出了一個眞我的形象，不帶虛浮習氣。袁宏道〈敘陳正甫會心集〉闡述的是「世人所難得者唯趣」和「夫趣得之自然者深，得之學問者淺」的道理，無所隱諱地表露崇尙「無拘無縛」、「率心而行」的眞實心態。而王思任的〈讓馬瑤草〉則顯出「筆悍而膽怒，眼俊而舌尖」（張岱（《琅嬛文集》卷四）〈王謔庵先生傳〉）的筆勢。馬瑤草即南明權相馬士英，瑤草爲其字。文章痛斥了馬士英專權禍政以及南明政權覆滅之際奔逃自脫的行徑，其中寫道：「當國破眾散之際，擁立新君，閣下輒驕氣滿腹，政本自出，兵權在握，從不講戰守之事，而但以酒色逢君，門戶固黨，以致人心解體，士氣不揚。叛兵至則束手無措，強敵來則縮頸先逃，致令乘輿遷播，社稷丘墟。觀此茫茫，誰任其咎！」詞意慷慨直率，淋漓犀利，作者胸中積藏的激憤昂直之氣躍然紙上。

晚明時期小品作者層出，除上面提到的這些文人之外，像屠隆、虞淳熙、湯顯祖、潘之恆、馮夢龍、劉侗、祁彪佳等人都是當時較有成就的名家。晚明小品文創作對後世產生了很大影響，一直到一九二〇、一九三〇年代，如當時周作人曾稱讚張岱等人的小品「別有新氣象，更是可喜」（《周作人文選》卷三〈再談俳文〉），並注意到晚明小品對現代散文創作的影響。林語堂則從公安派作家袁宏道等人文風中品味出「幽默閒適」的趣尚而加以提倡。由此，可以看出晚明小品文在這些現代作家文學觀念和創作中打上的某些印記。

第五節　明末文壇

・復社與幾社　・陳子龍、夏完淳詩歌創作的時代特徵

繼晚明江南士大夫政治團體東林黨後，明末江南地區一些文人組織相繼崛起。崇禎初年，太倉人張溥、張采等發起帶有政治團體性質的文社——復社。與此同時，松江人陳子龍和同邑夏允彝、徐孚遠、周立勳等創建幾社，與復社彼此呼應。這是兩個在當時有較大影響的文人團體，以「復古學」爲宗旨，企圖從文化上復興傳統精神，挽救明朝政府的危亡。

陳子龍（一六〇八—一六四七）是復社與幾社文人中的重要代表[17]。復社領袖張溥死後，他事實上成了兩社的主帥，並爲明末文壇成就較爲突出的作家。在文學主張上，他注重復古，如論詩認爲「既生於古人之後，其體格之雅，音調之美，此前哲之所已備，無可獨造者也。」（《陳忠裕公全集》卷二五《彷彿樓詩稿・序》）但他並不泥古不化，而是提倡在學習古法中貫穿作家個人的眞情實感，即所謂「情以獨至爲眞，文以範古爲美」（同上書卷二五《佩月堂詩稿・序》）。由此出發，他肯定前後七子的文學復古之舉，以爲「北地、信陽力返風雅，歷下、琅琊復長壇坫，其功不可掩，其宗尚不可非也。」但也指出他們「模擬之功多而天然之資少」乃至「意主博大，差減風逸；氣極沉雄，未能深永」（《彷彿樓詩稿・序》），實即要求學古與求眞相統一。同時，處在明末危亡之際，陳子龍的文學主張也包含了經世實用的因素，如以爲詩之「本」，乃在「憂時託志」，提出：「夫作詩而不足以導揚盛美，刺譏當時，託物聯類而見其志，則是《風》不必列十五國，而《雅》不必分大小也，雖工而余不好也。」（同上書卷二十五《六子詩・序》）因

而具有明顯的時代特徵。

陳子龍的創作以詩見長，清人吳偉業說他「詩特高華雄渾，睥睨一世。」（《梅村家藏稿》卷五十八《梅村詩話》）尤長於七律，王士禎稱之爲「沉雄瑰麗，近代作者未見其比，殆冠古之才。」（《香祖筆記》卷二）他的一些作品表達了自己建功樹業的志向與壯士失意的胸臆，具有濃烈的感情色彩，如〈歲暮作〉：

> 黃雲蔽晏歲，壯士多愁顏。終年無奇策，落拓井臼間。已遲青帝駕，而悲白日閒。胡我常汲汲？天路難追攀。蕙蘭不見採，將無憂草菅。茫然一俯仰，徒見雲雨還。美人在層霄，春風鳴佩環。望之不盈咫，就之阻重關。西馳太行險，東上梁父艱。握中瑤華草，三顧淚潺湲！

陳子龍處於明清交替之際，面對動盪的時局，還創作了不少憂時傷事的作品，他的〈小車行〉、〈賣兒行〉、〈流民〉描寫了當時難民流落無依、困迫無措的窘境，〈惜捐〉、〈今年行〉、〈策勳府行〉、〈白靴校尉行〉、〈檀州樂〉、〈遼事雜詩〉八首等篇章，或抨擊權貴專擅，或指斥朝政弊端，或感歎時局艱危，大都散發出慷慨激越、沉鬱悲涼的氣息。明亡後，陳子龍寫下了許多反映亡國哀痛的作品，淒愴悲壯，別有意味，〈秋日雜感〉十首便是代表，如第一首：

> 滿目山川極望哀，周原禾黍重徘徊。丹楓錦樹三秋麗，白雁黃雲萬里來。夜雨荊榛連茂苑，夕陽麋鹿下胥臺。振衣獨上要離墓，痛哭新亭一舉杯。

此詩爲作者抗清兵敗，避居吳中時所作。孤獨而抑鬱的詩人面對荒涼衰敗的景象，勾起山河淪落的憂傷，同時也激起他以古代猛士要離相勉而欲重振其志的願望。全詩穿插一些歷史典故，與抒情融爲一體，自然妥帖，增強了藝術感染力。

夏完淳（一六三一—一六四七）也是明末一位傑出的文人[18]，他是幾社創始人之一夏允彝之子，師事陳子龍，深受其影響，同有聲名。他的文學成就，尤其是詩歌創作方面，爲人所稱道。清人沈德潛說他「詩格」、「高古罕匹」（《明詩別裁集》卷十一）。他的創作大致可分爲前後兩個階段，前期作品受其師陳子龍復古思想的影響，注重摹古，講究音調詞藻。明亡後，詩風有所變化，多有悼亡抒志及反映國變時艱的篇章。如他的〈細林夜哭〉一詩爲悼念老師陳子龍所作，其中有「腸斷當年國士恩，剪紙招魂爲公哭」、「爲我築室傍夜臺，霜寒月苦行當來」詩句，表達出對其師深切的崇敬之情及國破人亡的哀痛，感情淒楚哀婉，眞切動人。又如〈即事〉、〈魚服〉、〈霸圖〉、〈別雲間〉等作，寄寓了詩人強烈的興亡之感及立志復國而不甘屈服的堅毅志向。如〈別雲間〉：

三年羈旅客，今日又南冠。無限河山淚，誰言天地寬！已知泉路近，欲別故鄉難。毅魄歸來日，靈旗空際看！

這首詩爲作者遭清兵逮捕，臨行訣別故鄉時所作，詩中流露出對鄉土的深切依戀和誓死復國的心志，於悲涼中寄寓激昂之情。

除詩歌外，夏完淳的文章也有上乘之作，〈土室餘論〉、〈獄中上母書〉、〈遺夫人書〉等即是代表。〈獄中上母書〉是作者被捕後在南京獄中寫給嫡母和生母的絕筆信，書中既寫到對家中「哀哀八口，何以爲生」的牽戀及親恩未報的遺恨，又表露了「人生孰無死，貴得死所耳」的壯心，筆法細膩而感情眞摯。

注釋

❶李贄，字宏甫，號卓吾，又號溫陵居士，晉江（今屬福建）人。明世宗嘉靖三十一年壬子（一五五二）中舉人，授教官，歷任南京刑部主事、雲南姚安府知府。有《焚書》、《續焚書》、《藏書》、《續藏書》等。

❷李贄〈答焦漪園〉曾說：「又今世俗子與一切假道學，共以異端目我，我謂不如遂為異端，免彼等以虛名加我，何如？」（《焚書》卷一，中華書局一九七五年排印本，第八頁）。

❸參見左東嶺《李贄與晚明文學思想》，天津人民出版社一九九七年版，第一六一—一六二頁。

❹袁宏道，字中郎，號石公。與兄宗道、弟中道並有才名，時稱「三袁」。明神宗萬曆二十年壬辰（一五九二）進士，歷任吳縣令、順天教授、國子監助教、禮部主事，仕至吏部稽勳郎中。有《袁中郎全集》。

❺袁宏道與李贄有過交往。袁中道〈吏部驗封司郎中中郎先生行狀〉記述了袁宏道同李贄相交及受其影響的情形：「時聞龍湖李子（贄）冥會教外之旨，走西陵質之。李子大相契合，贈以詩，中有云：『誦君金屑句，執鞭亦忻慕。早得從君言，不當

有老苦。』蓋龍湖以老年無朋，作書曰《老苦》故也。仍為之序以傳。留三月餘，殷殷不捨，送之武昌而別。先生既見龍湖，始知一向掇拾陳言，株守俗見，死於古人語下，一段精光，不得披露。至是浩浩焉如鴻毛之遇順風，巨魚之縱大壑。能為心師，不師於心；能轉古人，不為古轉。發為語言，一一從胸襟流出，蓋天蓋地，如象截急流，雷開蟄戶，浸浸乎其未有涯也。」（《珂雪齋集》卷一八，上海古籍出版社一九八九年排印本，第七五五—七五六頁）。

❻袁宗道，字伯修，號石浦。明神宗萬曆十四年丙戌（一五八六）會試第一，選庶起士，授翰林編修，仕至右庶子。有《白蘇齋類集》。

❼袁中道，字小修，號鳧隱居士。少有文名，豪邁任俠，從兩兄宦遊京師，多交名士，縱遊四方。明神宗萬曆四十四年丙辰（一六一六）中進士，由徽州教授，歷任國子博士、南京禮部主事。仕至南京吏部郎中。有《珂雪齋集》。

❽鍾惺，字伯敬，號退谷。明神宗萬曆三十八年庚戌（一六一〇）進士，仕至福建提學僉事。有《隱秀軒集》。

❾譚元春，字友夏，號鵠灣。屢次鄉試不利，至明熹宗天啓七年丁卯（一六二七）始中解元，明思宗崇禎十年丁丑，（一六三七）死於赴京會試的旅途中。有《譚友夏合集》。

❿《詩歸》共五十一卷，其中隋以前詩十五卷，單行稱《古詩歸》，唐人詩三十六卷，單行稱《唐詩歸》。

⓫鍾惺〈與高孩之觀察〉曾談到他對「靈」與「厚」創作境界的看法：「詩至於厚而無餘事矣。然從古未有無靈心而能為詩者，厚出於靈，而靈者不即能厚。弟嘗謂古人詩有兩派難入手處：有如元氣大化，聲臭已絕，此以平而厚者也，《古詩十九首》、蘇、李是也；有如高巖峻壑，岸壁無階，此以險而厚者也，漢〈郊祀〉、〈鐃歌〉、魏武帝樂府是也。非不靈也，厚之極，靈不足以言之也。然必保此靈心，方可讀書養氣，以求其厚。若夫以頑冥不靈為厚，又豈吾孩之所謂厚哉？」（《隱秀軒集》卷二十八，上海古籍出版社一九九二年排印本，第四七四頁）。

⓬「小品」一詞原用來指稱佛經，如《世說新語．文學》：「殷中軍讀《小品》，下二百籤，皆是精微，世之幽滯。嘗欲與支道林辯之，竟不得。今《小品》猶存。」劉孝標注云：「釋氏《辨空經》，有詳者焉，有略者焉。詳者為《大品》，略者為《小品》。」（余嘉錫《世說新語箋疏》，中華書局一九八三年排印本，第二二九頁）。明人所稱的「小品」涵義已有差異，如王納諫在〈敘蘇長公小品〉云：「人於萬物，大者取大，小者取小。詩文亦然。……余讀古文辭諸春容大篇者，輒覽弗竟去之。噫嘻，此小品之所以輯也！」（明萬曆刻本卷首）這裡「小品」的詞義顯然同巨篇長幅的「春容大篇」相對而言。

⓭袁中道〈答蔡觀察元履〉：「近閱陶周望祭酒集，選者以文家三尺繩之，皆其莊嚴整栗之撰，而盡去其有風韻者。不知率爾

無意之作，更是神情所寄，往往可傳者託不必傳者以傳，以不必傳者易於取姿，炙人口而快人目。班、馬作史，妙得此法。今東坡之可愛者，多其小文小說，其高文大冊，人固不深愛也。使盡去之，而獨存其高文大冊，豈復有坡公哉！」（《珂雪齋集》卷二十四，上海古籍出版社一九八九年排印本，第一〇四五頁）。袁文所說的「小文小說」在體制上與「高文大冊」正相反，接近王納諫所謂「小品」的說法。喜讀富有風韻神情的「小文小說」而不愛「莊嚴整栗」的「高文大冊」，反映出當時文人一種新的文學審美情趣。

⑭如當時就有黃嘉惠（選）《蘇黃小品》、華淑（編著）《閒情小品》、朱國禎（撰）《湧幢小品》、陸雲龍（選）《皇明十六家小品》、潘之恒（撰）《鸞嘯小品》、陳繼儒（撰）《晚香堂小品》等。參見陳萬益《晚明小品與明季文人生活》，臺灣大安出版社一九八七年版，第二六頁。

⑮張岱，字宗子，一字石公，號陶庵，山陰（今浙江紹興）人。生於世宦之家，少為紈袴子弟，喜好豪奢。一生未入仕途。清兵南下，入山不出。

⑯王思任，字季重，號謔庵，山陰（今浙江紹興）人。明神宗萬曆二十三年乙未（一五九五）進士，仕至禮部尚書。清兵攻破山陰後，絕食而死。有《王季重十種》。

⑰陳子龍，字臥子，號大樽，華亭（今上海松江）人。明思宗崇禎十年丁丑（一六三七）進士，南明弘光朝時任兵科給事中。清兵攻破南京後，曾組織抗清活動。後被捕，投水而死。有《陳忠裕公全集》。

⑱夏完淳，原名復，字存古，華亭（今上海松江）人。少時已博覽群籍，能文善詩，才質過人。清兵南下，即投身於抗清活動，後被捕罹難，年僅十七歲。有《夏節愍全集》。

第十二章　明代的散曲與民歌

作爲一種源自民間的文學樣式，散曲在元代十分興盛，而在明代又有了較大的發展，從題材開掘到藝術風格，出現了一些新的特點。比起曲調清新自然、語言淺俗活潑的元代散曲，明代散曲呈現脫離民間本色而趨於文人化的發展態勢，特別是明中葉以後，詞藻化、音律化的現象比較突出。從作家的地域分布和風格特徵來看，明代散曲大致上可以分爲南北兩派，北派風格大都豪爽雄邁、質樸粗率，南派則清麗俊逸、細膩婉約。

民歌創作在明代形成繁榮的局面，尤其是自明代中葉以來，南北地區廣爲流行。廣大下層民眾的喜愛以及一些文人士大夫的重視，推動著民歌創作的發展，不少作品以男女情愛爲主題，具有濃郁的庶民生活氣息。晚明時期，由通俗文學家馮夢龍編輯的民歌專集《童痴一弄．掛枝兒》和《童痴二弄．山歌》較有特色，代表著明代民歌創作的主要成就。

第一節　明代散曲

．相對沉寂的明初散曲創作　．弘治正德年間散曲的重新興盛　．嘉靖以後散曲創作的繁榮

明代散曲創作總體上處於盛而不衰的狀態，作家人數眾多，創作數量可觀❶。而在不同階段以及具體作家身上，發展狀況與創作風格又各有特點。

相對於中後期而言，明初的散曲創作顯得比較沉寂，成就不高，當時較有影響的數皇室貴族朱有燉，有散曲集《誠齋樂府》。由於長期生活在北方而對南方音調不太熟悉的緣故，朱有燉所作多爲北曲，並被認爲開了弘治、正德年間北曲隆盛的先聲❷。但他對南曲也比較欣賞，曾用心研習❸。大致來說，朱有燉的作品在藝術上追求音律之美，明人沈德符稱其「調入弦索，穩叶流麗，猶有金元風範。」（《萬曆野獲編》卷二五《詞曲．塡詞名手》）受生活環境的影響，朱氏散曲中慶賀、遊樂、題情、賞詠等題材占多數，表現出雍容華貴、放逸閒適的貴族趣味，內容比較單調。但也有個別作品寫到他精神世界的另一面，如〈北中呂山坡裡羊．省悟〉第一首便有「膏粱供奉，寰區知重，浮生自覺皆無用。德

尊崇，祿盈豐，渾如一枕黃粱夢」的感慨，雖處於優裕的生活環境，卻難以消除精神生活貧乏所帶來的空虛頹唐之感，不失爲作者內心世界某種眞實的寫照。

弘治、正德年間，散曲創作開始走向興盛，作家不斷出現，像北方的王九思、康海，南方的王磐、陳鐸等人，都是具有代表性的作家。當時，北曲在總體上仍占據一定的優勢。王九思和康海分別有散曲集《碧山樂府》、《沜東樂府》，兩人同爲前七子文學陣營中的成員，政治上也有相似的遭遇，正德年間都曾被列爲宦官劉瑾同黨而或遭貶官，或遭罷職。坎坷的生活際遇使他們更清醒地看到世俗環境尤其是仕宦生涯中的種種險惡。王九思〈次韻贈邵晉夫〉套曲：「宦海深他怎遊，勢門開眾所趨，眼前世態難覷。」（〈一煞〉）康海〈滿庭芳・遣興〉：「數年前曾待金門漏，膽顫心愁。時運乖難消世口，路歧多偏惹閒尤。」反映了世態炎涼和官場中的壓抑、艱險，充滿了憤世嫉俗之感。

王九思、康海去官後常在一起遊處，《明史》卷二八六〈王九思傳〉稱他們「每相聚沜東鄠、杜間，挾聲伎酣飲，製樂造歌曲，自比俳優，以寄其怫鬱。」他們的不少作品寫到了解官後放情任性的生活態度，以暢抒胸中壘塊，風格雄爽渾樸，跌宕率直，體現著北方作家豪放雄邁的創作特徵：

> 熱功名一枕蝶，冷談笑兩頭蛇，老先生到今瞧破些。枉費喉舌，枉做豪傑，越伶俐越著呆。繞柴門山色橫斜，掃香階花影重疊。沉醉濁醪也，稚子緊扶者。嗟！再休去風波裡弄舟楫。（王九思〈寨兒令・對酒〉）

> 數年前也放狂，這幾日全無況。閒中件件思，暗裡般般量。真個是不精不細醜行藏，怪不得沒頭沒腦受災殃。從今後花底朝朝醉，人間事事忘。剛方，徯落了膺和滂。荒唐，周全了籍與康。（康海〈雁兒落帶過得勝令・飲中閒詠〉）

這些作品放達中寓失意，悠閒中含藏不平，抒寫了傳統士大夫既不願放棄仕途進取，又對自身遭遇無能爲力而聊以自慰的心態，蘊涵作者較爲複雜的意緒，感情色彩濃厚。

與王九思、康海創作相比，這一階段以王磐、陳鐸等人爲代表的南方散曲家的作品，內容則顯得較爲廣泛，風格大都清麗俊逸。王磐（約一四七〇—一五三〇）著有散曲集《王西樓先生樂府》❹，作品數量並不多，但取材比較豐富，或記事寫景，或詠物述志。他的〈朝天子・詠喇叭〉諷刺了宦官恃權橫行的行徑，是爲人常提及的名作❺。套數〈久雪〉則將雪描繪成「顛倒把乾坤礙，分明將造化埋」（〈南呂一枝花〉），而又使「遍地下生災」的「冷禍胎」（〈梁州〉），實是藉此來表達對社會惡勢力的不滿。這些都顯示出作者正直的胸襟。他一生不求仕進，自稱是「不登科逃名進士」，「不耕田識字農夫」（〈村居・梁州〉），閒逸的隱居生活在其筆下成爲心志所向的歸宿，如套數〈村居〉寫出了一介隱士孤高灑脫的情懷：

不登冰雪堂，不會風雲路；不干丞相府，不謁帝王都。樂矣村居，門巷都栽樹，池塘盡養魚。有心去與白鷺爲鄰，特意來與黃花做主。（〈南呂一枝花〉）

陳鐸（約一四八八—約一五二一）散曲有《秋碧樂府》、《梨雲寄傲》、《滑稽餘韻》等集❻。其中《秋碧樂府》、《梨雲寄傲》是他前期的作品，題材大都模仿前人風月閨情之作，並沒有多少新的開拓，但文字清麗可觀，王世貞說他「所爲散套，既多蹈襲，亦淺才情，然字句流麗，可入弦索。」（《藝苑卮言》附錄一）較有特色的應數他的《滑稽餘韻》，描寫的對象主要是城市各種行業中的人物，取材上有新的突破。對於這些人物，作者有表示讚美同情的，如寫瓦匠「弄泥漿直到老，數十年用盡勤勞」（〈水仙子・瓦匠〉），鐵匠「鋒芒在手高，鍛鍊由心妙」（〈雁兒落帶過得勝令・鐵匠〉）；也有加以嘲諷痛斥的，如說門子「鋪床疊被殷勤，獻寵希恩事因」（〈天淨沙・門子〉），牢子「歸家欺侮街坊，仗勢渾如虎狼」（〈天淨沙・牢子〉），表現出作者鮮明的愛憎態度。有的作品刻畫人物較爲成功，如寫媒人「沿街繞巷走如飛，兩腳不沾地」（〈朝天子・媒人〉），巫師「手敲破鼓，口降邪神。福雞淨酒嘿一頓，努嘴胖唇」（〈滿庭芳・巫師〉），描繪形象生動。應該說，《滑稽餘韻》較廣泛而眞實地反映了明朝中葉以來逐漸繁榮的城市生活面貌和市民眾相。

自嘉靖年間以來，與整個文學創作演化的步調相一致，散曲創作進一步繁榮，南北方都有不少作家湧現，其中如金鑾、馮惟敏、梁辰魚、施紹莘等都是當時較有成就的文士，各家創作風格從總體上看更趨於豐富多樣。隨著崑山腔的興起，一些地區南曲盛興，而北曲有衰落的趨勢❼。

馮惟敏（一五一一—約一五八〇）是北人作家中的佼佼者❽，也是這一時期散曲創作的大家，有散曲集《海浮山堂詞稿》。他的作品描繪的生活面較廣，具有較強的現實感，不少內容或反映時艱，或抨擊政治弊端，或摹寫其他人情世態，眞實地反映了現實生活的不同方面。如〈胡十八・刈麥有感〉、〈折桂令・刈穀有感〉、〈玉江引・農家苦〉、〈傍妝臺・憂復雨〉等作，對遭遇自然災害和官府捐稅之苦的農家給予關注與同情。〈玉江引・紀笑〉抒發對「更不辨蒼白，何處尋公論」的畸形世態的憤激之情。而套數〈改官謝恩〉則寫到官場「忘身許國非時調，奉公守法成虛套」（〈油葫蘆〉）的陰暗面。

馮惟敏也有很多抒寫個人生活和心志的作品，特別是他解官歸田後寫下了不少遣情抒懷的篇章，流露出對昔日仕宦生活的煩倦和厭惡，刻畫悠閒落拓的心境。他的套數〈十自由〉堪爲代表：

> 膝呵見官人軟似綿，到廳前曲似鉤，奴顏婢膝甘卑陋。攀拳曲跽精神長，做小伏低禮數周。俺如今出門兩腳還如舊，見了人平身免禮，大步搊搜。（〈二煞〉）
>
> 足呵任高情行處行，趁閒時走處走，腳跟兒磴脫了牢籠扣。潛蹤洞壑尋深隱，濯足滄浪揀上流。皂朝靴丟剝了權存後，再不向鵷班鵠立，穿一對草履雲遊。（〈一煞〉）

作者將閒適的歸居生活和拘束的官場情形做對比，表達了對灑脫自在生活的嚮往。

馮惟敏散曲格調大都爽逸豪邁，遣詞造句率直明白，體現出北派作家的創作風格，〈河西六娘子·笑園六詠〉便是一例，其二、六詠：

> 人世難逢笑口開，笑得我東倒西歪，平生不欠虧心債。呀，每日笑胎嗨，坦蕩放襟懷，笑傲乾坤好快哉！
>
> 名利機關沒正經，笑得我肚兒裡生疼，浮沉勝敗何時定？呀，個個哄人精，處處賺人坑，只落得山翁笑了一生。

金鑾（一四九四—一五八三）生於北方[9]，但長期寓居南京，所以作品有著南方作家的風格，著有《蕭爽齋樂府》。他的散曲題材上大都爲酬應、遊宴、嘲謔、風情等，並無多少創新，但藝術上較有特點：一是講究音律和諧，風格清麗婉轉，馮惟敏稱他「一字字堪人愛，一聲聲音呂和諧」（《海浮山堂詞稿》卷一〈酬金白嶼〉）。二是筆法亦莊亦諧，自然活潑，常於輕巧自如的勾勒中透出雋永的意味。如〈曉發北河道中·落梅風〉：「干了些朱門貴，謁了些黃閣卿，將他那五陵車馬跟隨定，把兩片破皮鞋磨得來無蹤影，落一個腳跟乾淨。」語氣間雜戲謔，在自我解嘲之中，流露出幾絲爲生活所迫而求謁權貴的無奈。三是語言樸實淺顯，〈鎖南枝·風情集常言〉尤爲突出，其中如：「心腸兒窄，性氣兒粗，聽的風來就是雨。尚兀自撥火挑燈，一密裡添鹽加醋。前怕狼，後怕虎，篩破的鑼，擂破的鼓。」有時還插入一些生活化的俚言俗語，如「鼻凹裡砂糖怎舔，指甲上死肉難黏」（〈沉醉東風．風情嘲戲〉），「骨朵嘴掛油瓶，誰人是你眼中丁」（〈胡十八．風情嘲戲〉），這些都使散曲語言更爲生動形象，富有生活氣息。

梁辰魚有散曲集《江東白苧》。他「素諂歌場，兼獵聲囿」（〈詠簾櫳序〉），精通音律，曾採用崑山腔創作傳奇《浣紗記》。其散曲作品講究鍛字鍊句，文辭典麗華美，並注意吸收詞的寫作手法，因此不少曲文呈現出詞味重而曲味淡的特徵。《江東白苧》中像酬贈、題詠、豔情等散曲常見題材的作品占有一定比例，又有不少爲「代作」，眞正引人注意的是一些抒情寫懷的篇章，它們從不同側面較眞實地表現了作者的內心世界，如〈白練序．暮秋閨怨〉：

西風裡，見點點昏鴉渡遠洲。斜陽外，景色不堪回首。寒驟，謾倚樓，奈極目天涯無盡頭。消魂處，淒涼水國，敗荷衰柳。

此曲雖取題閨怨，但據曲序，實是作者有感於自己「淪身未濟，落魄不羈」，「非兒女之情多，實英雄之氣塞。因假閨人之意，以開烈士之膺」，曲中悲涼淒愴的語調，顯出作者英雄失路、襟抱難開的抑鬱，感情深沉，爲作者胸次眞實的展露。梁辰魚的一些弔古和悼亡之作，前者如〈小桃紅．過湘江弔屈大夫〉、〈玉抱肚．過湘江〉、〈玉抱肚．銅雀臺懷古〉，後者如〈瓦盆兒．己巳立秋夜雨悼亡姬胥雲房作〉、〈孝南歌．庚午初秋悼亡改定舊曲〉、〈破齊陣．辛未五月詠時序悼亡作〉，也多以情思宛曲、描畫細膩、意味雋永而見長，不失爲梁氏曲中的上乘之作。

梁辰魚散曲以工詞藻著稱，繼而後起而與梁氏齊名的另一位散曲家沈璟則注重聲律，人稱其「斤斤三尺，不欲令一字乖律」（王驥德《曲律》卷四〈雜論〉）。兩者在曲壇造成很大影響，不少人或崇梁或崇沈，於是明代散曲逐漸轉向詞藻化、音律化。但過分注重文辭聲律，在一定程度上束縛了散曲的創作。

施紹莘（一五八一－一六四〇）是晚明時期重要的散曲作家[10]，著有散曲集《秋水庵花影集》，其中套數占多，共八十六首，小令七十二首。他的作品大都「隨境寫聲，隨事命曲」（〈春遊述懷跋〉），較少受文辭與聲律的約束，與當時詞藻化、音律化的創作風氣有所不同，被認爲是特立於梁辰魚、沈璟創作派別之外，而與之「儼成鼎足之勢」[11]。

題材多樣、獨造新境是施氏散曲一大特點，他善於捕捉生活中各種人情物態，在作品中加以表現，所謂「花月下，香茗前，詩酒畔，風雪裡」，以至「茅茨草舍之酸寒，崇臺廣囿之弘侈，高山流水之雄奇，松龕石室之幽致，曲房金屋之妖妍，玉缸珠履之豪肆，銀箏寶瑟之縈魂，機錦砧衣之愴思，荒臺古路之傷心，南浦西樓之感喟，憐花尋夢之幽情，寄淚緘絲之逸事，分鞋破鏡之悲離，贈枕聯釵之好會，佳時令節之杯觴，感舊懷恩之涕淚」（《秋水庵花影集》自序），都成爲描摹的內容。在作者的筆下，它們往往情狀畢具，新意生發，別具一番意味。以套數〈楊花〉中的〈前腔〉一曲爲例：

> 天涯日暮，江頭春尾，漢苑隋堤休矣。模糊如夢，一痕驚破遊絲。偏向酒旗風底，畫舫欄邊，唐突無規矩。一從漂泊也不來歸，但林外聲聲哭子規。留不住，推不去，有人獨立斜陽裡，懷古淚，送春杯。

此曲重在寫意摹神，由春日四處飛揚的楊花，引發出作者「模糊如夢」的感覺，再歸結到凄迷憂鬱的懷古送春情懷，造意新穎，回味雋永。

施曲的另一特點是注重情感的自然貫注，較少有矯飾做作的毛病。比如他的作品中儘管不乏那些男女風情的曼吟低唱，但由於情激而發，所謂「情至文生，不能已已」（〈贈人〉跋），仍有一定的藝術魅力，不同於同類題材的一些平庸之作，〈懷舊〉、〈懷舊重和彥容作〉、〈與妓話舊感贈〉、〈贈嫩兒〉、〈感亡妓和生作〉等即是代表。

第二節　明代民歌

・明代民歌創作的興盛　・民歌流行的原因　・《山歌》與〈掛枝兒〉

明代民歌在南北地區都廣爲流行⑫，在文學史上有著重要的地位。明人卓人月以爲：「我明詩讓唐，詞讓宋，曲讓元，庶幾〈吳歌〉、〈掛枝兒〉、〈羅江怨〉、〈打棗竿〉、〈銀絞絲〉之類，爲我明一絕耳。」（陳宏緒《寒夜錄》上卷引）民歌的繁榮與當時文學審美趣味的變化有著密切關係。自明中期起，城市商業經濟不斷發展，市民階層逐漸崛起，像民歌這樣直接反映民眾生活而又具有鮮活藝術生命力的俗文學，越來越受到廣大民眾尤其是市民階層的普遍歡迎，所謂「不問南北，不問男女，不問老幼良賤，人人習之，亦人人喜聽之。」（沈德符《萬曆野獲編》卷二五《詞曲・時尚小令》）在如此的環境之中，一些文人士大夫的雅俗觀念也隨之發生變化，尤其是經過耳濡目染，對昔日不登大雅之堂的民間俗曲另眼相看，如李開先稱其「語意則直出肺肝，不加雕刻」，「情尤足感人」（《李中麓閒居集》

卷六《市井豔詞・序》），袁宏道以爲是「任性而發」之「眞聲」（《袁宏道集箋校》卷四《錦帆集》之二〈敘小修詩〉），馮夢龍則將其看作是「藉男女之眞情，發名教之僞藥」（《山歌》卷首〈序山歌〉）。有的甚至親自參與整理、創作與傳播工作。這對民歌的興盛，也起著一定的推動作用。

現存最早的明代民歌集子，爲成化年間金臺魯氏刊行的《新編四季五更駐雲飛》、《新編題西廂記詠十二月賽駐雲飛》、《新編太平時賽賽駐雲飛》、《新編寡婦烈女詩曲》四種。《新編四季五更駐雲飛》中不少是描繪男女情愛婚姻的作品，在內容上較有特色：

每日沉沉，曉夜思量咂口唇，懶把身軀整，羞對菱花鏡。嗏！到老也無心。使盡金銀，奴奴心不順，受盡諸般不稱心。（〈每日沉沉〉）

受盡榮華，紅粉嬌娥不順他。名聲天來大，説起家常話。嗏！把奴配與他。你有錢時買求媒人話，空有珍珠都是假！（〈受盡榮華〉）

這兩首作品都刻畫了女性在傳統婚姻制度下所表現出的苦悶與不滿的情緒，她們希望能由自己來掌握命運，獲得自由幸福的婚姻生活，而不是用榮華富貴來取代這一切。《新編太平時賽賽駐雲飛》所收大都爲歌詠故事的民歌，如〈蘇小卿題恨金山寺〉、〈雙漸趕蘇卿〉、〈王魁負桂英〉等，形式上爲聯曲。

嘉靖以來，出現了不少收有民歌作品的文學選本，如張祿選輯的《詞林摘豔》、郭勳選輯的《雍熙樂府》、陳所聞選輯的《南宮詞紀》、龔正我選輯的《摘錦奇音》，以及熊稔寰選輯的《徽池雅調》等，都或多或少地載錄了一部分民歌。這一方面説明當時民歌創作趨於繁盛，另一方面也意味著選輯者對那些民間俗曲時調的重視。這些選本收錄的民歌，有相當一部分也是描寫男女私情的作品，現舉兩例：

是話休題，你是何人我是誰？你把奴拋棄，皮臉沒仁義。呸！罵你聲負心賊，歹東西，不上我門來，倒去尋別的，負了奴情遷萬里。（《雍熙樂府・駐雲飛・閨怨》）

傻俊角，我的哥，和塊黃泥兒捏咱兩個，捏一個兒你，捏一個兒我，捏的來一似活托，捏的來同床上歇臥。將泥人兒摔碎，著水兒重和過。再捏一個你，再捏一個我。哥哥身上也有妹妹，妹妹身上也有哥哥。（《南宮詞

紀・汴省時曲・鎖南枝》）

前一首表達女子對負情男子的怨恨，措詞直率潑辣，宣泄淋漓盡致；後一首描繪女子對戀人的痴情，感情眞切，想像奇特，都具有濃郁的民間氣息。

晚明時期，對民歌搜集整理表現出極大熱情的是馮夢龍，他投入相當精力編輯了兩部民歌專集《童痴一弄・掛枝兒》和《童痴二弄・山歌》。《童痴一弄・掛枝兒》收錄的是明萬曆前後流行起來的民間時調「掛枝兒」，僅有極少數爲馮夢龍和他朋友的擬作[13]。全書分私部、歡部、想部、別部、隙部、怨部、感部、詠部、謔部、雜部十大類[14]。《童痴二弄・山歌》多用吳語，是現存明代民歌中保存吳中地區山歌數量最多的一種專集[15]。全書除卷十爲桐城時興歌，卷一至卷九分私情四句、雜歌四句、詠物四句、私情雜體、私情長歌、雜詠長歌六大類。這兩部民歌集從一個側面表現了明代社會尤其是晚明時期下層民眾的生活風貌。馮夢龍在〈敘山歌〉中說：「山歌雖俚甚矣，獨非鄭、衛之遺歟？且今雖季世，而但有假詩文，無假山歌，則以山歌不與詩文爭名，故不屑假。苟其不屑假，而吾藉以存眞，不亦可乎？」（《山歌》卷首）這不僅道出了馮夢龍對民間俗曲的肯定態度，也可以說是從去僞存眞的角度對他所編輯的民歌的創作特徵做了總體的概括。

《掛枝兒》和《山歌》作爲明代俗文學作品，其題材內容豐富多樣，藝術形式新奇活潑，體現出以下幾大特點：

一是眞實地描繪出社會平民階層的各種世情俗態，民俗味道濃烈。《掛枝兒》的《謔部》、《雜部》以及《山歌》的《雜詠長歌》中不少篇目就屬於這一類的作品。如《掛枝兒・謔部・山人》寫山人「並不在山中住」，「只無過老著臉，寫幾句歪詩，戴方巾稱治民，到處（去）投刺。」明季中葉以來，山人勢力趨於活躍，他們或「挾詩卷，攜竿牘，遨遊縉紳」，甚至「接跡如市人」（錢謙益《列朝詩集小傳》丁集上《吳山人擴》），與傳統山人的生活方式不盡相同。這首〈山人〉歌顯然是當時山人生活逼眞的寫照。

二是熱烈歌詠青年男女自由的愛情生活。《掛枝兒》和《山歌》中很大一部分是情歌，它們往往用大膽率眞的口吻吐露出男女主人公對愛情的強烈渴望和執著追求。如《山歌・私情四句・娘打》：

吃娘打子吃娘羞，索性教郎夜夜偸。姐道郎呀，我聽你若學子古人傳得個風流話，小阿奴奴便打殺來香房也罷休。

歌中的女子顯因偷情而遭到其母的責打，但她非但沒有怯懦與後悔，反而更加鼓起追求愛情的勇氣。又如《掛枝兒・歡部・分離》：

要分離，除非是天做了地；要分離，除非是東做了西；要分離，除非是官做了吏。你要分時分不得我，我要離時離不得你。就死在黃泉也，做不得分離鬼。

以樸實而堅定的語氣表達出對愛情至死不渝的執著。這些感情熾熱的情歌中有時夾雜著一些露骨的性描寫，在一定程度上影響了創作的格調，但也應該看到它們的出現，反映了創作者和編輯者大膽肯定和展現人欲的一種生活趣味，這與明代中葉以來活躍開放的文化風氣有關。

三是形象刻畫、語言運用等藝術手法豐富新穎，顯示出明代民歌創作技巧進一步趨於成熟。《掛枝兒・私部・錯認》：

月兒高，望不見（我的）乖親到。猛望見窗兒外，花枝影亂搖，低聲似指我名兒叫。雙手推窗看，（原來是）狂風擺花梢。喜變作羞來也，羞又變作惱。

通過描寫女子認人的錯覺，巧妙地刻畫出她等待情人焦急不安的心理。再如《山歌・私情四句・送郎》節錄：

送郎出去並肩行，娘房前燈火亮瞪瞪。解開襖子遮郎過，兩人並做子一人行。

「解開襖子遮郎過」這一細節生動形象，恰好地傳遞出歌中女子隨機應變的機智。至於這些民歌的語言，由於它們從民間孕育脫胎而出，大都通俗形象、新奇自然、富有生氣，極具藝術表現力。這方面的例子很多，如《掛枝兒・私部・耐心》：「熨斗兒熨不開眉間皺，快剪刀剪不斷（我的）心內愁，繡花針繡不出鴛鴦扣。」《掛枝兒・私部・虛名》：「蜂針兒尖尖的刺不得繡，螢火兒亮亮的點不得油，蛛絲兒密密的上不得筘。」《掛枝兒・想部・痴想》：「（你到把）砂糖兒抹在（人的）鼻尖上，舔又舔不著，聞著撲鼻香。你到丟下（些）甜頭也，教人慢慢的想。」語言生動奇妙，讓人耳目一新。

注釋

❶據凌景埏、謝伯陽所編《全明散曲》（齊魯書社一九九五年版），其收明代有名可考的散曲作者達四百多人，輯小令一萬零五百多首，散套兩千多篇。

❷參見梁乙真《元明散曲小史》，商務印書館一九三四年版，第二六一頁。

❸朱有燉在《南曲楚江情．序》中曾提到他研習南曲〈羅江怨〉一事：「予居於中土，不習南方音調。……邇者聞人有歌南曲〈羅江怨〉者，予愛其音韻抑揚，有一唱三歎之妙。乃令其歌之十餘度，予始能記其音調，遂製四時詞四篇，更其名曰楚江情。」（謝伯陽編《全明散曲》朱有燉卷，齊魯書社一九九四年版，第一卷，第二八五頁）

❹王磐，字鴻漸，號西樓，高郵（今屬江蘇）人。善音律。終身未仕。

❺〈北中呂朝天子．詠喇叭〉：「喇叭，嗩吶，曲兒小，腔兒大。官船來往亂如麻，全仗你抬聲價。軍聽了軍愁，民聽了民怕，哪裡去辨什麼真共假？眼見的吹翻了這家，吹傷了那家，只吹的水盡鵝飛罷。」（謝伯陽編《全明散曲》王磐卷，齊魯書社一九九四年版，第一卷，第一〇四九頁）蔣一葵《堯山堂外紀》「王磐」條載：「正德間，閹寺當權，往來河下者無虛日。每到輒吹號頭，齊丁夫，民不堪命。王西樓有〈詠喇叭．朝天子〉一首。」（明萬曆刻本《堯山堂外紀》卷九四）

❻陳鐸，字大聲，號秋碧，下邳（今江蘇邳州）人。世襲衛指揮使。潛心詞曲，精通音律，有「樂王」之稱。

❼沈德符《萬曆野獲編》卷二五〈詞曲．北詞傳授〉：「自吳人重南曲，皆祖崑山魏良輔，而北調幾廢，今惟金陵存此調。」（《萬曆野獲編》，中華書局一九五九年版，第六四六頁）

❽馮惟敏，字汝行，號海浮，臨朐（今屬山東）人。明世宗嘉靖十六年丁酉（一五三七）中舉人，歷任淶水知縣、鎮江儒學教授、保定通判。

❾金鑾，字在衡，號白嶼，隴西（今屬甘肅）人。寓居南京。有《徙倚軒詩集》。

❿施紹莘，字子野，號峰泖浪仙，華亭（今上海松江）人。屢試不第，於是絕意仕進。精通音律，工詞曲。

⓫參見梁乙真《元明散曲小史》，商務印書館一九三四年版，第四三八頁。

⓬ 沈德符《萬曆野獲編》卷二五《詞曲・時尚小令》：「元人小令行於燕、趙，後浸淫日盛。自宣、正至成、弘後，中原又行〈鎖南枝〉、〈傍妝臺〉、〈山坡羊〉之屬。……自茲以後，又有〈耍孩兒〉、〈駐雲飛〉、〈醉太平〉諸曲，然不如三曲之盛。嘉、隆間乃興〈鬧五更〉、〈寄生草〉、〈羅江怨〉、〈哭皇天〉、〈乾荷葉〉、〈粉紅蓮〉、〈桐城歌〉、〈銀絞絲〉之屬，自兩淮以至江南，漸與詞曲相遠，不過寫淫媟情態，略具抑揚而已。比年以來，又有〈打棗竿〉、〈掛枝兒〉二曲，其腔調約略相似……又〈山坡羊〉者，李、何二公所喜，今南北詞俱有此名，但北方惟盛愛〈數落山坡羊〉。其曲自宣、大、遼東三鎮傳來。」（《萬曆野獲編》，中華書局一九五九年版，第六四七頁）

⓭ 據關德棟《童痴一弄・掛枝兒・序》，此集中可以確定為馮夢龍及其友人擬作的為十二首，其中馮夢龍四首（《私部・罵杜康》評注附錄一首，《別部・送別》評注附錄一首，《詠部・竹夫人》評注附錄二首），米仲韶一首（《歡部・打》），董遐周一首（《想部・噴嚏》），白石主人一首（《別部・送別》評注附錄），丘田叔三首（《別部・送別》評注附錄），黃方胤一首（《隙部・是非》），李元實一首（《詠部・骰子》）。見《明清民歌時調集》上冊，上海古籍出版社一九八六年版，第一八—一九頁。

⓮ 《童痴一弄・掛枝兒》有明寫刻本，殘存九卷，其中卷一至卷八完整，卷九《謔部》有殘缺。整理本卷九《謔部》殘缺部分及卷十《雜部》據姚燮《今樂府選》補。

⓯ 《童痴二弄・山歌》共十卷，其中卷一至卷九所輯多為吳語山歌，僅卷十所輯為桐城時興歌。見《明清民歌時調集》上冊《山歌》卷，上海古籍出版社一九八六年版。

第八編 清代文學

緒　論

明末崇禎十七年（一六四四），李自成率農民起義軍攻陷北京，朱明王朝頃刻崩潰。此時已在遼東地區稱帝立國號的清朝統治集團，趁機揮軍攻入山海關，宣布定都北京，揭開了中國最後一個封建王朝的帷幕。

清王朝統治中國共二百六十七年，它從定鼎北京起，經過四十年的征服戰爭，統一了中國。爲鞏固政權，它採取了恢復生產、安定社會的措施，一度國勢增強，社會繁榮，版圖遼闊，出現過史家所稱的「康乾盛世」。隨著社會的發展，統治階級的腐朽，社會矛盾日益加深，便又走向了衰落。待到十九世紀中葉的道光年間，中國受到了外國列強的侵略，清王朝的架子雖然沒有倒塌，社會性質卻發生了根本性的變化，中國歷史進入了近代。

鴉片戰爭以前的清代文學，上承明中葉以後文學發展的新趨勢，屬於中國文學近古期的第一段。然而，清代文學又呈現出一種集中國古代文學之大成的景觀，各種文體都再度輝煌，蔚爲大觀，取得不容忽視的成就。

第一節　文化專制下的學術和文學

・文化專制：獨尊程朱理學　・編書與禁書　・日益嚴苛的文字獄　・漢學的興盛　・桐城古文正宗的確立　・文學的滯化現象

清王朝統治者由於很早便利用了明王朝的降臣降將，朝廷的設立悉依明制，也懂得要採用漢族的儒家思想控制社會思想文化，定都伊始便擺出了尊孔崇儒的面孔，「修明北監爲太學」，規定學習《四書》、《五經》、《性理》諸書，科舉考試用八股文，取《四書》、《五經》命題（《清史稿》卷八一〈選舉一〉）。康熙皇帝是歷代少有的博學而重視文教的帝王，讀書甚多，特別崇尚朱熹，曾說朱熹「文章言談之中，全是天地之正氣，宇宙之大道。朕讀其書，察其理，非此不能知天人相與之奧，非此不能治萬邦於衽席，非此不能仁心仁政施於天下，非此不能內外爲一家。」（《御纂朱子全書・序言》）他還任用了一批信奉宋代程朱理學的官員，如魏介裔、熊賜履、湯斌等所謂「理學名臣」，編纂理學圖書，升朱熹爲孔廟大成殿配享十哲之次，成爲第十一哲。宋代理學遂成爲清代的官方哲學。

清王朝控制社會文化思想的方式之一是編書。康熙在三藩之亂即將平定之時，便著手實行「偃武修文」的措施，詔開博學鴻詞科，意欲將全國的學者名流吸收到朝廷之中，雖有一些人拒徵，還是錄取了數十人，開始編修《明史》，並先後編出了《康熙字典》、《淵鑑類函》、《佩文韻府》、《古今圖書集成》、《全唐詩》等。乾隆年間編成的《四庫全書》收經史子集典籍三千四百餘種，近十萬卷，爲我國古代文化典籍之一大總匯。主持編纂的紀昀等人作成《四庫全書總目提要》，對已收入的三千四百餘種和未收入而存目的六千七百餘種書籍，作了簡要的介紹評論。從保存古代文化典籍的角度說，這未嘗不是一件功德。但是清王朝在以行政手段搜集全國圖書的同時，也作了一次大規模的圖書檢查，並且明令各地查繳「違礙」的書籍，然後銷毀。最初還只是查禁「有抵觸本朝之語」的明季野史，後來更擴大查禁範圍，宋人言遼金元、明人言元的著作中「議論偏謬」者，明末將相朝臣的著作，明末清初文人如黃道周、張煌言、呂留良、錢謙益、屈大均等人的著作，都在查禁之列。據統計，乾隆時被禁毀的書籍有「將近三千餘種，六七萬卷以上，種數幾與《四庫》現收書相埒」（孫殿起《清代禁書知見錄．自序》）。就此而言，這又是一次文化專制造成的圖書惡運。

清王朝控制社會思想的更嚴厲的手段是大興文字獄，案件之繁多，株連之廣，懲治之殘酷，超過歷史上任何一個朝代。清初的軍事征服階段，清王朝尚無暇顧及文化學術。康熙一朝文字獄尚少，著名的莊廷《明史》案、戴名世《南山集》案，都是對抗拒思想的鎮壓，因爲其中記載、議論明末史事，表現出眷戀明王朝的思想情緒。雍正朝文字獄漸多，著名的曾靜、張熙案追究至已逝世的呂留良的著作，還是在於消除人們的反清意識。乾隆朝文字獄最爲頻繁，朝廷苛責地方官吏，官吏深恐一併參處，舉報之風大增，於是望文生義、捕風捉影、構入人罪的情況便屢屢發生，幾乎每年都有以文字致罪的[1]。吟詩作文，乃至屬聯擬題，都有可能被隨意引申曲解，遭致殺身滅族之禍，文人普遍懷有憂讒畏譏、惴惴不安的心情，形成了畏懼、鬱悶的心態和看風使舵的處世態度。當時就有人描述說，「今之文人，一涉筆唯恐觸礙於天下國家」，「人情望風覘景，畏避太甚，見鱔而以爲蛇，遇鼠而以爲虎，消剛正之氣，長柔媚之風，此於人心世道，實有關係。」（李祖陶《邁堂文集》卷一〈與楊蓉諸明府書〉）這也就影響當時的學術風氣，造成如後來龔自珍說的「避席畏聞文字獄，著書都爲稻粱謀」（《龔定盦詩集．詠史》）的情況。

乾嘉漢學從學術源流上講，可以說導源於清初的顧炎武，從其學術精神上講，則是清王朝文化專制的結果。在文字獄的恫懾下，人們承襲了清初學者的治學方法，卻丟掉了經世致用的精神，多是不關心當世之務，只埋頭於古文獻裡進行文字訓詁，名物的考證，古籍的校勘、辨僞、輯佚等工作。乾隆時期有多位漢學家被召入四庫館，參與了《四庫全書》的編纂。乾嘉漢學家在文字、音韻、訓詁、金石、地理等學術方面，作出了卓越的貢獻，在中國學術史上占有一定的歷史地位❷。但總的看來，卻只能說是做了豐實的學術研究的基礎工作，脫離現實的傾向導致缺乏思想理論的建樹，這不能不說是一種歷史的遺憾。

清王朝的文化政策及乾嘉學風也多方面地影響到文學。桐城派古文及其正宗地位的確立，與科舉考試用八股文和漢學的興盛都有關係。古文原本包括應用散文和文學散文，明末清初的小品文和大量幾近小說的傳記文，顯示著古文中文學散文的發展。桐城派理論奠基人方苞提出「古文義法」說，即所謂「言有物」、「言有序」，講求的是文章之「雅潔」。他是信奉程朱理學的，曾奉敕選錄明清諸大家的時文，編成《欽定四書文》，頒爲時文程式，被稱爲「以古文爲時文，允稱極則」（《清史稿》卷八一〈選舉三〉）。他以「雅潔」爲標準的「義法」說，也就是以雅正的文辭，簡明有序地記事、議論。就他對歷代文章的評論，特別是對清初吳越遺民「尤放恣」、或雜小說家言、「無一雅潔」的指責看❸，有排擠文學性散文的傾向，形成對明清之際的古文風格的反撥。當時便有人說他「以古文爲時文，卻以時文爲古文」。到姚鼐又將「古文義法」說發展爲「義理」、「考據」、「辭章」的三合一，這顯然是受正在興盛的漢學的影響，連學術也納入文章的要素，與他自己論文章的「神、理、氣、味」與「格、律、聲、色」的理論就相抵牾了。郭紹虞在《中國文學批評史》中說：「大抵望溪處於康雍『宋學』方盛之際，而宣導古文，故復宋學溝通，而欲文與道之合一，後來姚鼐處於乾嘉『漢學』方盛之際，而宣導古文，故復與漢學溝通，而欲考據與詞章之合一。他們能迎合當時統治階級的意圖而爲古文，又能配合當時知識分子所宣導的學風以爲其古文，桐城文之所由成派，而桐城文派之所由風靡一時，當即以此。」（第七十六節〈方苞古文義法〉）

漢學之學術思想還滲透進詩歌和小說領域。在詩歌方面明顯的表現是翁方綱對王士禛神韻說和沈德潛格調說的修正、別解，提出他的肌理說。王士禛生活於康熙朝，他主神韻說是將詩尙含蓄蘊藉的特點強調到極致的程度，變得意境朦朧，意蘊幽微，不可言說。沈德潛生活於乾隆朝，論詩悉依儒家詩教，尙溫柔敦厚，中正和平，聲雄韻暢，統歸於格調，成「盛世之音」。翁方綱認爲詩皆有格調、神韻，都虛而不實，「無可著手」，於是「指之曰肌理」（《復初齋文集》卷一八〈仿同學一首爲樂生別〉）。他所謂「肌理」，意即可以捉摸的「理」，包括義理、文理，類乎方苞所說「有物」、「有序」，也就將「理」作爲詩之本、詩之法。所以他稱宋人作詩三昧是：「會粹百家句律之長，窮極歷代體制之變，搜討古書，穿穴異聞，作爲古律，自成一家。」（《石洲詩話》卷四）在他看來，「考據訓詁之事與辭章之事，未可判爲二途。」（《復初齋文集》卷四〈蛾術篇序〉）這樣，詩便不是陶冶性情，而是可資考據學術淵源、歷史是非得失的材料。漢學成爲一種風氣，也影響了小說：一是歷史小說重在敘述歷史事件，如《東周列國志》，作者自謂是「有一件說一件」，「哪裡有功夫去添造」，不僅可作「正史」看，而且可學到稽古、用兵之類的學問（蔡元放〈東周列國志讀法〉）。一是「以小說爲庋學問文章之具」（魯迅《中國小說史略》第二十五篇），如《野叟曝言》、《鏡花緣》等，作品雖有人物、情節，也有思想內蘊，但以逞才學爲能事，添入許多學問、技藝，便違背了小說藝術的本性。應當說文化專制造成的漢學學風，也造成清中葉文學的背離文學的滯化現象。

第二節　清代人文思潮與文學

・清初的學術轉向　・理欲之辨的深化　・文學社會功用的強調　・文學批評理論的發展
・文學中的人文意識

明清之際的社會大動盪、大變革震撼了廣大文人的心靈，引起了一批思想敏銳深沉的學者如黃宗羲、王夫之、顧炎武等人對社會歷史進行反思，學術思想發生了深刻的轉變，在中國學術史上劃出了一個新時代。

清初幾位思想家大都是反宋明理學的，他們的學術淵源不同，反對的態度不一致，有的激烈反對，有的是修正，但一致的是痛棄宋明理學空談心性，不務實學，及其所造成的「束書不觀，游談無根」的學風。黃宗羲批評，「今之言心學者，則無事乎讀書明理；言理學者，其所讀之書不過經生之章句，其所窮之理不過字義之從違」，「天崩地解，落然無與吾事，猶且說同道異，自附於所謂道學者。」（《南雷文約》前集卷一〈留別海昌諸同學〉）顧炎武更爲激烈，說：「不習六藝之文，不考百王之典，不綜當代之務，舉夫子論學論政之大端一切不問，而曰『一貫』，曰『無言』，以明心見性之空言，代修己治人之實學。股肱惰而萬事荒，爪牙亡而四國亂，神州蕩覆，宗社丘虛。」（《日知錄》卷七「夫子之言性與天道」條）將明代的亡國歸咎於宋明理學所造成的學風，自然不切實際，但也正說明他們是深慨於明亡清興的社會巨變，而要改變明代空言心性的虛浮學風，提倡經世致用的實學，致力於研究歷史上的典章制度，從歷史的治亂興衰中探究治世之道，即所謂「當世之務」。他們開拓了學術研究領域，在各自的學術方面作出了卓異的貢獻，提出了許多具有啓蒙意義的新思想。王夫之發展了古代的唯物論和社會進化論，他的《讀通鑑論》對中國古代歷史作出了一些新的精闢論斷。顧炎武的《日知錄》和《天下郡國利病書》，在社會經濟、政治、文化、教育等方面，發表了一些改變舊制度的意見，如「均田」、「均貧富」、廢科舉生員、地方按人口比例推舉官員等，以及「寄天下之權於天下之民」、「保天下者，匹夫之賤與有責」的思想。黃宗羲的《明夷待訪錄》更對封建君主專制制度做出了無比激烈的批判。清初學者的思想超越了單純反清的性質，反映了改變封建制度的歷史進步要求，對晚清的改良運動產生過不小的影響❹。

清初學者對明代王陽明心學的揚棄，特別是對晚期李卓吾非儒薄經反傳統思想的否定，實爲一種矯枉過正的偏激。學術思想和社會思潮的發展從來不是簡單的對立、否定，而是揚棄中有繼承，繼承中有揚棄。由王陽明的心學蛻變出王學狂禪派，李卓吾被稱爲異端之尤，再到清初的啓蒙思想家，在人性的問題上便呈現了這樣的蛻變、轉化的過程。王陽明的基本思想是：「心即理也。此心無私慾之蔽，即是天理」，「以此純乎天理之心，發之事父便是孝，發之事君便是忠，發之交友治民便是信與仁，只在此去人欲存天理上用功便是。」（《傳習錄》下）可見王陽明的心學原是要人消除私慾，一切照封建倫理道德立身行事。李卓吾出於王學，卻將人心從架空臆說中拉出，返還給現實社會，從人人要生存（即所謂「吃飯穿衣」）和發展（即所謂「富貴利達」）的基點出發，做出了相反的結論：「夫私者，人之心也。人必有私，而後其心乃見；若無私，則無心矣。」（《藏書》卷二〈德業儒臣後論〉）他說：「寒能折膠，而不能折朝市之人；熱能伏金，而不能伏競奔之子，何也？富貴利達所以厚天生之五官，其勢然也。是故聖人順之，順之則安矣！」（《焚書》卷一〈答耿中丞〉）肯定了「私」也就是「慾」爲人之自然本性，也就否定了壓制人的「私」、「慾」的封建倫理關係及其道德信條的合理性。清初思想家雖然反對心學空言心性，甚至詆毀李卓吾，但實質上卻接過李卓吾的「人必有私」的命題，肯定私慾的合理性，不同的是他們進而以此爲基點將「慾」、「理」統一起來。王夫之說，「理欲皆自然」（《張子正蒙注》卷三），「有慾斯有理」（《周易外傳》卷二），「人欲之各得，即天理之大同」。（《讀四書大全說》卷四）黃宗羲也說：「天理正從人欲中見，人欲恰好處即天理也。向無人欲，則亦並無天理之可言矣。」（《南雷文定》後集卷三〈陳乾初先生墓誌銘〉）在這裡，「人欲」成了基本，「天理」也就由宋明理學家所說的「人欲」的對立物，即封建倫理關係的精神幻影，變爲「人欲之各得」的社會理想。要達到「人欲之各得」，人人各遂其欲，「人欲」就要落到「恰好處」，要己所不欲勿施於人。正是由此出發，黃宗羲發出了對封建君主專制制度的批判，謂君主是強「使天下之人不敢自私，不敢自利，以我之大私爲天下之大公。」不惜「荼毒天下之肝腦，離散天下之子女，以博我一人之產業。」（《明夷待訪錄·原君》）這樣，理慾之辨就由李卓吾的個性解放精神延伸爲社會解放的理想，由思想領域的反傳統拓展爲對社會制度方面的批判、探討❺。

在學術思想、社會思潮的轉變中，文學思想也隨之發生了顯著的變化。清初的文學思想也就是清初社會思潮的組成部分。黃宗羲、顧炎武、王夫之三位思想家，文學觀雖不盡一致，對文學問題的關注程度也不相同，但都重視文學的社會功用，拋棄了晚明文學的表現自我、個性解放、率眞淺俗的理論觀念。顧炎武最爲突出，他自身是詩人，也認爲「詩本性情」，但強調應「爲時」、「爲事」而作（《日知錄》卷二一「作詩之旨」條）。對於文章，他更認爲「須有益於天下」，所謂「有益」就是「明道」、「紀政事」、「察民隱」、「樂道人善」（《日知錄》卷一九「文須有益於天下」條）。顧炎武的文學觀可以稱之爲經世致用的文學觀。黃宗羲論文學注意到了文學的特質，認爲「詩之道從性情而出」，往往是不平之鳴，所以「詩之道甚大，一人之性情，天下之治亂，皆所藏納。」（《南雷詩曆．題辭》）他論及文與詩之不同、詩人之才情在創作中的作用和詩的表情方式，謂詩人是「情與物合，而不能相捨」，「即風雲月露、草木魚蟲，無一非眞意之流通。」（《南雷文案》卷三〈黃孚先詩序〉）不過，他還是將詩中表達的性情分作「一時之性情」和「萬古之性情」，認爲「離人思婦，羈臣孤客，私爲一人之怨憤」，「其詞亦能造於微」，而超越「一身之外」，關乎治亂興衰，「合乎興、觀、群、怨、思無邪之旨」的性情，才更有歷史的內容和價值（《南雷文定》四集卷一〈馬雪航詩序〉）。可見他還是注重詩的社會意義和歷史價值。王夫之論文學較之顧炎武、黃宗羲更加著重於文學的基本問題，他以哲學家的思維，對人類文化的發生發展、廣義的文學（所謂政教之文）與美文學（即詩）的本質、功用的區別，詩的審美特徵及其在創作和閱讀中的規律等一系列的問題，做了系統、縝密的理論闡述。他論詩的本質、創作和閱讀，表述爲「情」的生發、表達和接受（所謂「以情自得」），從而也就貼近了詩的審美特徵。所以，他說詩是「陶冶性情，別有風旨，不可以典冊、簡牘、訓詁之學與焉。」甚至不贊同「詩史」說（《薑齋詩話》卷一）。但又說情有「貞」、「淫」之分，有「盛世之怨」和「亂世之怨」之別，意義有所不同，在不同的時代環境中應有不同的節制（《詩廣傳》卷三），這就又講究詩的社會意義和效用了。

待到清中葉，清初的啓蒙思潮雖然受到扼制，有所消沉，但隨著社會矛盾的日趨激化，反映在文化學術領域，明清之際啓蒙思潮又重新抬頭，這便表現爲漢學的裂變。漢學家戴震的「由詞以通道」的治學方法，使他由古籍文字的訓詁進入對理學問題的研討和對宋代理學的批判，他也就成了一位哲學家、思想家[6]。他的《孟子字義疏證》發揮自然人性論，說「人生而後有慾，有情，有知」，認爲「人倫日用，聖人以通天下之情，遂天下之慾，權之而分理不爽，是謂理。」由此批判宋儒「以理殺人」，說：「上以理責其下，而在下之罪，人人不勝指數。人死於法，猶有憐之者；死於理，其誰憐之！」實際上是對封建綱常非人道性的痛切至深的批判。汪中好古博學，考證古代典章制度，恢復了顧炎武的經世致用的精神，發表了與傳統思想相左的觀點，認爲荀子得孔子之眞傳，力駁孟子以「無父」誣墨子爲枉說，被翁方綱指爲「名教之罪人」，要革除他的秀才資格[7]。汪中在研討古「禮」的題目下，發表反對封建婚姻制度，反對婦女

夫死殉節的「婦道」，說：「本不知禮，而自謂守禮，以隕其生，良可哀也。」（《述學·女子許嫁而婿死從死及守節議》）

有清一代文學的興衰變化，與清初開啓的啓蒙思潮的消長有著或明或隱的連繫。

清初幾位學者的思想，作爲一種啓蒙思潮，不能不影響到文學創作，或直或曲地滲入文學作品中。他們反對晚明的張揚個性、自適自娛、崇尚率直淺俗的文學傾向，強調文學的社會功用，以及他們對詩學的發展，這也就再度提高了詩的地位，或者說是維護了詩的正宗地位，並推動了詩風的轉變。清代詩的繁榮、詩的批評理論的興旺、詩話的大量湧現，與之不無關係。對文學社會功用的強調，影響到上層文人的文學創作，戲曲作品趨於雅正，悲劇意識超過了娛樂格調。康熙朝後期出現的兩部傳奇傑作——《長生殿》和《桃花扇》，題材雖有古今之別，卻都表現著深沉的歷史反思，而且與清初啓蒙思潮息息相通。兩部劇作都採取了以男女離合之情寫國家興亡之感的結構模式，對情愛是尊重的，卻又和國家興亡綁在一起，把國家興亡擺在了個人的情愛之上。《長生殿》是以國家和百姓的不幸諷諭「占了情場，弛了朝綱」的君主，《桃花扇》是用「皮之不存，毛將焉附」的邏輯喝斷亡國後還貪戀情場的人。兩劇在社會觀、情愛觀、君主觀等方面，以及其間存在的似乎不可思議的矛盾現象，都與清初啓蒙思潮相契合。

在清中葉，文學領域也呈現出類似晚明的一股思潮，反傳統，尊情，求變，思想解放，袁枚是突出的代表人物。袁枚秉性灑脫不拘，行事便有向世俗挑戰的精神。他在詩壇上公開批評、嘲諷沈德潛的格調說和翁方綱的肌理說，重建和發揮性靈說，認爲詩重性情，強調表現眞我、眞性情，創作重靈機和眞趣。他認爲「情所最先，莫如男女」（《小倉山房文集》卷三〇〈答蕺園論詩書〉）。他寫了許多愛情詩、豔情詩，雖然其中有輕佻之病，但總的說，袁枚的思想和詩作表現出個性解放的叛逆精神。這一時期，小說雖屢遭禁止，新作也少優秀作品，但卻如平地一聲雷似的，突然出現《儒林外史》、《紅樓夢》兩部文學巨著。《儒林外史》以眞實的圖像執行了對科舉制度的批判任務，連同小說中一些正面形象如杜少卿等，都可以從啓蒙思想家的著作裡發現其思想底蘊。《紅樓夢》完整地解剖了一個富貴的大家庭，從多個方面顯示出其腐朽、脆弱、無望，人人都是不幸的，有奴僕的不幸，也有公子小姐的悲哀，還有愛情的悲劇和沒有愛情的婚姻的悲劇。更通過意象化的小說主人公賈寶玉對人生的思索，表現出一種覺醒意識，在他的怪誕的話語中寄寓著人文思想的光彩。這兩部巨著都反映著歷史的進步要求。

第三節 清代文學的歷史特徵

・集歷代文學之大成 ・文學古典形態的再度輝煌 ・新興文體的飛躍 ・演變的趨勢

清代是中國最後一代封建王朝，一個少數民族貴族集團經過武力征服而建立的封建王朝。中國文學歷史悠久，到清代已經經過數度變遷，數度形態各異的輝煌，有著豐厚而多采的歷史積累。社會的和文化的種種背景，造成了有清一代文學獨具的歷史特徵。

清代文學較之以往各代異常繁富，甚至可謂駁雜，一方面是元明以來新興的小說、戲曲，入清之後依然蓬勃發展，另一方面是元明以來已經呈現弱勢的詩、古文，乃至已經衰落下來屈居於陪襯地位的詞、駢文，入清之後又重新振興起來。舉凡以往各代曾經盛行過、輝煌過的文學樣式，大都在清代文壇上占有一席之地。各類文體大都擁有眾多的作者，寫出了大量的作品，數量之多超過以往各代，包括它們盛行的那個時代。各類文體曾經有過的類型、做法，出現過的風格，清代作者也大都承襲下來，有人學習效法，也有人獨闢蹊徑有所創新，相當多的作者達到了很高的造詣，寫出了許多優秀的乃至堪稱珍品、傑構的傳世之作，如吳偉業的歌行詩和王士禛的神韻詩，陳維崧的登臨懷古詞和納蘭性德的出塞、悼亡詞，洪昇的《長生殿》和孔尚任的《桃花扇》兩部戲曲，汪中的駢文〈哀鹽船文〉，文言小說中有蒲松齡的《聊齋志異》，白話章回小說有吳敬梓的《儒林外史》和曹雪芹的《紅樓夢》。郭紹虞在其《中國文學批評史・緒論》中論及清代學術之集大成時說：「就拿文學來講，周秦以子稱，楚人以騷稱，漢人以賦稱，魏晉六朝以駢文稱，唐人以詩稱，宋人以詞稱，元人以曲稱，明人以小說、戲曲或制藝稱，至於清代的文學則於上述各種中間，或於上述各種之外，沒有一種比較特殊的足以稱爲清代的文學，卻也沒有一種不成爲清代的文學。蓋由清代文學而言，也是包羅萬象而兼有以前各代的特點的。」❽清代文學可以說是以往各類文體之總匯，呈現出一種蔚爲大觀的集大成的景象。

對於清代文學的這種集大成的景象，自然還是要作具體分析的，各體文學的成就、歷史地位是不一樣的。但其中有個突出的現象，就是曾經興盛過的文體之再度興盛，實際上也是中國文學傳統精神和古典審美特徵的復歸與發揚。

詩在唐代已經定型，體式完善，成就極高，成爲後世之典範，再經過宋詩之補充，元明作者步趨其後，缺少開拓、創新。在明清鼎革的社會動亂之際，與學術文化思潮由空疏之心學轉向復古形態的經世致用之學相呼應，詩歌創作轉向傷時憂世，遺民詩人之呼號、悲憤、勵志，其他詩人之徘徊觀望，黍離之悲、滄桑之感，成爲清代前期詩的主旋律。

遺民詩人關注國運民生，緣事而發，雖然他們的身世遭遇、才學性情各異，但卻幾乎一致地以前代關注國運民生、志節高尚的詩家爲師法對象，如屈大均推尊屈原，顧炎武繼踵杜甫，吳嘉紀學習杜甫詩中取法漢樂府之一格。清初詩從總體上說是繼承和發揚了貫穿中國詩史中的緣事而發，有美刺之功，行「興、觀、群、怨」之用的傳統精神，同時也繼承和發揚了傳統的審美藝術的特徵。如果說遺民詩主要還是以其詩史般的內容和所表現的志節情操而稱重當時、影響後世，而另有些詩人則在詩藝方面更有所開拓、創造。如吳偉業的歌行詩，專取明清之際關乎興亡之人事，創作出了〈圓圓曲〉、〈鴛湖曲〉一批敘事活脫、詞藻富麗、情韻悠然的詩篇，在白居易之後又開拓出敘事詩的一種新境界。稍後的王士禛追蹤六朝以來詩的沖和淡遠一格，他的神韻詩將中國詩尚含蓄蘊藉的特徵推向了極致，在中國詩史上也是一個貢獻。可以說中國詩的傳統精神和古典審美特徵在清代又一次獲得了發揚。

詞作爲一種抒情詩體，曾在兩宋度過了黃金時代，元明兩代呈現衰落之勢。也是在明清鼎革之際，詞發生了轉機，走出俚俗，歸於雅道，成爲彷徨苦悶中的文人委婉曲折地抒寫心曲的方式。待到江南「科場案」、「奏銷案」、「通海案」諸大案接連發生[9]，在政治環境的壓力下，詞更成爲文人曲寫心跡的方式，作者蔚起，出現了地方性的詞人群和較大範圍的唱和活動[10]，以陳維崧爲宗主的陽羨詞派、朱彝尊爲領袖的浙西詞派形成，詞的創作呈現了「中興」的局面。陳維崧、朱彝尊都揚棄了詞爲「小道」的觀念，認爲詞與「經」、「史」同等重要，可與「詩」比肩，肆力塡詞。他們的詞取材不盡相同，風格各異，但都開拓了詞的境界，帶動了有清一代詞家競馳，出現了被譽爲「北宋以來，一人而已」（王國維《人間詞話》）的納蘭性德。清人詞無論從規模或成就上講，都足稱大觀，再次顯示並發展了詞的特異的抒情功能。

經過唐、宋兩次古文運動，駢文趨向衰微，清初文人以駢文寄託才情，從而揭開了駢文復興的序幕。到乾嘉時期，駢文大盛，形成與桐城派古文對抗的局面，這既與清代社會環境的壓抑、文化學術思潮的復古傾向有關，也和其後漢學興盛的學風有關，駢文作家中便多著名的學者，如作〈哀鹽船文〉的汪中，爲駢文力爭正統地位的阮元等。但從當時發生的駢文與古文之爭論看，卻反映出駢文復興之文學底蘊，就是要求恢復文章藝術之美。儘管這種古雅的文體對作者和讀者都要求有更高的學識和文學素養，但在清代畢竟又盛行一時，而且經過爭論產生了不拘駢散之論，更不失爲唐宋古文運動之後的一種歷史補償，對後來的文章，如梁啓超之新文體，也有一定的影響[11]。

清代文學也表現出新興文體的雅化傾向和雅俗並存、互滲的狀態，斑駁陸離中閃現出耀眼的光芒。

戲曲方面，在明代盛行的傳奇已經文人化，雜劇更落入案頭化的地步。入清後，傳奇、雜劇都順從著晚明的趨勢，創作更加活躍。一方面，一些原來並不看重戲曲的正統文人，乃至文學名流也在遭逢國變、落泊失意的境遇中，於詩文之餘操筆編寫戲曲，抒寫亡國之痛、出處兩難的心態和侘傺失意的情懷。這類作者有吳偉業、王夫之、尤侗、嵇永仁等。他們作傳奇、雜劇，大都取歷史故事加以隨意虛構，乃至幻化，寄託個人的情感、心跡，抒情性沖淡了戲劇性，也就更加脫離舞臺，加重了案頭化傾向，但也表明戲曲已獲得了正統文人廣泛的認同，影響到如李玉等原本依附於舞臺表演而編劇的作家的劇作，增強了社會歷史意識。另一方面，一些作者追隨明亡前夕阮大鋮、吳炳等開創的風情喜劇的路子，注重戲劇性，多是利用巧合、誤會、陰錯陽差製造生動的情節。李漁是這類劇的能手，他還就明代傳奇劇的得失，總結出一套系統的編劇和表演的理論，著成《閒情偶寄》一書。李漁的理論和劇作表明明代以來戲曲創作重心由「曲」向「戲」轉移，也可以說是戲曲向戲劇本質特徵的回歸與創作的成熟[12]。戲曲創作中，社會歷史意識的增強和對戲劇性的注重這兩個方面的綜合，便湧現出了一個戲曲的高峰——《長生殿》和《桃花扇》兩部傑作的誕生。此後戲曲的雅化墮入道德教化，或者變成純案頭的讀物，古典戲曲也就失去了藝術生命。

清初的小說也是順從明末小說的趨勢，舊作的新編雖仍不絕如縷，但作家獨創的作品卻日益增多，從總體上看是邁入了獨創期。擬話本小說結束了改編舊故事的路子，取材於近世傳聞和當代新事，貼近了實際生活，卻滲入了文人意識；諷世的氣味加重了，卻缺乏藝術的釀造，並且越來越趨向倫理道德的說教[13]。另一種情況是愛情婚姻小說雅化，蛻變爲才子佳人小說。李漁的小說創作表現出更高的主體意識，故事情節演繹的是其超乎常人的爲人處世的經驗和對人情世態的調侃，這也就進一步改變了話本小說的敘事模式和風格，議論的成分增大了，作者的既定意向勝過並取代了生活的內在邏輯。長篇小說邁入個人獨創期，作品紛繁多樣，有的是沿著晚明世情小說的路子，在醒世的旗號下展示最世俗的人生圖畫，如《醒世姻緣傳》頗爲鮮活，敘寫用民間口語，富有幽默之趣。有的是敘寫近世朝野政事，藝術上大都比較粗糙，如《檮杌閒評》摻入了虛構的魏忠賢發跡史[14]，才有了小說味道。有的是就明代幾部著名小說作續書以寫心，境界不一，如陳忱的《水滸後傳》喚出水滸英雄進行抗金保宋的戰鬥，寄託了清初遺民的心跡，也給小說增添了抒情性質。小說已成爲社會的一種文化需要，康熙朝以後雖然屢有禁令，神魔、公案類仍不斷滋生，世情類也相繼有新作出來，還出現了打破畛域集多類性質於一體的作品，以及雜陳學藝的小說、用文言文作成的小說，其中《鏡花緣》是頗有特色的。在眾多作者或適俗或別出心裁的創作中，終於有人感受到時代的脈搏，領悟到了小說的文學特徵，面對現實人生，將平凡的生活變成眞實而有審美內蘊的小說世界，於是吳敬梓創作了《儒林外史》，曹雪芹創作了《紅樓夢》。

由以上論述可以看出，清代文學在前期和中葉是有變化的。前期文學關注國運民生，有著熾烈的社會責任感和深沉的歷史意識，傳統文體和已經雅化的戲曲取得了很高的成就，影響深遠。在清中葉，傳統文體雖然也很活躍，流派紛呈，詩說文論競相爭鳴，但成就和影響卻遠抵不上小說。不過《紅樓夢》和《儒林外史》的出現，並非孤立的現象，與它同時的性靈派詩人袁枚等人的詩歌創作，也透露出時代的新資訊。

注釋

❶據故宮博物院文獻館《清代文字獄檔》，乾隆朝文字獄最多，數倍於康熙、雍正兩朝，多有用語不當，誤犯時忌，未避廟諱御名，或家藏明清之際人之書版者，也有因詩句被曲意引申解說定讞為訕謗忤逆之語的。

❷梁啓超《清代近三百年學術史》最後四章以〈清代學者整理舊學之總成績〉為題，分別論述了乾嘉學派為中心之清代學者在經學、小學、音韻學、辨偽書、輯佚書、史學、地理學諸方面的貢獻，可資參考。

❸沈廷芳〈書方望溪先生傳後〉引方苞語：「古文義法，不講久矣。吳越間遺老尤放恣，或雜小說，或沿翰林舊體，無一雅潔者。」或雜小說，指的是清初侯方域等人之傳記文雜有小說筆法；或沿翰林舊體，是指陳維崧等作駢體文。

❹梁啓超《清代近三百年學術史》、《清代學術概論》兩書中，曾數說他和譚嗣同等人受黃宗羲《明夷待訪錄》的影響，並曾經私印傳播，作為宣傳維新之工具。

❺侯外廬《中國早期啓蒙思想史》（人民出版社一九五六年版）第一章〈十七世紀的中國社會和啓蒙思潮的特點〉、第二章第六節〈王夫之人性論中的近代命題〉、第三章第一節〈黃宗羲的經濟思想及其社會根源〉、第三章第二節〈黃宗羲的近代民主思想〉、第四章〈顧炎武的社會思想〉等部分，有具體的分析和論述。

❻戴震是乾隆漢學皖派的大師，在文字、音韻、測算、典章制度諸方面有獨到的研究。他曾充任四庫館纂修官。在先秦古籍的校勘、考證、訓詁等方面著作甚多，富有哲學價值的是《孟子字義疏證》。《清史稿》卷四八八〈儒林二〉本傳說：「震之學，由聲音、文字以求訓詁，由訓詁以尋義理。」

❼汪中，字容甫，江都（今屬江蘇揚州）人，家貧，早年曾為書商售書。乾隆四十二年（一七〇三）拔貢，不再應試。生平研究六經子史，博考三代典禮，至於名物象數，識議超卓，著有《荀子通論》、《賈誼新書序》等。因其推尊墨子，指孟子以「無父」之說詆毀墨子為非，翁方綱斥之為「名教之罪人」，見《復初堂文集》卷十五〈書墨子〉。

❽《中國文學批評史》第五頁，新文藝出版社一九五五年版。

❾「科場案」發生於順治十四年（一六五七）。「奏銷案」發生於順治十八年（一六六一）。對此兩案，孟森《明清史論著集刊》下冊有專門考證。「通海案」發生於順治十六年（一六五九）鄭成功進攻江南之後，清廷興獄逮治響應鄭成功的紳民。

❿影響最大的唱和活動有杭州的「江村唱和」、揚州的「紅橋唱和」和北京的「秋水軒唱和」。具體情況可參看嚴迪昌《清詞史》第二、三章。

⓫曹虹〈清嘉道以來不拘駢散論的文學史意義〉一文可資參考。《文學遺產》一九九七年第三期。

⓬《閒情偶寄》分「詞曲部」、「演習部」，「詞曲部」論戲曲劇本的創作，「演習部」論戲曲演唱，為我國第一部系統的戲曲創作和表演的理論著作。「詞曲部」首論「結構」，然後論「辭采」、「音律」、「賓白」、「科諢」等問題，「結構」一章談的是編劇要「立主腦」、「減頭緒」等問題，與西方戲劇理論的「動作整一性」相符，可謂強調了戲曲劇作的戲劇性。

⓭康熙以降，擬話本小說趨於衰落，新作品品位不高，教化意識增強，成為勸誡之工具。代表作品有筆煉閣主人的《五色石》、《八洞天》，玉山草亭老人的《娛目醒心編》。鄭振鐸《明清二代的平話集》（《中國文學研究》，作家出版社一九五七年版）論到「當時的著作界的風氣」，說：「隨了正學的提倡的結果，連小說中也非談忠說孝不可了。」

⓮《檮杌閒評》原書不題作者，鄧之誠《古董續記》引繆荃孫《藕香簃別鈔》之考證，疑為明崇禎朝做過大理寺丞的李清所著。李清，字映碧，入清不仕，閉門著述，有《三垣筆記》、《南渡錄》、《南北史全注》等。《檮杌閒評》成書年代尚難考定，小說最後一回回目有「明懷宗旌忠誅惡黨」一句，「懷宗」是崇禎帝朱由檢吊死後京中士人加給他的私謚，其成書當明清易代之後。參見《古本小說集成》（上海古籍出版社本）卷首〈前言〉。

第一章　清初詩文的繁榮與詞學的復興

明清鼎革，激化了民族矛盾與鬥爭，中原板蕩，滄桑變革，喚起漢族的民族意識與文人的創作才情，給文學注入了新的生命。富有民族精神和忠君思想的遺民詩人的沉痛作品，體現了那個時代的主旋律，即便曾一度仕清的詩壇名流，也在詩歌裡抒發家國之痛，映照興亡，寄寓失節的懺悔，這兩部分詩文以對現實的敏銳反映而具有鮮明的歷史特徵。稍後的詩人及其他作者，雖無強烈的民族思想和家國之悲，但也慨歎時世，俯仰人生，寫出了風格獨特的篇什。已呈式微之勢的詞則應時而復興，倚聲塡詞蔚然成風。散文的內容偏重經世救國，崇實致用，在傳記文裡多用小說筆墨。清初詩文改變了元明以來的頹勢，出現了新的繁榮。

第一節　遺民詩人

・顧炎武、黃宗羲、王夫之　・屈大均和吳嘉紀　・其他遺民詩人

清初最富有時代精神的詩歌是遺民的作品，清卓爾堪《明遺民詩》輯錄作者五百人，詩歌三千餘首❶，比南宋遺民詩在數量和品質上皆有過之。著名的詩人有顧炎武、黃宗羲、王夫之、吳嘉紀、屈大均、杜濬、錢澄之、歸莊、申涵光等，他們受傳統的民族思想、愛國主義薰陶，反對清朝的民族壓迫與歧視，雖然出發點仍是儒家的「嚴夷夏之防」，如顧炎武所說：「君臣之分，所關者在一身；夷夏之防，所繫者在天下。」（《日知錄》卷七〈管仲不死子糾〉）但在民族矛盾異常尖銳的特定時期，懷抱救世拯民思想，關注國家、民族的前途和命運，奔走呼號，以「有亡國、有亡天下」區分朝代更替和民族沉淪，用「保天下者，匹夫之賤與有責焉」的生存危機和民族憂患喚醒人心，復興家國，顯然包含著反對壓迫和侵略的正義性和愛國精神，在當時激勵了漢族人民的反抗鬥爭，也對後世產生過積極的影響，「天下興亡，匹夫有責」成爲中華民族愛國主義傳統的一個有機組成部分。遺民詩人用血淚寫成的詩篇，或悲思故國，或謳歌貞烈，或譴責清兵，或表白氣節，具有抒發家國之悲和同情民生疾苦的共同主題，體驗深切，感情眞摯，反映易代之際慘

痛的史實與民族共具的感情，筆力遒勁，沉痛悲壯，肇開清詩發展的新天地。

以氣節高尚而被後世敬仰的是顧炎武、黃宗羲、王夫之三大學者。

顧炎武（一六一三—一六八二）初名絳，明亡後改炎武，字寧人，學者稱亭林先生，江蘇崑山人。明末加入復社，清兵入關，在江南積極參與抗清活動，失敗後亡命北方，考察山川，訪求豪傑，圖謀恢復，晚年終老於陝西華陰❷。他論詩「主性情」，反對模擬，提倡「文須有益於天下」。他「生無一錐土，常有四海心」（〈秋雨〉），四百多首詩，擬古、詠懷、遊覽、即景等圍繞抒發民族感情和愛國思想的主題，反清復明和堅守氣節是其詩突出的色調。〈秋山〉寫江南人民的反清鬥爭和清兵屠戮燒殺的罪行。〈精衛〉諷刺專營安樂窩的燕雀之輩，表示「我願平東海，身沉心不改」的決心。〈京口即事〉歌頌史可法鎮守揚州的英雄業績。〈千里〉述自己參加王永祚領導的湖上抗清義軍。〈海上〉四首，則以凝練沉重之筆，抒發登高望海的悲壯情懷，蒼勁質實。如第一首：

> 日入空山海氣侵，秋光千里自登臨。十年天地干戈老，四海蒼生痛哭深。水湧神山來白鳥，雲浮仙闕見黃金。此中何處無人世，只恐難酬烈士心。

詩中洋溢著決心報國、抗清復明的堅強信念。他勸友人善處珍惜，保持操守，「寄語故人多自愛，但辭青紫即神仙。」（〈友人來，座中口占二絕〉）到垂暮之年，仍然表達其熾烈的愛國熱忱，有〈恭謁孝陵〉、〈再謁孝陵〉、〈自大同至西口〉等。隨著歲月的消逝和希望的幻滅，漸知揮戈返日之無術，感傷沉鬱的情緒稍增，但不灰心，至死猶堅，故其詩雄渾有力，慷慨悲壯，如〈五十初度時在昌平〉：「遠路不須愁日暮，老年終自望河清。」〈又酬傅處士次韻〉：「蒼龍日暮還行雨，老樹春深更著花。」都可說是擲地作金石聲。

顧炎武的詩是詩人崇高的人格和深厚學力的表現，筆墨矜重，不假巧飾，其格調質實堅蒼，沉雄悲壯，往往接近杜甫，如〈酬王處士九日見懷之作〉：

> 是日驚秋老，相望各一涯。離懷銷濁酒，愁眼見黃花。天地存肝膽，江山閱鬢華。多蒙千里訊，逐客已無家。

顧詩在清代評價就很高，沈德潛說：「詞必己出，事必精當，風霜之氣，松柏之質，兩者兼有。就詩品論，亦不肯作第

二流人。」（《明詩別裁集》卷一一）

黃宗羲（一六一〇—一六九五）字太冲，號南雷，學者稱梨洲先生，浙江餘姚人。明末以反對閹黨著名，清兵入關，積極投身抗清鬥爭，後隱居著述，屢拒清廷徵召❸。他是著名的思想家、史學家和文學家，關心天下治亂安危，以學術經世，論詩稱「情者，可以貫金石，動鬼神」，強調詩寫現實則「夫詩之道甚大，一人之性情，天下之治亂，皆所藏納。」注重學問，推崇宋詩，與吳之振等選輯《宋詩鈔》，擴大宋詩影響，推動浙派形成。詩歌感情真實，沉著樸素，具有愛國精神和高尚情操，〈雲門遊記〉、〈感舊〉、〈宋六陵〉、〈哭外舅葉六桐先生〉、〈哭沈昆銅〉等，抒發亡國之痛和懷念殉難親友，雖有悲涼之感，但不消沉頹喪，屢屢表白身處逆境而不低頭的頑強精神，如「於今屈指幾回死，未死猶然被病眠。」（〈臥病旬日未已，閒書所感〉）「莫恨西風多凜烈，黃花偏奈苦中看。」（〈書事〉）「硯中斑駁遺民淚，井底千年尚未消。」（〈周公謹硯〉）等，皆勃鬱浩然的正氣。〈山居雜詠〉更是鏗鏘的誓言：

> 鋒鏑牢囚取次過，依然不廢我弦歌。死猶未肯輸心去，貧亦其能奈我何？廿兩棉花裝破被，三根松木煮空鍋。一冬也是堂堂地，豈信人間勝著多。

王夫之（一六一九—一六九二）字而農，號薑齋，湖南衡陽人。明崇禎舉人，曾從永曆桂王舉兵抗清，南明滅亡後隱遁歸山，埋首著述，博通經學、史學和文學，貢獻卓著，學者稱船山先生❹。他生於「屈子之鄉」，受楚辭影響，步武《離騷》，用美人香草寄託抒懷，如〈絕句〉：「半歲青青半歲荒，高田草似下田荒。埋心不死留春色，且忍罡風十夜霜。」借舒草之心「不死」，喻堅忍不拔之志和恢復故國「春色」的理想。〈落花詩〉、〈補落花詩〉、〈遺興詩〉、〈讀指南集〉等，纏綿悱惻，喻意深遠。王夫之自歎「抱劉越石之孤憤，而命無從致」（王之春《先船山公年譜》引王夫之自題墓碑詞），表現「孤憤」是其詩突出的內容，如〈補落花詩〉九首之一：「乘春春去去何方，水曲山限白晝長。絕代風流三峽水，舊家亭榭半斜陽。輕陰猶護當時蒂，細雨旋催別樹芳。唯有幽魂消不得，破寒深醴土膏香。」以落花飄魂抒寫胸中鬱結的亡國之恨，含蓄蘊藉，深沉瑰奇。七絕〈走筆贈劉生思肯〉：「老覺形容漸不真，鏡中身似夢中身。憑君寫取千莖雪，猶是先朝未死人。」以詩明志，直到「垂死病中魂一縷，迷離唯記漢家秋。」（〈初度口占〉）仍然不忘故國歲月，於淒楚裡見其高風亮節。

遺民詩人可與顧、黃、王並肩的，當推吳嘉紀和屈大均，吳多作危苦之詞，屈則富於浪漫幻想。吳嘉紀

（一六一八—一六八四）是一介布衣❺，與煮鹽灶戶爲伍，困厄潦倒，深受壓迫剝削和災禍肆虐之苦，詩歌極寫兵燹災荒和民生疾苦。〈風潮行〉、〈朝雨下〉、〈海潮歎〉等述泰州一帶自然災害，慘不忍睹。〈挽饒母〉、〈難婦行〉、〈過兵行〉等，揭露清軍屠殺擄掠，令人髮指。〈臨場歌〉、〈歸東陶答汪三韓過訪〉等，反映官吏催租逼稅，敲骨吸髓。〈東家行〉記江北婚嫁陋習，〈李家娘〉寫「揚州十日」慘狀，〈一錢行贈林茂之〉讚遺民品質，或長歌，或短制，直抒胸臆，純用白描，但運思深刻，寫狀如繪。如〈絕句〉：「白頭灶戶低草房，六月煎鹽烈火旁。走出門前炎日裡，偷閒一刻是乘涼。」明白如話，不假雕飾，靠內在感情把鹽工之苦寫到極致，幽淡似陶，沉痛似杜，形成質樸古淡的蒼勁風格。屈大均（一六三〇—一六九六）曾削髮爲僧，還俗改今名，北上遊歷，密謀抗清，「險阻艱難，備嘗其苦」❻，詩歌是其心靈歷程的寫照。他以屈原後代自居，學屈原《離騷》，兼學李白、杜甫，詩歌奔放縱橫，激盪昂揚，於雄壯中飛騰馳騁，豪氣勃勃，「如萬壑奔濤」，在遺民中乃至整個詩界獨樹一幟。五律出色，自謂「可比太白」，〈大同感歎〉、〈猛虎行〉、〈菜人哀〉等揭發清兵屠戮暴行，〈舊京感懷〉、〈過大梁作〉、〈登羅浮絕頂〉等訴說家國興亡悲哀，〈梅花嶺弔史相國墓〉、〈哭顧寧人〉、〈贈傅青主〉等抒發仰慕忠節之情，大都撫時感世，緣事而發，尤其表現堅定的民族立場和抗清意志的詩歌，可與顧炎武相比，如「萬里丹心懸嶺海，千年碧血照華夷。」（〈經紫羅山望拜文信國墓〉）「孤臣餘草莽，匪石一心堅。」（〈詠管寧〉）「七尺今猶壯，堪爲大漢捐。」（〈代景大夫舟自五屯所至永安州之作〉）即使壯志難酬，興復無望，他也信心滿懷，「縱是灰寒終不滅，神靈看與蜃樓同。」（〈古銅蟾蜍歌〉）「乾坤未毀終開闢，日月方新尙混茫。」（〈庚午元日作〉）他的詩「以氣骨勝」，豪宕而多蒼涼悲慨之音，如〈通州望海〉：「狼山秋草滿，魚海暮雲黃。日月相吞吐，乾坤自混茫。乘槎無漢使，鞭石有秦皇。萬里扶桑客，何時返故鄉？」憑弔滄海，想像奇偉，在雄健夭矯裡寄寓故國之思，淒楚感愴，卻也寫出「超然獨行」的豪邁氣概。

屈大均在清初影響頗大，與陳恭尹、梁佩蘭並稱「嶺南三大家」❼。陳恭尹（一六三一—一七〇〇）詩歌感時懷古，抒發亡國之悲，間或也表達矢志復明的決心，激昂盤鬱，擅長七律，〈鄴中〉、〈讀秦紀〉等，是所謂「人無數篇」的名作。梁佩蘭（一六二九—一七〇五）曾仕清朝，行藏出處與屈大均、陳恭尹有別，詩多酬贈與寫景，七古蒼涼伉爽，〈易水行〉、〈養馬行〉等狀寫社會民情，寄有深意，能獨開生面。

其他遺民詩人，閻爾梅（一六〇三—一六七九）的詩歌弔古傷今❽，感念時事，格調蒼勁。〈滿巡撫趙福星遺官招余余卻之〉云：「殷商全賴西山士，蜀漢孤生北地王。豈有丈夫臣異類，羞於華夏改胡裝。」表白全節，可謂硬骨錚錚。他長於古體，〈絕賊臣胡謙光〉、〈滄州道中〉等豪宕雄壯，詩情激楚，是富有特色的作品。杜濬（一六一一—一六八七）詩學杜甫❾，風格渾厚，五律〈登金山塔〉渾灝精深，負名當時，詩人吳偉業說：「吾於此體（五言律），得杜于皇〈金焦詩〉而一變，然猶以爲未逮若人也。」（引自杜濬《變雅堂文集》卷八〈祭少詹吳公文〉）〈初聞燈船鼓吹歌〉撫今追昔，感慨秦淮歌舞盛衰，令讀者欷歔太息而不能禁。錢澄之（一六一二—一六九三）詩歌寫甲申國變❿，足可證史。〈悲憤詩〉、〈桂林雜詩〉、〈行路難〉等，以永曆時事寄於詩，時歌時泣，悲痛感人。〈催糧行〉、〈乞兒行〉、〈田家苦〉等，寫民眾流離無告慘狀，情濃意深，沉鬱悲愴。晚年隱居鄉間，民族感情與田園閒適融合一體，在〈田園雜詩〉、〈田間雜詩〉、〈夏日園居雜詩〉裡，白描直寫，沖淡自然，既反映農村的生活，又砥礪自己的民族氣節，「深得香山、劍南之神髓」，並有獨具一格的特點。歸莊（一六一三—一六七三）爲人豪邁尙氣節⓫，與顧炎武有「歸奇顧怪」之稱。〈悲崑山〉、〈傷家難作〉、〈斷髮〉和〈萬古愁〉曲等，聲情激越，沉痛憤慨，〈萬古愁〉更是清散曲少有的傑作。〈落花詩〉體物寄託，揭發士林的種種心態，哀婉酸苦。「不信江南百萬戶，鋤耰只向隴頭耕。」（〈己丑元日〉）寫出遺民新的思想境界，也委實可貴。

第二節　古文三大家

・清初散文　・侯方域　・魏禧　・汪琬　・其他古文家

唐宋古文的傳統，在明代受到了復古派學秦漢文和公安、竟陵派抒寫性靈的衝擊。明末清初，天崩地解，學者們倡經世致用以振興民族。順應時代的要求，錢謙益、黃宗羲、顧炎武等學者都對散文寫作提出了一些要求，散文在清初大致上回到了講求「載道」的唐宋古文傳統上，並對「道」及其他方面作了修正和擴展。

清初的論說文多爲學者所爲，他們留心世務，研經治史，發表意見，作品不僅是優秀的散文，也有學術和思想上的價值，如黃宗羲的《明夷待訪錄》、王夫之的《黃書》、顧炎武的〈生員論〉、〈形勢論〉等。這一時期，明末的小品文處於衰落與蛻變期，但張岱、尤侗、廖燕等人仍有所創作。由於時代的變化，他們的作品內容或沿襲晚明小品的文風，而以滄桑之思代替閒情之趣，或趨向嚴肅，如「匕首寸鐵，刺人尤透」（廖燕《選古文小品・序》），隨著文網日密，也就逐漸消歇。

寫作文學散文的有被稱爲「清初三大家」的侯方域、魏禧和汪琬[12]。魏以觀點卓越、析理透闢見長，汪則寫人狀物筆墨生動，侯方域的影響最大，繼承韓、歐傳統，融入小說筆法，流暢恣肆，委曲詳盡，推爲第一。「三家」是桐城派的嚆矢。

侯方域（一六一八—一六五四）少有才名[13]，入清未仕。早期爲文流於華藻，功力欠深，自述「僕少年溺於聲伎，未嘗刻意讀書，以此文章淺薄，不能發明古人之旨。」有「春花爛漫，柔脆飄揚，轉目便蕭索可憐」之弊（〈與任王谷論文書〉），後學八大家，轉益多師，臻於成熟。《壯悔堂文集》十卷，體裁多樣，內容廣泛，議論而指斥權貴的如〈癸未去金陵日與阮光祿書〉、〈答田中丞書〉等，抒情而攄寫懷抱的如〈與方密之書〉、〈祭吳次尾文〉等，評說而論功罪的如〈朋黨論〉、〈王猛論〉、〈太子丹論〉等，或義正詞嚴，酣暢飽滿，或纏綿悱惻，聲情並茂，或雄辯汪洋，縱橫奔放，有唐宋八大家的遺風。敢於打破文體壁壘，以小說爲文，則是寫掾吏、伶人、名妓、軍校等下層人物的作品，如〈贈丁掾序〉，歌頌丁掾廉潔正直，忠於職守的優秀品質；〈馬伶傳〉寫藝人馬伶爲求演技精進，投身爲僕三年藝成的事蹟；〈任源邃傳〉讚揚平民出身的任源邃抗清被捕，寧死不屈的高貴精神；〈李姬傳〉再現風塵女子李香識大義、辨是非的品德和節操，都「以小說爲古文辭」，提煉細節，揣摩說話，刻畫神情，像〈李姬傳〉所選的三個典型事件，精擇李香對話組成，切合身分與心境，曲折生動，使人物個性鮮明，堪稱性格化的語言，突破陳規，具有短篇小說的特點。

魏禧（一六二四—一六八〇）論文以有用於世爲目的[14]，要「關係天下國家之政」，反對模擬，不「依傍古人作活」，自謂「少好《左傳》、蘇老泉，中年稍涉他氏，然文無專嗜，唯擇吾所雅愛賞者。」他博學多聞，身際易代，懷抱遺民思想，關心天下時務。人物傳記表彰抗清殉國和堅守志節之士，如〈許秀才傳〉、〈哭萊陽姜公昆山歸君文〉等，感慨激昂，低徊往復，既有淋漓盡致的描摹，也有紆徐動盪的抒情，兼有歐、蘇之長。〈大鐵椎傳〉是其名篇，敘事如狀，寫身懷絕技的劍俠的遭際和憤懣，神情畢現，豪爽照人，篇末寄意不爲世用的感慨，耐人尋味。政論散文則識見超人，精義迭現，〈蔡京論〉、〈續朋黨論〉等獨出己見，議論風生，〈答南豐李作謀書〉，談教育人才應「恢弘其志氣，砥礪其實用」，觀點正確，方法可取，〈宗子發文集序〉提出積理練識，糾正模擬剽古之弊，識見精當，行文酣暢，凌厲雄傑，表現出善於議論的個性和明理致用的文章風格。

汪琬（一六二四—一六九〇）散文力主純正[15]，對侯方域〈馬伶傳〉、王猷定〈湯琵琶傳〉等小說寫法頗示不滿，偏於保守。所作原本六經，敘事有法，碑傳尤爲擅長，「公卿志狀皆得琬文爲重」，受到後世正統文士的推崇。〈陳處士墓表〉、〈申甫傳〉、〈書沈通明事〉等記事簡當不繁，代表碑傳文的水準。〈陶淵明像贊並序〉、〈送王進士之任揚州序〉等清晰簡要，自然流暢，與唐順之、歸有光等文風相近。記敘蘇州市民反暴政的〈周忠介公遺事〉，爲世稱道，文以周順昌事蹟爲主線，寫東林黨人與閹黨的鬥爭，突出周被逮時蘇州市民仗義執言和群情激憤的熱烈場面，有些描寫如「眾益怒，將奪刃刃（毛）一鷺」，魏忠賢爪牙被打而「升木登屋」，抱頭鼠竄，眞實生動，稱得上散文中的優秀作品。

近世論者提出廖燕可與「清初三大家」比肩⑯。廖燕（一六四四—一七〇五）字人也，號柴舟，廣東曲江（今韶關市）人。他思想之新穎，議論之大膽，甚至超過明代怪傑李贄。學術文〈性論一〉、〈性論二〉、〈格物辨〉等抨擊程朱理學，膽識過人，史論文〈湯武論〉、〈高宗殺岳武穆論〉、〈明太祖論〉等，推翻陳說，無所蹈襲，〈金聖歎先生傳〉眞實生動，〈半幅亭試茗記〉抒寫性靈，文筆恣肆疏雋，議論深閎，在清初散文作家中確實別具特色。

清初散文家還有王猷定、冒襄、姜宸英、邵長蘅、王弘撰、宋起鳳等，各以不同的表現方法和風格特點抒發感情，反映現實，筆墨靈活，取材廣泛，而以歌頌抗清鬥爭及其殉難的英雄志士，形成這一時期重要的寫作題材。姜宸英的〈奇零草序〉、邵長蘅的〈閻典史傳〉、前述汪琬的〈江天一傳〉，還有時間稍晚的全祖望〈梅花嶺記〉等所表現的崇高民族思想，如清末黃摩西評論的：「雲雷鬱勃，風濤軒怒，震國民之耳鼓，至今淵淵作響。」（《國朝文匯．序》）

第三節 錢謙益與虞山詩派

・錢謙益的行跡與心態 ・前期的詩作 ・宏偉、沉鬱、典麗的〈後秋興〉 ・虞山詩派

清初詩壇沿襲明季餘緒，雲間派、虞山派、婁東派鼎足而三，而虞山派和婁東派因錢謙益和吳偉業主領，出現新的局面，影響最大。

錢謙益（一五八二—一六六四），字受之，號牧齋，晚號蒙叟、絳雲老人、東澗遺老等，江蘇常熟人。明萬曆進士，官至禮部尚書，清順治二年迎降，授官禮部侍郎管祕書院事，充修明史副總裁，旋歸鄉里，從事著述，祕密進行反清鬥爭。他曾是東林黨魁，清流領袖，南明時卻依附馬士英、阮大鋮，後又事清，喪失大節，爲士林所詬病。事後，他又和南明政權的抗清力量如瞿式耜、鄭成功等暗中連繫，支持和參與反清活動，曾給永曆桂王「上陳三局」，爲其謀劃，密件載《瞿式耜集》卷一〈報中興機會疏〉裡。順治十六年（一六五九）鄭成功發動金陵之役，他前後奔走，赴金

華和松江，策反清軍將領，還密赴鄭成功軍營晤談，與明遺民如黃宗羲、閻爾梅等密切往還，懺悔自贖，取得世人諒解。

在明朝錢謙益仕途蹭蹬，屢起屢躓，歷盡坎坷挫折，感時憤世，鬱塞苦悶。《初學集》中詩歌，憤慨黨爭閹禍，痛心內憂外患，所謂「感時獨抱憂千種，歎世常流淚兩痕。」❶❼〈乙丑五月削籍南歸〉十首、〈費縣〉三首、〈獄中雜詩〉三十首等詩，既有清正之士的孤憤，也有失意者的感喟，其中寫出東林人士的命運——「未成鱗甲先供伐，稍出蓬蒿已被鐫。」前後六君子被逮——「黃門北寺獄頻仍，錄牒刊章取次征。」以及自己劫後餘生——「抱蔓摘瓜餘我在，執手俱爲未死人。」並和憂慮國事融作一體，如〈獄中雜詩〉三十首之十一。他獄解南還，曾拜望事功卓著而削職在家的孫承宗，作〈謁高陽少師公於里第感舊述懷〉八首，希望孫承宗再度出山，統籌邊防，經略遼東，寄託收復失地的愛國之情。對李自成、張獻忠縱橫川、豫，殺明藩王，仇視憎恨，但也還有〈王師二十四韻〉，揭露「王師」瘋狂屠殺，「塹溝塡老弱，竿槊貫嬰兒。血並流爲谷，屍分踏作谿」的罪行，指出農民「相將持棓梃」揭竿而起，是「割剝緣肌盡，誅求到骨齊」的結果。〈葛將軍歌〉不惜筆墨，謳歌市民領袖葛成，把他與反抗閹黨而犧牲的蘇州五義士並列，推崇備至。他退居林下期間，爲柳如是所寫戀慕詩、唱和詩，以及遊黃山的一組詩歌，清新可誦，而描繪黃山壯麗美景的山水詩，則是不可多得的佳作。

經歷了故國滄桑、身世榮辱的巨大變故，他入清後的詩歌更顯出鮮明的藝術個性和創作特色。除了悲悼明朝、反對清廷和恢復故國的主調外，還瀰漫著「楚奏鐘儀能忘舊，越吟莊舄忍思他」（〈見盛集陶次他字韻詩重和〉五首）的「羈囚」哀音。《有學集》中《夏五詩集》、《高會堂詩集》等，是記載反清復明的「專集」，〈西湖雜感〉二十首、〈哭稼軒留守一百十韻〉、〈書梅村豔詩後〉四首等，哀感頑豔，沉鬱蒼楚，既有「冬青樹老六陵秋，慟哭遺民總白頭」的失國之苦，也有「水天閒話天家事，傳與人間總淚零」的恥辱，以及從心底發出的「鶯斷曲裳思舊樹，鶴髡丹頂悔初衣」的懺悔自白，還有詆斥新朝，描寫清兵蹂躪破壞的作品，如〈吳巨手卍齋詩〉：「人民城郭總萋迷，華觀瓊臺長蒺藜。幾家高戶無蛛網，是歲空梁少燕泥。」在〈後秋興〉（結集時題名《投筆集》）詩裡，一掃哀悼明亡的悲愴淒苦，爲鄭成功反清復明的勝利唱起嘹亮的凱歌，如第一疊〈金陵秋興八首次草堂韻〉之一：

龍虎新軍舊羽林，八公草木氣森森。樓船蕩日三江湧，石馬嘶風九域陰。掃穴金陵還地肺，埋胡紫塞慰天心。長干女唱平遼曲，萬户秋聲息擣砧。

之二：

雜虜橫戈倒載斜，依然南斗是中華。金銀舊識秦淮氣，雲漢新通博望槎。黑水遊魂啼草地，白山戰鬼哭胡笳。十年老眼重磨洗，坐看江豚蹴浪花。

中興在望，欣喜若狂，對鄭成功進軍南京和人民的支持給予熱情歌頌，氣魄宏大。隨著軍事失利，功敗垂成，他憤激之情不可遏止，連疊十三韻，記錄鄭成功與南明永曆政權的軍事鬥爭，以及他和柳如是的抗清活動，實爲一部「詩史」。如〈後秋興八首之二．八月初二聞警而作〉，聽到鄭成功軍事受挫，他以棋爲喻，要「小挫我當嚴警候」，不爲所動，「換步移形須著眼」，再振旗鼓，轉敗爲勝。第三疊〈八月初十日小舟夜渡，惜別而作〉記載隻身會見鄭成功以及柳如是的慷慨資助：「破除服珥裝羅漢（姚神武有先裝五百羅漢之議，內子盡橐以資之，始成一軍），減損齏鹽餉佽飛。」桂王被殺消息傳來，「鼠憂泣血，感慟而作」，在〈後秋興十三〉裡說：「海角崖山一線斜，從今也不屬中華。」明朝滅亡，孤寂無主，無所歸依的失落和葬身無地的哀痛，使《投筆集》籠罩上沉鬱悲涼的情調，表現「不成悲泣不成歌」的憤慨，畫出思想情緒演進的軌跡[18]。

錢謙益自覺地致力於清詩學建設，嗤點前賢，對明代復古派和反復古派進行尖銳的批判，也各有所取，對復古派取其借鑑古人精神，但不囿於「漢魏盛唐」，剔除模仿形似；對反復古派「取其申寫性靈」，摒棄其「師心而妄」，「輕才寡學」。他強調時代、遭遇和學問的重要性，建立起「詩有本」的眞情論，以眞誠的具有時代意義的感情爲核心，達到性情、世運、學養三者並舉。他主張轉益多師，兼採唐宋，廣收博取，推陳出新，對補救明七子模擬盛唐與公安、竟陵的粗疏草率、幽深孤峭，確立有清一代詩風，起了「導平先路」的作用。所作詩歌敘事抒情，各體兼擅，尤工近體，七言律詩情詞愴惻，沉雄蒼涼，入杜堂奧，學得神髓，長篇和組詩動輒幾十韻和上百韻的有數十首之多。〈後秋興〉是大型的七律組詩，八首一組，相互關聯，十三組詩渾然一體，是一個有機結合的整體。連疊杜詩原韻，一疊再疊至十三疊一百零四首，另附自題詩四首，瀾翻不窮，無斧鑿湊韻之痕，爲歷來次韻詩所未有，是一種創造性的史詩巨制，顯示出爐火純青的藝術造詣。他在廣泛繼承的基礎上創新出奇，故能籠罩百家，肇開風氣。他又延引後進，獎掖新人，王士禛、施閏章、宋琬、馮班等人都是由他提攜成名。曾受其親炙的還有一批詩人[19]。由於他在詩歌領域的重要地位，被稱爲清詩的開山宗匠。

受錢謙益的影響，在其家鄉常熟產生了虞山詩派，主要成員有馮舒、馮班、錢曾、錢陸燦等人。這個詩派的代表人物馮班（一六〇二－一六七一）曾師從錢謙益[20]，反對七子、竟陵派和嚴羽《滄浪詩話》，著《鈍吟雜錄》專摘嚴羽以禪喻詩之謬。他的詩歌沉麗細密，錘煉藻繪，根柢徐、庾而出入溫、李，抒發亡國悲痛，婉而多諷。〈題友人《聽雨舟》〉借畫以抒明亡之恨。〈有贈〉則託古喻今：「隔岸吹唇日沸天，羽書唯道欲投鞭。八公山色還蒼翠，虛對圍棋憶謝玄。」以史實和今景的交融寫出諷刺南明不能禦敵的故國哀思，寄託深沉而含蓄有味。馮班論詩有獨到之處，詩歌也有個人的面目和特色，並以標榜晚唐李商隱而自張一軍，勢力頗大，使虞山派「詩壇旗鼓，遂淩中原而雄一代」，後來的吳喬和趙執信或繼承或私淑馮班詩論，批評王士禛的神韻說，可說是虞山詩派的餘波漣漪。

第四節　吳偉業和「梅村體」敘事詩

・吳偉業的身世　・觀照歷史興亡　・痛失名節　・梅村體——歌行體的新境界

在清初詩壇上，吳偉業與錢謙益並稱。吳偉業才華出眾，其歌行詩「梅村體」風行一代，他的詩有程穆衡、靳榮藩、吳翌鳳等人分別進行箋注，這在清代詩人中罕有其比。

吳偉業（一六〇九－一六七一）[21]，字駿公，號梅村，江蘇太倉人。崇禎進士，官至少詹事，明亡里居，清順治十年（一六五三）被迫出仕，任祕書院侍講，遷國子監祭酒，三年後丁嗣母憂南還，居家而歿。在明朝他以會元、榜眼、宮詹學士、復社領袖，主持湖廣鄉試，輔貳南雍，「為海內賢士大夫領袖」，名垂一時。但生不逢時。命途多舛，仕明而明亡，不願仕清而違心仕清，成了「兩截人」，喪失士大夫的立身之本，遭世譏貶，深感愧疚，詩歌成了他的寄託，感慨興亡和悲歎失節是其吟詠的主要內容。陳文述說「千古哀怨託騷人，一代興亡入詩史。」（《頤道堂詩集》卷一〈讀吳梅村詩集，因題長句〉）就是這種情況的概括。

圍繞黍離之痛，吳偉業以明末清初的歷史現實為題材，反映山河易主、物是人非的社會變故，描寫動盪歲月的人生圖畫，志在以詩存史。這類詩歌約有四種：第一種以宮廷為中心，寫帝王嬪妃戚畹的恩寵悲歡，引出改朝換代的滄桑巨變，如〈永和宮詞〉、〈洛陽行〉、〈蕭史青門曲〉、〈田家鐵獅歌〉等。第二種以明清戰爭和農民起義鬥爭為中心，通過重大事件的記述，揭示明朝走向滅亡的趨勢，如〈臨江參軍〉、〈雁門尚書行〉、〈松山哀〉、〈圓圓曲〉等。第三種以歌伎藝人為中心，從見證者的角度，敘述南明福王小朝廷的衰敗覆滅，如〈聽女道士卞玉京彈琴歌〉、〈臨淮老妓行〉、〈楚兩生行〉等。最後還有一種以平民百姓爲中心，揭露清初統治者橫徵暴斂的惡政和下層民眾的痛苦，類似杜甫的「三吏」、「三別」，如〈捉船行〉、〈蘆洲行〉、〈馬草行〉、〈直溪吏〉和〈遇南廂園叟感賦〉等。此外還有一些感憤國事，長歌當哭的作品，如〈鴛湖曲〉、〈後東皋草堂歌〉、〈悲歌贈吳季子〉等，幾乎可備一代史實。他在《梅村詩話》中評自己寫〈臨江參軍〉一詩：「余與機部（楊廷麟）相知最深，於其爲參軍周旋最久，故於詩最眞，論其事最當，即謂之詩史可勿愧。」這種以「詩史」自勉的精神，使他放開眼界，「指事傳詞，興亡具備」，在形象地反映社會歷史的眞實上，取得突出的成績，高過同時代的其他詩人。

痛失名節的悲吟是他詩歌的另一主題，這以清順治十年出仕爲標誌，在靈與肉、道德操守與生命保存之間，吳偉業選擇苟全性命，墮入失節辱志的痛苦深淵，讓自贖靈魂的悲歌沉摯纏綿，哀傷欲絕。〈自歎〉、〈過吳江有感〉、〈過淮陰有感〉、組詩〈遣悶〉等，懺悔自贖，表現悲痛萬分的心情，「誤盡平生是一官，棄家容易變名難。」、「我本淮王舊雞犬，不隨仙去落人間。」〈懷古兼弔侯朝宗〉詩說：

> 河洛烽煙萬里昏，百年心事向夷門。氣傾市俠收奇用，策動宮娥報舊恩。多見攝衣稱上客，幾人刎頸送王孫。死生總負侯嬴諾，欲滴椒漿淚滿樽。

詩人自注：「朝宗歸德人，貽書約終隱不出，余爲世所逼，有負夙諾，故及之。」在〈賀新郎・病中有感〉詞裡，自我剖析：「故人慷慨多奇節。爲當年沉吟不斷，草間偷活。」、「脫屣妻孥非易事，竟一錢不值何須說。」臨死仍不忘反省：「忍死偷生廿載餘，而今罪孽怎消除？受恩欠債應塡補，總比鴻毛也不如。」自怨自艾，後悔不迭。吳偉業是眞誠的，以詩自贖確實是其心音的流露，《梅村家藏稿》以仕清分前後兩集，「立意截然分明」，表示他不回避和掩飾自己的汙點，死時遺命家人殮以僧裝，題曰「詩人吳梅村之墓」，用以表明身仕二姓的悔恨與自贖的眞心。這類詩歌對我們認識在理想與現實、感情與理智的困擾與衝突裡掙扎的人生悲劇，有著啓迪作用。

吳偉業以唐詩爲宗，五七言律絕具有聲律妍秀、華豔動人的風格特色。而他最大的貢獻在七言歌行，《四庫全書總目提要》評說：「其中歌行一體，尤所擅長。格律本乎四傑而情韻爲深，敘述類乎香山而風華爲勝，韻協宮商，感均頑豔，一時尤稱絕調。」他是在繼承元、白詩歌的基礎上，自成一種具有藝術個性的「梅村體」。它吸取白居易〈長恨歌〉、〈琵琶行〉和元稹〈連昌宮詞〉等歌行的寫法，重在敘事，輔以初唐四傑的采藻繽紛，溫庭筠、李商隱的風情韻味，融合明代傳奇曲折變化的戲劇性，在敘事詩裡開出新境界。「梅村體」的題材、格式、語言情調、風格、韻味等具有相對穩定的規範，以愴懷故國和感慨身世榮辱爲主，又突出敘事寫人，多了情節的傳奇化。它以人物命運浮沉爲線索，敘寫實事，映照興衰，組織結構，設計細節，極盡俯仰生姿之能事。「梅村體」敘事詩約有百首，如〈永和宮詞〉、〈蕭史青門曲〉、〈鴛湖曲〉、〈圓圓曲〉、〈聽女道士卞玉京彈琴歌〉等，把古代敘事詩推到新的高峰，對當時和後來的敘事詩創作產生了很大的影響。〈圓圓曲〉是「梅村體」的代表作，也是吳偉業膾炙人口的長篇歌行，它以吳三桂、陳圓圓的悲歡離合爲線索，以極委婉的筆調，譏刺吳爲一己之私情叛明降清，打開山海關門，淪爲千古罪人。全詩規模宏大，個人身世與國家命運交織，一代史實和人物形象輝映，運用追敘、插敘、夾敘和其他結構手法，打破時空限制，不僅重新組合紛繁的歷史事件，動人心魄，也使情節波瀾曲折，富於傳奇色彩。細膩地刻畫心理，委婉地抒發感情，比喻、聯珠的運用，歷史典故與前人詩句的化用，增強了詩歌的表現力。而且注重轉韻，每一轉韻即進入新的層次。詩人畫龍點睛般的議論穿插於敘事裡，批判力量蓄積於錯金鏤彩的華麗詞藻中，「慟哭六軍俱縞素，衝冠一怒爲紅顏」，精警雋永，成了傳頌千古的名句。

吳偉業歌行成績突出，譽滿當世，袁枚說「公集以此體爲第一」（《吳梅村全集》卷第二附「評」）。趙翼評吳偉業詩：「以唐人格調，寫目前近事，宗派既正，詞藻又豐，不得不推爲近代中之大家。」（《甌北詩話》卷九）受其影響寫作「梅村體」的吳兆騫（一六三一—一六八四）因丁酉科場案[22]，遣戍黑龍江寧古塔，《秋笳集》描寫塞外風光和鬱憤情懷，蒼涼淒楚。吳兆騫的〈榆關老翁行〉、〈白頭宮女行〉，以「老翁」和「宮女」的身世遭遇和榮辱變遷，反映家國滅亡，感慨沉淪，與「梅村體」詩歌一脈相承。至清末王闓運〈圓明園詞〉、樊增祥前後〈彩雲曲〉、楊圻〈天山曲〉、王國維〈頤和園詞〉等，都是「梅村體」的遺響。

第五節 詞的中興和納蘭性德

・詞的中興　・陳維崧和陽羨詞派　・朱彝尊和浙西詞派　・納蘭性德和「京華三絕」

經過元明兩代的沉寂，詞在明清易代之際擺脫柔靡，出現了中興的氣象。當時的朱彝尊說：「詞雖小技，昔之通儒巨公往往爲之，蓋有詩所難言者，委曲倚之於聲，其詞愈微，而其旨益遠，善言詞者，假閨房兒女子之言，通之於《離騷》、變雅之義，此猶不得志於時者所宜寄情焉耳。」（《曝書亭集》卷四十《紅鹽詞・序》）詞人雲集，高才輩出，僅順、康兩朝就逾二千家，詞作五萬餘首，綻開色彩各異的奇葩。

揭開清詞帷幕的陳子龍於詞推尊五代北宋[23]，以「婉暢濃逸」爲宗，滄桑變後，其《湘眞詞》抒寫抗清復明之志和黍離亡國的哀思，突破閨房兒女的纖柔靡曼，「上接風騷，得倚聲之正」。接著是遺民詞，王夫之、屈大均、今釋澹歸等爲其代表。王夫之有《船山鼓棹》初、二集和《瀟湘怨詞》。其詞以順治八年分界，前期詞愴懷故國，宛轉多思，如〈滿江紅・新月〉託意圓滿的未來，表達復國信念；〈憶秦娥・燈花〉象徵南明殘局，寫自己孤忠；〈昭君怨・詠柳〉以千絲萬縷，訴亡國悲哀等，比興寄託，寓意深邃。後期歸隱衡陽，有〈摸魚兒〉「瀟湘小八景」八首，摹寫河山秀麗，緬懷故國，激勵鬥志。康熙十年再寫「大八景」，表達志節，抱定「石爛海還枯，孤心一點孤。」（〈菩薩蠻〉）的意志，體兼騷、辨，芳菲纏綿，特多曲隱寄託情味，風格遒上。他以辛棄疾〈摸魚兒・暮春〉情韻，兼宋末王沂孫《碧山樂府》遺意，不時突破音律的限制，鎔鑄「字字楚騷心」的蘊藉蕭瑟的風格。屈大均《道援堂詞》，又稱《騷屑》，縱橫跌宕，豪健雄放，〈長亭怨・與李天生冬夜宿雁門關作〉，純以白描的潛氣內轉，抒發矢志復明之心。〈紫萸香慢・送雁〉詠物抒情，觸發身世和處境的憂危，聲情激越，都有辛詞的氣骨。〈夢江南〉和〈木蘭花慢〉一字一淚，感傷淒婉，飽含遺民的亡國悲懷。自他們愛國之詞出，便扭轉了詞風發展的軌轍。今釋澹歸（一六一四—一六八○）有《徧行堂詞》[24]，作於剃髮出家之後，蒼勁悲涼，沉痛淒厲。他喜次稼軒、竹山韻，如〈賀新郎・感舊次竹山兵後寓吳韻〉等，但比辛棄疾、蔣捷詞多苦澀之味。〈滿江紅・大風泊黃巢磯下〉感歎身世，綰結黃巢，題新詞益新。〈沁園春・題骷髏圖〉七首等，聯章疊韻，動輒數首或數十首，也開詞壇未有之局，爲雄放一派的翹楚。遺民詞或寫懷念故明，或記抗清復國，或詠物言志，表示不仕二姓的氣節，或以古喻今，寄託回天無力的悲憤，鼓盪起詞風向現實靠近的勢頭。

清初詞壇，流派紛紜，迭現高潮，出現了以陳維崧爲首的陽羨詞派、朱彝尊爲首的浙西詞派和獨樹一幟的著名滿族詞人納蘭性德，後者又與曹貞吉、顧貞觀合稱「京華三絕」。

陽羨詞宗陳維崧（一六二五—一六八二），字其年，號迦陵，江南宜興（今屬江蘇）人。其父陳貞慧，爲明末著名復社文人。陳維崧少有才名，入清後出遊四方，晚年舉博學鴻詞科，官翰林院檢討。他學識淵博，性情豪邁，才情卓越，兼以過人的哀樂，學習蘇、辛，使豪放詞大放異彩，平生所作一千八百餘首，居古今詞人之冠[25]。他尊詞體，以詞並肩「經」、「史」，擯棄「小道」和「詞爲豔科」的傳統觀念，繼承《詩經》和白居易「新樂府」精神，敢拈大題目，寫出大意義，反映明末清初的國事，無愧「詞史」之稱。〈夏初臨・本意，癸丑三月十九日用明楊孟載韻〉、〈尉遲杯・許月度新自金陵歸，以《青溪集》示我感賦〉等，眷懷故國，悲悼明朝滅亡；〈賀新郎・縴夫詞〉、〈八聲甘州・客有言西江近事者，感而賦此〉等，記賦役徵丁、兵燹破壞之苦；〈南鄉子・江南雜詠〉、〈金浮圖・夜宿翁村，時方刈稻，苦雨不絕，詞紀田家語〉等，寫苛捐雜稅、自然災害，抒民生之哀，均可存「史」，並衝破「詩莊詞媚」的畛域，對詞的發展有重要意義。其風格導源於辛棄疾，但開疆闢遠，比辛詞抑鬱悲哀更重。他也學蘇軾逸懷浩氣，卻因生活沉重，沒有蘇詞的灑脫曠達。感傷故國之情於悲憤苦澀裡盤旋曲折，如〈夏初臨・本意〉中「驀然卻想，三十年前，銅駝恨積，金谷人稀。」、「許誰知，細柳新蒲，都付鵑啼。」使上闋所寫「山市成圍」的景觀納入「銅駝」、「金谷」、「鵑啼」的氛圍，籠罩悲悼家國的陰影，令人黯然神傷。名詞〈醉落魄・詠鷹〉詠物言志，抒發壯志難酬的悲壯襟懷，個性更爲突出：

寒山幾堵，風低削碎中原路。秋空一碧無今古。醉袒貂裘，略記尋呼處。　男兒身手和誰賭？老來猛氣還軒舉。人間多少閒狐兔？月黑沙黃，此際偏思汝。

描寫鷹睥睨一切的雄姿，比喻作者像鷹搏擊人間「狐兔」卻難以奮飛，苦悶感慨，詞氣激烈。以豪情抒悲憤，是陳詞的風格特徵，他在宋明之後異軍突起，成爲清詞的一面旗幟，集結萬樹、蔣景祁、史惟園、陳維岳等大批陽羨派詞人，爲詞的振興作出重要貢獻。

隨著清朝統一全國，走向鼎盛，陽羨派悲慨健舉、蕭騷淒怨之聲，漸成難合形勢要求的別調異響，以朱彝尊等爲代表的浙西詞派順應太平，以醇正高雅的盛世之音，播揚上下，綿亙康、雍、乾三朝。

朱彝尊（一六二九—一七〇九）字錫鬯，號竹垞，晚稱小長蘆釣魚師，浙江秀水（今嘉興）人。康熙十八年（一六七九）應博學鴻詞試，出仕清廷。博通經史，工詩詞古文，尤長於詞，有《江湖載酒集》等詞集四種[26]，是浙西詞派開創者，與李良年、李符、沈皞日、沈岸登、龔翔麟號爲「浙西六家」，和陳維崧並稱「朱陳」，執掌詞壇牛耳，開創清詞新格局。他推尊詞體，崇尚醇雅，宗法南宋，以姜夔、張炎爲圭臬，自述「不師秦七，不師黃九，倚新聲玉田差近。」（〈解佩令・自題詞集〉）還與汪森輯錄《詞綜》，推衍詞學宗趣和主張。他在清朝步入盛世時，提出詞的功能「宜於宴嬉逸樂，以歌詠太平」（《紫雲詞・序》），投合文人學子由悲涼意緒轉入安於逸樂的心態，也適應統治者歌頌昇平的需要，故天下向風，席捲南北。

朱彝尊詞集裡「宴嬉逸樂」的歡愉之辭，有《靜志居琴趣》寫男女愛情，《茶煙閣體物集》和《蕃錦集》的詠物集句。其中情詞為世稱頌，獨具風韻，如〈高陽臺〉「橋影流虹」，〈無悶・雨夜〉「密雨垂絲」，〈城頭月〉「別離偏比相逢易」，〈鵲橋仙・十一月八日〉等，感情眞摯，圓轉流美。〈桂殿秋〉描寫心心相印的男女愛情，含蓄不露，情致深婉，是情詞的佳作：

思往事，渡江干。青娥低映越山看。共眠一舸聽秋雨，小簟輕衾各自寒。

他身逢易代，故國滄桑，也提出詞中十之一「言愁苦者」，要「假閨房兒女子之言，通之於《離騷》、變雅之義。」織進時代的悲哀與亡國的感慨，將磊落不平之氣和弔古傷今之情，化為歌兒檀板。所以《江湖載酒集》中的詞作，時見憤激，哀婉沉鬱，如〈長亭怨慢・雁〉、〈風蝶令・石城懷古〉、〈百字令・度居庸關〉、〈金明池・燕臺懷古和中隨叔翰林〉等。〈賣花聲・雨花臺〉撫今追昔，感慨物是人非，寫得視野開闊，精警有力，最能體現他的才情和風格：

衰柳白門灣，潮打城還。小長干接大長干，歌板酒旗零落盡，剩有漁竿。　秋草六朝寒，花雨空壇。更無人處一憑欄。燕子斜陽來又去，如此江山。

句琢字煉，清醇高雅。浙西詞派在其影響下，標舉清空醇雅風格，蘊藉空靈，無輕薄浮穢之弊，也不落濃豔媚俗。即使豔情詠物，也力除陳詞濫調，獨具機杼，音律和諧。但他重在字句聲律上用功夫，限制了創造的天地，也給該派帶來堆塡弄巧的風氣。

清詞振興的碩果是納蘭性德（一六五四—一六八五）[27]，他原名成德，因避諱改名性德，字容若，號楞伽山人，滿洲正黃旗人，太傅明珠長子。康熙進士，官至一等侍衛，深受寵信，但他厭倦隨駕扈從的仕宦生涯，產生「臨履之憂」的恐懼和志向難酬的苦悶[28]，再目睹官場的腐敗，日夕讀《左傳》、《離騷》自我排遣，失望和煩惱讓他「讀《離騷》，洗盡秋江日夜潮。」（〈憶王孫〉），隨處宣泄勃鬱侘傺的心情，如他扈駕外出所寫的〈蝶戀花・出塞〉：

今古河山無定據，畫角聲中，牧馬頻來去。滿目荒涼誰可語，西風吹老丹楓樹。　從前幽怨應無數。鐵馬金戈，青塚黃昏路。一往情深深幾許？深山夕照深秋雨。

綴景荒涼，設色冷淡，個人命運的「幽怨」和回顧歷史引發的惆悵，同悼亡的心靈創傷融為一體，釀成哀鬱淒婉的情調，貫穿他的全部詞作。如〈好事近〉「馬首望青山」，〈望海潮・寶珠洞〉等的思古傷今，〈金縷曲・贈梁汾〉、〈金縷曲・簡梁汾時為吳漢槎作歸計〉等對人才落魄的悲憤，〈憶王孫〉「西風一夜剪芭蕉」等抨擊黑暗，都透現出詞人的極度煩悶和不平，也折射出他「羈棲良苦」的悲哀與怨憤。

納蘭論詞主情，崇尚入微有致，愛情詞低徊悠渺，執著纏綿，是其詞作的重要題材，有〈相見歡〉「落花如夢淒迷」，〈蝶戀花〉「眼底風光留不住」等。與原配盧氏伉儷情篤，而他必須護駕扈從，輪值宮廷，難以忍受別離與相思的痛苦，孰料婚後三年，盧氏死於難產。為愛妻早逝所寫悼亡詞，如〈金縷曲・亡婦忌日有感〉、〈蝶戀花〉「辛苦最憐天上月」等，一字一咽，顆淚泣血，不僅極哀怨之致，也顯示了純正的情操，可與蘇軾〈江城子・記夢〉相比。納蘭詞標出悼亡的有七闋，未標題目而詞近追戀亡婦、懷念舊情的有三四十首。既有「唱罷秋墳愁未歇，春叢認取雙棲蝶」（〈蝶戀花〉）的傾訴，也有〈山花子〉的夢見亡妻，醒來唯見遺物的無限哀傷：

欲話心情夢已闌，鏡中依約見春山。方悔從前真草草，等閒看。
環佩只應歸月下，鈿釵何意寄人間。多少滴殘紅蠟淚，幾時乾。

納蘭詞真摯自然，婉麗清新，善用白描，不事雕琢，運筆如行雲流水，純任感情在筆端傾瀉。他還吸收李清照、秦觀的婉約特色，鑄造出個人的獨特風格。《蕙風詞話》的作者況周頤甚至把他推到「國初第一詞人」的位置。

曹貞吉（一六三四—一六九八）詠物懷古、哀生傷逝之詞[29]，寄託遙深，如〈百字令・詠史〉、〈賀新郎・再贈柳敬亭〉、〈滿庭芳・和人潼關〉等，雄深蒼渾，法度謹嚴又能出以新意，並折射世事。〈留客住・鷓鴣〉是其「絕調」名篇，為世所重。顧貞觀（一六三七—一七一四）為救因科場案發配寧古塔的吳兆騫寫的兩首〈金縷曲〉[30]，純以性情結撰而成，極為著名。所著《彈指詞》以情取勝，宛轉幽怨。此外吳偉業、彭孫遹、毛奇齡等，也寫有優秀詞作，蔚成群星閃爍的燦爛景觀。

第六節　王士禛與康熙詩壇

・「錢王代興」　・王士禛的神韻說和其神韻詩　・入蜀使粵詩的變化　・康熙朝的其他詩人

繼遺民詩人之後崛起的詩人有王士禛、朱彝尊、施閏章、宋琬、趙執信、查慎行等人，最負盛名的是王士禛。

王士禛（一六三四—一七一一），字貽上，號阮亭，別號漁洋山人，山東新城（今桓臺縣）人。他出身世家大族，順治進士，官至刑部尚書。他受家庭的薰陶，自幼能作詩，並有詩名[31]。順治十六年選爲揚州推官，其詩受到詩壇盟主錢謙益的稱讚，並希望他代己而起，主持風雅。錢謙益去世後，王士禛成爲一代正宗，他論詩以神韻爲宗。早在南朝時，人們就用神韻來品評人物，評論繪畫。用來論詩，其主旨與鍾嶸《詩品》的「滋味」說、司空圖的「韻外之致」（〈與李生論詩書〉）大體相同，而以「不著一字，盡得風流」（《二十四詩品》）和「羚羊掛角，無跡可求」（嚴羽《滄浪詩話》）爲最高境界。《蠶尾續集・序》說：「梅止於酸，鹽止於鹹，飲食不可無酸鹹，而其美常在酸鹹之外，酸鹹之外者何？味外味也；味外味者，神韻也。」指出所謂神韻，是要求詩歌具有含蓄深蘊、言盡意不盡的特點。以此爲宗旨，對清幽淡遠、不可湊泊而富有詩情畫意的詩特別推崇，唐代王維、孟浩然的詩正是其創作的典範。

王士禛的詩歌創作，早年從明七子入手，「中歲逾三唐而事兩宋」[32]，晚年又轉而宗唐，但是在這三次轉變中，提倡「神韻說」是貫穿始終的。在他的詩作中，風神獨絕的神韻詩占了主流，尤其是模山範水、批風抹月的「山水清音」，沖和淡遠，風致清新，繼承王維、孟浩然一派的家數，含情綿渺而出之紆徐曲折，慘澹經營卻不露斧鑿痕跡，詞句明雋圓潤，音節流利跌宕，代表了其詩的主要成就和特色，發揚了古典詩歌含蓄蘊藉之美。二十四歲在濟南大明湖所賦〈秋柳〉四首爲其成名之作，大江南北和者不下數十家。詩中博取秋柳凋傷的自然意象和歷史興廢的人事意象，把對秋柳的感傷推向了歷史、空間的無限，使人感到秋柳無時不關情，秋柳無處不銷魂，秋柳無人不傷神，表達了易代之後，人們普遍的物是人非、盛景難住的幻滅感。此後他在南京作的〈秦淮雜詩〉二十首、在揚州作的〈冶春絕句〉二十首都委婉地表現了朝代更替的悲哀，如〈秦淮雜詩〉第一首：

> 年來腸斷秣陵舟，夢繞秦淮水上樓。十日雨絲風片裡，濃春煙景似殘秋。

這些詩含蓄空靈，把鼎革後的失落與迷茫轉向超脫和玄遠，追求幽靜淡泊之美，強化了詩的審美特徵。代表作〈再過露筋祠〉：

翠羽明璫尚儼然，湖雲祠樹碧於煙。行人繫纜月初墮，門外野風開白蓮。

還有〈寄陳伯璣金陵〉：

東風作意吹楊柳，綠到蕪城第幾橋？欲折一枝寄相憶，隔江殘笛雨瀟瀟。

前者描繪水鄉河湖縱橫的寧謐景色，宛然如畫，特別是風神清秀的白蓮，既實寫祠外之景，又虛應神像與貞女，「不即不離，天然入妙」，引發讀者想像和聯想的翅膀，餘音嫋嫋。後者思念孤居南京的朋友，不直陳其情，借「楊柳」、「殘笛」和「瀟瀟」細雨，譜出悠悠思念的心曲，言近意遠，令人低徊遐想。

入蜀使粵詩的變異，是王士禛宗宋的反映和結果。康熙十一年（一六七二）典試四川和二十四年（一六八五）祭告南海所作《蜀道集》、《南海集》，如施閏章所說：「往日篇章清如水，年來才力重如山。」（《施愚山全集》卷三十九《學餘詩集》）意境開闊，氣概不凡，風格蒼勁雄放。如〈晚登夔府東城樓望八陣圖〉、〈定軍山諸葛公墓下作〉、〈南陽〉、〈滎澤渡河〉二首等，即景感懷，弔古傷今，格調激越，氣韻沉健。〈登白帝城〉詩云：

赤甲白鹽相向生，丹青絕壁鬥崢嶸。千江一線虎須口，萬里孤帆魚復城。躍馬雄圖餘壘跡，臥龍遺廟枕潮聲。飛樓直上聞哀角，落日濤頭氣不平。

憑弔歷史古蹟，刻畫名城形勝，抒發興亡感慨，聲情悲壯，風格接近杜甫。此外，清新自然如〈茅山進香曲〉，輕捷明快如〈大風渡江〉四首，格調激越如〈蟂磯靈澤夫人祠〉二首，旖旎柔媚如〈悼亡詩・哭張宜人作〉等，表現出多方面的藝術造詣。但神韻詩爲其獨擅，實踐了自己的詩歌理論主張，也開創了神韻詩派，成員中較爲著名的有吳雯、洪昇、宗元鼎等人。

康熙詩壇上，朱彝尊和王士禛並稱「南朱北王」；施閏章、宋琬也稱「南施北宋」，四人由明入清，在新朝應舉仕進，統領詩壇。只有查慎行和趙執信於清朝定鼎後出生，是大家中的後勁[33]。

朱彝尊的成就主要在詞，詩也卓然名家，被尊為浙派開山祖。他早年生活貧困，遭逢喪亂，參加抗清鬥爭，〈祁六座上逢沈五〉、〈祁六紫芝軒席上留別〉、〈梅市逢魏璧〉等可見抗清活動的蛛絲馬跡。詩歌感慨滄桑，沉痛激切，如〈同沈十二詠燕〉：「節物驚人往事非，愁看燕子又來歸。春風無限傷心地，莫近烏衣巷口飛。」詠物抒懷，借飛燕表達亡國之悲，筆觸所及，反映社會矛盾和民生疾苦。〈捉人行〉、〈馬草行〉、〈曉入郡城〉等，揭露兵火亂後的蕭條景象和統治者的殘酷野蠻，有較濃郁的生活氣息。登臨遊覽弔古傷今，如〈雁門關〉、〈鴛鴦湖棹歌〉一百首等，可稱佳篇。隨著應試博學鴻詞，入仕清廷，「一著朝衫底事差」，創作跌入低谷，歌功頌德、交際應酬之作連篇累牘。歸田後描寫自然山水如〈天遊觀萬峰亭〉、〈延平晚宿〉等生動形象，清麗可讀。作於康熙四十年（一七〇一）的〈玉帶生歌〉，以吟詠文天祥遺硯，推崇民族英雄文天祥及其抗元氣節，曲折流露自己的心緒，是前期詩歌的回聲。他的詩以學力、詞藻見長，用筆雄健，歎息故國淪亡，感慨民生疾苦，俯仰艱難身世，大抵蒼涼悲壯，鬱怒激烈，但後期格調平和，追求醇雅，安於恬淡，師法也從學唐到兼取兩宋，詩歌風格的轉變比較鮮明地反映了清初詩壇演變的趨勢，帶有典型的過渡意義。

施閏章（一六一八—一六八三）比較關心現實生活和民間苦難[34]，詩歌鋪敘時事，歎息民艱，如〈賣船行〉、〈臨江憫旱〉、〈牧童謠〉、〈浮萍兔絲篇〉、〈病兒詞〉等，寫到「君看死者僕江側，夥伴何人敢哭聲。」（〈百丈行〉）「不見西南戰地赤，殺人如草鳥不食。」（〈棕毛行〉），也極為真摯沉痛。他宗法唐人，反對浮華，但格調平緩，溫柔敦厚，缺少「噍殺恚怒之音」。他認為「興朝治寬大，文禁尚疏略」（〈檇李遇計甫草〉），詞場無須「兵氣」，應當溫婉和氣，即使上述反映民瘼的作品也終和且平。工於五言，風格空靈淡泊，如〈燕子磯〉：「絕壁寒雲外，孤亭落照間。六朝流水急，終古白鷗閒。樹暗江城雨，天青吳楚山。磯頭誰把釣？向夕未知還。」描繪長江磯石一帶空闊寂寥的景色，雖有滄桑易代之感，但沖淡閒遠，委婉忠厚，較多文人高雅的格調和詩教的品質，反映出他與遺民詩人的區別。

宋琬（一六一四—一六七三）詩突出反映「中丁家難，晚遭逆變」的傷時歎世之感[35]，〈庚寅獄中感懷〉、〈晨星歎〉、〈九哀歌〉、〈詔獄行〉等，寫其受誣繫獄，「百口若卵危，萬端付瓦裂」（〈寄懷施愚山少參〉）的不幸遭遇，抒發盤鬱胸中的哀痛愁苦。施閏章讀後說：「摧折驚魂斷，哀歌帶血腥。」關注民生的如〈同歐陽令飲鳳凰山下〉、〈漁家詞〉等，感慨沉重。憑弔故國如〈趙五弦齋中讌集限郎字〉、〈長歌寄懷姜如須〉等，蒼涼激宕。寫山水風光的如〈登華山雲峰臺〉、〈登西嶽廟萬壽閣〉等，詩風雄健，別開一境。其詩由學明七子上溯到宋、唐，他擅寫七言詩，風格雄深磊落，雖迭遭變故，困厄多於歡愉，時發激昂悲憤之音，但總的表現委婉中正，怨而不怒，「境事既極，亦復不盭於和平」，與施閏章詩歌具有共同傾向。

查慎行（一六五〇—一七二七）受學於黃宗羲[36]，詩歌學蘇、陸，尤致力蘇軾，得宋人之長，是浙派承前啓後的大家。趙翼對其評價極高，說：「功力之深，則香山、放翁後一人而已。」（《甌北詩話》卷十）詩歌擅長白描，氣求調暢，詞務清新，入深出淺，時見精妙。如〈蕪湖關〉、〈麻陽運船行〉、〈白楊堤晚泊〉等鋪寫時事，慷慨憤激；〈閘口觀罾漁者〉、〈蘆洲行〉、〈憫農詩〉等，刻寫民瘼，情辭眞切。旅途記遊和登臨懷古，佳什聯翩，短章如〈舟夜書所見〉：「月黑見漁燈，孤光一點螢。微微風簇浪，散作滿河星。」極寫漁燈變幻之妙。長篇古風如〈五老峰觀海綿歌〉、〈中秋夜洞庭對月歌〉等意境壯闊，筆墨雄放。近體凝練有力，如〈題杜集後〉：「漂泊西南且未還，幾曾蒿目委時艱。三重茅底床床漏，突兀胸中屋萬間。」頗有陸游之風。在清初學宋詩人中，他的成就最高。

趙執信（一六六二—一七四四）著《談龍錄》推崇「詩中有人」之旨[37]，詩歌注重反映現實，力去浮靡，揭露社會黑暗，申訴官吏罪惡，如〈氓入城行〉記述縣令帶爪牙鷹犬下鄉搜刮，百姓奮起反抗，「一呼萬應齊揮拳」，極爲可貴。其他〈道傍碑〉、〈吳民多〉、〈水車怨〉等也「直而切」，或寫自然災害，或刺催科官吏，愛恨分明。罷官漫遊和歸田閒居之作，也時露憤激和不平，〈寄洪昉思〉：「垂堂高坐本難安，身外鴻毛擲一官。」〈涉淄水感懷〉：「而今不作齊門客，才溯清淄最上流。」〈感事〉二首之二：「誰信武安作黃土，人間無恙灌將軍」等，都用語尖銳，思致清新。即使寫山水美景和田園風光也色彩鮮明，自然眞切，如〈蓬萊閣望諸島歌〉、〈太白酒樓歌〉等。在神韻詩風靡天下時，他「越佚山左門庭」，宗法晚唐，自寫性情，清新峭拔，不講含蓄，鑱刻發露，和神韻詩沖和淡遠異趣。在當時詩人的盛世之音裡，唯他似乎有不諧和的變調。其他彭孫遹、宋犖、顧景星等，也都以各自的成績，裝點清初詩歌繁榮的景象。

注釋

❶卓爾堪《明遺民詩》卷首〈凡例〉云：「至耳目所未逮，正在訪求補入。四方同志，倘有留心收錄者，敢懇郵筒惠寄，以便續選入集。」康熙間刊十二卷本收詩人三百一十七人，雍正間刊十六卷本增一百八十三人，總計整五百人。參看潘承玉《清初詩壇：卓爾堪與〈遺民詩〉研究》，中華書局二〇〇四年版，第二九四頁。

❷顧炎武事蹟大致載《清史稿》卷四八一本傳。他治學注重經世致用，著有《天下郡國利病書》、《日知錄》、《亭林詩文集》等。明亡後奔走四方，曾試行墾田、畜牧，考察關塞山川。

❸黃宗羲抗清活動及屢拒清廷徵召事載《清史稿》卷四八〇本傳。他著有《明夷待訪錄》、《明儒學案》、《宋元學案》，詩文集有《南雷文定》、《南雷文約》、《南雷詩曆》。

❹王夫之歸隱衡陽石船山，杜門著述，有《黃書》、《噩夢》、《思問錄》、《周易外傳》、《薑齋詩文集》等，凡三百餘卷，晚清始合刻為《船山遺書》。事載《清史稿》卷四八〇本傳。

❺吳嘉紀字賓賢，號野人，江蘇泰州人。《清史稿》卷四八四本傳說他「貧甚，雖豐歲常乏食」，「由所遭不偶，每多怨咽之音，而篤行潛修，特為一時推重。」有《陋軒詩》。

❻屈大均初名紹隆，字翁山，廣東番禺人。作有《生壙自志》記其生平行跡與心志。有《道援堂集》、《翁山詩外》、《翁山文外》。近世朱希祖有《屈大均傳》，載《中山大學研究所月刊》第一卷第五期。

❼「嶺南三大家」之稱，緣於稍後王隼取屈大均、陳恭尹、梁佩蘭詩合刻為《嶺南三家集》。陳恭尹，字元孝，廣東順德人，明亡後出遊四方，晚年歸家，以詩文自娛，自稱羅浮布衣，有《獨漉堂集》。梁佩蘭，字芝五，號藥亭，六十歲中進士，選庶起士，不一年假歸，有《六瑩堂集》。《清史稿》卷四八四有傳。

❽閻爾梅，字用卿，號古古，一號白耷山人，沛縣（今屬江蘇）人。明亡，曾參加抗清活動，事敗下獄，後出亡十餘年。有《閻古古全集》。

❾杜濬，字于皇，號茶村，湖北黃岡人。明亡後流寓南京，時與江南遺民、過往名流唱酬，落拓終老，有《變雅堂集》（鄧之誠《清詩紀事初編》卷一小傳）。

❿錢澄之，原名秉鐙，字飲光，自號田間老人，安徽桐城人。明末國子監生，入清曾麻衣芒鞋，出遊四方，晚年「繩床土室，埋照終年」（鄭方坤《國朝名家詩鈔小傳》卷一）。有《藏山閣集》。

⓫歸莊，字玄恭，號恆軒，江蘇崑山人。明亡，曾與顧炎武共同參加抗清鬥爭，事敗衣僧服亡命。所著《恆軒集》等皆不存，後人輯為《歸玄恭遺著》、《歸玄恭文續鈔》，近有《歸莊集》（中華書局一九六二年版）。

⓬《清史稿》卷四八四〈侯方域傳〉，末云：「方域健於文，與魏禧、汪琬齊名，號『國初三家』。」

⓭侯方域，字朝宗，河南商丘人。父為明末兵部尚書。他早年有才名，遊南京，流連秦淮間，與復社名流相契合，與方以智、冒襄、陳貞慧並稱「四公子」。入清居家，曾應鄉試，中副榜。《清史稿》卷四八四有傳。

⓮魏禧，字叔子，一字冰叔，號裕齋，江西寧都人。終生未仕。與兄際瑞、弟禮等人講學易堂，有文名，號「寧都三魏」。康熙十七年（一六七八），薦舉博學鴻詞科，以病辭。有《魏叔子集》。《清史稿》卷四八四有傳。

⓯汪琬，字苕文，號鈍庵，江蘇長洲（今蘇州）人。順治十二年（一六五五）進士，為部曹，以疾辭歸堯峰山，閉户著述，學者稱堯峰先生。康熙十七年（一六七八）應博學鴻詞試，授編修。有《鈍翁類稿》。《清史稿》卷四八四有傳。

⓰廖燕著有《二十七松堂集》，國內流傳不廣，長時期沒有受到研究者的注意。光緒三十一年（一九〇五），黃節讀日本昭和刻本《二十七松堂集》，寫了〈廖燕傳〉（《國粹學報》第九號），一九二六年容肇祖著《記廖燕的生平及其思想》，都盛讚廖燕的異端思想及其文章。臺灣「中央研究院」中國文哲研究所籌備處《珍本古籍叢刊》收入林子雄、林慶彰編《二十七松堂集》附《廖燕作品補編》、《廖燕研究資料彙編》，一九九五年出版。

⓱語出程先貞〈閱錢牧齋初學集卻寄〉，《海右陳人集》卷下，上海古籍出版社一九八一年影印康熙刊本。

⓲陳寅恪《柳如是別傳》（上海古籍出版社一九八二年版）下第五章〈復明運動〉，對〈後秋興〉做了燭幽索隱的考釋，應當是可信的。

⓳錢謙益晚年編選了一部《吾炙集》，有《虞山叢刻》本，收二十人詩，大都是受過他教誨、指點的，其中有龔鼎孳、錢澄之、鄧漢儀等人。

⓴馮班，字定遠，號鈍吟，明末諸生，入清不仕。著《鈍吟集》。《清史稿》卷四八四有傳。

㉑吳偉業卒於康熙十年（一六七一）十二月下旬，按西曆已是一六七二年一月，仍依傳統記法，不改西曆。

㉒吳兆騫，字漢槎，江蘇吳江人。少有才名，吳偉業曾將他與彭師度、陳維崧譽為「江左三鳳凰」。順治十四年（一六五七）流放寧古塔二十三年，賴友人顧貞觀求助納蘭性德，方得赦還。

㉓陳子龍生平請參見第七編第十一章注⓱。

㉔今釋澹歸，本名金堡，字道隱，杭州人。明末進士，官知縣。清兵南下，奔走抵抗，曾為南明桂王朝給事中。明亡，託跡為

僧，法名今釋，號澹歸。見容肇祖〈遍行堂集殘本跋〉，《中山大學語言歷史研究所週刊》第六集第七二期。

㉕《清史稿》卷四八四本傳載：「嘗由汴入都，與朱彝尊合刻一稿，名《朱陳村詞》，流傳至禁中，蒙賜問，時以為榮。」又云：「詩雄麗沉鬱，詞至千八百首之多，尤前此未有也。」詞集《湖海樓詞》，有中華書局《四部備要》本。

㉖朱彝尊詩詞文輯入其《曝書亭集》。他又有《明詩綜》，《清史稿》卷四八四本傳稱「或因人錄詩，或因詩存人，銓次為最當。」

㉗納蘭性德生於順治十一年（一六五四）十二月，按西曆已是一六五五年一月，仍依傳統記法，不改西曆。

㉘納蘭性德雖是滿洲貴族子弟，但經過國子監的學習，從徐文元、徐乾學兄弟學習經史，與徐乾學編刻《通志堂經解》，自著《淥水亭雜識》等，有一定的學養，又「好賓禮大夫，與嚴繩孫、顧貞觀、陳維崧、姜宸英諸人遊。」（《清史稿》卷四八四本傳）成進士，授侍衛之職，與其志向非常不合，「薦紳以不得上第入詞館，為容若歎息。」（徐乾學〈納蘭君墓誌銘〉）

㉙曹貞吉，字升六，號實庵，山東安丘人。康熙三年（一六六四）進士，官至禮部郎中。有《珂雪詞》。《清史稿》卷四八四本傳說：「兼工倚聲，吳綺選《名家詞》，推為壓卷。」

㉚顧貞觀，字華峰，號梁汾，江蘇無錫人。康熙十一年（一六七二）舉人，官內閣中書。與納蘭性德友善。《清史稿》卷四八四本傳說：「世特傳其詞，與維崧及朱彝尊稱詞家三絕。」

㉛濟南新城王氏在明代後期是一大官宦世家，有詩名者數人，其叔祖王象春以詩名萬曆間，錢謙益曾稱讚其詩（王士禛《帶經堂詩話》卷七「家學類」）。

㉜此語見於俞兆晟《漁洋詩話・序》轉述王士禛的話。

㉝朱庭珍《筱園詩話》：「順治中，海內詩家稱南施北宋。康熙中，稱南朱北王。謂南人則宣城施愚山、秀水朱竹垞，北人則新城王阮亭、萊陽宋荔裳也。繼又南取海寧查初白，北取益都趙秋谷益之，號『六大家』。後人因有《六家詩選》之刻。」

㉞施閏章，字尚白，號愚山，安徽宣城人。順治六年（一六四九）進士，授刑部主事，擢山東學政，遷江西參議，分守湖西道。康熙初，裁缺歸里。康熙十八年（一六七九）應博學鴻詞科，授翰林院侍講，轉侍讀，纂修《明史》。有《施愚山先生全集》。《清史稿》四八四有傳。

㉟宋琬，字玉叔，號荔裳，山東萊陽人。順治四年（一六四七）進士，官至浙江、四川按察使。中間曾被族人告發私通于七起義軍，兩次下獄。官四川按察使時，遇三藩叛亂，全家陷落，他驚懼成疾而死。有《安雅堂集》。《清史稿》卷四八四有傳。

㊱查慎行，浙江海寧人。初名嗣璉，為太學生，因觀演《長生殿》與洪昇、趙執信被劾。後改名慎行，字悔餘，號初白，康熙四十二年（一七〇三）進士，授編修。有《敬業堂集》。《清史稿》四八四有傳。

㊲趙執信，字伸符，號秋谷，晚號飴山老人，山東益都顏神鎮（今為淄博市博山區）人。康熙十八年（一六七九）進士，授編修，官至右春坊右贊善。因國喪期間觀演《長生殿》被劾罷官，時人有「可憐一曲《長生殿》，斷送功名到白頭」之句（金埴《不下帶編》）。有《飴山堂集》、《談龍錄》。《清史稿》四八四有傳。

第二章　清初戲曲與《長生殿》、《桃花扇》

清初戲曲創作保持了明末的旺盛勢頭，在明末已經活躍的以李玉爲代表的蘇州劇作家仍然進行創作，吳偉業、尤侗等一批有才學的文化名流也以戲曲來抒寫心意，李漁等人則專事風情喜劇的創作。這三類作家的劇作，命意、做法、風格各異，標誌著戲曲創作藝術的更加成熟，也對後來的戲曲創作產生了影響，迎來了康熙朝兩大傳奇——《長生殿》和《桃花扇》的誕生。

第一節　清初戲曲

・吳偉業和尤侗寄託心曲的抒情劇　・李玉等蘇州劇作家的新編歷史劇　・李漁的風情喜劇

明清易代的社會動亂震撼了漢族文人們的心靈，詩是文人們普遍的抒情方式，自然也就繁盛一時，並取得超越元明的成就。一些學養、詩藝甚高的文化名流，在詩文之餘也選擇了戲曲寄託悲憤、哀思，抒寫內心難言的隱衷❶。現有作品存世的有吳偉業、黃周星、丁耀亢、王夫之等人，吳偉業可視爲其中的代表。

吳偉業的劇作有《秣陵春》傳奇和《通天臺》、《臨春閣》雜劇。他曾爲李玉的《北詞廣正譜》作序，序中說：「今之傳奇，即古者歌舞之變也。然其感動人心，較昔之歌舞更顯而暢矣。蓋士之不遇者，鬱積其無聊不平之慨於胸中，無所發抒，因借古人之歌哭笑罵，以陶寫我之抑鬱牢騷；而我之性情，爰借古人之性情而盤旋於紙上，宛轉於當場。」正是出於對戲曲的這種認識，這位極有才華的詩人偶爾作劇，他的三部戲曲都是借歷史人物而隨意生發，以發抒其胸中之抑鬱牢騷。《臨春閣》牽合南朝冼夫人和陳後主、張貴妃的故事，敘寫冼夫人有武功，張麗華有文才，陳亡後張麗華自盡，冼夫人入山修道。劇情與史實不甚相合，寫張麗華的故事也不同於一般詩人藉以表興亡之感，其中含有對女色亡國論不滿的思考，借冼夫人之口說出朝中「文武無人效忠」，「把江山壞了」（《清人雜劇初集》）。《通天臺》演梁朝沈炯亡國後流寓長安，鬱鬱寡歡。一日登漢武帝所築通天臺，上表陳述心事，醉臥中夢漢武帝愛其才，欲授

以官。沈炯力辭，說：「國破家亡，蒙恩不死，爲幸多矣，陛下憐而爵我，我獨不愧於心乎！」（《清人雜劇初集》）

《秣陵春》傳奇情節更加奇幻，演南唐亡國後，徐適遊金陵，和李後主寵妃黃保儀之侄女黃展娘彼此在南唐宮中的遺物寶鏡和玉杯中見到影子，從而相愛，後來在天堂由已登仙界的李後主、黃保儀牽合，結成連理。徐適返回世間，遭人誣陷被捕，經友人上奏朝廷爲之辯冤，宋朝皇帝令當場作賦，特旨取爲狀元，與黃展娘再結爲夫婦，最後以徐適夫婦參拜李後主廟，原宮中樂工曹善才彈唱李後主遺事結束全劇（《梅村家藏稿》董刻本附）。當時尤侗《梅村詞．序》中說：「所譜《通天臺》、《臨春閣》、《秣陵春》諸曲，亦於興亡盛衰之感三致意焉，蓋先生之遇爲之也。」（《西堂雜俎三集》卷三）尤侗所說「遇」，指的是吳偉業早年以榜眼及第，因涉入黨爭，崇禎皇帝親覽其試卷，批曰「正大博雅，足式詭靡」。此劇虛構徐適受李後主冥恩的故事，知情者自然能看出其中所寓吳偉業眷戀明末亡國皇帝的情結，抒發的是亡國之悲。然而劇中又寫到徐適受到宋朝皇帝的賞識，雖然力辭不受官，但還是表示「謝當今聖主寬洪量，把一個不伏氣的書生降。」（第三十一齣《辭元》）連繫吳偉業曾被迫應薦出仕清朝的事情，也不難悟出其中又隱寓著他徘徊於舊恩與新遇、名節與功名之間的矛盾心理。劇中畢竟未寫出徐適授官的情節，仍以不忘舊恩拜祭李後主作結，詩曰：「門前不改舊山河，惆悵興亡繫綺羅，百歲婚姻天上合，宮槐搖落夕陽多。」（第四十一齣《仙祠》）這也正表現出吳偉業一類文人在出處問題上的困惑和無奈，《秣陵春》受到當時文人的稱讚，原因正在於此。吳偉業作詩是大手筆，劇中曲詞，學元曲明傳奇清麗一格，清新自然，而作劇卻不當行，雜劇情節平板，傳奇又失於冗雜，表現出案頭化的傾向。

清初開始其文學活動的文學名流尤侗（一六一八—一七○四），字同人、展成，號悔庵，晚號西堂老人，長洲（今蘇州市）人，有《西堂全集》。明清間他曾五應鄉試不中，順治間以貢生授永平推官，不久又因懲罰旗丁罷官。事出偶然，他以文章受到順治的稱賞，再獻上雜劇《讀離騷》也獲得皇帝讚賞，遂有才子之名❷。他作有五部雜劇和一部傳奇，都是在仕途遭困厄之際作成。雜劇《讀離騷》演屈原遭讒放逐的故事，《桃花源》演陶淵明辭官歸田園隱居成仙的故事，《清平調》演李白奉詔賦詩中狀元的故事，《弔琵琶》演王昭君和番、蔡文姬祭青塚的故事，《黑白衛》演聶隱娘的故事。除最後一種脫胎於唐人小說，其他四種都是借用歷史上著名才人的故事傳說，經過點染、牽合、改制，來抒寫他個人仕途受挫、懷才不遇的悲憤、期望。《鈞天樂》傳奇則是基本出自虛構，上卷演書生沈白（字子虛）、楊雲（字墨卿）赴京應試，因科場有私弊，考官受賄徇情，皆下第，楊雲身亡，沈白上書揭發科場私弊，被視爲不敬，亂棍打出，憤懣而死。下卷演天界召試眞才，沈白、楊雲並中高科，賜宴，奏鈞天樂，二人功名婚姻並得美滿（《古本戲曲叢刊五集》）。全劇以主人公在人間、天上兩種不同的遭遇，表現對現實中科舉黑暗、文人受困的強烈不滿。閬峰氏在本劇卷末題詞中注云：「《鈞天樂》一書，展成不得志而作，又傷卿謀（尤侗摯友）之早亡。書中沈子虛即展成自謂，因以楊墨卿爲卿謀寫照耳。」細讀此劇，閱峰氏所說是中肯的。正因如此，所以上卷宣泄抑鬱不平之氣，嬉笑怒罵，酣暢淋漓，而下卷寫天界，隨意編造，至於荒唐無稽，了無意趣。尤侗詩文均有相當造詣，又通曉音律，所作戲曲雖多有牽合失於無稽的地方，但大都發自痛切之情，也反映出當時懷才不遇的文人的共同心聲，所以也贏得了許多文壇名流的稱賞。

清初這一類劇作家不少是詩文大家，他們以餘事作劇，大都是借他人之酒杯，澆自己之壘塊，不惜添加奇幻乃至荒誕的情節，然曲詞雅致，增強了戲曲的抒情性，減弱了戲劇性，更忽視舞臺演出的特點，也就多成案頭讀物。

以李玉爲代表的蘇州劇作家大都是與舞臺表演緊密連繫的專門編劇的劇作家，他們在明末已經開始了編劇生涯，並有作品廣泛演出，產生了相當的影響，入清以後仍然活躍在劇壇上，隨著社會的變化，創作也發生了轉變，創作出有影響的作品。

跨越明清兩代的蘇州劇作家，除李玉外，還有朱素臣、朱佐朝、葉雉斐、畢魏、丘園等人。朱素臣名㿥，有傳奇十九種，最著名的是《十五貫》（又名《雙熊夢》）。朱佐朝字良卿，與朱素臣爲兄弟，作傳奇三十餘種，廣爲傳唱的是《漁家樂》。丘園字嶼雪，常熟人，《常昭合志》有傳，《海虞詩苑》卷五收其詩五首，作有傳奇十種，最著稱的是《虎囊彈》、《黨人碑》。葉雉斐（一作葉稚斐）名時章，作傳奇十種，代表作是《琥珀匙》。畢魏字萬後，作傳奇八種，代表作是《三報恩》。他們大都是蘇州府名不見經傳的小文人，通曲律，長期爲供應戲班演出而編劇，時而合作。劇作的基本傾向、風格大體一致，最初多取材於「三言」和其他歷史傳說故事，反映市井間的社會倫理問題，勸懲意識較重，劇中出現許多社會下層人物的形象，有市民、奴僕、妓女、漁家女等，舊的道德倫理觀念較濃重，但也透露出平民百姓的願望。他們編劇不是自遣自娛，而是爲演出提供劇本，考慮到舞臺演出的要求和效果，從而改變了以曲詞爲核心的戲曲觀念，把戲劇結構放到了重要位置上，增強了戲劇性，曲詞也趨向質樸，賓白的地位有所提高，丑角的賓白往往帶有方言的特點。蘇州劇作家事實上已成爲一個群體，一個戲劇文學的流派。

明清易代也影響到蘇州作家群的創作，使他們由主要關心社會平凡生活的倫理問題，轉向關注歷史政治的風雲，創作出了許多歷史劇，參加進清初歷史反思的社會思潮中來。他們中的傑出代表李玉的創作便清楚地顯示出這種變化。

李玉（一六一〇—約一六七一）字玄玉，後因避康熙諱改作元玉，號蘇門嘯侶，吳縣（今屬江蘇）人。他出身微賤，父親可能是明末相國申時行家庭戲班中曲師，所以吳綺說他「家傳自擅清平調」❸。吳偉業《北詞廣正譜・序》

說：「李子元玉，好奇學古士也，其才足以上下千載，其學足以囊括士林。而連厄於有司，晚幾得之，仍中副車。甲申以後，絕意仕進。」焦循《劇說》卷四說：「元玉係申相國家人，為申公子所抑，不得應科試，因著傳奇以抒其憤。」這說明李玉終生致力於戲曲並獲得相當高的成就，與其特殊的身世是有關係的。

李玉作有傳奇三十多種，今存二十餘種，數量之多為明清傳奇作家所少有。早年的劇作以《一捧雪》、《人獸關》、《永團圓》、《占花魁》為最著，可視為其成名之作❹。《一捧雪》脫胎於沈德符《萬曆野獲編·補遺》卷二所載嚴嵩當政時為〈清明上河圖〉而構陷王忬的故事，劇中突出了僕人莫誠代主人莫懷古受戮，莫懷古小妾雪豔娘刺死負義小人湯裱褙殉節的內容。《人獸關》據《警世通言》中〈桂員外窮途懺悔〉小說改編，以桂薪忘恩負義為主幹，還先後寫了別的人負桂薪的情節，強化了譴責忘恩負義的主題。《永團圓》演一個嫌貧愛富的故事：江納開始主動與重臣蔡家攀親，蔡家敗落便翻臉悔親，後來蔡子中試，又極盡趨從之能事。《占花魁》演《醒世恆言》裡〈賣油郎獨占花魁〉的故事，添入了莘瑤琴被拐賣淪落為妓的情節。這四種傳奇表現的是社會下層的世態人情，著重嘲諷鞭撻的是唯利是圖、忘恩負義的卑劣行徑，道德高尚者倒是出自微賤中人，這種情形近乎「三言」小說的世界，而道德意識又更重了些，《一捧雪》裡的莫誠盡義於主人竟至主動去代死，比起《醒世恆言》裡〈徐老僕義憤成家〉來更加可悲了。也正是由於李玉是帶著道德感情去寫他心愛的和憎惡的人事，表現力求盡致，強化了戲劇衝突，劇作便有感染力，所以能得到觀賞者的好評，如錢謙益所說，「元（玄）玉氏《占花魁》、《一捧雪》諸劇，眞足令人心折」，「每一紙落，雞林好事者爭被管弦」（《眉山秀·題辭》）。

入清以後，李玉由於受到明亡清興的刺激，也許還由於他的劇作受到文壇名流的稱讚而涉足上層文化圈，便由關注世態人情而轉向關注朝政軍國之事，並以此種心態去反觀歷史，編出許多歷史題材的劇作，其中也有寄託寓意性的。《千忠戮》（又名《千鍾祿》）演明初燕王朱棣以武力奪取帝位，建文帝和程濟化裝僧道流亡西南的故事，寫了方孝孺、程濟等一批忠臣形象，全劇慷慨激昂，抒寫的是興亡之悲，《慘睹》齣中建文帝唱的〈傾杯玉芙蓉〉「收拾起大地山河一擔裝，四大皆空相」一曲，與洪昇《長生殿·彈詞》中李龜年唱的〈南呂一枝花〉「不提防餘年遭離亂」，成為社會上廣泛傳唱的流行曲，便表明了其中的隱情。《萬里緣》演明清戰亂中黃向堅隻身遠去雲南尋父的故事，孝子尋親本有失怙者尋求依託之意，加之作品又通過主人公的耳聞目睹，寫進了南明遺事，諸如史可法死守揚州，壯烈殉國，意義就超出了一般尋親的範圍。

李玉晚期的代表作是《清忠譜》。清初刻本題「李玉元玉甫著」，「同里畢魏萬後、葉時章雉斐、朱皠素臣全編」❺，蘇州劇作家群的主要人物都參與了此劇的創作，表明他們很重視這個劇作。《清忠譜》表現的是晚明天啓年間魏忠賢閹黨迫害東林黨人周順昌等人，引發了蘇州市民暴動的政治事件。作者以周順昌爲主腦，牽合楊漣、魏大中、左光斗等人遇難的事蹟，反映了閹黨恃權橫行的黑暗政治，更著重表現的是周順昌等人剛正不阿、寧死不屈的精神。特別是劇中寫進了市井細民顏佩韋、馬傑、周文元、楊念如、沈揚五人急公好義，聚眾請願，對抗官府，以及最後蘇州百姓搗毀魏忠賢生祠的場面，突出地塑造了顏佩韋的高大形象，反映了晚明社會市民階層的壯大，初步顯示出成爲一種勢力的歷史特徵。吳偉業《清忠譜・序》中說：「以公（指周順昌）事塡詞傳奇者凡數家，李子元玉所作《清忠譜》最晚出，獨以文肅（文震孟）與公相映發，而事俱按實，其言亦馴雅。雖云塡詞，目之信史可也。」其實《清忠譜》的創作並沒有完全拘泥於史實，如巡撫毛一鷺在蘇州建造魏忠賢生祠原是在周順昌被害之後，劇中寫爲周順昌被逮之前，顯然是爲了設置《罵像》一齣，以表現周順昌的剛正無畏的品格。《清忠譜》的成功還在於將紛繁的歷史事件，經過藝術的選擇、提煉，著意於表現出人物的性格、精神，構成了謹嚴有序、形象鮮明又有激情貫注於其中的藝術世界。吳偉業在《清忠譜・序》中又說：「甲申之變，留都立君，國是未定，顧乃先朋黨，後朝廷，而東南之禍亦至。」、「假令忠介公（周順昌）當日得久立於熹廟之朝，拾遺補過，退傾險而進正直，國家之禍寧復至此？」這也正是《清忠譜》的弦外之音。

在清初劇作家中，李漁代表了擅寫風情趣劇的一類，風情趣劇並非清初始有，在明末已經成爲了一種類型，戲曲史家把它看作是湯顯祖的臨川派和沈璟的吳江派合流的結果，突出的代表是阮大鋮和吳炳。李漁的劇作和他們的劇作是一脈相承的。

李漁（一六一一—一六八〇）字笠鴻，號笠翁，別署笠道人，作小說署覺世稗官，浙江蘭溪人。他明末應鄉試不中，明清易代，家道中落，不再應科舉。順治八年（一六五一）移家省城杭州，過著「賣賦以餬其口，吮毫揮灑怡如」（黃鶴山農《玉搔頭・序》）的生涯。他的戲曲、小說大部分是寓居杭州十年間作成的，刊行後頗爲暢銷，以此受到了一些達官名流的垂青、資助。順治十七年（一六六〇）又移家南京，經營芥子園書坊，交結名流，時常帶著自家的戲班周遊各地，到達官貴人府第打抽豐，成爲一個很有名氣的托缽山人。李漁自負才情，沾染了晚明士人放誕自適的遺風，不諱言享樂和飲食男女，但在清初的歷史環境中又缺乏前輩人非儒薄經的勇氣，不敢觸怒社會，有意避開政治和社會深層問題，便以「道學風流合二爲一」的達人自居，用自己的才藝和別出心裁的經驗之談，周旋於社會名流中，博得達官貴人的施與而又不失體面。他作戲曲小說也是用來娛樂人心的。他曾說：「唯我塡詞不賣愁，一夫不笑是我憂。」（〈曲部誓詞〉）（《風箏誤》末齣）他還曾聲明：「不肖硯田餬口，原非發憤著書；筆蕊生心，匪託微言以諷世。」

他的戲曲小說，正是這樣。

李漁作劇十種，總題《笠翁十種曲》，這十種傳奇幾乎全是演婚戀故事，這並不說明他特別關注婚戀問題，而是反映著他的戲劇觀念，「十部傳奇九相思」，戲曲主要是演男女情事的。這十種傳奇自然也反映出晚明以來尚情的思想，贊成愛情婚姻自主，反對父母包辦兒女婚事，特別欣賞對情的執著。如由他的小說《譚楚玉戲曲傳情，劉藐姑曲終死節》改編的《比目魚》，男女主人公爲情而雙雙投水，化爲比目魚，情節與比喻都極動人、極優美。但是李漁的娛樂主義卻滲入了其中，抹去了應有的悲劇意蘊。《玉搔頭》寫皇帝與妓女的愛情，正德皇帝認爲男女相交是在眞情，而不在地位，因此冒雪私訪，聲稱「萬一有了差池，我也拚一死將他殉」，這固然頗有點「不愛江山愛美人」的反傳統的意思，而李漁也只是作爲有奇趣的故事，劇中又有許多輕佻、庸俗，甚至穢褻的細節和曲白，成爲一部格調不高的風情鬧劇，只有俗趣，而無情韻。《風箏誤》是李漁的代表作，此劇兼學阮大鋮的《春燈謎》和《燕子箋》，以放風箏爲機緣，引發了才子與佳人、拙人與醜女相互錯位而又終於各得其配的婚戀故事。全劇由迭出的陰錯陽差的情節構成，但李漁運思工巧，密針細線，營造出了一個雖然倒誤叢生卻自成一種理路，其中也有美醜對比和美刺意義的喜劇世界。此劇雖然也未能完全免俗，雜有些庸俗惡趣，但整體上具有了喜劇的性質，並且曲詞、賓白流暢通俗，肖似人物口吻，極富有生活的滑稽風趣，所以在當時便成爲廣泛演唱的流行劇碼，許多地方翻刻該劇本。

李漁及其先行者和後繼者，雖然沒有作出堪稱傑作的作品，他們的劇作大都是在男女風情的範圍內變化翻新，格調不高，表現出媚俗的傾向，但作爲明清間的一種戲曲流派，也代表了一種以娛樂爲宗旨的文學傾向，是不應忽視的，在他們的難稱優秀的劇作中運用了多種喜劇手法，如誤會、巧合、錯認、弄巧成拙、弄假成眞等，也爲喜劇的創作和喜劇理論的發展提供了經驗材料。

第二節 《長生殿》

・洪昇生平 ・天寶遺事的歷史底蘊 ・《長生殿》的重史意識與楊貴妃形象 ・化長恨爲長生的意蘊
・藝術風格

康熙劇壇上最成功、最有影響的作品是洪昇的《長生殿》和孔尚任的《桃花扇》。兩劇的作者都以其劇作肇禍，一個革除了監生資格，一個罷了官，而當時許多人還是對這兩部劇作表示了極大的興趣，給予了很高的讚賞。金埴題詩

說：「兩家樂府盛康熙，進御均叨天子知。縱使元人多院本，勾欄爭唱孔洪詞。」（〈題桃花扇傳奇〉）

洪昇（一六四五—一七〇四），字昉思，號稗畦，錢塘（今浙江杭州市）人。他生於世代官宦而中落的縉紳之家，妻子是官至大學士的黃機的孫女，也通詞曲。他作有《四嬋娟》雜劇，四折分別寫晉代謝道韞、衛夫人，宋代李清照，元代管仲姬四才女的故事，寄託著他婚姻美滿的情懷。他做了約二十年的太學生，追隨京中名流，如王士禛、李天馥、朱彝尊、吳天章、趙執信等人，聯吟唱和，贏得了詩名。由於他同父母失和，其父又曾「被誣遣戍」❻，雖得到當道的開脫，但家境也敗落了，他在北京是處在窮困不遇的境遇中，其詩中曾寫到，「移家失策寓長安，若問生涯爾便難。」（《稗畦集．贈徐靈昭》）「八口總爲衣食累，半生空溷利名場。」（〈省覲南歸留簡長安故人〉）康熙二十七年（一六八八），《長生殿》三易稿而成，京城盛演，次年八月，與趙執信、查慎行等人宴飲觀劇，因其時佟皇后喪服未除，被人告發，趙執信被罷官，洪昇被革除國子監籍，這就是有名的「演《長生殿》之禍」。❼

《長生殿》演的是唐明皇與楊貴妃的歷史故事，習稱天寶遺事。唐明皇和楊貴妃的離合生死之情是與安史之亂緊密連繫在一起的，有其深邃的歷史內蘊，自發生之時便有詩人詠歎。杜甫的〈哀江頭〉已開其端，詩中撫今追昔，意多哀悼：「明眸皓齒今何在？血汙遊魂歸不得。清渭東流劍閣深，去住彼此無消息。人生有情淚沾臆，江花江草豈終極！」感歎之情沖淡了詩人在亂前〈麗人行〉諸詩中表現的諷刺之意。到中唐時期，更有許多文人進行歷史的反思，出現了許多詠歎詩和多種追憶天寶遺事的稗史小說。白居易的〈長恨歌〉是以詩人的才情，避開史書、雜史中所記唐明皇、楊貴妃的不倫淫亂之事，敘寫唐明皇和楊貴妃的愛情，採用了民間傳說，突出唐明皇在馬嵬事變後對楊貴妃的深摯思念，情詞悱惻，哀感動人。但詩中也用了「漢皇重色思傾國」、「姊妹兄弟皆列土」、「不重生男重生女」、「漁陽鼙鼓動地來，驚破霓裳羽衣曲」等婉而有諷的詩句。「天長地久有時盡，此恨綿綿無絕期」，這無限感慨中無疑蘊涵有對唐王朝盛世消失的惋惜、慨歎和諷諭之意。後來，身歷金元易代之變的白樸作《梧桐雨》雜劇，演唐明皇寵愛楊貴妃，亂了朝政，導致安史之亂的發生，被迫讓楊貴妃自縊，最後著重表現他失去楊貴妃的悲哀，成爲一幕「純粹的悲劇」。白樸雖非唐人，沒有杜甫、白居易的那種痛切之情，但他也懷亡國之痛，他的《天籟集》中便有許多首抒寫興亡之感的詞，《梧桐雨》也同樣是借歷史故事抒寫興亡之悲的。

洪昇重新演繹唐明皇楊貴妃的故事，基本上是繼承了白居易詩和白樸劇的內容和意蘊而有所改變。他的《長生殿・自序》表明其創作思想：「余讀白樂天〈長恨歌〉及元人《秋雨梧桐》雜劇，輒作數日惡。」、「輒作數日惡」，語出《世說新語・言語》：「謝太傅語王右軍曰：『中年傷於哀樂，與親友別，輒作數日惡。』」、「惡」是指很傷感，情緒極壞。洪昇說這段話的意思表明，他深爲兩篇作品所感動，又不滿意作品寫得過於感傷。所以後文說明他作《長生殿》是寫唐明皇、楊貴妃之情事，而命意在於顯示「樂極哀來」的道理，以「垂戒來世」。就這一點說，與白居易詩、白樸劇的意蘊是一致的，但他要改變故事的悲劇結局，讓唐明皇、楊貴妃「敗而能悔」，「死生仙鬼都經遍，直做天宮並蒂蓮。」這種創作思想也就決定了《長生殿》上下兩卷做法和風格的不盡一致。

洪昇作《長生殿》融合進唐以來敘述、詠歎天寶遺事的詩文、傳說等許多材料，劇中出現的許多人物、情節大都是有依據的。上半部表現出尊史重眞的精神。他「念情之所鍾，在帝王家罕有」，劇作重在唐明皇、楊貴妃的「釵合情緣」（《長生殿・例言》），卻做了如實的描寫，寫出了封建宮廷中帝王與妃子的眞實關係、眞實情況。皇帝有無上權力，也擁有眾多的嬪妃。唐明皇鍾情於楊貴妃，也就意味著許多嬪妃的被冷落，如劇中曲文所說「莫問他別院離宮玉漏長」（《定情》），唐明皇可以隨心所欲召幸別的嬪妃，乃至密召楊貴妃的姊姊幽會（《幸恩》）。楊貴妃本能地表現點妒意，便被謫出宮，只好自悔驕縱，借獻髮傳情感動君心（《獻髮》）。她始終懷著「自來寵多生嫌釁，可知道秋葉君恩恁爲人」的心態，爲討得唐明皇的歡心，運用了女人的一切條件和手段：美貌、溫順、眼淚、投其所好譜曲、獻舞，直到公然干涉唐明皇召幸梅妃，她說：「江采蘋，江采蘋，非是我容不得妳，只怕我容了妳，妳就容不得我也。」（《夜怨》）洪昇在《長生殿》中眞實地展現了封建帝王與妃嬪的情愛生活，也塑造出了一個具有高度藝術眞實的寵妃的性格，這是洪昇在文學史上作出的卓越貢獻。

在《長生殿》裡，伴隨著唐明皇、楊貴妃故事的進展，交叉地寫出了與之相關聯的朝政事件，將〈長恨歌〉中虛化了的內容顯露出來。由於唐明皇寵愛楊貴妃，楊氏一門男女都獲得了殊榮，楊國忠做了右相，獨攬朝政，楊貴妃的三個姊妹封作了夫人，「恁僭竊，競豪奢，誇土木」，「可知他朱甍碧瓦，總是血膏塗」（《疑讖》）。楊國忠納賄招權，使臨陣失機的邊將安祿山逃脫刑罰，還受到皇帝的寵眷，滋生了野心。中間還有《進果》一齣，南海和蜀州的使臣爲了在限期內把新鮮的荔枝送到楊貴妃的嘴裡，馳馬飛奔，撞死了賣卜的老人，踏壞農民的莊稼，兩家還在驛站中發生了爭奪馬匹的糾紛。唐明皇寵愛楊貴妃，「占了情場，弛了朝綱」，還給百姓帶來了災難。當他們經歷過愛的波折達到感情的誠摯、對天上雙星盟誓的時候（《密誓》），安祿山的兵馬也就動地而來，隨著發生了六軍迫使唐明皇讓楊貴妃自縊的馬嵬悲劇（《埋玉》）。這一切都表現得眞實、體察至微而合乎現實的邏輯。

馬嵬事變，楊貴妃自縊，這一場帝王家的愛情悲劇已經完成了。《長生殿》沒有像《梧桐雨》雜劇那樣以唐明皇懷著痛苦的心靈夜雨思人作結，而是一方面表現現實中發生的唐明皇、楊貴妃悲劇的餘波，如野老「獻飯」、樂工雷海青

「罵賊」、李謨等睹物傷人（《看襪》）、李龜年悲唱興亡等，委婉的諷諫、對亂臣賊子的咒罵、對主人公不幸的惋惜，合成一部興亡之感的交響曲。另一方面則表現唐明皇和死後的楊貴妃在眞和幻兩個世界裡發生感情交流，經過《冥追》、《覓魂》、《補恨》、《寄情》，執著的感情和眞誠的懺悔，終於得到了天孫、玉帝的恩准，雙雙進入月宮，實現了「長生殿裡盟言」（《重圓》）。這就將〈長恨歌〉裡無法實現的幻景化作了幻想中實現了的美好願望，以精神的「長生」消解了現實的「長恨」。這固然還是留下了非現實的缺憾，卻表現出對至眞之情的崇尚，重新弘揚晚明尚情的思想，前人稱《長生殿》是一部「熱鬧的《牡丹亭》」（《長生殿・例言》引語），便是就此說的。

《長生殿》前後兩部分是不一致的，前一部分是寫實，是愛情的悲劇；後一部分是寫幻，是鼓吹眞情。從結構上說，兩者是對立的，但又是互相依存的。沒有前半部分現實的悲劇，後半部分鼓吹至眞之情便無從生發；沒有後半部分唐明皇楊貴妃的懺悔、重圓，則成了《梧桐雨》式的悲劇，只是留下了一份歷史的遺憾。這種既對立又依存的關係，雖然中間轉換得有些勉強，卻正構成了《長生殿》的結構特徵和思想特色：寫唐明皇楊貴妃之情事，並不限於言二人之情，而是含而不露地拓寬了「情」的內涵，充分地表現出劇作第一齣《傳概》裡所申述的命意：「古今情場，問誰個眞心到底。但果有精誠不散，終成連理。……感金石，回天地，昭白日，垂青史，看子孝臣忠，總由情至。先聖不曾刪《鄭》、《衛》，吾儕取義翻宮徵，借太眞外傳譜新詞，情而已。」這與清初的啓蒙思潮是息息相通的。

《長生殿》長達五十齣，以唐明皇楊貴妃的故事爲主線，以朝政軍國之事爲副線，編織進唐以來文人記述過的、詩人詠歎過的人事，內容非常豐滿，至如吳梅所評：「取天寶間遺事，收拾殆盡。」（《顧曲麈談》）兩條線交叉發展，彼此關聯，情節錯綜，脈絡極清晰，組合得相當緊湊而自然。唐明皇楊貴妃這條主線，又以定情的金釵鈿盒時隱時現貫穿其中，而且每次出現都有不同的寓意：上半部開始是定情之物，馬嵬殉葬是失盟的表徵；下半部楊貴妃鬼魂把玩是寫失情之怨，最後是用以證情，重圓結案，既使全劇的情節有著內在的連繫，又體現了主人公悲歡離合的變化。全劇上下兩部分雖各有側重，但也有許多對照、呼應，如上半部寫現實的悲劇，插入了幻想的《聞樂》一齣，爲下半部楊貴妃仙歸蓬萊伏下了引線；下半部主要以幻筆寫情，插入《獻飯》、《看襪》、《罵賊》等寫實場面，與上半部唐明皇的失政、寵信安祿山、楊氏一門的驕奢，有著明顯的對照意義。《長生殿》結構細密，場面安排上輕重、冷熱、莊諧參錯，都是出於匠心經營，從而將傳奇劇的創作推向了藝術的新高度。

《長生殿》的曲文糅合了唐詩、元曲的特點，形成一種清麗流暢的風格，敘事簡潔，寫景如畫，在基本格調的範圍裡又隨人物之身分、性情、情感的不同而有所變化。曲文中也較多地化用了唐詩、元曲的名句，《驚變》、《雨夢》等齣的曲詞，基本上是由《梧桐雨》的曲文脫化而來的，卻融化得極妙，如同自撰之新曲。《長生殿》曲文的優長處更在於具有濃厚的抒情性，能夠聲情兼備地表達出人物的內心感情及心理活動。如《獻髮》中楊貴妃因感君心無定而憂苦，欲獻髮傳情以感動君心的複雜心理，《夜怨》中楊貴妃等待唐明皇不到的焦急、苦悶心情，《聞鈴》、《雨夢》等齣中，唐明皇失去楊貴妃的煩惱、怨恨、痛苦的感情，都表達得很細膩、眞切、動人。《彈詞》中老伶工李龜年唱的一套〈轉調貨郎兒〉，追述往事，凄婉動人，成爲當時廣爲傳唱的名曲。

第三節 《桃花扇》

・孔尚任的際遇與《桃花扇》的創作 ・歷史反思與徵實精神下層人物形象 ・國家至上的思想
・戲劇結構 ・人物形象的塑造

繼《長生殿》之後問世並負盛名的《桃花扇》，是一部演近世歷史的歷史劇。作者孔尚任一生的升沉榮辱頗具戲劇性，而且與康熙皇帝有著直接的關係。

孔尚任（一六四八—一七一八）字聘之，號東塘，山東曲阜人。孔子六十四代孫。他生於清朝，青年時代曾努力爭取由科舉進入仕途，爲此還賣田納粟捐了監生的科名，卻未達到目的。康熙二十三年（一六八四），康熙皇帝第一次南巡，返程過曲阜祭祀孔子，孔尚任被推舉在祭典後講經，受到康熙的稱許，讓他引駕觀覽孔廟、孔林，當即指定吏部破格任用。這樣他就由一個鄉村秀才陡然成了國子監博士。這種非同尋常的際遇，孔尚任自然是感動之至，爲此寫了〈出山異數記〉。康熙看中的是他是一位有才學的聖裔，特拔入仕含有表示尊孔崇儒的意思。次年，孔尚任在國子監做了半年的學官，又受命隨同工部侍郎去淮揚治理下河，疏濬黃河海口。康熙可能是有意給他個升轉正途的機會，但事情卻走向了另外的方面。當時的河道總督靳輔不同意疏濬下河海口，和下河衙門官員發生爭執，鬧到朝廷中形成兩派官僚互相攻訐，下河工務時起時停，三年下來靳輔一方勝利，撤銷了下河衙門。在淮揚三年間，孔尚任廣泛結交當地的或流寓揚州的文士，往還酬唱，還時而舉行二三十人的詩酒之會，儼然成了主持風雅的名士。他在淮揚寫了六百多首詩，都收入《湖海集》中。

他結交的名士不少是前朝遺老，如黃雲、許承欽、鄧漢儀、杜濬、冒襄等，在晤談中常聽到他們緬懷往事，感慨興亡。他在幼年時曾聽前輩人講過李香君的故事[8]，很感興趣，此時聽他們更加有聲有色的講述，感動中生發了創作慾望。最值得注意的是冒襄，他是明末南京四公子之一，揭發阮大鋮的〈留都防亂揭帖〉的署名人，對侯方域、李香君非常熟悉。一次冒襄不顧七十七歲高齡、百里路途，從如皋到孔尚任的駐所興化，「同住三十日」[9]，應當是非常詳細地講述了南明弘光小朝廷的興亡之事。下河衙門解散後，孔尚任待命揚州，趁機去南京遊覽，在秦淮河船上聽人講明末舊事，看了已經破殘的明故宮，到棲霞山訪問了隱居的身歷北京甲申之變和南京弘光敗局的張怡，也就是寫進《桃花扇》中的歷史見證人張瑤星道士，這無疑是一次有意識的創作訪問。孔尚任到淮揚治河，沒有做出什麼業績，卻成了《桃花扇》創作的機緣，並爲其日後的創作做了極充分的準備。

孔尚任於康熙二十九年（一六九〇）返北京後，又做了多年的國子監博士才轉爲戶部官員。他有一種被冷落的感覺，有詩云：「十年南北似浮家，名姓何人記齒牙？」（《長留集．晚庭》）「漸覺名心如佛淡，頓教老興入詩濃。」（〈長至日集觀音庵，同顧天石、林同叔、王漢卓、陳健夫、李蒼存論詩聯社〉）在和京中閒曹、流寓的騷人墨客結社唱酬的同時，孔尚任悄悄作成了《桃花扇》。康熙三十八年（一六九九）六月，《桃花扇》定稿，一些王公官員競相借抄，康熙也索去閱覽[10]。次年春，《桃花扇》上演，引起朝野轟動，孔尚任也隨之不明不白地被罷官。孔尚任的罷官好像是一個疑案，其實跡象已表明其深層的原因就是在於他寫了《桃花扇》[11]。

《桃花扇》演的是南明弘光小朝廷的興亡始末，他在〈桃花扇小引〉中說明其命意是：「場上歌舞，局外指點，知三百年之基業，隳於何人？敗於何事？消於何年？歇於何地？不獨令觀者感慨零涕，亦可懲創人心，爲末世之一救。」明清易代，引起了人們的心靈震撼，憂憤成思，在清初形成了追憶歷史的普遍心理，寫史書的人之多，稗史之富，在中國歷史上是罕有的[12]。這種心理也反映在文學方面，詩歌中尚史意識的抬頭，吳偉業歌行詩的輝煌，散文中傳記文和憶舊小品的發達，時事小說的出現，都是這種社會心理的表現，其中也就寄寓著興亡之感。《桃花扇》反映的南明弘光小王朝的興亡歷史，當時曾經爲人們關注，事後也爲人們痛心。孔尚任雖然其生也晚，未曾經歷，但他創作《桃花扇》顯然是受到了曾經親歷其事、心有餘痛的遺老們的影響，從一定程度上說是代他們進行歷史反思的，歸根結柢還是清初那種痛定思痛、反觀歷史的文化思潮的反映。

《桃花扇》是一部最接近歷史眞實的歷史劇，孔尚任在創作中採取了徵實求信的原則，他在《桃花扇．凡例》中說：「朝政得失，文人聚散，皆確考時地，全無假借。至於兒女鍾情，賓客解嘲，雖稍有點染，亦非烏有子虛之比。」所以全劇以清流文人侯方域和秦淮名妓李香君的離合之情爲線索，展示弘光小王朝興亡的歷史面目，從它建立的歷史背景，福王朱由崧被擁立的情況，到擁立後朱由崧的昏庸荒佚，馬士英、阮大鋮結黨營私、倒行逆施，江北四鎮跋扈不馴、互相傾軋，左良玉以就糧爲名揮兵東進，最後史可法孤掌難鳴，無力回天，小王朝迅速覆滅，基本上是「實人實事，有根有據」，眞實地再現了歷史，如劇中老贊禮所說：「當年眞如戲，今日戲如眞。」（《桃花扇・孤吟》）只是迫於環境，不能直接展現清兵進攻的內容，有意迴避、改變了一些情節。孔尚任對劇中各類人物作了不同筆調的刻畫，雖然忠、奸兩類人物的結局加了點虛幻之筆，如劇中柳敬亭說的，「這些含冤的孝子忠臣，少不得還他個揚眉吐氣，那些得意的奸雄邪黨，免不了加他些人禍天誅。」以達到「懲創人心」的藝術目的，但總的說，作者的褒貶、愛憎是頗有分寸的，表現出清醒、超脫的歷史態度。

《桃花扇》中塑造了幾個社會下層人物的形象，最突出的是妓女李香君和藝人柳敬亭、蘇崑生。照當時的等級貴賤觀念，他們屬於爲衣冠中人所不齒的倡優、賤流，在劇中卻是最高尚的人。李香君毅然卻奩，使阮大鋮卑劣的用心落空，她孤身處在昏君、權奸的淫威下，誓不屈節，敢於怒斥權奸害民誤國。柳敬亭任俠好義，奮勇投轅下書，使手握重兵又性情暴戾的左良玉折服。在《桃花扇》稍前演忠奸鬥爭的戲曲中出現過市井細民的正面形象，但多是忠於主人的義僕，如《一捧雪》中的莫誠，或者是支持忠良的義士，如《清忠譜》中的顏佩韋五人，都還是處在配角的位置上。《桃花扇》中的李香君、柳敬亭等，都是關心國事、明辨是非、有著獨立人格的人物，使清流文人相形見絀，更不要說處在被批判地位的昏君、奸臣。這自然是有現實的依據，反映著晚明都會中，部分妓女的風雅化以至附庸政治的現象，這種現象在詩歌、傳記、筆記中反映出來，但劇中形成的貴賤顛倒的對比，不只是表明孔尚任突破了封建的等級貴賤觀念，其中也含有他對尊貴者並不尊貴，卑賤者並不卑賤的現實的憤激情緒，以及對此所作出的思索。這是當時許多旨在存史、寄託興亡之悲的稗史所不具備的。

儘管孔尚任對人物的褒貶還是使用傳統的道德術語，如「孝子忠臣」之類，但其褒貶標準卻擴大了「忠」的內涵，由以朝廷、皇帝爲本變爲以國家爲根本。福王朱由崧監國，代表著國家，但他關心的只是「天子之尊」、「聲色之奉」，忘記了爲君的職責，國家亡了，也就失去了爲君的依託，連性命也不保了。馬士英、阮大鋮之徒，乘國家敗亡之機擁立朱由崧，說是「幸遇國家人變，正我們得意之秋。」（《桃花扇・迎立》）擁立得勢後，阮大鋮說「天子無爲，從他閉目拱手；相公（指馬士英）養體，盡咱吐氣揚眉。」（《媚座》）他們把國家、朝廷的不幸當作自己的大幸，竊權濫爲，謀千秋富貴，招致國家敗亡，朝廷不存，他們也就失去了權勢、富貴、性命。清流文人以風流自許，飲酒看燈，欣賞戲曲，尋訪佳麗，出於門戶之見揭發閹黨餘孽，爲保護門戶請左良玉東下，移兵堵江，江北一空，國家覆亡，陳貞慧、吳應箕才恍然大悟：「日日爭門戶，今年傍哪家？」（《沉江》）由此，孔尚任最後離開了徵實的原則，虛構了《入道》一齣，讓張瑤星道士呵斥了在國破家亡之後重聚的男女主人公：「呵呸！兩個痴蟲，你看國在哪裡？家在哪裡？君在哪裡？父在哪裡？偏是這點花月情根，割它不斷麼！」侯方域和李香君聽了，「冷汗淋漓，如夢忽醒」，雙雙入道⓭。孔尚任借張道士之口說的這番話，實際上也就是孔尚任觀照南明興亡的基本點，這對晚明崇尚情慾的思潮是一個反撥和修正，但也不是回歸到以君臣之義爲首要的封建倫理中，而是把國家放在了人倫之最上，以國家爲君、臣、民賴以立身的根本。這同黃宗羲在《明夷待訪錄》中所發表的關於君、臣與天下萬民之關係的意見，角度雖然不同，而精神是一致的。因此，《桃花扇》的藝術世界所展示出的國家與君、臣、民的關係，由張瑤星說出的「皮之不存，毛將焉附」的道理，其意義也就超越了明清易代的興亡之悲。

《桃花扇》在藝術構思上是非常成功的，孔尚任在力求遵守歷史眞實的原則下，非常合適地選擇了侯方域和李香君的離合之情，連帶顯示弘光小王朝的興亡之跡。侯方域和李香君的結合，本是明末南京清流文人的一件風流韻事⓮，又是復社和閹黨餘孽鬥爭的一個小插曲。作者以此事作爲戲劇的開端，既表現出復社文人的作風和爭鬥門戶的意氣，又使全劇從一開始便將兒女之情與興亡之跡緊緊結合在了一起。《卻奩》一齣，侯、李二人捲入了政治門戶鬥爭的漩渦，表現出弘光朝建立前南京的政治形勢，爲後來阮大鋮得勢後倒行逆施，迫使侯、李分離，立下了張本。侯、李之分離既是弘光小朝廷建立後兩種力量發生變化的結果，又爲多方面展示小朝廷的面目、處境創造了條件：通過李香君的遭遇，從《拒媒》到《罵筵》，反映出馬士英、阮大鋮掌握權柄的小朝廷的腐敗；通過侯方域的出奔與復歸，展示出江北四鎮的鬥爭、離析和史可法的孤立，以及左良玉的東下。弘光小朝廷覆滅後，侯、李二人重聚，雙雙入道，表現的是二人兒女之情的幻滅，而促使二人割斷花月情腸的又是國家的滅亡。弘光小王朝的興亡始末，就是這樣藝術地再現了出來。

《桃花扇》創作的成功還表現在人物形象眾多，但大都人各一面，性格不一，即便是同一類人也不雷同。這顯示出孔尚任對歷史的尊重，如實寫出人物的基本面貌。如同是武將，江北四鎮都恃武逞強，但行事、結局卻不同：高傑無能，二劉投降，黃得功爭位內訌卻死不降北兵；左良玉對崇禎皇帝無限忠心，但驕矜跋扈，缺少謀略，輕率揮兵東進。侯方域風流倜儻，有幾分紈袴氣卻關心國事。這其中也反映出孔尚任對人物性格的刻畫較其他傳奇作家有著更自覺的意識，要將人物寫活。如同是權奸，馬士英得勢後橫行霸道，而阮大鋮則奸詐狡猾，都表現得淋漓盡致，從而在劇中營造出生動的場面和氣氛。楊龍友的形象尤有特色，他周旋於兩種力量之間，出面爲阮大鋮疏通復社文人，帶人抓走李香君的假母，在馬士英、阮大鋮要逮捕侯方域時，又向侯方域通風報信；他趨從、奉迎馬士英、阮大鋮，在李香君罵筵中面臨殺身之危時，又巧言救護李香君，誠如《桃花扇．媚座》批語所說：「作好作惡者，皆龍友也。」他多才多藝，八面玲瓏，表現出一副政治掮客的圓滑嘴臉和老於世故的複雜性格。

《桃花扇》在清代傳奇中是一部思想和藝術達到完美結合的傑出作品。

注釋

❶當時鄒式金《雜劇三集・序》中說：「邇來世變滄桑，人多懷感。或抑鬱憂憤，抒其禾黍銅駝之怨；或憤懣激烈，寫其擊壺彈鋏之思；或月露風雲，寄其飲醇近婦之情；或蛇神牛鬼，發其問天遊仙之夢。」（《雜劇三集》，中國戲劇出版社一九五八年影印本卷首）

❷《清史稿》卷四八四本傳載尤侗受知於順治皇帝，「以才子目之」事。後來尤侗應康熙十八年（一六七九）博學鴻詞科中二等，授翰林院檢討，康熙皇帝稱之曰「老名士」，「天下羨其榮遇」。劇作當是他早年不得意時所作。

❸吳綺語引自《林蕙堂全集》卷二五〈滿江紅・次楚畹贈玄玉〉。清焦循《劇說》謂李玉係「申相國家人」。近世曲家吳梅曾稱李玉的父親是申用懋的僕人（馮沅君〈怎樣看待《一捧雪》〉，《文學評論》一九六四年第五期）。連繫吳綺的詞，可推斷李玉父輩是蘇州申時行家戲班的曲師。

❹《一捧雪》等四劇合稱「一人永占」，有明末崇禎刊本。錢謙益《眉山秀・題詞》中說，他曾在順治三年（一六四六）寓蘇州時讀到李玉劇作，提到《占花魁》、《一捧雪》諸劇。

❺《古本戲曲叢刊》第三集有《清忠譜》清初刻本之影印本。

❻洪昇詩有《嘯月樓集》、《稗畦集》。後者〈除夕泊舟北郭〉題下注：「時大人被誣遣戍。」〈一夜〉中云：「國殤與家難，一夜百端憂。」具體情況可參看章培恆《洪昇年譜》（上海古籍出版社一九七九年版）「康熙十年」、「康熙十八年」項下考證。

❼關於「演《長生殿》之禍」，清人筆記中記述頗多。近世葉德均有〈演長生殿之禍〉，載其《戲曲論叢》（日知出版社一九三六年版），考證頗詳。章培恆《洪昇年譜》（上海古籍出版社一九七九年版）亦附有〈演長生殿之禍考〉。

❽《桃花扇本末》首條云：「族兄方訓公（孔尚則）崇禎末為南部曹。予舅翁秦光儀先生，其姻婭也，避亂依之，羈棲三年，得弘光遺事甚悉，旋里後數數為予言之。」、「獨香姬面血濺扇，楊龍友以畫筆點之，此則龍友小史言於方訓公者，雖不見

諸別籍，其事新奇可傳。」這當是孔尚任作《桃花扇》的一個契機、一種動因。

⑨據孔尚任《湖海集》卷十一〈與冒辟疆先生〉：「昭陽天邊之水，非萬不得已如張騫者，誰肯乘槎？先生以馬齒之故，遠就三百里，同住三十日，飽我以行廚，投我以奚囊之玩，促促言別，情何以堪？」

⑩《桃花扇本末》中云：「《桃花扇》本成，王公薦紳莫不傳抄，時有紙貴之譽。己卯秋夕，內侍索《桃花扇》本甚急，予之繕本莫知流傳何所，乃於張平州（勄）中丞家覓得一本，午夜進之直邸，遂入內府。」索閱者當是康熙皇帝。

⑪孔尚任罷官原因無明確記載，據當時孔尚任與其友人的詩句，如孔尚任自云「命薄忽遭文字憎，緘口金人受謗誹。」（《長留集・放歌贈劉雨峰》）顧彩說「朱紱遂因詩酒捐，白簡非有貪饕證。」（《往深齋詩集・有懷戶部孔東塘》）可見他是以文字獲罪的。《桃花扇本末》云此劇作成時，「內侍索《桃花扇》甚急」，「午夜進之直邸，遂入內府」。可見康熙皇帝曾關注此劇，作者之罷官當與此有關係。詳見袁世碩《孔尚任年譜》（齊魯書社一九八七年版）「康熙三十八年」、「康熙三十九年」項下考證。

⑫全祖望一生整理明季稗史，曾說：「明季稗史，不下千種。」（轉引自謝國禎《增訂晚明史籍考・序》，上海古籍出版社一九八一年新版）

⑬侯方域在明亡後隱居家鄉，並未入道，還曾經被脅迫參加河南鄉試，中副榜。孔尚任在劇中寫他與李香君入道，顯然是出於創作意旨的需要。

⑭侯方域作有〈李姬傳〉，載其《壯悔堂文集》卷五。有關此事清初余懷《板橋雜記》、現代陳寅恪《柳如是別傳》（上海古籍出版社一九八二年版），有較詳細的記載、考證。

第三章　清初白話小說

入清以後白話小說仍然保持了旺盛的編創勢頭，這是因為白話小說擁有比詩文更大範圍的讀者，書坊競相刊印。清初許多不肯屈節事清的遺民文人和科舉失意的落拓文人，也紛紛作起小說來。遺民文人多是出於內心的苦悶和關懷世道之心，於詩文之外另尋一種表達方式。落拓文人多是由於受著小說盛行這種文化現象的誘導，有的是直接受到書坊主的邀請，投入小說編創中來，作為一種謀生之道。

作者的身分、境遇和創作目的不同，清初的白話小說也就呈現出多種類型，大體說來有這樣幾種：明代小說名著的續書、摹寫世態人情的世情小說、敘寫明清之際政事的時世小說、才子佳人小說。應當說，在清初各類小說都沒有出現堪稱傑作的作品，但是，這畢竟是中國小說史上的一個豐收的時期，順治、康熙間新出的作品總計有上百部，標誌著小說創作總體上已由改編邁入個人獨創的階段。其中一些作品也呈現新的創作特徵，在中國小說的發展中起到了承先啓後的作用。

第一節　小說續書與《水滸後傳》

・清初的小說續書　・兩種續法：仿造和假借　・陳忱的行跡　・假「水滸」人物以寫心　・小說的抒情性

明代《水滸傳》等四大小說行世，產生了巨大的影響，成為後來小說作者仿效的對象，也出現了續書現象。明末已有人寫《西遊記》的續書，入清後更出現了一批續書。康熙年間，劉廷璣便已注意到這種文學現象，他說：「近來詞客稗官，每見前人有書盛行於世，即襲其名，著後書副之，取其易行，竟成習套。」（《在園雜誌》卷三）

清初的小說續書大致有兩種做法。一種是仿造，作者刻意仿照原書，用原書的主要人物或者他們的後身，演繹出與原書相類似的故事情節，成為一部相類似的小說。天花才子評的《後西遊記》❶、青蓮室主人的《後水滸傳》❷，便是這類續書。這種續書雖然也蘊涵有一定的新意，如《後西遊記》改唐僧師徒取經爲其替身唐半偈及孫小聖、豬一戒、沙彌西天取「眞解」，寓有嘲諷社會佞佛惑民的意旨。《後水滸傳》敘寫宋江、盧俊義等轉世的楊么、王摩等三十六人在洞庭湖造反的故事，中間還插入了楊么潛入宮中進諫宋高宗「遠讒去佞，近賢用能，恢復宋室」一段情節，隱寓著清初遺民的情緒，但全書模擬原書的痕跡過重，人物性格也與原書的人物大體相近，文筆疲弱，缺乏新的藝術創造。劉廷璣批評說：「作書命意，創始者始倍極精神，後此縱佳，自有崖岸，不獨不能加於其上，亦即媲美並觀，亦不可得。何況續以狗尾，自出下下耶！」（《在園雜誌》卷三）對於這種仿造型的續書，劉廷璣的評語是非常中肯的。

另一種續書是作者假借原書的一些人物，另行結撰故事情節，內容、意蘊都與原書大爲不同。丁耀亢的《續金瓶梅》❸，以兩宋之交，金兵南侵爲時代背景，以原書的吳月娘攜子逃難爲時斷時續的線索，先後寫了西門慶、潘金蓮、陳經濟等人轉世後的淫惡孽報，以及蔣竹山、苗青叛國通敵的罪惡，中間還插敘了宋徽宗被擄、張邦昌稱王伏法、韓世忠、梁紅玉大敗金兵、秦檜通敵賣國等歷史故事。吳月娘逃難的情節，描繪出了一幅兵荒馬亂、百姓流離的亂世景象，行文中還出現了清代特有的「藍旗營」、「旗下」之類的語詞，插敘宋金間軍國大事，褒忠誅奸，第五十三回寫金兵屠揚州，引入的〈滿江紅〉詞裡發出了「清平三百載，典章文物，掃地俱休」的悲歎。顯然，親身經受過明清易代戰亂之苦的作者，是借續書影射現實，抒發心中對清朝以武力征服、取代明朝的憤懣。只是爲了避開文網，作者假託爲順治皇帝頒行的《太上感應篇》作注解而作此小說，書中「雜引佛典道經儒理，詳加解釋，動輒數百言。」（魯迅《中國小說史略》第十九篇）又過多堆積了用以顯明陰陽果報的情節，內容龐雜，而且多涉筆淫穢，這都成爲突出的缺陷。

清初的小說續書中，陳忱的《水滸後傳》是比較優秀的。

陳忱（一六一五—一六七一？），字遐心，號雁宕山樵，浙江烏程（今屬湖州）人，身歷明清易代的戰亂，抱遺民之痛，絕意仕進，棲身田園，與吳中許多遺民文士優遊文酒，曾參加葉桓奏、顧炎武、歸莊等名士組成的驚隱詩社❹。順治十六年（一六五九）鄭成功、張煌言由海上攻入長江，連陷瓜州、宣城，會師圍金陵，抗清的聲勢大振。陳忱興奮地寫了〈擬杜少陵《收京》〉，詩云：「渤澥風雲合，樓船蔽遠天。檣移揚子樹，旗拂秣陵煙。諸將橫戈進，羈臣藉草眠。遙瞻雙闕外，正與楚烽連。」（《潯溪詩徵》卷五）事敗後，清廷大興「通海案」，逮治有響應活動的紳民。陳忱友人魏耕因爲曾遮道阻留張煌言，「請入焦湖，以圖再舉」，被逮就刑。（全祖望《鮚埼亭集》卷八〈雪竇山人墳版文〉）陳忱也爲避禍四處藏身，有詩云：「閉門臥風雨，只此遠危機。事去不需問，家亡何所依？」（《潯溪詩徵》卷八〈仲春二十四日四十九歲初度〉）《水滸後傳》便是他在這個期間作成的❺。

陳忱託名「古宋遺民」作《水滸後傳》，說作者在山河破碎之際，「窮愁潦倒，滿眼牢騷，胸中塊壘，無酒可澆，故借此殘局而著成之。」（《水滸後傳．序》）無疑是自道他作此小說是藉以抒憤寫心的。《水滸後傳》依據原書的結局，敘寫梁山英雄中剩存的李俊、燕青等三十二人再度起義，由反抗貪官汙吏，轉為反抗入侵的金兵，懲治禍國通敵的奸臣、叛將，燕青在金兵占領的地區救助被擄的民眾，去金營探視做了階下囚的宋徽宗，全夥救出被金兵圍困的宋高宗，保護他奠都臨安，種種情節都寄託了陳忱的亡國之恨和關心國事的無限心曲。書中寫李俊起義於太湖，繼而開拓海島，最後全夥聚集海上，建基立業，更明顯地是由鄭成功、張煌言擁兵海上抗清的實事而生發的小說情節，個中反映著當時江南遺民們寄恢復希望於海上和堅絕不臣服新王朝的普遍心態。

這種借續書抒憤寫心的做法，一般難以在藝術上獲得較大的成功。《水滸後傳》也未能完全擺脫這種常規。造出李俊等人在海上建基立業的情節，雖然寄託遙深，卻缺乏內在的生活血肉，特別是最後以島國中眾多功臣成婚，「賦詩演戲大團圓」作結，更是落入了俗套。但是陳忱是一位有詩文素養的文士，在小說敘事方面也表現出一些新特點。《水滸後傳》是續《水滸傳》之書，也屬於英雄傳奇一類，但敘事模式發生了變化，人物、情節沒有了同類小說的那種傳奇色彩，而趨向尋常生活化，抒情寫意性增強了。如第二十四回燕青探視被俘的宋徽宗，獻青子黃柑一節，沒有突出寫燕青身履險境的智勇，主要是寫了燕青和成了階下囚的老皇帝的十分動情的對話，似極平淡，卻意蘊深沉，表露著較濃郁的感傷情緒。書中寫人物活動時往往加進幾筆實地景物描寫，如第九回寫李俊太湖賞雪，第十四回寫戴宗泰山觀日出，第三十八回寫燕青、柴進登吳山俯瞰臨安景象，月夜遊西湖等，都是就實地實景寫生，真切、自然，造成情景交融的藝術境界。有些地方還進而由之引出人物的感慨、議論，如寫燕青、柴進在吳山看四周景物，山川秀麗，宮闕參差，城內街市繁榮，柴進感歎說：「可惜錦繡江山，只剩得東南半壁！家鄉何處？祖宗墳墓遠隔風煙。如今看起來，趙家的宗室，比柴家的子孫也差不多了。對此茫茫，只多得今日一番歎息！」這種借小說人物抒情寫意的筆法，也就使小說帶有了幾分抒情寫意性。這無疑是通俗小說文人化帶來的新的藝術素質。

第二節　《醒世姻緣傳》

・作者與成書年代　・獨創的長篇世情小說　・荒唐的因果報應模式　・鮮活的社會眾生相
・宿命外殼中的真實內蘊　・敘事的幽默與喜劇風格

《醒世姻緣傳》署名「西周生」。對作者的眞實姓名，研究者做過不同的推斷，但都缺少眞憑實據❻。小說是用山東一帶方言作成，故事背景主要是山東濟南府繡江縣（章丘的別稱）明水鎭，有濃厚的鄉土氣息，中間寫到明代末年這一帶地方的實有人事，如濟南「守道副使李粹然」（第二十一回），「癸未」（崇禎十六年）除夕「大雷霹靂，震雹狂風」（第二十七回），《濟南府志》裡都有記載。這說明小說作者是明末清初生活在這個地方的一位文人，小說作成於清初順治年間❼。

《醒世姻緣傳》是繼《金瓶梅》之後問世的一部長篇世情小說，風格也相近，其中的人物還引經據典式地引用了「西門慶家的潘金蓮」的話語（第三回）❽，受《金瓶梅》的影響是明顯的。但這部小說的創作沒有借用舊的故事框架，沒有較多地採用或改製已有的作品，而是完全取材於現實生活，虛構出全新的小說人物和生活圖畫，而且還有一個明確的要解釋社會人生的基本問題（夫妻關係惡劣的原因）的題旨，小說的情節結構也是由此而設計的。從這個角度說，《醒世姻緣傳》是最早的一部作家獨創的長篇世情小說。

《醒世姻緣傳》原名《惡姻緣》，全書一百回，按照佛教的因果報應觀念，先後寫了兩世的兩種惡姻緣。前二十二回敘寫前世的晁家：浪蕩子晁源縱妾虐妻，小妾珍哥誣陷大妻計氏私通和尙，致使計氏投繯自盡。小說開頭還寫了晁源伴同珍哥打獵，射殺一隻狐精，這都成爲冤孽相報的前因。第二十二回以後敘寫今世的狄家：狄希陳是晁源轉生，娶了狐精託生的薛素姐爲妻，後來又繼娶了計氏轉生的童寄姐，婢女珍珠是珍哥轉生的。狄希陳受盡薛素姐、童寄姐的百般折磨、殘酷虐待，珍珠也被童寄姐逼死，「償命今生」。最後，狄希陳夢入神界，虔誦佛經，便「一切冤孽，盡行消釋」。爲營造這樣一個荒唐的兩世姻緣的故事，小說中還寫進了一些荒唐的情節和無稽的說教，整部小說有著濃重的荒誕神祕的色彩。

但是，當作者的筆觸轉向現實人生的時候，卻又相當清醒，體察得很深切，在他主觀編造的因果報應的故事框架內外，描繪出相當豐富的眞實而鮮活的世態人情。頑劣子弟私通關節便成了秀才，三年贓私十多萬兩的贓官罷職時還要「脫靴遺愛」，逼死人命的女囚使了銀子在獄中依然養尊處優擺生日宴席，獄吏爲了占有美貌的女囚不惜縱火燒死另一名女囚，無文無行的塾師催逼學生繳脩金就像官府追比錢糧，江湖醫生故意下毒藥加重病情進行勒索，尼姑、道婆裝神弄鬼騙取錢物，媒婆花言巧語哄騙人家女兒爲人作妾，鄉村無賴瞅著族人只剩下孤兒寡母便謀奪人家的家產，新發戶轉眼就嫌棄親戚家「窮相」。這部聲稱主旨在於明因果的小說，倒是全景式地反映出了那個時代吏治腐敗、世風澆薄的面貌。

小說對作爲因果關係的兩個家庭、兩種惡姻緣的描寫也是有具體的生活內容的。晁家的計氏原本並非是不幸的，當初計家比較富裕，嫁到較貧寒的晁家時，除了豐厚的妝奩還帶來一頃田地，公婆歡心，丈夫也有幾分懼怕，曾過了幾年舒心日子。後來公公夤緣鑽營，做了知縣，晁家富貴了，晁源更加浪蕩，娶了小妾，喜新厭舊，計氏才逐漸陷入了等於被遺棄的境地。她很苦惱，孤寂無聊，被尼姑鑽了空子，經常來她房裡走動，便成了被珍哥誣陷的根據和晁源要「休了她，好離門離戶」的藉口。這一切都寫得很實際，沒有羼入任何神祕的成分。作爲因果鏈條上今世的狄家，儘管交代出與前世人物的對應關係，荒誕的內容添加了許多，但還是寫出了現實的生活內容。薛素姐是帶有幾分神祕性的，寫她超常的乖戾，虐待丈夫狄希陳，棒打、鞭笞、針刺，乃至神差鬼使地射丈夫一箭，是由於神人給她換了一顆惡心，但也寫出了造成她那種虐待狂的現實原因。薛素姐出嫁前已聞知狄希陳性情浮浪，卻只能聽命於家長結成沒有愛情的婚姻。臨出閣時，母親諄諄叮囑：夫主是女人的終身依靠，不得違拗，丈夫即便偷丫頭、嫖妓女，也要容忍，丈夫棄妻寵妾都是那做女人的量窄心偏激出來的，這就使薛素姐對男人先有了一種敵意。婚後，狄希陳果然不本分，薛素姐發現妓女孫蘭姬送給狄希陳的汗巾子、紅繡鞋，對他扭打拷問，便招致了婆婆的不滿。狄婆子說：「漢子嫖老婆，犯什麼法？」、「沒帳，咱還有幾頃地，我賣兩頃你嫖，問不出這針眵的罪來！」（第五十二回）在那種男子可以納妾、嫖妓女，而女子卻必須謹守「不妒之德」的社會裡，薛素姐對不忠實的丈夫越來越嚴厲、兇悍的懲罰，實則是出自女性本能的妒情和對男性放縱的反抗。小說中還寫了薛素姐不顧父母的阻攔出去逛廟會的情節，她事後得意地說：「你們不許我去，我怎麼也自己去了！」（第五十六回）這也反映著婦女對現實的清規戒律的反抗意識。薛素姐的乖戾、兇悍是由那種社會所造成的人性的變態，雖然有作者的扭曲成分，但也有眞實的社會內容，而且比其他小說中的悍婦形象更深刻地透露出「悍」的原因。

就小說開頭作爲緣起的一段議論和小說以晁家爲前世、狄家爲今世的結構看，作者顯然是出於男權意識有憾於世間家庭的「陰陽倒置，剛柔失調」，意即丈夫受妻妾的轄制、欺凌的現象而發作的。作者獨將薛素姐寫成狐精轉世的一個心腸極惡的悍婦，更表現出男權主義的立場。有意思的是，小說中展現出來的人生圖畫卻超越了作者的思想，且不說縱妾虐妻的晁源，即便是受妻凌辱的狄希陳也有咎由自取的現實因素，他的輕浮，對薛家的背義，也是導致薛素姐敵視、虐待他的原因[9]。小說爲揭示男性被女性欺凌的原因，追究到了男性壓迫女性的人生悲劇，表現爲一個迴圈相因的生活過程，在這個因果報應的荒謬邏輯中，也正蘊涵著一個現實邏輯的內核：女性對男性的欺凌，也就是對男性壓迫的反抗。小說在以因果報應警世勸人的思想軀殼裡，包孕著呼籲尊重女性、夫妻應當「相敬如賓」的現實意義。這就是《醒世姻緣傳》超越一般寫悍婦而旨在維持所謂夫綱的地方。

《醒世姻緣傳》受《金瓶梅》的影響，寫社會家庭間的尋常細事，眞切、細緻，貼近生活原貌，對城鄉下層社會的描繪更富有鮮活的生活氣息。作者對人情世態揣摩得深切，在寫實的基調上，往往加些誇張之筆，顯示出其人其事的滑稽可笑，形成諷刺藝術的效果。小說中出現的各類人物，無論是官員、鄉紳、塾師、鄉約、媒婆、江湖醫生、市儈商人、尼姑道婆、農村無賴，大都寫出各自獨具的那種卑陋的勢利嘴臉，可說是寫盡眾生相。小說用方言俗語描摹人物情狀，字裡行間流露出一種詼諧幽默的情趣。如第八十八回寫僕人呂祥挑唆薛素姐追趕狄希陳去西川，中途拐了騾子逃走，被揚州差人看破，頓時心虛的光景：

> 怎禁的賊人膽虛，一雙眼先不肯與他做主，眊眊稍稍，七大八小起來；其次那臉上顏色，又不合他一心，一會紅，一會白，一會焦黃將去；再其次那舌頭，又不與他一溜，攪黏住了，分辨不出一句爽利話來。

敘述中還常用幾句誇張的形容，如寫晁源懼怕小妾，珍哥的話剛出口，他「沒等聽見，已是耳朵裡冒出腳來」；寫薛素姐「一個搜風巴掌打在狄希陳臉上」，「外邊的都道是天上打霹靂，都仰著看天」。這些形容都富有幽默、詼諧的情趣。詩人徐志摩曾稱讚作者「行文太妙了，一種輕靈的幽默滲透在他的字句間」，「他是一位寫趣劇的天才」（《醒世姻緣．序》）。

第二節　李漁的短篇小說

．清初的擬話本小說　．李漁的小說創作　．演繹個人經驗和情趣　．專斷的敘述與敘述的機巧　．諷諭和娛樂

明清之際的擬話本小說，在白話短篇小說的發展中，處在由整理、改編邁向獨創的過渡時期。馮夢龍編輯「三言」之後，編創「二拍」的凌濛初曾聲明：宋元舊篇已被馮氏「搜括殆盡」，「因取古今來雜碎事可新聽睹、佐談諧者，演而暢之。」、「其事之眞與飾，名之實與贗，各參半，文不足徵，意殊有屬。」（《拍案驚奇．序》）到清初，可供憑藉的舊材料更加難得，作家們轉向記述當時見聞，憑經驗結撰故事，便是勢所必然。擬話本小說由改編轉向獨創，自主性也就增大了，必然在內容和形式上都發生相應的變化，摹寫世情的小說占了主導地位，話本的體制失去了約束力，作

爲「入話」的詩詞和頭回不再是不可缺少的，敘述中引證詩詞的數量大爲減少等。這時期的小說集有東魯古狂生的《醉醒石》[10]，聖水艾衲居士的《豆棚閒話》[11]，酌玄亭主人的《照世杯》[12]等。創作上最有特色的是李漁的《無聲戲》、《十二樓》。

李漁的這兩部小說集都是他自蘭溪移家杭州後數年間作成並刊行的，最先刊行的是《無聲戲小說》十二篇，繼而刊行了《無聲戲二集》六篇。順治十七年（一六六〇）工部侍郎張縉彥被劾，罪狀之一爲曾「編刊」（實爲資助）《無聲戲二集》，內有掩飾其過去迎降李自成之事的話語，結果張被流放。後李漁將二書重新編排，抽換了關於張縉彥的一篇，易名爲《連城璧》，分內外兩集，共十八篇[13]。《十二樓》包括十二篇小說，每篇都寫及一樓，並以樓名標題，故名。卷首有杜濬序，初刊本序末署「順治戊戌中秋日鍾離濬水題」。李漁作小說亦如作戲曲，自行刻售，是作爲一種謀生之道。他將先出的小說集題名「無聲戲」，意即不演唱的戲曲，表明在其小說觀念中與戲曲一樣重視故事情節的新奇有趣，也意味著他作小說要贏得讀者的歡喜。所以他擺脫了改編、因襲的做法，有自覺的創造意識，銳意求新。他的兩部小說集共計三十個短篇，大都是就個人的經驗見聞，運用想像自行結撰的。後來，他曾頗爲自負地宣稱：「若稗官野史，則有微長，不效美婦一顰，不拈名流一唾，當世耳目爲我一新。使數十年來無一湖上笠翁，不知爲世人減幾許談鋒，增多少瞌睡！」（《笠翁文集》卷三〈與陳學山少宰〉）

李漁的短篇小說全是敘寫世情的，展示的是社會家庭間財產、婚姻、子嗣、立身處世的問題，從題材角度說，與前出之「三言」、「二拍」中寫市井生活的作品是一樣的。不同的是李漁的小說不是摹寫社會人生的實況，他所營造的小說世界，大都是與現實世界似是而非，所顯示的不是真實的生活，而是他別出心裁的經驗之論和遊戲人生的意趣。在〈妒妻守有夫之寡〉裡，費隱公有二十多房妻妾，「正妻不倡酸風，眾姬妾莫知醋味」，一些不堪妻妾擾鬧的男子紛紛前來討教，他以「妒總管」自居，登壇說法，廣授「弭酸止醋之方」，還率領眾信徒向鄰家妒婦淳于氏大興問罪之師，展開了一場關於妒道與夫道的大辯論，最後鋪謀設計，制服了妒婦。他的《療妒羹》傳奇演的就是這個故事，讀者一眼便可以看出並非真實生活的故事。連繫李漁自己妻妾眾多，曾屢以「妾不專房妻不妒」自詡，不難看出他作此小說的底蘊，費隱公的「弭酸止醋之方」，也就是夫子自道其治家療妒的經驗。《鶴歸樓》寫兩位新進士，娶的是一對表姊妹，新婚不久便奉命出使異國。郁子昌與妻子眷戀惜別，別後相思不已，數年下來夫老妻死；段于初抱惜福安命的哲學，生離權做死別，以絕情的態度斷了妻子思念之心，八年後歸來，夫婦顏貌如初。段于初解釋他這種方法的妙處是：「假做無情，倖倖而別，她自然冷了念頭，不想從前的好處，那些淒涼日子就容易過了。」還說：「這個法子就是男子尋常出門遠行，也該此法」，「知道出去一年，不妨倒說兩載」，「寧可使她不望，忽地歸來，不可令我失期，致生疑慮！」小說圖解的、由段于初說明的這種法子，其實也就是李漁的生活哲學的機巧，他在〈粵遊家報〉裡就曾向家人講過這番道理（《笠翁文集》卷三）。這類小說還只是李漁將個人的生活經驗化作生活的圖畫，《三與樓》、《聞過樓》兩篇則直是自寓之作，前者引入了他的兩首〈賣樓〉詩，後者引入了他的〈伊園十便〉詩，連繫他在杭州期間的行跡，不難看出兩篇小說的主人公虞素臣、顧呆叟其實就是他自己，小說敘寫的就是不齒干謁的山人李漁自己起樓賣樓的辛酸和希冀達官友人資助的曲微心態。在白話小說創作中，李漁是最早勇敢地投入自己、表現自己的作家。

李漁作小說也繼承了擬話本小說與生俱來的關乎名教、有裨風化的套數，篇首篇尾總要做一番說教，有少數作品徑直是勸善懲惡、維持世道的內容。但是，李漁絕少在封建綱常倫理上做文章，所發的大都是別出心裁的飲食日用之道，如「惜福安窮」，兒子無論親生、養子都要一樣看待，死時不妨勸妻妾改嫁等，可見他並非道學先生。有時他還會做點調侃語，如〈妻妾抱琵琶梅香守節〉裡，侍婢碧蓮爲主人撫養孩子，最後主人歸來，碧蓮做了他的正室，作者說：「可見做好事的原不折本，這叫皇天不負苦心人也。」在一些篇章裡，勸懲性的說教就只是一種敷衍。如《合影樓》裡發的是「男女大防」要「防微杜漸」，而故事敘寫的男女戀情卻受到了肯定，最後通情達理地讓有情人終成了眷屬，頑固的家長則成了被愚弄、嘲笑的人物，說教也就成了虛假的門面。擬話本小說固有的教誨宗旨，在李漁的小說裡完全變了味道。

李漁的小說創作突出地表現著一種玩世的娛樂性，他曾自謂其作小說戲曲是：「嘗以歡喜心，幻爲遊戲筆。」（《笠翁詩集》卷五〈偶興〉）表白得很坦誠，也很確切。他寫社會家庭間的紛爭，總是以「歡喜心」讓好人不必付出大的犧牲，最後得到好報，人生的酸味苦情都被沖淡、化解了；寫人生浮沉窮通，總是用「遊戲筆」讓困頓中的人物神差鬼使般地陡然時來運轉，富貴起來，好不歡喜。小說雖不全無勸懲之意，但主要還是娛樂人心。〈換八字苦盡甘來〉寫皂吏蔣成由於八字不好，事事吃虧倒楣，人稱「蔣晦氣」，算命先生爲他戲改了八字便交上了好運，要錢有錢，要官得官。作者儘管煞有其事地做點並不能自圓其說的表面文章，說這還是因爲蔣成老實，而實則是用調侃遊戲之筆編造了一個歪打正著的故事，讓讀者開心。《歸正樓》寫一位神通頗大的拐子改邪歸正的故事，題目很正經，但小說沒有著意寫他歸正前的拐騙惡行，他還是頗善良的，倒是在他立意歸正後，具體寫了他用拐子的手段騙來銀子，建起了一座佛堂，還說是騙人作福。李漁並沒有頂眞地按題目作文章，而是以玩世不恭的態度作遊戲文章。有些篇章竟至涉筆極醜陋、汙穢之事，也是爲媚俗而跌入了庸俗。

李漁意識到了藝術世界和現實世界的不同，在小說創作中有著活躍的創造意識，但卻過分地強調了創造的自由性，以爲可以不受任何約束地「爲所欲爲」⑭，所以他的小說表現出一種主觀專斷的敘事特徵和情節的隨意性。他並不掩飾他作爲敘述者的存在，總是以自己的名義和口吻進行敘述，不僅在篇前篇後絮叨地發議論，敘述故事時也會隨時介入他的解釋和俏皮的調侃。他很少放棄敘述，作客觀的展示，他說什麼就是什麼，懶得去描寫人物的相貌、氣質和活動的場景，藉以增強故事的可信性和情節發展的合理性。他選定了一個題目，便無顧忌地擺布人物，編織故事。他往往只憑著「時來運轉」、「因禍得福」、「好人好報」之類的口頭禪，便可以輕而易舉地讓皂吏蔣成、落泊文人秦世良（〈失千金禍因福至〉）、乞兒「窮不怕」（〈乞兒行好事，皇帝做媒人〉）富貴起來。他要寫才子的風流，便讓書生呂哉生交上桃花運，有三個妓女眞情實意地愛上了他，還出資爲他娶來了一位大家閨秀，兼收了一位傾慕於他的富孀（〈寡婦設計贅新郎，眾美齊心奪才子〉）。這就只能說是一些有趣的故事，而不是眞實的人生寫照。李漁畢竟精於人情世故又有文學才智，他編造的故事裡也蘊涵著人生的機趣，他的幾篇小說大都取意尖新，突破才子佳人小說的模式。〈譚楚玉戲裡傳情，劉藐姑曲終死節〉就伶人的身分和獨特的生活環境，寫男女主人公在舞臺上借戲文傳情，在面臨被拆散的情況下，假戲眞做，雙雙赴水殉情，成爲李漁小說中最合乎人情事理而又最見其聰明才思的一段情節。《夏宜樓》用一架當時還是稀罕物的望遠鏡作爲媒介，寫了一場男女並不在一處的愛情的發生和勝利，在敘事上又運用了控制視角的方法，使情節在懸念和解釋的更替中進行，可以說別出心裁，富有情趣。《合影樓》就環境的特徵，寫一對男女在兩家後園牆下相通的水池邊對影盟心，荷葉傳詩，終成眷屬，意境新穎，隨著家長態度的變化和愛情的順逆，水池也發生了分隔和溝通的變化，連環境也帶有了象徵意蘊。

第四節 才子佳人小說

・一種小說類型　・作家的創作底蘊　・才子佳人的婚姻夢想　・順乎情而不悖乎禮
・故事的模式化及其演變

清初各類小說中，數量最多的是才子佳人小說。才子佳人的婚戀小說由來已久，唐代元稹的〈鶯鶯傳〉以後，傳奇小說、話本和擬話本小說中都不少見，旨趣是不同的。清初一時出現許多本這類小說，蔚爲大宗，內容基本一致，與以往的才子佳人小說迥然不同，成爲清初小說的一大類型。

清初的才子佳人小說是從晚明話本小說發展而來，篇幅增長了，一般在十五至二十回之間，成爲章回式的中篇，書名也多仿照《金瓶梅》，由主要人物姓名中的一個字拼合而成，如《玉嬌梨》、《平山冷燕》。文字比較清順、規範，中間夾有較多的詩詞韻語，大多數是以詩詞爲主人公發生愛情的契機，有的詩詞寫得還頗有韻致。從這一點說，這類小說又受到了明人傳奇的影響。就小說的內容說，這類小說是晚明擬話本中婚戀小說的新變。「三言」、「二拍」裡都有才子佳人的婚戀小說，多是寫文人的風流豔事，重在情慾的愛悅，有著濃厚的世俗色彩。清初的這類小說敘才子佳人才色相慕，終成連理，是超世俗情慾的，追求理想的配偶卻嚴守禮教規範，並往往與才子的功名遇合糾纏在一起，題旨、意趣與晚明小說是不一樣的。

清初才子佳人小說的代表作家是天花藏主人張勻[15]，檇李煙水散人徐震[16]。張勻編著並經營刊印，多爲才子佳人小說，最著名的是《玉嬌梨》、《平山冷燕》、《定情人》等。徐震是在最初寫出傳奇類的小說《女才子書》之後，受書坊主人的邀請作起才子佳人小說的，作品有《合珠浦》、《珍珠舶》、《賽花鈴》等。他們都是失去了科舉仕進機緣的文人，在小說創作邁入興盛之際，作小說是一種謀生的方式。他們都曾自述其境遇、心境。張勻在《天花藏合刻七才子書·序》中說：「顧時命不倫」，「淹忽老矣」，「欲人致其身，而既不能；欲自短其氣，而又不忍，計無所之，不得已而借烏有先生以發其黃粱事業。」、「凡紙上之可喜可驚，皆胸中之欲歌欲哭。」徐震在《女才子書·敘》裡述說窮困不遇的境況，還特別講到家中沒有梁鴻、孟光「舉案齊眉」之樂的遺憾，自謂作小說「雖無異乎遊仙之虛夢，躋顯之浮思」，然「潑墨成濤，揮毫落錦，飄飄然若置身凌雲臺榭，亦可以變啼爲笑，破恨成歡矣。」這都道出了他們寫才子佳人小說的深層底蘊。

清初這類小說最先出的幾部都是才子佳人求偶擇婚的故事。才子必定要有才貌雙全的佳人爲偶，於是外出訪求，「遊婚姻之學」。才女也必定待才子而嫁，於是個人和家長乃至朝廷都要試才選婿，也就往往引出權豪的構陷，又有無才的小人撥亂其間。作者心目中的「才」主要是能詩擅文，詩便成了男女主人思慕、追求的契機和表達傾慕之情的方式，婚姻之事便注入了文雅風流的內容。權豪由於爲子女提親被拒絕而進行構陷，才子佳人大都難免爲避害而易名遷徙之苦，故事也就曲折起來。但是其中幾乎完全沒有現實的禮法、婚姻制度對青年人的愛情所造成的阻力、不幸，幾乎所有家長對子女的自主擇婚都是支持的。小說最後都是以才子佳人終成眷屬而結束，又往往是才子中高科，奉旨成婚，富貴風雅都有了。清初的才子佳人小說所描繪的，正如它們的作者所表述的，不過是他們徒自憧憬的富貴風流夢。

清初才子佳人小說將晚明世情小說的紛繁世界轉向文人、淑女的一角，由文人們的風流韻事變爲求偶擇婚的莊語，也反映了社會文化思潮的變化。這類小說中明白表現了自主擇婚的意識，提出了以才、貌相當爲條件的愛情婚姻觀。丟了現實中還占據著支配地位的家長包辦婚姻、子女不得自主的封建觀念，讓所謂佳人超脫了「無才便是德」、只是做男子的附屬的境地，有的小說還特別突出了佳人的才智、膽識，如《定情人》的江蕊珠。這顯然是承受了晚明反傳統禮教、反理學的社會文化思潮的影響。但是這些小說的作者使婚戀主題雅化、淡化，甚至淘汰掉青年男女相愛的自然情慾的動因和內容，突出了詩詞才情的欣賞，將男女之情引向擇婚的風雅上去，自主擇婚而不越出禮教設定的範圍，才子佳人之間只有愛慕而沒有愛情的衝動和情思，更沒有幽會、私奔，情被超俗化自然也就無傷大雅了。當時的官僚文人劉廷璣說：「近日之小說，若《平山冷燕》、《情夢柝》、《風流配》、《春柳鶯》、《玉嬌梨》等類佳人才子慕才慕色，已出之非正，猶不至於大傷風俗。」（《在園雜誌》卷二）這也說明清初才子佳人小說言男女之情而不悖乎禮的思想特徵。

作者多是爲謀生而作小說，他們並不熟悉上層社會和得意文人的生活，創作缺乏生活體驗的基礎，繼《玉嬌梨》、《平山冷燕》而出的才子佳人小說，多是在其奠定的格局中做些變化，旨趣和情節模式大體相類，人物缺乏有生活血肉的個性，所以後來受到了如曹雪芹在《紅樓夢》開頭借石頭之口所作的「千部共出一套」的批評⑰。

清初才子佳人小說對後世小說創作也產生了相當的影響。康熙以後出現的《好逑傳》、《駐春園小史》等，都是沿襲了《玉嬌梨》、《平山冷燕》的套路，只是增加了世情方面的描寫，加入俠義乃至神怪的情節。曹雪芹雖然批評了才子佳人小說，創作上也確實是與之大不一樣，由編織才子佳人超俗的婚姻理想，轉向直寫上層社會人生婚戀之不幸，藝術造詣更是才子佳人小說不能比擬的，但是，《紅樓夢》中對女子情有獨鍾的文化內蘊，顯示出的心靈結合的愛情觀，大觀園中試詩才、聯吟唱和的情節，也還是發脈於才子佳人小說。清初才子佳人小說無疑是中國小說歷史鏈條中的一個環節。

注釋

❶《後西遊記》，清刻本，署天花才子評點。劉廷璣《在園雜誌》卷三提及其書，初刊當在清初。蘇興《論後西遊記》認為有可能產生於明末。（《明清小說論叢》第二輯）

❷《後水滸傳》，署青蓮室主人輯，卷首有序，末署「彩虹橋上客題於天花藏」。天花藏主人為《平山冷燕》作者，見本章注⑮。

❸丁耀亢生平請參見本書第七編第九章注❼。《續金瓶梅》存順治原刻本，《古本小說集成》（上海古籍出版社）有影印本。

❹陳忱，光緒《烏程縣誌．人物》有小傳。楊鳳苞《秋室集》卷一〈書南山草堂遺集後〉記吳中驚隱詩社，入社名流有陳忱之名，末云：「後之續遺民錄者，必有取於斯也夫。」

❺《水滸後傳》原刊本封面書題「康熙甲辰仲秋鐫」。甲辰為康熙三年（一六六四）。《古本小說集成》（上海古籍出版社）有影印本。

❻對《醒世姻緣傳》作者的推斷有多種，其中影響較大的是蒲松齡說，清代已有此傳說。胡適作〈醒世姻緣傳考證〉，附孫楷第寫給他的一封長信，根據小說所用方言、寫到的實有人事等情況，推斷為蒲松齡作（上海亞東圖書館一九三三年十月刊印《醒世姻緣傳》卷首），然缺少有力的證據。後來的研究者多持非蒲松齡說，並相繼提出以下數說：一、章丘文士說，見徐朔方〈論《醒世姻緣傳》以及它和《金瓶梅》的關係〉，《社會科學戰線》一九八九年第二期。二、丁耀亢說，見田璞〈《醒世姻緣傳》的作者新證〉，《河南大學學報》一九八五年第六期。三、賈應寵說，見徐復嶺〈《醒世姻緣傳》的作者和語言考論〉，齊魯書社一九九三年版，都缺乏實證材料。

❼曲阜《顏氏家藏尺牘》卷三有周在浚致顏光敏一劄，內容是討回《惡姻緣》小說，原因是「吳中近已梓完，來借一對，欲寄往耳。」此劄作於康熙二十年（一六八一）顏光敏南遊期間。《醒世姻緣傳》卷首「凡例」後附跋語中稱此書原名《惡姻緣》，此外不見有題名「惡姻緣」的另一部小說。由此可以斷定《醒世姻緣傳》「弁語」末尾所題「辛丑」為順治十八年（一六六一），也就是小說作成的時間。

❽《醒世姻緣傳》第三回裡珍哥說：「這可是西門慶家潘金蓮說的：『三條腿的蟾希罕，兩條腿的騷老婆子要千取萬。』」此話見於《金瓶梅》第八十七回，原是周守備家的管家說的，原為「三足蟾沒處尋，兩腳的老婆愁哪裡尋不出來！」這是作者憑記憶用了《金瓶梅》裡的話，以致弄錯了說話的人物，文字也不一致，這也說明他是讀過《金瓶梅》的。

❾詩人徐志摩《醒世姻緣．序》中說：「他（指狄希陳）的受罪固然是可憐，素姐的發威幾乎是沒有一次沒有充分理由的。」（《新月》第四卷第一號，一九三二年一月）

❿《醉醒石》署東魯古狂生編輯，作者真實姓名不可考，就行文口氣稱「明朝」、「先朝」、「國朝」，及所用方言特點，當為由明入清的山東文人。全書十五卷，各敘一故事，內容多是寫社會現象，如官吏的貪賄、僧人術士的奸詐、科舉的腐敗等。文筆簡潔，情節過於簡略，又好發評議，訓誡氣味過重。

⓫《豆棚閒話》，作者真實姓名不詳，就書中〈首陽山叔齊變節〉、〈空青石蔚子開盲〉所敘內容看，作者應當是位身經明清鼎革的文人。這部小說集的特點，一是以豆棚下輪流說故事為線索，串聯起十二篇故事，類似西方小說《一千零一夜》、

《十日談》，在中國短篇小說集中可稱首創。二是隨意生發，抒寫胸中不平之氣，有的是就歷史故事做反面文章，冷諷熱嘲，意味雋永，語言酣暢，在清初擬話本小說中堪稱上乘。

⑫《照世杯》，署酌玄（為避諱改作「元」）亭主人編次，真實姓名不可考，就卷首吳山諧野道人序，可知與丁耀亢、李漁、杜濬同時。小說作成於順治末年。全書四卷，各敘一篇故事，篇幅稍長，缺乏剪裁，寫世態人情之庸俗齷齪，缺少深刻的意蘊。

⑬日本尊經閣藏李漁《無聲戲小說》原刻本，十二回，卷首有偽齋主人序；佐伯文庫藏《連城璧》，正集十二回，續編六回，卷首有睡鄉祭酒序。《無聲戲二集》無存本。伊藤漱平為佐伯文庫《連城璧》影印本所作《解說》對從《無聲戲》變為《連城璧》的情況有較詳細的考論，偽齋主人即為張縉彥。御史蕭震彈劾張縉彥事，載於《清史列傳·貳臣傳》，其疏云：「縉彥仕明為尚書，闖賊至京，開門迎納，猶舊事在前朝，已邀上恩赦宥，乃自歸誠後，仍不知洗心滌慮，官浙江時，編刊《無聲戲二集》，自稱『不死英雄』，有『吊死在朝房，為隔壁人救活』云云。」事涉朝中黨爭，《無聲戲二集》事只是張縉彥被人家抓到的一個把柄（江巨榮《《無聲戲》與劉正宗、張縉彥案》，《中國古代文學叢考》第二輯，復旦大學出版社一九八七年版）。

⑭李漁在《笠翁偶集·詞曲部下》中說：「文字之最豪宕、最風雅，作之最健人脾胃者，莫過填詞一種。」、「未有真境之為所欲為，能出幻境之上者：我欲做官，則頃刻之間便臻榮貴；我欲致仕，則轉盼之際又入山林；我欲作人間才子，即為杜甫、李白之後身；我欲娶絕代佳人，即做王嬙、西施之元配……」這段文字反映著李漁的文學創作觀。

⑮署天花藏主人著、編、述、序的才子佳人小說有十多種，最著名的是《玉嬌梨》、《平山冷燕》。孫楷第《中國通俗小說書目》題《玉嬌梨》為張匀作，未有論證。蘇興有〈天花藏主人及其才子佳人小說〉、〈張匀、張劭非同一人〉（載其《西遊記及明清小說研究》，上海古籍出版社一九八九年版），論證天花藏主人即為嘉興張匀。《古本小說集成》（上海古籍出版社）影印本《平山冷燕》卷首〈前言〉也論證天花藏主人為張匀。

⑯署煙水散人編著的小說有《女才子書》、《珍珠舶》、《合浦珠》、《賽花鈴》等九種。《女才子書》卷首鍾斐序，稱作者為「徐子秋濤」。《昭代叢書》別集收《牡丹亭譜》，署「秀水徐震秋濤錄」，自序云：「往余曾輯《女才子書》。」可證煙水散人即為嘉興徐震。考見《古本小說集成》第一輯《女才子書》（上海古籍出版社一九九一年影印本）卷首〈前言〉。

⑰見《紅樓夢》第一回，原文是：「至若佳人才子等書，則又千部共出一套，且其中終不能不涉於淫濫，以致滿紙潘安、子建，西子、文君，不過作者要寫出自己的那兩首情詩艷賦來，故擬出男女二人姓名，又必旁出一小人其間撥亂，亦如劇中之小丑然。」（《脂硯齋重評石頭記》庚辰本）

第四章　《聊齋志異》

在明代，傳奇小說呈現出興盛的勢頭，形成與宋元話本小說雅俗並行的局面。明初，瞿佑作《剪燈新話》，以豔語敘寫煙粉、靈怪故事，引起一些文人紛紛仿效，先後有李禎的《剪燈餘話》、趙弼的《效顰集》等，乃至遭到朝廷禁止。明嘉靖以後，文禁漸開，又有邵景詹作《覓燈因話》，宋懋澄作《九籥別集》等。同時還有不少人編纂古今志怪小說，有《豔異編》、《說郛》、《顧氏文房小說》、《情史類編》等，先後刊印出來，一時頗爲盛行。在這種風氣之下，清初的著名文人也往往寫幾篇爲有奇行異事的小人物立傳的傳奇式文章❶。在以志怪傳奇爲特徵的文言小說中，最富有創造性、文學成就最高的是清初蒲松齡寫的《聊齋志異》。

第一節　蒲松齡與《聊齋志異》的成書

・大半生在科舉中掙扎　・塾師生涯　・徘徊於雅俗文化之間　・《聊齋志異》的創作與成書

蒲松齡（一六四〇—一七一五）字留仙，一字劍臣，號柳泉居士，世稱聊齋先生。明崇禎十三年（一六四〇）生於淄川縣（今山東淄博）。蒲氏雖非名門大族，卻世代多讀書人。父親蒲槃，自幼習舉子業，鄉里稱博學洽聞，但科舉失意，遂棄儒經商，積二十餘年，贏得家資頗豐實。待經過明清易代之際的戰亂，年紀漸老，無心經營，加以子女較多，食指日繁，家道便衰落下來。他無力延師，便親自教子讀書，將科舉功名的希望寄託在兒子們身上。

蒲松齡兄弟四人，唯他勤於攻讀，文思敏捷，十九歲初應童子試，便以縣、府、道三試第一進學，受到當時做山東學道的文學家施閏章的獎譽，「名藉藉諸生間」（乾隆《淄川縣誌》卷六〈人物志〉）。此後卻屢應鄉試不中。他在科舉道路上掙扎了大半生，直到年逾古稀，方才援例取得了個歲貢生的科名，不數年也就與世長辭了。

蒲松齡一生位卑家貧，他二十五歲前後與兄弟分居，只分得幾畝薄田和三間老屋。他志在博得一第，銳意攻讀，常與同學研討時藝，聯吟唱酬，無暇顧及家計，子女接連出生，生活便陷入艱窘。三十一歲時，曾應聘南遊做幕僚，在做江蘇寶應縣令的同鄉孫蕙衙門裡幫辦文牘，他極不甘心爲人做幕僚，僅一年便辭幕返家。此後數年間，他輾轉於本縣縉紳之家，做童蒙師，或代擬、謄抄文稿，以養家餬口。康熙十八年（一六七九）進入本縣畢家坐館。畢氏在明末是顯赫的大官宦之家，與當地世家大族皆連絡有親。館東畢際有在清初曾任南通州知州，罷職歸田，爲本縣的一大鄉紳。蒲松齡在畢家一面教畢際有的幾個孫子讀書，研習舉業，一面代畢際有寫書劄，應酬賀弔往來。蒲松齡詩文俱佳，畢際有一派風雅名士氣度，賓主相處十分融洽。在畢家，蒲松齡生活安適，受到禮遇，有東家豐富的藏書可讀，還可以繼續寫《聊齋志異》，按期去濟南應試。所以，他儘管時有寄人籬下之感，有不得親自教子孫讀書之歎，但也別無更佳處境，何況與東家老少有了感情，乃至感到「居齋信有家庭樂」（《聊齋詩集．贈畢子偉仲》）。如此，他在畢家足足待了三十個年頭，七十歲方才撤帳歸家，終其餘年。

蒲松齡困於場屋，大半生在縉紳人家坐館，生活的內容主要是讀書、教書、著書，可謂一位標準的窮書生。這種身世地位，使他一生徘徊於兩種社會之間：一方面，他雖非農家子，但身居農村，家境貧寒，一度徑直是貧窶大眾中的一員，經受過生活的困苦和科舉失意的折磨，也受過催租吏的逼迫、恫嚇；另一方面，他長期與科舉中人交往，特別是進入畢家後，經常接觸當地的縉紳名流、地方官員，以能文贏得他們的青睞，待之以禮，乃至承山東按察使喻成龍慕名相邀，做了一次臬臺署中的座上客❷，還曾結識身爲朝中高官兼詩壇領袖的王士禛，並有二十餘年的文字之交❸。

這種身世地位便規定了蒲松齡一生的文學生涯，也是搖擺於文士的雅文學和民眾的俗文學之間。他生長於農村，幼年受到鄉村農民文化的薰陶，會唱俗曲，也曾自撰新詞。只是近世傳抄的「聊齋小曲」，已難辨其眞僞❹。他以能文爲鄉里稱道，所寫文章多是駢散結合，文采斐然，惜乎現存《聊齋文集》中多是代人歌哭的應酬文字，只有幾篇賦事狀物的四六文，才是屬於他自己的文學作品。他也曾染指於詞，作品較少，僅存百餘首，顯然是出於一時的興致或交往之需要，方才偶爾操筆。他的詩作甚豐，進學伊始，意氣風發，曾與學友張篤慶、李堯臣等人❺結爲「郢中社」，「以宴集之餘晷，作寄興之生涯」（《聊齋文集．郢中社序》）。然其社集唱酬詩不存，存詩起自康熙九年（一六七〇）秋南遊登程經青石關之作，最後一首爲康熙五十三年（一七一四）除夕所作絕句，距其壽終僅二十二日，凡千餘首，可謂終身不廢吟詠。其詩如其人，大抵皆率性抒發，質樸平實，熨帖自然，可見其平生苦樂辛酸，其中頗有些傷時譏世之作，更看出其伉直磊落的性情。他身爲塾師，中年曾寫過《省身語錄》、《懷刑錄》等教人修身的書，晚年《聊齋志異》基本輟筆，更轉而熱心爲民眾寫作，一方面用當地民間曲調和方言土語創作出〈婦姑曲〉、〈翻魘殃〉、〈禳妒咒〉、〈牆頭記〉等反映家庭倫理問題的俚曲，寓教於樂；一方面又爲方便民眾識字、耕桑、醫病，編寫了《日用俗字》、《農桑經》、《藥祟書》等文化普及讀物。這各類著作都收入近人編輯的《蒲松齡集》[6]中。

蒲松齡自謂「喜人談鬼」、「雅愛搜神」。其執友張篤慶康熙三年（一六六四）有〈和留仙韻〉，詩云：「司空博物本風流，涪水神刀不可求。」自注：「張華官至司空，著《博物志》，多記神怪事。」[7]後來，張篤慶寫給蒲松齡的詩中屢有「聊齋且莫盡談空」、「談空談鬼計尙違」一類的句子，表明他這裡自注張華作《博物志》事，說「涪水神刀不可求」，也是寓規勸之意，意思是說「神怪事」既虛幻不實，寫來也沒有實際意義[8]。這也表明蒲松齡從青年時期便熱衷記述奇聞異事、寫作狐鬼故事了。他在康熙十八年（一六七九）春，將已作成的篇章結集成冊，定名爲《聊齋志異》，並且撰寫了情辭淒婉、意蘊深沉的序文——〈聊齋自志〉，自述創作的苦衷，期待爲人理解。此後，他在畢家坐館的日子裡仍然執著地寫作，直到年逾花甲，方才逐漸擱筆[9]。《聊齋志異》是蒲松齡大半生陸續寫作出來的。

蒲松齡生前無資刻印這部卷帙甚巨的作品，然而早在他創作之際便有人傳抄，他逝世後抄本流傳愈廣[10]。半個世紀後，即乾隆三十一年（一七六六），《聊齋志異》終於經趙起杲、鮑廷博據抄本編成十六卷本刊刻行世，世稱青柯亭本，嗣後近二百年間刊印的各種本子都由之而出。青柯亭本並非全本，除刪掉了數十篇，還改動了一些有礙時忌的字句。一九六〇年代初，張友鶴彙集包括近世發現的作者半部原稿在內的多種本子，整理出一部會校會注會評本，簡稱「三會本」[11]。《聊齋志異》的原有篇章可謂囊括無遺了。

第二節　狐鬼世界的建構

・一書而兼二體　・用傳奇法以志怪　・神怪、夢幻的藝術形式化　・狐鬼花妖的人情化和意象性

《聊齋志異》總共近五百篇，體式、題材、做法和風格多種多樣，思想和藝術境界是不平衡的。就文體來說，其中有簡約記述奇聞異事如同六朝志怪小說的短章，也有故事委婉、記敘曲微如同唐人傳奇的篇章。清代學者紀昀譏其「一書而兼二體」，魯迅稱之爲「擬晉唐小說」，都是指的這種情況。就取材來說，其中有採自當時社會傳聞或直錄友人筆記者，篇首或篇末往往注明某人言、某人記。也有就前人的記述加以改制、點染的，如〈種梨〉原本於《搜神記》中的〈徐光〉，〈鳳陽士人〉與唐人白行簡的〈三夢記〉之一夢基本情節相同，〈續黃粱〉顯然脫胎於唐人傳奇〈枕中記〉等。還有並沒有口頭傳說或文字記述的依據，而是完全或基本上由作者虛構的狐鬼花妖故事，如〈嬰寧〉、〈公孫九

娘〉、〈黃英〉等。應當說這後一類多為膾炙人口的名篇佳什，足以代表《聊齋志異》的文學成就，體現了出於六朝志怪和唐人傳奇而勝於六朝志怪和唐人傳奇的創作特徵。

《聊齋志異》裡絕大部分篇章敘寫的是神仙狐鬼精魅故事，有的是人入幻境幻域，有的是異類化入人間，也有人、物互變的內容，具有超現實的虛幻性、奇異性，即便是寫現實生活的篇章，如〈張誠〉、〈田七郎〉、〈王桂庵〉等，也往往添加些虛幻之筆，在現實人生的圖畫中塗抹上奇異的色彩，從這個角度說，它與六朝志怪小說同倫。由於其中許多篇章描寫委曲，又有別於六朝志怪小說之粗陳梗概，而與「始有意為小說」的唐人傳奇相類，所以魯迅在《中國小說史略》中稱之為「用傳奇法，而以志怪」。

《聊齋志異》裡的神仙狐鬼精魅故事，不僅在敘事模式上超越了六朝志怪小說，更為重要的一點是「志怪」的性質發生了變化。六朝人志怪是將「怪異非常之事」當作曾經有過的事情，記述出來可供讀者「游心寓目」，「亦足以發明神道之不誣」[12]。蒲松齡多是有意識地結撰奇異故事，連同其中的神仙、狐、鬼、花妖，都是出自他個人的心靈的創造，個中便有所寄託、寓意。一個明顯的例子是〈狐夢〉篇，他自述其友人畢怡庵讀了先期作成的〈青鳳〉，羨慕篇中書生耿去病與狐女青鳳相愛的豔福，心嚮往之，於是也發生了夢遇狐女的一段姻緣。有趣的是狐女臨訣別時，向畢怡庵提出一個要求：「聊齋與君文字交，請煩作小傳，未必千載下無愛憶如君者！」作者最後還現身自云：「有狐若此，則聊齋之筆墨有光榮矣。」這篇帶有諧謔情趣的故事，絕不意味著畢怡庵真的做了那樣的夢，而是作者為那位天真的友人編織了那樣的夢，藉以調侃、逗趣而已。但蒲松齡並非只是假狐女故事以遊戲，寄託嚴正的題旨方是其主要的創作目的。他在《聊齋自志》裡先說「人非化外，事或奇於斷髮之鄉；睫在目前，怪有過於飛頭之國。遄飛逸興，狂固難辭；永託曠懷，痴且不諱。」後說「集腋為裘，妄續幽冥之錄；浮白載筆，僅成孤憤之書。」可見蒲松齡假虛擬狐鬼花妖故事以抒發情懷，寄託憂憤，已成為主導的創作意識，他期望讀者的不是信以為真，而是能領會寄寓其中的意蘊。在六朝志怪小說中，「怪異非常之事」是作品的內容，在《聊齋志異》裡，神仙狐鬼精魅的怪異故事作為小說的思想內蘊的載體，也就帶有了表現方法和形式的性質。

與這個變化同時發生的還有更深層次的思維性質及其功用的變化。貫穿六朝志怪小說中的神道觀念及其思維模式，諸如靈魂不滅，人死為鬼；物老成精，能化人形；幽明相通，夢幻與現實世界互滲互補，都具有神祕性質。蒲松齡也因襲了這些神祕思維模式，結撰出詭譎奇麗的狐鬼花妖故事，從思維形態、方式上看並無二致，但卻不完全是在原來迷信意義上的因襲，而是棄其內質而存其形態，作為文學幻想的審美方式和表現方法用於小說創作中，從而也就擺脫了神道意識的拘束，在這個領域裡獲得了自由，可以隨意地藉以觀照現實世界，抒寫人生苦樂，出脫個人的內心隱祕。

《聊齋志異》結構故事的一種模式是人入異域幻境，其中有入天界、入冥間、入仙境、入夢、入奇邦異國。在宗教文化及受其影響的志怪傳奇中，天界、冥間、仙境是人生的理想歸宿和善惡的裁判所，具有神祕的權威性，令人敬服、恐懼、企羨；夢是人與神靈交往的通道，預示著吉凶禍福。在《聊齋志異》裡，這一切都被形式化，多數情況是用作故事的框架，任意裝入現實社會的或作家個人心跡的映射。仙人島上並沒有成仙得道的仙人，在那裡上演的是一幕輕薄文士被一位慧心利舌的少女嘲謔的喜劇（〈仙人島〉）。在《羅剎海市》裡作爲前後對照的兩個海外國度，大羅剎國不重文章，以貌取人，而且妍媸顚倒，必須「花面逢迎」；海市國裡推重文士，能文的遊人便獲榮華富貴。這都不過是在懷才不遇、處世艱難的境遇中的作者心造的幻影。前者是現實的諷刺漫畫，後者是戲擬的理想圖，以「海市」名之，便寓談空的意思。〈夢狼〉寫白姓老人夢中到了做縣令的兒子的衙門裡，看到滿是吃人的狼，白骨堆積如山，兒子也在金甲猛士面前化爲虎，被敲掉了牙齒。嗣後獲知，現實中兒子果然在那一日醉中墜馬，跌落牙齒，這顯然是爲表現「官虎吏狼」這個比喻性的主題而虛擬了這樣一個奇異之夢。其中雖然有天罰，夢也有應驗，但作爲懲罰方式並施於喻體和喻本，寓意明顯，頗有奇趣，本來的神祕意義也就被沖淡了。

在《聊齋志異》裡，幽冥世界的形式化最爲明顯。鬼的觀念產生於人類早期對死亡的恐懼，鬼所生存的冥間的主宰者也成了主宰人的生死的神。佛教傳入後，注入了地獄和果報觀念，對人施加的影響更強烈，更令人恐懼，部分志怪小說也起了傳播作用。蒲松齡對冥間及鬼官的描寫，沒有屈從滲透進民間信仰中的本有的觀念和固定模式，而是隨意塗抹。如果說有些篇章賦予閻羅、城隍以公正的面貌（如〈考城隍〉、〈李伯言〉），用冥間地獄作爲對人的惡行惡德的懲罰、警告方式（如〈僧孽〉、〈閻王〉），藝術幻想還沒有跳出信仰意識的窠臼的話，那麼另外一些精心結撰的篇章則是只用作映照現實社會的藝術工具，鏡頭多是對著官府的。席方平爲受淩辱的父親入冥府伸冤，城隍、郡司、冥王各級衙門都是貪賄、暴虐，屢受酷刑，他感到「陰曹之暗昧尤勝於陽間」（〈席方平〉）。冥間的考弊司，堂下石碣刻著「孝悌忠信」、「禮義廉恥」，司主虛肚鬼王卻是專事榨取，初來之秀才「不必有罪」，「例應割髀肉」，行賄才可贖免。聞人生入考弊司目睹秀才們被割肉的情景，憤而大呼：「慘慘如此，成何世界！」（〈考弊司〉）這種類似遊戲之筆，既是對陰司之神的褻玩，也明顯地將人世官府的黑暗、官僚的貪殘映照出來，讀者自會意識到兩者的對應關係，對冥間的揭露其實就是對現實社會的揭露。最值得稱道的〈公孫九娘〉，它寫的是萊陽生入鬼村與鬼女公孫九娘的一段短暫的姻緣，像是六朝志怪小說已有，唐以後的傳奇小說中更多見的幽婚故事，然而這只是故事的框架。小說開頭先交代了背景：「于七一案[13]，連坐被誅者，棲霞、萊陽兩縣最多。一日俘數百人，盡戮於演武場中，碧血滿地，白骨撐天。」這個事實是故事生發的基礎，也定下了故事的悲愴基調。萊陽生入鬼村，先後見到死於「于七一案」的親故——朱生、甥女，新識的公孫九娘母女，全是溫文柔弱的書生、女子，聽他們一一泣訴遭株連而死於非命的不幸。他與公孫九娘成親的花燭之夕，「忽啓金縷箱裡看，血腥猶染舊羅裙」，九娘「枕上追懷往事，哽咽不能成眠」。在這裡，人鬼之遇合實際上是爲那些慘死者設置的吐苦情、訴幽怨的場合。人鬼遇合是子虛烏有，而吐訴的卻是眞實的血淚，幽婚式的故事裡裝入的是現實政治主題。

《聊齋志異》故事結構的另一模式是狐、鬼、花妖、精怪幻化進入人世間。這類非人的形象，在六朝志怪小說中已經出現了，它們雖然幻化爲人的體形，卻依然是物怪而少人情，偶然出現對人至少是意味著不祥，化爲美女是引誘人的手段。《聊齋志異》中的異類，尤其是女性的，是以人的形神、性情爲主體，只是將異類的某種屬性特徵融入或附加在其身上。花姑子是獐子精，所以讓她身上有香氣（〈花姑子〉）；阿纖是鼠精，寫其家窖有儲粟，人「窈窕秀弱」，「寡言少怒」，與鼠的本性相符（〈阿纖〉）；綠衣女「綠衣長裙，宛妙無比」，「腰細殆不容掬」，善歌而「聲細如蠅」，是依據蜜蜂的特徵寫出的（〈綠衣女〉）。這種幻化、變形不是神祕的，而是藝術的幻想。狐鬼形象更只是寫其爲狐爲鬼，帶有些非人的特點，性情完全與常人無異。所有異類形象又多是在故事進展中或行將結束時，才顯示一下其來由和屬性，形成「偶見鶻突，知復非人」的藝術情趣。

《聊齋志異》裡的狐鬼花妖精怪形象，也是用作觀照社會人生的，它們多數是美的、善的，給人（多是書生）帶來溫馨、歡樂、幸福，給人以安慰、幫助，可以說是寄託意願，補償現實的缺憾。如〈紅玉〉中，狐女出現於故事的開頭和尾部，主體部分是書生馮相如遭到豪紳的欺凌而家破人亡的慘劇。開頭紅玉來救窮書生是鋪墊，馮家遭難後再來，爲馮相如保存、撫育孩子，以主婦自任，恢復家業。〈鳳仙〉中的鳳仙不堪忍受家庭中的炎涼之態，自動隱去，留下一面神奇鏡子顯現自己的喜憂，激勵所愛的書生劉赤水攻讀上進，都是反映了醜惡庸俗的世態，又表達了與之抗爭的意願。有的篇章還開掘出了人的可貴的心靈，進入了更高的境界。〈宦娘〉中的鬼女宦娘，敬愛琴藝極高的溫如春，愛而不能結合，暗中促成他與善彈箏的葛良工結爲伉儷，最後在音樂欣賞的滿足和愛情的缺憾交織的心情中悄然隱去。〈阿繡〉中的狐女爲贏得劉子固的愛情，幻化爲劉子固所愛的阿繡，在美與愛的競爭中卻爲劉子固對阿繡的痴情感動，意識到阿繡之眞美，便轉而助成劉子固與阿繡結合，讓所愛者愛其所愛，這都超越了人的單純情愛，上升到更高的文明層次。

還有一種狐鬼花妖，它們的性格、行爲表現的是一種情志、意向，可以稱爲象徵性的文學意象。黃英是菊花精，名字便是由「菊有黃花」化出。菊花由於陶淵明的「採菊東籬下，悠然見南山」詩句，被賦予高潔的品格，喻淡泊名利、安貧樂道的清高節操。蒲松齡筆下的黃英，精於種菊、賣菊，以此致富。她認爲「自食其力不爲貧，販花爲業不爲俗」，以種菊、賣菊致富是「聊爲我家彭澤解嘲」。她與以市井謀利爲恥的士子馬子才婚前婚後的分歧、糾紛，馬子才總是處在尷尬不能自處的位置上。黃英的形象體現著讀書人傳統的清高觀念的變化（〈黃英〉）。敘寫王子服追求狐女嬰寧結成連理故事的〈嬰寧〉並非純粹的愛情主題，嬰寧在原生的山野中，愛花愛笑，一派純眞的天性，天眞到似乎不懂得「葭莩之情」與「夫妻之愛」的差別，不知道還該有生活的隱私。當她進入人世，便不得保其天眞、無拘無束了，不再笑，「雖故逗，亦終不笑」。「嬰寧」之名取自莊子所說：「其爲物，無不將也，無不迎也；無不毀也，無不成也，其名攖寧。攖寧也者，攖而後寧者也。」（《莊子・大宗師》）所謂「攖寧」，就是指得失成敗都不動心的一種精神境界。蒲松齡也用過這個意思，其〈趺坐〉詩云：「閉戶塵囂息，襟懷自不攖。」嬰寧的形象可以說是這種境界的象徵體現。讚美嬰寧的天眞，正寄寓著對老莊人生哲學中所崇尚的復歸自然天性的嚮往。

神祕意識轉化爲審美方式，也表現於若干看似單純記述奇聞異事的短章中。如〈罵鴨〉寫盜鴨人白某吃了盜來的鴨子，身上生出鴨毛，奇癢，經鴨主罵過方才好了。如果只是如此敘述，可謂記述了一件奇聞而已，蒲松齡重點寫的是白某受到神的啓示後，反覆請求鴨主痛罵，鴨主本不願罵惡人，待白某自認盜鴨和說明求罵的原因，方才罵了。世間竟有求罵者，作爲懲報的罵竟變成了施恩，作品便有了意趣。〈野狗〉寫清兵鎭壓于七起義，殺人如麻，一位農民在逃難的歸途中遇到清兵，嚇得屈伏於人屍堆中，又遭到了吃人屍的野狗的襲擊。把清兵和野狗擺在一樣的位置上，寓意也就在其中了。這類短章雖然是粗陳梗概，也有了意蘊，超越了單純記述奇聞異事的筆記體。

第三節　狐鬼世界的內涵

・創作的抒情表意性　・科舉失意的心態　・落寞生活中的夢幻　・刺貪刺虐
・現實倫理與精神超越　・崇高與庸俗並存

《聊齋志異》談鬼說狐，卻最貼近社會人生，在大部分的篇章裡，與狐鬼花妖發生交往的是書生、文人，發生的事情與書生、文人的生活境遇休戚相關，即便是沒有直接關係的，也沒有超出他們的目光心靈所關注的社會領域，從這裡也就表現了一種既寬廣而又集中的獨具的視角。連繫作者蒲松齡一生的境遇和他言志抒情的詩篇，則不難感知他筆下的狐鬼故事大部分是由他個人的生活感受生發出來，凝聚著他大半生的苦樂，表現著他對社會人生的思考和憧憬。就這一點來說，蒲松齡作《聊齋志異》，像他作詩填詞一樣是言志抒情的。

《聊齋志異》創作的這個特點，以寫書生科舉失意、嘲諷科場考官的篇章最爲明顯。蒲松齡十九歲進學，文名日起，卻屢應鄉試不中，斷絕了功名之路。他飽受考試的折磨，一次次名落孫山，沮喪、悲哀、憤懣不僅傾注於詩詞裡，也假談鬼說狐發泄出來。〈葉生〉中的葉生，「文章詞賦，冠絕當時，而所如不偶，困於名場。」這正是他自己的境況。葉生懷才不遇，抑鬱而死，死不瞑目，幻形留在世上，將生前擬就的制藝文傳授給一個年輕人。同樣的文章產生了不同的結果，那個青年連試皆捷，進入仕途。葉生表白說：「是殆有命，借福澤爲文章吐氣，使天下人知半生淪落，非戰之罪也。」謂困於場屋並非文章不好，而是命運不濟，其實是作者的心聲。對蒲松齡來說，這番話有幾分自信，卻更多無可奈何的悲哀。所以他又隨即顯示出這種心跡幻象是不實際的：葉生自己也鄉試中舉，衣錦還鄉，迎頭卻是妻子的棒喝：「君死已久，何復言貴？……勿作怪異嚇生人。」葉生聞之，「憮然惆悵」，「撲地而滅」。以此結束其得意的魂遊，可見作者心情的沉痛。此篇末尾一大段「異史氏曰」，直抒其科場失意之悲憤，語言極爲激烈，同作者壯年所作〈大江東去·寄王如水〉、〈水調歌頭·飲李希梅齋中〉兩首詞，意思完全相同，語句也多一致，不難看出小說與詞作的內在連繫。清人馮鎮巒評點說：「余謂此篇即聊齋自作小傳，故言之痛心。」（三會本卷一本篇附評）這位評點家的感知是切中肯綮的。

蒲松齡長期困於場屋，感受最強烈的是科舉弊端。他認爲科舉弊端癥結在於考官昏庸，黜佳才而進庸劣。《聊齋志異》裡許多篇章對科場考官冷嘲熱諷，不遺餘力，嬉笑怒罵，皆成文章。〈司文郎〉篇的核心情節是一位盲僧人憑嗅覺判別文章優劣，與科場的取落形成鮮明反差，最精彩的是盲僧人的氣憤話：「僕雖盲於目，而不盲於鼻，今簾中人並鼻亦盲矣！」這是諷刺考官一竅不通。〈賈奉雉〉中又有一位異人，深知科舉弊病，勸賈奉雉效法拙劣文章應試，說「簾內諸官，皆以此等物事進身，恐不能因閱君文，另換一副眼睛肺腸也。」他教賈奉雉「於落卷（劣等不取的試卷）中，集其葛冗氾濫不可告人之句，連綴成文。」在科場中神差鬼使地寫了出來，竟中了經魁（經書試題第一名）。放榜後，賈奉雉再讀其文，汗流浹背，感到這是「以金盆玉碗貯狗矢，眞無顏出見同人。」這些幻設的諷刺，矛頭僅指向科場考官，雖然還不夠深刻，但也表達出像作者一樣懷才不遇的文士的憤懣心情。

《聊齋志異》裡眾多的狐鬼花妖與書生交往的故事，也多是蒲松齡在落寞的生活處境中生發出的幻影。一類情節比較單純者，如〈綠衣女〉、〈連瑣〉、〈香玉〉等，大體是寫一位書生或讀書山寺，或書齋臨近郊野，忽有少女來到，或吟唱，或嬉戲，給寂寞的書生帶來了歡樂，數度相會，方知非人，或者進而生出一些波折。有理由認爲這正是他長期處在孤獨落寞境遇中的精神補償。他長期在縉紳人家坐館，受僱於人，一年中只在年節假日返家小住幾日，他曾在題爲〈家居〉的詩裡感慨說：「久以鶴梅當妻子，且將家舍作郵亭。」獨自生活的寂寞，不免假想像自遣自慰，如他在獨居畢氏宅第外花園時曾有詩云：「石丈猶堪文字友，薇花定結歡喜緣。」（《聊齋詩集・逃暑石隱園》）〈綠衣女〉、〈香玉〉等篇，不過是將這等自遣寂寞的詩意轉化爲幻想故事。還有一些故事，狐鬼花妖的出現不只是讓苦讀的書生或做了館師的書生解除了寂寞，還使書生受到敬重、鼓勵，事業上也獲得上進，爲之編織出種種理想的夢。蒲松齡曾寫過一齣小戲《鬧館》和俗曲〈學究自嘲〉，反映窮書生做鄉村塾師的辛酸，其中自然有他個人的親身感受。寫河間徐生坐鬼館的〈愛奴〉卻是另一番景象：鬼館東蔣夫人禮遇厚待徐生，徐生爲她「既從兒懶，又責兒工」大發脾氣，她趕忙「遣婢謝過」，最後還將徐生喜愛的婢女相贈，「聊慰客館寂寞」。篇末異史氏曰：「夫人教子，無異人世，而所以待師之厚也，不亦賢乎！」這正是一般做塾師的書生們跂予望之的。狐女鳳仙將窮秀才劉赤水帶到了家中，狐翁對女婿們「以貧富爲愛憎」，鳳仙以丈夫「不能爲床頭人吐氣」爲憾，留下一面鏡子相激勵。劉赤水「朝夕懸之，如對師保，如此二年，一舉而捷。」篇末異史氏曰：「吾願恆河沙數仙人，並遣嬌女婚嫁人間，則貧窮海中，少苦眾生矣！」（〈鳳仙〉）這也只能是像作者一樣困於場屋的書生的天真幻想。

幻想是對現實的超越，非人的狐鬼花妖形象可以不受人間倫理道德，特別是所謂「男女大防」的約束。蒲松齡借著這種自由，寫出了眾多帶著非人的符號、從而擺脫了婦道閨範的拘束、同書生自主相親相愛的女性，也寫出了爲道德理性所禁忌的婚姻之外的男女情愛。在這裡面，除了作爲現實的一種補償、對照，其中還蘊涵對兩性關係的企望和思索，突出了精神的和諧。如〈白秋練〉中白豚精與慕生相愛，是以吟詩爲紐帶和內容的，詩是生命和愛情不可或缺的憑藉。〈嬌娜〉更帶有對兩性關係的思索性的內涵，這篇小說前半部分是寫孔雪笠見到美麗的狐女嬌娜產生愛悅之情，後半部分在孔雪笠與另一狐女松姑成婚後，仍然寫他與嬌娜的關係，松姑反被拋到一邊：先是孔雪笠奮不顧身從鬼物爪中搶救下嬌娜，被暴雷震斃；後是嬌娜不顧男女大防與孔雪笠口吻相接，將丹丸度入其口中，噓入其喉下。作者最後自道其心思：「余於孔生，不羨其得豔妻，而羨其得膩友也。觀其容可以忘飢，聽其聲可以解頤，得此良友，時一談讌，則色授神與，尤勝於顛倒衣裳矣。」玩味小說情節和夫子自道，可以認爲作者是用了並不確當的語言，表達了他感覺到的一個人生問題：得到「豔妻」不算美滿，更重要的是「膩友」般的心靈、精神上的契合，不言而喻，美滿應是兩者的統一。

蒲松齡沒有將自己的小說創作局限於僅就個人的境遇而發，只寫個人的失意、落寞。在那個時代，官貪吏虐，鄉紳爲富不仁，壓榨、欺凌百姓是普遍的現象。位賤家貧的蒲松齡有一副關心世道、關懷民苦的熱心腸，又秉性伉直，勇於仗義執言。抒發公憤，刺貪刺虐，也成爲《聊齋志異》的一大主題。如〈席方平〉借陰司寫人間官府盡是貪贓枉法，施虐無辜，篇中二郎神對城隍、郡司、冥王的判詞，實際上是聲討地方官僚的檄文。〈續黃粱〉襲用了唐傳奇〈枕中記〉的故事框架，而題旨則由富貴如夢的啓示，轉爲極寫朝廷宰輔大臣擅作威福，「荼毒人民，奴隸官府」，無惡不作的罪惡。〈公孫夏〉寫王子的門客、與督撫有故交的公孫夏，勸說一位太學生行冥賄、圖陰官的荒誕故事，將現實社會中官場的骯髒交易做了諷刺性的揭露。膾炙人口的名篇〈促織〉，前半部分敘寫的是由「宮中尙促織之戲，歲徵民間」造成的一幕民間悲劇；後半部分以幻化之筆，敘寫隻神奇善鬥的促織使皇帝大悅，撫臣受到寵遇，縣令以卓異聞，不幸喪子、獻蟲的平民成名也得到了厚愛。前後兩部分合起來便表現了一個嚴肅的主題：「天子一跬步，皆關民命，不可忽也。」其中也有對邀寵媚上而殘民的官僚的譏諷，他們是以百姓的血淚換得獎賞的，作者最後冷語刺骨地說：「天將以酬長厚者（指不幸的主人公），遂使撫臣、令尹並受促織恩蔭。聞之：一人飛升，仙及雞犬。信夫！」這種巧妙的惡罵，可見作者對這班官僚的怨怒之深。

大半生做塾師的蒲松齡自然也很關注家庭倫理、社會風氣，時而就其聞見感受，寫出一些譏刺醜陋現象、頌揚美好德行的故事。與上述幾類故事不同，大約是由於立意在於勸誡，這類篇章多數是直寫現實人生，少用幻化之筆，而且是以現實的倫理道德觀念作爲美刺的原則。這樣，當他譏刺社會、家庭中的負義、僞孝、棄婦種種失德現象的時候，筆鋒是犀利的。而要爲社會樹立一種道德楷模的時候，如〈張誠〉、〈曾有於〉，以主人公的逆來順受、委曲求全、調和家庭嫡庶兄弟關係爲美德，雖然表現了淳風厚俗的願望，但卻失之迂闊。〈珊瑚〉、〈邵女〉等篇中精心塑造了現實婦女的典型：珊瑚被休而不再嫁，受凶姑悍娌虐待而無怨；邵女甘心做人妾，受大婦的凌辱至於炮烙，而「以分自守」，更是鼓吹了女性爲夫權而犧牲一切的奴性。還有頗可注意的另一種情況，就是實際的感受突破了傳統的道德觀念，對人生的某些問題有了獨特的思索。〈喬女〉中的主人公形體醜陋而心性善良，承受著醜陋帶來的不幸。老而且貧的丈夫死後，她拒絕了急待續絃的孟生的求婚，理由是「殘醜不如人，所可自信者，德耳。又事二夫，官人何取焉？」孟生「益賢之，向慕尤殷」，她終未相許。然而，當孟生暴卒後，她卻前往哭弔，並在孟家遭到侵凌時，挺身而出，爲之護理家業，撫育幼子至成人。以醜女作爲正面頌揚的主人公已是小說中的超俗之作，寫她未許身再嫁，卻許之以心，實際上做了孟生的沒有名分的「未亡人」，作者和他的小說人物一樣，都已走出了舊道德的藩籬。〈田七郎〉是寫社會交往的：獵戶田七郎受了富家公子的救助之恩，後來又爲報恩而拚上性命。小說突出展示的是田七郎意識到受人恩就要報人恩，極不願意受人之恩，以避免承擔報恩的義務，但由於家貧而未能倖免。這樣，報恩的故事也就含有了深刻的悲劇內蘊，顯示出作爲社會交往的道德準則：「受人知者分人憂，受人恩者急人難。」表面上是彼此平等的，但由於人有富貴貧賤之別，用以爲報的也就不同：「富人報人以財，貧人報人以義。」知恩報恩的道德準則實際上是片面的、不公平的。蒲松齡演繹的這個故事，表現了他對當時崇尙的、文學家反覆謳歌的人際道德原則之一的「義」的思考、質疑，也可稱之爲一種思想覺醒。

《聊齋志異》是蒲松齡在大半生中陸續寫出來的，由於境遇的不盡一樣，關心的事情有所變化，寫作態度、旨趣也有抒憂憤、寓勸懲、寄閒情、寫諧趣、記見聞之別，所以近五百篇作品內容頗複雜，思想境界極不一致，甚至自相矛盾，可以說是崇高與庸俗並存。即便如此，《聊齋志異》的狐鬼世界所展示的社會內容，作者寄託其中的幽思、憧憬，也大大地超邁前出之文言小說而獨步千古了。

第四節　文言短篇的藝術創新

・多種小說模式　・情節的豐美　・小說詩化傾向　・敘述語言平易簡潔　・人物語言多樣

在《聊齋志異》的創作中，結撰狐鬼花妖的故事具有了文學表現形式的性質，與之伴生並互爲因果的是創作自主性的極大增強。蒲松齡要抒寫個人獨特的生活感受感知，曲折地寫出內心的隱祕，同時也要釀造合適的表現方式，爲此而付出心思，並且在不斷的創作中體驗到了這種創造的樂趣，意識到了這種創作的文學價值，這種創作從而也就成爲他自由馳騁的天地，大半生樂此不疲的文學事業。所以《聊齋志異》在文言小說的創作藝術上有多方面的創新，雖然有的成功，有的並不成功，但畢竟將文言短篇小說推到了空前而後人又難以爲繼的藝術境界。

《聊齋志異》增強了小說的藝術素質，豐富了小說的形態、類型。小說的要素之一是故事情節，文言小說演進的軌跡之一便是由粗陳梗概到記敘委婉。《聊齋志異》中精心結撰的故事多是記敘詳盡而委曲，有的篇章還特別以情節曲折有起伏跌宕之致取勝。如〈王桂庵〉寫王桂庵江上初逢芸娘，後沿江尋訪苦於不得，再後偶入一江村，卻意外地再見芸娘，卻又由於一句戲言，致使芸娘投江。經年自河南返家，途中又驀地見到芸娘未死，好事多磨，幾乎步步有「山窮水複，柳暗花明」之趣。〈西湖主〉寫陳弼教在洞庭湖落水，浮水登崖，闖入湖君禁苑、殿閣，本來就有「犯駕當死」之憂，又私窺公主，紅巾題詩，到了行將被捉、必死無疑的地步，卻陡地化險爲夷，變凶爲吉，做了湖君的乘龍快婿，極盡情節騰挪跌宕之能事，可以說情節的趣味性勝過了內容的意義。然而這也只是作者創作的一種藝術追求，《聊齋志異》裡也有不重故事情節，乃至無故事性的小說。〈嬰寧〉有故事情節，作者傾力展示的卻是嬰寧的性格，其他的人物，如為她的美貌傾倒而痴情追求的王子服，以及她居住的幽僻的山村、長滿花木的院落，都是為烘托她那種近於童稚的絕頂天真而設置的。入世以後受禮俗的束縛，「竟不復笑」，也是意味著原本天真的消失，這篇似可稱作性格小說。〈綠衣女〉寫一位綠衣長裙的少女進入一位書生的書齋，發生的只有平淡而不俗的歡娛情狀，沒有故事性，結尾處一個小波折，只是要顯示少女原是一個蜜蜂精，似乎可稱作散文式小說。許多篇幅不太長的篇章，只是截取生活的一個片段，寫出一種情態、心理。如〈王子安〉寫的是一位秀才應鄉試後放榜前醉臥中瞬間的一種幻覺：聽到有人相繼來報，他已連試皆中，不禁得意忘形，初而喜呼賞錢，再而要「出耀鄉里」，受到妻子、兒子的嘲笑。〈金和尚〉沒有事件，無情節可言，而是零星寫出一位僧侶地主的房舍構造、室內陳設、役使僕從、出行等方面的情況，以及死後殯葬盛況，更像是一篇人物特寫。《聊齋志異》裡作品類型的多樣化，既表明作者仍然因襲了舊的內涵無明確界定的小說觀念，所以其中也有簡單記事的短篇，但也表明作者又有探索性的創造，增添了不專注故事情節的小說類型。

《聊齋志異》中許多優秀的作品，較之以前的文言小說，更加強了對人物環境、行動狀況、心理活動等方面的描寫。作者對各類人物形象都描寫出其存在的環境，暗示其原本的屬性，烘托其被賦予的性格。如〈蓮花公主〉寫主人公的府第：「疊閣重樓，萬椽相接，曲折而行，覺千門萬戶，迥非人世。」依蜂房的特徵狀人間府第，蓮花公主之為蜂王族屬便隱現其中。〈連瑣〉開頭便寫楊于畏「齋臨曠野，牆外多古墓，夜聞白楊蕭蕭，聲如濤湧。」為鬼女連瑣的出場設置了陰森的環境。〈嬰寧〉中嬰寧所在幽僻山村、鳥語花香的院落、明亮潔澤的居室，一一描繪如畫，又與她的美麗容貌、天真性情和諧一致，帶有象徵意義。寫人物活動時具體生動，映帶出人物的情態、心理，也是以往的文言小說所少有的藝術境界。如〈促織〉寫成名在縣令嚴限追比的情況下捕捉促織、懷著惴惴不安的心情與人鬥促織兩個情節，細緻入微，令讀者猶如親見，為之動容。〈花姑子〉寫花姑子情注少年，煨酒沸騰，自掩其情，唯妙唯肖，情趣盎然。〈聶小倩〉寫鬼女聶小倩初入寧采臣家對婆母之戒心能理解承受，盡心侍奉，對寧采臣有依戀之心卻不強求，終於使婆母釋疑，變防範為喜愛，有濃郁的生活內蘊，展示出女子的一種謙卑自安的性情。在一些篇章中還突出地描繪出一種場面，發揮不同的藝術功用：〈晚霞〉中水宮的各部舞隊的演習，是為男女主人公提供感情交流的機遇；〈勞山道士〉中勞山道士宴客的幻化景象，是對心地卑微的王生「慕道」之心的考驗和誘惑，也成為情節轉折的契機；〈狐諧〉重點敘寫的是狐女與幾位輕薄書生相譏誚的對答場面，不露其形貌，只由其言語、嬉笑之聲，便刻畫出一種爽快、機敏而詼諧的性格。《聊齋志異》使小說超出了以故事爲本的窠臼，變得更加肥腴、豐美，富有生活情趣和文學的魅力。

《聊齋志異》中許多篇章帶有詩化傾向，文言小說中有詩，通常是人物以詩代言，六朝志怪小說已肇其端，唐人傳奇更多用之，明代傳奇小說如《剪燈餘話》等，幾成慣例，篇中人物多以歌詩通情，反成累贅。《聊齋志異》中只是偶爾用之，而且極少寫出整首的詩詞，卻由此顯出作者以詩入小說的藝術匠心。譬如〈公孫九娘〉有九娘洞房枕上吟詩二首，哭訴不幸的身世，淒婉動人，寫出其內心苦情，又不啻是本篇的主題歌。〈連瑣〉開頭連瑣和楊于畏的聯吟，既是二人發生連繫的契機，又造出了幽森的氣氛。尤其別出心裁的是〈白秋練〉，敘寫的是愛情的波折，而自始至終以吟詩爲情節：慕生喜吟詩招來白秋練的愛情，受阻後彼此以吟詩醫好相思之疾，白秋練臨死還囑咐慕生：「一吟杜甫〈夢李白〉詩，死當不朽。」將吟詩與愛情扭合在一起，賦予神奇的力量，精靈故事的奇異性也就被詩意化了。〈宦娘〉、〈黃英〉則是另一種情況，整個故事是借助傳統的詩歌意象建構的。〈宦娘〉中的愛情婚姻是以音樂爲媒介，宦娘由愛溫如春的琴藝而愛其人，宦娘爲溫如春謀得的妻子葛良工善箏，全篇的構思便是建立在古詩名句「琴瑟友之」（《詩經・周南・關雎》）的意蘊上。〈黃英〉寫菊精，顯然是借陶淵明詩歌中的菊花意象做反面文章。

《聊齋志異》的詩化傾向，不僅表現於小說敘事中運用了詩句、詩意，還表現於許多篇章程度不同地帶有詩的品格特徵。作者假狐鬼抒情寫意，這兩個方面都決定了小說的情節、人物多是意象化的，表現的不是世俗的人生相，而是超俗的、理想化的、幻化變形的人情事理，個中寄寓著詩一般含蓄朦朧，甚至不易捉摸的內蘊。〈嬰寧〉、〈白秋練〉便是這樣，嬰寧的性格是由她情不自禁地多笑、近乎童稚無知的話語表現出來的，白秋練的鍾情是與她以吟詩爲生命的詩魂融合在一起的，都是詩意化的，可意會卻難以言傳。其他如〈翩翩〉，故事襲用了古老的劉阮天臺遇仙女式的框架，翩翩存在於白雲仙鄉，可以爲羅子浮採白雲、蕉葉製衣，她導演出的使羅子浮衣隨心變的諧謔劇，富有神話傳說的妙趣，而她爲原本浮浪的羅子浮醫瘡，爲之生兒育女，警告性的閨房戲謔，又猶如現實生活中的妻子，最後又讓她歸入虛幻，羅子浮再也找不到了。這個眞幻交融的故事，不再是對仙界的憧憬，也非一般愛情的頌歌，而是作者心造了一個溫和而又能正丈夫之心的賢能妻子的幻影，空靈而又鮮活，頗有詩的「鏡花水月」之韻致。《聊齋志異》裡有一些寫人的癖好情篤的篇章，如〈書痴〉寫書呆子，〈酒狂〉寫酒徒，〈鴝鵒〉寫鳥迷，〈阿寶〉寫情痴，都是專就所好所篤演繹出幾乎不可思議的故事，極度誇張地表現出其超常之情、超常之狀，這便超越了單純的褒貶，成爲藝術的審美對象，富有娛目賞心的情趣。

《聊齋志異》的敘事也吸取了詩尚含蓄蘊藉的特點，作者雖然用全知的視點，卻時而故作含糊，造成撲朔迷離的意味。如〈花姑子〉開頭寫安幼輿暮歸：

> 經華嶽山中，迷竄山谷中，心大恐。一矢之外，忽見燈火，趨投之。數武中，欻見一叟，傴僂曳杖，斜徑疾行。安停足，方欲致問。叟先詰誰何。安以迷途告，且言燈火處必是山村，將以投止。叟曰：「此非安樂鄉。幸老夫來，可從去，茅廬可以下榻。」安大悅，從行數里許，睹小村。叟扣荊扉，一嫗出，啓關曰：「郎子來耶？」叟曰：「諾。」

這段敘述便有許多疑點，也就是伏有一些懸念，待讀完全篇方才知道「燈火」是什麼，老者何以要疾行，老嫗何以知道「郎子」要來，這一切又是意味著什麼。這樣寫法對讀者便有吸引力，造成藝術的娛悅感。〈西湖主〉最後一段是：陳弼教入贅洞庭湖君家，自然是成了仙，又寫他仍在人間家中，一如常人。他的一位友人舟過洞庭，受到他的款待，返里後卻見他仍在家中，問：「昨在洞庭，何歸之速？」他笑著答曰：「君誤矣，吾豈有分身術耶！」是耶？非耶？答案留給讀者。其他如〈連瑣〉、〈勞山道士〉、〈綠衣女〉等，都是結而不盡，留有餘韻。堪稱絕唱的是〈公孫九娘〉的結尾，九娘囑託萊陽生將她的骨殖遷回故鄉，待萊陽生百年後並葬在一起，使她這個不幸的女子總算有了歸宿。作者卻沒有讓她的願望得以實現，萊陽生「忘問志表」，無法找到九娘的葬處，來年再來尋找，而九娘卻怒而不見了。就事論事，無法對九娘不諒解萊陽生的粗心做出合理解釋，然而這也正顯示出作者做如此結尾之良苦用心：不肯以九娘死後願望的滿足，減弱她生前無法消除的冤恨，沖淡全篇的悲愴的意境氣氛。留下這個似乎不可理解的疑問，篇終而意不盡，正可以使讀者品味，從而不會掩卷即忘公孫九娘及她所代表的那些慘遭不幸的人們，不獨餘韻而已。

《聊齋志異》是文言小說，運用的是長期以來文人通用的所謂「古文」語言，文言也有多種語言風格，《聊齋志異》近五百篇的語言風格也不盡一致。就總體說，其語言特點是保持了文言體式的基本規範，適應小說敘事的要求，採用了唐宋以來古文辭日趨平易的一格，又糅合進了一些口語因素，小說人物的語言尤爲顯著，於是形成了敘述語言平易簡潔，人物語言則靈活多樣的特點，並在敘事狀物寫人諸方面達到了眞切曉暢而有意味的境界，完成了各自的藝術使命。

《聊齋志異》的敘述語言較一般的文言淺近，行文洗練而文約事豐。一些篇幅較短者，如〈鏡聽〉、〈雨錢〉、〈罵鴨〉等，都不過百字左右，卻完整地寫出了一種人物的嘴臉心態，又富有諧謔之趣。篇幅長者故事委曲，情節有伸縮、詳略之別，略寫能盡致，詳做刻畫描摹也沒有閒字閒筆。略如〈紅玉〉開頭寫馮相如初見紅玉情景：「一夜，相如坐月下，忽見東鄰女自牆上來窺。視之，美。近之，微笑。招以手，不來亦不去。」用文言句式卻明白如話；極凝練卻層次分明地寫出了人物動態、情狀。詳如〈王桂庵〉開頭描繪王桂庵與芸娘初見鍾情的場面，王桂庵故意高聲吟詩，芸娘「似解其爲己者，略舉首一斜視之」，王桂庵投以金錠，芸娘「拾棄之」，王桂庵再投去金鐲，芸娘「操業不顧」，當其父親歸來時，便「從容以雙鉤覆蔽之」，文字簡練，不僅當時的景象如繪，而且顯示出芸娘多情而持重的性格，並隱含著全篇情節發展的根由。作者敘事狀物力求就事就物應有之狀況來寫，其中包括想像中的幻境幻象，語言也呈現出靈活的特點。無論是寫景如〈王桂庵〉中的江村之疏籬茅舍，〈雷曹〉中之天上星空，還是寫事如〈小謝〉中兩個小鬼頭之惡作劇，〈邵女〉中媒婆說媒的話語等，都宛如實景實情，可以說大大地發揮了也發展了文言的敘事功能，達到了古文大家未曾達到的境界。

《聊齋志異》的人物語言所占比重大，也因人因事而多樣化。在保持文言基本體式的限度內，人物語言有雅、俗之別。雅人雅語，不妨有人掉書袋，書劄雜用駢儷的句子，俗人語、婆子語帶生活氣息，時而插入口頭俚詞俗語。其中也有莊諧之別，慧心女以詩傳情，閨房戲謔竟至曲解經書，戲用孔孟之語。這都增強了文言小說的小說性，進一步拉大了與傳記文的距離，更富有生活氣和趣味性。

第五節　《聊齋志異》的餘響

・文言小說的再度蔚興　・順隨與抗衡

・《子不語》等　・《閱微草堂筆記》　・《聊齋志異》在國外

《聊齋志異》青柯亭刊本一出就風行天下，翻刻本競相問世，相繼出現了注釋本、評點本，成爲小說中暢銷書，直到《紅樓夢》出來，這個勢頭也未減弱。影響更大的是它還引起不少作者競相追隨仿作，文言小說出現了再度蔚興的局面。而這種寫作潮的帶頭者竟是聲名顯赫的詩人袁枚和主修《四庫全書》的學者紀昀，這也是小說史上少有的現象。

乾隆末年以來陸續問世的文言小說，顯然大都受到《聊齋志異》的影響，而對《聊齋志異》的態度卻是不同的。《聊齋志異》原本是「一書而兼二體」，題旨意趣也有不同，後來的作者也就有不同的取向。大體說來可分爲兩種：一是順隨、仿效，偏重於記敘委曲，有沈起鳳的《諧鐸》、和邦額的《夜譚隨錄》、長白浩歌子的《螢窗異草》等，一是抗衡，有紀昀的《閱微草堂筆記》、屠紳的《六合內外瑣言》（亦名《璅珪筆記》）、俞樾的《右臺仙館筆記》等。

順隨、仿效一類，較早的是《子不語》和《夜譚隨錄》。《子不語》共千餘篇[14]，記述的多是鬼怪之事。作者自序云：平生「文史外無以自娛，乃廣採遊心駭耳之事，妄言妄聽，記而存之，非有所惑也。」可見與蒲松齡之創作頗不相同。書中雖有譏刺理學虛迂、佛道迷信及嘲謔世情的篇章，但多爲搜奇志怪之作，失之蕪雜。作者很有才情，行文自然活脫，富有幽默感，然多數記述簡略，每每記出人、事之時、地及講述人的姓名，表現了向六朝志怪小說回歸的趨向。《夜譚隨錄》[15]，據作者和邦額自序，其創作思想與袁枚相似，而做法則仿效《聊齋志異》，通過怪異故事反映社會醜惡現象，也有映照時事者，記敘有所渲染，注意刻畫人物、描繪場景，魯迅稱它：「記朔方景物及市井情形者，特可觀。」（《中國小說史略》第二十二篇）只是作者思想陳腐，宣揚佛教果報觀念，津津樂道倫理，妨礙了藝術上進入新的境界。

仿效《聊齋志異》近似而較好的作品是《諧鐸》、《螢窗異草》[16]。兩部小說集都是借鬼神物怪反映社會人生，故事有所寓意，寫法上也有仿效的痕跡，如《諧鐸》每篇末有以「諧曰」起首的一段議論，頗有《聊齋志異》篇末「異史氏曰」的精神，有些篇章或明或暗地是由《聊齋志異》蛻化而成，《螢窗異草》尤其突出。兩部小說集也有各自的特點，《諧鐸》映照的社會生活方面，與《聊齋志異》大體相近，官場的腐敗、科舉的弊端、社會勢利諸相，均有反映，其中也寄寓著憂憤，然多諷刺小品、寓言性故事，構思巧妙，富有諧謔的情趣，寓人情物理於其中。《螢窗異草》中婦女題材的作品最多，脫胎於《聊齋志異》的便有多篇，也反映出了婦女的不幸和抗爭，一般篇幅較長，故事離奇曲折，注重寫出完整的人物形象。然而這兩部小說集的作者卻沒有蒲松齡那種全身心投入的創作精神，運思缺乏直接的生活體驗的底蘊，作品的思想和藝術都沒有達到《聊齋志異》的水準。

抗衡的一類，首發自《閱微草堂筆記》。紀昀（一七二四—一八〇五），字曉嵐，《閱微草堂筆記》中署「觀弈道人」，直隸獻縣（今河北獻縣）人，由編修官至侍讀學士，曾謫戍烏魯木齊三年，釋還後主纂《四庫全書》，累遷至禮部尚書。《閱微草堂筆記》包括主修《四庫全書》以來先後作成的《灤陽消夏錄》、《如是我聞》、《槐西雜誌》、《姑妄聽之》、《灤陽續錄》，最後由其門人盛時彥合刊，一題《閱微草堂筆記五種》[17]。紀昀是讀過《聊齋志異》的，《槐西雜志》中記東昌書生夜行遇狐女一則，直接作《聊齋志異》中〈青鳳〉的反面文章[18]。著《閱微草堂筆記》有可能是由《聊齋志異》引起的，但更是他晚年在歷盡宦海、閱歷已深、心情安詳的境遇中，給自己找到的抒發情懷並寄寓勸懲的一種文字事業。

紀昀批評《聊齋志異》「一書而兼二體」，主要是指摘傳奇式的志怪，認爲「燕昵之詞，媟狎之態，細微曲折，摹繪如生。使出自言，似無此理；使出作者代言，則何以聞見之。」（《姑妄聽之》盛時彥跋引紀昀語）。他在《灤陽續錄》寫成後更進一步申述爲作敘事之文，應「不失忠厚之意，稍存勸懲之旨」，「不顛倒是非」，「不摹寫才子佳人」，「不繪畫橫陳」（《灤陽續錄》）。可見他是要小說有忠厚勸世之意義，摒除描寫男女愛情的筆墨。這樣，他著《閱微草堂筆記》也就只能是向筆記雜錄靠近，丟棄了《聊齋志異》的文學精神和藝術境界。

紀昀是大學問家，閱歷豐富也有文學才華，《閱微草堂筆記》記敘見聞，結撰小故事，辨正史地訛誤，發表議論，雖然思想保守，記神鬼物怪之事往往寓有針砭社會上荒謬的習俗、道學家的「不情之論」，展示人情事理的篇什，能給人以有益的啓示。他運思有靈性，命筆自如，行文灑脫。魯迅評之曰：「凡測鬼神之情狀，發人間之幽微，託孤鬼以抒己見者，雋思妙語，時足解頤。」、「復敘述雍容淡雅，天趣盎然，故後來無人能奪其席。」[19]《閱微草堂筆記》雖遠不足與《聊齋志異》相頡頏，但也不失爲獨樹一幟的作品，在文人中產生了一定的影響，嗣後相繼而出的作品就直是回到了筆記雜錄的路上去了。

《聊齋志異》不僅在中國文學史上產生了深遠巨大的影響，還衝出國界，走向了世界[20]。從十九世紀中葉，《聊齋志異》流傳國外，迄今已有英、法、德、俄、日等二十多個語種的選譯本、全譯本。在日本尤爲突出，全譯本就先後有三種。在明治時期，有些作者還仿效《聊齋志異》寫作怪異故事。著名作家芥川龍之介改作《聊齋志異》裡的故事，最有名的一篇是與《聊齋志異》同名的〈酒蟲〉。

注釋

❶ 清初古文家為有奇行異事的小人物作傳者甚多，僅張潮《虞初新志》輯入的文章已足觀了，其中有吳偉業〈柳敬亭傳〉，侯方域〈馬伶傳〉、〈李姬傳〉，王猷定〈湯琵琶傳〉、〈李一足傳〉，余懷〈王翠翹傳〉，魏禧〈大鐵椎傳〉等。這與當時的社會文化思潮有關，文筆上增強虛擬描摹，跡近小說。汪琬曾說：「前代之文有近於小說者，蓋自柳子厚始。」、「然子厚文氣高潔，故未覺其流宕也。至於今日，則遂以小說為古文辭矣。」（〈跋王於一遺集〉）張潮輯這類文章，題曰《虞初新志》，意味著他已視之為小說了。

❷ 蒲箬〈清故顯考歲進士候選儒學訓導柳泉公行述〉，《蒲松齡集》附錄。

❸ 詳見袁世碩〈蒲松齡與王士禛交往始末〉，《蒲松齡事蹟著述新考》，齊魯書社一九八八年版。

❹ 唐夢賚《志壑堂詩集》卷十〈七夕宿綽然堂同蘇貞下、蒲留仙〉：「乍見耆卿還度曲，同來蘇晉亦傳觴。」前句是以宋詞人柳永字指代蒲松齡。這表明蒲松齡早年會唱俗曲、嘗寫曲詞。今存題名《聊齋小曲》的舊抄本，難以斷定是蒲松齡作的，所以《蒲松齡集》中未收入。

❺ 張篤慶、李堯臣是蒲松齡同邑執友。張篤慶字曆友，有詩名，《清史稿・文苑傳》有傳。李堯臣字希梅，在當地有文名，《山東通志・人物志》有傳。

❻ 《蒲松齡集》，路大荒整理，上海古籍出版社一九六二年初版。

❼ 載張篤慶《昆倉山房詩集》（舊抄本）七言律詩卷，後文所引詩句同。

❽ 「涪水神刀」為三國時蒲元為諸葛亮煉刀事，見唐《藝文類聚》（卷六〇）、宋《太平御覽》（卷三四五）等類書《蒲元傳》。今本張華《博物志》無此條，張篤慶用此典故或欠斟酌，然其取喻「神怪事」的意思是明顯的。

❾ 《聊齋志異》共計四百九十餘篇，其中部分篇章的寫作年代可以考知，多有蒲松齡年逾半百之作，最晚的一篇是〈夏雪〉，記「丁亥年七月初六日，蘇州大雪」。「異史氏曰」：「世風之變也，下者益諂，上者益驕，即康熙四十餘年中，稱謂之不古，甚可笑也。」當是康熙四十六年（一七〇七）蒲松齡六十八歲時寫的。

❿ 有文獻表明蒲松齡生前死後有多家傳抄《聊齋志異》，現在已發現的有康熙抄本（已殘）、二十四卷抄本、鑄雪齋抄本、易名《異史》的抄本以及黃炎熙選抄本等。

⓫ 張友鶴整理的《聊齋志異》「三會本」，依照現存的半部蒲松齡手稿本（有古典文學刊行社一九五四年影印本）、鑄雪齋抄本、《聊齋志異拾遺》諸本，補足了青柯亭刊本未收的篇章，篇目齊全；校正了青柯亭刊本刪改的文字，基本上恢復了原貌；並彙集了清代有影響的幾家注釋、評語，是迄今最佳讀本，對研究者也大有裨益。

⓬ 引文摘自干寶《搜神記・序》。干寶序的內容是強調所敘怪異非常之事的真實性，聲稱「苟有虛錯」，願受「譏謗」。他作志怪書的指導思想是以陰陽災異推論時政得失和人事是非的「天人感應」論。葛洪作《神仙傳》自序中也有說明神仙固然世人難見，但卻不能「謂為妖妄之說」，以此為道家的神仙之說張目。這都說明六朝志怪書的作者是要讀者信以為真。

⓭ 于七起義是清初山東爆發的一次影響最大的群眾抗清的事件。順治五年（一六四八），于七於棲霞聚眾起義，曾攻占萊陽、文登、即墨數州縣，到康熙元年（一六六二）才被鎮壓下去。清廷派靖東將軍濟席哈協同山東總督祖澤溥進行圍剿，大肆殺

戮，株連甚廣。《山東通志・兵防志》、《萊陽縣誌・兵事》均有記載。

⑭《子不語》正集二十六卷，續集十卷。正集作成於乾隆五十三年（一七八八）之前，續有所作，彙為續集。因元人說部中有同名之書，易名《新齊諧》。

⑮《夜譚隨錄》，作者和邦額，滿洲鑲黃旗人，曾做過山西樂平縣令。卷首自序署乾隆四十四年（一七七九），一本作乾隆五十六年（一七九一）。

⑯《諧鐸》作者沈起鳳，號蕢漁，江蘇吳縣人。舉人，五十歲前後曾為安徽祁門縣學官。作有許多種戲曲，今存《報恩緣》、《才人福》、《文星榜》、《伏虎韜》四種傳奇（吳梅《蕢漁四種曲跋》）。

《螢窗異草》，署長白浩歌子。《八旗藝文編目》「子部稗說」類著錄，題「滿洲慶蘭著。慶蘭字似村，庠生，尹文端公子。」尹文端公為乾隆間大學士尹繼善，其子慶蘭能詩，袁枚《隨園詩話》曾稱賞之。《螢窗異草》今存最早的刊本是光緒初申報館叢書本，平步青《霞外攟屑》卷六否認為慶蘭作，以為實係上海申報館文人冒名為之。戴不凡《小說見聞錄》著錄一抄本，題《聊齋剩稿》，即《螢窗異草》，就其紙色看，認為「當不晚於乾隆」。

⑰盛時彥，字松雲，北平（今北京市）人，紀昀的弟子。他在為《閱微草堂筆記》作的序中說明了他「合五書為一編」，「請先生檢視一過，然後摹印」的情況。

⑱參看楊義《中國古典小說史論》第二十章〈《閱微草堂筆記》的敘事智慧〉：「《閱微草堂筆記》直接嘲諷《聊齋》的本文，有《槐西雜誌》記述東昌書生夜行一則。這位書生稔熟《聊齋》青鳳、水仙諸事，希望有狐仙豔遇。」結果卻被狐翁戲弄，「安排為婚儀上的儐相」。「蒲松齡筆下散發著青春氣息的狐魅意象，到這裡已變得寡情慾而多心計了。」中國社會科學出版社一九九五年版，第五〇一頁。

⑲《中國小說史略》第二十二篇〈清之擬晉唐小說及其支流〉，《魯迅全集》第八卷，人民文學出版社二〇〇五年版，第二一五—二二七頁。

⑳參見王麗娜〈《聊齋志異》在國外〉，《蒲松齡研究集刊》第二集，齊魯書社一九八一年版。

第五章　《儒林外史》

十八世紀中葉，我國文壇出現了兩部影響深遠的偉大作品——《儒林外史》和《紅樓夢》。兩部書的作者吳敬梓和曹雪芹有著相近似的身世經歷，又都不約而同地用白話小說的形式，把自己大半生的親身經歷和體驗或直接或間接地寫了出來，最終二人皆死於窮困潦倒。當吳敬梓的靈櫬運往南京時，金兆燕曾題詩說：「著書壽千秋，豈在骨與肌。」（《棕亭詩鈔》卷五〈甲戌仲冬送吳文木先生旅櫬於揚州城外登舟歸金陵〉）的確，《儒林外史》一書為吳敬梓贏得了不朽的身後名，它是我國古代諷刺文學中最傑出的代表作，標誌著我國古代諷刺小說藝術發展的新階段。

第一節　吳敬梓與《儒林外史》的創作

・科第興盛的家族　・科舉失意與覺醒　・取材於現實士林

吳敬梓（一七〇一——一七五四），字敏軒，號粒民。安徽全椒人。移家南京後自號秦淮寓客，因其書齋署「文木山房」，晚年又自號文木老人。

吳敬梓出身於一個「科第家聲從來美」的科舉世家。曾祖一輩，兄弟五人，四人中進士，曾祖父吳國對是順治十五年（一六五八）殿試第三名，俗稱探花，官至翰林院侍讀，提督順天學政❶。祖父一輩，族祖父吳晟是康熙十五年（一六七六）進士，吳昺是康熙三十年（一六九一）殿試第二名，俗稱榜眼。到了父輩逐步中落，父吳霖起，拔貢，曾為贛榆縣教諭，是個清貧的學官❷。

吳敬梓從小受到傳統儒家思想的教育，前輩對科舉的熱衷追求，對經史特別是《詩經》的備加推崇，都對吳敬梓產生了潛移默化的影響，他從小就讀經習文，準備走科舉仕進之路。但是他並沒有完全受封建教育的束縛，對詩詞歌賦以至野史雜書都饒有興趣，這為他以後的文學創作打下了堅實的基礎。

吳敬梓在少年時代過了幾年安逸的讀書生活，十三歲「喪母失所恃」，十四歲隨父到贛榆任所。到了康熙六十一年

（一七二二），規矩方正的吳霖起被罷除了縣學教諭，吳敬梓隨父回到全椒，第二年，吳霖起抑鬱而死。父親一死，族人欺他兩代單傳，近族親戚、豪奴狎客相互勾結，紛紛來侵奪祖遺財產。正如他在〈移家賦〉中所追述的：「兄弟參商，宗族詬誶。」❸他的族兄吳檠也說：「他人入室考鐘鼓，怪鴞惡聲封狼貪。」（金榘《泰然齋集》卷二附吳檠〈爲敏軒三十初度作〉）這使他看清了封建家族倫常道德的虛僞，萌生了與仰仗祖業和門第過寄生生活的庸俗人物分道揚鑣的念頭。於是，吳敬梓的人生道路發生了重大轉折，他由激憤變爲任達放誕，「邇來憤激恣豪侈，千金一擲買醉酣。老伶少蠻共臥起，放達不羈如痴憨。」（金兩銘〈和（吳檠）作〉，同前）他以阮籍、嵇康爲榜樣，追慕建安文人的風雅，反抗虛僞的禮教，表現出慷慨任氣、放誕不羈的人生態度。由於他揮霍放蕩和樂於助人，致使父親死時留下的財產消耗殆盡，逐步落入貧困交加的境地，因而也招來了庸夫俗子的非議。「田廬盡賣，鄉里傳爲子弟戒。」（《文木山房集》卷四〈減字木蘭花〉）在家鄉親友的譏笑和世俗輿論壓力下，他在三十三歲時，懷著決絕的感情，變賣了在全椒的祖產，移家南京，開始了賣文生涯。在南京，他結識了許多文人學者乃至科技專家以及普通市民，擴大了自己的眼界，增長了見識。特別是他接觸了代表當時進步思潮的顏（元）李（塨）學派的學者❹。他們反對理學空談，宣導務實的學風，要求以禮樂兵農作爲強國富民之道，反對空言無益的八股舉業，提倡以儒家的「六藝」作爲教育內容，培養對國家有用的人才。時代思潮在他思想上打下了鮮明的烙印，六朝故都南京的山水名勝，引發著追慕魏晉文人的情感，他進一步突破了「名教」的束縛，發展了恣情任性的狂放性格。

吳敬梓也曾想走科舉榮身之路，可是，他以弱冠之年考取秀才之後，始終不能博得一第。二十九歲時去滁州參加科考，因爲他的狂放行爲被稟報到試官那裡，終以「文章大好人大怪」而落第。沉重的打擊，使他對科舉制度的懷疑加深了。三十六歲時，曾被薦舉參加博學鴻詞科的考試，他參加了地方一級的考試，但到了要赴京應試時卻以病辭❺。幾經波折，他對科舉制度的弊端有了深刻認識，再不應鄉試，也放棄了「諸生籍」，不願再走科舉仕進的道路，唱出了「恩不甚兮輕絕，休說功名」（〈內家嬌〉）的心聲，甘願以素約貧困的生活終老。

吳敬梓的生活陷入困境，常典當度日，甚至斷炊挨餓。由富貴跌到貧困的逆境裡，他備嘗了人情冷暖、世態炎涼，對社會有了更清醒、冷峻的觀察和認識。艱難的生活並沒有使他屈服，乾隆十六年（一七五一），當乾隆首次南巡，在南京舉行徵召，許多文人迎鑾獻詩時，吳敬梓卻沒有去應試，而是像東漢狂士向栩一樣「企腳高臥」（金兆燕《棕亭詩鈔》卷三〈寄吳文木先生〉）。

吳敬梓生活的最後幾年常從南京到揚州訪友求助，常誦「人生只合揚州死」的詩句。不幸言中，乾隆十九年

（一七五四）農曆十月二十八日在揚州與朋友歡聚之後，溘然而逝。「塗殯匆匆誰料理？可憐猶剩典衣錢！」（程晉芳《勉行堂詩集》卷九〈哭吳敏軒〉）極其悲慘地結束了他坎坷磊落的一生。

「外史紀儒林，刻畫何工妍！吾爲斯人悲，竟以稗說傳。」（《勉行堂詩集》卷二〈懷人詩〉十八首之十六）吳敬梓在窮愁困苦中完成了《儒林外史》這部傳世傑作。《儒林外史》主要是在移家南京之後寫作的，大約在乾隆十四年（一七四九）四十九歲時已基本完稿❻。此後數年，他還在不斷修改，但主要精力已轉向學術研究。

《儒林外史》所寫人物，大都實有其人。吳敬梓取材於現實士林，人物原型多爲周圍的親友、相識相知者。如杜慎卿、馬純上、虞育德、莊紹光、遲衡山、牛布衣等❼。杜少卿則是作者的自況，他的主要事蹟與吳敬梓基本相同，而且是按照生活中原有的時間順序安排的，如杜少卿在父親去世後的「平居豪舉」，借病不參加博學鴻詞的廷試、祭泰伯祠等。作者在生活原型的基礎上擷取適當的素材，通過想像虛構加以典型化，取得了很大成功。《儒林外史》是飽含著作者的血淚，鎔鑄著親身的生活體驗，帶有強烈的作家個性的作品。

《儒林外史》的版本歷來有五十回本、五十五回本、五十六回本等歧說。但五十回本、五十五回本均未見，現存最早的刻本是嘉慶八年（一八〇三）臥閒草堂的巾箱本，五十六回❽。

除《儒林外史》外，吳敬梓還有《文木山房集》四卷，清乾隆年間刻本，收入他四十歲以前的詩文，近年陸續發現《文木山房集》以外的詩文三十三篇，和考釋《詩經》的《詩說》四十三則❾。

第二節　科舉制度下的文人圖譜

・命意在批判科舉　・科舉扭曲的社會和文人　・科舉派生的「名士」

《儒林外史》假託明代故事，除了楔子寫元明易代時王冕的故事外，正文從明憲宗成化（一四六五—一四八七）末年寫到神宗萬曆二十三年（一五九五）爲止。其實小說展示的是十八世紀清代中葉的社會風俗畫，它以知識分子的生活和精神狀態爲題材，對封建科舉制度下知識分子的命運進行了深刻的思考和探索。

小說開篇第一回就借王冕的故事「敷陳大義」，「隱括全文」。作者借王冕之口痛斥八股科舉制度導致知識分子一味追逐功名富貴，從而「把那文行出處都看輕了」，使「一代文人有厄」。

作品在標舉了王冕這個不受科舉制度牢籠的榜樣後，作爲強烈對比，緊接著描寫了兩個把科舉作爲榮身之路的可憐又可笑的人物——周進和范進。周進應考到六十歲，還是個童生，只好到薛家集去教書餬口，卻受盡新進秀才梅玖的奚落。偶然路過的舉人王惠更加飛揚跋扈，自吹自擂，誇耀自己的身分，大吃大喝，卻讓周進陪在旁邊用「一碟老菜葉，一壺熱水」下飯。王惠走後，「撒了一地的雞骨頭、鴨翅膀、魚刺、瓜子殼」，「周進昏頭昏腦，掃了一早晨」。鮮明的對照，顯示出科舉制度造成的文人社會地位和人格的不平等，令讀者仔細咀嚼。後來，周進連村塾教書匠這個飯碗也丟掉了，只好替一夥商人去記帳。因此，當他進省城參觀貢院時，大半生沒有取得功名所鬱積的辛酸悲苦，所忍受的侮辱欺凌一下子傾瀉出來，「一頭撞在號板上，直僵僵不省人事」，蘇醒後滿地打滾，放聲大哭。可是命運突然發生了喜劇性變化，他中了舉人、進士，做上了國子監司業，奚落過他的梅玖冒稱是他的學生，他在村塾中寫下的對聯被恭恭敬敬地揭下來裱好，薛家集也供奉起他的「長生祿位」。

范進考了二十多次，到五十四歲還是童生。進考場時「面黃肌瘦，花白鬍鬚，頭上戴一頂破氈帽」，「還穿著麻布直裰，凍得乞乞縮縮」。由於周進同病相憐的賞識，考取了秀才並又中了舉，脆弱的神經經受不了這突如其來的強烈刺激，竟然發了瘋，半天才清醒過來。范進中舉之後，他的丈人胡屠戶、鄉紳張靜齋以及鄰里立刻從鄙薄變爲諂諛。先前胡屠戶罵范進是「尖嘴猴腮，也該撒泡尿自己照照，不三不四就想天鵝屁吃」，現在卻說「才學又高，品貌又好」，是「天上的星宿」。「一向有失親近」的張靜齋也連忙送銀子，贈房產。只兩三個月，「范進家奴僕、丫鬟都有了，錢米是不消說了」。范進的母親爲這瞬間發生的巨大變化而驚訝、困惑、欣喜，以至「大笑一聲，往後便跌倒」，「歸天去了」。

通過周進、范進的悲喜劇辛辣地諷刺了這種弄得人神魂顛倒的科舉制度。這種制度並不能選拔人才，周進、范進科舉的失敗和成功完全是偶然的。他們把自己的生命全部投入了八股舉業，結果造成了精神空虛，知識貧乏，以至范進當了主考官竟然連宋代蘇軾這樣的大文豪都不知是何許人。同時著力描寫周進、范進命運轉變中環繞在他們周圍人物的色相，深刻地表現了科舉制度對各階層人物的毒害，及造成的烏煙瘴氣的社會風氣。

科舉制度和八股時文的毒害還侵入了閨閣之中，魯小姐受其父魯編修的教育，信了父親說的八股文做得好，「一鞭一條痕，一摑一掌血」，別的「都是野狐禪、邪魔外道」的昏話，從小就讀經書，習八股。自己不可能去參加科舉，只得寄希望於丈夫，不料丈夫對八股時文卻「不甚在行」，魯小姐非常傷心，新婚燕爾卻愁眉淚眼，長籲短歎，以爲「誤我終身」。後來又把舉業夢寄託在兒子身上，四歲起就「每日拘著他在房裡講《四書》，讀文章」。

在不顧品行而瘋狂地追逐功名富貴的社會環境裡，人性發生了扭曲和蛻變，作者用五回篇幅描寫了匡超人如何從一個純樸的青年墮落成無恥的勢利之徒。匡超人出身貧寒，在流落他鄉時，一心惦記著生病的父親：「我爲人子的，不能回去侍奉，禽獸也不如。」但是他逐步發生了變化。先是受馬二先生的影響，把科舉作爲人生的唯一出路，考上秀才後，又受一群斗方名士的「培養」，以名士自居，以此作爲追名逐利的手段，後又受到衙吏潘三的教唆，做起流氓惡棍的營生。社會給他這樣三條路，他巧妙地周旋其間，一步步走向墮落。他吹牛撒謊、停妻再娶、賣友求榮、忘恩負義，變成一個衣冠禽獸。可是當他侍奉久病的父親，敬事兄嫂、親睦鄉里，表現出人性的純良時，他只能是個賣豆腐的小百姓；而當他變質之後，卻擁有了榮耀和幸福，「高興長安道」，揚揚得意了。這是一個造成人品墮落的社會，因而只有人品墮落的人才能在這個人生舞臺上得到發展。

科舉是求取功名的橋梁，少數幸運者一旦功成名就，就要用無厭的貪求來攫取財富，壓榨百姓。他們出仕多爲貪官汙吏，處鄉則多是土豪劣紳。科舉制度實際上成爲政治腐敗的根源，王惠由舉人而進士，補授南昌知府，一到江西就打聽「地方人情，可還有甚麼出產？詞訟裡可也略有些什麼通融。」爲了實現「三年清知府，十萬雪花銀」的發財夢，他把原任衙門裡的「吟詩聲、下棋聲、唱曲聲」換成了「戥子聲、算盤聲、板子聲」，「衙役百姓，一個個被他打得魂飛魄散，合城的人無一個不知道太爺的厲害，睡夢裡也是怕的。」

戴著科舉功名帽子的在鄉仕紳卻成了墮落無行的劣紳，嚴貢生就是一個典型，他利用自己的特權和與官府的關係，無恥地訛詐和欺壓百姓。一口新生小豬誤入鄰家，他聲稱尋回來「不利市」，逼人買下，待鄰家養到一百多斤了，一次錯跑進嚴家來，他又把豬關了不還，還把來討豬的鄰居打折了腿。一紙並未付款的借約當時未還，後別人來討還，他竟索要利銀。他爲兒子娶媳婦僱了兩隻船，立契到後付船錢，他卻挖空心思設計了一個圈套，剩下幾片雲片糕故意丟在舵工順手的地方，誘使舵工吃掉，上岸時詐稱那是他花幾百兩銀子買的「藥」，要寫帖子把舵工送到衙裡打板子，船家只好求饒。他在臭罵一頓之後賴掉船錢揚長而去。

如果說通過嚴貢生主要揭露利用科舉功名欺壓百姓的劣行，那麼王仁、王德這一對難兄難弟則充分暴露了這些「代聖人立言」的道學儒生的虛僞。當王仁、王德的妹妹病危時，妹夫嚴監生請他們來商議將妾趙氏扶正的問題。他們先是「把臉來喪著不則一聲」，當嚴監生每人送一百兩銀子後，他們「拍著桌子道：『我們念書的人，全在綱常上做工夫，就是做文章，代孔子說話，也不過這個理，你若不依，我們就不上門了。』」他們又拿了嚴監生的五十兩銀子，「義形於色地去」操辦將趙氏扶正的宴席了。他們根本不顧骨肉親情，是「忘仁忘德」、虛僞勢利的小人。

作品除了寫以科舉作爲榮身之路的八股迷，戴著科舉功名帽子的仕紳之外，還寫了寄生於舉業文事的八股選家馬純上的赤誠與愚昧。馬二先生是個正派人物，他古道熱腸，樂於助人，他與匡超人萍水相逢卻憐才助貧，贈送銀兩、衣物，讓他回家侍奉父母；對蘧公孫雖是初交，卻不惜罄囊爲之銷贓弭禍；對騙過他的洪憨仙仍捐資爲之裝殮送殯。他眞誠地用畢生的精力投入舉業文事，他對八股情有獨鍾，無怨無悔，據他自己說：「小弟補廩二十四年，蒙歷任宗師的青目，共考過六七個案首，只是科場不利，不勝慚愧！」他熱心地宣揚八股取士的制度，認爲「舉業二字，是從古及今人人必要做的。」、「人生世上，除了這事，就沒有第二件可以出頭。」他全身心地投入八股文的選評，希望能幫助年輕人去爭取功名富貴。馬二先生痴迷於八股文，結果變成了一個麻木愚昧的人，他的精神世界一片荒蕪，他那套文思定勢消解了他鑑賞美景的能力，所以遊西湖時，對這「天下第一個眞山眞水的景致」渾然不覺。他的才華枯萎了，頭腦裡除了八股文那些套語之外，已經沒有其他詞彙了，所以遊了半天西湖，搜索枯腸，才說出一句「眞乃『載華嶽而不重，振河海而不瀉，萬物載焉！』」的套話。通過馬二先生的形象，作者展示了一個被科舉時文異化了的讀書人的迂腐熏人的靈魂。

科舉制度的派生物就是產生了一批沽名釣譽的所謂「名士」，他們或因科場敗北，或因自身條件的限制無法取得功名進入仕途。於是這些不甘寂寞的「聰明人」就刻詩集，結詩社，寫斗方，詩酒風流，充當名士。他們表面風雅瀟灑，骨子裡卻忘不了功名富貴，這群名士的醜惡行徑構成腐敗社會的文化奇觀。作者通過鶯脰湖邊、西子湖畔和莫愁湖上的庸俗鬧劇對他們作了抉膚剔骨的描繪和諷刺。

已故中堂之子，現任通政之弟婁三、婁四公子，「因科名蹭蹬，不得早年中鼎甲，入翰林，激成了一肚子牢騷不平。」在京師閒得無聊，返回故里，在江湖上訪士求賢，想博得戰國時信陵君、春申君求賢養士的美名，於是一夥「名士」聚集在他們周圍，湊成了一個鶯脰湖聚會，「席間八位名士，帶挈楊執中的蠢兒子楊老六也在船上，共合九人之數。當下牛布衣吟詩，張鐵臂擊劍，陳和甫打哄說笑，伴著兩公子的雍容爾雅，蘧公孫的俊俏風流，楊執中古貌古心，權勿用怪模怪樣：眞乃一時勝會。」作者通過聚會前後的介紹，揭示了「名士們」的滑稽醜態。楊執中像是個呆子，就如他手裡摩弄的爐一樣是個待價而沽的假「古董」。權勿用被楊執中吹捧爲有「經天緯地之才」的高人，後來楊執中的兒子偷了權勿用的錢，兩人吵架，楊執中罵他是瘋子。權勿用被人告發，衙役「把他一條鏈子鎖去了」。更可笑的是「俠客」張鐵臂半夜從屋簷上滾下來，提一革囊，聲稱是仇人的腦袋，嚇得二婁心膽皆碎，騙走五百兩銀子，並謊稱可以用藥水頃刻間化人頭爲水，二婁信以爲眞，又設「人頭會」請「名士們」來欣賞。眾人齊聚，張鐵臂久等不到，革囊已臭，打開一看，原來是個豬頭。從此二婁「半世豪舉，落得一場掃興」，「閉門整理家務」，「名士」們也作鳥獸散了。

西子湖畔聚集著一幫斗方名士，以醫生兼名士的趙雪齋爲首，還有定冢宰後嗣胡三公子，頭巾店老闆景蘭江，冒充秀才的鹽務巡商支劍峰等人，他們高談闊論，揀韻聯詩，附庸風雅，攀附權貴，討些殘炙冷飯來慰藉內心對功名富貴的欲求。他們羡慕趙雪齋：「雖不曾中進士，外邊詩選上刻著他的詩幾十處，行遍天下，那個不曉得有個趙雪齋先生？只怕比進士享名多著哩！」這就道出了他們當名士的眞實目的。但是，「讀書畢竟中進士是個了局，趙爺各樣好了，到底差一個進士。不但我們說，就是他自己心裡也不快活的是差著一個進士。」流露出這幫標榜「不講八股」的名士們內心深處的悲哀。

「莫愁湖高會」的導演是杜愼卿，他出身於名門世家，不但外表溫文爾雅而且頗有才氣。他對朝政發些不同流俗的議論，讚揚永樂奪位，批評方孝孺迂闊古板，看不起蕭金鉉之類的斗方名士，也不屑於做假名士那些冒充風雅的「故套」，頗有點眞名士的風度。但這一切都掩蓋不了他精神的空虛無聊和虛僞做作，他顧影自憐，「太陽地裡看見自己的影子，也要徘徊大半日。」他一面稱隔著三間屋也能聞見女人的臭氣，一面卻迫不及待地納妾。他表面聲稱「朋友之情，更甚於男女」，實際上是酷好男風。季葦蕭跟他開了個玩笑，給他介紹了個「美男」，他「次早起來，洗臉、擦肥皂，換了一套新衣服，遍身多熏了香」，興沖沖地去拜訪，結果「只見樓上走下一個肥胖的道士來……一副油晃晃黑臉，兩道重眉，一個大鼻子，滿腮鬍鬚，約有五十多歲的光景。」這種期待中產生的反差，令讀者捧腹大笑。他還想出一個不同於假名士們俗套的「希奇」辦法，召集了全城一百多個做旦角的戲子來表演，品評他們的「色藝」，「好細細看他們婀娜形容」。這次莫愁湖高會不但滿足了他的好色渴求，也爲他招致了風流倜儻的美名，使「這位杜十七老爺名震江南」。

如果說匡超人是中科舉之毒而墮落變質的話，那麼牛浦郎就是由羡慕名士而顚狂痴迷。牛浦郎是市井小民，也沒有讀多少書，但是自作聰明，有著強烈的出人頭地的願望。他偷了店裡的錢買書讀，要破破「俗氣」，後又偷甘露寺和尙珍藏的牛布衣的詩集，從中看到一條不費力氣可以出名的路：「可見只要會做兩句詩，並不要進學、中舉，就可以同這些老爺們往來。何等榮耀！」於是就冒名行騙，以詩人牛布衣的身分騙取縣官的信任，與官員往來，以此抬高身價，侮辱長輩，叫他的妻兄當僕人。後來他與另一個騙子牛玉圃相遇，兩人互相利用，又互相算計，鬧出一幕幕鬧劇。他是個「自己沒有功名富貴而慕人之功名富貴」的「雞鳴狗吠之徒」。

《儒林外史》俯仰百年，寫了一代儒林士人在科舉制度下的命運，他們為追逐功名富貴而不顧「文行出處」，把生命耗費在毫無價值的八股制藝、無病呻吟的詩作和玄虛的清談之中，造成了道德墮落，精神空虛，思想荒謬，才華枯竭，喪失了高尚的人格，失去了人生的價值。對於理想的文人應該怎樣才能保有高尚的人格和實現人生的價值，吳敬梓又陷入理性的沉思之中。

第三節　理想文士的探求

・杜少卿形象的人文內涵　・「真儒」與實學思想　・金陵市井奇人與理想人格

《儒林外史》也描寫了一批真儒名賢，體現了作者改造社會的理想。作者理想的人物是既有傳統儒家美德，又有六朝名士風度的文人，追求道德和才華互補兼濟的人生境界。

杜少卿是作者殷情稱揚的理想人物，他淡薄功名，講究「文行出處」。朝廷徵辟，但他對朝政有著清醒的認識，「正為走出去做不出什麼事業」，「所以寧可不出去好」。他裝病拒絕應徵出仕：「好了！我做秀才，有了這一場結局，將來鄉試也不應，科、歲也不考，逍遙自在，做些自己的事罷！」這就背離了科舉世家為他規定的人生道路。

杜少卿傲視權貴卻扶困濟貧，樂於助人，有著豪放狂傲的性格。汪鹽商請王知縣，要他作陪，他拒不參加：「我哪得工夫替人家陪官！」王知縣要會他，他說：「他果然仰慕我，他為什麼不先來拜我，倒叫我拜他？」但到了王知縣被罷官，趕出衙門無處安身時，杜少卿卻請他到家來住：「我前日若去拜他，便是奉承本縣知縣，而今他官已壞了，又沒有房子住，我就該照應他。」對貧賤困難的人，他平等對待，體恤幫助，楊裁縫母親死了，無力殯葬，他就慷慨資助，給領戲班的鮑廷璽一百兩銀子，讓他重操舊業，奉養母親。

杜少卿既講求傳統的美德，在生活和治學中又敢於向封建權威和封建禮俗挑戰，追求恣情任性、不受拘束的生活。他遵從孝道，「但凡說是見過他家太老爺的，就是一條狗也是敬重的。」因此他對父親的門客婁老爹極為敬重，「養在家裡當祖宗看待，還要一早一晚自己伏侍。」但是他敢於向封建權威挑戰，對當時欽定的朱熹對《詩經》的解說，大膽提出質疑，認為〈溱洧〉一篇「也只是夫婦同遊，並非淫亂」。對〈女曰雞鳴〉的解釋是提倡獨立自主、怡然自樂的生活境界。對當時盛行的看風水、遷祖墳的迷信做法，他極力反對，認為應「依子孫謀殺祖父的律，立刻凌遲處死。」他不受封建禮俗的拘束，「竟攜著娘子的手出了園門，一手拿著金杯，大笑著，在清涼山岡子上走了一里多路。」使「兩邊看的人目眩神搖，不敢仰視。」

他尊重女性，反對對婦女的歧視與摧殘。他篤於夫妻情愛，別人勸他娶妾，他引用晏子的話：「今雖老而醜，我固反見其姣且好也。」他反對納妾，說：「娶妾的事，小弟覺得最傷天理。天下不過是這些人，一個人占了幾個婦人，天下必有幾個無妻之客。小弟爲朝廷立法：人生須四十無子，方許娶一妾，此妾如不生子，便遣別嫁。」雖然他的主張還受著封建孝道的影響，不很徹底，但在當時已是石破天驚的見解了。對敢於爭取人格獨立的沈瓊枝，他充滿了敬意，沈瓊枝是讀書人家的女兒，被鹽商宋爲富騙娶作妾，她設計裹走宋家的金銀珠寶，逃到南京賣文過日子，自食其力。人們都把她看作「倚門之娼」，或疑爲「江湖之盜」，但杜少卿卻說：「鹽商富貴奢華，多少士大夫見了就銷魂奪魄，妳一個弱女子視如土芥，這就可敬的極了。」

他尊重個性，追求自由自在的生活。友人到他家聚會，「眾客散坐，或憑欄看水，或啜茗閒談，或據案觀書，或箕踞自適，各隨其便。」他和六朝文人一樣反對名教而回歸自然，把自然山水當作自己的精神家園，所以他對妻子說：「妳好呆，放著南京這樣好玩的所在，留我在家，春天秋天，同妳出去看花吃酒，好不快活！爲什麼要送我到京裡去？」在名士風度中閃耀著追求個性解放的光彩。

杜少卿表面上狂放不羈，但是仍然懷著一顆憂國憂民之心。眞儒們以道德教化來挽救頹世，贏得他的敬重，雖然他的家產幾乎已經耗盡，但仍然捐二百兩銀子修泰伯祠。他的理想和追求並不爲凡夫俗子所理解，被罵爲「最沒品行」的人，要子侄們在讀書桌上貼一紙條，「上面寫道：『不可學天長杜儀』」。杜少卿在那樣的社會裡，只能陷入苦悶和孤獨，他在送別虞博士時說：「老叔去了，小侄從今無所依歸矣。」

杜少卿較之傳統的賢儒有著狂放不羈的性格，少了些迂闊古板；較之六朝名士，有著傳統的道德操守，少了些頹唐放誕。他是一個既有傳統品德又有名士風度的人物，既體現了傳統的儒家思想，又閃耀著時代精神，帶有個性解放色彩，與賈寶玉同爲一類人物，不過傳統思想的烙印更深一些而已。

莊紹光出身讀書人家，少有才華，十一二歲就會做七千字的長賦。年近四旬，只閉門著書，不肯妄交一人。後被薦舉，皇帝兩度召見，有重用之意，但他深知朝廷的腐敗，慨歎「看來我道不行了」，「懇求恩賜還山」。大學士太保公「欲收之門牆，以爲桃李」，遭到他的拒絕，於是太保公找藉口讓皇帝不要重用，只是允其還山，並把玄武湖賜給他。還鄉之後，地方官吏紛紛來拜，「莊徵君穿了靴又脫，脫了靴又穿」，惱怒之下，連夜搬往玄武湖，回歸到大自然的懷抱中，過自由自在的生活。

吳敬梓的社會改造理想深受顏李學派的影響。顏元曾說：「如天下不廢予，將以七字富天下：墾荒，均田，興水利。以六字強天下：人皆兵，官皆將。以九字安天下：舉人才，正大經，興禮樂。」（李塨《習齋先生年譜》卷下）《儒林外史》正是主張以「禮樂兵農」的實學取代空談性理的理學，以「經世致用」的學問取代僵化無用的科舉時文。遲衡山說：「而今讀書的朋友，只不過講個舉業，若會做兩句詩賦就算雅極的了，放著經史上的禮、樂、兵、農的事，全然不問！」作品裡寫了兩件大事，一是祭泰伯祠，一是蕭雲仙重農桑、興學堂，用以體現作者的社會理想。莊紹光、遲衡山等眞儒名賢，因「我道不行」而「處」而不出，但是他們沒有忘記社會責任，渴望能實現自己改造社會的理想。他們倡議集資修建泰伯祠，以禮讓天下的泰伯作爲道德典範，借此習學禮樂，「成就些人才」，「助一助政教」。於是由大儒虞博士主祭，演出了一場鼓樂喧天的祭祀大典。接著又寫了文武兼備的戍邊將領蕭雲仙在青楓城帶領農民墾田植樹，興修水利，開辦學堂，開啓民智，具體實施「禮樂兵農」的社會復興方案。

吳敬梓改造社會的理想與時代進步思潮相呼應，具有鼓吹政教，提倡實學，反對浮言，謀取事功的意旨，但是卻披著古代「禮樂兵農」的外衣。他的社會理想是走託古改制的路子，在現實生活中缺乏基礎，因而是不可能實現的。作者清醒地認識到這一點，書中籠罩著幻想破滅的悲涼情緒。曾幾何時，傳聞天下的泰伯祠就牆倒殿斜，樂器、祭器塵封冷落，「賢人君子，風流雲散」。蕭雲仙武功文治，轟轟烈烈，到頭來卻被工部核算追賠，破產還債，他的「禮樂兵農」的社會改造方案以失敗而告終。

作者在探求理想的同時，對封建文化作了進一步的反思，其批判的鋒芒指向封建禮教和社會習俗。王玉輝是一個受封建禮教毒害極深的迂拙夫子，當了三十年秀才，考不上舉人，進不了官場，卻立志要寫三部「嘉惠來學」的書，宣傳封建禮教和禮儀。他不僅不惜以殘年之力進行說教，而且身體力行，當女兒提出要以死殉節時，他不但沒有勸阻，反而大加鼓勵：「我兒，妳既如此，這是青史上留名的事，我難道反攔阻妳？妳竟是這樣做罷。」當他得知女兒從夫自盡的噩耗時，還仰天大笑：「死得好！死得好！」這裡沒有壞人引誘，也沒有法律規定，卻是頑固的封建禮教的毒害，使王玉輝的女兒自覺從容地絕食而亡，使王玉輝不自覺地成爲「以理殺人」的幫凶。

眞儒名賢的教化不能挽救日下的世風，追逐功名富貴的社會風氣越演越烈，遍及社會各個角落。五河縣追名逐利、奉承諂媚的惡俗，湯公子和陳木南嫖妓的醜態，妓女聘娘官太太的迷夢，假中書的鬧劇等，充分揭露了社會的烏煙瘴氣、卑鄙齷齪。

作者既看到社會改造理想的難以實現，又不忍放棄對社會理想和完美人格的追求，他也把目光投向社會的底層，寫出一群遠離科舉名利場，不受功名富貴汙染的市井平民的形象。修樂器的倪老爹，看墳的鄒吉甫，開小米店的卜老爹，開小香蠟店的牛老兒等，他們樸實善良，相濡以沫，古風猶存，充滿人間真情的溫馨。

當眞儒名賢「都已漸漸消磨了」的時候，作者在全書末尾寫了「四大奇人」。季遐年，既以寫字爲生，又以寫字自娛；王太是圍棋高手，又是安於賣火紙筒子的小販；開茶館的蓋寬，畫一手好畫，但不攀附權貴；做裁縫的荊元，彈一手好琴，以此自遣。他們自食其力，多才多藝，安貧樂道，高雅脫俗，過著「又不貪圖人的富貴，又不伺候人的顏色，天不收，地不管」的自由自在的日子。這「四大奇人」是知識分子高雅生活「琴棋書畫」的化身，是作者心造的幻影，是文人化的市井平民，是作者爲新一代讀書士子設計的人生道路，體現作者對完美人格的追求。但是幻影終歸是幻影，因爲「那一輪紅日，沉沉的傍著山頭下去了」，荊元悠揚的琴聲「忽作變徵之音，淒清婉轉」，令人「淒然淚下」。

第四節 《儒林外史》的敘事藝術

・長篇結構的新形式　・敘事藝術的新特點　・諷刺藝術的新成就

《儒林外史》是有著思想家氣質的文化小說，有著高雅品位的藝術精品。它與通俗小說有不同的文體特徵，因而其敘事方法也發生了明顯的變化。

中國乃至世界近代長篇小說傳統的結構方式，是由少數主要人物和基本情節爲軸心而構成一個首尾連貫的故事格局。《儒林外史》是對百年知識分子惡運進行反思和探索的小說，很難設想它還有可能以一個家庭，或幾個主要人物構成首尾連貫的故事，完成作者的審美命題。如果那樣，就有可能把科舉制度下知識分子的種種行爲集中在幾個人身上，造成某種箭垛式的笑料集錦。吳敬梓熟讀經史，深諳古史筆法，他要寫出一部「儒林」的「外史」，也就採取了編年和紀傳相結合的方法，以時間爲序，寫出了一代二三十個人物的行狀，創造了一種長篇小說的獨特結構。它衝破了傳統通俗小說靠緊張的情節互相勾連、前後推進的通常模式，按生活的原貌描繪生活，寫出生活本身的自然形態，寫出隨處可見的日常生活。

作者根據親身經歷和生活經驗，對百年知識分子的惡運進行思考，以此爲線索把「片段的敘述」貫穿在一起，構成了《儒林外史》的整體結構，此一模式對後世小說，特別是晚清小說有很大的影響。第一回通過「楔子」以「敷陳大義」，「隱括全文」，然後又以最後一回〈幽榜〉回應「楔子」，首尾呼應，渾然一體。除「楔子」和結尾外，全書主體可分爲三部分。第一部分，自第二回起至三十回止，主要描寫科舉制度下的文人圖譜，以二進（周進、范進）、二王（王德、王仁）、二嚴（嚴貢生、嚴監生）等人爲代表，以鶯脰湖、西子湖、莫愁湖聚會爲中心，暴露科舉制度下文士的痴迷、愚昧和攀附權貴、附庸風雅，同時展現了社會的腐敗和墮落。第二部分，自三十一回起到四十六回止，是理想文士的探求，作者著重寫三個中心：修祭泰伯祠，奏凱青楓城，送別三山門。圍繞這三個中心，塑造了杜少卿、遲衡山、莊紹光、虞育德、蕭雲仙等眞儒名賢的形象。第三部分，自四十七回至五十五回止，描寫眞儒名賢理想的破滅，社會風氣更加惡劣，一代不如一代，以至於陳木南與湯由、湯實二公子在妓院談論科場和名士風流了。但是作者沒有絕望，仍在探索，寫了「四大奇人」，用文人化的自食其力者來展示他對未來的呼喚。

中國古代長篇小說多以傳奇故事爲題材，可以說都是「傳奇型」的。到了明代中葉，從《金瓶梅》開始才以平凡人爲主角，描寫世俗生活。而完全完成這種轉變的則是《儒林外史》，它既沒有驚心動魄的傳奇色彩，也沒有情意綿綿的動人故事，而是當時隨處可見的日常生活和人的精神世界。全書寫了二百七十多人，除士林中各色人物外，還把高人隱士、醫卜星相，娼妓狎客、吏役里胥等三教九流的人物推上舞臺，從而展示了一幅幅社會風俗畫，致使有人感到「愼毋讀《儒林外史》，讀竟乃覺日用酬酢之間無往而非《儒林外史》。」（臥閒草堂本第三回末總評）

《儒林外史》擺脫了傳統小說的傳奇性，淡化故事情節，也不靠激烈的矛盾衝突來刻畫人物，而是尊重客觀再現，用尋常細事，通過精細的白描來再現生活，塑造人物。馬二先生遊西湖，沒有驚奇的情節，沒有矛盾衝突，只是按照馬二先生遊西湖的路線，所見所聞，淡淡地寫去。寫他對湖光山色全無領略，肚子餓了，沒有選擇地「每樣買了幾個錢，不論好歹，吃了一飽。」見到書店就問自己的八股文選本的銷路如何，看到御書樓連忙把扇子當笏板，揚塵舞蹈，拜了五拜，遇到丁仙祠裡扶乩就想問功名富貴，洪憨仙引他抄近路，他以爲神仙有縮地騰雲之法。這平淡無奇的描寫卻把這個八股選家的愚昧、迂腐的性格寫活了。寫匡超人回家，「他娘捏一捏他身上，見他穿著極厚的棉襖，方才放心。」通過這樣平常的細節，把母親對他的愛以「摹神之筆」刻骨銘心地寫了出來。

《儒林外史》所寫的人物更切近人的眞實面貌，通過平凡的生活寫出平凡人的眞實性格。像鮑文卿對潦倒的倪霜峰的照顧和對他兒子倪廷璽的收養，甘露寺老僧對旅居無依的牛布衣的照料以及爲他料理後事的情誼，牛老兒和卜老爹爲牛浦郎操辦婚事，他們之間的相恤相助等，都是通過日常極平凡細小甚至近於瑣碎的描寫，塑造了普通百姓眞誠樸實的性格，感人至深。

人物性格也擺脫了類型化而有豐富的個性，嚴監生是個有十多萬銀子的財主，臨死前卻因爲燈盞裡點著兩根燈草而不肯斷氣。然而他並不是吝嗇這個概念的化身，而是一個活生生的人，他雖然慳吝成性，但又有「禮」有「節」，既要處處保護自己的利益，又要時時維護自己的面子。所以當他哥哥嚴貢生被人告發時，他拿出十多兩銀子平息官司，為了兒子能名正言順地繼承家產，不得不忍痛給妻兄幾百兩銀子，讓他們同意把妾扶正，妻子王氏去世時，料理後事竟花了五千銀子，並常懷念王氏而潸然淚下。一毛不拔與揮銀如土，貪婪之慾與人間之情，就這樣既矛盾又統一地表現出人物性格的豐富性。

作者不但寫出了人物性格的豐富性，而且寫出了人物內心世界的複雜性。王玉輝勸女殉節，寫出他內心的波瀾：先是一次關於青史留名的侃侃而談，接著是兩次仰天大笑，後又寫他三次觸景生情，傷心落淚。從笑到哭，從理到情，層層宕開，寫出王玉輝內心觀念與情感的不斷搏鬥，禮教和良心的激烈衝突。又如第一回多層次揭示了時知縣的內心世界，他先是在危素面前誇口，心想官長見百姓有何難處，誰知王冕居然將請帖退回，不予理睬。他便想：可能是翟買辦恐嚇了王冕，因此不敢來，於是決定親自出馬。可是他這一念頭被另一種想法推翻，認為堂堂縣令屈尊去拜見一個鄉民，會惹人笑話，但又想到「屈尊敬賢，將來志書上少不得稱讚一篇，這是萬古千年不朽的勾當，有什麼做不得！」於是「當下定了主意」。這裡，種種複雜心理不斷轉折、變幻，心態在縱向中曲線延伸，讓人看到他那靈魂深處的活動。

《儒林外史》中每個人物活動的過程並不長，但能在有限的情節裡體現出人物性格的非固定性，即性格的發展變化。匡超人從樸實的青年到人品墮落，寫出他隨著環境、地位、人物之間關係而改變的性格，在他性格變化中又體現著深刻的社會生活的變動。

古代小說人物的肖像描寫往往是臉譜化的，如「面如冠玉，唇若塗脂」，「虎背熊腰，體格魁梧」等。《儒林外史》掀掉了臉譜，代之以真實的細緻的描寫，揭示出人物的性格。如夏總甲「兩隻紅眼邊，一副鍋鐵臉，幾根黃鬍子，歪戴著瓦楞帽，身上青布衣服就如油簍一般，手裡拿著一根趕驢子的鞭子，走進門來，和眾人一拱手，一屁股就坐在上席。」通過這一簡潔的白描，夏總甲的身分、教養、性格躍然紙上。

自然景物的描寫也捨棄了章回小說長期沿襲的程式化、駢儷化的韻語，運用口語化的散文，對客觀景物做精確的、不落俗套的描寫。如第三十三回，杜少卿和幾位好友在江邊亭中烹茶閒話，憑窗看江，「太陽落了下去，返照著幾千根桅杆半截通紅。」第四十一回，杜少卿留朋友在河房看月，「那新月已從河底下斜掛一鉤，漸漸的照過橋來。」隨手拈來，自然真切，富有藝術美。

《儒林外史》改變了傳統小說中說書人的評述模式，採取了第三人稱隱身人的客觀觀察的敘事方式，讓讀者直接與生活見面，大大縮短了小說形象與讀者之間的距離。作者盡量不對人物做評論，而是給讀者提供了一個觀察的角度，由人物形象自己呈現在讀者面前。例如在薛家集觀音庵，讓讀者親見親聞申祥甫、夏總甲的頤指氣使，擺「大人物」架勢，驕人欺人，較少對人物作內心剖白，只是客觀地提供人物的言談舉止，讓讀者自己去想像和體味。又如作者只寫「把周先生臉上羞得紅一塊白一塊」，「昏頭昏腦掃了一早晨」，並沒有剖白周進內心活動，人們卻可以想像到他當時的內心感受。作者已經能夠把敘事角度從敘述者轉換爲小說中的人物，通過不同人物的不同視角和心理感受，寫出他們對客觀世界的看法，大大豐富了小說的敘事角度。如西湖邊假名士的聚會，主要通過匡超人這個「外來者」的新鮮感受，看到這些斗方名士的名利之心和冒充風雅的醜態。

吳敬梓企圖創造一種與生活更直接不隔的、顯示著生活本身流動的、豐富的、原生狀態的藝術。《儒林外史》敘事的新特點與作者的美學思想是一致的。

吳敬梓懷著高尚的理想和道德情操，但在現實生活中處處碰壁。狂狷而豁達的性格使他睥睨群醜，輕蔑流俗。「先生豁達人，哺糟而啜醨，小事聊糊塗，大度乃滑稽。」（金兆燕〈甲戌仲冬送吳文木先生旅櫬於揚州城外登舟歸金陵〉）這樣的氣質和稟賦，使他採用了諷刺的手法去抨擊現實。

魯迅在《中國小說史略》中簡括地論述了中國諷刺小說的淵源和發展：「寓譏彈於稗史者，晉唐已有，而明爲盛，尤在人情小說中。」然而多數作品或「大不近情」，類似插科打諢；或非出公心，「私懷怨毒，乃逞惡言」；或「詞意淺露，已同謾罵」。《儒林外史》將諷刺藝術發展到新的境界，「秉持公心，指擿時弊」，「戚而能諧，婉而多諷」，「於是說部中乃始有足稱諷刺之書」（第三十三篇〈清之諷刺小說〉）。

諷刺的生命是眞實。吳敬梓是「儒林」中人，對「儒林」中的人事感受至深，便本著史家據事直書的態度，運用古史的「春秋筆法」，「心有所褒貶，口無所臧否」，通過精確的白描，寫出「常見」、「公然」、「不以爲奇」的人事的矛盾、不和諧，顯示其蘊涵的美刺意義。例如嚴貢生正在范進和張靜齋面前吹噓：「小弟只是一個爲人率眞，在鄉里之間從不曉得占人寸絲半粟的便宜。」言猶未了，一個小廝進來說：「早上關的那口豬，那人來討了，在家裡吵哩。」通過言行的不一，揭示嚴貢生欺詐無賴的行徑。又如湯知縣請正在居喪的范進吃飯，范進先是「退前縮後」地堅絕不肯用銀鑲杯箸。湯知縣趕忙叫人換了一個瓷杯，一雙象箸，他還是不肯，直到換了一雙白顏色竹箸來，「方才罷了」。湯知縣見他居喪如此盡禮，正著急「倘或不用葷酒，卻是不曾備辦」，忽然看見「他在燕窩碗裡揀了一個大蝦元子送在嘴裡」，心才安下來。眞是「無一貶詞，而情僞畢露」。再如五河縣鹽商送老太太入節孝祠，張燈結綵，鼓樂喧天，滿街是仕宦人家的牌位，滿堂有知縣、學師等官員設祭，莊嚴肅穆。但鹽商方老六卻和一個賣花牙婆伏在欄杆上看執事，「權牙婆一手扶著欄杆，一手拉開褲腰捉蝨子，捉著，一個一個往嘴裡送。」把崇高、莊嚴與滑稽、輕佻組合在一起，化崇高、莊嚴爲滑稽可笑。

《儒林外史》具有悲喜交融的美學風格，吳敬梓能夠眞實地展示出諷刺對象中戚諧組合、悲喜交織的二重結構，顯示出滑稽的現實背後隱藏著的悲劇性內蘊，從而給讀者以雙重的審美感受。周進撞號板，范進中舉發瘋，馬二先生對御書樓頂禮膜拜，王玉輝勸女殉夫的大笑……這瞬間的行爲是以他們的全部生命爲潛臺詞的，所以這瞬間的可笑又蘊涵著深沉的悲哀，這最惹人發笑的片刻恰恰是內在悲劇性最強烈的地方。作者敏銳地捕捉人物瞬間行爲，把對百年知識分子命運的反思和他們瞬間的行爲巧妙地結合在一起，使諷刺具有巨大的文化容量和社會意義。

《儒林外史》將中國諷刺小說提升到與世界諷刺名著並列而無愧的地位❿，這是吳敬梓對中國小說史的巨大貢獻。

注釋

❶吳敬梓《文木山房集》卷一〈移家賦〉自注：「曾祖兄弟五人，四成進士，一為農。」朱彭壽《舊典備徵》卷四：「同胞兄弟有四人並擢甲科者殊鮮，特志之：安徽全椒吳沛子國鼎，明崇禎癸未；國縉，順治壬辰；國對，順治戊戌，探花；國龍，明崇禎癸未。」

❷另有一說：吳霖起為吳敬梓的嗣父，生父為吳雯延（陳美林〈吳敬梓身世三考〉，《吳敬梓研究》，上海古籍出版社一九八四年版，第九三—九七頁）。

❸關於吳敬梓的祖遺財產被宗族侵奪事，他在〈移家賦〉裡有簡括的陳述。陳美林《吳敬梓評傳》（南京大學出版社一九九〇年版）第三章第二節〈鄉居歲月〉有考釋。

❹吳敬梓的執友程廷祚是顏李學派的學者。程廷祚號綿莊，曾致書李塨表示對顏元著述服膺之意，李塨到南京講學，曾多次問學。梁啓超《中國近三百年學術史》列程廷祚為顏李學派學者。其《青溪文集續編》中有〈與吳敏軒書〉及為吳敬梓娣所作〈金孺人傳〉。

❺此據程晉芳《文木先生傳》：「安徽巡撫趙公國麟，聞其名，招之試，才之，以博學鴻詞薦，竟不赴廷試，亦自此不應鄉

舉。」（《勉行堂文集》卷六）一說，吳敬梓參加了撫院級的考試，到督院級的考試，卻以「病」未能終場，也就不能赴京應廷試了（陳美林《吳敬梓評傳》第三章第五節〈鴻博之試〉）。

❻程晉芳《懷人詩》載《勉行堂詩集》卷二〈春帆集〉，按詩之編年次第，當作於乾隆十四年（一七四九）秋。可見此時《儒林外史》已基本完稿。

❼群玉齋刊《儒林外史》金和〈跋〉中曾指明「書中杜少卿乃先生自況」，杜慎卿為其族兄吳檠，莊紹光為程廷祚，馬純上為馮粹中，「沈瓊枝即隨園老人所稱揚州女子」等。何澤翰著《儒林外史人物本事考略》（上海古籍出版社一九八五年版），考索甚詳。這對研究《儒林外史》的創作特徵是有裨益的。

❽關於《儒林外史》原作應是多少回的問題，研究者有不同意見：一，清末金和《儒林外史·跋》中提出：原本僅五十五回，最末〈幽榜〉一回係後人「妄增」。魯迅《中國小說史略·清之諷刺小說》從其說。二，吳敬梓友人程晉芳作《文木先生傳》，稱《儒林外史》五十卷（《勉行堂文集》卷二）。胡適《吳敬梓年譜》據之認為除〈幽榜〉一回為後人「妄增」外，「餘下的五十五回之中，大概還有後人增加的五回」。章培恆進而論證原作就為五十回，詳見其〈《儒林外史》原貌初探〉等文（《獻疑集》，嶽麓書社一九九三年版）。三，原作就是五十六回，並無後人增加者。陳美林主此說，文章題為〈關於〈儒林外史〉「幽榜」的作者及其評價問題〉（《吳敬梓研究》）。

❾據金和《儒林外史·跋》（清同治八年群玉齋活字本）、沈大成《全椒吳徵君詩集·序》（《學福齋集》卷五）的記載，吳敬梓的兒子吳烺在其父身後編定有十二卷本《文木山房集》，可惜至今大部分未發現。程晉芳等友朋說他有《詩說》若干卷，長期湮沒無聞，近年始發現其抄本。李漢秋、項東昇校注《吳敬梓集系年校注》（中華書局二〇一一年版）已收入《文本山房集》和佚詩佚文及《詩說》。

❿《儒林外史》已有英、俄、法、德、越、日、韓、捷克、匈牙利九個語種的外文譯本。參見宋伯年主編《中國古典文學在國外》，北京語言學院出版社一九八八年版。

第六章 《紅樓夢》

在明清小說中，最爲後人稱道的莫過於《紅樓夢》。魯迅曾說：「自有《紅樓夢》出來以後，傳統的思想和寫法都打破了。」（〈中國小說的歷史的變遷〉）該書問世不久，即以手抄本的形式廣爲流布，「可謂不脛而走者矣」（程偉元《紅樓夢・序》）。二十世紀以來，《紅樓夢》更以其所塑造的異常出色的藝術形象和極其豐富深刻的思想底蘊，使學術界產生了以該書爲研究對象的專門學問——「紅學」。曹雪芹當年將《紅樓夢》一書「於悼紅軒中披閱十載，增刪五次，纂成目錄，分出章回」之後，曾感慨萬端地題寫一絕：「滿紙荒唐言，一把辛酸淚。都云作者痴，誰解其中味？」（第一回）這也就成爲「紅學」家和讀者永遠說不完的話題。

第一節 曹雪芹的家世與《紅樓夢》的創作

・「生於繁華，終於淪落」的一生　・《紅樓夢》的版本　・高鶚和程偉元

《紅樓夢》的作者曹雪芹（約一七一五—約一七六三）❶，名霑，字夢阮，號雪芹，又號芹圃、芹溪。祖籍遼陽❷，先世原是漢人，明末入滿洲籍，屬滿洲正白旗包衣（奴僕）。後來他的祖先隨清兵入關，得到寵幸，成爲顯赫一時的世家。據史料記載，雪芹高祖曹振彥，順治年間任山西平陽府吉州知州，後升浙江鹽法道。曾祖曹璽，因「隨王師征山右有功」，成爲順治的親信侍臣（康熙《江寧府志》未刊稿卷一七〈宦跡〉）。曹氏不僅因武功起家，而且同康熙還有一種特殊關係，曹璽的妻子是康熙的乳母，雪芹祖父曹寅則少年時作過康熙的「伴讀」。康熙繼位後，就派曹璽爲江寧織造，這是內務府的「肥缺」，它除了爲宮廷置辦各種御用物品外，還充當皇帝的耳目，訪察江南吏治民情。繼曹璽之後，曹寅及曹顒、曹頫，祖孫三代四人均擔任過這一要職，其間又曾兼兩淮巡鹽御史，共約六十年。因此，曹家成爲當時江南財勢熏天的「百年望族」，康熙六次南巡，其中四次由曹寅負責接駕，駐蹕於織造府。曹家也是「詩禮之家」，曹璽「少好學，深沉有大志」。曹寅則是著名的詩人、學者兼藏書家❸，他曾奉旨在揚州主持編刻《全唐詩》和編纂

《佩文韻府》。

曹家既然是康熙的親信近臣，那麼它的興衰際遇就勢必同皇室內部的矛盾鬥爭緊密連繫在一起。雍正皇帝繼位後，曹家開始失勢。雍正五年（一七二七），曹頫以「行爲不端」、「騷擾驛站」和「織造款項虧空」的罪名被革職抄家。

曹雪芹生長在南京，少年時代曾經歷過一段富貴繁華的貴族生活，在他十三四歲時，隨著全家遷回北京。回京後，他曾在一所皇族學堂「右翼宗學」裡當過掌管文墨的雜差，境遇潦倒，生活艱難。晚年移居北京西郊，生活更加窮苦，「滿徑蓬蒿」，「舉家食粥」。他以堅忍的毅力，專心致志地從事《紅樓夢》的寫作與修訂。乾隆二十七年（一七六二），幼子夭亡，他陷於過度的憂傷和悲痛，臥床不起。到了這年除夕，終因貧病交加而離開人世❹，遺留下來的只有一部未完成的《紅樓夢》。

「生於繁華，終於淪落。」曹雪芹的家世從鮮花著錦之盛，一下子落入凋零衰敗之境，使他深切地體驗著人生悲哀和世道的無情，也擺脫了原屬階級的褊狹，看到了封建貴族家庭不可挽回的頹敗之勢，同時也帶來了幻滅感傷的情緒。他的人生體驗，他的詩化情感，他的探索精神，他的創新意識，全部鎔鑄到這部嘔心瀝血的曠世奇書——《紅樓夢》裡。

《紅樓夢》最初以八十回抄本的形式在社會上流傳，多題名《石頭記》。這些傳抄本大都有署名脂硯齋、畸笏叟等人的評語，因此習慣上稱之爲「脂評本」或「脂本」❺。屬於這個系統的本子，歷年來不斷有所發現，至今已有十多種。主要有甲戌本（一七五四）❻，殘存十六回；己卯本（一七五九），殘存四十一回又兩個半回；庚辰本（一七六○），殘存七十八回；甲辰本（一七八四）❼，存八十回，書名《紅樓夢》。此外還有列藏本、戚蓼生序本（又稱「有正本」，即有正書局於一九一二年石印的戚蓼生序本）等❽。

《紅樓夢》全書一百二十回，後四十回文字，一般認爲是高鶚所補❾。高鶚（約一七三八—約一八一五），字蘭墅，祖籍遼東鐵嶺（今屬遼寧），屬漢軍鑲黃旗。乾隆六十年（一七九五）進士，官至翰林院侍讀，著有《高蘭墅集》、《蘭墅詩抄》、《小月山房遺稿》、《吏治輯要》等。乾隆五十六年（一七九一），程偉元和高鶚將《紅樓夢》前八十回與後四十回合成一個完整的故事，以木活字排印出來，書名爲《紅樓夢》，通稱「程甲本」。第二年，程、高二人又對甲本做了一些「補遺訂訛」、「略爲修輯」的工作，重新排印，通稱「程乙本」。「程乙本」的印行，結束了《紅樓夢》的傳抄時代，使《紅樓夢》得到廣泛傳播。

高鶚和程偉元增補的《紅樓夢》後四十回，有功有過，功大於過。首先，由於有了後四十回而使《紅樓夢》成爲一部結構完整、首尾齊全、渾然一體的文學作品。其次，它寫出了全書中心事件、主要人物的悲劇結局，如黛玉之死、賈家之敗、寶玉出家等，從而保持原有矛盾的發展，基本上符合前八十回的傾向。第三，有的情節描寫生動精彩，如瀟湘驚夢、黛玉迷性、焚詩稿、魂歸離恨天等，有較強的藝術感染力。缺點是安排了賈府「蘭桂齊芳，家道復初」的「大團圓」結局，違背了原作「好一似食盡鳥投林，落了片白茫茫大地眞乾淨」的預判，削弱了作品的批判力度，藝術描寫上也較前八十回遜色。

第二節　賈寶玉和《紅樓夢》的悲劇世界

・寶黛釵愛情婚姻悲劇和大觀園的毀滅　・封建大家族沒落的悲劇　・賈寶玉和人生悲劇

《紅樓夢》是一部內涵豐厚的作品，展示了一個多重層次又互相融合的悲劇世界。

作者對全書作了匠心獨運的安排，《紅樓夢》題名《石頭記》，說是無才補天的頑石在人世間的傳記。這塊頑石幻化爲賈寶玉，他經歷了「木石前盟」和「金玉良緣」的愛情婚姻悲劇，目睹了「金陵十二釵」等女兒的悲慘人生，體驗了貴族家庭由盛而衰的巨變，從而對人生和塵世有了獨特的感悟，正如魯迅所說：「悲涼之霧，遍被華林，然呼吸而領會之者，獨寶玉而已。」（《中國小說史略》第二十四篇）全書以賈寶玉爲軸心，以他獨特的視角來感悟人生。前五回以寶玉的來歷爲中心，扼要地介紹了天上的太虛幻境和塵世的榮寧兩府，〈好了歌〉和〈紅樓夢十二支曲〉提示著賈寶玉所經歷的三重悲劇，作家的寓意和人物的命運巧妙地隱伏其中。

《紅樓夢》的大部分故事是以「天上人間諸景備」的大觀園爲舞臺的，大觀園是太虛幻境在人間的投影，是一個理想世界，但又不是「世外桃源」，它依附於大觀園外的現實世界，不斷受到現實世界的影響、滲透和襲擾。這是一個以賈寶玉爲中心的「女兒國」。「女兒是水作的骨肉，男人是泥作的骨肉。我見了女兒，我便清爽；見了男子，便覺濁臭逼人。」女兒被看作是天地間的靈氣所鍾，是生命的菁華；而男人是與女兒相對立的「渣滓濁沫」，是與女兒悲劇相對立的悲劇製造者。這是以賈寶玉獨特的觀察爲分界線的，也是曹雪芹對人生和生命的獨特理解。因此，他將賈寶玉和一群身分、地位不同的少女放在這個既是詩化的，又是眞實的小說世界裡，來展示她們的青春生命和美的被毀滅的悲劇。

愛情婚姻問題是她們生命中最重要的部分，寶玉和黛玉、寶釵的愛情婚姻悲劇是全書的主線。賈寶玉是賈府的繼承人，是賈家興旺的希望所在，他應該走一條科舉榮身之路，以便立身揚名，光宗耀祖。他也應該有一個「德言工貌」俱全的女子作妻子，主持家政，繼續家業。可是他卻力圖掙脫家庭強加於他的名韁利鎖，做了個無拘無束、自由自在的

「富貴閒人」。他「最不喜務正」，「不肯念書」，不願走仕途經濟的人生道路。這樣，他就違背了封建家庭給他規定的生活道路，成了「不肖子孫」。在婚姻問題上，他既不考慮家族的利益，門當戶對；也不按照傳統道德的要求去選擇封建淑女，他追求的是心靈契合的感情。

林黛玉是一個美麗而聰慧的少女，她早年父母雙亡，家道中落，孤苦伶仃，到賈府過著寄人籬下的生活。但是她任情率性，保持了自然的性情，保存了較多的自我。她孤高自許，在那人際關係冷漠的封建大家庭裡，曲高和寡，只有賈寶玉成爲她唯一的知音，遂把希望和生命交付給寶玉。她並沒有爲了爭取婚姻的成功而屈服於環境，也沒有適應家長的需要去勸告寶玉走仕途經濟的道路。她我行我素，用尖刻的話語揭露著虛僞和庸俗，以高傲的性格與環境對抗，以詩人的才華去抒發對自己命運的悲劇感受。「願奴脅下生雙翼，隨花飛到天盡頭。天盡頭！何處有香丘？未若錦囊收豔骨，一抔淨土掩風流。質本潔來還潔去，強於汙淖陷泥溝。」她爲保持自己的人格尊嚴和純潔的愛情而付出全部的生命。林黛玉的性格充滿了矛盾，她寄居賈府，既感到「一年三百六十日，風刀霜劍嚴相逼」，但又沒有父母兄長，無家可歸，離不開賈府，甚至把自己的婚姻大事還寄託在他們身上。她既熱烈追求愛情自由，但封建禮教的束縛又使她不斷地受到內心的煎熬，使她的愛情特別地深沉而扭曲。內心世界的矛盾和她與生俱來的感傷氣質、病弱之軀結合在一起，借助詩歌的渲染而深入人心，成爲中國古代感傷主義和悲劇精神的化身，獲得了永恆的藝術魅力。

薛寶釵是一個美貌而性格溫順的少女，她寬厚豁達，從容大度，言談舉止從禮合節。對長輩，她奉行「悅親」之道，事事讓長輩高興但不盲從，當長輩們犯糊塗的時候，她也要規勸。如薛蟠這個「呆霸王」因對柳湘蓮無禮而遭到毒打後，偏袒兒子的薛姨媽執意要爲兒子報復，寶釵勸母親不可「偏心溺愛」，不能「倚著親戚之勢欺壓常人」，化解了一場衝突。林黛玉把對寶玉的愛情視爲生命，因而特別敏感，把寶釵作爲自己的「對手」，常常對她旁敲側擊，但寶釵仍以寬容處之，採取了似渾然不覺的退避的態度，經過一段時間的眞誠相待，終於「蘭言解疑癖」，化解了敵意。對趙姨娘、賈環這樣人品不佳的人物，她採取了不冷不熱的態度，既不過於親近，也不排斥歧視，顯出她的心胸氣度，因此她博得賈府上下一片的讚揚。她信奉傳統道德，認爲「女子無才便是德」，規勸黛玉「妳我只該做些針黹紡績的事……最怕看了這些雜書，移了性情，就不可救了。」她認爲男人們應該「讀書明理，輔國安民」，所以規勸寶玉注重「仕途經濟」。她有封建等級觀念，對金釧的投井，對尤三姐、湘蓮的悲劇，都採取了冷漠的態度，成爲符合封建標準的「冷美人」。薛寶釵律己甚嚴，自覺地用「禮」約束自己。在愛情上，她分明對寶玉情有所鍾，卻將這種感情封閉到莊而不露的地步。在才學上，她是大觀園中唯一可以與林黛玉抗衡的才女，但時時以「女子無才便是德」約束自己、規範別人。在生活上，她也有愛美的天性和很高的審美能力，可她卻常常自覺不自覺地去壓抑自身的愛好和情趣。她信從封建道德使自己失去了許多童心，許多自由，逐漸被封建閨範磨去了應有的個性鋒芒，對自己所愛的人與物不敢有太強烈的追求，而對自己不喜愛的人與事也不敢斷然決裂，她的生命處在一種扭曲抑制的狀態。

面對與之朝夕相處的林黛玉、薛寶釵這兩個才貌雙全的少女，賈寶玉順從了情志的選擇。薛寶釵雖然愛著寶玉，但是她並不理解寶玉那顆「童心」，對他的任性乖張不以爲然，所以這個「冷美人」難以獲得賈寶玉的熾熱的赤子之心。而賈寶玉與林黛玉有「木石前盟」，這象徵著他們在太虛幻境中就有著刻骨銘心的感情，在大觀園這個特殊環境裡，他們又有當時青年男女不可能有的耳鬢廝磨、形影不離的滋生愛情的可能。經過微妙的愛情試探，經過「三天惱了，兩天好了」的感情折磨，寶玉終於選擇了從不勸他顯身揚名，從來不說這些「混帳話」的林黛玉，兩個詩人的赤子之心碰撞在一起了。而在賈府日益衰敗的條件下，賈薛兩家希望寶玉和寶釵結成「金玉良緣」，以「德貌工言俱全」的寶釵來作寶玉的賢內助，主持家政，繼承祖業。在關係著家族興衰的問題上，封建家長絕不會讓步，他們只能不顧寶玉、黛玉的願望而扼殺了他們的愛情，造成寶黛的愛情悲劇。象徵著知己知心的「木石前盟」被象徵著富與貴結合的「金玉良緣」取代了。雖然賈寶玉被迫與薛寶釵結婚，「到底意難平」，最終「懸崖撒手」，造成了寶玉與寶釵沒有愛情的婚姻悲劇。

圍繞著「悲金悼玉」的愛情婚姻悲劇，《紅樓夢》還寫出了「千紅一哭」、「萬豔同悲」的「女兒國」的悲劇。才選鳳藻宮的元妃，到「那不得見人的去處」，悶死在深宮。迎春誤嫁「中山狼」，被折磨致死，「一載赴黃粱」。探春「才自精明志自高，生於末世運偏消」，遠嫁他鄉，「掩面泣涕」。惜春「勘破三春景不長」，出家爲尼，「可憐繡戶侯門女，獨臥青燈古佛傍」。賈府「四春」免不了「原應歎息」的命運。史湘雲雖「英豪闊大」，爽朗樂觀，「終久是雲散高唐，水涸湘江」，命運坎坷。李紈終身守寡，謹守婦道，但仍擺脫不了「枉與他人作笑談」的悲劇。自幼遁入空門、帶髮修行的妙玉，「欲潔何曾潔」，到頭來依舊是「終陷淖泥中」。至於大觀園裡的女奴，命運更爲悲慘。「心比天高，身居下賤」的晴雯被逐出大觀園，抱恨夭亡。司棋因被剝奪了婚姻自由以死抗爭，撞牆自盡。作品極爲深刻之處在於，並沒有把這個悲劇完全歸於惡人的殘暴，其中一部分悲劇是封建勢力的直接摧殘，如鴛鴦、晴雯、司棋這些人物的悲慘下場，但是更多的悲劇是封建倫理關係中的「通常之道德、通常之人情、通常之境遇」所造成的，是幾千年積澱而凝固下來的正統文化的深層結構造成的人生悲劇。大觀園裡的悲劇是愛情、青春和生命之美被毀滅的悲劇。作者不僅哀悼美的毀滅，而且深刻揭示了造成這種悲劇的根源，這是對封建社會和文化進行的深刻反思，也是一種精神的覺醒。

《紅樓夢》裡的榮寧兩府係開國勳臣之後，「功名奕世，富貴傳流」，正是康乾時期貴族世家的典型代表。小說以賈府的衰落過程爲主線，貫穿起史、王、薛等大家族的沒落，描繪了上至皇宮，下及鄉村的廣闊歷史畫面，廣泛而深刻地反映了封建末世複雜深刻的矛盾衝突，顯示了封建富貴家族的本質特徵和必然衰敗的歷史命運。

賈府是封建特權階級，是靠剝奪和奴役維持其生存的，特權維護賈府，也製造罪惡。依附賈府的官僚賈雨村，故意葫蘆判案，開脫薛蟠的人命官司，他爲賈赦謀奪石呆子的古扇，逼得別人家破人亡，連賈府的少婦王熙鳳也可以隨意操縱官府，製造冤案。靠剝奪占有而極富貴的賈府，府第宏麗，設飾豪華，充斥著名目繁多的美器珍玩，享用著精美的飲食，使農村老婦劉姥姥驚詫不已。至於秦可卿的喪事、賈元春省親的盛事，那奢華靡費的程度就更是驚人了。這也正養成了賈府主子們的享樂、縱慾的本性。女主子只知安富尊榮，貪圖享受，勾心鬥角地維護著個人的權利。男主子則精神空虛，如賈敬妄求長生，服丹致命；賈赦作威作福，沉湎酒色；賈政還像個「正人君子」，卻庸碌無能，一籌莫展；下一代的賈珍、賈璉，都是道德墮落的淫亂之徒，眞是「一代不如一代」。在這貴族之家那重簾繡幕的背後，堆積著淫亂和罪惡，充塞著令人窒息的霉爛，不斷腐蝕著這座封建大廈。

尤其深刻的是，在小說展示的賈府的生活圖畫裡，顯示出維持著這個貴族之家的等級、名分、長幼、男女等關係的禮、法、習俗的荒謬，揭開了封建家庭「溫情脈脈面紗」內裡的種種激烈的矛盾和鬥爭。正如探春所說：「可知這樣大族人家，若從外頭殺來，一時是殺不死的，這是古人曾說的『百足之蟲，死而不僵』，必須先從家裡自殺自滅起來，才能一敗塗地！」

賈寶玉是個半現實半意象化的人物[10]，作者把他對社會和人生的思考、怨恨、企盼都鎔鑄到賈寶玉的形象裡。賈寶玉不願走封建家庭給他規定的人生道路，但又對自己「一技無成」、「半生潦倒」感到悔恨。他是「富貴閒人」，希望自由自在，任性逍遙，但又「愛博而心勞」，「無事忙」，就像警幻仙姑所說的：「天分中生成一段痴情。」他的「痴情」，不僅表現在對黛玉的鍾情，還表現在他對一切少女美麗與聰慧的欣賞，對她們不幸命運的深切同情。在大觀園裡，寶玉對女兒們關懷備至，如第三十回〈齡官畫薔痴及局外〉，第六十回〈呆香菱情解石榴裙〉。他對遭受欺凌的女兒也更爲體貼，一有機會便以自己的一腔柔情去撫慰那些受傷的心，如第四十四回，寫平兒受到賈璉和鳳姐的打罵，躲到怡紅院來，寶玉喜出望外，盡心服侍，精心爲平兒梳妝打扮，平兒走後，他又感歎不已：

> 忽又思及賈璉，惟知以淫樂悅己，並不知作養脂粉。又思平兒並無父母兄弟姊妹，獨自一人，供應賈璉夫婦

二人。賈璉之俗，鳳姐之威，她竟能周全妥帖，今兒還遭荼毒，想來此人薄命，比黛玉猶甚。想到此間，便又傷感起來，不覺灑然淚下。

賈寶玉的叛逆性格以「似傻如狂」、「行爲乖張」的形式表現出來。「囫圇不可解」的瘋話、呆話，帶著點孩子氣的可笑的行爲，包含著對封建社會視爲神聖的「文死諫，武死戰」之類封建道德原則的蔑視，對仕途經濟的人生道路和男尊女卑的封建禮教的反抗，在「瘋傻」的言行中，神聖變爲無稽，幸福變爲痛苦。

寶玉所珍視的女兒像花朵一樣，無可挽回地枯萎下去，甚至被摧殘而凋零，他所厭惡甚至憎恨的惡勢力仍瘋狂地維持著統治地位。他滿懷著希望但找不到出路，因爲他所反對的正是他所依賴的，於是他感到了人生的痛苦。如第七十八回寶玉去哭弔晴雯未果，又聽說寶釵已搬出大觀園：

寶玉聽了，怔了半天，因看著那院中的香藤異蔓，仍是翠翠青青，忽比昨天好似改作淒涼了一般……門外的一條翠樾埭上也半日無人來往，不似當日……心下因想：「天地間竟有這樣無情的事！」悲感一番，忽又想到了司棋、入畫、芳官等五個；死了的晴雯……大約園中之人不久都要散的了。

這裡寶玉的痛苦已超越了一個家庭破敗之痛苦和個性壓抑之痛苦，這是屬於眾多人的痛苦，是感到人生有限、天地無情的痛苦。他絕望又找不到出路，一種孤獨感和人生轉瞬即逝的破滅感，透著詩人氣質，散發出感傷的氣息。但是寶玉又不願意孤獨，不願意離開生活，離開他鍾愛的黛玉和眾多的女子，因而更加深了他的痛苦。寶玉悟破人生，對生命價值的認識與作品中所寫的家庭的衰敗結合在一起的時候，作品就產生了更加動人的藝術魅力。

從整部作品看，《紅樓夢》籠罩著一層由好到了，由色到空的感傷色彩。〈好了歌〉及其注解就是人生悲劇的主題歌，貫穿在〈好了歌〉裡的中心思想是「變」，榮與辱、升與沉、生與死都在急遽的變化中。由於對一切傳統的、現存的思想信念和社會秩序提出了大膽的懷疑和挑戰，同時又因爲新的出路、新的社會理想又那麼朦朧，因而倍覺感傷，帶著「色空」、夢幻的情緒。熱愛生活又有夢幻之感，入世又出世，這是曹雪芹在探索人生方面的矛盾。曹雪芹並不是厭世主義者，他並不眞正認爲人間萬事皆空，也並未眞正勘破紅塵，眞要勸人從所謂的塵夢中醒來，否則他就不會那樣痛苦地爲塵世之悲灑辛酸之淚，就不會在感情上那樣執著於現實的人生。他正是以一種深摯的感情，以自己親身的體驗，寫出入世的耽溺和出世的嚮往，寫出痛苦的人生眞相和希求解脫的共同嚮往，寫出矛盾的感情世界和眞實的人生體驗。

第三節　《紅樓夢》的人物塑造

・眞實的人　・人各一面的底蘊　・性格表現的多面性　・美醜的互滲　・對照與互補

《紅樓夢》文學創作上的新境界和巨大成功，突出地表現在塑造出了成群的性格鮮明而又富有社會內蘊的人物形象。小說中出現的有姓名的人物多達四百八十多人，給讀者留下深刻印象的至少也有數十人。不獨像賈寶玉、林黛玉、薛寶釵、王熙鳳、襲人、晴雯等頻繁出現的主要人物，即便是著筆不多、乃至偶爾一現其相的人物，如寄生於賈府的「檻外人」妙玉、一次責罵主子而被綑綁起來塞了一嘴馬糞的焦大、在主子面前以口齒伶俐逞能的小丫頭小紅，還有到賈府打秋風的農村老婦劉姥姥，也都令讀者掩卷不忘，耐人尋味，成爲近世眾人評說的對象。

《紅樓夢》寫人物「打破了歷來小說窠臼」，不再是凡寫女子都是「如花似玉，一副臉面」，「凡寫奸人，則用鼠耳鷹腮等語」（《脂硯齋重評石頭記》甲戌本眉批），而是曹雪芹就自己對現實世界的感受、體驗而塑造出來的眞實的人物。即便是占據著小說情節的中心地位、體現著他觀照世界的心靈的賈寶玉，雖帶有濃重的意象化的特點，也沒有使之成爲完全理想化的人物，他也還沒脫盡富家公子的習性。魯迅評說《紅樓夢》的價值：「其要點在敢於如實描寫，並無諱飾，和從前的小說敘好人完全是好，壞人完全是壞的，大爲不同，所以其中所敘人物，都是眞的人物。」[11]所謂「眞的人物」就是雖然不是實有，但卻是現實世界中某種人物的眞實的寫照，反映那種人物的眞實面貌。

正由於是「眞的人物」，所以才人各一面，不僅不同身分、境遇的人物，即便身分、境遇相同相近的人物，也各有其自己的性情，行事中表現出不同的價值取向和人生態度。同是賈府的男主子，賈政正經古板，庸碌無爲，賈赦貪圖享樂，貪婪成性，賈敬精神空虛，妄求長生而死於丹毒，賈珍耽於玩樂，縱慾亂倫，賈璉卑鄙下流，簡直是一個無賴。他們性情上的異同，正映射出那個階層的守舊、虛弱、墮落、醜惡的幾種表現及其總體腐敗的趨勢。同是貴族小姐，賈元春端莊淑雅，「才選鳳藻宮」，榮貴中蘊涵著人生的苦痛，迎春木訥怯懦，安分守己，是大家庭中居於弱勢地位的人物的常態，探春精明逞強，表現爲她爲擺脫庶出的名分之不幸而掙扎、拚搏，幼小的惜春孤僻冷漠，對家中糜爛生活採取迴避自保的態度，她們的不同性情顯現出那種珠光寶氣籠罩中的女子「原應歎息」的不同情況。同是怡紅院的丫環，襲人的溫順老誠，博得主子的信任，晴雯的任性而爲，無所顧忌，遭致了謗毀，重病被逐。她們各自的性情也有著眞實的社會內涵，顯現出不同類型的婢女的不同遭遇，因而具有不同的典型意義。

《紅樓夢》寫人物改變了已往小說人物類型化、性格簡單化的寫法，一些主要人物性格有著多個側面的，乃至是美醜互滲的表現，成爲小說中的「圓形人物」，眞實鮮活的人物。最突出的是王熙鳳。

王熙鳳是榮國府裡年輕美貌的掌權的女主子，與上下各類人物都要打交道。她對老祖宗賈母刻意地逢迎邀寵，對主內政的王夫人非常敬順，受命必行，雖然不無虛與委蛇、假情周旋的因素，那諧謔的談吐、逢場作戲的機敏，也著實討得賈母的歡心、王夫人的信賴，不失爲能幹孝順的好媳婦。她對榮寧二府的姊妹、妯娌們，遠近親疏各異，雖然以利害關係爲轉移，那豪爽潑辣的氣勢卻也贏得了大家的信服，從來未傷和氣。對府中的各等級的奴僕、婢女，恩威並施，採取了籠絡和壓制、懷柔和虐待並用的統治術，成了奴僕們最懼怕的主子。當得知賈璉偷娶尤二姐時，她擺著一副屈尊謙讓的姿態，「外作賢良」卻暗興官司，挾制賈璉，陰險地將尤二姐置於死地。她一方面是治家的能手，駕馭著這繁雜的大家庭，連寧國府大辦秦可卿喪事還要請她總理一切，另一方面卻是營私的裡手，剋扣、拖延發放各房的月例銀，拿出去放債，還依恃家族權勢，勾結官府，包辦官司，蛀蝕和敗壞著她依賴的這個家族。小說從生活的多個側面寫出了這樣一個美麗聰明的時善時惡、時而爽朗時而陰險、時而溫良時而狠毒的貴家管家女人的形象。在不計其數的小說作品中，王熙鳳是一個罕見的，複雜得令讀者難以簡單地判定其美醜的人物。

《紅樓夢》裡還有許多人物，特別是女性人物，都是不能簡單地判定其美醜、善惡的，雖然並不是都像王熙鳳那樣複雜，但卻也都富有深蘊。譬如趙姨娘和探春，趙姨娘是一個年老色衰的女人，在家庭中是半奴之身，地位低下，被正經主子歧視。她仇視名分正、地位優越的王夫人、王熙鳳，時而歇斯底里地發作一番，甚至要使用陰險卑劣的手段害死掌家務大權的王熙鳳和受到百般寵愛的賈寶玉。探春是趙姨娘的親生女兒，卻拚力靠向王夫人，嫌棄親生弟弟賈環，特別親近賈寶玉。就現象來說，趙姨娘心理陰暗，行爲卑劣，令人厭惡，但小說中卻顯示出了她在那種冷酷的嫡庶關係中時常受歧視、欺侮的情況，陰暗心理是那種處境造成的，卑劣的害人行爲是那種受歧視、欺負的處境逼出來的，雖然未必值得肯定、同情，但也折射出那種制度、禮法的荒謬。探春心存高遠又幹練精明，知道那種制度、禮法的不可改變，也難以抗爭，爲了擺脫自己與生俱來的劣勢，便以正經小姐自居，處處防備被人小視，在「抄檢大觀園」時，她打了「狗仗人勢」的王善保家的一巴掌，維護了「正經」小姐的人格尊嚴。而在主持家務，處理作爲僕人的舅舅的喪事賞銀問題上，毫不徇情地依舊例行賞，甚至公然和趙姨娘爭執名分問題，否認趙國基是舅舅，又顯得過於絕情了。這就是眞實的生活，眞實的人物，小說顯示出了其中的荒謬，讀者不必對探春的性情、行事做簡單化的或褒或貶的道德判斷，那樣便必然失之於片面，忽略其中蘊涵的意義。這種情況在《紅樓夢》裡還有，如對薛寶釵的隨分從時、胸襟豁達、極會做人的形象刻畫，對劉姥姥在賈府裡巧於周旋、甘心受戲弄的性格描寫，對焦大罵主子是些「畜生」，聲稱「要往祠堂裡哭太爺去」的言詞的使用，都是不能脫離那種環境和具體背景，抽象地判斷其是非、美醜的，重要的是要透過那種現象進行深層次的理解。

《紅樓夢》中眾多的人物是處在賈府內外的偌大的關係網中的，也自然形成了不同性質的系列，而其更為突出的優點是著意於人物之間的相互映照，互為補充，生發出更為豐富、深刻的意思。讀者最容易看出林黛玉和薛寶釵的比照，小說正是通過兩種背景、兩樣性情的兩位聰明美麗的女子的兩種結局，顯示出封建婚姻的荒謬。寶、黛的愛情悲劇是人生不幸，玉、釵沒有愛情的婚姻也是人生不幸，在對照中這兩種不幸才一起真實深切地顯示出來。不同人物的互為詮釋，趙姨娘和探春之間最為明顯深刻，沒有表現趙姨娘的受歧視的處境，就無從顯示出探春爭強好勝，力圖擺脫親生母女關係的現實原因。值得尋味的還有在探春理家為賞銀子的事與趙姨娘的口角中涉及的襲人父死賞銀多少的問題，襲人是當家主子宣布明裡放在賈寶玉房裡的準姨娘，這裡連繫起來，也就意味兩個人有著一種關係：早年的趙姨娘和現在的襲人一樣，襲人的將來也會是像趙姨娘一個樣子，這就顯示貴族之家這類所謂姬妾的女人的生存狀況。其他，如讓劉姥姥和賈母見面敘談，幾句頗為得體的對答，連同隨後大觀園中的一場宴食，就不只是讓劉姥姥驚詫這貴族之家的侈華，還有著「生來受苦的」和「生來是享福的」兩類老婦人的對照意義，劉姥姥被折騰得厲害，醉酒，瀉肚子，第二天依然健康地離去，而賈母則受了風寒，請大夫治療，最尊貴的人卻是最虛弱的。這類對照、互補性的人物描寫，在《紅樓夢》裡往往是多義的，耐人尋味的。

第四節　《紅樓夢》的敘事藝術

・寫實與詩化融合　・渾然一體的網狀結構　・敘事視角的變換　・個性化的文學語言

《紅樓夢》對小說傳統的寫法有了全面的突破與創新，它徹底地擺脫了說書體通俗小說的模式，極大地豐富了小說的敘事藝術，對中國小說的發展產生了深遠的影響。

曹雪芹以他自己獨特的方式去感覺和把握現實人生，又以獨特的方式把自己的感知藝術地表達出來，形成了獨特的敘事風格，這就是寫實與詩化的完美融合。既顯示了生活的原生態又充滿詩意朦朧的甜美感，既是高度的寫實又充滿了理想的光彩，既是悲涼慷慨的輓歌又蘊蓄著青春的激情和幽深的思考。

曹雪芹在《紅樓夢》第一回中，開宗明義地宣布了他所遵循的創作原則，他首先批評了那些公式化、概念化、違反現實的創作傾向，認爲這種創作遠不如「按自己的事體情理」創作的作品「新鮮別致」。那些「大不近情，自相矛盾」之作，「竟不如我半世親睹親聞的這幾個女子」，「至若離合悲歡，興衰際遇，則又追蹤躡跡，不敢稍加穿鑿，徒爲供人之目而反失其眞傳者。」他既不借助於任何歷史故事，也不以任何民間創作爲基礎，而是直接取材於現實社會生活，是「字字看來皆是血」，滲透著作者個人的血淚感情。作品「如實描寫，並無諱飾」，保持了現實生活的多樣性、現象的豐富性。從形形色色的人物關係中，顯示出那種富貴之家的荒謬、虛弱及其離析、敗落的趨勢。《紅樓夢》又不同於嚴格的寫實主義小說，作者是以詩人的敏感去感知生活，著重表現自己的人生體驗，自覺地創造一種詩的意境，使作品婉約含蓄，既是那樣的歷歷在目，又是那樣的難以企及。它不像過去的小說居高臨下地裁決生活，開設道德法庭，對人事進行義正詞嚴的判決，而是極寫人物心靈的顫動、令人參悟不透的心理、人生無可迴避的苦澀和炎涼，讓讀者品嘗人生的況味。整部小說雄麗深邃又婉約纏綿，把中國古代小說從俗文學提升到雅文學的品位，成爲中國小說史乃至整個中國文學史上的奇葩。

作品借景抒情，移情於景，從而創造出詩畫一體的優美意境，把作品所要歌頌的愛情、青春和生命加以詩化，唱出了美被毀滅的悲歌。〈慧紫鵑情辭試莽玉〉，致使寶玉大病之後對黛玉越發痴情。當他看到山石後面那「狂風落盡深紅色，綠葉成蔭子滿枝」的杏樹，先是「仰望杏子不捨」，接著又對岫煙擇夫之事反覆推求，「不免傷心，只管對杏流淚歎息」，正在悲歎時，「忽有一個雀兒飛來，落於枝上亂啼」，於是觸景生情，心下想道：「這雀兒必定是杏花正開時牠曾來過，今見無花空有子葉，故也亂啼。這聲韻必是啼哭之聲……但不知明年再發時，這個雀兒可還記得飛到這裡來與杏花一會了？」這裡的景不過是一柳一杏一雀而已，卻挑起了寶玉多少情感活動，把潛伏在心底的意識也給喚醒，從而使寶玉對黛玉的痴情，對一切事物充滿憐愛之情的性格特徵，得到了詩意的描繪。當黛玉被無意中關在怡紅院外，獨自在花蔭下悲戚之時，那附近柳枝花朵上的宿鳥棲鴉一聞此聲，俱忒楞楞飛起遠避，不忍再聽。眞是「花魂默默無情緒，鳥夢痴痴何處驚！」無情的花鳥經過移情於景的藝術描寫，便有了人的靈魂、人的感情，把黛玉那難以言傳的苦情愁緒，淋漓盡致而又含蓄委婉地表達出來。作者將詩化的山水和人物的精神面貌相互融合，創造出許多優美的意境。比如黛玉葬花時的飛燕飄絮，襯著落花流水；寶黛在沁芳閘同讀《西廂》時的落紅陣陣，襯著白瀑銀練；還有湘雲醉臥石凳的紅香散亂，襯著蜂蝶飛舞；寶琴折梅時的紅梅襯著白雪；女兒聯詩時的冷月襯著鶴影等，詩境入畫，畫中有詩，從而使人物更添神采，景物更具氣韻，作品的敘事由於滲入了抒情因素而具有一種空靈、高雅、優美的風格。

象徵手法的運用，引領讀者伴隨弦外之音去參透人生的奧祕，也使作品像詩一樣具有含蓄、朦朧的特點，給讀者留下了更多的想像空間，引起幾百年來不斷的猜想、思索，成爲長久的探索的課題。《紅樓夢》裡的象徵除一般的觀念象徵，如用翠竹象徵黛玉的孤標傲世的人格，用花謝花飛、紅消香斷象徵少女的離情傷感和紅顏薄命之外，更有創造性的是整體象徵和情緒象徵。整體象徵如石頭，既是石又是人的雙重涵義，造成了小說雙重層次的藝術世界，一個是以人間故事爲代表的寫實的具象世界，一個是以石頭闡明的意象世界，兩者的複合和交織，便使作品所提供的美學啓迪意義呈現出多義性。情緒象徵如三十六回，寶釵獨自走入怡紅院，寶玉正在午睡，襲人坐在身旁替他做兜肚，上面繡著一對鴛鴦。寶釵和襲人閒聊幾句後，襲人有事走開，「寶釵只顧看著活計，便不留心，一蹲身，剛剛的也坐在襲人方才坐的所在，因又見那活計實在可愛，不由得拿起針來，替她代刺。」這時黛玉、湘雲從窗外走過，看著這種情景，忍著笑走開了：

> 這裡寶釵只剛做了兩三個花瓣，忽見寶玉在夢中喊罵說：「和尚道士的話如何信得？什麼是金玉姻緣，我偏說木石姻緣！」薛寶釵聽了這話，不覺怔了……

這裡包含著許多供人們思索的問題：寶釵是有意還是「不留心」地坐在寶玉身旁？寶釵爲什麼看見繡鴛鴦的兜肚覺得特別可愛而「不由得」拿起來代繡？寶釵坐在寶玉身旁想些什麼？寶玉夢中的喊罵是與寶釵的心理活動暗合的嗎？寶玉的夢中喊罵是他內心活動的流露嗎？總之，這裡不僅表現出寶玉、寶釵、黛玉和湘雲之間微妙的感情糾葛，而且預示著寶玉和寶釵「縱然是齊眉舉案，到底意難平」的婚姻悲劇。這樣的情緒象徵激起和喚醒了某種感情或意緒，如果不追尋夢境與人物關係史的隱祕關係，就難以破譯這種象徵涵義。

曹雪芹比較徹底地突破了中國古代小說單線結構的方式，採取了多條線索齊頭並進、交相聯結又互相制約的網狀結構。青埂峰下的頑石由一僧一道攜入紅塵，經歷了人間的悲歡離合，又由一僧一道攜歸青埂峰下，這在全書形成了一個嚴密的、契合天地迴圈的圓形的結構。在這個神話世界的統攝之下，以大觀園這個理想世界爲舞臺，著重展開了寶、黛愛情的產生、發展及其悲劇結局，同時體現了賈府及整個社會這個現實世界由盛而衰的沒落過程。從愛情悲劇來看，賈府的盛衰是這個悲劇產生的典型環境；從賈府的盛衰方面看，賈府的衰敗趨勢促進了叛逆者愛情的滋生，叛逆者的愛情又給賈府以巨大的衝擊，加速了它的敗落，這樣全書三個世界構成了一個立體的交叉重疊的宏大結構。《紅樓夢》眾多的人物與事件都組織在這個宏大的結構中，互相影響，互相制約，筋絡連接，縱橫交錯，層次分明，有條不紊。它像用千條萬條彩線織起來的一幅五光十色的巨錦，天衣無縫，渾然天成，既像生活本身那樣豐繁複雜，眞實自然，又籠罩著一層眞眞假假、實實幻幻的神祕的面紗。

《紅樓夢》採用「草蛇灰線，伏脈千里」，「注此寫彼，手揮目送」的方法，使每一個情節具有多方面的意義，故事和畫面之間的轉換非常自然，不著痕跡。例如，周瑞家的送宮花介紹了寶釵不愛花兒粉兒的性格；她見到了香菱，交代了葫蘆案裡英蓮的下落；見到惜春與智慧，伏下了惜春出家的結局；最後送到黛玉處，黛玉多心而尖刻的性格躍然紙上，不但一個情節起多方面的作用，而且情節之間的轉換又非常自然。又如芒種節那天，大觀園的姊妹們在一起，獨不見黛玉，寶釵找到瀟湘館處，半路上飛來一雙「玉色蝴蝶」，於是有了寶釵撲蝶。她追蹤到滴翠亭旁，又引出小紅與墜兒的私情話。小紅中了寶釵的「金蟬脫殼計」後，正擔心黛玉聽了她的私情話，忽見鳳姐在山坡上招手叫她，於是引起小紅去取工價銀，回來不見鳳姐，碰到晴雯、碧痕，受到一頓奚落。至此，作家撇下寶釵把筆鋒向別處暗轉，又通過小紅尋鳳姐把讀者帶到稻香村，生動地描寫了小紅的伶俐口才，至此稍作一頓，又轉到瀟湘館去，終於引出黛玉葬花。由尋找黛玉到黛玉葬花，中間情節、場景多次轉換，不斷地推進情節的進展，在情節進展中展開了寶釵、小紅、鳳姐、晴雯、黛玉的性格描寫。情節轉換和運轉就如同百道溪流時分時合地順著一個方向蜿蜒流瀉，只見奔流而不見生硬、中斷或牽合之處。

《紅樓夢》把大小事件錯綜結合著寫，小矛盾凝聚成大矛盾，小事件積累成大事件，一段平靜生活之後，就有一個浪頭打來，雖然都是日常的生活，但仍是波瀾起伏、情趣盎然。在寶玉挨打之前，先寫了茗煙鬧書房、叔嫂逢五鬼、寶玉訴肺腑、蔣玉函贈茜香羅、金釧投井、賈環告發等，使寶玉挨打成爲集結了許多矛盾的大事件。挨打之後引起襲人進讒言、晴雯送手帕、黛玉題詩、寶釵送藥、薛家兄妹爭吵等一系列事件，展開了寶玉與賈政之間不同生活道路的衝突，揭示了嫡庶之間、夫妻之間、母子之間的矛盾，刻畫了許多人物的性格，推動了情節的發展和生活場景的轉換。《紅樓夢》就是以元春探親、寶玉挨打、抄檢大觀園、黛死釵嫁等重大事件爲分水嶺，把大大小小的事件和人物組織起來，條理清晰，首尾連貫，各個事件互爲因果，連環勾牽，毫不間斷，幾乎沒有任何一個線索可以從這幅天然的織錦中抽得出來。劉姥姥三進大觀園，賈府裡寶釵、鳳姐、寶玉、賈母四個生日的安排，都起了重要作用，標誌著愛情婚姻悲劇和家庭衰敗的過程。甚至整個大觀園的景色也隨著賈府的盛衰和寶黛愛情悲劇的發展而變化，當賈府興盛，寶黛愛情萌芽時，大觀園裡是「花光柳影，鳥語溪聲」，「一切沐浴在春光裡」；當賈府盛極將衰，寶黛愛情成熟時，正是悶熱而令人煩躁的夏天；到了賈府日見衰敗，寶黛愛情因得不到家長的支持陷入困境時，蕭瑟的秋天已經來臨，「寒塘渡鶴影，冷月葬詩魂」；到了這個徹頭徹尾的悲劇結束時，「落葉蕭蕭，寒煙漠漠」，落得一片白茫茫大地眞乾淨。

中國古代白話小說由說書發展而來，因此說書人是全知全能的敘述者。《紅樓夢》雖然還殘留了說書人敘事的痕跡，但作者與敘述者分離，作者退隱到幕後，由作者創造的虛擬化以至角色化的敘述人來敘事，在中國小說史上第一次自覺採用了頗有現代意味的敘述人敘事方式。這種敘事方式的轉變，既便於作者盡量避免直接介入，又便於作者根據不同的審美需要和構思來創造不同的敘述人，有利於體現作家的個人風格，有利於展示人物的眞實面貌，深入人物的內心世界，進行細緻而深刻的心理描寫，達到人物個性化的目的。

《紅樓夢》不但在敘述者問題上突破了說書人敘事的傳統，而且在敘述角度上也創造性地以敘述人多角度複合敘述，取代了說書人單一的全知角度的敘述。敘述人敘述視點的自由轉換進一步改變了傳統的敘事方式，例如第三回林黛玉初進榮國府，從全知視角展開敘述，在此基礎上，穿插了初進賈府的林黛玉的視角，通過她的眼睛和感受來看賈府眾人，又通過賈府眾人的眼睛和感受來看林黛玉，敘述人和敘述視角在林黛玉和眾人之間頻繁地轉換。而林黛玉與寶玉的見面寫得尤爲精彩：

> 一語未了，只聽外面一陣腳步響，丫鬟進來笑道：「寶玉來了。」黛玉心中疑惑著：「這個寶玉，不知是怎生個憊懶人物，懵懂頑童？」——倒不見那蠢物也罷了。心中想著，忽見丫鬟話未報完，已進來一個年輕的公子……黛玉一見，便吃一大驚，心下想道：「好生奇怪，倒像在哪裡見過一般，何等眼熟到如此！」

這是黛玉眼中的寶玉。接下去，寫寶玉眼中的黛玉：

> 賈母因笑道：「外客未見，就脫了衣裳，還不去見你妹妹！」寶玉早已見多了一個姊妹，便料定是林姑媽之女，忙來作揖。廝見畢歸坐，細看形容，與眾各別：兩彎似蹙非蹙籠煙眉，一雙似喜非喜含情目……寶玉看罷，因笑道：「這個妹妹我曾見過的。」

寶玉和黛玉的初次見面，兩人互相觀察，敘述視點在兩人中互相轉換，而他們都感到彼此似曾相識，這便是兩心交融的「永恆的一瞬」，深刻地寫出了這帶有神祕性的心靈感受。

劉姥姥三進榮國府，從一個社會底層人物眼中來觀察貴族之家的奢華生活，引起了她的強烈感受和對比。作者在運用石頭的全知敘事之中，融入了劉姥姥的限知視角，把握了劉姥姥初進榮國府的整個過程，又細緻地把劉姥姥獨特的觀察感受直接傳達出來：

> 劉姥姥只聽見咯當咯當的響聲，大有似乎打籮櫃篩麵的一般，不免東瞧西望的。忽見堂屋中柱子上掛著一個匣子，底下又墜著一個秤砣般一物，卻不住的亂晃。劉姥姥心中想著：「這是什麼愛物兒？有甚用呢？」正呆時，只聽得當的一聲，又若金鐘銅磬一般，不防倒唬的一展眼。接著又是一連八九下。方欲問時，只見小丫頭子們一齊亂跑，說：「奶奶下來了。」

通過劉姥姥的視角把鐘比作匣子，把鐘擺比作秤砣，這都是農家常見之物，是劉姥姥所熟悉的。而掛鐘則是當時富貴之家才有的東西，劉姥姥無法了解，還被鐘聲嚇了「一展眼」，最終也沒弄清楚是「什麼愛物兒」。這樣把全知敘事和限知敘事結合起來，靈活地運用參與故事者的限知敘事，把作品寫得更加眞實，人物性格更爲鮮明。

《紅樓夢》的作者是語言大師，他繼承我國文學語言的優良傳統並加以豐富和發展，達到爐火純青的地步。《紅樓夢》以北方口語爲基礎，融會了古典書面語言的精粹，經過作家高度提煉加工，形成生動形象、準確精練、自然流暢、有生活氣息和感染力的文學語言。《紅樓夢》的敘述語言是接近口語的通俗淺顯的北方官話，它用詞準確生動、新鮮傳神，富有立體感。描寫人物神態時，把人物的動作感情和心靈狀態都描摹了出來，例如二十三回，當寶玉聽到賈政叫他時：「登時掃去興頭，臉上轉了顏色，便拉著賈母扭的好似扭股兒糖，殺死不敢去……寶玉只得前去，一步挪不了三寸，蹭到這邊來……寶玉只得挨進門去……寶玉答應了，慢慢地退出去，向金釧兒笑著伸伸舌頭，帶著兩個老嬤嬤一溜煙去了。」描寫風景時，則別具一番情趣，有強烈的抒情氣氛，有濃厚的詩情畫意，如第四十九回寶玉一早起來，往窗外一看：

> 原來不是日光，竟是一夜大雪，下將有一尺多厚，天上仍是搓綿扯絮一般……出了院門，四顧一望，並無二

> 色，遠遠的是青松翠竹，自己卻如裝在玻璃盒內一般……回頭一看，恰是妙玉門前櫳翠庵中有十數株紅梅如胭脂一般，映著雪色，分外顯得精神，好不有趣！

描寫場面時，又寫得生動活潑，富有立體感，如第四十回，寫劉姥姥裝瘋賣傻，給賈府人們逗笑：

> 賈母這邊說聲「請」，劉姥姥便站起身來，高聲說道：「老劉，老劉，食量大似牛，吃個老母豬，不抬頭。」自己卻鼓著腮不語。眾人先是發怔，後來一聽，上上下下都哈哈大笑起來。史湘雲撐不住，一口飯都噴了出來；林黛玉笑岔了氣，伏著桌子「噯喲」；寶玉早滾到賈母懷裡，賈母笑得摟著寶玉叫「心肝」；王夫人笑得用手指著鳳姐兒，只說不出話來；薛姨媽也撐不住，口裡茶噴了探春一裙子；探春手裡的飯碗都合在迎春身上；惜春離了坐位，拉著她奶母叫揉一揉腸子。地下無一個不彎腰屈背，也有躲出去蹲著笑去的，也有忍著笑上來替他姊妹換衣裳的，獨有鳳姐、鴛鴦二人撐著，還只管讓劉姥姥。

《紅樓夢》的人物語言達到個性化的高度，最爲人們所稱道，書中人物語言能準確地顯示人物的身分和地位，能形神兼備地表現出人物的個性特徵。黛玉語言機敏、尖利；寶釵語言圓融、平穩；湘雲語言爽快、坦誠；寶玉的語言溫和、奇特，常有「呆話」；賈政的語言則裝腔作勢，枯燥乏味；晴雯的語言鋒芒畢露；鳳姐的語言機智詼諧，妙語連珠。

對主要人物的語言既注意寫出其主體特徵，又適應多樣化、複雜化的性格因素，如實地寫出這種主體因素在不同情境下的不同表現，不同的語言色彩。如鳳姐平時語言風趣詼諧，但在大鬧寧國府時，卻因感情失控而變得殺氣騰騰；寶釵平日語言穩重平和，但偶然也會因受傷害而出語激憤；黛玉平時語言尖利，但向寶玉敞開心扉時，卻情語綿綿，真摯動人。

第五節 《紅樓夢》的影響

．續書蜂出 ．反覆改編 ．對創作的深遠影響 ．紅學

《紅樓夢》在中國文學史上具有崇高的地位和深遠的影響，主要表現在以下幾個方面：

《紅樓夢》刊行後，相繼出現了一大批續書，如逍遙子的《後紅樓夢》、秦子忱的《續紅樓夢》、陳少海的《紅樓復夢》、海圃主人的《續紅樓夢》、歸鋤子的《紅樓夢補》、臨鶴山人的《紅樓圓夢》等，共三十多種。這些續作有兩種類型：一是接在《紅樓夢》第一百二十回之後，一是接在第九十七回〈林黛玉焚稿斷痴情，薛寶釵出閨成大禮〉之後。它們的內容則多將原書的愛情悲劇改爲庸俗的大團圓，讓悲劇主人公或死後還魂得遂夙願，或冥中團聚終成眷屬。他們金榜題名，夫貴妻榮，一夫多妾，和睦相處，家道復初，天下太平。總之，「遂使吞聲飲恨之紅樓，一變而爲快心滿志之紅樓」（秦子忱《續紅樓夢》卷首鄭師靖序）。由於續作者思想庸俗，境界不高，藝術上荒誕不經，十分拙劣，它們與《紅樓夢》相比，眞有天壤之別。但是這些續書的大量湧現，從另一方面說明《紅樓夢》本身的巨大成就和藝術魅力。

《紅樓夢》備受社會的歡迎，所以便陸續有人將其搬上舞臺。據不完全統計，在清代以《紅樓夢》爲題材的傳奇、雜劇有近二十多種。到了近代，花部戲勃興，在京劇和各個地方劇種、曲種中出現了數以百計的紅樓夢戲。其中梅蘭芳的《黛玉葬花》、荀慧生的《紅樓二尤》等，經過傑出藝術家的再創作，成爲戲曲節目中的精品，經久上演而不衰。近些年來電影、電視連續劇更把它普及到千家萬戶，風靡了整個華人世界。

《紅樓夢》的出現，是在批判地繼承唐傳奇以及《金瓶梅》和才子佳人小說的創作經驗之後的重大突破，成爲人情小說最偉大的作品。在它之後，出現了模仿它的筆法去寫優伶妓女的悲歡離合、纏綿悱惻的狹邪小說，如《青樓夢》、《花月痕》以及鴛鴦蝴蝶派小說，但是它們只是學了皮毛，而拋棄了它的主旨和精神。到了「五四」以後，古典小說研究肇興，開始重新評介《紅樓夢》，魯迅等人闡述了《紅樓夢》現實主義的精神和傑出成就，使《紅樓夢》的現實主義精神得以回歸，許多作家受《紅樓夢》的影響，創作出了帶有濃厚的自敘傳色彩的小說。直至當代，《紅樓夢》仍然成爲許多作家永遠讀不完、永遠可以學習、汲取創作經驗的文學珍品。

《紅樓夢》問世後，引起人們對它評論和研究的興趣，並形成一種專門的學問——紅學。據李放《八旗畫錄注》說：「光緒初，京朝士大夫尤喜讀之（指《紅樓夢》），自相矜爲紅學云。」如果說那還是句戲語，其後近百年來，《紅樓夢》的評論、研究日益發展、興盛，確乎成了一種專門的學問。從早期的評點、索隱，到二十世紀前期的「新紅學」，再到五〇年代後的文學批評，論著之多眞是可以成立一所專門的圖書館[12]。《紅樓夢》的作者問題、文本的思想內涵、人物形象、藝術特徵等方面，都得到了日益深細的探討、解析，近三十年間更呈現出生機勃勃、欣欣向榮的景象。

《紅樓夢》這部偉大作品是屬於中國的，也是屬於世界的，不僅在國內已有數以百萬計的發行量，有藏、蒙、維吾爾、哈薩克、朝鮮等多種文字的譯本，而且已有英、法、俄等十幾種語種的摘譯本、節譯本和全譯本，並且在國外也有不少人對它進行研究，寫出不少論著。《紅樓夢》正日益成為世界人民共同的精神財富⓭。

注釋

❶《紅樓夢》的作者是曹雪芹，自胡適一九二一年發表《紅樓夢考證》以來，學界絕大多數對這一結論都是肯定的，但也不斷有人提出質疑。較有代表性的是戴不凡〈揭開《紅樓夢》作者之謎〉一文（《北方論叢》一九七九年第一期）。有關這場論爭，可參看《紅樓夢著作權論爭集》（《北方論叢》編輯部編，山西人民出版社一九八五年版）。曹雪芹的卒年主要有壬午、癸未兩說。壬午說係根據甲戌本第一回脂評：「能解者方有辛酸之淚，哭成此書。壬午除夕，書未成，芹為淚盡而逝。余嘗哭芹，淚亦待盡。……甲午八日淚筆。」壬午除夕，即乾隆二十七年除夕（一七六三年二月十二日）。癸未說係根據敦敏《懋齋詩鈔》中〈小詩代柬寄曹雪芹〉，按《懋齋詩鈔》編年的次序推斷寫於癸未年。敦誠〈挽曹雪芹〉詩，注明是甲申（一七六四）所寫。因此認為，曹雪芹於癸未除夕，即乾隆二十八年除夕（一七六四年二月一日）逝世。曹雪芹的生年，根據敦誠挽詩「四十年華付杳冥」，及張宜泉〈傷芹溪居士〉詩原注「年未五旬而卒」，再由曹雪芹的卒年逆推上去。周汝昌認為曹雪芹生年是一七二四年，胡適認為是一七一九年。現多數學者傾向定於一七一五年。

❷曹雪芹的籍貫，歷來有豐潤和遼陽兩說。豐潤說是李玄伯於一九三一年《故宮週刊》發表的〈曹雪芹家世新考〉中提出，後周汝昌在《紅樓夢新證》中力主之。但豐潤第六次重修《曹氏宗譜》卻不載曹雪芹這一支名諱。《豐潤縣誌》亦未提及曹寅等。遼陽《五慶堂重修曹氏宗譜》載其始祖為曹俊，第六世祖為曹錫遠，以此判斷曹雪芹祖籍為遼陽。今多數學者同意這種說法。

曹家的旗籍，有的認為是漢軍，有的認為是滿洲正白旗。經學術界考定，曹家早先是屬漢軍旗，大約在天聰八年（明崇禎七年，一六三四）前轉為多爾袞率領的滿洲正白旗。

❸曹寅字子清，號楝亭，官江寧織造，與江南文學名流頗多交往。有《楝亭集》，又編刻善本古籍《楝亭十二種》。《清史列傳》卷七二「文苑」、《清史稿》卷四九一「文苑」均有傳。

❹今存敦敏《懋齋詩鈔》、敦誠《四松堂集》、張宜泉《春柳堂詩集》，都有贈、弔曹雪芹的詩。敦敏詩有〈小詩代柬寄曹雪

芹〉、〈河幹集飲題壁兼弔雪芹〉等，敦誠詩有〈寄懷曹雪芹〉、〈挽曹雪芹〉等，張宜泉詩有〈傷芹溪居士〉等。他們都是曹雪芹的友人，詩中反映出曹雪芹臨終前數年的境遇、性情以及身後的淒涼，真切可信。這三個詩集均有古典文學刊行社一九五五年影印本。

❺ 脂硯齋是誰，歷來眾說紛紜，有的認為是曹雪芹的叔叔，有的認為是兄弟，有的認為是關係親近的人，甚至有人懷疑不是曹雪芹同時人，脂評是後人偽作。但多數學者認為脂評出自與曹雪芹關係密切的親近人之手，對研究《紅樓夢》具有重要的意義。

❻ 甲戌本、己卯本、庚辰本均題名《脂硯齋重評石頭記》。甲戌本，由於第一回正文中有「至脂硯齋甲戌抄閱再評」之語，故有此稱。己卯本，第四冊（第三十一回至第四十回）回目頁記有「脂硯齋凡四閱評過，己卯冬月定本」字樣，故有此稱。庚辰本，第四冊回目頁記有「庚辰秋月定本」字樣，故有此稱。這三本子所標出的干支是脂硯齋抄閱重評的年代，今存的本子不全是原本，其中有的是過錄本。

❼ 甲辰本，題名《紅樓夢》，卷首有夢覺主人序，末署「甲辰歲菊月中浣」。甲辰為乾隆四十九年（一七八四），已接近高鶚、程偉元補足一百二十回之時。

❽ 列藏本，二十多年前發現於蘇聯列寧格勒圖書館，故有此簡稱。此本題《石頭記》，缺第五、六兩回，存七十八回。戚蓼生序本，題《石頭記》，原八十回，民初上海有正書局據以石印。現原本僅存前四十回，卷首有戚蓼生序。戚蓼生為乾隆間人，事蹟略可考，見周汝昌《紅樓夢新證》下冊〈戚蓼生與戚本〉。

❾ 張問陶《船山詩草》卷十六〈贈高蘭墅鶚同年〉詩題注：「傳奇《紅樓夢》八十回以後俱蘭墅所補。」因此多數人認為《紅樓夢》後四十回是高鶚續作。但程偉元、高鶚在程乙本《紅樓夢・引言》中說：「書中後四十回係就歷年所得，集腋成裘，更無他本可考。惟按其前後關照者，略為修輯，使其有應接而無矛盾。至其原文，未敢臆改，俟再得善本，更求釐定，且不欲盡掩其本來面目也。」加以乾隆抄本百二十回《紅樓夢稿》的發現，高鶚續作之說發生動搖，因此張問陶所說高鶚「所補」，可能是根據部分殘存原稿加以修改、補寫，並非完全由高鶚續作。

❿ 對賈寶玉這個形象的認識是解析《紅樓夢》的一個關鍵。「新紅學」家把他看作作者曹雪芹的自我寫照，從而建構了自傳說。一九五四年自傳說受到批評之後，評論者將他看作一般寫實小說的人物，與現實生活中的人等量齊觀，也就導致了賈寶玉是否是封建叛逆的爭論。其實，賈寶玉是意象化的小說人物，是作家的心靈的映象（袁世碩〈賈寶玉心解〉，《文史哲》一九八六年第四期）。

⓫ 〈中國小說的歷史的變遷〉，《魯迅全集》第九卷，人民文學出版社一九八一年版。

⑫《紅樓夢》的研究史，有的按時代劃分，從清乾隆、嘉慶年間到一九二一年以前為舊紅學時期；從一九二一年胡適《紅樓夢考證》出版到一九五四年為新紅學時期；從一九五四年批判胡適《紅樓夢》研究至今為現代紅學時期（郭豫適《紅樓夢研究小史稿》、《紅樓夢研究小史續稿》，由上海文藝出版社分別在一九八〇年和一九八一年出版）。有的從學術流派的角度來劃分，分為索隱派、考證派和文學批評派（劉夢溪《紅樓夢與百年中國》，河北教育出版社一九九九年版）。

⑬參見宋伯年主編《中國古典文學在國外》，北京語言學院出版社一九八八年版。

第七章　清中葉詩文詞多元發展的局面

康熙末年，清朝開始步入中期，雍正、乾隆兩朝號稱「盛世」。這一時期，在政治經濟穩定繁榮的背後潛伏著深刻的危機。受統治者「稽古右文」政策和訓詁考訂的樸學影響，社會上讀書風氣高漲，文學創作活躍，差不多歷代出現過的風格和流派，都有回應和接響。詩派有沈德潛、厲鶚、翁方綱和袁枚、趙翼等設壇立坫，分庭抗禮，自成一格的鄭燮、黃景仁等也競逐其間。古文則桐城派以正宗自居，聲勢浩大。駢文異軍突起，再度興盛。張惠言則開創常州詞派，把詞的創作和理論推向尊詞體、重寄託的階段。

第一節　流派紛呈的詩壇和袁枚

・詩壇多元格局　・袁枚及性靈派詩人　・盛世中的哀唱：鄭燮、黃景仁

乾嘉詩壇，才人輩出，各領風騷。沈德潛、翁方綱，或主格調，或言肌理，固守儒雅復古的陣地；厲鶚擴大浙派的門戶；袁枚、趙翼、鄭燮標榜性靈，擺脫束縛，追求詩歌解放；黃景仁等抒寫落寞窮愁，吟唱出盛世的哀音。

沈德潛（一六七三—一七六九）論詩原本葉燮❶，經其推演，以儒家詩教爲本，宣導格調說，尊唐抑宋，使詩歌「去淫濫以歸雅正」（《唐詩別裁集・序》），起到「和性情、厚人倫、匡政治」的教化作用。《說詩晬語》開宗明義第一條：「詩之爲道，可以理性情，善倫物，感鬼神，設教邦國，應對諸侯，用如此其重也。」鼓吹「溫柔敦厚，斯爲極則」，要求詩歌創作「一歸於中正和平」。（《重訂唐詩別裁集・序》）爲使「格高」、「調響」，他以唐人爲楷式，以古詩爲源頭，選輯《古詩源》、《唐詩別裁集》、《明詩別裁集》等，樹立學習的範本，影響頗大。其詩歌創作也如明代七子，古體摹漢魏，近體法盛唐。因長期困窮科場，曾接觸人世禍患，也寫有一些「以微詞通諷諭」的詩歌，如新樂府〈制府來〉、〈哀愚民效白太傅體〉和〈海災行〉、〈刈麥行〉等，諷刺官吏跋扈，反映民生疾苦，語言樸素自然。近體詩〈金陵詠古〉等也寫得高亢雄健。但其大量詩作雍容典雅，平庸無奇，爲典型的臺閣詩體。

和沈德潛同時的厲鶚（一六九二—一七五二）繼朱彝尊、查愼行爲浙派盟主❷，主張作詩參以書卷，學習宋人，好用宋代典故，著有《宋詩紀事》。其詩主要是寫山水，以杭州和西湖風景爲主，遍及一山一水、一草一木。如〈靈隱寺月夜〉：

> 夜寒香界白，澗曲寺門通。月在眾峰頂，泉流亂葉中。一燈群動息，孤磬四天空。歸路畏逢虎，況聞巖下風。

詩中境界流露一種寒意。其他如〈初晴曉行湖上〉、〈早春登孤山四照亭〉等，於幽新雋妙融入孤寂冷落之情，「語多雋味」。他曾自述「性喜爲遊歷詩，搜奇抉險，往往有得意句。」（〈盤西記遊集序〉）他作詩重學問，主空靈，合寫景與宗宋爲一，代表浙派的風格特點。杭世駿、金農、吳錫麟等輔佐左右，在當時勢力頗大，「近來浙派入人深，樊榭家家欲鑄金。」（《洪北江詩文集・更生齋詩》卷二）清人所稱「浙派」，基本上專指厲鶚一派，其影響一直延續到清末。

翁方綱（一七三三—一八一八）論詩倡肌理說❸，主張「爲學必以考證爲準，爲詩必以肌理爲準。」（〈志言集序〉）杜甫〈麗人行〉有「肌理細膩骨肉勻」之句，翁方綱用「肌理」一詞來論詩，包括義理與文理。義理爲「言有物」，指以六經爲代表的合乎儒家道德規範的思想與學問；文理爲「言有序」，指詩律、結構、章句等作詩之法。義理爲本，通變於法，以考據、訓詁增強詩歌的內容，融詞章、義理、考據爲一。他認爲「士生今日，宜博精經史考訂，而後其詩大醇。」（〈粵東三子詩序〉）翁方綱是學者，博通經術，其詩歌理論也受到考據學風的影響，「所爲詩，自諸經注疏以及史傳之考訂、金石文字之爬梳，皆貫徹洋溢其中。」（《清史稿》本傳）如〈漢石經殘字歌〉、〈漢建昭雁足燈歌爲王述庵臬使賦〉等，以學問爲詩，用韻語作考據，遭到袁枚「錯把抄書當作詩」（〈仿元遺山論詩絕句〉）的批評。從與他同時的錢載，到道、咸年間的程恩澤、鄭珍、何紹基和清末沈曾植等，所產生的學人之詩和宋詩運動，都由肌理說推動而來。

給詩壇吹進清新空氣，獨樹一幟的是袁枚。袁枚（一七一六—一七九七）字子才，號簡齋，錢塘（今浙江杭州）人，因辭官後定居江寧小倉山隨園，世稱隨園先生，自號倉山叟、隨園老人等。乾隆四年（一七三九）進士，改庶吉士，入翰林院，後外放於江蘇溧陽、江寧等地任縣令。乾隆十三年（一七四八）辭官，結束仕宦生涯，隱居隨園❹。他標舉性靈說，與沈德潛、翁方綱的格調說和肌理說相抗衡，影響甚大，形成了性靈派。

袁枚生活通脫放浪，個性獨立不羈，頗具離經叛道、反叛傳統的色彩。他宣揚性情至上，肯定情慾合理，在性與情上，主張即「情」求「性」（〈書復性書後〉），突出尊情：在言志與言情上，認爲「詩言志，言詩之必本乎性情也」（《隨園詩話》卷三）。他強調情是其詩論的核心，男女是眞情本源。他與沈德潛等人反覆辯論，公開爲寫男女之情的詩歌張目，在當時頗有振聾發聵之效。他還鮮明地表示「鄭孔門前不掉頭，程朱席上懶勾留。」（〈遣興〉）認爲「宋學有弊，漢學更有弊」（〈答惠定宇書〉），宋儒偏於心性之說近乎玄虛，而漢儒偏於箋注也多附會，進而質疑「六經」，指出其言未必「皆當」、「皆醇」，並借莊子之語抨擊「六經盡糟粕」（〈偶然作〉），對虛僞的假道學深惡痛絕，表現出封建社會末期個性解放思想的再次蘇醒。袁枚論詩宗尚性靈，所謂「性靈」，其涵義包括性情、個性和詩才。性情是詩歌的第一要素，「性情以外本無詩」（〈寄懷錢嶼沙方伯予告歸里〉），即是說詩生於性情，性情是詩的本源和靈魂，詩人要「自把新詩寫性情」。而這種性情要表現出詩人的獨特個性，「作詩不可無我」，「有人無我，是傀儡也」（《隨園詩話》卷七），沒有個性，也就喪失了眞性情，《續詩品》闢「著我」一品，所謂「字字古有，言言古無」，就是明確提倡創寫「有我」之旨，這是性靈說審美價値的核心。然而僅有個性、性情是不夠的，還應具備表現這一切的詩才，「詩人無才，不能役典籍運心靈」（〈蔣心餘藏園詩序〉），藝術構思中的靈機與才氣、天分與學識要結合並重。這一在「吟詠性情」的基點上構成完整體系的詩歌理論，衝破了傳統與時代風尚，對格調模擬復古、肌理考據學問、神韻纖巧修飾、浙派瑣屑餖飣給予有力的衝擊，是晚明文藝思潮的隔代重興❺，爲清詩開創了新的局面。

袁枚作詩以才運筆，抒發性靈，極有特色。他的筆觸相當廣泛，反映現實、詠物懷古、描繪山川自然和表現個人志趣，大都不受傳統思想束縛和正宗格調限制，信手拈來，矜新鬥捷，不盡遵軌範。而且清靈雋妙，具有感情奔放、議論新穎、筆調活潑、語言曉暢、句法靈巧等特點，從內容到形式都有一定的創新。如〈馬嵬〉其二：

> 莫唱當年長恨歌，人間亦自有銀河。石壕村裡夫妻別，淚比長生殿上多。

詩以白居易〈長恨歌〉與杜甫〈石壕吏〉對比，將帝妃悲劇轉向民間夫妻慘別，翻出新意的同時滲透著對百姓疾苦的深切同情。類似關心民瘼的作品還有〈苦災行〉、〈南漕歎〉、〈捕蝗歌〉等，揭露社會弊病的作品則有〈雞〉、〈偶然作〉、〈養馬圖〉等。抒述骨肉之情的〈隴上作〉、〈哭三妹五十韻〉、〈哭阿良〉等感情眞摯，清婉淒惻。

袁枚性好遊覽，寫景之作模山範水，落想不凡，筆墨放縱。〈同金十一沛恩遊棲霞寺望桂林諸山〉、〈觀大龍湫作歌〉等詩膾炙人口，前者寫桂林群山和七星岩溶洞的奇幻景象，從神話傳說寫到詭譎奇形，縱橫跌宕，興會淋漓。另有一部分小詩則以清新靈巧見長，如〈苔〉：

> 各有心情在，隨渠愛暖涼。青苔問紅葉，何物是斜陽？

在極簡淡的勾畫中，蘊涵了對自然生命的多樣品性的欣賞、讚美。正如其〈遣興〉詩所云：「夕陽芳草尋常物，解用都爲絕妙詞。」〈湖上雜詩〉更有別出心裁的情趣：

> 桃花吹落杳難尋，人為來遲惜不禁。我道此來遲更好，想花心比見花深。

這些詩也如同他說：「只將尋常話作詩。」無論從內容或形式說，袁枚詩都顯示出向近代文學演進的歷史徵兆。

與袁枚並稱「乾隆三大家」的是趙翼和蔣士銓❻。趙翼（一七二七—一八一四）論詩崇性靈❼，「力欲爭上游，性靈乃其要。」（〈閒居讀書〉）他更重視創新，「不創前無有，焉傳後無窮。」（〈讀杜詩〉）「詩文隨世運，無日不趨新。」（〈論詩〉）強調不囿於成法，敢於破除宗唐宗宋的門戶習氣，自信「江山代有才人出，各領風騷數百年。」他有經世之才，又是工於考據的史學家，故詩歌多詠史、論世、評詩之作，且議論精警，思想敏銳，幽默詼諧，兼雜以雄奇豪放的氣概，〈讀史二十一首〉、〈偶得〉、〈題元遺山集〉等爲其見解精闢的代表作。他的創作個性分明，即使一首小詩也旨意洞達，如〈曉起〉：「茅店荒雞叫可憎，起來半醒半懵騰。分明一段勞人畫，馬齧殘芻鼠瞰燈。」純用白描寫其羈旅生涯的疲憊與艱辛，卻無一絲消沉，洋溢著才情和樂觀丰采，是其心靈的映現。

蔣士銓（一七二五—一七八五）也主張「文章本性情，不在面目同」（〈文章〉四首）❽，但其性情還包含「忠孝節義之心，溫柔敦厚之旨」，如〈題文信國遺像〉、〈南池杜少陵祠堂〉等，和袁枚等人有所不同。其描寫盛世下的苦難，如〈京師樂府詞〉十六首、〈飢民歎〉、〈雞毛房〉等作，別開生面，值得重視。抒寫親情有〈出門〉、〈歲暮到家〉等，感人至深。如後者：

> 愛子心無盡，歸家喜及辰。寒衣針線密，家信墨痕新。見面憐清瘦，呼兒問苦辛。低回愧人子，不敢歎風塵。

張問陶（一七六四—一八一四）崇仰袁枚[9]，高唱「文章體制本天生，只讓通才有性情。」、「天籟自鳴天趣足，好詩不過近人情。」（〈論詩十二絕句〉）其詩多「騷屑之音」，有〈出棧宿寶雞縣題壁〉十八首、〈拾楊稊〉等詩，遊記懷古之作有〈初冬赴成都過安居題壁〉、〈紫柏山謁留侯祠〉等。他和袁枚一樣，敢於鄙薄道學，「理學傳應無我輩」（〈斑竹塘車中〉）。他有不少與妻子唱和、抒寫夫妻之愛的詩，如〈春日憶內〉：「房幃何必諱鍾情，窈窕人宜住錦城。小婢上燈花欲暮，蠻奴掃雪帚無聲。春衣互覆宵寒重，繡被聯吟曉夢清。一事感卿眞慧解，知余心淡不沽名。」暢所欲言，無所顧忌，反映出思想的解放。

屬於性靈派，和「乾隆三大家」對稱的「後三家」是舒位、王曇和孫原湘[10]。其中舒位、王曇是龔自珍的先導，後者更爲直接。

舒位（一七六五—一八一五）詩題材廣泛[11]，羈旅行役、詠史記遊等篇什，性靈與才學兼具，寫得灑脫自如，得心應手，且材藻豔麗，旁徵博引，如〈說蟹三十韻〉、〈鸚鵡地圖〉等。集華美詞藻與縱橫馳騁爲一體的有〈破被篇〉、〈鐵簫歌贈朱亦林〉等，龔自珍評之爲「鬱怒橫逸」，顯示出乾嘉詩壇風尚轉變的新動向。王曇（一七六〇—一八一七）一生未仕，窮困終身[12]。〈重過穀城，書宋汝和觀察項王碑〉、〈項王廟〉等篇是感慨自身的代表作，借憑弔項羽抒發懷才不遇的憤懣，哭人哭己，喟歎「英雄」身後淒涼，大筆淋漓，詭怪離奇，帶有幾分粗豪，爲龔自珍詩歌的濫觴。孫原湘（一七六〇—一八二九）的詩清麗俊逸，富巧思，多麗語。《清史稿》本傳稱「位豔、曇狂，唯原湘以才氣寫性靈，能以韻勝。」[13]

乾嘉詩壇上，吟唱盛世悲歌，可視爲性靈派周邊的是鄭燮、黃景仁等。

鄭燮（一六九三—一七六五），字克柔，號板橋，江蘇興化人。乾隆元年（一七三六）進士，任山東範縣、濰縣知縣，饒有政聲，後以疾辭官[14]。他擅長書畫，爲「揚州八怪」之一。他論詩提倡「眞氣」、「眞意」、「眞趣」三眞，推崇杜甫「歷陳時事，寓諫諍也」，主張詩歌應「道著民間痛癢」（〈濰縣署中與舍弟第五書〉）。他的《鄭板橋集》中有許多詩反映民生疾苦，揭露現實黑暗，如〈孤兒行〉、〈私刑惡〉、〈悍吏〉等，直率大膽，爲一般詩人少有。他的抒發才情之作也較多，表現出磊落高尚的人格精神，如〈濰縣署中畫竹呈年伯包大中丞括〉：「衙齋臥聽蕭蕭竹，疑是民間疾苦聲。些小吾曹州縣吏，一枝一葉總關情。」〈和學使者於殿元枉贈之作〉之一：「十載揚州作畫師，長將赭墨代胭脂。寫來竹柏無顏色，賣與東風不合時。」質樸潑辣，獨樹一格。

黃景仁（一七四九—一七八三），字仲則，自號鹿菲子，江蘇武進人。他一生窮困潦倒，遭際淒涼[15]，自歎「一身墮地來，恨事常八九。」（〈冬夜左二招飲〉）他作詩「好作幽苦語」，放言無忌地傾瀉「盛世」積在心頭的怨憤，如：「我曹生世良幸耳，太平之日爲餓民。」（〈朝來〉）這在文網高張的乾隆之世，不啻是橫破夜天的變徵之音。又如〈癸巳除夕偶成〉二首之一：「千家笑語漏遲遲，憂患潛從物外知。悄立市橋人不識，一星如月看多時。」詩人依稀感覺危機來臨，盛世將衰。他常以「落日」、「西日」、「斜陽」、「暮氣」、「晚秋」等意象寫景抒情，以「得風氣先」，敏銳地感覺到世事殆將有變的徵兆，寫出個人對社會變遷的「憂患」。

他還在詩裡抨擊是非不分、倒行逆施的黑暗世道，如〈悲來行〉、〈泥塗歎〉、〈獻縣汪丞座中觀伎〉；揭露人情澆薄，世態炎涼，如〈啼烏行〉、〈沙洲行〉、〈和錢百泉雜感〉；哀民生之艱，同情民眾之苦，如〈苦暑行〉、〈渦水舟夜〉等。有些嗟貧歎苦和訴說生活窘迫的篇什，如「全家都在風聲裡，九月衣裳未剪裁。」（〈都門秋思〉）「茫茫來日愁如海，寄語羲和快著鞭。」（〈綺懷〉之十六）「慘慘柴門風雪夜，此時有子不如無。」（〈別老母〉）等句，唱出封建時代寒士的心聲，也撕開了「盛世」的虛幻面紗。

潛知「憂患」和過人的哀樂，使他對現實極爲清醒，積鬱滿懷，並自視甚高，不肯伏就，以詩歌表現出個性意識在覺醒意義上的深入思考，如〈雜感〉：

仙佛茫茫兩未成，只知獨夜不平鳴。風蓬飄盡悲歌氣，泥絮沾來薄倖名。十有九人堪白眼，百無一用是書生。莫因詩卷愁成讖，春鳥秋蟲自作聲。

詩人能博採唐人而自出機杼，「自作聲」以發「不平鳴」。他的七言古詩以雄偉的筆觸描繪壯麗的自然景色，抒發磊落恣放之情，既似李白豪宕騰挪，又兼韓愈盤轉古硬，在跌宕跳躍中流轉低吟。〈笥河先生偕宴太白樓醉中作歌〉是其名篇，全詩恣肆橫放，直造太白之室，見者以爲謫仙復出，篇末抒寫豪情：「請將詩卷擲江水，定不與江東向流！」此作使與會八府士子爲之輟筆而爭相傳抄，「一日紙貴焉」（洪亮吉〈黃君行狀〉）。七律清麗綿邈，富有李商隱的優美韻致，瘦硬峭拔處兼得黃庭堅的神髓。那些表現愁苦寒貧之作，扣人心弦，相傳畢沅「見〈都門秋思〉詩，謂值千金，姑先寄五百金，速其西遊。」（陸繼輅《春芹錄》）連現代作家郁達夫也說：「要想在乾嘉兩代的詩人之中，求一些語語沉痛、字字辛酸的眞正具有詩人氣質的詩，自然非黃仲則莫屬了。」（〈關於黃仲則〉）黃景仁的詩在過去極易引發知識階層的廣泛共鳴，頗受好評，「聲稱噪一時，乾隆六十年間，論詩者推爲第一。」（包世臣《齊民四術》）

此外，刻畫景物能詩中有畫的黎簡，五七言絕句出入中晚唐、語詞古奧艱澀的胡天遊，工爲豔詩的陳文述，氣勢奔放、語多奇崛的洪亮吉等人，既是諸大家的羽翼，也是清代中期詩壇多元風格的表現者。

第二節　桐城派及其以外的散文

・桐城派的出現　・義法說和雅潔的審美標準　・方、劉、姚三祖　・桐城派以外的散文

桐城派在康熙年間由安徽桐城人方苞開創，同鄉劉大櫆、姚鼐等繼承發展，成爲清代影響最大的散文派別，與其異趣的是袁枚、鄭燮等桐城之外的散文。

桐城派先驅戴名世（一六五三—一七一三），字田有，安徽桐城人⑯。主張爲文以「精、氣、神」爲主，「言有物」爲「立言之道」（〈答趙少宰書〉），提倡「道也、法也、辭也，三者有一之不備而不可謂之文也。」（〈己卯行書小題序〉）他鋪石開路，爲桐城派理論的發軔。

奠基者方苞（一六六八—一七四九），字鳳九，號靈皐，晚號望溪⑰。他樹起「義法」說的大旗，《史記・十二諸侯年表序》有「義法」一詞，方苞取來論文，「義即《易》之所謂『言有物』也，法即《易》之所謂『言有序』也，義以爲經而法緯之，然後爲成體之文。」（〈又書《貨殖傳》後〉）合起來說是言之有物而文有條理。分開來說，「義」指文章的內容，「若古文則本經術而依於事物之理，非中有所得不可以爲僞。」（〈答申謙居書〉）以儒家經典爲宗旨，而他自謂「學行繼程朱之後」，故具有明顯的服務於當代政治的目的；「法」指文章的做法，包括形式、技巧問題，如布局、章法、文辭等。兩者關係是義決定法，而法則體現義。他講文章做法，或側重於「虛實詳略之權度」，或追求「首尾開合，順逆斷續」之「脈絡」，或提倡用語「體要」和簡潔，偏重文法，但他認爲「義」即在其中，這是「法以義起而不可易者」（《〈史記〉評語》）。他要求內容醇正，文辭「雅潔」。沈廷芳〈書方望溪先生傳後〉記其語，「古文中不可入語錄中語，魏晉六朝人藻麗俳語，漢賦中板重字法，詩歌中雋語，南北史中佻巧語。」使古文用語典雅、古樸、簡約，顯然適應清統治者「清眞古雅」的衡文要求，並給古文建立更嚴格的具有束縛性的規範。由於與制舉之文相通，有利於維護理學道統，所以受到朝野的崇奉和歡迎，「義法」說也成了桐城派遵奉的論文綱領。方苞的古文選材精當，以凝練雅潔見長，開桐城派風氣。讀史劄記和雜說，如〈漢文帝論〉、〈轅馬說〉等簡潔嚴整，無枝蔓蕪雜之病。遊記如〈遊雁蕩記〉，贈序如〈送劉函三序〉，碑銘如〈先母行略〉、〈兄百川墓誌銘〉、〈田間先生墓表〉

等，詳略有致，具有法隨義變的特點。〈獄中雜記〉以其親身經歷，揭露獄中種種奸弊、穢汙、酷虐，事繁而細，條理分明，文字準確。最著名的〈左忠毅公逸事〉描繪左光斗形象，筆簡語潔，史可法入獄相會一段，凜然正氣，尤爲感人：

> ……則席地倚牆而坐，面額焦爛不可辨，左膝以下，筋骨盡脱矣。史前跪，抱公膝而嗚咽。公辨其聲，而目不可開，乃奮臂以指撥眥，目光如炬，怒曰：「庸奴！此何地也？而汝來前。國家之事，糜爛至此，老夫已矣，汝復輕身而昧大義，天下事誰可支拄者？不速去，無俟奸人構陷，吾今即撲殺汝！」因摸地上刑械，作投擊勢。

劉大櫆（一六九八—一七七九）上承方苞、下啓姚鼐，是桐城派「三祖」之一⑱。他對「義法」理論進行豐富和拓展，以「義理、書卷、經濟」的「行文之實」擴大「言有物」的內容，是姚鼐「義理、考據、詞章」說的先導。他還認識到「行文自另是一事」，「必有待於文人之能事」，從而對「行文之道」的「神」、「氣」、「音節」等要素給予重視，突破「言有序」的範圍。他所說的「神」、「氣」是作者精神氣質在文中的表現，二者比較，「神」是首要的，居於支配地位，「氣」是貫穿文章的氣勢韻味，「神爲主，氣輔之」。爲了使「神」、「氣」易於掌握而不至於無可捉摸，又提出因聲求氣説，由字句以求音節，再由音節以求聲氣，音節是行文的關鍵，誦讀能體會文章的「神」、「氣」，這就爲探尋「義法」奧妙揭示出門徑和方法，也使理論具有較強的實踐性和可操作性，因此在桐城文論發展上，他的地位是不容忽視的。其文章抒發懷才不遇，指摘時弊，以「雄奇恣睢，鏗鏘絢爛」（吳定〈劉海峰先生墓志銘〉）稱勝。遊記文如〈遊晉祠記〉、〈遊大慧寺記〉、〈遊萬柳堂記〉等借景抒情，諷世刺時，近於雄肆奇詭，姚鼐評爲「有奇氣，實似昌黎。」（《海泊三集序》評語）〈書荊軻傳後〉、〈送姚姬傳南歸序〉、〈息爭〉等可看出其文章的音節之美。

姚鼐（一七三一—一八一五），字姬傳，室名惜抱軒，人稱惜抱先生。乾隆二十八年（一七六三）進士，充任四庫館纂修官，後辭官告歸，先後主講於江南紫陽、鍾山等書院四十多年。他壯大了古文的聲勢，在桐城派中地位最高⑲。首先，他主張「道與藝合，天與人一」，「義理、考據、詞章」合一，讓儒家道義與文學結合，天賦與學力相濟，「義法」外增加考證，以求三者的統一和兼長，達到既調和漢學、宋學之爭，又寫出至善極美文章的目的。其次，運用傳統的陰陽剛柔説，將多種風格歸納爲「陽剛」和「陰柔」兩大類。他以生動形象的語言，細緻描繪兩者鮮明的特色，提出「統二氣之會而弗偏」，「協合以爲體」，追求剛柔相濟，避免陷入「一有一絕無」的片面和極端，接觸到文學審美風格的實質問題，對後世影響甚人。最後，把文章的藝術要素提煉爲「神、理、氣、味」和「格、律、聲、色」八字，前四者是內在的「文之精」，處在高層次，後四者是外在的「文之粗」，層次雖低但比較具體，精寓於粗，相互依存，從學習角度，由「粗」把握「精」，待融貫其「精」後再遺棄可見的「粗」的部分，擺脫「文之粗」的束縛，匠心獨運，就使古文進入最高境地，細密、完善了劉大櫆因聲求氣說。他還纂輯《古文辭類纂》，以十三類體裁選輯七百餘篇自戰國、秦漢、唐宋八大家到歸有光、桐城派方苞、劉大櫆的古文，以爲示範，確立古代散文發展的「正宗」文統，被桐城古文家奉爲圭臬，影響甚廣。

姚鼐的古文以韻味勝，偏於陰柔，他生活於「乾嘉盛世」，坐而論道，雍容俯仰，晚年以授徒爲業，弟子遍及大江南北。他沒有方苞的遭遇，也沒有劉大櫆的不平，但學習傳統眼界寬，對古文藝術體會深，散文成就比桐城派其他作家要高。〈登泰山記〉、〈遊靈巖記〉、〈泰山道里記序〉等文，雖寓考據於辭章，卻文法考究，內容紮實，語言凝練簡潔，刻畫生動，頗有文采，如〈登泰山記〉寫日出一段：

> 戊申晦，五鼓，與子潁坐日觀亭待日出。大風揚積雪擊面。亭東自足下皆雲漫。稍見雲中白若樗蒱數十立者，山也。極天，雲一線異色，須臾成五彩。日上，正赤如丹，下有紅光，動搖承之。或曰：「此東海也。」回視日觀以西峰，或得日，或否，絳皓駁色，而皆若僂。

〈遊媚筆泉記〉雅潔清暢而富有聲色，〈李斯論〉筆法嚴謹兼婉轉有序，〈袁隨園君墓誌銘〉、〈劉海峰先生八十壽序〉、〈復魯絜非書〉等都是膾炙人口的作品。

桐城派以「義法」爲基礎，發展成具有嚴密體系的古文理論，切合古代散文發展的格局，遂能形成縱貫清代文壇的蔚蔚大派。姚門之後有管同、梅曾亮、方東樹、姚瑩「四大弟子」，梅曾亮在姚鼐後「最爲大師」，方東樹繼續鼓吹「義法」理論，使桐城派聲勢更甚，許多「文宗桐城者」並非都是桐城人，其規模之大，時間之久，爲我國文學史所少見。

桐城派分支是陽湖派，代表人物惲敬（一七五七—一八一七）和張惠言均爲陽湖（今江蘇常州）人[20]。他們專志以治古文，但又不願受桐城文論束縛，兼收子史百家、六朝辭賦，以博雅放縱取勝。惲敬〈遊廬山記〉、〈遊廬山後記〉，張惠言〈書山東河工序〉、〈吏難〉等，比「正統」古文要恣肆不拘，富有辭采。桐城派餘脈是道光末葉曾國藩領導的湘鄉派和曾門弟子，聲威重振，呈一時之盛，但已是迴光返照的末勢。到「桐城嫡派」的嚴復、林紓，他們翻譯西方著作的業績，仍未能挽救桐城派古文的頹勢，終於在「五四」新文化運動的浪潮裡結束了該派的歷史命運。

不傍桐城門戶、具有明代小品文丰采的是袁枚、鄭燮和沈復等。

袁枚寫散文，也寫駢文，議論、碑記、書序、尺牘，幾無體不備。大都感情眞摯，生動清新，富有個性，甚至放言無忌，敢於沖決傳統觀念，顯示挑戰世俗精神和不凡膽識。論說文〈郭巨論〉、〈策秀才文五道〉等，立意精闢，寫得氣勢逼人而具有雄辯的說服力量。〈隨園記〉表達順適自然和抒張天性的人生觀，〈所好軒記〉揭示自己種種平凡的情慾，毫無諱飾，看似不用氣力，卻文氣完足，富有靈性和才氣。記傳如〈書魯亮儕〉、〈廚者王小餘傳〉等，剪裁精心，細節生動，於事中見人，鮮明突出。祭誄文最有抒情色彩，可稱美文。如〈祭程元衡文〉、〈韓甥哀詞〉等，尤其是〈祭妹文〉，於瑣事回憶裡寄託兄妹手足深情，淒惻悲噎，與韓愈〈祭十二郎文〉、歐陽修〈瀧岡阡表〉同是祭文中的名作。鄭燮的家書和題跋淺白如話，趣味橫生，〈范縣署中寄舍弟墨第四書〉談家常瑣細事，全用口語，〈靳秋田索畫〉無拘無束，隨意而談，都讓人耳目一新。沈復（一七六三—？）自傳體筆記式散文《浮生六記》[21]，前三卷《閨房記樂》、《閒情記趣》、《坎坷記愁》，記敘與妻子陳芸的感情生活和悲慘遭遇，文字細膩，不假雕飾，自有一股感人魅力。陳寅恪說：「吾國文學，自來以禮法顧忌之故，不敢多言男女間關係，而於正式男女關係如夫婦者，尤少涉及。」、「沈三白《浮生六記》之《閨房記樂》所以爲例外創作。」（《元白詩箋證稿》）全祖望（一七〇五—一七五五）字紹衣，號謝山，搜集南明史料所寫碑銘傳記如〈梨洲先生神道碑文〉、〈亭林先生神道表〉、〈梅花嶺記〉等，還有蔣士銓〈鳴機夜課圖記〉，錢大昕〈弈喻〉也是優秀之作，都衝破桐城派一統天下，表現抒張人情和顯現個性的努力。

第三節　駢文的復興和汪中

・駢文復興及其文化背景　・駢文八家與汪中　・李兆洛《駢體文鈔》

在桐城派以正統自居，聲勢日張時，駢文也很流行，與其立異爭長。隨著好者日眾，選家應運而生，總集迭出，較著名的是李兆洛編選的《駢體文鈔》。

清代駢文的復興有其特定的文化背景，清朝統治的日益穩固和文化政策的調整，皇帝「以提倡文化爲己任，師儒崛起」（《清史稿・文苑傳》），號稱「乾嘉學派」的考據學走向鼎盛，「清代學術，超漢越宋」，獲得前所未有的發展。踵事增華、編織麗詞美語和具有勻稱錯綜的形式之美的駢文，在濃重的學術文化氛圍裡，重又得到肯定和利用。漢、宋學之爭，又使駢文的興起帶上和桐城派對峙的色彩，漢學重學問，重考據、訓詁、音韻之學，對桐城派尊奉以程朱爲代表的宋學所造成的空疏浮薄是有力的衝擊，風氣所及，飽學之士喜愛重典實、講音律的駢體文，藉以鋪排遣使滿腹的書卷知識，從而刺激了駢文的寫作和運用。與繁榮狀況相適應，駢文批評理論也在發展，由開始正名爭一席之地，到闡發藝術特點，認識和把握文學本質的某些屬性，進而達到與古文家爭正統的地位。清初陳維崧、毛奇齡開始宣導，中期則有袁枚、孔廣森、吳鼒、曾燠、李兆洛等熱情辯護，給予肯定，阮元則著〈文言說〉鼓吹駢體，視駢文爲正統，將駢散之爭推向高潮，同時，吳鼒的《國朝八家四六文鈔》、曾燠的《國朝駢體正宗》、李兆洛的《駢體文鈔》弘揚駢文正脈，擴大影響。經過這一番推波助瀾，駢文勢力逐步強大，取得了相當的成功，而其本身也點綴著興盛的景象。

前期陳維崧以一代詞人而偏愛駢體，自謂：「吾四六文不多，固吾擅場之體，恨未盡耳！」（《陳迦陵儷體文集・跋》）駢文作品如〈與芝麓先生書〉、〈蒼梧詩序〉等，氣勢宏偉，辭藻豐贍，受到「幾於淩徐（陵）扳庾（信）」（汪琬〈說鈴〉）的稱讚，爲一代駢文開啟先路。至雍正、乾隆之際，胡天遊承上啟下，駢文沉博瑰麗、雄健宏肆，袁枚誇爲「直掩徐、庾」，「一以唐人爲歸」（《隨園詩話》卷七）。〈大夫文種廟銘〉、〈禹陵銘〉、〈遜國名臣贊序〉等是他的代表作。爾後有「駢文八家」的出現，它由吳鼒選輯袁枚、邵齊燾、劉星煒、孫星衍、吳錫麒、洪亮吉、曾燠和孔廣森八人駢文爲《國朝八家四六文鈔》而來。袁枚的駢文流麗生動，文藻秀逸，抒情、議論，都有獨抒性靈、自然活脫的特色；邵齊燾崇尚漢魏，駢文用典較少，以文氣流宕，清剛矜練爲長。洪亮吉與孫星衍是常州派駢文的代表，輕倩清新是他們的特點，但孫才力苦弱，洪則情辭相輝，「每一篇出，世爭傳之」，名作有〈遊天臺山記〉、〈戒子書〉、〈出關與畢侍郎箋〉等。與洪亮吉並稱「汪洪」的汪中，在整個清代的駢文作家裡，公認是成就最高的一位。

汪中（一七四四—一七九四）的駢文內容上取材現實[22]，情感上吐自肺腑，藝術上能「狀難寫之情，含不盡之意」，風格遒麗富豔，淵雅醇茂，而且用典屬對精當妥帖，被視爲清代駢文復興的代表。〈哀鹽船文〉是駢文中的絕作，寫儀徵鹽船失火，毀船百餘艘，死傷千人的事件。作者滿含淚水，描述耳聞目見的這幕人間慘劇，如船上人在「炎光一灼，百舫盡赤」時逃命的情景，慘不忍睹：

> 跳躑火中，明見毛髮。痛暑田田，狂呼氣竭。轉側張皇，生塗未絕。倏陽焰之騰高，鼓腥風而一吷。洎埃霧之重開，遂聲銷而形滅。齊千命於一瞬，指人世以長訣。

跳入江中的，旋被淹沒的慘狀，裂肺錐心：

> 亦有沒者善遊，操舟若神，死喪之威，從井有仁，旋入雷淵，並為波臣。又或擇音無門，投身急瀨，知蹈水之必濡，猶入險而思濟。挾驚浪以雷奔，勢若而終墜，逃灼爛之須臾，乃同歸乎死地。

用語精當，描繪逼眞而又淒楚動人，有六朝駢文善於抒情的特點。此文一出，轟動京師，杭世駿爲該文作序說：「采遺制於〈大招〉，激哀音於變徵，可謂驚心動魄，一字千金者矣。」〈自序〉寫其一生「著書五車」，動輒得咎，「笑齒啼顏，盡成罪狀，跬步才蹈，荊棘已生」的憤懣。〈弔黃祖文〉借禰衡抒發「飛辯騁辭，未聞心賞」的牢騷和「苟吾生得一遇兮，雖報以死而何辭」的心跡。〈經舊苑弔馬守眞文〉在「人生實難」的連接點上，破除偏見，引明末妓女馬湘蘭爲同調，傷悼「俯仰異趣，哀樂由人」的個人遭遇，流露著「同是天涯淪落人」的悲哀。〈狐父之盜頌並序〉更具思想光彩，歌頌大盜之仁，讚揚其救人美德，在敘狐父之盜救人飢餓，脫人死亡後，作者議論道：「籲嗟子盜，孰如其仁？」不僅與「義不食盜者之食」的傳統觀念相乖，指斥世道人心，也提出生存問題和對道德價值的思考，更顯得富有意義。另有〈廣陵對〉、〈漢上琴臺之銘〉等均是爲人稱道的佳作。

李兆洛（一七六九—一八四一）與惲敬、張惠言合稱「陽湖三家」㉓。他私淑桐城姚鼐，但他主張駢散並行，「相雜而迭用」，選錄戰國至隋代被他認爲屬於駢體範圍的文章七百七十四篇，匯爲規模宏大的《駢體文鈔》，分爲三十二類。雖選有部分秦漢散文如賈誼〈過秦論〉、司馬遷〈報任安書〉、諸葛亮〈出師表〉等，也是在溯源意義上取錄，藉以證明駢文與古文的親緣關係，目的「欲合駢散爲一，病當世治古文者知宗唐宋不知宗兩漢。」（《清史稿》本傳）這固然不免矯枉過正，把有些散文也當作駢文看，具有揚駢抑散傾向，和與姚鼐《古文辭類纂》一爭高低之意。可是它對桐城派的後學兼採駢文之長，重視諸子百家文章，產生了啓迪和影響。此書在駢文選集中流行較廣，影響也大。

第四節　浙派詞的嬗變和常州詞派的興起

・浙派詞的嬗變　・常州詞派興起的背景　・《詞選》和張惠言　・比興寄託的詞風

浙派中期領袖厲鶚，「有才無命劇堪嗟」，落魄一生，「詩文之外，銳意於詞」（〈秋林琴雅跋〉），他推衍朱彝尊「醇雅」說，嚮往「清空」境界，以「遠而文，淡而秀，纏綿而不失其正」為「騁雅人之能事」（《群雅詞集·序》），學南宋姜夔、張炎，再攬入北宋周邦彥，讓音律和文詞更為工練。詞作以記遊、寫景和詠物為多，擅長水光山色的描繪，表現幽雋清冷之美。寫月夜富春江之遊的〈百字令〉和描摹秋聲的〈齊天樂〉是其代表作。前者云：

> 秋光今夜，向桐江，為寫當年高躅。風露皆非人世有，自坐船頭吹竹。萬籟生山，一星在水，鶴夢疑重續。挐音遙去，西巖漁父初宿。　心憶汐社沉埋，清狂不見，使我形容獨。寂寂冷螢三四點，穿過前灣茅屋。林淨藏煙，峰危限月，帆影搖空綠。隨風飄蕩，白雲還臥深谷。

詞以「萬籟生山，一星在水」的景色引入「當年高躅」之嚴光，回憶謝翱等人汐社遺蹤，融合詩人的幽怨情懷，渲染孤寂心緒和淹蹇遭遇。下闋採取一組畫面喻說，虛實相生，使虛淡輕靈的孤寒之意格外濃重，意境清秀空靈，體現浙派「清空」的審美追求。「雍正、乾隆年間，詞學奉樊榭為赤幟，家白石而戶梅溪。」（謝章鋌《賭棋山莊詞話》）但因生活狹窄和詞境單一，也有眞氣少存、意旨淺薄之弊，後學枯瘠瑣碎，更加速了浙派的衰落，引起吳錫麒、郭麐等以融貫通變進行挽救。吳錫麒（一七四六—一八一八）用「窮而後工」矯正詞宜宴喜逸樂說㉔，以「姜（夔）、史（達祖）其淵源」和「蘇、辛其圭臬」的「正變斯備」，代替專宗姜夔、張炎的褊狹，動搖浙派的支柱，但其詞作骨脆才弱，未能兼姜、史「精心」和蘇、辛「橫逸」，衝不開浙派的桎梏，作用有限。郭麐（一七六七—一八三一）跳出分正變、尊姜張的樊籬㉕，提出攄述性靈，「寫心之所欲出，而取其性之所近。」（《無聲詩館詞·序》）其詞也「屢變」求異，開放門戶，融會眾長，振起浙派式微的處境，但他生不逢時，正值張惠言以治經方式說詞，詞風丕變，故難以扭轉沒落的命運。

常州派發軔於嘉慶初年，「盛世」已去，風光不再，各種社會矛盾趨於尖銳激烈，朝野上下產生「殆將有變」的預感，濃重的憂患意識使學者眼光重又轉向於國計民生有用的實學。在詞的領域，陽羨末流淺率叫囂，浙派襞積餖飣，把詞引向淫鄙虛泛的死胡同，物極必反，曾致力經學研究的張惠言順應變化了的學術空氣和思想潮流，「開山採銅，創常州一派」。

張惠言（一七六一—一八〇二）是學者，又是古文「陽湖三家」之一，更是著名詞人㉖。他與兄弟張琦合編《詞選》（又名《宛鄰詞選》），選擇精嚴，並附當世常州詞人以垂示範，顯示一個在創作和批評兩方面均具特色，以地域集結起來的詞人群體的存在，因此，《詞選》成了一面開宗立派的旗幟。他所寫《詞選・序》全面闡述自己詞學理論：主張尊詞體，要詞「與詩賦之流同類而諷誦」，提高詞的地位，宣導意內言外、比興寄託和「深美宏約」之致，對扭轉詞風和指導風氣起了積極作用。他的《茗柯詞》騁情愜意，細緻生動，語言凝練乾淨，無綺靡濃豔之藻，抒發懷才不遇、漂泊無依和羈縛受制等心緒，詞旨常在若隱若現之間。如〈木蘭花慢・楊花〉名爲詠物，實爲抒懷，借楊花吟詠身世之感，體物形神兼備，抒情物我合一，在描摹楊花裡寄託追求、失望、遊轉無定和歷經坎坷的心態，是以物寫情的傳世名作。他的〈水調歌頭・春日賦示楊生子掞〉五首，也是有名的代表作，尤以結篇的第五首爲人稱道，詞云：

長鑱白木柄，劚破一庭寒。三枝兩枝生綠，位置小窗前。要使花顏四面，和著草心千朵，向我十分妍。何必蘭與菊，生意總欣然。　曉來風，夜來雨，晚來煙。是他釀就春色，又斷送流年。便欲誅茅江上，只恐空林衰草，憔悴不堪憐。歌罷且更酌，與子繞花間。

愼獨以待，只要心不枯寂，「生意總欣然」，雖仍有「感士不遇」之慨，但要旨是自振不頹，清操自守，用以勸勉學子。陳廷焯讚爲「熱腸鬱思，若斷仍連，全自《風》、《騷》變出。」（《白雨齋詞話》）張惠言長期訓蒙童和治經，爲人嚴正，論詞重意，所作四十多首詞，數量不多但態度嚴肅，「標高揭己」，實踐其詞學主張，有力地蕩滌淫詞、鄙詞、遊詞的詞壇三弊，朱孝臧稱他爲「詞源疏鑿手」（《彊村語業》）。但其詞作也缺少社會內容和歷史精神[27]。

常州派張惠言開山，至周濟（一七八一—一八三九）發揚光大，蔚爲宗派[28]。他以藝術審美眼光推尊詞體，突出詞的「史」性和與時代盛衰相關的政治感慨；對詞的比興寄託，從創作與接受角度上，闡明詞「非寄託不入」和「專寄託不出」，揭示最有普遍意義的美學命題，被認爲「千古文章之能事盡矣，豈獨塡詞爲然。」（譚獻《復堂日記》）在正變理論上，他以宋四家周邦彥、辛棄疾、吳文英、王沂孫爲學詞途徑，使學周邦彥、吳文英成了時尚，既糾正浙派淺滑甜熟，也使「常派」眞正風靡開來，籠蓋晚清時期的詞壇。但周濟創作與理論脫節，對藝術審美和技巧認識較精密，個人詞作卻未盡如人意。《味雋齋詞》中詠物之作，如〈渡江雲・楊花〉含而不露，溫麗婉秀，幽怨裡夾以豪宕之氣，又耐人尋味，而大多數作品過於強調寄託和不露痕跡，晦澀難懂。吳梅批評說：「止庵自作詞，亦有寄旨，唯能入而不能出耳。如〈夜飛鵲〉之『海棠』，〈金明池〉之『荷花』，雖各有寄意，而詞涉隱晦，如索枯謎。」（《詞學通論》）

此時不傍浙、常門戶，博取各家之長的詞人，卻成了塡詞的佼佼者。揚州詞人鄭燮、繼承陽羨詞風的蔣士銓、黃景仁、洪亮吉等，或以淒厲之筆，傾瀉「盛世」的悲哀，或以幽怨之情，抒發慘傷的心懷。鄭燮《板橋詞》獨標一格，風神豪邁，〈滿江紅．田家四時苦樂歌〉描寫冬日之苦：「老樹槎枒，撼四壁、寒聲正怒。掃不盡、牛溲滿地，糞渣當戶。茅舍日斜雲釀雪，長堤路斷風吹雨。盡村春夜火到天明，田家苦。」放筆直言，情眞意切，和其「衙齋臥聽蕭蕭竹，疑是民間疾苦聲」同一機杼。他與張惠言、周濟等和稍後的項鴻祚、蔣春霖並稱「清詞後七家」。

注釋

❶沈德潛，字確士，號歸愚，長洲（今蘇州）人。少受詩法於葉燮，年近古稀始成進士，以詩受到乾隆皇帝的信重，御製詩迭奉敕和，累遷內閣學士、禮部侍郎。乾隆十四年（一七四九）以年邁歸里，乾隆還曾令其校訂《御製詩集》。有《歸愚詩文全集》。

❷厲鶚，字太鴻，號樊榭，錢塘（今杭州）人。家貧，性孤峭，以授徒吟詠終老。著有《樊榭山房集》。《清史稿》卷四八五有傳。

❸翁方綱，字正三，號覃溪，直隸大興（今屬北京）人。乾隆進士，官至內閣大學士。有《復初齋文集》。《清史稿》卷四八五有傳。

❹《清史稿》卷四八五本傳稱袁枚辭官居隨園，「優遊其中者五十年，時出遊佳山水，終不復仕，盡其才以為文辭詩歌。」、「論詩主抒寫性靈，他人意所欲出，不達者悉為達之。士多效其體。著《隨園集》，凡三十餘種。上自公卿，下至市井負販，皆知其名。海外琉球有來求其書者。」袁枚卒於嘉慶二年（一七九七）農曆十一月十七日，按西曆已是一七九八年一月，仍依傳統紀法，不改西曆。

❺袁枚對晚明李贄也曾斥之為「人所共識之妖魅」、「人所共逐之盜賊」（〈答戴敬咸孝廉書〉），對袁宏道亦有微詞，謂之「根柢淺薄，龐雜異端」（〈答朱石錄尚書〉）。這表明他與李贄、袁宏道在文化思想上是有差異的，也與他自視甚高的性情有關。但就其思想的實質來說，還是一家眷屬。

❻「三家」說源於袁枚、趙翼間之自議，後為詩界公認。尚鎔《三家詩話》：「近日論詩，推袁、趙、蔣三家，發自袁、趙。」

❼趙翼，字雲崧，號甌北，江蘇陽湖（今武進）人。乾隆二十六年（一七六一）進士，授編修，出知廣西鎮安府，曾奉命赴滇南大學士傅恆軍幕贊畫軍事，擢貴西兵備道。他又是一位史學家，著有《二十二史劄記》、《陔餘叢考》。其《甌北詩話》依次評論盛唐至康熙朝十餘位著名詩人，雖然體例不一，卻初具詩歌史的性質。詩集名《甌北詩鈔》。《清史稿》卷四八五有傳。

❽蔣士銓，字心餘，江西鉛山人。乾隆二十二年（一七五七）進士，授翰林院編修，不久乞病歸。作有《忠雅堂全集》、《藏園九種曲》。《清史稿》卷四八五有傳。

❾張問陶，字仲冶，四川遂寧人。乾隆五十五（一七九〇）年進士，歷檢討、吏部郎中，官至萊州知府。有《船山詩草》。《清史稿》卷四八五本傳載：「始見袁枚，枚曰：『所以老而不死者，以未讀君詩耳！』」說明其詩與袁枚的性靈說甚相契合。

❿「後三家」之說，緣於當時「以宏獎風流為己任」的法式善最欣賞舒位、王曇、孫原湘三人的詩，「作《三君子》以張之」（《清史稿》卷四八五〈法式善傳〉）。

⓫舒位，字立人，直隸大興（今屬北京）人。讀書極博卻屢試不第，貧困潦倒，旅食四方。有《瓶水齋詩集》。陳文述有〈舒鐵雲傳〉。

⓬王曇，字仲瞿，浙江秀水（今嘉興）人。有《煙霞萬古樓文集》、《仲瞿詩錄》。

⓭孫原湘傳，載《清史稿》卷四八五，附〈法式善傳〉後：「孫原湘，字子瀟，昭文（今江蘇常熟）人，嘉慶十年進士，選庶吉士，未仕。」有《天真閣集》。

⓮鄭燮傳見《重修興化縣誌》卷八「人物」。他有《板橋詩鈔》、《板橋詞鈔》等。現有《鄭板橋集》，上海古籍出版社一九七九年版。

⓯黃景仁家貧，多次應鄉試未中，以詩見重於安徽督學朱筠、陝西巡撫畢沅、編修洪亮吉等達官學者。有《兩當軒集》。參見李國章標點《兩當軒集》（上海古籍出版社一九八三年版）後附毛慶善等編《黃仲則先生年譜》。《清史稿》卷四八五有傳。

⓰戴名世早年賣文為活，留意明代史事，曾刊行《南山集》。康熙四十八年（一七〇九）進士，授編修。又二年，以集中稱明季三王年號，又引及方孝標《滇黔紀聞》所載桂王事，被斬。《南山集》一案株連數百人，方苞也因作《南山集·序》繫獄。事載《清史稿》卷四八四本傳。故桐城派不承認戴為本派的先驅。

⓱方苞，康熙四十五年（一七〇六）中會試，後坐《南山集》案下獄，以有文名得赦，康熙六十一年（一七二二）充武英殿修

書總裁，三遷內閣學士，禮部侍郎。有《望溪文集》。《清史稿》卷二九〇有傳。

⑱劉大櫆，字才甫，一字耕南，副貢，官黟縣教諭，數年告歸。《清史稿》卷四八五本傳稱：「大櫆雖遊苞（方苞）門，傳其義法，而才調獨出，著《海峰詩文集》。姚鼐繼起，其學說盛行於時，尤推服大櫆，世遂稱曰『方劉姚』」。

⑲方東樹〈管異之墓誌銘〉中說：「乾隆中，海內學者以廣博宏通相矜放，而言古文獨推桐城姚氏。」（《續碑傳集》卷七六）又，方宗城〈桐城文錄序〉說：「自惜抱文出，桐城學者大抵奉以為宗師。」（《柏堂集》次編卷一）姚鼐生於雍正九年（一七三一）十二月，按西曆已是一七三二年一月，仍依傳統紀法，不改西曆。

⑳惲敬，字子居，乾隆四十八年（一七八三）舉人，以教習官北京，後選富陽縣令，以署吳城同知，失察被劾罷官，益肆力於文。有《大雲山房稿》。《清國史・文苑》本傳說：「論者謂國朝文氣之奇推魏禧，文體之正推方苞，而介乎奇正之間者惟敬。苞之文，學者尊為桐城派，至敬出，學者乃別稱為陽湖派云。」

㉑沈復，字三白，蘇州人，由《浮生六記》知其長期輾轉做幕。書名「六記」，初發現前四記，印行傳世後，又有人發現《中山記歷》、《養生記道》，是否原著，尚無確考。參看石昌渝主編《中國古代小說總目・文言卷》、《浮生六記》，山西教育出版社二〇〇四年版，第九一頁。

㉒汪中生於乾隆九年（一七四四）十二月，按西曆已是一七四五年一月，仍依傳統紀法，不改西曆。事蹟已見本編〈緒論〉注❼。

㉓李兆洛，字申耆，嘉慶十年（一八〇五）進士，官安徽鳳臺知縣，丁憂去官，歷主真儒等書院，而以主講江陰書院最久，前後近二十年。有《養一齋集》。所編《駢體文鈔》收文情況，參見曹虹《陽湖文派研究》（中華書局一九九六年版）第六章第三節〈《駢體文鈔》的選編宗旨〉。

㉔吳錫麒，字聖徵，號穀人，錢塘（今杭州）人。乾隆四十年（一七七五）進士，官至國子監祭酒。有《有正味齋集》。

㉕郭麐，字祥伯，號頻伽，江蘇吳江人，監生。有《靈芬館集》，又撰《詞品十二則》。

㉖張惠言字皋文，嘉慶四年（一七九九）進士，充實錄館纂修官，散館，授翰林院編修。他在經學方面卓有成就，尤精於《易》學。文學作品有《茗柯文編》、《茗柯詞》。《清史列傳》、《清史稿》均載其傳於「儒林」中。

㉗清中葉詞家力尊詞體，強調比興寄託，雖然主觀上想提高詞的地位，發揮詞的特殊的藝術能事，但忽略了詞作為一種抒情方式的社會使命，只以復古求詞之改良。

㉘張惠言《詞選》通行本後有鄭善長編〈附錄〉一卷，收張惠言、張琦、黃景仁、左輔、惲敬、錢季重、李兆洛、丁履恆、陸繼輅等常州人所作之詞，但其影響都不如後出之周濟。周濟字保緒，一字介存，號止庵，荊溪（今江蘇宜興）人，嘉慶十年（一八〇五）進士，官淮安府教授。有《味雋齋集》，又選有《宋四家詞選》。《清史稿》卷四八六有傳。

第八章　清中葉的小說戲曲與講唱文學

清中葉，在「盛世」繁榮景象的背後，清廷對文化的壓制非常嚴酷，文字獄頻繁發生，文人們處在苦悶、徬徨中。白話短篇小說開始衰亡，長篇小說雖然數量甚多，但卻走向蕪雜、幽怪，除《儒林外史》、《紅樓夢》之外，多數文學價值不高。文人戲劇創作進入低潮，作家大都缺乏對現實社會的關注，或者歌功頌德，粉飾太平，出現大量的內廷承應戲；或者宣揚倫理道德，以戲劇演繹富有教化意義的歷史故事。隨著崑曲的衰弱，戲劇創作在藝術形式上也逐步僵化，失去了生命力。少數文人的作品重在借歷史人物抒寫情懷，清新雋永，但也更加案頭化，難以付諸舞臺演出。眞正代表戲曲發展趨勢的，是開始與「雅部」爭勝的「花部」劇種。作爲「花部」的地方戲的興起，逐漸產生了爲廣大群眾喜聞樂見的皮簧劇。講唱文學也有新的發展，更爲普遍流行，取得了相當的成就。

第一節　《鏡花緣》和其他長篇小說

・長篇小說的多樣化　・李汝珍的《鏡花緣》　・寄寓理想、諷刺現實、炫鬻才藝

在《儒林外史》、《紅樓夢》創作的前後，還有許多長篇小說出現，而且類型繁多。數量較多的是對舊的歷史演義和英雄傳奇小說的改編，以及由之衍生出的新書，多是安邦定國，褒忠誅奸，雖在民間頗爲流行，然蹈襲前出之書，缺乏創意，文筆亦平庸。新創的小說，如夏敬渠的《野叟曝言》、李百川的《綠野仙蹤》、李汝珍的《鏡花緣》，以及屠紳用文言寫的《蟫史》、陳球以四六文作成的《燕山外史》等，做法、風格不一，但多沾染了漢學風氣，以炫鬻才學爲能事，內容蕪雜，程度不同地偏離了小說的文學特性❶。這些作品都沒有達到較高的文學境界，但也反映了當時長篇小說創作的活躍，呈現出多樣化的局面，如滋林老人《說呼全傳・序》中所說：「千態萬狀，競秀爭奇，何止汗牛充棟。」

《綠野仙蹤》和《鏡花緣》是其中較好的兩部作品。

《綠野仙蹤》原作一百回，刻本八十回，係經刪改而成❷。作者李百川（約一七二〇—約一七七一），生平事蹟不

詳。據百回抄本自序，他早年家道較富裕，後「迭遭變故」，漂流南北，依人爲食。《綠野仙蹤》即作於作者輾轉做幕賓期間，完成於乾隆二十七年（一七六二）。小說以明嘉靖間嚴嵩當政、平倭寇事件爲背景，敘寫主人公冷於冰憤世道之不良，求仙訪道，學成法術，周行天下，超度生靈，斬妖鋤怪，既剪除自然妖獸，如〈斬黿妖川江救客商〉，也懲治人間「妖怪」，如〈救難裔月夜殺解役〉、〈施計劫貪墨〉、〈談笑打權奸〉，最後功成德滿，駕鸞飛升。其中有神魔的內容，更有世間的人事紛爭。作者自謂：「總緣蓬行異域，無可解愁，乃作此嘔吐生活耳！」（百回抄本卷首自序）事實上也正是這樣，小說寫神仙飛昇和寫人間紛爭都可見其憤世嫉俗之意。魯迅曾評之曰：「以大盜、市儈、浪子、猿狐爲道器，其憤尤深。」（《小說舊聞鈔・雜說》）然而小說中最富有意義而引人入勝的，還是在於描摹世態人情，舉凡朝政的紊亂、官場的黑暗、社會的汙濁、世態的炎涼，以及權臣的驕橫、投靠者的奴顏婢膝、紈袴子弟的放蕩、賭棍的無賴、文人的迂酸、妓女的假情等，或作漫畫式速寫，或作工筆細描，多有入木三分的揭露，相當廣闊地反映了當時社會的黑暗、汙濁和混亂。而缺陷也正在於小說集歷史、神魔、俠義、世情於一身，人事繁多、蕪雜，描寫過於直露，夾有一些穢褻描寫，顯得境界不高。

成就更高、影響更大的是《鏡花緣》，作者李汝珍（約一七六三—約一八三〇），字松石，原籍直隸大興（今屬北京），早年隨兄移家江蘇海州（今連雲港市），長期生活在淮南、淮北一帶。他學識廣博，「於學無所不窺」，通經史，尤長於音韻，所著《李氏音鑑》頗爲學者所重，兼通醫書、算學，乃至星相、占卜，又多才藝，琴棋書畫、燈謎酒令，無所不能。然「讀書不屑屑章句、帖括之學」（余集《李氏音鑑・序》），因此竟無功名，僅在河南做過幾年治河縣丞的小官。《鏡花緣》是他歷時二十年在四五十歲時作成的，生前已刻行❸。

《鏡花緣》是一部藉學問馳騁想像，以寄託理想、諷諭現實的小說。作者原擬作二百回，結果只作成一百回。小說寫武則天篡唐建周，醉後令百花嚴冬齊放，眾花神不敢違令，因此觸怒天帝，被貶謫人間爲百位才女，其首領百花仙子降生嶺南唐敖家，名小山。唐敖科舉受阻，絕意功名，隨妻兄林之洋、舵工多九公出遊海外，見識三十多個國家的奇人異事、奇風奇俗，後入小蓬萊修道不還。唐小山思父心切也出海尋親，回國後值武則天開女科，百位才女被錄取，眾花神得以在人間重聚，連日暢飲「紅文館」，論學談藝，彈琴弈棋，各顯才藝。唐中宗復位，尊武則天爲「大聖皇帝」，武則天下詔再開女科，命前科才女重赴「紅文宴」。

《鏡花緣》表現出了對婦女的地位、境遇的關注、思考。作者針對現實世界的「男尊女卑」，一方面借百花仙女下凡寫出了一大批超群出眾的女子，如通曉多種異邦語言的枝蘭音、打虎女傑駱紅蕖、神槍手魏紫櫻、劍俠顏紫綃、音樂家井堯春等，男子之能事，她們也能做到，這是以表彰才女的方式表現出男女平等的思想；另一方面又虛構「女兒國」與現實社會相反，「男子反穿衣裙，作爲婦人，以治內事；女子反穿靴帽，作爲男人，以治外事。」讓林之洋在那裡備嘗現實中女子受到的輕侮、摧殘。林之洋被納入宮中，現實中女子遭受的纏足的痛苦，便驚心觸目地突顯出來：

林之洋兩隻「金蓮」被眾宮人今日也纏，明日也纏，並用藥水熏洗，未及半月，已將腳面彎曲折作凹段，十指俱已腐爛，日日鮮血淋漓……不知不覺，那足上腐爛的血肉都已變成膿水，業已流盡，只剩幾根枯骨。

這種近乎遊戲的情節正尖銳地表現了對不人道的封建惡俗的抗議。

《鏡花緣》最富特色的是前半部書寫唐敖遊海外諸國的經歷、聞見。三十多個國度的名稱及其奇異處，主要採自《山海經》、《淮南子》及魏晉志怪書，做法大致有兩種：一種是就原書所記諸國人的奇形怪狀，借小說人物之口加以解說，來揶揄現實社會的種種不良習性。如長臂國，《山海經．海外西經》載：其人「捕魚水中，兩手各操一魚。」小說中說是其國人貪婪，「非應得之物，混手伸去，久而久之，徒然把臂膀伸長了。」《山海經．海外北經》記無腸國「其爲人長而無腸」，小說寫其國「富家」把人糞收存起來，讓僕婢下頓再吃，至於三番五次地「吃而再吃」，形容財主吝嗇刻薄，可謂辛辣。另一種做法是就其國名的涵義演繹出情節故事，如《山海經．海外東經》記君子國「其人好讓不爭」，小說便讓唐敖三人遊歷了一個「禮樂之邦」：相國與士人交往，脫盡仕途習氣，「耕者讓畔，行者讓路」，市井交易賣者要低價，買者執意付高價，一派淳樸祥和的景象。如果說寫君子國是以一個理想世界，形成對現實社會的嘲諷，那麼對女兒國的描寫，則是將現實世界的男女處境完全顛倒過來，讓男子嘗受現實婦女的痛苦，正如《紅樓夢》裡寶玉的女兒觀一樣，是以一種虛構的不平等來對抗現實社會的不平等，顯示出現實社會的荒謬。伴隨著唐敖等人的遊蹤，小說裡還寫到一些珍禽異獸奇物，有的帶有幾分童話之趣。就這部分來說，《鏡花緣》與略早的西方小說《格列佛遊記》有異曲同工之妙❹。

小說後半部分主要是鋪排眾多才女在兩三天裡的歡聚。從第六十九回到九十三回，占了全書近三分之一的篇幅，敘寫才女們作賦詠詩、撫琴畫扇、弈棋鬥草、行酒令、打燈謎，乃至辨古音、論韻譜、釋典故，而且往往是辨章源流，陳述技法，遊戲中充溢著學究氣。作者將他廣博的學問知識全都編織進小說中了，這雖然可以表現眾才女們的才藝，但卻偏離了小說創作的特性，排擠掉了作品的文學魅力。

儘管《鏡花緣》存在著如此缺陷，但其思想的機敏，富有幽默感的遊戲筆調，特別是前半部書所表現出的耐人尋味的奇思異想，還是使它成爲一部別開生面、在小說史上占有一定地位的作品。

第二節 案頭化的文人戲曲創作

・傳奇、雜劇創作的最後階段　・蔣士銓等劇作家　・《雷峰塔傳奇》等

清中葉的戲劇創作已陷入衰退狀態，雖然傳奇的體制在向雜劇靠近，開始多樣化，愈加靈活自由，給劇作家馳騁才華提供了更爲寬廣的天地，但仍未能阻止這種低落下滑的趨勢，傳奇和雜劇的創作已進入了最後的階段。其原因除了劇本賴以上演的崑曲雅化甚至僵化而失去廣大觀眾，使劇作成爲純粹的案頭讀物之外，也與當時意識型態領域內的專制日益強化大有關係，它使戲劇創作失去了鮮活的生命力。

這時期的作家，從歷史人物和傳說故事中取材，宣傳封建倫理道德和描寫男女風情的作品居多。主要有夏綸《新曲六種》，在各題下直接標舉「褒忠、闡孝、表節、勸義、式好、補恨」的主旨，用戲曲創作圖解自己的觀念。張堅《玉燕堂四種曲》，除《懷沙記》寫屈原自沉汨羅江外，其他三種《玉獅墜》、《梅花簪》、《夢中緣》皆寫男女愛情故事，時人合稱爲「夢梅懷玉」。他主要是模擬風情喜劇舊套，追求場上效果卻缺乏創造性，成就不大。唐英《古柏堂傳奇》十七種，多數是雜劇，五種屬傳奇，都沒有觸及深刻的社會問題，甚至宣傳忠孝節義和因果報應的思想，但他的劇作語言通俗，情節生動，曲詞不受舊格律的束縛。唐英自蓄崑曲家班，熟悉舞臺演出，劇本常依據「亂彈」和民間傳說改編，如從亂彈《張古董借妻》改編《天緣債》，從《勘雙釘》、《孟津河》改編《雙釘案》（又名《釣金龜》），並吸取民間戲曲表演的特色，淺俗單純，易於上演，他的《十字坡》、《面缸笑》、《梅龍鎮》等，後來被改編成京劇《武松打店》、《打面缸》、《遊龍戲鳳》等在各地演出，這種情況在清中期的戲劇家裡爲數不多。

成就較大並值得注意的傳奇作家是蔣士銓，他在詩壇上與袁枚、趙翼齊名，具有經世濟民的抱負，通過戲曲創作，寫民族英雄、志士仁人或社會習俗等，不肯落入才子佳人的俗套，他說：「安肯輕提南董筆，替人兒女寫相思。」（〈題憨烈記詩〉）現存劇作以《紅雪樓九種曲》（又名《藏園九種曲》）最有名，而以《桂林霜》、《冬青樹》、《臨川夢》三種受人重視。《冬青樹》取材於文天祥、謝枋得以身殉國的史料，表彰其抗元和忠貞不屈的民族氣節，痛擊賣國投降的留夢炎之流，具有淒愴沉痛的悲劇色彩。《花朝生筆記》說劇本「事事實錄，語語沉痛，足與《桃花扇》

抗手。先生殆不無故國之思，故託之詞曲，一抒其哀與怨。」雖有溢美之辭，但寫實和沉痛感情的抒發是相當明顯的。《桂林霜》以吳三桂謀叛，廣西巡撫馬雄鎮不肯投降，與侍妾家人全部殉難，歌頌一門忠義氣節，表現褒忠斥叛的道德觀念。《臨川夢》寫湯顯祖的主要生平事蹟，它以「四夢」中的主要人物和爲《還魂記》而死的婁江俞二娘穿插劇中，構思新穎奇特，以湯氏人品才華和壯志難酬寄寓本人的遭遇與憤懣，和雜劇《四弦秋》以白居易和琵琶女淪落天涯抒發作者懷才不遇的感慨一樣。他的劇作「吐屬清婉，自是詩人本色」。人物刻畫細緻，語言嫻雅蘊藉，以詩歌的才情寫作曲辭，優美而富有文采，有湯顯祖的遺風。

乾隆年間出現的《雷峰塔傳奇》是一部美麗動人的神話傳說劇，也是一部感人至深的悲劇，其後更成爲我國戲曲史上最優秀的經典劇碼之一。

有關白蛇精化爲白衣娘子，後被鎮於石塔之下的傳說，其雛形最早見於宋代話本〈西湖三塔記〉。到了明代，這個故事在講唱文學、小說以及戲劇作品中逐漸豐滿起來❺。明末馮夢龍的話本小說集《警世通言》裡就收有〈白娘子永鎮雷峰塔〉一篇，其中白娘子與許宣（在後來的傳奇劇裡也稱許仙）的愛情故事已基本定型。而明人陳六龍也曾作傳奇劇《雷峰記》（祁彪佳《遠山堂曲品》曾加評論），惜已佚失。

蕉窗居士黃圖珌的《雷峰塔傳奇》寫成於乾隆初，分上、下兩卷，每卷十六出，凡三十二出。「一時膾炙人口，轟傳吳越間。」（《看山閣全集・南曲》卷四）該劇較之以往同類作品在思想境界與藝術成就諸方面均有所突破。它以濃郁的神話色彩和強烈的悲劇性衝突，成功地塑造了多情善良的白娘子的藝術形象。白娘子身上的「妖氣」已被減少到最低限度，白蛇精的身分幾乎被弱化爲一個單純的符號，僅僅意味著她來自某個非人間凡俗的世界。正是在這一標誌來歷符號的掩護下，使她可以不受世俗禮法的束縛，異於常人地大膽追求愛情和理想生活。這種處理爲世人所接受，到乾隆中葉，民間藝人陳嘉言父女將其修訂爲四十出的梨園演出本，情節臻於完善。乾隆三十六年（一七七一）徽州文人方成培又對梨園演出本增刪改編，「雖稍爲潤色，猶是本來面目」（方成培《雷峰塔・水鬥》總批）。這些劇作熱情謳歌了白娘子爲爭取理想的實現所進行的頑強不屈的鬥爭和表現出的獻身精神，二百年來一直受到觀眾們的喜愛，許多地方劇種都進行了移植，成爲全國範圍內常演不衰的傳統劇碼。

雜劇作家以楊潮觀《吟風閣雜劇》爲代表。楊潮觀（一七一二—一七九一）字宏度，號笠湖，江蘇金匱（今無錫）人❻。他在四川邛州任知州時，於卓文君妝樓舊址築吟風閣，遂以閣名作其雜劇的總名。共有三十二個短劇，每劇一折，每折之前有小序，說明作者意圖，主題明確。劇本多以史傳記載爲素材，加以想像點染和褒貶美刺，寄託其對社會的認識和理想，其中部分創作有一定的揭露意義，如《汲長孺矯詔發倉》，寫汲長孺奉命往河南救濟水災，從權矯詔，持節發倉，救活數百萬災民，歌頌他關心民眾疾苦的精神，其中可能包含作者捐俸拯救杞縣災民的生活內容。《寇萊公思親罷宴》寫寇準生日大擺宴席，老婢劉婆向其哭訴當年其母生活貧苦，靠針黹度日，寇準聽後，罷宴自責，寫得「淋漓慷慨，音能感人」，成功地表現出寇準的孝思和戒奢崇儉的思想，是膾炙人口的劇碼。《東萊郡暮夜卻金》表彰東漢楊震的清廉正直，《窮阮籍醉罵財神》借阮籍抒發胸中壘塊，其他寫魏徵、雷海青、魯仲連等的劇碼，從不同角度反映作者對政治問題的看法，有濟世之心。但他的目的在於宣傳儒家思想和倫理道德，為封建制度補罅彌漏，內容雖然廣泛，卻充滿了諷諭勸懲和說教的意識，影響了創作的深度。《吟風閣雜劇》在體制結構、表現手法等方面力求創新，大多數劇本構思新穎，故事簡潔完整，賓白流暢，曲詞爽朗生動，富有詩意，有一定成績，缺點是舞臺效果不佳，案頭化的文人氣息太重。

其他雜劇作家有以名人軼事抒發個人胸臆的桂馥（一七三六——一八〇五）❼，其雜劇《後四聲猿》，包括四個短劇：《放楊枝》、《投溷中》、《謁府帥》、《題園壁》，分別以白居易、李賀、蘇軾、陸游四位詩人的故事抒發文人不得意的苦情和煩惱，注意人物心理刻畫，曲詞華麗流暢，尚有戲劇性。舒位雜劇《瓶笙館修簫譜》、周樂清（一七八五——一八五五）雜劇《補天石傳奇》八種和張聲玠《玉田春水軒雜劇》等，演述古人軼事傳說，或追慕，或感慨，或翻古代憾事，皆缺乏激情深意，又大都是脫離舞臺的案頭之作，戲曲藝術的發展只有等待「花部」的地方戲出來接力了。

第三節 地方戲的勃興和京劇的誕生

・「花部」與「雅部」之爭 ・皮簧腔與京劇 ・地方戲的優秀劇目

地方戲的繁榮和京劇的產生，標誌著中國戲曲進入一個新的發展階段。

元代雜劇和宋元南戲為地方戲樹立楷模，推動戲曲的前進。明中葉到清初崑曲以唱腔優美和劇碼豐富，在劇壇占有幾乎壓倒一切的優勢。從康熙末至乾隆朝，地方戲似雨後春筍，紛紛出現，蓬勃發展，以其關目排場和獨特的風格，贏得觀眾的愛好和歡迎，與崑曲一爭長短，出現花部與雅部之分。李斗《揚州畫舫錄》說：「雅部即崑山腔，花部為京腔、秦腔、弋陽腔、梆子腔、羅羅腔、二簧調，統謂之亂彈。」但地方戲不登大雅之堂，被統治者排抑，崑腔則受到鍾愛，給予扶持。花部諸腔則在廣大人民的喜愛和民間藝人的辛勤培育下，以新鮮和旺盛的生命力，不停地衝擊和爭奪著崑腔的劇壇地位。民間戲曲的交流與競賽，提高和豐富，逐漸奪走崑曲部分場地和群眾，但還不能與之分庭抗禮，宮廷和官僚仕紳府第所演的大多數還是崑曲，花部劇種處在草根地位，主要在民間演出。

乾隆年間情況開始有了變化，當時地方戲的活動主要集中在北京和揚州兩大中心，尤其北京是全國政治、經濟、文化中心，各地造詣較高的劇種爭先恐後在北京演出，「花部」的地方戲自然也從全國範圍內的周旋，轉爲集中在北京與崑曲爭奇鬥勝。乾隆十六年（一七五一）皇太后六十歲壽辰時，「自西華門至西直門外高梁橋，每數十步間一戲臺」，「南腔北調，備四方之樂」（趙翼《簷曝雜記》），是極爲顯著的一例。花部陸續進京，與雅部進行較量。首先是技藝高超的弋陽腔與崑曲爭勝，弋陽腔在北京的分支京腔取得優勢，甚至壓倒崑曲，出現「六大名班，九門輪轉」的局面，受到統治者的青睞，進入宮廷，很快演化成御用聲腔，失去剛健清新的特色，逐漸雅化而衰落下去。乾隆四十四年（一七七九）秦腔表演藝術大師魏長生進京，與崑、高二腔爭勝，轟動京師，大有壓倒後者的勢頭，占取上風，以致「聞歌崑曲，輒哄然散去」（徐孝常〈夢中緣傳奇序〉）。清廷出面，屢貼告示，禁止演出，魏長生被迫離京南下。到了乾隆五十五年（一七九〇）弘曆皇帝八十大壽，高朗亭率徽班來京演出，以安慶花部，合京、秦二腔，組成三慶班，接著又有四喜班、春臺班、和春班，即著名的四大徽班晉京，把二簧調帶入北京，與京、秦、崑合演，形成南腔北調彙集一城的奇特景觀。統治者想再以行政手段干涉和禁演，但花部已成氣候，無法阻止其在京城的發展壯大，最終取得了絕對優勢，雅部逐漸消歇。北京花、雅之爭，是花部劇種遍地開花，戰勝崑曲的一個縮影。

嘉慶、道光年間，地方劇種的高腔、弦索、梆子和皮簧與崑腔合稱五大聲腔系統。其中梆子和皮簧最爲發達。皮簧腔是由西皮和二簧結合而成。西皮起於湖北，由西北梆子腔演變而來，「梆子腔變成襄陽腔，由襄陽腔再加以變化，就成了西皮。」二簧的演變則複雜得多，它是多種聲腔融合的產物。明代中葉以後，受弋陽腔、崑山腔的影響，皖南產生了徽州腔、青陽腔（池州腔）、太平腔、四平腔等。四平腔後來逐漸形成吹腔，西秦腔等亂彈也流入安徽，受當地聲腔影響，形成撥子，爲安徽主要唱腔之一，吹腔與撥子融合，就是二簧調。大約在乾、嘉年間，二簧流傳到湖北，與西皮結合，形成皮簧腔。在湖北叫楚調，在安徽叫徽調。乾隆年間四大徽班入京，所唱主要爲二簧，也兼唱西皮、崑曲。道光初年，楚調演員王洪貴、李六等搭徽班在北京演出，二簧、西皮再度合流，同時吸收崑、京、秦諸腔的優點，採用北京語言，適應北京風俗，形成了京劇。此後又經過無數藝人的不斷努力和發展，京劇逐漸流行到各地，成爲影響全國最大的劇種。皇室的宮廷戲劇，在康熙時掌管機構是南府、景山，到乾隆時規模擴大，戲樓之多、演出之頻繁、慶典之豪奢，達到極盛，到道光七年（一八二七），掌管機構改名昇平署，直至清末。它對培養戲曲演員，搜集整理劇本，提高演藝水準乃至京劇最終形成起到推動作用[8]。

地方戲的劇目，絕大多數出自下層文人和民間藝人之手，靠師徒口授和藝人傳抄，在戲班內流傳，刊印機會極少，大都散佚。從目前見到的刻本、鈔本、曲選、曲譜、筆記和梨園史料的記載可以發現，劇目十分豐富。僅《高腔戲目錄》就著錄高腔劇本二百零四種。玩花主人錢德蒼《綴白裘》第六和第十一集收有五十多種花部諸腔劇本。葉堂《納書楹曲譜》「外集」、「補遺」，李斗《揚州畫舫錄》，焦循《劇說》、《花部農譚》，以及《清音小集》等書也記載地方戲劇目約有二百種。還有《車王府曲本》，它是清末蒙古族車王府收藏的在北京的戲曲演出本，以京劇爲主，其次崑曲，另有高腔、吹腔、西腔、秦腔、皮影戲、木偶戲等和一些不明劇種[9]。這些劇目或移植崑曲演唱的傳奇、雜劇的劇目，或是從民間故事傳說和講唱文學取材，或是改編《三國志演義》、《水滸傳》、《隋唐演義》、《楊家將》等通俗小說，帶有新的時代特徵，題材廣泛，貼近生活，由於經過無數藝人琢磨和長期在舞臺實踐中加工提高，許多戲成爲深受群眾歡迎的舞臺演出本。

地方戲的內容以反映古代政治、軍事鬥爭的戲占有突出地位。如《神州擂》、《祝家莊》、《賈家樓》、《兩狼山》等，歌頌反抗鬥爭和人民群眾愛戴的英雄人物。愛情婚姻劇目相對較少，但有新的特點，如《拾玉鐲》、《玉堂春》、《紅鬃烈馬》等。《穆柯寨》、《三休樊梨花》等在愛情戲裡別具一格，描寫武藝高強、富於膽略的女子積極爭取愛情，具有強烈的傳奇色彩。社會倫理劇《四進士》、《清風亭》、《賽琵琶》等，歌頌正直善良，批判負恩忘義。生活小戲《借靴》、《打面缸》等活潑清新，富於濃郁的生活情趣。

值得一提的是《慶頂珠》，又名《打魚殺家》，故事來源於陳忱《水滸後傳》第九、十兩回。原作本寫李俊嚴懲豪紳丁自燮和貪官呂志球，後將二人放還，勸其「改過自新」。而《打魚殺家》改李俊等人爲蕭恩父女，寫梁山起義失敗後，蕭恩父女隱居河下，打魚謀生，惡霸丁自燮勾結官府，百般勒索，蕭恩父女忍無可忍，殺了丁氏全家，蕭恩自刎，女兒出逃。該劇不僅表現了對勾結官府爲非作歹的惡霸豪紳的刻骨仇恨，還深刻揭示了官逼民反、封建統治勢力與被壓迫者之間不可調和的尖銳矛盾和鬥爭。該劇成功之處在於人物性格的刻畫極爲出色。劇中令人信服地交代了蕭恩思想的轉變過程，較好地運用了父、女二人不同性格的對比和襯托，使人物形象鮮明生動，而蕭恩與丁家教師爺之間武藝乃至人格的較量也取得了同樣的藝術效果。作品既不迴避在官兵追捕下蕭恩被迫自刎、女兒流落江湖的悲劇性結局，同時又痛快淋漓地嘲弄了以丑角教師爺爲代表的反派人物，這就使該劇又帶有一些諷刺喜劇的效應，極大地滿足了觀眾的欣賞心理，因此一直受到廣泛的歡迎。本戲最早的演出記錄見於嘉慶十五年（一八一〇）成書的《聽春新詠》，今天觀眾仍能在舞臺上看到演出。

第四節　講唱文學的盛行

・源流、演變和發展　・彈詞與《再生緣》　・鼓詞和子弟書

我國講唱文學的歷史源遠流長，今所知最早者爲唐代的變文。自唐而下，歷代均有各種名稱不同的說唱藝術：宋有陶眞、鼓子詞，金元有諸宮調（後又稱「彈詞」）、詞話，明有道情、寶卷。到了清代中葉，彈詞、鼓詞和子弟書等蓬勃發展起來。

彈詞之名，最早見於明代。成書於嘉靖二十六年（一五四七）田汝成的《西湖遊覽志餘》卷二十記杭州人八月觀錢塘大潮，「其時優人百戲：擊球、關撲、魚鼓、彈詞，聲音鼎沸。」見於著錄的明代彈詞作品有梁辰魚的《江東廿一史彈詞》[10]、陳忱的《續廿一史彈詞》，可見當時彈詞已廣泛流傳。而彈詞之起源更當在此之前，明臧懋循《彈詞小序》稱元末楊維楨避亂吳中時曾作《仙遊》、《夢遊》、《俠遊》、《冥遊》彈詞四種，惜皆散佚。今所傳彈詞多爲清中葉以來作品，數量甚夥，以胡士瑩《彈詞寶卷書目》一書所收最爲詳備。

彈詞的體制由說、表、唱、彈四部分組成。說（說白），即說書人用書中角色的口吻以第一人稱來對白；表（表述），即說書人以第三人稱進行敘述；唱（唱句），以七言韻文爲主，間或雜以三言而成十言句式；彈（彈奏），以三弦、琵琶爲主來伴奏。其中說、表、唱、彈俱全者稱「唱詞」，僅有表、唱、彈而無說者，即純以第三人稱敘事而無代言成分的，稱「文詞」，「文詞」宜於案頭閱讀，「唱詞」可供演唱。而彈詞的開篇僅有唱、彈，少則四句兩韻，多則十幾韻、幾十韻不等，本用以定場，後來逐漸演變爲一種獨立的曲藝形式，至今「彈詞開篇」仍爲人們所喜愛。

彈詞流行於南方，在語言上有「國音」、「土音」之分。前者用普通話寫成，如《再生緣》、《筆生花》和《安邦志》等；後者用方言或雜以方言寫成，尤以蘇杭、上海一帶吳語地區流行的吳音彈詞爲常見，如《義妖傳》、《珍珠塔》和《三笑姻緣》等。其他如福建「評話」有《榴花夢》，廣東「木魚書」有《花箋記》，以及浙江的「南詞」、四川的「竹琴」、紹興的「平湖調」等，均屬「土音」彈詞的別支。

作爲一種偏於消閒娛樂的曲藝樣式，彈詞的演唱較爲簡便，可供婦女們在家庭中觀賞，以此打發無聊漫長的時光。如同《天雨花》自序所說：「夫獨弦之歌，易於八音；密座之聽，易於廣筵。」而其文本作爲一種文學讀物，實際上是

一種韻文體長篇通俗小說。它的創作對象基本上是針對「閨中人」和市民階層的，所謂「閨閣名媛，俱堪寓目；市廛賈客，亦可留情。」（侯芝《再生緣・序》）並且彈詞的作者也以女性居多，像《再生緣》、《天雨花》、《筆生花》、《榴花夢》的作者皆爲女子。因此彈詞在情節上常常熱衷於敘寫才子佳人的悲歡離合，人物命運大起大伏，且最終都有個令人心滿意足的「大團圓」結局，帶有較多的傳奇色彩和女性特有的那種浪漫情調，同時又不可避免地含有程度不等的道德勸誡成分，「但許蘭閨消永晝，豈教少女動春思。」（《安邦志》開篇詩）隨之而來的另一特徵即篇幅很長，規模宏大，其中《榴花夢》近五百萬字，堪稱巨制，而《安邦志》、《定國志》、《鳳凰山》三部曲敷衍趙匡胤及其後代史事，共七十二冊，計六百七十四回，被鄭振鐸許爲「中國文藝名著中卷帙最浩翰者」（《西諦所藏彈詞目錄》）。

彈詞中最優秀的作品首推《再生緣》。

《再生緣》全書二十卷。前十七卷陳端生作，後三卷爲梁德繩續，道光年間侯芝修改爲八十回本印行，三人均爲女性。陳端生（一七五一—約一七九六），浙江杭州人，祖父陳兆倫有聲望，曾任《續文獻通考》纂修官總裁。端生一八歲在北京開始創作《再生緣》，至二十歲因母親病故而停筆，三年後嫁會稽范菼，范因科場案發配新疆伊犁，端生此後續寫至十七卷不復再作。嘉慶元年（一七九六）大赦，范菼歸，未幾，端生病卒。

《再生緣》的故事發生在元代昆明的三大家族之間。大學士孟士元有女孟麗君，才貌無雙，許配雲南總督皇甫敬之子少華。國丈劉捷之子奎璧欲娶麗君不成，遂百般構陷孟氏、皇甫兩家。麗君男裝潛逃，後更名捐監應考，連中三元，官拜兵部尚書，因薦武藝高強的少華抵禦外寇，大獲全勝，少華封王，麗君也位及三臺。父兄翁婿同朝爲臣，麗君卻拒絕相認，終因酒醉暴露身分，麗君情急傷神，口吐鮮血，皇上得知，反欲逼其入宮爲妃，麗君怒氣交加，進退兩難。陳端生至此輟筆。

《再生緣》較成功地塑造了孟麗君的藝術形象，並通過這一人物寄託了作者的人生理想，熱情歌頌了當時社會條件下婦女掙脫禮教束縛的思想和行爲，讚美了女性的才識和膽略。她「挾封建道德以反封建秩序，挾爵祿名位以反男尊女卑，挾君威而不認父母，挾師道而不認丈夫，挾貞操節烈而違抗朝廷。」（郭沫若〈《再生緣》前十七卷和它的作者陳端生〉）因此作品在稱頌女性智慧的同時也流露出一定的封建說教成分，正如侯芝在原序中所說：「敘事言情，俱歸禮德。」梁德繩續作結以「大團圓」，似乎也是不得已的結局，大約陳端生是實在不願看到這一了無意趣的結果方才擱筆停作的。

《再生緣》結構龐大，情節離奇曲折，而作者卻能在布局安排上駕輕就熟，顯示出超人的才華。如第二回，敘寫眾人觀皇甫少華與劉奎璧賭射宮袍一事，場面設置轉換頻繁，作者一一寫來，面面俱到，既使整個氣氛活躍熱鬧，又極富層次感，毫不紊亂，眞堪與曹雪芹「群芳開夜宴」式的大手筆相媲美。其敘事文情並茂，徐紆委婉，尤善鋪排渲染；刻畫人物內心世界則細膩入微，富於女性的敏感。全書詞氣灑脫流暢，語言雅俗共賞。然而由於基本是以七言排律鋪寫成百萬字的長篇巨制，形式缺少變化而略顯單調，作爲講唱藝術，本可由音樂的變化和表演時的處理加以彌補，但作爲純粹的讀本，其表現力不能不受到一定的限制。另外，情節的調度安排或留有人爲痕跡而稍嫌勉強，狀物寫貌或墮入俗套而遺神失眞。至於脫離生活、有違史實之處，考慮到作者是個足不出戶的閨中女子，當然也就可以理解了。

鼓詞主要流行於北方，以鼓板擊節，配以三弦伴奏。說用散體，唱爲韻文，其唱詞一般爲七言和十言句，其十言句與彈詞之三、四、三的節奏截然不同，採用三、三、四的形式。這是有說有唱的成套大書，篇幅較大。後又有與「彈詞開篇」相近、只唱不說的小段，稱「大鼓書」或徑稱「大鼓」，至今流傳。

鼓詞的內容比彈詞更加豐富，或寫金戈鐵馬的英雄傳奇，如《呼家將》；或寫公案故事，如《包公案》；或寫愛情婚姻題材，如《蝴蝶杯》；甚至還有滑稽諷刺性的調笑作品，更多的則取材於歷史演義和根據以往的文學名著進行改編，前者有《梅花三國》，後者有《西廂記》、《紅樓夢》等。現存最早的鼓詞是明代天啓年間刊行的《大唐秦王詞話》（又名《唐秦王本傳》），傳爲諸聖鄰所作，八卷六十四回，演說唐太宗李世民東征西討，開創唐朝基業之事，只是尚未用「鼓詞」標名。明末清初賈鳧西作《木皮散人鼓詞》，是首次以鼓詞命名的文人創作，然而有唱無說，也不搬演故事，而是借歷代興衰，褒貶古今人物，對統治者爭權奪利的醜惡和封建專制的殘暴給予大膽的揭露和諷刺，以此宣泄心中的不平與牢騷。作品剪裁精當，筆鋒犀利，語言詼諧活潑，已是鼓詞雅化後的佳品。

流行於北方的另一種曲藝形式爲子弟書，舊說創始於滿族八旗子弟，故名（見震鈞《天咫偶聞》）。子弟書屬於鼓詞的一個分支，只唱不說，演出時用八角鼓擊節，佐以弦樂。又分東西兩派：東調近弋陽腔，以激昂慷慨見長；西調近崑曲，以婉轉纏綿見長[11]。子弟書的樂曲今已失傳，由現存文本看，其體制以七言句式爲主，可添加襯字，多時一句竟長達十九字，形式在當時的講唱文學中最爲自由靈活。篇幅相對短小，一般一二回至三四回不等，最長者如《全彩樓》敘呂蒙正故事，也不過二十四回。每回限用一韻，隔句叶韻，多以一首七言詩開篇，可長可短，然後敷演正文。

子弟書盛行於乾隆至光緒年間，長達一個半世紀左右。傳世作品很多，傅惜華編《子弟書總目》，共錄公私所藏四百餘種，一千多部。取材範圍也極廣泛。《車王府曲本》中的說唱部分有子弟書二百九十七種，從一個側面反映子弟書在北方的興盛。著名作者東派爲羅松窗、西派爲韓小窗，羅氏代表作有《百花亭》、《莊氏降香》，韓氏代表作有

《黛玉悲秋》、《下河南》等，一九三五年鄭振鐸主編《世界文庫》曾選入二人作品十一種。子弟書的情節及結構特徵明顯，即多選取一段富於戲劇性衝突的小故事或典型性場景，很像傳統戲曲中的折子戲，不枝不蔓，不注重人物命運的大起大落，而側重於情緒的抒發。我們可以對比羅松窗的《出塞》和無名氏的《昭君出塞》，兩者題材相同，卻有異曲同工之妙。前者寫王昭君來到大漠，舉目望去：

這而今茫茫野草煙千里，渺渺荒沙日一輪。數團氈帳連牛廠，幾個胡兒牧馬群。回頭盡是歸家路，滿目徒消去國魂。向晚來胡女番婆為妾伴，那渾身羶氣哎就熏死人。這一日忽見道傍碑一統，娘娘駐馬看碑文。看罷低頭一聲歎：呀，原來是飛虎將軍李廣墳！

後者敘昭君行至黑河：

一望四野真淒慘，山景淒涼好歎人，但只見青青松柏接山翠，片片殘霞映日紅。飄飄敗葉隨風舞，紛紛野鳥樹梢鳴。凜凜風吹如虎嘯，滔滔水響似龍吟。嚨嚨樹木喳喳鳥，翠翠青山淡淡雲。娘娘看罷多傷感，回頭忽見一賓鴻，只見牠孤身無伴聲慘切，斜行雙翅向南騰……

由於子弟書的作者大都具備良好的文學素養，故即便是一些佚名的作品，如《草橋驚夢》、《憶眞妃》等，也都取得了相當高的藝術成就，「其中好多篇傑作並不比〈孔雀東南飛〉和〈木蘭詩〉遜色」（趙景深《子弟書叢鈔・序》）。其影響之大，甚至南方一些曲種也多有借鑑，如貴州的《紅樓夢彈詞》十三出細目，與子弟書《露淚緣》十三回全相吻合。

注釋

❶ 魯迅《中國小說史略》第二十五篇專論清代「以小說為庋學問文章之具」的文學現象。後在題為〈中國小說的歷史的變遷〉的講演中，則只講清代小說中「擬古」、「諷刺」、「人情」、「俠義」四派，可見對炫鬻才學的小說不甚重視了。

❷此書抄本一百回，今傳原燕京大學過錄本。另有道光十年（一八三〇）刻本，共二十四冊，八十回。此外道光二十年（一八四〇）武昌聚英堂刊刻本亦為八十回本。八十回刊刻本係據百回抄本刪改而成。

❸《鏡花緣》存道光元年（一八二一）刻本，其時李汝珍尚在世。柳存仁《倫敦所見中國小說書目提要》「鏡花緣」條，講及北京大學圖書館藏馬廉隅卿舊藏本為初刻本，其時當在道光元年之前。可見此小說並非晚年所作。

❹《格列佛遊記》是英國十八世紀作家江奈生・斯威夫特（一六六七—一七四五）所作，小說通過主人公在小人國、大人國、飛島、慧駰國的奇遇，諷刺了當時的社會和統治階層的腐敗。中譯本有人民文學出版社出版之張健譯本。

❺明人田汝成談及陶真（當時的一種說唱藝術）時說：「若紅蓮、柳翠、濟顛、雷峰塔、雙魚扇墜等記，皆杭州異事，或近世所擬作者也。」（《西湖遊覽志餘》卷二〇）又，鄭振鐸的《中國俗文學史》下冊稱曾見明崇禎年間抄本《白蛇傳》彈詞。

❻周妙中《楊潮觀和他的吟風閣》，引袁枚《邳州知府楊君笠湖傳》等文獻，介紹楊潮觀生平最詳。文載《文學遺產增刊》九輯，中華書局一九六二年版。

❼桂馥，字冬卉，山東曲阜人。乾隆五十五年（一七九〇）進士，選雲南永平知縣，卒於官。他是文字學家，學者將他與段玉裁併稱。著有《說文義證》、《箚樸》、《晚學集》。《清史稿》卷四八一「儒林二」有傳。《後四聲猿》作於他官雲南知縣甚感遭遇不幸之時。

❽昇平署前身是康熙朝南府、景山，隸屬內務府，道光七年（一八二七）改名昇平署。是清廷管理戲曲、教習藝人和承應事務的機構。一九二四年朱希祖在北京宣武門匯記書局購得「昇平署檔案」共計五百七十七冊，基本上是迄今未見過的清宮自順治、康熙以來手抄的崑、弋劇本，後轉讓給北京圖書館。一九八七年國家圖書館善本整理室登記在《清昇平署戲曲檔案清冊》的有一千八百零五種，其中劇本一千二百三十九冊，還有南府時期檔案四冊。參見麼書儀〈關於昇平署檔案〉，《文學遺產》二〇〇八年第二期；王芷章《清昇平署志略》，上海書店一九九一年版。

❾車王全稱車登巴咱爾王，清代喀爾喀蒙古族固諾顏部人。其王府坐落於北京安定門內寶鈔胡同。一九二五年這批曲本從王府流入民間，其後輾轉藏抄，如今分布北京、廣州、臺北、東京等地。今傳世曲本包括戲曲與說唱兩大部分，戲曲有九百九十三種，曲藝一千零一十七種，合計二千零一十種，約五千冊。一九六〇年廣州中山大學完成全部珍藏一千六百八十本的編目、清理、查對、編寫內容提要、撰寫題記等工作，出版約二十萬字的《車王府回本總目提要》一書。參見郭精銳等編著《車王府曲本提要》，中山大學出版社一九八九年版。

❿今傳楊慎《廿一史彈詞》早於梁作，故梁作特標「江東」二字以示有別，但楊慎所作唱文為十字句，與後之彈詞以七字句式為主的形制不相吻合，且又名《歷代史略十段錦詞話》，可知本屬元明詞話體系，非今所謂彈詞。

⓫參見啓功〈創造性的新詩子弟書〉，中華書局《文史》第二三輯。

第九編　近代文學

緒　論

近代文學是近古期文學的第二段，也是中國古代文學史的最後一個樂章，以一八四〇年鴉片戰爭爲開端，到一九一九年「五四」新文化運動興起爲止。西方資本主義開闢世界市場，進入中國本土，中斷了中國獨自發展的道路，中國被納入西方資本主義主導的世界經濟體系之中。比西方幾乎落後一個歷史階段的中國，在腐朽的清王朝統治下，完全處於被動挨打的局面，逐漸淪爲帝國主義宰割下的半殖民地、半封建社會。這一歷史變局給中國社會帶來的變化是前所未有的。

在這一階段裡，一方面，中國社會的性質和結構開始發生變化，逐漸形成新的經濟成分和階級成分，並在後期出現了資產階級的政治鬥爭；另一方面，西方資產階級文化以日益強勁的勢頭湧入中國，形成對固有的傳統文化觀念的強有力的衝擊。這兩方面的變動，都廣泛地牽動著社會上各個階層，尤其是敏感的知識階層。封建專制政體要過渡到民主共和政體，人們的身分要從君主的臣僕轉化爲國家的公民，在傳統的生活方式、文化習尙中要接受許多新事物與新觀念。雖然這一變化過程是緩慢的、不平衡的，但在思想領域中掀起的震盪卻是巨大的。

在上述背景下發展的近代文學，從作家身分、文學觀念到文學載體、接受對象都逐漸發生新的變化，顯示出與此前封建時代文學明顯不同的特色。大體說來，可以一八九四年中日戰爭爲界，分爲前後兩期。前期變異尙小，後期則變異突出，向現代新文學過渡的痕跡日益明顯。

第一節　近代文學發展的文化環境

・「歐風美雨」的時代潮　・新式學堂的湧現　・踏出國門　・翻譯事業的發達　・現代化傳媒的發展

進入十九世紀，在西方資本主義蓬勃發展的世界格局中，中國要擺脫被宰割的局面，屹立於世界民族之林，就必須改變落後的封建生產關係，學習西方先進的生產方式與政治制度。爲挽救國家和民族的危機，中國近代先進分子無不走上從西學中尋求治國藥方的道路，「求新聲於異邦」（魯迅《墳・摩羅詩力說》）。同時，西方資本主義爲把中國變爲它們的附庸，改善進行經濟掠奪的環境，也需要傳播西學，爲其開闢更爲暢順的道路。因此「歐風美雨」成爲不可阻擋的歷史潮流，西學東漸成爲這一時期中國社會中最突出的現象。

中國與近代西方的接觸並非從本時期開始。明代中葉，隨著葡萄牙人進入澳門與中國開展貿易，一批耶穌會教士相繼來到中國，就已帶來西方的宗教和一些天文、地理方面的科學知識。不過，那時還基本上是正常的文化交流，對西方文化某些成分的吸收，和中國歷史上吸收其他外來文化一樣，只是成爲傳統文化的補充，並不構成對傳統文化和封建制度的威脅。到了本時期，情勢不同了，不但伴隨列強的入侵，西學來勢加猛，而且採納西學與變革圖強、抗敵救國直接相關，成爲先進人物的自覺行動，迅速形成一股強有力的潮流。鴉片戰爭前夕，林則徐爲了抗英而搜集西方資料編輯《四洲志》，已開主動研究西方的風氣，改變了被動接受的態勢。緊接其後，魏源編纂《海國圖志》，系統介紹西方國家情況，提出「師夷長技」的方針，發出了主動向西方學習的呼聲。此後，大體經歷了如梁啓超所說的層層深入的三個階段：第一期是從器物上感覺不足，想學到外國的船堅砲利；第二期開始從制度上感覺不足，發動了「變法維新」運動；第三期進一步從文化根本上感覺不足，體悟到不可能以舊心理運用新制度，要求全人格的覺醒（《五十年中國進化概論》）。伴隨這一歷程，對西學內容的引進也逐步提高層次，由自然科學進到人文科學。梁啓超說，第一期「最可紀念的，是製造局裡頭譯出幾部科學書」，而第二期「最有價值的出品，要推嚴復翻譯的幾部書，算是把十九世紀主要思潮的一部分介紹進來」（同前），這就是把進化論、天賦人權、自由民主等比較重要的資產階級思想學說引進了中國。這些都必然引起對傳統文化的重新審視，形成思想領域的革命。

隨著西學東漸的逐步深入，西學逐漸滲透到制度、政策層面，引發了一些重要變革，產生一系列新事物。通西學的人才，不是舊的教育體制所能培養的，推動了教育體制的變革❶，陸續辦起新式學堂。從同治元年（一八六二）京師舉辦同文館到光緒二十一年（一八九五）天津建立中西學堂，洋務派創辦各類新式學堂二十二所。這些學堂的學習內容主要是外語和自然科學，兼及政法，完全不同於讀經書、習八股的舊式書塾。至於較早就已出現的西方傳教士在中國開辦的教會學校，更全是西方近代學校的模式。戊戌以後，新式學堂日益增多，光緒三十一年（一九〇五）清政府下令廢科舉，興學堂，全面改變了教育體制。唐才常描寫當時年輕學子「浡然向新」的風氣說：「少年子弟之根器稍異、見聞略廣者，則不甘心死於時文章句，相與聯翩接軫於東西學堂。甚至腹地各省，有觸禁網，甘黨名，違父兄師保，而毅然出洋就學者。」（《砭舊危言》）

對西學的需求，刺激了留學事業的發展。清政府於同治十一年（一八七二）開始派遣留學生赴美學習，以後又陸續派遣一些青年學生赴歐。到光緒十七年（一八九一），先後派出的留學生近二百名。二十世紀初，更出現留日狂潮，光緒三十二年（一九〇六）留日學生已達萬人。留學生在國外，不僅掌握了外語、自然科學、社會科學以及軍事知識，而且親眼看到資本主義國家的發展，更深切地領會到資本主義文明和資產階級文化。其中不少人回國後在社會變革和思想啓蒙等事業中發揮了重要的作用，嚴復便是留學英國，後來成爲翻譯傳播西方人文學說的先鋒。隨著與各國的交往，中國也開始派遣駐外使臣及隨行人員❷，他們也都直接受到西方文明的洗禮。

西學的主要載體是書籍，傳播與吸收西學的主要渠道是翻譯，因而翻譯事業有了迅速的發展，京師同文館、江南製造局的譯書館都曾翻譯西書。江南製造局從穆宗同治七年（一八六八）到德宗光緒六年（一八八〇）的十多年中，譯出西書一百多種，主要是科技類。此外，西方傳教士和教會也先後翻譯出版了一些哲學宗教、政治法律、歷史地理方面的圖書。這些譯著對啓蒙培養一代新派人物起了重要作用，梁啓超曾談到康有爲購讀「江南製造局及西教會所譯出各書」後，「於其學力中，別開一境界」（《康南海先生傳》）。

近代技術的輸入帶來文化傳媒的進步，製版、印刷採用先進技術，大大提高了出版效率。徐念慈《丁未年小說界發行書目調查表》統計，僅丁未（一九〇七）一年中出版的翻譯與創作小說，就有一百二十一部，這在過去是難以想像的。具有快速、廣泛、高效之稱的新型傳媒工具——報刊也日益發達起來。一八六〇年代以前，數量尚少，七〇年代到世紀末發展迅速，此期間先後出版報刊近一百五十種❸。辛亥革命後，發展勢頭更猛，戈公振說，「『人民有言論著作刊行之自由』既載諸臨時約法中，一時報紙，風起雲湧，蔚爲大觀。」、「當時統計全國達五百家」（《中國報學史》）。其中報紙二百五十餘家，雜誌二百餘家。尤其值得注意的是文藝性報刊的湧現，開始是報刊零星刊載一些文藝性作品，到十九世紀二十世紀之交則出現許多專門的文藝性報刊，僅二十世紀初的十餘年間，以小說命名的報刊就近三十種。文藝報刊開闢了文藝作品發表的園地，刺激了創作的繁榮。

西學東漸，爲近代文學的發展創造了新的文化環境。

第二節　作家主體的轉型與新舊分野

・作家知識結構的變化與轉型　・思想分野與文學流派的複雜關係　・政治與藝術發展的不平衡

近代作家與其前的古代作家一個重大不同點，是面對社會性質的急遽變化。這種變化非歷史上一般的改朝換代，而是從封建專制社會轉化爲半殖民地、半封建性質的社會。上層建築和意識型態都相應發生了巨變，其中貫穿著「新」與「舊」的鬥爭，「新學」（西學）與「舊學」（中學）的撞擊。作爲知識層的傳統士大夫，生活在此劇烈變革的社會中，不能不進行知識的更新與主體的轉型。這是古代文人所不曾有過的。

中國傳統的士大夫，除了熟悉以綱常名教爲根本的封建制度和傳統的文化意識之外，幾乎不知天下還有什麼其他的學說與制度。每當人們舉起經世濟時的旗幟時，只能借助已有的知識，從傳統的文化遺產、往古的盛世楷模中尋找武器，「托古改制」，求變革於往古。在近代歷史的開端上，還很少接觸西方文化特別是西方社會學說的龔自珍，仍不脫這種色彩。他不滿當時封建專制統治的壓制與束縛，以「醫國手」進行改革鬥爭，仍自言是「藥方只販古時丹」（《己亥雜詩》第四十四首）。但是鴉片戰爭以後，情勢發生了根本的變化。西方資本主義入侵的同時，也把它的先進性展示在中國人面前。一變過去只能向古求索的態勢，又開闢出一條新路：求新聲於異邦、採洋改制。「西學」撼動著人們的靈魂，衝擊著人們的意識，吸納新學，改變舊的知識結構，跟上時代的步伐，成爲先行者包括進步作家的自覺選擇，也是當時濟國救時的必由之路。這一情況貫穿整個近代歷史行程，步步深入。

魏源在鴉片戰爭之前具有進步意義的變革思想還是來自傳統文化[4]。但是經歷了鴉片戰爭，他爲西方世界的先進性所吸引，便發出「師夷長技」的呼喊，表現出學習西方的強烈意向。他編寫《海國圖志》，研究和了解西方國家的政治經濟情況，以西方的新知識充實自己，已開始突破傳統士大夫的知識格局。

隨後的洋務運動時期，承襲和發揚魏源的思想，吸納西方先進科學技術以爲「富強之術」，可以說已成爲進步開明之士的共識。雖然其中還表現出濃重的保守性，不肯觸動封建舊制的根本。所謂「以中國之倫常名教爲原本，輔以諸國富強之術」（馮桂芬《校邠廬抗議‧採西學議》），「有待於夷者，獨船堅砲利一事耳」（同前書〈制洋器議〉）。以體與用、道與器、本與末、禮與藝的關係來處理中學與西學的關係，中學爲體，西學爲用，「用」變「體」不變，只是把西方科技作爲傳統文化的補充。雖然如此，能夠認同西方先進的科學技術，接受其帶來的一系列新事物，也不同於傳統的士大夫了。

到了資產階級登上政治舞臺，社會的變革由器物層面進入政治制度層面，便開始了觸及「體」的質的飛躍。梁啓超總結說，甲午以前幾十年中，言西法者，「不過稱其船堅砲利、製造精奇」，「無人知有學者，更無人知有政者」。所謂「學」即西方資產階級的社會學說，所謂「政」即西方國家的政治體制。他指出，甲午戰敗以後，「朝野乃知舊法之不足恃」，「紛紛言新法」（均見《戊戌政變記・新政詔書恭跋》）。所謂「新法」，就是以資產階級思想爲核心的政治體系。梁啓超描寫當時的情景說，過去學者好像生活於暗室中，不知室外還有什麼，現在忽然開了一個洞穴，所見都是前所未知的東西，「於是對外求索之欲日熾，對內厭棄之情日烈」，「於是以其極幼稚之『西學』智識」，「向於正統派公然舉叛旗矣」（《清代學術概論》）。這已進入從根本上衝擊封建綱紀與傳統文化的態勢。在悠久歷史中形成的以儒家思想爲核心的傳統文化，過去雖然也曾不斷發生變化，甚至產生過激烈的學派之爭，但其神聖的權威性，作爲社會指導思想的崇高地位，卻從未發生動搖。現在面對比它領先一個歷史階段的西方文化，開始被重新審視。人們在中學與西學的鮮明對比中，對各自的短長看得越來越清晰，舊學黯然失色，獨尊的地位從根本上動搖了[5]。從西方引進資本主義政治體制與資產階級意識型態的要求，越來越自覺，聲勢規模也越來越浩大，過去從來是「用夏變夷」，現在卻不免要「用夷變夏」[6]了。先行者更加自覺地以「西學」武裝自己。

在這一歷史流程中，作家主體的轉型現象表現得很鮮明，特別是在各個階段得風氣之先的進步士子。如果說近代第一代進步作家龔自珍、魏源還基本上未脫傳統士大夫的類型，那麼第二代的康有爲、梁啓超、黃遵憲等，便已是新舊學的混合型了。他們舊學根柢仍然很深，也還在傳統文化中汲取有長久生命力的成分，加以發揮利用，如康有爲發揚經今文學公羊義，著《新學僞經考》、《孔子改制考》，爲維新變法製造理論根據，就是最明顯的表現。不過，這已不是用以健全封建制度，而是起著爲西學開路的作用。梁啓超就自言他們這些東西實質是「借經術以文飾其政論，頗失『爲經學而治經學』之本意。故其業不昌，而轉成爲歐西思想輸入之導引。」（《清代學術概論》）梁啓超又說：「捨西學而言中學者，其中學必爲無用；捨中學而言西學者，其西學必爲無本。無用無本，皆不足以治天下。」（《西學書目表・後序》）雖然還把中學視爲本，然而不與西學結合便成無用。社會的實際運作都在「用」的流程中，這實際等於說，不講西學，不與西學結合，已不能適應社會需要，傳統文化必須吸收融會新的東西，才能爲社會變革服務。所以西學的新知已在實際上引導著他們的行動，他們已不同於傳統的士大夫了。到了以柳亞子、秋瑾等爲代表的第三代作家，不少已經是洋學堂或留學生出身[7]，具有現代氣息的知識分子。

在近代較後時期，由於近代報刊和出版事業的發達、稿酬制度的出現，促使文學作品商品化，因而逐漸出現了半專業化的作家，主要是小說家和小說翻譯家，如林紓、李伯元、吳趼人等[8]。文字生涯成爲生活資料的主要來源，他們也成爲過去未曾有過的新型作家群體。

主體的轉型是近代作家的重要現象，各歷史階段湧現的進步作家，以轉型程度爲標誌。這也是近代文學內容日益出新的根本保證。

在社會與意識型態的急遽變化之中，作家對這種變革採取什麼態度，具有怎樣的政治思想傾向，成爲進步與保守的分水嶺，所以近代作家的政治思想的分野、新與舊的分野十分鮮明，遠超過以往任何時代。一些作家緊跟時代的步伐，站在歷史潮頭，成爲時代的弄潮兒。他們是較早覺醒的一群，是各時期文學的旗手，形成近代文學的主幹。他們往往不是以作家，而是以思想家、政治家的身分活動於近代歷史舞臺上，但他們以內容新穎、鮮明反映時代主題的創作，爲近代文學開了新生面，給文壇帶來新氣息、新風貌，甚至領一時風騷。如鴉片戰爭前後的龔自珍、魏源，戊戌變法時期的康有爲、梁啓超、黃遵憲，資產階級革命時期的秋瑾、柳亞子等。他們先後相續，形成近代進步作家的鏈條。

近代進步作家與政治的緊密結合，也給一些作家帶來某些不可避免的歷史局限。他們往往屬於不同的政治分野，而近代歷史腳步急遽，文化思想更迭迅疾，幾乎每經一二十年，就有一個思想層次的轉換，已超古人所說的「一世」三十年。因此一時站在潮頭的人物，往往不久便被歷史無情地拋到潮尾。在近代短短八十多年的歷程中，先後經歷了封建統治階級內部改革派與腐朽統治者的對立、洋務派與守舊派的對立、資產階級改良派與封建頑固派的對立、資產階級本身反清共和的革命派與擁清立憲的維新派的對立。這就使得各時期的進步作家，各領風騷一時，還沒有走完藝術生命的青春期，便已被時代拋到後面。他們的創作往往有前後期之別。前期作品緊密與時代呼應，雄雞唱曉，大音噌嗒；後期作品的意義則呈現爲複雜狀態，政治上業已落伍，但在藝術與社會的領域中仍然發揮著某些有益的作用。如資產階級改良派豐碩的藝術成果，包括詩歌、散文、小說作品，大部分產生於變法運動失敗、革命派產生以後，作品所追逐的政治理想已處於歷史任務的對立面，但它們的文化思想屬於資產階級的範疇，仍發揮著啓蒙作用，其作品的藝術形式也給革命派作家以啓發。

在近代，作家政治思想分野是一個方面，藝術宗尚又是一個方面。我國歷史悠久，文化傳統綿長，如果說古代作家也都面對前代的文化積存，艱於新的創造發展，那麼近代作家尤其如此。以詩歌而論，唐詩是巔峰，宋詩從對唐詩的陌生化中開拓新路，從而形成了唐格宋調。此後，元明清三代作家，或宗唐，或宗宋，或唐宋兼採，總不免在濃重的傳統籠罩之下。近代作家同樣面對此種嚴峻形勢，他們往往依一身的藝術趣味，和蛻舊出新的獨自考慮，選擇其藝術宗尚，而形成了不同的風格流派，諸如王闓運等的漢魏六朝派，鄭珍等的宋詩派，沈曾植、陳三立等的同光體，樊增祥、易順鼎等的唐宋派等。

由藝術宗尚所形成的風格流派與作家的思想分野，呈現爲錯綜複雜的情況，不宜簡單地、籠統地以藝術宗尚論定其政治傾向，死板地將某種宗尚定爲進步或守舊。藝術宗尚與思想傾向常有參差，因人而異，甚至因時而異。近代作家都沒有擺脫舊體文學形式，站在歷史潮頭的進步作家也不例外，他們也都有其藝術宗尚，而且並不一律。如魏源是近代思想的先行者，屬進步作家行列，但依近代詩評家陳衍的說法，屬於喜宋詩的一流[9]，當屬於宋詩派。近代進步文學團體南社則提倡唐音，卻沒有人將其命爲唐詩派。究其實，大約進步作家因其作品內容緊貼時代主題，雖然依然使用舊形式，有其藝術宗尚，卻被新內容沖淡了，單成一個進步作家系列，不甚注意其藝術宗尚了。相對應的，那些較少反映新內容的作家，藝術宗尚便突顯出來，特別是他們往往以藝術宗尚爲號召，舉旗幟，結宗派，更加突出了學古的氣味。但論到各流派作家群體中的作家，則不可一概而論。其政治分野、思想狀況，並不一律，甚至不同時期，亦有不同。如同是同光體的作家，有的屬於洋務派，有的屬於維新派。同光體代表作家陳三立、沈曾植等，都是維新變法的支持者，表現出明顯的趨新傾向，在維新變法時段並不落後於潮流，到了民主革命時期就成爲落伍者了。資產階級革命派文學團體南社，高倡唐音，但其中也有堅持同光體的作者。這些都表明由藝術宗尚所形成的文學流派，並非鐵板一塊，其中作家的政治思想分野、文學創作狀況，都需具體對待。藝術宗尚的選擇往往是受審美趣味的支配，還夾雜著藝術表現上蛻舊出新的獨特思考與努力。

大約正是由於這種性質和特點，流派之間都是相互包容，而非彼此攻訐。流派的歸屬也並不影響作家之間的交誼。如鴉片戰爭前後思想先進的龔自珍、魏源、林則徐等與桐城派的姚瑩、宋詩派的何紹基等都有親密交往。屬於不同流派的作家，相互唱酬，切磋詩藝，更是常見之事。唐宋派頭領樊增祥、易順鼎與同光體的魁首陳三立、沈曾植都有交往，唱酬不斷，這是藝術上的一種包容胸懷。只是到了南社柳亞子，將藝術宗尚與政治傾向連繫在一起，把藝術宗尚視爲政治分野，才出現守持一宗而激烈指斥批評其他詩派的情況[10]。也正由於這樣的思想和態度，鬧出了將擁護同光體的社員驅逐出社的事件[11]，導致了南社的內訌與分裂。

近代中國所面臨的危急形勢，使反帝反封建、救亡圖存成爲壓倒一切的任務，它是各種進步行動的基本動力，也是左右進步文學的根本力量。近代進步作家往往是站在思想政治鬥爭第一線的思想家、政治家。對於他們來說，與其說是要創作文學作品，還不如說是急於要把文學用爲社會變革的工具。傳統的「文以載道」的文學思想，以抽換具體內容的方式高度地發揚起來。進步文學總是和愛國反帝、變革圖強的政治鬥爭緊密結合，幾乎沒有可以冷靜安閒地思索自己、發展自己的空間，這不能不給藝術上的錘鍊、創造帶來不良影響。像龔自珍、黃遵憲那樣思想與藝術都達到很高水準的作家寥寥可數。進步作家大都是以他們已經掌握的藝術手段急切地爲其追求的政治目標服務，再沒有過去文人那種琢磨藝術的餘裕了。相反，眞正能夠安恬地埋頭於藝術創造的作家，往往不是緊貼現實鬥爭的人物。鴉片戰爭時期，宋詩派的代表作家鄭珍就是一個典型的例子，他對古代詩歌藝術頗有開拓，然而他的詩歌甚至連鴉片戰爭這樣重大的歷史事件也很少反映。同光體魁首之一陳三立也是在戊戌變法失敗遭斥以後，才全身心投入詩歌創作，創造出足以自立的獨特的藝術風格，此時他已退出時代潮流。文學與政治思想分不開，但文學藝術畢竟有其自身的一個創造天地，思想滯後的作家，也還會有其藝術創造的成就。這種情勢，造成了近代作家思想與藝術發展不平衡的狀況。

第三節　文學觀念與作品形態的變化

・翻譯文學的發展　・文學觀念的變化　・作品形態的新變　・吸收西方文學技法與民族形式問題

近代以前，我國文學主要是在民族形式的範圍內演進。近代隨著西學東漸，西方文學作品逐漸被翻譯過來，進入中國作家的視野。外國文學作品的翻譯比科技西書爲晚，從鴉片戰爭到中日甲午戰爭的半個世紀中，寥寥可數，對文壇影響不大。但是到了戊戌前後，情況發生了顯著的變化，維新派很重視西方文藝作品在思想啓蒙方面的價值，有力地推動了翻譯作品的興盛。光緒二十三年（一八九七）《國聞報》發表的〈本館附印說部緣起〉，同年出版的康有爲《日本書目志》的識語，次年《清議報》第一冊發表的〈譯印政治小說序〉，都強調小說在宣傳上的無可比擬的作用，並大力鼓吹翻譯外國小說，認爲小說「入人之深」，「出於經史上」，「美英德法奧義日本各國政界之日進」，「政治小說爲功最高」，提出小說是「今日急務」。光緒二十四年（一八九八）《清議報》刊出梁啓超所譯日本政治小說《佳人奇遇》，次年，林紓所譯法國言情小說《巴黎茶花女遺事》出版。此後譯本漸多，二十世紀前十年則有風起雲湧之勢。光緒三十二至三十四年（一九〇六—一九〇八），每年出版的翻譯小說都在百種上下。

翻譯文學的啓示，促進了文學觀念的變化。小說地位空前提高。我國雖然從明清以來已有重視小說戲曲等通俗文學的言論，但把詩詞文看作是文學正統的觀念並沒有根本動搖。維新派從西方國家的歷史中看到小說在思想啓蒙和社會變革中的作用，把小說從社會文學結構的邊緣推到中心的地位，以「小說爲文學之最上乘」（梁啓超〈論小說與群治之關係〉）。與此相應，他們提出改良小說和小說界革命的口號，使小說創作更加自覺地爲政治服務。梁啓超說：「今日欲改良群治，必自小說界革命始；欲新民，必自新小說始。」（同前）王旡生說：「今日誠欲救國，不可不自小說始，不可不自改良小說始。」（〈論小說與改良社會之關係〉）西方文學中比較流行的悲劇觀念也被吸收進來，王國維的《紅樓夢評論》即以悲劇觀念對《紅樓夢》作出新的詮釋，高揚悲劇文學作品的價值。蔣觀雲也強調「使劇界而果有陶成英雄之力，則必在悲劇」（《中國之演劇界》）。

翻譯文學還帶來一些新的文學類型，尤其是在小說方面。如陸續介紹進來的描寫科學推理破案的偵探小說、建立在男女平權基礎上的言情小說、以表現政治內容爲主體的政治小說、與政治小說密切相關的社會理想小說、發揮科學幻想的科學小說等[12]。在翻譯小說的啓示下，十九世紀末二十世紀初，中國也陸續出現此類小說，如梁啓超《新中國未來記》、陸士諤《新中國》等政治小說與社會理想小說，李涵秋《雌蝶影》、呂俠《中國女偵探》等偵探小說，荒江釣叟《月球殖民地》、徐念慈《新法螺先生譚》等科幻小說。中國最早的話劇也是以義大利歌劇《茶花女》的譯本爲底本改編而演出的。

翻譯文學同時帶來了一些新的文學表現技法。中國傳統小說的敘事模式大體是以第三人稱全能視角講故事，情節發展是順時性的，人物刻畫以言語行動爲主，少有環境與心理描寫。翻譯文學則輸入許多不同的描寫手段，諸如第一人稱的限制性敘事、逆時性的倒敘、人物肖像的具體刻畫、環境與心理描寫等，爲中國小說的表現藝術提供了借鑑，並不同程度地爲中國作家所汲取。近代著名小說《二十年目睹之怪現狀》的敘事人稱、《孽海花》的藝術描寫、《九命奇冤》的倒敘結構等，都反映出翻譯文學的啓導作用。

不過，文學與思想不同，對西學的吸收差不多可以直接拿來，對外國文學的學習與借鑑則複雜得多。文學形式具有民族性，它與民族文化發展的歷史、民族文學傳統的特點、民族審美心理的趨向緊密關聯在一起。所以，近代文學的性質主要決定於內容的近代性，文學形態的變化，包括文學作品形式「西化」的程度則是第二位的。西方文學作品翻譯的初期階段，原著常常被譯者改動，以適應中國讀者的閱讀習慣，如梁啓超《十五小豪傑》的翻譯盡量向中國的章回體靠攏，海天獨嘯子《空中飛艇》的翻譯盡量向中國的傳記體靠攏[13]，都說明民族形式的頑強力量。在後來的發展中，嚴肅文藝形式上有了很大的變化，而接近廣大民眾的通俗文藝形式則變化不大也不快，同樣表明了這一點。

第四節　文化下移與文體革命

・社會思想啓蒙與文化的下移　・散文文體的歷史性變革與白話文運動

・近代文體革命的實質及其複雜性　・文體變革的歷史意義

春秋戰國之際有一次文化下移，即從貴族的世襲官學下移到下層實際執事的士。近代由於資產階級舊民主主義革命興起，需要向廣泛的民眾進行思想文化啓蒙，必然要打破封建時代士農工商四民的格局，衝破只有士才掌握文化的鴻溝，使文化向更廣大的範圍內普及。這一過程伴隨資產階級登上政治舞臺，達到了高潮。梁啓超大呼「改良群治」，「新民」（〈論小說與群治之關係〉），嚴復也說「今日要政，統於三端：一曰鼓民力，二曰開民智，三曰新民德。」（〈原強〉修訂稿）於是以向廣大民眾普及文化爲軸心，強調文體通俗化的主張日益高漲，有力地促進了文學語言由文言向白話轉化的偉大歷史行程。

在我國詩、詞、文、賦的雅文學傳統中，長久以來「語」與「文」是脫離的。以唐宋古文與宋人語錄相對照，就可以感受到二者之間的距離。雅文學觀念排斥以口語爲文，語錄不被視爲文，桐城派古文家還明確提出不可以語錄入古文。至於俗文學，諸如宋元話本、明清長短篇小說以及說唱文學等，一直在市民社會中發展，是接近民眾的通俗語言，作者也不被視爲文人。直至產生於近代的小說《兒女英雄傳》、《三俠五義》等，情況仍然如此。所以所謂近代文學語言的變革，主要是在文章領域即過去被視爲「雅文學」領域裡發生的變革。這個變革本身不是近代文學性質的標誌，古語文學也可以反映近代性內容；也不是西學送來的體式，文言與白話都是中國自己的民族語言形式，它是中國自身文學語言形式的一次歷史性的革命。

近代文體改革是伴隨資產階級文化思想啓蒙運動而逐漸展開的，思想啓蒙任務沒有被提到日程上來的時候，近代的作家也沒有表現出自覺要求變革的意向。近代文學的開山祖龔自珍，曾經提出文學語言不必避俗語，但那主要還是服務於「萬事之波瀾，文章天然好」（〈自春徂秋，偶有所觸，拉雜書之……〉其十二）的原則，重點在強調自由抒寫，達到天然的境界，仍然屬於古典美學中追求表現自然的範疇，與提倡爲廣大民眾所能接受和欣賞的通俗化的文學不可同日而語。所以，龔自珍的詩歌還是古體，文章也還是文言，但這並不妨礙他表現反對束縛、張揚個性的屬於近代性質的內容。

到了資產階級改良派黃遵憲便不同了，如果說他在同治七年（一八六八）寫的〈雜感〉詩，提出「我手寫吾口，古豈能拘牽」（同前，其二）的提煉流俗語入詩的主張，還與龔自珍相近的話，那麼他在光緒十三年（一八八七）所撰的《日本國志》中提出言文合一的主張，便不是這一層次所能框範的了。他說：「語言與文字離，則通文者少；語言與文字合，則通文者多。」他期望文章能夠接近通行的口語，「明白暢曉，務期達意」，「適用於今，通行於俗」，使得「天下之農、工、商賈、婦女、幼稚皆能通文字之用」（《日本國志》卷三十三《學術志二・文學》）。這顯然是從日本明治維新的歷史經驗中，認識到近代性質的社會變革對民眾進行思想啓蒙的迫切性，才將眼光轉向語文改革的問題上來，樹立起改革文學語言和文體的鮮明觀念。正因爲主要動力出於宣傳新思想，所以文體改革的範圍也基本局限於文章領域。資產階級改良派領袖人物之一的梁啓超說：「國惡乎強？民智，斯國強矣。民惡乎智？盡天下人而讀書、而識字，斯民智矣。」（〈沈氏音書序〉）裘廷梁說：「愚天下之具，莫文言若；智天下之具，莫白話若。」（〈論白話爲維新之本〉）文體改革以改良民智爲軸心，面向社會的近代傳媒報刊在這方面起了帶頭作用，它較早地衝破了士大夫雅文學的觀念，邁出了通俗化的步伐。陳榮袞曾發表題爲〈論報章宜改用淺說〉的文章，呼籲報章文字的通俗化，要求「作報論者」，以「淺說」、「輸入文明」，並明確提出：「大抵今日變法，以開民智爲先，開民智，莫如改革文言。不改文言，則四萬九千九百分之人，日居於黑暗世界之中，是謂陸沉；若改文言，則四萬九千九百分之人，日嬉遊於琉璃世界中，是謂不夜。」報章文字的通俗化，形成了不同於傳統古文的報章文體，這是文體語言的一大變化。梁啓超說：「自報章興，吾國之文體，爲之一變，汪洋恣肆，暢所欲言，所謂宗派家法，無復問者。」（《中國各報存佚表》，《清議報》第一百號）在向白話文過渡的過程中，報章文體起了重要的中介作用⑭。

適應資產階級思想啓蒙的需要，在十九至二十世紀之交，陸續出現白話報刊，而且發展的勢頭頗猛，蔡樂蘇曾著〈清末民初的一百七十餘種白話報刊〉一文，可見數量之多。但是在一個相當長的時期內，對文字通俗變革的鼓吹，都是從政治宣傳的角度來認識的，並沒有考慮白話本身的美學價值，這也是文體改革基本囿於散文領域的根本原因。在韻文範圍內，只有爲了進行通俗教育而撰寫的歌詞，因與散文變革的目的相同，有明顯的通俗化表現⑮。在傳統的詩歌領域則基本還是舊體式，提倡言、文合一的黃遵憲的詩歌仍完全是文言舊體，而且用典甚多，其詩歌美學觀並沒有發生根本的變化。提倡「詩界革命」的梁啓超也還是高舉「以舊風格含新意境」的旗幟，明確主張舊瓶裝新酒，顯然還在傳統詩歌審美趣味的左右之下。資產階級革命文學團體南社的詩歌，表現了民主革命的新思想，但體式格調仍與舊體無異。可是在與思想啓蒙關係密切的散文領域，梁啓超則帶頭創造了更適宜自由表現新思想與更適應廣大讀者接受的「新文體」，「平易暢達，時雜以俚語、韻語及外國語法，縱筆所至不檢束」（《清代學術概論》二十五），實際上是報章文體的進一步發展。

在由文言向白話轉化這一歷史性變革中，梁啓超從文學進化的觀點論證了其必然性，是一個明顯的進步。他說：「文學之進化有一大關鍵，即由古語之文學變爲俗語之文學是也。各國文學史之開展，靡不循此軌道。」（《小說叢話》）雖然看到文學語言和文體的變革是一種必然趨勢，但由於傳統審美觀念、審美習慣的作用，其創作實踐仍然呈現出艱難複雜的狀態。為了向民眾進行思想啓蒙，很強調文學語言的通俗，但涉及文學的美學價值時，又不免躊躇起來。梁啓超將文章分為「覺世之文」與「傳世之文」，提出不同的要求：「傳世之文，或務淵懿古茂，或務瑰奇奧詭，無之不可。覺世之文，則辭達而已矣。當以條理細備，詞筆銳達為上，不必求工也。」（《湖南時務學堂學約》）「傳世之文」追求美學價值，「覺世之文」則不追求美學價值，清楚地反映了這種思想狀態。不少人難以擺脫對古雅美的戀舊情結，抱著古語文學不肯放⑯，甚至思想很新而文體卻極其守舊。嚴復是傳播西方資產階級主要思潮最為得力的人物之一，他的政論文〈救亡決論〉、〈原強〉等，筆鋒之尖銳，思想之激進，都無愧是近代性質內容的佳作，但他卻是堅持古文最力的一員。翻譯了大量西方小說的林紓，更是頑固地堅守古文壁壘。對白話從美學的意義上加以肯定，是到「五四」新文化運動時期的事了。新文化運動的鬥士錢玄同說：「用今語達今人的情感，最為自然；不比那用古語的，無論做得怎樣好，終不免有雕琢硬砌的毛病。」（〈嘗試集・序〉）另一鬥士劉半農呼號要「打破此崇拜舊時文體之迷信，使文學的形式上速放一異彩。」（〈我之文學改良觀〉）美學觀已經有了明顯的變化，文體變革的範圍擴展到一切方面，白話詩也誕生了。但近代散文文學語言的通俗化以及繼踵興起的白話文運動，畢竟對文言有所衝擊，也為人們接受白話做了一些心理準備，為「五四」白話文體革命創造了一定的條件。

第五節　近代文學流程

・近代文學的過渡性質　・近代文學的分期　・近代前期文學的變化及其特徵
・近代後期文學的發展及其與新文學的接軌

近代文學的開端處於清代的後期，直接清中葉文學，文學形式仍然是承襲傳統的。近代文學的結束期，則在一九一九年「五四」運動之前，隨後的「五四」新文化運動，取得了文學革命的成功。這一成功，有兩個明顯的標誌：一是完成了從文言到白話的轉化，一是主動接收西方的美學思想及其文學表現技巧，使中國文學的面貌有了顯著的改變，新式的詩歌、散文、小說、戲劇都產生了一些典範的作品。這兩方面的變化都是具有劃時代意義的，從此，中國文學可以毫無愧色地稱為「新文學」了。近代文學恰恰橫亙在由舊文學到新文學之間，這種歷史地位決定它必然呈現為一種過渡的形態和特點。

近代文學的發展，確實顯現出這種艱難曲折的遷移轉化的軌跡。文學語言由文言向白話轉化，文學觀念與文學表現形式接受西方的某些影響而發生一些新變化，都是在這個時期中開始並走完它的歷史行程的。前者是近代社會變革推動的文化下移所促成的重要結果，後者是中西兩種文化交流撞擊所融聚成的可貴結晶。這兩個方面無疑都是近代文學的明顯標誌和極有價值的貢獻，也是其發展中不可忽視的重大變異，但這些還主要屬於文學形態的層面，遠非近代文學的全部。近代文學作爲文學發展的一個階段，還有它獨特的不可替代的內涵，這就是由本歷史階段的時局形勢與社會性質所生發出來的深厚內蘊。近代歷史是資產階級舊民主主義革命的歷史，反帝反封建是其根本任務，也是近代文學兩大基本主題，日益深化的反帝反封建的內容是近代文學的根本性的標誌，也是使它成爲一段文學史的基礎。綜合近代文學獨具的內涵與文學形態的變化兩個方面來考察，近代文學的發展衍變流程，大體可以中日甲午戰爭（一八九四）爲界，分爲前後兩期。相對來說，前期變化較小，後期變化巨大，與「五四」新文學接軌的跡象日益分明。

前期，自鴉片戰爭前後開始，最明顯的事態是帝國主義的鐵蹄踏上中國大地。當時，歐風美雨的所謂西學還談不上什麼影響。緊接著的洋務運動時期，主要是認同了西方科學技術的先進性，影響也還是淺層次的。人們對傳統的思想、文化、制度的信仰，都還沒有產生根本性的動搖，西方的文學也還沒有輸入，所以本時期文學在形態上還極少變化，但內容與思想上則表現出某些新因素。在雅文學領域，雖然緊承乾嘉以來的文學風氣，隨著慣性向前推衍的力量還相當大，但是西方資本主義的入侵，清王朝的腐敗無能，國家與民族的危機成爲人們關注的焦點，反帝愛國成爲本時期詩歌突出的新內容。在反封建方面也顯示出新內涵。龔自珍承襲明中葉以來張揚個性的思潮，在反封建束縛、要求個性解放方面明顯增強了力度；魏源衝破閉關鎖國、妄自尊大的思想觀念，表現出鮮明的開放心態，提出「師夷長技」，宣言「西藏之教能寢朔漠兵，和卓之教能息天山爭，廣谷大川自風氣，豈能八表之外皆六經？」（〈觀物吟〉其七）[17]完全以平等的眼光看待周邊的一切，並認同其長處。稍後的洋務運動時期，湘鄉派的一些作家因出使西方，寫下一些反映外國情況的作品，也給文壇吹進了新的氣息。在通俗文學領域，小說雖然還在《水滸傳》、《紅樓夢》籠罩之下，甚至思想還有滑坡，如《蕩寇志》的維護封建法權，俠義之統領於清官等，但也呈現出一些與傳統疏離、嬗變的跡象。《三俠五義》的粗獷平民氣息，《兒女英雄傳》的京味小說文筆與切近世態人情，都顯出某種光采。《品花寶鑑》將題材擴展至狎優風氣，特別是《海上花列傳》反映畸形繁榮的都市百態，《蜃樓志》以洋行買辦商人爲主角，都與近代日漸殖民地化的新興都市的新市井情態密切相關，是過去的小說中未曾見的。戲曲則是新興的京戲日益成熟發展，展現出特有的藝術魅力。

近代後期文學則變化巨大而顯著，一連串對外戰爭的失敗，洋務運動的破產，「同治中興」迷夢的粉碎，刺激已登上政治舞臺的資產階級，從托古改制一躍而爲採洋改制，自覺地求新聲於異邦，西學輸入不僅達到高潮，而且進入較深層次，大量引進資產階級哲學、社會學說。進化論的物競天擇思想、天賦人權思想以及民主、自由、平等等一整套資產階級觀念都湧了進來，深刻地影響著人們的世界觀以及政治、國家等觀念，士大夫知識分子有了更深刻的轉型，政治上也開始了維新變法與民主革命的政體變革。向民眾進行思想啓蒙的意識成爲進步知識分子的共識，各種文化傳播工具和文化設施，幾乎都被運用來爲這一目標服務，因此各種文學革命口號都被提出來並付之於實踐，整個社會思想風氣和文學面貌都發生了具有歷史轉折性的變化。這一時期，雖然還是舊的文學體式，還有學古濃重的文學流派，但新的文學風氣與充滿新思想的文學作品，已成爲文壇的主導潮流。一向不登大雅之堂的小說，因其向民眾啓蒙最爲得力，被推爲文學的最上乘，占據了中心地位，在詩界革命、文界革命、小說界革命、戲劇革命的口號下，新小說、新傳奇雜劇、新文體散文、譴責小說、接受西方影響而產生的小說新品種等，成爲文壇的主流。新式話劇也誕生了，就連京劇也有了時裝新劇的種類。而伴隨散文的通俗化運動，白話文也開始被自覺採用，並形成相當大的聲勢。改良派的康有爲、梁啓超等，革命派的秋瑾、柳亞子等，小說家李伯元、吳趼人、蘇曼殊等成爲這一時期的代表作家。文學各個方面都呈現出向新的文學時期過渡的徵兆，預示著一個新時期的到來。近代文學走完了它的歷程，完成了它的使命，迎來了「五四」文學革命，舊文學時代結束了，中國的新文學時代開始了。

注釋

❶較早出使西方的郭嵩燾就曾指出西方武事之強、製造之精，「其源皆在學校」（《日記》第三卷）。洋務派領袖李鴻章也批評當時以「章句弓馬」取文武之士，「施於洋務，隔膜太甚」（〈籌議海防折〉，中國史學會主編《洋務運動（一）》，上海人民出版社一九六一年版，第五三頁），提出「稍變成法，於洋務開用人之途」（同上五四頁）。

❷同治六年（一八六七）清政府首次派志剛、孫家谷赴有約各國為辦理交涉事務大臣。光緒二年（一八七六）派郭嵩燾為首任駐英公使，光緒四年（一八七八）兼駐法大使。此後陸續派遣駐外使節。

❸梁啓超《新舊各報存佚表》收錄同治十一年（一八七二）至光緒二十八年（一九〇二）存佚報刊，計一百四十四種。（《時務彙編續集》第二十六冊）

❹鴉片戰爭之前，魏源已有鮮明的變革思想。他認為「氣化無一息不變」，「勢則日變而不可復」（《默觚下・治篇五》），政事應「因時制變」（《道光丙戌海運記》），「其道一出於因」（《籌漕篇上》），反對「執古以繩今」（《默觚下・治篇五》）的泥古不化。這種變革思想主要是來自《易經》的變化思想，古代樸素惟物論中的重「勢」觀念，《老子》的主「因」與法家的因時制宜、厚今薄古。

❺嚴復在〈論世變之亟〉中說：「中國最重三綱，而西人首明平等；中國親親，而西人尚賢；中國以孝治天下，而西人以公治天下；中國尊主，而西人隆民；……其於為學也，中國誇多識，而西人尊親知。其於災禍也，中國委天數，而西人恃人力。」、「若斯之倫，舉有與中國之理相抗，以並存於兩間，吾實未敢遽分其優絀也。」

❻洋務派李鴻章提出稍變以「章句弓馬」選取文武的辦法，以適應培養洋務人才的需要，通政使於于辰便加以嚴厲指責，認為李所主張變革的東西，都是「古聖先賢所謂用夏變夷者」，而李鴻章則「直欲不用夷變夏不止」（〈光緒元年二月二十七日通政使于凌辰奏摺〉，中國史學會主編《洋務運動（一）》，上海人民出版社一九六一年版，第一二一頁）。

❼柳亞子為資產階級革命派文學團體南社領袖人物，光緒二十九年（一九〇三）入上海愛國學社學習。後三年受聘入資產階級革命黨創辦的江蘇健行公學任教。革命派作家秋瑾於光緒三十年（一九〇四）赴日本留學，入青山實踐女校學習。兩年後歸國，與易本義等在上海創辦中國公學，後曾為紹興大通學校督辦。另一革命派著名小說家和詩人蘇曼殊，父親是旅日華僑，光緒二十四年（一八九八）入日本橫濱大同學校學習，光緒二十七年（一九〇一）入東京早稻田大學高等預科，後轉入振武學校。都是或曾就讀新學堂，或曾留學國外。

❽林紓曾任教京師大學堂，後來專以創作和翻譯小說為生。多數人則身為報刊及書局編輯，同時撰寫和翻譯小說。如著名譴責小說作家李伯元曾辦《指南報》、《遊戲報》、《世界繁華報》，主編《繡像小說》，同時發表自己的作品。

❾陳衍言：「道咸以來，何子貞紹基、祁春圃寯藻、魏默深源……諸老，始喜言宋詩。」見《石遺室詩話》卷一，臺灣商務印書館一九六一年版，第一頁。

❿南社詩人登上文壇時，學古詩派的一些領袖人物，諸如王闓運、樊宗祥、易順鼎、陳三立、沈曾植等都是資產階級革命的反對者，辛亥之後，又大都以前清遺老自處。柳亞子把文學宗尚與政治傾向連繫在一起，對各派展開攻擊批判，有此具體的時代形勢背景。

⓫南社的詩歌宗尚並不統一，馬君武是「唐宋元明都不管」（〈寄南社同人〉），高旭是「自拖文周屈宋思」（〈鈍根未與元夕南社雅集，以詩見寄，步其韻以答之〉），姚錫鈞、朱璽等則讚賞以宋詩為宗的同光體，但主流則是唐音。南社的建立與

發展在辛亥革命前後，同光體的主要作家大都站在民主革命的對立面，南社領袖人物柳亞子提倡「唐音」，聲言「思振唐音以斥傖楚」（〈胡寄塵詩序〉），有其政治上的因素。後來南社中圍繞同光體發生激烈爭論，朱璽發展到對柳亞子進行人身攻擊，柳乃以南社主任名義將其開除出社。

⑫以較早的譯本說，偵探小說有光緒二十二年（一八九六）張坤德譯英國的《歇洛克呵爾唔斯筆記》。周桂笙說：「吾國刑律訟獄，大異泰西各國，偵探之說，實未嘗夢見。」（《歇洛克復生偵探案·弁言》，《新民叢報》第五十五號，一九〇四）言情小說有光緒二十五年（一八九九）林紓譯《巴黎茶花女遺事》，影響極大，嚴復詩曰：「可憐一卷茶花女，斷盡支那蕩子腸！」（〈甲辰出都呈同里諸公〉）政治小說有光緒二十四年（一八九八）梁啓超譯《佳人奇遇》。社會理想小說有光緒二十年（一八九四）李提摩太譯《百年一覺》。科學小說有光緒二十六年（一九〇〇）薛紹徽譯《八十日環遊記》。

⑬梁啓超所譯《十五小豪傑》的按語自稱譯文「純以中國說部體段代之」，又因「登錄報中，每次一回，故割裂回數，約倍原譯。然按之中國說部體制，覺割裂停逗處，似更優於原文也。」（《新民叢報》第二號）海天獨嘯子譯《空中飛艇》，在書前「弁言」中說：「凡刪者刪之，益者益之，竄易者竄易之，務使合於我國民之思想習慣，大致則仍其舊。至其體例，因日本小說與我國大異，今勉以傳記體代之。」（《空中飛艇》，明權社一九〇三年版）

⑭近代報章文體可以溯源到馮桂芬與王韜等。馮桂芬反對桐城派古文，自言「獨不信義法之說」，主張「稱心而言」（〈復莊衛生書〉），他的《校邠廬抗議》（一八六一）是比較曉暢明白的短篇政論文集，對報刊政論文字有先導作用。王韜也反對有家法師承、門戶蹊徑的桐城古文，批評其矯揉拘泥，「蘊蓄以為高，隱括以為貴，紆徐以為妍，短簡寂寥以為潔。」（《弢園尺牘續鈔·自序》，《弢園著述初編》，清德宗光緒己丑鉛印本）他於同治十三年（一八七四）在香港創辦《循環日報》，發表在該報上的自撰之政論文，不拘格式，暢所欲言，文字只求辭達，可以說首開報章文體風氣。稍後鄭觀應自言其文章「隨手筆錄，不暇修琢詞句」（《盛世危言增訂新編·凡例》），王韜評其文章說：「其詞暢而不繁，其意顯而不晦；據事臚陳直而無隱，同條共貫切而不浮。」（《易言·序》）鄭氏曾明確主張「新聞者，淺近之文」（《盛世危言·日報（上）》），他的不少文章發表於報刊上，體現了報章文體的特點。

⑮如黃遵憲所作《軍歌二十四章》、《幼稚園上學歌》、《小學校學生相和歌十九章》等。又曾志忞曾編《教育唱歌集》，卷首〈告詩人〉也號召詩人創作歌詞「以最淺之文字，存以深意，發為文章。與其文也寧俗，與其曲也寧直，與其填砌也寧自然，與其高古也寧流利。」（均見梁啓超《飲冰室詩話》九七）

⑯蔡元培說：「民元前十年左右，白話文也頗流行……但那時候作白話文的緣故，是專為通俗易解，可以普及知識，並非取文

言而代之。主張以白話代文言，而高揭文學革命的旗幟，這是從《新青年》時代開始的。」（《中國新文學大系‧總序》）比較清楚地反映了那時對白話的基本觀念與態度。

⓱魏源〈偶然吟十八首……〉其八云：「四遠所願觀，聖有乘桴想；所悲異語言，筆舌均怳惘……若能決此藩，萬國同一吭。朝發暘穀舟，暮宿大秦港。學問同獻酬，風俗同抵掌……繞地一周還，談天八紘放……直將周孔書，不囿禹州講。」也突出地反映了這種心態。

第一章　龔自珍與近代前期詩文詞

從鴉片戰爭（一八四〇）前後到中日甲午戰爭（一八九四）的近代前期是千古未有的「變局」的前一階段。隨著民族危機、封建統治危機的加深，經世思潮蓬勃發展，統治階級自救意識增強，統治階級內部發生複雜的分化。與此相應，詩詞文創作也開始出現新變化。

在本時期文壇上，承襲清中葉詩詞文發展的勢頭，有承續，有新生，流派紛呈，新舊雜錯。宋詩派興起，常州詞派繼續發展，以姚門弟子爲主幹的桐城派在努力擴大其影響領域，隨後又出現以曾國藩爲首的湘鄉派。在新的時局形勢下，這些流派都有一定的變化和成就，突出地表現出對現實的關注，對國家命運的憂心，但對於時代的新思潮來說，思想略顯滯後。農民起義所建立的政權太平天國的文化政策及其詩文異軍突起，成就鮮明。其思想突破了舊傳統，表現出鮮明的新內涵，成爲近代新思潮的開路先鋒，表現出反對封建文化的激進色彩，在天國勢力所及的地域內給舊文化以重大衝擊，但隨著天國的被鎮壓而結束，其激進的反封建態度不能爲一般士子所認同，未能繼續發生影響。本時期最值得注意的是一些經世派作家，他們以符合時代前進步伐的新思潮和高度的愛國激情，在詩詞文各方面都唱出了新聲，改變了文壇舊貌，翻開了近代文學的新篇章，並對近代文學行程產生了深遠的影響。龔自珍、魏源、王韜等是其代表，龔自珍尤爲其中的佼佼者。

第一節　龔自珍的思想與創作道路

・張揚個性與理性的「尊情」與「尊史」　・以「史官」自處的社會批判精神
・睥睨「鄉願」的「怪魁」

龔自珍（一七九二—一八四一），字璱人，號定盦，別署羽琌山民，浙江仁和（今杭州市）人。道光九年（一八二九）中進士。曾先後任宗人府及禮部主事等職，終其一生不出地位卑微的小京官。道光十九年（一八三九），因忤其長官辭官南歸，兩年後，暴卒於丹陽❶。平生著述有後人彙編的《龔自珍全集》❷。

龔自珍是在近代歷史開端之際得風氣之先的傑出思想家與文學家。他的思想明顯受到明中葉以來伸張個性思潮的影響，重情、重童心，強調「人」、「我」與「心之力」的作用（《壬癸之際胎觀・第一》、〈第四〉），反對外在的壓制與束縛，倡言「好削成，大命以傾」（〈削成箴〉），具有鮮明的個性解放傾向。在乾嘉漢學極盛的學術風氣和家學傳統的影響下❸，他在漢學方面也有一定造詣，但並不爲其所囿。他崇尚經今文學，密切關注現實，譏切時政，在對現實問題的思考中，崇史尊史，從歷史中汲取理性，有很高的理性自覺：「雖天地之久定位，亦心審而後許其然。」（〈文體箴〉）所有這些都表現出突出個性、自我與理性而與封建專制主義處於某種矛盾態勢，富有叛逆色彩，成爲我國近代最早的啓蒙思想家。

龔自珍面對衰世，具有深沉的憂患意識。他以當代的史官自居，激濁揚清，始終把文學作爲批評現實的武器。他思想早熟，二十五歲以前已經寫出〈明良論〉、〈尊隱〉、〈乙丙之際箸議〉等文，揭露危機，鼓吹變革，呼喚風雷，憧憬未來，思想深刻，鋒芒逼人。二十九歲後步入官場，不能不稍斂鋒芒，常常爲此內疚，慨歎「文格漸卑」（〈雜詩・己卯自春徂夏……〉其二）、「詩漸凡庸」（《己亥雜詩》其六五）。實際上他寫下的一系列大膽建白文章，諸如〈西域置行省議〉、〈東南罷番舶議〉、〈上大學士書〉等，無不關係國家安危及內政改革的大事，貫穿著批評與變革精神。在相對自由的詩歌領域更是「欲爲平易近人詩，下筆清深不自持。」（〈雜詩・己卯自春徂夏……〉其十四）落筆便不能不尖銳。當他結束二十年仕宦生涯，辭官南歸，還表示要「狂言重起廿年瘖」（《己亥雜詩》其十四），再度發揮二十年前在野的自由批評的鋒芒。龔自珍的詩文是他社會批判的產物，緊密圍繞社會政治這個軸心，徹底打破了嘉慶以來文壇的平庸風氣，體現出時代精神，成爲近代文學的開山祖❹。

龔自珍的個性，自尊自信，傲岸不羈，頗似李白，而又多一層「橫霸」之氣。他平視一切，常常幾乎是站在與現實統治對等的立場上指手畫腳，這自然不爲當時社會所容，被視爲狂怪。吳中名儒王芑孫針對他「病一世人樂爲鄉愿」的激烈態度，勸誡他不要作「怪魁」：「鄉愿猶足以自存，怪魁將何所自處？」❺然而正是這遠遠超出庸俗士夫之上而不容於封建之世的「怪魁」，展露了他的眞實面貌與價値。

第二節 龔自珍的散文

・清代散文的轉折 ・對封建專制主義的抗爭 ・危機與變革意識 ・個性解放的呼喊
・「橫霸」之氣與震撼力 ・詭異奇崛的風格

從清中葉以來，散文領域爲桐城派古文所籠罩。桐城派雖在古文理論與散文創作藝術上有其貢獻，但其「義法」理論與死守「義法」的態度，畢竟有限制散文活力的弊端。龔自珍則徹底擺脫了此種影響，在經世思潮的鼓盪下，自闢散文創作新路，提倡古人「忽然而自言」，「畢所欲言而去」（《績溪胡户部文集・序》）的精神，主張擺脫一切束縛，暢所欲言。他直接繼承和發揚了周秦諸子散文無所拘忌的創造精神，以自由活潑的體式，大膽地抒寫自己的眞知灼見和眞情實感，開創了經世散文的新風，標誌著清代散文的轉折。

龔自珍的時代，清王朝的統治已經衰朽，迫切需要變革，但專制主義統治壓制言論，摧抑人才，造成官僚平庸，士風萎靡，堵塞了變革新生之路。龔文大膽地揭露這種統治的腐朽本質及其必然沒落的命運，呼號變革，憧憬未來，反映了時代的重大課題。〈明良論・四〉、〈古史鉤沉論・一〉、〈京師樂籍說〉、〈乙丙之際箸議・第七〉、〈乙丙之際箸議・第九〉諸文抨擊專制統治者牽制手腳，摧鋤士氣，排擯議政，扼殺人才，從多側面揭露專制統治的扼殺生機、阻礙社會發展，並正告統治者變則存，不變則亡：「一祖之法無不敝，千夫之議無不靡。」

他的〈尊隱〉一文深刻地表現了對大變革的預見與憧憬，作品描繪的圖景是腐朽統治勢力瀕臨滅亡，新興勢力即將取而代之，所謂「隱」是指爲腐朽專制統治者排擯不容而失落在野的豪傑英才。文章首先提出「山中之傲民」與「山中之悴民」兩種隱者，前者隱居傲世，後者學識道德備於一身而徒憂時消泯於山中。文章並不以指出隱者爲滿足，而是鮮明地提出「君子所大者生也，所大乎其生者時也」，主張君子應該重「生」察「時」，以「大乎其生」，即發揮「生」的價值。君子如何能「大其生」呢？文章接著描寫了士在國家初、盛、衰三個時期的遭遇，重點則放在衰世，著重描寫這個時期代表現實統治的「京師」力量與被排擠在野而體現社會生機的「山中之民」力量的消長變化[6]。「京師」一片「日之將夕」的垂死氣象，不僅皇族、世宦之家不再生才，一切有價值的東西也都被拒之門外，只有「丑類窳呰、詐僞不材」充斥其中。因此京師之氣泄而聚於野，京師貧而四山實，國家的重心轉移到了山中。終於山中有大聲音起，「天地爲之鐘鼓，神人爲之波濤」，這就是改朝換代的到來。作者以「橫之隱」與「縱之隱」的歸納結束文章。所謂「縱之隱」，是指那種明察歷史、掌握大道、知時知世而不能成爲改造現實的物質力量的人物，作者對其不被人認識、不能有實際作爲的遭際表現了悲涼惆悵之情，其中有作者自己的影子。所謂「橫之隱」，即文章中所描寫的「山中之民」，「百世爲縱，一世爲橫。橫收其實，縱收其名。」他們是「能大其生以察三時」，終於有「大聲音起」，實踐了現實的變革，在歷史上占有了一段空間，是「橫收其實」者，故稱之爲「橫天地之隱」。作者熱情謳歌他們說「百媚夫不如一猖夫」，「百酣民不如一瘁民」，「百瘁民不如一之民（即『山中之民』。）」顯然是在鼓舞呼喚「山中之民」的勃起。作者晚年在詩中說：「少年〈尊隱〉有高文，猿鶴猶堪張一軍。」（《己亥雜詩》其二四一）《藝文類聚》卷九〇引《抱朴子》曰：「周穆王南征，一軍盡化，君子爲猿爲鶴，小人爲蟲爲沙。」「猿鶴」即用此典，指「君子」，此即用以指「山中之民」，說他們「猶堪張一軍」，尤可證此文之深刻涵義。其揭示、呼喚、憧憬，都不啻石破天驚。

這篇文章出以寓言形式，汪洋恣肆，動人心魂。特別是描寫衰世的一段文字，構思不凡，想像奇特，語言詭異，筆墨縱恣，將兩種力量的對比，鋪排至十幾個層次，洋洋灑灑，一氣而下，瑰奇動人，頗有《孟子》的氣勢，《莊子》的奇詭，《離騷》的瑰麗，突出表現了龔文奇譎壯偉的特色。

與反對專制束縛相關，龔自珍的散文也表現了追求個性解放的精神，〈病梅館記〉是最集中的體現。文章採用比興手法，以梅爲喻，力斥爲了「文人畫士」的「孤癖之隱」，將梅斫正、刪密、鋤直，遏其生氣，使之成爲病梅。他立誓加以療治，「解其棕縛」，必「復之全之」而後已，表現了反對摧殘自然生機、保護個性自由的堅定態度。文章比興貼切，生動引人。他的一些傳記文如〈記王隱君〉、〈吳之臒〉等，著重刻畫人物奇崛不俗的個性，反映了同樣的精神。

龔自珍散文的主要特點是識深、氣悍而風格瑰奇。他以「幽光狂慧」（〈又懺心〉一首）透視現實，認識深邃，多透底之言，發人猛醒，讀之「若受電然」（梁啓超《清代學術概論》二十二）。他的散文在後來產生了重要影響，基礎即在於此。龔自珍說他自己「氣悍心肝淳」（〈十月廿夜……書懷〉），「氣悍」便不免橫眉冷對，故其「文筆橫霸」（李慈銘《越縵堂日記》），具有凌厲的氣勢與震撼力。龔文在藝術表現上，刻意追求不恆常的構思與不恆常的語言表現，不落窠臼，想像奇特，文筆縱恣，形成詭異奇崛的獨特風格。如〈尊隱〉之寫「山中之民」，〈乙丙之際塾議三〉之寫書獄，〈送歙吳君序〉之寫世無奇才等，無不如此。這使他的一些文章能突破一般的論議和記事的模式，富有雜文的色彩，文學意味更濃，在中國散文史上有其獨特的貢獻。

第三節　龔自珍的詩、詞

・封建末世的鏡子　・呼喚風雷與人才　・壓抑與解脫　・童心的復歸　・龔自珍的新詞風

龔自珍也是首開近代新詩風的傑出詩人，他自稱「精嚴」的少作大都佚失，今存的六百多首詩，主要是三十歲以後的作品，同樣堪稱「精嚴」。他的詩與散文一樣，緊緊圍繞現實政治這個中心，或批判，或抒慨，富有社會歷史內容，爲有清一代所罕見，一新詩壇面貌。

龔自珍以深邃的史識爲詩，撕下「盛世」的面紗，把清王朝統治的腐朽沒落形勢，清晰地揭示給世人，特別具有警世、醒世和驚世的力量。〈雜詩，己卯自春徂夏……〉其十二曰：

> 樓閣參差未上燈，菰蘆深處有人行。憑君且莫登高望，忽忽中原暮靄生。

「忽忽中原暮靄生」即〈尊隱〉中所謂的「日之將夕」，以高度概括的形象表現出清王朝沒落的形勢與氣氛。造成這種情勢的根源，在於清王朝統治的腐朽與專橫。〈詠史〉詩揭示說：「牢盆狎客操全算，團扇才人踞上游。避席畏聞文字獄，著書都爲稻粱謀。」❼地方上是幕府中幫閑人物操縱一切，朝廷裡是皇帝左右親貴把持大權，一般官僚文士懾於文字獄，不敢議論國事，著書爲文不過是爲衣食打算。高壓專制把人們變成渾渾噩噩的庸才，全無生氣，這就是當時的政治與士風現狀，國家就是在這樣的狀態中一步步日薄西山。作者深知前途與希望在於風雷飆發，人才蔚起，以強力的變革使社會重獲生機，從而喊出了時代的最強音：

> 九州生氣恃風雷，萬馬齊瘖究可哀！我勸天公重抖擻，不拘一格降人材。（《己亥雜詩》一二五首）

這富有震撼力的詩句，包含著深邃的意蘊。這裡所謂的「人材」，就是〈乙丙之際箸議第九〉中所說的「才士」、「才民」，〈京師樂籍說〉中所稱的「豪傑」，〈尊隱〉中所謳歌的「山中之民」。他們是不受統治者愚弄而能夠打破萬馬齊瘖的局面、掀起風雷、改造現實的力量。作者的〈西郊落花歌〉以「落花」的形象、奔放酣暢的筆墨對此種人才給予熱情的謳歌：「如錢塘潮夜澎湃，如昆陽戰晨披靡；如八萬四千天女洗臉罷，齊向此地傾胭脂。奇龍怪鳳愛漂泊，琴高之鯉何反欲上天爲？玉皇宮中空若洗，三十六界無一青蛾眉。」、「落花」就是「奇龍怪鳳」，就是被統治者排斥沉落的奇才，他們都從「玉皇宮中」、「漂泊」下來了，那裡已經「空若洗」，而人間則出現了宏偉壯麗的奇觀。

詩人的拔俗特立，在當時的社會裡是孤立無援的，「側身天地本孤絕」（〈十月廿夜大風不寐起而書懷〉），他的不少抒懷詩，充滿奇才憂國傷時而不容於世的壓抑感、孤寂感。〈夜坐〉云：

> 春夜傷心坐畫屏，不如放眼入青冥。一山突起丘陵妒，萬籟無言帝坐靈。塞上似騰奇女氣，江東久隕少微星。平生不蓄湘累問，喚出姮娥詩與聽。

在難以忍受的壓抑情境中，詩人想放眼青空一舒心緒。然而入眼的景象，是庸才妒抑奇才，是萬馬齊瘖而只有朝廷一種聲音，是邊域將有事而中原人才寥落的傾危形勢。屈原曾作〈天問〉，詩人知道他所面對的現實是「天問有靈難置對，陰符無效勿虛陳」（〈秋心〉其二），提出問題是沒有意義的，向月亮傾訴一下心曲算了。此中含有多麼深沉的感憤，迥異於一般士子的不遇之歎。在極度壓抑之中，作者有時也追求某種精神上的解脫，〈能令公少年行〉是這一方面的代表，也是一篇具有魅力的奇作。它以流麗的長篇歌行，酣暢淋漓地描寫出一個想像中的太湖隱居天地，它高雅脫俗，自由純潔，優美充實，與汙濁的現實形成鮮明的對比，這與詩人常常在詩中呼喚童心、懷戀眞情的精神是一脈相通的。《己亥雜詩》一七〇首說：「少年哀樂過於人，歌泣無端字字眞。既壯周旋雜痴黠，童心來復夢中身。」在名場中周旋，有時不能不裝呆賣傻，所謂「痴」；有時又不得不耍弄狡獪，所謂「黠」，眞個是「客氣漸多眞氣少，汩沒心靈何已。」（〈百字令‧投袁大琴南〉）詩人十分厭憎這種逐漸失去眞人面目的生活，也是個性解放精神的一種體現。

批判、呼喚、期望，集中反映了詩人高度關懷民族、國家命運的愛國激情。直到他辭官南歸之日，還唱出「落紅不是無情物，化作春泥更護花。」（《己亥雜詩》五）的動人詩句，即使已是落花身世，仍要用自己的全部生命去培植新的花朵。

龔自珍的詩歌與散文一樣富有開創性。他的詩基本不出舊體範圍，也可以明顯看出受到前代一些作家的影響，但他吸收前人的滋養而如蜂釀蜜，形成了自己獨特的創作路數。他的詩主要是圍繞社會政治著議抒慨，基本傾向是重意而多陳述的筆墨。但他著議抒慨，既富有概括力，含意深遠，又多出以象徵隱喻，富有形象性。如〈秋心〉其一：

秋心如海復如潮，但有秋魂不可招。漠漠鬱金香在臂，亭亭古玉佩當腰。氣寒西北何人劍？聲滿東南幾處簫。斗大明星爛無數，長天一月墜林梢。

悼念奇才友人的亡故，抒發憂時的深懷，全都出之以陳述式筆墨。然而以「秋心」指愁緒，以「秋魂」指逝者，以「鬱金香」、「古玉」寫亡友的品德，以「氣寒」喻西北的嚴重形勢，以「何人劍」感慨報國乏人，以「簫」聲寥落言哀時之士的匱乏，以「斗大明星」無數言庸才充斥，以「月」墜林梢言才友淪亡，思想深刻，形象鮮明，感情濃摯，意象含蓄，耐人玩味。詩中的形象事物大半是用爲象徵隱喻，而非意在描寫其本身。這種藝術表現上的特點廣泛地體現在作者常用的「劍」、「簫」、「落花」、「春」、「秋」等意象上。如「劍」之代表功業報國的壯懷，「簫」之代表憂國傷時的情思等。龔詩既是政治家、歷史家的詩，又是眞正詩人的詩。其濃郁的詩情近唐，以表意與陳述爲主近宋，近唐而不流於興象空浮，近宋而不流於枯瘠乏象，他融會了唐音、宋調的優點而避其流弊，以宋詩的面子包裹唐詩的裡子，有獨特的創造，自成一路，爲古典詩歌藝術作了很好的總結。

龔自珍自稱「莊騷兩靈鬼，盤踞肝腸深。」（〈自春徂秋，偶有所觸……〉其三）其詩多用象徵隱喻，想像奇特，文辭瑰瑋，接受莊子與屈原的影響較大，然而其中貫穿一種詩人獨有的凌厲剽悍之氣，所謂「以霸氣行之」（譚獻《復堂日記》），因此晶光外射，飛動郁勃，富有力度。如「叱起海紅簾底月，四廂花影怒於潮。」（〈夢中作四截句〉其二）、「西池酒罷龍嬌語，東海潮來月怒明。」（〈夢得「東海潮來月怒明」之句……〉）、「畿輔千山互長雄，太行一臂怒趨東。」（〈張詩舲前輩遊西山歸索贈〉）、「猛憶兒時心力異，一燈紅接混茫前。」（〈猛憶〉）等，其中展示出來的剽悍奇麗之美，在古人詩中是少見的。從這一方面說，又是對古代理想化詩歌藝術的總結與發展。

龔自珍從十九歲開始塡詞，早年與晚年詞作較多，共存詞一百五十餘首。詞在傳統上就是抒情的，龔自珍尤其把詞作爲抒情的工具。他的〈長短言自序〉即提出尊「情」，把自己所作的詞視爲「宥書」，即感情的供辭。因此他的詞主要抒寫理想的憧憬、失落的感慨以及鄉情友思等。如〈桂殿秋〉：

明月外，淨紅塵，蓬萊幽窅四無鄰。九霄一派銀河水，流過紅牆不見人。　驚覺後，月華濃，天風已度五更鐘。此生欲問光明殿，知隔朱扃幾萬重？

詞以夜夢之蓬萊仙境作爲理想追求的目標，表現了一種難料前程的迷惘。據龔橙手抄詞，此詞爲作者十九歲所作。段玉裁評作者的早期詞說「銀碗盛雪，明月藏鷺，中有異境。」（《懷人館詞・序》）❽大約即指這一類。又〈減字木蘭花〉詞：

人天無據，被儂留得香魂住。如夢如煙，枝上花開又十年。　十年千里，風痕雨點斕斑裡。莫怪憐他，身世依然是落花。

詞前序曰：「偶檢叢紙中，得花瓣一包，紙背細書辛幼安『更能消、幾番風雨』一闋，乃是京師憫忠寺海棠花，戊辰暮春所戲爲也，泫然得句。」戊辰爲嘉慶十三年（一八〇八），詞言「十年」，如係實數，則爲嘉慶二十二年，作者二十六歲，尚未中舉。他面對十年前的一包海棠花瓣，想到自己十年來，在風雨落花中南北奔波不已，仍是奇龍怪鳳漂泊無已的落花身世，不禁泫然涕下，多一層憐惜之情。觸物傷懷，情物相互映發，分外感人。〈醜奴兒令〉說：「沉思十五年中事，才也縱橫，淚也縱橫，雙負簫心與劍名。」都是相類的感慨。龔自珍以詩筆爲詞，直率眞切地抒情，不拘聲律，發揚豪放派詞的精神，開創了經世派作家的新詞風。

第四節　反帝愛國詩潮

・廣泛洶湧的反帝愛國詩潮　・魏源與林則徐

「七萬里戎來集此，五千年史未聞諸。」（黃遵憲〈和西耘庶常德祥津門感懷詩〉其八）西方國家的入侵，引起中華民族的極大憤慨與震驚，成爲詩心歌懷所繫。與龔自珍同時或稍後而經歷了鴉片戰爭的一批詩人，如魏源、林則徐、張維屏、張際亮、朱琦、姚燮、魯一同、貝青喬、金和等❾，無不表現出激烈的反帝情緒，形成洶湧澎湃的愛國詩潮。他們的作品除反映民生疾苦外，焦慮阽危，痛斥侵略，抨擊投降，謳歌抗戰，表現了中華民族反對侵略、熱愛祖國的崇高感情。如張際亮的〈浴日亭〉、〈遷延〉，朱琦的〈感事〉、〈關將軍輓歌〉，姚燮的〈驚風行〉，魯一同的〈重有感〉等。張維屏的〈三元里〉是爲廣州三元里人民反侵略鬥爭所樹的一座豐碑：「三元里前聲若雷，千眾萬眾同時來。因義生憤憤生勇，鄉民合力強徒摧。家室田廬須保衛，不待鼓聲群作氣。婦女齊心亦健兒，犁鋤在手皆兵器。鄉分遠近旗斑斕，什隊百隊沿溪山。眾夷相視忽變色：黑旗死仗難生還！」傳神地刻畫出人民群眾風起雲湧、如火如荼的反侵略鬥爭場面。貝青喬的《咄咄吟》以一百二十首絕句的組詩形式，以浙東軍事爲核心，有力地揭露了軍吏貪黷、庸懦、愚昧的嘴臉，是清朝軍政腐敗的縮影。每詩一注，詩詠其事，注詳本末，相得益彰，不少絕句具有冷雋的諷刺意味。金和以古體敘事諷刺詩而獨具特色，他的〈軍前新樂府〉四首、〈雙拜岡紀戰〉、〈蘭陵女兒行〉、〈圍城紀事六詠〉等，揭露清軍蹂躪百姓和統治階級怯懦投降，都善於擇取生活場景突出人物形象，於誇張的筆墨中深含諷刺，對古典敘事詩有所拓展。嘉、道以下的清王朝空前腐朽，文學中諷刺傾向大增，貝青喬、金和的詩歌都體現了這一趨勢。愛國詩潮中的作家雖然藝術上一般還籠罩在前人的格調之下，缺乏鮮明的獨創性，但以時代內容反映了一個時期的歷史面貌，有其一定的地位。其中魏源、林則徐則表現出思想新因素，與龔自珍一起成爲這一時期進步文學潮流的核心力量。

魏源（一七九四—一八五七）❿與龔自珍齊名，人稱「龔魏」。他思想開放，對內主張發揮商人作用，對外既堅決反對西方的侵略，又主張學習其長處，提出「師夷長技以制夷」（《海國圖志》卷二）的方針，表現了近代優秀分子思想通達、不甘落後的品質與氣魄。

魏源參加過實際政事改革，他的詩比較集中於揭露批判具體政事弊端和阻撓弊政改革的保守思想，爲時人詩中所少見，〈都中吟〉、〈江南吟〉、〈古樂府．行路難〉等組詩可爲代表。如《古樂府．行路難》十三首其二，刻畫一種畏難去垢、自甘陳腐的保守者形象。他汗垢淋漓，爬搔不已，而當有人勸他「胡不蘭湯上巳濱，一番澡雪一番新」時，他卻去同以汙垢爲命的蟣虱商量，結果只能「甘聽群汙飽膏血。甘此七斤大布袍，百年不浣滄浪月。」如禹鼎鑄奸，將頑固守舊者形象突顯在紙上。

在鴉片戰爭爆發後的兩三年內，他集中地寫下了《寰海》、《寰海後》、《秋興》、《秋興後》四組詩共四十餘首，全爲七律，一詩一事，廣泛地反映了鴉片戰爭的具體內容和國家傾危形勢，堪稱「詩史」。如《寰海》其九揭露靖逆將軍奕山的投降行徑：

> 城上旌旗城下盟，怒潮已作落潮聲。陰疑陽戰玄黃血，電挾雷攻水火並。鼓角豈真天上降，琛珠合向海王傾。全憑寶氣銷兵氣，此夕蛟宮萬丈明。

奕山在廣州戰敗，以巨額贖城費向英軍乞降。漢代周亞夫出奇兵平吳楚七國之亂，人「以爲將軍從天而下」，詩中用這個典故反譏奕山哪裡是奇兵制勝，不過是憑金銀買降，對照鮮明，譏諷有力。他的〈秦淮燈船引〉等長篇歌行，把政治內容與山水名勝結合起來，情景相生，也頗爲動人。魏源詩帶有時務家論事的色彩，賦筆多，議論多，雖自成一格，有時未免缺乏詩的韻味與意象。

魏源自言「十詩九山水」（〈戲自題詩集〉），他熱愛祖國的山河，遊蹤幾遍全國，寫下大量的山水詩，以寫實的筆墨顯現了祖國各地河山的獨特風貌和奇異景觀。如〈天臺石梁雨後觀瀑歌〉，從雨中、月下、冰時幾種情境中刻畫出石梁瀑布的獨特丰神，引人入勝。他的山水詩大都寫名山大川，以奇偉壯麗的景色爲主，但也有一些幽美的山水畫面，富有意境神韻，如〈三湘棹歌〉，其〈蒸湘〉一首曰：

> 溪山雨後湘煙起，楊柳愁殺鷺鷗喜。棹歌一聲天地綠，回首浯溪已十里。雨前方恨湘水平，雨後又嫌湘水奔。濃於酒更碧於雲，熨不能平剪不分。水複山重行未盡，壓來七十二峰影。篙篙打碎碧玉屏，家家汲得桃花井。

將雨後行舟蒸湘所見的景色及其獨特感受，傳神地表現出來，境界清奇，形象鮮明。但他寫山水，有時過於追求形似，一似地貌寫生，則不免缺少詩情畫意。

林則徐（一七八五—一八五〇）[11]是開明的政治家、傑出的民族英雄和睜眼看世界的帶頭人。他的詩中滲透著憂時憫民的情懷，鴉片戰爭時期詩作突出地表現了愛國激情。如寫於戰爭爆發前夕的〈中秋嶰筠尚書招余……飲沙角砲臺眺月有作〉，在彌天月色、遼闊海面、嚴整軍陣的雄渾背景上，抒寫詩人掃清敵氛、清淨邊圉的豪情壯志：「涵空一白十萬頃，淨洗素練懸滄洲。……蠻煙一掃海如鏡，清氣長此留炎州。」讀之令人吐氣。他遭投降派打擊而被遣戍伊犁後所寫的〈赴戍登程口占示家人〉中更有被廣爲傳頌的名句——「苟利國家生死以，豈因禍福避趨之。」最集中體現了他爲國家民族命運不惜犧牲一己的高尚品格和堅定意志，精神感人。他描寫山川風物的詩如〈出嘉峪關感賦〉等，也氣象雄偉。林則徐志懷高遠，又長於駢儷，他的詩「氣體高壯，風格清華」（《射鷹樓詩話》卷四），近體尤其對仗工穩自然。

第五節 宋詩派、桐城派、常州派與近代前期詞

・宋詩派的形成與主要傾向 ・鄭珍詩的藝術開拓 ・桐城派的新趨向 ・姚門弟子梅曾亮的散文
・曾國藩的湘鄉派與曾門弟子的海外遊記 ・新體散文的萌芽 ・周濟與常州詞派
・傳統詞壇名家蔣春霖 ・鄭廷楨等人的愛國詞作

在歷史猛然折入近代行程時，除得風氣之先的人物外，傳統文壇一般還在循著慣性向前推演。這時在詩歌領域，有偏於宋詩格調的流派興起，一般稱之爲「宋詩派」。我國古典詩歌有悠久的歷史和輝煌的成就，思想與藝術都有廣泛的開拓與精妙的創造，積累深厚，如果說此前的詩人已面臨創新的艱難，那麼近代詩人尤其如此。漢魏以後，唐詩重興象，妙在神韻空靈，但開擴的空間有限，容易流於千口一聲的老調子；宋詩重寫事，妙在實處，相對似有拓展空間。故一些詩人走上宋詩路數，希望有所出新。

宋詩派的領袖人物爲程恩澤、祁寯藻，主要作家有出於程恩澤之門的何紹基、鄭珍、莫友芝以及曾國藩⑫。這個詩派的主要宗尚是「以開元、天寶、元和、元祐諸大家爲職志」（陳衍《石遺室詩話》），即以杜甫、韓愈、蘇軾、黃庭堅爲宗。其創作傾向則是受當時學術主潮漢學的影響，「合學人、詩人之詩二而一之」（同上），表現出一種獨特的藝術趣味。沈曾植說：「三元（指開元、元和、元祐）皆外國探險家覓新世界，殖民政策開埠頭本領。」（同上）宋詩派發揚了「三元」的這種開拓精神，主張詩歌要有獨創性，自成面目。宋詩派理論家何紹基強調詩文要立「眞我」，獨自「成家」。但其所謂「眞我」，包括自然稟賦的個性氣質和後天修養而成的性情，後者是「看書時從性情上體會」（何紹基〈題馮魯川小像冊論詩〉）得來的，大體不出封建倫理範疇和正直士大夫的標格，具有很大的保守性，與張揚個性的時代新思潮不可同日而語。宋詩派的主要成就，是在描寫生活領域的開拓與表現藝術上的創造，顯示出一種新風格。其中鄭珍成績最爲突出，成就最高。

鄭珍（一八〇六—一八六四）⑬，爲著名學者，被譽爲西南「大儒」。他以餘事爲詩，但創作刻苦用心，且有鮮明的主張。他強調詩歌必須有「我」，要「自打自唱」（《慕耕草堂詩鈔・跋》），「言必是我言，字是古人字」，即有獨自的個性與藝術風格。認爲樹立不俗的主體自我是創作的關鍵：「從來立言人，絕非隨俗士。君看入品花，枝幹必先異。」如果丟失自我，只知形模古人，即或面貌極似，亦「羊質而虎皮，雖巧肖仍僞」，雖似亦「僞」。這裡包含了主

眞、主創的深刻內涵。他認同詩歌風格的多樣性，以爲各人才分不同，不宜強求劃一。故對詩歌傳統、藝術流派，都持開放的態度：「李杜與王孟，才分各有似。」（以上均見〈論詩示諸生〉）「向來有私見，詩品無定派。性情異剛柔，聲響遂宏噣。」（〈贈趙曉峰〉）藝術風貌的多種多樣是自然的。他對唐音、宋調亦無軒輊，曾言：「作詩天資於宋人近，於唐人不近，即極力學唐，適成就一個好宋派，此天資不能強也。只須好詩，何分唐宋！」（《慕耕草堂詩鈔·跋》）在學習傳統上，則採取杜甫「轉益多師」的精神，「多聞善擇聖所教」，「學古未可一路求」（〈與趙仲漁婿論書〉），「又看蜂釀蜜，萬蕊同一味」（〈論詩示諸生〉），主張博識善擇，吸納融會，以形成獨自的風格。他的詩歌創作即其主張的實踐，他按自己的藝術好尚與性分所近，以杜甫、韓愈、孟郊、白居易、蘇軾諸大家爲宗，唐宋兼採，鎔冶鑄造，以偏於宋調的筆路辛勤耕耘，終於成就了具有獨立風格的一大詩家。

鄭珍今存詩九百餘首，反映了豐富的現實內容。如〈吳公嶺〉、〈江邊老叟詩〉、〈煮海船廠〉三首、〈觀上灘者〉等，寫下層勞動者農民、礦工、縴夫的勞苦不堪而生存不保的淒苦悲慘境況；〈捕豺行〉、〈抽厘哀〉、〈經死哀〉等，揭露官府盤剝、官吏勒詐百姓的殘暴行爲；〈溪上水碓成〉、〈屋漏詩〉、〈濕薪行〉、〈渡歲澧州寄山中〉、〈題《書聲刀尺圖》〉等，寫自身貧窘生活與行旅奔勞及親情、鄉情；〈正月陪黎雪樓舅恂遊碧霄洞〉、〈白水瀑布〉、〈懷陽洞〉、〈飛雲巖〉等，刻畫西南瑰奇的山水，均傳神盡相。

鄭珍一生大體僻處於西南一隅，並沉淪於社會底層，最高也未越過教官之職，而且連此卑官亦不能常得，不少時間生活在農村裡，身親農作，生活困窘，甚至有時衣食不繼。他曾自言：「某寒士也，朝耕暮讀，日不得息，即如今時葉落霜白，寒風中人，而披單衣，執錢鎛，躬致力於墝埆之上。」（〈與周小湖作楫太守辭貴陽志局書〉）這使他與古代的一般寒士作家不盡相同，有一種士子兼農夫的獨特的生活天地。他的詩歌創作的一個突出特色和貢獻，就是以現實主義的創作精神，不厭細瑣，不避俚俗，生動逼眞地展現出這個獨特天地的方方面面，從房子漏雨到讀書牛欄，從爲小兒做週歲到父母教誨頑童，從水旱天災到社會動亂，乃至造一物、舉一事，無不鑄造成生動的藝術形象，其中含蘊著詩人的獨特視角與心理感受，不少是古人筆墨所罕見的，給人一種新鮮感。如寫興造水碓一事：「貧家一舉動，終始靡不難。區區水碓耳，匝月功始完。余豈好多事，在昔多所艱。赤腳老醜婢，媻姍聾且頑。遣之事舂簸，炊或不給焉。有時得母助，乃始足一餐。無已作此舉，令水爲舂人。內顧無竹木，未免乞比鄰。稽遲到茲日，始已事而竣。」（〈溪上水碓成〉）興造水碓的緣由及造作之艱難，曲曲敘來，眞切如見。又如〈讀書牛欄側〉其一：

　　讀書牛欄側，炊飯牛欄旁。二者皆潔事，所處焉能常。讀求悅我心，食求充我腸。何與糞壤間，豈有臧不臧。

士子讀書是常事，但在牛圈旁邊讀書，還在這裡做飯，則極少見了。讀書、炊飯是「潔事」，也是常事，其處豈能有常。「悅心」之「讀」不可少，「充腸」之「食」不可缺，農作的大助力牲畜又不能不照料，即使把讀書炊飯挪在充滿糞汙的牛圈旁，又有何好不好之分。這種生活經歷、觀念和感情，也非一般士子所有的。特別是作者有時還與牛有了精神交流，其三曰：

　　閏歲耕事遲，一牛常臥旁。齝草看人讀，其味如我長。置書笑與語，相伴莫相妨。爾究知我誰，我心終不忘。

眞可謂獨特的生活、獨特的境界，詩末點出，牛能知道自己是誰，當心志不忘，又顯有弦外之音。陳衍稱許鄭珍的詩「歷前人所未歷之境，狀人所難狀之景」（《石遺室詩話》），就其表現生活領域富有開拓性和創造性來說，是不錯的。

鄭珍詩歌在表現藝術上也有鮮明特點與頗高的造詣。他自言「我吟率性眞」（〈次韻奉答呂茗香〉），這「性眞」不只情眞，也包含事眞。故其詩眞實自然，無矯揉造作，如上舉之興造水碓、讀書牛欄，情事都一如本色地表現出來。貧窶也好，卑賤也好，不潔也好，都毫無遮掩避忌。不只是眞，描寫的筆墨也往往具體生動，盎然多趣。如〈題新昌俞秋農汝本先生〈書聲刀尺圖〉〉寫父母教誨兒童的情景：「書衣看看昂，兒衣看看長。女大不畏爺，兒大不畏娘。小時如牧豬，大來如牧羊。血吐千萬盆，話費千萬筐。爺從前門出，兒從後門去。呼來折竹簽，與兒記遍數。爺從前門歸，呼兒聲如雷。母潛窺兒倍，忿頑復憐痴。夏楚有笑容，尚爪壁上灰。爲揑數把汗，幸赦一度笞。」小兒不肯向學的頑劣性，慈母的焦急疼愛心境，都傳神盡相，宛然紙上，引人興味。其詩尤其善擇動人心魄的細節，表情刻深，不由人不動心。如回憶母教之深恩：「蟲聲滿地月在牖，紡車嗚嗚經在手。以我三句兩句書，累母四更五更守。」（〈題史勝書秋燈畫荻圖〉）一句「以我」，一句「累母」，兩句展現出來的慈母教子深情，抵得上千言萬語，而作者感懷之深亦盡在其中。又如其母過世後，寫念母之情：「墓門此隔不二里，時去時還日幾回。在日眼穿無我到，而今腳破見誰來。」（〈自望山堂晚歸堯灣，示兩弟〉）生時因求仕奔波在外，母親常常望眼欲穿，不得一見。如今時時走來，腳板皮都磨破了，近在眼前，母親卻不能一見了。思情之深摯，酸人心脾。鄭珍爲人開朗樂觀，雖然生活窘苦，仕途艱難，詩中卻不乏諧趣之筆，爲詩添加了活潑氣氛。如〈甕盡〉：「日出起披衣，山妻前致辭：甕餘二升米，不足供晨炊。仰天一大笑，能盜今亦遲。盡以餘者爨，用塞八口飢。吾爾可不食，徐徐再商之。或有大螺降，虛甕時時窺。」面對甕空米罄的困境，還大笑說，即使善盜者來了也沒得可偷了，又時時窺視米甕，說不定老天憐憫忠厚老實之人，它已經變成了白螺仙女取之不盡的米甕了。〈江邊老叟詩〉寫的那位老叟，已被氾濫的長江奪走了全家性命，一身雖然倖存，自分也難保不葬身江水，詩的結束是老翁對作者所講的話：「君自貴州入湖北，貴州多山誠福國。任爾長江漲上天，不似吾人生理窄。」隨機即成妙語。

鄭珍的詩歌風格，明顯分爲兩種。一類平易自然，亦稱「白戰」[14]，一類則「生澀奧衍」[15]，艱澀難讀，前者居多數。所謂「白戰」，即敘事、抒情、狀物，都以平實淺俗的語言白描。錢仲聯說：「子尹詩之卓絕千古處，厥在純用白戰之法，以韓杜之風骨，而傅以元白之面目，遂開一前此詩家未有之境界。」（《夢苕庵詩話》）其語言之淺白，雖有似白居易，又非白氏所能盡，故錢氏又說：「它是用韓孟雕刻洗鍊的手段，而以白居易的面目出之。」（《近代詩鈔》）其白描語言實自具特色。詞語通俗卻洗練堅卓，多用文語句法和仄聲韻，音節造句硬折頓挫，故淺俗而不流易，沉實而不輕滑，樸瘦堅勁，自成一路。諸如「強歌不成歡，假臥不安席。夢醒覓嬌兒，觸手乃船壁。」（〈黔陽郭外〉其二）「前灘風雨來，後灘風雨過。灘灘如長舌，我舟爲之唾。」（〈下灘〉）「今宵此一身，計集幾雙淚。爐邊有耶娘，燈畔多姊妹。」、「學宦亦良策，山林固予樂。誠恐爲俗牽，遂令一生閣。」（〈度歲澧州寄山中〉其二、其四）都是顯例。又往往一般的情事，把表現語言錘鍊得不落常臼，平實卻不平淡。如前舉〈題《書聲刀尺圖》〉中之「血吐千萬盆，話費千萬筐」二句，前句所謂嘔心瀝血，後句所謂諄諄教誨，尋常意思，表現語言則不尋常。又如該詩中寫讀書漸多，身體漸長，而以「書衣看看昂，兒衣看看長」來表現，亦新穎可喜。這些都使他的詩歌語言似白而非白，別具一格。

鄭珍詩歌另一重要貢獻，是將前人少歷的西南瑰奇的山水，發掘彰顯給世人。其中有用較平易的筆墨所寫的，如〈白水瀑布〉、〈飛雲巖〉等。白水瀑布即今所稱黃菓樹瀑布，詩曰：「斷巖千尺無去處，銀河欲轉上天去。水仙大笑且莫莫，恰好借渠寫吾樂。九龍浴佛雪照天，五劍掛壁霜冰山。美人乳花玉胸滑，神女佩帶珠囊翻。文章之妙避直露，自半以下成霏煙。銀虹墮影飲甥壑，天馬無聲下神淵。沫塵破散湯沸鼎，潭日蕩漾金鎔盤。白水瀑布信奇絕，占斷黔中山水窟。」（〈白水瀑布〉）摹寫眞切，設喻巧妙。而其更具特色的山水詩，則是發揮其學人優勢，以富贍奧衍奇僻的筆墨，表現西南峰奇洞詭的奇妙景觀，奇景奇筆，兩相輝映，傳神盡相。筆路明顯有韓愈的影響，但剪裁錘鍊得比韓似更切實。如〈正月陪黎雪樓舅恂遊碧霄洞〉詩寫洞的由來：「黃蟥翻劫波，誤落荒服外，睚眥恚五嶽，中原各尊大。

胸蓄不分涎，要唾盡始快。日月不照灼，深閟神鬼怪。吐瀉奪造化，挠煉鼓橐鞴。天動九地裂，頓闢一世界。雷電下摀撼，投楔卻奔潰。面帝彈不法，情天轉嫪愛。顧留與遐土，廣彼耳目隘。」寫岩洞中的奇觀：「耽耽深廈中，具千百狀態。大孔雀迦陵，寶瓔珞幢蓋。鐘鼓干羽帗，又杵臼磨磑。虎獅並犀象，舞盾劍旌旆。釜登豆鼐鼒。更龜鱉蛙蟾，及擂鼓鼙鎧。厥仙佛菩薩，拱立坐跪拜。」詩末結云：「如何老窮僻，似爲地所畫。元柳目未經，陶謝屐不逮。……試假生鐵筆，爲爾破荒昧。後來應有人，咄嗟同感喟。」全詩用豐贍奇僻的詞藻和比喻，將碧霄洞溶洞中詭異怪偉的景觀眞切地傳達出來。鄭珍本是奇才，一生埋沒於西南一隅，詩對此洞奇偉不凡的由衷頌揚，及其處僻地而不爲人知的深沉惋惜，實有一抒奇才受抑之慨的內蘊：「胸蓄不分涎，要唾盡始快。」

鄭珍的詩，評價甚高。吳敏樹言「子尹詩筆橫絕一代，似爲本朝人所無。」（趙懿《巢經巢遺詩．跋》引吳氏語）胡先驌亦稱其「卓然大家」，更許爲「有清一代冠冕」（〈讀鄭珍《巢經巢詩》〉）。所評或許略高，但以其詩歌藝術造詣而言，在清代與近代文學中，實足稱爲一大家。鄭珍詩在近代詩歌發展中有重要的地位，它壯大了宋詩派，對後來的同光體尤有深刻影響。陳夔龍說鄭珍「屹然爲道咸間一大宗。近人爲詩，多祧唐而稱宋，號爲步武黃陳，實則巢經一集，乃枕中鴻寶也。」（〈遵義鄭徵君遺著序〉），汪辟疆亦言鄭詩「理厚思沉，工於變化」，「故同光詩人宗宋人者，輒奉鄭氏爲不祧之宗」（《近代詩人述評》）。實爲同光體詩人近法之楷模。曾國藩後來自成湘鄉派，不過是宋詩派的別支，宗尚則更偏於黃庭堅。他自言「自僕宗涪公，時流頗忻向」（〈題彭旭詩集後即送其南歸〉其二），陳衍也說：「湘鄉出而詩皆宗涪翁。」（《石遺室詩話》）

古文方面，桐城派大師姚鼐卒於嘉慶二十年（一八一五），進入本時期主要是姚門弟子在擴展桐城派勢力和影響。此時，桐城文派面臨漢學家提倡考據文，阮元、李兆洛等張揚駢體文，經世派大力鼓吹經世文的嚴峻文壇形勢，早已喪失左右文壇的力量，只在姚門親授弟子與私淑弟子間傳承與傳播，其核心力量則是姚門的幾大弟子，主要有管同、梅曾亮、方東樹、姚瑩、劉開⑯。他們大體還都守持桐城派的道統、文統，不過受艱危時局的影響，也出現一些變化，即強調加強文學與現實的關係。如梅曾亮提出「因時」，姚瑩於姚鼐的學問之事三端之外加上「經濟」一條。不過他們強調文學的社會功用，主要偏於教化，不外以封建倫理端正人心風俗，思想比較保守，他們雖也批評現實弊端，多屬枝節問題，缺乏經世派那種抨擊現實、倡言變革的力度，但在對外方面，則同樣表現出反侵略的愛國立場。其中古文成就較高的是梅曾亮⑰，道光中後期他在京師中儼然成爲古文宗師。他論文主「因時」，主「眞」，二者實相輔相成，所謂「因時」，即因文見其「時」之「眞」與「人」之「眞」。他的文章大體能體現這種精神，以簡潔蘊藉的文筆，清明的氣體，眞切地表現情與事。如〈遊小盤谷記〉寫盤谷的形態，身處其中的感受，眞切傳神，一無長語浮詞。〈鉢山餘霞閣記〉等也都清雋可喜。論說文如〈士說〉等，直申己見，短小精悍。

姚門諸弟子之後，桐城派爲曾國藩（一八一一—一八七二）[18]及其弟子活動的時期。曾國藩是所謂「同治中興」的「名臣」，幕府廣聚人才，以堅持理學道統的桐城派爲號召，使桐城派古文一時復盛。他適應時勢的需要，進一步強調「經濟」，將義理、考據、辭章、經濟四者比之孔門的德行、文學、言語、政事四科，並針對桐城派古文之弊，提出修正意見，包括擴大古文的傳統，由八家上推至先秦兩漢，主張駢散兼容，提倡「雄奇瑰瑋」（〈致南屏書〉）。他本人的文章「複字單義，雜廁相間，厚集其氣，使聲釆炳煥而戛焉有聲。」（李詳〈論桐城派〉）這些從古文理論到創作實踐對桐城派的改造，使桐城派進入一個新的階段，後人稱之爲「湘鄉派」。曾國藩門下，張裕釗、吳汝綸、黎庶昌、薛福成稱四大弟子[19]。他們已處於所謂「同治中興」的洋務運動發展時期，思想與實踐都與洋務有較密切的關係。他們的文章雖各有成就，特別是張、吳二人得桐城「雅潔」之傳，最爲桐城派人推崇，但陳舊的文章模式已很難再有超越前人的建樹，他們眞正給桐城文帶來新氣象的是一些反映新思想的議論文和海外遊記，尤其是後者，以新奇的事物與略帶變化的文風，形成湘鄉派文的一大特色。如黎庶昌的〈遊鹽原記〉、〈卜來敦記〉，薛福成的〈觀巴黎油畫記〉、〈白雷登海口避暑記〉等都以樸實暢達的筆墨傳其形神，以異國新奇風物引人入勝。薛福成的〈觀巴黎油畫記〉幾成膾炙人口的名篇，以傳神之筆將內容繁雜的畫面形象地表現出來，又極善烘襯渲染。

在散文領域，本時期頗値得注意的是以馮桂芬、王韜、鄭觀應等爲代表的新體散文的萌芽，這實際是經世文的進一步發展。馮桂芬（一八〇九—一八七四）[20]思想屬於以中學爲體、西學爲用的洋務派，文章上則與桐城派針鋒相對，主張「稱心而言，不必有義法」（〈復莊衛生書〉）。他的《校邠廬抗議》以內容爲本，達意爲用，議論剴切，文字平實。王韜（一八二八—一八九七）已具有早期改良主義思想，文章觀上同樣反對桐城派，宣稱桐城文有家法師承、門戶蹊徑，「蘊蓄以爲高，隱括以爲貴，紆徐以爲妍，短簡寂寥以爲潔」，與自己「格格而不相入」（《韜園尺牘續鈔．自序》），提出「文章所貴在乎紀事述情，自抒胸臆，俾人人知其命意之所在而一如我懷之所欲吐，斯即佳文。」（〈韜園文錄外編．自序〉）他針對時務直抒己見，又任報刊主筆，許多文章發表在報紙上，實首開報章文體。其文的通俗暢達，極言盡論，被人認爲「出之太易」（〈韜園老民自傳〉），這實際正反映了由古文經由報章文體向現代散文演變的趨勢。稍後鄭觀應的《盛世危言》繼續承襲這一形勢發展。梁啓超說：「自報章興，吾國之文體，爲之一變，汪洋恣肆，暢所欲言，所謂宗派家法，無復問者。」（《中國各報存佚表》）清楚地說明了報章文體在近代散文發展史上的價值和意義。

在詞的領域，進入近代以前，已有常州詞派興起。領袖人物張惠言推尊詞體，提倡比興，主張以婉約的風格隱曲地表現士大夫的幽怨之情。到本時期的周濟（一七八一—一八三九）[21]繼續發揚其理論，進一步提出「詩有史，詞亦有史」（《介存齋論詞雜著》），超越抒寫士子遭遇感慨的範圍，更加強調詞的社會內容，所謂「感慨所寄，不過盛衰：或綢繆未雨，或太息厝薪，或己溺己飢，或獨清獨醒。」（同上）在詞的藝術進境上提出：「問途碧山（王沂孫），歷夢窗（吳文英）、稼軒（辛棄疾），以還清眞（周邦彥）之渾化。」（《宋四家詞選目錄·序論》）與張氏之獨崇溫庭筠有別。關於比興寄託則提出「詞非寄託不入，專寄託不出」（同上），要使詞不黏著一點，達到「指事類情，仁者見仁，知者見知」（《介存齋論詞雜著》），即涵義更加廣闊深厚的境地。其詞如〈蝶戀花〉「柳絮年年三月暮」，通過對柳絮的歌詠，表現對衰落形勢無可奈何的情緒，深藏時事之慨。

這時傳統詞壇上還有項鴻祚、蔣敦復、蔣春霖等一批詞人[22]，蔣春霖（一八一八—一八六八）詞作藝術成就最高。他認爲「詞祖樂府，與詩同源」，反對「偎薄破瑣，失風雅之旨」，主張「情至韻會，溯寫風流，極溫淡怨慕之意。」（李肇增《水雲樓詞·序》引）其詞宗尚宋人張炎、姜夔，主要是傳神地表現出大動亂中，士子的漂泊離亂的情懷，不用寄託手法，而表情含蓄深沉。如〈臺城路〉：

> 驚飛燕子魂無定，荒洲墜如殘葉。樹影疑人，鴞聲幻鬼，欹側春冰途滑。頹雲萬疊。又雨擊寒沙，亂鳴金鐵。似引宵程，隔溪磷火乍明滅。　江間奔浪怒湧，斷笳時隱隱，相和嗚咽。野渡舟危，空村草濕，一飯蘆中淒絕。孤城霧結。剩罥離鴻，怨啼昏月。險夢愁題，杜鵑枝上血。

詞有感於友人從太平軍占領的南京城中逃出而作，描寫其驚魂不定的神情，善於從視覺、聽覺各方面烘襯，氣氛濃郁，堪稱刻畫入神，而其對太平軍的敵對態度也暴露得十分清楚。

此時期值得重視的是一些愛國的官僚士子，其詞以充實的社會內容，眞正達到了「詞亦有史」的高度。林則徐、鄧廷楨（一七七六—一八四六）都是這方面的代表[23]。林則徐的詞作和詩一樣表現了反侵略和愛國的激情，如〈高陽臺·和嶰筠前輩韻〉寫禁菸事，下闋抒寫厲行菸禁的快意心境與豪情，極爲鼓舞人：「春雷欻破零丁穴，笑蜃樓氣盡，無復灰燃。沙角臺高，亂帆收向天邊。浮槎漫許陪霓節，看澄波、似鏡長圓。更應傳，絕島重洋，取次回舷。」充滿禁絕鴉片、趕走侵略者的堅定意志。鄧廷楨也是鴉片戰爭中的愛國將領，而遭無理貶謫，其《雙硯齋詞》實為「將軍白髮之章，門掩黃昏之句。」（譚獻《復堂日記》戊子）如〈高陽臺〉「鴉渡溟溟」寫鴉片之禍國殃民，〈高陽臺・玉泉山宴集〉寫報國壯志難展的哀憤，〈水龍吟・雪中登大觀亭〉寫國勢傾危的焦急心緒，都氣勢寥闊，情韻高健。〈酷相思・寄懷少穆〉寫他與林則徐二人先後任兩廣總督所面臨的困境及憂國深思：

> 百五芳期過也未？但笳吹、催千騎。看珠澥盈盈分兩地。君住也，緣何意？儂去也，緣何意？　召緩徵和醫並至。眼下病、肩頭事。怕愁重如春擔不起。儂去也，心應碎！君住也，心應碎。

這的確是「三事大夫，憂生念亂」（譚獻《復堂日記》乙酉）之作。

注釋

❶關於龔自珍的辭官與死，曾有多種傳說，主要是所謂「丁香花公案」。是說龔自珍與同時詞人顧春有婚外戀關係，招致顧春的丈夫奕繪貝勒一家的迫害。此說發自冒廣生，他的〈記太清（顧春之號）遺事〉詩六首，多有影射隱示龔、顧關係的內容。此後為一些筆記、小說採錄傳揚。如徐珂《清稗類鈔》、柴萼《梵天廬叢錄》等，細節不盡相同。史學家孟森曾撰〈丁香花〉一文，詳駁其事之不可信（《心史叢刊》三集）。後來蘇雪林又寫〈丁香花疑案再辨〉一文，載武漢大學《文哲季刊》一卷四號，均可參考。此外還有為妓女靈簫、小雲所害，和因鴉片案主戰為穆彰阿迫害諸說，分見柴萼《梵天廬叢錄》、李伯元《南亭四話・莊諧詩話》、王文濡刊本《精刊龔定盦全集》批註、錢穆《中國近三百年學術史》引龔氏世姻張爾田語。諸說之不確，可參樊克政《龔自珍生平與詩文新探・龔自珍己亥離京「倉皇可疑」說辨》。按，湯鵬〈贈朱丹木太守〉其一自注說：「往時丹木入都，正值定盦舍人忤其長官，賦歸去來。今舍人已下世矣。」這裡直言為忤其長官，當可信。龔氏本人《己亥雜詩》第三首寫其出都時的心緒說：「罡風力大簸春魂，虎豹沉沉臥九閽。」言「罡風」，言「虎豹」臥閽，顯然亦指權臣。但所忤長官為何人，則失考。

❷龔自珍文章著述，從作者生前開始自刻，到身後陸續有人補刊，版本甚為複雜。搜羅最為完備的是中華書局一九五九年出版

的王佩諍校編本《龔自珍全集》（此本又有一九七五年上海人民出版社之重印本）。但此後仍有佚文發現。關於龔氏文集版本可參王貴忱、王大有〈龔自珍詩文集早期刊本述聞〉、孫靜〈龔自珍文集著述編輯刊刻源流〉。

❸ 龔自珍的父親龔麗正是著名文字學家段玉裁的女婿，從段學小學，很有一些漢學考據學的根柢，著有《國語注補》、《楚辭名物考》諸書。龔自珍是段玉裁的外孫，也曾向段問學。《己亥雜詩》第五十八首自注言：「年十有二，外王父金壇段先生授以許氏部目。」龔本身有《說文段注箚記》、《金壇方言小記》以及一些金石文字的釋文等漢學撰著，和這一家學淵源分不開。

❹ 關於龔自珍在中國文學史上的地位，有兩種不同的意見。一種認為他是中國古典文學的終結，如中國科學院文學研究所編《中國文學史》三卷本，寫至鴉片戰爭前為止，以龔自珍殿後。章培恆、駱玉明主編的《中國文學史》三卷本，不分近代，其第八編《清代文學》的《清代中期的詩詞文》為鴉片戰爭以前的文學，而龔自珍則列入最末，則也認為他是鴉片戰爭以前文學的殿軍。另一種意見認為他是具有近代啓蒙因素的思想家，是近代文學的開山，如北京大學中文系一九五五級文學專門化編《中國文學史》四卷本，游國恩等主編的高等學校統編教材《中國文學史》四卷本等，都持此說。

❺ 王芑孫致龔自珍書，見王佩諍編《龔自珍全集》第十一輯載張祖廉《定庵先生年譜外紀》。

❻ 《尊隱》一文所說的「山中之民」指哪些人，代表什麼力量，學界有不同的說法。歸納起來大體有四種意見：一，指農民，如侯外廬《中國早期啓蒙思想史》。二，指地主階級在野派，如孫欽善《龔自珍詩文選》等。三，包含市民階層，如陳銘《龔自珍綜論》。四，指具有反清思想的人，如王元化《龔自珍思想筆談》。按《己亥雜詩》第二四一首說：「少年尊隱有高文，猿鶴真堪張一軍。」《藝文類聚》卷九十引《抱朴子》曰：「周穆王南征，一軍盡化，君子為猿為鶴，小人為蟲為沙。」、「猿鶴」即用此典，指「君子」，指統治層中的人物。又作者〈與人箋五〉還曾直接引列子之言「君子化猿化鶴，小人化蟲化沙」，並說「等化乎？然而猿鶴似賢矣」，也以猿鶴指「君子」。所以「山中之民」主要應是指既有革新之志又有才華能力而被統治者排擠在野的地主階級知識分子。他們是地主階級的改革派，也不妨受資本主義萌芽薰染而帶有一定的啓蒙思想。至於文中改朝換代的預想，則不能說沒有歷史的與當代的農民起義的投影，此文之作即與天理教起義的刺激有關，但作者只是取其取代現實腐朽統治之意，並非讚揚和實指農民起義，歷史上的農民起義實際上也都只是改朝換代的工具。

❼ 作者自編的《破戒草》中，此詩係於道光五年（一八二五）。舊傳為兩淮鹽政曾燠罷官而作，見吳昌綬《定盦先生年譜》道光五年條。劉逸生、周錫韍《龔自珍編年詩注》考證，曾燠於道光二年授兩淮鹽政，至道光六年四月，被召回京，受到「以

五品京堂候補」的處分，認為作者寫此詩顯非「惜其罷官」，是對的，但本詩的現實背景包括曾燠鹽官幕府情況，則是無疑的，而又確實概括很廣，非僅限於曾燠一人之事。

❽ 按《懷人館詞》為龔氏詞集名。

❾ 張維屏（一七八〇—一八五九），字子樹，號南山，廣東番禺（今屬廣州）人。道光二年（一八二二）進士，曾在湖北、江西任州縣地方官。有《張南山全集》，《清史稿》有傳。張際亮（一七九九—一八四三）字亨甫，福建建寧人。道光十五年（一八三五）舉人，剛直敢言，有狂名。有《思伯子堂詩集》、《張亨甫全集》，《清史稿》有傳。朱琦（一八〇三—一八六一）字伯韓，號濂甫，廣西臨桂（今桂林市）人。道光十五年（一八三五）進士，曾任翰林院編修、御史，與蘇廷魁、陳慶鏞有「諫垣三直」之號。有《怡志堂詩初編》，《清史稿》有傳。姚燮（一八〇五—一八六四）字梅伯，號復莊，浙江鎮海人。道光十四年（一八三四）舉人。以授徒為生，致力於著述，涉及俗文學的小說戲曲。有《今樂府選》、《今樂考證》，並曾評點《紅樓夢》，有《復莊詩問》。生平事蹟見徐時棟《姚梅伯傳》。魯一同（一八〇五—一八六三）字通甫，江蘇山陽（今淮安）人。道光十五年（一八三五）舉人，致力於學問，研究經史百家。有《通甫詩存》，《清史稿》有傳。貝青喬（一八一〇—一八六三），字子木，號木居士，江蘇吳縣（今蘇州）人。道光二十一年（一八四一），奕經赴浙抗擊英軍，貝青喬以諸生投效軍門，主掌文案。有《半行庵詩存稿》、《咄咄吟》。金和（一八一八—一八八五）字弓叔，號亞匏，江蘇上元（今南京市）人。一生未嘗入仕。鴉片戰爭時英軍包圍南京和後來太平天國起義軍占領南京，他都在城中，對鴉片戰爭與太平天國都有親身的經歷與體驗。有《秋蟪吟館詩鈔》，生平見東允泰《金文學小傳》。

❿ 魏源，字默深，湖南邵陽人。道光二年（一八二二）舉人，長期做館師與幕僚。道光前期在賀長齡幕府為其編輯《皇朝經世文編》，對近代經世思潮發展產生了重大影響。鴉片戰爭後，在林則徐《四洲志》的基礎上編輯《海國圖志》，由五十卷陸續擴編為一百卷，是當時最廣泛介紹世界各國地理、歷史、政治的巨著。道光二十五年（一八四五）中進士，其後曾為江蘇地方官。有《古微堂集》、《古微堂詩集》。其詩文有中華書局整理出版之《魏源集》。《清史稿》有傳。詳參王家儉《魏源年譜》。

⓫ 林則徐，字少穆，福建侯官（今福州）人。嘉慶九年（一八〇四）舉人，十六年（一八一一）進士。歷任翰林院編修、御史和地方之道臺、總督等職，道光十八年（一八三八）以欽差大臣赴廣東查禁鴉片，厲行菸禁，並多次擊退英軍的進攻。道光二十年（一八四〇）任兩廣總督。鴉片戰爭失利後，投降派得勢，林被革職，遠戍伊犁。後一度為陝西巡撫、雲貴總督等。卒諡文忠。有《雲左山房文鈔》、《雲左山房詩鈔》及《雲左山房詞》。《清史稿》有傳。詳參魏應麒《林文忠公年譜》。

⓬程恩澤（一七八五—一八三七），字雲芬，號春海，安徽歙縣人。嘉慶十六年（一八一一）進士，入翰林院，授編修，官至戶部右侍郎。有《程侍郎遺集》。《清史稿》有傳。祁寯藻（一七九三—一八六六）字叔穎，號春圃，山西壽陽人。嘉慶十九年（一八一四）進士，入翰林院，授編修，官終禮部尚書，卒贈太保，諡文端。有《䜱䜲亭集》、《䜱䜲亭後集》。《清史稿》有傳。何紹基（一八〇〇—一八七四）字子貞，湖南道州（今道縣）人。道光十六年（一八三六）進士，入翰林院，授編修，曾為四川學政。他治經史之學，又精通書法，喜好金石。有《東洲草堂詩鈔》。《清史稿》有傳。莫友芝（一八一一—一八七一）字子偲，號郘亭，貴州獨山人。道光十一年（一八三一）舉人，先後入胡林翼、曾國藩幕府。有《郘亭詩鈔》、《郘亭遺詩》。其生平《清史稿》附《莫與儔傳》下，黎庶昌有《莫徵君別傳》。

⓭鄭珍，字子尹，貴州遵義人。道光十七年（一八三七）舉人，曾先後任本省廳縣儒學訓導，又曾教授榕城諸書院。私諡文貞。有《巢經巢詩鈔》、《巢經巢詩鈔後集》、《巢經巢遺詩》、《巢經巢文鈔》等。《清史稿》有傳。其子鄭知同撰有〈敕授文林郎徵君顯考子尹府君行述〉。

⓮胡先驌〈讀鄭子尹巢經巢詩集〉曰：「巢經巢詩最足令人注意之處，即其純用白戰之法。」

⓯陳衍《石遺室詩話》評近代詩歌流派說：「其一派生澀奧衍……語必驚人，字忌習見。鄭子尹之《巢經巢詩鈔》為其弁冕。」子尹為鄭珍之字。陳衍認為鄭珍是「生澀奧衍」一派的代表。

⓰鄭福照《方儀衛先生年譜》說方東樹：「與上元梅伯言曾亮、管異之同、同里劉孟塗開，並為姚先生（鼐）所最稱許，世目為姚門四傑。」王先謙《續古文辭類纂》也說：「姬傳之徒，伯言、異之、孟塗、植之最著。」曾國藩在〈歐陽生文集序〉則言姚鼐主鍾山書院講席，門下著籍者，管同、梅曾亮、方東樹、姚瑩四人「稱為高第弟子」。大體說管、梅、方、姚、劉五人均為姚氏之重要弟子。方東樹（一七七二—一八五一）字植之，安徽桐城人。諸生。客遊四方，曾主講江西、廣東的多處書院。有《儀衛軒文集》、《儀衛軒詩集》等。《清史稿》有傳。管同（一七八〇—一八三一）字異之，江蘇上元（今南京）人。道光五年（一八二五）舉人，於文章之外也留心經史。有《因寄軒文集》、《因寄軒詩集》及《皖水詞存》等。生平附見《清史稿・梅曾亮傳》。劉開（一七八四—一八二四）字明東，號孟塗，安徽桐城人。終生未仕，曾主大雷書院講席，受聘修《亳州志》。有《孟塗文集》、《孟塗詩前集》、《孟塗詩後集》等。生平附見《清史稿・梅曾亮傳》。姚瑩（一七八五—一八五二）字石甫，安徽桐城人。嘉慶十三年（一八〇八）進士。曾先後在福建、江蘇任州縣地方官，後為臺灣道，鴉片戰爭時屢挫英軍。和議成後被誣入獄，事白分發四川，官至廣西按察使。有《東溟文集》、《東溟文外集》、《東溟文後集》、《中復堂遺稿》等。《清史稿》有傳。

⑰梅曾亮（一七八六—一八五六），字伯言，江蘇上元（今南京）人。道光二年（一八二二）進士，先後入安徽巡撫鄧廷楨與江蘇巡撫陶澍幕府，後入貲為戶部郎中，道光末歸鄉後一度主揚州梅花書院。有《柏梘山房文集》、《柏梘山房文續集》。《清史稿》有傳。

⑱曾國藩，字伯涵，號滌生，湖南湘鄉人。道光十八年（一八三八）進士，曾任翰林院檢討、禮部侍郎等職。太平軍起義後，創辦湘軍，成為鎮壓太平天國的主將，官至兩江總督、武英殿大學士，封一等毅勇侯。卒贈太傅，謚文正。有《曾文正公全集》。《清史稿》有傳。

⑲張裕釗（一八二三—一八九四）字廉卿，湖北武昌人。道光二十六年（一八四六）舉人，曾為內閣中書，先後主講直隸、湖北等地多所書院。有《濂亭文集》、《濂亭遺文》、《濂亭遺詩》等。《清史稿》有傳。黎庶昌（一八三七—一八九八），字蓴齋，貴州遵義人。同治初年入曾國藩幕府。光緒二年（一八七六）隨郭嵩燾出使歐洲，先後任駐英、德、法、西班牙使館參贊，光緒七年任出使日本大臣。有《拙尊園叢稿》、《西洋雜誌》等，並編《續古文辭類纂》。《清史稿》有傳。薛福成（一八三八—一八九四），字叔耘，號庸庵，江蘇無錫人。同治四年（一八六五）入曾國藩幕，光緒初入李鴻章幕，曾任浙江寧紹臺道，後出任英、法、比、義四國公使。有《庸庵文編》、《庸庵文續編》、《庸庵文外編》、《海外文編》等。《清史稿》有傳。吳汝綸（一八四〇—一九〇三），字摯甫，同治四年（一八六五）進士。曾為知州，後主講保定蓮池書院。光緒二十八年（一九〇二）被舉薦為京師大學堂總教習，自請赴日本考察教育，歸國後未赴京師任而還鄉。有《桐城吳先生文集》。《清史稿》有傳。

⑳馮桂芬，字林一，號景亭，江蘇吳縣（今蘇州）人。道光二十年（一八四〇）進士，曾官右春坊右中允。咸豐年間，太平軍入江蘇，李鴻章率淮軍到上海後，入李幕府。後主講南京、上海等地書院。著有《顯志堂稿》、《校邠廬抗議》等。王韜字仲弢，一字紫詮，江蘇長洲（今吳縣）人。早年到上海，入英國傳教士麥都思主持的墨海書館。咸豐十一年（一八六一）冬，因母病歸鄉，曾化名黃畹向太平天國地方官獻策。後被清廷通緝，逃往香港，入英國傳教士理雅各主持的英華書院，一度赴英，回港後從事著譯。後曾創設中華印務總局，主編出版《循環日報》，創辦韜園書局，主持格致書院與《申報》編務。有《弢園文錄外編》及《蘅華館詩錄》、西方史、遊記、筆記等多種。鄭觀應（一八四二—一九二二）本名官應，字正翔，號陶齋，廣東香山（今中山市）人。早年即入上海寶順洋行作買辦，後親自經營貿易，並先後受聘為太古洋行輪船公司總理、上海電報局總辦、輪船招商局幫辦等職。有《盛世危言》等。

㉑周濟，字保緒，號止齋，別號介存居士。江蘇荊溪（今宜興）人。嘉慶十年（一八〇五）進士，官淮安府學教授。後隱居南

京。著有《介存齋文稿》、《味雋齋詞》、《詞辨》附《論詞雜著》等，又編纂《宋四家詞選》。《清史稿》有傳。

㉒ 項鴻祚（一七九八—一八三五），字蓮生，改名廷紀，浙江錢塘（今杭州）人。道光十二年（一八三二）舉人，有《憶雲詞甲乙丙丁稿》。蔣敦復（一八〇八—一八六七），字劍人，江蘇寶山（今屬上海市）人。才高氣傲，行為奇特。曾向太平天國楊秀清獻策，後出家為僧，法名曇隱大師。有《芬陀利室詞》與《詞話》。蔣春霖，字鹿潭，江蘇江陰人。曾權知富安場鹽大使。有《水雲樓詞》、《水雲樓詞補遺》及《水雲樓爐餘稿》。

㉓ 鄧廷楨（一七七六—一八四六）字維周，號嶰筠。江蘇江寧（今南京）人。嘉慶六年（一八〇一）進士，初授翰林院編修，後官兩廣總督、閩浙總督。一度被遣戍伊犁，召還後任陝西巡撫。有《雙硯齋詞》與《雙硯齋詞話》。《清史稿》有傳。

第二章　近代前期的小說與戲曲

嘉慶、道光以來，直到同治、光緒年間，小說大體可以分爲兩派：一派是與說話藝術有淵源關係的俠義公案小說，一派是文人創作的人情世態小說。前者承《水滸傳》一路，後者承《紅樓夢》一路，但在新的社會背景與文化氛圍的影響下，都有了明顯的轉向。此時期中國小說的發展也呈現了一些與傳統疏離、嬗變的徵兆。而戲曲則是雅部急遽衰落，花部興起，特別是今日有「國劇」之稱的京戲蓬勃發展起來。

第一節　俠義公案小說

・俠義公案小說的基本趨向　・《三俠五義》　・《兒女英雄傳》　・《蕩寇志》
・《施公案》及其他

清王朝後期步入封建衰世，統治階級迫切需要懲人心，窒亂階，整肅紀綱，因而大力宣揚封建的綱常名教，加強文化專制，嘉、道年間成爲清代禁毀小說戲曲書刊的高潮時期之一。另一方面都市文化繁榮，南北方評話評書、彈詞鼓詞流行，地方戲勃起，曲藝、戲劇、小說三者互相融合，風靡於市井坊間。這既促使小說接近民眾，同時也滋長著徇世媚俗的傾向。因此，近代前期小說的發展，承受著文化專制政策與商業媚俗傾向的雙重負荷。

俠義小說與公案小說的合流，是這一時期小說中的突出現象❶。究其原委，大抵由於政治腐敗，生靈塗炭，因此，對於懲暴護民、伸張正義的清官與鏟霸誅惡、扶危濟困的俠客的憧憬和嚮往，成爲民眾的重要心態。俠義公案小說則將這種心態納入封建綱常名教所允許的範圍之內，由清官統率俠客，既在一定程度上符合了民眾的心願，又頗適應鼓吹休明、弘揚聖德的需要。此類小說雖承《水滸傳》之勇俠，精神則已蛻變，其人文蘊涵大體在於回歸世俗，表現了鮮明的取容於封建法權、封建倫理的傾向。主要體現在：第一，從以武犯禁到皈依皇權。古代「俠」的特質，韓非曾一針見血地指出是「以武犯禁」（《韓非子・五蠹》），是在法外維持正義，具有對封建法權挑戰的品格，《水滸傳》所謂

「撞破天羅歸水滸，掀開地網上梁山。」（第三十六回）而俠義公案小說則將俠客與清官統而爲一，將其納入封建法權的運行機制之中。第二，江湖義氣被戀主情結所取代。俠客精神中重然諾、輕生死、爲朋友兩肋插刀等的江湖義氣趨於淡化，而士爲知己者死的思想則趨於強化，發展成爲失落自我的戀主情結。《施公案》中的惡虎莊黃天霸爲救施仕倫而殺兄逼嫂就是明顯的例子。第三，從絕情泯慾到兒女英雄。古俠客大都擯棄女色，《水滸傳》中第一流的豪傑清一色是「赤條條來去無牽掛」。俠義小說則推出「兒女英雄」模式，《綠牡丹》寫江湖俠女花碧蓮對將門之子駱宏勳的痴情苦戀，開英雄美人風氣；《兒女英雄傳》爲俠女十三妹在雍熙和睦的家庭中找到安身立命之地。「英雄至性」與「兒女眞情」合而爲一，遂開其後武俠而兼言情小說的風氣。

本時期俠義公案小說中較爲出色的作品，當推《三俠五義》和《兒女英雄傳》。前者在粗獷的平民氣息中，保留了較多的傲兀不群的英風俠概；後者則堪稱京味小說的濫觴，在小說史上別開生面。

《三俠五義》（俞樾改訂後易名爲《七俠五義》）是在石玉崑說唱《龍圖公案》的基礎上發展而成的長篇章回小說❷。石玉崑是道光年間在北京享有盛名的說書藝人❸。《三俠五義》是俠義與公案合流模式的典型作品。三俠指南俠展昭、北俠歐陽春、雙俠丁兆蘭與丁兆蕙兄弟。五義指鑽天鼠盧方、徹地鼠韓彰、穿山鼠徐慶、翻江鼠蔣平、錦毛鼠白玉堂。他們本都是江湖俠士，後來多數得到清官包公的賞識與薦拔而獲得官身。小說的前半部寫包公斷案和諸俠義歸屬包公的歷程以及他們協助包公除暴安良的故事，後半部主要寫剪除謀叛的襄陽王及其黨羽。這是一部「爲市井細民寫心」（魯迅《中國小說史略》第二十七篇）的作品，體現了市井細民對於賢明政治的渴望與幻想。宋元以來，包公故事就在小說戲曲中廣爲流傳❹，石玉崑將源遠流長的包公故事加以編綴增飾，首尾貫通，演爲大部。小說中的包公，明察善斷，嫉惡如仇，鐵面無私，不畏強暴，他參太師，鍘龐昱，作了「幾件驚天動地之事」（第十五回），成爲受黑暗政治殘害的民眾傾心的清官形象。小說所寫包公故事，因襲成分居多，寫到三俠五義故事，筆墨方始生動騰躍。書中展示了豺虎當路、鬼蜮橫行的世道：皇親國戚龐吉、孫珍貪贓枉法；土豪惡霸葛登雲、馬剛荼毒百姓；市井刁徒鄭屠、趙大圖財害命；流氓淫賊花沖爲非作歹。就在這暗無天日的社會背景上，小說著意譜寫了眾豪傑的仗義行俠故事，如展昭、白玉堂的劫富濟貧，解救民女；歐陽春的夜闖太歲莊誅殺惡霸馬剛；韓彰、蔣平的計擒花蝴蝶等，都是豪俠磊落之舉，體現了市井細民對仗義行俠的草莽英雄的渴求。書中還展現了比較廣闊的市井生活圖景，刻畫了一些善良風趣的市井細民形象，如爲烏盆伸冤的張別古，認金牡丹爲女的漁民張立，以及書童雨墨、丫環佳蕙等，都寫得純樸可愛，顯示了此書的市井文化品位。

《三俠五義》具有民間評話的藝術特色。俞樾激賞此書：「事蹟新奇，筆意酣恣，描寫既細入毫芒，點染又曲中筋節。正如柳麻子說《武松打店》，初到店內無人，驀地一吼，店中空缸空甏皆甕甕有聲；閒中著色，精神百倍。」（〈重編《七俠五義》序〉）書中俠客雖然豪情略似，但性格迥殊，盧方忠厚老實，蔣平機智幽默，徐慶憨直魯莽，展昭精明幹練，歐陽春清高狷介，智化精靈嫵媚，艾虎天眞爛漫，都寫得有聲有色。其中白玉堂是刻畫得頗爲突出而又具有深層意蘊的形象，他襟懷磊落，器宇軒昂，富於反抗的個性鋒芒，大鬧東京，帶有一定的蔑視封建法權的意味。然而他驕傲任性，桀驁不馴，逞強好勝，最後慘死於銅網陣中。作者將他處理成一個失敗的英雄，體現了難能可貴的悲劇審美意識。白玉堂是俠義公案小說中幾乎絕無僅有的一個雖然皈依皇權，卻仍野性未馴的人物，這也就注定了他的悲劇結局。小說情節曲折離奇，結構巧妙，大故事中穿插小故事，映帶成趣，而其接縫斗榫又極富騰挪變化。如錦毛鼠上東京尋御貓比武較量一大回書，穿插著顏、白金蘭結義，柳洪嫌貧賴婚，開封府刀寄無頭柬等一系列熱鬧文字，懸念迭起，引人入勝。小說語言充分體現了評話藝術的魅力，聲口宛肖，俚俗中帶著樸野、粗獷的平民氣息。小說流露出濃重的封建等級觀念、奴化意識，恪守封建禮教，對於婦女抱有輕蔑歧視心理，並摻進若干荒誕怪異成分，是其明顯的思想局限。

《兒女英雄傳》作者文康，費莫氏，字鐵仙，一字悔庵。滿洲鑲紅旗人。他出身於累代簪纓的八旗世家[5]，本人歷仕理藩院員外郎、郎中、天津河間兵備道、安徽鳳陽府通判[6]。小說以何、安二家冤案爲由展開情節，何玉鳳（化名十三妹）之父爲人所害，她立志復仇，遁跡江湖。安驥之父亦爲人所陷，安驥攜金往救，落難於能仁寺，爲何玉鳳搭救，何並爲安驥與同時落難於能仁寺的村女張金鳳聯姻。安父後來得救，而何之殺父仇人已前死，何也被說服嫁給安驥，二女相夫，終使安驥探花及第，位極人臣[7]。馬從善《兒女英雄傳．序》說作者少時家門鼎盛，晚年諸子不肖，家道敗落，他塊處一室，「著此書以自遣」。魯迅說：「榮華已落，愴然有懷，命筆留辭，其情況蓋與曹雪芹頗類。唯彼爲寫實，爲自敘；此爲理想，爲敘他。」（《中國小說史略》第二十七篇）小說作者雖與曹雪芹的境況相似，但沒有曹氏那種深刻的人文關懷和超軼塵凡的審美情思，只是一個皈依封建道德倫理規範的世俗之人，寫作此書，實是要在精神幻想中圓一個補天的夢。所以曹雪芹寫的是罪惡世家的衰敗史；而他寫的則是積善世家的發皇史，因此，濃重的封建道德說教、陳腐的綱常名教觀念以及玉堂金馬、夫榮妻貴的庸俗人生理想成爲小說的主要思想缺陷。然而，《兒女英雄傳》是一部深於人生閱歷之作，加之藝術手腕圓熟高妙，熔俠義、公案、言情小說於一爐，仍不失爲一部雅俗共賞之作。書中較成功地塑造了英風俠概的十三妹形象。孫楷第考證十三妹的形象淵源於明代淩濛初的〈程元玉店肆代償錢，十一娘雲岡縱譚俠〉（《初刻拍案驚奇》卷四）和清人王士禎的《女俠》（《池北偶談》卷二六）（見孫楷第〈關於《兒女英雄傳》〉），然而該二則中的人物形象仍然比較蒼白，不脫詭祕之氣。可以說，直到文康筆下，才完成了一個血肉豐滿的人間俠女形象。作家在一定程度上突破了封建名教的束縛，賦予十三妹以民間俠義色彩。這個出身宦門的女子，身懷絕技，遁跡深山，蔑視權臣，目無王法，由一腔不平之氣激成一副遊戲三昧的性情。小說著重刻畫了她拯人於窮途末路的義骨俠腸。從悅來店尋根究柢，到能仁寺殲滅凶僧，贈金聯姻，借弓退寇，生動地表現出她襟懷磊落、肝膽照人的豪俠氣概。文康筆下的十三妹，心高氣傲，豪爽天真，口角鋒利逼人，又帶幾分詼諧風趣，個性鮮明，氣韻生動。在她鏟除人間不平的俠義行為上寄寓著人民的審美理想。但她最終成為安家的賢德媳婦，恪守三從四德，熱衷榮華富貴，前後面目迥異。作家立意要收服「十三妹這條孽龍」，「整頓金籠關玉鳳」（第十六回），把她送入溫馨的家庭生活中去作為最終的歸宿，與其他俠義公案小說之將俠士送至清官手下，表現了同樣的思想趨向。「兒女英雄」模式的確立，又為俠義、言情小說的合流推波助瀾。

《兒女英雄傳》具有切近世態人情的長處，所謂「描摹世態，曲盡人情」（劉葉秋〈讀《兒女英雄傳》〉）。作家以精細的筆觸勾勒出一幅十九世紀中國社會風俗畫面。諸如官場的鬼蜮橫行，下層社會的光怪陸離，悅來老店、天齊廟會的喧闐擾攘，以及當時的各種典章禮俗，無不寫得細膩真切。首回寫蹭蹬場屋的五旬老翁安學海赴考、候榜的光景，笑中有淚，不遜於《儒林外史》筆墨。第二十八回敘安、何結親，文字花團錦簇，滿洲貴族婚禮的一應儀注，皎然揭諸眉睫之下[8]。人物描寫也有相當的功力，安學海忠厚善良而不免迂腐，張金鳳內剛外柔而深心周密，鄧九公豪爽拙直，張老夫妻又怯又土，各具丰神。

《兒女英雄傳》採用市井細民喜聞樂見的評話形式，如同對讀者當面娓娓而談，還不時地忙中偷閒從旁插話[9]，點明筋節，或則插科打諢，妙趣橫生，深得評話藝術之閫奧。小說結構的翻新出奇，亦為一時所僅見。曼殊稱譽此書前半部結構「佳絕」（飲冰等《小說叢話》）。作家善用伏筆，巧設懸念，悅來店、能仁寺數回，小說主人公十三妹的行動雲遮霧罩，藏頭露尾，做了如許一番驚天動地的事，卻似「神龍破壁騰空去，夭矯雲中沒處尋」（第十回），直到第十九回方才道破她的真名實姓，全然打破了開門見山、平鋪直敘的套數。此書尤為擅長的則是純熟、流利的北京口語。胡適揄揚說：「他的特別長處在於言語的生動，漂亮，俏皮，詼諧有風趣。」（《兒女英雄傳・序》）《兒女英雄傳》開創了地道的京味，不論敘事語言還是人物語言，都寫得鮮活，於俗白中見風趣，俏皮中傳神韻。《兒女英雄傳》語言的成功，深刻地影響了其後小說的創作，成為京味小說的濫觴。《兒女英雄傳》的擬評話形式與醇正的京腔京韻形成了獨特的美學風貌。

《蕩寇志》，俞萬春（一七九四—一八四九）作[10]，是一部封建法權的藝術圖釋。作家深憾於「凡斯世之敢行悖逆者，無不藉梁山之鴟張跋扈爲詞，反自以爲任俠而無所忌憚。」（半月老人《蕩寇志・續序》）於是在書中對梁山一百單八將大張撻伐，斬盡殺絕，以便「使天下後世，曉然於盜賊之終無不敗，忠義之不容假借混朦，庶幾尊君親上之心油然而生。」蓋以「尊王滅寇」（徐佩珂《蕩寇志・序》）爲主旨。

《施公案》，未署撰人[11]。對待嘉、道以來日益激化的社會矛盾，《蕩寇志》提供的是血腥鎮壓的模式，《施公案》提供的則是剿撫並用、以撫爲主的模式。清官成爲調和社會矛盾的槓桿，一方面抑制豪強，一方面消弭亂萌。小說以黃天霸歸順清官施仕倫而立身揚名爲故事主幹，體現了對皇權頂禮膜拜的奴化意識與對功名利祿歆羨的庸俗心理。

其他俠義公案小說還有《綠牡丹》、《彭公案》、《永慶昇平》、《聖朝鼎盛萬年青》、《七劍十三俠》、《仙俠五花劍》、《金臺全傳》以及《警富新書》、《清風閘》等。續書也層出不窮，如《三俠五義》的續書《小五義》、《續小五義》等。此類作品，迤邐不絕，直衍變爲後來的武俠小說，則又與公案脫離開來；公案則爲偵探小說所取代。

第二節 人情世態小說

・人情世態小說的發展趨勢 ・《品花寶鑑》 ・《花月痕》 ・《海上花列傳》

嘉道以降，迄於同光年間，文人創作的人情世態小說，諸如《品花寶鑑》、《花月痕》、《海上花列傳》等，率皆以《紅樓夢》、《儒林外史》爲圭臬，雖精神境界始終不及，但它別闢領域，上承才子佳人小說之緒，下開譴責小說和鴛鴦蝴蝶派小說之端，實爲中國小說觀念、小說模式轉型嬗遞的醞釀時期，與明末清初以來的才子佳人小說相比，不難看出其移步換形的衍變軌跡。就其主要趨勢而言：篇幅加長，漸由二十回上下的中篇發展爲數十回的長篇；視野擴大，由單純的愛情婚姻故事轉爲畸形病態社會的寫眞；手法轉換，由理想主義色彩頗濃的結撰轉爲平淡自然的紀實。這些小說是十九世紀中國社會十里軟紅塵的掠影；展現了青樓風月、菊部春秋、京華塵涴、洋場喧闐，乃至官幕兩途、紳商二界的眾生法相。此類小說，與其稱爲「狹邪小說」，毋寧稱爲市井風情小說。

此類小說的勃興，與作者身分及其文化心態相關。它們多出自萍蹤浪跡的幕僚文人之手，他們出入名公巨卿之宅，混跡歌臺舞榭之地，頗有青衫落拓的浪子氣息。其才可上可下，其品亦雅亦俗，所以成爲市井文化的載體。這一時期的市井文化，實是古老的中國傳統文化與近代都市畸形繁榮相混合的產物。此種文化品位，決定了這一時期世情小說創作的基本風貌。

陳森的《品花寶鑑》[12]圍繞京都狎優風氣，以酣恣的筆墨描寫出嘉、道之際，京華紫陌紅塵中的眾生相。從富貴豪門、箏琶曲苑到茶樓酒肆、下等妓寮，無不收攝筆下，不啻一幅帶有濃郁京華氣韻的都市風情長卷。小說以較多篇幅記述了一代伶人血淚斑斑的人生遭際。清代嚴禁官吏挾娼[13]，達官名士為避禁令，每招優伶侑觴宴樂，呼曰「相公」，流品一如妓女。就創作意圖而言，作者以為伶人自有邪正，狎客亦有雅俗，因此妍媸雜陳，以寓勸懲。小說以梅子玉與杜琴言的情緣為主幹，寫了十個「用情守禮之君子」和十個「潔身自好的優伶」，讚美他們柏拉圖式的愛。其中雖也寓有對於優伶的人格與藝術的尊重，但所描寫的畢竟是同性戀，實乃一種扭曲的人際關係與變態的性愛心理。

此書的出色之處在於勾勒出一幅「魑魅喜人過」的浮華世相[14]。那些市井之輩，諸如財大氣粗的花花太歲，鄙吝猥瑣的錢虜，搖唇鼓舌的篾片，橫眉立目的痞棍，無不窮形極相。此等筆墨，無疑下開譴責小說一派。所以邱煒萲嘖嘖稱奇：「見其滿紙醜態，齷齪無聊，卻難為他彩筆才人，寫市兒俗事也。」（《菽園贅談》）

魏秀仁（一八一八—一八七三）[15]的《花月痕》是一部長篇自敘式抒情小說。作家將其一腔孤憤寄於楮墨，展現了一個潦倒名場、桀驁不馴的知識分子奮爭與失敗的心路歷程[16]。小說以韋痴珠與並州城中名妓劉秋痕的一段生死不渝的情緣為主幹。痴珠弱冠登科，嶄露頭角，有攬轡澄清之志，上疏主張激濁揚清，刷新政治，包括「大開海禁」、「廢科舉」等，頗有驚世駭俗之論（第四十六回），在近代小說中較早表現出變革思想。然而文章憎命達，十年湖海飄零，依舊青衫白袷。小說在一定程度上突破了才子佳人的窠臼，痴珠與秋痕一見傾心，並不僅僅是痴男怨女的憐才慕色，而是兩顆孤寂的心，兩個反虛偽、反奴性的靈魂的契合。小說較成功地刻畫了主人公痴珠的孤高狷介、睥睨塵俗的個性。至於秋痕，性格尤為剛烈。作家以沉痛的筆調寫出一個被侮辱、被損害的煙花女子對於「人」的尊嚴的渴求。為了擺脫被蹂躪玩弄的命運，她進行了慘烈的，或許可以說是悲壯的抗爭。另外一對有情人韓荷生和杜采秋，則是為比照、烘襯韋痴珠和劉秋痕而設，寄寓了作家對於人生榮枯的感慨。韓、杜二人，美如天機織錦，然而他們所缺少的就是那種同醜惡、虛偽冰炭不能相容的個性鋒芒。

符雪樵評《花月痕》說：「詞賦名家，卻非說部當行。其淋漓盡致處，亦是從詞賦中發泄出來，哀感頑豔。然而具此仙筆，足證情禪。」（《花月痕》附錄）準確地指出它採用了和歷來「說部」截然不同的藝術手法，以詞賦體而為說部，這是頗具創意的藝術嘗試。《花月痕》完全擺脫了說話人講故事的腔調，作家就是小說的抒情主人公，不再是旁觀的局外人，痴珠即作家，作家即痴珠。小說中沒有什麼複雜奇妙的故事情節，足以構成其創作特色的就是作家主體精神的張揚，充溢其中的是作家靈臺深處、烈烈如熾的表現自我的創作衝動。它近則直承《紅樓夢》的詩意蔥蘢的氣韻，遠則遙接中國古典詩詞主觀的、抒情的藝術傳統，這無疑是對固有小說敘事模式的挑戰。風氣所及，下開鴛鴦蝴蝶派之言情小說，與蘇曼殊《斷鴻零雁記》乃至「五四」時代郁達夫的自敘傳式小說也未嘗沒有相通之處。

韓邦慶（一八五六—一八九四）[17]的《海上花列傳》，是一部反映社會人生底層的力作[18]。作家以平淡自然的寫實手法，刻畫上海十里洋場光怪陸離的世相，筆鋒集中於妓院這一罪惡淵藪，煙花北里成爲透視銅臭熏天、人欲橫流的浮華世界的萬花筒。小說以細分毫芒的筆觸描摹各種冶遊場景：從長三書寓、么二堂子直到臺基、花煙間等下等妓寮，摹盡燈紅酒綠間幢幢往來的煙花女子群相，她們或潑悍，或柔順，或矜持，或猥瑣，或奸譎，或痴憨。而徜徉花國者，則上自達官顯貴、縉紳名流、文人墨客、富商巨賈，下至幕僚胥吏、掮客篾片，以至駔儈販夫各色人等。舉凡官場酬酢，賄請關說，生意捭闔，文酒遣興，俱在這鶯聲燕語、釵橫釧飛的花酒碰和中進行，諸般世相，紛呈於前。如果說《品花寶鑑》是北方京華都市風情長卷，那麼《海上花列傳》便是南方半殖民地化畸形繁榮的都市風情長卷。

《海上花列傳》既非抉發黑幕的謗書，亦非勸善懲惡之作，它體現了一種對於人的生存處境的悲憫，深得人的文學之眞諦。作家只是按照生活的本來面目，寫出了欲海狂瀾中人的異化和沉淪。小說全然擺脫了中國傳統的那種理想化的、美善合一的敘事謀略，還原了滾滾紅塵中蠕蠕而動的生命本色。書中人物彷彿在一張巨大的、無形的罪惡之網中掙扎，他們非善非惡，或曰亦善亦惡。即如黃翠鳳之深心周密，串通老鴇一次訛詐羅子富五千元，堪稱「辣手」；然而她也有一部血淚史，觀其吞服鴉片以反抗老鴇肆虐，以及贖身出門之際，遍身縞素爲早逝的爹娘補穿重孝，其情亦復可憫。又如沈小紅之撒潑放刁，拳翻張蕙貞，口齧王蓮生，堪稱「淫凶」；然而，觀其以一個上海灘上數一數二的紅倌人，終於落得人老珠黃，滿面煙色，亦自傷心慘目。尤其引人注目的是作家對於人性弱點的犀利解剖。小說主人公趙樸齋本是一個未見過世面的農村青年，一進上海灘便禁受不住花花世界的誘惑，一頭栽進黑甜鄉中。爲了一嘗色界禁果，不惜當盡賣光，以至淪爲東洋車夫，仍痴迷不悟。及至妹子淪落爲娼，他當了妓院大班，非但不以爲恥，反而趾高氣揚，衣履光鮮，儼然闊少款式，並且很快就找準了自己的「位置」，幹起諂富驕貧、偷雞摸狗的苟賤營生。其人其事，可鄙可噦，亦復可悲可憫。在他身上，人的理性和尊嚴喪失殆盡，只剩下了「食色，性也」的本能衝動。趙二寶，一個清白而且幹練的少女，同樣禁受不住物慾、色慾的誘惑，只憑施瑞生的溫存軟款，加上一瓶香水、一件花邊雲滾的時裝，就心甘情願地將自己的靈與肉全部抵押給了紙醉金迷的上海。

《海上花列傳》體現了作家自覺的藝術追求，這一追求在十則例言中昇華爲理論概括。作家最爲自詡的是小說的結構藝術：「唯穿插藏閃之法，則爲從來說部所未有。」所謂「穿插」之法，即指幾組故事平行發展，穿插映帶，首尾呼應，構成脈絡貫通、立體交叉的整體布局；所謂「藏閃」之法，即指藏頭露尾的綿密筆法，「正面文章如是如是，尙有一半反面文章藏在字句之間，令人意會。」人物性格的刻畫塑造，以白描傳神見功力，作家概括爲「無雷同」、「無矛盾」、「無掛漏」。小說筆致細膩，人物富有個性丰采，諸如陸秀寶的放蕩，楊媛媛的詭譎，姚文君的颯爽，衛霞仙的鋒利，周雙玉的任性驕盈，張蕙貞的水性楊花，人各一面。《海上花列傳》又是吳語小說的開山之作，人物對話純用蘇白。所有那些酒筵酬酢，鬢邊絮語，乃至相調相侃，相譏相詈，無不聲口妙肖，充分顯示了吳儂軟語的魅力，成爲一部具有濃郁的地域文化色彩的作品。

其他人情世態小說尙有《風月夢》、《青樓夢》、《三分夢全傳》、《繪芳錄》等。

綜觀近代前期人情世態小說的人文蘊涵與美學風貌，第一，從才子佳人的綺思麗想走向市井闤闠。小說所展示的是濃汁厚味的市井風情，大體形成了京海分流的格局。第二，作家主體精神的張揚。一些強烈表現自我，帶有濃郁的主觀抒情色彩的作品問世，更加突出作家的創作個性與獨特的藝術風格。第三，文化意識的升浮。淡化故事情節，筆觸多及人文景觀，諸如風土人情、文化氛圍、藝術時尚等，小說非情節化的過程已悄然發軔。第四，追求平淡自然的小說美學風貌。世情小說發展至於《海上花列傳》，可謂掃盡鉛華，既無才子，亦無佳人，有的只是渾渾噩噩的芸芸眾生，體現了超前的小說審美意識。

第三節　近代小說變革的徵兆

・帶有前瞻性的小說嬗變　・《蜃樓志》　・《蘭花夢奇傳》　・《何典》

近代前期，中國小說的發展已經呈現若干變革的徵兆。文人創作的世情小說，其價值取向、審美方式、文化底蘊、話語形態，都出現了與傳統的疏離、悖逆的跡象。除了上述幾部人們耳熟能詳的作品，其他一些較少受到關注的作品，諸如《蜃樓志》所透露的「人欲的釋放」的信息，《蘭花夢奇傳》對於深潛層次性愛心理的透視，《何典》所具有的反傳統的叛逆姿態等，都帶有一定的前瞻性。只是由於其後「小說界革命」的勃興，覺世新民的浪潮橫決神州大地，近代前期小說本體的變化反而湮沒不彰。

庾嶺勞人所著的《蜃樓志》[19]，是中國第一部以洋行買辦商人爲主人公的小說，提供了海禁初開時期，廣東地方政治、經濟、世俗、民情的斑斕畫卷，帶有鮮明的時代特徵與地域色彩。此書帶有東風第一枝的報春花似的前瞻性，它將前所未有的文學形象——新興的豪門巨富，推上歷史舞臺。小說主人公蘇吉士已然不是「蟾宮折桂客」，亦非「修齊治平」的志士仁人，而是擁有巨額財富的買辦商人，超前地表現了「人欲的釋放」這一時代狂飆的崛起。

小說提供了一個陌生的、新的文化語境，人們從《蜃樓志》中第一次領略了通商口岸、濱海城市的富庶風光，外舶紛來，內商雲集，五彩繽紛的舶來品的巨大誘惑令人暈眩，金錢傲然地睥睨一切，主宰沉浮。書中刻意摹寫珠光寶氣、奢靡淫逸的洋商世家，財源滾滾，花邊番錢，整屋堆砌，籮裝袋綑；構築別業，錦天繡地，富麗堂皇；固然是萬人所羨，卻也未嘗不是千夫所指。小說相當準確地反映了中國第一代買辦商人的歷史命運，他們不得不面對雙重的挑戰：一是官府的敲詐勒索，一是暴民的洗劫。

小說情節主要圍繞洋商與粵海關的矛盾展開。粵海關成爲官吏貪黷的罪惡淵藪，小說對粵海關的黑暗腐敗做了相當生動酣恣的描繪和揭露，在中國小說史上實屬僅見。粵海關自其開設之始，就成爲勳舊子弟首先染指的禁臠。生殺予奪的權柄加上進出口貿易巨額利潤的刺激，導致了慾望的瘋狂。書中成功地刻畫了一個貪蠹驕淫的粵海關監督赫廣大的形象，查抄他的家產的那份清單，竟然可以與抄沒和珅的清單相比擬。

《蜃樓志》是一部帶有社會風俗畫卷性質的作品，以精工細膩的筆觸勾勒出了粵海之濱的浮華世相，一面是膏粱紈袴，酒色財氣，渙渙泱泱；一面是風聲鶴唳，官逼民反，盜匪橫行。封疆大吏、府縣佐雜、閨中兒女、幫閑篾片，乃至花舫船娘、廣東爛仔，或則草莽英雄、凶僧巨寇……各色人物一一點染其中，錯落有致。而小說藝術描寫的中心，則是豪門公子蘇吉士。

吉士乃是一個不喜詩書、唯耽女色、風流倜儻、慷慨揮霍的洋商子弟，頗有一些異端色彩，對他來說，玉堂金馬、青史留名之類的人生價值取向，都已過時陳腐。這一藝術形象明顯地表露了對物慾、色慾的崇拜和張揚——占有金錢和女人，乃爲強者。他是作家按照自己的價值體系和審美意向塑造出來的「當代英雄」。這一形象的出現，昭示了千百年來中國傳統的人生價值天平的嚴重傾斜。小說以濃墨重彩刻畫吉士的輕財好客，揮金似土，拔人於困厄之中。它的價值取向是十分明確的：有了金錢，方可樂善好施；有了金錢，方可扶危濟困；有了金錢，方足以爲「當代英雄」。至於色慾，作家無疑採取放縱乃至欣賞的態度。這部小說可以說是言「慾」而不言「情」的，蘇吉士幾乎就是《紅樓夢》所指斥的「皮膚濫淫」之輩，「有女懷春，吉士誘之」就是他的命名由來。小說用了很多篇幅繪聲繪色地摹寫少男少女情竇初開、蝶恣蜂狂的性愛意識的覺醒，恣意品嘗著偷嘗禁果的魂消魄蕩。小說刻意將蘇吉士寫成一個在金錢和女人之間縱橫馳騁、無往而不勝的強者，超前地體現了資本主義上升時期對於金錢魅力和剽悍生命的禮讚。它的人生價值取向未必是美的，也未必是善的，卻是屬於未來的。這樣一部小說，無疑是透露了近代變革的徵兆。

吟梅山人撰的《蘭花夢奇傳》⑳，是一部頗爲別出心裁的作品。它講述了一個大團圓之後——亦即有情人終成眷屬之後的悲劇故事。一樁皇帝賜婚的美滿姻緣，仙郎玉女，人人歆羨，不意婚後僅及半載，遽爾玉碎珠沉。

中國古代有多少小說、戲曲寫到奉旨成婚大團圓而止，成爲陳陳相因的固定程式，以滿足人們永遠不知饜足的、追求圓滿的審美心理需求。而《蘭花夢奇傳》則從新的視角，直面眞實慘澹的人生，透視了那些烈火烹油、鮮花著錦的美滿姻緣中所蘊涵的裂變和危機。這種人世間重複了千番萬遍的悲劇，從來就不在小說家的視野之內。《蘭花夢奇傳》的作者則以「睜了眼睛看」的勇氣，打開了「大團圓之後如何」這樣一個小說盲點，寫成一個焚琴煮鶴的殘酷故事。

小說所寫並非一二小人撥弄其間，或則封建家長壓制迫害之類，悲劇的苦果是由男女主人公自身的性格弱點釀就。小說引人矚目的是：對於深潛層次性愛心理的透視，主人公不再是理想化、程式化的才子佳人，而是充滿七情六欲、痴頑貪嗔等本性弱點的人。寶珠本是一個花木蘭式的奇女子，文卿對於寶珠愛之若狂，婚前苦苦追求，寶珠死後，他亦痛悼追悔不已；然而，他卻於婚後對待寶珠暴戾非常，肆意作踐。這是才子佳人小說中很少出現過的一種天使與魔鬼雜糅的性格類型。小說唯妙唯肖地寫出在他「持重如金，溫潤如玉」的外表下，情慾的暴漲洶湧以及性情的狂躁乖張。這位翩翩佳公子具有強烈的夫權思想，內心對寶珠懷著深深的嫉妒：他的世襲爵位是寶珠掙來的，他的聰明才智也遜於寶珠，加之寶珠又得到了上自天子、下至公卿的眷愛，這一切都使他感受到了深重的挫傷。好色、強烈的占有欲與逆反心理交織煎熬，使他成爲肆虐狂。他對寶珠動輒厲聲呵斥：「我知道妳是個大經略，出將入相，但是在我面前，少要使架子！」其實，這也正是他的隱痛，深藏於潛意識中的、不可明言，連自己也不敢正視的隱痛。他，一個堂堂的男子漢大丈夫，卻不曾出將入相，逞過大經略的威風，反倒不若一個區區小女子，是可忍，孰不可忍？因此，他要對寶珠君臨之、睥睨之、褻狎之，以滿足他那暴烈的情慾和男子漢的自尊。小說將那種色情狂加大男子主義的變態性愛心理刻畫得淋漓盡致。他以對寶珠的狎戲，來平復內心的挫傷感，證明自己居高臨下的存在。而寶珠則是爲情所困，對於夫權的皈依心理混雜著情慾愛戀，使她作繭自縛，如膏自煎，落得蕙折蘭摧的悲慘下場。寶珠與文卿的性格衝突，頗有一些近代性心理學的味道。悲劇審美意識的升浮以及超政治、超功利、超倫理的對人性的犀利解剖，透露了小說本體變革的訊息。

張南莊所撰的《何典》[21]，以玩世不恭、褻瀆神明的叛逆姿態而令人矚目。中國源遠流長的志怪小說發展至《何典》，成爲一部荒誕的諷世小說。它以尖刁促狹之筆，寫滑稽風趣之文，方言俚語，極土極村，噴蛆搗鬼，遊戲三昧，直可謂是野狐禪，中國人見所未見，倒是頗有一些類乎西方現代派的黑色幽默。卷首題詞：「不會談天說地，不喜咬文嚼字，一味臭噴蛆，且向人前搗鬼。放屁放屁，眞正豈有此理！」足見作家遊戲人間的創作態度。小說以反權威、反高雅、反美學的標格橫空出世，睥睨悠悠人口，它褻瀆了神聖不可侵犯的綱常名教，也褻瀆了高華典雅的藝術殿堂。

《何典》寫的是人生的彼岸——冥世，原來也是甚荒唐，依舊難逃「花面逢迎，世情如鬼」的夢魘。以荒誕手法寫悖謬人生——人已異化，人已成爲非人，便是此書的眞正底蘊。魯迅對於此書饒有興味，稱其「談鬼物正像人間，用新典一如古典。」（劉半農校點本《何典》魯迅〈題記〉）劉半農也讚許說：「綜觀全書，無一句不是荒荒唐唐亂說鬼；卻又無一句不是痛痛切切說人情世故。」（〈重印《何典》序〉）書中鬼影幢幢，光怪陸離，自森羅殿至三家村，這幅朝野昏昏的魑魅魍魎圖，實爲封建衰世的絕妙寫照。小說提供的是一個人人都已變形的異化世界。所以《何典》成了一部中國的「變形記」。晚清的譴責小說，正與《何典》一脈相承。

這樣一部滿紙荒唐言的作品，實際上深刻地反映了封建衰世人們的心理危機，對於自己所生存的現實世界充滿了荒誕感、悖謬感。皈依膜拜的精神偶像已經崩塌，一切對於「清正廉明」的期待都已幻滅，既無力挽狂瀾的志士宏圖，亦無回天乏術的仁者深悲，這些似乎也都已變得滑稽可笑，人們只是覺得被一群惡鬼和餓狗包圍得透不過氣來而已。

進而言之，批判現實、暴露黑暗，實不足以道盡《何典》之妙諦。從氣韻而言，《何典》與其後的譴責小說可以說是迥非同調。晚清譴責小說的作者，雖然對於自己置身的這樣一個「非人的世界」已經洞若觀火，但是仍有一份憤世嫉俗而又悲天憫人的神聖情感，換句話說，仍然有執，猶存「救世」或者「覺民」之希冀。比較起來，《何典》作者恐怕更多一些離經叛道的稟賦，面對人類無可救藥的墮落，他投出的是褻瀆，是調侃，是揶揄，達到無執之境。褻瀆一切神聖不可侵犯的事物，撕破一切人生莊嚴的面具，這才是《何典》作者特立獨行的精神風範。因此他肆無忌憚地運用戲謔筆調，別創滑稽幽默的小說美學風範。

即使世俗人們心目中那些神聖、高雅、美妙的東西，在小說裡也都一塌糊塗，直堪噴飯。試觀人們頂禮膜拜的神明主宰——五臟廟中的神道，「緋紅著一個狗獾面孔」，瞧這模樣，法相莊嚴掃地盡矣；那位「蟹殼裡仙人」，「兩隻胡椒眼，一嘴仙人黃牙鬚」，憑此尊容，仙風道骨掃地盡矣；再看郎才女貌的風流韻事，「臭花娘紅著鬼臉，不好意思」，這未嘗不是對才子佳人小說的調侃，至此，風花雪月亦掃地盡矣。小說以「謔而虐矣」的筆墨，消釋了價值，踐踏了高雅，泯滅了美善，簡直到了掃空萬象之境。這無疑是對中國小說審美意識中根柢蒂固的忠奸、善惡、美醜二元對立的傳統思維模式的挑戰。

至於《何典》那精靈古怪的語言，可謂獨一無二。它以不登大雅之堂的油腔滑調、鳥話村言踐踏了清通雅馴的語言規範，足以令人瞠目結舌。所謂「全憑插科打諢，用不著子曰詩云」（作者〈自序〉），妙語連珠，足堪解頤。可以說，《何典》在顛覆一切神聖不可侵犯的權威、偶像的同時，也顛覆了傳統的小說敘事話語，竟於荒傖媟嫚中釀出汁味，描出神理。

在中國古代小說的傳統範式中，《何典》是一部徹頭徹尾、徹裡徹外的異端之作。

上述這些作品在其成書以及刊行之際，都不曾產生過很大的反響。因為它們都超越了自己的時代，故而也不為自己的時代所理解。有些作品，如《何典》是到了「五四」新文學運動前後，方才得到人們的重視和珍愛。然而，從中國文化心態的變遷和小說審美意識的嬗遞來看，它們都留下了拓荒者的足跡。它們的破壁而出，雖非什麼「經國之大業，不朽之盛事」，然而就文學本體的變革而言，卻也未嘗不是石破天驚。

第四節　近代前期的戲曲

- 傳奇雜劇繼續衰落與嬗變中的作家與作品
- 地方戲的發展與京劇的興盛
- 京劇的代表劇目及其成就
- 彈詞寶卷

近代前期是中國戲曲發生重要變化的階段。雅部崑腔已然衰微，花部則蓬勃發展，並形成了全國性的大型劇種京戲，最終取代了崑腔的劇壇盟主地位。

嘉、道以降，作為崑曲劇本的傳奇雜劇呈現重曲輕戲的傾向[22]，向案頭文學發展。鴉片戰爭前後的民族危機也影響了作家的創作心態，一部分作家衝破風花旖旎之積習，文壇上出現傷時憂世的沉烈悲涼之音。這一時期比較重要的作家作品有：黃燮清《倚晴樓七種曲》、楊恩壽《坦園六種曲》、陳烺《玉獅堂十種曲》、劉清韻《小蓬萊仙館傳奇十種》等。其中表彰奇女子節烈的，如黃燮清《桃溪雪》中的吳絳雪，為救永康百姓甘以身殉；范元亨《空山夢》中的容逑斬斷情絲應詔和親以紓國難；徐鄂《梨花雪》中的黃婉梨抗暴殪仇自殉。寫對時局的憂慮的，如黃燮清《居官鑑》慨歎「國病難醫」，痛斥吏治腐敗，樹立抗擊侵略的愛國廉吏王文錫的正面形象；李文瀚《銀漢槎》以河災海患隱喻內憂外患，借張騫泛槎探尋河源的神話故事寄寓尋求救國之路的思考；鍾祖芬《招隱居》以寓莊於諧的手法揭露鴉片毒害。摹寫世態人情的，如楊恩壽《再來人》寫老儒窮途潦倒，揭露科舉制度弊端；劉清韻《炎涼券》寫世態炎涼；《千秋淚》寫知識分子的坎坷遭際和不平之鳴。關注婦女命運的，如許善長《瘞雲岩》、劉伯友《花裡鐘》，都是暴露娼妓制度對婦女的摧殘。這一時期，傳奇雜劇在形式上也有突破曲律的，如《空山夢》不署宮調曲牌，採用自由的長短句。

北京是戲曲的中心，花部亂彈諸腔與雅部崑腔鬥奇爭勝。在京（弋）腔、秦腔相繼盛極一時之後，以安徽的徽調與湖北的漢調（當時叫楚調）爲代表的皮簧腔崛起，從一七九〇年徽班進京到一八三〇年前後大批漢戲演員陸續進京，在北京劇壇形成了徽、漢合流的局面，使皮簧聲腔得到突飛猛進的發展。又經過二十年左右的融合，兼收崑曲、梆子諸腔之長，並融入北京字音，在道光末期形成了一個新的皮簧聲腔劇種——京劇。京劇的聲腔、演技、劇目，更多地源於漢戲，角色陣容以生爲主，一變崑、京（弋）、秦、徽班以旦爲主的局面（如秦腔之魏長生、徽班之高朗亭）。早期京劇前三傑程長庚、余三勝、張二奎，都是老生演員。程長庚，徽班演員，有崑曲功底，又曾向漢調演員米應先學習關羽戲，熔徽、漢兩調及崑腔於一爐，對京劇的形成和發展作出了卓越的貢獻。他從道光至光緒初年，長期爲四大徽班之一的三慶班的班主和臺柱，並曾兼任「精忠會」會首，有「徽班領袖，京劇鼻祖」之稱。他的嗓音高寬宏亮，演唱聲情並茂，擅長飾演忠勇剛毅的豪傑之士，形成高亢激昂、慷慨淋漓的演唱特色。余三勝，漢調老生，道光初搭徽班進京，爲四大徽班之一的春臺班的臺柱。他的嗓音醇厚，聲調優美，以擅唱「花腔」而著稱，在徽、漢兩調的基礎上，吸收崑曲、梆子等特點，創造出旋律豐富的唱腔，抑揚婉轉，流暢動聽。據稱，京劇中的二簧反調，如《李陵碑》、《朱痕記》、《烏盆記》的反二簧唱腔，均爲余三勝在漢戲基礎上創制而成。張二奎是四大徽班之一的四喜班的頭牌老生。他用北京字音來唱徽、漢兩調的西皮二簧，創造了「奎派」，或稱「京派」，在當時是一種革新，被視爲正統京劇的開端。至於老生後三傑的譚鑫培、孫菊仙、汪桂芬，他們是京劇成熟時期的代表性演員。後三傑都師法程長庚。譚鑫培爲其義子，孫菊仙爲其弟子，汪桂芬爲其琴師。譚鑫培出身梨園世家，入三慶班，受到程長庚的器重，稱「我死後，子必獨步」（穆辰公《伶史》）。他雖列程門，唱腔實宗余（三勝）派，綜合前三傑老生表演藝術的菁華，並結合自身條件，在博採眾長的同時，進行了突破性的創新，形成了京劇史上傳人最多、影響最大的老生流派——譚派。在唱腔上避開傳統的追求實大聲宏的唱法，而用「雲遮月」的嗓音，以聲調悠揚婉轉、長於抒情取勝，創立了圓潤柔美、巧俏多變的新風格，韻味悠長。譚派劇目十分寬泛，他主要在整理和改革傳統劇目上下工夫，經他整理加工的戲，藝術品質大爲提高，刪繁就簡，精練緊湊，從此成爲規範而使後人傳承。他的藝術造詣，到晚年已達爐火純青的境界，成爲京劇老生表演藝術的一代宗師。京劇形成至於成熟的過程中，每個行當都湧現了一批優秀演員。如老生行王九齡、盧勝奎，武生行楊月樓、俞菊笙、黃月山，旦行梅巧玲、余紫雲、時小福、陳德霖、王瑤卿，小生行龍德雲、徐小香、德珺如，老旦行龔雲甫，淨行金秀山，丑行劉趕三等。王瑤卿是京劇花衫行當的創始人，他把青衣、花旦、刀馬旦的表演特色都熔爲一爐，創作出一種唱、唸、做、打並重的旦行——花衫，這就大大豐富了旦行的表演藝術，促進了旦角與生角並駕齊驅的發展，成爲京劇史上承先啓後的重要人物。他善創新腔，做功身段皆有獨到之處，一生從藝、授藝六十年，門牆桃李無數，曾爲眾多京劇演員設計唱腔和表演，四大名旦梅蘭芳、程硯秋、荀慧生、尚小雲皆出其門下。

京劇確立了規範化的板式音樂體系。我國的戲曲音樂在歷史上形成了兩種不同的結構體系：曲牌聯套結構和板式變化結構。古典戲曲從雜劇、南戲，直到崑腔、弋陽腔，都是採用曲牌聯套結構，按照宮調將多首曲牌連綴成爲一套一套的組曲。及至梆子、皮簧興起，創造了以板式變化爲主的板腔體，就是以一種曲調爲基礎，運用各種板式（節拍形式）的變化，將這一基本曲調作種種不同的變奏以構成唱腔。板腔體與曲牌體不同：一，曲牌體是長短句，板腔體是七字句或十字句。二，曲牌體以一支支完整的曲牌爲基本結構單位，有一定的句數、字數、平仄、用韻的限制；板腔體則以一對上下句爲基本結構單位，自由靈活，長可達數十對，短可只有一對。三，曲牌體無「過門」，板腔體「過門」則是器樂伴奏的重要部分。板腔體始由梆子、皮簧發展，後由京戲集其大成，使我國的戲曲音樂發展到了一個新階段。板腔體的曲文大都質樸、通俗、本色，不同於傳奇雜劇曲文的典雅華美，這導致了戲劇審美意識由重曲到重戲的變化，以角色的唱唸做打的舞臺表演藝術爲主，從而與古典式的傳奇雜劇分道揚鑣。

京劇擁有十分豐富的劇目，遠則淵源於元人雜劇、南戲、明清傳奇雜劇；近則直承徽、漢、崑、梆諸腔的劇目，並經過加工整理，增刪潤飾；也有一些改編自宮廷大戲、彈詞評書、長篇說部。其中一些成爲京劇傳統劇目，歷時不衰。《四進士》本爲漢劇劇目，一名《節義廉明》，是一齣情節曲折的公案戲，揭露吏治腐敗。一個被革刑房書吏宋士傑，爲受害民婦楊素貞越衙鳴冤告狀，終將那些賄請關說、貪贓枉法的官吏告倒。全劇結構洗練緊湊，突出了宋士傑剛腸嫉惡、慣喜打抱不平的豪爽個性。京劇流行劇目很多，如三國劇目的《擊鼓罵曹》、《群英會》、《定軍山》、《空城計》等，水滸劇目《挑簾裁衣》、《坐樓殺惜》等，東周列國劇目《文昭關》、《搜孤救孤》等，隋唐劇目《當鐧賣馬》、《羅成叫關》等，楊家將劇目《探母》、《碰碑》等，包公案劇目《烏盆記》等，施公案劇目《惡虎村》、《連環套》等，源於話本小說的劇目《玉堂春》、《鴻鸞禧》等。不少劇目經過幾代藝人的琢磨，達到技藝精湛的水準。

說唱文學以蘇州彈詞最爲興盛，名家馬如飛擅唱《珍珠塔》，時稱馬調；俞秀山擅唱《倭袍》，時稱俞調，馬、俞成爲蘇州彈詞兩大流派。女彈詞作家人才輩出，梁德繩續作陳端生《再生緣》第六十九至第八十回，足成全璧。邱心如撰《筆生花》彈詞，程惠英撰《鳳雙飛》彈詞，各有特色。而李桂玉撰《榴花夢》，則是篇幅最長的彈詞巨作。

注釋

❶ 俠義、公案小說原為兩種類型。俠義小說可追溯到《史記》的《刺客列傳》、《遊俠列傳》中的一些記事，至明代《水滸傳》達到極致。公案小說可追溯到唐代張鷟的《朝野僉載》、康駢的《劇談錄》等筆記中的一些故事：宋元話本、明代筆記小說都有公案類作品。近代前期，二者合流，出現了大量的俠義公案小說。

❷ 《三俠五義》現有的三種版本系列，顯示了此書的演進變化歷程。一，最早的是石玉崑的說唱鼓詞抄本《三俠五義》（亦名《包公案》、《龍圖公案》），係唱本，以唱詞為主，間插說白。文字比較粗糙樸拙，保留著民間說唱的原始形態。二，《龍圖耳錄》。孫楷第《中國通俗小說書目》言「此書乃聽《龍圖公案》時筆受之本……故曰《龍圖耳錄》」。《三俠五義》從唱本發展為長篇章回小說，此本實為關鍵。三，今通行本《三俠五義》。初刻於光緒五年（一八七九），題署《忠烈俠義傳》。它實為《龍圖耳錄》的刪節本。光緒十五年（一八八九）俞樾「援據史傳，訂正俗說」，修訂《三俠五義》，刪去第一回狸貓換太子的情節，又據書中實際所寫俠義人數，改書名為《七俠五義》。

❸ 石玉崑，字振之，天津人。魯迅《中國小說史略》第二十七篇稱「石玉崑殆亦咸豐時說話人」；孫楷第《中國通俗小說書目》謂石玉崑「咸同間鬻伎京師」，均未確。據吳英華、吳紹英〈有關《三俠五義》作者的一首可貴的詩〉（《天津日報》一九六一年八月二十九日）和阿英〈關於石玉崑〉（《小說二談》）考證，石玉崑的活動年代主要是在道光時期。

❹ 關於包拯，《宋史》本傳稱其「立朝剛毅，貴戚宦官為之斂手」。元雜劇中的包公戲現存有《盆兒鬼》、《陳州糶米》等十二種。明代後期有雜記體小說《包公案》（亦名《龍圖公案》），包羅百件訟案。此外，明清戲曲小說中，《袁文正還魂記》、《萬花樓楊包狄演義》等，其情節、關目均為《三俠五義》所本。

❺ 文康之五世祖溫達、曾祖溫福，都曾任尚書、大學士：祖父勒保，封一等威勤侯，晚年入閣，任軍機大臣，武英殿大學士。父輩英惠亦為顯宦。

❻ 見光緒三十四年（一九〇八）《欽定理藩院則例·官銜》、光緒二十一年（一八九五）重修《天津府志》卷一二、光緒三年

（一八七七）纂《安徽通志》卷一三四。

❼文康的堂兄弟文慶，很可能就是《兒女英雄傳》中安驥的原型，他的仕履與安驥吻合，進士出身，由翰林青雲直上，直至入閣拜相。

❽周作人比較《紅樓夢》與《兒女英雄傳》說：「《紅樓夢》雖是清朝的書，但大觀園中有如桃源似的，時代的空氣很是稀薄，起居服飾寫得極為朦朧，始終似在錦繡的戲臺布景中；《兒女英雄傳》則相反的表現得很是明瞭。前清科舉考試的情形，世家家庭間的禮節詞令，有詳細的描寫，也是一種難得的特色。」（《知堂回想錄》，香港三育圖書有限公司一九八〇年版，第六六三頁）

❾解弢《小說話》：「歐美小說，作者時與閱者作趣語，如演劇之丑角與臺下打諢然。吾國無斯習，有之，惟《兒女英雄傳》。」（中華書局一九一九年版，第二〇頁）

❿俞萬春，字仲華，號忽來道人、黃牛道人，浙江山陰（今紹興）人。其父長期在湘、粵諸省任地方官，曾多次參與鎮壓和瓦解黎、瑤族及漢民起義。俞萬春自弱冠隨父於任所，參與戎機，對於封建統治者慣用的綏靖方略了然於胸。《蕩寇志》草創於道光六年（一八二六），至道光二十七年（一八四七）告竣。三易其稿，首尾歷時二十二年，俞萬春未遑修飾而歿，後由其子龍光於咸豐元年（一八五一）修潤定稿。咸豐三年（一八五三）《蕩寇志》初刊於蘇州。古月老人撰序並易名為《結水滸傳》。

⓫《施公案》正集八卷九十七回，嘉慶二十五年（一八二〇）廈門文德堂刊本載有嘉慶戊午（三年，一七九八）序，可見嘉慶年間已經成書。其續書相距年代甚遠，初續一百回，刊於光緒十九年（一八九三），題《清烈傳》，到光緒二十九年（一九〇三）已達十續，演為五百二十八回的巨著。

⓬陳森，字少逸，號采玉山人，別署石函氏，毗陵（今江蘇常州）人。道光三年（一八二三）遊京師，及鄉試下第（當指道光五年的順天鄉試），窮愁無聊，排遣於歌樓舞榭間，品題梨園人物，於是乃有《品花寶鑑》之作。兩月間得十五卷。道光六年（一八二六）應粵西太守聘入粵，書乃擱置，直到八年後由粵返都，於舟行途中，又續寫十五卷。至都，鄉試再度落第（當指道光十四年之順天鄉試），遂絕意功名，專心肆力於說部，由年底始，歷五閱月而得三十卷，前後共計六十回（見《品花寶鑑》石函氏自序），脫稿於道光十五年（一八三五），一直以手抄本流傳（見《郙羅延室筆記》）。十數年後，始由從未跟陳森謀面的幻中了幻居士校閱訂正，刊行面世。道光二十八年（一八四八）開雕，次年六月工竣。

⓭張際亮《金臺殘淚記》云：「本朝修明禮義，杜絕苟且。挾妓宿娼，皆垂例禁。」（《清代燕都梨園史料》，中國戲劇出版

社一九八八年版，第二五二頁）

⑭周作人評《品花寶鑑》說：「實在也是一部好的社會小說。書中除所寫主要的幾個人物過於修飾之外，其餘次要的也就是近乎下流的各色人等，卻都寫得不錯。有人曾說他寫得髒，不知那裡正是他的特色，那些人與事本來就是那麼髒的，要寫就只有那麼的不怕髒。」（《知堂回想錄》，第六六五頁）

⑮魏秀仁，字子安，福建侯官（今福州）人。道光二十六年（一八四六）中舉，此後蹭蹬科場，三上公車報罷，乃遊秦、蜀。同治元年（一八六二）返閩，主講南平道南書院，卒於院廨。《花月痕》寫於咸豐八年（一八五八）在太原知府保齡（眠琴）家坐館之際，見時事多危，而手無尺寸，言不見採，遂為稗官小說以自寫照。返閩後又進行補寫。今存光緒十四年（一八八八）閩雙笏廬原刻本，題《花月痕全書》，十六卷五十二回，署「眠鶴主人編次」，「棲霞居士評閱」。

⑯謝章鋌《賭棋山莊集・課餘續錄》卷一載：「《花月痕》者，乃子安花天月地沉酣醉夢中嬉笑怒罵而一泄其骯髒不平之氣者也。雖曰虞初之續，實為玩世之雄。」

⑰韓邦慶，字子雲，號太仙，別署大一山人，江蘇松江（今屬上海）人。資質聰慧，博雅能文，卻屢應鄉試不第，曾在河南其父執謝某衙署中做過幾年幕僚。後長期旅居上海，與《申報》主筆錢忻伯、何桂笙等人過從甚密，曾任《申報》撰著，所得筆墨之資，悉揮霍於花叢。顛公《懶窩隨筆》記載他居滬上，「與某校書最昵，常日匿居其妝閣中。興之所至，拾殘紙禿筆，一揮萬言，蓋是書（指《海上花列傳》）即屬稿於此時。」《海上花列傳》初刊於韓邦慶個人自編的刊物《海上奇書》，該刊光緒十八年（一八九二）二月創刊。全書六十四回的單行本，出版於光緒二十年（一八九四）正月，題署花也憐儂《海上花列傳》，並增序跋。以後出版了各種名目的縮印本，題署《繪圖青樓寶鑑》、《繪圖海上青樓奇緣》等。

⑱魯迅《中國小說史略》第二十六篇稱許《海上花列傳》「平淡而近自然」；胡適《海上花列傳・序》讚賞它「富有文學的風格與文學的藝術」。

⑲《蜃樓志》，二十四回，題「庾嶺勞人說」，「禺山老人編」，嘉慶九年（一八〇四）刻本。卷首有羅浮居士序，卷末署「虞山衛峻天刻」。

⑳《蘭花夢奇傳》，六十八回，光緒三十一年（一九〇五）上海文元閣書莊石印本。卷首煙波散人序中稱「吟梅山人撰《蘭花夢奇傳》」。其人生平不詳。本書刊行年代較晚，但是從小說的文化語境看，它的成書年代應該較早，仍屬於才子佳人小說一脈。嶽麓書社一九八五年版《蘭花夢奇傳》的〈前言〉中說：「小說當作於咸豐、光緒年間。」

㉑《何典》，十回，一名《第十一才子書》，又名《鬼話連篇錄》。題「過路人編定」，「纏夾二先生評」。「過路人」即本

書作者上海張南莊：「纏夾二先生」是茂苑（江蘇長洲縣，今屬蘇州市）陳得仁。卷首有太平客人序、作者自序；卷末有海上餐霞客跋。跋署「光緒戊寅（四年，一八七八）端午前一日」，上海申報館印行。

㉒吳梅《中國戲曲概論・清人傳奇》：「余嘗謂乾隆以上有戲有曲；嘉道之際，有曲無戲；咸同以後實無戲無曲矣。」（《吳梅戲曲論文集》，中國戲劇出版社一九八三年版，第一八五頁）

第三章　黃遵憲、梁啓超與近代後期詩文詞

從中日甲午戰爭（一八九四）前後到一九一九年「五四」運動爆發，是中國文學史的近代後期。這一時期的顯著特點是，登上政治舞臺的資產階級相繼發動了改良主義運動和民主革命運動，文學成爲資產階級改良派和革命派進行維新與革命鬥爭的武器，因此激起文學領域中的廣泛「革命」，湧現了以黃遵憲、梁啓超、柳亞子爲代表的一批作家。最引人注目的是「詩界革命」與「文界革命」取得的成果，使詩文創作面貌一新，將近代詩文的發展推向了高峰，並爲「五四」新文學革命準備了某些條件。

第一節　黃遵憲與「詩界革命」

・「詩界革命」與黃遵憲的新派詩　・厚重的歷史現實內容
・反映新學理、新事物與「吟到中華以外天」　・黃遵憲描寫藝術的拓展

近代後期由資產階級文化思想更新帶來的文學變革之一，是詩歌領域出現的「詩界革命」。鮮明提出「詩界革命」口號的是梁啓超❶，而早已反映出詩歌變革趨向並獲得創作成功，成爲「詩界革命」旗幟的則是黃遵憲。

黃遵憲（一八四八—一九〇五）❷早年即經歷動亂，關心現實，主張通今達變以「救時弊」（〈感懷〉其一）。從光緒三年（一八七七）到光緒二十年（一八九四），他以外交官身分先後到過日本、英國、美國、新加坡等地。經過親自接觸資產階級文明和考察日本明治維新成功的經驗，他明確樹立起「中國必變從西法」（《己亥雜詩》其四十七自注）的思想，並在新的文化思想激盪下，開始詩歌創作的新探索。他深感古典詩歌「自古至今，而其變極盡矣」，再繼爲難。但他深信「詩固無古今也」，「苟能即身之所遇，目之所見，耳之所聞，而筆之於詩，何必古人？我自有我之詩者在矣。」（〈與朗山論詩書〉）他沿著這條道路進行創造性的實踐，突破古詩的傳統天地，形成了足以自立、獨具特色的「新派詩」❸，被梁啓超譽爲「獨闢境界，卓然自立於二十世紀詩界中。」（《飲冰室詩話》三十二）成爲「詩界

革命」的巨匠和旗幟。

黃遵憲的詩「詩之外有事，詩之中有人」（《人境廬詩草・自序》），廣泛反映了詩人經歷的時代，具有深厚的歷史內容。反帝衛國、變法圖強是他詩歌的兩大重要主題。在反帝方面，從抵抗英法聯軍到庚子事變，他的詩都有鮮明反映。特別是關於中日戰爭，他寫下的〈悲平壤〉、〈哀旅順〉、〈哭威海〉、〈臺灣行〉、〈渡遼將軍歌〉等系列詩作，反帝衛國思想尤爲突出。詩人在這類主題的作品裡頌揚抗戰，抨擊投降，充滿愛國主義激情和深摯的憂國焦思。其中不少篇章，規模宏偉、形象生動，表現出詩歌大家的氣魄和功力。如〈馮將軍歌〉中寫道：「將軍一叱人馬驚，從而往者五千人。五千人馬排牆進，綿綿延延相擊應。轟雷巨砲欲發聲，既戟交胸刀在頸。敵軍披靡鼓聲死，萬頭竄竄紛如蟻。十盪十決無當前，一日橫馳三百里。」將中法戰爭中愛國將領馮子材鷙猛無前的英雄形象和馮軍排山倒海的氣勢，活現在紙上。

黃遵憲早在〈感懷〉、〈雜感〉、〈日本雜事詩〉等作品中即批判陳腐事物，讚賞派遣留學生和日本明治維新等新事物。後來他更以飽滿的熱情謳歌變法維新，期望能通過變革使中華民族重新崛起：「黃人捧日撐空起，要放光明照大千。」（〈贈梁任父同年〉）戊戌政變發生，他作〈感事〉、〈仰天〉等詩痛惜新政夭折，憂慮國家前途，百感交集，情思深摯：「忍言赤縣神州禍，更覺黃人捧日難。」（〈感事〉其八）但他沒有動搖自己的信念，《己亥雜詩》其四十七說：

> 滔滔海水日趨東，萬法從新要大同。後二十年言定驗，手書心史井函中。

這種堅信變舊趨新的歷史潮流不可扼抑的精神，貫穿在他的詩作中。

值得注意的是，處於新舊交替時代的黃遵憲的詩歌，較早地描寫了海外世界以及伴隨近代科學發展而湧現的新事物，拓寬了題材和反映生活的領域，寫出了古典詩歌所沒有的新內容。他的〈今別離〉四首分別吟詠在出現輪船、火車、電報、照相和已知東西兩半球晝夜相反的條件下，離別的新況味，別開生面，令人耳目一新。如其一：

> 別腸轉如輪，一刻既萬周。眼見雙輪馳，益增中心憂。古亦有山川，古亦有車舟。車舟載別離，行止猶自由。今日舟與車，並力生離愁。明知須臾景，不許稍綢繆。鐘聲一及時，頃刻不少留。雖有萬鈞柁，動如繞指

柔。豈無打頭風，亦不畏石尤。送者未及返，君在天盡頭。望影倏不見，煙波杳悠悠。去矣一何速，歸定留滯不？所願君歸時，快乘輕氣球！

其他如〈以蓮菊桃雜供一瓶作歌〉，「半取佛理，又參以西人植物學、化學、生理學諸說」（梁啓超《飲冰室詩話》四十），詩人將新學理融入詩意內涵以表現同種一家等人生理想和事物變化轉換之理，一新詩境，別饒興味。詩人在這首詩裡說「足遍五洲多異想」，他從一個封建國家踏進資本主義世界，事事物物都觸動他的詩心歌緒，把古人不曾接觸的海外世界反映到中國詩歌中來。〈八月十五夜太平洋舟中望月作歌〉以流美豪宕的筆墨，勾勒出太平洋上夜航獨有的情境。至如各國奇異的風光，如日本的櫻花（〈櫻花歌〉）、倫敦的大霧（〈倫敦大霧行〉）、巴黎的鐵塔（〈登巴黎鐵塔〉）、錫蘭島的臥佛（〈錫蘭島臥佛〉）等，無不收攝在詩人的筆下。海外詩篇也涉及外國民俗與時事政治。〈日本雜事詩〉從多方面反映了日本的歷史和社會生活。〈紀事〉詩富有風趣地描寫了美國總統大選時，共和、民主兩黨千方百計宣傳自己、激烈爭奪選民的情景，喜劇性的筆墨表現了詩人對其非盡公心的譏議態度。

黃遵憲言「風雅不亡由善作，光豐之後益矜奇」（〈酬曾重伯編修〉其二），因其深知詩歌的生命在於變化與創造。他的詩就是在廣泛吸取前人成就的基礎上，本著「善作」的精神，沿著「矜奇」的趨勢，推陳出新，加以創造，形成自己的獨特面目。首先，他的詩雖然常有一種前瞻追求的浪漫豪情，但更主要的方面是真切的寫實。他有不少鴻篇巨制，篇幅都超越古人，往往自成某一方面小史，如〈番客篇〉近於華僑南洋開發史，〈逐客篇〉堪稱赴美華工血淚史，〈拜曾祖母李太夫人墓〉不啻作者的家族史與童年生活史。他善於以細緻的筆墨敘事、狀物、寫景，鋪排場面，勾畫人物，既內容豐富，又形象生動。如〈渡遼將軍歌〉形象鮮明地刻畫出吳大澂這個人物。吳本是湖南巡撫，喜好金石，中日戰爭爆發，恰好購得一枚漢印，印文爲「渡遼將軍」，自以爲是封侯之兆，遂請纓出師。開篇寫其出征的盛氣：「聞雞夜半投袂起，檄告東人我來矣。此行領取萬戶侯，豈謂區區不余畀！」豪氣沖天。篇中寫其朝會諸將的場面：

……歲朝大會召諸將，銅爐銀燭圍紅氈。酒酣舉白再行酒，拔刀親割生彘肩。自言平生習槍法，煉目煉臂十五年。目光紫電閃不動，袒臂示客如鐵堅。淮河將帥巾幗耳，蕭娘呂姥殊可憐。看余上馬快殺賊，左盤右闢誰當前。鴨綠之江碧蹄館，坐令萬里銷烽煙。坐中黃曾大手筆，爲我勒碑銘燕然！

大言不慚之態，不可一世之概，活龍活現。然而「兩軍相接戰甫交，紛紛鳥散空營逃。」前之氣勢如虎，後之怯懦如鼠，在強烈的反差中有力地勾畫出其醜陋形象。其次，為了表現豐富的現實內容，作者比較注意吸取古人以文為詩的經驗，所謂「以單行之神運俳偶之體」，「用古文家伸縮離合之法以入詩」（《人境廬詩草・自序》）。但取其長而避其短，在篇章結構上，注意波瀾曲折，長而不板；敘寫上多用比興與描寫，減少抽象直陳；議論盡量精要，並安置於描寫之後，使之有水到渠成、畫龍點睛之妙。再次，作者廣泛採摘語言資料，「自群經三史，逮於周秦諸子之書，許鄭諸家之注，凡事名物名切於今者，皆採取而假借之。」（《人境廬詩草・自序》）同時又不排斥「流俗語」（〈雜感〉其二）。這使他的詩歌詞彙豐贍，富於表現力，典雅之中多生氣與變化。但他用典雅詞語過多，不免帶來艱奧晦澀的缺陷。黃遵憲的詩「以舊風格含新意境」，體現了由舊到新的過渡。

第二節 梁啓超與新文體

・思想界的陳涉　・資產階級文學革命的提倡者、鼓吹者　・別具魅力的新文體散文
・新體散文的歷史意義及其影響

資產階級文化思想催化的又一文學變革是「文界革命」。梁啓超（一八七三—一九二九）❹既是「文界革命」口號的提出者，又是新文體的成功創造者。他在戊戌前追隨康有為，大力宣傳變法維新思想；戊戌政變後，流亡國外，創辦《清議報》、《新民叢報》等，更加熱情地宣傳資產階級文化思想，致力於開通民智的「新民」工作，這都促使他立意使文學成為思想啓蒙的工具，因此他成為詩文小說戲曲革命的全面宣導者。而就其創作實績來說，貢獻最為突出、影響最為廣遠則在「文界革命」方面❺。他所創造的「新文體」散文，以比較通俗而富有煽動力的文字運載新思想，使他成為「新思想界之陳涉」（《清代學術概論》二十六）。他的這種「開文章之新體，激民氣之暗潮」（〈《清議報報》一百冊祝辭……〉）的文章也形成浩大的聲勢，震撼了當時的文壇。胡思敬說：「當《時務報》盛行，啓超名重一時」，「自通都大邑，下至僻壤窮陬，無不知有新會梁氏者。」（《戊戌履霜錄・黨人列傳》）這種略有變革，向通俗化方向演進的文體成為我國散文由文言向白話過渡的橋梁，在近代散文史上占有重要地位。

梁啓超自稱「夙不喜桐城派古文」，早年宗尚「晚漢魏晉，頗尚矜煉」，到了撰寫報章文字後，乃「自解放，務為平易暢達，時雜以俚語、韻語及外國語法，縱筆所至不檢束，學者競效之，號『新文體』。老輩則痛恨，詆為野狐。然

其文條理明晰，筆鋒常帶情感，對於讀者，別有一種魔力焉。」（《清代學術概論》二十五）大體說出了「新文體」的特點。他的〈少年中國說〉、〈過渡時代論〉、〈呵旁觀者文〉、〈說希望〉以及〈變法通議〉、〈自由書〉、〈新民說〉中的一些篇章都堪稱「新文體」的代表作。如〈說希望〉：

……故希望者，製造英雄之原料，而世界進化之導師也。……嗚呼，吾國其果絕望乎？則待死以外誠無他策。吾國其非絕望乎？則吾人之日月方長，吾人之心願正大。旭日方東，曙光熊熊，吾其叱吒羲輪，放大光明以赫耀寰中乎！河出伏流，狂濤怒吼，吾其乘風揚帆，破萬里浪以横絕五洲乎！穆王八駿，今方發軔，吾其揚鞭絕塵，駸駸與驊騮競進乎！四百餘州，河山重重，四億萬人，泱泱大風，任我飛躍，海闊天空。美哉前途，鬱鬱蔥蔥，誰為人豪？誰為國雄？我國民其有希望乎，其各立於所欲立之地，又安能鬱鬱以終也！

有如懸崖飛瀑，奔騰而下。讀之不禁令人升起希望之火，振起精神，奔赴而前。他的〈少年中國說〉以高度的愛國激情將少年之中國寄託於當時之少年，充滿對未來的信心與展望。〈呵旁觀者文〉把缺乏主人翁思想者的表現歸納爲混沌派、爲我派、嗚呼派、笑罵派、暴棄派、待時派六種，一一加以嚴厲批判，指出或「不知責任」，或「不行責任」，如此必無法使國家「立於世界生存競爭最劇最烈」的大舞臺，發人猛醒。〈過渡時代論〉指出中國正處於過渡時代，而過渡就是棄舊而立新，引導人們參與變革與建設現實的鬥爭。

梁啓超新文體散文的特點，首先是比傳統的古文語言通俗，條理明晰，所謂「平易暢達」。其次，廣泛融會多種多樣的藝術手段，不避俚語俗言，吸收外語語法，不分駢散與有韻無韻，詞彙豐富，句法靈活，音調鏗鏘，大大提高了散文的表現力。再次，自由大膽地抒寫己見，「縱筆所至不檢束」，思想新警動人。最後，筆鋒充滿感情，往往用鋪排與奔騰的筆墨加強文章的煽動力與感染力。梁啓超的新文體散文，以其思想之新穎、形式之通俗、藝術之富於魅力，影響幾乎整整一代人，也對「五四」文學革命有著影響。鄭振鐸說新文體文章「不再受已僵死的散文套式與格調的拘束」，是「五四」時期「文體改革的先導」（《梁任公先生傳》）。

第三節　近代後期散文

・近代後期散文概觀　・康有爲的政論文　・譚嗣同沖決羅網的筆鋒　・嚴復與林紓
・章炳麟的革命檄文

由於散文是宣傳新思想最有力的武器，近代後期散文在思想政治領域震動甚大，成爲文壇上的活躍角色。從文字深淺的角度來說，大體有三派：一，「新文體」派，以梁啓超爲代表。二，古文派，包括桐城餘勁嚴復、林紓和尊崇魏晉文的章炳麟，他們雖堅持古文格調，思想卻不再是封建的一套。三，白話文派，以全新的形式宣傳新思想。從文體說，三者有襲舊、革新之別；從思想說，則普遍趨新。其中白話文一派反映著散文變革的必然趨勢，但在當時還處於萌芽階段。白話文體也主要被視爲思想啓蒙的手段，很少有人從散文美學價值上認識它❻。古文派雖然還占有相當的勢力，畢竟已不能與時代潮流合拍。因此在文壇上最有震撼力的是「新文體」派。

新文體散文，梁啓超成績最爲輝煌。此外康有爲、譚嗣同都可以說是「新文體」散文的前導。康有爲（一八五八—一九二七）❼是資產階級改良主義運動的領袖人物，氣魄宏偉，識見深敏。其政論文往往放言高論，瑰偉恣肆。文體風貌上，析理深透，邏輯謹嚴，不拘駢散，明白曉暢，與新文體頗多相近之處，如〈上清帝第二書〉、〈上清帝第三書〉、〈上清帝第五書〉、〈上海強學會後序〉、〈應詔統籌全局疏〉、《日本書目志・序》等。〈上清帝第二書〉即著名的「公車上書」，以深刻的析理、貼切的比喻、充分的事證、鋪張的敘說，詳論「下詔鼓天下之氣，遷都定天下之本，練兵強天下之勢，變法成天下之治」的必要性，極富說服力和鼓動性。

譚嗣同（一八六五—一八九八）❽是改良派中的激進分子，文章思想大膽，筆墨潑辣。他的〈思緯氤氳臺短書・報貝元徵〉兩萬多字，暢論變法，抨擊各種陳腐舊制和守舊謬論，鋒芒逼人。其《仁學》一書，呼號沖決「俗學」、「君主」、「倫常」等一切羅網，是對君主專制、封建倫理及舊學的猛烈衝擊。如《仁學下・三十一》談君主的一段文字引朝鮮人語：「地球上不論何國，但讀宋明腐儒之書，而自命爲禮義之邦者，即是人間地獄。」作者指出朝鮮不像法國有民主思潮而有此說：「豈非君主之禍至於無可復加，非生人所能任受耶？」對君主之害的攻擊力度，不減於革命派。

嚴復和林紓都是思想上傾向於改良主義、文學上堅守桐城古文的人物，又都是近代著名的翻譯家。嚴復（一八五三—一九二一）❾翻譯了赫胥黎《天演論》、亞當・斯密《原富》等西方資產階級學術名著，按著「信、達、雅」的譯述標準，「即義定名」，所擬譯詞既善傳西學新概念的本義，又符合古文規範，毫無生硬杈椏之態，成爲他譯筆散文的重要特色。從甲午戰後到戊戌變法期間，在國家和民族危機的刺激下，嚴復寫下〈論世變之亟〉、〈原強〉、〈救亡決論〉、〈辟韓〉等一批政論文，揭示中國積貧積弱的根源，抨擊君主專制以及「無實」、「無用」的舊學之害，疾呼變法圖強，具有強烈的戰鬥性和深厚的愛國主義精神，代表了他的政論文的成就。如〈辟韓〉之批判君主制：

……秦以來之為君，正所謂大盜竊國者耳。國誰竊？轉相竊之於民而已。既已竊之矣，又惴惴然恐其主之或覺而復之也，於是其法與令蝟毛而起。質而論之，其什八九皆所以壞民之才，散民之力，漓民之德者也。斯民也，固斯天下之真主也，必弱而愚之，使其常不覺，常不足以有為，而後吾可以長保所竊而永世。

一針見血，擊中要害，君主專制制度的反動本質及其爲愚民弱國之源，揭露無遺。他還常將中西對比起來講，如〈論世變之亟〉中以兩兩相對的語句列述中西之異，增強了文章的明晰性與說服力。

林紓（一八五二—一九二四）⑩曾翻譯大量外國文學作品。他不懂外文，由通外文者口述，他以古文筆錄。其譯文雖不盡忠實原文，但簡潔傳神，時雜諧趣，頗能傳達原著的情味。林紓推崇《左傳》、《史記》、《漢書》、韓愈文爲「天下文章之祖庭」（陳希彭《十字軍英雄記．序》引），他的譯筆之妙實得力於古代敘事文的深厚修養。由於他精研過古文，在一些小說的譯序中，常將中外爲文之用心加以對比，較早對中外文學比較研究作出了貢獻。林紓自稱對文章「未嘗言派，而服膺惜抱（姚鼐）者，正以取徑端而立言正。」即使在這樣的話裡，也可以看出他對桐城派的看重。不過他不滿意桐城派過於拘攣「義法」，而更爲強調「意境」，認爲意境是「文之母」（〈春覺齋論文〉），這使他的文章更重視形象與情境。他的文章接近於歸有光，突出的特色是善於以含蓄雋永的筆墨造境敘情。〈先妣事略〉、〈蒼霞精舍後軒記〉等無不如此。如後者寫母病時，夫婦治庖情事：

……宜人病，常思珍味，得則余自治之。亡妻納薪於灶，滿則苦烈，抽之又莫適於火候。亡妻笑。母宜人謂曰：「爾夫婦呶呶何為也？我食能幾，何事求精，爾烹飪豈亦有古法耶？」一家相傳以為笑。……

寥寥數語，情境畢現，子媳敬母之深情，夫婦間的恩愛諧洽，老母對子媳的慈愛體貼，盡在不言中。此外，他的〈冷紅生傳〉緊緊扣住一個「情」字，刻畫出作者情深「至死不易志」的品格；〈徐景顏傳〉以簡潔的筆墨記述中日之戰中的烈士事蹟，都寫得光氣內斂，富有餘味。

章炳麟（一八六九—一九三六）⓫是資產階級革命家、思想家和著名學者。與當時大論爭的形勢相關，他特別看重論辯文，因此於古人文章中最推崇魏晉，認爲魏晉文「守己有度，伐人有序，和理在中，孚尹旁達。」（《國故論衡・論式》）他鼓吹革命和批判改良主義的議論文，如〈客帝匡謬〉、〈正仇滿論〉、〈駁康有爲論革命書〉、〈代議然否論〉等，都有明確的針對性，以學識爲根，析理深切，重證尚質，辯難有力，言詞明快，都明顯地發揮了魏晉文的長處。〈駁康有爲論革命書〉針對康有爲謳歌保皇、盛讚立憲、恫嚇革命的種種謬論，逐條批駁，理足事勝，無浮詞叫囂，而自有一種銳不可當之勢，「所向披靡，令人神旺」（魯迅〈關於太炎先生二三事〉）。他的〈革命軍序〉肯定鄒容《革命軍》的「叫咷恣言」，主張對不覺醒的人們「震以雷霆之聲」，則顯示了在革命形勢的推動下，他讚賞一種通俗而富有鼓動性的文風。

第四節 近代後期詩歌

・康有爲的浪漫主義歌唱　・丘逢甲的愛國歌聲　・女俠秋瑾　・南社及其代表作家柳亞子等
・同光體的詩歌主張與創作　・湖湘派與晚唐派

近代後期詩，改良派作家大體籠罩在「詩界革命」之下，個別作者仍固守同光體，革命派則以高昂的激情發出民主革命的高歌。改良派的作家除黃遵憲外，主要有康有爲、梁啓超、夏曾佑、譚嗣同、蔣智由、丘逢甲等，陳三立、劉光第、林旭則屬於同光體，嚴復、林紓也頗受同光體影響。康有爲、丘逢甲的詩歌成就尤爲突出。康有爲作爲改良派的政治領袖，表現出橫掃陳腐詩壇、開拓詩歌新境的叱吒文壇的氣概，「新世瑰奇異境生，更搜歐亞造新聲。」、「意境幾於無李杜，目中何處著元明。」他要創造一種「悱惻雄奇」的境界，「飛騰作勢風雲起，奇變見猶神鬼驚。」（均見〈與菽園論詩……〉）他的詩突出地表現了這種胸懷與氣勢，如〈出都留別諸公〉其二：

天龍作騎萬靈從，獨立飛來縹緲峰。懷抱芳馨蘭一握，縱橫宙合霧千重。眼中戰國成爭鹿，海內人才孰臥龍？撫劍長號歸去也，千山風雨嘯青鋒！

這是他第一次上書爲頑固派所阻出都抒懷之作。面對國勢阽危、壯志受挫的現實，他沒有自餒，而以天龍爲騎，萬靈爲儀衛，獨立高山之上，撫劍長號，千山風雨都與他呼應。在雄渾的意象中，有一個自負可以呼喚風雲、旋轉乾坤的高大的詩人形象在。其他如〈秋登越王臺〉的「腐儒心事呼天問，大地山河跨海來。」〈過昌平城望居庸關〉的「雲垂大野鷹盤勢，地展平原駿走風。」〈登萬里長城〉其二的「清時堡堠傳烽靜，出塞山川作勢雄。」等，無不表現出這種雄渾磅礴的意象。此外，他的〈蘇村臥病寫懷〉、〈聞鄧鐵香鴻臚安南畫界撤還卻寄〉、〈戊戌八月國變紀事〉、〈聞意索三門灣……有感〉等，都富有現實感，充滿憂國傷時之情。他流亡國外後，寫下許多登臨之作，即景生情，結合外國風物以抒慨，如〈望須彌山雲飛……〉、〈羅馬訪四霸遺跡〉、〈過比利時滑鐵廬……〉、〈登巴黎鐵塔頂……〉等。〈登巴黎鐵塔頂……〉結尾寫從高俯瞰大地之感說：「湯湯太平洋，橫海誰拏攫。我手攜地球，問天天驚愕。」構思奇偉，感慨深沉。

康有爲的詩富於浪漫主義色彩，重在抒發主觀感受，而在抒情寫懷中，高視闊步，氣魄宏偉，感情奔放，藝術上又出以雄奇的想像，瑰麗的語言，磅礴的意象，有一種雄奇壯麗的美。所以被梁啓超評爲「元氣淋漓，卓然稱大家」（《清代學術概論》三十一），汪國垣也說他的詩「反虛入渾，積健爲雄」（《光宣詩壇點將錄》），頗有屈原、龔自珍的影響。

丘逢甲（一八六四—一九一二）[12]是臺灣省人，清廷割讓臺灣，他組織抵抗運動抗擊日軍入臺，失敗內渡，所寫詩歌突出反映了失臺的悲憤和光復鄉國的心志。詩中的切膚之痛、啼血之悲、塡海之志，感人至深。如〈送頌臣之臺灣〉，其一云：「故鄉成異域，歸客作行人。」其五云：「鬼雄多死別，人士半生降。」其六云：「棄地原非策，呼天儻見哀。十年如未死，捲土定重來。」非臺灣故土之人身經抗戰、親歷漂泊不易有此深切之言。又如〈春愁〉與〈去歲秋初抵鮀江，今仍客遊至此，思之憮然〉兩首絕句：

春愁難遣強看山，往事驚心淚欲潸。四百萬人同一哭，去年今日割臺灣。

淪落天涯氣自豪，故山東望海雲高。西風一掬哀時淚，流向秋江作怒濤。

前首有杜甫「感時花濺淚」之境，寫出臺灣四百萬人失臺之悲憤。後一首以隱約的意象表現出作者如江濤海潮般洶湧澎湃的恢復之志。其他如〈鐵漢樓懷古〉、〈往事〉、〈秋日過謁張許二公及文丞相祠〉、〈夢中〉等，無不如此。柳亞子評他的詩說：「戰血臺澎心未死，寒笳殘角海東雲。」（〈論詩六絕句〉其五）丘逢甲自言「筆端浩氣滿乾坤，桑海歸來義憤存。」（〈林鶩雲郎中鶴年寄題……遙答〉其二）所以詩筆雄健淩厲，氣足勢剛，很受當時人的稱譽。梁啓超稱他爲「詩界革命一鉅子」（《飲冰室詩話》），柳亞子甚至說：「時流競說黃公度，英氣終輸倉海君。」（〈論詩六絕句〉其五）

二十世紀初期，在資產階級民主革命派蓬勃發展的過程中，湧現出一批革命詩人，其中特別值得注意的是革命巾幗英雄秋瑾和革命文學團體南社的創立及其革命詩歌，它們以嶄新的思想和風貌譜寫出近代詩歌的新篇章，將近代詩歌推到一個新階段。

秋瑾（一八七五—一九〇七）⑬是近代婦女解放和民主革命的先鋒，她在新思潮的鼓盪下，以一女子隻身留學日本，投身於革命事業：「雄心壯志銷難盡，惹得旁人笑熱魔。」（〈感時〉）她的詩激盪著挺身救國的激情，「漆室空懷憂國恨，難將巾幗易兜鍪。」（〈杞人憂〉）「儒士思投筆，閨人欲負戈。」（〈感事〉）她二十餘歲即懷抱爲救國而不惜犧牲的壯志，曾說自庚子以來，已置生命於不顧。又說男子爲革命而獻身如沈藎、史堅如、吳樾，「不乏其人，而女子則無聞焉，亦吾女界之羞也。」（〈致王時澤書〉）其獻身精神與譚嗣同前後輝映。這種精神使她的詩充滿壯烈情懷，常常表現出一種勇往直前，誓把革命事業進行到底的撼人心魄的力量。如〈黃海舟中日人索句並見日俄戰爭地圖〉：

> 萬里乘風去復來，隻身東海挾春雷。忍看圖畫移顏色？肯使江山付劫灰！濁酒不銷憂國淚，救時應仗出群才。拚將十萬頭顱血，須把乾坤力挽回。

其他如〈弔吳烈士樾〉、〈寶刀歌〉等，無不顯示了這樣的特色。她的詩洋溢著愛國主義、革命英雄主義和自我犧牲激情，既有堅定的理想追求，又有淩厲的氣勢，獨具一種巾幗英雄的雄豪氣概。所謂「朗麗高亢」，「有漸離擊築之風」（邵元沖《秋俠遺集・序》）。

戊戌政變及庚子事變後，清政府統治的腐朽、反動與無能暴露無遺。以推翻清王朝、建立民國爲目標的資產階級民主革命迅猛崛起。一九〇五年革命派政黨同盟會的成立，是革命派登上政治舞臺的里程碑性的標誌，其在此前後不斷發動的反清革命起義，使革命的號角迴旋在中國大地。此種時局形勢催生了革命文學社團——南社。

南社的出現，是近代文壇的一件大事。它改變了詩壇的格局和詩歌的主旋律，給文壇帶來的震撼和影響是巨大的。南社是宣統元年（一九〇九）由陳去病、高旭、柳亞子發起建立的[14]。以「南」名社，係對「北」而言，即明顯寓有對抗清朝政府之意。第一次雅集有十七人參加，其中十四人爲同盟會會員。辛亥革命前，社員發展到二百餘人；辛亥後，劇增至一千多人，網羅了絕大多數革命文化人，成爲民主革命派的文化大軍，其規模與聲勢都是歷史上罕見的。

文人以文會友，遊宴唱酬，結成各種詩社、文社、詞社，本是中國文士的傳統，但南社的結社表現出鮮明的新特質。它與以往那種無嚴密組織的鬆散而不穩定的文人結社不同，而是有帶約束力的社規、完整的組織架構，除雅集之外，還出版有社刊《南社叢刻》[15]，頗具有現代性社團的氣息。特別是它有明確的政治的與文學的追求目標：政治上以反清革命爲職志，與當時的民主革命運動緊密呼應，不少社中人是民主革命的直接參與者。南社主要創始人之一柳亞子即明確說，「發起南社，是想和中國同盟會做犄角的。」（《南社紀略》）文學上，則有改變文壇現狀，掃除積弊，一新面目的自覺追求。南社重要成員寧調元說「詩壇請自今日始，大建革命軍之旗」（〈……題《紉秋蘭集》〉），另一南社主要創始人高旭說「欲一洗前代結社之積弊，以作海內文學之導師」（〈南社啓〉），都表明志在引導文學的發展方向，改變文壇舊況，使文學成爲民主革命運動的助力。

南社結社的性質與精神，與明末帶有鮮明政治傾向的文士團體——幾社、復社息息相通，一脈相承。故南社特別強調對「幾、復風流」的繼承與發揚。南社主要創始人在建立南社之前曾結爲神交社，陳去病〈神交社啓〉即從盛讚明末復社、幾社敘起，「及熊嘉余作宰松陵，而吳、沈之穎，群荷甄陶，孟樸、扶九之倫，遂得並興復社。高會諸英，雲間繼之，幾社乃作。由是江、淮、齊、豫、皖、浙、楚、贛，濟濟髦英，鱗萃輻輳，虎阜三集，南金東劍，美莫能名。」高旭亦以詩響應說「談劍把酒又今時，幾、復風流賴總持。」（〈海上神交社集，……郵此代簡〉）以承繼幾、復風流相期許。他的〈丁未……國光雅集寫眞題兩絕句〉也說：「傷心幾復風流盡，忽忽於茲二百年。記取歲寒松柏操，後賢豈必遜前賢！」也以追步幾、復前賢爲志。柳亞子的〈重題南社寫眞〉亦云「風流壇坫成陳跡，盟誓河山葆令名。」要使已成陳跡的幾、復風流再現當世。

明朝後期，一些正直士人不滿政府腐敗與宦官干政，奮起抗爭，最後形成東林黨。幾社、復社即繼其後，發揚東林精神，繼續與腐敗政治及魏忠賢閹黨的餘孽鬥爭。復社最盛時的一次虎丘會集，「山左、江右、晉、楚、閩、浙以舟車至者數千人」（陸世儀《復社紀略》），南社第一次雅集選址亦在蘇州虎丘，雖因其地有明末烈士張東陽祠，但亦與欣慕「幾、復風流」相關。

南社作爲革命詩人群體，創作了大量詩歌，充分反映了從庚子事變至「五四」新文化運動的近代最後二十餘年歷史，特別是本時期中震撼大地的反清民主革命風雲。南社詩歌突出表現了革命者推翻清王朝、建立自由民主盛強國家的宏偉志懷與勇往直前不畏犧牲的英雄氣概，充滿浪漫主義的激情，鏜鞳之音，動人心魄。「龍蟠虎踞鬧英雄，似聽登臺唱大風。炸彈光中覓天國，頭顱飛舞血流紅。」（高旭〈盼捷〉）「十年前是一重囚，也逐歐風唱自由；復九世仇盟玉帛，提三尺劍奠金甌。」（寧調元〈感懷〉四首）「薪膽生涯劇苦辛，莫憂孱弱莫憂貧。要從棘地荊天裡，還我金剛不壞身。」（周實〈感事〉）他們壯懷激烈，以氣節自勵，以獻身自高。辛亥革命前，南社詩人詩歌著重於揭露清人入主中原，屠殺反抗者的殘酷暴行，揚州十日，嘉定三屠，同時頌揚宋末明末忠貞不屈的烈士，以及哀悼爲民主革命犧牲的社友，激揚反清革命風潮；辛亥之後，反動勢力反撲頻來，革命者抗爭不斷，從二次革命、護法戰爭、袁世凱稱帝、張勳復辟，直至北洋軍閥的混戰及其黑暗統治，南社詩人都有鮮明的反映，給反動勢力以猛烈抨擊。如袁世凱欲盜國稱帝，爲達目的不惜接受日本滅亡中國的廿一條，張光厚〈詠史〉詩曰「欲把河山換冕旒，安心送盡莽神州。」徑直揭露其醜惡本質，並對其帝制復辟鬧劇給予辛辣的諷刺：「尋常一個籌安會，產出新朝怪至尊！」南社詩人也有一些小詩寫得雋永有味。如高旭的〈對菊感賦〉：「聊復持螯且自誇，萬千心事亂如麻；天生傲骨差相似，撐住殘秋是此花。」南社正是具有「傲骨」能「撐住殘秋」的力量。

南社出現不少有成就的詩人，諸如柳亞子、陳去病、蘇曼殊、高旭、馬君武、周實、寧調元、黃節、諸宗元、黃人等，柳亞子、陳去病、蘇曼殊尤爲其中的佼佼者。

柳亞子（一八八七—一九五八）[16]是南社的領袖與代表作家。作爲革命文學家，他在文壇上表現出極大的革新勇氣。他對還活動在當時詩壇上的一些學古詩派，無不給予尖銳的批評，指斥以王闓運爲代表的漢魏六朝派刻板擬古，「古色斕斑眞意少」；以鄭孝胥、陳三立爲代表的同光體「枯寂無生趣」；以樊增祥、易順鼎爲代表的晚唐詩派「淫哇亂正聲」（見〈論詩六絕句〉其一、其二）[17]。他主張在革命洪流日益洶湧澎湃的時代裡，應將「國恨家仇」、「發爲文章，噌吰鏜鞳，足以驚天地而泣鬼神」（《天潮閣集・序》），也就是應使詩歌成爲喚醒民眾、鼓吹革命的武器。他之提倡唐音，就在於唐詩風調適於表現蓬勃的革命豪情，同時又可與當時反對民主革命、後來又成爲前清遺老的詩人所宗尚的同光體相對抗。

柳亞子的詩是資產階級民主革命的號角，集中表現了反帝反封建的革命主題，充滿愛國主義和民主主義激情。作於光緒二十九年（一九〇三）的〈放歌〉深刻地揭示出中國衰弱的根源在於專制統治：「上言專制酷，羅網重重強。人權既蹂躪，天演終淪亡。」他在詩中呼號吸收盧梭思想，實行民主革命：「《民約》創鴻著，大義君民昌。胚胎革命軍，一掃秕與糠。」他的詩中充滿對革命的焦灼渴望與期待。〈元旦感懷〉云：

> 希望前途竟若何？天荒地老感情多。三河俠少誰相識，一掬雄心總不磨。理想飛騰新世界，年華孤負好頭顱。椒花柏酒無情緒，自唱巴黎革命歌。

「巴黎革命歌」即指法國資產階級革命時期的戰歌〈馬賽曲〉。爲激勵革命精神，他甚至超越一般傳統文人的局限，謳歌太平天國的革命業績：「旗翻光復照神州，虎踞龍蟠擁石頭。但使江東王氣在，共和民政自千秋。」（〈題太平天國戰史〉）他的〈弔劉烈士炳生〉、〈弔鑑湖秋女士〉於對革命烈士的沉痛哀悼中寓有奮發繼成大業的豪情。如〈弔劉烈士炳生〉中說：「尚有椎秦遺恨在，聞雞起舞亦因緣。」、「何時北伐陳師旅，撥盡陰霾見太陽。」辛亥革命後，他一心捍衛革命果實，當袁世凱越來越倡狂地向革命進攻時，詩人寫下橫眉冷對的詩作〈孤憤〉：

> 孤憤真防決地維，忍抬醒眼看群屍？美新已見揚雄頌，勸進還傳阮籍詞。豈有沐猴能作帝，居然腐鼠亦乘時。宵來忽作亡秦夢，北伐聲中起誓師。

直刺陰謀稱帝的元凶以及諂附群小，不啻一篇討袁的檄文。

柳亞子在南社成立的虎丘雅集上賦詩說：「莫笑過江典午鯽，豈無橫槊建安才！」柳詩的基調正有橫槊賦詩的氣概。他的詩以近體爲主，尤以七律七絕爲多，喜歡用事，文辭典雅，但在嚴整的格律中有一股激昂豪宕之氣，富於革命浪漫主義氣息。

陳去病（一八七四—一九三三）⓲與柳亞子同爲南社發起人。早年即志懷高遠，所撰自傳說「年少好事，任俠慷慨，有策馬中原，上嵩高，登泰岱，觀日出入，浮於黃河，探源積石之志；或更逾塞，出盧龍，度大漠，尋匈奴龍庭，躡屬狼居胥山，驤首以問北溟而後快。」（《垂虹亭長傳》）可見一斑。他心繫祖國安危，具有強烈的擔當意識。中日甲午戰敗，在家鄉發起雪恥協會，撰聯曰：「炎黃種族皆兄弟，華夏興亡在匹夫。」一生積極投身於挽救祖國和捍衛中華文化的活動，餘事爲詩。因此詩歌的主旋律，緊密地圍繞現實鬥爭，表現了高度的愛國主義精神和強烈的反清民主革命思想。

他對列強的窺伺和侵略十分敏感，反應迅疾而強烈，詩歌中充滿反帝衛國的深摯情懷。如〈將遊東瀛，賦以自策〉反映急於探察沙俄侵略觸角伸入我國東北的情勢，「寧惜毛錐判一擲，好攜劍佩歷三邊。」（自注：擬從朝鮮趨東三省以探察露西亞近狀）〈癸卯除夕別上海：……〉深痛國人在日俄激烈爭奪中國的形勢下，不知不覺，懵懂痲木，醉生夢死：「澒洞鯨波起海東，遼天金鼓戰西風。如何舉國猖狂甚，夜夜樗蒲蠟炬紅！」〈自廈門泛海頓鼓浪嶼有感〉見外國艦船羅列，深慨國人不能奮起抗爭，都表現了同樣的情懷。他的〈題警鐘日報〉詩說「何當警徹雄獅夢，景命重新此舊邦。」立志於喚醒國人，重振中華。

陳詩的另一主題是呼號反清民主革命。他意志堅定，不怕犧牲：「誓死肯從窮發國，捨身齊上斷頭臺。」（〈輯陸沉叢書初集竟題一首〉）他寫下不少詩歌，歌詠宋末、明末不降不事異族的烈士，或抒寫拜謁明陵的感懷。如〈題明孝陵圖〉、〈偕劉三謁蒼水張公墓，並弔永曆帝〉等，後者詩中說：「消磨壯志奈何許，起舞橫刀發浩歌。西望墓門三歎息，幾時還我舊山河！」對在反清民主革命中，遭遇摧殘的革命志士，則寄予沉痛的哀思。鄒容因撰寫《革命軍》、章太炎為之作序，均被逮入獄，鄒更瘐死獄中，詩人在〈稼園哭威丹〉詩中說：「一卷遺書今不朽，諸君何以復燕雲？」所謂「復燕雲」，即用歷史故實表示推翻清王朝統治。詩在悼念死者的同時，仍不忘激勵生者繼續完成革命。詩人〈重九歇浦示侯官林獬、儀眞劉光漢〉詩曰：

慘澹風雲入九秋，海天寥廓獨登樓。淒迷鸞鳳同羅網，浩蕩滄瀛阻遠遊。三十年華空夢幻，幾行血淚付泉流。國仇私怨終難了，哭盡蒼生白盡頭！

「淒迷鸞鳳同羅網」，即指鄒、章二人入獄。所謂「國仇」即指清王朝入主中原，所謂「私怨」即指清人對抗清與反清革命志士的摧殘鎮壓。二者不了，則作者與國人都至死不能止淚。

陳去病在《病倩詞話》中說：「近代詞人唯定庵龔氏足以名家，此外雖作者林立，然終屬規行矩步，依人作計，以為能事略盡此矣，從無有越出恆軌，而拔戟自成一隊者。」表示他對文學的主張，是不要「規行矩步，依人作計」，要能「越出恆軌，而拔戟自成一隊」。他的詩雖然也還是運用舊形式，但並不有意模仿他人，並且不刻意於字句，所謂「去華反樸，屏絕雕鎪」（《浩歌堂詩鈔·序》），而是以樸實自然的筆墨，任憑一己所見所感，自由抒發。因其個性豪爽，有任俠之氣，筆墨橫恣，情感激越，意象宏偉，形成一種瑰偉奔放的風貌。如〈中元節自黃浦出吳淞泛海〉：

舵樓高唱大江東，萬里蒼茫一覽空。海上波濤回蕩極，眼前洲諸有無中；雲磨雨洗天如碧，日炙風翻水泛紅。惟有胥濤若銀練，素車白馬戰秋風。

境象宏闊搖盪，未用伍子胥典故，以必視清王朝覆滅爲志。壯景高志深恨豪情，融而爲一，搖人心目，很能體現作者詩歌的個性風貌。

蘇曼殊（一八八四—一九一八）[19]是南社詩人中更富詩人氣質的作家。他以小詩見長，或抒慨時之情，或寫自然風物，清靈雋永，柔婉動人。前者如〈以詩並畫留別湯國頓〉，後者如〈淛江道中口占〉：

蹈海魯連不帝秦，茫茫煙水著浮身。國民孤憤英雄淚，灑上鮫綃贈故人。

孤村隱隱起微煙，處處秧歌競種田。羸馬未須愁遠道，桃花紅欲上吟鞭。

詩情意纏綿，畫面鮮明，但多感傷情調。

光緒十年（一八八四）前後，近代後期的一些學古詩派在詩壇上更加活躍起來。陳衍從光緒九年到十二年，日漸鮮明地打出「同光體」的旗號。光緒十二年（一八八六）王闓運在長沙創立碧湖詩社，漢魏六朝派開始壯大。同年，易順鼎在蘇州創立吳社聯吟，他與樊增祥齊名，以學晚唐香豔體爲世所稱，被稱爲晚唐詩派，亦角逐詩壇。其中同光體詩人最多，影響最大，直到「五四」新文化運動後，白話詩興起，仍以舊體詩的代表與之對峙發展。

同光體的代表作家有沈曾植、陳三立、陳衍等。陳衍（一八五六—一九三七）[20]又是這一派中的理論家。同光體是指「同光以來詩人不專宗盛唐」一派詩人[21]。所謂「不專宗盛唐」，有兩方面涵義，一是隱隱與專宗盛唐的明七子相對，所以它是道光、咸豐以來宋詩運動的繼續；一是指其詩歌宗尚大大擴展，超逸盛唐，上探晉宋，下及中晚唐、北宋。陳衍提出「三元說」（《石遺室詩話》卷一），即上元盛唐之開元，中元中唐之元和，下元北宋之元祐。沈曾植提出「三關說」（〈與金潛廬太守論詩書〉），即作詩要通過宋之元祐、唐之元和、南朝劉宋的元嘉三關。這個詩歌流派學古的主要宗尚在宋，而其學古的主要精神則強調創造。陳衍說「宋人皆推本唐人詩法，力破餘地」（《石遺室詩話》

卷一），「力破餘地」就是他們要發揚的主要精神。所以他們強調學古而不呆板摹古，要有開拓創造。同光體詩人因其具體宗尚不同，又有閩派、浙派、江西派之分（錢仲聯〈論同光體〉）。陳衍將道光以來宋詩運動的詩歌分爲「清蒼幽峭」和「生澀奧衍」兩派，前者「體會淵微，出以精思健筆」；後者「語必驚人，字忌習見」。（《石遺室詩話》卷三）均可供了解同光體詩派及其創作特點參考。

同光體的突出作家當推江西派的陳三立、浙派的沈曾植、閩派的鄭孝胥。他們都同情和擁護變法維新，反對帝國主義侵略，在中日甲午戰爭和戊戌維新時期，也都寫下一些富有現實內容的詩作，如陳三立的〈園館夜集聞俄羅斯日本戰爭甚亟感賦〉、〈曉抵九江作〉；沈曾植的〈夜哭〉、〈野哭〉、〈送伯愚赴熱河〉、〈懷道希〉等，表現了憂國傷時的感情。藝術上則各有不同的特色。

陳三立（一八五二—一九三七）[22]被近代宋詩派詩人推爲宗師，他的詩歌表現藝術確有其獨到的造詣。他稱譽黃庭堅的詩「鑱刻造化手，初不用意爲」（〈漫題豫章四賢像拓本〉其三），這也正是他創作詩篇遵循的原則。前一句說明作詩要用心錘鍊，後一句說明成詩之後又似自然無斧鑿之跡。所以，他的詩雖然大體上是沿著宋詩的路數，多用以文爲詩的句法、字法、仄聲韻等，但更注意表現上的迴不猶人，努力向前人所未到處開掘，追求表現上的奇特不凡，新穎引人。如〈江上望焦山有懷昔遊〉有句云「插椽箕斗松寥閣，憶抱江聲赤腳眠。」前句言松寥閣高聳霄漢，後句言昔遊夜眠濤聲繞耳，分別用「插椽」、用「抱」表現，就不落常蹊。詩題提到「懷昔遊」，陳三立昔遊焦山詩有句云「夜枕堆江聲，曉夢亦洗去。」（〈癸丑五月十三日至焦山〉）前句言夜晚濤聲之大，後句言濤聲驚醒晨夢，一說江聲堆枕，一說曉夢被江濤洗去，也顯得新穎不凡。讀來並無突兀杈枒之感，不失自然。他的〈十一月十四夜發南昌月江舟行〉尤其突出表現了此種特色：

露氣如微蟲，波勢如臥牛。明月如繭素，裹我江上舟。

比喻、描寫都超逸庸常，而又不見刻煉之跡。陳三立刻意追求這種精思刻煉、奇崛不俗而又能達於自然、富有意境的詩歌境界，他的學力與作詩工力使他足以躋此境界，自成一家。不過，他有些詩頗爲奇奧難讀。

沈曾植（一八五一—一九二二）[23]曾被陳衍稱爲「同光體之魁傑」（《沈乙庵詩・序》）。在力破餘地、刻意求新一點上，他與陳三立相同。但二人詩學觀念、創作追求亦微有差異。在詩歌理論上，沈曾植將「三元說」發展爲「三關說」，以南朝劉宋之元嘉代替了盛唐之開元，將接受古詩的傳統更加向上延展，雖仍以宋之蘇、黃爲主，但吸收古詩營養的範圍更加擴大，而且反對「理與事相隔」（〈與金甸丞太守論詩書〉），往往在敘事、抒情當中，將對生命與人生的哲理體悟滲透其中。在詩歌的表現上，他更突出了「學人之詩」的特色，因此錢仲聯推譽他爲「近代學人之詩、詩人之詩合一的典型。」（《近代詩鈔》）他本爲著名學者，學識淵博，在創作實踐中充分發揮了「學」對詩的作用。張爾田說他的詩「以六籍、百氏、葉典、洞笈爲之溉，而度材於絕去筆墨畦町者，以意爲軥而以辭爲轄。」（〈寐叟乙卯稿後序〉），又說他「邃於佛、湛於史，凡稗編脞錄、書評畫鑑，下及四裔之書，三洞之笈，神經怪牒，紛綸在手，而一用以資爲詩。」（《海日樓詩注・序》）頗得其實。特別是詩中用典之廣博，運用之靈活與巧妙，可以說將古詩的用典推到了新的高峰。故他的詩「雅尚險奧」，大都「聱牙鉤棘」（陳衍〈沈乙庵詩序〉）。晚期更有些詩求新求變，甚至出現解散形體，吸收樂府體式，造句用詞更多變化。如〈遨遊在何所行〉曰：「遨遊在何所？乃在弇州之首，河出崑崙墟。驂乘海人餐海閭，前馬策大丙，後騎鉗且。摽然高馳氣承輿，徑超涼風帝下都。四百四門，列仙所居。問訊西王母，揖東王公。……」

不過他也有「時復清言見骨，訴眞宰，盪精靈」（陳衍〈沈乙庵詩序〉）一類作品，既較平實易讀，也很能體現他作詩的鍛鍊生新的功力。如：

> 榆葉乾青柳葉黃，淡雲斜日蜀東岡。秋心總在無人處，坐看鳧翁沒野塘。（〈道中雜題〉其一）
>
> 湍深剛避鵠磯頭，望遠還迷鸚鵡洲。殘臘空舲容二客，清江曉日寫千愁。剛腸志士丹衷在，壯事愚公白髮休。只借柏庭收寂照，四更孤月瞰江樓。（〈偕石遺渡江〉）
>
> 江門帆點夕陽明，江上愁心向晚生。我寄悲懷東海若，要回胥種盪蓬瀛。（〈西湖雜詩〉其十一）

均表意深沉，造語新穎，而文不奧澀，富有情味。

鄭孝胥（一八六〇—一九三八）㉔在閩派中藝術成就最高，陳衍說「清蒼幽峭」一派，以他「爲魁壘」（《石遺室詩話》卷三）。他主張詩歌要「興象才思兩相湊泊」（陳衍《海藏樓詩・敘》），其詩富於興象，而筆墨清雋峭硬。如〈十一月二十三日出京道中雜詩〉其十七：「揚州在何許？帆影亂煙樹。南風且莫盡，我欲過江去。」

王闓運（一八三三—一九一六）㉕是標舉漢魏六朝的領袖人物，他認爲古代詩歌經過長期發展開掘，「詩法」已沒有創新餘地，「詩法既窮，無可生新」（〈詩法一首示黃生〉），摹古是必然的，只是選擇什麼摹古對象問題。他認爲漢魏詩是古代詩歌格調最高的，從詩歌本體上說，它突破了「教化」說牢籠，是主情的，所謂「古之詩以正得失，今之詩以養性情」（〈論詩法〉）；而其藝術表現上又能「以詞掩意，託物寄興」，而非「快意騁詞」，「以供世人之喜怒」（〈湘綺樓論詩文體法〉），故以之爲典範，舉爲旗幟。他的模擬主張實是偏重「詩法」，以保持詩歌高格，並非內容上亦全襲古，故又特別提出「不失古格而出新意」（〈詩法一首示黃生〉）。他的創作實踐即循此原則，其所作「於時事有關係者甚多」（陳衍《石遺室詩話》）。錢仲聯亦云「湘綺擬古，內容亦關涉時事」（《論近代詩四十家》）。

王闓運經歷了從太平天國起義到民國建立的整個近代歷史，集經學家、文士、名士、縱橫家於一身。其時外敵交侵、內患迭起，地方軍事力量湘軍、淮軍相繼勃興，都爲縱橫術提供了馳騁的場地。他與重臣肅順以及湘、淮軍領袖曾國藩、李鴻章等均有交往，往往能綜覽全局，勇於建謀，也敢於指斥權勢人物的失誤。但他的政治懷抱未生實效，僅以詩家名世。他自爲輓聯曰：「縱橫志不就，空留高詠滿江山。」由於他深切關懷清王朝統治的命運，故其詩頗有與現實相關的內容。如〈獨行謠三十章〉、〈周甲七夕詞六十一絕句〉、〈發祁門雜詩二十二首〉等多有時代的面影。他的反映動亂中社會狀況的詩歌，頗有一些描寫深刻的筆墨。如寫農村衰敝景象，「村虛寂蕭條，敗屋稍橫柵。飢禽爭落梧，瘦犬臥寒石。汙泥壓死稻，窮婦掘殘粒。榾柮終日間，難謀一杯食。」（〈臨川西洲〉）寫繁華城市的蕭條，「百載笙歌地，今來一炬燼。荒城圍敗瓦，窮賈坐空檐。國豈貧爲患，民傷吏不廉。」（〈登揚州城〉）末尾還特別點出吏治的敗壞；寫家國前途的渺茫，「曠土彌無際，蒼蒼一望中。田園民廢業，家國道終窮。」（〈自雲湖至姜畬……〉）名篇〈圓明園詞〉更反映了英法聯軍侵華的大事件。

但王闓運的詩歌畢竟規古過甚，藝術面貌缺乏新鮮感，大大影響了他的詩歌成就。漢魏六朝派詩人還有鄧輔綸等。

晚唐詩派的代表人物是樊增祥和易順鼎，二人都以才華著稱，而易才尤高。樊增祥（一八四六—一九三一）㉖在詩歌主張上比較宏通，提倡對古人「兼收並蓄」、「轉益多師」，而與現實情事「相需相感」，「即因以付之」，並追求有「獨到之處」，「合千百古人之詩以成吾一家之詩」（金松岑〈天放樓集書後〉）。不贊成分唐界宋，其言曰：「古來積詩平五嶽，文章流別難重陳。獨厭耳食界唐宋，唐固可貴宋亦尊。」（〈冬夜過竹簣侍講論詩有述〉）但在創作實踐上，於豔體詩用力獨多，體式又重近體，特別是七律，故從成就處看，靠近晚唐香豔體。他於近體詩的藝術創造上頗有貢獻，不僅律詩對仗、隸事工巧，詞藻華美，即絕句亦頗有韻味。如〈八月六日過灞橋口占〉：「柳色黃於陌上塵，秋來長是翠眉顰。一彎月更黃於柳，愁殺橋南繫馬人。」一二句傳達秋天的蕭瑟氣氛，三四句採遞進手法，強調黃昏月色給人的印象。譚嗣同評爲「意思幽深節奏諧」（〈論藝絕句〉）。樊增祥亦不乏感懷時事之作，如〈春興〉八首、〈書憤〉、〈馬關〉、〈庚子五月都門紀事〉、〈聞都門消息〉等，或感慨內政弊端，或憤憎帝國主義的侵略殘暴，或憫民生凋敝，都富有現實內容，充滿愛國情懷。如〈聞都門消息〉其三云：「百年喬木委秋風，三月銅街火尚紅。崇愷珊瑚兵子手，宋元書畫冷攤中。金華學士羈僧寺，玉雪兒郎雜酒傭。聞得圓明雙鶴語，庚申庚子再相逢。」但以過於雕琢之筆，寫帝國主義蹂躪慘象，諸如「犬銜朱邸焚餘骨，烏啄黃驄戰後瘡」（〈聞都門消息〉其一）之類，則與情味未盡相宜。他的前後〈彩雲曲〉，藝術精妙，風傳於世，詩之思想格調則褒貶不一。

易順鼎（一八五八—一九二〇）㉗具有愛國思想，二十六歲時寫詩云：「男兒報國身手在，神州入望瘡痍多。安能瑟縮短檠底，箋釋惡池與亞駝。」（〈渡滹沱作〉）他寫下一些具有現實內容的詩作，諸如〈津舟感懷四首〉、〈感事〉四首、〈書事〉等。甲午戰敗，他焦慮國勢阽危，熱情投入抗日保臺的鬥爭，墨絰從戎，幾次渡海赴臺。一些詩作，或抒發救臺的堅定意志，「寶刀未斬郅支頭，慚愧炎荒此繫舟。……馬革倘能歸故里，招魂應向日南州。」（〈寓臺詠懷〉六首其六）或反映臺灣民眾愛國心聲，「田橫島上此臣民，不負天家二百春。……痛哭珠崖原漢地，大呼倉葛本王人。」（同前其二）或怒斥庸臣投降誤國，「熏天媼相空持國，割地兒皇尚紀年。」（〈自關入都道中八疊韻〉其一）都情懷激烈。但易氏除愛國思想外，在時代趨向維新和革命的大變革時代，不能與時俱進，既不滿時局現狀，又缺乏新思想支持，漸淪爲放蕩玩世，大大影響了詩作的思想境界。山水詩中頗有佳篇，既融入個人情懷，藝術表現上又發揮想像，以動態形象刻畫客觀景物，頗多生動氣息。如寫青玉峽之龍潭：「化工惜元氣，萬古與之蓄。跌爲孤潭幽，神物有起伏。紆徐向平川，餘響戛寒玉。誰云一泓窄，百寶可沐浴。倒穿大瀛底，日月入亦綠。」（〈青玉峽龍潭〉）又如〈天童山中月夜獨坐〉其一：「青山無一塵，青天無一雲。天上唯一月，山中唯一人。」筆路新穎，意境幽邃。其歌行體寫山水之作，如〈黛海歌賦羅浮〉、〈端州七星巖歌〉、〈遊白水門觀瀑布作歌〉等，筆墨恣肆奔放，將歷史故實、神話傳說、現實遊山經歷融而爲一，很能傳宏闊壯麗山水之形神，而不受舊詩格調束縛，長句可達十餘字，雖曾被人斥爲「凌亂放恣」（沈曾植、陳三立語，見樊增祥〈後數鬥血歌〉序引），卻也別具一格。易順鼎認爲「對屬爲工，乃詩之正宗」（《琴志樓摘句詩話》）。其詩對仗、隸事工巧，而造語新穎，藝術上有較高成就，如「棘門霸上皆兒戲，太液昆明是水嬉。」、「痛哭珠崖原漢土，大呼倉葛本王人。」都堪稱精妙，但過度的追求，有時也不免有類文字遊戲。

第五節 近代後期詞

・近代後期詞的創作傾向　・「清季四大詞人」　・異軍突起的文廷式

近代後期詞，緊承前期的發展，出現馮煦、譚獻、陳銳等詞人。其間被稱爲「清季四大詞人」的王鵬運、朱祖謀、況周頤、鄭文焯以及異軍突起的文廷式最爲突出。近代後期詞的創作基本是在常州詞派理論的籠罩之下，推尊詞體，既講求詞的傳統藝術軌範，又重視詞的厚重內容，不把詞視爲「詩餘」小道。清季四家面臨更形阽危的國勢，都具有愛國感情，又大都贊成變法維新，企望自強。他們在戊戌、庚子前後的詞作不乏憂世傷時之慨。辛亥以後，則思想落伍，多有遺老情緒。

清季四家中，王鵬運（一八四八—一九〇四）㉘年歲最長，爲詞亦早，有領導風氣的作用。中日戰爭時，侍御史安維峻上疏彈劾李鴻章，語涉對慈禧的微諷，被革職發往軍臺，王寫下〈滿江紅・送安曉峰侍御謫戍軍臺〉一詞：

> 荷到長戈，已御盡、九關魑魅。尚記得、悲歌請劍，更闌相視。慘澹烽煙邊塞月，蹉跎冰雪孤臣淚。算名成、終竟負初心，如何是？　天難問、憂無已。真御史，奇男子。只我懷抑塞，愧君欲死。寵辱自關天下計，榮枯休論人間世。願無忘、珍惜百年身，君行矣。

詞中回憶他們清流議政的豪慨，對安維峻救國「初心」落空無限惋歎，面對「天難問、憂無已」的形勢，大膽讚譽安氏敢於斥重臣、觸逆鱗，是「眞御史，奇男子」。「寵辱」二句尤見以國事爲重的高尙品格。其他如〈祝英臺近・次韻道希春感〉、〈點絳唇・餞春〉、〈浪淘沙・心事共疏檠〉等將感情與物象融化爲一，境界渾成，表現了他詞作的藝術成就。王詞總的格調豪健疏暢，密而不澀，朱祖謀讚其「得象每兼花外永，起孱差較茗柯雄。」（〈望江南・雜題我朝諸名家詞集後〉）

朱祖謀（一八五七—一九三一）㉙被葉恭綽稱爲「詞學之一大結穴」（《廣篋中詞》卷二）。其〈鷓鴣天・九日豐宜門外過裴村別業〉、〈減字木蘭花〉其五「盟鷗知否」都是傷悼「戊戌六君子」的劉光第。前者曰「紅萸白菊渾無恙，只是風前有所思。」以極淡之語隱微地寫出極深之情。其〈鷓鴣天・庚子歲除〉云：

似水清尊照鬢華，尊前人易老天涯。酒腸芒角森如戟，吟箋冰霜慘不花。　拋枕坐，卷書嗟。莫嫌啼煞後棲鴉。燭花紅換人間世，山色青回夢裡家。

他那「森如戟」的酒腸，「慘不花」的吟箋，正是國事撐胸的表現，造語新穎而不奇僻，表意含蓄而不晦澀。末二句表現了失望思歸的情緒。他的詞較之王鵬運多些書卷氣，詞語刻練，未免有傷自然。

鄭文焯（一八五六—一九一八）[30]最精音律，作詞講求選辭切律，易順鼎稱他的詞「體潔旨遠，句妍韻美」（〈瘦碧詞序〉）。如〈浣溪沙．從石樓石壁往來鄧尉山中〉：

一半梅黃雜雨晴，虛嵐浮翠帶湖明，閒雲高鳥共身輕。　山果打頭休論價，野花盈手不知名，煙巒直是畫中行。

其庚子前後所寫的〈賀新郎．秋痕〉、〈漢宮春．庚子閏中秋〉等感時傷事，都情足意滿。

況周頤（一八五九—一九二六）[31]更多名士氣，早年塡詞主性靈。葉恭綽稱他的詞「寄興淵微，沉思獨往，足稱巨匠。」（《廣篋中詞》卷二）其詞煉意煉句而不失自然。如〈南鄉子〉：

秋士慣疏蕭，典盡鸘裘飲更豪。況有鸞箋丹鳳琯，良宵。不放青燈照寂寥。　一笠一詩瓢。隨分滄洲聽雨潮。何只黃花堪插帽，嬌嬈。江上芙蓉亦後凋。

活畫出一個狂放名士的形象。他的〈蘇武慢．寒夜聞角〉、〈水龍吟〉「聲聲只在街前」則都是傷時之作。

文廷式（一八五六—一九〇四）[32]爲愛國志士，「帝黨」人物，因反對中日和議，支持變法維新而被革職，憂傷憔悴以終。他的詞作更富有時代感。他論詞反對「意多柔靡」，「聲多嘽緩」，「用字則風雲月露、紅紫芬芳」，強調思想內容和氣勢，要寫出「照天騰淵之才，溯古涵今之思，磅礴八極之志，甄綜百代之懷。」（均見《雲起軒詞．自序》）的詞作他不尚苟同，不重戒律，不拘一格，自寫胸臆，豪邁勁健，而又頗注意詞的藝術表現，故能獨張一幟。陳銳評其詞「有稼軒、龍川之遺風，唯其斂才就範，故無流弊。」（《褒碧齋詞話》）朱孝臧題其詞集稱「拔戟異軍成特起」，「兀傲故難雙」（《彊村語業》卷三〈望江南〉）。

文廷式反映時事的詞，如〈翠樓吟・歲暮江湖，百憂如擣，感時撫己，寫之以聲〉：

　石馬沉煙，銀鳧蔽海，擊殘哀筑誰和？旗亭沽酒處，看大艑、風檣軻峨。元龍高臥，便冷眼丹霄，難忘青瑣。真無那、冷灰寒柝，笑談江左。

　一笴，能下聊城，算不如呵手，試拈梅朵。苕鳩棲未穩，更休說、山居清課。沉吟今我，只拂劍星寒，欹瓶花妥。清輝墮，望窮煙浦，數星漁火。

詞中滾動著「感時撫己」的哀憤，心繫國事卻不容於朝廷，袖手江湖又不能忘情國事，一邊說「不如呵手，試拈梅朵」，一邊還是「冷眼丹霄，難忘青瑣」，聲情淒厲感人。他的〈廣謫仙怨〉詞說「相臣狡兔求窟，國論傷禽畏弦。」尖銳地揭露出甲午戰爭後，朝廷對輿論的壓制與謀國大臣的卑瑣。其〈水龍吟〉曰：

　落花飛絮茫茫，古來多少愁人意。遊絲窗隙，驚飆樹底，暗移人世。一夢醒來，起看明鏡，二毛生矣。有葡萄美酒，芙蓉寶劍，都未稱，平生志。

　我是長安倦客，二十年、軟紅塵裡。無言獨對，青燈一點，神遊天際。海水浮空，空中樓閣，萬重蒼翠。待驂鸞歸去，層霄回首，又西風起。

志士不得施展報國之懷的無比壓抑之感噴薄紙上。末二句顯有所指，當是影指慈禧的干政。其他如〈賀新郎・贈黃公度觀察〉、〈鷓鴣天・贈友〉、〈蝶戀花・九十韶光如夢裡〉等詞，都感情激越，而表現得不率不露，將深憂大憤寓於悲涼淒愴的意象之中。胡先驌說：雲起軒詞，「意氣飆發，筆力橫恣，誠可上擬蘇、辛，俯視龍洲。其令詞穠麗婉約，則又直入《花間》之室。蓋其風骨遒上，並世罕睹，故不從時賢之後，侷促於南宋諸家範圍之內，誠如所謂美矣善矣。」（〈評文芸閣雲起軒詞鈔・王幼遐半塘定稿剩稿〉）

注釋

❶ 一八九九年梁啓超在《夏威夷遊記》中說：「要之，支那非有詩界革命，則詩運殆將絕。」正式提出「詩界革命」口號。但是早在戊戌變法前一兩年間，他已與夏曾佑、譚嗣同相約試作「新詩」，不過這類詩大體只作到「撏扯新名詞以自表異」（《飲冰室詩話》六十），晦澀生硬，缺乏藝術魅力，難得發展。在《夏威夷遊記》中，梁啓超在理論上有所修補，主張汲取「繁富而瑋異」的「歐洲之意境語句」，並提出欲闢詩界新大陸，必備三長：「第一要新意境，第二要新語句，而又須以古人之風格入之，然後成其為詩。」這也就是他後來在《飲冰室詩話》中提出的「以舊風格含新意境」的詩界革命標準。

❷ 黃遵憲，字公度，別號人境廬主人，廣東嘉應（今梅州）人。光緒二年（一八七六）舉人。從光緒三年（一八七七）起至光緒二十年（一八九四）曾先後為駐日使館參贊、駐美國舊金山總領事、駐英使館參贊、駐新加坡總領事。光緒二十年奉調歸國。光緒二十三年（一八九七）署湖南按察使，積極協助巡撫陳寶箴創辦新政。次年受命出使日本，未成行，戊戌政變發生，被放歸鄉里。著有《人境廬詩草》、〈日本雜事詩〉。北京大學中文系近代詩研究小組輯有《人境廬集外詩輯》。生平事蹟詳見錢仲聯《黃公度先生年譜》。

❸ 他的〈酬曾重伯編修〉其二曰：「廢君一月官書力，讀我連篇新派詩。」（《人境廬詩草》卷八）自稱其詩是「新派詩」。

❹ 梁啓超，字卓如、任甫，人稱任公，號飲冰子，廣東新會人。光緒十五年（一八八九）舉人。早年入學海堂學習傳統學術，後從康有為學習，思想大變，開始參加變法維新的宣傳與活動。光緒二十一年（一八九五）與康有為一起發動「公車上書」。後曾為京師強學會書記員，主編上海《時務報》，專辦京師大學堂譯書局。戊戌政變發生，流亡國外。一度接近革命派，但迅速掉頭堅持君主立憲。曾在日本辦《清議報》、《新民叢報》、《新小說》等報刊，以「新民」為己任。辛亥革命後歸國，曾參加北洋政府。袁氏稱帝野心暴露後，參與發動反袁之役。晚年離開政界，講學於清華研究院，較早以新學眼光研究古代文化，開啓了近代學術研究新風。一生著述極豐，合刊為《飲冰室合集》。其生平詳見丁文江、趙豐田《梁啓超年譜長編》。

❺ 梁啓超在《夏威夷遊記》（一八九九）中讚賞日本德富蘇峰之文「善以歐西文思入日本文，實為文界別開一生面者」，言「中國若有文界革命，當亦不可不起點於是也」，為梁氏首次提出「文界革命」一語。

❻ 參閱本編緒論第四節。

❼ 康有為，字廣廈，號長素，廣東南海人。早年從朱次琦學習傳統儒學。其遊香港、上海，感到西人治國有方，廣閱西

書譯本，乃講西學。在長興里開萬木草堂，梁啟超、陳千秋等均為其弟子。光緒十九年（一八九三）中舉，二十一年（一八九五）中進士。他關懷國事，從光緒十四年（一八八八）到二十四年（一八九八）的十一年中，七次上書清帝，力言變法圖強，並開展宣傳變法維新的活動，在京師開強學會、保國會，創辦《中外紀聞》等。光緒二十四年（一八九八）得光緒帝召見，應詔上統籌全局摺，令在總理衙門章京上行走。戊戌變法僅九十日，即為頑固派發動的政變扼殺。其後流亡國外，曾至日本、歐美、東南亞諸國。因堅持君主立憲立場不變，組織保皇會，思想日趨保守落伍。一九一七年曾參加張勳復辟活動。有《康南海文集》，近人編有《康有為全集》。生平見《清史稿》本傳、《康南海自編年譜》、康同璧《南海康先生年譜續編》。

❽譚嗣同，字復生，號壯飛，湖南瀏陽人。甲午戰後，受時局刺激，注意新學。光緒二十三年（一八九七）赴長沙，協助湖南巡撫陳寶箴創行新政。次年被徵入京，以四品卿銜為軍機章京，參預變法活動。政變發生，拒絕避難出走，決心以鮮血喚醒民眾，從容被捕就義，成為死難的「戊戌六君子」之一。

❾嚴復，原字又陵，後改字幾道，福建侯官（治今福州）人。早年入福州船政學堂學習，後留學英國。歸國後，曾任天津北洋水師學堂總辦。甲午以後，傾向變法維新，譯出《天演論》、《原富》等名著，宣傳西方資產階級哲學、經濟思想。由於他主漸變，反對革命，思想日見保守，辛亥革命後，還曾列名袁世凱復辟帝制的御用組織籌安會發起人。有《嚴幾道詩文鈔》，近人編有《嚴復集》。生平事蹟見《清史稿》本傳、王蘧常《嚴幾道年譜》。

❿林紓，字琴南，號畏廬，別署冷紅生等，福建閩縣（今福州）人。光緒八年（一八八二）舉人，一生主要任教職，曾主京師大學堂講席。他有愛國感情，同情變法維新，但反對革命。辛亥革命後，以遺老自居。「五四」時期，因不能擺脫對古文藝術的沉迷，站在白話文的對立面。有《畏廬文集》、《畏廬文續集》、《畏廬文三集》、《畏廬詩存》。生平見朱羲冑《林畏廬先生年譜》。

⓫章炳麟，字枚叔，後改名絳，號太炎，浙江餘杭（今杭州）人。早期從經學家俞樾學傳統漢學，中日戰後，開始參預政治活動，戊戌政變後，思想逐漸轉向革命。從庚子以來他就不斷發表批駁改良派保皇論調、鼓吹反清革命的文章，引起清政府的恐慌，終因在《蘇報》上發表〈革命軍序〉被捕入獄，即著名的「蘇報案」。出獄後赴日本，加入同盟會，並擔任《民報》主編，繼續展開同改良派的論戰。辛亥革命後，有與革命黨不協調的行動。晚年專門從事講學著述。有《章氏叢書》及《章氏叢書續編》、《章氏叢書三編》。生平事蹟見《自訂年譜》、湯志鈞《章太炎年譜長編》。

⓬丘逢甲，又名倉海，字仙根，臺灣省人。光緒十五年（一八八九）進士。甲午戰敗，清廷割讓臺灣，曾組織義軍抗日，失敗

後，離臺內渡。贊成變法維新，曾任廣東諮議局副議長。辛亥革命爆發，被舉為參議院參議員。有《嶺雲海日樓詩鈔》等。生平事蹟，見丘瑞甲《先兄倉海行狀》、丘琮《倉海先生丘公逢甲年譜》。

⓭秋瑾，字璿卿，又號鑑湖女俠，浙江山陰（今紹興）人。光緒三十年（一九〇四）赴日本留學，進行反清革命活動，先後加入光復會、同盟會，為同盟會評議員、浙江主盟人。因抗議日本政府頒布《取締清國留日學生規則》歸國。光緒三十三年（一九〇七）在家鄉紹興主持大通學堂，因與徐錫麟組織皖浙反清起義失敗，被清政府殺害。有《秋瑾集》。生平詳見山石《秋瑾年譜》。

⓮一九〇九年十一月十三日，南社於蘇州虎丘舉行第一次雅集，正式宣告成立，與會十七人，選柳亞子為書記員。南社活動最有生氣的時代是從成立到辛亥革命前後數年。宗旨在「欲一洗前代結社之積弊，以作海內文學之導師」（高旭〈南社啓〉），出版《南社叢刻》，引導文學為革命鬥爭服務。後來伴隨政治鬥爭的複雜化，社內不斷發生矛盾與分化，一九二三年因內部矛盾激化而解體，此後又有新南社，南社湘集、閩集等組織。前後共延續三十餘年。參見楊天石、王學莊《南社史長編》。

⓯南社活動時期，共出版《南社叢刻》二十二集。一九九四年，馬以君標點出版了《南社叢刻第二十三集第二十四集未刊稿》。

⓰柳亞子（一八八七—一九五八），原名慰高，字安如，後改名人權，字亞盧，流演為亞子，又曾改名棄疾，號稼軒。江蘇吳江人。光緒二十九年（一九〇三）入上海愛國學社學習。光緒三十二年（一九〇六），任教健行公學，加入光復會，同盟會，主《復報》筆政，聲援革命派與改良派的論戰。一九〇九年與陳去病、高天梅發起成立南社。武昌起義後，任南京臨時總統府祕書，對袁世凱不存幻想，不贊成南北議和。對新文化運動，柳亞子既擁護打倒孔家店和提倡科學民主，卻又反對「文學革命」，以為詩歌不可用白話。此後他大體能跟隨時代的步伐前進，成為國民黨左派。後加入中國民主同盟、中國國民黨革命委員會。有《磨劍室詩詞集》，其子女柳無非、柳無垢編有《柳亞子詩詞選》。生平事蹟見《柳亞子自撰年譜》、徐文烈《柳亞子先生年譜》。

⓱當時這些詩派的領袖人物，都站在蓬勃興起的民主革命的對立面，其詩作更遠離時代的中心主題，甚至相逆反。柳氏之尖銳批評，主要用意是在改變詩壇現狀，使革命詩歌占據詩壇的主流地位。

⓲陳去病，資產階級民主革命活動家和詩人。初以出生地名慶林，壯年時，有感於霍去病「匈奴未滅，無以家為」之壯懷，乃更今名。字佩忍，又字巢南。因喜愛鄉縣垂虹橋，自署垂虹亭長。江蘇吳江人。他積極投身於拯救祖國的活動。光緒二十一年（一八九五）甲午戰敗，在家鄉發起雪恥學會。光緒二十八年（一九〇二）至上海參加中國教育會，並在家鄉組織支部。

光緒二十九年（一九〇三）為探索救國道路，赴日本留學，時沙俄侵逼東北三省，乃參加拒俄義勇隊。見日本維新之成功，對照清王朝的頑固守舊，腐朽無能，深信變革與進行反清革命之必要，加入中國同盟會，先後主《江蘇》雜誌、《警鐘日報》筆政，並創刊《二十世紀大舞臺》，提倡戲劇改革，播揚革命風潮。宣統元年（一九〇九）與柳亞子等發起南社。辛亥革命爆發，在蘇州創辦《大漢報》響應，並一直追隨孫中山，參加討袁、護法等鬥爭，曾任參議院祕書長、江蘇革命博物館館長等職。後期投身教育界，受聘為東南大學、中央大學等校教授。一九三三年病故。平生著述甚多，詩歌方面有《浩歌堂詩鈔》、《浩歌堂詩續鈔》等，今人編有《陳去病詩文集》、《陳去病全集》。生平事蹟見其本人所撰《垂虹亭長自傳》、金荃著《陳去病先生年譜》。

⑲ 蘇曼殊，原名戩，字子谷，後改名玄瑛，曼殊是其出家為僧的法號。廣東香山（今中山）人。曼殊出生於日本橫濱，母為日本人。幼年回廣東，不堪嫡母的虐待而出家為僧，但是民族的危難又使他不能忘懷現實，而往復於僧俗之間。光緒二十八年（一九〇二）以後，曾在日本東京加入革命團體拒俄義勇隊等，歸國後任教於蘇州吳中公學，參加上海《國民日日報》工作。辛亥革命後，曾參加上海《太平洋報》工作，並於一九一三年發表《反袁宣言》。著有《曼殊全集》，生平事蹟見柳亞子《蘇玄瑛新傳》、馬以君《蘇曼殊年譜》。

⑳ 陳衍，字叔伊，福建侯官（今福州）人。光緒八年（一八八二）舉人。支持變法維新。戊戌政變發生後，赴武昌任官報局總編纂，後為學部主事、京師大學堂教習。辛亥革命後，曾任無錫國學專門學校教授，倡辦國學會。有《石遺室叢書》，其中包括《石遺室文集》、《石遺室詩集》等。此外有《石遺室詩話》及其《續編》。另輯有《近代詩鈔》。生平事蹟見陳聲暨等著《陳石遺先生年譜》及《陳石遺先生年譜補續》。

㉑ 陳衍說：「同光體者，余與蘇戡（鄭孝胥）戲目同光以來詩人不專宗盛唐者也。」（《石遺室詩話》卷一）錢仲聯〈論同光體〉一文指出被陳衍先後列入「同光體」的詩人沈曾植、陳三立、陳衍、鄭孝胥等，同治年間還都年輕，其創作活動時期都是在光緒以後，「現在他們幾個人詩集裡的存詩開始年代，都遠在光緒元年以後很長一段。所以陳、鄭舉出『同光體』旗幟，『同』字是沒著落的，顯然出於標榜，以上承道、咸以來何、鄭、莫的宋詩傳統自居。」

㉒ 陳三立，字伯嚴，號散原，江西義寧（今修水）人。光緒十五年（一八八九）進士，曾任吏部主事。光緒二十一年（一八九五）其父陳寶箴於湖南巡撫任上，創辦新政，曾協助籌劃。湖南所行新政，亦見初效。陳三立始終主張這種由地方具體做起，緩慢推進的改革，不贊成康、梁比較急進的維新作為。戊戌政變發生後，與其父同被牽連革職，永不敘用。辛亥革命後，以遺老自居。有《散原精舍詩集》及其《續集》、《別集》與《散原精舍文集》。生平事蹟見吳宗慈《陳三立傳

略》。

㉓沈曾植，字子培，號乙庵、寐叟等，浙江嘉興人。光緒六年（一八八〇）進士。甲午戰敗後，贊助康有為變法活動。曾任京師強學會正董。不過，他也對康、梁急進的變法行動持有不同意見。後曾署安徽布政使、護理巡撫。辛亥革命後，以遺老居上海。沈曾植為著名學者，有著作四十餘種，文學方面有《海日樓詩》、《海日樓文集》。今有錢仲聯《沈曾植集校注》。生平事蹟見《清史稿》本傳，王蘧常《沈寐叟年譜》。

㉔鄭孝胥，字太夷，號蘇堪，福建閩縣人。光緒八年（一八八二）舉人。曾任駐日使館書記官、神户領事、湖南布政使等職。辛亥革命後，以遺老自居。「九一八」事變後與日本勾結，組織偽「滿洲國」，任「國務總理」，墮落為漢奸。有《海藏樓詩》。

㉕王闓運，字壬秋，湖南湘潭人。咸豐三年（一八五三）舉人。太平天國起義爆發，曾國藩創辦湘軍，王對曾之軍事頗多建議。此後曾主四川、湖南等地書院。光緒三十四年（一九〇八）賜翰林院檢討，加侍讀。民國建立，袁世凱權盛之時，一度任國史館館長，不久即辭歸。有《湘綺樓全書》，其中包括《湘綺樓詩集》、《湘綺樓說詩》。生平事蹟見《清史稿》本傳、王代功《湘綺君年譜》。

㉖樊增祥，字嘉父，號雲門、樊山，湖北恩施人。同治六年（一八六七）舉人，光緒三年（一八七七）進士，累官至江寧布政使、護理兩江總督。其為官盡心吏事，處事公正，但其思想不出洋務派範疇，辛亥之後，與時代不相合，退居上海，以遺老自居，但又曾為洪憲之參政，未免進退失據。著有《樊山集》及其《續集》與《樊山集外》。今有涂曉馬、陳宇俊點校之《樊樊山詩集》。生平事蹟見蔡冠洛《清代七百名人傳》。

㉗易順鼎，字實父，別號哭庵。湖北龍陽（今漢壽）人。光緒元年（一八七五）舉人。中日戰爭爆發，曾赴臺灣贊助劉永福抵抗日軍，表現了高度的愛國激情。後為陝西布政使。但易順鼎除愛國思想外，不能與時俱進，辛亥革命後，既不滿現狀，又無新思想支持，以致流於狂放玩世。袁世凱稱帝，又出為代理印鑄局長。著有詩集二十餘種，均收入《琴志樓全書》。今有王飆點校之《琴志樓詩集》，搜輯整理易詩甚全。生平事蹟見蔡冠洛《清代七百名人傳》。另《琴志樓詩集》附有王飆編撰之《易順鼎年譜簡編》。

㉘王鵬運，字幼霞，號半塘，廣西臨桂（今桂林）人。同治九年（一八七〇）舉人，歷官內閣侍讀、監察御史等職，他支持康、梁變法，為御史剛正敢言。著有多種詞集，後自刪定為《半塘定稿》，朱祖謀又從其詞集中遴選部分作品成《半塘剩稿》。他彙刻唐五代與宋元諸家詞為《四印齋所刻詞》，以漢學家功夫校勘詞集，首開詞家校勘之學。

㉙朱祖謀，一名孝臧，字古微，號彊村，浙江歸安（今湖州）人。光緒九年（一八八三）進士，官至禮部右侍郎。辛亥後，以遺老著述自娛。著有《彊村語業》。他校輯唐五代宋金元人詞總集與別集一百七十九種，成《彊村叢書》，號稱精審，有功於詞學文獻。

㉚鄭文焯，字俊臣，號叔問、別署大鶴山人。奉天鐵嶺（今屬遼寧）人。光緒元年（一八七五）舉人，官內閣中書，後長期為地方大吏幕客，擅尺牘書畫。所著詞集刪存為《樵風樂府》，又著有詞律著作《詞源斠律》。

㉛況周頤，原名周儀，避宣統諱改，字夔笙，號蕙風。廣西臨桂（今桂林）人。光緒五年（一八七九）舉人，官內閣中書，曾入張之洞、端方幕府。在北京與王鵬運交，從事詞學。晚年居上海，與朱祖謀切磋詞藝，轉重守律。其詞集合刊為《第一生修梅花館詞》，後刪定為《蕙風詞》。又有論詞著作《蕙風詞話》。

㉜文廷式，字道希，晚號純常子。江西萍鄉人。光緒十六年（一八九〇）進士。曾為侍讀學士，署大理寺正卿。中日戰爭爆發，他反對和議，後又贊成康、梁變法，屢遭打擊迫害，終於落職。戊戌政變後，一度避地日本，歸國後，曾參與唐才常籌組愛國會的活動。有《雲起軒詞鈔》。生平見胡思敬《文廷式傳》、沈曾植《文君芸閣墓表》。

第四章 近代後期的小說與戲曲

與近代前期小說、戲曲的狀況不同，伴隨著資產階級的改良運動和革命運動的興起與發展，以及資產階級啓蒙宣傳的加強、西學輸入的推向高潮，近代後期成爲中國小說戲曲轉型嬗遞的重要時期。適應求變求新的時代洪流，「小說界革命」勃然興起，小說成爲晚清思想啓蒙和文學革新運動中成績卓著的領域。作爲抉發時弊、開啓民智的利器，新小說以其干預現實、踔厲風發的思想鋒芒而震撼文壇，出現了被魯迅稱爲「譴責小說」的四大名著：《官場現形記》、《二十年目睹之怪現狀》、《老殘遊記》和《孽海花》。與此同步，戲曲改良運動全面展開，大量表現新思想的傳奇雜劇發表於報刊，並誕生了新的劇種——話劇。辛亥革命以後，民眾的政治熱情銳減，出現了以消閒、遊戲爲創作宗旨的鴛鴦蝴蝶派，體現了現代都市娛樂消費的文化品位。

第一節 小說界革命與新小說的興起

・小說界革命的發生與發展　・新小說的澎湃浪潮　・構擬理想世界的藍圖　・求新聲於異邦
・歷史瘡痍的反思　・民族民主革命的鐸音　・翻譯小說的繁榮與小說審美意識的嬗遞

近代後期小說領域的突出現象，是「小說界革命」的開展。「小說界革命」是與「詩界革命」、「文界革命」在相同背景下發生的。這場「革命」主要是資產階級思想啓蒙運動的推動和西方文學觀念與文學作品的啓示的結果，而印刷術的進步、稿酬制度的出現、文化商品市場形成的刺激，也起了推波助瀾的作用。

同治十一年末（一八七三年初），蠡勺居士已聲稱「誰謂小說爲小道哉」[1]，不過那時還是空谷足音。光緒二十三年（一八九七），嚴復、夏曾佑在《國聞報》上發表〈本館附印說部緣起〉，強調小說「入人之深，行世之遠」，並提出小說乃是表現人類的「公性情」，「一曰英雄，一曰男女」，「非有英雄之性，不能爭存；非有男女之性，不能傳種」，既高度推重小說，又以人性論、進化論的觀點闡釋小說的本體與審美心理，表現出與「載道」、「勸善懲惡」等傳統思想不同的新觀念，影響漸大。光緒二十八年（一九〇二），梁啓超在《新小說》創刊號上發表〈論小說與群治之關係〉，文章疾呼「欲新一國之民，不可不先新一國之小說」，並響亮地提出「小說爲文學之最上乘」，成爲小說界革命的綱領。它把原處於社會文學結構邊緣的小說推到中心地位，把原只流行於俗的小說變成知識層自覺運用來進行覺世新民、療救社會的利器。「登高一呼，群山回應」（包天笑《釧影樓回憶錄・編輯雜誌之始》），很快形成一個小說刊物勃興、小說批評和理論研究活躍、新小說創作空前繁榮的局面❷。阿英《晚清小說史》言晚清「成冊的小說」（所指包括創作小說和翻譯小說）「至少在一千種上」。新小說的突出特點是與政治結下了不解之緣，無論政治小說、科學小說、社會小說、歷史小說，無不與救亡圖存、改良群治息息相關，從而刷新了中國小說的格局，揭開了小說史上新的一頁。然而，梁氏理論是有偏頗的，他過分誇大了小說的社會作用，帶有火色過濃的政治功利色彩，使小說成爲政治揚聲器，其心理構型與儒家詩教、文以載道的舊統一脈相承。因此，梁啓超所倡導的小說界革命，在刷新中國小說格局的同時，也留下了政治與藝術、個性與群體、求雅與趨俗等諸多困惑。

新小說按其題材範圍與選擇視角的不同，可分數種：首先是宣傳政治主張的政治小說，此類小說常以擬構理想世界藍圖的形態出現，梁啓超《新中國未來記》即其代表。這部小說以未來六十年後的中國維新成功揭開序幕，昭示了維新派的政治理想。小說的主幹部分則是記述改良派黃克強與革命派李去病關於革命與改良的一場大辯論，二人反覆駁詰達四十四段，幾乎囊括了二十世紀初愛國志士關於「中國向何處去」論爭的基本要旨；在某種程度上也是梁啓超本人流亡日本初期，徘徊於改良和革命之間內心矛盾的自我剖白。小說打破了古典小說以故事爲基本構架的敘事模式，大規模地融入散文和詩的筆法，但演說、口號、章程、條例畢收，在一定程度上影響了小說的藝術興味❸。頤瑣的《黃繡球》堪稱《新中國未來記》的姊妹篇。小說敘說自由村從蒙昧到文明的歷史，寄寓維新派從一村、一地改造中國的政治理想。其次是求新聲於異邦，寫外國題材，轟動一時的羅普的《東歐女豪傑》即敘俄國虛無黨事。女傑蘇菲亞出身天潢貴胄，因不滿專制暴政，投身虛無黨，甘棄榮華，走入民間，踐霜履冰，萬死不辭，蘇菲亞成爲當時膾炙人口的革命女傑。再次是對歷史瘡痍反思的作品，連夢青的《鄰女語》寫八國聯軍血汙神京，鎮江金堅毀家紓難，毅然北上，救民飢溺（很可能是以劉鶚爲原型），通過他沿途見聞，展示乾坤含瘡痍、日月慘光晶的歷史畫卷：瓜洲渡口的逃難洪流；清江浦上的風聲鶴唳；銀河宮外殺聲哭聲刺耳的恐怖之夜；赤地如燒，哀鴻遍野，千里中原，尤其是山東界內十里荒林中高懸的一顆顆包裹紅巾的義和拳民的人頭，以猩紅之色留下了這場慘絕人寰的歷史浩劫之一瞥。小說以隔牆鄰女的喁喁細語爲貫穿線索，故名《鄰女語》。小說通過一個普通人的視角來寫大時代的狂瀾，細膩地感受著歷史瘡痍的點點斑斑，手法新穎，體現了小說審美意識嬗遞的軌跡。遺憾的是第七回後，又落入歷史演義的窠臼，撇開主人公，專敘庚子事變中的各種奇聞軼事。小說前後風格迥殊，似非出自一人手筆。

在小說界革命後期，資產階級革命派作家創作了一批狂飆突進式的作品，成爲民族民主革命的鐸音。陳天華的《獅子吼》，楔子分爲三部曲：一爲混沌人種的滅亡；二爲睡獅猛醒的怒吼；三爲「黃帝魂」，構擬光復中華五十年後的璀璨圖景，表現了小說的主旨。小說主要敘說浙江舟山島上的民權村，本是明末張煌言抗清之地。三百年來，村人誓雪國恥，慘澹經營，儼然建成一獨立的文明社會雛形，學堂、工廠、醫院、議事廳等新事物應有盡有。中學教習文明種闡揚盧梭《民約論》，倡言民權，鼓吹排滿革命。他的得意門生畢業後也分別尋求改造中國之路，孫氏兄弟念祖、肖祖赴美、德留學，繩祖返大陸辦報紙，編小說雜誌；狄必攘則逕赴內地聯絡會黨。此書堪稱當時革命原理的通俗圖釋。黃世仲的《洪秀全演義》❹，生動地展示了太平天國波瀾壯闊的反清戰史，弘揚民族革命思想，並融入若干西方議會民主、男女平權等觀念。

這一時期，翻譯小說尤盛於創作小說。光緒二十五年（一八九九）林紓所譯的《巴黎茶花女遺事》問世，此後譯著紛出，域外小說開始成爲中國小說發展的參照系。這與一九〇二年梁啓超〈論小說與群治之關係〉的發表，堪稱中國近代小說史上交相輝映的雙子星。林譯的主要貢獻在於啓迪了中國現代小說意識的覺醒❺：一，在中國小說史上第一次明確地提出了「專爲下等社會寫照」（《孝女耐兒傳・序》）的命題，建構了新的小說審美規範，文學的主人公由英雄豪傑、才子佳人轉爲卑微的小人物，昭示了「平民意識」的崛起與「人」的覺醒。二，引進了風格流派的概念。林紓對於作家風格往往有一種靈犀暗通的默契，他對西方作家風格的闡發給人以創造性的啓示，如司各德的文心奇幻，仲馬父子的冶豔穠麗，華盛頓・歐文的詩的氛圍與哲理深味等。三，誘發了現代性愛意識的覺醒。林譯《巴黎茶花女遺事》、《迦茵小傳》等，引進伴隨人格獨立、個性解放而興起的現代性愛意識，對幾千年鑄就的道德心防產生了轟擊作用。近則流風被於蘇曼殊的哀情小說，遠則下開「五四」時代那些浪漫自由的愛情詠歎調。林譯具有自己獨特的美學風貌，既有古文簡潔、雋永的風韻，又兼有西方文學的靈思美感，爲小說的創作提供了典範。清末民初的「林譯小說」成爲中國小說新舊嬗變歷史進程中的重要媒介，影響了「五四」一代風流人物，如魯迅、郭沫若、周作人等❻。

第二節　《官場現形記》與《二十年目睹之怪現狀》

・封建社會崩潰前夕的官場解剖：《官場現形記》

・光怪陸離的社會諸相的寫眞：《二十年目睹之怪現狀》

在「小說界革命」浪潮中湧現的最具影響的小說，莫過於被魯迅稱爲「譴責小說」的《官場現形記》、《二十年目睹之怪現狀》、《老殘遊記》、《孽海花》四部作品。這類作品抨擊腐敗，直抉時弊，形成近代一股強勁的批判現實的文學潮流。

李寶嘉（一八六七—一九〇六）❼的《官場現形記》是我國第一部在報刊上連載、直面社會而取得轟動效應的長篇章回小說，首開近代小說批判現實的風氣。它是一部專門暴露官場黑暗的力作，對於中國封建社會崩潰時期的官僚政治進行了總體解剖，上自軍機大臣，下至佐雜胥吏，全方位地攝入筆底。書中人物故事多以眞人眞事爲藍本，如周中堂影射翁同龢，華中堂影射榮祿，黑大叔影射李蓮英等。至於冒得官、區奉人（諧趨奉人）、賈筱芝（諧假孝子）、時筱仁（諧實小人）、刁邁彭（諧刁賣朋）、施步彤（諧實不通）等，其行徑一旦形諸筆墨，皆使時人感到似曾相識，默契會心，倍增興味。它以紀實性而風靡於世。嗣後，模仿之作紛出，一時蔚爲大觀。

《官場現形記》所寫的不是個別的貪官汙吏，而是整個政治體制的腐朽，無官不貪，無吏不汙，賣官鬻缺、貪贓納賄已成爲官場的運行機制。通過慈禧太后之口，道出「通天底下一十八省，哪裡來的清官？」（第十八回）何藩臺與其胞弟三荷包，內外聯手，將府州縣缺明碼標價出售。賈潤孫攜十萬兩銀進京謁見，立刻被一幫手眼通天的掮客包圍，他們專門替朝中大老兜攬生意，進納苞苴。軍機處儼如坐地分贓的議事廳。書中兩大參案，都是最骯髒卑鄙的政治交易。如浙省參案，本是朝廷有意照應欽差，「好叫他撈回兩個」。書中勾勒出一幅八表同昏的官場群醜圖。

官場腐敗，自然道德淪喪，居上位者，只知珠玉妖姬，升官發財，所謂政績，無非是禍國殃民。胡統領嚴州剿匪，縱兵屠洗村莊以冒功邀賞。在下者則巧於逢迎，吮癰舐痔，奴顏媚骨成爲做官第一要訣。湍制臺家蓄十美，屬員過翹特地到江南買了兩個絕色女子進獻，湊成「十二金釵」。更爲齷齪的是冒得官，竟將親生女兒報效上司。人心叵測，遍地陷阱。兩個紅州縣周果甫、戴大理鬥法，都是口蜜腹劍、笑裡藏刀；時筱仁恩將仇報，對故主落井下石；刁邁彭賣友求榮，斷送把兄。書中那一群胸無點墨的酒囊飯袋：劉大侉子、黃三溜子、田小辮子、唐二亂子等，更是晚清官場特產的一宗活寶，捐例大開的必然產物，錢虜市儈，袍笏登場，官場的文化品位也蕩然無存了。綜觀全書，人性的墮落與異化到了怵目驚心的地步，作家直斥爲「畜生的世界」（第六十回）。書中暴露黑暗有餘，缺乏一絲亮色。

小說採用若干相對獨立的短篇故事蟬聯而下的結構方式❽，雖不免於鬆散枝蔓，然亦適應敏銳地反映廣闊的社會人生的需要。白描傳神是其所長，如胡統領嚴州剿匪數回，布局精巧，錯落有致，人物映帶成趣。胡統領涎色貪財，昏聵顢頇，而又喬裝張致，擅作威福；周老爺陰險勢利，工於心計；文七爺紈袴闊少，風流自喜；趙不了寒酸猥瑣，人窮志短；莊大老爺老奸巨猾，八面玲瓏，都栩栩如生。襯以浙東水鄉風光，江山船上的鶯鶯燕燕，構成相當生動逼眞的社會風俗畫卷。作家尤擅長於渲染細節，運以頰上添毫之筆，有入木三分之妙。第四十三至四十五回，寫佐雜太爺的酸甜苦辣，極盡揶揄之能事。〈跌茶碗初次上臺盤〉是一幕精心設計的人間喜劇，通過跌茶碗這一細節，將小人物受寵若驚的扭曲心態，描摹盡致。小說還充分運用了誇張、漫畫化的鬧劇手法，尤喜撕破人生的假面。如浙江巡撫傅理堂，自命崇尚理學，講究「愼獨」功夫，卻偏有〈叩轅門蕩婦覓情郎〉一幕好戲。《官場現形記》藝術上的缺陷是冗長、拖沓，人物情節間有雷同。《官場現形記》之外，李寶嘉的《文明小史》、《中國現在記》都是新舊過渡的維新時代社會風貌與社會心態的相當眞切的剪影，他的《活地獄》還具有刑獄史的價值。

吳沃堯（一八六六—一九一〇）❾的《二十年目睹之怪現狀》是一部帶有自傳色彩的作品。全書以主人公九死一生奔父喪始，至其經商失敗止。卷首九死一生自白他出來應世的二十年間所遇見的只有「蛇蟲鼠蟻」、「豺狼虎豹」、「魑魅魍魎」，小說就是展示這種怪現狀，筆鋒觸及相當廣闊的社會生活面，上自部堂督撫，下至三教九流，舉凡貪官汙吏、訟棍劣紳、奸商錢虜、洋奴買辦、江湖術士、洋場才子、娼妓孌童、流氓騙子等，狼奔豕突，顯示了日益殖民地化的中國封建社會肌體的潰爛不堪。

小說富有特色的部分是對封建家庭的罪惡與道德淪喪的暴露。在拜金主義狂潮的衝擊下，舊式家庭中骨肉乖違，人倫慘變，作者以犀利的筆鋒直抉那些道貌岸然的正人君子的醜惡靈魂。九死一生的伯父子仁就是一個典型的涼薄無行的僞君子。他堂而皇之地乾沒亡弟萬金遺產，奪孤侄寡娣的養命錢，幾令九死一生流落街頭。其人不苟言笑，動輒嚴斥子侄，而所做曖昧情事，令人齒冷。宦家子弟黎景翼爲奪家產，逼死胞弟，又將弟媳賣入娼門。吏部主事符彌軒，高談性理之學，卻百般虐待將他自襁褓撫養成人的祖父。書中落墨甚多的苟才，也是被他的親子龍光勾結江湖草醫害死。舊家庭中的深重罪孽，令人毛骨悚然。作家抉發官場黑幕，亦頗重從道德批判切入，直斥「這個官竟然不是人做的，頭一件先要學會了卑汙苟賤」（第五十回）。貫穿全書的反面人物苟才，便是這種「行止齷齪，無恥之尤」的典型。他夤緣苟且，幾度宦海沉浮，爲求官星照命，竟將如花似玉的寡媳獻與制臺大人。此外，書中對於清末官吏的庸懦畏葸、恐外媚外，也有相當生動的刻畫，體現了作家的愛國義憤。小說還萬花筒似地展示了光怪陸離的社會齷齪諸相，其中作家揣摩最爲熟透的則是「洋場才子」。這些浮薄子弟，徙倚華洋二界，徜徉花國酒鄉，胸無點墨，大言炎炎，笑柄層出，斯文掃地，充分顯示了畸形社會中，一部分知識分子的空虛和墮落。

本書也反映了作家追求與幻滅的心史歷程。書中著意推出一些正面人物如吳繼之、九死一生、文述農、蔡侶笙等，寄託著作家的理想和追求。吳繼之由地主、官僚轉化爲富商，是我國小說中最早出現的新興資產階級形象。他與九死一生所經營的大宗出口貿易，曾經興旺一時，差可自豪，足以睥睨官場群醜，體現了社會價值觀念的變化。然而作家筆下商場人物的心理構型仍然是舊的，作家著力刻畫的是他們的義骨俠腸，彼此間肝膽相照的深情厚誼，都還缺少商業資本弄潮兒的氣質，他們最後的破產則反映了半封建半殖民地的中國社會中，新興資產階級的命定歸宿。蔡侶笙則純然「清官」模式。書中正面人物無例外地被人欲橫流的塵囂濁浪所吞沒，「實業救國」、「道德救國」，一一破產，體現了作家「救世之情竭，而後厭世之念生」（李葭榮《我佛山人傳》）的心靈搏鬥歷程。

小說突出地體現了作家的藝術風格：筆鋒凌厲，莊諧雜陳，辛辣而有興味。如苟才初次亮相，他那如瓶瀉水般的談吐，旁若無人的意態，寥寥數筆，躍然紙上。小說採用第一人稱限制敘事，在小說史上別開生面，以九死一生二十年間的悲歡離合、所見所聞貫穿始終，結構上成一搏結之局。不足之處是材料不免龐雜，有些形同話柄的連綴。

《二十年目睹之怪現狀》外，吳沃堯的三部寫情小說《恨海》、《劫餘灰》、《情變》，也曾在小說史上產生重要影響。前二者開民初哀情小說、苦情小說之先河，並確立了「發乎情，止乎禮義」的寫情規範；後者著重寫「痴」、寫「魔」，開孽情小說一路。

第三節 《老殘遊記》與《孽海花》

·小說藝術由古典向現代的轉變：《老殘遊記》

·深含三重意蘊的《孽海花》

《老殘遊記》爲劉鶚（一八五七—一九〇九）[10]所作。小說〈自敘〉中云：「棋局已殘，吾人將老，欲不哭泣也得乎？」劉鶚是在事業屢挫、飽嘗憂患之餘而撰此說部，是他的崩城染竹之哭。首回那在洪波巨浪之中行將沉沒的大船，便是中國的象徵，橫亙在作家心頭的是「中國向何處去」的困惑。正是在這樣的社會歷史背景下，劉鶚對中國封建主義的官僚政治及其文化心態，作了相當深刻的透視和反思。小說以一個搖串鈴的走方郎中老殘爲主人公，記敘他在北中國大地遊歷的所見、所聞、所思、所感。書中觸及的社會生活面並不甚廣，但開掘甚深。

《老殘遊記》的一大特色，是首揭「清官」之惡。小說成功地塑造了兩個「清廉得格登登的」酷吏典型——玉賢、剛弼。他們的「清官」、「能吏」之譽，是以殘酷虐政換來的。玉賢做曹州知府，號稱「路不拾遺」，揭開這一「美譽」的背面，則是濫殺無辜，冤案累累。于朝棟一家四口死於強盜栽贓，小雜貨店王掌櫃之子因直言而賈禍，馬村集車店掌櫃的妹夫慘遭捕快陷害，眞是所謂「冤埋城闕暗，血染頂珠紅」（第六回）。作家深刻地揭示出這些酷吏可怕的精神世界，掩蓋在清廉之下的是無比冷酷殘忍與比貪贓更大的貪慾。玉賢點數站籠簿冊，如數家珍；剛弼刑訊魏家父女，如貓戲鼠。他們已然淪爲嗜血的肆虐狂，他們剛愎自用、任性妄爲，愚頑而又專橫。自以爲不要錢，不問青紅皂白，放手做去，其實靈魂深處是無限膨脹的野心和權慾。老殘一語道破：「只爲過於要做官，且急於做大官，所以傷天害理的做到這樣。」（第六回）他們的飛黃騰達，說明中國封建政體不只卵育貪官，也是孳生酷吏的土壤。莊宮保是又一種類型的官吏，他是所謂寬仁溫厚的「好官」，然而顢頇昏謬、平庸無能而壞事。作家以洞察中國歷史的慧眼卓識指出：「天下大事，壞於奸臣者十之三四；壞於不通世故之君子者倒有十分之六七也。」（第十四回）

從小說的總體構思來看，對官僚政治的批判與對文化心態的反思形成互補結構。酷吏的立身根柢便是宋儒理學，書中寫了兩個帶有反理學、反禁慾色彩的女性，即《初集》中的璵姑和《二集》中的逸雲。她們屬於哲理型或曰思辨型的女性[11]，是我國古典文學中罕見的新形象，堪稱空谷幽蘭。桃花山一夕夜話，作家讓自己筆下的理想女性娓娓道出宋儒的虛僞和矯情，表現了對於壓抑個性、遏制情慾的倫理道德的深刻憎惡。此外，劉鶚顯然試圖使作品涵納自己的政治思想以至哲學思想。首回危船一夢，以象徵的手法，將晚清國勢的危殆、各派政治力量對時局的立場和態度，做了寓言式的圖解。劉鶚無疑反對「北拳南革」，他所開出的治世藥方是：補殘。所謂「三元甲子之說」[12]，雖蒙上神祕預言色彩，實質也蘊涵著循序漸進的社會變革意識。書中桃花山夜話數回，則顯然是在弘揚太谷學派的教義，表現了對中國未來命運的預測。小說同時也是作家心靈歷程的自白，從「送他一個羅盤」至於「眾怒難犯」，概括了劉鶚一生奮鬥的失敗史以及痛苦的心靈歷程：由補殘、哭世至於出世，《二集》和《外編》瀰漫著佛老悲天憫人的宗教氛圍。

《老殘遊記》的藝術品位甚高，留下蛻舊變新的明顯印記。首先是敘事模式的轉變，由說書人敘事轉爲作家敘事。小說具有濃郁的主觀感情色彩，作家的創作個性和主體意識得到充分弘揚。小說視角也由傳統的全知敘事轉爲第三人稱限制敘事。其次是心理分析手法的運用。《二集》中寫鬥姥宮姑子逸雲講述她與任三爺熱戀的長篇自白，就是一種大膽嘗試。作家的筆鋒觸及人的潛意識中最隱祕的心弦震顫，將一個青春少女對於情慾、物欲的強烈渴求和盤托出，頗有現代心理分析的意味。而《老殘遊記》最突出的藝術特色是體現了中國小說由敘事型向描寫型的轉變。摻入詩和散文的筆法，開拓審美空間，其文筆之清麗瀟灑，意境之深邃高遠，都達到很高境界。白描自然景色，尤見藝術功力，如寫大明湖秋色，於梵宇僧樓、蒼松翠柏間點染一株半株濃豔的丹楓，頓覺秋意盎然。寫黃河冰封凌怒，則蒼莽遒勁。書中關於音樂的兩段描寫：明湖居白妞說書，精彩絕倫，妙譬連珠，極形清音瀏亮，悠揚雲表之妙。第十回〈驪龍雙珠光照琴瑟，犀牛一角聲葉箜篌〉，則天機清妙，不同凡響，毋寧說是作家在傾訴心聲。

《孽海花》爲曾樸（一八七二—一九三五）所作⑬，有小說林本與眞美善本⑭。《孽海花》成書於資產階級革命走向高漲的年代，其昂揚的愛國精神和激進的革命傾向，發聾振聵。首回〈惡風潮陸沉奴隸國〉，體現了作家深切的危機意識，「十八省早已都不保了」的疾呼，在二十世紀初葉敲起了警鐘。作家的批判筆鋒集中指向封建專制政體，甚至借書中人物之口，闡揚了石破天驚的革命主張：「從前的革命，撲了專制政府，又添一個專制政府；現在的革命，要組織我黃帝子孫民族共和的政府。」（第四回）書中還勾勒了英氣勃勃的革命黨人孫汶、陳千秋、史堅如等的形象，其思想之激進，實出於晚清一般譴責小說之上。

作家著眼於十九世紀後半中國的「文化的推移」、「政治的變動」（曾樸〈修改後要說的幾句話〉），使小說融注了多重意蘊。首先，它具有歷史小說的厚重內涵，從中法、中日之戰，清流黨的鋒銳，公羊學的勃起，到帝、后的失和，改良派與革命派的活躍，還有柏林、聖彼德堡的風雲，歷史洪波巨流都留下了投影。其次，《孽海花》的諷刺筆墨亦擅勝場。作家多擷取一些有趣的瑣聞軼事，舉凡宮闈祕聞、科場鬧劇、官吏貪墨、士林痲木等，初無過甚貶詞，卻能挖掘出其中荒唐、古怪、畸形的喜劇因素。再次，小說著重表現的則是中國文化心態的衝突與嬗遞，從沉湎過去的自我封閉轉爲迎受歐風美雨這一冰泮流澌的巨變。故事開篇蘇州雅聚園茶話，顯示了咸、同年間人們對於科名的沉醉，留下了文化封閉心態的印跡。而在繁華總匯的上海，馮桂芬對新科狀元金雯青的一席話，卻透露了物換星移的信息。小說著力渲染上海味蒓園的談瀛勝會，通過風發泉湧的席間議論，幾乎囊括了晚清向西方尋求眞理的人們所提出的各種主張，表現了中國一代先哲奮進自強的追求。小說尤其突出地表現了舊式封建士大夫的必然沒落。他們頗有文化素養，論金石，談考據，一派高雅斯文氣象，卻大都不堪承當大事。如中法、中日戰爭數回中，那兩位徒託空言、終無大用的書生莊侖樵與何玨齋。雲臥園名流雅集一回寫翰墨場中的怪傑李純客，自鳴清高，疏狂傲世，其實卻還是十里軟紅塵中的名利客。揭露這過渡時代中，持守舊文明的「士」完全無助於挽救天朝上國的淪落，是此書的重要底蘊之一。作家選擇金雯青作爲主人公不是偶然的，他恰是中國舊文化的代表，與時代潮流格格不入。早年在上海一品香宴集上，面對那些學貫中西的新潮人物，已十分茫然。當他榮膺使節，一踏上德國薩克森號輪船，便立即成爲任憑環境擺布的傀儡。西方流行的各種社會思潮，令他大驚失色，一副冥頑不靈之態。在柏林、聖彼德堡，他的愛妾傅彩雲占盡風光，而他一個堂堂使臣反倒成了配角，每日杜門謝客，蟄居書室。這位攀上中國科名高峰的狀元，雖已置身蓊郁蔥蘢的現代文明中，卻不敢一覷新世界的萬花筒。而他無論是在官場上還是情場上，都成俩俩惶惶的敗北者。他的凋零，意味著一個歷史時代的沉淪。

傅彩雲以清末民初紅極一時的名妓賽金花爲模特，是曾樸精心雕塑的藝術典型，一個色相和情慾都紅豔似火的女人。她出身卑微，淪落風塵，成爲姑蘇城中豔名大噪的花魁。她與雯青一見如故，從此寵擅專房，後隨雯青遠赴歐西各國，儼然命婦，靚妝婀娜，又兼能操外語，出入宮廷和社交場合，贏得「放誕美人」的芳名。她聰明乖巧，善解人意，又機敏老辣，富有手腕。溫順時，如依人小鳥；刁惡時，如毒螫蛇蠍。她輕薄如浮花浪蕊，終於把雯青活活氣死。這是一種不合理制度中形成的畸形性格：她被男人當作玩物，她也玩弄男人。作家深入靈肉合一的人性層面，成功地塑造出這個帶著無法自制的本性弱點，深深陷溺於情慾、物欲孽海之中不能自拔的形象。

魯迅稱許《孽海花》：「結構工巧，文采斐然。」（《中國小說史略》第二十八篇）《孽海花》是一部瑰瑋綺麗的作品，文筆娟好，辭采華披，寫景狀物，明麗如畫。作家於小說結構尤爲慘澹經營，提出「珠花」式的結構藝術⓯。從蘇州閶門外彩燈船上雯青與彩雲邂逅，至於水逝雲飛的最後結局，圍繞男女主人公命運這一中心主幹，把許多本是散漫的故事結成枝葉扶疏的整體布局，並以蟠曲迴旋之筆，精心設計了幾次高潮。當然，《孽海花》中也有一些雜蕪枝蔓的筆墨，失之縱逸。

第四節 民初小說鳥瞰

・從開啓民智到徇世媚俗 ・鴛鴦蝴蝶派小說的淵源與流變 ・蘇曼殊的哀情小說

民國以後，小說創作由開啓民智滑向徇世媚俗，形成了以消閒、趣味爲創作宗旨的鴛鴦蝴蝶派。它的大本營在上海。這與辛亥以後，民眾的政治熱情銳減相關。但更主要的是小說作者多已不是「以文治國」的革命家，而是以文餬口的文壇才人。他們與近代前期寫狹邪小說的幕僚文人類似，不過已無須曳裾侯門，而只須面對富於刺激性的小說商品市場。在上海這個半殖民地化的畸形繁榮的大都市中，廣大讀者對於小說娛樂功能的需求，則爲媚俗小說創造了暢銷的市場。

近代前期小說《花月痕》中已有「卅六鴛鴦同命鳥，一雙蝴蝶可憐蟲」（第三十六回）之句，它的那種才人落拓、紅粉飄零的格調以及詞章化、駢偶化的筆法，無疑爲鴛鴦蝴蝶派小說所本。二十世紀初，即使當小說界革命沸反盈天之時，消閒、遊戲的傾向亦是一股不可忽視的潛流。李伯元於光緒二十三、二十七年（一八九七、一九〇一）先後創辦《遊戲報》、《世界繁華報》，「踵起而效顰者無慮十數家」（吳沃堯《李伯元傳》）。此類消閒小報的基本傾向就是「以詼諧之筆，寫遊戲之文」（〈《遊戲報》重印本告白〉），爲鴛鴦蝴蝶派刊物提供了模板。同時，寫情小說也不絕如縷。光緒二十六年（一九〇〇）出版的天虛我生的《淚珠緣》以及吳沃堯的三部寫情小說《恨海》、《劫餘灰》、《情變》所確立的寫情規範，都給鴛鴦蝴蝶派作家以啓示。此外則是域外小說的誘發。「林譯小說」《茶花女》、《迦茵小傳》等言情小說所敘說的玉碎珠沉的哀豔故事，極爲時人激賞，嚴復所謂「可憐一卷《茶花女》，斷盡支那蕩子腸。」（〈甲辰出都呈同里諸公〉）而其譯筆的清麗也誘人模仿[16]。文言小說再趨繁榮，爲鴛鴦蝴蝶派以文言駢體言情開了先路。

鴛鴦蝴蝶派亦稱「禮拜六派」[17]，它並非組織嚴密的文學團體，而是文學傾向、藝術趣味相近的一個小說流派。其創作被稱作「新的才子＋佳人小說」（魯迅〈上海文藝之一瞥〉）。鴛鴦蝴蝶派的作家隊伍龐大，占領了相當可觀的小說陣地，先後創辦了幾十種期刊雜誌，還掌握著多種報紙副刊和小報，吸引了廣泛的讀者群。從辛亥至「五四」前夕，它幾乎獨步文壇，達於鼎盛。此時期中鴛鴦蝴蝶派的代表作家作品有徐枕亞《玉梨魂》、《雪鴻淚史》、吳雙熱《孽冤鏡》、李定夷《霣玉怨》、李涵秋《廣陵潮》等。刊物影響最大者，除《禮拜六》外，還有徐枕亞主編、於一九一四年創刊的《小說叢報》。〈《禮拜六》出版贅言〉曰：「晴曦照窗，花香入座，一編在手，萬慮都忘，勞瘁一週，安閒此日，不亦快哉！」足見鴛鴦蝴蝶派小說作爲現代都市娛樂消費品的文化品位。但是鴛鴦蝴蝶派小說反映了民國以後沉滯頹靡的社會風貌，在開明與蒙昧雜糅的時代氛圍中，人們的徬徨、困惑和無奈，具有社會心態史與都市文化史的價值。鴛鴦蝴蝶派小說接受西方小說的影響，在藝術上也有所拓展，諸如第一人稱敘事、倒敘、插敘、日記體、書信體、橫斷面的結構形態等，都得到比較嫻熟的運用。然而，思想上的平庸與藝術上的雷同，則是其明顯缺陷。鴛鴦蝴蝶派作家缺乏「蕭然獨立」的創作心態，只是在世俗趣味的塵囂濁浪中沉浮，「賺人眼淚」（徐枕亞《孽冤鏡．序》），或「博人一噱」（李定夷《消閒鐘．發刊詞》），他們甚至消泯了《花月痕》中的「孤憤」，也喪失了吳沃堯那樣大膽地寫

「痴」寫「魔」的勇氣。

民初徐枕亞（一八八九—一九三七）《玉梨魂》的發表⑱，標誌著鴛鴦蝴蝶派的成形，也是鴛鴦蝴蝶派文言小說的奠基之作。小說問世之後，風靡一時，競相仿效，以哀感頑豔而震撼文壇。徐枕亞自命爲東方仲馬（《玉梨魂》第二十九章），鴛鴦蝴蝶派作家也推他爲「言情鼻祖」。小說敘說家庭教師何夢霞與青年寡婦白梨影的愛情悲劇。夢霞是一個「豐於才而嗇於命，富於情而慳於緣」的落拓才子，在無錫崔家坐館之際，與梨娘邂逅⑲，雙雙墜入愛河，然而名教森嚴，天涯咫尺，他們既無力掙脫「百結千層至厚極密之情網」（第二十七章），也無力負荷「非禮越分」的罪孽感。梨娘爲求解脫，力主將小姑筠倩許配夢霞，不意更加鑄成大錯，夢霞不能移情別戀，筠倩枉擔虛名，三人均陷於痛苦深淵。小說轟動一時，就在於「發乎情，止乎禮」的基調，適應了當時既朦朧憧憬自由愛情，又看不慣蕩檢逾閑的社會文化心理。而它那種「美人碧血，沁爲詞華」的風流標格，又極爲投合受過舊學薰陶的讀者群的審美心態。《玉梨魂》誠然不免有些搔首弄姿的做作，然而它以細膩深曲的筆觸，寫出了那個時代愛而又不敢愛的愛情心理，和如膏自煎的痛楚，在小說發展史上仍有一定的意義。

李涵秋（一八七四—一九二三）⑳的《廣陵潮》是鴛鴦蝴蝶派白話小說的奠基之作，它將浪漫傳奇的愛情故事與燃犀鑄鼎的社會寫眞融會一起，可視爲言情小說與譴責小說的合流，遂開其後張恨水一路，張大了鴛鴦蝴蝶派的營壘。《廣陵潮》原名《過渡鏡》，即對過渡時代中國社會照影。敘說雲、伍、田、柳四家的盛衰浮沉，而以小說主人公雲麟與三個女性即其青梅竹馬的表妹淑儀、髮妻柳氏、俠骨柔腸的妓女紅珠的愛情婚姻糾葛爲線索，展示清末民初三十年間的風雲變幻，從戊戌變法、辛亥革命，到洪憲帝制、張勳復辟，頗有清末民初民俗史、社會史的價值。小說不曾寫出先進的革命思想，卻歷歷如繪地寫出那場不成熟革命的紛紜混沌情狀，是其他文獻中不易看到的。〈平山堂群雄開大會〉、〈黃天霸隻手陷揚州〉諸回，都是不可多得的妙文。故事背景主要是在揚州，具有濃郁的地域文化色彩，揚州民風中的閉塞、猥劣、儇佻、浮薄一面，皎然現諸眉睫之下。畢倚虹盛讚李涵秋善於以「尖酸雋冷之言，刻畫社會人情鬼蜮」（陳愼言《廣陵潮・序》引），書中諸如何其甫一班腐儒、楊靖一班文痞、田煥一班市儈、林雨生一流宵小，他們的迂腐、狡詐、齷齪本相，無不宛然在目。

此外，不屬於鴛鴦蝴蝶派的力作尚有《檮杌萃編》㉑，堪稱譴責小說之後勁。它是《老殘遊記》的餘音嗣響，二者之專注目光都在於那些清官酷吏、理學名儒。與此前的譴責小說相比較，《檮杌萃編》有所拓展：第一，切入人物的性格發展史，此書的「皮裡陽秋，大旨是寬於眞小人而嚴於僞君子。」（〈結束〉）對於人的性格變異、精神扭曲，開掘甚深，於鞭撻中亦寓有幾分悲憫和溫厚。小說主人公賈端甫出身寒微，極想出人頭地，兩度在妓院中遭遇奚落和白眼，令他感到奇恥大辱。青年時代的蒙羞經歷，在他心靈上留下了深重刻痕，激成了一副正言厲色的道學模樣，發誓今生絕跡不入青樓，「未曾做得風流名士，卻作成他做了一位理學名儒」（第三回），博取了「夜拒奔女」、「暮夜卻金」的清名。如此爲官，自是峭刻太過，一團戾氣。當他飛黃騰達之後，對於當年令他蒙羞的膏粱紈袴之輩狠下毒手，一快平生，那種宿恨橫亙心頭數十載而歷久彌新。小說對於人的深潛心理，刻畫得入木三分。第二，富於思辨色彩，頗有驚世駭俗之論。如對「泰西男女離合自由之權」（第七回）的嚮往，作者深惡性理之學，大力肯定人欲，「這財、色二字爲人生所萬不能少的，故聖賢也不作矯情之論」（〈緣起〉），體現了一種崇尚自然、靈肉合一的愛情觀、婚姻觀。任天然與顧媚薌中秋情話：「男女相悅，全在心性相投……但是心性相投卻不能不借重於肌膚相親。」（第十六回）這無疑是對「發乎情，止乎禮」的時代潮流的挑戰。如此大膽灑脫的見解，在當時實屬鳳毛麟角。楊世驥盛讚「這些『小人』的言論和行爲太可愛了」（《文苑談往》）。

本時期別具一格的是蘇曼殊的哀情小說，主要有《斷鴻零雁記》（一九一二）、《絳紗記》（一九一五）、《焚劍記》（一九一五）、《碎簪記》（一九一六）、《非夢記》（一九一七）。《斷鴻零雁記》是一部自敘傳體的抒情小說，「自述其歷史，自悲其身世。」（魏秉恩《斷鴻零雁記・序》）小說主人公三郎母爲日本人，父死母歸扶桑，聘妻雪梅之父以三郎家運式微，悔婚背盟，三郎由此披剃於海雲古剎。後與雪梅邂逅，雪梅貽書三郎表白愛心不泯，並贈百金助三郎東渡尋母。三郎終得歸依慈母膝下。表姊靜子對三郎一往情深，而三郎終於「斷惑證眞，刪除豔思」（第十八章），棄絕靜子和慈母，孑然歸來，而雪梅久已玉殞香埋。小說也涉及愛情與禮教的衝突，如雪梅爲父所梗而不得完結良緣，不過小說主旨並不在此，它是以自傳體抒寫曼殊本人的人生感悟——「方外之人，亦有難言之恫」（第一章）。它寫的是禪心與愛心的衝突：一個三戒具足之僧在俗聖之間的痛苦抉擇。柳亞子說：「學佛與戀愛，正是曼殊一生胸中交戰的冰炭。」（〈蘇曼殊《絳紗記》之考證〉）小說的深層蘊涵，即在於寫出一個「總是有情拋不了，袈裟贏得淚痕粗」（劉三〈贈曼殊〉）的情僧獨特的人生感悟，將這個「縱有歡腸已似冰」（曼殊〈過若松町有感示仲兄〉）的不幸靈魂和盤托出。小說描寫三郎在靜子的芳馨旖旎的妝閣中休憩，所繪的畫竟是「一沙鷗斜身墮寒波而沒」，他實際畫的是孤獨，是創痛，是死亡。紅豔似火的愛，在他心裡喚起的卻是萬緒悲涼。小說以蒨冶曼妙之筆，寫出了無以名狀，也無以抗拒的情感的高峰體驗，禪心與愛心各造其極。借用陳獨秀的話來形容：「其書寫死與愛，可謂淋漓盡致矣。」（《絳紗記・序》）在民初大量的哀情小說中，此作堪稱高標秀出，臻於藝術之境蕭然獨立。作者的浪漫氣質、他所擅有的第一人稱抒情小說的範式以及那種落葉哀蟬、沾泥殘絮的格調，無疑影響了「五四」一代作家。

第五節　戲劇改良運動與話劇的誕生

・戲劇改良運動的勃興　・「民族文學之偉著，亦政治劇曲之豐碑」　・汪笑儂與京劇改良
・中國早期話劇的誕生

二十世紀初葉，與詩界、文界、小說界革命一起，戲劇改良運動也勃然興起，成爲晚清文學革新運動的一個組成部分，並誕生了新的劇種——話劇。光緒二十八年（一九〇二），梁啓超在《新民叢報》創刊號上發表傳奇《劫灰夢》，直抒國家興亡感慨，成爲戲劇改良之先聲。他又陸續發表了傳奇《新羅馬》、《俠情記》，「以中國戲演外國事」，引起強烈的社會反響。光緒三十年（一九〇四），中國第一個戲劇雜誌《二十世紀大舞臺》問世，發起人陳去病、汪笑儂等標舉「以改革惡俗，開通民智，提倡民族主義，喚起國家思想爲唯一之目的。」（〈簡章〉）柳亞子所撰〈發刊詞〉，高張「梨園革命軍」大纛，呼籲「建獨立之閣，撞自由之鐘，以演光復舊物推倒虜朝之壯劇、快劇」，揭開了戲劇史上新的一頁。

戲曲改良運動推動傳奇雜劇創作出現新的繁榮局面，作品數量多、題材廣，且多關係時局大事。內容或譜寫碧血丹心的革命英烈，如寫徐錫麟刺殺恩銘而壯烈犧牲的《蒼鷹擊》，寫秋瑾慷慨就義的《六月霜》等；或表彰歷史上抗擊侵略的民族英雄，如寫文天祥浩然正氣的《愛國魂》，寫明末瞿式耜兵敗桂林、不屈殉國的《風洞山》，寫張煌言孤臣絕島、視死如歸的《懸嶴猿》等；或謳歌西方資產階級革命時代的偉人，如寫義大利民族統一運動及「少年義大利」黨的《新羅馬》，寫法國大革命處決路易十六的《斷頭臺》，寫法國羅蘭夫人的《血海花》等；或揭示國家民族淪亡的危機，如《警黃鐘》、《後南柯》等都是鑑於亡國滅種之禍，借蜂、蟻的生存處境，闡揚優勝劣汰、團結禦侮之理。鄭振鐸稱這些劇作「皆激昂慷慨，血淚交流，爲民族文學之偉著，亦政治劇曲之豐碑。」（鄭振鐸敘阿英《晚清戲曲小說目》）

適應譜寫新的內容的需要，傳統的傳奇雜劇體制也開始被超越。新的作品打破了生旦俱全作爲貫穿全劇主人公的傳奇慣例，如梁啓超《新羅馬》的主人公義大利三傑均爲男性。新聞化、政論化傾向加強，化解了悲歡離合的戲劇情節模式。如《少年登場》雜劇只一齣一人登場演說，揭露立憲騙局，鼓吹革命，開「言論小生」之先河。這類劇本也往往突破曲律的束縛，如《新羅馬》第三齣《黨獄》兩支〈混江龍〉曲，一氣鼓盪百數十句。同時說白增多，曲文減少，服

飾、道具與動作等也開始由古典化、程式化趨於現代化、寫實化。如《新羅馬》「生扮瑪志尼墨衣學生裝上」，迎接其母，「以吻接老旦額介」。

傳奇雜劇創作大都載於報刊，也大都不很適宜上演，成爲特定時期產生的一種報刊戲。而京劇和地方戲的一些表演藝術家，則將戲劇改良由案頭、報刊推向舞臺。汪笑儂（一八五八—一九一八）[22]是京劇改良的先驅。他憂國憂民，主張以戲劇激揚民心。其〈自題肖像〉詩曰：「手挽頹風大改良，靡音曼調變洋洋，化身千萬倘如願，一處歌臺一老汪。」他一生自編自演的戲很多，包括自己創作、從傳奇等移植改編、整理加工京劇舊本等。其作品大都託古喻今，影射時政，表達了悲憤激昂的民眾心聲。如《哭祖廟》演三國蜀漢亡國事，魏軍壓境，後主劉禪一意求降，其子劉諶苦諫不從，提劍回宮，殺妻與子，哭祭祖廟，自刎而死。劇中說：「自盤古以來，江山只有爭鬥，哪有善讓之理？」以此鼓舞人們的鬥爭精神。《黨人碑》實以書生謝瓊仙醉後怒毀黨人碑的故事，哀悼戊戌六君子。《博浪椎》寫於袁世凱稱帝之時，借張良謀刺秦始皇的故事，把矛頭直指竊國大盜。汪笑儂最擅演悲劇，其唱腔蒼老遒勁，「低徊嗚咽，慷慨淋漓，將有心人一種深情和盤托出。」（瘦碧生《耕塵舍劇話》）同時，他還積極參與了時裝京劇的演出活動。他自編自演的《瓜種蘭因》（一名《波蘭亡國慘》），演波蘭與土耳其開戰，兵敗被各國瓜分的故事，借波蘭亡國的慘痛歷史以警醒國人，痛罵賣國政府。光緒三十四年（一九〇八）愛國藝人潘月樵和夏月潤、月珊兄弟創建上海「新舞臺」，這是中國第一個採用新式舞臺與布景、上演新戲的重要場所，時裝京劇大量湧現，京劇改良運動達到高潮。先後演出了《潘烈士投海》、《玫瑰花》等劇目。此外，劉藝舟在漢口自編自演了《皇帝夢》（又名《新華宮》），譏刺洪憲稱帝醜劇，梅蘭芳在北京編演了《一縷麻》、《鄧霞姑》等。

戲劇改良運動也在其他地方戲中展開。光緒三十一年（一九〇五）周善培在成都倡議成立了「戲曲改良公會」，指導川劇改良工作。劇作家黃吉安（一八三六—一九二四）創作改編劇本多達百種[23]，其中有的作品借古喻今，彰善癉惡，如《柴市節》、《三盡忠》、《朱仙鎮》等；有的作品廣泛涉及生活陋俗，如戒鴉片的《斷雙槍》、戒纏足的《凌雲步》、戒迷信的《鄴水投巫》等。一九一二年西安成立的易俗社編演秦腔優秀劇目。河北成兆才在民間說唱蓮花落的基礎上，借鑑其他劇種，創造了評劇。他一生創作和整理改編了近百種評劇劇本，其代表作《珍珠衫》、《花爲媒》、《王少安趕船》、《夜審周子秦》以及時事新劇《楊三姐告狀》等都盛演不衰。

話劇是一種不同於中國傳統戲曲的新型劇種，它不用歌唱，以對話和動作爲主要表現手段，著時裝，分幕，採用燈光布景等，屬於寫實主義的戲劇類型。中國早期話劇的誕生當以春柳社的成立爲標誌，光緒三十二年（一九〇六）年底，在日本東京的中國留學生曾孝谷、李叔同等組織了我國第一個戲劇團體——春柳社。當時正是日本新派劇人才輩出的時候[24]，中國留學生深受其影響。次年春在中國青年會舉辦的一次賑災遊藝會上，春柳同人演出了法國小仲馬《茶花女》的第三幕。張庚認爲：「這是眞正由中國人用中國話所演出的第一個話劇。」（《中國話劇運動史初稿》）同年六月初，春柳社又在東京大戲院本鄉座公演了由曾孝谷根據林譯同名小說改編的《黑奴籲天錄》。歐陽予倩認爲這「可以看做中國話劇第一個創作的劇本，因爲在這以前，我國還沒有過自己寫的這樣整整齊齊幾幕的話劇本。」（《回憶春柳》）演出不僅轟動了留學生界，而且得到日本輿論界的廣泛好評，《早稻田文學》刊物發表了長達二十多頁的劇評。《黑奴籲天錄》所體現的擺脫奴隸悲慘命運、爭取獨立自由的抗爭精神，以及它那全新的逼眞於生活的演出形式，激起了國內外的強烈反響。此後春柳社隊伍繼續擴大，又陸續演出了《熱血》等劇目。

光緒三十三年（一九〇七），受春柳社的影響，王鐘聲在上海組織春陽社。該社於同年在蘭心大戲院公演了《黑奴籲天錄》，由於在藝術表現上新舊混雜，演出不很成功。次年王鐘聲與任天知合作創辦通鑑學校（培養戲劇人才的學校），於春仙茶園演出《迦茵小傳》，話劇形態比較分明，張庚稱之爲「中國本土」上始見的「眞正的話劇」（《中國話劇運動史初稿》）。到了辛亥革命高潮時期，一九一〇年年底，任天知在上海組織進化團，次年到南京演出《血蓑衣》、《安重根刺伊藤》、《新茶花》等劇，標出「天知派新劇」的旗幟。上海光復後，進化團回到上海，在張園演出歌頌南京光復的《共和萬歲》和勸募國民支援革命的《黃金赤血》。此時進化團達於鼎盛。一九一二年陸鏡若在上海召集春柳社成員，組織新劇同志會，陸續參加的有歐陽予倩、吳我尊、馬絳士、馮叔鸞等。他們輾轉江浙兩湖地區進行演出活動，一九一四年回到上海，易名春柳劇場。演出劇目有《家庭恩仇記》、《不如歸》、《猛回頭》、《社會鐘》等八十餘個。劇本不採用「言論派老生」的宣傳方式和「幕外戲」的編劇手法，在劇壇獨樹一幟。春柳社在藝術方面整齊嚴肅的做法，對中國早期話劇的發展起了很好的影響。此後踏上文壇的則是「五四」文學革命時期，羅家倫等翻譯的易卜生《娜拉》和胡適創作的《終身大事》等話劇劇本了。

注釋

❶載於《昕夕閒談・小敘》，同治十一年末（一八七三年初）《瀛寰瑣記》第三期。嗣後，外國傳教士傅蘭雅於一八九五年五

月二十五日《申報》登載〈求著時新小説啓〉，宣導以小説改良社會，指出中國社會積弊有三：鴉片、時文和纏足，創辦了一次「時新小説」的有獎競賽。至一八九六年一月十三日收到小説一百六十二部。傅蘭雅於該日《申報》發表〈時新小説出案〉，公布了二十位獲獎名單和頒獎金額。不過這批小説並未問世，傅蘭雅旋即離華赴美加州大學任東方語言文學教授。一百一十年後，二〇〇六年十一月二十二日美國加州大學柏克利分校東亞圖書館的館員在傅蘭雅贈存的文檔中發現了這批「時新小説」的原始手稿。二〇一一年上海古籍出版社據此影印出版了《清末時新小説集》，計十四冊（見美國加州大學柏克利分校東亞圖書館館長周欣平所撰〈傅蘭雅和清末時新小説〉，韓南《新小説前的新小説——傅蘭雅的小説競賽》）。

❷ 幾年間出現的《新小説》（一九〇二創刊）、《繡像小説》（一九〇三）、《月月小説》（一九〇六）、《小説林》（一九〇七），號稱晚清四大小説雜誌。此外還有《新新小説》（一九〇四）。

❸ 梁啓超自撰《新中國未來記·緒言》云：「此編今初成兩三回，一覆讀之，似説部非説部，似稗史非稗史，似論著非論著，不知成何種文體，自顧良自失笑。」

❹ 黃世仲（一八七二—一九一二），字小配，筆名黃帝嫡裔、老棣等，廣東番禺人。早年赴南洋謀生，一九〇三年返香港任《中國日報》記者，一九〇五年加入同盟會。後曾編輯和創辦《少年報》、《有所謂報》、《廣東白話報》、《中外小説林》等報刊。一九一一年參加廣州起義。廣東宣布獨立後，創辦《新漢日報》，出任廣東軍政府樞密處參議、民團總局局長。一九一二年被廣東軍閥陳炯明殺害。小説前二十九回刊於一九〇五年六月《有所謂報》，自第三十回起，刊於一九〇六年香港《少年報》。現存五十四回。

❺ 錢基博《現代中國文學史》云：「紓初年能以古文辭譯歐美小説，風動一時，信足為中國文學別闢蹊徑……有係於一代文學之風會者固非細。」（嶽麓書社一九八六年新版，第一九九頁）

❻ 周作人回憶魯迅的青年時代説「對於魯迅有很大的影響的第三個人，不得不舉出林琴南來了。」（〈魯迅與清末文壇〉，《魯迅的青年時代》，河北教育出版社二〇〇二年版，第七三頁）並直言不諱地講，「老實説，我們幾乎都因了林譯才知道外國有小説，引起一點對於外國文學的興味，我個人還曾經很模仿過他的譯文。」（〈林琴南與羅振玉〉，一九二四年《語絲》第三期）。郭沫若認為林譯司各特的《撒克遜劫後英雄略》（今通譯《艾凡赫》）對於他後來的文學傾向有決定性的影響，「那種浪漫主義的精神，他是具象地提示給我了。」（〈我的童年〉，《郭沫若選集》，四川人民出版社一九七九年版，第一一八頁）。

❼ 李寶嘉，字伯元，別號南亭亭長，江蘇武進人。早年依堂伯父李翼清從宦山東，對官場風習知之甚深。光緒二十二年

（一八九六）遷居上海，開始筆墨生涯。先後創辦《指南報》、《遊戲報》、《世界繁華報》。光緒二十九年（一九〇三）應商務印書館之聘，主編《繡像小說》半月刊。他的作品主要有：《官場現形記》、《文明小史》、《活地獄》、《中國現在記》、《庚子國變彈詞》等。《官場現形記》六十回，署南亭亭長著。初載《世界繁華報》，據魏紹昌考證，約在一九〇三年四月至一九〇五年六月排日連載。在發表過程中，又由《世界繁華報》館陸續分冊刊印。一九〇六年《世界繁華報》館刊印《官場現形記》六十回全書。

❽魯迅《中國小說史略》第二十八篇談《官場現形記》的結構：「頭緒既繁，角色復夥，其記事遂率與一人俱起，亦即與其人俱訖，若斷若續，與《儒林外史》略同。」（人民文學出版社一九五七年版，第二四〇—二四一頁）

❾吳沃堯，字趼人，廣東南海縣佛山鎮人，故別號我佛山人。出身於沒落的官宦世家。十八歲到上海謀生，傭書於江南製造局。光緒二十三年至二十八年（一八九七—一九〇二）間主上海一些小報筆政。此後肆力於小說創作。光緒三十二年（一九〇六）任《月月小說》總撰述。他的作品主要有：《二十年目睹之怪現狀》、《痛史》、《九命奇冤》、《電術奇談》、《瞎騙奇聞》、《新石頭記》、《糊塗世界》、《恨海》、《兩晉演義》、《上海遊驂錄》、《劫餘灰》、《發財祕訣》、《近十年之怪現狀》、《情變》以及短篇小說《黑籍冤魂》等。《二十年目睹之怪現狀》一百零八回，署我佛山人撰。原載一九〇三—一九〇五年《新小說》，至第四十五回止。後由上海廣智書局出版分冊單行本，於一九〇六—一九一〇年陸續刊齊。

❿劉鶚，字鐵雲，江蘇丹徒（治今鎮江）人。出身官宦家庭，放曠不羈，注重經世致用之學。曾拜太谷學派傳人李龍川為師，受其影響，形成了「以養天下為己任」的人生觀，致力於實業救國。先後在河南、山東參與治理黃河，倡言修築鐵路與引進外資開採礦產。庚子國變，劉鶚挾資北上入京，辦理義賑。他是一個想要按照資本主義模式實行變革的人物，但不為當時人理解，最後被仇家所陷，於光緒三十四年（一九〇八）被流放新疆，次年卒於戍所。《老殘遊記》初刊於一九〇三年《繡像小說》，因編者擅自刪改原作而中輟，僅刊至第十三回（實為原作的第十四回）。其後又從頭重登於《天津日日新聞》，逐日連載，共二十回，此即嗣後流傳的《老殘遊記》祖本，或稱《初集》。《老殘遊記二集》九回，於一九〇七年在《天津日日新聞》連載。此外尚有《老殘遊記外編》殘稿十五張，係未刊稿，收入一九六二年中華書局出版之《老殘遊記資料》。

⓫林語堂《老殘遊記二集．序》云：「大概鐵翁最喜才識高超、議論丰采十足之女子。」阿英〈關於《老殘遊記》〉云：「作者在這裡，首先創造了一個具有『林下風範』、不為舊禮教束縛的超塵脫俗人物——璵姑。」（《小說三談》，上海古籍出版社一九八五年版，第二二八頁）

⓬《老殘遊記》第十一回：「甲辰（一九〇四）以後為文明芽滋之世，如木之坼甲、如筍之解籜。……甲寅（一九一四）以後

為文明華敷之世，雖燦爛可觀，尚不足與他國齊趨並駕。直至甲子（一九二四），為文明結實之世，可以自立矣。然後由歐洲新文明進而復我三皇五帝舊文明，駸駸進於大同之世矣。」

⑬ 曾樸，字孟樸，江蘇常熟人。曾從李慈銘、吳大澂受業。二十歲中舉。次年入京會試未中，入貲為內閣中書。光緒二十一年（一八九五）入總理衙門所設同文館學習法文。翌年赴滬，結識了精通法國文學的陳季同，從而接受了西方文化啓蒙。光緒三十年（一九〇四）與丁芝孫、徐念慈等在上海合資創立小說林社，光緒三十三年（一九〇七）創辦《小說林》月刊。光緒三十四年（一九〇八）小說林社停閉，曾樸重返政界。一九二七年在滬與長子虛白共創真美善書店，同年刊行《真美善》雜誌，至一九三一年停刊，返回常熟虛霩園養痾。除《孽海花》外，他還創作了自傳體長篇小說《魯男子》，翻譯了許多法國文學作品。

⑭ 《孽海花》最初的構想者是金松岑，金撰第一、二兩回發表在一九〇三年十月，東京出版的中國留日學生刊物《江蘇》第八期上。一九〇四年金松岑將已寫就的六回移交曾樸，曾樸邊修改、邊續寫，成二十回。一九〇五年由小說林社分兩集出版。一九〇七年曾樸續撰第二十一至二十五回，發表於《小說林》第一、二、四期，署名「愛自由者（金松岑筆名）發起，東亞病夫（曾樸筆名）編述」。二十五回《小說林》本，奠定了《孽海花》在近代文學史上的地位。民國時期，曾樸又對《孽海花》進行修改和續寫。自一九二七年十一月陸續於《真美善》雜誌發表了修改過的第二十一至二十五回和新撰的第二十六至三十五回。與此同時，真美善書店於一九二八年出版修改後的單行本，至一九三一年共出三集，每集十回。重版時又將一至三集合為一冊，此即後來通行的《孽海花》三十回真美善本。發表在雜誌上的最後五回（三十一至三十五回）不在其中。一九六二年中華書局出版《孽海花》增訂本，將此五回作為附錄收入。

⑮ 曾樸〈修改後要說的幾句話〉說：「譬如穿珠，《儒林外史》等是直穿的，拿著一根線，穿一顆算一顆，一直穿到底，是一根珠鍊；我是蟠曲迴旋著穿的，時收時放，東西交錯，不離中心，是一朵珠花。」（魏紹昌編《孽海花資料》，上海古籍出版社一九八二年版，第一三〇頁）

⑯ 胡適《五十年來中國之文學》：「古文不曾做過長篇的小說，林紓居然用古文譯了一百多種長篇小說，還使許多學他的人也用古文譯了許多長篇小說；古文裡很少滑稽的風味，林紓居然用古文譯了歐文與迭更司的作品：古文不長於寫情，林紓居然用古文譯了《茶花女》與《迦茵小傳》等書。古文的應用，自司馬遷以來，從沒有這樣大的成績。」（《胡適文存二集》卷二，黃山書社一九九六年版，第一九七頁）包天笑《釧影樓回憶錄·譯小說的開始》：「那時候的風氣，白話小說，不甚為讀者所歡迎，還是以文言為貴，這不免受了林譯小說薰染。」（香港大華出版社一九七一年版，第一七五頁）

⑰王鈍根、孫劍秋、周瘦鵑主編的週刊《禮拜六》，一九一四年六月創刊，是鴛鴦蝴蝶派的重要陣地，因此該派又稱「禮拜六派」。而刊物命名則是因為美國有一頗受讀者歡迎的週刊《禮拜六晚週報》。可見《禮拜六》的創辦，也是步歐美通俗報刊之後塵。

⑱徐枕亞，名覺，字枕亞，別署東海三郎、泣珠生等，江蘇常熟人。早年為小學教員，後赴上海為《民權報》編輯。此後曾為中華書局編輯，主編《小說叢報》，創辦清華書局並出版《小說季報》。南社社員。主要作品有《玉梨魂》、《雪鴻淚史》、《雙鬟記》等。

⑲徐枕亞本人曾在無錫一鄉鎮小學任教，愛上當地蔡府的一位青年寡婦陳佩芬，二人無緣結合，後由陳佩芬撮合，將她的戚屬蔡蕊珠嫁給徐枕亞。《玉梨魂》即本於他的這段情史（黃天石〈狀元女婿徐枕亞〉，香港《萬象》雜誌第一期，一九七五年七月出版）。

⑳李涵秋，字應漳，江蘇揚州人。早年以塾師或坐館謀生，後曾為揚州兩淮高等小學、江蘇省立第五師範學校教師。此後曾任上海《小說時報》、《時報》副刊《小時報》主編等。主要作品有《廣陵潮》、《孽海鴛鴦》等。《廣陵潮》自一九〇九年至一九一九年先後連載於武漢《公論報》和上海《大共和報》、《神州日報》。從一九一四年起，由上海國學書室、震亞圖書局分集出版，總十集，一百回。

㉑《檮杌萃編》，又名《宦海鐘》，署「誕叟」著。即錢錫寶，浙江錢塘人。卷首懺綺詞人序稱：「聞是書成於光緒乙巳（三十一年，一九〇五）」，而刊行較晚，民國五年（一九一六）由漢口中亞印書館出版。

㉒汪笑儂，原名德克金（或作德克俊），字潤田，滿族人。光緒五年（一八七九）中舉，曾任河南太康知縣，憤世嫉俗，棄官為伶，重視以戲劇啓蒙民眾。一九〇四年與陳去病等聯合創辦《二十世紀大舞臺》，推動戲劇改良。

㉓黃吉安，字雲瑞，號餘僧，安徽壽春（今壽縣）人。早年科場不利，長期為幕僚。後居四川成都，被邀入「戲曲改良公會」後，始從事劇本的創作和改編。

㉔日本新派劇，相對於日本舊的歌舞伎而言。甲午戰爭時，日本有一批人採用西洋話劇的形式，演出一些鼓舞民心的宣傳戲，當時稱為「志士劇」。甲午戰爭結束後，這些戲劇團體職業化，劇目多從流行小說改編而成，演出一些悲歡離合故事，名稱為「新派劇」。它和西方話劇一脈相承。

文學史年表

宋太祖建隆元年庚申（九六〇）

趙匡胤發動「陳橋兵變」，建立宋朝，是為宋太祖。

魏野生（—一〇一九）。

宋太祖建隆二年辛酉（九六一）

宋太祖罷石守信等兵權。

寇準生（—一〇二三）。

宋太祖乾德五年丁卯（九六七）

林逋生（—一〇二八）。

宋太祖開寶四年辛未（九七一）

宋滅南漢。

劉筠生（—一〇三一）。

宋太祖開寶六年癸酉（九七三）

宋太祖親試舉人，從此殿試為常式。

柳開進士及第。

宋太祖開寶七年甲戌（九七四）

宋攻江南。薛居正修《五代史》成。

楊億生（—一〇二〇）。

宋太祖開寶八年乙亥（九七五）

宋滅南唐。李煜降。

宋太宗太平興國元年丙子（九七六）

十月宋太祖卒。弟光義即位，是為太宗。改元太平興國。

宋太宗太平興國二年丁丑（九七七）

宋太宗增加進士名額，達五百人。

命李昉、徐鉉等編《太平御覽》、《太平廣記》。

錢惟演生（—一〇三四）。

宋太宗太平興國四年己卯（九七九）

宋滅北漢。

穆修生（—一〇三二）。

宋太宗太平興國五年庚辰（九八〇）

宋遼交戰。

寇準進士及第。

宋太宗太平興國七年壬午（九八二）

李昉、徐鉉奉敕編《文苑英華》。

宋太宗太平興國八年癸未（九八三）

《太平御覽》編成，凡一千卷。

王禹偁進士及第。

宋太宗雍熙三年丙戌（九八六）

《文苑英華》編成，凡一千卷。

宋太宗雍熙四年丁亥（九八七）

柳永（—一〇五三？）約生於該年。

宋太宗端拱二年己丑（九八九）

范仲淹生（—一〇五二）。

宋太宗淳化元年庚寅（九九〇）

張先生（—一〇七八）。

宋太宗淳化二年辛卯（九九一）

王禹偁貶商州團練副使。

徐鉉卒（九一六—）。

晏殊生（—一〇五五）。

宋太宗淳化三年壬辰（九九二）

複試進士始用糊名考校之法。

楊億賜進士及第。

宋太宗淳化五年甲午（九九四）

王禹偁在商州，作〈村行〉。

寇準為參知政事。

宋太宗至道二年丙申（九九六）

石延年生（—一〇四一）。

宋庠生（—一〇六六）。

宋太宗至道三年丁酉（九九七）

宋太宗卒。太子恆即位，是為真宗。

宋真宗咸平元年戊戌（九九八）

劉筠進士及第。

宋真宗咸平二年己亥（九九九）

宋祁生（—一〇六一）。

王禹偁在黃州，作〈黃州新建小竹樓記〉。

宋真宗咸平三年庚子（一〇〇〇）

柳開卒（九四七—）。

宋真宗咸平四年辛丑（一〇〇一）

王禹偁卒（九五四—）。

宋真宗咸平五年壬寅（一〇〇二）

梅堯臣生（—一〇六〇）。

宋真宗景德元年甲辰（一〇〇四）

寇準隨真宗征契丹。宋與契丹訂立「澶淵之盟」。寇準拜相。

晏殊以神童召試，賜同進士出身。

宋真宗景德二年乙巳（一〇〇五）

楊億等參編《冊府元龜》，於祕閣唱和。

石介生（—一〇四五）。

宋真宗景德三年丙午（一〇〇六）

寇準罷相。

宋真宗景德四年丁未（一〇〇七）

宋真宗信從王欽若，造天書，議封禪。

歐陽修生（—一〇七二）。

宋真宗大中祥符元年戊申（一〇〇八）

宋真宗封泰山。

楊億編《西崑酬唱集》成。

蘇舜欽生（—一〇四九）。

宋真宗大中祥符二年己酉（一〇〇九）

御史中丞王嗣宗上書言楊億等作〈宣曲〉詩，「述前代掖庭事，詞涉浮靡。」真宗乃下詔斥「屬詞浮靡」。

穆修進士及第。

蘇洵生（—一〇六六）。

宋真宗大中祥符三年庚戌（一〇一〇）

潘閬卒（九六二？—）。

宋真宗大中祥符四年辛亥（一〇一一）

邵雍生（—一〇七七）。

宋真宗大中祥符六年癸丑（一〇一三）

《冊府元龜》編成。

宋真宗大中祥符八年乙卯（一〇一五）

范仲淹進士及第。

宋真宗天禧元年丁巳（一〇一七）

惠崇卒。惠崇與希晝、保暹、文兆、宇昭等皆有詩名，號稱「九僧」。

周敦頤生（—一〇七三）。

宋真宗天禧二年戊午（一〇一八）

文同生（—一〇七九）。

宋真宗天禧三年己未（一〇一九）

魏野卒（九六〇—）。

曾鞏生（—一〇八三）。司馬光生（—一〇八六）。

宋真宗天禧四年庚申（一〇二〇）

楊億卒（九七四—）。

宋真宗天禧五年辛酉（一〇二一）

王安石生（—一〇八六）。

宋真宗乾興元年壬戌（一〇二二）

宋真宗卒。太子禎即位，是為仁宗。

宋仁宗天聖元年癸亥（一〇二三）

寇準卒（九六一—）。

宋仁宗天聖二年甲子（一〇二四）

宋庠、宋祁、曾公亮進士及第。

宋仁宗天聖三年乙丑（一〇二五）

范仲淹上〈奏上時務書〉，請改革文風。

宋仁宗天聖六年戊辰（一〇二八）

林逋卒（九六七—）。

宋仁宗天聖七年己巳（一〇二九）

歐陽修於汴京識蘇舜欽、石延年。

宋仁宗天聖八年庚午（一〇三〇）

歐陽修、張先、石介進士及第。

宋仁宗天聖九年辛未（一〇三一）

歐陽修入西京留守錢惟演幕，與河南縣主簿梅堯臣及尹洙定交，切磋詩文。

劉筠卒（九七一—）。

宋仁宗明道元年壬申（一〇三二）

穆修卒（九七九—）。

王令生（—一〇五九）。

宋仁宗景祐元年甲戌（一〇三四）

蘇舜欽、柳永進士及第。梅堯臣應試落第。歐陽修入汴京任館閣校勘等職。

錢惟演卒（九七七—）。

張舜民（—一一〇〇）約生於該年。

宋仁宗景祐三年丙子（一〇三六）

范仲淹貶知饒州。歐陽修作〈與高司諫書〉，貶夷陵縣令。

宋仁宗景祐四年丁丑（一〇三七）

西夏元昊稱帝。

歐陽修在夷陵作〈戲答元珍〉、〈春日西湖寄謝法曹歌〉、〈答祖擇之書〉、〈答吳充秀才書〉。始修《五代史記》。

宋仁宗寶元元年戊寅（一〇三八）

孔文仲生（—一〇八七）。蘇軾生（—一一〇一）。

司馬光進士及第。

晏幾道生（—一一一〇）。

宋仁宗寶元二年己卯（一〇三九）

梅堯臣調知襄城縣事，作〈汝墳貧女〉等詩。

蘇轍生（—一一一二）。

宋仁宗康定元年庚辰（一〇四〇）

西夏攻宋。范仲淹為陝西經略安撫副使，兼知延州。於此後四年中作〈漁家傲〉詞。
歐陽修返汴京任館閣校勘。
梅堯臣作〈魯山山行〉。
蕭觀音生（—一〇七一）。

宋仁宗慶曆元年辛巳（一〇四一）
《崇文總目》修成。
石延年卒（九九四—）。

宋仁宗慶曆二年壬午（一〇四二）
王安石進士及第。
歐陽修作〈釋祕演詩集序〉。

宋仁宗慶曆三年癸未（一〇四三）
宋與西夏議和。晏殊拜相。范仲淹為參知政事，銳意改革，史稱「慶曆新政」。
歐陽修知諫院。

宋仁宗慶曆四年甲申（一〇四四）
晏殊罷相。蘇舜欽任集賢校理，監進奏院，為政敵所誣，除名。
歐陽修作〈朋黨論〉。

宋仁宗慶曆五年乙酉（一〇四五）
范仲淹罷參政，出知邠州。歐陽修出知滁州。
蘇舜欽閒居蘇州，作〈滄浪亭記〉。
石介卒（一〇〇五—）。黃庭堅生（—一一〇五）。

宋仁宗慶曆六年丙戌（一〇四六）
范仲淹在鄧州作〈岳陽樓記〉。歐陽修在滁州作〈醉翁亭記〉。又作〈梅聖俞詩集序〉，倡「詩窮而後工」之說。

宋仁宗慶曆七年丁亥（一〇四七）
王安石知鄞縣。

宋仁宗慶曆八年戊子（一〇四八）
梅堯臣作〈小村〉。
歐陽修知揚州。

宋仁宗皇祐元年己丑（一〇四九）
十二月蘇舜欽卒（一〇〇八—）於西元已入一〇四九年。
歐陽修知潁州。文同進士及第。
秦觀生（—一一〇〇）。

宋仁宗皇祐三年辛卯（一〇五一）
梅堯臣賜同進士出身。
歐陽修作〈廬山高贈同年劉中允歸南康〉，為其得意之詩。又為蘇舜欽編文集，作〈蘇氏文集序〉。
王安石通判舒州。

宋仁宗皇祐四年壬辰（一〇五二）
范仲淹卒（九八九—）。
賀鑄生（—一一二五）。

宋仁宗皇祐五年癸巳（一〇五三）
歐陽修成《五代史記》七十四卷。
陳師道生（—一一〇二）。晁補之生（—一一一〇）。
柳永約卒於該年（九八七？—）。

宋仁宗至和元年甲午（一〇五四）
歐陽修為翰林學士兼史館修撰，主修《新唐書》。
王安石作〈遊褒禪山記〉。王令作〈夢蝗詩〉。
張耒生（—一一一四）。

宋仁宗至和二年乙未（一〇五五）

歐陽修奉使契丹。梅堯臣作〈東溪〉詩。

王安石赴京，經高郵時，王令謁見。

晏殊卒（九九一—）。

宋仁宗嘉祐元年丙申（一〇五六）

梅堯臣為國子監直講。王安石為群牧判官，初識歐陽修。歐、王有詩贈答。

蘇洵攜其子軾、轍入汴京，歐陽修薦蘇洵於朝。

周邦彥生（—一一二一）。

宋仁宗嘉祐二年丁酉（一〇五七）

歐陽修主持進士考試，黜太學體。

蘇軾、蘇轍、曾鞏進士及第。蘇洵妻程氏卒，蘇洵父子奔喪返蜀。

宋仁宗嘉祐三年戊戌（一〇五八）

王安石為度支判官，作〈上仁宗皇帝言事書〉，主張變法。

宋仁宗嘉祐四年己亥（一〇五九）

歐陽修作〈秋聲賦〉。

王安石作〈明妃曲〉二首，歐陽修、梅堯臣、司馬光等和之。

蘇洵及蘇軾、蘇轍舟行出蜀至荊州，作《南行集》。

王令卒（一〇三二—）。

宋仁宗嘉祐五年庚子（一〇六〇）

歐陽修為樞密副使，與宋祁同修《新唐書》成。

王安石為三司節度判官，編《唐百家詩選》。作〈思王逢原三首〉、〈示長安君〉。

梅堯臣卒（一〇〇二—）。

宋仁宗嘉祐六年辛丑（一〇六一）

歐陽修為參知政事。

蘇軾、蘇轍並中制科。蘇軾往鳳翔府任簽判，作〈和子由澠池懷舊〉。

孔文仲進士及第。

宋祁卒（九九八—）。

宋仁宗嘉祐八年癸卯（一〇六三）

宋仁宗卒，嗣子曙即位，是為英宗。

孔武仲進士及第。

宋英宗治平二年乙巳（一〇六五）

張舜民、孔平仲進士及第。

宋英宗治平三年丙午（一〇六六）

司馬光受命修〈資治通鑑〉。

蘇洵卒（一〇〇九—）。蘇軾、蘇轍扶喪歸蜀。

宋庠卒（九九六—）。

宋英宗治平四年丁未（一〇六七）

宋英宗卒。子頊即位，是為神宗。

歐陽修罷參政，出知亳州。王安石知江寧府。

黃庭堅進士及第。

宋神宗熙寧元年戊申（一〇六八）

歐陽修改知青州。

王安石為翰林學士兼侍講。向神宗上〈本朝百年無事劄子〉。

謝逸生（—一一一二）。

宋神宗熙寧二年己酉（一〇六九）

王安石為參知政事，始行新法。

蘇軾、蘇轍返汴京。

宋神宗熙寧三年庚戌（一〇七〇）

司馬光致書王安石反對變法，自此退居洛陽。王安石拜相，作〈答司馬諫議書〉。

歐陽修作〈瀧岡阡表〉，改知蔡州，更號六一居士。

唐庚生（—一一二〇）。

宋神宗熙寧四年辛亥（一〇七一）

貢舉罷詩賦，改以經義策論取士。

歐陽修致仕，居潁州，撰《詩話》。

蘇軾被貶通判杭州，作〈出潁口初見淮山是日至壽州〉、〈遊金山寺〉。

蕭觀音卒（一〇四〇—）。

宋神宗熙寧五年壬子（一〇七二）

七月歐陽修子發等編《居士集》五十卷。閏七月，歐陽修卒（一〇〇七—）。

蘇軾作〈吳中田婦歎〉。

宋神宗熙寧六年癸丑（一〇七三）

張耒進士及第。

周敦頤卒（一〇一七—）。

宋神宗熙寧七年甲寅（一〇七四）

王安石罷相，知江寧府。

蘇軾知密州，作〈沁園春〉（孤館燈青）。

宋神宗熙寧八年乙卯（一〇七五）

王安石復相，赴京途中作〈泊船瓜洲〉。

蘇軾在密州，作〈江城子〉（十年生死兩茫茫）、同調（老夫聊發少年狂）。

宋神宗熙寧九年丙辰（一〇七六）

王安石罷相，出判江寧府。

蘇軾在密州作〈水調歌頭〉（明月幾時有）。

宋神宗熙寧十年丁巳（一〇七七）

蘇軾知徐州，秦觀謁見蘇軾。

邵雍卒（一〇一一—）。

葉夢得生（—一一四八）。

宋神宗元豐元年戊午（一〇七八）

黃庭堅以詩寄蘇軾，蘇、黃訂交。蘇軾作〈日喻〉、〈浣溪沙〉（旋抹紅妝看使君）五首。

張先卒（九九〇—）。

宋神宗元豐二年己未（一〇七九）

蘇軾在知湖州任，作〈文與可畫篔簹谷偃竹記〉；被逮入京，遭「烏臺詩案」。

秦觀作〈滿庭芳〉（山抹微雲）。

晁補之進士及第。

文同卒（一〇一八—）。

汪藻生（—一一五四）。王庭珪生（—一一七一）。宇文虛中生（—一一四六）。

宋神宗元豐三年庚申（一〇八〇）

蘇軾謫居黃州。黃庭堅知太和縣，作〈題落星寺〉。

韓駒生（—一一三五）。

宋神宗元豐四年辛酉（一〇八一）

王安石作〈後元豐行〉。曾鞏為史館修撰。

蘇軾作〈浣溪沙〉（覆塊青青麥未蘇）五首。

朱敦儒生（—一一五九）。陳克生（一一三七—？）。孫覿生（—一一六九）。

宋神宗元豐五年壬戌（一〇八二）

曾鞏為中書舍人。

蘇軾作〈赤壁賦〉、〈寒食雨〉二首、〈定風波〉（莫聽穿林打葉聲）、〈念奴嬌〉（大江東去）、〈西江月〉（照野瀰瀰淺浪）。

宋神宗元豐六年癸亥（一〇八三）

蘇軾作〈記承天寺夜遊〉。

曾鞏卒（一〇一九—）。

李綱生（—一一四〇）。

宋神宗元豐七年甲子（一〇八四）

司馬光修〈資治通鑑〉成。

蘇軾量移汝州，作〈謝量移汝州表〉、〈石鐘山記〉、〈題西林壁〉，過金陵時會晤王安石，有詩酬唱。

黃庭堅監德州德平鎮。黃庭堅、陳師道於潁昌初逢。

周邦彥獻〈汴都賦〉，擢試太學正。

呂本中生（—一一四五）。李清照生（—一一五五？）。

曾幾生（—一一六六）。

宋神宗元豐八年乙丑（一〇八五）

宋神宗卒，子煦即位，是為哲宗，年十歲，太皇太后聽政。

司馬光復出為門下侍郎。蘇軾移常州，知登州，旋奉調入京。

黃庭堅在德平鎮，作〈寄黃幾復〉；夏入汴京任集賢校理等職，主持編寫《神宗實錄》。

秦觀進士及第。

向子諲生（—一一五二）。

宋哲宗元祐元年丙寅（一〇八六）

蘇軾為中書舍人、翰林學士、知制誥。

司馬光卒（一〇一九—）。王安石卒（一〇二一—）。

宋哲宗元祐二年丁卯（一〇八七）

蘇軾、黃庭堅在汴京，多唱和之詩。黃庭堅作〈雙井茶送子瞻〉，蘇軾和之。

陳師道為徐州州學教授，作〈示三子〉。

孔文仲卒（一〇三七—）。

宋哲宗元祐三年戊辰（一〇八八）

黃庭堅、秦觀、晁補之、張耒同在祕閣任職，號「蘇門四學士」。

賀鑄作〈六州歌頭〉（少年俠氣）。

宋哲宗元祐四年己巳（一〇八九）

進士試立經義、詩賦兩科。

蘇軾出知杭州。

宋哲宗元祐五年庚午（一〇九〇）

陳師道移潁州教授。

陳與義生（—一一三八）。

宋哲宗元祐六年辛未（一〇九一）

蘇軾召為翰林學士承旨，旋出知潁州。

張元幹生（—一一六一）。

宋哲宗元祐七年壬申（一〇九二）

蘇軾調知揚州，召為兵部尚書兼侍讀，旋改禮部尚書。

蘇轍為門下侍郎。

宋哲宗元祐八年癸酉（一〇九三）

宋哲宗親政。

蘇軾出知定州。黃庭堅、秦觀為國史院編修。

宋哲宗紹聖元年甲戌（一〇九四）

「紹述」之說興，新黨執政，罷黜舊黨人物。罷試詩賦。

蘇軾謫居惠州。黃庭堅因《神宗實錄》事接受勘問。

秦觀貶監處州酒稅。蘇轍謫居筠州。晁補之出知齊州。

張耒貶知宣州。陳師道免潁州教授職，作〈舟中〉。

宋哲宗紹聖二年乙亥（一〇九五）

蘇軾在惠州作〈荔枝歎〉。

黃庭堅謫居黔州。

宋哲宗紹聖三年丙子（一〇九六）

秦觀在郴州作〈阮郎歸〉（瀟湘門外水平鋪）。

宋哲宗紹聖四年丁丑（一〇九七）

再貶元祐舊黨。蘇軾移往儋州。

葉夢得進士及第。

宋哲宗元符元年戊寅（一〇九八）

秦觀移雷州編管。

宋哲宗元符三年庚辰（一一〇〇）

宋哲宗卒。弟端王佶即位，是為徽宗。

蘇軾遇赦渡海北歸，作〈六月二十日夜渡海〉。黃庭堅出峽東歸。

陳師道為祕書省正字。是年作〈春懷示鄰里〉。

張舜民卒（一〇三四？—）。秦觀卒（一〇四九—）。

宋徽宗建中靖國元年辛巳（一一〇一）

黃庭堅在荊州待命。

賀鑄作〈鷓鴣天〉（重過閶門萬事非）、〈青玉案〉（凌波不過橫塘路）。

七月蘇軾卒於常州（一〇三七—）。

十二月陳師道卒（一〇五三—），於西元已入一一〇二年。

劉子翬生（—一一四七）。

宋徽宗崇寧元年壬午（一一〇二）

定司馬光等百餘人為「元祐奸黨」。

黃庭堅作〈雨中登岳陽樓望君山〉、〈跋子瞻和陶詩〉。

陳師道卒（一〇五三—）。

宋徽宗崇寧二年癸未（一一〇三）

下令銷毀三蘇、黃、秦等人著作。

黃庭堅謫居宜州。汪藻進士及第。

岳飛生（—一一四二）。

宋徽宗崇寧三年甲申（一一〇四）

重定黨籍三百零九人，令州縣皆立「元祐黨人碑」。

宋徽宗崇寧四年乙酉（一一〇五）

黃庭堅卒於宜州（一〇四五—）。

宋徽宗崇寧五年丙戌（一一〇六）

因「星變」毀元祐黨人碑，赦元祐黨人。

宋徽宗大觀元年丁亥（一一〇七）

呂本中於是年或稍後作〈江西詩社宗派圖〉。

蔡松年生（—一一五九）。

宋徽宗大觀四年庚寅（一一一〇）

晁補之卒（一〇五三—）。晏幾道卒（一〇三八—）。

宋徽宗政和二年壬辰（一一一二）

李綱進士及第。

蘇轍卒（一〇三九—）。謝逸卒（一〇六八—）。

宋徽宗政和三年癸巳（一一一三）

陳與義登上舍甲科。

宋徽宗政和四年甲午（一一一四）

張耒卒（一〇五四—）。

宋徽宗宣和二年庚子（一一二〇）

金兵破遼上京。

唐庚卒（一〇七〇—）。

宋徽宗宣和三年辛丑（一一二一）

周邦彥卒（一〇五六—）。蕭瑟瑟卒（？—）。

宋徽宗宣和四年壬寅（一一二二）

金兵破遼燕京。宋造萬歲山成。

陳與義為太學博士。

宋徽宗宣和六年甲辰（一一二四）

禁止收藏蘇、黃文集。

韓駒為中書舍人。呂本中為樞密院編修。

宋徽宗宣和七年乙巳（一一二五）

金兵擒獲遼帝，遼亡。金兵南下攻宋，宋徽宗禪位於太子桓，是為欽宗。

太學生陳東上書請殺蔡京等六賊。

賀鑄卒（一〇五二—）。

陸游生（—一二一〇）。

宋欽宗靖康元年丙午（一一二六）

除元祐黨禁。金兵攻破汴京。李綱、張元幹在汴京參加抗金戰鬥。

朱敦儒被召，不受，作〈鷓鴣天〉（我是清都山水郎）。

范成大生（—一一九三）。周必大生（—一二〇四）。

宋高宗建炎元年丁未（一一二七）

金擄徽、欽二帝北去，北宋亡。康王趙構即位，是為高宗，南宋始。

汪藻作〈皇太后告天下手書〉。呂本中作〈兵亂後自嬉雜詩〉二十九首。

朱敦儒南奔，作〈相見歡〉（金陵城上西樓）。

尤袤生（—一一九四）。楊萬里生（—一二〇六）。

宋高宗建炎二年戊申（一一二八）

宋復以詩賦、經義二科取士。

金兵南下，陳與義南奔，作〈巴丘書事〉。

宋高宗建炎三年己酉（一一二九）

金兵攻破建康、臨安，宋高宗逃至溫州。

張元幹作〈石州慢〉（雨急雲飛）。葉夢得作〈水調歌頭〉（秋色漸將晚）。

李清照南奔。

宋高宗建炎四年庚戌（一一三〇）

宋、金激戰。岳飛作〈五嶽祠盟記〉，陳與義作〈傷春〉。

朱熹生（—一二〇〇）。

宋高宗紹興元年辛亥（一一三一）

秦檜拜相，主和議。葉夢得為江東安撫大使。

呂本中、曾幾於桂林相晤，曾向呂請教詩法。

宋高宗紹興二年壬子（一一三二）

陳與義為中書舍人兼侍講。

徐俯賜進士出身。

張孝祥生（—一一六九）。

宋高宗紹興四年甲寅（一一三四）

徐俯權參知政事，以論事不合，致仕。

李清照卜居金華。

党懷英生（—一二一一）。

宋高宗紹興五年乙卯（一一三五）

宋徽宗卒於五國城。

陳與義為給事中，旋告病歸，作〈臨江仙〉（憶昔午橋橋上飲）。

李清照返臨安。朱敦儒應召至臨安。

韓駒卒（一〇八〇—）。

宋高宗紹興六年丙辰（一一三六）

陳與義為翰林學士、知制誥。

呂本中賜同進士出身。

宋高宗紹興七年丁巳（一一三七）

陳與義為參知政事。

宋高宗紹興八年戊午（一一三八）

李綱上疏反對和議，張元幹作〈賀新郎〉（曳杖危樓去）表示支持。胡銓作〈戊午上高宗封事〉，請斬秦檜等，被放逐。

陳與義卒（一〇九〇—）。

宋高宗紹興九年己未（一一三九）

宋、金和議成立。

宋高宗紹興十年庚申（一一四〇）

岳飛大破金兵，抵朱仙鎮，奉詔班師。

李綱卒（一〇八三—）。

辛棄疾生（—一二〇七）。

宋高宗紹興十一年辛酉（一一四一）

岳飛被誣下獄，十二月被害（西元入一一四二年）。

阮閱《詩話總龜》前集刊行。

宋高宗紹興十二年壬戌（一一四二）

曾幾作〈寓居吳興〉，陸游始從曾幾學詩。

胡銓貶新州，張元幹作〈賀新郎〉（夢繞神州路）送之。後被除名。王庭珪作詩送行，後流夜郎。

吳激卒（？—）。

宋高宗紹興十三年癸亥（一一四三）

陳亮生（—一一九四）。趙蕃生（—一二二九）。

宋高宗紹興十五年乙丑（一一四五）

呂本中卒（一〇八四—）。

宋高宗紹興十六年丙寅（一一四六）

曾慥編成《樂府雅詞》。

宇文虛中卒（一〇七九—）。

宋高宗紹興十七年丁卯（一一四七）

孟元老《東京夢華錄》成書。

劉子翬卒（一一〇一—）。

宋高宗紹興十八年戊辰（一一四八）

朱熹、尤袤進士及第。

胡仔始撰《苕溪漁隱叢話》。

葉夢得卒（一〇七七—）。

宋高宗紹興二十年庚午（一一五〇）

葉適生（—一二二三）。

宋高宗紹興二十一年辛未（一一五一）

周必大、蕭德藻進士及第。

宋高宗紹興二十二年壬申（一一五二）

向子諲卒（一〇八五）。

宋高宗紹興二十四年甲戌（一一五四）

張孝祥、范成大、楊萬里進士及第。陸游為秦檜黜落。

汪藻卒（一〇七九—）。

劉過生（—一二〇六）。

宋高宗紹興二十五年乙亥（一一五五）

李清照（一〇八四—）約卒於該年。

姜夔（—一二〇八）約生於該年。

宋高宗紹興二十六年丙子（一一五六）

范成大在徽州司户參軍任，作〈後催租行〉。

宋高宗紹興二十九年己卯（一一五九）

朱敦儒卒（一〇八一—）。蔡松年卒（一一〇七—）。

宋高宗紹興三十年庚辰（一一六〇）

張元幹卒（一〇九一—）。

宋高宗紹興三十一年辛巳（一一六一）

金遷都汴京。完顏亮攻宋，為虞允文敗於采石，兵變被殺。

辛棄疾從耿京起義抗金。張孝祥作〈水調歌頭〉（雪洗虜塵靜）。

宋高宗紹興三十二年壬午（一一六二）

宋高宗禪位，嗣子昚繼位，是為孝宗。

昭雪岳飛。辛棄疾生擒叛將張安國南渡歸宋。張孝祥作〈六州歌頭〉（長淮望斷）。

陸游賜同進士出身。楊萬里焚少作千餘首。

徐璣生（—一二一四）。

宋孝宗隆興二年甲申（一一六四）

宋、金訂立「隆興和議」。

曾幾致仕。

宋孝宗乾道元年乙酉（一一六五）

辛棄疾上《美芹十論》。

宋孝宗乾道二年丙戌（一一六六）

張孝祥罷知靜江府，北歸過洞庭作〈念奴嬌〉（洞庭青草）。

曾幾卒（一〇八四—）。

宋孝宗乾道三年丁亥（一一六七）

胡仔《苕溪漁隱叢話》後集成書。

陸游作〈遊山西村〉。

戴復古生（—？）。

宋孝宗乾道五年己丑（一一六九）

孫覿卒（一〇八一—）。張孝祥卒（一一三二—）。

宋孝宗乾道六年庚寅（一一七〇）

范成大奉使赴金，全節而歸，作《攬轡錄》及使金絕句七十二首。

楊萬里為國子博士。辛棄疾上《九議》。

陸游入蜀，任夔州通判，作《入蜀記》。

趙師秀生（—一二二〇）。

宋孝宗乾道七年辛卯（一一七一）

王庭珪卒（一〇七九—）。

宋孝宗乾道八年壬辰（一一七二）

范成大任廣南西路安撫使兼知靜江府。

陸游從軍南鄭，悟得「詩家三昧」；作〈秋波媚〉（秋到邊城畫角哀）；冬赴成都，途中作〈劍門道中遇微雨〉。

辛棄疾知滁州。

宋孝宗乾道九年癸巳（一一七三）

陸游攝知嘉州。作〈金錯刀行〉。

宋孝宗淳熙元年甲午（一一七四）

范成大為四川制置使，辟陸游為參議。陸游作〈長歌行〉（人生不作安期生）。

楊萬里知漳州，旋改知常州，自編詩為《荊溪集》、《西歸集》。
辛棄疾在建康作〈水龍吟〉（楚天千里清秋）、〈太常引〉（一輪秋影轉金波）。
蔡珪卒（？—）。

宋孝宗淳熙二年乙未（一一七五）

辛棄疾為江西提點刑獄。陸游作〈關山月〉。
朱熹、陸九淵為「鵝湖之會」。

宋孝宗淳熙三年丙申（一一七六）

姜夔作〈揚州慢〉（淮左名都）。

宋孝宗淳熙五年戊戌（一一七八）

范成大為參知政事，旋落職歸里。
陸游出蜀東歸，途中作〈楚城〉、〈龍興寺弔少陵先生寓居〉。
辛棄疾舟行玉揚州作〈水調歌頭〉（落日塞塵起）。
陳亮上書陳恢復大計。楊萬里作〈荊溪集序〉。
葉適進士及第。
魏了翁生（—一二三七）。

宋孝宗淳熙六年己亥（一一七九）

楊萬里任廣東提點刑獄。陸游任江西提舉常平茶監。范成大知明州。
朱熹知南康軍，復白鹿洞書院。
辛棄疾，由湖北轉運副使調任湖南轉運副使，在武昌作〈摸魚兒〉（更能消幾番風雨），以別同僚。
呂祖謙編《宋文鑑》成。

宋孝宗淳熙七年庚子（一一八〇）

辛棄疾知譚州兼湖南安撫使，創置飛虎軍。年底，改任江西安撫使兼知隆興府。

宋孝宗淳熙八年辛丑（一一八一）

朱熹為浙東提舉常平茶鹽。
辛棄疾落職，閒居上饒帶湖，作〈沁園春〉（三徑初成）。
陸游閒居山陰。

宋孝宗淳熙九年壬寅（一一八二）

范成大病歸，居石湖。楊萬里自編詩為《南海集》。

宋孝宗淳熙十一年甲辰（一一八四）

辛棄疾作〈水龍吟〉（渡江天馬南來）。

宋孝宗淳熙十二年乙巳（一一八五）

陳亮作〈水調歌頭〉（不見南師久）。

宋孝宗淳熙十三年丙午（一一八六）

陸游起知嚴州，是年作〈書憤〉（早歲哪知世事艱）、〈臨安春雨初霽〉。

宋孝宗淳熙十四年丁未（一一八七）

范成大作〈四時田園雜興〉六十首。
姜夔作〈霓裳中序第一〉（亭皋正望極）。
周必大拜相。楊萬里為祕書少監，自編詩為《朝天集》。
姜夔作〈踏莎行〉（燕燕輕盈）。
陸游自編詩成《劍南詩稿》二十卷，收詩二千五百首。
劉克莊生（—一二六九）。

宋孝宗淳熙十五年戊申（一一八八）

楊萬里出知筠州，自編詩為《江西道院集》。
辛棄疾、陳亮為「鵝湖之會」，各作〈賀新郎〉三首唱和。

宋孝宗淳熙十六年己酉（一一八九）

宋孝宗禪位於太子惇，是為宋光宗。周必大罷相。

陸游為禮部郎中，兼實錄院檢討。

宋光宗紹熙元年庚戌（一一九〇）

楊萬里為金國賀正旦使接伴使，至淮上，作〈初入淮河四絕句〉，後奉祠歸里。自編詩為《朝天續集》、《江東集》。陸游閒居山陰。

元好問生（—一二五七）。耶律楚材生（—一二四四）。

宋光宗紹熙二年辛亥（一一九一）

姜夔在范成大石湖別墅作〈暗香〉、〈疏影〉，獲范成大激賞。

宋光宗紹熙三年壬子（一一九二）

金修曲阜孔廟。

辛棄疾為福建提點刑獄。朱熹定居於建陽考亭。

宋光宗紹熙四年癸丑（一一九三）

辛棄疾任福建安撫使兼知福州。

陳亮進士及第。

范成大卒（一一二六—）。

宋光宗紹熙五年甲寅（一一九四）

太子擴立，是為宋寧宗。尊光宗為太上皇。

朱熹知潭州，入為煥章閣待制兼侍講。

辛棄疾罷職歸鉛山。

尤袤卒（一一二七—）。陳亮卒（一一四三—）。

宋寧宗慶元元年乙卯（一一九五）

宋韓侂胄專權，斥道學為「偽學」。

宋寧宗慶元二年丙辰（一一九六）

辛棄疾作〈沁園春〉（杯汝來前）。

朱熹落職奉祠。

宋寧宗慶元三年丁巳（一一九七）

宋籍「偽黨」朱熹等五十餘人。

宋寧宗慶元四年戊午（一一九八）

金修長城以禦蒙古。

宋寧宗慶元五年己未（一一九九）

陸游作〈沈園〉二首。

魏了翁進士及第。

宋寧宗慶元六年庚申（一二〇〇）

陸游致仕。

朱熹卒（一一三〇—）。

宋寧宗嘉泰二年壬戌（一二〇二）

宋弛「偽黨」之禁。加韓侂胄太師。

陸游權同修國史，兼祕書監。

宋寧宗嘉泰三年癸亥（一二〇三）

辛棄疾起任浙東安撫使兼知紹興府。劉過作〈沁園春〉（斗酒彘肩）。

宋寧宗嘉泰四年甲子（一二〇四）

辛棄疾知鎮江府，作〈永遇樂〉（千古江山）。陸游再致仕。

周必大卒（一一二六—）。

宋寧宗開禧二年丙寅（一二〇六）

宋改謚秦檜繆醜。下詔伐金。

鐵木真統一蒙古，稱成吉思汗。

楊萬里卒（一一二七—）。劉過卒（一一五四—）。

宋寧宗開禧三年丁卯（一二〇七）

宋殺韓侂胄，向金求和。

辛棄疾卒（一一四〇—）。
吳文英（—一二六九？）約生於該年。
宋寧宗嘉定元年戊辰（一二〇八）
姜夔卒（一一五五？—）。
宋寧宗嘉定三年庚午（一二一〇）
陸游卒（一一二五—），臨終作〈示兒〉詩。
宋寧宗嘉定四年辛未（一二一一）
徐照卒（？—）。党懷英卒（一一三四—）。
宋寧宗嘉定六年癸酉（一二一三）
蒙古取金東京。
宋寧宗嘉定七年甲戌（一二一四）
徐璣卒（一一六二—）。
宋寧宗嘉定十一年戊寅（一二一八）
陳人傑生（—一二四三）。
宋寧宗嘉定十三年庚辰（一二二〇）
趙師秀卒（一一七〇—）。
宋寧宗嘉定十六年癸未（一二二三）
葉適卒（一一五〇—）。
宋寧宗嘉定十七年甲申（一二二四）
宋寧宗卒，侄沂王昀繼位，是為宋理宗。
計有功刻《唐詩紀事》。
宋理宗寶慶元年乙酉（一二二五）
陳起刊《江湖集》，遭流放。《江湖集》被劈版禁毀。詔禁士大夫作詩。
宋理宗寶慶二年丙戌（一二二六）
謝枋得生（—一二八九）。白樸生（—一三〇六後）。

宋理宗紹定元年戊子（一二二八）
劉克莊作〈軍中樂〉、〈國殤行〉等詩。
宋理宗紹定五年壬辰（一二三二）
蒙古圍金汴京，金哀宗出奔歸德。
元好問作〈壬辰十二月車駕東狩後即事〉五首。
真德秀編《文章正宗》成。
劉辰翁生（—一二九七）。周密生（—一二九八？）。
宋理宗紹定六年癸巳（一二三三）
宋解詩禁。陳起刊《江湖續集》。
元好問作〈癸巳四月二十九日出京〉詩。
宋理宗端平元年／蒙古窩闊臺汗六年甲午（一二三四）
蒙、宋軍隊攻入金京，金哀宗自殺，金亡。七月，蒙、宋軍隊戰於洛陽城下，宋軍敗潰。
白樸八歲，隨元好問逃難。
關漢卿、王實甫、楊顯之、費君祥均生於此年以前。
宋理宗端平二年／蒙古窩闊臺汗七年乙未（一二三五）
蒙古攻宋。
劉克莊為樞密院編修，被劾外放。
宋理宗端平三年／蒙古窩闊臺汗八年丙申（一二三六）
文天祥生（—一二八三）。
宋理宗嘉熙元年／蒙古窩闊臺汗九年丁酉（一二三七）
魏了翁卒（一一七八—）。
宋理宗嘉熙二年／蒙古窩闊臺汗十年戊戌（一二三八）
姚燧生（—一三一三）。
宋理宗淳祐元年／蒙古窩闊臺汗十三年辛丑（一二四一）
宋詔以周、張、程、朱從祀孔廟。蒙古取成都。

鄭思肖生（—一三一八）。

蒙古置行省於燕京。十一月，窩闊臺卒。蒙軍分四路進攻歐洲。

盧摯約生於本年前後。

宋理宗淳祐二年／蒙古乃馬真皇后稱制元年壬寅（一二四二）

林景熙生（—一三一〇）。

盧摯生於是年前後。

宋理宗淳祐三年／蒙古乃馬真皇后稱制二年癸卯（一二四三）

陳人傑卒（一二一八—）。

宋理宗淳祐四年／蒙古乃馬真皇后稱制三年甲辰（一二四四）

耶律楚材卒（一一九〇—）。

宋理宗淳祐六年／蒙古貴由汗元年丙午（一二四六）

劉克莊賜同進士出身，作〈題蔡炷主簿詩卷〉，稱「四靈」詩風盛行。

蒙古貴族推窩闊臺長子貴由為大汗。

宋理宗淳祐八年／蒙古貴由汗三年戊申（一二四八）

張炎生（—一三二二？）。

二月，蒙古於孔廟致祭。三月，貴由汗卒，皇后海迷失稱制，諸王多不服。

宋理宗淳祐九年／蒙古海迷失皇后稱制後元年己酉（一二四九）

謝翱生（—一二九五）。劉因生（—一二九三）。

宋理宗淳祐十年／蒙古海迷失皇后稱制後二年庚戌（一二五〇）

馬致遠約生於此年前後。

宋理宗淳祐十一年／蒙古蒙哥汗元年辛亥（一二五一）

蒙古諸王推拖雷子蒙哥為大汗。蒙哥命其弟忽必烈主管漠南。

宋理宗淳祐十二年／蒙古蒙哥汗二年壬子（一二五二）

忽必烈召見郝經，詢以經國治世之道。

元好問北上見忽必烈，請重視儒生。

宋理宗寶祐四年／蒙古蒙哥汗六年丙辰（一二五六）

文天祥、謝枋得進士及第。

宋理宗寶祐五年／蒙古蒙哥汗七年丁巳（一二五七）

元好問卒（一一九〇—）。

馮子振生（—一三三七？）。

宋理宗景定元年／蒙古世祖中統元年庚申（一二六〇）

蒙哥於去年死於合州。是年三月，忽必烈即位，是為世祖，以中統為年號。

整頓中央和地方統治機構。以吐蕃僧八思巴為國師，管轄西藏政事。

王惲、胡祇遹任職於中書省。楊果任北京宣撫使。

楊梓生（—一三二七）。鄭光祖、宮天挺、睢景臣、曾瑞約生於此年前後。

宋理宗景定二年／蒙古世祖中統二年辛酉（一二六一）

蒙古召軍中所俘儒士，聽贖為民。下令保護各地孔廟。以史天澤為中書右丞相，耶律鑄為中書左丞相。

史天澤推薦白樸出仕，白婉卻，南遊。

宋理宗景定五年／蒙古世祖至元元年甲子（一二六四）

宋理宗卒，太子禥即位，是為宋度宗。

劉克莊致仕。

宋度宗咸淳元年／蒙古世祖至元二年乙丑（一二六五）

楊朝英生（—？）。

宋度宗咸淳二年／蒙古世祖至元三年丙寅（一二六六）

白樸遊金京汴梁，作〈石州慢〉（千古神州）。

宋度宗咸淳五年／蒙古世祖至元六年己巳（一二六九）

八思巴制定蒙古新字。

忽必烈下詔，禁戍邊軍士牧踐屯田禾稼。

南戲《王煥》盛行於杭州一帶。

劉克莊卒（一一八七—）。吳文英（一二〇七？—）約卒於本年前後。

宋度宗咸淳六年／蒙古世祖至元七年庚午（一二七〇）

張養浩生（—一三二九）。

宋度宗咸淳七年／元世祖至元八年辛未（一二七一）

蒙古取國號為「元」。設國子學。制朝儀。

關漢卿《單刀會》、《調風月》雜劇約作於本年前後。

宋度宗咸淳八年／元世祖至元九年壬申（一二七二）

元改中都為大都（今北京）。

虞集生（—一三四八）。薩都剌生（—一三五五）。李直夫約生於此年前後。

宋度宗咸淳十年／元世祖至元十一年甲戌（一二七四）

宋度宗卒，子㬎即位，是為宋恭帝。

元命伯顏為帥，大舉伐宋。

劉秉忠卒。秉忠追隨忽必烈多年，參與機密。著有《藏春樂府》。

吳自牧撰《夢粱錄》成。

汪元量於此期供奉內廷。

宋恭帝德祐元年／元世祖至元十二年乙亥（一二七五）

元軍下建康、鎮江、江陰等地。

宋賈似道罷職被殺。文天祥率義軍衛臨安。

宋端宗景炎元年／元世祖至元十三年丙子（一二七六）

元軍攻取臨安，宋恭帝降，謝太后等被俘北去。

陸秀夫等奉益王昰即位於溫州，是為宋端宗。

文天祥為右丞相出使元營，被拘，逃歸溫州。

汪元量隨宋室被押往大都，作〈醉歌〉、〈湖州歌〉。

宋端宗景炎二年／元世祖至元十四年丁丑（一二七七）

元軍追擊宋軍。直至東南沿海。

關漢卿於本年前後，南遊杭州等地。周德清、鍾嗣成約生於本年。

宋帝昺祥興元年／元世祖至元十五年戊寅（一二七八）

宋端宗卒。陸秀夫等立衛王昺。

文天祥於五坡嶺被俘，作〈過零丁洋〉。

宋帝昺祥興二年／元世祖至元十六年己卯（一二七九）

陸秀夫於厓山負帝昺投海。南宋亡。

文天祥被押往大都。

元世祖至元十七年庚辰（一二八〇）

文天祥在大都獄中作《集杜詩》。

高文秀任江蘇溧水縣達魯花赤。

張可久（—一三四八？）生於本年前後。喬吉（—一三四五）生於本年前後。

元世祖至元十八年辛巳（一二八一）

文天祥作〈正氣歌〉。是年前後，花李郎、紅字李二活動於大都。

元世祖至元十九年壬午（一二八二）

文天祥拒忽必烈勸降，十二月（西元一二八三年）被殺於燕京柴市。

元世祖至元二十三年丙戌（一二八六）

忽必烈下令省、部、院必參用南人；又命各道儒學拔生徒，以備錄用。

貫雲石生（—一三二四）。

本年前後，大批雜劇作家和藝人南下，雜劇活動重心開始南移，與南戲相會於杭州。

元世祖至元二十六年己丑（一二八九）

謝枋得卒（一二二六—）。

元至元二十八年辛卯（一二九一）

謝翱作〈西臺慟哭記〉、〈西臺哭所思〉。

劉因卒（一二四九—）。

元世祖至元三十年癸巳（一二九三）

元世祖至元三十一年甲午（一二九四）

忽必烈逝世。其孫鐵穆耳即位，是為成宗。

元成宗元貞二年丙申（一二九六）

馬致遠、李時中、花李郎、紅字李二建立元貞書會，合作雜劇《黃粱夢》。

楊維楨生（—一三七〇）。

元成宗大德元年丁酉（一二九七）

關漢卿小令〈大德歌〉作於是年或稍後。

劉辰翁卒（一二三二—）。劉於宋亡後隱居不仕，詞宗蘇辛。

元成宗大德三年己亥（一二九九）

是年，改提刑按察司為「肅政廉訪司」。關漢卿《竇娥冤》作於本年後不久。

元成宗大德十年丙午（一三〇六）

白樸時已八十一歲，卒於本年之後。

元成宗大德十一年丁未（一三〇七）

元帝鐵穆耳卒，海山繼位，是為武宗。

高明（—一三五九）生於是年前後。

元武宗至大三年庚戌（一三一〇）

張養浩上書陳時政十害，不為當政者容。張易名出逃。

林景熙卒（一二四二—）。

元武宗至大四年辛亥（一三一一）

海山卒，其弟愛育黎拔力八達繼位，是為仁宗。

元仁宗皇慶二年癸丑（一三一三）

姚燧卒（一二三八—）。

元仁宗延祐元年甲寅（一三一四）

下詔開科取士。

鍾嗣成應行省鄉試。

楊朝英輯《陽春白雪》成。

元仁宗延祐二年乙卯（一三一五）

盧摯卒於本年後。著有《疏齋集》。

元仁宗延祐四年丁巳（一三一七）

馬端臨《文獻通考》刊行。

元仁宗延祐五年戊午（一三一八）

鄭思肖卒（一二四一—）。

元仁宗延祐七年庚申（一三二〇）

愛育黎拔力八達卒。其子碩德八剌即皇帝位，是為英宗。

元英宗至治元年辛酉（一三二一）

道士劉志先、僧人圓明謀起義，均告失敗。

馬致遠作〈中呂・粉蝶兒〉「至治華夷」散套。卒於此年前後。

元英宗至治二年壬戌（一三二二）

張炎（一二四八—）約卒於本年。

元英宗至治三年癸亥（一三二三）

邕州、柳州、泉州各地均有人民起義。

鐵失發動政變，英宗被殺。也孫鐵木兒即位，是為泰定帝。

元泰定帝泰定元年甲子（一三二四）

貫雲石卒（一二八六—）。鄭光祖、馬致遠均卒於本年之前。

周德清《中原音韻》成。

元泰定帝泰定四年丁卯（一三二七）

廣西等地少數民族不斷起事。

廷試，楊維楨、薩都剌同登第。

楊梓卒（一二六〇—）。

元泰定五年戊辰（一三二八）

泰定帝病亡。蒙古貴族分占上都、大都，攻殺爭奪。次年八月始由圖帖睦爾即位，是為文宗。

元文宗天曆二年己巳（一三二九）

陝西、河南、江浙、大都諸路大饑。

薩都剌作《鬻女謠》。

張養浩卒（一二七〇—）。金仁傑卒（？—）。

元文宗天曆三年庚午（一三三〇）

東昌、汴梁、嘉興等處飢民多至二百萬户。

鄭廷玉、宮天挺、睢景臣均卒於此年前後。羅貫中生於此年前後。

元文宗至順四年癸酉（一三三三）

元文宗圖帖睦爾於去年八月病卒，本年妥懽帖睦爾即位，是為惠宗（順帝）。

京畿、河南等地水災，兩淮旱災，民不聊生。

元惠宗（順帝）（後）至元三年丁丑（一三三七）

民間謠傳朝廷搜刮童男、童女到蒙古當奴婢，民間婚錄幾盡。右丞相伯顏請殺盡張、王、李、趙、劉五姓漢人，順帝不許。

元惠宗（順帝）至正四年甲申（一三四四）

高明鄉試中舉。

元惠宗（順帝）至正五年乙酉（一三四五）

喬吉卒（一二八〇？—）。薛昂夫卒於此年前後。高明登第，授處州錄事。

元惠宗（順帝）至正八年戊子（一三四八）

全國各地發生多次農民起義。方國珍於浙東起義。

虞集卒（一二七二—）。張可久卒於此年前後。

高明任江浙行省掾。

元惠宗（順帝）至正十一年辛卯（一三五一）

方國珍被招降，而徐壽輝、鄒普生又起事。

元惠宗（順帝）至正十二年壬辰（一三五二）

徐壽輝攻克漢陽、武昌、江陰、安慶等地；郭子興於濠州起義，朱元璋為其部屬。方國珍復叛元。

元惠宗（順帝）至正十五年乙未（一三五五）

郭子興病卒，朱元璋統其部屬。

薩都剌卒（一二七二—）。

元惠宗（順帝）至正十七年丁酉（一三五七）

高明《琵琶記》寫定於此年前後。

元惠宗（順帝）至正十九年己亥（一三五九）

夏庭芝《青樓集》成。

高明於歲末病卒（一三〇七？—）。

劉基於是年冬受邀投奔朱元璋。

元惠宗（順帝）至正二十一年辛丑（一三六一）

朱元璋攻克長江中下游地區。

夏庭芝卒於本年之後。

元惠宗（順帝）至正二十四年甲辰（一三六四）

朱元璋自立為吳王。元順帝與皇太子爭權。

羅貫中與賈仲明相會。

明太祖洪武元年戊申（一三六八）

正月，明太祖朱元璋稱帝，國號明，建元洪武。八月，元朝亡。

約於元末明初，傳為羅貫中編撰的《三國志通俗演義》和施耐庵編撰的《水滸傳》基本定型。傳羅貫中為施耐庵的門人。施氏生卒年不詳。羅氏約生於一三一五—一三八五年之間，另有雜劇《趙太祖龍虎風雲會》等傳世。

明太祖洪武二年己酉（一三六九）

二月，詔修《元史》，以宋濂、王禕為總裁。

高啟以薦修《元史》赴南京，次年授翰林院編修，〈登金陵雨花臺望大江〉、〈池上鴈〉等詩作於此際。

明太祖洪武三年庚戌（一三七〇）

詔定八股文取士的科舉考試制度。

高啟自定《缶鳴集》十二卷。

楊維楨卒（一二九六—），年約七十五。有《東維子文集》、《鐵崖先生古樂府》等。

高明約卒於是年（一三〇一？—），年約七十。有南戲《琵琶記》等。

明太祖洪武七年甲寅（一三七四）

高啟因作〈郡治上梁文〉犯忌被殺，年三十九（一三三六—）。有詩集《高太史大全集》、文集《鳧藻集》、詞集《扣舷集》。

明太祖洪武八年乙卯（一三七五）

劉基卒（一三一一—），年六十五。有《誠意伯文集》。

明太祖洪武十一年戊午（一三七八）

瞿佑著成《剪燈新話》四卷。

朱權生（—一四四八）。

楊基卒於本年或後（一三二六—），年約五十三。有《眉庵集》。

明太祖洪武十四年辛酉（一三八一）

宋濂卒（一三一〇—），年七十二。有《宋學士文集》。

明太祖洪武十七年甲子（一三八四）

三月，頒科舉取士式，鄉、會試首試《五經》、《四書》，遂為定制。

明太祖洪武十八年乙丑（一三八五）

張羽遠謫廣東，半途召還，自沉龍江，年五十三（一三三三—）。有《靜居集》。

明太祖洪武三十年丁丑（一三九七）

五月，頒《御製大明律》，其中規定：「凡樂人搬做雜劇戲文，不許妝扮歷代帝王后妃、忠臣烈士、先聖先賢神像，違者杖一百。官民之家容令妝扮者與同罪。其神仙道扮及義夫節婦、孝子順孫、勸人為善者不在禁限。」

明太祖洪武三十一年戊寅（一三九八）

朱權於本年寫成《太和正音譜》。

明成祖永樂三年乙酉（一四〇五）

六月，遣中官鄭和出使西洋諸國。

楊訥卒於永樂年間，作有雜劇《西遊記》等。

明成祖永樂五年丁亥（一四〇七）

《永樂大典》於永樂元年（一四〇三）始修，至本年由解縉等編成。

明成祖永樂十二年甲午（一四一四）

十一月，命儒臣胡廣、楊榮、金幼孜等纂修《五經》、《四書》、《性理大全》。永樂十五年（一四一七）頒行，定為國子監及府、州、縣學生員必讀書。

明成祖永樂十八年庚子（一四二〇）

李禎作成《剪燈餘話》四卷。

明成祖永樂十九年辛丑（一四二一）

邱濬生（—一四九五）。

明成祖永樂二十年壬寅（一四二二）

賈仲明卒於此年後（一三四三—）。

明宣宗宣德二年丁未（一四二七）

瞿佑卒（一三四一—），年八十七。有《剪燈新話》及《樂府遺音》、《存齋遺稿》等。

明英宗正統四年己未（一四三九）

朱有燉卒（一三七九—），年六十一。今知有雜劇三十餘種及散曲集《誠齋樂府》等。

明英宗正統五年庚申（一四四〇）

楊榮卒（一三七一—），年七十。有《楊文敏集》。

明英宗正統七年壬戌（一四四二）

二月，詔禁《剪燈新話》等小說。

明英宗正統九年甲子（一四四四）

楊士奇卒（一三六五—），年八十。有《東里全集》。

明英宗正統十一年丙寅（一四四六）

楊溥卒（一三七五—），年七十二。有《文定集》、《水雲錄》。

明英宗正統十二年丁卯（一四四七）

李東陽生（—一五一六）。

明英宗正統十三年戊辰（一四四八）

朱權卒（一三七八—），年七十一。有曲論《太和正音譜》和雜劇《卓文君私奔相如》等十二種。

明英宗天順元年丁丑（一四五七）

正月，英宗復辟，殺兵部尚書于謙等。

明英宗天順六年壬午（一四六二）

徐霖生（—一五三八）。

明英宗天順八年甲申（一四六四）

正月，英宗崩，太子朱見深即位，是為憲宗，明年改元成化。憲宗好聽雜劇及散詞，收羅海內詞本殆盡。

明憲宗成化四年戊子（一四六八）

王九思生（—一五五一）。

明憲宗成化六年庚寅（一四七〇）

王磐生於本年前後（—一五三〇）。

明憲宗成化八年壬辰（一四七二）

李東陽自京師南歸省墓，所至有詩作，彙為《南行稿》。

李夢陽生（—一五三〇）。

明憲宗成化十年甲午（一四七四）

王廷相生（—一五四四）。

明憲宗成化十一年乙未（一四七五）

康海生（—一五四〇）。

明憲宗成化十二年丙申（一四七六）

邊貢生（—一五三二）。

明憲宗成化十五年己亥（一四七九）

徐禎卿生（—一五一一）。

明憲宗成化十九年癸卯（一四八三）

何景明生（—一五二一）。

明孝宗弘治元年戊申（一四八八）

楊慎生（—一五五九）

陳鐸約生於本年（—約一五二一）。

明孝宗弘治七年甲寅（一四九四）

金鑾生（—一五八三）。

明孝宗弘治八年乙卯（一四九五）

邱濬卒（一四二一—），年七十五。約在成化年間，作有傳奇《五倫全備記》等。稍後，邵璨（生卒年不詳）作有傳奇《香囊記》。

明孝宗弘治十年丁巳（一四九七）

時徐禎卿、祝允明、唐寅、文徵明於吳中相從講習藝文，人稱「吳中四才子」。

明孝宗弘治十二年己未（一四九九）

謝榛生（—一五七九？）。

明孝宗弘治十三年庚申（一五〇〇）

李夢陽作〈時命篇〉。

吳承恩約生於本年（—一五八二？）。

明孝宗弘治十五年壬戌（一五〇二）

李夢陽與何景明、康海等相識。

明孝宗弘治十七年甲子（一五〇四）

李開先生（—一五六八）。

李東陽《擬古樂府》成編，前有引，稱漢魏樂府歌辭「質而不俚，腴而不豔」。

明孝宗弘治十八年乙丑（一五〇五）

五月，孝宗崩，太子朱厚照即位，是為武宗，明年改元正德。武宗好聽新劇、散詞及小說。八月，宦官劉瑾等人始用事。

李夢陽上書斥外戚而下錦衣獄，作有〈述憤〉詩。徐禎卿從李夢陽遊，悔其少作，改趨漢、魏、盛唐。

明武宗正德元年丙寅（一五〇六）

李夢陽與何景明、陸深校選袁凱《海叟集》。

歸有光生（—一五七一）。

明武宗正德二年丁卯（一五〇七）

唐順之生（—一五六〇）。

明武宗正德三年戊辰（一五〇八）

李夢陽為劉瑾所構，再度下錦衣獄，康海為說瑾，得免，作有〈述征賦〉、〈離憤〉詩。

明武宗正德四年己巳（一五〇九）

王慎中生（—一五五九）。

王守仁在貴陽書院開講「知行合一」、「致良知」等說，王學始張。

明武宗正德五年庚午（一五一〇）

八月，劉瑾伏誅。

康海、王九思等被列名瑾黨，或落職，或降級外調。

明武宗正德六年辛未（一五一一）

徐禎卿卒（一四七九—），年三十三。有《迪功集》、《談藝錄》。

馮惟敏生（—一五八〇？）。

明武宗正德七年壬申（一五一二）

李東陽致仕。

茅坤生（—一六〇一）。

明武宗正德九年甲戌（一五一四）

李攀龍生（—一五七〇）。

明武宗正德十一年丙子（一五一六）

李夢陽作〈結腸篇〉。

李東陽卒（一四四七—），年七十。有《懷麓堂集》。

明武宗正德十四年己卯（一五一九）

梁辰魚生（—一五九一）。

明武宗正德十六年辛巳（一五二一）

陳鐸約卒於本年（一四八八？—），年約三十四。有散曲集《梨云寄傲》、《秋碧樂府》、《滑稽餘韻》等。

何景明卒（一四八三—），年三十九。有《大復集》。

徐渭生（—一五九三）。

明世宗嘉靖元年壬午（一五二二）

現存最早的《三國志通俗演義》刻本刊行。

李夢陽為徽商鮑弼作〈梅山先生墓誌銘〉。

明世宗嘉靖二年癸未（一五二三）

歸有光作〈項脊軒志〉。

明世宗嘉靖三年甲申（一五二四）

王鏊卒（一四五〇—），年七十五。其八股制義編為《王守溪文稿》。

明世宗嘉靖四年乙酉（一五二五）

李夢陽詩集《弘德集》刊刻，自為序，稱「今真詩乃在民間」。

明世宗嘉靖五年丙戌（一五二六）

王世貞生（—一五九〇）。

明世宗嘉靖六年丁亥（一五二七）

李贄生（—一六〇二）。

明世宗嘉靖七年戊子（一五二八）

王守仁卒（一四七二—），年五十七。有《王文成公全書》。

明世宗嘉靖九年庚寅（一五三〇）

李夢陽卒（一四七二—），年五十八。有《空同集》。

王磐卒（一四七〇？—），年約六十一。有《王西樓樂府》。

明世宗嘉靖十年辛卯（一五三一）

歸有光在里中與同學少年結南社、北社。

時李開先、王慎中、唐順之、陳束、熊過、任翰、趙時春、呂高等講習遊處，有「嘉靖八才子」之稱。

明世宗嘉靖十一年壬辰（一五三二）

邊貢卒（一四七六—），年五十七。有《邊華泉集》。

明世宗嘉靖十六年丁酉（一五三七）

歸有光作〈寒花葬志〉。

明世宗嘉靖十七年戊戌（一五三八）

徐霖卒（一四六二—），年七十七。有傳奇《三元記》、《繡襦記》（一說薛近兗作）等。

明世宗嘉靖十九年庚子（一五四〇）

康海卒（一四七五—），年六十六。有詩文集《對山集》、散曲集《沜東樂府》、雜劇《中山狼》。

明世宗嘉靖二十年辛丑（一五四一）

歸有光徙居安亭講學。李開先罷太常寺少卿歸里，以徵歌度曲自娛。

明世宗嘉靖二十一年壬寅（一五四二）

洪楩約於嘉靖二十年至三十年間編刊《六十家小説》。

吳承恩《西遊記》初稿或至本年已著成。

明世宗嘉靖二十二年癸卯（一五四三）

魏良輔於嘉靖年間改革崑腔，著有《南詞引正》。

梁辰魚《浣紗記》作於本年前後。

明世宗嘉靖二十三年甲辰（一五四四）

王廷相卒（一四七四—），年七十一。有《王氏家藏集》、《內臺集》。

李開先作〈仙呂南曲傍妝臺〉小令一百首，播於士林，唱和者眾。

陳與郊生（—一六一一）。

明世宗嘉靖二十六年丁未（一五四七）

李開先著成傳奇《寶劍記》。李開先編寫的《市井豔詞》成，作有序，稱「風出謠口，真詩只在民間」。

明世宗嘉靖二十七年戊申（一五四八）

王世貞在京師結識李攀龍，相與切磋古文辭。

明世宗嘉靖二十九年庚戌（一五五〇）

湯顯祖生（—一六一六）。

明世宗嘉靖三十年辛亥（一五五一）

梁有譽、宗臣、徐中行從遊於李攀龍、王世貞。

王九思卒（一四六八—），年八十四。有詩文集《渼陂集》、散曲集《碧山樂府》、雜劇《沽酒遊春》、《中山狼院本》。

明世宗嘉靖三十一年壬子（一五五二）

謝榛入李攀龍、王世貞社，時連同徐中行、梁有譽、宗臣及後入的吳國倫，人稱「後七子」。後謝榛被排擠出去，梁有譽早卒，另有余曰德、張佳胤加入，亦稱「七子」。

明世宗嘉靖三十二年癸丑（一五五三）

現存最早的《唐書志傳》刻本刊行。

沈璟生（—一六一〇）。

明世宗嘉靖三十五年丙辰（一五五六）

李開先編成詩文集《閒居集》。

徐渭雜劇《玉禪師翠鄉一夢》作於本年前後。

明世宗嘉靖三十六年丁巳（一五五七）

徐渭入胡宗憲幕府。

明世宗嘉靖三十七年戊午（一五五八）

王世貞於山東訪李開先，為其〈詠雪詩〉作跋。

王世貞為何景明集作序，稱頌李夢陽、何景明復古之舉。

明世宗嘉靖三十八年己未（一五五九）

天池道人（一般認爲是徐渭）著成《南詞敘錄》。

楊慎卒（一四八八—），年七十二。有《升庵全集》、《升庵長短句》、《二十一史彈詞》等。

王慎中卒（一五〇九—），年五十一。有《遵岩集》。

明世宗嘉靖三十九年庚申（一五六〇）

唐順之卒（一五〇七—），年五十四。有《荊川先生文集》。

袁宗道生（—一六〇〇）。

徐復祚生（—一六三〇後）。

明世宗嘉靖四十年辛酉（一五六一）

王衡生（—一六〇九）。

明穆宗隆慶元年丁卯（一五六七）

李攀龍《古今詩刪》本年前後編成。

明穆宗隆慶二年戊辰（一五六八）

徐渭以殺妻下獄。

李開先卒（一五〇二—），年六十七。有詩文集《閒居集》、傳奇《寶劍記》、院本《園林午夢》等。

袁宏道生（—一六一〇）。

明穆宗隆慶四年庚午（一五七〇）

李攀龍卒（一五一四—），年五十七。有《滄溟集》。

袁中道生（—一六二四）。

高濂作傳奇《玉簪記》。

明穆宗隆慶五年辛未（一五七一）

歸有光卒（一五〇六—），年六十五。有《震川先生集》。

明穆宗隆慶六年壬申（一五七二）

王世貞著成《藝苑卮言》八卷。

明神宗萬曆元年癸酉（一五七三）

徐渭《四聲猿》中《狂鼓史漁陽三弄》、《雌木蘭替父從軍》、《女狀元辭凰得鳳》三劇作於本年至萬曆七年間。

明神宗萬曆二年甲戌（一五七四）

鍾惺生（—一六二五）。

馮夢龍生（—一六四六）。

王思任生（—一六四六）。

明神宗萬曆三年乙亥（一五七五）

湯顯祖《紅泉逸草》刊行。

明神宗萬曆五年丁丑（一五七七）

湯顯祖傳奇《紫簫記》作於本年秋至萬曆七年間。

明神宗萬曆七年己卯（一五七九）

茅坤編《唐宋八大家文鈔》成。

謝榛約卒於本年（一四九九—），年約八十一。有《四溟集》。

明神宗萬曆八年庚辰（一五八〇）

馮唯敏約卒於本年（一五一一—），年約七十。有散曲集《海浮山堂詞稿》。

明神宗萬曆九年辛巳（一五八一）

凌濛初生（—一六四四）。

呂天成生（—一六一八）。

施紹莘生（—一六四〇）。

明神宗萬曆十年壬午（一五八二）

吳承恩約卒於本年（一五〇〇？—），年約八十一。有《西遊記》、《射陽先生存稿》。

錢謙益生（—一六六四）。

明神宗萬曆十一年癸未（一五八三）

周朝俊於萬曆初在世，作傳奇《紅梅記》。

孫鍾齡於萬曆年間作傳奇《東郭記》、《醉鄉記》等。

金鑾卒（一四九四—），年九十。著有《蕭爽齋樂府》。

明神宗萬曆十四年丙戌（一五八六）

譚元春生（—一六三七）。

明神宗萬曆十五年丁亥（一五八七）

湯顯祖傳奇《紫釵記》成於本年前後。

阮大鋮約生於此年（—一六四八？）。

明神宗萬曆十六年戊子（一五八八）

徐渭《四聲猿》有刊本流行。

范文若生（—一六三六）。

明神宗萬曆十七年己丑（一五八九）

神宗好覽《水滸傳》。

汪道昆為百回本《忠義水滸傳》作序。

明神宗萬曆十八年庚寅（一五九〇）

李贄本年至公安，刊行《焚書》。

吳承恩《射陽先生存稿》刊行。

王世貞卒（一五二六—），年六十五。有《弇州山人四部稿》、《續稿》等。

明神宗萬曆十九年辛卯（一五九一）

袁宏道訪李贄於麻城龍湖，留三月歸。

《英烈傳》最早刻本《新鐫龍興名世錄皇明開運英武傳》刊行。

梁辰魚卒（一五一九—），年七十三。有傳奇《浣紗記》、雜劇《紅線女》、散曲集《江東白苧》等。

明神宗萬曆二十年壬辰（一五九二）

金陵世德堂刻《新刻出像官板大字西遊記》，一般認為此為今見一百回《西遊記》的最早刻本。

袁於令生（—一六七四）。

明神宗萬曆二十一年癸巳（一五九三）

徐渭卒（一五二一—），年七十三。有《徐文長三集》、《徐文長逸稿》、《徐文長佚草》、《四聲猿》。

明神宗萬曆二十二年甲午（一五九四）

吏部郎中顧憲成革職，與高攀龍、錢一本等在無錫東林書院聚眾講學，議論朝政，得到了朝中趙南星等士大夫的支持，人稱「東林黨」。

明神宗萬曆二十三年乙未（一五九五）

袁宏道赴吳縣知縣任，於任上作〈虎丘〉、〈上方〉、〈天池〉等遊記及〈戲題齋壁〉等抒寫為官苦辛的詩篇。

吳炳生（—一六四八）。

明神宗萬曆二十四年丙申（一五九六）

袁宏道為其弟中道刻詩集，作〈敘小修詩〉。又在其給董其昌的信中，首次提及《金瓶梅》並給予高度評價。

明神宗萬曆二十五年丁酉（一五九七）

袁宏道往杭州、會稽遊歷，於陶望齡處得閱徐渭詩集，大加稱賞，後又為徐渭作《徐文長傳》。

羅懋登著成《三寶太監西洋記通俗演義》。

張岱生（—一六八〇）。

明神宗萬曆二十六年戊戌（一五九八）

湯顯祖著成傳奇《牡丹亭》。

呂天成著成傳奇《神女記》、《戒珠記》、《金合記》。

明神宗萬曆二十七年己亥（一五九九）

袁宏道在京與兄宗道、弟中道及友人江盈科、潘士藻、謝肇淛等結蒲桃社。

李贄《藏書》刊行。

孟稱舜生（—一六八四後）。

丁耀亢生（—一六七〇）。

明神宗萬曆二十八年庚子（一六〇〇）

湯顯祖著成傳奇《南柯記》。

薛論道約卒於本年（一五三一？—），年約七十。有散曲集《林石逸興》。

袁宗道卒（一五六〇—），年四十一。有《白蘇齋類集》。

明神宗萬曆二十九年辛丑（一六〇一）

湯顯祖著成傳奇《邯鄲記》。

茅坤卒（一五一二—），年九十。有詩文集《白華樓藏稿》和評選本《唐宋八大家文鈔》。

明神宗萬曆三十年壬寅（一六〇二）

李贄被誣下獄，以剃刀自殺，年七十六（一五二七—）。有詩文集《焚書》、《續焚書》，史評《藏書》、《續藏書》，曾評點《水滸傳》、《西廂記》等。

明神宗萬曆三十一年癸卯（一六〇三）

閻爾梅生（—一六七九）。

明神宗萬曆三十二年甲辰（一六〇四）

鍾惺與譚元春結交。

明神宗萬曆三十四年丙午（一六〇六）

袁宏道《瓶花齋集》、《瀟碧堂集》刊刻。

湯顯祖《玉茗堂文集》刊於南京。

余邵魚《列國志傳》本年重刊，為該書現存最早刊本。《楊家府演義》於本年序刊。

明神宗萬曆三十五年丁未（一六〇七）

沈璟傳奇《義俠記》刊行。

明神宗萬曆三十六年戊申（一六〇八）

陳子龍生（—一六四七）。

金聖歎生（—一六六一）。

明神宗萬曆三十七年己酉（一六〇九）

王衡卒（一五六一—），年四十九。著有雜劇《鬱輪袍》、《真傀儡》等。

馮夢龍約於本年刊行〈掛枝兒〉，後又輯刊《山歌》。

吳偉業生（—一六七一）。

明神宗萬曆三十八年庚戌（一六一〇）

徐復祚著成傳奇《紅梨記》。

王驥德著成《曲律》。

呂天成《曲品》定稿。

容與堂刊《李卓吾先生批評忠義水滸傳》。

袁宏道卒（一五六八—），年四十三。有《袁中郎全集》。

沈璟卒（一五五三—），年五十八。有傳奇《義俠記》等十七種（今存七種）及《南九宮十三調曲譜》。

黃宗羲生（—一六九五）。

明神宗萬曆三十九年辛亥（一六一一）

陳與郊卒（一五四四—），年六十八。有詩文集《隅園集》、傳奇《詅痴符》等。

冒襄生（—一六九三）。

杜濬生（—一六八七）。

明神宗萬曆四十一年癸丑（一六一三）

顧炎武生（—一六八二）。

歸莊生（—一六七三）。

明神宗萬曆四十二年甲寅（一六一四）

鍾惺、譚元春選定《古詩歸》十五卷、《唐詩歸》三十六卷。

鍾惺《隱秀軒集》刻於南京。

袁無涯刻百二十回本《水滸傳》。

宋琬生（—一六七三）。

明神宗萬曆四十四年丙辰（一六一六）

正月，愛新覺羅．努爾哈赤即汗位，定國號為金，史稱後金。

湯顯祖卒（一五五〇—），年六十七。有詩文集《紅泉逸草》、《問棘郵草》、《玉茗堂集》，傳奇《牡丹亭》等五種。

明神宗萬曆四十五年丁巳（一六一七）

鍾惺作〈詩歸序〉。

華淑刊《閒情小品》二十九種。

現存最早《金瓶梅》刻本《新刻金瓶梅詞話》刊行。

明神宗萬曆四十六年戊午（一六一八）

呂天成卒（一五八〇—），年三十九。有戲曲論著《曲品》、《煙鬟閣傳奇》十五種等。

侯方域生（—一六五四）。

吳嘉紀生（—一六八四）。

尤侗生（—一七〇四）。

明神宗萬曆四十七年己未（一六一九）

臧懋循改訂刊行湯顯祖《玉茗堂傳奇》。

現存最早的《隋唐兩朝志傳》刻本刊行。

王夫之生（—一六九二）。

明神宗萬曆四十八年庚申（一六二〇）

吳炳著成傳奇《西園記》。

明熹宗天啓元年辛酉（一六二一）

時太監魏忠賢專權。

馮夢龍編纂的《古今小說》（《喻世明言》）本年前後刊行。

許仲琳、李雲翔約於天啓年間編成《封神演義》。

明熹宗天啓三年癸亥（一六二三）

王驥德卒（？—）。

明熹宗天啓四年甲子（一六二四）

袁中道卒（一五七〇—），年五十五。有《珂雪齋集》等。

馮夢龍編纂的《警世通言》刊行。

汪琬生（—一六九〇）。

魏禧生（—一六八〇）。

明熹宗天啓五年乙丑（一六二五）

鍾惺卒（一五七四—），年五十二。有《隱秀軒集》。

陳維崧生（—一六八二）。

明熹宗天啓七年丁卯（一六二七）

馮夢龍編纂的《醒世恆言》刊行。

明思宗崇禎元年戊辰（一六二八）

凌濛初編著的《拍案驚奇》刊行。

馮夢龍約於崇禎年間增補修訂成《新列國志》、《平妖傳》等。

明思宗崇禎二年己巳（一六二九）

張溥等人結復社。陳子龍等人結幾社。

朱彝尊生（—一七〇九）。

梁佩蘭生（—一七〇五）。

明思宗崇禎三年庚午（一六三〇）

徐復祚卒（一五六〇—），年七十一。有傳奇《紅梨記》、雜劇《一文錢》、筆記《三家村老委談》及《南北詞廣韻選》等。

屈大均生（—一六九六）。

陸人龍作成《遼海丹忠錄》。

齊東野人編成《隋煬帝豔史》。

《檮杌閒評》、《魏忠賢小說斥奸書》等描寫魏忠賢專權禍國的小說也成於是年前後。

明思宗崇禎四年辛未（一六三一）

陳恭尹生（—一七〇〇）。

題「齊東野人編演」的《隋煬帝豔史》人瑞堂本刊行。

夏完淳生（—一六四七）。

明思宗崇禎五年壬申（一六三二）

吳兆騫生（—一六八四）。

凌濛初編著的《二刻拍案驚奇》刊行。

陸人龍的《型世言》約刊於是年。

抱甕老人選編的《今古奇觀》於是年至崇禎十七年間刊行。《西湖二集》、《石點頭》、《鼓掌絕塵》等白話短篇小說集也在明末刊行。

明思宗崇禎六年癸酉（一六三三）

袁於令刊《隋史遺文》。

吳炳著成傳奇《綠牡丹》。

明思宗崇禎七年甲戌（一六三四）

王士禛生（—一七一一）。

曹貞吉生（—一六九八）。

明思宗崇禎九年丙子（一六三六）

四月，後金皇太極在盛京（今瀋陽）稱帝，改國號為清。

范文若卒（一五八八—），年四十九。有傳奇《鴛鴦棒》、《花筵賺》、《夢花酣》，合稱「博山堂三種」。

閻若璩生（—一七〇四）。

明思宗崇禎十年丁丑（一六三七）

譚元春卒（一五八六—），年五十二。有《譚友夏合集》。

顧貞觀生（—一七一四）。

明思宗崇禎十一年戊寅（一六三八）

陳子龍、徐孚遠、宋徵璧等輯成《皇明經世文編》。

孟稱舜著成傳奇《嬌紅記》。

明思宗崇禎十三年庚辰（一六四〇）

董說約於是年作《西遊補》。

蒲松齡生（—一七一五）。

施紹莘卒（一五八一—）。

明思宗崇禎十四年辛巳（一六四一）

金人瑞評改《水滸傳》成，題「第五才子書施耐庵水滸傳」。

明思宗崇禎十五年壬午（一六四二）

六月，下詔嚴禁《水滸傳》。

明思宗崇禎十六年癸未（一六四三）

錢謙益的《初學集》於本年由學生瞿式耜刊行。

明思宗崇禎十七年甲申（一六四四）

三月，李自成兵入北京。崇禎帝自縊於煤山。清兵入關，李自成敗走。

凌濛初卒（一五八〇—），年六十五。編著有《拍案驚奇》、《二刻拍案驚奇》、《南音三籟》等。

廖燕生（—一七〇五）。

清世祖順治二年乙酉（一六四五）

清兵南下，錢謙益等迎降。明唐王朱聿鍵在福州即帝位，魯王朱以海在紹興監國。

洪昇生（—一七〇四）。

清世祖順治三年丙戌（一六四六）

明唐王被俘，死於福州。桂王朱由榔在肇慶即帝位。

馮夢龍卒（一五七四—），年七十三。編著有《喻世明言》、《警世通言》、《醒世恆言》、《平妖傳》等小說，及《雙雄夢》等傳奇。

王思任卒（一五七四—）。

清世祖順治四年丁亥（一六四七）

陳子龍卒（一六〇八—），年四十。有《陳忠裕公全集》、《皇明經世文編》。

夏完淳卒（一六三一—），年十七。有《夏內史集》。

清世祖順治五年戊子（一六四八）

孔尚任生（—一七一八）。

吳炳卒（一五九五—），年五十四。有傳奇《西園記》、《綠牡丹》、《療妒羹》、《情郵記》、《畫中人》，合稱「粲花齋五種曲」。

阮大鋮卒（一五八七—），年六十二。有《燕子箋》、《春燈謎》等傳奇。

清世祖順治七年庚寅（一六五〇）

查慎行生（—一七二七）。

清世祖順治十年癸巳（一六五三）

吳偉業應薦入京，本年作有傳奇劇《秣陵春》。

清世祖順治十一年甲午（一六五四）

侯方域卒（一六一八—），年三十七。有《壯悔堂文集》。

納蘭性德生（—一六八五）。

清世祖順治十二年乙未（一六五五）

孟稱舜卒（一五九九—），年五十七。有傳奇《嬌紅記》、雜劇《桃花人面》等。

清世祖順治十四年丁酉（一六五七）

興南北科場舞弊案。吳兆騫因此被捕，後流放寧古塔。

清世祖順治十五年戊戌（一六五八）

《無聲戲》、《十二樓》相繼刊行。

清世祖順治十六年己亥（一六五九）

鄭成功、張煌言沿長江反攻，連破鎮江、蕪湖，後敗退入海。清廷興「通海案」。

清世祖順治十八年辛丑（一六六一）

清廷催徵欠賦，興「奏銷案」。明永曆政權亡。鄭成功收復臺灣。

金聖歎（一六〇八—）以哭廟案被斬，年五十四。

清聖祖康熙元年壬寅（一六六二）

《續金瓶梅》刊行。

《醒世姻緣傳》作成。

莊廷鑨《明史》案興。

清聖祖康熙三年甲辰（一六六四）

趙執信生（—一七四四）。

錢謙益卒（一五八二—），年八十三。有《初學集》、《有學集》，編選《列朝詩集》。

清聖祖康熙七年戊申（一六六八）

陳忱著《水滸後傳》刊行。

方苞生（—一七四九）。

清聖祖康熙九年庚戌（一六七〇）

丁耀亢卒（一五九九—），年七十二。有小說《續金瓶梅》、詩文集《丁野鶴遺稿》及傳奇《蚺蛇膽》等四種。

清聖祖康熙十年辛亥（一六七一）

吳偉業卒（一六〇九—），年六十三，有《梅村家藏稿》等。

陳忱、李玉約卒於此年前後。陳忱有《水滸後傳》。李玉有《一捧雪》、《清忠譜》等傳奇。

清聖祖康熙十二年癸丑（一六七三）

三藩之亂起。

宋琬卒（一六一四—），年六十。有《安雅堂全集》。

歸莊卒（一六一三—），年六十一。有《恆軒詩集》、《玄恭文鈔》。

沈德潛生（—一七六九）。

清聖祖康熙十三年甲寅（一六七四）

袁於令卒（一五九二—），年八十三。有傳奇《西樓記》、《鷫鸘裘》、小說《隋史遺文》。

清聖祖康熙十八年己未（一六七九）

開博學鴻詞科，應試者一百四十三人，取陳維崧、朱彝尊、汪琬、毛奇齡、施閏章、尤侗等五十人。

閻爾梅卒（一六〇三—），年七十七。有《閻古古集》。

清聖祖康熙十九年庚申（一六八〇）

魏禧卒（一六二四—），年五十七。有《魏叔子文集》。

李漁卒（一六一一—），年七十。有《笠翁全集》、《笠翁十種曲》、《連城璧》、《十二樓》等。

張岱卒（一五九七—），年八十四。有《琅嬛文集》、《陶庵夢憶》等。

清聖祖康熙二十一年壬戌（一六八二）

三藩之亂平。

顧炎武卒（一六一三—），年七十。有《日知錄》、《天下郡國利病書》等。

陳維崧卒（一六二五—），年五十八。有《湖海樓全集》。

清聖祖康熙二十二年癸亥（一六八三）

施閏章卒（一六一八—），年六十六。有《學餘堂詩文集》。

清聖祖康熙二十三年甲子（一六八四）

康熙至曲阜祭孔，孔尚任御前講經，破格拔為國子監博士。

吳嘉紀卒（一六一八—），年六十七。有《陋軒集》。

吳兆騫卒（一六三一—），年五十四。有《秋笳集》等。

清聖祖康熙二十四年乙丑（一六八五）

納蘭性德卒（一六五四—），年三十二。有《飲水詞》、《通志堂集》等。

清聖祖康熙二十六年丁卯（一六八七）

杜濬卒（一六一一—），年七十七。有《變雅堂文集》。

清聖祖康熙二十七年戊辰（一六八八）

洪昇《長生殿》定稿。

清聖祖康熙二十八年己巳（一六八九）

八月，洪昇招伶人演《長生殿》，時佟皇后喪服未除，被劾，革去國子生籍。同時觀戲者查慎行也被除籍，趙執信被革職。

清聖祖康熙二十九年庚午（一六九〇）

汪琬卒（一六二四—），年六十七。有《堯峰文鈔》等。

清聖祖康熙三十一年壬申（一六九二）

王夫之卒（一六一九—），年七十四。有《姜齋詩話》、《讀通鑑論》等，全存於《船山遺書》中。

清聖祖康熙三十二年癸酉（一六九三）

冒襄卒（一六一一—），年八十三。有《水繪園詩文集》等，並編刻《同人集》。

錢澄之卒（一六一二—），年八十二。有《藏山閣集》、《田間詩集》、《田間文集》等。

鄭燮生（—一七六五）。

清聖祖康熙三十四年乙亥（一六九五）

黃宗羲卒（一六一〇—），年八十六。有《宋元學案》、《明儒學案》、《明夷待訪錄》、《南雷文定》等。

清聖祖康熙三十五年丙子（一六九六）

屈大均卒（一六三〇—），年六十七。有《道援堂集》、《廣東新語》等。

杭世駿生（—一七七三）。

清聖祖康熙三十七年戊寅（一六九八）

劉大櫆生（—一七七九）。

曹貞吉卒（一六三四—），年六十五。

清聖祖康熙三十八年己卯（一六九九）

孔尚任《桃花扇》傳奇劇成於本年六月。次年春罷官。

清聖祖康熙三十九年庚辰（一七〇〇）

陳恭尹卒（一六三一—），年七十。

清聖祖康熙四十年辛巳（一七〇一）

吳敬梓生（—一七五四）。

清聖祖康熙四十二年癸未（一七〇三）

葉燮卒（一六二七—），年七十七。有《已畦集》。

清聖祖康熙四十三年甲申（一七〇四）

洪昇卒（一六四五—），年六十。有《長生殿》、《稗畦集》、《嘯月樓集》等。

尤侗卒（一六一八—），年八十七。有《鈞天樂》傳奇和《西堂全集》等。

閻若璩卒（一六三六—），年六十九。有《古文尚書疏證》等。

清聖祖康熙四十四年乙酉（一七〇五）

廖燕卒（一六四四—），年六十二。有《二十七松堂集》。

梁佩蘭卒（一六二九—），年七十七。有《六瑩堂集》。

夏敬渠生（—一七八七）。

清聖祖康熙四十八年己丑（一七〇九）

朱彝尊卒（一六二九—），年八十一。有《曝書亭全集》，編有《詞綜》。

清聖祖康熙五十年辛卯（一七一一）

王士禛卒（一六三四—），年七十八。有《帶經堂集》、《池北偶談》、《香祖筆記》等。

清聖祖康熙五十三年甲午（一七一四）

查禁「小說淫詞」，命銷書毀版。

顧貞觀卒（一六三七—），年七十八。有《彈指詞》、《積山岩集》。

清聖祖康熙五十四年乙未（一七一五）

蒲松齡卒（一六四〇—），年七十六。有《聊齋志異》、《聊齋詩集》、《聊齋文集》及俚曲等。

曹雪芹約生於本年（—一七六三？）。

清聖祖康熙五十五年丙申（一七一六）

袁枚生（—一七九七）。

毛奇齡卒（一六二三—），年九十四。有《西河全集》。

清聖祖康熙五十七年戊戌（一七一八）

孔尚任卒（一六四八—），年七十一。有《桃花扇》傳奇及《長留集》、《湖海集》等。

清世宗雍正元年癸卯（一七二三）

戴震生（—一七七七）。

清世宗雍正二年甲辰（一七二四）

紀昀生（—一八〇五）。

清世宗雍正三年乙巳（一七二五）

蔣士銓生（—一七八五）。

清世宗雍正五年丁未（一七二七）

查慎行卒（一六五〇—），年七十八。有《敬業堂詩集》、《補注東坡編年詩》等。

趙翼生（—一八一四）。

清世宗雍正九年辛亥（一七三一）

姚鼐生（—一八一五）。

清世宗雍正十一年癸卯（一七三三）

翁方綱生（—一八一八）。

清高宗乾隆元年丙辰（一七三六）

詔舉博學鴻詞，取中劉綸、杭世駿、齊如南等十九人。

清高宗乾隆三年戊午（一七三八）

高鶚生（—一八一五）。

清高宗乾隆九年甲子（一七四四）

趙執信卒（一六六二—），年八十三。有《飴山堂詩文集》、《聲調譜》、《談龍錄》等。

汪中生（—一七九四）。

清高宗乾隆十年丙寅（一七四六）

洪亮吉生（—一八〇九）。

清高宗乾隆十四年己巳（一七四九）

方苞卒（一六六八—），年八十二。有《望溪先生文集》等。

《儒林外史》約定稿於本年。

黃景仁生（—一七八三）。

清高宗乾隆十七年壬申（一七五二）

厲鶚卒（一六九二—），年六十一。有《樊榭山房集》、《宋詩紀事》、《遼史拾遺》等。

清高宗乾隆十九年甲戌（一七五四）

吳敬梓卒（一七〇一—），年五十四。有《儒林外史》、《文木山房集》等。

清高宗乾隆二十二年丁丑（一七五七）

惲敬生（—一八一七）。

清高宗乾隆二十五年庚辰（一七六〇）

王曇生（—一八一七）。

孫原湘生（—一八二九）。

清高宗乾隆二十六年辛巳（一七六一）

張惠言生（—一八〇二）。

清高宗乾隆二十八年癸未（一七六三）

李汝珍約生於此年（—約一八三〇）。

曹雪芹約卒於此年前後（約一七一五—），著有《紅樓夢》。
沈復生（—一八二六後）。
焦循生（—一八二〇）。
李汝珍約生於是年（—約一八三〇）。
清高宗乾隆二十九年甲申（一七六四）
張問陶生（—一八一四）。
清高宗乾隆三十年乙酉（一七六五）
鄭燮卒（一六九三—），年七十三。有《鄭板橋集》。
舒位生（—一八一五）。
清高宗乾隆三十一年丙戌（一七六六）
趙起杲、鮑廷博編刻《聊齋志異》，稱「青柯亭本」。
清高宗乾隆三十四年己丑（一七六九）
沈德潛卒（一六七三—），年九十七。著有《沈歸愚詩文全集》，選有《古詩源》、《唐詩別裁》、《明詩別裁》、《國朝詩別裁》。
清高宗乾隆三十七年壬辰（一七七二）
方東樹生（—一八五一）。
清高宗乾隆三十八年癸巳（一七七三）
杭世駿卒（一六九六—），年七十八。有《道古堂詩文集》。
清高宗乾隆四十一年丙申（一七七六）
鄧廷楨生（—一八四六）。
清高宗乾隆四十二年丁酉（一七七七）
戴震卒（一七二三—），年五十五。有《孟子字義疏證》、《原善》、《方言疏證》、《屈原賦注》、《考工記圖》等。
清高宗乾隆四十四年己亥（一七七九）
劉大櫆卒（一六九八—），年八十二。有《海峰文集》。
清高宗乾隆四十五年庚子（一七八〇）
張維屏生（—一八五九）。
管同生（—一八三一）。
清高宗乾隆四十六年辛丑（一七八一）
周濟生（—一八三九）。
清高宗乾隆四十八年癸卯（一七八三）
黃景仁卒（一七四九—），年三十五。有《兩當軒集》。
清高宗乾隆四十九年甲辰（一七八四）
劉開生（—一八四二）。
清高宗乾隆五十年乙巳（一七八五）
蔣士銓卒（一七二五—），年六十一。有《忠雅堂集》、《藏園九種曲》。
陳沆生（—一八二五）。
林則徐生（—一八五〇）。
程恩澤生（—一八三七）。
姚瑩生（—一八五三）。
清高宗乾隆五十一年丙午（一七八六）
梅曾亮生（—一八五六）。
清高宗乾隆五十二年丁未（一七八七）
夏敬渠卒（一七〇五—），年八十三。有《野叟曝言》、《浣玉軒詩文集》等。
清高宗乾隆五十五年庚戌（一七九〇）
「三慶」、「四喜」、「春臺」、「和春」四大徽班進京，並在嘉慶、道光間融合發展形成了京劇。

清高宗乾隆五十六年辛亥（一七九一）

程偉元、高鶚將《紅樓夢》前八十回與後四十回以木活字排印出來，通稱「程甲本」。

清高宗乾隆五十七年壬子（一七九二）

龔自珍生（—一八四一）。

清高宗乾隆五十八年癸丑（一七九三）

祁寯藻生（—一八六六）。

清高宗乾隆五十九年甲寅（一七九四）

汪中卒（一七四四—），年五十一。有《述學內外篇》、《廣陵通典》等。

魏源生（—一八五七）。

俞萬春生（—一八四九）。

清仁宗嘉慶元年丙辰（一七九六）

陳端生約於此年卒（一七五一—），年約四十五。有彈詞《再生緣》。

清仁宗嘉慶二年丁巳（一七九七）

畢沅卒（一七三〇—），年六十八。曾主編《續資治通鑑》。

王鳴盛卒（一七二二—），年七十六。有《十七史商榷》、《蛾術編》、《尚書後案》、《西莊始存稿》。

袁枚卒（一七一六—），年八十二。有《小倉山房全集》、《隨園詩話》、《子不語》。

清仁宗嘉慶三年戊午（一七九八）

《施公案》正集八卷九十七回，嘉慶二十五年（一八二〇）廈門文德堂刊本，有本年序。

項鴻祚生（—一八三五）。

清仁宗嘉慶四年己未（一七九九）

張際亮生（—一八四三）。

清仁宗嘉慶五年庚申（一八〇〇）

何紹基生（—一八七四）。

清仁宗嘉慶七年壬戌（一八〇二）

張惠言卒（一七六一—），年四十二。著有《茗柯詞》、《茗柯文編》，與張琦合編有《詞選》。

清仁宗嘉慶八年癸亥（一八〇三）

臥閒堂巾箱本《儒林外史》刊行，為今所見最早者。

清仁宗嘉慶九年甲子（一八〇四）

錢大昕卒（一七二八—），年六十七。有《廿二史考異》、《潛研堂文集》、《元詩紀事》、《十駕齋養新錄》等。

清仁宗嘉慶十年乙丑（一八〇五）

紀昀卒（一七二四—），年八十二。有《紀文達公遺集》、《閱微草堂筆記》等，主修《四庫全書》。

焦循撰成《劇說》。

姚燮生（—一八六四）。

魯一同生（—一八六三）。

清仁宗嘉慶十一年丙寅（一八〇六）

鄭珍生（—一八六四）。

清仁宗嘉慶十三年戊辰（一八〇八）

沈復《浮生六記》約於這一時期寫成，今存四記，光緒三年（一八七七）刊行。

蔣敦復生（—一八六七）。

清仁宗嘉慶十四年己巳（一八〇九）

洪亮吉卒（一七四六—），年六十四。有《卷施閣集》、《更生齋集》、《北江詩話》、《春秋左傳詁》等。

清仁宗嘉慶十五年庚午（一八一〇）

馮桂芬生（—一八七四）。

貝青喬生（—一八六三）。

清仁宗嘉慶十六年辛未（一八一一）

曾國藩生（—一八七二）。

莫友芝生（—一八七一）。

清仁宗嘉慶十八年癸酉（一八一三）

龔自珍寫成〈明良論〉四篇，〈尊隱〉亦約寫成於本年。

清仁宗嘉慶十九年甲戌（一八一四）

趙翼卒（一七二七—），年八十八。有《廿二史劄記》、《陔餘叢考》、《甌北詩鈔》、《甌北詩話》等。

張問陶卒（一七六四—），年五十一。有《船山詩草》。

清仁宗嘉慶二十年乙亥（一八一五）

姚鼐卒（一七三一—），年八十五。著有《惜抱軒全集》，選有《古文辭類纂》等。

高鶚卒（一七三八—）。

舒位卒（一七六五—），年五十一。有《瓶水齋詩集》。

清仁宗嘉慶二十一年丙子（一八一六）

龔自珍自前一年起至本年撰有〈乙丙之際箸議〉一組文章，今存十一篇。

清仁宗嘉慶二十二年丁丑（一八一七）

惲敬卒（一七五七—），年六十一。有《大雲山房文稿》。

王曇卒（一七六〇—），年五十八。有《煙霞萬古樓集》和《回心院》、《萬花緣》等傳奇。

清仁宗嘉慶二十三年戊寅（一八一八）

翁方綱卒（一七三三—），年八十六。有《復初齋集》、《石洲詩話》等。

蔣春霖生（—一八六八）。

金和生（—一八八五）。

魏秀仁生（—一八七三）。

清仁宗嘉慶二十五年庚辰（一八二〇）

龔自珍為內閣中書，撰〈東南罷番舶議〉、〈西域置行省議〉。

焦循卒（一七六三—），年五十八。有《孟子正義》、《雕菰樓集》、《劇說》等。

清宣宗道光元年辛巳（一八二一）

《施公案》正集八卷九十七回，廈門文德堂本年刊行。

侯芝改訂長篇彈詞《再生緣》，本年刊行於世。

石玉崑約於道光年間在京師說書。

清宣宗道光三年癸未（一八二三）

龔自珍自刊《定盦文集》三卷。又刊定《無著詞》、《懷人館詞》、《影事詞》、《小奢摩詞》。又撰有〈壬癸之際胎觀〉九篇。

張裕釗生（—一八九四）。

清宣宗道光五年乙酉（一八二五）

龔自珍有〈詠史〉詩。又撰《古史鉤沉論》，七年後方最後寫定，今存四篇。

陳森始撰《品花寶鑑》十五卷。

陳沆卒（一七八五—）。

清宣宗道光六年丙戌（一八二六）

魏源在江蘇布政使賀長齡幕編成《皇朝經世文編》一百二十卷，次年刊行。

俞萬春草創《蕩寇志》，至道光二十七年（一八四七）完成。

沈復卒於本年後（一七六三—），年約六十四，有《浮生六記》。

清宣宗道光八年戊子（一八二八）

王韜生（—一八九七）。

清宣宗道光九年己丑（一八二九）

孫原湘卒（一七六〇—），年七十。有《天真閣集》。

清宣宗道光十年庚寅（一八三〇）

李汝珍約於此年卒（約一七六三—），年約六十八。有《鏡花緣》、《李氏音鑑》。

清宣宗道光十一年辛卯（一八三一）

郭麐卒（一七六七—），年六十五。有《靈芬館集》、《詞品》。

清宣宗道光十三年癸巳（一八三三）

管同卒（一七八〇—），年五十二。有《因寄軒文集》。

王闓運生（—一九一六）。

清宣宗道光十五年乙未（一八三五）

項鴻祚卒（一七九八—），年三十八。有《憶雲詞》。

陳森《品花寶鑑》完稿，共六十回。道光二十九年（一八四九）刊行。

清宣宗道光十六年丙申（一八三六）

黃吉安生（—一九二四）。

清宣宗道光十七年丁酉（一八三七）

程恩澤卒（一七八五—），年五十三。有《程侍郎遺集》。

黎庶昌生（—一八九八）。

清宣宗道光十八年戊戌（一八三八）

林則徐為欽差大臣赴廣東查禁鴉片。龔自珍作〈送欽差大臣侯官林公序〉。

薛福成生（—一八九四）。

清宣宗道光十九年己亥（一八三九）

周濟卒（一七八一—），年五十九。著有《味雋齋詞》、《詞辨》、《介存齋論詞雜著》、《晉略》，選有《宋四家詞選》。

龔自珍因忤其長官，辭官南歸。作〈病梅館記〉、《己亥雜詩》。

清宣宗道光二十年庚子（一八四〇）

英國發動鴉片戰爭。

龔自珍輯《庚子雅詞》一卷。

魏源有《寰海十章》（其中個別篇目作於下年）。

吳汝綸生（—一九〇三）。

清宣宗道光二十一年辛丑（一八四一）

奕經為揚威將軍赴浙督師，貝青喬撰《咄咄吟》紀奕經軍幕及浙東軍事。

廣州發生三元里民眾武裝抗英鬥爭。張維屏有〈三元里〉詩紀其事。

龔自珍卒（一七九二—），年五十。其平生著述有今人編校之《龔自珍全集》。

清宣宗道光二十二年壬寅（一八四二）

中英簽訂《江寧條約》，即《南京條約》，第一次鴉片戰爭結束。

魏源完成《海國圖志》五十卷。咸豐二年補訂為一百卷重刊。其〈寰海後〉十首、〈秋興〉十章、〈秋興後〉十首約作於本年。

鄭觀應生（—一九二二）。

王先謙生（—一九一七）。

劉開卒（一七八三—）。有《孟塗文集》、《孟塗遺詩》。

清宣宗道光二十三年癸卯（一八四三）

張際亮卒（一七九九—）。有《思伯子堂詩集》、《張亨甫全集》。

清宣宗道光二十六年丙午（一八四六）

鄧廷楨卒（一七七五—），年七十二。有《雙硯齋詞鈔》。

樊增祥生（—一九三一）。

清宣宗道光二十七年丁未（一八四七）

俞萬春著《蕩寇志》完稿，經其子龍光潤色，於咸豐三年刊行。

梁德繩卒（一七七一—），年七十七。陳端生《再生緣》彈詞原六十八回，未完，梁續十二回，成八十回本，道光三十年刊行。

清宣宗道光二十八年戊申（一八四八）

《風月夢》有邗上蒙人本年自序。

黃遵憲生（—一九〇五）。

王鵬運生（—一九〇四）。

清宣宗道光二十九年己酉（一八四九）

俞萬春卒（一七九四—）。

清宣宗道光三十年庚戌（一八五〇）

林則徐卒（一七八五—），年六十六。有《雲左山房詩鈔》等。

文康《兒女英雄傳》四十回成書於本年之後，光緒四年始刊行。

清文宗咸豐元年辛亥（一八五一）

洪秀全發動起義，攻占永安，建號太平天國。

方東樹卒（一七七二—），年八十。有《儀衛軒文集》等。

沈曾植生（—一九二二）。

清文宗咸豐二年壬子（一八五二）

俞龍光將其父俞萬春之《蕩寇志》修潤定稿。

林紓生（—一九二四）。

陳三立生（—一九三七）。

清文宗咸豐三年癸丑（一八五三）

三月，太平軍攻克南京，並定都更名天京。

姚瑩卒（一七八五—），年六十九。有《中復堂全集》。

嚴復生（—一九二一）。

《蕩寇志》初刊於蘇州，易名為《結水滸傳》。

清文宗咸豐六年丙辰（一八五六）

英軍轟擊廣州，挑起第二次鴉片戰爭。

梅曾亮卒（一七八六—），年七十一。有《柏梘山房文集》等。

陳衍生（—一九三七）。

鄭文焯生（—一九一八）。

文廷式生（—一九〇四）。

韓邦慶生（—一八九四）。

清文宗咸豐七年丁巳（一八五七）

英法聯軍侵據廣州。

魏源卒（一七九四—），年六十四。有《古微堂詩集》等。

邱心如《筆生花》彈詞三十二回刊行，有陳同勳本年序。

朱祖謀生（—一九三一）。

劉鶚生（—一九〇九）。

清文宗咸豐八年戊午（一八五八）

魏秀仁開始寫作《花月痕》，於同治年間完稿，光緒十四年刊行，題《花月痕全書》，共十六卷五十二回。

康有為生（—一九二七）。

易順鼎生（—一九二〇）。

汪笑儂生（—一九一八）。

清文宗咸豐九年己未（一八五九）

張維屏卒（一七八〇—），年八十。有《張南山全集》。

況周頤生（—一九二六）。

清文宗咸豐十年庚申（一八六〇）

英法聯軍侵入北京。中英、中法簽訂《北京條約》，第二次鴉片戰爭結束。

鄭孝胥生（—一九三八）。

清文宗咸豐十一年辛酉（一八六一）

馮桂芬寫成《校邠廬抗議》。光緒十年刊行。

清穆宗同治元年壬戌（一八六二）

京師同文館成立。

清穆宗同治二年癸亥（一八六三）

貝青喬卒（一八一〇—），年五十四。有《半行庵詩存》、《咄咄吟》。

魯一同卒（一八〇五—）。有《通甫類稿》。

清穆宗同治三年甲子（一八六四）

天京陷落，太平天國革命失敗。

鄭珍卒（一八〇六—），年五十九。有《巢經巢文集》、《巢經巢詩鈔前集》、《後集》、《外集》等。

丘逢甲生（—一九一二）。

姚燮卒（一八〇五—）。有《復莊詩問》等。

清穆宗同治四年乙丑（一八六五）

譚嗣同生（—一八九八）。

清穆宗同治五年丙寅（一八六六）

吳沃堯生（—一九一〇）。

祁寯藻卒（一七九三—）。

清穆宗同治六年丁卯（一八六七）

上海江南製造局設翻譯館，翻譯西方自然科學與技術書籍。

李寶嘉生（—一九〇六）。

蔣敦復卒（一八〇八—）。有《嘯古堂詩文集》、《芬多利室詞》。

清穆宗同治七年戊辰（一八六八）

黃遵憲作〈雜感〉詩，提出「我手寫吾口」。

蔣春霖卒（一八一八—），年五十一。有《水雲樓詞》等。

清穆宗同治八年己巳（一八六九）

章炳麟生（—一九三六）。

清穆宗同治九年庚午（一八七〇）

天津教案發生。

清穆宗同治十年辛未（一八七一）

莫友芝卒（一八一一—）。有《郘亭詩鈔》、《郘亭遺詩》。

清穆宗同治十一年壬申（一八七二）

曾國藩卒（一八一一—），年六十二。有《曾文正公全集》。

曾樸生（—一九三五）。

清穆宗同治十二年（一八七三）

魏秀仁卒（一八一八—）。

梁啓超生（—一九二九）。

清穆宗同治十三年甲戌（一八七四）

王韜在香港創辦《循環日報》，刊登自撰政論文，後輯入《弢園文錄外編》。

馮桂芬卒（一八〇九—），年六十六。有《校邠廬抗議》。

李涵秋生（—一九二三）。

成兆才生（—一九二九）。

何紹基卒（一八〇〇—）。有《東洲草堂詩集》、《文鈔》。

清德宗光緒元年乙亥（一八七五）

秋瑾生（—一九〇七）。

清德宗光緒三年丁丑（一八七七）

黃遵憲出使日本參贊，在日五年，有〈日本雜事詩〉等。

清德宗光緒四年戊寅（一八七八）

俞達《青樓夢》成書。

清德宗光緒五年己卯（一八七九）

《忠烈俠義傳》（即《三俠五義》）刊行，署石玉崑述。

清德宗光緒六年庚辰（一八八〇）

鄭觀應《易言》刊行。後擴充為《盛世危言》，於光緒二十一年刊行全本。

清德宗光緒八年壬午（一八八二）

黃遵憲撰著《日本國志》稿本。調任駐舊金山總領事，作〈逐客篇〉，反映美國迫害華工事。

清德宗光緒九年癸未（一八八三）

陳衍自本年起逐漸打出「同光體」旗號。

清德宗光緒十年甲申（一八八四）

法軍挑起福建馬尾海戰，中法戰爭爆發。

蘇曼殊生（—一九一八）。

清德宗光緒十一年乙酉（一八八五）

馮子材獲鎮南關大捷。清政府與法簽訂《中法條約》，中法戰爭結束。黃遵憲作〈馮將軍歌〉歌頌馮子材大捷。

金和卒（一八一八—），年六十八。有《秋蟪吟館詩鈔》。

清德宗光緒十二年丙戌（一八八六）

王闓運在長沙創立碧湖詩社，標榜漢魏六朝，影響漸大，世稱漢魏六朝派，亦稱湖湘派。

易順鼎在蘇州創立吳社聯吟，與樊增祥以學晚唐香豔體詩作為世所稱，被稱為晚唐詩派。

清德宗光緒十三年丁亥（一八八七）

黃遵憲《日本國志》書成。光緒十六年（一八九〇）廣州富文齋刊行。

柳亞子生（—一九五八）。

清德宗光緒十五年己丑（一八八九）

俞樾刪訂《三俠五義》更名為《七俠五義》刊行。

徐枕亞生（—一九三七）。

清德宗光緒十六年庚寅（一八九〇）

黃遵憲於本年起，自輯詩稿。為駐英使館參贊。作〈倫敦大霧行〉、〈今別離〉等詩。

清德宗光緒十七年辛卯（一八九一）

黃遵憲調任新加坡總領事。

清德宗光緒十八年壬辰（一八九二）

《彭公案》一百回，署貪夢道人撰，有本年序文。

韓邦慶在上海創辦《海上奇書》雜誌，並連載其《海上花列傳》，全本六十四回單行本於光緒二十年（一八九四）刊行。

清德宗光緒十九年癸巳（一八九三）

黃遵憲在新加坡，作〈以蓮菊桃雜供一瓶作歌〉。

《施公案》初續一百回，本年刊行，題《清烈傳》，到光緒二十九年（一九〇三）已有十一續，達五百二十八回。

清德宗光緒二十年甲午（一八九四）

七月，中日甲午戰爭爆發。十一月，孫中山在檀香山創立與中會。

本年和稍後黃遵憲作〈悲平壤〉、〈東溝行〉、〈哀旅順〉諸詩紀中日戰事。

臺灣籍詩人丘逢甲在臺組織義軍抗日，失敗後內渡。

張裕釗卒（一八二三—），年七十二。有《濂亭文集》等。

李慈銘卒（一八三〇—），年六十五。有《白華絳跗閣詩集》等。

薛福成卒（一八三八—），年五十七。有《庸庵全集十種》。

韓邦慶卒（一八五六—），年三十九。有《海上花列傳》。

清德宗光緒二十一年乙未（一八九五）

中日簽訂《馬關條約》，中日戰爭結束。五月，康有為、梁啓超在京發動「公車上書」，提出拒和、遷都、變法。隨後康有為發起組織京師強學會，發行《中外紀聞》（初名《萬國公報》）。

黃遵憲作〈哭威海〉、〈馬關紀事〉、〈降將軍歌〉諸詩。

嚴復於《直報》發表〈論世變之亟〉、〈原強〉、〈辟韓〉、〈救亡決論〉。

清德宗光緒二十二年丙申（一八九六）

夏曾佑、譚嗣同、梁啓超等開始試作「新體」詩，雜用孔、耶、佛三教典故，但大體只做到撏扯新名詞，藝術上不夠成功。

梁啓超主編上海《時務報》，並刊載所撰〈變法通議〉等文，梁氏的「新文體」散文開始萌生，人們亦稱之為「時務文體」。

譚嗣同著《仁學》。

李寶嘉到上海，編撰《指南報》，次年創辦《遊戲報》。

王鵬運、況周頤等在京師組織咫村詞社，朱祖謀於本年加入。除切磋詞作外，也研討詞集整理與詞學問題。

清德宗光緒二十三年丁酉（一八九七）

黃遵憲署湖南按察使，與梁啓超、譚嗣同在長沙創立時務學堂、南學會等。在〈酬曾重伯編修〉詩中自稱其詩為「新派詩」。

天津《國聞報》發表嚴復、夏曾佑合撰之〈本館附印說部緣起〉。

王韜卒（一八二八—），年七十。有《弢園文錄外編》等。

清德宗光緒二十四年戊戌（一八九八）

六月，光緒帝下詔變法。九月，頑固派反撲，誅殺譚嗣同等「六君子」，康有為、梁啓超流亡國外，變法失敗，時僅百日，世稱「百日維新」。

梁啓超於日本橫濱創辦《清議報》，並刊載其〈譯印政治小說序〉。

裘廷梁在《無錫白話報》上發表〈論白話為維新之本〉。

嚴復譯《天演論》刊行。

黎庶昌卒（一八三七—），年六十二。有《拙尊園叢稿》。編有《續古文辭類纂》。

譚嗣同卒（一八六五—），年三十四。平生著述有今人編纂的《譚嗣同全集》。

清德宗光緒二十五年己亥（一八九九）

林紓與王壽昌合譯法國小仲馬之《茶花女》為《巴黎茶花女遺事》刊行。

梁啓超在〈夏威夷遊記〉中正式提出「詩界革命」、「文界革命」口號。

清德宗光緒二十六年庚子（一九〇〇）

義和團起事，英美法德俄日義奧等八國聯軍侵華，史稱「庚子事變」。

王鵬運與朱孝臧等唱和，成《庚子秋詞》。

清德宗光緒二十七年辛丑（一九〇一）

清政府明令科舉廢八股文，改試策論。並將全國書院改為學堂。清政府與八國「公使團」簽訂《辛丑和約》。

李寶嘉在上海創辦《世界繁華報》，並在該報連載其《庚子國變彈詞》。

譚獻卒（一八三二—），年七十。有《復堂類稿》，又選清人詞為《篋中詞》。

清德宗光緒二十八年壬寅（一九〇二）

梁啓超在日本橫濱創辦《新民叢報》，發表〈少年中國說〉等文，梁氏之新文體散文走向成熟。梁氏又在該報連載其《飲冰室詩話》，將「詩界革命」推向高潮。年末又創辦《新小說》，發表〈論小說與群治之關係〉，並開始連載所著《新中國未來記》，羅普《東歐女豪傑》（署嶺南羽衣女士著），推動「小說界革命」。此後陸續出現小說專刊雜誌。又在《新民叢報》創刊號上發表傳奇《劫灰夢》，為戲劇改良之先聲。

黃遵憲寫定《人境廬詩草》。

清德宗光緒二十九年癸卯（一九〇三）

李寶嘉之《官場現形記》開始於《世界繁華報》上連載。

吳沃堯《二十年目睹之怪現狀》開始連載於《新小說》。

劉鶚《老殘遊記》開始在《繡像小說》上連載，後重載於《天津日日新聞》。

金松岑《孽海花》第一、二回發表於《江蘇》月刊。

鄒容《革命軍》在上海出版，章太炎於《蘇報》發表〈序革命軍〉與〈駁康有為論革命書〉摘要，發生「蘇報案」，章太炎、鄒容皆被捕入獄。

柳亞子入上海愛國學社讀書，參加中國教育會。

吳汝綸卒（一八四〇—），年六十四。有《桐城吳先生全書》。

清德宗光緒三十年甲辰（一九〇四）

陳去病、柳亞子等在上海創辦戲劇專刊《二十世紀大舞臺》，提倡戲劇改良。

秋瑾赴日本留學，並開始從事婦女解放與反清革命活動。

曾樸創建小說林社，並接受金松岑所撰《孽海花》六回，於本年完成二十回，次年刊行。光緒三十三年又續撰五回發表於《小說林》雜誌。

王鵬運卒（一八四八—），年五十七。有《半塘定稿》等。

文廷式卒（一八五六—），年四十九。有《雲起軒詞鈔》等。

清德宗光緒三十一年乙巳（一九〇五）

資產階級民主革命派組織中國同盟會在日本東京成立，推選孫中山為總理，並創辦機關刊物《民報》。

周善培在成都成立「戲曲改良公會」，指導川劇改良工作。

黃遵憲卒（一八四八—），年五十八。有《人境廬詩草》等。

清德宗光緒三十二年丙午（一九〇六）

清政府正式廢除科舉制度。

柳亞子任教於健行公學，主《復報》筆政，聲援革命派與改良派的論戰。

曾孝谷、李叔同等於日本東京創立新戲即早期話劇演出團體「春柳社」。

李寶嘉卒（一八六七—），年四十。有《官場現形記》、《文明小史》等。

清德宗光緒三十三年丁未（一九〇七）

「春柳社」在東京上演法國小仲馬《茶花女》的第三幕、根據美國小說改編的《黑奴籲天錄》，中國話劇開始誕生。王鐘聲在上海組織春陽社。

本年僅商務印書館、小說林社十五家出版社即出版創作小說四十三種，翻譯小說七十九種。

文廷式《雲起軒詞鈔》刊行。

秋瑾被清廷殺害（一八七五—），年三十三。王芷馥編《秋瑾詩詞》刊行。

清德宗光緒三十四年戊申（一九〇八）

魯迅於上年寫成的《摩羅詩力說》，本年發表，首次介紹歐洲浪漫主義文學思潮。

愛國藝人潘月樵和夏月潤、月珊兄弟在上海創建「新舞臺」，是中國第一個新式舞臺，採用新式布景。

宣統元年己酉（一九〇九）

魯迅、周作人譯《域外小說集》一、二集，在東京出版。

資產階級革命派文學團體「南社」在蘇州虎丘成立，柳亞子任書記員。

劉鶚卒（一八五七—），年五十三。有《老殘遊記》等。

宣統二年庚戌（一九一〇）

《小說月報》在上海創刊。

任天知等成立進化團新劇劇團，次年，打出「天知派新劇」旗號。

吳沃堯卒（一八六六—），年四十五。有《二十年目睹之怪現狀》、《恨海》等。

宣統三年辛亥（一九一一）

十月，武昌起義爆發，清亡。

中華民國元年壬子（一九一二）

一月，中華民國成立。孫中山就任臨時大總統。三月袁世凱在北京就任臨時大總統。

蘇曼殊主筆《太平洋報》，發表《斷鴻零雁記》。

陸鏡若、歐陽予倩於上海成立新劇同志會，一九一四年易名春柳劇場，演出革命新劇。

陳衍開始寫作並陸續發表《石遺室詩話》，鼓吹同光體。

黃小配卒（一八七二—），年四十一。有《洪秀全演義》等。

丘逢甲卒（一八六四—），年四十九。有《嶺雲海日樓詩鈔》。

中華民國二年癸丑（一九一三）

丘逢甲《嶺雲海日樓詩鈔》刊行。

中華民國三年甲寅（一九一四）

以發表鴛鴦蝴蝶派小說為主的刊物《中華小說界》（沈瓶庵編輯）、《民權素》（劉鐵冷等主編）、《小說叢報》（徐枕亞主編）、《禮拜六》（王鈍根等主編）創刊，後者影響尤大。

鴛鴦蝴蝶派長篇小說徐枕亞《玉梨魂》、吳雙熱《孽冤鏡》、李定夷《霣玉怨》刊行。

李涵秋《廣陵潮》初集出版。

章太炎在北京遭袁世凱「幽禁」，直到一九一六年。《章太炎文鈔》出版。

蘇曼殊小說《天涯紅淚記》發表。其他小說《絳紗記》、《焚劍記》、《碎簪記》、《非夢記》陸續於一九一五年至一九一七年發表。

章士釗於日本東京創辦《甲寅》雜誌，署名秋桐。

中華民國四年乙卯（一九一五）

袁世凱復辟，稱「洪憲皇帝」，改國號為「中華帝國」。

蔡鍔等在雲南組織護國軍，討伐袁世凱。

《青年雜誌》在上海創刊，陳獨秀主編，後改名《新青年》。

中華民國五年丙辰（一九一六）

袁世凱被迫取消帝制，不久病死，由黎元洪代理大總統。

上海《時事新報》開闢《上海黑幕》專欄，兩三年中，「黑幕小說」風行。

本年起，歐陽予倩在上海等地從事京劇改良活動，曾編演《黛玉葬花》等戲。

王闓運卒（一八三三—），年八十四。有《湘綺樓詩集》、《文集》，後人輯其著作為《湘綺樓全書》。

中華民國六年丁巳（一九一七）

張勳復辟，僅二十天而失敗。康有為曾參與復辟活動。北方為北洋軍閥政府統治，孫中山於廣東成立軍政府。

陳獨秀受聘為北京大學文科學長，《新青年》遷至北京出版，發表胡適〈文學改良芻議〉、陳獨秀〈文學革命論〉以及錢玄同等人宣導白話文的文章，鼓吹文學革命。

王先謙卒（一八四二—），年七十六。有《虛受堂文集》。編選有《續古文辭類纂》。

中華民國七年戊午（一九一八）

《新青年》發動文學革命漸入高潮。本年改用白話和新式標點符號，發表魯迅《狂人日記》，又刊載胡適〈建設的文學革命論〉，提倡「國語的文學，文學的國語」。並出版《戲劇改良專號》，提倡傳統戲曲改良。

第一次世界大戰結束，李大釗發表〈庶民的勝利〉、〈布爾什維主義的勝利〉，並於北京大學組織馬克思主義研究會。

《中國黑幕大觀》及其《續集》出版。

鄭文焯卒（一八五六—），年六十三。有《大鶴山房全集》。

蘇曼殊卒（一八八四—），年三十五。平生著述友人輯為《蘇曼殊全集》。

汪笑儂卒（一八五八—），年六十一。編有新戲《黨人碑》、《博浪椎》、《哭祖廟》等。

中華民國八年己未（一九一九）

北京大學學生社團新潮社傅斯年、羅家倫等創辦《新潮》月刊。

林紓在《新申報》上發表短篇小說《荊生》、《妖夢》，又在《公言報》上發表〈致蔡鶴卿太史書〉，反對白話文運動。

胡適在《新青年》上發表獨幕劇本《終身大事》。

魯迅於《新青年》發表小說《孔乙己》。

五月四日爆發「五四」運動。

參考書目

《七俠五義》，〔清〕石玉崑述，俞樾重編，林山校訂，寶文堂書店一九八〇年版。

《二十年目睹之怪現狀》，〔清〕吳沃堯撰，張友鶴校注，人民文學出版社一九八一年版。

《二刻拍案驚奇》四十卷，〔明〕凌濛初撰，上海古籍出版社一九八五年影印尚友堂刻本。

《人境廬詩草箋注》，〔清〕黃遵憲撰，錢仲聯箋注，上海古籍出版社一九八一年版。

《三俠五義》（《古本小說讀本叢刊》），〔清〕石玉崑述，王軍校點，中華書局一九九六年版。

《三國志通俗演義》十二卷二百四十則，〔明〕羅貫中編撰，人民文學出版社一九七五年影印嘉靖刻本，上海古籍出版社一九九三年《古本小說集成》影印嘉靖刊本。

《三國志演義》六十卷一百二十回，〔清〕毛倫、毛宗崗評點，劉世德、鄭銘點校，中華書局一九九五年版。

《三遂平妖傳》四卷二十回，〔明〕羅貫中編次，王慎修校梓，上海古籍出版社一九九〇年《古本小說集成》影印明萬曆刻本。

《三寶太監西洋記通俗演義》二十卷一百回，〔明〕羅懋登編，上海古籍出版社一九九四年《古本小說集成》影印明刻本。

《大宋中興通俗演義》八卷七十四則，〔明〕熊大木撰，上海古籍出版社一九九〇年《古本小說集成》影印清白堂刻本。

《大雲山房文稿》，〔清〕惲敬撰，《四部叢刊》影印清同治刻本。

《小山詞》，〔宋〕晏幾道撰，王根林點校，上海古籍出版社一九八八年版。

《小倉山房詩文集》，〔清〕袁枚撰，周本淳標校，上海古籍出版社一九八八年版。

《小畜集》三十卷，〔宋〕王禹偁撰，上海書店一九八九年影印《四部叢刊》本。

《山中白雲詞》，〔宋〕張炎撰，吳則虞校輯，中華書局一九八三年版。

《山中白雲詞箋》，〔宋〕張炎撰，黃畬校箋，浙江古籍出版社一九九四年版。

《山谷詞》，〔宋〕黃庭堅撰，馬興榮、祝振玉校注，上海古籍出版社二〇〇一年版。

《中州集》附《中州樂府》，〔金〕元好問編，中華書局上海編輯所一九五九年版。

《中原音韻》（《中國古典戲曲論著集成》），〔元〕周德清撰，中國戲劇出版社一九五九年版。

《中國近代小說大系》八十一冊，《中國近代小說大系》編委會編，一九八八年起由江西人民出版社陸續出版，一九九一年後由百花洲文藝出版社出版，至一九九八年共出五輯八十冊，第八十一冊為王繼權、夏生元所編《中國近代小說目錄》。

《中國近代文學大系》三十卷，包括《文學理論集》二卷、《小說集》七卷、《散文集》四卷、《詩詞集》二卷、《戲劇集》四卷、

《筆記文學集》二卷、《俗文學集》二卷、《民間文學集》一卷、《書信日記集》二卷、《少數民族文學集》一卷、《翻譯文學集》三卷、《史料索引集》二卷，上海書店一九九〇—一九九六年版。

《今古奇觀》四十卷四十篇，〔明〕抱甕老人輯，上海古籍出版社一九九三年《古本小說集成》影印清初刻本。

《元文類》，〔元〕蘇天爵編，上海古籍出版社一九九三年影印《四庫全書》本。

《元本琵琶記校注》，〔元〕高明撰，錢南揚校注，上海古籍出版社一九八〇年版。

《元好問論詩絕句三十首小箋》，〔金〕元好問撰，郭紹虞箋，人民文學出版社一九七八年版。

《元曲選》，〔明〕臧晉叔編，中華書局一九五八年版。

《元曲選外編》，隋樹森編，中華書局一九五九年版。

《元明雜劇》十八種，〔明〕闕名編，中國戲劇出版社一九五八年影印本。

《元詩選》初集、二集、三集，〔清〕顧嗣立編，中華書局一九八七年版。

《元遺山詩集箋注》，〔金〕元好問撰，〔清〕施國祁注，麥朝樞校，人民文學出版社一九五九年版。

《太師誠意伯劉文成文集》二十卷，〔明〕劉基撰，商務印書館一九三六年《四部叢刊》影印本。

《文天祥全集》，〔宋〕文天祥撰，熊飛、漆身起點校，江西人民出版社一九八七年版。

《文廷式集》，〔清〕文廷式撰，汪叔子編，中華書局一九九三年版。

《方苞集》，〔清〕方苞撰，劉季高標點，上海古籍出版社一九八三年版。

《水雲樓詩詞輯校》，〔清〕蔣春霖撰，馮其鏞輯校，齊魯書社一九八六年版。

《水滸全傳》一百二十回，鄭振鐸、王利器、吳曉鈴校點，人民文學出版社一九五四年版。

《水滸後傳》，〔清〕陳忱撰，《古本小說集成》影印清康熙原刊本，上海古籍出版社一九九四年版。

《王令集》，〔宋〕王令撰，沈文倬點校，上海古籍出版社一九八〇年版。

《王荊文公詩箋注》，〔宋〕王安石撰〔宋〕李壁箋注，高克勤點校，上海古籍出版社二〇一〇年版。

《王船山詩文集》，〔清〕王夫之撰，中華書局一九六三年版。

《半塘定稿》（《清名家詞》第十冊），〔清〕王鵬運撰，上海書店一九八二年影印開明書店一九三七年版。

《古今小說》四十卷，〔明〕馮夢龍編撰，上海古籍出版社一九八七年影印天許齋刻本。陳曦鐘校注，北京十月文藝出版社一九九四年版。

《四聲猿》，〔明〕徐渭撰，周中明校注，上海古籍出版社一九八四年版。

《戊戌六君子遺集》九種，〔清〕譚嗣同、林旭、劉光第等撰，張元濟輯，商務印書館一九一七年版，沈雲龍主編《近代中國史料叢刊》三編第十八輯一七七冊，臺北文海出版社一九八六年影印本。

《永嘉四靈詩集》，〔宋〕徐照、徐璣、翁卷、趙師秀撰，陳增傑點校，浙江古籍出版社一九八五年版。

《永樂大典戲文三種校注》，錢南揚校注，中華書局一九七九年版。

《玉梨魂》，徐枕亞撰，上海民權出版部一九一四年版。《中國近代小說大系》（七〇），百花洲出版社一九九三年版。

《白蘇齋類集》，〔明〕袁宗道撰，錢伯城點校，上海古籍出版社一九八九年版。

《石點頭》十四卷，〔明〕天然痴叟撰，上海古籍出版社一九九四年《古本小說集成》影印葉敬池刻本。

《全元散曲》，隋樹森編，中華書局一九六四年版。

《全元戲曲》，王季思主編，人民文學出版社一九九〇—一九九九年版。

《全宋文》，四川大學古籍整理研究所編，曾棗莊、劉琳主編，上海辭書出版社二〇〇六年版。

《全宋詞》，唐圭璋編，中華書局一九七九年版。

《全宋詞》（簡體橫排本），唐圭璋編，王仲聞參訂，孔凡禮補輯，中華書局一九九九年版。

《全宋詩》，北京大學古文獻研究所編，傅璇琮、倪其心、孫欽善、陳新、許逸民主編，北京大學出版社一九九八年版。

《全明散曲》，凌景埏、謝伯陽編，齊魯書社一九九五年版。

《全金元詞》，唐圭璋編，中華書局一九七九年版。

《全金詩》，薛瑞兆、郭明志編，南開大學出版社一九九五年版。

《朱子語類》，〔宋〕黎靖德編，王星賢點校，中華書局一九八六年版。

《江湖歷覽杜騙新書》四卷，〔明〕張應俞撰，上海古籍出版社一九九三年《古本小說集成》影印明萬曆刻本。

《竹齋集》四卷，〔元〕王冕撰，上海古籍出版社一九九三年影印文淵閣《四庫全書》本。

《老殘遊記》二十回，〔清〕劉鶚撰，陳翔鶴校，戴鴻森注，人民文學出版社一九八二年版。

《西崑酬唱集注》，〔宋〕楊億編，王仲犖注，中華書局一九八〇年版。

《西湖二集》三十四卷，〔明〕周清源纂，上海古籍出版社一九九〇年《古本小說集成》影印明崇禎刻本。

《西遊記》一百回，〔明〕吳承恩編著，人民文學出版社一九八〇年版。

《西遊記》二十卷一百回，不題撰人，上海古籍出版社一九九〇年《古本小說集成》影印世德堂刻本。

《何大復集》三十八卷，〔明〕何景明撰，李淑毅等點校，中州古籍出版社一九八九年排印本。

《何典》，〔清〕張南莊撰，天津古籍出版社一九九四年版。

《吟風閣雜劇》，〔清〕楊潮觀撰，清乾隆刻本。
《吳汝綸全集》，吳汝綸撰，施培毅、徐壽凱校點，黃山書社二〇〇二年版。
《吳梅村全集》，〔清〕吳偉業撰，李學穎集評標校，上海古籍出版社一九九〇年版。
《吳嘉紀詩箋校》，〔清〕吳嘉紀撰，楊積慶箋校，上海古籍出版社一九八〇年版。
《壯悔堂文集》，〔清〕侯方域撰，中華書局一九三六年《四部備要》排印本。
《宋詩紀事》，〔清〕厲鶚撰，上海古籍出版社一九八三年版。
《宋詩鈔》，〔清〕吳之振、呂留良、吳自牧選編，管庭芬、蔣光煦補編，中華書局一九八六年版。
《宋學士文集》七十五卷，〔明〕宋濂撰，商務印書館一九三六年《四部叢刊》影印本。
《李東陽集》，〔明〕李東陽撰，周寅賓點校，嶽麓書社一九八四年、一九八五年版。
《李清照集校注》，〔宋〕李清照撰，王仲聞校注，人民文學出版社一九七九年版。
《李清照集箋注》，〔宋〕李清照撰，徐培均箋注，上海古籍出版社二〇〇二年版。
《汪容甫文箋》，〔清〕汪中撰，古直箋，人民文學出版社一九五八年版。
《汪琬全集箋校》，〔清〕汪琬撰，李聖華箋校，人民文學出版社二〇一〇年版。
《沈曾植集校注》，沈曾植著，錢仲聯校注，中華書局二〇〇一年排印本。
《牡丹亭》，〔明〕湯顯祖撰，徐朔方、楊笑梅校注，人民文學出版社一九八二年版。
《辛稼軒詩文箋注》，〔宋〕辛棄疾撰，鄧廣銘輯校審訂，辛更儒箋注，上海古籍出版社一九九五年版。
《兒女英雄傳》四十回，〔清〕文康撰，松頤校注，人民文學出版社一九八三年版。
《兩當軒集》，〔清〕黃景仁撰，李國章標點，上海古籍出版社一九八三年版。
《味雋齋詞》（《清名家詞》第七冊），〔清〕周濟撰，上海書店一九八二年影印開明書店一九三七年版。
《咄咄吟》二卷，〔清〕貝青喬（原題木居士）撰，一九一四年吳興劉氏嘉業堂刻本。
《孤本元明雜劇》一百四十四種，王季烈校編，中國戲劇出版社一九五七年影印本。
《官場現形記》，〔清〕李寶嘉撰，張友鶴校注，人民文學出版社一九七九年版。
《定盦文集》三卷、《續集》四卷、《文集補》，〔清〕龔自珍撰，清同治七年浙江吳煦刻本。《四部叢刊》影印吳氏刻本。
《定盦文集補編》四卷，〔清〕龔自珍撰，清光緒二十八年朱之榛重訂本。
《屈大均全集》，〔清〕屈大均撰，歐初、王貴忱主編，人民文學出版社一九九六年版。

《庚子秋詞》二卷，〔清〕王鵬運等撰，清光緒年間刻本。

《弢園文錄外編》，〔清〕王韜撰，中華書局一九五九年版。

《拍案驚奇》四十卷，〔明〕凌濛初撰，上海古籍出版社一九八五年影印安少雲刻本。

《放翁詞編年箋注》，〔宋〕陸游撰，夏承燾、吳熊和箋注，上海古籍出版社一九八一年版。

《明人雜劇選》，周貽白選注，人民文學出版社一九五八年版。

《明文海》四百八十二卷，〔清〕黃宗羲編，中華書局一九八七年影印涵芬樓抄本。

《明容與堂刻水滸傳》一百卷一百回，中華書局上海編輯所一九六五年影印本。上海人民出版社一九七五年四月影印本。

《明詩別裁集》，〔清〕沈德潛、周准編，上海古籍出版社一九七九年版。

《明詩綜》，〔清〕朱彝尊編，上海古籍出版社一九九三年版。

《明遺民詩》，〔清〕卓爾堪選輯，中華書局一九六一年版。

《東山詞》，〔宋〕賀鑄撰，鍾振振校注，上海古籍出版社一九八九年版。

《東西晉演義》十二卷五十回，〔明〕楊爾曾編，上海古籍出版社一九九三年《古本小說集成》影印萬曆大業堂刻本。

《東坡詞編年箋證》，〔宋〕蘇軾撰，薛瑞生箋證，三秦出版社一九九八年版。

《東洲草堂文鈔》二十卷，〔清〕何紹基撰，清同治六年（一八六七）長沙無園刊本。清光緒年間刻本。

《東萊詩詞集》，〔宋〕呂本中撰，沈暉點校，黃山書社一九九一年版。

《林和靖詩集》，〔宋〕林逋撰，沈幼征校注，浙江古籍出版社一九八六年版。

《林則徐詩集》，〔清〕林則徐撰，鄭麗生校箋，海峽文藝出版社一九八七年排印本。

《林琴南文集》，林紓撰，中國書店一九八五年影印商務印書館一九一六年《畏廬文集》本。

《空同集》六十六卷，〔明〕李夢陽撰，上海古籍出版社一九八七年影印《四庫全書》本。

《花月痕》，〔清〕魏秀仁撰，杜維沫校點，人民文學出版社一九八二年版。

《花外集》，〔宋〕王沂孫撰，吳則虞箋注，上海古籍出版社一九八八年版。

《近三百年名家詞選》，龍榆生編選，上海古籍出版社一九七九年版。

《近代詞鈔》三冊，嚴迪昌編著，江蘇古籍出版社一九九六年版。

《近代詩鈔》，陳衍輯，商務印書館一九二三年版。

《近代詩鈔》，錢仲聯編著，江蘇古籍出版社一九九三年版。

《長生殿》，〔清〕洪昇撰，徐朔方校注本，人民文學出版社一九五八年版。

《青樓集》（中國古典戲曲論著集成），〔元〕夏庭芝撰，中國戲劇出版社一九五九年版。

《亭林詩文集》，〔清〕顧炎武撰，《四部叢刊》清康熙刻本影印。

《亭林詩集匯注》，〔清〕顧炎武撰，王蘧堂輯注，吳丕績標校，上海古籍出版社一九八四年版。

《南北兩宋志傳》二十卷，〔明〕熊大木撰，上海古籍出版社一九九二年《古本小說集成》影印明三臺館刻本。

《南社詩集》，柳亞子主編，上海中華書局一九三九年版。

《南柯夢記》，〔明〕湯顯祖撰，錢南揚校注，人民文學出版社一九八一年版。

《南雷集》，〔清〕黃宗羲撰，《四部叢刊》影印清康熙刻本。

《型世言》十卷四十回，〔明〕陸人龍撰，上海古籍出版社一九九四年《古本小說集成》影印明末刻本。

《姜白石詞箋注》，〔宋〕姜夔撰，陳書良箋注，中華書局二〇〇九年版。

《姜白石詞編年箋校》，〔宋〕姜夔撰，夏承燾箋校，上海古籍出版社一九八一年版。

《封神演義》一百回，〔明〕許仲琳、李雲翔編，上海古籍出版社一九九〇年《古本小說集成》影印明刻本。

《弇州山人四部稿》一百七十四卷附《續稿》二百零七卷，〔明〕王世貞撰，上海古籍出版社一九八七年影印《四庫全書》本。

《後山詩注補箋》，〔宋〕陳師道撰，〔宋〕任淵注，冒廣生補箋，冒懷辛整理，中華書局一九九五年版。

《後村先生大全集》一百九十六卷，〔宋〕劉克莊撰，上海書店一九八九年影印《四部叢刊》本。

《後村詞箋注》，〔宋〕劉克莊撰，錢仲聯箋注，上海古籍出版社一九八〇年版。

《施愚山集》，〔清〕施閏章撰，何慶善、楊應芹點校，黃山書社一九九三年版。

《春秋列國志傳》八卷，〔明〕余邵魚編集，上海古籍出版社一九九三年《古本小說集成》影印龔紹山刻本。

《柏梘山房文集》十六卷、《柏梘山房文續集》一卷，〔清〕梅曾亮撰，清咸豐六年（一八五六）楊氏海源閣刻本。清宣統三年（一九一一）上海國學扶輪社石印本。王有立主編《中華文史叢書》（九一一），臺北華文書局一九六九年清影印咸豐六年刻本。

《珂雪詞》，〔清〕曹貞吉撰，中華書局一九三六年《四部備要》本。

《珂雪齋集》附《遊居柿錄》，〔明〕袁中道撰，錢伯城點校，上海古籍出版社一九八九年版。

《皇明二十家小品》二十卷，施蟄存編，上海書店一九八四年影印光明書局一九三五年版。

《皇明十六家小品》三十二卷，〔明〕丁允和、陸雲龍編，北京圖書出版社一九九七年影印本。

《皇明英烈傳》六卷，不題撰人，上海古籍出版社一九九二年《古本小說集成》影印明三臺館刻本。

《秋瑾集》，〔清〕秋瑾撰，上海古籍出版社編，上海古籍出版社一九九一年新一版。

《秋蟪吟館詩鈔》八卷《來雲閣詩稿》六卷，〔清〕金和撰，清光緒十八年（一八九二）丹陽束氏刻本。

《紅樓夢》，中國藝術研究院紅樓夢研究所整理，人民文學出版社一九八二年版。袁世碩等整理，山東文藝出版社一九九三年版。

《苕溪漁隱叢話》，〔宋〕胡仔纂集，廖德明校點，人民文學出版社一九六二年版。

《范石湖集》，〔宋〕范成大撰，上海古籍出版社一九八一年版。

《范德機詩集》七卷，〔元〕范梈撰，上海書店一九八九年影印《四部叢刊》本。

《郁離子》，〔明〕劉基撰，魏建猷、蕭善薌點校，上海古籍出版社一九八一年版。

《重校集評雲起軒詞》、《重校集評雲起軒詞補遺》，〔清〕文廷式撰，龍沐勳校輯，同聲月刊社一九四三年版。

《唐書志傳通俗演義》八卷九十節，〔明〕熊鐘谷編次，一九九〇年中華書局《古本小說叢刊》影印清江堂刻本。

《容齋隨筆》，〔宋〕洪邁撰，上海師範大學古籍整理編輯組點校，上海古籍出版社一九七八年版。

《晁氏琴趣外篇》，〔宋〕晁補之撰，劉乃昌、楊慶存校注，上海古籍出版社一九九一年版。

《夏完淳集箋校》，〔明〕夏完淳撰，白堅箋校，上海古籍出版社一九九一年版。

《晏殊詞新釋輯評》，〔宋〕晏殊撰，劉揚忠輯注，中國書店二〇〇三年版。

《校邠廬抗議》（《近代文獻叢刊》），〔清〕馮桂芬撰，上海書店出版社二〇〇二年版。

《桃花扇》，〔清〕孔尚任撰，王季思等校注本，人民文學出版社一九五九年版。

《桐江集》八卷，〔元〕方回撰，商務印書館一九二六年影印《宛委別藏》本。

《桐江續集》三十七卷，〔元〕方回撰，上海古籍出版社一九九三年影印文淵閣《四庫全書》本。

《浮生六記》，〔清〕沈復撰，俞平伯校點，人民文學出版社一九八〇年版。

《浮溪集》三十二卷，〔宋〕汪藻撰，上海書店一九八九年影印《四部叢刊》本。

《海上花列傳》，〔清〕韓邦慶撰，典耀整理，人民文學出版社一九八二年版。

《海藏樓詩集》，鄭孝胥撰，黃珅、楊曉波校點，上海古籍出版社二〇〇三年版。

《納蘭詞箋注》，〔清〕納蘭性德撰，張草紉箋注，上海古籍出版社一九九五年版。

《脂硯齋重評石頭記》（庚辰本），〔清〕曹雪芹撰，文學古籍刊行社一九五五年影印本。

《茗柯文編》，〔清〕張惠言撰，黃立新校點，上海古籍出版社一九八四年版。

《茶山集》八卷，〔宋〕曾幾撰，上海古籍出版社一九九三年影印文淵閣《四庫全書》本。

《袁宏道集箋校》，〔明〕袁宏道撰，錢伯城箋校，上海古籍出版社一九八一年版。

《郘亭詩鈔箋注》，〔清〕莫友芝撰，龍先緒、符均箋注，三秦出版社二〇〇三年版。

《高青丘集》附《鳧藻集》、《扣舷集》，〔明〕高啓撰，〔清〕金檀輯注，徐澄宇、沈北宗點校，上海古籍出版社一九八五年版。

《剪燈新話》二卷，〔明〕瞿佑撰，上海古籍出版社一九九〇年《古本小說集成》影印明嘉靖刻本。

《剪燈餘話》五卷，〔明〕李禎撰，上海古籍出版社一九九〇年《古本小說集成》影印張光啓刻本。

《巢經巢文集》六卷，〔清〕鄭珍撰，一九一四年貴陽陳氏花近樓校刻本。

《巢經巢詩鈔箋注》，〔清〕鄭珍撰，白敦仁箋注，巴蜀書社一九九六年版。

《帶經堂集》，〔清〕王士禛撰，七略書堂康熙五十年刻本。

《康有為全集》（一至三），康有為撰，姜義華編校，上海古籍出版社一九八七—一九九二年版。

《康南海先生詩集》、《康南海文集》（《康南海先生遺著匯刊》），康有為撰，蔣貴麟主編，臺北宏業書局有限公司一九七六年版。

《庸庵海外文編》四卷，〔清〕薛福成撰，清光緒二十一年（一八九五）望龍學舍重刻本。

《張先集編年校注》，〔宋〕張先撰，吳熊和、沈松勤校注，浙江古籍出版社一九九六年版。

《張孝祥詞箋校》，〔宋〕張孝祥撰，宛敏灝校箋，黃山書社一九九三年版。

《張岱詩文集》，〔明〕張岱撰，夏咸淳點校，上海古籍出版社一九九一年版。

《張南山全集》（一至三，未完），〔清〕張維屏撰，陳憲猷、鄧光禮、吳步勳等標點，廣東高等教育出版社一九九二—一九九四年排印本。

《張南山全集》三十四冊，〔清〕張維屏撰，清嘉慶至道光刻成。

《情史》二十四卷，〔明〕馮夢龍編撰，上海古籍出版社一九九〇年《古本小說集成》影印明末刻本。

《惜抱軒詩文集》，〔清〕姚鼐撰，劉季高標校，上海古籍出版社一九九二年版。

《掛枝兒》、《山歌》（明清民歌時調集），〔明〕馮夢龍編述，上海古籍出版社一九八七年九月版。

《晚清文學叢鈔·小說》，阿英編，中華書局一九六〇—一九六一年版。

《晚清文學叢鈔·小說戲曲研究卷》，阿英編，中華書局一九六〇年版。

《晚清文學叢鈔·傳奇雜劇卷》，阿英編，中華書局一九六二年版。

《晚清文學叢鈔·說唱文學卷》，阿英編，中華書局一九六〇年版。

《晚清文選》，鄭振鐸編，中國社會科學出版社二〇〇二年據生活書店一九三七年版排印。

《曼殊全集》，蘇玄瑛撰，柳亞子編，北新書局一九二八—一九三一年版。

《梅村家藏稿》，〔清〕吳偉業撰，清末董氏誦芬室刻本。
《梅堯臣集編年校注》，〔宋〕梅堯臣撰，朱東潤編年校注，上海古籍出版社一九八〇年版。
《梅溪詞》，〔宋〕史達祖撰，雷履平、羅煥章校注，上海古籍出版社一九八八年版。
《淮海居士長短句》，〔宋〕秦觀撰，徐培均校注，上海古籍出版社一九八五年版。
《清人雜劇初集》，鄭振鐸輯，一九三一年長樂鄭氏據影印清刊本。
《清平山堂話本》，〔明〕洪楩編印，文學古籍刊行社一九五五年影印本，上海古籍出版社一九九〇年《古本小説集成》影印本。
《清忠譜》，〔清〕李玉撰，王毅校點，人民文學出版社一九九〇年版。
《清真集校注》，〔宋〕周邦彥撰，孫虹校注，薛瑞生訂補，中華書局二〇〇二年版。
《盛世危言》（夏東元編《鄭觀應集》上），〔清〕鄭觀應撰，上海人民出版社一九八二年版。
《盛明雜劇》六十種，〔明〕沈泰編，中國戲劇出版社一九五八年影印本。
《章太炎全集》，章炳麟撰，上海人民出版社編，上海人民出版社一九八二—一九八六年版。
《笠翁十種曲》，〔清〕李漁撰，《古本戲曲叢刊》第五集影印清刊本，中華書局一九八三年版。
《第五才子書水滸傳》七十五卷七十回，〔明〕金人瑞評改，上海古籍出版社一九九〇年《古本小説集成》影印貫華堂刻本。
《聊齋志異》（會校會評會注），〔清〕蒲松齡撰，張友鶴整理，上海古籍出版社一九七九年版。
《船山詩草》，〔清〕張問陶撰，中華書局一九八六年版。
《連城璧》、《十二樓》，〔清〕李漁撰，《古本小説集成》影印清康熙原刻本，上海古籍出版社一九九四年版。
《郯源戴先生文集》三十卷，〔元〕戴表元撰，上海書店一九八九年影印《四部叢刊》本。
《野叟曝言》，〔清〕夏敬渠撰，《古本小説集成》影印清匯珍樓活字本，上海古籍出版社一九九四年版。
《陳子龍文集》，〔明〕陳子龍撰，上海文獻叢書編委會編，華東師範大學出版社一九八八年版。
《陳子龍詩集》，〔明〕陳子龍撰，施蟄存、馬祖熙點校，上海古籍出版社一九八三年版。
《陳石遺集》，陳衍撰，陳步編，福建人民出版社二〇〇一年版。
《陳亮集》，〔宋〕陳亮撰，鄧廣銘點校，中華書局一九八七年版。
《陳亮龍川詞箋注》，〔宋〕陳亮撰，姜書閣箋注，人民文學出版社一九八〇年版。
《陳迦陵全集》，〔清〕陳維崧撰《四部叢刊》影印清患立堂刻本。
《陳與義集校箋》，〔宋〕陳與義撰，白敦仁校箋，上海古籍出版社一九九〇年版。

《陸游全集校論》，〔宋〕陸游撰，錢仲聯、馬亞中主編，浙江教育出版社二〇一一年版。

《陸游詞新釋輯評》，〔宋〕陸游撰，王雙啓輯注，中國書店二〇〇一年版。

《堯峰文鈔》，〔清〕汪琬撰《四部叢刊》影印清林佶寫刻本。

《揭文安公集》，〔元〕揭傒斯撰，上海書店一九八九年影印《四部叢刊》本。

《散原精舍詩文集》，陳三立撰，李開軍校點，上海古籍出版社二〇〇三年版。

《曾國藩全集》（詩文卷），〔清〕曾國藩撰，嶽麓書社一九八六年版。

《曾鞏集》，〔宋〕曾鞏撰，陳杏珍、晁繼周點校，中華書局一九八四年版。

《殘唐五代史演義》八卷六十回，〔明〕羅貫中編，上海古籍出版社一九九二年《古本小説集成》影印本。

《湘綺樓詩文集》，王闓運撰，馬積高主編，嶽麓書社一九九六年版。

《湛然居士文集》，〔元〕耶律楚材撰，謝方點校，中華書局一九八六年版。

《湯顯祖全集》，〔明〕湯顯祖撰，徐朔方箋校，北京古籍出版社一九九九年版。

《焚書》、《續焚書》，〔明〕李贄撰，中華書局一九六一年版。

《琴志樓詩集》，易順鼎撰，王飆校點，上海古籍出版社二〇〇四年版。

《紫釵記》，〔明〕湯顯祖撰，胡士瑩校注，人民文學出版社一九八二年版。

《詞話叢編》，唐圭璋編，中華書局一九八六年版。

《隋史遺文》十二卷六十回，〔明〕袁於令編，上海古籍出版社一九九三年《古本小説集成》影印崇禎刊本。

《隋唐兩朝志傳》十二卷一百二十回，〔明〕羅貫中編輯，楊慎批評，上海古籍出版社一九九三年《古本小説集成》影印龔紹山刻本。

《隋煬帝豔史》八卷四十回，〔明〕齊東野人編演，上海古籍出版社一九九三年《古本小説集成》影印人瑞堂刊本。

《雁門集》，〔元〕薩都剌撰，殷孟倫、朱廣祁點校，上海古籍出版社一九八二年版。

《集評校注西廂記》，〔元〕王實甫撰，王季思校注，張人和集評，上海古籍出版社一九八七年版。

《雲起軒詞》（《清名家詞》第十冊），〔清〕文廷式撰，上海書店一九八二年影印開明書店一九三七年版。

《須溪詞》，〔宋〕劉辰翁撰，吳企明校注，上海古籍出版社一九九八年版。

《飲冰室合集》，梁啓超撰，林志鈞編，中華書局一九八九年影印一九三六年版。

《黃庭堅詩集注》，〔宋〕黃庭堅撰〔宋〕任淵、史容、史季溫注，劉尚榮校點，中華書局二〇〇三年版。

《黃梨洲詩文集》，〔清〕黃宗羲撰，中華書局一九六二年版。

《敬業堂詩集》，〔清〕查慎行撰，周劭標點，上海古籍出版社一九八六年版。
《新平妖傳》四十回，〔明〕羅貫中編，馮夢龍校，上海古籍出版社一九九〇年《古本小說集成》影印嘉會堂刻本。
《新列國志》一百零八回，〔明〕馮夢龍新編，上海古籍出版社一九九二年《古本小說集成》影印本。
《新刻金瓶梅詞話》十卷一百回，〔明〕蘭陵笑笑生撰，一九三二年古佚小說刊行會影印本。一九五七年文學古籍刊行社影印本。臺灣聯經出版事業公司一九七八年影印本。戴鴻森校點，人民文學出版社一九八五年版。
《新刻繡像批評金瓶梅》二十卷一百回，北京大學出版社一九八八年八月影印本。
《新校元刊雜劇三十種》，徐沁君校點，中華書局一九八〇年版。
《楊家府世代忠勇演義》八卷五十八則，〔明〕紀振倫編，上海古籍出版社一九九〇年《古本小說集成》影印明萬曆刻本。
《楊萬里集箋校》，〔宋〕楊萬里撰，辛更儒箋校，中華書局二〇〇七年版。
《滄溟先生集》，〔明〕李攀龍撰，包敬第點校，上海古籍出版社一九九二年版。
《董解元西廂記校注》，〔金〕董解元撰，凌景埏校注，人民文學出版社一九六二年版。
《蜃樓志》，〔清〕庾嶺勞人撰，劉揚忠點校，花山文藝出版社一九九三年版。
《詩人玉屑》，〔宋〕魏慶之編，王仲聞校勘，上海古籍出版社一九七八年版。
《詩話總龜》，〔宋〕阮閱編，周本淳校點，人民文學出版社一九八七年版。
《道園學古錄》五十卷，〔元〕虞集撰，上海書店一九八九年影印《四部叢刊》本。
《鼓掌絕塵》四集四十回，〔明〕古吳金木散人編，中華書局一九九〇年《古本小說叢刊》影印明崇禎刻本。
《夢窗詞彙校箋釋集評》，〔宋〕吳文英撰，吳蓓箋校，浙江古籍出版社二〇〇七年版。
《漁洋山人菁華錄》，〔清〕王士禛撰，林佶輯《四部叢刊》影印清林佶寫刻本，齊魯書社一九九四年匯注本。
《熊龍峰四種小說》四篇，〔明〕熊龍峰輯，上海古籍出版社一九九〇年《古本小說集成》影印明刻本。王古魯校注，上海古典文學出版社一九五八年版。
《綠野仙蹤》，〔清〕李百川撰，《古本小說集成》影印清抄本，上海古籍出版社一九九四年版。
《綴白裘》，〔清〕玩花主人編選，錢德續選，清刻本。
《趙執信全集》，〔清〕趙執信撰，趙蔚芝等校點，齊魯書社一九九三年版。
《劉大櫆集》，〔清〕劉大櫆撰，吳孟復標點，上海古籍出版社一九九〇年版。
《劍南詩稿校注》，〔宋〕陸游撰，錢仲聯校注，上海古籍出版社一九八五年版。

《增訂湖山類稿》，〔宋〕汪元量撰，孔凡禮輯校，中華書局一九八四年版。

《廣陵潮》一百回，李涵秋撰，裴效維校點，北岳出版社一九九五年版。

《廣篋中詞》四卷，葉恭綽輯，一九三五年番禺葉氏《遐庵叢書》本。沈辰垣等編《御選歷代詩餘》附，浙江古籍出版社一九九八年版。

《樂章集校注》，〔宋〕柳永撰，薛瑞生校注，中華書局一九九四年版。

《樊榭山房集》，〔清〕厲鶚撰，董兆熊、陳九思標校，上海古籍出版社一九九二年版。

《樊樊山詩集》，樊增祥撰，涂曉馬、陳宇俊校點，上海古籍出版社二〇〇四年版。

《歐陽修全集》一百五十五卷，〔宋〕歐陽修撰，李逸安點校，中華書局二〇〇一年版。

《歐陽修詞新釋輯評》，〔宋〕歐陽修撰，邱少華輯注，中國書店二〇〇一年版。

《歐陽修詩文集校箋》七十五卷，〔宋〕歐陽修撰，洪本健校箋，上海古籍出版社二〇〇九年版。

《稼軒詞編年箋注》（修訂版），〔宋〕辛棄疾撰，鄧廣銘箋注，上海古籍出版社一九九三年版。

《篋中詞》六卷、《篋中詞續》四卷，〔清〕譚獻輯，清光緒八年（一八八二）刻本。沈辰垣等編《御選歷代詩餘》附，浙江古籍出版社一九九八年版。

《蔣捷詞校注》，〔宋〕蔣捷撰，楊景龍校注，中華書局二〇一〇年版。

《鄭板橋集》，〔清〕鄭燮撰，上海古籍出版社一九七九年版。

《鄭思肖集》，〔宋〕鄭思肖撰，陳福康點校，上海古籍出版社一九九一年版。

《醉醒石》十五回，〔明〕東魯古狂生編輯，上海古籍出版社一九九〇年《古本小說集成》影印清初刻本。

《閱微草堂筆記》，〔清〕紀昀撰，上海古籍出版社一九八〇年版。

《震川先生集》，〔明〕歸有光撰，周本淳點校，上海古籍出版社一九八一年版。

《儒林外史》（匯校匯評），李漢秋輯校，上海古籍出版社一九九九年版。

《儒林外史》，〔清〕吳敬梓撰，《古本小說集成》影印清臥閒草堂刻本，上海古籍出版社一九九四年版。

《彊村語業》（《清名家詞》第十冊），〔清〕朱祖謀撰，上海書店一九八二年影印開明書店一九三七年版。

《樵風樂府》（《清名家詞》第十冊），〔清〕鄭文焯撰，上海書店一九八二年影印開明書店一九三七年版。

《樵歌》，〔宋〕朱敦儒撰，鄧子勉校注，上海古籍出版社一九九八年版。

《歷代詩話》，〔清〕何文煥輯，中華書局一九八一年版。

《歷代詩話續編》，丁福保輯，中華書局一九八三年版。

《甌北集》，〔清〕趙翼撰，李學穎、曹光輔標校，上海古籍出版社一九九七年版。
《磨劍室詩詞集》，柳亞子撰，中國革命博物館編，上海人民出版社一九八五年版。
《翰林楊仲弘詩》八卷，〔元〕楊載撰，上海書店一九八九年影印《四部叢刊》本。
《蕙風詞》一卷，〔清〕況周頤撰，《清名家詞》第十冊，上海書店一九八二年影印開明書店一九三七年版。
《蕩寇志》，〔清〕俞萬春撰，戴鴻森校點，人民文學出版社一九八三年版。
《遺山先生文集》四十卷，〔金〕元好問撰，上海書店一九八九年影印《四部叢刊》本。
《遺山樂府校注》，〔金〕元好問撰，趙永源校注，鳳凰出版社二〇〇六年版。
《遼海丹忠錄》八卷四十回，〔明〕陸人龍撰，上海古籍出版社一九九〇年《古本小說集成》影印翠娛閣刻本。
《醒世姻緣傳》，〔清〕西周生撰，《古本小說集成》影印清同德堂刻本，上海古籍出版社一九九四年版。
《醒世恆言》四十卷，〔明〕馮夢龍編撰，上海古籍出版社一九八七年影印葉敬池刻本。張明高校注，北京十月文藝出版社一九九四年版。
《錄鬼簿》（中國古典戲曲論著集成），〔元〕鍾嗣成撰，中國戲劇出版社一九五九年版。
《錄鬼簿續編》（中國古典戲曲論著集成），〔明〕無名氏編，中國戲劇出版社一九五九年版。
《錢牧齋全集》，〔清〕錢謙益撰，錢曾箋注，錢仲聯標校，上海古籍出版社二〇〇三年版。
《闇古古全集》，〔清〕閻爾梅撰，張相文輯，中國地學會一九二二年版。
《靜修先生文集》二十二卷，〔元〕劉因撰，上海書店一九八九年影印《四部叢刊》本。
《龍洲詞校箋》，〔宋〕劉過撰，馬興榮校箋，江西人民出版社一九九九年版。
《嶺雲海日樓詩鈔》，丘逢甲撰，上海古籍出版社一九八二年版。
《戴復古詩集》，〔宋〕戴復古撰，金芝山點校，浙江古籍出版社一九九二年版。
《臨川先生文集》，〔宋〕王安石撰，中華書局上海編輯所一九五九年。
《薑齋詩文集》，〔清〕王夫之撰，《四部叢刊》據船山遺書本影印。
《謝榛全集校箋》，〔明〕謝榛撰，李慶立校箋，江蘇古籍出版社二〇〇三年版。
《謝疊山全集校注》，〔宋〕謝枋得撰，熊飛、漆身起、黃順強校注，華東師範大學出版社一九九四年版。
《隱秀軒集》，〔明〕鍾惺撰，李先耕、崔重慶標校，上海古籍出版社一九九二年版。
《檮杌萃編》，錢錫寶撰，沈默校點，百花文藝出版社一九八九年版。
《檮杌閒評》五十卷五十回，不題撰人，上海古籍出版社一九九二年《古本小說集成》影印嘉道間刻本。

《歸愚詩鈔》，〔清〕沈德潛撰，清乾隆刻本。
《藏山閣詩存》，〔清〕錢澄之撰，清光緒三十四年（一九〇八）龍潭室排印本。
《藏園九種曲》，〔清〕蔣士銓撰，清乾隆蔣氏藏園原刻本。
《雙硯齋詞鈔》二卷，〔清〕鄧廷楨撰，一九二〇年江寧鄧邦述重刻本。
《魏叔子集》，〔清〕魏禧撰，清康熙易堂原刻本。
《魏源集》，〔清〕魏源撰，中華書局一九七六年版。
《曝書亭全集》，〔清〕朱彝尊撰《四部叢刊》影印，清康熙五十三年（一六七四）刊本，中華書局一九三六年《四部備要》本。
《譚元春集》，〔明〕譚元春撰，陳杏珍標校，上海古籍出版社一九九八年版。
《譚嗣同全集》（增訂本），〔清〕譚嗣同撰，蔡尚思、方行編，中華書局一九八一年版。
《鏡花緣》，〔清〕李汝珍撰，《古本小說集成》影印清道光芥子園刻本，上海古籍出版社一九九四年版，人民文學出版社一九九五年版。
《嚴復集》，嚴復撰，王栻主編，中華書局一九八六年版。
《孽海花》（增訂本），曾樸撰，上海古籍出版社一九八〇年版。
《蘆川詞》，〔宋〕張元幹撰，曹濟平校注，上海古籍出版社一九九一年版。
《蘇文忠公詩編注集成總案》四十五卷，〔清〕王文誥撰，巴蜀書社一九八五年影印清嘉慶二十四年（一八一九）武陵韻山堂刻本。
《蘇舜欽集編年校注》，〔宋〕蘇舜欽撰，傅平驤、胡問濤校注，巴蜀書社一九九一年版。
《蘇軾文集》，〔宋〕蘇軾撰，孔凡禮點校，中華書局一九八六年版。
《蘇軾全集校論》，〔宋〕蘇軾撰，張志烈、馬德富、周裕鍇主編，河北人民出版社二〇一〇年版。
《蘇軾詞編年校注》，〔宋〕蘇軾撰，鄒同慶、王宗堂校注，中華書局二〇〇二年版。
《蘇軾詩集》，〔宋〕蘇軾撰，孔凡禮點校，中華書局一九八二年版。
《警世通言》四十卷，〔明〕馮夢龍編撰，上海古籍出版社一九八七年影印兼善堂刻本。吳書蔭校注，北京十月文藝出版社一九九四年版。
《蘭花夢奇傳》，〔清〕吟梅山人撰，李申點校，嶽麓書社一九八五年版。
《鐵崖先生古樂府》十卷，〔元〕楊維楨撰，上海書店一九八九年影印《四部叢刊》本。
《鐵崖先生復古詩集》六卷，〔元〕楊維楨撰，上海書店一九八九年影印《四部叢刊》本。
《鶴林玉露》，〔宋〕羅大經撰，王瑞來點校，中華書局一九八三年版。

《霽山集》，〔宋〕林景熙撰，中華書局上海編輯所一九六〇年版。
《龔自珍全集》，〔清〕龔自珍撰，王佩諍校，中華書局一九五九年版。
《龔自珍編年詩注》，〔清〕龔自珍撰，劉逸生、周錫䪖箋注，浙江古籍出版社一九九五年版。
《變雅堂詩文集》，〔清〕杜濬撰，清光緒二十年（一八九四）年黃岡沈氏刻本。

後記

袁行霈

本書從一九九五年八月開始籌劃，歷時兩年半，到現在已經編寫完畢，共四卷、九編，不久即將出版發行呈獻給讀者了。

本書實行全書主編和各編主編負責制。由全書主編聘請各編的主編，各編主編再聘請撰稿人，全書主編和各編主編組成編委會。全書主編、各編主編和撰稿人共三十位，分別來自十九所高等院校。我們規定，全書主編須兼任一編的主編；全書主編和各編主編必須親自撰稿，由全書主編和各編主編執筆的部分大致占全書的三分之一。各編的主編主持本編的撰寫工作，對本編負責。全書主編對全書負責。

編寫工作一開始即由全書主編提出本書的指導思想和宗旨，並對本書的體例、篇幅、附錄以及整個編寫工作，做了總體設計，起草了《編寫工作要點》和《編寫工作條例》，這兩份文件在一九九五年十二月的第一次編委會上討論通過。然後由各編的主編起草各自負責的那一編的《編寫大綱》，經全書主編統改成為《中國文學史大綱》。一九九六年三月召開全體撰稿人會議，就《編寫條例》、《編寫要點》和《中國文學史大綱》進行討論，取得一致認識，然後分別撰稿。一九九六年八月，召開了第二次編委會討論各編的樣稿。八月以後又互寄一兩章樣稿，交流審閱。一九九七年三月召開了第三次編委會，討論由各編主編執筆的各編緒論，以及其他共同關心的問題。一九九七年八月全書主編收到全部書稿後，又逐章逐節地作了增刪、修改和潤飾。

撰寫《中國文學史》這樣的國家級重點教材，有必要廣泛吸引學術造詣高的、富有教學經驗的教師共同參與。在充分發揮每一位編寫者的主觀能動性和創造性的同時，集中大家的智慧，形成合力，才能達到較高的水準。這裡的關鍵是建立良好的學術風氣，以良好的風氣將大家團結起來愉快地工作。如何發揮每一位撰稿人的專長，同時又使大家寫的書稿符合教材的體例、特點，以及本書統一的宗旨方針，也就是如何協調學術個性和學術共性的關係，一直是我們認真對待的問題。當討論《編寫條例》、《編寫要點》、《編寫大綱》和樣稿時，我們鼓勵大家暢所欲言、各抒己見，一旦作出決定，便要求大家遵守。學術民主和主編的定稿權，兩方面都兼顧到了。大家本著對學術負責、對學生負責的精神，以顧全大局的態度，坦率地發表自己的意見，互相批評並提出修改的建議，大到體例觀點，小到字句標點，知無不言，言無不盡，營造了一種良好的學術風氣，形成了一個團結協作的學術集體。

我們認為，大學教材具有兩重性：一方面，作為向學生傳授知識的教材，應當講述那些基本的、已經成為定論的知識，這和具有探索性的學術著作不同；另一方面，好的教材又有總結已有研究成果、將學生帶入學術前沿的作用，因而也必定是具有探索性的學術著作。兼顧這兩個方面，我們注意以下幾點：一，在準確介紹文學史基本知識的同時，注意挖掘新資料、提出新問題、找到新視角，將學生帶入本學科的前沿，給希望深造的學生指出治學的門徑；二，給教師留有發揮的餘地，為學生進一步鑽研提供線索，啓發學生獨立思考，引導學生樹立良好的學風；三，語言簡潔曉暢，篇幅適當。

因為本書出自眾人之手，又不可能將大家集中起來長時間地討論交流，所以各編存在著一些差異，甚至一編之內各章也不盡均衡。在目前的條件下，只要總的方面一致，在一定程度上保持撰稿人的特色，也許比勉強地統成一種面貌更為自然，也更為可行。

現將各位撰稿人所承擔的章節說明如下：

袁行霈（北京大學）：總緒論
第三編緒論、第三章、第九章

聶石樵（北京師範大學）：第一編緒論

過常寶（北京師範大學）：第一編第一章、第五章

鍾　濤（北京廣播學院）：第一編第二章、第三章、第四章

李炳海（東北師範大學）：第二編緒論、第三章、第四章部分、第六章、第七章部分

趙敏俐（首都師範大學）：第二編第一章、第四章部分、第七章部分

許志剛（遼寧師範大學）：第二編第二章、第五章

丁　放（安徽教育學院）：第三編第一章、第二章

孟二冬（北京大學）：第三編第四章、第五章、第六章

曹　虹（南京大學）：第三編第七章、第八章

羅宗強（南開大學）：第四編緒論、第三章（合寫）、第四章、第五章第三節

張　毅（南開大學）：第四編第一章、第二章、第三章（合寫）、第五章第一、二節

尚永亮（湖北大學）第四編第六章、第七章、第八章、第九章第一節

張鴻勳（甘肅天水師範專科學校）：第四編第九章第二節

余恕誠（安徽師範大學）：第四編第十章、第十一章、第十二章

莫礪鋒（南京大學）：第五編緒論、第一章、第三章、第四章第一、二、三、五節、第五章、第八章、第十一章、第十二章第一、二節

王兆鵬（湖北大學）：第五編第二章、第四章第四節、第六章、第七章、第九章、第十章

張　晶（遼寧師範大學）：第五編第十二章第三、四節、第六編第九章
黃天驥（中山大學）：第六編緒論、第三章、第四章（部分）
董上德（中山大學）：第六編第一章、第二章、第四章（部分）
歐陽光（中山大學）：第六編第五章、第八章
黃仕忠（中山大學）：第六編第六章、第七章
黃　霖（復旦大學）：第七編緒論、第一章、第二章、第八章、第九章、第十章
鄭利華（復旦大學）：第七編第三章、第四章、第十一章、第十二章
謝柏梁（上海戲劇學院）：第七編第五章、第六章、第七章
袁世碩（山東大學）：第八編緒論、第二章、第三章、第四章
裴世俊（山東師範大學）：第八編第一章、第七章、第八章
齊裕焜（福建師範大學）：第八編第五章、第六章
孫　靜（北京大學）：第九編緒論、第一章、第三章
林　薇（北京廣播學院）：第九編第二章、第四章

在編寫過程中，各位主編和撰稿人所在的學校給予了大力支持；國家教委高教司的負責同志，特別是文科處處長劉鳳泰同志始終關心這項工作，幫助我們解決了許多困難；高等教育出版社對此書的編寫給予大力的資助，社長、總編輯、副總編輯以及本書的責任編輯，都為高質量地出版此書付出了許多心血；部分書稿曾經先後徵求曹道衡、程毅中、傅璇琮、費振剛等先生的意見，謹在此一併致以衷心的感謝！如果沒有各方面的支持和無私的幫助，這部書是不可能完成的。

出版在即，我和我的同事們一方面為能夠完成這項工作而高興；另一方面也心懷惶恐，生怕不能達到教師、學生和廣大讀者的期望。學術的發展日新月異，而我們的見識有限。特別是我本人常有力不從心之憾，在編寫過程中越來越感到自己才疏學淺，今後還要努力學習。我們的書中一定有許多不妥甚至謬誤之處，誠摯地希望讀者批評指正。

一九九七年十二月二十五日

第二版後記

這部《中國文學史》自一九九九年夏出版，至今已經五年半了。在這期間，我們得到使用本教材的師生和廣大讀者的充分肯定，同時也聽到一些批評和建議，而我們自己也發現了若干錯誤和不足之處。今年五月初召開的編委會決定集中力量適當地做一次修訂。這次修訂仍然遵照當初編寫時確定的「守正出新」的方針，在保持原來的編寫宗旨、指導思想、體例、框架、特色、結構和篇幅的前提下，彌補已發現的缺失，使之更加完善。修訂工作主要在以下三方面：一，修正明顯的錯誤；二，審慎地增加新的資料，吸收新的研究成果；三，進行必要的增刪，使體例和文風進一步統一。我們的工作進行得很順利，在全體撰稿人的共同努力下，按時達到了預定的目標。

這次修訂雖然改正了原來的一些錯誤，彌補了原來的一些缺陷，但還會留下若干問題。我們願意繼續虛心地聽取各方面的意見。在此我要向所有細心閱讀本書、並通過各種方式提出意見的老師、學生和廣大的讀者，表示誠摯的謝意！我必須說一句發自肺腑的話：第二版裡包含著讀者的熱情、辛勞和真知灼見。

本書的修訂得到教育部高教司副司長劉鳳泰同志的大力支持，得到高等教育出版社的經費資助，得到高等教育出版社的社長、總編輯以及多位編輯的密切配合。許逸民先生幫助我審閱了各卷的研修書目。在此謹向他們表示深深的謝意！

作為全書的主編，我還應該向各編的主編以及執筆的老師們表示由衷的謝意！正是由於大家齊心協力，修訂工作才得以順利完成。參加編寫工作的老師們，從開始合作的一九九五年至今，依舊身體健康，精力充沛，這是令我十分高興的。這些老師們中間有幾位已經調到新的工作單位：李炳海在中國人民大學，許志剛在遼寧大學，丁放在安徽師範大學，尚永亮在武漢大學，王兆鵬在武漢大學，張晶在中國傳媒大學（原北京廣播學院），謝柏梁在上海交通大學，在此一併加以說明。

袁行霈

二〇〇四年十二月二十六日

第三版後記

袁行霈

本書自一九九九年出版以後，至今已印刷五十餘次。其間，二〇〇五年經過一次小的修訂，主要是訂正已發現的錯誤。二〇一一年，我建議再做一次修訂，並提出修訂方案，得到各位分卷主編和撰稿人的同意，隨即開始工作。這次修訂仍保持原書的指導思想和宗旨，保持原書的體例、分期、章節，使原書具有延續性，但補充了若干新的資料，吸取了一些新的研究成果，希望本書能跟上學術發展的前沿。文學史研究日新月異，我們的學術視野也不斷拓寬，當我們重新審視原書時，發現許多不足之處，趁修訂的機會盡可能加以彌補。

必須重申的是，本書從一開始編寫，就確立了一個目標：既是教科書，也是學術著作。既可供高校師生使用，也可供古代文學的研究者和愛好者參考。事實證明，這符合各方面的希望，我們仍然堅持。教師上課時不宜照本宣科，可以根據學生的情況加以增刪，有的內容留給學生課外閱讀更有益於學生的學習。有些問題各家說法不同，本書做了必要的介紹，也提供了進一步研究的線索，以供教師和學生探討。我們希望本書不僅作為教材供上課時使用，也可以為學生打開研究文學史的視野，課程結束後仍然具有參考價值。

十幾年來，撰稿人的工作單位有所變更，鍾濤、張晶、林薇三位所在的北京廣播學院，已更名為中國傳媒大學，謝柏梁已調往中國戲曲學院，特此說明。

在這十幾年裡，我們收到一些讀者的來信，指出書中的錯誤。高等教育出版社也曾徵求過一些高校師生的意見。這次做了必要的訂正。我要對關心本書的讀者表示真摯的感謝！

高等教育出版社對我們的工作給予大力支持，我在此一併致謝！

二〇一三年八月

國家圖書館出版品預行編目資料

中國文學史／袁行霈主編. ——三版. ——臺北市：五南圖書出版股份有限公司, 2017.03
冊；　公分.

ISBN 978-957-11-8869-0（下冊；平裝）

1.中國文學史

820.9　　105018385

1XL9

中國文學史（下冊）

主　　編— 袁行霈
發 行 人— 楊榮川
總 經 理— 楊士清
總 編 輯— 楊秀麗
副總編輯— 黃惠娟
責任編輯— 陳巧慈
文字編輯— 李鳳珠　周雪伶　胡天如
出 版 者— 五南圖書出版股份有限公司
地　　址：106台北市大安區和平東路二段339號4樓
電　　話：(02)2705-5066　　傳　　真：(02)2706-6100
網　　址：https://www.wunan.com.tw
電子郵件：wunan@wunan.com.tw
劃撥帳號：01068953
戶　　名：五南圖書出版股份有限公司
法律顧問　林勝安律師
出版日期　2003年1月初版一刷
　　　　　2009年1月初版四刷
　　　　　2011年3月二版一刷
　　　　　2015年2月二版三刷
　　　　　2017年3月三版一刷
　　　　　2023年10月三版四刷
定　　價　新臺幣680元